U0107366

白话四书五经

左传 / 李维琦 陈建初 李运富 唐生周 覃遵祥 萧谒川◎译

|插图珍藏本|

新世界出版社
NEW WORLD PRESS

春秋左传

李维琦　陈建初　李运富
唐生周　覃遵祥　萧谒川　译

前　言

一. 孔子修订《春秋》

　　古人认为春是发动生长的季节，秋是成熟收藏的季节，一年就只春秋之分。由春分出夏，由秋分出冬，那是以后的事情了。以"春秋"为历史书的名称，大概是因为最初记史以年为单位的缘故。唐刘知几《史通·六家篇》说："春秋家者，其先出于三代。按《汲冢琐语》记太丁时事，目为《殷夏春秋》。"太丁是商纣的祖父，那么，商的晚期或许就已有"春秋"这个作为历史书看待的词了。《孟子·离娄下》说："晋之乘，楚之梼杌，鲁之春秋，一也。"可知那时候的史书名称各国不尽相同，晋有晋的叫法，楚有楚的叫法，只鲁国仍然叫做"春秋"。他国是否也有叫"春秋"的，孟夫子没有说。我们现在见到的《春秋》，正是鲁国的史书，与孟轲所说相合。

　　《春秋》，按《史记·孔子世家》的说法，是哀公十四年西狩获麟以后孔子所作。杨伯峻《春秋左传注·前言》里说："如果这话可信，孔丘作《春秋》，动机起于获麟。而孔丘于二年后即病逝，以古代简策的繁重，笔写刀削，成242年的史书，过了七十岁的老翁，仅用两年时间，未必能完成这艰巨的任务罢。"但同是司马迁作的《史记·十二诸侯年表序》却说："是以孔子明王道，干七十余君莫能用，故西观周室，论史记旧闻，兴于鲁而次《春秋》。"如果把这两条合起来看，似乎也近乎情理。孔子到周，约在三十岁以前，那时便已留意史书，于是以鲁《春秋》为主，编次史书，到获麟以后才最后完成，想必也是可能的。

　　我们也觉得说孔子"作"《春秋》，恐怕也不是很靠得住。理由不在上述，而是因为孔子自己就说过，他是"述而不作"。况且一部记事史书，要作恐怕也作不出来。作《春秋》的当是鲁国历代的史官，这才能解释为什么《春秋》前后体例文风的不甚统一。这种不统一是无需证明的。但如果说《春秋》是经过孔丘修订过的，则可能是事实。这里也有一个问题，既然经过修订，文风体例何以仍然不一？这是可以理解的。比如，隐桓二公，非鲁国的卿大夫，无论盟会征伐都不书名，到庄公22年才有"及齐高傒盟于防"的记载。假如孔子要统一体例，要么把此以前非鲁之卿大夫的名补上，要么从此起删去参加盟会征伐的非鲁的卿大夫的名。如果补，一两百年前的事凭什么补上？如果删，既已记上，又有什么必要把它删掉呢？难道历史记载，不应当比《春秋》的记载稍微丰富一些吗？现在为了统一体例，竟然把本就简单的史实再删去一些，这又何苦来呢？

孔子修订《春秋》，犹如我们现在校勘古籍，而比校勘稍为"自由"一点，有些地方，或许稍作改动，如此而已。所谓"作"，也只当活看，仅仅是校勘修订的一种笼统说法，或者说，是归美的说法，所以，古人所记孔子作《春秋》或修《春秋》，都应当看成是孔子校勘修订的证据。这种证据，除较晚的《史记》的记载前已引用之外，还从别的更早的记载里看得到。例如《左传·僖公二十九年》：

是会也，晋侯召王，以诸侯见，且使王狩。仲尼曰：
"以臣召君，不可以训，故书曰：'天王狩于河阳'。"

这段文字解释写"天王狩于河阳"的缘故，但不知是解释自己这样写，还是解释别人这样写。而成公十四年《左传》说：

君子曰："春秋之称，微而显，志而晦，婉而成章，尽而不污，惩恶而扬善，非圣人谁能修之？"

这里所说的"圣人"当是孔丘无疑。似乎因而也可推知书"天王狩于河阳"的也是孔丘。

《孟子·滕文公下》："臣弑其君者有之，子弑其父者有之。孔子惧，作《春秋》。《春秋》，天子之事也。是故孔子曰：知我者其惟《春秋》乎！罪我者其惟《春秋》乎！"这里明说孔子作《春秋》。但孟轲属于辩士之类，往往言过其实。这里把孔子"修"说成"作"也是一例。不过，孟子生活在战国时代，他还能见到可靠的史料，不能说他的话全是无稽之谈。说孔子修《春秋》也没有修过，那也是不足以服人的。

最能说明问题的恐怕要算《公羊传》了。《庄公七年》说："不修《春秋》曰：'雨星不及地尺而复。'君子修之曰：'星霣如雨'。"这里明确提出《春秋》有修与不修之别，而修之者为"君子"，即孔丘。

二、《春秋》与《左传》

古人有将《春秋》、《左传》合而为一的，讲《春秋》就是指《左传》。例如《史记·吴太伯世家》说："余读《春秋》古文，乃知……延陵季子之仁心，慕义无穷，见微而知清浊。呜呼！又何其闳览博物君子也！"考之《春秋》经，没有延陵季子（即季札）慕义无穷的话，《公羊》、《谷梁》也不见。唯《左传·襄公十四年》有季札让位的话。其言曰："将立季札，季札辞曰：'曹定公之卒也，诸侯与曹人不义曹君，将立子臧，子臧去之。遂弗为也，以成曹君。君子曰："能守节。"……札虽不才，愿附于子臧，以无失节。'"这就是所谓的"慕义无穷"了。至于"见微知清浊"，"闳览博物"，《春秋》经与《公》《谷》皆无记，只见于《左传·襄公二十九年》，说季札至鲁、齐、郑、卫、晋，向所在国执政要人进善言忠谏，在鲁听乐观舞，能审知乐舞所表现的思想风格以及这些乐舞所产生的时代地域。由是知道太史公是把《左传》当做《春秋》古文了。

然而我们知道，经自经，传自传。"经"是《左传》、《公羊》、《谷梁》之所同（只有个别字句差异），而传本各异。《左传》有解释《春秋》的，这种情况较

《春秋左传》书影，明代闵凌刻套印本图录。

少。如隐公元年春王正月，《左传》说："不书即位，摄也。"这就是解释。有详于经的，这种情况较多。例如隐公元年，《春秋》只记"郑伯克段于鄢"六字。《左传》便就此事写了一大篇文章。详记事件的来由与经过，兄弟矛盾的解决诉诸阴谋与武力，母子关系则由紧张而缓和，以致地下相见。没有《左传》，哪能知道郑君之立的这些明争暗斗？《左传》有多于经的，如前面所说季札辞国、听乐观舞即是一例。据昭公三十二年的统计，《春秋》共出经文 162 条（不计只有时月而无史事的），《左传》有而《春秋》无的 22 条。有少于《春秋》的，例如《文公十六年》"夏，五月，公四不视朔"，《左传》就没有关于此事的任何记载。也是昭公年代的统计，162 条中，有 92 条左氏无传，占总条数的 52%。《左传》所传历史年代大致与《春秋》相当，同起于公元前 722 年，但止于前 453 年，比《春秋》晚 28 年。即使如此，我们还是可以看出，左氏是据《春秋》经而作传的。它大致依傍《春秋》所记年代事件，依次补充、详说、记述、阐释意义。或者略而不录。《左传》还有少数订正《春秋》的地方。那想必有它确凿的史实依据，不得不作更正。在一定意义上说，"更正"也是一种训释。如昭公八年《左传》："夏四月辛亥，哀公缢。"《春秋》"辛亥"作"辛酉"，当以传文为正。

三、《左传》的作者及其流传

《春秋左氏经传集解》孔颖达疏引沈氏说：

> 《严氏春秋》引《观周篇》（西汉本《孔子家语》的篇名）云："孔子将修《春秋》，与左丘明乘，如周，观书于周史，归而修《春秋》之经，丘明为之传，共为表里。"

著《严氏春秋》的严彭祖要早于司马迁，司马迁《史记·十二诸侯年表》也说：

> 鲁君子左丘明惧弟子人人异端，各安其意，失其真，故因孔子史记，具论其语，成《左氏春秋》。

这两处说法小异，但都认为《左传》是左丘明所作，而左丘明与孔子为同时人。《论语·公冶长》也曾论及左丘明其人：

> 子曰："巧言令色，足恭，左丘明耻之，丘亦耻之。匿怨而友其人，左丘明耻之，丘亦耻之。"

或者像某些文献所说的那样，左丘明是当时鲁国一个颇有声望的史官，孔子相当尊重其人，故引其言以自重。子不语怪、力、乱、神，而《左传》多言之，在学术上其不为孔丘一派，也是可以断言的。然而《左传》屡称"仲尼"，或者《左传》作者也十分尊敬孔子的学问为人，故有此笔。或者竟是孔门弟子补续之作，亦未可知。《左传》最后记到哀公二十七年，还附加一段，说到智伯被灭，称赵无恤为襄子，其非《左传》作者原作，是学术界公认的事实。

《左传》战国时代已经流行。《史记·十二诸侯年表序》说："铎椒为楚威王傅，为王不能尽观《春秋》，采取成败，卒四十章，为《铎氏微》。赵孝成王时，其相虞卿上采《春秋》，下观近世，亦著八篇，为《虞氏春秋》。"司马迁说的《春秋》即《左传》，前面已说明及此。楚威王前339年至329年在位，可知那时已有《左传》可供观览了。虞卿为赵相，他约死在前235年。大哲学家、思想家荀子，也曾征引《左传》，应无疑义。如《荀子·大略》篇说："送死不及柩尸，吊生不及悲哀，非礼也。"这和《左传·隐公元年》"赠死不及尸，吊生不及哀，豫凶事，非礼也"基本相同。基本相同即可视为引用，古人引文照例如是。《战国策》、《吕氏春秋》、《韩非子》无不征引《左传》，例多不烦举证。

《左传》与《公羊传》、《谷梁传》合称《春秋三传》。如上所述，《左传》在战国时已经流行，而《公羊》、《谷梁》到汉代才写定。戴弘《公羊序》（何休序，徐彦疏引）说："至汉景帝时寿（即公羊寿）及其弟子齐人胡母子都著于竹帛。"《谷梁》的写定当比《公羊》更晚。《公羊》与《谷梁》是用当时文字传写，称为今文，西汉时得以立于学官。而《左传》战国时通行本，自然是以战国文字传写，即所谓古文。古文《左传》西汉时始终未立于学官。但为学人所特别看重。前面已经说过司马迁之所称引《春秋》正是《左传》。刘向父子整理古书，在皇家图书馆也曾见到此书。向作《说苑》、《新序》、《列女传》，很多采用《左传》故事乃至文字。王充《论衡·案书篇》说："刘子政玩弄左氏，童仆妻子皆呻吟之。"这里"玩弄"，意思是爱不释手。"呻吟"，则是诵读吟咏的意思。

也是《论衡》的《案书篇》说："《春秋左氏传》者，盖出孔子壁中，孝武皇帝时，鲁共王坏孔子教授堂以为宫，得佚《春秋》二十篇，左氏传也。"据王充的这段记载，《左传》盖从孔子壁中所得。这里说的是西汉的情形。《左传》在战国时已有那么多人引用。到了西汉，引用更是不可胜数，想必还有一种民间流传的本子在。不过我们现在已无从查考了。

吴承仕《〈经典释文〉序录疏证》主要根据《汉书·儒林传》，还有别的文献，曾对《左传》的授受关系做了一番整理。现转述其从左丘明到西汉这一段时期的传授关系，以见《左传》研习不绝于世。左丘明授曾申（曾参的儿子），曾申传卫人吴起，起传其子期，期传楚人铎椒，椒传赵人虞卿，虞卿传荀况，况传张苍（汉丞相），苍传贾谊，谊传其孙嘉，嘉传赵人贯公（河间献王博士），贯公传其子长卿，长卿传京兆尹张敞及侍御史萧禹，禹传尹更始，更始传翟方进、胡常。翟方进传刘歆。常授黎阳贾护（哀帝时待诏），护传陈钦（以左氏授王莽，至将军）。

四、《左传》的成就和注释

《左传》记载了鲁国270年的历史，也记载了当时几个主要诸侯国家的历史，不但记载了当时的历史，也保存了此前的一些史事和传说。不仅是政治史，也是社会史、经济史、战争史、文化史、思想史，史料价值很高。假若没有这样一部著作保存下来，我们的先秦历史真将是一片混沌。《左传》在文学上、语言上也有很高的成就，它特别善于描写战争，善于刻画人物，其中又多有出色的外交辞令。先秦时期，在散文这个领域里，只有《左传》，才真正称得上是文学性强的写实主义巨著。它对后世史学、文学的影响是不可估量的。我们的前言，字数有一定的限制，自不能对这些展开来讨论。读者读完这个本子时，想必会印证我们这里所说的话。

《左传》注本，古人的主要有晋杜预的《春秋经传集解》，上海人民出版社1977年出这个本子时改名为《春秋左传集解》，以使名副其实。唐孔颖达《春秋左传正义》，清洪亮吉《春秋左传诂》，刘文淇《春秋左氏传旧注疏证》，都是很有用的参考书。1981年，中华书局出版了杨伯峻的《春秋左传注》，参考周全，校订精审，尽量采取前人研究成果和发掘资料作注，注文要而不繁，是迄今为止的一个最好的注本。我们这个本子以《十三经注疏》本为底本，而校勘几乎全依杨说。其不依之处，自是谨慎的缘故。

我与许多同仁一样，中年以后，才开始有可能认真做点于业务有益的事情。行政事务、教学工作、科学研究搅成一团。精力虽已渐衰，而亦未敢稍事闲暇。承蒙吴泽顺同志相邀译注此书，盛意难却。待到应承之后，又后悔不已。我实没有时间精力专注于这样大部头文献的译注。但"一言既出，驷马难追"，不得不勉为其难，乃约昔日友生、当今同事数人，分头执笔，克期竣工。然后由我统一阅读，稍事修订。虽在事前约定过一些共同遵守的条款，但体例文风之不同，犹如人面之不同，欲避免而不可得。事后欲由一人统一之，实嘎嘎乎其难！因思孔子修订《春秋》，体例文风仍不能统一，即使圣如夫子也做不到，何况于我？古之视今，亦犹今之视昔也。

李维琦

1993 年 4 月

隐　公

隐公元年

鲁惠公的第一个夫人叫孟子。孟子死后，续娶了声子，生下隐公。宋武公生有仲子，仲子一生下来就有文字在她手上，说"当鲁国夫人"，所以仲子也嫁给我们鲁君做正夫人，生下桓公。桓公还很小，鲁惠公就逝世了，所以隐公立桓公为太子而自己辅佐摄政。

鲁隐公元年春天，周历正月。三月，鲁隐公与邾仪父在蔑地结盟。夏天，五月，郑伯在鄢地打败了共叔段。秋天，七月，周平王派宰夫咺来鲁国赠送鲁惠公和仲子的丧葬礼物。九月，鲁国与宋国在宿国结盟。冬天，十二月，祭伯来到鲁国。鲁国公子益师逝世。

〇鲁隐公元年春天，王朝周历正月。《春秋》不写鲁隐公即君位，是因为隐公代替桓公理政的缘故。

三月，隐公与邾仪父在蔑地结盟，邾仪父就是邾子克。由于这次结盟不是奉周王之命进行的，所以不标明邾君的爵位。称他的字"仪父"，是为了尊重他。隐公代处君位，想跟邾国建立友好关系，所以举行了这次蔑地结盟。

夏天，四月，费伯带领军队建筑郎城。《春秋》不记载这件事，因为筑城不是隐公的命令。

当初，郑武公从申国娶来夫人，称为武姜。武姜生了庄公和共叔段。庄公难产，吓怕了姜氏，所以姜氏给他取名叫寤生，并由此讨厌他。姜氏喜爱共叔段，想要立他为太子，多次向武公请求，武公没有答应。

到庄公当了国君，姜氏又替段请求制邑这个地方。庄公说："制邑，是个险要的城市，虢叔就死在那里。若是别的都邑，就听从您的命令。"姜氏请求京邑，庄公就让段住到那里，称为京城大叔。祭仲说："都邑的城墙超过百雉，就是国家的危害。先王的制度是：大都的城墙不超过首都城墙的三分之一，中都的城墙不超过首都城墙的五分之一，小都的城墙不超过首都城墙的九分之一。现在京邑的城墙不合制度，如果不加以制止的话，您将会受不了。"庄公说："姜氏想要这样，我怎么敢逃避危害。"祭仲回答说："姜氏有什么满足！不如早点替段另外安排个去处，不要让他继续发展，再发展就难以对付了。杂草蔓延尚且不可除掉，何况是您宠爱的弟弟呢？"庄公说："多做不义的事情，一定会自取灭亡，你姑且等着吧。"

不久，大叔命令西、北两方的边邑在属于郑庄公的同时，也附属于自己。公子吕对庄公说："国家受不了两属的局面。您对这件事将怎么处置？如果想把郑国交给大叔，就请您允许我去事奉他；如果不准备给他，就请您除掉他。以免让老百姓产生二心。"庄公说："用不着这样，他将自取灭亡。"大叔又将两属的西、北边邑完全收归己有，直达廪延。子封说："应该对付他了，再扩大地盘，将会得到民众。"庄公说："叔段不义，团结不了民众，地盘扩大了将会溃散。"

大叔加固城墙，聚集粮草，修理铠甲兵器，配备步卒兵车，将要偷袭郑国首都。夫人姜氏打算作为内应替他打开城门。庄公闻知他们举事的日期，说："可以解决他了！"命令子封率兵车二百乘去攻打京城。京城百姓反叛大叔段，大叔段逃入鄢城，庄公又发兵到鄢城讨伐他。五月二十三日，大叔出逃到卫国的共邑。

《春秋》记载说："郑伯在鄢城打败段。"因为叔段不像个做弟弟的，所以《春秋》不标称"弟"；因为庄公跟叔段就如同实力相当的两个君侯，所以庄公打败叔段用"克"；称庄公为"郑伯"，是讥讽他对叔段未加教诲——可以说郑庄公有意造成这种结局；不写叔段"出奔"，是因为难于下笔。

于是把姜氏放逐到城颍，并且对她发誓说："不到地泉之下，不再见你。"不久，又对这个誓言感到后悔。

颍考叔，选自《清刻历代画像传》。

考叔是颍谷城管理边疆的官员，他听说这件事，准备向庄公献策。见到庄公后，庄公赐给他吃的，颍考叔把肉留下不吃。庄公问他为什么这样，他回答说："我有母亲，我的食物她都吃过了，但没有吃过您赐的肉，请允许我把这些肉留给她吃。"庄公说："你有母亲可奉送，而我却偏偏没有！"颍考叔说："斗胆问问，您刚才说的是什么意思？"庄公跟他讲了缘故，并且告诉他自己的悔恨。颍考叔说："您担忧什么呢？如果把地挖到见水的深度，然后打个隧道相见，那谁能说不符合誓言？"庄公依从了他。庄公进入隧道就吟诵诗句："大隧之中，快乐和睦。"姜氏出了隧道也吟诵诗句："大隧外面，快乐舒坦。"于是他们作为母子就像以前一样。

君子说："颍考叔真是能行孝道啊！敬爱自己的母亲，还扩展到了庄公。《诗》说：'孝子行孝不会穷尽，永久赐予你的同类。'大概就是说的这种情况吧！"

秋天，七月，周天子派宰夫咺来赠送鲁惠公和夫人仲子的丧葬礼物。因为来得太迟，而且仲子还没有死，所以写出宰夫的名以示批评。天子死后七月安葬，诸侯国参加葬礼。诸侯死后五月安葬，建立同盟关系的诸侯国参加葬礼。大夫死后三月安葬，地位相同的大夫参加葬礼。士死后超过一月就安葬，具有婚姻关系的亲戚来参加葬礼。宰夫咺来赠送死去的人没有赶在安葬之前，慰问活着的人又没有赶在最悲哀的时候，而且预先赠送仲子的丧葬之物，都是不合礼制的。

八月，纪国军队讨伐夷国。夷国没有通报鲁国，所以《春秋》不载。同月鲁国出现了稻飞虱，因为没有造成灾害，所以也没有记载。

鲁惠公晚年，曾在宋国黄邑打败了宋军。鲁隐公摄政后，就跟宋国讲和。九月，鲁国与宋国在宿地订立盟约，这是隐公第一次与宋国通好。

冬天，十月十四口，改葬鲁惠公。隐公没有以丧主身份参加改葬哭临仪式，所以《春秋》没有记载。鲁惠公逝世的时候，有宋军侵扰，太子年纪尚小，葬礼本来不完备，所以要改葬。卫侯来参加改葬礼，但没有见到鲁隐公，所以没有记载。

郑国共叔段作乱失败的时候，公孙滑逃到了卫国。卫国替公孙滑讨伐郑国，攻取了廪延。郑人率领周王朝和西虢国军队攻打卫国南方的边邑。郑国向邾国借兵，邾子派人私下里跟鲁大夫公子豫联系。豫请求带兵前去会战，鲁隐公不答应。但公子豫最终还是去了，跟邾国和郑国在翼地订立了盟约。《春秋》不记载，因为这件事不是奉隐公之命而行的。

新建了都城的南门。《春秋》不记载，也是因为这不是隐公的命令。

十二月，祭伯来到鲁国，但不是奉周王的命令。

众父逝世，隐公没有参加小敛，所以《春秋》不写日期。

隐公二年

隐公二年春天，隐公跟戎人在潜这个地方相会。夏天，五月，莒国军队侵入向国。鲁卿无骇率领军队进驻极国。秋天，八月庚辰这一天，隐公跟戎人在唐地结盟。九月，纪卿裂繻来鲁国迎娶伯姬。冬天，八月，鲁女伯姬嫁到了纪国。纪国子帛跟莒君在密地结盟。十二月十五日。鲁国夫人仲子逝世。郑军攻打卫国。

〇二年春天，隐公与戎人在潜地相会，是为继承惠公建立的友好关系。戎人请求结盟，隐公推辞了。

莒君从向国娶了向姜，向姜不安心在莒国生活，就回到了向国。夏天，莒国军队挺进向国，抢回了姜氏。司空无骇进驻极国。费庈父趁机灭亡了极国。

戎人请求结盟。秋天，鲁国跟戎人在唐结盟，再一次重温与戎人的友好关系。九月，纪国裂繻来迎娶鲁女,这是卿来替国君迎娶。

冬天,纪国子帛和莒君在密地结盟,这是为了鲁国的缘故。郑军攻打卫国,是为了讨伐公孙滑的叛乱。

隐公三年

鲁隐公三年春天,周历二月初一日,发生日食。三月十二日,周天子平王逝世。夏天,四月二十四日,君氏逝世。秋天,武氏的儿子来鲁国征求助丧财物,八月十五日,宋穆公逝世。冬天,十二月,齐侯、郑伯在石门结盟。同月二十日,安葬宋穆公。

〇鲁隐公三年春天,周历三月二十四日,周平王逝世。因为讣告说是十二日,所以《春秋》就记载为十二日。

夏天,君氏逝世——君氏就是隐公的母亲声子。声子死后没有讣告诸侯,安葬后没有到祖庙返哭,又没有祔祭于祖姑,所以不能叫"薨"。没有称她"夫人",所以不记载葬事,也不标称姓氏。但由于隐公的缘故,尊称她为"君氏"。

郑武公和郑庄公是周平王的执政卿士。周平王想同时委政给西虢公。郑庄公因此怨恨平王。周平王说:"没有这样的事。"所以周朝和郑国互相以人质做抵押:周平王的儿子狐到郑国做人质,郑庄公的太子忽到周朝做人质。周平王逝世后,周人又想将政权委任西虢公。夏历四月,郑国派祭足率领军队割取了王畿小国温的麦子。秋天,又收取成周的谷子。周、郑由此相互怨恨。

君子说:"信任不是发自内心,用人做抵押也没有益。行为明智、宽厚,用礼来约束,即使没有人质,谁又能离间他们?如果有明显的诚信,即使是涧溪小沟或沼泽池塘中生产的萍、蘩、蒲藻之类的野菜,即使是筐、筥、锜、釜这些平常器皿所装的潢、淤及行潦之类的积水,都可以拿来进献给鬼神和王公,何况君子缔结国与国之间的信任呢?只要按照礼义来做,又哪里用得着人质?《诗经》中的《国风》有《采蘩》、《采蘋》二诗,《大雅》有《行苇》、《泂酌》二诗,都是用来表彰忠信的。"

武氏的儿子来征求助丧的财物,是因为周平王尚未下葬。

宋穆公得病,召来大司马孔父,把殇公嘱托给他。穆公说:"先君不立他的儿子与夷,却立我为君,我不敢忘记这种德行。如果我托您的福,能够保全尸首而死,先君见到我若问起与夷,我将用什么话来回答呢?希望您辅助他,以统治国家。如此,我即使死了,也没有什么悔恨了。"孔父回答说:"群臣希望辅助您的儿子冯即位。"穆公说:"不行。先君认为我贤,让我主持国家。我如果抛弃先君的恩德而不把君位让给他的儿子,那就是败坏先君的德举,怎么能算贤?发扬先君善德的事,能不加紧实行吗?您还是不要败坏先君的功德吧！"于是，让公子冯出居到郑国。八月十五日，宋穆公逝世，宋殇公与夷即位。

君子说："宋宣公可说是了解人了，立穆公为君，自己的儿子也享受到好处。这是依据道义来命令的啊！《商颂》说：'商授命都合乎道义，所以得到许多福禄。'大概说的就是这种情况吧！"

卫庄公从齐国娶了夫人，就是太子得臣的妹妹，叫庄姜。庄姜漂亮却没有生儿子，所以卫国人替她创作了《硕人》这首诗。卫庄公又从陈国娶夫人，叫厉妫，生了孝伯，但孝伯死得早。厉妫的妹妹戴妫，生了桓公，庄姜把桓公当做自己的儿子。

卫国的公子州吁，是国君宠妾所生的儿子。州吁依仗宠爱，喜好摆弄刀枪，卫庄公对他不加禁戒。庄姜因此而怨恨。卫大夫石碏劝诫庄公说："我听说如果喜爱孩子，就用道义教育他，不要让他陷入邪恶。骄横、奢侈、淫乱、放纵，是产生邪恶的温床。这四种坏品行的形成，又是因为恩宠太过的缘故。如果您要立州吁为太子，就赶快确定他的地位；如果还拖延不决，就会成为祸患的台阶。受到恩宠却不骄横，骄横惯了却甘愿地位下降，地位下降了却不怨恨，心里怨恨却能在行为上加以克制，这样的人实在太少。而且，低贱的人妨害高贵的人，年小的侵辱年长的，疏远的离间亲近的，时间短的取代时间长的，势力小的陵驾势力大的，淫乱的败坏道义的，这就是所谓的'六逆'——六种悖理的行为。君侯仁义，臣子奉行，父亲慈祥，儿子孝顺，兄长爱抚，弟辈恭敬，这是所谓的'六顺'——六种合理的行为。抛弃合理的而去仿效悖理的，这是招致祸患的原因。做人家君侯的人，希望务必除去祸患，而您却招它来，这恐怕不行吧？"卫庄公不听。石碏的儿子石厚跟州吁交好，石碏禁止他们往来，没有成功。卫桓公即位以后，石碏怕牵连自己，就告老退休了。

隐公四年

鲁隐公四年春天，周历二月，莒国军队攻伐杞国，夺取了杞国的牟娄城。三月十六日，卫国州吁杀了他们的国君完。夏天，鲁隐公和宋殇公在卫国的清地临时会见。宋公、陈侯及蔡国、卫国的大夫率领各自的军队一起攻伐郑国。秋天，鲁公子翚率领鲁军会同宋公、陈侯及蔡、卫大夫一起再次攻伐郑国。九月，卫国人在濮地杀死了州吁。冬天，十二月，卫国人立晋为新君。

〇鲁隐公四年春天，卫国的州吁杀了卫桓公而自立为国君。

隐公和宋殇公筹备会见，打算重温宿地结盟的友好。还未到预定日期，卫国人来通报国内叛乱。夏天，隐公与宋殇公在清地临时会见。

宋殇公即位的时候，公子冯逃亡到郑国。郑国想要送他回国。等到卫国州吁自立为君，打算向郑国报复前代国君结下的怨仇，并向诸侯国讨好，以便安定卫国的人民。因此，州吁派人告诉宋国说："君侯若愿攻打郑国，以消除君侯的祸害，就请您作为主人，敝邑发兵，与陈、蔡两国军队从属于您，这是我们卫国的愿望。"宋国答应了。当时陈、蔡两国正与卫国友好，所以宋公、陈侯、蔡人、卫人联合攻打郑国。包围郑国都城的东门，五天以后才回。

隐公问众仲道："卫国的州吁会成功吗？"众仲回答说："我听说用德行安定百姓，未曾听过用动乱的。用动乱来安定百姓，就好像要整理乱丝却把它弄得更纷乱了一样。州吁这个人，依仗武力而安于残忍。依仗武力就没人拥护；安于残忍就无人亲近。大众背叛，亲信离去，难以成功啊！武力这东西，就像火一样，不收敛的话，就会焚烧自己的。州吁杀了他的国君，又残暴地使用他的民众，在这种情况下还不施行美德，却想要凭借战乱来取得成功，一定不能免去祸患了。"

秋天，诸侯再次攻打郑国。宋殇公派人来鲁国请求出兵援助，隐公推辞了。羽父请求让他带兵跟诸侯会战，隐公不同意。羽父坚决请求，终于带兵而去。所以《春秋》上记载说："翚帅师。"这是表示憎恶他。诸侯联军打败了郑国的步兵，掠取了那里的谷子才回来。

州吁没有能够安定卫国民众，石厚向父亲石碏请教稳固州吁君位的办法。石碏说："朝见天王就能取得合法地位。"石厚问："怎样才能朝见天王呢？"石碏说："陈桓公正得到天王宠爱，而陈国、卫国正相友好，如果先朝见陈君，让陈君替卫国请求，一定能够办到。"石厚陪着州吁到了陈国。石碏派人告诉陈国说："卫国狭小，我年纪又老了，不能干什么了。就是这两个人杀了我们的国君，斗胆请你们趁机对付他们。"陈国人捉住了州吁和石厚，就请卫人自来陈国讨伐他们。九月，卫国派右宰官丑来到陈国，在濮地处决了州吁。石碏也派他的宰臣獳羊肩到陈国杀死了石厚。

君子说："石碏是个真正的臣子啊！痛恨州吁，把自己的儿子石厚也牵连进去。所谓'大义灭亲'，恐怕就是说的这种情况吧！"

卫人从邢国接回公子晋。冬天，十二月，卫宣公即位。《春秋》上记载"卫人立晋"，是因为立晋为君反映了众人的意愿。

隐公五年

五年春天，鲁隐公到棠地让人演示捕鱼。夏天，四月，卫国安葬卫桓公。秋天，卫国军队侵入郕国。九月，为仲子的宫室落成举行祭典。首次表演六佾乐舞。邾国、郑国联合攻打宋国。螟害成灾。冬天，十二月二十九日，公子驱逝世。宋军攻打郑国，围困郑邑长葛。

〇五年春天，鲁隐公打算到棠地去观赏渔人捕鱼。臧僖伯劝道："大凡物质，不能用来演习祭祀或军事，材料不能用来制作礼器和兵器，那君王就不取用。君王，是要把人民纳入'轨'、'物'的人。演习大事来端正法度叫做'轨'，选取材料来显示礼仪叫做'物'，国君的举动不合'轨'不合'物'就叫做'乱政'。多次施行'乱政'，就是国家衰败的原因。所以春天蒐猎，夏天苗猎，秋天狝猎，冬天狩猎，都是在农闲时候来演习武事。三年才进行一次大的军事演习，回到国都的时候要整顿军队，祭告家庙，宴请臣下，犒赏随从，数点收获的实物。使纹彩鲜艳，贵贱分明，等级清楚，少长有序，这是讲习威仪。如果鸟兽的肉不能摆上宗庙的祭器，它们的皮革、牙齿、骨角、毛羽不能用到礼器和武器上，那国君就不应射杀它们，这是古代的制度。至于山林河泽的出产，一般器物的材料，那是下等人的事情，是臣下官吏的职责，不是国君应该涉及的。"隐公说："找是打算到那里去巡视边地啊！"于是隐公去到棠地，让人演示捕鱼以加观赏。臧僖伯推说有病没有跟去。《春秋》记载"公矢鱼于棠"，是因为这次行动不符合礼，而且暗示棠是远离国都的地方。

曲沃庄伯带领郑国人和邢国人攻打翼城，周桓王派尹氏、武氏帮助他们。翼侯逃奔到了随地。

夏天，安葬卫桓公。卫国发生内乱，所以安葬国君的仪式延迟到现在。四月，郑军侵入卫国都城郊外，以报复上年卫国等围攻郑东门的战役。卫国率领燕军攻郑。郑国的祭足、原繁、泄驾带领三军驻扎在燕军的前方，让曼伯和子元暗地里率领制地兵士绕到燕军的后方。燕人惧怕前方的郑国三军，却没有防备后方的制人。六月，郑国的两位公子率领制人在北制打败了燕军。君子说："不防备意外，就不能够带兵作战。"

曲沃背叛周天子。秋天，周天子命令虢公讨伐曲沃，并在翼城立哀侯为晋君。

卫国发生内乱的时候，郕人曾侵犯卫国，所以现在卫国军队打入郕国。

九月，为仲子庙举行落成祭典，将要在那里表演"万舞"。隐公向众仲问执羽跳舞的人数，众仲回答说："天子用八佾，诸侯用六佾，大夫用四佾，士用二佾。舞蹈，是用来节制八音从而播行八风的，所以跳舞人的佾数要在八以下。"隐公听从他。于是第一次表演六羽，这是鲁国用六佾的开端。

宋人夺取了邾国的田地。邾人告诉郑国说："请君侯对宋国报仇解恨，我们邾国军队愿打头阵。"郑国人带领王朝的军队跟邾军会合，一起攻打宋国，打到了国都的外城。以此报复围攻郑国东门的那场战斗。宋国派人来以国君的名义请求救援。隐公听说邾郑联军攻到了宋国都城，打算救援宋国。隐公问来使说："联军打到了什么地方？"回答说："还没到达国都。"隐公因其讲话不实而发怒，就取消了救援的打算。隐公辞拒来使说："君侯命令寡人一同为宋国的危难忧虑，现在就此事向使者询问，却回答说'军队没有到达国都’，这就不是寡人胆敢知道的事了。"

冬天，十二月二十九日，臧伯僖逝世。隐公说："叔父对我有怨恨。我不敢忘记。"于是提高一个等级来安葬他。

宋人攻打郑国，包围长葛，是为了报复郑国侵入宋国外城的那次战役。

隐公六年

六年春天，郑国人来鲁国要求解怨结好。夏天，五月二十日，隐公齐侯相会，在艾地结盟。秋天，七月。冬天，宋人攻占了长葛。

〇六年春天，郑人来鲁要求解怨结好，这就是所谓"更成"。

翼地九宗五正顷父的儿子嘉父到随城迎接晋侯，把他安置在鄂城，晋国人称他为鄂侯。

夏天，在艾地结盟，这是鲁国同齐国建立友好关系的开始。五月十一日，郑伯侵袭陈国，获得很多俘虏和财物。往年，郑伯请求跟陈国结好，陈侯不答应。五父劝谏说："亲近仁义，友善邻邦，这是治国的法宝。希望君侯答应郑国。"陈侯说："我只担心宋国和卫国，郑国能干什么！"终于没有答应。

君子说："不能丢失善，不能助长恶。这大概是说的陈桓公吧！滋长恶而不思悔改，跟着自己就会遭受灾难。这时即使想要挽救，哪里还能办得到？《商书》说：'恶的蔓延，就像草原上烧起大火一样，不能挨近，哪里还能够扑灭！'周任有话说：'治理国家的人，见到恶就像农民要坚决除掉杂草一样，锄掉它堆积起来，并挖掉它们的根，叫它们不能再繁殖，这样，好的东西就会伸展了。'"

秋天，宋人攻取郑国长葛。

冬天，京城派人来报告饥荒。隐公替他向宋国、卫国、齐国和郑国请求购买粮食，这是合乎礼的。

郑伯到周朝去，这是第一次朝见周桓王。桓王不按礼分接待他。周桓公向桓王进言说："我们周室东迁的时候，完全依靠晋国和郑国。好好地对待郑国以鼓励其他国家，还恐怕来不及，何况对郑不加礼遇呢？郑国不会再来了。"

隐公七年

七年春天，周历三月，叔姬嫁到纪国。滕侯逝世。夏天，筑中丘城。齐侯派他的弟弟夷仲年来访问。秋天，隐公带兵攻打邾国。冬天，周王派凡伯来访问。戎军在楚丘拦击凡伯，挟持凡伯归戎。

〇七年春天，滕侯逝世。《春秋》不写他的名字，是因为没有跟我鲁国结盟。诸侯结盟的时候，要称名报告神灵，所以死后也要用名字讣告——即报告死亡的是谁，继位的是谁。用继续友好外交来安定国内人民，这叫做礼的大法。

夏天，建中丘城。《春秋》记载这事，是因为它不合时宜。齐侯派夷仲年来访问，是为了继续和巩固艾地的盟约。

秋天，宋国与郑国讲和。七月十七日，两国在宿地结盟。隐公攻打邾国，这是替宋国去攻打的。

当初，戎人朝见周王，并向王室公卿送礼，凡伯没有用贵宾之礼接待戎人。冬天，周工派凡伯来鲁国访问。回去的时候，戎人在楚丘拦击他，把他挟持到了戎地。

陈国跟郑国讲和。十二月，陈五父到郑国参加盟会。二日，跟郑伯结盟，歃血的时候，陈五父心不在焉。洩伯说："五父一定不免于祸，因为他盟誓不专心。"郑国的良佐到陈国参加盟约，十一日，和陈侯结盟，也看出陈将要发生动乱。

郑国的公子忽在周天子那里，所以陈侯请求将女儿嫁给他。郑伯同意，于是举行了订婚仪式。

隐公八年

隐公八年春天，宋公跟卫侯没有预约而在垂地临时相会。三月，郑伯派大夫宛来送交祊邑。二十一日，我国进驻祊邑。夏天，六月二日，蔡侯考父逝世。十四日，宿男逝世。秋天，七月三日，宋公、齐侯、卫侯在瓦屋结盟。发生蝗虫灾害。冬天，十二月，尢骇逝世。

〇八年春天，齐侯将要帮助宋、卫二国跟郑国讲和，已决定了约会日期。宋公用礼物向卫国请求，请求在会期之前见面。卫侯答应了他，所以临时跟宋公在犬丘相会。

郑伯请求放弃对泰山的祭礼而祭祀周公，用泰山旁边的祊地交换鲁国在许地的土田。三月，郑伯派大夫宛来鲁国交送祊地，表示不再祭祀泰山了。

夏天，虢公忌父开始到周王朝做卿士。四月六日，郑公子忽到陈国迎娶妻子妫氏。十三日，回到郑国。陈大夫针子送妫氏到郑国。公子忽与妫氏先同居而后祭告祖庙。针子说："这不能算夫妇，简直是欺骗他们的祖宗。嫁娶不符合礼，怎么能善育后代呢！"

齐人终于助成了宋、卫二国跟郑国讲和。秋天，三国在温地相会，在瓦屋结盟，抛弃了东门战役的前嫌，这是合乎礼的。八月的一天，郑伯带着齐人朝见周王，这也合乎礼。

隐公跟莒人在浮来结盟，是为成全跟纪国的友好关系。

冬天，齐侯派人来报告撮合三国讲和的事。隐公让众仲回答使者说："贵君解了三国的仇怨，使三国能够聚养他们的百姓。这是贵君的恩惠。寡君听到了这事，岂敢不承受君侯的美德！"

无骇逝世，羽父请求赐给他谥号和姓氏。隐公向众仲询问赐姓氏的事，众仲对答说："天子封有德之人做诸侯，根据他的品行赐予姓，封给他土地而又赐氏。诸侯用字作为谥号，后代又因袭谥号作为姓氏。若世代做某种官而有功绩，他的后代就以官名作为姓氏。封邑的情况也像这样。"隐公命令以无骇的字为姓氏，即展氏。

隐公九年

九年春天，周天子派大夫南季来访问。三月十日，天降暴雨，电闪雷鸣。十七日，又下大雪。鲁大夫挟逝世。夏天，修筑郎城。秋天，七月。冬天，隐公与齐侯在东防相会。

〇九年春天，周历三月十日，大雨成霖，且有雷震。《春秋》记载的是开始的日期。十七日，下大雪，也是记载开始的日期。凡下雨、雪，连续下三天以上的叫做"霖"；平地雪深一尺的叫"大雪"。

夏天，修筑郎城。《春秋》记载此事，是因为它不合时宜。宋公不朝见天王。郑伯是天王的左卿士，所以奉王命讨伐他，攻打宋国。宋国因为"入郭战役"怨恨鲁公，所以不来报告此事。隐公发怒，就断绝了跟宋国之间的使者往来。

秋天，郑人用天王的名义前来报告攻打宋国的事。

冬天，隐公跟齐侯在东防相会，是为了商议伐宋的事。北戎侵犯郑国，郑伯率兵抵抗他们，但对戎兵有所顾忌，说："他们是步兵，我们用车兵，我担心他们突然从后面绕到前面来偷袭我们。"公子突说："派一些勇敢但没有毅力的战士，冲击一下敌军就赶紧逃离。国君您设下三批伏兵等待戎人。戎人轻率而无秩序，贪心又不团结；打胜了争功不让，打败了互不相救。前头部队看到财物俘虏，必然只顾前进；前进一旦遇到埋伏，就一定会匆忙奔逃。后头部队不加救助，敌军就没有援兵了。这样才能够达到我们战胜的目的。"郑伯听从了这个意见。戎军走在前面遇上伏兵的赶紧逃命，祝聃追击他们，把戎军夹在中间，前后夹击，全部歼灭，后面的戎军拼命逃跑。十一月甲寅日，郑人大败戎军。

隐公十年

　　十年春天，周历二月，隐公在中丘跟齐侯、郑伯相会。夏天，公子带兵会同齐人、郑人一起攻打宋国。六月七日，隐公在菅地打败宋军。十六日，收取郜地。二十六日，收取防地。秋天，宋人、卫人侵入郑国。宋人、蔡人、卫人联合攻打戴国。郑伯攻克戴地，俘获了三国军队。冬天，十月二十九日，齐人、郑人侵入郕国。

　　○十年春天，周历正月，隐公在中丘跟齐侯、郑伯相会。二月二十五日，在邓地结盟，决定了出兵伐宋的日期。

　　夏天，五月，羽父在约期之前率兵会合齐侯、郑伯攻打宋国。六月戊申日，隐公在老桃与齐侯、郑伯相会。七日，隐公在菅地打败宋军。十五日，郑国军队攻入郜邑。十六日，郑伯将郜地归属于我国。二十五日，郑军又攻入防地。二十六日，防地也归属于我国。君子认为："郑庄公在这件事情上可说是做对了。用天子的命令讨伐不朝觐天王的诸侯，自己不贪求攻取的土地，而把它犒赏给受王爵位的国君，这是得到治政的根本了。"

　　蔡人、卫人、郕人没有尊奉王命会师伐宋。

　　秋天，七月五日，郑国军队进入本国郊外。趁着郑军还在郊外，宋人、卫人侵入郑国，又叫蔡人跟从他们攻打戴邑。八月八日，郑伯包围戴地。九日，攻破戴城，在那里俘获了三国军队。——宋、卫进入郑国以后才以攻戴为名召来戴人，戴人恼怒，所以三国不和而被打败。九月戊寅日，郑伯攻入宋国。

　　冬天，齐人、郑人攻进郕国，这是讨伐它违背天王命令不会师伐宋。

隐公十一年

　　十一年春天，滕侯、薛侯来朝见鲁公。夏天，隐公在时来会见郑伯。秋天，七月三日，隐公同齐侯、郑伯攻入许国。冬天，十一月十五日，隐公逝世。

　　○十一年春天，滕侯、薛侯来朝见鲁公，争着排在前面。薛侯说："我国比滕国先受封，所以应该排在前面。"滕侯说："我国，是周王朝的卜正官；薛国，是庶姓国。我不能够排在它后面。"隐公派羽父跟薛侯商议，说："君侯与滕君蒙辱来看望寡人，周谚有这样的说法：'山上有树木，工匠才会去砍伐它；宾客有礼节，主人才会邀请他。'周朝的朝觐盟会，都是把异姓排在后面。寡人如果到薛国去朝见，决不敢跟任姓各国排在一起。君侯若肯施惠给寡人，就希望同意滕君的请求。"薛侯答应了，于是把滕侯排在前面。

争车射考叔，选自明刊本《新镌绣像列国志》。

夏天，隐公在郲地跟郑伯相会，是为了商议攻打许国的事。郑伯将要攻打许国，五月二十四日，在祖庙里分发武器。公孙阏与颖考叔争夺兵车。颖考叔挟起兵车辕木就跑，子都拔出戟去追赶他。追到了大路口，也没能赶上。子都为此非常气愤。

秋天，七月，隐公会同齐侯、郑伯讨伐许国。初一日，兵临许城之下。颖考叔举着郑伯的旗帜——蝥弧，抢先登上城墙。子都从城下向他射暗箭，颖考叔坠下城墙而死。瑕叔盈又举着蝥弧登城，向四周挥舞旗帜大喊："国君登上城墙了！"于是郑国军队全部登上城墙。初三日，终于打进许城。许庄公逃奔到卫国。齐侯把许城让给隐公。隐公说："君侯认为许国不遵守王法，所以我跟着您来讨伐它。现许国既然已经伏罪，虽然君侯有这样的好意，我也不敢领情。"于是就给了郑国。

郑伯让许国大夫百里辅佐许叔居住在许国东部，说："上天降祸给许国，鬼神对许君也确实不满意，因而借我的手来惩罚他。寡人连一两个父老兄弟也不能同心同德，怎敢把攻取许国作为自己的功劳呢？我有一个弟弟，不能和睦相处而让他流浪在外四处求食，难道还能够长久地占有许国吗？还是请您辅佐许叔来安抚这里的人民吧，我将派公孙获帮助您。如果寡人能够全寿善终，上天或许会依礼撤回加给许国的祸患，说不定会让许公重新执掌国政，到那时，即使我郑国对你们有什么请求，也希望你们像老亲戚一样，能够屈身相从。不要让别的国家住在这附近，来跟我郑国争夺这一方土地。不然，我的子孙后代连挽救自身灭亡的时间都没有，哪还能虔诚地祭祀许国呢？我让您住在这里，不只是为了许国，也是为了姑且巩固我国的边疆啊！"于是又派公孙获住在许城西部，对他说："凡是你的器用财物，不要存放在许城。如果我死了，你就赶快离开许国。我们的先君在这里建置新邑，而现在王室已经衰微了，周室子孙正在一天天地丢失祖业。许国，是四岳的后代。上天既然已经厌弃周室的德行，我们怎么能够跟许国相争呢！"

君子认为郑庄公在这件事情上合乎礼。礼，是治理国家、安定社稷、使人民有序、对后代有益的东西。许国不遵守法度就讨伐它，服罪了就宽恕它，揣度德行来处理，估测力量去办事，看准了时机才行动，不连累后人，这可以说是懂得礼了。

郑伯让每百人拿出一头猪，每二十五人拿出一条狗或一只鸡，用来诅咒射杀颍考叔的人。君子认为郑庄公失去了政和刑。政用来治理百姓，刑用来匡正邪恶。既没有仁德的政治，又缺乏威严的刑罚，所以产生了邪恶。邪恶产生了才去诅咒它，会有什么好处呢！

周桓王从郑国取得邬、刘、芳、邗等地的土田，却把从前属于苏忿生的土田——温、原、绨、隰郕、樊茅、向、盟、州、陉、隤、怀等换给郑国。君子从这件事预知周桓王将会失去郑国。按照恕道办事，是德行的准则、礼仪的常规。自己不能占有，却拿来换给别人。别人不再来亲附，不也是应该的吗？

郑、息两国发生了口角。息侯出兵攻打郑国，郑伯跟他在边境上交战，息国军队吃了大败仗回去。君子根据这件事推知息国快要灭亡了。不揣度德行，不估测力量，不亲近同姓国，不考辨言辞，不明察是非。犯下这五大错误，却去攻打别人，息国丧亡军队，不也是应该的吗？

冬天，十月，郑伯带领虢国军队攻打宋国。十四日，把宋国军队打得大败，以报复宋国侵入郑国的那次战役。宋国没有来报告这件事，所以《春秋》上不记载。凡诸侯有大事，通报的就记载，不通报的就不记载。出兵顺利不顺利，也照此办理。即使是灭国这样的大事，被灭亡的国家不通报战败，胜利的国家不通报战胜，也不记载在史册上。

羽父请求杀掉桓公，想凭着这样的功劳求取卿相的职位。隐公说："我之所以摄政，是因为他年纪太小的缘故。现在他已长成，我打算把权位交给他。派人在菟裘建造房屋，我将要到那里去养老。"羽父害怕，反过来在桓公面前诬陷隐公，请求杀掉隐公。隐公做公子的时候，曾与郑人在狐壤交战，被郑人俘获。郑人把他关在尹氏那里。隐公贿赂尹氏，并向尹氏的祭主钟巫神祷告。于是跟尹氏一起逃回，在鲁国为尹氏建立祭主。十一月，隐公将要祭祀钟巫，在社圃斋戒，在芳氏家里住宿。十五日，羽父派杀手在芳氏家里杀死了隐公。接着拥立桓公为君，并讨伐芳氏，芳氏家有人冤死。《春秋》不记载安葬隐公，是因为没有按国君的规格为隐公举行丧礼。

桓　公

桓公元年

　　鲁桓公元年春天，周历正月，桓公就国君职。三月，桓公在垂会见郑伯，郑伯用璧交换许田。夏天，四月初二，桓公和郑伯在越地结盟。秋天，发生洪涝灾害。冬天，十月。

　　〇元年春天，桓公当上国君，跟郑国重修友好关系。郑人请求重新祭祀周公，完成交换祊田的事。桓公答应了他。三月，郑伯又加用玉璧来交换许田，这是为了祭祀周公和交换祊田的原故。

　　夏天，四月初二，桓公跟郑伯在越地结盟，这是为祊田而建立的友好关系。盟辞说："违背盟约，不能享国。"

　　秋天，发生大水。凡是平原上淹了水就叫做大水。

　　冬天，郑伯前来拜谢结盟。宋国的华父督在路上看见孔父的妻子，用眼睛盯着她走近来，又盯着她走开去，赞叹道："既美丽又漂亮。"

桓公二年

　　二年春天，周历正月，戊申日，宋华父督杀了他的国君与夷和大夫孔父。滕国国君来朝见。三月，桓公在稷地会见齐侯、陈侯、郑伯，以成全宋国的叛乱。夏天，四月，从宋国取来原郜国的大鼎，初九日，将大鼎放进周公庙。秋天，七月，杞侯来朝见。蔡侯、郑伯在邓地相会。九月，鲁军侵入杞国。桓公跟戎人在唐地结盟。冬天，桓公从唐地回国。

　　〇二年春天，宋华父督攻打孔氏，杀死孔父而夺取他的妻子。殇公发怒，华父督害怕，就杀了殇公。君子认为华父督先心里没有了君王，然后才敢做专杀大臣的坏事，所以《春秋》先记载"弑其君"。桓公和齐侯、郑伯在稷地会见，以便成全宋国的叛乱，这是因为接收了贿赂的原故，目的是建立华氏政权。宋殇公当国君后，十年内打了十一仗，人民忍受不了。孔父嘉做司马，华父督是大宰，所以华父督利用人民不能忍受的心理抢先散布言论说："是司马造成这种局面的。"杀了孔父和殇公之后，华父督从郑国迎来庄公立他为君，以此讨好郑国；又用郜国大鼎贿赂桓公；而且齐国、陈国、郑国都有财礼奉送；所以他最终能辅佐宋公。

　　夏天，四月，从宋国取来郜铸大鼎。初九日，把大鼎安置在太庙里，这是不符合礼的。臧哀伯劝说："做人国君的人，要显示善德阻塞邪恶，为百官做出榜样，如此还怕有所疏漏，所以又要发扬美德来给子孙示范。因此，太庙用茅草盖顶，辂车用蒲席垫底，肉汁不放调料，主食不春捣加工，这是在显示他们的节俭；礼服、礼帽、蔽膝、圭版、大带，裙子、绑腿、鞋子、横簪、瑱绳、系带、帽顶，尊卑各有规定，这是为了显示制度；缫藉、佩巾、刀鞘、刀饰、革带、带饰、旗饰、马鞅，上下多少不同，这是为了显示定数；画环形、龙形，绣斧形、弓形，都是为了显示文饰；五种颜色合成各种形象，这是为了显示色彩；锡、鸾、和、铃，都是用来表明声音的；画有日、月、星的旌旗，都是为了表现光明的。所谓美德，是节俭而有制度，增减有一定的数量，用花纹、色彩来记录它，用声音、光亮来发扬它，从而显示给百官。百官因此小心谨慎，不敢违反各项规章制度。现在却抛弃美德而树立邪恶，把宋国贿赂的鼎器放在太庙里，公然向百官显示。百官如果跟着这样做，那又惩罚谁呢？国家的失败，就是由于官吏的邪恶啊！官吏的丧失美德，则是由于宠幸和贿赂公行。把郜鼎放在太庙里，还有比这个更明显的贿赂吗？武王打败商纣，把九鼎迁到王城，正义之士尚且认为他不对，何况将违礼叛乱的贿赂器物在太庙里展示，那又会怎样呢？"桓公不听。

周朝的内史听说了这件事，说："臧孙达在鲁国大概会后继有人的。国君违背礼制，他没有忘记用道德来劝阻。"

秋天，七月，杞侯来朝见，不恭敬。杞侯回国后，鲁君就策划讨伐他。蔡侯、郑伯在邓地相会，这是由于开始害怕楚国了。九月，鲁军攻入杞国，是为了讨伐杞侯的不恭敬。桓公跟戎人在唐地结盟，这是为了重温过去的友好关系。冬天，桓公从唐地回国。《春秋》记载这件事，是因为祭告了宗庙。凡是国君出去，要祭告宗庙；回来后，要"饮至"——在宗庙里置杯饮酒，用简册记载功劳；这是礼制。鲁君单独跟另一国君相会，无论是去还是来，都要记载相会地点，因为这是相互谦让的事。如果会见的国君在三个以上，那就去别国时记载会见地点，来鲁国的话就只说相会而不记地点，这是因为一定有人主持会见的缘故。

当初，晋穆侯的夫人姜氏在条戎战役时生下太子，那次战斗失败，所以替太子取个名字叫"仇"。仇的弟弟在千亩战役时出生，这次战斗打胜了，所以给他取名叫"成师"。师服说："君侯给孩子取名取得真怪啊！命名要符合道义，道义产生礼仪，礼仪体现政治，政治使百姓正直，所以政治成功百姓就听从，否则就产生祸乱。美好的婚姻叫做"妃"，不好的婚配叫做"仇"，这是古时的名称。现在君侯给太子取名叫"仇"，他的弟弟叫"成师"，这就开始预示祸乱了。做哥哥的恐怕会衰微吧！"

鲁惠公二十四年，晋国开始发生动乱，所以把桓叔封在曲沃，靖侯的孙子栾叔辅助他。师服说："我听说国家的建立，根本大而枝节小，这样才能够巩固。所以天子分封诸侯，诸侯建立卿家，卿家设置侧室，大夫有贰宗的官职，士有做隶役的子弟，庶人、工匠、商贾也各有亲疏，都有等级差别。因此百姓能甘心事奉他们的上司，下面的人都没有非分之想。现在晋国只不过是王畿之内的一个侯国，却要另建侯国，根本已经衰弱了，难道还能够长久吗？"

鲁惠公三十年，晋国的潘父杀死昭侯而接纳桓叔，没有成功。晋国人立了孝侯。惠公四十五年，曲沃庄伯攻打翼都，杀死孝侯。翼都人立孝侯的弟弟鄂侯。鄂侯生了哀侯。哀侯侵夺陉庭的土地，陉庭南部边境的人就挑动曲沃攻打翼城。

桓公三年

三年春天，周历正月，桓公在嬴地会见齐侯。夏天，齐侯、卫侯在蒲地会谈。六月，桓公在郕地会见杞侯。秋天，七月十七日早晨，日食，全吃完了。公子翚到齐国迎接齐女。九月，齐侯送女姜氏到讙地。桓公在讙地会见齐侯。夫人姜氏从齐国嫁到我国。冬天，齐侯派他的弟弟年来我国访问。粮食大丰收。

〇三年春天，曲沃武公攻打翼都，在陉庭作短暂停留。韩万驾驭兵车，梁弘担任车右，在汾水边地追赶晋哀侯。哀侯座车的骖马被挂住而停了下来。晚上抓住了晋哀侯，连同栾共叔。桓公与齐侯在嬴地会见，是为了跟齐国订婚。

夏天，《春秋》说齐侯、卫侯在蒲地"胥命"，是因为他们没有结盟。桓公在郕地接见杞侯，是因为杞侯来请求和解。

秋天，公子翚到齐国迎接齐女，继承了先君的友好关系，所以称他为"公子"。齐侯送姜氏到鲁国的讙地，这是不合乎礼的。凡是国家公室的女子，出嫁给同等国家，如果是国君的姐妹，就由上卿送她，以表示对前代国君的尊敬；如果是国君的女儿，就由下卿送她。如果嫁给大国，即使是国君女儿，也由上卿送她。如果嫁给天子，那就各位卿臣都去送，但国君自己不送。如果嫁给小国，就由上大夫送她。

冬天，齐国的仲年来访问，这是为了看望夫人。芮伯万的母亲芮姜怨恨芮伯有许多宠姬，所以赶走了他。芮伯逃奔出去住在魏国。

桓公四年

四年春天，周历正月，桓公到郎地狩猎。夏天，天子派宰渠伯纠来访问。

〇四年春天，周历正月，桓公在郎地狩猎。《春秋》记载此事，是因为这事合时合礼。夏天，周朝宰官渠伯纠来访问。因为他父亲在世，所以《春秋》称他的名。

秋天，秦军侵犯芮国，被芮国打败，这是因为小看了芮国。

冬天，周王的军队和秦国军队包围魏国，逮了芮伯回国。

桓公五年

五年春天，周历正月，甲戌或乙丑日，陈国君鲍逝世。夏天，齐侯和郑伯到纪国去。周天子派仍叔的儿子来访问。安葬陈桓公。修筑祝丘城。秋天，蔡人、卫人、陈人跟随周天子的军队讨伐郑国。举行大规模的求雨祭祀。发生大蝗灾。冬天，州国国君到曹国去。

〇五年春天，周历正月。甲戌日或乙丑日，陈国君侯鲍逝世。记载两个日子，是因为讣告了两次。在这段时间里，陈国发生动乱，文公的儿子佗杀掉太子免而取代他。陈桓公病危，因而动乱发生，国内的人四处逃散，所以前后发布了两次讣告。

夏天，齐侯、郑伯到纪国朝见，想趁机偷袭纪国。纪人明白这件事。

周天子剥夺了郑伯在王室的政权，郑伯因此不再朝拜天子。秋天，天子率领诸侯讨伐郑国，郑伯抵抗他们的进攻。周天子统帅中军；虢公林父率领右军，蔡人、卫人隶属于他；周公黑肩指挥左军，陈人隶属于他。

郑国子元建议组建左边方阵，以抵挡蔡国、卫国的军队；组建右边方阵，以对付陈国军队。他说："陈国动乱，士兵们没有心思打仗。如果先攻击陈军，陈一定会败逃。天子的军队如果照顾溃逃的陈军，自己的阵脚也必定会打乱。蔡国和卫国的军队支持不住，无疑会抢先奔逃。打败左右的陈、蔡、卫军后，集中兵力来对付天子的中军，就可以成事。"郑伯听从了。曼伯布置左方阵，祭仲足指挥右方阵，原繁、高渠弥带领中军护卫郑伯。各军摆开"鱼丽"阵势。即"偏"在前，"伍"在后，"伍"承担弥补"偏"的空隙。

战斗在缰葛打响。郑伯命令左右两方阵说："令旗挥动，就击鼓进军！"结果，蔡、卫、陈三国军队都逃奔，天子军队也发生混乱，郑军集中起来攻击天子军队，天子军队大败。祝聃射伤了天子的肩膀，但天子还能指挥军队。祝聃请求追击天子。郑伯说："君子不希望逼人太甚，何况是敢于欺凌天子呢？如果能够挽救自己，国家不再受到损害，就足够了。"晚上，郑伯派祭足慰问天子，同时慰问天子的随从人员。

《春秋》写明"仍叔之子"，是因为他还年轻。

秋天，为求雨举行大规模雩祭。《春秋》记载这件事，是因为它不合时令。凡是祭祀，昆虫惊动的时候举行郊祭，龙星出现的时候举行雩祭，秋气刚到的时候举行尝祭，昆虫蛰伏的时候举行烝祭。如果祭祀不符合时令，就加以记载。

冬天，淳于公外出到曹国。估测自己的国家会发生危难，就没有回去了。

桓公六年

六年春天，周历正月，淳于公来到鲁国。夏天，四月，桓公在郕地会见纪侯。秋天，八月八日，举行大规模阅兵仪式。蔡人杀死陈佗。九月二十四日，子同出生。冬天，纪侯前来朝见。

〇六年春天，淳于公从曹国前来朝见。《春秋》写作"寔来"，是因为他不再回自己的国家了。

楚武王侵犯随国，派薳章向随国请求和谈，将军队驻扎在瑕地以等待随国使者。随人派少师来主持和谈。斗伯比跟楚王说道："我们不能够在汉水以东的国家达到目的了，是我们自己造成这种局面的。我们扩大三军，配备铠甲兵器，用武力去欺压他们。他们害怕，就会团结一心来对付我们，所以很难离间他们。汉水以东的国家，随国最大。随国要是骄傲，就必定抛弃小国。小国离散，就是楚国的利益。少师为人狂妄，建议表面损减军队来诱使他骄傲。"熊率且比说："季梁还在，有什么用？"斗伯比说："这是为以后打算，少师将会得到国君的宠信。"楚王就减损军队，然后让少师进入军队和谈。

少师回去，建议随侯追击楚军。随侯打算答应他。季梁劝止这件事，说："老天爷正在帮助楚国，楚军疲弱，恐怕是诱惑我们。君急什么呢？我听说小国能够跟大国相抗衡，是因为小国有道而大国淫乱。所谓'道'，就是对人民忠心、对鬼神诚信。君上想着为人民谋福利，就是'忠'；祝史说话正直诚实，就是'信'。老百姓挨饿而君王却要追求自己的私欲，祝史说假话来祭祀神灵，我不知道这样做能行得通啊！"随侯说："我用来祭祀的牲畜肥壮，谷物丰满齐全，怎么是'不信'？"季梁回答说："老百姓，是神灵的主人，所以圣贤的君王先成全民事然后才对神灵效力。因此进献牲畜时报告说：'博硕肥腯。'这是指老百姓的力量普遍存在，牲畜壮大繁殖，没有疾病瘦弱，各种毛色的肥壮牲畜都有。进献谷物时报告说：'洁粢丰盛。'这是指农事没有受到损害，因而百姓和乐五谷丰收。进献酒时报告说：'嘉栗旨酒。'这是指上下都有美好的德行，而没有邪恶的思想。所谓馨香，就是没有虚妄邪恶。所以致力农事，修讲五教，亲近九族，用这些行为来祭祀神灵。由于这样，百姓和乐，神灵赐给他们福气，所以做什么事都能成功。现在老百姓各有异心，因而鬼神缺乏主人，君侯即使自己丰足，又有什么福气呢？君侯如能修治政教，亲近兄弟国家，说不定能避免祸难。"随侯害怕，就努力修治政教，楚国不敢讨伐。

夏天，桓公和纪侯在成地相会，这是因为纪侯前来商议如何消除齐国灭纪的灾难。

北戎攻打齐国，齐国派人向郑国借兵。郑太子忽带兵救齐。六月，大败戎军，俘获了戎军的两个统帅大良和少良，还有戎军兵士的首级数百，一并献给齐国。当时诸侯的大夫在齐国戍守，齐国赠送他们食物，让鲁国替他排定先后次序。鲁国把郑国排在后面。郑太子忽认为自己有功劳不应排后，就发怒，所以后来发生了郎地的战争。

在桓公没有向齐国求婚以前，齐侯想把文姜嫁给郑国太子忽，太子忽辞谢。有人问这样做的缘故，太子说："人人各自有合适的配偶，齐国强大，不是我的配偶。《诗经》说：'求于自己，多受福禄。'福禄取决于我自己，靠大国有什么用？"君子说："郑太子忽善于替自己打算。"到他打败戎军的时候，齐侯又请将别的女儿嫁他，太了忽坚决辞谢。有人问为什么，太子说："没有替齐国干什么事情的时候，我尚且不敢答应齐国婚事，现在奉国君命令来替齐国救急，却娶了媳妇回去，那就是凭借军队索取婚姻啊，老百姓将会怎么说我呢？"于是通过郑伯辞谢了这桩婚事。

秋天，举行大规模阅兵，这是为了检阅战车和战马。

郑太子忽辞婚，选自明刊本《新镌绣像列国志》。

九月二十四日，公子同出生。用太子出生的礼仪来对待他：父亲接见儿子时用太牢，让占卜选择的吉人背负他，叫吉人的妻子喂养他，桓公与文姜以及宗妇替他取名。桓公向申缙询问取名的事。申缙回答说："名有五种，即信、义、象、假、类。根据出生时的情况取名叫信，用吉祥赞扬的字眼取名叫义，根据相似的特征取名叫象，从别的事物那儿借名叫假，从父亲那儿取名叫类。不可用本国国名为人名，不可用官职名为人名，不可用山川名为人名，不可用疾病名为人名，不可用畜牲名为人名，不可用礼器礼物名为人名。周人用避讳事奉鬼神，人的名字，死后将要避讳。所以如果用国名为人名，避讳时就要废除原取的人名；用官名为人名，避讳时就要废除原官职名；用山川名为人名，避讳时就要废除山川的神主名；用畜牲名为人名，避讳时就无法祭祀；用礼器礼物名为人名，避讳时就会废除仪礼。晋国因为僖侯名司徒而不得不改官职司徒为中军。宋国因为武公名司空而不得不改司空官为司城，我国因避先君献公、武公的名讳不得不废除具、敖二山名，因此大物之名是不能拿来给人命名的。"桓公说："这个孩子的出生，跟我是同一天，就叫他作同。"

冬天，纪侯来朝见，想请桓公求取王命来跟齐国讲和。桓公告诉他不行。

桓公七年

七年春天，二月二十八日，放火烧了咸丘。夏天，榖国国君绥前来朝见，邓国国君吾离也来朝见。

〇七年春天，榖伯、邓侯前来朝见。《春秋》称他们的名，是由于看不起他们。

夏天，盟、向两邑向郑国求和，不久又背叛郑国。

秋天，郑人、齐人、卫人讨伐盟邑和向邑。周天子把盟、向两邑的百姓迁到王城。

冬天，曲沃伯诱召晋侯小子，伏兵杀害了他。

桓公八年

八年春天，正月十四日，举行烝祭。周天子派家父前来访问。夏天，五月十三日，又举行烝祭。秋天，讨伐邾国。冬天，十月，下雪。祭公先来鲁国，然后到纪国迎接王后。

〇八年春天，曲沃伯灭亡了晋国都城翼邑。

随国少师受到国君宠信。楚国的斗伯比说："可以了。敌人有了空子，我们不应该错过。"

夏天，楚王在沈鹿会合诸侯，黄国和随国没有与会。楚王派莸章去责备黄国，他自己统兵讨伐随国，把军队驻扎在汉水和淮水之间。

季梁建议向楚国请降，说："如果楚国不答应，然后再交战。这是让我军激奋而使敌人松懈的办法。"少师对随侯说："一定要赶快交战，不这样，就会失掉战胜楚军的机会。"随侯出兵抵抗楚军，与楚军遥相对望。季梁说："楚国人尊重左边，楚王一定在左军中。不要跟楚王正面交锋，暂且攻打他的右军。右军没有良将，必定失败。右军一败，整个楚军就离散了。"少师说："国君不跟楚王正面交锋，就不是对等的战争。"随侯没有听从季梁的话。两军在速杞交战，随军打了败仗。随侯逃脱。斗丹缴获了随侯的战车，以及随侯的车右少师。

秋天，随国要求跟楚国讲和，楚王打算不答应。斗伯比说："上天已经除去随国的祸害少师了，随国是不能够灭亡的。"于是跟随国结盟然后回国。

冬天，周天子命令虢仲到晋国立晋哀侯的弟弟缗为晋侯。祭公先来鲁国，然后去纪国迎接王后，这是合于礼的。

桓公九年

九年春天，纪国的季姜嫁到周王都城洛邑。夏天，四月。秋天，七月。冬天，曹桓公派他的太子射姑前来朝见。

〇九年春天，纪国季姜嫁到周都洛邑。凡是诸侯的女儿出嫁，只有当王后的才加以记载。

巴国国君派外交官韩服向楚国通报，请楚国帮助巴国跟邓国建立友好关系。楚王就派道朔带领韩服去邓国访问，邓国南部边邑鄾人攻击他们，夺取了他们的财物礼品，杀死了道朔和巴国的外交官韩服。楚王派莅章去责备邓国，邓国不接受指责。

夏天，楚国派斗廉带兵联同巴国军队包围鄾邑。邓国的养甥、聃甥带兵救援鄾邑。邓军向巴军多次进攻，都没有攻破。斗廉把他的军队横摆在巴军中间去跟邓军交战，然后诈败奔逃。邓军追赶楚军，以致巴军处在背后。巴军与楚军夹攻邓军，邓军大败。鄾邑人连夜逃散了。

秋天，虢仲、芮伯、梁伯、荀侯、贾伯讨伐曲沃。

冬天，曹国太子前来朝见。鲁国用上卿礼遇接待他，这是合礼的。设宴招待曹太子，开始进酒奏乐的时候，曹太子叹气。施父说："曹太子恐怕会有忧患吧，因为这不是叹气的地方啊！"

桓公十年

十年春天，周历正月六日，曹国国君终生逝世。夏天，五月，安葬曹桓公。秋天，桓公到桃丘去会见卫侯，没有见到。冬天，十二月二十七日，齐侯、卫侯、郑伯前来郎地跟我军作战。

〇十年春天，曹桓公逝世。

虢仲在周天子面前诬陷他的大夫詹父。詹父有理，就率领天子军队讨伐虢国。夏天，虢公逃奔到虞国。

秋天，秦人把芮伯万送入芮国。

当初，虞叔有块宝玉，虞公向他索取，虞叔不给。不久，虞叔后悔，想道："周朝的谚语有这样的说法：'百姓没有罪，怀藏的玉璧才是罪。'我要这块宝玉干什么，难道用它来买祸害？"于是就把宝玉献给了虞公。虞公又索取他的宝剑。虞叔说："这个人贪得无厌。贪得无厌，必定会给我带来祸害。"于是就攻打虞公。所以虞公逃奔到了共池。

冬天，齐、卫、郑三国联军前来郎地作战。这次战争我方是有理的，——当初，北戎侵犯齐国，诸侯去救援齐国，郑公子忽在这件事上有功劳。齐人馈送诸侯食物，让鲁国排列先后次序。鲁国依据周朝封爵的先后把郑国排在后面。郑人发怒，向齐国请求出兵，齐国就率领卫国军队援助郑国。——所以《春秋》记载时不称"侵伐"。先写齐国、卫国而后写为主的郑国，也是按照周朝封爵的次序。

桓公十一年

十一年春天，正月，齐人、卫人、郑人在恶曹结盟。夏天，五月七日，郑庄公寤生逝世。秋天，七月，安葬郑庄公。九月，宋人捉住郑国的祭仲。郑公子突回到郑国，郑昭公忽逃亡到卫国。鲁大夫柔在折地会见宋公、陈侯、蔡叔，并结盟。桓公与宋公在夫钟相会。冬天，十二月，桓公又在阚地会见宋公。

〇十一年春天，齐国、卫国、郑国、宋国在恶曹结盟。

楚国的莫敖屈瑕打算跟贰国、轸国结盟。郧人却在蒲骚布置军队，将要会同随、绞、州、蓼四国攻打楚军，莫敖为此担心害怕。斗廉说："郧军驻扎在本国的郊区，一定不会防备，而且他们天天盼望四国前来增援。您领兵驻扎在郊郢，以便抵挡四国援军；我带精锐部队夜间偷袭郧军。郧军一心盼望救援，又依仗有城邑作保，定会缺乏战斗意志。如果打败了郧军，四国联军就一定离散。"莫敖说："为什么不向楚王请求增加军队呢？"斗廉回答说："军队打胜仗在于团结，不在人多。商朝和周国力量相差悬殊，这是您知道的。只要我们的军队同仇敌忾出战，又何必要增加兵力呢？"莫敖说："占卜一下吧？"回答说："占卜是用来决定疑虑的，没有疑虑，又占卜什么？"于是在蒲骚打败了郧军，终于跟贰、轸两国结了盟才回国。

郑昭公忽在齐国打败北戎的时候，齐君想把女儿嫁给他，昭公辞谢了。祭仲说："一定要娶她。国君有许多宠幸的妻妾，你如果没有大国援助，将难以立为国君。因为另三个公子都有可能成为国君。"

夏天，郑庄公逝世。

当初，祭地封人仲足得到郑庄公宠信，郑庄公让他做卿。仲足替郑庄公娶回邓曼，生下昭公。所以祭仲扶立他作国君。宋国的雍氏把女儿嫁给郑庄公，叫雍姞，生下厉公。雍氏受人尊重，得到宋庄公宠信，所以他诱来祭仲逮捕了他，说："若不立突为郑君，你就要死。"又捉住厉公突，向他索取贿赂。祭仲跟宋人结盟，带着厉公回国而立他做郑君。

秋天，九月十三日，郑昭公逃亡到卫国。二十五日，郑厉公突即位做了国君。

桓公十二年

十二年春天，正月。夏天，六月十二日，桓公会见杞侯、莒子，在曲池结盟。秋天，七月十七日，桓公会见宋公、燕君，在谷丘结盟。八月壬辰日，陈厉公逝世。桓公跟宋公在虚地相会。冬天，十一月，桓公在龟地会见宋公。十八日，桓公会见郑伯，在武父结盟。同一天，卫宣公逝世。十二月，联同郑国军队攻打宋国。十日，在宋国作战。

〇十二年夏天，桓公在曲池会盟，是为了调解杞国和莒国之间的矛盾。

桓公想让宋国、郑国讲和。秋天，桓公在谷丘会见宋公。由于不知宋国是否真心愿和，所以又在虚地会见；冬天，又相会在龟地。宋公拒绝讲和，所以桓公跟郑伯在武父结盟，然后带领军队讨伐宋国，在宋国交战，这是因为宋国不讲信用。君子说："如果信用跟不上，结盟是没有用的。《诗》说：'君子多次结盟，动乱由此产生。'这正是由于没有信用。"

楚国讨伐绞国，驻军在绞国的城南门。莫敖屈瑕说："绞国弱小却轻率粗心，轻率粗心就缺乏计谋。建议不派人保卫外出砍柴的人，用这种方法来引诱他们。"楚王听从了他。绞人俘获了三十个砍柴人。第二天，绞人争着出城，到山中驱赶楚国的砍柴人。楚人则在山下设置埋伏，并派兵坐在绞城北门外等候。结果大败绞人，逼迫绞人订立了城下盟约才回国。

讨伐绞国的那场战役，楚国军队从彭水分头过河。罗人想要攻击他们，就派伯嘉前往侦察楚军。伯嘉多次计点楚军人数。

桓公十三年

十三年春天，二月，桓公会见纪侯、郑伯。初三日，桓公跟齐侯、宋公、卫侯、燕人交战。三月，安葬卫宣公。夏天，发生大水。秋天，七月。冬天，十月。

〇十三年春天，楚国屈瑕领兵讨伐罗国，斗伯比为他送行。返回的时候，斗伯比对他的驾牟人说："莫敖一定会失败。走路时把脚抬得很高，表明他心思浮动不安定。"于是去见楚王，说："一定要增加军队！"楚王没有答应他的请求。楚王进到屋里，把这事告诉夫人邓曼，邓曼说："斗大夫恐怕不是说的军队人数多少，而是说您要用诚信来安抚百姓，用道德来告诫官吏，用法律来约束莫敖。莫敖陶醉在蒲骚战役的胜利中，一定会自以为是，从而轻视罗国。君王如果不加镇抚，恐怕他不会设置防备啊！斗大夫一定是说您要训诫大众并好好地督察他们，召集官吏而用美好的德行鼓励他们，召见莫敖，告诉他上天不会宽大他的过错。斗大夫说的如果不是这意思，他难道不知道楚国的军队全都出动了吗？"楚王派赖人去追赶莫敖，没有追上。

莫敖派人在军队中巡回宣布命令说："敢进谏的人要受刑罚！"到达鄢水，军队次序混乱地渡河，终致不成行列，而且不设防备。到达罗国，罗军与卢戎军队两面夹击，大败楚军。莫敖吊死在荒谷，其他将军自己囚禁在冶父，等候楚王处罚。楚王说："这是我的过错。"全部赦免了他们。

宋国向郑国索取很多的财物。郑国不能忍受，所以率领纪、鲁、齐三国的军队跟宋、卫、燕军作战。《春秋》没有记载作战的地点，是因为鲁军后到。

郑国来请求建立友好关系。

桓公十四年

十四年春天，正月，桓公在曹国会见郑伯。没有结冰。夏天，五月，郑伯派他的弟弟语前来结盟。秋天，八月十五日，御廪发生火灾。十八日，举行尝祭。冬天，十二月二日，齐国国君禄父逝世。宋人带领齐人、蔡人、卫人、陈人讨伐郑国。

〇十四年春天，桓公与郑伯在曹国会见。曹国馈送他们食物，这是合于礼的。

夏天，郑国子人前来重温十二年底在武父所订立的盟约，并且重温去年在曹国的会见。

秋天，八月十五日，御廪发生火灾。十八日，照常举行尝祭。《春秋》记载这件事，是由于他们并不害怕天灾。

冬天，宋国率领诸侯联军讨伐郑国，是为了报复前几年郑伐宋的那次战役。焚烧了郑国的渠门，攻入城市，到达了城内的大街上。又攻打东郊，占取了牛首。带回郑国祖庙的椽子，用它作为宋国城郊卢门的椽子。

桓公十五年

十五年春天，二月，周桓王派家父来索取车辆。三月十一日，周桓王逝世。夏天，四月十五日，安葬齐僖公。五月，郑伯突逃亡到蔡国，郑太子忽回国复位。许叔进入许国都城。桓公跟齐侯在艾地相会。邾君、牟君、葛君前来朝见。秋天，九月，郑伯突入居郑国的边邑栎。冬天，十一月，桓公在袤地会见宋公、卫侯和陈侯，然后一起讨伐郑国。

〇十五年春天，周桓王派家父前来索取车辆，这是不合礼的。诸侯不应该向天子贡献车辆服装，天子也不应该向诸侯私下索取财物。

祭仲专权，郑厉公很担心，就派祭仲的女婿雍纠谋杀他。雍纠打算在郊外宴请祭仲。雍姬知道了这个阴谋，对她的母亲说："父亲与丈夫哪一个更亲？"她母亲说："凡是男人都可以做丈夫，而父亲却只有一个，这怎么能够相比呢？"雍姬于是告诉她的父亲祭仲说："我丈夫雍氏不在自己家里却要到郊外去宴请您，我对此感到疑惑，所以把这事告诉您。"祭仲杀死雍纠，暴尸在周氏之汪。厉公载着雍纠的尸体出逃，说："跟妇人谋划大事，死得活该。"夏天，郑厉公逃奔到了蔡国。六月二十二日，郑昭公进入郑国。

许叔从许东偏进居许国都城。桓公在艾地跟齐侯相会，就是为了商议如何安定许国。

秋天，郑厉公通过栎人杀害了戍守大夫檀伯，因而就居住在栎邑。

冬天，桓公与宋、卫、陈三国国君在袤地会见，是为了谋划讨伐郑国，打算将厉公送回国都复位。没有成功，只好退兵。

桓公十六年

十六年春天，正月，桓公在曹国与宋公、蔡侯、卫侯会盟。夏天，四月，桓公领兵会同宋公、卫侯、陈侯、蔡侯的军队讨伐郑国。秋天，七月，桓公讨伐郑国后回到本国。冬天，修筑向城。十一月，卫惠公朔逃亡到齐国。

○十六年春天，正月，桓公和宋公、蔡侯、卫侯在曹国会见，是为了商议讨伐郑国。

夏天，攻打郑国。

秋天，七月，桓公攻打郑国后回国。《春秋》记载"至"，是因为举行了祭告宗庙宴赏臣下的"饮至"礼。

冬天，修筑向城。《春秋》记载，是因为合时。

当初，卫宣公与他的庶母夷姜通奸，生下急子，托付给右公子职。宣公替他从齐国娶媳妇，媳妇很漂亮，宣公就自己娶了她，生了寿和朔，把寿托付给左公子。夷姜上吊死了。宣姜和公子朔诬陷急子。宣公派急子到齐国出使，暗地里叫杀手在莘地等待，打算杀了他。寿子告诉急子这件事，叫他逃走。急子不肯，说："丢下父亲的使命，还用儿子干什么？除非有没有父亲的国家才行。"等到出发的时候，寿子用酒灌醉急子，载着急子的旗号先走，杀手误认为是急子而杀了他。急子到后，说："你们是找我的，这个人有什么罪？请杀我吧！"杀手又杀了急子。左右二公子由此怨恨惠公。十一月，左公子洩和右公子职立公子黔牟为君。卫宣公逃亡到齐国。

桓公十七年

十七年春天，正月十三日，桓公在黄地会见齐侯、纪侯，并结盟。二月丙午日，桓公会见邾仪父，在趡地结盟。夏天，五月五日，跟齐军在奚地交战。六月六日，蔡侯封人逝世。秋天，八月，蔡季从陈国回到蔡国。二十三日，安葬蔡桓侯。鲁军跟宋人、卫人一同攻打邾国。冬天，十月一日，日食。

〇十七年春天，桓公与齐侯、纪侯在黄地结盟，这是由于调解齐国和纪国的矛盾，并且商议如何对付卫国的缘故。桓公跟邾仪父在趡地结盟，则是为了重温隐公时的蔑地盟约。

夏天，鲁军跟齐军在奚地作战，这是疆界上的冲突。当时齐军侵犯鲁国边疆，守边官吏前来报告请示。桓公说："边疆这类事情，要小心地守护自己的一方，并防备别国的意外侵犯。所以要随时对这类事情做好一切准备。敌人进犯了就迎头痛击，又何必要请示呢？"

蔡桓侯逝世，蔡国人到陈国召蔡季回国。秋天，蔡季从陈国回到蔡国，因为蔡国人都赞扬他。

鲁国攻打邾国，这是宋国的意愿。

冬天，十月初一，日食。《春秋》不记载日子，这是史官的疏漏。天子有日官，诸侯有日御。日官居卿位以推算日历，这是礼的规定。日御不能使日历错漏，要原原本本地将日官推定的日历在朝廷上传授给百官。

当初，郑庄公打算用高渠弥做卿，昭公讨厌他，坚决阻止，但庄公没有听从。昭公即位，高渠弥害怕他杀自己，就在十月二十二日杀死昭公，另立公子亹为君。君子认为昭公确实了解他所讨厌的人。公子达说："高渠弥将会被杀吧，他报仇报得太过分了！"

桓公十八年

十八年春天，周历正月，桓公在泺地会见齐侯。桓公与夫人姜氏趁便到了齐国。夏天，四月十日，桓公在齐国逝世。五月一日，桓公的灵柩从齐国送运回国。秋天，七月。冬天，十二月二十七日，安葬我们的国君桓公。

〇十八年春天，桓公打算前往会见齐侯，于是跟姜氏一起到齐国去。申繻说："女自有夫，男各有妻，不互相亵渎，就叫做有礼。如果违反这种礼节，就一定会坏事。"桓公在泺地会见齐侯，然后与文姜到齐国去，齐侯跟文姜私通。桓公责备文姜，文姜把话转告齐侯。

夏天，四月初十日，齐侯宴请桓公。而后让公子彭生帮助桓公登车，桓公就死在车里。鲁国人通告齐国说："寡君害怕齐君的威力，不敢在家安居，前来齐国重修旧好。但完成礼仪后却没有回国，我们无法追究罪责，因而在诸侯中造成了恶劣影响。请求杀掉彭生来清除这种影响。"齐人杀了彭生。

秋天，齐侯驻军在首止，子亹前往会见，高渠弥做助手。七月初三日，齐人杀死子亹，车裂高渠弥。祭仲从陈国接回子仪，立他为国君。这次前往会见齐侯，祭仲知道有事发生，所以装病没有去。人家说："祭仲是因为有先见之明才躲过了祸害。"祭仲说："确实是这样。"

周公想要谋杀庄王而另立王子克。辛伯将这事告诉庄王，于是跟庄王合力杀死了周公黑肩。王子克逃奔到燕国。当初，王子克得到桓王宠爱，桓王把他托付给周公。辛伯劝诫周公说："妾妃跟王后并列，庶子与嫡子等同，两个人共掌朝政，大城市和国都一样，这都是祸乱的根源啊！"周公不听从劝告，所以遭到了祸难。

庄 公

庄公元年

鲁庄公元年春天，周历正月。三月，夫人文姜逃奔到齐国。夏天，单伯送来周天子的女儿待嫁。秋天，在都城外面修筑王姬居住的馆舍。冬天，十月十七日，陈庄公逝世。周王的女儿嫁到齐国。齐国军队迁出纪国郱、鄑、郚三邑的人民而占取其地。

○鲁庄公元年春天，《春秋》不载庄公即位，是由于文姜出逃的缘故。三月，夫人文姜逃奔到齐国。《春秋》不称她"姜氏"，是因为庄公与她断绝了母子关系，不再是亲人。这是合于礼的。

秋天，在都城外修筑供王姬住居的馆舍，因为王姬不是鲁国人，这也是符合礼的。

庄公二年

二年春天，周历二月，安葬陈庄公。夏天，公子庆父领兵打於余丘。秋天，七月，嫁给齐襄公的周王女儿逝世。冬天，十二月，夫人姜氏跟齐侯在禚地相会。初四日，宋公冯逝世。

○二年冬天，夫人姜氏跟齐侯在禚地相会。《春秋》记载这件事，是由于他们在那里通奸。

庄公三年

三年春天，周历正月，溺领兵会同齐军攻打卫国。夏天，四月，安葬宋庄公。五月，安葬周桓王。秋天，纪季率领酅邑人投奔齐国。冬天，庄公在滑地暂住。

○三年春天，公子溺会同齐军攻打卫国，《春秋》记载不称"公子"，是由于憎恶他专命私行。

夏天，五月，安葬周桓王，这已经太迟了。

秋天，纪季率酅投靠齐国，纪国从此开始分为两国。

冬天，庄公在滑地停留，是由于打算会见郑伯，商议救助纪国的缘故。郑伯用自己国家有祸难为借口推辞了。凡是军队外出，住一宿叫做舍，住两晚叫做信，超过两晚就叫次。

庄公四年

四年春天，周历正月，夫人姜氏在祝丘宴请齐侯。三月，纪伯姬逝世。夏天，齐侯、陈侯、郑伯在垂地举行非正式会谈。纪侯永远离开自己的国家。六月二十三日，齐侯替纪国安葬纪伯姬。秋天，七月。冬天，庄公跟齐侯在禚地田猎。

〇四年春天，周历三月，楚武王摆开"荆尸"军阵，给军队颁发戟器，准备攻打齐国。武王打算斋诫，进去告诉妻子邓曼说："我心跳得慌。"邓曼叹气说："君王您的福寿快完了。满了才会摇动，这是自然的规律。先君大概知道了，所以在您临近战争，将要发布征伐命令的时候，让您心慌惊跳。如果军队没有什么损失，您在途中寿终，那就是国家的福气了。"武王于是出发，死在樠树下面。令尹斗祁、莫敖屈重逢山开路，遇水架桥，继续进逼随国建立军营。随国人害怕，就向楚国求和。莫敖用楚王的名义进入随国跟随侯结盟，并请随侯在汉水转弯处相会。退兵渡过汉水后，才公开楚王的丧事。

纪侯不愿意向齐国低头，就把纪国交给纪季。夏天，纪侯永远离开了他的国家，这是为了躲避齐国的祸难。

庄公五年

五年春天，周历正月。夏天，夫人姜氏前往齐国军中。秋天，郳君犁来前来朝见。冬天，庄公会同齐军、宋军、陈军、蔡军攻打卫国。

〇五年秋天，郳君犁来前来朝见。《春秋》称他的名，是因为他还没有获得周王朝的任职命令。

冬天，齐、鲁等诸侯军队攻打卫国，是为了护送卫惠公回国复位。

庄公六年

六年春天，周历正月，周王朝官员子突救援卫国。夏天，六月，卫惠公朔进入卫国。

秋天，庄公从攻打卫国的战场回国。发生蝗虫灾害。冬天，齐国人送来攻打卫国的战利品。

〇六年春天，周王官吏救援卫国。

夏天，卫惠公回国，把公子黔牟放逐到成周，把大夫宁跪放逐到秦地，杀死左公子泄和右公子职，然后才复位当国君。

君子认为，左右二公子扶立公子黔牟当国君这件事做得欠考虑。能够巩固国君地位的人，一定会考察候选人的各方面条件，然后从中选立合适的。不了解某人的基本情况，就不要替他谋取君位；了解到他虽有根基却没有枝叶维护，也不必勉强他当国君。《诗》中说："有本有枝，百代久传。"

冬天，齐国人送来卫国的宝器，这是由于文姜的请求。

楚文王讨伐申国。经过邓国。邓祈侯说："这是我的外甥。"就留下他，设宴款待他。雅甥、聃甥和养甥请求杀掉楚文王，邓侯不答应。三个人说："灭亡邓国的一定是这个人。如果不早点除掉他，以后您就像咬自己肚脐一样够不着，哪里还能够对付他呢？要对付他，现在是最好的时机。"邓侯说："这样做，世人将不会吃我剩下的食物。"三人回答说："如果不听从我们的意见，国家灭亡，连土神谷神都得不到祭享，国君您还到哪里去拿剩余的东西给人吃？"邓侯不听。楚文王讨伐申国回国的那一年，顺便攻击了邓国。十六年，楚国再次攻打邓国，灭亡了它。

庄公七年

七年春天，夫人姜氏在防地跟齐侯私会。夏天，四月五日晚上，平日常见的星星没有出现。半夜的时候星星像下雨一样陨落。秋天，发生了大水，麦子失收，青苗淹没。冬天，夫人姜氏到谷地私会齐侯。

〇七年春天，文姜跟齐侯在防地私会，这是齐侯的意愿。夏天，常见的星星不出现，是因为夜空太明亮了。《春秋》说"星陨如雨"，实际上是星星跟雨水一块儿落下。秋天，麦子失收，青苗淹没，但并没有妨害黍稷的收成。

庄公八年

八年春天，周历正月，鲁国军队驻扎在防地，以等待陈国、蔡国的军队前来。十三日，在太庙分发武器。夏天，鲁军和齐军包围郕国。郕国向齐军投降。秋天，鲁军回国。

冬天，十一月七日，齐国无知杀死了他的君王诸儿。

〇八年春天，在太庙里分发武器，这是合乎礼的。夏天，鲁军和齐军包围郕国，郕国向齐军投降。仲庆父请求攻打齐军。庄公说："不行。实在是我们没有德行，齐军有什么罪过？罪过是由我们产生的。《夏书》说：'皋陶努力培养德行，有了德行，别人才投降他。'我们姑且专心培养德行，等候时机吧！"秋天，鲁军回国。君子因此称赞鲁庄公。

齐侯派连称、管至父去守卫葵丘。结瓜的时候去，齐侯说："等明年结瓜的时候就派人替换你们。"可守卫了一周年，没有齐君的音讯到来。连称、管至父自己请求派人替换，齐侯也不答应。所以连称、管至父计划叛乱。齐僖公的同母弟弟叫夷仲年，生了公孙无知，得到僖公的宠爱，衣服礼仪等方面的待遇如同嫡孙一样。襄公即位后却降低了他的待遇。所以连称、管至父利用他来发动叛乱。连称有个堂妹在齐侯宫室，没有得宠，公孙无知就让她去刺探齐侯的行动，对她说："如果成功了，我就把你封为夫人。"

冬天，十二月，齐侯到姑棼游玩，接着在贝丘围猎。看见一头大野猪。随从人员说："这是死去的公子彭生。"齐侯愤怒地说："彭生竟敢来见我！"用箭射它。野猪像人一样站着啼叫。齐侯害怕，从车下摔下来，伤了脚，丢了鞋。回到驻地，齐侯叫侍人费去寻找鞋子，没有找到。齐侯用鞭子抽打侍人费，打出了血。侍人费跑出去，在门口碰上叛乱的人，叛贼劫持并捆绑他。费说："我怎么会替君王抵抗呢？"脱下衣服把背上的鞭伤给叛贼看，叛贼相信了他。费请求先进去。他把齐侯隐藏好才出来，跟叛贼拼斗，死在门内。石之纷如死在台阶下。叛贼于是进去，把假装齐侯的孟阳杀死在床上。叛贼说："这不是国君，不像。"发现齐侯的脚露在门下，就杀了齐侯，然后立无知做国君。

当初，齐襄公就位，说话做事没有一定准则。鲍叔牙说："国君使唤百姓怠慢无礼，祸乱将要发生了。"就事奉公子小白逃亡到了莒国。叛乱发生，管夷吾、召忽事奉公子纠来投奔鲁国。

当初，公孙无知虐待雍廪。

齐襄公出猎遇野猪，选自明刊本《新镌绣像列国志》。

庄公九年

九年春天，齐国人杀死公孙无知。庄公跟齐国大夫在蔇地结盟。夏天，庄公攻打齐国，想把子纠送回国内。齐公子小白抢先回到了齐国。秋天，七月二十四日，安葬齐襄公。八月十八日，跟齐国军队在乾时交战，我国军队打了大败仗。九月，齐国人要回子纠，杀了他。冬天，疏理洙水。

○九年春天，雍廪杀了齐侯无知。庄公在蔇地跟齐国大夫结盟，是因为齐国当时没有国君。

夏天，庄公攻打齐国，想送子纠回去。可桓公小白从莒国抢先回到了齐国。

秋天，我军和齐军在乾时交战，我军打了大败仗。庄公丢掉兵车，坐上便车逃回。秦子、梁子打着庄公的旗帜躲在小道上诱骗齐军，因此都被抓住。鲍叔带着军队来鲁国说："子纠是我们国君的亲人，我君不忍心下手，就请贵国诛杀他。管仲和召忽是我们国君的仇人，请你们交给我们带回去让国君亲自处置才甘心啊。"于是，在鲁国生窦把子纠杀了。召忽为主人殉死。管仲请求做囚犯，鲍叔同意，将他捆绑押回，一到齐地堂阜就放开他。回去后把这件事禀告齐君，说："管仲治国才能比高侯还好，让他做宰相是可以的。"齐桓公听从了他。

庄公十年

十年春天，周历正月，庄公在长勺打败齐国军队。二月，庄公偷袭宋国。三月，宋人占有宿地。夏天，六月，齐军、宋军深入鲁国郎地驻扎。庄公在乘丘打败宋军。秋天，九月，楚国在莘地打败蔡军，带着蔡侯献舞回国。冬天，十月，齐军灭亡谭国，谭国国君逃奔到莒国。

○十年春天，齐国军队攻打我国。庄公将要迎战，曹刿请求进见庄公。曹刿的同乡人说："有当官的考虑这些事，你又为什么要参与进去？"曹刿说："当官的人见识浅陋，不能够长远考虑。"于是，进宫见庄公，问庄公靠什么打仗。庄公说："衣服粮食这些养身的东西，我不敢独自占用，一定拿来分给众人。"曹刿回答说："这点小恩惠不能遍及所有人，老百姓是不会跟从您的。"庄公说："用来祭神的牲畜玉帛等东西，我不敢谎报，一定要诚实。"曹刿回答说："这点个人的诚实不能够形成风气，神灵是不会保佑您的。"庄公说："大大小小的诉讼案件，即使不能够一一体察实情，也一定要秉公办理。"曹刿回答说："这是忠于民事之类的行为啊，可以凭这个打一仗。打仗的时候，请让我跟在您身边。"

庄公让曹刿跟他坐同一辆车子，在长勺开战。庄公打算击鼓进军，曹刿说："还不行。"齐国人击了三次鼓，曹刿说："可以击鼓进攻了。"齐军吃了败仗。庄公打算驱车追赶齐军，曹刿说："不行。"往下观察车轮印迹，又登上车前横木眺望齐军败走的样子，然后说："可以追击了！"于是追赶齐军。打败齐军以后，庄公询问这样做的缘故。曹刿回答说："战争，靠的是勇气。第一次击鼓，士气振作；第二次击鼓，士气就会减弱一些；第三次击鼓，士气就没有了。齐军三次击鼓进攻后已没有了士气，可我军还是第一次击鼓士气正旺盛，所以能够战胜齐军。像齐国这样的大国，是难以估测的，我担心它们假装败逃而在那里设有埋伏。我看清他们的车轮印迹混乱，望见他们的旗帜东倒西歪，知道是真败，所以就追击他们。"

长勺之战经过示意图。前684年正月，齐桓公因为鲁国曾经支持公子纠与自己争夺王位的宿怨，派兵从都城临淄出发，进犯鲁国。鲁庄公亲率大军从都城曲阜出发迎击，两军战于长勺（今山东曲阜东北），鲁军待齐军三次擂鼓、士气回落时反攻，齐军大败，返回齐国。

夏天，六月，齐军、宋军深入到郎地驻扎。公子偃说："宋国军队纪律涣散，是能够打败的。宋军一败，齐军必定退回。请攻击宋军。"庄公不答应。公子偃私自带兵从城西门偷偷出去，让兵马披上虎皮先进攻宋军。庄公闻知，只好率大军跟随公子偃出战，在乘丘将宋国军队打得大败。齐国军队于是撤回。

蔡哀侯从陈国娶了妻子，息侯也从陈国娶妻。息妫出嫁的时候，经过蔡国。蔡侯说："这是我的姨子。"就留下她跟她见面，对她不守规矩。息侯听说这件事，很生气，派人对楚文王说："您攻打我，我向蔡国求救，然后您借口攻打蔡国。"楚王同意。秋天，九月，楚国在莘地打败蔡国军队，捉拿了蔡侯献舞回国。

齐桓公逃亡的时候，经过谭国，谭国对他不礼敬。等他回国即位后，诸侯都来祝贺，谭国又不来。冬天，齐军灭亡谭国，这是因为谭国不讲礼节。谭子逃奔到莒国，是由于莒国是他的同盟国的原故。

庄公十一年

十一年春天，周历正月。夏天，五月十七日，庄公在鄑地打败宋国入侵的军队。秋天，宋国发大水。冬天，周天子的女儿嫁到齐国。

〇十一年夏天，宋国因为乘丘战役的缘故，侵犯我国。庄公发兵还击。宋军还没有摆好阵势，鲁军就冲上去，在鄑地把宋军打败。凡是军队交战，敌方没有摆开阵势就把它打败叫"败某师"，双方都摆好了阵势的叫"战"，军队严重溃散叫"败绩"，捉到对方的勇士或将军叫"克"，设伏兵打败对方叫"取某师"，周王朝的军队战败叫"王师败绩于某"。

秋天，宋国发生水灾。庄公派人去宋国慰问，说："老天连降暴雨，损害了贵国的庄稼，我怎么能不来慰问呢？"宋君回答说："孤确实不敬，所以上天降给我灾害，又因此让贵国忧虑，屈辱前来赐命，实不敢当。"臧文仲说："宋国恐怕要兴盛了吧！夏禹商汤责罚自己，他们很快就兴盛了；夏桀商纣归罪别人，他们很快就灭亡了。再说，各国发生灾荒，对慰问者自称'孤'，这是合于礼的。说话谦恭谨慎，称名合乎礼仪，大概要兴盛了吧！"——后来听到有人说："这是公子御说说的话。"臧孙达说："公子御说这个人应该当国君，因为他有同情老百姓的思想。"

冬天，齐桓公来鲁国迎娶王姬。

乘丘战役中，庄公用金头仆姑箭射伤南宫长万，庄公的车右歇孙活捉了他。宋人请求放他回去。回去后宋公羞辱他说："从前我敬重您。但现在您是鲁国囚犯，我不敬重您了。"南宫长万由此怨恨宋公。

庄公十二年

十二年春天，周历三月，纪叔姬回到鄑邑。夏天，四月。秋天，八月十日，宋南宫长万杀死他的国君捷和大夫仇牧。冬天，十月，南宫长万出逃到陈国。

〇十二年秋天，南宫长万在蒙泽宫杀害闵公。在宫门内遇到仇牧，反手一掌将他砍死。在东宫的西面碰上大宰华督，南宫长万又把他杀了。然后立公子游做国君。众公子逃到萧邑，公子御说逃到亳邑。南宫牛、猛获领兵把亳邑包围了起来。

冬天，十月，萧叔大心和宋戴公、武公、宣公、穆公、庄公的族人率领曹国的军队攻打南宫牛和猛获。在战场上杀死南宫牛，又打到宋国都城把子游杀了。立宋桓公为国君。

猛获逃到卫国。南宫长万逃往陈国——用快车拉着自己的母亲，一天就到了陈国。宋人向卫国请求交出猛获，卫国打算不给。石祁子说："使不得。天下的罪人是一样的，猛获在宋国作了恶却被我国保护，保护他有什么用？得到一个人却失去一个国家，结交恶人却抛弃友邦，这不是好主意。"卫人就把猛获交回了宋国。宋国又用贿赂向陈国请求交出南宫长万。陈国让女人把南宫长万灌醉，又用犀牛皮把他包扎起来。等押送到宋国的时候，南宫长万的手脚都挣扎着露了出来。宋人把这两个人剁成了肉酱。

庄公十三年

十三年春天，齐侯、宋人、陈人、蔡人、邾人在齐国的北杏相会。夏天，六月，齐人灭亡遂国。秋天，七月。冬天，庄公到齐邑柯会见齐侯，并结盟，

〇十三年春天，齐侯主持诸侯在北杏相会，是为了平定宋国的内乱。遂人没有来参加盟会。夏天，齐人灭掉遂国并派兵驻守在那里。冬天，庄公跟齐侯在柯邑结盟。这是自长勺之战后头一次跟齐国讲和。宋国背违了北杏会见的盟约。

庄公十四年

十四年春天，齐国、陈国、曹国联合攻打宋国。夏天，周大夫单伯也参与攻打宋国。秋天，七月，楚国打入蔡国。冬天，单伯在卫国鄄地会见齐侯、宋公、卫侯和郑伯。

〇十四年春天，诸侯攻打宋国。齐国请求周王出兵。夏天，周大夫单伯领兵跟诸侯相会，迫使宋国讲和后才回去。

郑厉公从栎地出发偷袭郑国，到达大陵，抓获了傅瑕。傅瑕说："如果放了我，我愿意帮您回国复位。"厉公跟他订立盟誓后就放了他。六月二十日，傅瑕杀死了郑国国君和他的两个儿子，把厉公接回了国都。当初，有一条城内的蛇与一条城外的蛇在郑都南门中争斗，城里的蛇死了。过了六年，厉公就进入国都重新当了国君。庄公听说了这件事，问申繻说："该不会有妖怪吧？"申繻回答说："人类的凶险祸害，是他自己的品行气概带来的，妖怪是因为人才产生的。人本身没有缺陷的话，妖怪不会自己兴起。人的言行违背了常规，妖怪就产生了，所以才有妖怪。"

郑厉公一进国都，就杀了傅瑕。然后派人对原繁说："傅瑕事奉国君三心二意，按照周朝的正常刑法，他已经伏罪受罚了。凡是助我回国却没有二心的人我都答应给他们上大夫的职务，我希望能与伯父您商议这些事。但寡人出逃在外的时候，您没有向我通报国内

的消息；我回国以后，您又不亲附我。我对此感到遗憾。"原繁回答说："先君桓公命令我的祖先掌管宗庙石室。国家已有君主，却把自己的心思向着逃亡在外的人，那还有什么比这更三心二意的呢？一旦主持了国家，那国内的百姓哪个不是他的臣民？臣民不能有二心，这是上天的规定。子仪当国君已经十四年了，如果我策划请您回国重登君位，这难道不是有二心吗？庄公的儿子还有八个，如果都用官爵作为贿赂来鼓励臣下三心二意并且可以成事的话，那您将拿他们怎么办？下臣已经听到了君主的命令了。"于是上吊自杀了。

蔡哀侯因为莘地战役被俘的原故，跟楚王谈话时有意赞美息妫。楚王就到息国去，带着食物进去宴请息国君臣，趁机灭亡了息国。带着息妫回国，生了堵敖和成王。息妫从不主动说话，楚王问她的原故，她回答说："我作为一个女人，却事奉两个丈夫，既然不能殉节而死，还能说什么呢？"楚王因为蔡侯的缘故灭亡了息国，接着又攻打蔡国。秋天，七月，楚王攻进蔡国。君子说："《商书》里说：'罪恶的蔓延犹如大火在草原上燃烧，不能够接近，又怎么能够扑灭呢？'这些话指的大概就像蔡哀侯这种情况吧？"

冬天，单伯跟诸侯在鄄地会见，是由于宋国降服的缘故。

庄公十五年

十五年春天，齐侯、宋公、陈侯、卫侯、郑伯在鄄地相会。夏天，夫人姜氏前往齐国。秋天，宋人、齐人、邾人联合攻打郳国。郑人袭击宋国。冬天，十月。

○十五年春天，诸侯再次在鄄地相会，这是因为齐国开始称霸了。秋天，诸侯替宋国攻打郳国。郑人趁此机会侵犯宋国。

庄公十六年

十六年春天，周历正月。夏天，宋国、齐国、卫国联合进攻郑国。秋天，楚国攻打郑国。冬天，十二月，庄公会合齐侯、宋公、陈侯、卫侯、郑伯、许男、滑伯、滕子，在幽地一起结盟。邾国国君克逝世。

○十六年夏天，诸侯攻打郑国，是因为宋国的缘故。

郑厉公从栎地回到国内复位，过了很久才向楚国通报。秋天，楚国攻打郑国，打到了栎邑。这是由于郑国对楚国不礼貌的缘故。

郑厉公惩罚参与雍纠叛乱的人，九月，杀了公子阏，又把强鉏的脚砍断。公父定叔逃到卫国。过了三年，郑厉公让他回国，说："不能让共叔在郑国没有后人。"叫公父定叔在十月回国，说："这是个好月份，挑个满数嘛。"

君子认为强钼不善于保护自己的脚。

冬天，诸侯在幽地订立盟约，这是因为郑国请求讲和。

周王派虢公任命曲沃武公为晋侯，建立一个军的兵力。

当初，晋武公攻打夷地，捉住夷诡诸。芮国替夷诡诸请求，晋武公就放了他。但后来夷诡诸不报答芮国，所以芮国挑起战乱。芮国对晋人说："跟我一起攻打夷地，你们占有那里的土地。"于是就率领晋国军队攻打夷地，杀了夷诡诸。

周公忌父出逃到虢国。惠王即位后才让他回朝复位。

庄公十七年

十七年春天，齐国囚禁了来访的郑詹。夏天，齐国守军在遂被全部杀死。秋天，郑詹从齐国逃来鲁国。冬天，麋鹿成灾。

〇十七年春天，齐人囚禁郑詹，这是因为郑伯不曾朝见齐桓公。

夏天，遂国的四大家族因氏、颌氏、工娄氏、须遂氏设宴招待齐国的守军，把他们灌醉后杀了，齐国守军被遂人杀光。

庄公十八年

十八年春天，周历三月，日食。夏天，庄公在济水以西追击戎兵。秋天，发生蜮虫灾害。冬天，十月。

〇十八年春天，虢公、晋侯一起朝见周王。周王用甜酒招待他们，叫他们向自己敬酒以示亲近。并且送给他们俩每人五双玉、三匹马，这是不合礼制的。天子赐礼物给诸侯，名分爵位不同，礼物的多少也不同，不能在礼制上送人情。

虢公、晋侯、郑伯让原庄公到陈国去逆娶王后。陈妫嫁到京城，就是惠后。

夏天，庄公在济水西边驱赶戎兵。《春秋》不记载戎兵侵入，是为了避讳。

秋天，发生蜮虫，造成了灾害。

当初，楚武王攻占权国，派斗缗当权邑的长官。斗缗却凭据权邑背叛楚国，楚武王就围攻权邑，杀了斗缗。并把权邑的老百姓都迁移到楚国的那处，派阎敖去管治他们。等到楚文王当了国君，楚军跟巴人一起攻打申国，却让巴国军队受到惊吓。巴人因此背叛楚国去攻打那处，占取那处后，接着又攻打楚都城门。阎敖从涌水里游泳逃跑，楚文王杀了他。阍敖的家族因此叛乱。冬天，巴人利用阍敖的家族再一次攻打楚国。

庄公十九年

十九年春天，周历正月。夏天，四月。秋天，公子结护送陪卫女嫁给陈国的鲁女到鄄地，趁便代表鲁公跟齐侯、宋公结盟。鲁夫人文姜前往莒国。冬天，齐国、宋国、陈国联合进攻我国西部边疆。

〇十九年春天，楚文王领兵前去抵抗巴人的进攻，在津地被打得大败。返回国都的时候，鬻拳不让楚文王进城。于是楚文王又挥师攻打黄国，在踖陵将黄国军队打败。回国的时候，到达湫邑，生了病。夏天，六月十五日，楚文王病逝。鬻拳把文王安葬在夕室。然后又自杀身亡，葬在文王陵墓的宫殿前面。

当初，鬻拳坚决劝阻楚文王，文王不听。鬻拳用兵器对着他，文王害怕就听从了。鬻拳说："我用兵器威吓君王，没有比这更大的罪行了。"于是自己砍断了脚作为惩罚。楚人让他做大阍，称他为大伯，并让他的后人长期继任这个官职。君子说："鬻拳可以说是热爱君王了：进谏后能自己让自己受刑罚，受了刑罚还不忘让君王得到好名声。"

当初，王姚被庄王宠爱，生下子颓。庄王喜欢子颓，让蒍国做他的老师。周惠王上台以后，占取蒍国的菜圃扩建成禽兽园林。边伯的府邸靠近王宫，惠王也占用了。惠王又夺取子禽祝跪和詹父的田地，没收了膳夫石速的俸禄。所以蒍国、边伯、石速、詹父和子禽祝跪发动叛乱，以对王室有意见的苏忿生为靠山。秋天，五位大夫事奉子颓去攻打惠王，没有成功，就出逃到苏氏的温邑。苏氏又护着子颓逃到卫国。卫国和燕国的军队攻打西周。冬天，立子颓为周王。

庄公二十年

二十年春天，周历二月，夫人文姜前往莒国。夏天，齐国发生大火灾。秋天，七月。冬天，齐国进攻西戎。

〇二十年春天，郑伯调和王室的矛盾，没有成功。郑伯抓住燕仲父。夏天，郑伯就带着周惠王回国。惠王住在栎邑。秋天，惠王同郑伯一起进入邬邑，接着又进入成周。郑伯拿了那里的宝器回国。

冬天，王子颓设宴招待蒍国等五位大夫，演奏了所有的乐舞。郑伯听到这件事，就去会见虢叔，说："寡人听说过：悲哀或欢乐不合时宜的话，灾祸就会到来。现在王子颓没有节制地观赏歌舞,这是把祸患当做欢乐啊!连法官诛杀罪人,君王都因此而不在吃饭时奏乐,何况敢于把祸患当做欢乐呢?冒犯天子的职位,没有比这更大的祸患了!面对着祸害却忘记了忧患,忧患一定会降临到他身上。何不让惠王回国复位呢?"虢公说:"这也是我的心愿啊!"

庄公二十一年

二十一年春天,周历正月。夏天,五月二十七日,郑伯突逝世。秋天,七月五日,夫人文姜逝世。冬天,十二月,安葬郑厉公。

○二十一年春天,郑厉公与虢公在弭地约会。夏天,一同攻打王城。郑厉公事奉惠王从南门攻入王城,虢公从北门攻入。杀了王子颓和芴国等五位大夫。

郑厉公在宫门高台上的西屋设宴招待惠王,演奏了各种乐舞。惠王把从前郑武公丢失的虎牢以东的土地赐给郑厉公。原伯说:"郑厉公学着犯错误,恐怕也会有报应。"五月,郑厉公果然逝世。

周惠王到虢国巡视,虢公特在玨地建筑了王宫。周惠王赐给虢公酒泉。

郑伯招待周惠王的时候,惠王把王后的装饰有镜子的大带赐给他。可虢公要求器物时,惠王却给了他饮酒的礼器爵。郑文公因为这件事开始对周惠王不满。

冬天,周惠王从虢国回到王城。

庄公二十二年

二十二年春天,周历正月,赦免大罪。二十三日,安葬我们的国君夫人文姜。陈人杀死他们的公子御寇。夏天,五月。秋天,七月九日,鲁公跟齐国的高傒在防地结盟。冬天,庄公前往齐国奉送聘礼。

○二十二年春天,陈人杀了他们的太子御寇。陈国公子敬仲和颛孙逃奔到了齐国。颛孙又从齐国逃来鲁国。

齐桓公让敬仲做卿。敬仲推辞说:"我这个客居贵国的小臣幸运地获得原谅,碰上宽厚的政治,赦免了我的不懂教训,赦免了我的罪过,使我放下了心理负担,这些都是君王的恩惠啊!我得到的已经很多了,岂敢再接受高位而招来官员们的议论呢?斗胆冒死相告。《诗》说:'高高的车子上,有人用弓招呼我。我哪里是不想去?我是害怕我的朋友。'"于是齐桓公只让他当了个工正。敬仲招待齐桓公饮酒,饮得很高兴。天黑了,齐桓公说："点上灯火继续饮酒。"敬仲回绝说："我只占卜了白天，没有占卜夜晚，所以不敢在夜晚留君饮酒。"君子评论说："用酒来完成礼仪，却不过头过分，这就是义。让君侯成就礼仪，却不让他陷于无度，这就是仁。"

当初，陈国一个懿姓大夫占卜把女儿嫁给敬仲的吉凶。他的妻子亲自占卜，说："吉利。这叫做'凤凰将飞翔，鸣叫声响亮。陈国的后代，将在姜姓国度繁衍生长。第五代开始昌盛，职位跟正卿同行。第八代以后，就没有谁比他更强。'"

陈厉公，是蔡国女儿所生，所以蔡人杀死五父而立陈厉公为君。陈厉公即位后，生下敬仲。敬仲年轻的时候，有个周朝史官拿着《周易》拜见陈侯，陈侯让他用蓍茅占卜，遇到观卦变为否卦。说："这叫做'观赏他国的光辉，对做君王的宾客有利'。这个人恐怕要代替陈氏享有国家了吧！不是在本国，而是在别的国家。不是他本人，而是他的子孙。光，是远远地从别的地方照射来的；坤，是土地；巽，是风气；乾，是上天；风生在天上却行走在地下，这就是山。有山上的各种物质，又用天上的光来照射它们，因此啊就处在土地上面，所以说'观赏他国光辉，对做他国君王的宾客有利'。庭内摆满了各种礼品，再献上束帛玉璧，天上地下的美好东西都在那里，所以说'对做君王的宾客有利'。但还要在那里观赏，所以说恐怕要到他后人身上才可应验。风飘行才落脚在土地上，所以说恐怕他的昌盛在别的国家。如果在别的国家，那一定是姜姓的齐国。姜姓，是太岳的后代，山岳正好与天相配。事物不能够同时在两地强大，恐怕要陈国衰亡后，这个氏族才能够强大。"果然，到了陈国初次灭亡的时候，陈桓子开始在齐国强盛起来；陈国再次灭亡后，陈成子就取得了齐国的政权。

庄公二十三年

二十三年春天，庄公从齐国回来。蔡叔前来访问。夏天，庄公到齐国观摩祭社仪式。庄公从齐国回来。楚国人前来访问。庄公跟齐侯在谷地举行非正式会晤。萧叔来朝见庄公。秋天，给桓公庙宇的木柱涂上朱红色的油漆。冬天，十一月，曹伯射姑逝世。十二月五日，庄公会见齐侯，在齐国扈地结盟。

〇二十三年夏天，庄公到齐国去观赏祭社礼仪，这是不合礼制的。曹刿劝阻说："不行啊。礼仪，是用来整顿百姓的。所以盟会用来显示上下的法则，制定财物使用的标准；朝觐用来端正爵位的仪式，遵循长幼的次序；征伐用来惩罚那些不敬的国家。诸侯有朝觐天子之礼，天子有巡视诸侯疆土的职责，都是用来熟悉这些制度的。如果不是这样，君王就不应该行动。君王的一举一动都一定要记载，记载下来却不合法度，那后代子孙学习什么呢？"

晋国的桓叔和庄伯两个家族威逼公室，晋献公为此担心。士蒍说："去掉富子，那其他公子就容易对付了。"献公说："你试着去办这件事吧。"士蒍就跟众公子谋议，诬陷富子而铲除了他。

秋天，替桓公大庙的木柱涂上朱红色油漆。

庄公二十四年

二十四年春天，周历三月，雕刻桓宫的方椽。安葬曹庄公。夏天，庄公亲自到齐国去迎娶齐女。秋天，庄公从齐国回国。八月二日，夫人哀姜进入鲁国。三日，同姓大夫的妻子都来拜见新夫人，献上玉帛等礼品。发生了水灾。冬天，戎人侵犯曹国。曹太子羁逃奔到陈国。公子赤回到曹国。郭公……。

〇二十四年春天，在油漆桓宫庙宇的木柱之后又把方椽雕刻装饰了，这都是不符合礼制的。御孙曾劝阻说："我听到这样的话：'俭约，是一种大德；奢侈，是一种大恶。'先君建立起大德，而君主您却让它变成大恶，恐怕不太好吧？"

秋天，夫人哀姜从齐国嫁到，庄公让同姓大夫的妻子们前往拜见，使用了玉帛等见面礼，这也是不合礼制的。御孙说："男人所拿的见面礼，大的是玉帛，小的是禽鸟，用不同的礼物来显示不等的级别。女人所拿的见面礼，不过是些榛果、栗子、枣子、干肉之类，用来表示诚敬罢了。现在男女使用同样的见面礼，这就是没有区别。男女的区别，是国家的重大礼节，却由夫人来搞乱它，这恐怕不行吧？"

晋国的士蒍又跟群公子谋划，唆使他们杀死了游氏二子。士蒍报告晋侯说："行了，不用两年，您一定再没有忧患。"

庄公二十五年

二十五年春天，陈侯派女叔前来访问。夏天，五月十二日，卫惠公逝世。六月初一日，日食，人们在土地庙里击鼓，并用牲畜祭祀。伯姬嫁到杞国。秋天，发生水灾，在土地庙和城门口击鼓，并用牲畜祭祀。冬天，公子友前往陈国访问。

〇二十五年春天，陈国的女叔前来访问，这是第一次跟陈国建立友好关系。《春秋》赞美这件事，所以不称女叔的名。

夏天，六月初一日，日食。人们在土地庙里击鼓、用牲畜祭祀，这是不合常规的。周历的六月初一，阴气还没有发作，日食，在这时，应该用玉帛之类祭祀土地，而在朝廷内击鼓助威。

秋天，发生水灾，在土地庙和城门口击鼓，并用牲畜祭祀，这也是不合常规的。凡是天灾，只用玉帛祭祀，不用牲畜祭祀；如果不是太阳或月亮受到伤害，就不击鼓。

晋国的士芮唆使群公子把游氏的族人都杀了，然后修筑聚邑让群公子住在那里。冬天，晋侯围攻聚邑，把群公子全部杀死。

庄公二十六年

二十六年春天，庄公攻打戎人。夏天，庄公从伐戎战场上回国。曹人杀死他们的大夫。秋天，庄公会合宋国和齐国的军队攻打徐国。冬天，十二月初一日，日食。

〇二十六年春天，晋国的士芮做了大司空。

夏天，士芮修筑绛邑的城墙，并且加高那里的宫墙。

秋天，虢人侵犯晋国。

冬天，虢人又侵犯晋国。

庄公二十七年

二十七年春天，庄公在洮地会见嫁到杞国的女儿伯姬。夏天，六月，庄公会见齐侯、宋公、陈侯、郑伯，一同在幽地结盟。秋天，公子友前往陈国，参加安葬原仲的葬礼。冬天，杞伯姬回到鲁国。莒国的大夫庆前来迎娶叔姬。杞伯前来朝见。庄公与齐侯在卫地城濮相会。

〇二十七年春，庄公到洮地会见杞伯姬，这不是民众大事。天子如果不是宣扬德义，就不巡视天下；诸侯如果不是民众大事，就不出行；公卿如果没有君王的命令，就不能越过国境线。

夏天，庄公和齐侯等一同在幽地结盟，是因为陈国和郑国已经降服。

秋天，公子友到陈国去参加原仲葬礼，这是不合礼制的。因为原仲只是公子友个人的老朋友。

冬天，杞伯姬前来，这是回国向父母请安的。凡是诸侯出嫁的女儿，回国看望父母叫做"来"，被夫家抛弃叫"来归"；当了国君夫人的回娘家看望叫"如某"，被抛弃回去的叫"归于某"。

晋侯打算攻打虢国。士芮说："还不行。虢公骄傲，如果让他多次从我国得胜回去，他一定会抛弃他的百姓。等他没有了百姓，然后去攻打他，他即使想抵抗我军，又有谁跟从他呢？礼、乐、慈、爱，这是作战需要事先具备的。百姓谦让、和顺、对亲人爱护、对丧事哀痛，这才可以使用他们。虢公没有具备这些，如果他多次发动战争，百姓就会气馁。"

周惠王派召伯廖赐命齐侯为诸侯之伯，同时请齐侯讨伐卫国，因为卫国曾扶立子颓为王。

庄公二十八年

二十八年春天，周历三月某日，齐国军队攻打卫国。卫国人跟齐军交战，卫国吃了败仗。夏天，四月二十三日，邾国国君琐逝世。秋天，楚国攻打郑国。庄公会同齐人和宋人救援郑国。冬天，建筑郿邑。麦子、黍稷都大大歉收。臧文仲向齐国请求购买粮食。

○二十八年春天，齐侯攻打卫国，打败了卫国军队，用周天子的名义列数卫国的罪过。取得许多财物回国。

晋献公从贾国娶了夫人，没有生孩子。献公跟他的庶母齐姜私通，生下秦穆夫人和太子申生。后又从戎地娶回二女，大戎狐姬生下重耳，小戎子生了夷吾。晋国攻打骊戎的时候，骊戎君主把女儿骊姬嫁给献公，回国后，生下奚齐，陪嫁而来的骊姬的妹妹生下卓子。骊姬得宠，想要立她的儿子为太子，就收买宫外的宠臣梁五和东关嬖五，让他们对献公说："曲沃，是君侯的宗邑；蒲和二屈，是君侯的边邑；这些城邑不能够没有主人。宗邑没有主人，百姓就不会畏惧；边疆没有主人，就会引发敌国侵犯的野心。敌国产生了野心，百姓又轻视政令，这是国家的祸患啊。如果让太子申生去主管曲沃，重耳和夷吾分别主管蒲邑和二屈，就可以让百姓敬畏而叫敌人害怕，并且能显示国君的功德。"骊姬又让梁五和东关嬖五同时劝说晋君说："戎狄土地广阔，又跟晋国毗邻。晋国要扩张领土，不是很合适吗？"晋侯听了这些话很高兴。夏天，派太子居管曲沃，又派重耳驻守蒲城，夷吾驻守屈邑。其他公子也都派到边邑去住。只有骊姬和她的妹妹的儿子住在绛都。梁五和东关嬖五最后跟骊姬一同诬陷各位公子而册立奚齐为太子，晋国人把他们叫做"二五耦"。

楚国的令尹子元想要诱惑文王夫人，就在她的宫旁建造馆舍，在馆舍里敲击铎铃演奏万舞。夫人听到乐舞，抽泣着说："先君使用这种乐舞，是为了演习军事的。现在令尹不把它用到仇敌身上，却在我这寡妇身边演奏，不也太出格了吗？"侍者把话告诉了子元。子元说："妇人没有忘记仇敌，我反倒忘了！"

秋天，子元率领六百辆战车攻打郑国，没有交战就进入了郊外大门。子元、斗御疆、斗梧、耿之不比打着先锋旗走在前面，斗班、王孙游、王孙喜殿后。几百辆军车从外郭门进入，到达城外的逵市。郑国内城的闸门没有放下。楚军怕有埋伏，议论纷纷地退了出来。子元说："郑国有能人呢！"诸侯救援郑国，楚军连夜逃跑。郑国人正打算逃奔到桐丘去，探子来报告说："楚军帐篷上有乌鸦，肯定撤退了。"于是就停止了外逃。

冬天，发生饥荒。臧孙辰向齐国请求买粮食，这是合于礼的。《春秋》说"筑郿"，是因为郿不是都城。凡城邑，有宗庙存放着先君牌位的叫"都"，没有宗庙和先君牌位的叫"邑"。建造"邑"叫"筑"，建造"都"叫"城"。

庄公二十九年

二十九年春天，新建延厩。夏天，郑人侵犯许国。秋天，发生虫灾。冬天，十二月，纪叔姬逝世。建造诸邑和防邑。

〇二十九年春天，新建造了延厩。《春秋》加以记载，是因为这件事不合时宜。凡是马，春分时节赶出放牧，秋分时节才能入圈。

夏天，郑国人侵犯许国。凡是出兵打仗，大张旗鼓的叫做"伐"，没有旗鼓的叫做"侵"，轻装突击的叫做"袭"。

秋天，《春秋》记载"有蜚"，是因为蝗虫成灾。凡是物质，不成灾，就不加记载。

冬天，十二月，修筑诸城和防城。《春秋》记载这件事，是因为合时。凡是土木建设，苍龙星出现的时候就要结束农活做好准备，心宿出现的时候就摆出各种建筑工具，营室星黄昏出现在中天的时候就立版开工，到冬至的时候就要完成。

樊皮背叛了周天子。

庄公三十年

三十年春天，周历正月。夏天，鲁国军队临时驻扎在成地。秋天，七月，齐国人迫使纪国的鄑邑投降。八月二十三日，安葬纪叔姬。九月初一日，日食，人们在土地庙里击鼓和用牲祭祀。冬天，庄公与齐侯在鲁国的济水边举行非正式会晤。齐国人攻打山戎。

〇三十年春天，周天子命令虢公讨伐樊皮。夏天，四月十四日，虢公攻入樊城，捉住了樊皮，把他押回京师。

楚国的公子元攻打郑国后回国，竟住在王宫里。斗班劝阻他，他就把斗班抓起来戴上手铐。秋天，申公斗班杀死公子元。斗谷於菟是令尹，他捐弃自己的家财，以便缓和楚国的灾难。

冬天，庄公与齐侯在鲁国济水边会晤，是商议攻打山戎，因为山戎侵扰燕国。

庄公三十一年

三十一年春天，在郎地修筑高台。夏天，四月，薛伯逝世。在薛地修建高台。六月，齐侯来赠送伐戎战役的俘虏。秋天，又在秦地修筑高台。冬天，没有下雨。

〇三十一年夏天，六月，齐侯前来赠送伐戎战役的俘虏，这是不合于礼制的。大凡诸侯跟四方夷族交战而有所俘获，就贡献给周天子，周天子用它来警告夷族；跟中原的国家交战就不这样。诸侯之间不可相互赠送俘虏。

庄公三十二年

三十二年春天，齐国修建小谷城。夏天，宋公、齐侯在梁丘非正式会见。秋天，七月四日，公子牙逝世。八月五日，庄公在正寝逝世。冬天，十月二日，子般逝世。公子庆父前往齐国。狄人攻打邢国。

〇三十二年春天，齐国修建小谷城，是为了安置管仲。

齐侯因为楚国攻打郑国的缘故，请求诸侯相会商议救援之事。宋公请求先跟齐侯相见，所以两人在梁丘临时会晤。

秋天，七月，有神灵降到莘地。周惠王向内史过问道："这是什么缘故？"内史过回答说："国家即将兴盛，明神降临，是要考察他们的德行；国家将要灭亡，神灵又降到，是想观察他们的罪恶。所以有的国家得到神灵就兴盛，也有的国家得到神灵就灭亡。虞、夏、商、周各朝各代都有这种情况。"惠王说："对这神灵怎么办？"回答说："用相应的物品祭祀它。它来到的是什么日子，也就用跟那日子相应的物品。"惠王听从了他。内史过前往虢国传达惠王的命令，听说虢国已经向神灵请求赐予土田了。内史过回来后说："虢国一定会灭亡了。君主暴虐，却听命于神灵。"神在莘地居住了六个月。虢公派祝应、宗区、史嚚祭祀神，求神赐给虢国土田。史嚚说："虢国恐怕要灭亡了！我听说过这样的话：国家将兴，听命于民；国家将亡，听命于神。神是聪明正直一心一意的。它根据人的品行如何而采取相应的行动。虢国德行浅薄，它能得到什么田土呢？"

当初，庄公修筑高台，可以从上面看到党氏家。庄公见到党氏的女儿孟任，就去追她，孟任闭门不纳。庄公提出让她做夫人，孟任就答应了，并破臂出血与庄公盟誓。这样就生了子般。要祭祀求雨，先在梁氏家中演习。庄公女儿跟来观看，圉人荦从围墙外面跟她调戏。子般愤怒，叫人鞭打圉人荦。庄公说："不如杀了他，这个人是打不得的。因为荦很有力气，能把车盖抛到稷门上去。"

庄公得病，向叔牙问继承人。回答说："庆父有才能。"庄公又问季友，季友回答说："臣下用死来事奉子般。"庄公说："刚才叔牙说'庆父有才能'。"季友派人用国君的名义命令叔牙，要他到针巫的家里等着，叫针巫用毒酒毒死他。针巫对叔牙说："喝下这杯酒，你就有后人在鲁国；不喝的话，不但你死，而且没有后人。"叔牙喝了毒酒，往回走，走到逵泉就死了。册立了他的后人叔孙氏。

八月初五日，庄公在正寝逝世。子般即国君位，临时住在党氏家里。冬天，十月初二日，庆父叫圉人荦在党氏家中杀了子般。季友逃奔陈国。立闵公为国君。

闵　公

闵公元年

闵公元年春天，周历正月。齐国人援救邢国。夏天，六月七日，安葬我国国君庄公。秋天，八月，闵公与齐侯在落姑结盟。季友回到鲁国。冬天，齐国的仲孙来到鲁国。

〇闵公元年春天，《春秋》不写闵公即位，是因为鲁国发生内乱的原故。

狄人攻打邢国。管仲对齐侯说："戎狄之国犹如豺狼，不能够让它满足。华夏诸国亲近，不应该抛弃。安逸恰似毒酒，不可以怀恋。《诗》说：'难道不想着回去，只是怕这告急文书。'告急文书，意思是要同仇敌忾、忧患与共。请您依从文书救援邢国。"于是齐国军队前往救援邢国。

夏天，六月，安葬庄公。由于内乱的缘故，所以延迟了。

秋天，八月，闵公跟齐侯在落姑结盟，是为了请齐侯帮季友回国。齐侯答应了闵公，派人到陈国去召请季友。闵公住在郎地等候他。《春秋》说"季子来归"，是对季友的褒奖。

冬天，齐国的仲孙湫前来考察鲁国的内乱，《春秋》称他"仲孙"而不写名，也是褒奖他。仲孙回国，说："不去掉庆父，鲁国的内乱不会停止。"齐侯说："怎样做才能去掉他？"回答说："内乱不停，他将会自取灭亡。您等着瞧就是了。"齐侯说："鲁国可以夺取吗？"回答说："不行。鲁国仍在实行周礼。周礼，是用来建立根本的东西。我听说：'国家将要灭亡，一定先断了根本，然后枝枝叶叶才会枯死。'鲁国没有放弃周礼，就不能够动它。君侯您应该致力于消除鲁国内乱并且亲近它。亲近有礼的国家，依靠强大坚固的国家，离间涣散不团结的国家，消灭昏乱无可救药的国家，这是成就霸王事业的策略。"

晋侯把原来的一军改建为上下两支部队。晋侯统率上军，太子申生统率下军。赵夙替晋侯驾车，毕万做晋侯的车右。统此二军相继灭亡了耿国、霍国和魏国。班师回国后，晋侯替太子修筑曲沃城池，赐给赵夙耿国，赐给毕万魏国，并把他们封为大夫。

士蒍说："太子得不到君位了。分给他曲沃这样重要的都城，又让他处于卿的高位，预先把他捧到了顶点，又怎么能站得稳呢？不如逃离晋国，以免让罪过到来。做一个吴太伯那样的人，不也可以吗？还有好的名声。何必在这里等着受祸害呢！况且古话说：'心里如果没有恶念，何愁没有自己的家！'上天若是真要佑助太子，无论身在何处都会得到晋国的！"

卜偃说："毕万的后代一定会强盛。万，是个满数；魏，是个大名。用魏作为赏赐的开端，这是上天在帮助他。天子称兆民，诸侯称万民。现在的名号之大符合这个满数，他一定会得到大众。"

当初，毕万占筮在晋国做官的吉凶，遇到屯卦☳☵变为比卦☵☷。辛廖解释说："吉利。屯卦坚固，比卦宜入，还有比这更大的吉利吗？他一定会繁衍昌盛。震变为土，车跟着马，脚踩大地，兄长抚育，母亲庇护，众人归附。这六种卦象不可变易，群合而能坚固，安适却又肃杀，这是公侯的卦象。他本是公侯的子孙，一定会回复到他祖先当初的地位。"

闵公二年

闵公二年春天，周历正月，齐人迁移阳国之民而占有其地。夏天，五月六日，为庄公举行吉禘祭祀。秋天，八月十四日，闵公逝世。九月，夫人姜氏出奔到邾国，公子庆父出逃到莒国。冬天，齐国的高子前来结盟。十二月，赤狄攻入卫国。郑国丧失了自己的军队。

〇闵公二年春天，虢公在渭水湾边上打败犬戎。舟之侨说："没有好的德行却享受高的俸禄，这是灾祸。灾祸快要来了。"于是逃奔到晋国。

夏天，为庄公举行定位大祭，太早了点。

当初，闵公的保傅夺取卜齮的田地，闵公没有制止。秋天，八月二十四日，庆父派卜齮在路寝的旁门处杀死闵公。季友护着僖公逃亡去了邾国。庆父逃奔莒国后，季友才带僖公回国，立僖公为国君。用财宝向莒国请求庆父，莒国人就把庆父交还给鲁国。抵达密地时，庆父让公子鱼前去请求赦罪，僖公不答应。公子鱼哭着回去。庆父说："这是公子鱼的哭声。看来没希望了！"就上吊自杀了。

闵公，是哀姜的妹妹叔姜的儿子，所以齐国人帮助他立为国君。庆父跟哀姜私通，哀姜想要立庆父为君。闵公被杀身亡的事，哀姜早就知道，她害怕国人追究，所以逃到了邾国。齐国人把她从邾国抓到夷地杀了，带着她的尸首回国。僖公请求齐国归还哀姜尸体并安葬了她。

季友快要出生的时候，桓公让卜楚丘的父亲替他占卜。结果说："是个男孩，名字叫友，常处君王左右，身居两社之间，是朝廷的得力大臣。季氏如果灭亡，鲁国就不会繁昌。"又替他占筮，得到大有卦变为乾卦，卦辞说："尊贵与父亲等同，敬爱能赶上君王。"到生下来，果然有字在他手上，是个"友"字，于是就用"友"替他命名。

冬天，十二月，狄人攻打卫国。卫懿公喜爱养鹤，让鹤坐着大夫才能坐的高级车子。就要打仗了，被发给武器的人们都说："让鹤去打仗吧，鹤享有那么高的待遇！我们这些人怎么能作战？"卫懿公把玉玦送给石祁子，把矢交给宁庄子，让他们守护国都，说：

"凭这两样东西掌管国都，只要是有利的事就大胆做。"又把绣衣交给夫人，说："听这两个人的！"然后让渠孔驾车，子伯做车右，黄夷在前开道，孔婴齐在后压阵。跟狄军在荧泽展开大战。卫国军队打了败仗，于是灭亡了卫国。卫侯不肯去掉自己的旗帜，因此败得很惨。狄人囚禁卫国的史官华龙滑和礼孔，带着他们追击卫国人。两位史官说："我们是卫国的大史官，执掌卫国的祭祀。如果不先让我们回去，你们就不可能得到卫国。"于是让他俩先回到卫国首都。两人一到都城，就告诉防守的人说："不能够抵抗了！"连夜带国都里的人们逃出。狄人进入卫国都，接着追赶逃亡的卫国人，又在黄河边上打败了他们。

当初，卫惠公即位的时候，年纪还小。齐僖公指使昭伯跟君母宣姜私通，昭伯不肯，齐人强迫他就范。结果生了齐子、戴公、文公、宋桓夫人和许穆夫人。文公认为卫国潜伏着许多祸患，就先躲避到了齐国。在卫懿公战败的时候，宋桓公到黄河岸边接应卫国的难民，连夜渡过黄河。卫国剩下的人男女一共只有七百三十人，加上共邑、滕邑的百

懿公好鹤，选自明刊本《新镌绣像列国志》。

姓，共五千人。立戴公为卫君，暂时寄居在曹邑。许穆夫人为此作了《载驰》一诗。齐侯派公子无亏带领兵车三百乘、战士三千人守卫曹邑。赠送戴公驾车用的马匹，又送祭服五套，还有牛、羊、猪、鸡、狗各三百，以及建造门户的材料等。送给夫人鱼皮装饰的漂亮车子和三十匹上等丝绸。

郑文公讨厌高克，就派他带兵驻扎在黄河边上，过了很久也不召他回来。最后军队溃散逃回，高克只好投奔陈国。郑国人替他作了《清人》一诗。

晋侯派太子申生去攻打东山皋落氏。里克劝谏说："太子，是捧着祭祀礼品参与宗庙社稷大祭和早晚照看国君饮食的人，所以叫做冢子。国君外出就镇守国都，另有大臣守护国都时就跟从国君外出。跟从外出叫做抚军，在内镇守叫做监国。这是自古以来的礼制。至于领兵打仗，独自决定大小事情，号令三军上下，这是国君和执政大臣所做的事，不是太子的职分。统领军队，关键在于做决定下命令，如果让太子去做，请示君王受命而行就

会没有威信，独断专行不禀报君王又会有失孝道。所以君王的嫡子不能让他统率军队。否则国君失去了任命职官的准则，嫡子领兵又没有威信，何必要这样做呢？况且我听说皋落氏将会出兵迎战，君王还是放弃这种打算吧。"晋公说："我有几个儿子，还不知道立谁呢！"里克不再作声就退了出来。见到太子。太子说："我将会被废掉吗？"里克回答说："教你治理人民和领兵打仗，担心的是不能完成使命，为什么要废除你呢？再说做儿子的只担心自己不孝，不要去考虑能不能立。严格要求自己而不去指责别人，就能够免除祸难。"

太子率领军队，晋公让他穿有一半颜色跟自己衣服相同的衣服，并把金玦送给他佩带。狐突替太子驾车，先友做车右。梁余子养替罕夷驾车，先丹木做车右。羊舌大夫担任军尉。先友对太子说："穿着有一半颜色跟君侯相同的衣服，掌握着军队的决策权，成败就在这一回了，您要努力啊！把身上颜色的一半赐给您，似乎没有什么恶意，您掌握着兵权就能够避开灾祸。君侯亲近，又没有灾祸，您还担心什么呢？"狐突感叹着说："时令，是行为的象征；衣服，是身份的显示；佩物，是内心的标志。如果真是看重这件事，就该在上半年下达命令；如果是要把自己的衣服赐给他人，就该让别人穿完全同色的衣服；如果是想表达自己的内心，就该让人家佩带合乎常规的玉珮。现在到年终时候才下达命令，这是让事情闭塞不通；让人家穿杂色的衣服，这是表明自己疏远他；用金玦作为佩带，这是抛弃了自己的诚心。用服装来表示疏远，用时间来阻碍闭塞；杂色表示冷淡，冬天象征肃杀，金属性属寒凉，玦又暗示着离别。这怎么能够依靠呢？即使拼命去做，狄人又怎么能够杀光呢？"梁余子养说："统率军队的人，要到宗庙里接受命令，在社庙中接受祭肉，而且有一定的衣服。现在得不到规定服装却赐给杂色偏衣，晋公的用意可以明白了。前去攻战的话，死了还会落得个不孝，不如逃跑。"罕夷说："杂色偏衣奇奇怪怪不合常规，金玦则表示没有性命再回国。即使能回国又能干什么呢？君主已经有别的想法了！"先丹木说："这种衣服啊，就是狂人也不愿意穿它的。说'杀光敌人再回国'，敌人能杀得光吗？即使杀光了敌人，还会有人从里面陷害。不如离开这里。"狐突准备护从太子离开。羊舌大夫说："不行！违背君父的命令就是不孝，抛弃国家的事情不做就是不忠。虽然知道君主的用心寒凉，但不忠不孝的恶名不能蒙受。您还是拼死效命吧！"

太子打算前往攻战。狐突劝谏说："不行。从前辛伯极力劝谏周桓公说：'受宠的妃妾相当于王后，受宠的大臣专政横行，庶子跟嫡子等同，大都与国都匹敌，这是祸乱的根源。'周公不听，结果遭受祸难。现在动乱的根源已经形成了，你能够肯定立为嗣君吗？行孝若能安民，那你就考虑着去做。可事情并非如此，与其危害自己而招来罪过，不如违命出逃。"

成风听说季友出生时的卦辞，就有意跟他结好，并把僖公托付给他，所以季友立僖公为君。

　　僖公元年，齐桓公把邢邑的百姓迁移到夷仪。第二年，又在楚丘封建了卫国。邢人迁移就像回到了自己家，卫国也忘记了自己曾被灭亡过。

　　卫文公穿着粗布衣服，戴着粗帛帽子，专心培植材用，引导农业生产，便利商贾，嘉惠百工，重视教育，鼓励学习，传授为官之道，任用有才之人。头一年，只有兵车三十辆，可到晚年，竟然增加到三百辆。

僖　公

僖公元年

元年春，周历正月，齐国的军队、宋国的军队、曹国的军队驻扎在聂北，救援邢国。夏六月，邢国迁到夷仪。齐国的军队、宋国的军队、曹国的军队为邢国筑城。秋七月二十六日，夫人姜氏死在夷，齐国人带着姜氏的遗体回到齐国。楚国人攻打郑国。八月，僖公在柽会见齐侯、宋公、郑伯、曹伯、邾国人。九月，僖公在偃打败邾国的军队。冬十月十二日，公子友率领军队在郦打败莒国的军队，俘虏了莒挐。十二月十八日，夫人姜氏的尸体从齐国运来。

〇元年春，《春秋》不说即位，这是因为僖公逃亡在外的缘故。僖公逃亡又回来，《春秋》不记载，这是为了隐讳这件事。隐讳国家的坏事，这是合于礼的。

诸侯救援邢国。邢国的军队已经溃散，逃亡到诸侯的军队来。诸侯的军队于是赶走了狄人，将邢国的器物财货收聚起来，让他们迁走，军队没有私自占取。

夏，邢国迁到夷仪，诸侯为邢国修筑城墙，这是为了救援患难。凡是诸侯领袖，救援患难、分担灾害、讨伐罪人，这是合于礼的。

秋，楚国人攻打郑国，这是因为郑国亲近齐国的缘故。诸侯国在荦结盟，策划救援郑国。

九月，僖公在偃打败邾国的军队，这是邾国的那支戍守虚丘将要回去的军队。

冬，莒国人前来求取财物，公子友在郦打败了他们，俘虏了莒子的弟弟挐。挐不是卿，《春秋》这样记载是为了赞美俘获他这件事。僖公把汶水北面的田土以及费赐给季友。

夫人姜氏的遗体从齐国运来。君子认为齐国人杀死哀姜是太过分了，妇女，本来就是听从夫家的。

僖公二年

二年春，周历正月，在楚丘修筑城墙。夏五月十四日，安葬我国的小君哀姜。虞国的军队、晋国的军队灭亡了下阳。秋九月，齐侯、宋公、江国人、黄国人在贯结盟。冬十月，不下雨。楚国人侵袭郑国。

〇二年春，诸侯在楚丘修筑城墙，把卫国封在那里。《春秋》不记载会见的诸侯，因为僖公到会迟了。

晋国的荀息请求用屈出产的马匹和垂棘出产的玉璧向虞国借道来攻打虢国。晋献公说："这是我的宝贝啊！"荀息回答说："如果向虞国借得道路，就好像得到一座外库。"晋献公说："宫之奇在那里。"荀息回答说："宫之奇的为人，懦弱而不能坚决进谏，而且从小在君主身边长大，虞君亲昵他，即使进谏，虞君也不会听从。"于是派遣荀息向虞国借道，说："冀国做不仁道的事情，从颠轮入侵，攻打虞国郬邑的三面城门。我们攻打冀国，冀国已经受到损伤，那也是为了君侯您的缘故。现在虢国做不仁道的事情，在客舍修筑堡垒，来侵犯我国的南部边境。冒昧向贵国借道，以便到虢国去问罪。"虞君答应了，而且请求先去攻打虢国。宫之奇进谏，虞君不听，就起兵攻打虢国。夏，晋国的里克、荀息率领军队会合虞国的军队，攻打虢国，灭亡了下阳。《春秋》把虞国写在前面，这是虞国接受了贿赂的缘故。

假途灭虢，选自明刊本《新镌绣像列国志》。

秋，在贯结盟，这是臣服了江国、黄国的缘故。

齐国的寺人貂开始在多鱼泄漏军事机密。

虢公在桑田打败戎。晋国的卜偃说："虢国一定要灭亡了。灭亡了下阳还不害怕，而又建立武功，这是上天夺去了它的镜子，而增加它的罪恶啊！它一定会轻视晋国而不安抚它的百姓了，它过不了五年。"

冬，楚国人攻打郑国，斗章囚禁了郑国的聘伯。

僖公三年

三年春，周历正月，不下雨。夏四月不下雨。徐国人占取了舒国。六月下雨。秋，齐侯、宋公、江国人、黄国人在阳谷会见。冬，公子友到齐国参加盟会。楚国人攻打郑国。

〇三年春，不下雨，夏六月才下雨。从十月不下雨一直到五月。《春秋》不说旱，因为没有成灾。

秋，齐侯、宋公、江国人、黄国人在阳谷会见，这是为了谋划攻打楚国。

齐侯为了阳谷的盟会前来寻求结盟。冬，公子友到齐国参加盟会。

楚国人攻打郑国，郑伯想求和。孔叔不同意，说："齐国正出力帮助我国，丢弃他们的恩德不吉祥。"

齐侯和蔡姬在园囿里坐船游玩，蔡姬摆动游船，使齐侯摇晃，齐侯害怕，脸色都变了；禁止蔡姬摇动游船，蔡姬不听。齐侯大怒，把她送回蔡国，但还没有断绝关系。蔡国人把她改嫁了。

僖公四年

四年春，周历正月，僖公会同齐侯、宋公、陈侯、卫侯、郑伯、许男、曹伯侵犯蔡国。蔡国溃败，接着攻打楚国，驻扎在陉。夏，许男新臣死。楚国的大夫屈完前来同诸侯国的军队结盟，在召陵结盟。齐国人捉拿了陈国的大夫辕涛涂。秋，僖公同江国人、黄国人一起攻打陈国。八月，僖公攻打楚国回来。安葬许穆公。冬十二月，公孙兹率领军队会同齐国人、卫国人、郑国人、许国人、曹国人侵犯陈国。

〇四年春，齐侯率领诸侯的军队侵犯蔡国。蔡国溃败，接着攻打楚国。楚子派遣使者来到军队说："君侯住在北方，寡人住在南方，牛马发情互相追逐也不会跑到对方境内去，没有想到您会踏上我们的土地，这是什么缘故？"管仲回答说："以前召康公命令我们的先君太公说：'五侯九伯，你都可以征伐他们，以便辅助周王室。'赐给我们先君的边界：东边到大海，西边到黄河，南边到穆陵，北边到无棣。你们朝贡周王室的包茅不按时献纳，天子祭祀的物品供应不上，没有用来滤酒的东西，寡人来查究这件事；昭王南巡没有回去，寡人来责问这件事。"回答说："贡品没有送来，这是我们国君的罪过，哪里敢不供给？至于昭王没有回去，您还是向汉水边的老百姓打听吧。"诸侯的军队前进，驻扎在陉。

夏，楚子派遣屈完到诸侯军营。诸侯军队后退，驻扎在召陵。齐侯陈列诸侯的军队，同屈完一起乘车观看。齐侯说："这次起兵难道是为了我吗？是为了继承先君建立的友好关系。与我和好，怎么样？"回答说："承蒙您向我国的土神和谷神求福，收容我们的君主，这是我们君主的愿望。"齐侯说："用这样的军队作战，谁能够抵御？用这样的军队攻城，什么样的城不能攻克？"回答说："您如果用德行安抚诸侯，谁敢不服？您如果用武力，楚国将把方城山作为城墙，把汉水作为护城河，您的军队虽然众多，也没有用得上的地方。"屈完同诸侯结盟。

陈国的辕涛涂对郑国的申侯说："军队经过陈国、郑国的土地，两国必定十分困乏。如果从东方走，向东夷炫耀武力，沿着海边回国，这是可以的。"申侯说："好。"涛涂把这个意见告诉齐侯，齐侯同意了。申侯进见齐侯说："军队已经疲惫了，如果从东方走而遇到敌人，恐怕不能够打仗了。如果经过陈国、郑国一带，由他们供给粮食草鞋，这是可以的。"齐侯很高兴，把虎牢赐给了他。把辕涛涂抓了起来。

秋，攻打陈国，这是为了讨伐不忠。

许穆公死在军队里，用侯礼安葬他，这是合于礼的。凡是诸侯在朝会时死去的，葬礼加一等，为天子作战而死去的，加二等。在这个时候可以用衮衣入殓。

冬，叔孙戴伯率领军队会合诸侯的军队侵犯陈国，陈国求和，放回辕涛涂。

起初，晋献公想立骊姬为夫人，占卜，不吉利；占筮，吉利。献公说："依从占筮的结果。"占卜的人说："占筮的效果差一些，占卜的效果好一些，不如依从效果好的。而且它的占辞说：'专宠会使人变坏，将要夺走您的所爱。香草和臭草放在一起，多年之后还有臭气。'一定不可以。"献公不听，立骊姬。骊姬生奚齐，她的妹妹生卓子。

等到准备立奚齐为太子的时候，骊姬已经与中大夫定好了计谋。骊姬对太子说："国君梦见你母亲齐姜，你必须赶快去祭祀。"太子在曲沃祭祀母亲，把祭祀的酒肉带回来献给献公。刚好献公打猎去了，骊姬把酒肉在宫里放了六天。献公回来，骊姬在酒肉里放了毒药然后献上去。献公用酒祭地，地上突起一个土堆。把肉给狗吃，狗就倒下了。给小臣吃，小臣也倒下了。骊姬哭着说："犯上作乱的人来自太子。"太子逃亡到新城。献公杀了他的保傅杜原款。

有人对太子说："您如果申辩，国君一定会弄清楚这件事。"太子说："国君如果没有骊姬，将会居处不安，饮食不饱。我如果申辩，骊姬必定获罪。君年纪老了，他不快乐，我也不会快乐。"说："那么您逃走吗？"太子说："君不能查清我的罪过，蒙受着这种恶名逃走，别人谁会接纳我？"十二月戊申，吊死在新城。

骊姬接着诬陷两位公子说："他们都知道太子的阴谋。"重耳逃到蒲，夷吾逃到屈。

僖公五年

五年春，晋侯杀了他的太子申生。杞伯姬使其子前来朝见。夏、公孙兹到牟国去。僖公与齐侯、宋公、陈侯、卫侯、郑伯、许男、曹伯在首止会见周王世子。秋八月，诸侯在首止结盟，郑伯逃回去没有参加结盟。楚国人灭亡弦国，弦子逃亡到黄国。九月一日，发生日食。冬，晋国人抓住了虞公。

〇五年春，周历正月初一，冬至。僖公听政以后，就登上观台观察天象，并且记载，这是合于礼的。凡是春分秋分、夏至冬至、立春立夏、立秋立冬，必定记载天象，这是为了防备灾害的缘故。

晋侯派遣使者前来告诉杀害太子申生的原因。

起初，晋侯派遣士芳为两位公子在蒲和屈修筑城墙，不小心，在城墙里放进了木柴。夷吾把这件事告诉晋侯，晋侯派人责备士芳。士芳叩头回答说："我听说：'没有丧事而悲伤，忧愁必然跟着而来；没有战事而筑城，国内的敌人必然据以固守。敌人占据的地方，又何必谨慎呢？在其位而不接受命令，这是不敬；坚固敌人占据的地方，这是不忠。失掉了忠和敬，怎么能事奉国君？《诗》说：'心怀德行就是安宁，公子就是边城。'国君只要修养德行，巩固公子的地位，什么样的城池比得上呢？很快就要用兵了，哪里用得着谨慎？"退下去赋诗说："狐皮袍子已蓬松，一个国家有三公，我应择谁来跟从？"

等到发生祸难，晋侯派遣寺人披攻打蒲。重耳说："国君和父亲的命令不能违抗。"于是遍告众人说："如果违抗，就是我的敌人。"跳墙逃跑。披斩断了他的袖口。于是逃亡到翟国。

夏，公孙兹到牟国去，在那里娶了亲。

诸侯在首止相会，会见王太子郑，谋求安定成周。

陈国的辕宣仲怨恨郑国的申侯在召陵出卖了他，所以怂恿他在所赐的封邑筑城。说："把城墙筑得美观，可以扩大名声，子孙都不会忘记。我帮助您请求。"于是替他向诸侯请求，筑起了城墙。很美观。接着在郑伯面前诬陷申侯说："把所赐封邑的城墙筑得很美观，是准备叛乱的。"申侯因此获罪。

秋，诸侯会盟。周天子派周公召见郑伯，说："我用要你跟随楚国的办法来安抚你，用晋国辅助你们，这样可以稍稍安定了。"郑伯对天子的命令很高兴，却又惧怕不朝见齐国，所以逃走回国不参加结盟。孔叔制止郑伯，说："国君不能轻率，轻率就会失掉亲人，失掉亲近的人，祸患必然来到。国家困难了然后去乞求结盟，丢失的东西就多了。您一定会后悔的。"不听，逃离他的军队而回国。

楚国的斗穀於菟灭亡了弦国，弦子逃亡到黄国。

在这个时候江国、黄国、道国、柏国正同齐国友好，都是弦国的姻亲。弦子仗恃着这种关系而不事奉楚国，又不设置防备，所以灭亡了。

晋侯再次向虞国借道以便攻打虢国。宫之奇进谏说："虢国，是虞国的屏障；虢国灭亡，虞国必定跟着灭亡。晋国的贪心不能启发，对敌人不能放松警惕，一次已经过分，难道还能有第二次吗？谚语说的'辅车相依，唇亡齿寒'，大概就是说的虞和虢的关系。"虞公说："晋国是我的宗室，难道会害我吗？"回答说："太伯、虞仲是太王的儿子，太伯不听从父命，所以不能继承王位。虢仲、虢叔是王季的儿子，是文王的卿士，在王室有功。在盟府藏有功勋记录。将要灭掉虢国了，对虞国还有什么爱惜的呢？而且虞国能比桓庄更亲近晋君吗？晋侯难道爱惜桓叔、庄伯吗？桓庄家族有什么罪过而把他们杀了？不就是因为晋侯感到他们太逼近的缘故吗？亲近的人而用宠势相逼，尚且杀了他们，何况用国家相逼呢？"

虞公说："我祭祀用的祭品丰盛而清洁。神灵必定保佑我。"宫之奇回答说："我听说，鬼神不亲人，只依德。所以《周书》说：'上天没有私亲，只辅助有德行的人。'又说：'黍稷不是馨香，光明的德行才是馨香。'又说："人们拿来祭祀的东西不改变，但只有有德行的人的祭品才是真正的祭品。'如果这样，那么没有德行，百姓就不和睦，神灵就不享用了。神灵所凭依的，就在于德行了。如果晋国占取了虞国，发扬美德作为芳香的祭品奉献给神灵，神灵难道会吐出来吗？"虞公不听，答应了晋国使者的要求。宫之奇带领他的族人出走，说："虞国不能举行腊祭了。就是这一次，晋国用不着再次发兵了。"

八月十七日，晋侯包围了上阳。问卜偃说："我能够成功吗？"回答说："可以攻破它。"献公说："什么时候？"回答说："童谣说：'丙子日的清晨，日光照没尾星，上下同服多繁盛，夺取虢国军旗获胜。鹑火之星贲贲，天策之星焯焯，鹑火星下挥大军，虢公将要出奔。'这日子大概在九月、十月交替的时候吧！丙子日的清晨，日在尾星的区域，月在天策星的区域，鹑火星出现在南方，必定是这个时候。"冬十二月一日，晋国灭亡了虢国，虢公丑逃亡到京城。晋国军队回国，住在虞国，便袭击了虞国，灭亡了它。抓住了虞公和他的大夫井伯，把井伯作为秦穆姬的陪嫁随从，继续虞国的祭祀，而且把虞国的赋税和贡物归于周天子。所以《春秋》记载说："晋人执虞公。"这是责备虞国，而且说明灭亡虞国很容易。

僖公六年

六年春，周历正月。夏，僖公会同齐侯、宋公、陈侯、卫侯、曹伯攻打郑国，包围了新城。秋，楚国人包围了许国，诸侯于是救援许国。冬，僖公伐郑回来。

〇六年春，晋侯派遣贾华攻打屈。夷吾守不住，和屈人订立盟约然后出走。准备逃亡到狄，郤芮说："在重耳之后出走，又逃往同一个地方，这是有罪的。不如到梁国去，梁国靠近秦国，而且受到秦国的亲幸。"于是到梁国去。

夏，诸侯攻打郑国，因为它逃离首止的结盟的缘故。包围了新密，这就是郑国在不应大兴土木的时候筑的城。

秋，楚子包围许国来救援郑国。诸侯救援许国。楚军于是回国。

冬，蔡穆公带领许僖公在武城见楚子。许男两手反绑，口里衔着玉，大夫穿着孝服，士人抬着棺材。楚子就这件事向逢伯询问，逢伯回答说："从前武王战胜殷朝，微子启就是这样的。武王亲自解开他的绳索，接受他的玉璧而为他举行除灾求福的仪式。烧掉抬来的棺材，给以礼遇和封命，恢复他原来的地位。"楚子听从了逢伯的话。

僖公七年

七年春，齐国人攻打郑国。夏，小邾子前来朝见。郑国杀了它的大夫申侯。秋七月，僖公在宁母会盟齐侯、宋公、陈国的世子款、郑国的世子华。曹昭公死。公子友到齐国去。冬，安葬曹昭公。

〇七年春，齐国人攻打郑国。孔叔对郑伯说："谚语有这样的话，说：'心志如果不坚强，对于屈辱何必恐慌？'既不能坚强，又不能软弱，这是导致灭亡的原因。国家危急了，请向齐国屈服来挽救国家。"郑伯说："我知道他们是为什么来的了，姑且稍稍等我一下。"回答说："过了早晨不能到晚上，怎么等待君主呢？"

夏，郑国杀死申侯来取悦于齐国，同时也是由于陈国辕涛涂的诬陷。起初，申侯是申氏所生，受到楚文王的宠信。文王要死了，给他玉璧，让他走，说："只有我了解你。你垄断财货而没有满足，从我这里求取，我不指责你。后来的人将向你索取大量财货，你一定不能免于祸患。我死了以后，你一定赶快离开，不要到小国去，将不能容纳你。"楚文王安葬后，申侯逃亡到郑国，又受到厉公的宠信。斗穀於菟听说他死了，说："古人有这样的话，说：'了解臣下没有谁像国君那样清楚。'这句话是不能改变的啊。"

秋，僖公和齐侯、宋公、陈国的世子款、郑国的世子华在宁母结盟，这是为了计谋对付郑国的缘故。管仲对齐侯说："我听说，用礼招抚有二心的国家，用德使远方的国家归顺。不违背德和礼就没有人不归顺。"齐侯就依礼对待诸侯，诸侯向齐官员贡献土产以献于天子。郑伯派遣太子华在盟会听候命令。太子华对齐侯说："泄氏、孔氏、子人氏三族，违背您的命令，您如果除掉他们和郑国讲和，我把郑国作为您的臣属，您也没有不利的地方。"齐侯准备答应他。管仲说："您用礼和信会合诸侯，而用邪恶结束，大概不可以吧？儿子和父亲不相奸诈叫做礼，恪守王命、按时供给贡品叫做信，违背这两点，没有什么邪恶比这更大的了。"齐侯说："诸侯向郑国讨伐，没有取得胜利；现在如果有缝隙，利用它，不是也可以吗？"

管仲回答说："您如果用德行来安抚，加上训导，如果他们不接受，然后率领诸侯来讨伐郑国，郑国将没有时间挽救灭亡，岂敢不害怕？如果领着它的罪人来对付它，郑国就有理了，还害怕什么？而且会合诸侯，是为了尊崇德行。会合而使奸邪之人位列国君，怎么能垂示后代呢？诸侯会见时的德行、刑罚、礼仪、道义没有哪个国家不记载。如果记载了使奸邪之人居于君位，您的盟约就被废弃了。做了却不能见于记载，便不是崇高的德行。您不答应，郑国一定会接受盟约。子华既然身为太子，却要求借助大国来削弱他的国家，也一定不能免于祸难。郑国有叔詹、堵叔、师叔三位贤明的人执政，不可能钻他们的空子。"齐侯拒绝了子华的要求。子华因此获罪于郑国。

冬，郑国派遣使者向齐国请求结盟。

闰十二月，周惠王死。襄王担心太叔带发难，害怕不能立为国君，因此不发布丧事的消息，却向齐国报告祸难。

僖公八年

八年春，周历正月，僖公会同周人、齐侯、宋公、卫侯、许男、曹伯、陈国的世子款在洮结盟。郑伯请求参加盟会。夏，狄国攻打晋国。秋七月，在太庙举行禘祭，是为了把哀姜的神主放在太庙里。冬十二月十八日，周惠王死。

〇八年春，僖公和周人、齐侯、宋公、卫侯、许男、曹伯、陈国的世子款在洮结盟，商量安定王室。郑伯请求参加盟会，表示顺服。襄王的君位安定以后才发出讣告。

晋国的里克率领军队，梁由靡驾车，虢射作为车右，在采桑打败了狄人。梁由靡说："狄人无耻，如果追击他们，必然大胜。"里克说："使他们畏惧就行了，不要因此招来更多的狄人。"虢射说："一年以后狄人一定来到，不去追击，就是向他们示弱了。"

夏，狄国攻打晋国，这是为了报复采桑的战役。印证了虢射期年的预言。

秋，举行禘祭，把哀姜的神主放在太庙里，这是不合于礼的。凡是夫人，如果不死在正房里，不停棺在祖庙里，不向同盟国家发讣告，不附葬于祖姑，就不能把神主放到太庙里去。

冬，周人前来报告丧事，由于发生祸难的缘故，所以讣告迟了。

宋公生病，太子兹父坚决请求说："目夷年长而且仁爱，君王还是立他为国君吧！"宋公就命令立目夷为国君。目夷推辞说："能够把国家辞让给别人，还有比这更大的仁爱吗？我不如他，而且不合于立君的礼制。"于是就快步退了出去。

僖公九年

九年春三月十九日，宋公御悦死。夏，僖公在葵丘会见宰周公、齐侯、宋子、卫侯、郑伯、许男、曹伯。秋七月二十九日，伯姬死。九月十三日，诸侯在葵丘结盟。十一月十日，晋侯佹诸死。冬，晋国的里克杀了他的国君的儿子奚齐。

○九年春，宋桓公死。还没有安葬，襄公就会见诸侯，所以《春秋》称他为"子"。凡是在丧事期间，继位的天子称小童，继位的诸侯称子。

　　夏，僖公和宰周公、齐侯、宋子、卫侯、郑伯、许男、曹伯在葵丘会见，重温旧盟，并且发展友好关系。这是合于礼的。

　　周天子派遣宰孔赐给齐侯祭祀的酒肉，说："天子祭祀文王、武王，让我赐给伯舅祭肉。"齐侯准备下阶跪拜。宰孔说："还有后面的命令。天子派遣我说：'因为伯舅年老，应重加慰劳，赐爵一级，不用下阶跪拜。'"齐侯回答说："天子的威严不离开我的颜面咫尺之远，小白我哪里敢接受天子的命令而不下拜呢？如果不下拜，惟恐跌落下来，给天子留下羞辱，哪里敢不下拜？"齐侯走下台阶，跪拜而后登上台阶，接受祭肉。

　　秋，齐侯在葵丘会盟诸侯，说："凡是我们一起结盟的人，已经结盟之后，就归于和好。"宰孔先回国，遇到晋侯说："可以不参加盟会了。齐侯不致力于德行而忙于远征，所以在北边攻打山戎，在南边攻打楚国，在西边举行这次盟会。不知是否向东边征伐，攻打西边是不会了。大概是想乘其祸难吧！您应该致力于平定国内的祸难，不要忙于参加盟会。"晋侯就回国了。

　　九月，晋献公死。里克、丕郑想接纳文公为国君，所以凭借三位公子的党羽作乱。起初，献公派荀息辅佐奚齐，献公生病，召见荀息，说："把这个弱小的孤儿托付给您，您怎么办呢？"荀息叩头回答说："我竭尽辅助的力量，加上忠贞。事情成功，是君主的威灵，不成功，便继之以死。"献公说："什么叫忠贞？"回答说："公室的利益，知道了没有不做的，这是忠；送走过去的，事奉活着的，两方面都没有猜疑，这是贞。"

　　到了里克将要杀奚齐的时候，里克预先告诉荀息说："三方面的怨恨将要发作了，秦国和晋国都帮助他们，您将怎么办呢？"荀息说："将死去。"里克说："没有用处啊！"荀息说："我同先君说过了，不可以有二心，能够想实践诺言而又爱惜生命吗？虽然没有用处，又怎么能逃避呢？而且人们想为善的，谁不是像我一样？我想没有二心，却能对别人说不要这样做吗？"

　　冬十月，里克在居丧的地方杀死了奚齐。《春秋》记载说："杀其君之子"，这是由于献公还没有安葬，奚齐还不能称君的缘故。荀息准备自杀，有人说："不如立卓子为国君而辅助他。"荀息立了公子卓为国君而安葬了献公。十一月，里克在朝廷杀死了公子卓。荀息自杀了。君子说："诗所说的'白圭玉上的斑点，还可以磨掉；说话有了斑点，是不可以去掉的'，荀息就是这样的啊！"

　　齐侯率领诸侯的军队攻打晋国，到达高梁才回国，这是为了讨伐晋国的祸乱。因为命令没有到达鲁国，所以《春秋》没有记载。

　　晋国的郤芮让夷吾送给秦国重礼来请求秦国帮助他回国，说："人家占有了国家，我们有什么爱惜的？回国而得到百姓，土地有什么了不起？"夷吾听从了。齐国的隰朋率领军队会合秦国的军队使晋惠公回国即位。秦伯对郤芮说:"公子依靠谁呢?"回答说:"我听说逃亡的人没有朋党,有朋党必然有仇敌。夷吾年轻时不喜欢戏耍,能够争斗但是不过分,长大了也没有改变。其他的就不了解了。"

秦伯对公孙枝说:"夷吾可以安定国家吗?"回答说:"我听说,只有行为合乎准则才能安定国家。《诗》说:'无知无识,顺应天帝的准则,'这说的是文王啊。又说:'不虚假,不伤残,很少不能做典范,'没有爱好,没有厌恶,这是说的既不会猜忌也不会好胜。现在他的言语却有很多的猜忌和好胜心,要他来安定国家,难啊!"秦伯说:"猜忌就多怨恨,又怎么能取胜?这是我们国家的利益啊!"

宋襄公即位,认为公子目夷仁爱,让他做左师来处理政务,宋国因此大治。所以他的后人鱼氏世世代代承袭左师之官。

僖公十年

十年春,周历正月,僖公到齐国去。狄人灭亡了温国,温子逃亡到卫国。晋国的里克杀了他的君主卓以及大夫荀息。夏,齐侯、许男攻打北戎。晋国杀了大夫里克。秋七月。冬,下很大的雪。

〇十年春,狄人灭亡温国,这是由于苏子没有信义。苏子背叛周天子而投奔狄人,又同狄人相处不来,狄人攻打他,周王不救援,所以灭亡。苏子逃亡到卫国。

夏四月,周公忌父、王子党会同齐国的隰朋立了晋侯。晋侯杀掉里克来为自己释嫌。将要杀掉里克的时候,晋侯派人对里克说:"如果没有您,我就不能到这个地步。虽然如此,您杀了两个国君一个大夫,做您的君主的人,不是太难了吗?"回答说:"没有人被废除,您怎么能兴起?想给人加上罪名,还怕没有理由吗?我听到了命令了。"用剑自杀而死。这时丕郑在秦国聘问,也为了推迟送礼而去致歉,所以没有碰上这场祸难。

晋侯改葬恭太子。

秋,狐突到曲沃去,遇见太子。太子让他登车,作为御者,告诉他说:"夷吾无礼,我向天帝请求并且得到同意,将把晋国送给秦国,秦国将祭祀我。"狐突回答说:"我听说:'神灵不享受别族的祭品,百姓不祭祀不是本族的人。'您的祭祀大概要断绝了吧?而且百姓有什么罪?处罚不当而又祭祀断绝,您还是考虑考虑吧!"太子说:"好,我将再次请求。过七天,新城的西边,我将依附于一个巫人出现。"狐突同意去见巫人,接着太子不见了。到时候前去,巫人告诉狐突说:"天帝答应我惩罚有罪的人了,他将败在韩。"

丕郑到秦国去后,对秦伯说:"吕甥、郤称、冀芮是不同意给秦国土地财货的,如果用重礼来召请他们,我让晋国国君出走,您使重耳回国即位,没有不成功的。"

冬，秦伯派遣冷至到晋国回聘，并给吕甥等人赠送财礼。并且召请这三个人，郤芮说："财礼贵重而说话甘甜，这是在诱骗我们。"于是杀了丕郑、祁举及七舆大夫：左行共华、右行贾华、叔坚、骓歂、累虎、特宫、山祁，都是里克、丕郑的党羽。丕豹逃亡到秦国，对秦伯说："晋侯背叛大主而忌恨小怨，百姓不拥护他。攻打他，一定被赶走。"秦伯说："失去群众，哪里还能杀掉大臣？百姓都要逃离祸难，谁能赶走国君？"

僖公十一年

　　十一年春，晋国杀大夫丕郑父。夏，僖公与夫人姜氏在阳谷会见齐侯。秋八月，举行盛大的雩祭。冬，楚国人攻打黄国。

　　○十一年春，晋侯派遣使者前来报告丕郑之乱。

　　天王派遣召武公、内史过赐给晋侯宠命，晋侯接受赐玉时懒洋洋的。过回去，告诉周天子说："晋侯大概没有继承人了吧！天子赐给他宠命，却懒洋洋地接受瑞玉，这是首先自己抛弃自己了，还会有什么继承人？礼，是国家的躯干；敬，是载礼的车箱。不恭敬，礼就不能实施；礼不能实施，上下就会昏乱，怎么能够延长寿命！"

　　夏，扬、拒、泉、皋、伊洛的戎人一起攻打京师，进入王城，焚烧东门，这是王子带引进来的。秦国、晋国攻打戎人来救援周朝。秋，晋侯使戎人和周天子讲和。

　　黄国人不给楚国贡品。冬，楚国人攻打黄国。

僖公十二年

　　十二年春，周历三月一日，发生日食。夏，楚国人灭亡黄国。秋七月。冬十二月十一日，陈侯杵臼死。

　　○十二年春，诸侯在卫国楚丘的外城修筑城墙，因为害怕狄人骚扰。

　　黄国人仗恃诸侯同齐国的和睦关系，不供给楚国贡品，说："从郢都到我国有九百里，怎么能危害我国？"夏，楚国灭亡黄国。

　　天子因为戎人骚扰的缘故，讨伐王子带。秋，王子带逃亡到齐国。

　　天子用上卿的礼节招待管仲，管仲辞谢说："陪臣是低贱的官员，有天子任命的两位守臣国子、高子在齐国，如果他们依春、秋朝聘的时节来接受天子的命令，您用什么礼节招待他们呢？陪臣谨敢辞谢。"天子说："我嘉奖你的功勋，接受你的美德，这可以说是笃厚而不能忘记的，去履行你上卿的职务，不要违背我的命令。"管仲最终还是接受了下卿的礼节而回国。

君子说:"管氏世世代代受到祭祀,这是应该的啊!谦让而不忘记爵位比他高的上卿。《诗》说:'和蔼平易的君子,是神灵保佑的人。'"

僖公十三年

十三年春,狄人侵袭卫国。夏四月,安葬陈宣公。僖公在咸会见齐侯、宋公、陈侯、卫侯、郑伯、许男、曹伯。秋九月,举行盛大的雩祭。冬,公子友到齐国去。

○十三年春,齐侯派遣仲孙湫到周聘问,而且要他说说王子带的事情。朝聘完了,仲孙湫没有同周天子说起王子带。回国,向齐侯回复说:"还不行,天子的怒气还没有缓和,大概要等十年吧?不到十年,天子不会召回王子带。"

夏,僖公同诸侯在咸会见。这是因为淮夷使杞国担心的缘故,同时也是为了商量安定周王室。

秋,因为戎人骚扰的缘故,诸侯派兵戍守成周。齐国的仲孙湫带领军队前去。

冬,晋国连续两年发生饥荒,派人到秦国请求购买粮食。秦伯对子桑说:"给他们吗?"回答说:"再次给予恩惠而报答我们,您还要求什么?再次给予恩惠而不报答我们,他们的百姓必然离心,百姓离心然后讨伐他们,他们没有百姓必然失败。"秦伯对百里奚说:"给他们吗?"回答说:"天灾流行,总是在各个国家交替发生的。救援灾荒,抚恤邻邦,这是符合道义的。按道义办事,就会有福禄。"丕郑的儿子豹在秦国,请求秦国攻打晋国。秦伯说:"厌恶他们的国君,他们的百姓有什么罪?"秦国于是把粮食输送给晋国。从雍到绛船只相连接,被称作"泛舟之役"。

僖公十四年

十四年春,诸侯在缘陵修筑城墙。夏六月,季姬和鄫子在防相遇。季姬使鄫子前来朝见。秋八月五日,沙鹿山崩塌。狄人侵袭郑国。冬,蔡侯肸死。

○十四年春,诸侯在缘陵筑城,然后把杞国迁进去。《春秋》不记载筑城的人,这是由于文字有缺。

鄫季姬回来省视父母,僖公发怒,留下季姬不让她回去,因为鄫子不来朝见。夏,季姬在防与鄫子临时会见,使鄫子前来朝见。

秋八月五日,沙鹿山崩塌。晋国的卜偃说:"一年后将有大难,几乎要亡国。"

冬，秦国发生灾荒，派人向晋国请求买进粮食，晋国人不给。庆郑说："背弃恩惠就没有亲人；庆幸别人的灾祸，这是不仁；贪图爱惜的东西，就会不吉祥；使邻国愤怒，这是不义。四种道德都丢掉了，用什么来守卫国家？"虢射曰："皮已经不存在，毛又依附在哪里？"庆郑说："丢掉信用、背弃邻国，谁来抚恤患难？没有信用，祸患就会发生；失去援助，一定灭亡。这件事就可以印证了。"虢射说："给了粮食不会使怨恨减少，反而增加敌人的实力，不如不给。"庆郑说："背弃恩惠、庆幸别人的灾祸，这是百姓唾弃的行为。亲近的人尚且仇视，何况怨恨的敌人呢？"惠公不听。庆郑退下来说："国君将要为这件事后悔啊！"

僖公十五年

　　十五年春，周历正月，僖公到齐国去。楚国人攻打徐国。三月，僖公会同齐侯、宋公、陈侯、卫侯、郑伯、许男、曹伯在牡丘结盟，接着驻扎在匡。公孙敖率领军队以及诸侯的大夫救援徐国。夏五月，僖公会盟回来。季姬回到鄫国。三十日，雷击夷伯的庙宇。冬，宋国人攻打曹国。楚国人在娄林大败徐国。十一月十四日，晋侯同秦伯在韩作战，秦伯俘虏了晋侯。

　　〇十五年春，楚国人攻打徐国，这是徐国亲近诸夏的缘故。三月，诸侯在牡丘结盟，这是为了重温葵丘的盟约，而且为了救援徐国。孟穆伯率领军队与诸侯的军队一起救援徐国，诸侯的军队驻扎在匡等待他。

　　夏五月，发生日食。不记载朔和日，这是史官漏记了。

　　秋，攻打厉国，用这样的方式救援齐国。

　　晋侯回国即位的时候，秦穆姬把贾君嘱托给他，并且对他说："让公子们全部回国。"晋侯与贾君淫乱，又不接纳群公子回国，因此秦穆姬怨恨他。晋侯曾答应给中大大赠送财礼，不久却背弃了诺言。答应送给秦伯黄河以西和以南的五座城，东边到虢略，南边到华山，黄河之内到解梁城，后来又不给了。晋国发生饥荒，秦国输送粮食给晋国；秦国发生饥荒，晋国却拒绝他买粮，所以秦伯攻打晋国。

　　卜徒父占筮，吉利："渡过黄河，晋侯的战车毁坏。"秦伯追问，回答说："这是大吉啊！打败他们三次，必定俘虏晋国的国君。这一卦占到了蛊卦☶☴，占辞说：'千辆兵车三次被驱逐，三次驱逐之后，就一定俘虏他们的雄狐。'这个雄狐，一定是他们的国君。蛊的内卦是风；蛊的外卦是山。时节已到秋天了，我们的风吹到他们的山上，吹落他们的果实，而且取得他们的木材，因此能够取胜。果实落了，木材丢了，他们不失败还等待什么呢？"

秦军三次击败晋军，抵达韩。晋侯对庆郑说："敌人已经深入了，把他们怎么办？"回答说："您让他们深入的，能怎么办？"晋侯说："放肆！"占卜车右的人选，庆郑得吉卦，但是晋侯不用他。让步扬驾御战车，家仆徒作为车右。用小驷拉车，小驷是郑国献纳的。庆郑说："古代在战争期间，一定用本国的马驾车，出生在这块水土上，懂得主人的心意，安于主人的教训，熟悉这里的道路，随便你怎样牵动指挥它，没有不如人意的。现在用别国出产的马驾车来从事战争，等到它恐惧而发生变故，将会与人的意志相违背。出气不匀，烦躁不安，血液在全身奔流，血管涨起，紧张兴奋，外似强大，内则虚弱。不能进，不能退，不能旋转，您必定要后悔的。"晋侯不听从。

九月，晋侯迎战秦国的军队，派韩简去察看秦国的军队，韩简回来说："秦国军队比我们少，战斗人员却超过我们一倍。"晋侯说："什么缘故？"回答说："我们逃亡的时候依靠他们的资助，回来时也凭借他们的宠信，发生饥荒时又吃他们的粮食，他们三次给我们恩惠而我们却没有报答，因此他们才来。现在又要攻击他们，我国的士气懈怠，秦国的士气振奋，斗志相差一倍还不止呢。"晋侯说："一个人尚且不可以轻视，何况一个国家呢？"于是让韩简去约战，对秦伯说："我不才，能集合我的部下却不能使他们离散。您如果不回去，我们将没有地方逃避命令。"秦伯派公孙枝回答说："晋君没有回国，我为他忧惧；回来了但是君位没有定下来，还是我的忧虑。如果君位定下来了，我哪里敢不接受作战的命令。"韩简退回来说："我如果能被囚禁就是幸运了。"

十四日，在韩原作战。晋侯的小驷马陷在泥泞里盘旋不出。晋侯呼叫庆郑。庆郑说："不听劝谏，违背占卜的结果，又逃到哪里去呢？"于是离开他。梁由靡驾御韩简的战车，虢射作为车右，迎战秦伯，将要俘虏秦伯。庆郑因为救援晋侯而耽误了，于是失掉了秦伯。秦国俘虏了晋侯回国。晋国的大夫披头散发拔起帐篷跟着秦伯。秦伯派人辞谢说："你们几位为什么如此忧愁啊！我跟随晋国国君往西去，只是为了应验晋国的妖梦，难道敢做得太过分吗？"晋国的大夫拜了三次然后叩头说："您踩着后土而顶着皇天，皇天后土，都听到了您的话，我们下臣谨在下边听从您的吩咐。"

穆姬听说晋侯要到了，便带着太子罃、儿子弘和女儿简璧登上高台，踩着柴草。派人免冠束发穿着孝服去迎接秦伯，并且告诉秦伯说："上天降下灾难，使我们两国的君主不用玉帛相见而是兴动甲兵。如果晋国君主早晨进入国都，那么我晚上就死；晚上进入国都，那么我早晨就死。请您裁夺！"于是秦伯把晋侯安置在郊外的灵台。大夫请求把晋侯带进国都。秦伯说："俘虏了晋侯，这是带着丰厚的收获回来的，但如果穿着丧服回来，这些收获有什么用呢？大夫又能得到什么好处？而且晋国人用他们的忧伤感动我，用天地约束我。不考虑晋国的忧愁，就会加重他们的愤怒；如果我自食其言，这就是违背天地。增加愤怒会使我难以承担；违背天地，就会不吉祥，一定要放晋君回国。"公子絷说："不如杀了他，不要让邪恶再聚集在晋国。"子桑说："让晋君回国而把他的太子作为人质，必然能得到十分有利的媾和的条件。晋国还不能灭亡而杀掉他们的君主，只会造成很坏的后果。而且史佚有话说：'不要首先挑起祸端，不要依靠祸乱谋利，不要加重别人的愤怒。'加重别人的愤怒自己会难以承当，欺凌别人自己也会不吉祥。"于是允许晋国媾和。

晋侯派郤乞向瑕吕饴甥请教，并且召见他。吕甥教郤乞怎样说话，说："使国都的人在宫门朝见，用国君的名义给予赏赐。而且告诉他们说：'孤虽然回来，已经给国家带来耻辱了，还是占卜立太子圉吧。'"百姓听了一齐号哭。晋国于是作爰田。吕甥说："国君不担忧自己身在异国，反而担忧群臣，这真是仁惠到了极点。我们准备怎么对待国君？"大家说："怎么办才行？"回答说："征收赋税，修缮甲兵，以辅助继位的人。诸侯听说我们失去了国君，又有了新的国君，群臣和睦，甲兵比以前更多，喜欢我们的人就会勉励我们，厌恶我们的人就会惧怕我们，也许会有好处吧？"大家很高兴，晋国于是改革兵制。

起初，晋献公为嫁伯姬给秦国而占筮。得到归妹卦☳☱变成睽卦☲☱，史苏预测说："不吉利。卦辞说：'士人宰羊，没有血浆。女人提筐，空忙一场，秦国责备，不可补偿。归妹变睽，没人相帮。'震卦变成离卦，也就是离卦变成震卦。'又是雷，又是火，一为嬴，一为姬。车箱脱了轴钩，大火烧了军旗，出师不利，宗丘败绩。归妹嫁女，睽离则孤，敌人张开弓弧。侄子跟从姑姑，六年之后逃走，回到自己的国都，抛弃了先前的配偶，次年死在高梁山丘。'"

等到惠公在秦国，说："先君如果听从了史苏的占卜，我不会到这个地步！"韩简随侍在旁，说："卜龟，是依靠兆象预测吉凶的；占筮，是依靠数的排列组合来预测吉凶的。事物生长以后才会有象，有象以后才会繁演，繁演以后才会有数，先君的不好的道德，难道是象数可以解释的吗？《诗》说：'百姓的灾祸，不是从天而降，聚在一起议论，转过背去憎恨，都因世人好争强。'"

雷击夷伯的庙宇，这是归罪于他。从这里可以看出展氏有不为人知的罪恶。

冬，宋国人攻打曹国，这是为了讨伐过去结下的怨恨。

楚国在娄林大败徐国，这是因为徐国一味依靠救援。

十月，晋国的阴饴甥会见秦伯，在王城结盟。秦伯说："晋国和睦吗？"回答说："不和睦。小人以失掉国君为耻而哀悼战死的亲人，不怕征收赋税、修缮甲兵来立太子圉为国君，说：'宁愿事奉戎狄，也一定要报仇。'君子爱护他们的国君而知道他的罪过，不怕征收赋税、修缮甲兵来等待秦国的命令，说：'一定要报答秦国的恩德，有必死之志而无二心。'因此不和。"秦伯说："国人对国君的命运怎么看？"回答说："小人忧虑，认为他不会被赦免；君子宽恕，认为他一定会回来。小人说：'我们伤害了秦国，秦国难道会让国君回来？'君子说：'我们已经知罪了，秦国一定会让国君回来。有二心就抓起来，服了罪就放了他。德行没有比这更宽厚的，刑罚没有比这更威严的。服罪的怀念德行，有二心的害怕刑罚，这一回，秦国可以领导诸侯了。帮助人家回国做国君又不让他安定，甚至废掉他而不立他为国君，把恩德变成仇怨，秦国不会这样的。"秦伯说："这正是我的心意啊！"于是让晋侯改住宾馆，馈送他牛、羊、豕各七头。

蛾析对庆郑说："何不逃走呢？"回答说："使国君陷于失败，失败了却不死，反而逃亡，又让国君失去刑罚，这就不是做人臣子的本分了。做臣子而不像个臣子，又能走到哪里去？"十一月，晋侯回国。二十九日，杀了庆郑然后进入国都。这一年，晋国又发生饥荒，秦伯又送给晋国粮食，说："我怨恨他们的君主，但是同情他们的百姓。而且我听说唐叔受封的时候，箕子说：'他们的后代一定昌大。'晋国大概还是很有希望的吧？我姑且在那里树立德行，以期待有能力的人。"在这时秦国才开始在晋国的黄河东部征收赋税，在那里设置官员。

僖公十六年

十六年春，周历正月一日，从天上坠落五块石头，掉在宋国境内。这一月，六只鹢鸟后退着飞，经过宋国国都。三月二十五日，公子季友死。夏四月二十日，鄫季姬死。秋七月十九日，公孙兹死。冬十二月，僖公在淮会见齐侯、宋公、陈侯、卫侯、郑伯、许男、邢侯、曹伯。

〇十六年春，天上坠落五块石头在宋国，这是坠落的星。六只鹢鸟倒退着飞，经过宋国国都，这是风急的缘故。周朝的内史叔兴在宋国聘问，宋襄公问他，说："这是什么征兆？吉凶在哪里？"回答说："今年鲁国多有大的丧事，明年齐国有动乱，君侯将会得诸侯的拥护而不能持久。"退下来告诉别人说："国君问得不恰当。这是自然界阴阳变化的结果，并不是吉凶产生的原因。吉凶是由人造成的。我这样回答，是不敢违逆国君的缘故。"

夏，齐国攻打厉国，不能取胜，救援了徐国就回国了。

秋，狄国侵袭晋国，占取了狐、厨、受铎等地，渡过汾河，直到昆都，因为晋国打败了。

天子把戎人骚扰的消息告诉齐国，齐国调集诸侯戍守成周。

冬十一月十二日，郑国杀子华。

十二月，诸侯在淮会见，商量鄫国的事，同时也为了攻掠东方。在鄫国修筑城墙，服劳役的人困乏。有人夜里登上山丘喊叫说："齐国发生动乱！"诸侯没有筑完城墙就回国了。

僖公十七年

十七年春，齐国人、徐国人攻打英氏。夏，灭亡项国。秋，僖公夫人姜氏在卞会见齐侯。九月，僖公会盟回来。冬十二月八日，齐侯小白死。

〇十七年春，齐国人为徐国攻打英氏，为了报复娄林的战役。

夏，晋国的太子圉在秦国作为人质，秦国把河东之地归还晋国而把女儿嫁给太子圉。惠公在梁国的时候，梁伯把女儿嫁给他。梁伯的女儿梁嬴怀孕，过了产期。卜招父和他的儿子占卜。他的儿子说："将生一男一女。"招父说："是的，男的做别人的奴仆，女的做别人的奴婢。"所以为男孩取名做圉，为女孩取名做妾。待到子圉在秦为质，妾在那里做侍女。

鲁国的军队灭亡项国。淮地的会见，因僖公同诸侯有礼节往来的事情，没有及时赶回去，结果鲁国就占取了项国。齐国人认为是僖公下令讨伐的，便不让他回国。

秋，声姜因为僖公没有回国的缘故，在卞会见齐侯。九月，僖公回国，《春秋》记载说"至自会"，好像是说在那里还有诸侯礼节往来的事情，实际上却是为僖公被拘留一事避讳。

齐侯有三位夫人，王姬、徐嬴、蔡姬，都没有儿子。齐侯喜欢女色，有很多受宠的女人，受宠的女人如同夫人的有六人：长卫姬，生了武孟；少卫姬，生了惠公；郑姬，生了孝公；葛嬴，生了昭公；密姬，生了懿公；宋华子，生了公子雍。齐侯和管仲把孝公托付给宋襄公，把他作为太子。雍巫受到卫共姬的宠信，依靠寺人貂的关系把美味的食品进献给齐侯，也受到齐侯的宠信。齐侯答应他们立武孟为继承人。管仲死，五位公子都谋求立为继承人。冬十月七日，齐桓公死。易牙进入宫中，和寺人貂一起依靠长卫姬杀了很多官吏，立公子无亏为国君。孝公逃亡到宋国。十二月八日，发出讣告。十四日，在夜间入殓。

僖公十八年

十八年春，周历正月，宋公、曹伯、卫国人、邾国人攻打齐国。夏，鲁国的军队救援齐国。五月十四日，宋国的军队同齐国的军队在甗作战。齐国的军队大败。狄国救援齐国。秋八月丁亥，安葬齐桓公。冬，邢国人、狄国人攻打卫国。

〇十八年春，宋襄公率领诸侯攻打齐国。三月，齐国人杀无亏。

郑伯开始到楚国朝见。楚子赐给郑伯铜，不久又为这件事后悔，与郑伯盟约说："不要用来铸造兵器！"所以用它铸造了三座钟。

　　齐国人准备立孝公为国君，不能抵制四公子一伙人的反对，孝公逃到宋国，四公子就和宋国人作战。夏五月，宋国在甗打败了齐国军队，立了孝公然后回国。

　　秋八月，安葬齐桓公。

　　冬，邢国人、狄国人攻打卫国，包围了菟圃。卫侯把国家让给父兄子弟和朝廷众人，说："谁如果能治理国家，我就跟从他。"大家不同意，而后在訾娄摆开阵势，狄国的军队就退回去了。

　　梁伯开拓了国土，却不能把百姓迁到那里，把那地方取名为新里，后来被秦国占取了。

僖公十九年

　　十九年春，周历三月，宋国人抓住了滕子婴齐。夏六月，宋公、曹国人、邾国人在曹国南部结盟。鄫子在邾国参加盟会。二十一日，邾国人抓住了鄫子，用他来祭祀。秋，宋国人包围了曹国。卫国人攻打邢国。冬，僖公会同陈国人、蔡国人、楚国人、郑国人在齐结盟。

　　○十九年春，就在新里修筑城墙而后住在那里。

　　宋国人抓住了滕宣公。

　　夏，宋公要邾文公杀了鄫子来祭祀次睢的土地神，想以此使东夷归附。司马子鱼说："古代的六畜不互相用来祭祀，小的祭祀不杀大的牲畜，何况敢用人呢？祭祀是为了人。百姓，是神的主人。杀人祭祀，哪个鬼神会享用？齐桓公保存三个将要灭亡的国家来使诸侯归附，仁义之士还说他缺少德行，现在一次会盟就伤害两个国家的国君，又拿他来祭祀邪恶昏乱的鬼神，想用这种方式求取霸业，不是太难了吗？能够善终就是幸运的了。"

　　秋，卫国人攻打邢国，这是为了报复菟圃那一次战役。这时卫国大旱，为祭祀山川占卜，不吉。宁庄子说："过去周室发生饥荒，打败了殷朝便获得丰收。现在邢国正是没有道义的时候，诸侯又没有领袖，上天或者是要卫国攻打邢国吧？"听从他的话，军队刚出发就下雨了。

　　宋国人包围曹国，这是为了讨伐曹国的不顺服。子鱼对宋公说："文王听说崇国德行昏乱便讨伐他，包围了三十天还不投降。便退回来修治教化，然后又去攻打他，依靠先前所筑的营垒就使崇国投降了。《诗》说：'在正妻面前做出典范，把它扩展到兄弟之间，来治理家和国。'现在君主的德行大概还有不足的地方，却以此攻打别人，能把它怎么办？何不姑且退回去自己反省一下德行，在没有不足以后再行动。"

陈穆公请求同诸侯建立友好关系，以此表示不忘齐桓公的德行。冬，在齐国结盟，这是为了重修齐桓公建立的友好关系。

梁国灭亡，《春秋》不记载灭亡它的人，因为是它自取灭亡的。起初，梁伯喜欢土木工程，几次筑城却又不居住，百姓疲倦得不能忍受，就说"某某敌人要来了"。于是在国君的宫室外挖沟，说："秦国将袭击我国。"百姓害怕而溃散，秦国就占取了梁国。

僖公二十年

二十年春，重新建造南门。夏，郜子前来朝见。五月二十三日，西宫发生火灾。郑国人进入滑国。秋，齐国人、狄国人在邢国结盟。楚国人攻打随国。

〇二十年春，重新建造南门。《春秋》记载这件事，是因为不合时宜。凡修建城门和制造门闩，应该符合时令。

滑国人背叛了郑国而顺服于卫国。夏，郑国的公子士、泄堵寇率领军队进入滑国。

秋，齐国、狄国在邢国结盟，这是为邢国策划对付卫国的骚扰。从这时起卫国才开始把邢国当做自己的心病。

随国率领汉水东边的诸侯背叛楚国。冬，楚国的斗穀于菟率领军队攻打随国，达成和解以后回国。君子说："随国被攻打，是由于不度量自己的国力。度量自己的实力然后行动，过错就会少了。成败在于自己，难道在于别人吗？《诗》说：'难道不想早晚劳作，奈何路上露水太多。'"

宋襄公想会合诸侯。臧文仲听到这个消息，说："让欲望服从别人，那是可以的；让别人服从自己的欲望，就很少成功了。"

僖公二十一年

二十一年春，狄国侵袭卫国。宋国人、齐国人、楚国人在鹿上结盟。夏，大旱。秋，宋公、楚子、陈侯、蔡侯、郑伯、许男、曹伯在盂会见。楚子抓住了宋公来攻打宋国。冬，僖公攻打邾国。楚国人派遣宜申前来报告攻宋的捷报。十二月十日，僖公在薄会盟诸侯，楚子释放宋公。

〇二十一年春，宋国举行了鹿上的会盟，来向楚国要求归附楚国的诸侯奉自己为盟主。楚国人答应了。公子目夷说："弱小的国家争当盟主，这是灾祸。宋国将要灭亡了吧！失败得晚一点就算幸运了。"

夏，发生大旱灾。僖公想烧死巫人和仰面朝天的畸形人。臧文仲说："这不是防备旱灾的办法。修理城墙、减少饮食、节省开支、致力农事、鼓励人们施舍，这是应该做的。巫人和畸形人能做什么呢？如果上天要杀掉他们，就应当不生他们；如果他们能够造成旱灾，烧死了他们旱灾会更加严重。"僖公听从了这个意见。这一年，虽然发生了饥荒，但没有造成危害。

秋，诸侯在盂会见宋公。子鱼说："祸端就在这里吧！国君的欲望太过分了，怎么能忍受得了呢？"在会上楚国抓住了宋公来攻打宋国。冬，诸侯在薄会盟，楚国释放了宋公。子鱼说："灾祸还没有完，不足以惩罚国君。"

任、宿、须句、颛臾，都姓风，主持太皞和济水的祭祀，而服从中原各国。邾国人灭亡须句。须句子逃亡前来，这是由于须句是成风的娘家。成风为了须句子对僖公说："尊崇太皞与济水的祭祀，保护弱小的国家，这是周的礼仪；蛮夷扰乱中原，这是周的灾祸。如果封了须句，这是尊崇太皞、济水之神而修明祭祀、解除灾祸啊。"

僖公二十二年

二十二年春，僖公攻打邾国，占取了须句。夏，宋公、卫侯、许男、滕子攻打郑国。秋八月八日，僖公与邾国人在升陉作战。冬十一月一日，宋公同楚国人在泓水旁作战，宋国的军队大败。

○二十二年春，攻打邾国，占取须句，让它的国君回去，这是合于礼的。

三月，郑伯到楚国去。

夏，宋公攻打郑国。子鱼说："所说的祸就在这里了。"

起初，周平王东迁洛邑的时候，辛有到伊川去，看见披着头发在野地祭祀的人，说："不到百年，这里就变成戎人居住的地方了！周的礼仪先消亡了。"秋，秦国和晋国把陆浑之戎迁到伊川。

晋国的太子圉在秦国作为人质，准备逃回去，对嬴氏说："跟您一起回去吗？"回答说："您是晋国的太子，却被秦国侮辱。您想回去，不是很应该吗？我的国君让我为您拿着手巾、梳子，是为了让您安心。跟着您回去，这是丢弃了国君的命令。我不敢跟从，但也不敢泄漏。"于是太子圉逃回晋国。

富辰对周天子说："请您召回太叔。《诗》说：'同邻居的关系能团结融洽，姻亲之间就一定能和顺有加'。我们兄弟都不融洽，怎么能埋怨诸侯不和睦呢？"天子很高兴。王子带从齐国回到京师，这是周天子把他召回来的。

邾国人因为鲁国帮助须句的缘故出兵。僖公轻视邾国，不设防备就去抵御邾国的军队。臧文仲说："国家没有弱小，不能轻视。没有防备，虽然人多，也不足依靠。《诗》说：'战战兢兢，如同面临深渊，如同踩着薄冰。'又说：'小心啊小心，上天虽然磊落光明，却并不容易得到天命！'以先王的美德，尚且没有不感到困难的事情，没有不感到忧虑的事情，何况我们小国呢？您不要认为邾国弱小，黄蜂、蝎子都有毒，何况一个国家呢？"僖公不听。八月八日，僖公同邾国的军队在升陉作战，我军大败。邾国人获得僖公的头盔，把它挂在城门上。

楚国人攻打宋国以救援郑国。宋公打算迎战，大司马固劝阻说："上天抛弃我们已经很久了，您想复兴它，这种违背天意的罪过是不能赦免的。"宋公不听。

冬十一月一日，宋公同楚国人在泓水旁交战。宋国人已经摆成队列，楚国人还没有全部渡河。司马说："对方人多，我们人少，趁他们还没有全部过河的时候，请下令攻击他们。"宋公说："不行。"楚军全部渡过了河但还没有摆成队列，司马又把请求下令进击的话告诉宋公。宋公说："还不行。"等到楚国人已经摆好了阵势，然后攻击他们，宋国的军队大败。宋公伤了大腿，门官被歼灭。

都城里的人都归罪宋公。宋公说："君子不伤害已经受了伤的人，不擒捉头发花白的人。古代作战，不凭借险要的地势。我虽然是殷商亡国的后裔，却也不能进攻没有摆开阵势的敌人。"子鱼说："您不懂得作战。强大的敌人，由于地形险要而不能摆成队列，这是上天在帮助我们。拦截他们，然后进攻他们，不也是可以的吗？即使这样，还担心不能成功呢。况且现在那些强大的人，都是我们的敌人，即使被追上的是老人，俘虏了他们，就要取下他的左耳，对于头发花白的人还有什么值得怜悯的呢？使将士知道什么是耻辱，教给他们怎样打仗，这是为了杀死敌人。敌人受了伤，但还没有到死的地步，为什么不再伤害他？如果不忍心伤害敌人的伤员，就应当一开始就不伤害他；怜悯头发花白的人，就应当顺服他们。军队在有利的时候才使用，鸣金击鼓是为了用声音鼓舞士气。只要有利的时候就使用军队，因此在险要的地方是可以使用军队的，鼓声大作可以激励士气，在敌人没有摆开阵势的时候击鼓进攻是可以的。"

十一月八日早晨，郑文公夫人芈氏、姜氏在柯泽慰劳楚子。楚子派师缙把俘虏和割下来的敌人的左耳给他们看。君子说："这是不合于礼的。妇女送迎不出房门，和兄弟相见不逾越门槛，战争中不接近女人的用具。"九日，楚子进入郑国接受款待，主宾酬酢九次，院子里陈列的礼品上百件，再加上用笾和豆盛放的食品六种。宴请完毕，夜里出来，文芈送楚子到军营里。楚子带了郑国的两个侍妾回去。叔詹说："楚王大概不会善终吧！执行礼节而最终弄到男女没有区别的地步，男女没有区别就不能说符合礼。他将怎样得到善终呢？"诸侯凭这一点就知道楚子不能完成霸业。

僖公二十三年

二十三年春，齐侯攻打宋国，包围了缗。夏五月二十五日，宋公滋父死。秋，楚国人攻打陈国。冬十一月，杞子死。

〇二十三年春，齐侯攻打宋国，包围了缗，这是为了讨伐它不到齐国参加盟会。

夏五月，宋襄公死，这是在泓水旁作战受了伤的缘故。

秋，楚国的成得臣率领军队攻打陈国，这是为了讨伐陈国两属于宋国。于是占取了焦、夷两地，在顿筑城后回国。子文把这些作为他的功劳，让他做令尹。叔伯说："您把国家怎么办？"回答说："我用这样的方法安定国家，有很大的功劳却没有尊贵的地位，这样的人能安定国家的有几个？"

九月，晋惠公死。怀公即位，命令臣下不要跟随逃亡在外的人，规定期限，到了期限而不回来，不赦免。狐突的儿子毛和偃跟随重耳在秦国，狐突不召他们回来。冬，怀公把狐突抓起来说："儿子回来了就赦免你。"回答说："当儿子能做官的时候，父亲就教导他忠诚，这是古代的制度，把名字写在简策上，给尊长送了见面礼，如果不专一就是罪过。现在我的儿子的名字在重耳那里已经有很多年头了，如果又召他回来，这是教他不专一啊。父亲教儿子不专一，怎么能事奉君主？不滥用刑罚，这是君主圣明，是臣子的愿望。滥用刑罚来求称意，谁能没有罪？我听到命令了。"就杀了他。卜偃称病不出，说："《周书》有这样的话：'君主圣明，臣民就会顺服。'自己如果不圣明，而通过杀人来求称意，不是很难持久吗？百姓不被爱抚，只听到杀戮，还会有什么子孙的禄位？"

十一月，杞成公死。《春秋》记载称"子"，这是因为杞是夷人。不记载名字，是因为没有同鲁国结盟的缘故。凡是在一起结了盟的诸侯，死后就在讣告上写上名字，这是合于礼的。讣告上写了名字，《春秋》也就写名字，不然就不写，这是为了避免因弄不清楚而记错。

晋国的公子重耳遭到祸难的时候，晋国人在蒲城攻打他。蒲城人想迎战，重耳不许可，说："依靠国君父亲的命令才能享受养生的俸禄，于是得到百姓拥护。有了百姓的拥护却去抵抗君主父亲，没有比这更大的罪了。我还是逃跑吧。"于是逃亡到狄国。跟随的人有狐偃、赵衰、颠颉、魏武子、司空季子。

狄人攻打廧咎如，俘虏了他们的两个女儿，叔隗和季隗，把她们送给公子重耳。公子娶了季隗，生了伯儵和叔刘。把叔隗给赵衰做妻子，生了盾。将要到齐国去，对季隗说："等我二十五年，如果我不回来你再改嫁。"回答说："我已经二十五岁了，又过这些年再改嫁，那就要进棺材了。我等您。"在狄居住了十二年而后离开。经过卫国，卫文公不以礼相待。经过五鹿，向乡下人要饭，乡下人给公子土块。公子发怒，想鞭打他。子犯说：

"这是上天赐与的啊!"公子叩头至地,接过土块,把它装在车子里。

　　到达齐国,齐桓公为公子重耳娶了妻子,有马八十匹。公子安于这种生活。跟从的人认为这样不行。准备离去,在桑树下商量。养蚕的侍妾正在树上采桑叶,把这个消息告诉了姜氏。姜氏杀了她,对公子说:"您有远大的志向,听到这个消息的人,我把她杀了。"公子说:"没有这回事。"姜氏说:"走吧!眷恋享受和安于现状,确实会败坏名声。"公子不答应。姜氏和子犯商量,把他灌醉了然后送他走。公子酒醒,用戈追逐子犯。到达曹国,曹共公听说公子重耳的肋骨连成一块,想在他裸体的时候观看。公子重耳洗澡的时候,曹共公便走近前去观看。僖负羁的妻子说:"我观察那些跟随晋国公子的人,都可以辅佐国政。如果用他们为辅佐,公子必定能回到晋国做国君,一定能在诸侯中得志。在诸侯中得志,然后惩罚对他无礼的国家,曹国将是第一个受惩罚的。您何不早早自己向公子表示同曹国国君的不一致呢!"于是送给公子一盘晚餐,放上玉璧,公子接受了晚餐,退回了玉璧。

到达宋国,宋襄公赠给他八十匹马。到达郑国,郑文公也不以礼相待。叔詹进谏说:"我听说上天赞助的人,一般人比不上。晋公子有三点不同于一般人的地方,上天可能将立他做国君吧。您还是以礼相待吧!父母同姓,生育必不蕃盛。晋公子是姬姓女子所生,却能活到今天,这是一;遭到逃亡在外的患难,而上天却不让晋国安定,大概是要赞助他了,这是二;有三个贤士,足以超过一般

重耳流亡,北宋李唐绘。

的人，却都跟随着他，这是三。晋国和郑国是处于同等地位的国家，晋国的子弟来往经过郑国，还要以礼相待，何况是上天赞助的人呢！"郑文公不听。

到达楚国，楚子设宴招待他，说："公子如果回到晋国，那么用什么报答我？"回答说："子、女、玉、帛，那是您所拥有的；羽、毛、齿、革，那是您的土地上出产的。那些播散到晋国的，都是您剩下来的。能用什么来报答您呢？"楚子说："虽然如此，到底用什么报答我呢？"回答说："如果托您的福，能够回到晋国，晋国和楚国演习军事时在中原相遇，我将避开您九十里。如果得不到允许，将左手拿着鞭和弓，右手拿着弓袋箭袋，来同您周旋。"子玉请求杀掉他。楚子说，"晋公子志向远大而严于律己，文辞华美而合于礼仪。他的随从们严肃而宽厚，忠诚而尽力。晋侯没有亲近的人，国内国外都讨厌他。我听说姬姓中唐叔的后代，将会是衰亡在最后的。这大概是因为晋公子将要执政的缘故吧！上天要使他兴盛，谁能废掉他？违背天意，一定有大的灾祸。"于是送他到秦国。

秦伯送给重耳五个女子，怀嬴也在内。怀嬴捧着匜给重耳浇水洗手。洗完后重耳挥手将水甩掉。怀嬴发怒，说："秦国和晋国是地位相等的国家，为什么轻视我？"公子恐惧，脱下上衣，自己把自己囚禁起来。有一天，秦伯设宴招待公子。子犯说："我不如赵衰的文采，请让赵衰跟随。"公子在宴会上朗诵了《河水》这首诗，秦伯朗诵了《六月》这首诗。赵衰说："重耳拜谢恩赐！"公子走下台阶，拜，叩头，秦伯走下一级台阶辞谢。赵衰说："君称引辅佐天子的诗命令重耳辅佐天子，重耳岂敢不下拜？"

僖公二十四年

二十四年春，周历正月。夏，狄人攻打郑国。秋七月。冬，周天子出奔到郑国。晋侯夷吾死。

〇二十四年春，周历正月，秦伯派人送重耳回国。《春秋》不记载，因为晋国没有来通报。到达黄河，子犯把玉璧还给公子，说："我背负着马络头马缰绳跟着您巡行天下，我的罪过很多了，我自己尚且知道，何况您呢？请您允许我从这里离开。"公子说："如果不和舅父一条心，有河水为证。"将玉璧投入河中。渡过黄河，包围令狐，进入桑泉，占取臼衰。二月甲午日，晋国的军队驻扎在庐柳。秦伯派公子絷到晋国军营中去，晋国的军队退走，驻扎在郇。辛丑日，狐偃同秦国、晋国的大夫在郇结盟。壬寅日，公子进入晋国的军队。丙午日，进入曲沃。丁未日，在武宫的神庙里朝见群臣。戊申日，派人在高梁杀死怀公。《春秋》不记载；也是因为晋国没有前来告知。

吕甥、郄芮怕受到重耳的迫害，准备烧掉公室而杀死晋侯。寺人披请求进见。公派人责备他，而且拒绝接见，说："蒲城那一次战役，国君命令你一夜之后到达，你马上就到了。后来我跟随狄人的君主在渭水边上打猎，你为惠公来杀我，惠公命令你三夜之后到达，你第二夜就到了。虽然有君主的命令，为什么那么快呢？那截砍下来的袖管还在，你还是走吧！"回答说："我以为您回来做了国君，有些事情都已经知道了，如果还不知道，又将要赶上灾难。执行国君的命令必须没有二心，这是古代的制度。替君主除恶，只是看自己的力量如何。蒲人或狄人，对于我来说有什么关系呢？现在您即位了，难道就没有反对您的人了吗？（就像蒲人和狄人反对献公和惠公一样反对您的人）齐桓公把射钩的事放在一边，却使管仲做了相。您如果不像齐桓公那样做，而是不忘斩袪之事，我会自己走的，哪里需要您命令呢？准备走的人很多，难道仅仅我这个受过刑的人吗？"晋侯接见了寺人披，寺人披将祸乱告诉了晋侯。三月，晋侯偷偷地在王城会见秦伯。三十日，公室发生火灾。瑕甥、郤芮没有抓住晋侯，于是就到了黄河边上，秦伯把他们骗去杀掉了。

晋侯迎夫人嬴氏回来。秦伯送给晋国卫士三千人，都是得力的仆人。起初，晋侯的小臣头须，是看守财物的，晋侯逃亡在外的时候，他偷了财物逃走，这些财物全都用来设法让晋侯回国。等到晋侯回国即位，头须请求进见，晋侯借口正在洗头拒绝了他。头须对晋

晋文公焚绵山以求介子推出山，选自明刊本《新镌绣像列国志》。

侯的仆人说："洗头时头向下，心就倒过来了，心倒过来了，那么想法也就相反了。我不能见到他是合乎情理的。留在国内的是国家的守卫，奔走在外的是背着马络头马缰绳的仆役，这也都是可以的，何必认为留在国内的人是有罪的呢？作为国君如果仇视普通人，那么害怕的人就很多了。"仆人把这些话告诉晋侯，晋侯马上接见了他。

狄人把季隗送回晋国，请示晋侯如何处理伯儵和叔刘。文公把女儿嫁给赵衰，生了原同、屏括、楼婴。赵姬请求迎接赵盾和他的母亲回来，赵衰拒绝。赵姬说："得到了新宠就忘记了旧好，怎么能差遣别人？一定要迎接他们回来！"坚决请求，赵衰答应了。赵盾和他的母亲回到晋国，赵姬认为赵盾很有才能，便坚决向晋侯请求，把他作为嫡子，而让她自己的三个儿子居于赵盾之下。让叔隗作为嫡妻，而自己居于叔隗之下。

晋侯赏赐跟随他逃亡的人，介之推没有要求禄位，也没有轮到他。介之推说："献公的儿子九个，只有文公在世了。惠公、怀公没有亲近的人，国内外都厌弃他。上天不灭亡晋国，一定会有君主。主持晋国祭祀的人，不是文公还会是谁呢？实在是上天安排他在这个位子上，而他们几位却以为是自己的力量，这不是欺骗吗？偷了别人的财物，尚且叫做强盗，何况贪天之功却以为是自己的力量呢？下面的人把罪恶当做正义，上面的人对奸诈给以赏赐；上下互相蒙骗，和他们相处很困难了。"他的母亲说："何不也去请求禄位，因为没有禄位而死了又怨恨谁呢？"回答说："谴责他们却又效法他们，罪又更大了！而且口出怨言，不能吃他们的俸禄了。"他的母亲说："也让他们知道你的想法，怎么样？"回答说："言语，是身体的文饰。身体都要隐藏了，哪里用得着文饰它呢？如果说出来，那是求取显达了。"他的母亲说："你能做到像这样吗？我和你一起隐居。"于是隐居一直到死。晋侯到处寻找他没有找到，就把绵上这个地方作为他的封田。说："用这样的方式记载我的过错，并且表彰品德高尚的人。"

郑国军队进入滑国的时候，滑国人听从命令。等郑国军队回国后，又去亲附卫国。郑国的公子士、泄堵俞弥率领军队攻打滑国。天子派伯服、游孙伯到郑国去替滑国求情。郑伯怨恨周惠王回到成周却不给功臣厉公爵位，又怨恨周襄王替滑国说话。所以不听天子的命令，拘捕了伯服和游孙伯。天子发怒，准备率领狄国人攻打郑国。富辰进谏说："不行。我听说：最好的办法是用德行安抚百姓，其次是亲近亲属，把这种感情推及到其他的人。从前周公伤痛管叔、蔡叔不得善终，所以把伯叔兄弟及子侄都分封土地，使他们建立国家，作为周的屏障。管、蔡、郕、霍、鲁、卫、毛、聃、郜、雍、曹、滕、毕、原、酆、郇，都是文王的儿子。邘、晋、应、韩，是武王的儿子。凡、蒋、邢、茅、胙、祭，是周的后代。

"召穆公念及周德衰微，所以集合了宗族在成周作诗，说：'常棣的花儿，花朵艳丽茂盛，现在的人们，没有比兄弟更厚的亲情。'诗的第四章说：'兄弟在墙内争吵，在墙外就共同抵御敌人。'像这样，那么兄弟之间虽然有小小的怨忿，也不会废弃美好的亲情。现在天子不忍耐小小的怨忿而抛弃对郑国的亲情，将把它怎么办呢？奖赏有功的人、亲爱自己的亲人、亲昵自己的近臣、尊敬贤能的人，这是德行中最大的德行。接近耳聋的人、跟从昏昧的人、亲近冥顽的人、使用奸诈的人，这是邪恶中最大的邪恶。抛弃德行，崇尚邪恶，这是祸患中最大的祸患。郑国有辅助周平王东迁和使周惠王回国的功劳，又有作为周厉王的儿子、周宣王的弟弟这样的亲情，郑国国君舍弃宠臣而任用三良，在众多的姬姓国中是最为亲近的，四种德行都具备了。

"耳朵不能听到五声的唱和就是聋，眼睛不能辨别五色的花纹就是昏昧，心里不能效法德义的准则就是冥顽，嘴里不说忠信的言语就是奸诈。狄人就都效法这些，四种邪恶都具备了。周室具有美德的时候，还说'恩亲没有比兄弟更厚的'，所以分封土地，建立诸侯国家。当他笼络天下的时候，还害怕有外敌的侵犯。抵御侵犯的办法，没有比亲近自己的亲人更好的了，所以用亲戚作为周的屏障，召穆公也是这样说的。现在周德已经衰微，反而又改变周公、召公的做法，而跟从各种邪恶，大概不可以吧？百姓还没有忘记祸乱，您又挑起它，怎么对得起文王、武王建立的功业呢？"

夏，狄人攻打郑国，占取了栎。天子感谢狄人，准备把狄女作为王后。富辰进谏说："不行。我听说：'报答的人已经厌倦了，施恩的人还没有满足。'狄人本来就贪婪，您又引发他们的这种贪心。女人的德行没有尽头，妇女的怨恨没有终结，狄人必定成为祸患。"天子又不听。

起初，甘昭公受到惠后的宠爱，惠后准备立他为国君，没有来得及就死了。昭公逃亡到齐国，天子让他回来。昭公又同隗氏私通。天子废了隗氏。颓叔、桃子说："实在是我们指使狄人这样做的，狄人将怨恨我们。"于是事奉太叔凭借狄人的军队攻打周天子。周天子的侍卫人员准备抵御他们，周天子说："这样做先王后将会说我什么？宁可让诸侯对付他们。"周天子于是离开京都，到达坎欿，京城里的人又把周天子接回去。秋，颓叔、桃子事奉太叔凭借狄人的军队攻打京城，把周室的军队打得大败，俘虏了周公忌父、原伯、毛伯、富辰。天子逃亡到郑国，居住在汜。太叔和隗氏住在温。

郑国的子华的弟弟子臧逃亡到宋国，喜欢收集鹬鸟的毛冠。郑伯听说了就很厌恶他。派杀手诱骗他。八月，杀手把他杀死在陈国和宋国交界的地方。君子说："衣服不合适，这是自己的灾祸。《诗》说：'那个人，同他的服饰不相称。'子臧的服饰，不相称啊！《诗》说：'自己给自己留下忧愁'，这就是说的子臧了。《夏书》说：'大地普生万物，上天施与周全。'这就是相称了。"

宋国和楚国讲和，宋成公到楚国去。回国的时候，进入郑国。郑伯准备用酒宴招待他，向皇武子询问礼仪。皇武子回答说："宋国，是先朝的后裔。在周室是把他当做客人的，天子祭祀的时候，要送给他祭肉；有丧事的时候，天子要答谢宋国的吊唁。用丰厚的酒宴招待他是可以的。"郑伯听从他的意见，用酒宴招待宋成公，超过常礼，这是合于礼的。

冬，天子派人前来告知发生的祸难，说："我缺少德行，得罪了母亲宠爱的儿子带，现在住在郑国的汜这个地方，谨告知叔父。"臧文仲回答说："天子在外面蒙受尘土，哪里敢不赶紧去问候？"天子派遣简师父告知晋国，派左鄢父告知秦国。天子不说离开国都，《春秋》记载说"天王出居于郑"，这是说是躲避同母弟弟造成的祸难。天子穿着凶服、降低名分，这是合于礼的。

郑伯与孔将钼、石甲父、侯宣多到汜地问候天子的官员，检查供应天子使用的器用。然后处理自己的政事，这是合于礼的。

卫国人准备攻打邢国，礼至说："不做他们的官，国家是不能得到的。我请求让我们的兄弟去邢国做官。"于是前往，在邢国做了官。

僖公二十五年

二十五年春，周历正月二十日，卫侯燬灭亡邢国。夏四月十九日，卫侯燬死。宋国的荡伯姬前来为她的儿子迎妻。宋国杀了它的大夫。秋，楚国人包围了陈国，使顿子回到顿国。安葬卫文公。冬十二月十二日，僖公会见卫子、莒庆，在洮结盟。

〇二十五年春，卫国人攻打邢国，礼氏兄弟跟着国子在城墙上巡视，兄弟俩挟持国子的胳膊来到城外，杀了他。正月二十日，卫侯燬灭亡邢国。因为卫国和邢国同姓，所以《春秋》记载名字。礼至作铭文说："找挟持杀死了国子，没有谁敢阻止我。"

秦伯驻军在黄河边上，准备送周天子回京城。狐偃对晋侯说："要求得诸侯的拥护，没有什么比为王事尽力更有效的了。能使诸侯相信我们，而且符合大义。继续晋文侯的事业，同时信誉宣扬在诸侯之中，现在做可以了。"让卜偃占卜这件事，卜偃说："吉利，得到了黄帝在阪泉作战前占得的兆文。"晋侯说："我当不起啊！"卜偃回答说："周室的礼制没有改变，现在的王，就是古代的帝。"

晋侯说："占筮！"又占筮，得到了大有☰☰变为睽☱☲，说："吉利。得到'公被天子设宴招待'的卦象。战胜以后天子设宴招待，还有比这更吉利的吗？而且这一卦，天变成水泽承受太阳的照耀，天子降低自己的身份来迎接您，不是很好吗？大有变为睽然后回到大有，也就是天子回到自己的位置上。"晋侯辞别秦军，顺河而下。三月十九日，驻扎在阳樊，右翼部队包围温，左翼部队迎接周天子。

夏四月三日，天子进入王城。在温抓住太叔，在隰城杀了他。四日，晋侯朝见天子。天子用甜酒招待晋侯，又让晋侯向自己敬酒。晋侯请求死后能在墓前挖地下通道，周天子不答应，说："这是天子的葬礼。还没有取代周室的德行，却有两个天子，这也是你所厌恶的。"赐给晋侯阳樊、温、原、樵茅等地。晋国在这时才开辟了南阳的疆土。

阳樊这个地方的人不肯臣服，郑国便包围了阳樊。苍葛叫喊着说："用德行安抚中原国家，用刑罚威服其他各族，我们不敢臣服是应该的。这个地方的人，谁不是天子的亲戚，怎么能俘虏他们呢？"于是郑国让阳樊的百姓离去。

秋，秦国、晋国攻打鄀国。楚国的斗克、屈御寇率领申、息两地的军队戍守商密。秦国人经过析，从丹水的弯曲处进入，然后把自己的人众当做析地的俘虏捆缚起来，来包围商密，黄昏的时候接近商密。夜间，在地上挖了个坎，然后在坎上杀牲，用血盟誓，再在坎上放上盟书，这盟书是秦国人假造的同子仪、子边结盟的盟书。商密人感到恐惧，说："秦国人已占取了析！戍守商密的人已经叛变了！"于是商密的人投降秦国的军队。秦国的军队囚禁了申公子仪、息公子边回去。楚国的令尹子玉追击秦师，没有赶上。接着包围陈国，使顿子回到顿国。

冬，晋侯包围原，只命令带三天的粮食。三天过后，原仍不投降，晋侯命令离开原。间谍从围城中出来，说："原将要投降了。"军队中的官员说："请等待他们投降。"晋侯说："信用，是国家的宝贝，百姓依靠的东西。得到了原，却失去了信用，怎么依靠它呢？这样丢失的东西就更多了。"撤退三十里然后原投降。晋侯把原伯贯迁到冀。赵衰为原的守官，狐溱为温的守官。

卫国人使莒国同我国讲和，十二月，在洮结盟，这是为了重修鲁僖公同卫文公的友好关系，并且为了同莒国讲和。

晋侯向寺人勃鞮询问原的守官的人选，回答说："过去赵衰带着壶飧跟从您逃亡，有时他一个人走小路，饿了却不吃。"所以让赵衰居住在原。

僖公二十六年

二十六年春，周历正月九日，僖公会见莒子、卫国的宁速，在向结盟。齐国人侵犯我国西部边境，僖公追击齐国的军队，没有追上。夏，齐国人攻打我国北部边境。卫国人攻打齐国。公子遂到楚国去请求救援的军队。秋，楚国人灭亡了夔，带着夔子回来。冬，楚国人攻打宋国，包围缗。僖公同楚国的军队一起攻打齐国，占取了谷。僖公攻打齐国回来。

○二十六年春，周历正月，僖公会见莒兹丕公、宁庄子，在向结盟，这是为了重温洮的盟约。

齐国的军队侵犯我国西部边境，这是为了讨伐洮和向两地的盟约。

夏，齐孝公攻打我国北部边境，卫国人攻打齐国，这是因为洮的盟约的缘故。僖公派展喜犒劳齐国的军队，让他在展禽那里接受命令。齐侯还没有进入国境，展喜就迎上去，说："我们国家的君主听说您亲自移步，将屈尊来到我国，派我来犒劳您。"齐侯说："鲁国人害怕吗？"回答说："小人害怕了，君子却不害怕。"

齐侯说："房子像悬挂的中空的磬，野地没有青草，仗恃什么而不惊恐？"回答说："仗恃着先王的命令。从前周公、太公捍卫周王室，在左右辅佐成王。成王慰劳他们，并且赐给他们盟约，说：'世世代代、子子孙孙不要互相侵害！'这盟约放在盟府里，由太史掌管它。齐桓公因此联合诸侯，解决了他们的不和谐，弥合了他们的裂痕，救援他们的灾难，这正是昭明太公的职责。到了您即位的时候，诸侯期望着说：'将会继承桓公的事业！'我们国家因此不敢聚合兵力保卫城池，说：'难道他继承君位九年，就丢弃先王的命令、废除太公的职责吗？将怎样向他的先君交代？您一定不会这样。'仗恃着这一点而不惊恐。"齐侯于是回国。

东门襄仲、臧文仲到楚国去请求援兵，臧孙进见子玉并且引导他攻打齐国、宋国，因为齐宋两国不肯臣服于楚国。

夔子不祭祀祝融和鬻熊，楚国人责备他。夔子回答说："我们的先王熊挚有病，鬼神不能赦免，才自己窜逃到了楚国，我们因此失掉了楚国，又为什么要祭祀他们？"秋，楚国的成得臣、斗宜申率领军队灭亡夔国，带着夔子回国。

宋国因为同晋侯友善，就背叛楚国而亲近晋国。冬，楚国的令尹子玉、司马子西率领军队攻打宋国，包围了缗。僖公率领楚国的军队攻打齐国，占取了谷。凡是军队，能随意指挥它就叫"以"。把齐桓公的儿子雍安排在谷，易牙事奉他，把他作为鲁国的后援。楚国的申公叔侯戍守谷。齐桓公的儿子七人，在楚国都做了大夫。

僖公二十七年

二十七年春，杞子前来朝见。夏六月十八日，齐侯昭死。秋八月二十四日，安葬齐孝公。九月四日，公子遂率领军队进入杞国。冬，楚国人、陈侯、蔡侯、郑伯、许男包围宋国。十二月五日，僖公会见诸侯，在宋国结盟。

○二十七年春，杞桓公前来朝见。因为杞国用的是夷人的礼节，所以《春秋》称子。僖公看不起杞桓公，认为杞桓公不恭敬。

夏，齐孝公死，虽然鲁国对齐国有怨恨，但是不废除丧事的礼节，这是合于礼的。

秋，鲁国的军队进入杞国，这是为了责备杞桓公的无礼。

楚子将要围攻宋国，派子文在睽训练军队，从早晨到中午就结束了，没有惩罚一个人。子玉又在蒍训练军队，从昼到夜才结束，鞭打了七个人，用箭刺穿了三个人的耳朵。国老都祝贺子文荐举得人，子文请大家饮酒。蒍贾还年幼，最后到场，不祝贺。子文问他原因，回答说："不知道祝贺什么。您把政事传给子玉，说：'用他安定国家。'在国内安定了，在国外却失败了，得到的有多少？子玉的失败，是您荐举的结果。荐举人却使国家遭到失败，要祝贺什么呢？子玉刚愎而没有礼节，不能用他来治理百姓。如果让他指挥超过三百辆兵车的军队作战，将不能安全地回国。如果他安全回国了，然后祝贺，能算晚了吗？"

冬，楚子和诸侯包围宋国，宋国的公孙固到晋国告急。先轸说："报答宋国的恩惠，平息宋国的祸患，获取在诸侯中的威信，稳定晋国的霸业，就在这一次了。"狐偃说："楚国刚刚得到了曹国，并且同卫国新结为姻亲，如果攻打曹国和卫国，楚国必定救援它们，那么齐国和宋国就免于祸难了。"于是在被庐检阅军队，建立上中下三军，谋求元帅的人选。赵衰说："郤縠可以。我多次听到他谈话，喜好礼、乐，崇尚《诗》、《书》。《诗》、《书》，是义理的府库；礼、乐，是道德的准则。德、义，是利国利民的根本。《夏书》说：'普遍听取他的意见，明察他的办事能力，用车马服饰奖赏他的功绩。'您试用他看看。"于是让郤縠率领中军，郤溱辅佐他。让狐偃率领上军，狐偃辞让给狐毛而自己辅佐他。命令赵衰为卿，赵衰辞让给栾枝、先轸，让栾枝率领下军，先轸辅佐他。荀林父给晋侯驾御兵车，魏犨作为车右。

晋侯刚刚回国即位，就教化他的百姓，第二年，就想用百姓去征战。子犯说："百姓还不懂得义理，还不能安居乐业。"于是在外面稳定周襄王的王位，在国内务求对百姓有利，百姓眷恋农业生产了。晋侯又要用百姓去征战。子犯说："百姓还不懂得讲信用，不明了您的措施的用意。"于是通过攻打原向百姓昭示诚信的作用。结果百姓用来交易买卖的东西，不求高价谋利，可以明确证明价格的真实性。文公说："可以动用民众了吗？"子犯说："百姓还不懂得礼节，没有养成彼此尊敬的习惯。"于是举行大规模的阅兵仪式来向百姓演示礼仪，开始设置执秩这样的官员，来使官吏的设置走向正规。结果百姓听从命令而不迷惑，然后用百姓去征战。后来迫使楚国撤除驻守谷的军队，解除了楚国对宋国的围困，经过一次战争就成了霸主，这是晋文公施行教化的结果。

僖公二十八年

二十八年春，晋侯侵袭曹国，晋侯攻打卫国。公子买戍守卫国，没有戍守到最后，僖公杀了他。楚国人救援卫国。三月八日，晋侯进入曹国，抓住了曹伯。分给宋国人土地。夏四月二日，晋侯、齐国的军队、宋国的军队、秦国的军队同楚国人在城濮作战，楚国的军队大败。楚国杀了他的大夫得臣。卫侯逃亡到楚国。五月十六日，僖公会见晋侯、齐侯、宋公、蔡侯、郑伯、卫子、莒子，在践土结盟。陈侯到会。僖公在天子的住所朝见天子。六月，卫侯郑从楚国回到卫国。陈侯款死。秋，杞伯姬前来。公子遂到齐国去。冬，僖公在温会见晋侯、齐侯、宋公、蔡侯、郑伯、陈子、莒子、邾子、秦国人。天子在河阳狩猎。十月七日，僖公在天子的住所朝见天子。晋国人抓住了卫侯，把他送到京师。卫国的元咺从晋国回到卫国。诸侯于是包围许国。曹伯襄回到曹国，接着会同诸侯包围许国。

〇二十八年春，晋侯将攻打曹国，向卫国借路，卫国人不允许。晋军回来，从卫国的南面渡过黄河，侵袭曹国，攻打卫国。正月九日，占取五鹿。二月，晋国的郤縠死。原轸率领中军，胥臣辅佐下军，这是崇尚先轸的德行。晋侯、齐侯在敛盂结盟。卫侯请求结盟，晋国人不答应。卫侯想亲近楚国，但国都的人不同意，所以把国君从国都赶出去，以此讨好晋国，卫侯逃到襄牛住了下来。公子买戍守卫国，楚国人救援卫国，不能战胜晋军。僖公害怕晋国，杀了子丛来讨好晋国。对楚国人说："因为公子买没有完成戍守的任务。"

晋侯包围曹国，攻打城门，伤亡很多。曹国人把楚国人的尸体放在城墙上，晋侯很忧虑。听从众人的计策，说"把军队驻扎在曹人的墓地上"。晋侯把军队迁到曹人的墓地上，曹国人恐惧，把得到的晋军尸体装进棺木送出来，晋国趁着他们恐慌的时候攻打他们。三月十日，进入曹国。晋侯斥责曹共公，因为他不任用僖负羁，而乘坐轩车的人却有三百人之多。并且说："交出这些乘坐轩车的人的功劳状！"命令不要进入僖负羁的住宅，并且赦免僖负羁的族人。这是为了报答他的恩惠。魏犨、颠颉发怒说："我们从亡的功劳都不考虑，对于僖负羁又有什么值得报答的？"便烧了僖负羁的住宅。魏犨的胸部受了伤。晋侯想杀掉他，却又爱惜他这个人才。派人慰问他，并且视察他的病情。如果伤势很严重，就准备杀掉他。魏犨把胸部的伤口包扎好，出来见使者，说："托国君的福，我不是很安宁吗？"勉力直跳三次，横跳三次。于是赦免了他。杀了颠颉在军中示众。任命舟之侨为车右。

宋国人派门尹般到晋军中告急。晋侯说："宋国人告急，如果舍弃他们不管，两国的关系就会断绝，请求楚国撤军，楚国又不答应。我准备同楚国交战了，但齐国、秦国又不会同意，怎么办呢？"先轸说："让宋国撇开我们而送给齐国、秦国财物，利用齐、秦两国出面请求楚国撤军。我们抓住曹国的君主，分一部分曹国、卫国的田土给宋国人。楚舍不得曹国、卫国的田土，一定不会答应。齐、秦两国因得到宋国的财物而高兴，因楚国的顽抗而愤怒，能不参战吗？"晋侯很高兴，便抓住了曹伯，分曹国、卫国的田土给宋国人。楚子回兵住在申，命令申叔撤出谷这个地方，让子玉撤出宋国，说："不要同晋军交战！晋侯流亡在外十九年了，终于得到了晋国，艰难险阻，都尝过了；百姓的想法，他全都了解了。上天赐给他高寿，除掉国家的祸害，这是上天安排的，怎么能废掉他呢？《军志》说：'适可而止。'又说：'知难而退。'又说：'有德的人是不能抵挡的。'这三条记载，就是说的晋国目前的情况了。"

子玉派伯棼向楚王请求出战，说："并不是我们一定要建立功勋，而是希望通过这一次来防止、杜塞住那些说别人坏话的人的口。"楚王听了很生气，稍稍给他增添了一点兵力，只有西广、东宫两支军队和若敖的六百兵卒听他指挥。子玉派宛春告诉晋国的军队说："请恢复卫侯的君位，分封曹国，我也解除对宋国的包围。"子犯说："子玉没有礼貌啊！我们的国君只达到一个目的，而子玉作为臣子却要达到两个目的，不能失掉这个进攻他的机会。"先轸说："您还是答应他。安定别人的国家叫做礼。楚国一句话就安定三个国家，我说一句话就可能灭亡了它们，那就是我们无礼了，还凭什么作战？不答应楚国的要求，是背弃宋国，为了救它却又背弃了它，对诸侯怎样交代呢？楚国为三个国家施舍了恩惠，而我们却同三个国家结下了怨恨，怨仇太多，将靠什么去作战？不如私下里答应恢复曹国、卫国来离间它们同楚国的关系，抓住宛春来激怒楚国，交战以后再考虑别的问题。"晋侯很高兴，于是在卫国扣留了宛春，并且私下里答应恢复曹国、卫国的疆土，曹、卫两国宣告同楚国断绝关系。

子玉发怒，缠着晋国的军队不放。晋国的军队撤退。晋国的军官说："以国君的身份躲避臣子，这是耻辱；而且楚国的军队已经疲惫了，为什么要撤退呢？"子犯说："军队理直，士气就旺盛，理亏，士气就低落，难道在于时间的长短吗？如果没有楚王的恩惠，晋国就不会有今天，撤退九十里避开楚国的军队，这是为了报答楚国的恩惠。背弃别人的恩惠而不实践自己的诺言，来庇护楚国的仇敌，这是我们理亏，楚国理直；楚国的士兵向

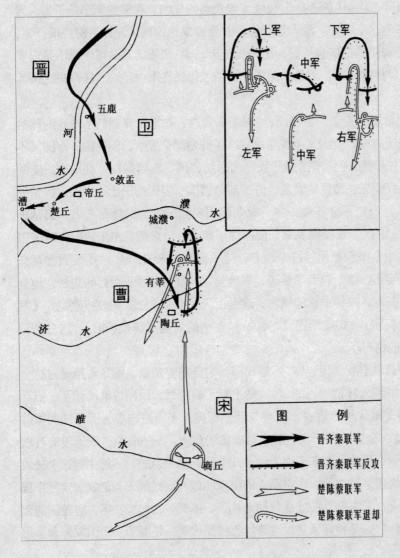

城濮之战作战经过示意图。前632年，宋国因都城商丘被楚国围困，向晋文公求救，晋也有意于中原，便先出兵攻下楚盟国卫国、曹国，楚向曹都城陶丘进兵。晋文公"退避三舍"，以应当年自己流亡楚国时得到楚国君的善待。楚国尾随而至，在城濮两军决战。晋先用下军精锐破楚右军，又引诱楚左军悬军出击，再以中军击溃。楚中军见左、右军失利，不战而退，战役结束。此一战，楚争霸中原的企图受挫，退回桐柏山、大别山以南地区，再无力向中原扩张。

来士气饱满，不能说他们疲惫了。如果我们撤退而楚军回国，我们还要求什么呢？如果他们不回去，做君主的退让了，做臣子的却进犯，那么理亏的一方就在他们了。"晋军撤退九十里，楚国的士兵想停止前进，子玉不同意。

夏四月一日，晋侯、宋公、齐国的国归父、崔夭、秦小子憗驻扎在城濮。楚国的军队背靠鄐地驻扎，晋侯很忧虑。听到众人朗诵说："田野里青草绿油油，谋耕新田舍其旧。"晋侯犹豫不定。子犯说："打吧！战而胜，一定可以得到诸侯的拥护。如果不胜，晋国外有黄河，内有太行，必定不会有什么危害。"晋侯说："对楚国的恩惠怎么办呢？"栾枝说："汉水以北的各姬姓国，楚国尽数吞并了它们。思念小的恩惠而忘记大的耻辱，不如一战。"晋侯梦见同楚子搏斗，楚子伏在自己身上吸饮自己的脑汁，因此害怕。子犯说："吉利，我们得到了上天的帮助，楚国伏首认罪，我们将要安抚楚国了。"

子玉派斗勃向晋侯挑战，说："请求同您的士兵角力，您扶着车前的横木观看，我也陪您看看。"晋侯派栾枝回答说："我们的国君听到您的命令了。楚国君主的恩惠，我们不敢忘记，因此才退避到这里。为了大夫尚且撤退三十里，怎么敢抵挡楚国国君呢？既然不能获得允许，就烦劳大夫转告你的手下：'准备好你们的战车，恭敬你们国君交付的任务，明日早晨再见面。'"晋国有战车七百辆，鞿靷鞅靽，都已齐备。晋侯登上有莘的废墟来检阅军队，说："年少的年长的都有礼貌，可以作战了。"于是砍伐树木，以增添兵器。

四月二日，晋国的军队在莘北摆开阵势，胥臣以下军副将的身份抵挡陈国、蔡国的军队。子玉以若敖的六百士卒为主力率领中军，说："今天一定要灭亡晋国了。"子西率领左军，子上率领右军。晋国的胥臣用虎皮蒙上战马，首先冲击陈国、蔡国的军队。陈国、蔡国的军队逃跑，楚国的右军崩溃了。狐毛设置两队前军击退他们。栾枝让战车拖着柴草假装逃跑，楚国的军队追击过来，原轸、郤溱率领中军主力拦腰截击楚军。狐毛、狐偃率领上军攻打子西，楚国的左军溃败。楚国的军队大败。子玉收住他的士卒停止攻击，所以中军没有溃败。晋国的军队在楚营里住了三天，吃了三天，四月六日回国。二十七日，到达衡雍，在践土为周襄王建造行宫。

城濮之役的前三月，郑伯曾经到楚国去把郑国的军队交给楚国使用。现在因为楚军已经战败而恐惧，派子人九到晋国求和。晋国的栾枝进入郑国同郑伯结盟。五月九日，晋侯同郑伯在衡雍结盟。十日，把楚国的俘虏献给周襄王：四马披甲所驾的战车一百辆，步兵一千。郑伯担任周襄王的赞礼，用周平王接待晋文侯的仪式接待晋文公。十二日，周襄王用甜酒招待晋文公。襄王命令文公为襄王劝酒。襄王命令尹氏、王子虎和内史叔兴父策命晋文公为诸侯的领袖。赐给他乘坐大辂时穿的服装，乘坐兵车时穿的服装，红色的弓一张、红色的箭一百支、黑色的弓一千张、黑色的箭一千支、黑黍酿造的香酒一卣、勇士三百人。说："襄王命令你：'恭敬地服从周王的命令，安抚四方诸侯，为周王检举、清除邪恶。'"晋侯辞让了三次，听从命令，说："重耳再拜稽首，接受和发扬天子伟大、光明、美善的圣命。"接受了策命出来，前后三次朝见天子。

卫侯听说楚国的军队失败，很害怕，逃亡到楚国，接着又逃到陈国，派元咺辅佐叔武来接受晋国和诸侯的盟约。五月二十六日，王子虎在王庭会盟诸侯，约言说："都要扶助王室，不要互相侵害！有违背这个盟约的，神灵将会惩罚他：让他的军队覆灭，国运不会久长，祸及他的玄孙，无论老幼都会受到惩罚。"君子说这次盟约是有信用的，说晋国在这次战役中，能凭借德行进行攻伐。

当初，楚国的子玉自己制作了琼弁、玉缨，没有使用。战斗之前，梦见黄河之神对自己说："给我，我赐给你宋国的地盘。"子玉没有把琼弁、玉缨送给河神。大兴和子西让荣黄进谏，不听。荣季说："如果个人死去却有利于国，尚且应该去死，何况是琼玉呢？这是粪土一类的东西啊！如果可以用它帮助军队，又有什么爱惜的呢？"不听。荣季出来，告诉大兴和子西说："不是河神要令尹失败，令尹不肯为百姓辛劳，实在是自取灭亡。"已经失败了，楚王派人对他说："你如果回国，对申、息两地的父老怎样交代？"子西、孙伯说："得臣准备自杀，我们两人制止他说：'君王将会杀掉你的。'"到了连谷就自杀了。晋侯听到这个消息后非常高兴是可以理解的，说："没有谁会危害我们了！芳吕臣做令尹，只保全自己而已，心思不在百姓身上。"

有人在卫侯面前诬告元咺说："要五叔武做国君了。"元咺的儿子元角跟随卫侯逃亡，卫侯派人杀了他。但元咺仍不废弃卫侯临走时的成命，事奉叔武回国摄政。六月，晋国人允许卫侯回国。宁武子与卫国人在宛濮结盟，说："上天降祸卫国，君臣不和谐，因此遭到这样的忧患。现在上天诱导我们的内心，使我们都能放弃成见来互相听从。没有留守的人，谁来守护社稷？没有随国君出行的人，谁来保卫国君携带的财产？由于不和谐的缘故，因而乞求在尊神面前明白宣誓，以求天意保佑。从今以后，在已经订立盟约之后，随从逃亡的人不要仗恃自己的功劳，留守的人不要害怕自己有罪。如有违背这个盟约的，祸难将会降临到他的头上。明神先君，将会检举、惩罚。"卫国的人听到了这个盟约，从此没有二心。

卫侯提前回国，宁武子又在卫侯之前，长牂把守城门，以为宁武子是国君的使者，和他同乘一辆车进城。公子歂犬、华仲为先行人员，叔武准备洗头，听说国君到了，非常高兴，握着头发跑出来，先行人员把他射死了。卫侯知道他没有罪，把头枕在他的大腿上哭泣。歂犬逃跑，卫侯派人杀死了他，元咺逃亡到晋国。

在城濮的战役中，晋国的中军在沼泽遇上大风，丢失了前军的左旗。祁瞒违反了军令，司马杀了他，拿他的尸体在诸侯中示众，让茅茷代替祁瞒的职务。六月十六日，渡过黄河。舟之侨先回国了，由士会代行车右的职务。秋七月某日，班师，高奏凯歌回到晋国。在宗庙中献上俘虏和敌人的左耳，犒劳三军，奖赏有功将士，征召诸侯会盟，讨伐三心二意的国家。杀了舟之侨在国都示众，百姓从此十分顺服。君子评论文公："能够严明刑罚，杀三个罪人而百姓顺服。《诗》说："施惠于这些中原国家，来安抚四方诸侯。"说的就是没有失去公正的赏赐和刑罚。"

冬，诸侯在温会见，为了讨伐不顺服的国家。

卫侯同元咺争讼，宁武子辅佐卫侯，铖庄子做卫侯的代理人，士荣做卫侯的辩护人。卫侯没有取胜，晋侯杀了士荣，砍掉了铖庄子的脚，认为宁武子忠诚而赦免了他。扣留卫侯，把他带到京师，安置在幽深的房子里。宁武子负责给卫侯送衣食。元咺回到卫国，立公子瑕为国君。

在这次盟会上，晋侯召请周王，带领诸侯进见周王，并且让周王打猎。仲尼说："以臣的身份召请君主，不能把它作为规范。"所以《春秋》写道："天王狩于河阳。"是说这不是周天子狩猎的地方，而且为了显明晋侯的功德。十月七日，鲁僖公到周天子的住所朝见。

十一月十二日，诸侯包围许国。晋侯有病。曹伯的小臣侯獳贿赂晋国卜筮官，要他说晋侯生病的原因是由于灭亡了曹国："齐桓公主持会盟为异姓封国，现在您主持会盟却灭亡同姓的国家，曹国的叔振铎，是文王的儿子，晋国的先君唐叔，是武王的儿子。而且会合诸侯而灭掉兄弟之国，这是不合于礼仪的；曹国同卫国一起得到您允许复国的命令，却不能和卫国同时恢复国家，这是不讲信用的；罪过相同而惩罚不同，这是不合于刑法的。礼是用来推行道义的，信用是用来保护礼仪的，刑罚是用来纠正邪恶的。抛弃这三项，您准备怎么办呢？"晋侯很高兴，恢复了曹伯的君位。接着在许国会盟诸侯。晋侯设置左、中、右三行来抵御戎狄。荀林父率领中行，屠击率领右行，先蔑率领左行。

僖公二十九年

二十九年春，介葛卢前来朝见。僖公包围许国回来。夏六月，会见周王室的人、晋国人、宋国人、齐国人、陈国人、蔡国人、秦国人在翟泉结盟。秋，下很大的冰雹。冬，介葛卢前来朝见。

○二十九年春，介葛卢前来朝见，住在昌衍山上。僖公正参加盟会，赠给他草料和粮食，这是合于礼的。

夏，僖公在翟泉会见周王室的王子虎、晋国的狐偃、宋国的公孙固、齐国的国归父、陈国的辕涛涂、秦国的小子憗，重温践土的盟约，并且商量攻打郑国。《春秋》不记载参加盟会的卿的名字，是谴责他们。按照礼制规定，卿不能会见公、侯，会见伯、子、男是可以的。

秋，下很大的冰雹，造成了灾害。

冬，介葛卢前来，因为前次没有见到僖公的缘故，所以再次前来朝见。对他加以礼遇，再加上燕礼和上等货礼。介葛卢听到牛的鸣叫声，说："这牛生了三头祭祀用的牛，都用来祭祀了，听它的声音是这样的。"询问别人，果然是真的。

僖公三十年

三十年春，周历正月，夏，狄人侵袭齐国。秋，卫国杀了它的大夫元咺和公子瑕。卫侯郑回到卫国。晋国人、秦国人包围郑国。介国人侵犯萧国。冬，周天子派冢宰周公前来聘问。公子遂到京师去，接着到晋国去。

○三十年春，晋国人侵袭郑国，以此观察郑国是否可以攻打。狄人趁着晋国要对付郑国的时候，在这年夏天侵犯齐国。

晋侯派叫衍的医生毒死卫侯，宁俞贿赂医生，让他少放毒药，结果卫侯没有被毒死。鲁僖公替卫侯请求，送玉给周天子和晋侯，都是十对，周天子答应了。秋，就释放了卫侯。

卫侯使人送给周歂、冶廑财物说："如能送我回去当国君，我让你们做卿。"周歂、冶廑便杀了元咺和子适、子仪。卫侯回国祭祀先君，周歂、冶廑已经穿好礼服，准备接受卿命。周歂先进去，走到门口，发病而死。冶廑辞去卿位。

九月十日，晋侯、秦伯包围郑国，因为郑国对晋国无礼，而且两属于楚国。晋国的军队驻扎在函陵，秦国的军队驻扎在氾南。

佚之狐对郑伯说："国家危急了！如果派烛之武去见秦国国君，秦国的军队一定会撤退。"郑伯听从他的建议。烛之武却推辞说："我年轻时，尚且不如别人；现在老了，不能做什么事情了。"郑伯说："我不能及早用您，现在事情危急了才来求您，这是我的过错。然而郑国灭亡了，对您也不利啊！"烛之武答应了。晚上用绳子缚住身子坠下城墙。见了秦伯说："秦晋两国军队包围郑国，郑国已经知道要灭亡了。如果灭亡了郑国对您有好处，那就麻烦您继续进攻。但是中间隔着晋国而把遥远的郑国作为您的边邑，您知道这是很困难的，何必用灭亡郑国的办法来增加邻国的土地呢？邻国的土地丰厚了，就等于您的土地减少了。如果保留郑国作为您的东道主，您的使者来往的时候，就能供应他们的食宿，对您也没有损害。而且您曾经对晋君赐与恩惠，答应把焦、瑕两地给您，可是他早晨渡河回国，晚上就修筑防御工事，这是您知道的。晋国哪里会有满足的时候？等到他在东边把郑国作为他的疆界以后，又会放肆向西边扩展，如果不损害秦国，又到哪里去取得土地呢？损害秦国却有利于晋国，您还是考虑考虑这件事吧。"

秦伯很高兴，与郑国人结盟，派杞子、逢孙、杨孙戍守郑国，就撤军回国。子犯请求攻击秦军，晋侯说："不行，如果没有这个人的力量就到不了今天。依靠了别人的力量却伤害他，这是不仁；失掉了亲近的国家，这是不智；用分裂代替团结，这是不武。我们还是回去吧。"也撤离了郑国。

当初，郑国的公子兰逃亡到晋国，跟着晋侯攻打郑国，请求不参与包围郑国的行动。晋侯答应了，让他在晋国的东面等待命令。郑国的石甲父、侯宣多把他接回去立为太子，来同晋国求和，晋国人答应了。

冬，周天子派周公阅前来聘问，宴享他的食品有菖蒲菹、稻米糕、黍米糕、虎形盐块。周公辞谢说："国君，文可以昭显四方，武可以令人畏惧，就有物品齐备的宴享，来象征他的德行；献上五味的菖蒲菹、上等粮食做成的糕点、还有外形似虎的盐，来象征他的功业，我怎么担当得起呢？"

东门襄仲将要到周室聘问，于是顺便到晋国做第一次聘问。

僖公三十一年

三十一年春，取得济水以西的田地。公子遂到晋国去。夏四月，四次占卜郊祭，不吉利，于是不杀牲，但仍进行了三次望祭。秋七月。冬，杞伯姬前来为儿子求取妻室。狄人包围卫国。十有二月，卫国迁到帝丘。

○三十一年春，取得济水以西的田地，这是分割的曹国的土地。派遣臧文仲前往，住在重这个地方的旅馆里。旅馆里的人告诉臧文仲说："晋国新近得到诸侯的拥护，一定亲近恭敬他的人，不快点去，将会赶不上。"臧文仲听从了这个意见。分割曹国的土地，自洮水以南，东边靠着济水，都是曹国的土地。襄仲到晋国去，拜谢取得曹国的土地。

夏四月，四次占卜郊祭，不吉利，于是不杀牲，这是不合于礼的。仍然进行三次望祭，这也是不合于礼的。按礼不占卜常规的祭祀，而今却既卜牲又卜日。牛在卜得吉日后便叫牲，已经成了牲却还要占卜郊祭的日期，这是在上的人怠慢了祭祀。望祭，是郊祭的细节。既然不进行郊祭，那么不举行望祭也是可以的。

秋，晋国在清原检阅部队，建立五个军来抵御狄人。赵衰为卿。

冬，狄人包围卫国，卫国迁到帝丘。占卜说可以立国三百年。卫成公梦见康叔说："相夺走了我的祭品。"卫成公命令祭祀相。宁武子不同意，说："鬼神如果不是他的同族祭祀，就不会享用那种祭品。杞国、鄫国做什么去了？相在杞国和鄫国不享用祭祀已经很久了，这不是卫国的过错，不可冒犯成王、周公规定的祭祀，请您改变祭祀相的命令。"

郑国的泄驾厌恶公子瑕，郑伯也厌恶他，所以公子瑕逃亡到楚国。

僖公三十二年

三十二年春，周历正月。夏四月十五日，郑伯捷死。卫国人侵犯狄人。秋，卫国人与狄人盟。冬十二月九日，晋侯重耳死。

〇三十二年春，楚国的斗章到晋国请求讲和，晋国的阳处父到楚国回聘。晋国、楚国从这时起才有外交使者的往来。

夏，狄国发生动乱。卫国人侵犯狄国，狄国请求讲和。秋，卫国人同狄人结盟。

冬，晋文公卒。十二月十日，准备停丧在曲沃。出了绛城，棺材里发出像牛叫的声音。卜偃让大夫下拜，说："国君有大事命令我们：将有西方的部队经过我们的国境，攻击他们，必定能大获全胜。"

杞子从郑国派人告诉秦穆公说："郑国人让我掌管北门的钥匙，如果悄悄派兵前来，就可以占取郑国了。"秦穆公就这件事征求蹇叔的意见。蹇叔说："辛苦地调动军队去袭击远方的国家，没有听说过这样做的。军队疲劳，气力枯竭，远方的国家早有了防备，大概不行吧？我军的行动，郑国一定知道。辛苦劳累却没有所得，士兵就会产生叛逆之心。而且行程千里，哪一个不知道呢？"穆公拒绝了蹇叔的意见。召集孟明、西乞、白乙，使他们率领军队从东门外出发。蹇叔为他们哭泣，说："孟子，我看见军队出去，却看不到军队回来了。"穆公派人对蹇叔说："你知道什么！如果只活到中寿，现在你的坟墓上的树木都有两手合抱那么粗了。"蹇叔的儿子也参加了这支部队，蹇叔哭着送他说："晋国人必定在崤山抵御秦国的军队。崤有两座大山：南面的山头，是夏后皋的坟墓；北面的山头，是文王躲避风雨的地方，你一定会死在那里，我在那里收拾你的尸骨吧。"秦国的军队于是向东进发。

僖公三十三年

三十三年春，周历二月，秦国人进入滑国。齐侯派国归父前来聘问。夏四月十三日，晋国人同姜戎在崤击败秦国的军队。二十五日，安葬晋文公。狄人侵犯齐国。僖公攻打邾国，占取了訾娄。秋，公子遂率领军队攻打邾国。晋国人在箕击败狄人。冬十月，僖公到齐国去。十二月，僖公从齐国回来。十一日，僖公死在小寝。降霜但没有杀死草。李树、梅树结出果实。晋国人、陈国人、郑国人攻打许国。

〇三十三年春，秦国的军队经过周王室的北门，车上左右的士兵脱掉头盔下车步行，然而却又跟着一跃上车，三百辆兵车都是如此。王孙满还年幼，看到了这种情形，对周襄王说:"秦国的军队轻狂而没有礼貌,一定会失败。轻狂就缺少谋略,没有礼貌就会粗心大意。进入险地却粗心大意,又不能谋划,能不失败吗?"到了滑国,郑国的商人弦高准备到周城去做生意,遇上了秦军。先送上四张熟牛皮,跟着送上十二头牛,犒劳秦国的军队,说:"我们的国君听说你们要行军经过我们的国土,冒昧地慰劳您的部下,我们国家虽不富足,但因为你们在外日久,如要住下来,我们就为你们准备好每日的给养,如果你们要走,我们就为你们准备一夜的守卫。"并且派传车向郑国报告。

郑穆公派人视察客馆,原来郑国人已经捆束行装、磨利兵刃、喂饱马匹了。郑穆公派皇武子下逐客令,说:"你们长久留在我们国家,只是我们的肉、粮、牲畜都用光了,为了你们将要远行,郑国有原圃,就好像秦国有具圃一样,你们自己去猎取些麋鹿,让我们安闲安闲,怎么样?"杞子逃跑到齐国,逢孙、扬逃跑到宋国。孟明说:"郑国有防备了,不能希冀了。攻它攻不下,包围它援兵又跟不上,我们还是回去吧。"灭亡滑国然后回国。

弦高,清任熊绘。

齐国的国庄子前来聘问。从郊劳一直到赠贿,行礼合于礼仪,处事谨慎恰当。臧文仲对僖公说:"国子执政,齐国尚有礼仪,您还是朝见齐君吧!我听说:对有礼之邦敬服,是国家的保障。"

晋国的原轸说:"秦国违背蹇叔的意见,因为贪于得郑而辛苦百姓,这是上天赐给我们的机会。天赐不可失掉,敌人不可放纵。放纵敌人,忧患就会产生,违背天意就会不吉祥。一定要攻打秦国的军队!"栾枝说:"没有报答秦国的恩惠,却攻打它的军队,这难道是心里装着先君的遗命吗?"先轸说:"秦国不哀悼我国的丧事却攻打我们的同姓国,这是秦国无礼,还谈得上什么恩惠?我听说:'一日放纵敌人,就会有数世的忧患。'考虑到子孙后代,这可以对先君交代了吧?"于是发布出兵命令,急速调动姜戎参战。晋襄公穿上染黑的孝服,梁弘为他驾车,莱驹作为车右。夏四月十三日,在崤山击败秦国的军队,俘虏了百里孟明视、西乞术、白乙丙回国。于是穿着黑色丧服安葬晋文公,晋国从此开始改用黑色丧服。

文嬴为三帅请求,说:"他们确实挑拨了我们两国君主的关系,秦君如能得到他们就是吃了他们的肉，也不满足，您何必屈尊去惩罚他们呢？让他们回去让秦君杀掉他们，来满足秦君的心愿，怎么样？"晋襄公同意了。先轸上朝，问起秦国的俘虏。晋襄公说："夫人替他们请求，我放了他们。"先轸发怒说："将士们拼力在战场上抓住了他们，而夫人却一下子就从国内把他们放走了，毁掉了战争的胜利果实，却助长了敌人的势力，国家灭亡没有多久了！"不管襄公在面前就吐了一口口水。襄公派阳处父去追赶他们，追到了黄河，他们已经在船上了。阳处父解下左边的骖马，用襄公的名义赠给孟明。孟明叩头说："托晋君恩惠，不把我们这些囚臣杀了涂鼓，放我们回去让秦君杀我们，我们的国君把我们杀了，那是死而不朽。如果托晋君的恩惠得赦免，三年之后将拜谢晋君的恩赐。"秦穆公穿着白色的丧服在郊外等候，对着军队哭泣，说："我违背蹇叔的意见，因此使二三子受到侮辱，这是我的过错。"不撤掉孟明的职务。说："是我的过错，大夫有什么罪呢？况且我不会因为一点小过失就抹杀你们大的功德。"

狄人侵犯齐国，这是因为晋国有丧事。

僖公攻打邾国。占取了訾娄，这是为了报复升陉的战役。邾国人没有设防。秋，襄仲再次攻打邾国。

狄人攻打晋国，到达箕。八月二十二日，晋侯在箕击败狄人。郤缺俘获了白狄子。先轸说："匹夫在国君面前放任自己的心志却没有受到惩罚，敢不自己惩罚自己吗？"脱掉头盔冲入狄国的军队，死在那里，狄国人送回他的头，面部颜色好像活着一样。

当初，臼季出使经过冀，看到冀缺锄草，他的妻子给他送饭到田里，很恭敬，彼此相待如宾。臼季便同冀缺一起回来，把他们的事情对文公说："恭敬，是德行的集中表现，能够恭敬就必定有德行，德行是用来治理百姓的，请您任用他！我听说：出门遇见人如同对待宾客，接受任务就好像参加祭祀一样，这是仁的准则。"文公说："他的父亲有罪，可以吗？"回答说："舜惩办罪人，把鲧流放到荒远的地方，他举拔人才，却用了鲧的儿子禹。管仲，是齐桓公的敌人，举他为相却取得了成功。《康诰》说：'父亲不慈爱，儿子不诚敬，哥哥不友爱，弟弟不恭顺。'《诗》说：'采萝卜，采蔓菁，不要吃了叶子丢了根。'您选取他的长处就可以了。"文公让郤缺担任下军大夫。从箕回来，襄公以三命命先且居率领中军，以再命命将先茅的食邑赏给胥臣，说："荐举郤缺，是你的功劳。"以一命命郤缺为卿，重新赐给他冀，但在军队中还没有职务。

冬，僖公到齐国去朝见，并且对狄军的侵袭表示慰问。回来，死在小寝，这是追求安逸的缘故。

晋国、陈国、郑国攻打许国，讨伐他们两属于楚。楚国的令尹子上侵犯陈国、蔡国。陈国、蔡国同楚国讲和，于是攻打郑国，准备把公子瑕送回卫国即位，攻打郑国的桔秩之门，公子瑕的车子翻在郑国的内池里，外面的仆人髡屯捉住了他把他献给郑文公。文公夫人收敛他然后安葬在郫城下面。

　　晋国的阳处父侵犯蔡国，楚国的子上救援蔡国，同晋国的军队夹着泜水而扎营。阳处父很忧虑，派人对子上说："我听说：'有文德的人不会侵犯顺理的事，有武德的人不肯躲避仇敌。'您如果想作战，那么我撤退三十里，你渡过黄河再摆开阵势，早打晚打都听你的，不然，就放我渡过河去。军队相持太久，耗费资财，也没有好处。"于是驾着战车等待。

　　子上想过河，大孙伯说："不行。晋国人没有信用，当我们渡过一半时迫近攻击我们，后悔战败哪里还来得及？不如放他们过河。"于是撤退三十里。阳子宣布说："楚国的军队逃跑了。"于是回国。楚国的军队也回国了。太子商臣诬陷子上说："接受了晋国的礼物而躲避他们，这是楚国的耻辱。没有比这更大的罪了。"楚王杀了子上。

　　安葬僖公。没有及时制作神主，这是不合于礼的。凡是君主死了，停止号哭以后就附祭于先祖，附祭以后就制作神主，单独向神主祭祀。在宗庙举行烝祭、尝祭、禘祭等常规祭祀。

文 公

文公元年

文公元年春，周历正月，鲁文公即位。二月初一，发生了日食。周天子派叔服前来参加葬礼。四月二十六日，安葬僖公。周天子派毛伯来赐给文公以策命的荣宠。晋侯讨伐卫国。叔孙得臣到京城去。卫国人攻打晋国。秋天，鲁公孙敖在卫国戚地会见了晋襄公。冬十月十八日，楚太子商臣杀了楚国君颙。公孙敖出使齐国。

〇元年春，周天子派内史叔服前来参加葬礼。公孙敖听说他能给人相面，就让自己的两个儿子出来见他。叔服说："谷将来可以祭祀供养您，难将来可以安葬您。谷的下颌生得丰满，将来必定在鲁国有后人。"

在这时候闰三月，这是不合礼制的。先王端正时令，年历的推算是以正月朔日开始的，把气候的正节放在每个月的中旬，把多余的日数归总在一年的末尾作为闰月。年历的推算以正月朔日开始，四时的次序就不会错乱；把正节放在每月的中旬，人们就不会迷惑；把剩余的日子归并到最后，一年的行事就不会混乱。

晋文公的晚年，各诸侯都来朝见晋国，卫成公不去朝见，反而派卫将孔达率军侵略郑国，攻打绵、訾和匡地。晋襄公在举行小祥祭祀以后，派人通告诸侯而讨伐卫国，军队来到南阳。晋将先且居说："效法错误，这是祸患。请君王您去朝觐周天子，由下臣带领军队去攻打卫国。"于是，晋襄公就去到温地朝见周天子，先且居、胥臣领兵进攻卫国。五月初一，晋国军队包围了戚地。六月初八，晋军攻下了戚地，俘获了孙昭子。

卫国人派人告诉陈国，向陈国求援。陈共公说："转过去进攻他们，我再去居中跟他们说说。"于是卫国的孔达就领兵进攻晋国。君子认为这样做是很合乎古礼的，因为古代在国难期间有到远方求救的事例。

秋天，晋襄公把戚地划入了晋国版图，所以鲁大夫公孙敖也参加了。

起初，楚成王准备立商臣为太子，征询令尹子上的意见。子上说："君王的年纪还不大，而且又有很多内宠，如果立了商臣以后又改变主意而加以废除，那就是祸乱。按照楚国传统，策立太子常常选择年轻的，而且商臣这个人，两眼突出像胡蜂一样，声音像豺狼，是一个残忍的人，不能立为太子。"楚王没有听从。立了以后不久，又想立王子职而废除太子商臣。商臣听到这个消息但还没有弄确切，便告诉他老师潘崇说："怎样才能把这事弄确切呢？"潘崇说："你设宴招待你姑母江芈而故意对她表示不尊敬。"商臣听从了他老师的意见，并按照去做。结果江芈发怒说："啊！你这个奴才！难怪君王要杀掉你而立职做太子，确实有道理。"商臣告诉潘崇说："事情是真的。"潘崇说："你能臣事公子职吗？"商臣说："不能。""能逃亡外国吗？"商臣说："不能。""能够办大事吗？"商臣说："能。"

冬十月，商臣率领宫中的警卫军包围成王。成王请求吃了熊掌以后去死，商臣不答应。十八日，楚成王上吊自尽。给他上谥号称为"灵"，尸体不闭眼睛；谥为"成"，才闭上眼睛。

穆王即位，把他做太子时的房屋财产给了潘崇，让他做太师，并且做掌管宫中警卫军的长官。

穆伯到齐国去，开始聘问，这是合于礼的。凡是国君即位，卿就要出去到各国访问，为的是继续加强相互的友好关系，争取各诸侯国的支持，善待邻近的国家，借以巩固自己的国家，这是合乎忠、信、卑让的原则的。忠诚是品德的正路，信义是品德的骨干，卑让是品德的基础。

秦晋殽之战时，晋国放回了秦国主将，秦国大夫及左右侍臣对秦伯说："这次战败是孟明的罪，一定要杀死他。"秦伯说："这是我的罪过。周朝芮良夫的诗说：'旋风迅急万物摧，贪人逞欲善人危。听人说话喜答对，诵读诗书打瞌睡。贤良不用遭摒弃，使我行为背道义。'这是由于贪婪的缘故，说的就是我啊。我实际很贪婪因而使那一位受祸，那一位有什么罪呢？"重新让孟明执政。

文公二年

二年春，周历二月七日，晋侯与秦国的军队在彭衙交战，秦国军队大败。二十日作僖公的牌位。三月十九日，文公与晋处父结盟。夏六月，公孙敖与宋公、陈侯、郑伯及晋国的士縠相会，并于垂陇结盟。从去年十二月到今年秋七月一直没有下雨。八月十三日，在周公庙里举行祭典，安放僖公的牌位到上面。冬天，晋国人、宋国人、陈国人、郑国人一起攻伐秦国。公子遂到齐国去送订婚聘礼。

〇二年春，秦将孟明率兵攻打晋国，以报复殽地这次战役。二月，晋襄公率军抵抗，先且居率领中军，赵衰担任副将辅助他。王官无地为先且居驾车，狐鞫居作为车右。二月七日，晋秦两军在彭衙开战，结果秦军大败。晋国人戏称秦军为"拜谢恩赐的部队"。以前在殽地作战的时候，晋国的梁弘为晋襄公驾御战车，莱驹作为车右。开战的第二天，晋襄公捆绑了秦国的俘虏，派莱驹用戈杀秦俘，俘虏大叫一声，莱驹吓得将戈掉在地上。这时，狼瞫拿起戈来砍了俘虏的脑袋，抓起莱驹追上了晋襄公的战车，于是晋襄公就让他作为车右。在箕地的战役中，先轸废黜狼瞫，而以续简伯作为车右。狼瞫发怒。他的朋友说："你为什么不去死呢？"狼瞫说："我还没有找到死的地方。"他的朋友说："我跟你一起发难造反，杀掉先轸。"狼瞫说："《周志》有这样的话：'勇敢而杀害长上的人，死后不能进入明堂。'死而不合于道义，这不是勇敢。为国家所用叫做勇敢。我因勇敢而担任车右，如今被认为不勇敢而免职，说来也是应该的。如果说上面的人不了解我，废黜得恰当，就是了解我了。您姑且等着吧。"到彭衙之战时，两军已摆好阵势，狼瞫就率领他的部下冲进秦军中壮烈牺牲。晋军跟着冲上去，把秦军打得大败。君子认为："狼瞫由于这样可以算得君子了。《诗》说：'君子如果发怒，动乱差不多可以消灭。'"又说："'文王勃然震怒，于是就整顿军队。'发怒不去作乱，反而上去打仗，可以算是君子了。"

秦穆公还是任用孟明。孟明进一步修明政事，给百姓以优厚的好处。赵成子对大夫们说："如果秦军再一次前来，我们一定要避开它。由于畏惧而更加修明德行，这是不可抵挡的。《诗·大雅》说'时时念着你的祖先，不断修明你的德行。'孟明念念不忘这首诗，想到德行而努力不懈，难道可以抵挡吗？"

二十日，制作僖公的牌位。《春秋》所以记载这事，是由于制作不及时。

晋国人由于鲁文公不到晋国朝见而前来攻打，文公就去了晋国。夏四月十三日，晋国派阳处父和文公结盟以羞辱他。《春秋》记载说"及晋处父盟"，这是表示对晋国憎恶的意思。到晋国去的事《春秋》没有记载，这是出于隐讳。

文公还未回到鲁国，六月，穆伯在垂陇和诸侯以及晋国司空士縠结盟，这是由于晋国攻打卫国的缘故。《春秋》记载称"士縠"，是由于认为他能够胜任参与会盟这件事。陈侯为卫国向晋国求和，逮捕孔达，以作为跟晋国说和的条件。

秋八月十三日，鲁国在太庙中举行祭典，把鲁僖公的牌位安放在闵公之上，这是不合礼的祭祀。当时夏父无忌担任宗伯官，他很尊崇僖公，而且宣布他见到的说："我见到新鬼大，旧鬼小，大的在前面，小的在后面，这是顺序，把圣贤供在上面，这是明智。明智、顺序，这是合于礼的。"君子认为这样做是失礼："礼没有不合顺序的。祭祀是国家的大事，不按顺序，难道可以说合于礼吗？儿子虽然聪明圣哲，但不能在父亲之先享受祭品，这是由来已久的规定。所以禹不能在鲧之前，汤不能在契之前，文王、武王不能在窖之前。宋国以帝乙为祖宗，郑国以厉王为祖宗，这都是尊重祖先的表现。所以《鲁颂》说：'一年四季祭祀不懈怠，没有差错，致祭于伟大的天帝，又致祭于伟大的祖先后稷。'君子说这合于礼，是说后稷虽然亲近但却先称天帝。《诗》说：'问候我的姑母们，于是又问候到各位姐姐。'君子说这合于礼，是说姐姐虽然亲近然而却先称姑母。"

孔子说："臧文仲，他有不仁爱的事情三件，不聪明的事情三件。使展禽这样的贤人居于下位，设立六个关口向行人收税，小老婆织席贩卖，与民争利，这是三件不仁爱的事。他花费钱财养了一个大乌龟，纵容那种不合礼的祭祀，祭祀海鸟爱居，这是三件不聪明的事。"

冬，晋国先且居、宋国公子成、陈国辕远、郑国公子归生，共同率兵攻打秦国，攻下秦地汪和彭衙然后回国，以报复上次在彭衙的战役。《春秋》上没有记载各国卿的名字，这是为了穆公的缘故。尊重秦国，叫做崇奉德行。

襄仲到齐国致献玉帛财礼，这是合乎礼的。凡是国君即位，敦睦舅甥国家间的友好关系，修结婚姻，迎娶长妃以便一起主持祭祀，这是合符孝道的。孝道，是礼的开端。

文公三年

三年春，周历正月，叔孙得臣与晋人、宋人、陈人、卫人、郑人一起攻打沈国。沈国溃败。夏五月，王子虎死。秦国人攻伐晋国。秋天，楚国人围攻江国。宋国降落蝗虫。冬天，鲁文公到晋国去。十二月己巳，文公与晋侯结盟。晋国阳处父率领部队讨伐楚国以援救江国。

〇三年春，庄叔会合诸侯的军队攻打沈国，因为它投靠楚国。沈国百姓溃散，凡是百姓逃避他们上层人物叫做"溃"，上层人物逃走叫做"逃"。

卫侯到陈国去，这是为了答谢陈国所促成的卫、晋两国的和议的缘故。

夏四月二十四日，王叔文公死，发来了讣告，用同盟国的礼数去吊唁他，这是合于礼的。

秦伯攻打晋国，渡过黄河后烧掉船只，攻取了晋的王官和郊地，晋军不出战，于是秦军就从茅津渡过黄河，埋葬完前次殽之战的尸骨才回国，秦伯就此成了西戎的霸主，这都是由于任用了孟明。君子因此而知道秦穆公作为国君，提拔人才考虑全面，任用人才专一不疑；孟明作为臣子，能够努力不懈，戒惧多思；子桑忠心耿耿，他了解别人，能够推举好人。《诗》说："到哪里去采白蒿？到池塘里，到小洲上。在哪里使用它？在公侯的典礼上。"秦穆公就是这样的。"从早到晚不松懈，以侍奉天子一个人。"孟明做到了这些。"留给子孙好计谋，子孙安定受庇护。"子桑就是这样的。

秋天，宋国境内落下很多蝗虫，蝗虫落到地上就死了。

楚国的军队包围江国，晋国的先仆攻打楚国以救援江国。

冬天，晋国把楚国侵略江国的事上奏周天子，王叔桓公、晋国的阳处父去攻打楚国以救援江国。晋、周联军攻打楚国方城的门，碰见楚将公子朱就班师回国了。晋国人害怕曾经对文公无礼，请求改定盟约。文公到了晋国，和晋侯结盟。晋侯设享礼招待文公，赋《菁菁者莪》这首诗。庄叔就让文公走下台阶拜谢，说："小国接受大国的命令，怎敢对礼仪不谨慎？君王赐我们以隆重的礼数，还有什么比这更高兴的呢？小国的高兴，是大国的恩惠。"晋侯也走下台阶辞让，再登上台阶，完成拜礼。文公赋《嘉乐》这首诗。

文公四年

四年春，文公从晋国回到鲁国。夏天，从齐国娶来了齐姜。狄人侵略齐国。秋天，楚国人灭了江国。晋侯攻伐秦国。卫侯派宁俞来聘问。冬十一月一日，夫人风氏死。

○四年春，晋人把孔达释放回卫国。因为晋国人认为他是卫国的优秀人才，所以赦免了他。

夏，卫侯到晋国答谢释放孔达。曹伯到晋国商谈纳贡的事情。

到齐国迎娶姜氏，没有派卿去，这是不合礼的。君子因此知道出姜最终是不会被鲁国承认的。说："派身份高的公子遂去下聘礼，如今却派身份低微的去迎娶，身份是小君而轻待她，立为夫人而废弃他，背弃信用而损害内主的身份，这样的事发生在国家中国家就会动乱，发生在家族中家族必然灭亡。出姜最终不被鲁国承认而归回娘家不是很应该的吗？《诗》说：'畏惧上天的威灵，因此就能保全福禄'。说的是要恭敬国主。"

秋，晋侯攻打秦国，包围邧地、新城，以报复王官那次战役。

楚国灭了江国，秦伯为此而穿了素服，出居别室，撤去半盛膳食与歌乐，其行为超过了应有的礼数。大夫劝谏。秦伯说："同盟国被灭亡，虽然没能够去救援，又怎敢不哀怜呢？我是自己警惕呀。"君子说：《诗》说：'夏殷那两个国家哟，政治不得人心。于是这四方的诸侯，探究其中的原因。'这说的就是秦穆公啊。"

卫国的宁武子前来聘问，文公和他一起饮宴，为他诵《湛露》和《彤弓》两首诗。宁武子没有辞谢，又没有诵诗回答。文公派行人私下探问。宁武子回答说："下臣以为是练习吟诵而刚好诵到这些诗。从前诸侯在正月朝见天子，天子设宴奏乐，在这时吟诵《湛露》这首诗，那就表示天子对着太阳（南面而治），诸侯效劳听命。诸侯征讨天子的敌人而献功时，天子因而赐给他们红色的弓一把、红色的箭一百枝、黑色的弓、箭一千，以此表明这是对有功之人的报答宴会。现在陪臣只不过是前来继续过去的友好，承君王赐宴，岂敢触犯大礼而自取罪过？"

冬，成风死。

文公五年

五年春，周历正月，周王派荣叔为我小君成风送来口含之物，并赠送了助葬物品。三月十二日，安葬我国小君成风。周王派召伯来参加葬礼。夏，公孙敖到晋国去。秦国人进入都国。秋，楚国人灭掉六国。冬十月十八日，许男业死。

○五年春，周天子派荣叔前来致送含玉及其他助葬物品，召昭公前来参加葬礼，这是合于礼的。

起初，都国背叛楚国而亲近秦国，后来又和楚国勾结。夏天，秦军进入都国。

六国人背叛楚国而亲近东夷，秋天，楚国的成大心、仲归领兵灭亡了六国。

冬天，楚国公子燮灭亡蓼国。臧文仲听到六国和蓼国灭亡的消息说："皋陶、庭诸一下子就没有人祭祀了。德行不建立，百姓没有救援，这真可悲。"

晋国的阳处父到卫国聘问，回国时路过宁地。宁嬴跟着他，到温地之后就回去了。他的妻子问阳处父是怎样的人。宁嬴说："阳处父个性太刚强了。《商书》说：'柔弱深沉的人要用刚强来克服，高亢明爽的人要用柔弱来克服。'那个人只具有刚强的个性，恐怕不会有善终。天为纯阳，属于刚强的德性，尚且不触犯四时的运行规律，何况是人呢？而且华而不实，就会聚集怨恨。触犯别人而聚集怨恨，不能够安定自身。我害怕不能得到什么利益反而遭到祸难，所以才离开他。"

晋国的赵成子、栾贞子、霍伯、臼季都死去了。

文公六年

六年春，安葬许僖公。夏，季孙行父到陈国去。秋，季孙行父到晋国去。八月十四日，晋侯欢死。冬十月，公子遂到晋国去。安葬晋襄公。晋国杀了晋大夫阳处父。晋国狐射姑出逃到狄国。闰月没有举行告朔仪式，但还是举行了朝庙的仪式。

○六年春，晋国在夷地阅兵，撤销了两个军。让狐射姑率领中军，赵盾辅助他。阳处父从温地回来，改在董地阅兵，并改换了中军主将。阳子原是成季的下属，所以偏向赵氏，而且认为赵盾有才能。说："任用有才能的人，这是国家的利益。"所以使赵盾居于上位。赵宣子从这时开始掌握国家政权，制定典章制度，修定法律，彰明刑狱条例，追究逃亡，使用券契，清除政治上的枳弊，恢复被破坏了的等级，重建已经废弃了的官职，举拔被埋没的人才。政令法规完成以后，交给太傅阳子和太师贾佗，要他们在晋国推行，作为基本的制度。

臧文仲因陈、卫两国和睦，就想与陈国建立友好关系。夏，季文子到陈国聘问，并且娶了妻子。

秦伯任好死，用子车氏的三个儿子奄息、仲行、针虎三人殉葬，他们都是秦国的优秀人物。国都的人哀痛他们，为他们赋了《黄鸟》这首诗。君子说："秦穆公没有当上盟主是应该的啊！他死了以后还要残害臣民。以前的君主离开人世，还留下了法则，为何反而夺去百姓的好人呢？《诗》说：'贤人死亡，国家就困乏损伤。'这说的就是原本好人就不多，为什么竟要夺走他们？古代的君王知道自己的生命不能永久，所以就任命很多贤明之臣，给他们树立风气教化，分给他们旗帜服装，把对他们有益的话著录于典册，为他们制定法度，对他们公布准则，设立榜样作为他们的引导，给予他们法律条规，告诉他们先王的经典遗训。教导他们防止过多谋求私利，委任他们一定的职务，用礼的规则引导他们，使他们不违背因地制宜的原则，让大家都信赖他们，然后才离开人世。圣明的君王都是这样的。现今秦君既没有留下好的法则给后继的人，却又收取他们的突出人物来殉葬，这就难于处在上位了。"君子因此知道秦国不可能再向东征伐了。

秋，季文子将到晋国去聘问，让人代他求得如果碰到丧事应该行什么样的礼数以后才动身。随从的人说："问这个有什么用？"文子说："预备意外的事情发生，这是古代的好教训。如果临时需要而我们却没有这方面的准备，就会处于困难的境地。所以，多准备一些又有什么坏处呢。"

八月十四日，晋襄公死。灵公年幼，晋国人由于祸难的缘故，想立年长的国君。赵孟说："立公子雍。他喜爱善良的品德而且年长，先君宠爱他，而且为秦国所亲近。秦国，是晋国老朋友。立一个善良的人就稳固，事奉年长的就顺理成章，立先君所爱的人就合于孝道，结交老朋友就安定。为了祸难的缘故，所以要立年长的国君。有了固、顺、孝、安这四项条件，祸难就一定可以缓解了。"贾季说："不如立公子乐。他的母亲辰嬴曾受到两位先君的宠幸，立她的儿子为君百姓必然安定。"赵孟说："辰嬴身份低贱，在文公夫人中，位次在第九，她的儿子还会有什么威严？况且她受到两位先君的宠爱，这是淫荡。作为先君的儿子，不能求得大国而出居小国，这是邪僻行为。母亲淫荡，儿子邪僻，就谈不上威严；陈国小而且远，有事无法援助，这又有什么安定可言？杜祁由于国君的缘故，才让逼姞排在她的上面。又由于狄国的缘故，让季隗居上位，而自己排在她下面。所以位居第四。先君因此喜爱她的儿子，叫他到秦国做亚卿。秦国大而且近，足以作为援助；母亲具有道义，儿子受到喜欢，足可威服百姓。立他，不也是很好吗？"派先蔑、士会到秦国迎接公子雍。贾季也派人到陈国召回公子乐，赵孟派人在郫地杀了公子乐。

贾季怨恨阳处父改变他的地位，而且知道他在晋国没有背景，九月，贾季派续鞫居杀死阳处父。《春秋》记载说"晋杀其大夫"，这是由于阳处父随便侵夺官职的缘故。

冬十月，襄仲到晋国参加襄公的葬礼。

十一月某日，晋国杀了续简伯。贾李逃亡到狄国，宣子派臾骈把他的妻子儿女送去。在夷地阅兵的时候，贾季曾经侮辱臾骈，臾骈手下的人想杀死贾氏的全家来报仇。臾骈说："不行。我听《前志》上有这样的话：'不论跟敌人有恩惠或有怨恨，这都与他们子孙无关，这就是忠诚的道德。'赵盾对贾季很有礼貌，我因为受到他宠信而报自己的私怨，恐怕不可以吧！利用人家对你的宠信，这不是勇敢。虽然出了怨气却增加了仇恨，这不是明智的作法。为了私事而妨碍公事，这不是忠的行为。舍弃了勇、智、忠这三点又用什么来事奉夫子呢?"于是就把贾季的妻子儿女以及他们的器用财货全部准备齐全,亲自率兵护卫,送到边境上。

闰月不举行告朔的仪式,这是不符合礼的。闰是用来校正四时的误差的。四时是人们据以安排农事的。农事是给人们提供丰富的生活物资的,养活老百姓的方法就在这里。不举行闰月告朔的仪式,这就是丢弃了施政的时令,又怎么能够治理人民呢?

文公七年

七年春,文公讨伐邾国。三月十七日攻取了须句国。于是修筑郜地城池。夏四月,宋公王臣死。宋国人杀宋国大夫。四月一日,晋国人与秦国人在令狐交战。晋国先蔑出奔到秦国。狄国人侵略我国的西边边境。秋八月,鲁文公会合各诸侯及晋国大夫在扈地结盟。冬,徐国攻伐莒国。公孙敖到莒国参加会盟。

○七年春,鲁文公攻打邾国,这是利用晋国国内有难的空子。

三月十七日,鲁国占领了须句,把邾文公的儿子安置在这里,这是不合于礼的。

夏四月,宋成公死。在这时公子成做右师,公孙友做左师,乐豫做司马,鳞矔做司徒,公子荡做司城,华御事做司寇。

宋昭公想铲除群公子,乐豫说:"不行。公族是公室的枝叶,如果去掉它,那么树干树根就没有枝叶遮蔽了。葛藟还能遮蔽它的躯干和根子,所以君子以它做比喻,何况是国君呢?这就是俗话所说的'树荫遮蔽了却又放肆使用斧子,'一定不可以。君王要好好考虑。如果用德行去亲近他们,那他们都是左右辅佐大臣,有谁敢怀二心?为什么要杀他们呢?"昭公不听。穆公、襄公的族人率领国内的人们攻打昭公,在宫里杀死了公孙固和公孙郑,六卿和公室讲和,乐豫放弃了司马的官职给昭公的弟弟公子卬。昭公

赵盾,选自《清刻历代画像传》。

即位以后才为宋成公举行葬礼。《春秋》记载说"宋人杀其大夫"，不记载名字，这是由于人多而且他们无罪。

秦康公送公子雍到晋国，说："晋文公回国时没有兵力保护，所以有吕、郤发动的祸难。"于是就多给他步兵卫士。穆嬴天天抱着太子在朝廷上啼哭，说："先君有什么罪过？他的继承人又有什么罪？丢开嫡长子不立，反而到外面去求国君，你们准备怎么安置这个小孩？"出了朝廷，就抱着孩子到赵家，向赵盾叩头，说："先君捧着这个孩子嘱托给您，说：'这个孩子如果成才，我就是受了您的赐予；如果不成才，那我就只怨你。'现在先君虽死，但话还在耳朵里，就放弃不管，这事可怎么办？"赵盾和大夫们都怕穆嬴，而且害怕威逼，就背弃了先蔑所迎的公子雍而立了灵公，并发兵抵御秦国军队。箕郑留守。赵盾率领中军，先克辅助他；荀林父辅助上军，先蔑率领下军，先都辅佐他。步招为赵盾驾车，戎津作为车右。到达堇阴。赵盾说："我们如果接受秦国护送的公子雍，那秦军就是宾客；不接受，他们就是敌人。我们已经不接受了，却又迟迟不进军，秦国就会动别的念头。比敌人先有夺取人的决心，这是作战的好谋略。追逐敌人好像追赶逃犯一样，这是作战的好战术。"于是就教训士兵，磨快武器，喂饱战马，让部队吃饱，在夜里偷偷出发。四月初一，在令狐打败秦军，一直追到刳首。

四月初二，先蔑逃亡到秦国，士会跟着他。先蔑出使秦国的时候，荀林父曾劝阻他说："夫人和太子还在，反而到外边去求国君，这事一定是行不通的。你借口生病而辞谢不去，怎么样？不这样的话，您将遇上祸患。派一个代理卿前去就可以了，为什么一定您去呢？在一起做官叫'寮'，我曾经和您同寮，怎敢不替您尽心呢？"先蔑没有听从，荀林父为他赋《板》这首诗的第三章，又不听从。等到他逃亡出国，荀林父把他的妻子儿女和器用财货全部送到秦国，说："这是因为我们是同寮的缘故。"士会在秦国三年，没有去见先蔑。有人说："能和别人一起逃亡到这个国家，而不愿在这里相见，何必这样？"士会说："我和他罪过相同，并不是认为他的行为符合道义才跟他来的，又有什么必要见面呢？"一直到回国，始终没有去见士蔑。

狄人侵略我国西部边境，文公派使者向晋国报告。赵宣子派贾季去问酆舒，并且责备他。酆舒问贾季说："赵衰、赵盾哪一个贤明？"贾季回答说："赵衰是冬天的太阳，赵盾是夏天的太阳。"

秋八月，齐侯、宋公、卫侯、郑伯、许男、曹伯和晋国的赵盾在扈地结盟，这是由于晋侯即位的缘故。文公晚到，所以《春秋》不记载与会的国家。凡是和诸侯聚会结盟，如果不记载与会的国家，就是因为晚到的缘故。晚到，不记载这些国家，这是为了避免弄出错误。

穆伯在莒国娶妻，名叫戴己，生了文伯；她的妹妹声己生了惠叔。戴己死了以后，穆伯又到莒国行聘。莒国人用声己在的理由辞谢。于是就为襄仲行聘。

冬，徐国攻打莒国，莒国人前来请求结盟，穆伯到莒国参加盟会，顺便为襄仲迎娶莒女。到达鄢陵，登城见到莒女，很美丽，就自己娶了她。襄仲请求攻打穆伯，文公准备同意。叔仲惠伯劝谏说："臣听说：'战争发生在国内叫做乱，发生在外部叫做寇。寇还能够杀伤别人，乱就是自己伤自己了。'现在臣下作乱而国君不加禁止，如果因此而引起外部敌人的进攻，怎么办？"文公就阻止了襄仲的进攻。惠伯给他们调解，要襄仲舍弃莒女不娶，公孙敖把莒女送回莒国，重新作为兄弟就像以前一样，襄仲和公孙敖听从了。

晋国的郤缺对赵宣子说："过去卫国对我们不友好，所以才占取它的土地，现在已经友好了，可以归还它的土地了。背叛了不加讨伐，用什么显示声威？顺服了不加安抚，用什么显示关怀？既不显示声威又不显示关怀，用什么显示德行？没有德行，用什么主持盟会？您作为正卿，主持诸侯事务而不致力于德行，这将怎么办？《夏书》说：'用美好的事情告诫他，用威严督察他，用《九歌》劝勉他，不要让他学坏。'有关九功的德行都可以歌唱，叫做《九歌》，六府、三事叫做九功。水、火、金、木、土、谷，叫做六府；端正德行，利于使用，富裕生民，叫做三事。把这些都看成是合于道义的而加以推行，就叫做德、礼。没有礼不会快乐。这是叛变产生的原因。像您的德行没有可以歌唱的，那又有谁肯来归服？何不叫那些对我们友好的人歌颂您呢？"赵宣子很高兴。

文公八年

八年春，周历正月。夏四月。秋八月二十八日，周襄王死。冬十月三日，公子遂与晋国赵盾相会并在衡雍结盟。六日，公子遂与雒戎相会并在暴地结盟。公孙敖到京都去，未到京都就回来了。七日，便出奔莒国。螽斯成灾。宋人杀了宋国大夫司马。宋国司城逃奔来鲁国。

○八年春，晋侯派解扬把匡地、戚地的土田归还给卫国，而且又将公婿池划定的疆界，从申地到虎牢边境的这块原属于郑国的土地也归还给郑国。

夏。秦军攻伐晋国，占取了武城，以报复令狐的那次战役。

秋。周襄王死。

晋国人由于扈地那次结盟文公晚到而前来攻打。

冬，襄仲和晋国的赵孟相会，并于衡雍订立盟约。这是补偿扈地那次结盟的缘故。并且还和伊、雒的戎人会见。《春秋》称他为公子遂，这是表示对他的重视。

穆伯去成周吊丧，没有到成周，带着吊丧物品逃亡到莒国，跟随己氏去了。

宋襄公夫人，是周襄王的姐姐，宋昭公对她不加礼遇。宋襄夫人依靠戴氏的族人杀了襄公的孙子孔叔、公孙钟离和大司马公子卬。他们都是宋昭公的党羽。司马手里拿着符节而死，所以《春秋》记载他的官职而不写名字。司城荡意诸逃亡前来，把符节交给府人就出走。文公按照他原来的官职接待他，并且都恢复了他们原来的官职。《春秋》也记载他的官职，这都是表示尊重他。

以前在夷地阅兵的时候，晋侯准备提升箕郑父和先都的官职，而让士縠、梁宜耳率领中军。先克说："狐偃、赵衰两人的功勋不能废弃。"晋侯听从了。先克在堇阴夺取了蒯得的田地，所以，箕郑父、先都、士縠、梁益耳、蒯得发动叛乱。

文公九年

九年春，毛伯来鲁国求取助葬的钱财。夫人姜氏到齐国去。二月，叔孙得臣到京都去。二十四日，安葬周襄王。晋国人杀了晋大夫先都。三月，夫人姜氏从齐国回来。晋国人杀晋大夫士縠及箕郑父。楚国人讨伐郑国。公子遂与晋人、宋人、卫人、许人相会来救郑国。夏，狄国侵略齐国。秋八月，曹伯襄去世。九月癸酉日，发生地震。冬，楚子派椒来鲁聘问。秦国人来赠送僖公和僖公母亲成风的丧衣。安葬曹共公。

〇九年春，周历正月初二，先都一伙派人杀先克。十八日，晋人杀了先都、梁益耳。

周卿士毛伯卫到鲁国来求取助丧的钱币，这是不合于礼的。《春秋》没有记载说这是天子的命令，是由于周襄王还没有安葬。

二月，庄叔去成周参加襄王的葬礼。

三月二十八日，晋人杀死了箕郑父、士縠、蒯得。

范山对楚王说："晋国国君年纪很轻，心意不在于称霸诸侯，北方是可以打主意的。"楚王发兵狼渊征讨郑国，囚禁了郑国的公子坚、公子龙和乐耳。郑国和楚国讲和。

公子遂会合晋国赵盾、宋国华耦、卫国孔达、许国大夫救援郑国，没有碰上楚军。《春秋》没有记载卿的名字，是由于他们出兵迟缓，以此惩戒他们办事不严肃认真。

秋，楚国公子朱从东夷进攻陈国，陈国军队打败了他，俘虏了公子茷。陈国害怕楚国报复，就和楚国讲和。

冬，楚国子越椒前来聘问，拿着见面礼物显出一脸的傲慢。叔仲惠伯说："这个人必然会使若敖氏的宗族灭亡。对他的先君表示傲慢，神灵不会降福给他的。"

秦国人前来向死去的僖公和成风赠送丧衣，这是合于礼的。诸侯之间互相吊丧贺喜，虽然不及时，只要是符合礼的，《春秋》都要加以记载，以表示不忘记过去的友好。

文公十年

十年春，周历三月二十一日，臧孙辰死。夏，秦国攻伐晋国。楚国杀了楚大夫斗宜申。自正月直到秋七月没有下雨。与苏子在女栗结盟。冬，狄国侵略宋国。楚王、蔡侯率军驻扎在厥貉。

○十年春，晋国人攻打秦国，攻取了少梁。夏，秦伯攻打晋国，攻取了北征。

起初，楚国范地的巫人矞似预言成王和子玉、子西说："这三位都不得善终。"城濮那次战役，楚王想到这个预言，所以派人制止子玉说："不要自杀。"但没有来得及去制止子西，子西正好上吊而绳子断了。楚王的使者恰好到来，于是就阻止了他，让他做了商公。子西沿汉水而下，然后溯江而上，将要进入郢都。楚王正在渚宫，走下来接见他。子西害怕，就辩解说："臣幸免一死，但又有诬陷之辞，说下臣打算逃走，因此下臣回来请刑官把臣处死。"楚王让他做了工尹，他又和子家策划杀死穆王。穆王听到以后，在五月里杀了他和子家。秋七月，文公和苏子在女栗结盟，这是由于周顷王即位的缘故。

陈侯、郑伯在息地会见楚王。冬，就和蔡侯一起领兵驻扎在厥貉，打算攻打宋国。宋国的华御事说："楚国是想要使我们臣服，我们是不是先主动表示臣服？何必要他们教导我们？我们确实没有能耐，老百姓有什么罪，要让他们受牵累？"于是就迎接楚王，向他们表示慰劳，同时听候命令。于是就引导楚王在孟诸打猎。宋公做猎阵的右翼，郑伯做猎阵的左翼。期思公复遂担任右司马，子朱和文之无畏担任左司马，下令在车上装着取火工具清早出发。宋公不听命令，无畏鞭打宋公的仆人并在全军示众。有人对文之无畏说："国君是不能侮辱的。"文之无畏说："按照我的职责办事，有什么强横？《诗》说：'硬的不吐出来，软的不吞下去。'又说：'不要放纵狡诈的人，使放荡的行为得以检点。'这也是不避强横的意思。我岂敢舍不得一死而放弃职责呢？"

在厥貉会见的时候，麇子逃回。

文公十一年

十一年春，楚子攻伐麇国。夏，叔彭生在承匡与晋郤缺相会。秋，曹伯来鲁国朝见。公子遂到宋国。狄国侵略齐国。冬十月三日，叔孙得臣在咸地打败狄国军队。

○十一年春，楚子攻打麇国。成大心在防渚打败麇军。潘崇又攻打麇国，一直打到锡穴。

夏，叔仲惠伯在承筐会见晋国郤缺，商量如何对付那些跟从楚国的诸侯。

秋，曹文公前来朝见，这是由于即位而来朝见的。

襄仲在宋国聘问，同时又为司城荡意诸说话而让他回国，并且为去年楚军侵略宋国但没造成任何危害而向宋国道贺。

鄋瞒侵略齐国，接着又侵略我鲁国。文公为派叔孙得臣追赶敌人这事占卜，吉利。侯叔夏为庄叔驾车，绵房孙作为车右，富父终甥作为驷乘。冬十月初三，在咸地打败敌人，俘虏了长狄侨如。富父终甥用戈抵住他的咽喉，杀死了他，把他的脑袋埋在子驹之门的下边。并用侨如作为他儿子宣伯的名。

以前，在宋武公时代，鄋瞒进攻宋国，司徒皇父领兵抵御。耏班为皇父充石驾车，公子谷生作为车右，司寇牛父作为驷乘，在长丘打败狄人，俘虏了长狄缘斯。皇父与这两位战死。宋公因此就把这座城门赏给耏班，让他征收城门税，称这城门叫耏门。晋国灭亡潞国的时候，俘虏了侨如的弟弟焚如。齐襄公二年，鄋瞒攻打齐国，齐国的王子成父俘虏了侨如的弟弟荣如，把他的脑袋埋在周首的北门下边。卫国人俘虏了侨如的弟弟简如。鄋瞒从此就灭亡了。

鄌国的太子朱儒自己安居在夫钟，国内的人们不肯对他顺服。

文公十二年

十二年春，周历正月，鄌伯出走来到鲁国。杞柏来鲁朝见。二月十一日，子叔姬死。夏，楚国人围困巢国。秋，滕子来鲁朝见，秦伯派术来聘问。冬十二月四日，晋人、秦人在河曲交战。季孙行父率领军队修筑诸和郓两地城池。

○十二年春，鄌伯死，鄌国人立了国君。太子率领夫钟和成邿两城作为奉献而逃亡前来。鲁文公把他作为诸侯迎接，这是不符合礼的。所以《春秋》记载说："鄌伯来奔。"不记载所献的土地，这是为了尊重诸侯。

杞桓公前来朝见，这是他第一次朝见文公。同时又请求与叔姬断绝关系而不断绝两国的婚姻关系，文公答应了。二月，叔姬死。《春秋》不记载"杞"字，就是因为她跟杞国断绝了关系。写上"叔姬"是说她已经不是未嫁的女子了。

楚国的令尹大孙伯死，成嘉做了令尹。各舒国都背叛了楚国。夏，子孔逮捕了苏子平和宗子，然后又包围巢地。

秋，滕召公前来朝见，他也是第一次朝见文公。

秦伯派西乞术前来鲁国聘问，并且说打算攻打晋国。襄仲不肯接受玉，说："贵国国君没有忘记和先君的友好关系，光临鲁国，镇定安抚我们这个国家，赠给大玉器这样厚重的礼物，寡君不敢接受玉。"西乞术回答说："不丰厚的一点普通器物，不值得辞谢。"主人辞谢三次，客人回答说："寡君愿祈求贵国先主周公、鲁公的福佑来侍奉贵国君主，所以才用敝国先君一点不丰厚的普通器物，派下臣送于执事之前，以作为祥瑞的信物，相结友好。这玉是用来表达寡君的命令，缔结两国友好的，所以才敢于致送。"襄仲说："如果没有君子，难道能治理国家吗？秦国不是鄙陋的。"于是就赠给西乞术厚重的礼物。

秦国由于令狐战役战败的缘故，冬，秦伯攻打晋国，占取了羁马。晋国发兵抵抗秦军。赵盾率领中军，荀林父作为辅佐。郤缺率领上军，臾骈作为辅佐。栾盾率领下军，胥甲作为辅佐。范无恤为赵盾驾御战车，在河曲迎战秦国军队。臾骈说："秦兵不能久留，请高筑军垒巩固军营等待他们。"赵盾听从了他的意见。秦军想要交战。秦伯对士会说："怎样才能交战？"士会回答说："赵氏新近提拔他的一个部下名叫臾骈，一定是他出的这个主意，打算使我军久驻在外而疲乏。赵氏有一个旁支的子弟叫穿，是晋国国君的女婿，受到宠信而年少，不懂得作战，喜欢逞勇而又狂妄，又对臾骈作为上军辅佐忌恨在心。如果派出轻便部队去袭击，也许是可以的。"秦伯把玉璧投在黄河里向河神祈求战争胜利。

十二月初四日，秦军袭击晋国的上军。赵穿追赶秦军，没有追上。回来后愤怒地说："带着粮食，披着甲胄，本来就是要寻求敌人。敌人来了不去攻击，又还等什么呢？"军吏回答说："将要有所等待啊。"赵穿说："我不懂得计谋，我打算自己出去。"于是就带领他的部下出战。赵盾说："秦国若是俘获赵穿，就是俘获了一个卿。那样，秦国就以胜利而回去，我们回去用什么向国家交代？"于是全部出战，双方刚一接触就彼此退兵了。秦国的使者夜里告诉晋国军队说："我们两国国君的将士都没有什么损失，明天请求再相见。"臾骈说："使者眼珠晃动说明内心不安，但言语却放纵，这是害怕我们，打算逃走了。把他们逼到黄河边上，一定会打败他们。"胥甲、赵穿挡住营门大喊说："死伤的人还没有收拾而丢开他们不管，这是不仁慈；不等到约定的日期而把人逼到险境，这是没有勇气。"于是就停止出击。秦军夜里逃走。后来又攻打晋国，进入瑕地。

在诸地和郓地筑城。《春秋》记载这件事，是由于合于时令。

文公十三年

十三年春，周历正月。夏五月壬午日，陈侯朔死。邾子蘧蒢死。从正月直到秋七月没有下雨。周公之庙的屋子坏了。冬，文公到晋国。卫侯在沓地会见文公。狄国侵略卫国。十二月己丑日，文公与晋侯盟会。文公从晋国返回，郑伯在棐地会见文公。

○十三年春，晋侯派詹嘉住在瑕地，以防守桃林这个要塞。晋国人担心秦国任用士会，夏，六卿在诸浮见面。赵宣子说："士会在秦国，贾季在狄国，祸患每天都可能发生，怎么办？"中行桓子说："请让贾季回来，他能处理外交事务，而且他父亲狐偃是文公的功臣。"郤成子说："贾季作乱，且罪行重大，不如让士会回来。士会能做到卑贱而知道耻辱，柔弱而不受侵犯，他的智谋足以使用，而且没有罪。"于是就让魏寿余假装率领魏地的人叛变，以诱骗士会。把魏寿余妻子儿女逮捕在晋国，让他夜里逃走。魏寿余请求把魏地归入秦国，秦伯答应了。魏寿余在朝廷上踩一下士会的脚。秦伯驻军在河西，魏地人在河东。魏寿余说："请派一位东边的而且能跟魏地几位官员说话的人，我跟他一起先去。"秦伯派遣士会。士会推辞说："晋国人，是老虎豺狼。如果他们违背诺言，那我就会被杀死，而在秦国的妻子也将被杀戮，这对君没有好处，而且后悔不及。"秦伯说："如果晋国违背了诺言，我不送还你的妻子儿女的话，有河神作证！"于是士会就走了。绕朝把马鞭送给他，说："您别说秦国没有人，只是我的计谋不被采用罢了。"士会等渡过黄河以后，魏人吵吵嚷嚷回去。秦国送还了他的妻子儿女。他的亲族中留在秦国的后来都改为刘氏。

邾文公占卜迁到绎地去的吉凶。史官说："对百姓有利而对国君不利。"邾子说："如果对百姓有利，也就是对我有利。上天生育百姓而为他们设置君王，就是用来使他们得利的。百姓已经得利了，孤也就必然在其中了。"左右的人说："寿命可以延长，君王为什么不做呢？"邾子说："活着就是为了抚养百姓，死的时间的早晚，那是命运的问题。百姓如果有利，那就迁居，没有比它更吉利的了！"于是就迁到绎地。五月，邾文公死。君子说："邾文公知道天命。"

秋七月，大庙的屋子坏了。《春秋》把这事记下来，是因为要表示鲁国官员的不恭敬。

冬，文公到晋国朝见，同时重温过去的友好关系。卫侯在沓地会见文公，请求文公为晋、卫两国调停达成合议。文公回国时，郑伯在棐地会见文公，也请求和晋国讲和。文公都帮助他们和晋国达成和议。郑伯和文公在棐地饮宴时，子家赋了《鸿雁》这首诗。季文子说："寡君也不能免除这种忧患。"就赋了《四月》这首诗。子家又赋了《载驰》这首诗的第四章。季文子赋了《采薇》这首诗的第四章。郑伯拜谢，文公也答拜。

文公十四年

十四年春，周历正月，文公从晋国回来。邾人攻伐我国南部边境，叔彭生率领军队攻伐邾国。夏五月某日，齐侯潘死。六月，鲁文公与宋公、陈侯、卫侯、郑伯、许男、曹伯、晋国赵盾会盟。秋七月，有彗星光芒四射地进入北斗。文公参加会盟回来。晋国人把捷菑送回邾国，邾国不接受。九月十日，公孙敖死在齐国。齐国公子商人杀了齐国君舍。宋国子哀出奔来鲁国。冬，单伯到齐国。齐国人拘捕单伯。齐国人拘捕子叔姬。

〇十四年春，周顷襄王死。周公阅和王孙苏争夺政权，所以没有发来讣告。凡是天子崩，诸侯薨，没有发来讣告，《春秋》就不加记载。吉凶祸福的事没有通知鲁国，那也不记载。这是为了惩戒不恭敬。

邾文公死的时候，鲁文公派遣使者前去吊丧而不够恭敬。邾国人前来讨伐，攻打我国南部边境，所以，惠伯进攻邾国。

子叔姬嫁给齐昭公，生了舍。叔姬不受宠爱，舍没有威望，公子商人却经常在国内施舍财物，蓄养许多门客，把家产都用光了，又向掌管公室财物的官员借贷继续施舍。夏五月，昭公死，舍即位。

邾文公的第一夫人齐姜，生了定公；第二夫人晋姬，生了捷菑。文公死，邾国人立定公为君。捷菑逃亡到晋国。

六月，文公和宋公、陈侯、卫侯、郑伯、许男、曹伯、晋国赵盾一起在新城会盟，以前附从楚国的陈、郑、宋等国。从此都改而听从晋国的号令，并且共商护送公子捷菑回邾国的事。

秋七月某日，夜里，齐国的商人杀了舍，让位给元。元说："你谋求这个位子已经很久了。我能够事奉你，不可让你多积怨恨，（如果我做了国君，你会蓄积更多的怨恨，）你会让我免于被杀吗？你去做国君吧！"

有彗星进入北斗。周内史叔服说："过不了七年，宋国、齐国、晋国的国君都将在叛乱中死去。"

晋国的赵盾率领诸侯的军队八百辆战车护送邾公子捷菑回国即位。邾国的人辞谢说："齐女生的貜且年长。"赵宣子说："言辞合于情理而不听从，不吉祥。"于是就回去了。

周公准备和王孙苏到晋国争讼，周天子违背了帮助王孙苏的诺言，而让尹氏和聃启在晋国为周公争讼。赵宣子调和了王室之间的纠纷而使他们恢复了原来的职位。

楚庄王即位，子孔、潘崇打算袭击各舒国，派公子燮和子仪留守，就进攻舒蓼。这两个人发动叛乱。加筑郢都城墙，又派人去杀死子孔，但没有成功而回。八月，这两个人挟持了楚庄王离开郢都，打算去商密，庐戢梨和叔麇设计引诱他们，于是就杀死了子仪和公子燮。起初，子仪囚禁在秦国，秦国在殽地战败，派他回国求和。和议成功以后，子仪的愿望没有得到满足。公子燮要求做令尹也没有到手，所以两个人就发动叛乱。

穆伯到莒国跟随己氏的时候，鲁国人立了文伯做继承人。穆伯在莒国生了两个儿子，要求回国。文伯代他在朝廷上向大家请求。襄仲让他不得上朝参与政事。穆伯回来以后没有外出过。过了三年又全部搬走了家里的财物再次到莒国去。文伯生病，请求说："我的儿子年纪太小，请立我弟弟难吧。"大家同意了。文伯死了后，就立了惠叔。穆伯让惠叔给大家送重礼再次请求回国。惠叔代他请求，得到允许。穆伯打算回来，九月，死在齐国。向鲁国报丧，请求归葬，没有得到允许。

宋国的高哀在萧地做封人，让他做卿，他认为宋公不讲道义而离去，于是就逃亡到鲁国，《春秋》记载说"宋子哀来奔"，这是表示尊重他。

齐国人稳定了懿公的地位，才派人前来报告祸难，所以《春秋》把商人杀舍这件事记为"九月"。齐国的公子元不服懿公执政，始终不称他叫"公"，而称之为"那个人。"

襄仲派人报告周天子，请求以周王的恩宠在齐国求取子叔姬，说："杀了她的儿子，哪里还用得着他的母亲？请把叔姬送到鲁国定罪。"冬，单伯到齐国请求送回子叔姬，齐国人把他拘捕了起来，又拘捕子叔姬。

文公十五年

鲁文公十五年春天，季文子前往晋国。三月，宋国的华耦来鲁国结盟。夏天，曹文公来鲁国朝见。齐国人把公孙敖的灵柩送回了鲁国。六月一日，鲁国发生了日食。于是人们击鼓，宰杀牛羊祭祀社神。单伯从齐国回到了鲁国。晋国的郤缺率兵攻打蔡国。六月初八，攻入蔡国。秋天，齐国人入侵鲁国西部边境，因此季文子前往晋国告急。冬天，十一月，诸侯们在扈地结盟。十二月，齐国人把子叔姬送回了鲁国。齐懿公再次入侵鲁国西部边境。随后又攻打曹国，攻入曹国国都的外城。

〇十五年春，季文子去鲁国，为了单伯和子叔姬的缘故。

三月，宋国的华耦前来盟会，他的官属也都跟他一起来。《春秋》写"宋司马华孙，"这是表示尊重他。文公和他饮宴。华耦辞谢说："君王的先臣华督得罪了宋殇公，他的名字被写在诸侯的史册上。下臣继承他的祭祀，岂敢使君王蒙受耻辱？请在亚旅那里接受命令。"鲁国人认为华耦聪明敏捷。

夏，曹伯前来朝见，这是合于礼的。诸侯每五年互相朝见两次，以重温天子的命令，这是古代的制度。

齐国有人为孟氏策划说："鲁国，是你的亲属国，把公孙敖的饰棺放在堂阜，鲁国必定会取去的。"孟氏听从了。卞邑大夫把这件事作了报告。惠叔一直很哀伤，容颜消瘦，请求取回饰棺。站在朝廷上等待命令。鲁国答应了这项请求。于是取回了饰棺停放。齐国人也来送丧。《春秋》记载说："齐人归公孙敖之丧。"这是为了孟氏，同时又为了国家的缘故。公孙敖的葬礼按照安葬共仲的葬礼来进行。声己不肯去看棺材，只在堂上隔着幔帐哭。襄仲也不想去哭丧。惠伯说："丧事，是对待亲人的终结。虽不能有一个好的开始，有一个好的终结是可以的。史佚有这样的话说：'兄弟之间要各自尽自己的美德。救济困乏、祝贺喜庆、吊唁灾祸、祭祀恭敬、丧事悲哀，这些情况虽各不相同，但都旨在不断绝彼此之间的友爱，这就是敦睦亲人的原则。只要你不失去这种爱亲之道，又何必怨恨别人呢？"襄仲听了这话很高兴，就领着兄弟们一起去哭丧。后来，穆伯在莒国的两个儿子回来了，孟献子喜欢他们的事全国都知道，有人对孟献子说："这两个人打算杀害你。"孟献子把这话告诉季文子。这两个人辩说道："那个人以爱我们闻名，我们以打算杀他而闻名，这不是远远不符合礼吗？不符合礼还不如一死。"一个在句鼪守门，一个在戾丘守门，都战死了。

六月初一日，日食。人们击鼓，用牺牲在土地神庙里祭祀，这是不合于礼的。日食，天子减膳撤乐，在土地神庙里击鼓。诸侯用玉帛在土地神庙里祭祀，在朝廷上击鼓，以表明事奉神灵、教训百姓、事奉国君，表示威仪有一定的等级，这是古代的制度。

齐国人答应了单伯要子叔姬回国的请求，同时也赦免了单伯，并派他前来传送这项命令。《春秋》记载说"单伯至自齐"，这是表示尊重他。

在新城盟会时，蔡国人不参加。晋国的郤缺率领上军、下军攻打蔡国，说："国君年少，不能因此懈怠。"六月初八日，进入蔡国，在蔡国首都门下订立盟约之后回国。凡是战胜一个国家，叫做"灭之"，得到大城，叫做"入之"。

秋，齐军侵犯我国西部边境，所以季文子向晋国报告。

冬十一月，晋侯、宋公、卫侯、蔡侯、郑伯、许男、曹伯在扈地结盟，重温新城盟会的旧好，同时谋划攻打齐国。齐国人贿赂晋侯，所以没有战胜就回来了。在这时发生了齐国进攻我国的祸难，所以文公没有参加盟会。《春秋》记载说"诸侯盟于扈"，这是由于没有能救援我国的缘故，凡是诸侯会见，如果鲁国君主不参加，就不加记载，这是为了避讳国君的过失。参加了而不加记载，这是由于晚到。

齐国人前来送回子叔姬，这是为了周天子的缘故。

齐侯侵犯我国西部边境，他认为诸侯拿他没办法。并因此而攻打曹国，进入了曹国的外城，这是讨伐它曾经前来朝见鲁国。季文子说："齐侯恐怕难以免除祸难吧！自己本来就不合于礼，反而讨伐有礼的国家，说：'你为什么要行礼？'礼是用来顺服上天的，这是上天的常道。自己就违反上天，反而讨伐别人，这就难免要遭受祸难了。《诗》说：'为什么不互相畏惧，是因为不畏惧上天。'君子不虐待幼小和卑贱，这是由于畏惧上天。在《周颂》里说：'畏惧上天的威灵，就能保有福禄。'不畏惧上天，又能保得住什么？用动乱取得国家，奉行礼来保持君位，还害怕不得善终；多做不合礼的事情，这是不能有好结果的。"

文公十六年

十六年春，季孙行父在阳谷与齐侯盟会，齐侯没有参加会盟。夏五月，文公有四次没有在朔日听政。六月四日，公子遂和齐侯在郪丘盟会。秋八月八日，僖公夫人姜氏死。捣毁泉台。楚人、秦人、巴人灭掉庸国。冬十一月，宋人杀了他们的君主杵臼。

○十六年春，周历正月，鲁和齐国讲和。文公有病，派季文子和齐侯在阳谷会见。季文子请求盟誓，齐侯不肯，说："请等贵国国君病好了再行盟誓。"

夏五月，文公已有四次没有在朔日听政了，这是由于生病的缘故。文公派襄仲向齐侯馈送财礼，所以就在郪丘结盟。

有蛇从泉宫出来，进入国都，和先君的数字一样多，有十七条。秋八月初八日，声姜死，因此就把泉台拆毁了。

楚国发生大饥荒，戎人攻打楚国西南部，到达阜山，军队驻扎在大林。又进攻楚国的东南部，到达阳丘，以进攻訾枝。庸国人率领群蛮背叛楚国，麇国人率领百濮聚集在选地，打算攻打楚国。在这时候，申地、息地的北门不再打开。楚国人商量迁到阪高去。芳贾说："不行。我们能去，敌人也能去，不如攻打庸国，麇和百濮，认为我们遭受饥荒而不能出兵，所以来攻打我们。如果我们出兵，他们必然害怕而回去。百濮分散各地居住，将各自奔回自己的地方，谁还有空来打别人的主意？"于是就出兵。过了十五天，百濮就罢兵回去了。

从庐地出发以后，每到一地就打开粮仓让将士一起食用。军队驻扎在句澨。派庐戢梨进攻庸国，到达庸国的方城。庸国人反攻楚军，囚禁了子扬窗。过了三个晚上，子扬窗逃回来了，说："庸国的军队人数众多，所有蛮族都聚集在那里，不如再发大兵，而且出动国君的直属部队，会集各路兵马以后再进攻。"师叔说："不行。姑且再跟他们周旋以使他们骄傲。他们骄傲，我们奋发，然后就可以战胜，先君蚡冒就是用这样的方法使陉隰归服的。"楚军又和他们接战，七次接战都败走，蛮人中只有禆、鯈、鱼人追赶楚军。庸国人说："楚军不堪一击。"就不再设防。楚王乘坐驿站的传车，在临品和前敌部队会师，把军队分成两队，子越从石溪出发，子贝从仞地出发以进攻庸国。秦军、巴军跟随着楚军。各蛮族部落与楚王结盟，于是就灭了庸国。

宋国的公子鲍对国人加以礼待，宋国发生饥荒，他把粮食全部拿出来施舍。凡是年纪在七十岁以上的，没有不馈送的，还按时令加送珍贵食品。没有一天不是多次进出于六卿的大门。对国内有才能的人，没有不加事奉的，亲属中从桓公的子孙以下，没有不加以抚恤的。公子鲍长得漂亮艳丽，襄夫人想和他私通，公子鲍不肯，于是襄夫人就帮助他施舍。宋昭公无道，国内的人们都事奉公子鲍来依附襄夫人。在这时华元担任右师，公子友担任左师，华耦担任司城，鳞鱹担任司徒，荡意诸担任司卿，公子朝担任司寇。起初，司城荡死了，公子寿辞去司城的官职，请求让儿子荡意诸担任。后来告诉别人说："国君无道，我的官接近君主，害怕祸难落到头上。如果丢弃这个官职，那家族就没有庇护。儿子是我身子的副本，姑且由他代替我让我晚点死。这样虽然丧失了儿子但还不至于丧失家族。"

不久以后，夫人打算让宋昭公在孟诸打猎而趁机杀死他。宋公知道以后，就带上全部财宝而出行。荡意诸说："何不到诸侯那里去？"宋公说："不能与自己的大夫以至君祖母及国人们相亲善，诸侯谁肯接纳我？而且已经做了国君，现在又做人家的臣子，那不如死。"把他的财宝全部赐给左右侍从而让他们离开。襄夫人派人告诉司城离开宋公。他回答说："做他的臣下而躲开他的祸难，怎么能事奉以后的国君？"

　　冬十一月二十二日，宋昭公准备在孟诸打猎，还未到达，夫人王姬派帅甸进攻并杀死了他。荡意诸为此而死去。《春秋》记载说"宋人弒其君杵臼"，这是由于国君无道的缘故。宋文公即位，派同母弟须做了司城。华耦死，派荡虺做了司马。

文公十七年

　　十七年春，晋人、卫人、陈人、郑人攻伐宋国。夏四月四日，安葬我国小君声姜。齐侯侵划我国西部边疆。六月二十五日，文公和齐侯在谷地盟誓。诸侯在扈地相会。秋，文公从谷地回来。冬，公子遂到齐国去。

　　〇十七年春，晋国荀林父、卫国孔达、陈国公孙宁、郑国石楚攻打宋国，讨伐说："为什么杀死你们国君？"最后还是立了宋文公而回国。《春秋》没有记载卿的名字，这是由于他们处置失当。

　　夏四月初四日，安葬声姜。由于有齐国侵犯的祸难，所以推迟了。

　　齐侯攻打我国北部边境，襄仲请求结盟。六月，在谷地结盟。

　　晋侯在黄父阅兵，就因此再次在扈地会合诸侯，为的是平定宋国的乱事。文公没有参加会合，是因为当时齐国正侵略鲁国的缘故。《春秋》记载说"诸侯"而没有记载名字，这是讥讽他们并没有取得成功。当时晋侯不肯和郑伯相见，认为他和楚国有勾接。郑国的子家派执讯去晋国并且给他一封信，以告诉赵宣子说："寡君即位三年，召请蔡侯并和他一起事奉贵国国君。九月，蔡侯到了我郑国准备前行，我国由于发生侯宣多的祸难，寡君因此没能和蔡侯同行。十一月，平定了侯宣多的祸难，就随蔡侯一道朝觐执事。十二年六月，归生辅佐寡君的嫡子夷，到楚国请求陈侯一起朝见贵国国君。十四年七月，寡君又来贵国朝见，以完成关于陈国的事情。十五年五月，陈侯从我国前去朝见贵国国君。去年正月，烛之武前去贵国，这是为了让夷前往朝见贵国国君。八月，寡君又前去朝见。就拿陈、蔡两国这样紧紧挨着楚国而不敢对晋国三心二意，那都是由于有敝国的缘故。虽然敝国如此侍奉贵国国君，但为什么却不能免于祸患呢？寡君在位期间，一次朝见贵国先君襄公，两次朝见贵国国君。夷和孤的几个臣下先后到绛城来。虽说郑国是个小国，但却再没有比敝国对贵国更好的了。现在大国说：'你们没能让我快意。'那敝国只有灭亡，再没有什么增加的了。

古人有话说：'怕头怕尾，身子还剩多少？'又说：'鹿死的时候的哀叫是不会选择声音的。'小国事奉大国，如果大国以德相待，那我们就是那种恭顺而不多考虑自己的人；如果不是以德相待，那我们就是那种死不择音的鹿了，突怒狂奔，直赴险地，急迫的时候哪能有什么选择？贵国的命令没有个止尽，我们也知道要灭亡了，只好准备全部派出敝国的士兵在儵地等待着，只等执事对他们发布命令。文公二年六月二十日，我们到齐国朝见。四年二月某日，为齐国攻打蔡国，也和楚国取得媾和。处于齐、楚两个大国之间而屈从于强横的命令，难道是我们的罪过吗？大国若不体谅，我们是没有地方可以逃避你们的命令的。"

晋国的巩朔到郑国讲和，赵穿、公壻池作为人质。

秋，周朝的甘歜在邥垂打败戎人，是乘他们喝酒不备的机会。

冬十月，郑国的太子夷、石楚到晋国作人质。

襄仲到齐国去，拜谢谷地的结盟。回来报告说："下臣听说齐国人打算去吃鲁国的麦子。但以下臣看来，恐怕做不到。齐国国君的话毫无远虑。臧文仲有话说：'百姓的主人毫无远虑，必然很快就死。'"

文公十八年

十八年春，周历二月二十三日，文公死于台下。秦伯罃死。夏五月十五日，齐国人杀了他们的国君商人。六月二十一日，安葬我国国君文公。秋，公子遂、叔孙得臣到齐国去。冬十月，文公儿子恶死。夫人姜氏从齐国回来。季孙行父到齐国去。莒国杀了它的国君庶其。

〇十八年春，齐侯发布了出兵日期的命令，就得了病。医生说："不到秋天就要死去。"鲁文公听到了，占卜，说："希望他不到发兵的日期就死！"惠伯就用文公这样的话令告龟甲。卜楚丘占卜，说："齐侯不到发兵日期就会死，但不是因为疾病。国君也听不到齐侯的死讯。令告龟甲一定要显示某种迹兆就会有灾祸。"二月二十三日，文公死。

齐懿公做公子的时候，和邴歜的父亲争夺田地，没有胜利。等到即位以后，就掘出尸体而砍去它的脚。而又让邴歜为他驾车。夺取了阎职的妻子而又让阎职做骖乘。夏五月，懿公在申池游玩。邴歜、阎职两个人在池子里洗澡，邴歜用马鞭抽打阎职。阎职发怒。邴歜说："别人夺了你的妻子你不生气，打你一下又有什么损伤呢？"阎职说："比砍了他父亲的脚而不敢怨恨的人怎么样？"于是两人就策划杀了懿公，把尸体放在竹林里。回去以后，摆好酒杯痛饮一番然后出走。齐国人立了公子元为国君。

六月，安葬文公。

　　秋，襄仲、庄叔去齐国，这是由于齐惠公即位的缘故，并且也为了拜谢齐国前来参加葬礼。文公有两个妃子，敬赢生了宣公。敬赢受到宠爱，而私下结交襄仲。宣公年长，敬赢把他嘱托给襄仲。襄仲要立他为国君，仲叔不同意。襄仲就去进见齐侯而请求。齐侯新近即位，想亲近鲁国，也就同意了襄仲的请求。冬十月，襄仲杀死了太子恶和他的弟弟视，而立宣公为国君。《春秋》记载说"子卒"，这是为了隐讳真相。襄仲用国君的名义召见惠伯，惠伯的家臣长官公冉务人劝止他，说："去了肯定死。"叔仲说："死于国君的命令是可以的。"公冉务人说："如果是国君的命令，可以死；不是国君的命令，为什么要听从？"惠伯不听，就进去了。被杀死后埋在马粪里面。公冉务人事奉惠伯的妻子儿女逃亡到蔡国，不久又重新立了叔仲氏。

　　夫人姜氏归回鲁国，这是永远回到娘家不再到夫家了。她哭着经过集市，说："天哪，襄仲无道，杀死嫡子而立了庶子。"集市上的人都跟着哭泣。鲁国人称她为哀姜。

　　莒纪公生了太子仆，又生了季佗，喜爱季佗而废黜了太子仆，而且在国内做了许多不合于礼的事情。太子仆依靠国内的人们杀死了纪公，拿了他的宝玉前来逃亡，把宝玉献给宣公。宣公命令给他城邑，说："今天一定得给！"季文子让司寇把他赶出国境，说："今天一定要把他赶出国境。"宣公询问这样做的原因。季文子让太史克回答说："先大夫臧文仲教导行父事奉国君礼数，行父拿它作为处事的准则，不敢违背。先大夫说：'见到对他的国君有礼的人，就事奉他，如同孝子事奉父母一样；见到对他的国君无礼的人就诛灭他，如同鹰鹯追逐鸟雀一样。'先君周公制定《周礼》说：'礼仪准则用来观察德行，德行用来处置事情，事情用来衡量功劳，功劳用来取食于民。'又制作《誓命》说：'毁弃礼仪就是贼，隐匿奸贼就是窝藏，偷窃财物就是盗，偷盗国宝就是奸。有窝藏的名声，利用奸人的宝器，这是很大的凶德，对此有规定的刑罚不可赦免，这些都记录在九刑之中，不能忘记。'

　　行父仔细观察莒仆，没有一样是可以用礼则衡量的。孝敬、忠信是吉德，盗贼、藏奸是凶德。那个莒仆，衡量他的孝敬，那他却是个杀国君父亲的；衡量他的忠信，那他又是个偷窃宝玉的。他这个人，就是盗贼；他拿来的器物，就是赃证。如果保护这样的人而贪图他的器物，那就是窝赃。以此来教育百姓就会造成昏乱，老百姓就无所取法了。上面这些都不属于好的范围，而都属于凶德，所以才把他赶走。以前高阳氏有有才能的儿子八个：苍舒、隤敳、梼戭、大临、龙降、庭坚、仲容、叔达，他们敏捷、通达、宽宏、深远、明察、公允、厚道，诚实，天下的百姓称他们八恺。高辛氏有有才能的儿子八人：伯奋、仲堪、叔献、季仲、伯虎、仲熊、叔豹、季狸，他们忠诚、恭敬、勤谨、端美、周密、慈祥、仁爱、宽和，天下的百姓称他们为八元。这十六个家族，世世代代继承他们的美德，没有丧失前世的名声，一直到尧的时代。但是尧没有举拔他们。舜做了尧的臣子以后，举拔八恺，让他们主持管理土地的官职，以处理各种事物，没有一样不是处理得既及时又有条理。大地和上天都平静无事。又举拔八元，让他们在四方之国宣扬五种教化，父亲有道义，母亲慈爱，哥哥友爱，弟弟恭敬，儿子孝顺，里里外外都平静无事。

以前帝鸿氏有个顽劣的儿子，掩蔽道义，包庇奸贼，喜欢干属于凶德的事情，把坏东西视为同类，那些愚昧奸诈，不友好的人，也就和他混在一起。天下的百姓称他叫浑敦。少皞氏有一个顽劣的儿子，败坏信用、废弃忠诚，专说花言巧语，惯听谗言，任用奸邪，造谣中伤，掩盖罪恶，以诬陷有盛德的人，天下百姓称他为穷奇。颛顼氏有个顽劣的儿子，没办法教训，不知道什么是好话。开导他，他愚顽不化；不管他，他又刁恶奸诈；倨傲违逆美好德行，以搅乱上天的常道，天下的百姓称他为梼杌。这三个家族，世世代代继承他们的凶恶，增加了他们的坏名声，一直到尧的时代，尧也不能铲除他们。缙云氏有一个顽劣的儿子，贪图吃喝，贪求财货，恣意奢侈，不能满足；聚财积谷，没有限度。不分给孤儿寡母，不周济贫穷困乏的人，天下的百姓把他比着三凶，称他为饕餮。舜做了尧的臣下以后，在四方城门接待宾客，流放四个凶恶的家族。把浑敦、穷奇、梼杌赶到四边荒远的地方。让他们去抵御妖怪。所以，尧以后天下如同一个人一样，同心拥戴舜做天子，是因为他举拔了十六相而去掉四凶的缘故。所以《虞书》数列舜的功业，说"谨慎地弘扬五典，五典都能顺从"。这是说没有错误的教导。"放在处理各种事物的岗位上，各种事情都能处理顺当。"这是说没有荒废的事情。说"在四方的城门接待宾客，四门的宾客都恭敬肃穆"。这是说没有凶顽的人物。舜有大功二十件而做了天子。现在行父虽没有得到一个好人，但已赶走了一个凶人。这和舜的功业相比，是他的二十分之一，差不多可以免于罪过了吧！

宋国武氏的族人领着昭公的儿子，打算奉事司城须以发动叛乱。十二月，宋公杀了同母弟须和昭公的儿子，让戴公、庄公、桓公的族人在司马子伯的客馆里攻打武氏，于是就把武公、穆公的族人赶出国去，派遣公孙师做司城。公子朝死，派乐吕做司寇，以安定国内的人们。

宣　公

宣公元年

元年春天，周历正月，宣公即位。公子遂到齐国去迎接齐女。三月，遂带着夫人妇姜从齐国回到鲁国。夏天，季孙行父到齐国去。晋国把大夫胥甲父放逐到卫国，宣公在平州会见了齐侯。公子遂去到齐国。六月，齐国人得到了济水以西的土地。秋天，邾子来到鲁国朝见宣公。楚王、郑国人侵犯陈国，又侵犯宋国。晋国赵盾率领军队救援陈国。宋公、陈侯、卫侯、曹伯在棐林与晋国军队会合，攻打郑国。冬天，晋国赵穿率领军队侵犯崇国。晋国人、宋国人攻打郑国。

〇元年春天，周历正月，公子遂到齐国去迎接齐女。(《春秋》称他作"公子遂"，)是由于尊重国君的命令。

三月，遂带着夫人妇姜从齐国回国，(《春秋》称他作"遂"，)是由于尊重夫人。

夏天，季文子到齐国，进献财礼来请求参加盟会。

晋国人惩罚不肯卖命的人，放逐胥甲父到卫国，而立胥克。先辛逃到齐国。

(宣公与齐侯)在平州会盟，以此来确定宣公的合法君位。

东门襄仲到齐国答谢会盟的成功。

六月，齐国人得到了济水以西的土地，这是为了确立宣公的合法君位，而以此答谢齐国。

·宋国人杀死了昭公，晋国的荀林父率领诸侯的军队讨伐宋国，宋国和晋国讲和，宋文公在晋国接受了盟约。又在扈地会合诸侯，将要为鲁国讨伐齐国。两次都得到了财礼便班师回国。郑穆公说："晋国不值得与它交往。"就在楚国接受盟约。陈共公死了，楚国不行诸侯国之间互相吊丧的礼仪。陈灵公在晋国接受盟约。

秋天，楚王侵袭陈国，又乘机侵袭宋国。晋国赵盾率领军队救援陈国、宋国。宋公、陈侯、卫侯、曹伯与晋军在棐林会合，攻打郑国。楚国芳贾救援郑国，与晋军在北林相遇，俘虏了晋国的解扬。晋军就回国了。

晋国想要与秦国修好讲和。赵穿说："我们侵袭崇国，秦国为崇国担忧，一定救援崇国。我们以此与秦国求和。"冬天，赵穿侵袭崇国。秦国不与晋国讲和。

晋军攻打郑国，来报复北林的那次战役。这时晋侯奢侈，赵宣子执政，屡次劝谏都不听，所以不能与楚国相争。

宣公二年

宣公二年春天，周历二月壬子，宋国的华元和郑国的公子归生各率兵在大棘作战。宋军大败，宋国的华元被俘获。秦军讨伐晋国。夏天，晋国人、宋国人、卫国人和陈国人入侵郑国。秋天九月二十六日。晋国的赵盾谋杀了他的国君夷皋。冬天十月六日，周匡王去世。

〇二年春天，郑国的公子归生受楚国的命令攻打楚国。宋国的华元、乐吕奉命抵御。二月壬子，在大棘交战，宋军大败。郑国生擒了华元，得到了乐吕的尸首，缴获兵车四百六十辆，俘虏二百五十人，割了死俘的一百只耳朵。

狂狡迎战郑国人，有个郑国人躲到井里。狂狡把戟柄给他想拉他出来，那个人出来后反而俘获了狂狡。君子说："违背作战规律和命令，活该他被擒获。战争，显示果敢坚毅而听从命令叫做礼。杀死敌人就是果敢，达到果敢就是坚毅。反之，就要被杀。"

当宋、郑两军准备交战时，华元杀羊犒劳士兵，却不给他的驾车人羊斟吃。等到战斗开始，羊斟说："前天的羊，是你做主，今天的战斗，可由我做主。"于是羊斟载着华元驰入郑军，所以战败。君子认为羊斟"不是人，因个人私仇，而使国家战败百姓受害，还有比这更大的罪行吗？《诗》所说的'没有良好品行的人'，大概说的就是羊斟吧！以残害百姓来发泄自己的私愤"。

宋国人用一百辆兵车和四百匹毛色漂亮的马向郑国赎取华元。赎物送去一半，华元逃回来了，他站在都门外，通报身份后进了城。见到羊斟，说："你的马不听使唤才闯入敌阵的吗？"羊斟回答说："不是马的缘故，而是人。"说完就逃奔到了鲁国。

宋国修筑城池，华元为负责人，巡视工程。筑城人歌唱道："瞪着大眼睛，挺着大肚皮，丢盔弃甲而回。胡须长满腮，丢盔弃甲跑回来。"华元派他的陪乘回答说："有牛就有皮，犀牛还有很多，丢盔弃甲又有什么关系？"筑城的人说："即使有牛皮，又到哪里找丹漆？"华元说："离开他们，他们人多口众，我们人少。"

秦军讨伐晋国，以报崇地一战之仇，于是包围了晋国的焦地。夏天，晋国赵盾援救焦地，便从阴地出发，与诸侯的军队入侵郑国，以报大棘一战之仇。楚国的斗椒救援郑国，说："岂能又想称霸诸侯，而又置他们的危难于不顾呢？"于是楚军驻扎在郑国，等待晋军。赵盾说："斗椒他们的若敖氏族在楚国一直很强盛。大概就要垮台了。姑且加剧他们自以为是的毛病吧。"于是率军离开了郑国。

晋灵公不守为君之道，横征暴敛，用来装饰宫墙，从台上用弹弓击人而观看他们躲避弹丸。厨师没把熊掌煮烂，便杀了他，把他放在畚箕里，让宫女顶在头上从朝廷走过。赵盾、士季看见了尸体的手，询问缘故，以此为忧，准备入宫进谏。士季说："如果我们俩

晋灵公放狗咬赵盾，汉画像石，山东嘉祥武氏祠。

人一同进谏，不被采纳，就没有人再继续讲谏了。让我先谏，君王不接受，你再接着进谏。"士季一连行礼三次，直到屋檐下，灵公才抬头看他。说："我知道自己所犯的错误了，打算改正。"士季叩头回答说："一个人谁无过错？犯了错误能改正，没有比这更好的事情了。《诗》说：'做事往往容易有一个好的开头，而难得有一个好的结尾。'如果像这样，那么能改正过错的人就很少了。君王若能有始有终，那就是国家的保障了，难道仅仅是我们臣子依靠它。又说：'天子的礼服有了破损，仲山甫把它补好。'这是说仲山甫能弥补天子的过错。君王能弥补过错，君位就不会废弃了。"

晋灵公还是不改正。赵盾屡次劝谏，灵公厌恶他，便派钼麑去刺杀他。钼麑早晨潜入赵宅，赵盾的卧房门已经开了，赵盾穿戴整齐准备上朝，时间还早，正坐着打瞌睡。钼麑退了出来，感叹地说："不忘恭敬，他是百姓的主人。刺杀百姓的主人，就是不忠；而违背国君的命令，就是不信。只要具备了这两条中的一条，都不如死了的好。"便撞在槐树上死了。

秋天九月，晋灵公请赵盾喝酒，埋伏甲士准备袭杀他。他的车右提弥明察觉了这个阴谋，快步登上殿堂说："臣子侍奉君主饮酒，超过三杯，就不合礼仪。"说完便扶赵盾下殿。灵公嗾使猛狗扑向他们，提弥明与狗搏斗，杀死了它。赵盾说："不用人而用狗，狗虽凶猛，又有什么用呢？"二人边与甲士搏斗边向外退出，提弥明在搏斗中死去。

当初，赵盾在首阳山打猎，在翳桑住宿。看见灵辄饿得厉害，问他有什么病。灵辄说："三天没吃东西了。"赵盾给他食物吃，灵辄留下一半。问他这是为什么，他说："为人奴仆三年了，不知母亲还在不在人世，现在快到家了，请允许我把这一半送给她。"赵盾叫他把食物吃完，又准备了一篮饭和肉，装在袋子里送给他。不久灵辄参加禁卫军做了灵公的甲士，这次灵辄掉过兵器来抵御灵公的甲士，才使赵盾免于祸难。赵盾问他什么缘故。灵辄回答说："我就是翳桑那个挨饿的人。"问他的姓名和住址，他不通报就走了，自己逃亡去了。

董狐直书"赵盾弑君",选自明刊本《新镌绣像列国志》。

九月二十六日，赵穿在桃园击杀了晋灵公。此时赵盾逃亡还没走出晋国国境，听说这一消息后就回来了。太史董狐记载这件事为"赵盾弑其君"，并拿到朝廷上让众人看。赵盾说："不是这样的。"董狐回答说："你是正卿，逃亡还未出国境，回来后又不惩罚杀死国君的凶手，那么凶手不是你又是谁呢？"赵盾感叹说："天啊！《诗》说：'因为我眷恋祖国，反而给自己带来灾祸。'这大概就是说的我吧！"孔子对此评论说："董狐是古代优秀的史官，他不隐讳事实，秉笔直书。赵盾是古代一位优秀的大夫，他因为史官的法度而蒙受恶名，真是可惜，如果他当时走出了国境，这个恶名就可以避免了。"

赵盾派赵穿从周王朝迎接公子黑臀回国，立为国君。十月三日，公子黑臀到晋武公的庙中拜祭。

当初，骊姬乱政时，曾在家庙内诅咒，不许收留公子们，从此晋国没有了公族这一官职。到成公即位后，就把这一官职授予给卿的嫡子，并分给他们田地，让他们做公族大夫。又把余子的官职授给卿的其他嫡出之子，把公行之职授给卿的庶出之子。晋国从此又有了公族、余子、公行之职。

赵盾请求让赵括担任公族，说："赵括是赵姬的爱子。如果没有赵姬，那么我早就成了狄人了。"成公同意了赵盾的请求。冬天，赵盾成为掌管旄车的余子，让赵括统率他的旧族成为公族大夫。

宣公三年

鲁宣公三年春天，周历正月，准备举行郊祭。用于祭礼的牛，口受了伤，于是另择牛再卜问吉凶。另择之牛又死了，于是取消了郊祭。但还是举行了祭东海、泰山与淮水的望祭。安葬周匡王。楚庄王讨伐陆浑戎人。夏天，楚国人入侵郑国。秋天，赤狄侵犯齐国。宋军包围了曹国。冬天十月二十三日，郑穆公去世。安葬郑穆公。

〇鲁宣公三年春天，没有举行郊祭却举行了望祭，这都不合乎礼法。望祭是郊祭的一种。既然不举行郊祭，也就可以不举行望祭。

晋成公攻打郑国，到达郔地。郑国和晋国讲和，晋国的士会到郑国订立盟约。

楚庄王攻打陆浑戎人，于是到达洛水，在周王朝疆域内陈兵示威。周定王派王孙满慰劳楚庄王。楚庄王问起九鼎的大小和轻重。王孙满回答说："得天下在于德而不在于鼎。从前当夏朝实行德政的时候，远方的方国把当地的器物绘制成图，献给朝廷，九州的长官进贡青铜，夏王铸造了九座鼎并把各种图像铸在鼎上，各种事物都具备在上面了，让百姓认识各种鬼神妖怪。所以百姓进入川泽山林，不会遇到不利的事情。山魔石怪也不可能碰到，因此能上下协力同心，享受上天的福佑。夏桀昏庸，九鼎移到商朝，达六百年之久。商纣王暴虐无道，九鼎又移到了周朝。如果德政美好，鼎虽然小，也是很重的。如果奸邪昏乱，即使鼎大，也是轻的。上天赐福给有德之君，也是有限度的。成王把九鼎安置在郏鄏，占卜的结果是传世三十代，享国七百年，这是上天的旨意。周王朝的德行虽然衰亡，但天的旨意还未改变，九鼎的轻重，是不能问的。"

夏天，楚国人攻打郑国，这是因为郑国与晋国重归于好的缘故。

宋文公即位后第三年，杀了同母弟弟公子须和昭公的儿子，公子须和昭公的儿子发动叛乱，这都是武氏的策划。文公派遣戴氏、桓氏的族人到司马子伯的客馆里攻打武氏，把武氏、穆氏的族人全部驱逐出国。武氏、穆氏家族后来领着曹国军队攻打宋国。秋天，宋军包围了曹国，这是报复曹国支持武氏之乱的行为。

冬天，郑穆公去世。

当初，郑文公有一个地位卑贱的小老婆叫燕姞，她梦见天使送给她兰草，说："我是伯鯈，是你的祖先，你把兰草作为你的儿子。因为兰草最香，佩带着它，人们就会像爱它一样地爱你。"不久文公见到燕姞，给她兰草并让她侍寝。燕姞对文公说："妾地位低下，侥幸怀了孩子。如果别人不相信，能请您以兰草作为信物吗？"文公说："好。"燕姞生了穆公，就取名叫兰。

文公与叔父子仪的妃子陈妫奸淫，生了子华、子臧。子臧因犯罪而逃出了郑国。文公在南里诱杀了子华，指使盗匪在陈、宋两国交界处杀死了子臧。文公又从江国娶妻，生了公子士。公子士到楚国朝见，楚国人用毒酒毒害他，他走到叶地就死了。文公又从苏国娶妻，生了子瑕、子俞弥。子俞弥死得早。泄驾厌恶子瑕，文公也讨厌他，所以未立他为太子。文公驱逐公子们，公子兰逃亡到了晋国，曾跟随晋文公攻打郑国。石癸说："我听说姬、姞两姓婚配，他们的子孙一定繁衍众多。姞，就是吉利之人，后稷的嫡妻就是姞姓。如今公子兰是姞姓的外甥，上天某一天开导他，他必将成为国君，他的后代一定繁衍，如果先把他接回来立为国君，我们就可以保持宠幸地位。"于是石癸就和孔将鉏、侯宣多把公子兰接回国，在祖庙里盟誓后立他为国君，并以此与晋国讲和。

穆公有病，说："如果兰草死了，我大概也要死了，它是我生命的保障。"割掉了兰草，郑穆公就去世了。

宣公四年

宣公四年春天，周历正月，宣公和齐惠公出面调停让莒国和郯国和好，莒国人不同意。宣公率军攻打莒国，夺取了向地。秦共公去世。夏天六月二十六日，郑国的公子归生杀了他的国君灵公。赤狄侵犯齐国。秋天，宣公去齐国。宣公从齐国回国后到祖庙祭告。冬天，楚庄王攻打郑国。

○鲁宣公四年春天，宣公与齐惠公出面调停莒国和郯国的矛盾，莒国人不同意。宣公便率军讨伐莒国，夺取了向地，这是不合礼法的。平息两国之间的矛盾，应依据礼法，而不应凭借战乱，讨伐而引起不安定，这就是战乱。以战乱平息战乱，还有什么安定？没有安定，凭什么来实行礼法？

公子宋与陈灵公，选自明刊本《新镌绣像列国志》。

楚国人献给郑灵公一只鼋。公子宋和子家准备进宫朝见，公子宋的食指自己动了一下，把它给子家看，说："以往我发生这种情况，一定能品尝到奇异美味。"当二人进宫后，只见厨师正准备切割鼋肉，二人相视而笑。灵公问他们为什么笑，子家就把进宫前发生的事告诉了他。等到让大夫们吃鼋的时候，灵公把公子宋召来而偏不给他吃。公子宋很愤怒，把手指伸到鼎锅里蘸了一下，尝了鼋味就出宫了。灵公对此也很气愤，想杀掉公子宋。公子宋与子家谋划先下手。子家说："畜牲老了，人们还不忍心杀它们，何况是国君呢？"公子宋反过来在灵公面前诬陷子家，子家因为害怕，只好听从公子宋。夏天，二人杀了郑灵公。

《春秋》记载说："郑国公子归生杀了他的国君灵公。"这是由于公子归生权力不足的缘故。君子认为："只有仁爱而没有勇武，是不可能达到仁爱之道的。"凡是杀了国君，如果只写国君的名字，说明国君无道；如果写了臣子的名字，说明是臣子的罪过。

郑国人要立子良为国君，子良推辞说："以贤能而论，那么我去疾是不够的，以长幼顺序而论，那么公子坚比我年长。"于是立了公子坚，即襄公。

襄公准备驱逐他的兄弟们，而赦免子良一人。子良认为不可，说："穆公的后代应该留下来，这是我本来的愿望。如果要使他们逃亡国外，那么也应该都逃亡，我为什么单独留下？"襄公于是赦免了所有的兄弟，让他们都做了大夫。

当初，楚国的司马子良生了子越椒。他的哥哥令尹子文说："一定要杀掉他。这个孩子样子像熊虎，而声音像豺狼，不杀掉，一定会导致若敖氏家族的灭亡。谚语说：'豺狼的儿子具有野心。'这个孩子就是一条狼，难道可以养着他吗？"子良不同意杀掉。子文对此十分忧虑。到子文临死之时，他把族人召集在一起说："如果子越椒掌握了政权，你们就赶快逃离楚国，以免遭到灾难。"又哭着说："鬼如果也需要求食，那么若敖氏的鬼神，不是要挨饿了吗？"

等到令尹子文去世，他的儿子斗般做了令尹，子越椒做了司马，芳贾做了工正。芳贾为了讨好子越椒而在楚王面前诬陷斗般，并杀害了他。于是子越椒任令尹，芳贾自己做了司马。不久，子越椒又讨厌芳贾，就率领若敖氏族人把芳贾囚禁在轑阳并杀他，于是子越椒驻扎烝野，准备攻打楚王。楚王以文王、成王、穆王的子孙为人质送给他，不接受，于是楚王在漳澨发兵。秋天七月九日，楚庄王和若敖氏在皋浒作战。子越椒用箭射王，箭矢飞过车辕，穿过鼓架，射中了铜钲。又射一箭，飞过车辕，穿透了车盖上木毂。楚王的军队十分害怕，往后退却。楚王派人在军中巡视。对士兵们说："我们的先君文王战胜息国时，缴获了三支利箭，子越椒偷去了其中的两支，这两支箭在这里被他用完了。"击鼓而进军，于是消灭了若敖氏。

当初，若敖从鄀国娶妻，生了斗伯比。若敖去世后，斗伯比跟着母亲生活在鄀国，与鄀国国君的女儿私通，生下了子文。鄀夫人派人把子文扔到云梦泽中，有一只老虎给他喂奶。鄀子打猎，看到了这一情景，恐惧而归，夫人把实情告诉了他，鄀子就让人收养了他。楚国人称奶为"毂"，称虎为"於菟"，因此给子文起名"斗毂於菟"。鄀子把他的女儿嫁给斗伯比为妻。斗毂於菟就是令尹子文。

子文的孙子箴尹克黄出使齐国，回国经过宋国时，听到了子越椒叛乱被杀的消息。随从说："不能回国了。"克黄说："背弃国君的使命，还有谁肯收留我呢？国君就是天，天难道可以逃避吗？"于是回到楚国，汇报出使情况，然后主动到司法官那里受囚禁。楚庄王想到子文治理楚国的功绩，说："如果让子文没有后代，还凭什么来劝人为善呢？"于是让克黄官复原职，更改他的名字为"生"。

冬天，楚庄王攻打郑国，因为郑国还没有顺服。

宣公五年

宣公五年春天，宣公前往齐国。夏天，宣公从齐国回来。秋天九月，齐国的高固前来迎娶叔姬。叔孙得臣去世。冬天，齐国高固带着妻子叔姬前来鲁国。楚国人讨伐郑国。

〇鲁宣公五年春天，宣公前往齐国，高固让齐惠公挽留宣公，目的是迫使宣公答应将女儿叔姬嫁给他。

夏天，宣公从齐国回来，《春秋》记载这件事，是批评宣公的过错。

秋天九月，齐国的高固前来迎娶宣公女儿，这是自己为自己。所以《春秋》记载为"逆叔姬"，意思是卿大夫自己为自己迎娶妻子。

冬天，高固和叔姬回到鲁国，这是行"反马"之礼。

楚庄王攻打郑国。陈国和楚国讲和。晋国的荀林父发兵救援郑国，又攻打陈国。

宣公六年

宣公六年春天，晋国赵盾和卫国孙免侵犯陈国。夏天四月。秋天八月，患虫灾。冬天十月。

〇鲁宣公六年春天，晋国和卫国攻打陈国，这是因为陈国亲近楚国的缘故。

夏天，周定王派子服到齐国请求娶齐女为王后。

秋天，赤狄攻打晋国。包围了怀地和邢丘。晋成公想反攻他们。中行桓子说："让他危害他的百姓，以至恶贯满盈，到时就可以灭绝了。《周书》说：'灭绝大国殷。'说的就是这个意思。"

冬天，召桓公到齐国迎接王后。

楚国人攻打郑国，得到郑国求和才回国。

郑国公子曼满对王子伯廖说，他想做卿。伯廖告诉别人，并说："没有德行而又贪婪，那正好应在《周易》由丰卦变成离卦这一卦象上，不过三年，他必然灭亡。"隔了一年，郑国人杀了公子曼满。

宣公七年

鲁宣公七年春天，卫成公派遣孙良夫来鲁国结盟。夏天，宣公会合齐惠公讨伐莱国。

秋天，宣公从讨伐莱国的战场回国。久旱不雨。冬天，宣公在晋国的黑壤会见晋成公、宋文公、卫成公、郑襄公和曹文公。

　　○鲁宣公七年春天，卫国的孙桓子来鲁国结盟，两国开始通好，并且商量和晋国会盟之事。

　　夏天，宣公会合齐惠公攻打莱国，鲁国事先没有参与策划。凡是出兵，参与策划叫做"及"，没有参与策划叫做"会"。

　　赤狄侵犯晋国，抢掠了晋国向阴一地的谷子。

　　郑国和晋国讲和，这是公子宋的主意，所以公子宋作为郑襄公的礼仪官参与盟会。冬天，在黑壤举行了会盟。周王朝的王叔桓公到会监临，以便商讨对付诸侯之间可能出现的不和睦的事件。

　　晋成公即位时，宣公没有前去朝见，又没派大夫去聘问，所以晋国人在会上囚禁了他。在黑壤结盟时，宣公没有参加，在送了财礼之后才得以回国。所以《春秋》不记载黑壤之盟，是由于隐讳耻辱的缘故。

宣公八年

　　宣公八年春天，宣公从会盟地回国。夏天六月，公子遂前往齐国聘问，到达齐国黄地后便因病返回。十六日，在太庙举行禘祭，公子遂死在齐国的垂地。十七日，又祭。祭祀时跳万舞，因卿佐之丧不应作乐，所以用来节舞的籥管并不发声。二十三日，夫人嬴氏去世。晋军和白狄进攻秦国。楚国人灭亡了舒蓼。秋天七月甲子，发生了日全食。冬天十月二十六日，安葬我国小君敬嬴。下雨，不能安葬。二十七日，太阳正中时才得以安葬。鲁国在平阳筑城。楚军进攻陈国。

　　○宣公八年春天，白狄和晋国讲和。夏天，白狄联合晋国攻打秦国。晋国人抓获了秦国的一个间谍，在绛城的街市杀掉了他，但六天后又死而复生了。

　　鲁国在太庙举行禘祭，襄仲去世后连续祭祀了两天，这是不合礼法的。

　　楚国因为舒姓诸国背叛的缘故而讨伐舒蓼，并灭掉了它。楚庄王重新划定他的疆界，直达滑水的弯曲处，又与吴国、越国结盟后才回国。

　　晋国的胥克患了蛊疾，郤缺代替他执政。秋天，免了胥克的职务，派赵朔出任下军副帅。

　　冬天，安葬敬嬴。因大旱，没有麻，从此开始用葛代替麻做牵引棺材的绳索。下雨，不能安葬，但这是合乎礼法的。根据礼法，卜占安葬日期，先从远日开始，这是为了避免不怀念死者的嫌疑。

鲁国在平阳筑城。《春秋》之所以记载此事，是因其合乎时宜。

陈国和晋国讲和。楚军便攻打陈国，直到陈国求和后才回国。

宣公九年

九年春天，周历正月，宣公前往齐国，又从齐国回国。夏天，孟献子前往王都。齐惠公讨伐莱国。秋天，鲁国占取了根牟国。八月，滕昭公去世。九月，晋成公、宋文公、卫成公、郑襄公、曹文公在扈地会见。晋国的荀林父率领军队攻打陈国。辛酉，晋成公黑臀在扈地去世。冬天十月十五日，卫成公郑去世。宋国人包围了滕国。楚庄王攻打郑国。晋国郤缺率兵援救郑国。陈国杀掉了大夫泄冶。

○宣公九年春天，周王使者来鲁国，示意鲁国派使者前往周王朝聘问。夏天，孟献子到周王朝聘问，周王认为他有礼貌，便重赏了他。

秋天，鲁国占取了根牟国。《春秋》记载"取根牟"，说明很容易。

滕昭公去世。

晋成公等在扈地会见，是为了研究如何讨伐不顺服晋国的国家。陈灵公没有参加会见。晋国的荀林父便率领诸侯联军攻打陈国。晋成公在扈地去世，于是就撤军回国了。

冬天，宋国人趁滕国忙于办理滕昭公的丧事之机包围了滕国。

陈灵公和孔宁、仪行父与夏姬通奸，都穿着夏姬的内衣在朝廷上嬉戏取乐。泄冶劝谏说："公卿宣扬淫乱，百姓将无所效法，而且这样名声不好，您就把那内衣收起来吧！"陈灵公说："我能改正错误。"灵公把这件事告诉了孔宁和仪行父，这两个人请求杀掉泄冶，灵公不加禁止，于是杀掉了泄冶。

孔子说："《诗》说：'如果百姓邪恶不善，就不要自立法度，否则将危及自身。'这大概就是说的泄冶吧！"

楚庄王因为厉地之战的缘故攻打郑国。晋国郤缺援救郑国。郑襄公在柳棼打败了楚军。郑国人都高兴，只有公子去疾感到忧虑，他说："这次胜利很可能导致国家的灾难，我离死已经为期不远了。"

宣公十年

宣公十年春天，宣公前往齐国。宣公从齐国回国。齐国人把济水以西的田地归还给了鲁国。夏天四月丙辰，发生了日食。十四日，齐惠公去世。齐国的崔杼带着族人出逃到卫国。宣公又前往齐国，五月，从齐国回国。八日，陈国的夏征舒杀掉了陈灵公。六月，宋军攻打滕国。公孙归父前往齐国，参加齐惠公的葬礼。晋国人、宋国人、卫国人和曹国人攻打郑国。秋天，周定王派王季子前来鲁国聘问。公孙归父率领军队攻打邾国，占取了绎地。鲁国发大水。季孙行父前往齐国。冬天，公孙归父去齐国。齐顷公派遣国武子前来聘问。鲁国发生了饥荒。楚庄王出兵攻打郑国。

〇宣公十年春天，宣公前去齐国。齐惠公因为我国顺从了他，所以归还了我国的济西之田。

夏天，齐惠公去世。崔杼在惠公生前很受宠信，高氏、国氏两族害怕他对自己构成的威胁，齐惠公去世后便把他赶出了齐国。崔杼逃亡到卫国。

《春秋》记载为"崔氏"，表明不是崔杼的罪过，而且在把此事通报诸侯时也只称其族而不称其名。凡是诸侯的大夫离开本国，通报诸侯说："某氏的守臣某，不能继续奉祀宗庙，特此通告。"凡是有友好往来关系的国家就通报，否则就不予通报。

宣公前往齐国奔丧。

陈灵公和孔宁、仪行父在夏征舒家喝酒。灵公对仪行父说："征舒长得像你。"仪行父说："也像您。"夏征舒很愤怒。当灵公出来时，夏征舒从他的马棚里用箭射死了他。孔宁和仪行父逃亡到楚国去了。

滕国人依仗晋国的势力而不事奉宋国。六月，宋军攻打滕国。

郑国和楚国讲和。诸侯联军讨伐郑国，直到郑国求和才撤军。

秋天，刘康公代表周天子前来鲁国，以回报孟献子的聘问。

鲁国军队攻打邾国，占取了绎地。

季文子在齐顷公即位后首次到齐国聘问。

冬天，子家前往齐国访问，是为了解释伐邾一事。齐国的国佐前来回访。

楚庄王出兵攻打郑国。晋国的士会救援郑国，在颍水以北赶走了楚军。诸侯军队便驻守在郑国。

郑国的子家去世了。郑国人为了声讨子家杀害幽公的暴行，劈开了子家的棺材，并且把他的族人赶出了郑国。郑国人重新安葬了幽公，把他的谥号改为"灵"。

宣公十一年

宣公十一年春天，周历正月。夏天，楚庄王、陈成公、郑襄公在辰陵会盟。鲁国的公孙归父会合齐国人攻打莒国。秋天，晋景公与狄人在欑函会见。冬天十月，楚国人杀掉了陈国的夏征舒。十一日，楚庄王攻入陈国。送公孙宁、仪行父回到陈国。

○鲁宣公十一年春天，楚庄王攻打郑国，直达栎地。郑国的子良说："晋国和楚国不致力于德行而靠武力争夺诸侯，我们顺从打进来的国家就行了。晋国和楚国不讲信用，我们怎能守信用？"于是顺从了楚国。夏天，楚国在辰陵举行盟会，这是因为陈国、郑国已顺服。

楚国左尹子重率兵进攻宋国，楚庄王留在郔地相机策应。

楚国令尹芳艾猎在沂地筑城，派筑城负责人考虑工程计划，然后呈报给司徒。他又计算工程量和工时，分配材料和用具，取平夹板和支柱，合理规定土方和器材的数量，研究取料的远近，巡察城池的基址，准备粮食，审查监工人员。筑城工程三十天完成，没有超过预定的日期。

晋国的郤成子向各部族的狄人谋求友好。各处的狄人也都痛恨赤狄对他们的奴役，于是顺服了晋国。秋天，在欑函会盟，从此狄人顺服晋国。

这次欑函会盟前，各位大夫主张召狄人前来。郤成子说："我听说，如果没有德行，不如用勤劳来弥补，如果不勤劳，那凭什么要求别人顺服自己呢？能勤劳就会有好的结果，还是让我们到狄人那里去吧！《诗》说：'文王很勤劳。'文王还如此勤劳，何况我们这些缺少德行的人呢？"

冬天，楚庄王由于陈国夏氏之乱的缘故，讨伐陈国。庄王对陈国人说："不要惊慌害怕，我们将只讨伐少西氏。"于是攻入陈国，杀了夏征舒，把他车裂在栗门，随之把陈国作为楚国的一个县。当时陈侯正在晋国。

楚国的申叔时出使到齐国，回国，向楚庄王汇报出使情况后便退下去了。庄王派人责备他说："夏征舒做了大逆不道之事，杀了自己的国君，我率领诸侯讨伐并杀了他，诸侯县公都祝贺我，而唯独你不向我道贺，这是什么缘故？"申叔时回答说："我还可以申辩理由吗？"庄王说："可以！"申叔时说："夏征舒杀害他的国君，他的罪恶的确很大，讨伐并杀掉他，这是君王应该做的。不过别人也可以有闲话可说：'甲牵牛从乙的田

楚庄王因夏氏之乱征讨陈国，选自明刊本《新镌绣像列国志》。

里走过，而乙就抢走了甲的牛。'甲牵牛从田里走，确实不对，而乙抢走甲的牛，惩罚也太重了。诸侯跟从您攻打陈国，说是讨伐有罪之人。而现在把陈国划为楚国的一个县，这是贪图陈国的财富。以讨伐有罪为名召集诸侯，最后却以贪财结束，恐怕不行吧？"庄王说："好啊！你的这些话我从来没听见过。现在把陈国返还给他们，可以吗？"申叔时回答说："可以！这就是我们这类小人所说的'从别人怀中取走，再还给别人'啊！"于是庄王再重新封立了陈国，从每乡带回一人，把他们集中在一个地区，这个地区就称为夏州。因此《春秋》记载说："楚子入陈，纳公孙宁、仪行父于陈。"这是表明楚庄王的这一行动合于礼法。

厉地之战，郑襄公逃回国内。从此楚国一直没有得志。郑国已在辰陵接受了楚国的盟约，但又请求事奉晋国。

宣公十二年

鲁宣公十二年春天，安葬陈灵公。楚庄王率兵包围了郑国。夏天六月乙卯，晋国的荀林父率军与楚庄王在邲地作战，晋军大败。秋天七月。冬天十二月八日，楚庄王灭亡了萧国。晋国人、宋国人、卫国人、曹国人一起在清丘会盟。宋军进攻陈国。卫国人救援陈国。

○鲁宣公十二年春天，楚庄王包围郑国，有十七天了。郑国人为求和占卜，但不吉利，再为在太庙号哭而且出车于街巷以示不屈占卜，吉利。于是都城的人都到太庙大哭，守城将士也都大哭。楚庄王见此，下令退兵。郑国人修复了城墙，楚庄王进军再次包围了郑国都城，历时三个月才攻破。楚军从皇门入城。直达城中大道。郑襄公光着上身牵着羊出来迎接楚庄王，说："我没有承奉天意，事奉您，使您满怀愤怒来到我国，这是我的罪过，怎敢不听从您的命令呢？如果把我俘虏到江南，流放到海滨，也听凭您安排；如果灭亡郑国，把郑国的土地分赐给诸侯，让郑国的男女成为别国的奴婢，也只听凭您的吩咐。如果承蒙君王念及两国过去的友好关系，托周厉王、周宣王、郑桓公、郑武公的福，而不至于亡国的话，那么让郑国重新事奉君王，将郑国等同于楚国各县，这就是君王的恩惠了，也是我的愿望，但这又不是我所敢奢望的。谨陈述我的心里话，请您考虑。"庄王的手下人说："不能答应他，得到了一个国家就不能再赦免它。"庄王说："郑国的国君能屈己居人之下，一定能得到他的百姓的信任，郑国还是有希望的吧！"于是退兵三十里，同意郑国求和的请求。楚国的潘尪入城结盟，郑国的子良出国到楚国做人质。

夏天六月，晋军救援郑国。荀林父率领中军，先縠辅佐他；士会率领上军，郤克辅佐他；赵朔率领下军，栾书辅佐他。赵括、赵婴齐任中军大夫，巩朔、韩穿任上军大夫，荀首、赵同任下军大夫，韩厥任司马。

晋军抵达黄河时。听说郑国已和楚国讲和。荀林父想撤军回国，他说："没有赶上救郑国而劳民与楚军对峙，哪里用得着呢？楚军撤回后再出兵攻打郑国，也不算迟。"士会说："好。我听说用兵之道，就是要善于观察敌人的间隙然后行动。如果一个国家的德行、刑法、政令、事务、典章、礼仪没有违背常道，便不能与之为敌，也不宜攻打它。楚国国君讨伐郑国，愤恨郑国的三心二意而又哀怜他们的奴颜卑下。背叛时就讨伐它，顺服时便宽恕他，这样德行和刑罚就具备了。讨伐背叛，就是刑罚；安抚顺服，便是德行。二者都树立起来了。楚国去年攻入陈国。今年又攻入郑国，百姓并不疲劳，对国君也没有怨言，政令是合乎常道的。楚军列成荆尸之陈而后发兵，商贩、农民、工匠、店主都不废弃自己的行业，而且步兵与车兵也很和睦，各司其职，互不相犯。

"芳敖担任令尹，选择楚国好的法典。军队行动，右军跟随主将车辕而行，左军搜寻粮草，前军举着旌旗侦察敌情以防意外，中军权衡作战方案，后军以精兵殿后。各级军官根据象征自己的旌旗的指挥而行动，军中政事不须等待命令就已准备就绪，这是因为能运用典章制度。他们的君王选拔人才，在同姓中选拔亲近的人，异姓中选拔历代旧臣后裔；选拔不遗漏有德行的人，赏赐不遗漏有功劳的人；老人加恩，羁旅之人也有施舍；君子和小人，服饰各有规定；对尊贵的人有一定的表示尊敬的礼仪，对低贱的人也有等级的威仪，这样礼法就不至于违反。德行树立，刑法实行，政治修明，国事合乎时宜，典章得到执行，礼仪顺应时代，这样的国家怎么能够抵挡呢？见机而进，知难而退，这是用兵的好策略；兼并弱小攻打昏庸之国，这是军事上正确的战略方针。您姑且整顿军队、筹划军事装备吧！还有的是弱小而又政治黑暗的国家，为什么一定要攻打楚国呢？仲虺说过：'夺取动乱之国，欺侮行将灭亡之国。'说的就是兼并弱小。《诗·汋》中说：'啊！天子的军队真威风，率领他们占取昏暗的国家。'说的就是进攻昏暗之国。《诗·武》中说：'没有谁比武王的功业更强盛。'安抚弱小而攻打昏暗之国，从而致力于武王的伟业，是可以的。"先縠说："不行。晋国之所以能称霸诸侯，是由于军队勇敢、臣子尽力。现在眼看会失去诸侯，不能说是尽力；有了敌人而不去迎战，不能说是勇敢。从我们身上失去晋国的霸主地位，还不如死了好。况且兴兵出战，听说敌人强大就退却，这不是大丈夫。受命担任军队统帅，却以有辱大丈夫的结果而告终，只有诸位能做到，我是不干的。"于是率领中军副帅所属部队渡过了黄河。

知庄子说："这支军队危险了。《周易》有这样的卦象，从师卦变为临卦，爻辞说：'军队出击要以法制号令约束，不然，就有危险。'行事顺其道而有所成就是臧，反之就叫否。士兵离散就是柔弱，流水壅塞就成了沼泽。有法制号令指挥军队就如同指挥自己一样，所以叫做律。如果行事不善，法制号令就形同虚设。从充满到枯竭，阻塞而不整齐，所以就凶象了。水不流动为'临'，有统帅而不服从，还有比这更严重的'临'吗？说的就是这个道理。果真和楚军相遇，肯定失败，郤子要承担罪责。即使他侥幸不死而逃回，也一定有大灾祸。"韩献子对荀林父说："郤子率领他那一部分军队如果陷入楚军，您的罪过就大了。您为元帅，军队不听从命令，这是谁的罪过呢？失掉了属国，又损失了军队，这个罪责已很大了，不如进军。即使失败了，也可由大家来分担责任，与其您一个人承担罪过，不如六个人共同承担，这样不是更好吗？"于是晋军就渡过了黄河。

楚庄王率军北上，驻扎在郔地。沈尹率领中军，子重率领左军，子反率领右军，准备在黄河饮马后便回国。听说晋军已经渡过了黄河，庄王想撤军回国，宠臣伍参想与晋军开战。令尹孙叔敖不想作战，他说："去年我们攻入陈国，今年又攻入郑国，不能说没有战事。如果开战而不能取得胜利，你伍参的肉恐怕不够让人吃吧？"伍参说："如果作战胜利了，你孙叔敖就是没有谋略之人。不能取胜，我伍参之肉将落在晋军之手，你们怎么能吃得到？"令尹把车辕调转南方，军旗也指向南方，准备回国。伍参对楚庄王说："晋国执政的人荀林父上台不久，命令还不能通行无阻，他的中军副帅先縠刚愎自用，残暴不仁，不肯听从他的命令，他的三个将帅想专权又办不到，想听从又没有具有绝对权威的上司，军队听从谁的呢？这次交战，晋军必定失败。况且您作为国君，如果逃避晋国的臣子，又把国家的荣辱置于何地呢？"楚庄王很忧虑，于是命令令尹调转车辕，向北进军，驻扎在管地，等待晋军。

晋军此时驻扎在敖山、鄗山之间。郑国的皇戌出使来到晋军中，说："郑国屈从楚国，是为了挽救国家的缘故，对晋国并没有二心。楚军屡次获胜因而骄傲轻敌，军队士气已衰落，而且又不设防，你们如果攻击他们，郑军作为后继，楚军必定失败。"先縠说："打败楚国、降服郑国，就在此一举了，一定答应他。"栾书说："楚国自从战胜庸国以来，他们的国君没有一天不用'百姓生活还很艰难、战祸随时会降临、不可以放松警惕和戒备'的话来教育和训诫国人。在军队中，没有一天不用'不可能保持永久的胜利，商纣王曾经百战百胜，但最后却亡国取辱'的历史来教育和再三告诫军队官兵，用楚国先君若敖和蚡冒当初乘柴车、穿破敝衣服开辟山林，艰苦创业的事迹来教育他们。并告诫他们说：'百姓的生存在于勤劳，勤劳就不缺乏。'这不能说他们骄傲。先大夫子犯说过：'师出有名就气壮，理曲就气衰。'我们的行为不合德行，又与楚国结怨，我们理曲而楚国理直，因此不能说楚军已士气衰落。楚国国王的车队分为左右两部，称两广，每广有三十辆战车，称一卒，每卒又分左右两偏。右广先行驾车守卫，直到中午，再由左广接替，直到黄昏。左右近臣轮流值夜班，以防意外。这不能说他们没有防备。子良是郑国的杰出人才，师叔是楚国人崇敬的人物。师叔到郑国结盟，子良作为人质住在楚国，楚国和郑国关系是密切的。郑国派人来劝我们出战，我们胜了，他们就来归服，不胜，他们就又去投奔楚国，这是在以我们的胜负来占卜决定去从啊，郑国的建议不能听从。"赵括、赵同说："率军前来，就是寻找敌人作战。战胜敌人降服属国，还等待什么呢？一定要采纳先縠的建议。"荀首说：

"赵同和赵括的主意，是一条取祸之道。"赵朔说："栾书说得好啊！如果照他说的去做，一定能使晋国长存不衰。"

楚国的少宰来到晋军，说："我国国君自幼遭到忧患，因此他不善辞令。听说我国两位先君成王和穆王曾出入这条道路，是为了教训和安定郑国，哪里敢得罪晋国呢？你们几位不要在此久留。"士会回答说："从前周王平命令我国先君文侯说：'与郑国一起辅佐周王室，不要背弃天子的命令。'现在郑国不遵循天子命令，我国国君派群臣前来质问郑国，又怎么敢劳驾您前来呢？谨此拜谢您国国君的命令。"先縠认为这是讨好楚国，派赵括去更正，说："刚才外交官的话不恰当。我国国君派群臣来把楚国的军队赶出郑国，他说：'不要躲避敌人。'我们群臣不能不执行这一命令。"

楚庄王又派人向晋国求和，晋国人答应了，并且确定了结盟的日期。但楚国的许伯为乐伯驾车，摄叔为车右，向晋军挑战。许伯说："我听说向敌人挑战，战车疾驰以致旌旗靡倒，迅速迫近敌人营垒然后返回。"乐伯说："我听说向敌人挑战，由车左用利箭射击敌人，代替驾车人执掌马缰绳，驾车人下车整理马匹和马脖子上的皮带，然后从容而回。"摄叔也说："我听说向敌人挑战，车右要攻入敌人营垒，杀死敌人，割取左耳，生擒俘虏而回。"这三个人都按他们听说的去做了然后回营。晋国人追赶他们，从左右夹攻。乐伯射左边的马，射右边的人，使夹攻的晋兵不能前进。他的箭仅仅只剩下一支了。有一只麋鹿出现在前方，乐伯用这支箭射中了它的背部。这时晋国的鲍癸正在后面追赶，乐伯让摄叔把麋鹿献给他，说："因为还不到时令，应当奉献的禽兽还没有出现，谨以此作为您的随从的食肴吧。"鲍癸让部队停止追赶，说："他们的车左善于射箭，车右善于辞令，都是君子啊。"这三人都免遭俘获。

晋国的魏锜请求公族大夫的职位，没有得到，因而恼怒，想让晋军失败。他请求前去挑战，不批准。请求出使到楚军，批准了他。于是他前往楚军，请战后返回。楚国的潘党追击他，到达荥泽，魏锜看见六只麋鹿，射杀了一只而回车献给潘党，说："您有作战任务在身，兽人之官恐

乐伯驾战车向晋军挑战，选自明刊本《新镌绣像列国志》。

怕不能供给你新鲜野味，谨把这只麋鹿献给您的随从。"潘党命令部下不再追赶魏锜。赵旃求卿的职位，没有得到，而且对逃走了楚国的挑战者十分生气，于是请求前往楚军挑战，未被批准。又请求去召请楚军前来结盟，得到了同意。赵旃和魏锜都受命前往楚军。郤克说："这两个心怀不满的人去了，如果我们不加以防备，必定要失败。"先縠说："郑国人劝我们和楚军作战，不敢听从；楚国人向我们求和，又不和他们结好。军队没有一个固定的战略目的，多加防备又有什么用呢？"士会说："有所防备为好。如果赵旃、魏锜二人激怒了楚国，楚国人乘机袭击我们，我们很快就会全军覆没。不如防备他们。如果楚国没有恶意，到时再解除防备，缔结盟约，对两国和好有什么损害呢？如果楚国怀恶意而来，我们有所防备，也不至于失败。再说即使诸侯会见，守卫部队也不加撤除，就是以防万一。"先縠还是不同意设防。士会派巩朔、韩穿率领七支伏兵埋伏在敖山之前，所以上军才没有失败。赵婴齐派他的部下事先在黄河边准备了船只，所以在战败后首先渡过黄河。

潘党赶走了魏锜，赵旃又在晚上来到楚军，他在军门之外铺席而坐，派他的部下进入军门。楚庄王组建他的车队以三十乘为一广，分左右两广。右广在凌晨鸡叫时驾车值勤，中午卸车休息；左广中午接班，太阳落山时卸车休息。许偃为右广的指挥车驾车，养由基担任车右。彭名为左广的指挥车驾车，屈荡担任车右。乙卯这一天，庄王乘坐左广的指挥车追赶赵旃。赵旃丢下车队逃跑到树林中。屈荡和他搏斗，扯下了他的甲衣。晋国人害怕这两个人会惹恼楚军，便派一辆兵车去接应他们。潘党从远处看到这辆兵车扬起的尘土，便派人驾车报告楚军首领说："晋军到了。"楚国人也害怕楚庄王落入晋军之手，便列阵迎战。孙叔敖说："进军！宁可我们逼近敌人，不可让敌人逼近我们。《诗》说：'战车十辆，用来在前面冲锋开道。'意思就是要抢在敌人前面。《军志》说：'抢在敌人前面就可以夺去敌人的斗志。'意思就是要主动逼近敌人。"于是就迅速进军，战车奔驰，士兵奔跑，乘势掩杀晋军。荀林父不知所措，只得在军中击鼓传令说："先渡过黄河的人有奖赏。"中军和下军为船只争斗，许多人落入水中，先上船的人把攀住船舷的人的手指砍断，船里的断指多得可以捧起来。

晋军向右边转移，上军没有动。楚国的工尹齐率领右边方阵士兵追击晋国下军。楚庄王派唐狡和蔡鸠居向唐惠侯报告说："我没有德行而又贪心，以至遇到大敌，这是我的罪过。但如果楚国不能取胜，也是您的耻辱，谨借重您的威灵来帮助楚军获胜。"于是派潘党率领机动战车四十辆，跟从唐惠侯作为左边的方阵，追击晋军的上军。驹伯说："抵御敌人吗？"士会说："楚军现在士气正旺，如果集中兵力对付我们，我军必定全军覆没，不如收兵撤退。这样既可以分担战败的指责，又可以保全士兵的生命，不也可以吗？"于是士会作为上军的后卫走在最后，撤退下去，才没有打败仗。

楚庄王见到右广的指挥车，就准备上去乘坐。屈户阻止他，说："君王既然是以乘坐左广开始作战的，也应该乘坐它来结束这场战争。"从此，楚国乘广以左广为尊。

晋国人有几辆兵车陷到坑里不能前进，楚国人教他们抽掉车前的横木，兵车稍微向前动了一下，马仍盘旋不前。楚国人又教他们拔掉大旗，扔掉车轭，兵车才从坑中拉出。晋国人回过头来说："我们比不上你们楚国经常逃奔，很有经验。"

赵旃用他的两匹好马帮助他的哥哥和叔父逃跑，用别的马驾车返回，遇到敌人不能逃脱，便扔下战车逃入树林。逢大夫和他的两个儿子正驾车赶路，他让两个儿子不要回头。可儿子回头说："赵老头在后面。"逢大夫很生气，让两个儿子下车，指着一棵树木说："我在这里收你们的尸首。"然后把登车的绳子交给赵旃，赵旃才得以逃脱。第二天，逢大夫按标记去收尸。两个儿子的尸体果然叠压在那棵树下。

楚国的熊负羁俘获了知䓨，知䓨的父亲荀首率领他的部属返回来追赶，魏锜为他驾车，下军的士兵多半都跟随着他。荀首每次射箭，抽箭出来，如果是利箭，就放入魏锜的箭袋。魏锜生气地说："你这不是想救儿子，而是爱惜你的箭，董泽那里的蒲柳可以制无数支箭，能用得尽吗？"荀首说："如果抓不到别人的儿子，能救回我的儿子吗？这就是我不随便使用利箭的缘故啊。"射击连尹襄老，得到了他的尸体，装在车上；射击公子谷臣，俘获了他，最后带着这两个人回去。

到了黄昏时分，楚军在邲地驻扎，晋国剩余的部队已溃不成军，连夜渡黄河，整夜都有人马喧嚣的声音。

丙辰这一天，楚军的辎重到达邲地，于是军队在衡雍驻扎。潘党说："您何不将晋军尸体收集起来埋掉，在上面筑土堆作为京观呢？我听说战胜敌人后一定要把战功展示给子孙，让他们不忘记祖先的武功。"楚庄王说："这不是你能懂的。从文字构造上讲，止戈二字会合起来就是武字。周武王灭亡商朝后，作《周颂》说：'收缴兵器，包藏弓箭。我追求美德，并把这一愿望体现在夏乐之中，以求成就王业保有天下。'又作《武》篇，诗的最后一章说：'巩固你的功业。'诗的第三章说：'发扬文王的美德，我前去讨伐纣王只是为了安定天下。'诗的第六章说：'安定万邦，常有丰年。'所谓武功，就是禁除残暴、消灭战争、保有天下、巩固功业、安定百姓、调和诸国、丰富财物。因此让子孙不要忘记祖先的丰功伟业。现在我让两国士兵暴尸荒野，这是残暴；炫耀武力威胁诸侯，战争便没有停止；既残暴而又没有消除战争，怎么能保有天下？晋国还仍然存在，怎么能够巩固功业？违背百姓愿望的事情还很多，百姓怎么能安定？没有德行而仅凭强大的武力争霸诸侯，又怎么能使各国友好相处，乘人之危而为自己谋利，以别国的动乱求得自己的安定，并以此为荣，怎么能丰富财物？武功有七种德行，我们一种也不具备，又拿什么向子孙展示？还是为祖先建造一座神庙，报告取得了胜利就是了，我这点战功还算不得武功。古代圣明的君王讨伐不听王命的国家，杀掉首恶分子并将其埋葬，作为一次大杀戮，在这时才有京观，以惩戒历代罪恶之人。现在晋国的罪恶无法确定，而士兵又都是为了执行国君的命令而尽忠，又怎么能建造京观呢？"于是在黄河边举行了祭祀，建造了祖庙，向先君报告这次战争的胜利后便回国了。

这次战役，实际上是郑国的石制把楚军引进来的，他打算分割郑国为两部分，一部分给楚国，并立公子鱼臣为郑国国君。七月二十九日，郑国人杀了公子鱼臣和石制。君子评论说："史佚所说的'不要乘人之乱来利己'，说的就是这种人。《诗》说：'战乱让百姓疾苦，哪里是他们的归宿呢？这是归罪于那些凭借动乱来利己的人啊！'"

郑襄公和许昭公到了楚国。

秋天，晋军回国，荀林父请求以死抵罪，晋景公想同意他的请求。士贞子劝谏说："不能这样。城濮之战，晋军已吃了三天楚国的粮食，文公仍然面带忧虑。左右近臣问道：'有了喜事您却忧虑，如果有了忧事您反而会高兴吗？'文公说：'只要得臣还存在，我的忧虑就不会完。被围困的野兽尚且还要挣扎一下，何况得臣这个一国之相呢？'等到楚国杀掉了得臣，文公的高兴劲就可想而知了。他说：'再没有人来威胁我了。'这是晋国取得了第二次胜利，楚国又一次失败，楚国因此在成王、穆王两代都没有强大起来。现在也许是上天严厉地警告晋国，使晋国打了败仗，如果又杀掉荀林父，让楚国再胜利一次，那岂不是要让晋国从此一蹶不振吗？荀林父事奉国君，上朝想着为君尽忠，退朝想着弥补自己的过错，他是国家的保卫者，怎么能杀他呢？他这次失败，如同日月之蚀，又哪里会损害日月的光明？"于是晋景公让荀林父官复原位。

冬天，楚庄王攻打萧国，宋国的华椒率领蔡国人救援萧国。萧国人俘虏了熊相宜和公子丙。楚庄王说："不要杀他们，我退兵。"但萧国人还是杀掉了他们。庄王愤怒了，于是包围了萧国。萧国溃败了。

申公巫臣说："士兵们很寒冷。"庄王巡视三军，抚慰勉励士兵。三军将士好像身裹丝絮，十分温暖。于是楚军逼近萧城。

萧国大夫还无社告诉楚国大夫司马卯，让他把楚国大夫申叔展喊来。申叔展问："你有麦曲吗？"还无社说："没有。""有山鞠穷吗？"还无社说："没有。""如果得了风湿病怎么办？"还无社回答："你如果看到枯井，就可以从里面救我出来。"申叔展说："你做一根草绳放在井边，如有人在井上哭那么这就是我。"第二天，萧军溃败。申叔展看见一眼枯井，草绳正放在井边，于是他大哭，把还无社救了出来。

晋国的原縠、宋国的华椒、卫国的孔达以及曹国人在清丘会盟，说："帮助有灾难的国家，讨伐怀有二心的国家。"《春秋》没有记载上述各国卿的名字，是因为他们没有履行盟约。

宋国因为盟约的缘故，讨伐陈国。卫国人救援陈国。孔达说："先君卫成公曾与陈共公有过盟约。如果大国来攻打我们，我就为此而死。"

宣公十三年

宣公十三年春天，齐军攻打莒国。夏天，楚庄王攻打宋国。秋天，鲁国发虫灾。冬天，晋国杀掉了大夫先縠。

○鲁宣公十三年春天，齐军攻打莒国，这是因为莒国依仗晋国而不肯事奉齐国的缘故。

夏天，楚庄王攻打宋国，因为宋国救援过萧国。君子认为："清丘的盟会，只有宋国可以免于不守诺言的指责。"

秋天，赤狄攻打晋国，直达清原，这是先縠勾引他们来的。

冬天，晋国人追究邲地战败和赤狄入侵清原的原因，这都是先縠的罪行，于是杀了他，并杀掉了他的全部族人。君子说："灾祸降临，是自己招来的，大概说的就是先縠吧！"

根据清丘盟约，晋国因卫国救援了陈国而追究卫国的责任。晋国的使者不肯离去，说："如不查处救援陈国的主谋，我国将派兵攻打你们。"孔达说："如果对国家有利，就请把我交出去向他们做交代，因为罪过在于我。我作为执政者，现在大国来追究，我能把罪责推诿给谁呢？我愿意为此而死。"

宣公十四年

鲁宣公十四年春天，卫国杀掉了大夫孔达。夏天五月十一日，曹文公去世。晋景公攻打郑国。秋天九月，楚庄王发兵包围了宋国。安葬曹文公。冬天，公孙归父在谷地与齐侯会见。

○鲁宣公十四年春天，孔达自缢而死。卫国人以此向晋国人交代，才免于被攻打。于是卫国向诸侯通报说："我国国君有一个不善的臣子孔达，使我国和大国之间不和，现在已经伏罪了。谨此通告。"卫国人认为孔达过去有功劳，于是便把公室的女子嫁给他儿子为妻，并让他的儿子接任了他的官位。

夏天，晋景公攻打郑国，是为了邲地之战的缘故。晋景公通报各诸侯国，检阅部队后就回国了。这是荀林父的计谋。他说："向郑国展示严整的军容，让他们自己主动前来归附。"郑国人果然害怕了，派子张到楚国代替子良作为人质。郑襄公到了楚国，是为了谋划对付晋国。郑国认为子良有礼，所以召他回国。

楚庄王派遣申舟到齐国访问，说"你不要向宋国请求借道。"又派公子冯到晋国访问，也让他不要向郑国借道。申舟因为孟诸之役得罪了宋国，因此他对庄王说："郑国人明理而宋国人昏聩，派往晋国的使者没有危险，而我必然被宋国杀掉。"庄王说："如果杀你，我就攻打他们。"申舟将儿子申犀引见给庄王后就出发了。到了宋国，宋国人拦住了他。华元说："路过我国却不向我国借道，这是把我国当做了他们的边地。把我国当做他们的边地，实际上就是以为我们亡了国。如果杀了他们的使者，他们必然讨伐我们，讨伐我们也不过就是亡国。亡国是一样的。"于是就杀了申舟。楚庄王听说了这一消息，挥袖而起，侍卫追到前庭才把鞋子送上，追到寝宫门外才把佩剑送上，追到蒲胥街市上才让他坐上车。秋天九月，庄王发兵包围了宋国。

冬天，公孙归父在谷地和齐顷公会见，见到了晏桓子，晏桓子和他谈到了鲁国，他非常高兴。桓子告诉高固说："公孙归父可能要逃跑，因为他还怀念鲁国。怀念就会产生贪心，有贪心就必定要算计别人。他算计别人，别人也算计他。如果全国的人都算计他，他怎么能不逃跑呢？"

孟献子对鲁宣公说："我听说小国之所以不被大国问罪，是因为经常前往大国访问并进献礼物，于是大国才有堆满庭院的财物；小国朝见大国，并献上功劳成果，因此大国也就有了各种华美珍贵的装饰品和附加的礼物。这都是为了谋求免除难以免除的灾难。如果等到大国责难问罪时再去进献礼物，那就来不及了。现在楚庄王正在宋国，您还是要考虑一下送礼的事。"鲁宣公听了很高兴。

宣公十五年

宣公十五年春天，公孙归父在宋国与楚庄王会见。夏天五月，宋国人和楚国人讲和。六月十八日，晋军消灭了赤狄的潞氏部落，把潞子婴儿俘虏回国。秦国人攻打晋国。王札子杀了召伯、毛伯。秋天，发虫灾。仲孙蔑在无娄与齐国的高固会见。鲁国开始按田亩征税。冬天，鲁国蝗虫成灾。造成了饥荒。

〇鲁宣公十五年春天，公孙归父在宋国会见了楚庄王。

宋国人派乐婴齐向晋国告急，晋景公打算救援宋国。伯宗说："不行。古人有句话说：'马鞭虽长，也达不到马肚子。'上天正保佑楚国，不能与它争强。虽然晋国也强大，但能违背天意吗？俗话说：'是屈是伸，自己心里有数。'川流水泽总要容纳污垢，山林草野总要隐藏毒虫猛兽，美玉也难免有瑕疵，因此，国君忍受耻辱，这也是上天的常理。您就等待一下吧！"于是晋景公停止了出兵。

晋国派解扬前往宋国，让他们不要投降楚国，并告诉他们："晋军已全部出发，马上就到了。"但当解扬路过郑国时，郑国人抓住了他并把他送给了楚国人。楚庄王送给他许多财物，让他按相反的意思去说，解扬不同意，庄王劝说了三次他终于答应了。于是让解扬登上瞭望车，让他向宋国人喊话，于是他趁机把晋景公的话告诉了宋国人。楚庄王准备杀掉解扬，派人对他说："你既已答应我却又食言。这是为什么？不是我不讲信用，而是你违背诺言。马上接受你应得的刑罚吧！"解扬回答说："我听说，国君能制定发布命令为义，臣子能接受贯彻君王的命令为信，用臣子的信去表现君王的义，就是国家的利益。谋划不损害利益，以此保卫国家，这才是百姓的主人。君王的义不能用两种信，臣子的信不能受两种命。君王以财物收买我，就是不懂得这个道理。臣子受命出使国外，宁可死也不能背弃君命，又怎么能被财物收买呢？我假装答应您，是为了完成我的使命。我死了但完成了使命，这是我的福分。我国国君有我这样守信的臣子，我死得其所，还有什么更值得追求的呢？"于是楚庄王放他回国。

夏天五月，楚军准备离开宋国。申犀跪在庄王的马前行叩头之礼，说："我父亲虽然明知必死无疑也不敢违背君王的命令，但您没有履行诺言。"庄王不能回答。申叔时正为庄王驾车，他说："如果在此建造营房，让逃跑的种田人回来种田，宋国必定会屈服。"庄王采纳了这一建议。宋国人果然害怕了，派华元夜间来到楚军，他登上子反的床，叫醒子反，说："我国国君派我来通报我们的困难，他说：'都城的人已经在交换儿子，杀了吃掉，把骨头劈了当柴烧。即使如此，也不能接受城下之盟，纵使亡国，也不能屈从。如果贵军后撤三十里，我国就一切听从贵国的命令'。"子反害怕了，与华元私下订立了盟约，并报告了庄王。于是楚军后退三十里。宋国和楚国讲和，华元到楚国作人质。两国盟誓说："从今以后，我不欺骗你，你也不要欺骗我。"

潞子婴儿的妻子是晋景公的姐姐。酆舒执政时把她杀了，并且又伤害了潞子的眼睛。晋景公准备讨伐酆舒。大夫们都说："不行。酆舒有三种突出的才能，不如等他后面的人上台了再说。"伯宗说："一定要讨伐他。狄人有五大罪行，虽然有很多突出的才干，但又有什么用呢？不祭祖先，这是第一罪。嗜酒成性，这是第二罪。废弃贤臣仲章并且侵占黎氏的土地，这是第三罪。杀害我国的伯姬，这是第四罪。伤害了他的君王的眼睛，这是第五罪。酆舒依仗自己的突出才能，而不用美德，这就更加重了他的罪过。他的后任也许能重视德行仁义，来事奉神灵安定人民，使国家的命运得到巩固，但到那时又怎么对付它？现在不讨伐有罪之人，却说'等待以后，以后有理由再去讨伐它'，这恐怕不行吧？依仗才能和人多，这是亡国之道。商纣王正是这样做的，所以灭亡了。天违反时令就是灾祸，地违反物性就是妖异，民众违反道德就是动乱。国家动乱就有妖异和灾祸产生。所以在文字构造上，把'正'字反过来写就是'乏'。这些现象，在狄人那里都发生了。"晋景公听从了他的话。六月十八日，晋国的荀林父在曲梁打败了赤狄。六月二十六日，灭亡了潞国。酆舒逃亡到卫国，卫国人把他送回了晋国，晋国人杀了他。

王孙苏与召戴公、毛伯卫争夺执政之权，派王子捷杀了召戴公和毛伯卫，最后立了召戴公之子召襄。

秋天七月，秦桓公攻打晋国，驻扎在
辅氏。七月二十七日，晋景公在稷地举行
军事演习，乘机强行占取了狄人的土地，
立了黎侯后便回国了。到达洛地时，魏颗
在辅氏打败了秦军。俘虏了杜回，杜回是
秦国的一个大力士。

当初，魏武子有一个爱妾，她没有儿
子。魏武子生病了，对魏颗说："我死后你
一定要让她改嫁。"病危时又说："一定要
让她为我殉葬。"等到魏武子死后，魏颗还
是嫁了她，并说："病重时神志昏乱，我还
是按照父亲清醒时说的话去办。"辅氏战役
开始后，魏颗看到一个老人把草挽成结用
来绊拦杜回，结果杜回被绊倒在地，所以
魏颗才俘虏了他。晚上魏颗梦见那位老人
对他说："我就是你嫁出去的那个妇人的父
亲。你按照你父亲清醒时的命令去做，我
以此来报答你。"

老人结草绊到杜回，选自明刊本《新镌绣像列国志》。

晋景公奖给荀林父狄人奴隶一千户，同时也奖给士伯瓜衍之县。他说："我得到狄人
的土地，这是你的功劳。没有你士伯当年的劝谏，我早就失去荀林父了。"羊舌职对晋景
公的这种奖赏非常高兴，他说："《周书》所说的'使用可用的人，尊敬可敬的人'，说的
就是这一类吧！士伯认为荀林父可以重用，君王相信了他，也认为士伯可用，这可以说是
昭明德行了。文王创立周朝，也没有超过这种尊贤荐能的美德。因此《诗》说：'广赐天
下，创建周朝。'就是说文王能施恩给天下百姓。遵循这个道理，那还有什么不能成功的
呢？"

晋景公派赵同把狄人俘虏进献给周王室，赵同不恭敬。刘康公说："等不到十年，赵
同一定有大祸，因为上天已经夺去了他的魂魄。"

鲁国开始按田亩征税，这不符合礼法。过去的井田制所征收的粮食不超过藉法的规
定，这是用来增加财物的办法。

冬天，鲁国发生了虫灾，造成了饥荒。《春秋》之所以记载这件事，是庆幸没有造成
严重灾害。

宣公十六年

鲁宣公十六年春天，周历正月，晋国人灭亡了赤狄中的甲氏和留吁部落。夏天，成周的宣榭失火。秋天，郯伯姬回到鲁国。冬天，五谷丰收。

○鲁宣公十六年春天，晋国的士会率领军队灭亡了赤狄中的甲氏、留吁和铎辰三个部落。

三月，晋国向周王室献上俘虏的赤狄人。晋景公向周定王请求准许士会升职，二十七日，赐给士会卿大夫的礼服，任命他为中军将领，并兼任太傅。在这时，晋国的盗贼逃跑到秦国。羊舌职说："我听说，大禹举拔贤人，不贤之人就远远离开他。说的就是这种情况吧。《诗》说：'战战兢兢，好像面临万丈深渊，好像走在薄冰之上。'这是因为贤人在位的缘故，贤人在位，国家就没有抱着侥幸心理去犯罪的人。俗话说：'民众都抱侥幸心理，就是国家的不幸。'这是说的没有贤人的情况。"

夏天，周王室的宣榭失火，这是人为的火灾。凡是火灾，人为的叫"火"，天然的称"灾"。

秋天，郯伯姬回到鲁国，她是被郯国休弃赶回娘家来的。

由于毛伯卫、召戴公动乱的缘故，周王室又一次发生了动乱。王孙苏逃到晋国，晋国人让他重新恢复了官职。

冬天，晋景公派士会前往平定了周王室之乱，定王设宴款待他，原襄公主持仪式。宴席上有连肉带骨的食物。士会悄悄地问旁边的人这是什么缘故。定王听到后，就召见士会说："士会，你没听说过吗？天子设享，要用半个牛，设宴，要上煮熟肢解了的带骨肉。对诸侯用享礼，对卿要用宴礼，这是周王室的礼仪。"士会回国后，开始讲究礼仪，进一步完善晋国的法度。

宣公十七年

鲁宣公十七年春天，周历正月二十四日，许昭公去世。二月二日，蔡文公去世。夏天，安葬许昭公。安葬蔡文公。六月癸卯这天，发生了日蚀。六月十五日，鲁宣公会见晋景公、卫穆公、曹宣公和邾子，一同在晋国的断道会盟。秋天，鲁宣公从会盟地回国。冬天十一月十一日，鲁宣公的弟弟叔肸去世。

○鲁宣公十七年春天，晋景公派郤克到齐国召请齐顷公参加诸侯盟会。齐顷公用帐帷围着他母亲，让她偷看郤克。郤克是个跛子，上台阶时，齐顷公的母亲在厢房里笑出声

来。郤克很气愤，出宫后发誓说："假如
不报此恨，决不再渡过黄河。"郤克先期
回国，让栾京庐留在齐国等候答复，并对
他说："如果不能完成齐国的事情，你就
不要回国复命了。"

郤克回到晋国，请求攻打齐国，晋景
公不同意；请求率领他的家族兵丁攻打齐
国，也没有同意。

齐顷公派遣高固、晏弱、蔡朝、南郭
偃参加盟会。走到敛盂时，高固逃了回
去。夏天，诸侯们在断道会盟，这是为了
研究如何讨伐怀有二心的国家。接着又在
卷楚会盟，但拒绝齐国人参加。晋国人在
野王抓住了晏弱，在原地抓住了蔡朝，在
温地抓住了南郭偃。

苗贲皇出使国外，在野王见到晏弱被
抓。回国后对晋景公说："晏弱有什么罪？
从前诸侯事奉我们国君时，都只怕落在其
他国家后面，现在诸侯各国都说我国群臣
不讲信用，所以诸侯都有二心。齐国国君

齐顷公的母亲在台上笑话郤克，选自明刊本《新镌绣像
列国志》。

害怕得不到礼遇，所以不出国，而让四个臣子来。左右随从有人阻止，说：'国君不去，
晋国肯定抓住我国的使者。'所以高固走到敛盂就逃回国去了。这三个人说：'宁可死，也
不能断绝君王与诸侯的友好关系。'他们为这个冒着危险而来。我们应当友好地欢迎他们，
从而怀柔前来的诸侯，现在我们不但没有这样做，反而囚禁了他们，以证实齐国人阻止齐
君的话是正确的，我们不是已经犯错误了吗？犯了错误不改正，还把他们长期关押，让他
们感到后悔，这又有什么好处呢？这样做只能使中途逃跑回去的高固得到借口，恐吓前来
我国的人，使诸侯害怕我们，这有什么用？"于是晋国人放松了对齐国使者的看管，晏弱
逃出去了。

秋天八月，晋军回国。

士会准备告老退休，把儿子文子喊来说："士燮啊！我听说，喜怒合于礼法的人是很
少的，相反的人却很多。《诗》说：'君子如果愤怒，祸乱可能被迅速遏止；君子如果高
兴，祸乱也许迅速结束。'君子的喜或怒，都是为了消除祸乱。不能消除祸乱的人，就必
定会加剧祸乱。郤克他也许能消除齐国的祸乱。如果不是这样，我担心他会加剧齐国的祸

乱。我准备告老退休，让郤克满足他的心愿，祸乱也许可以解除。你跟从这几位大夫只能恭敬从事。"于是士会请求告老辞官，郤克从此执政。

冬天，鲁宣公的弟弟叔肸去世。叔肸是宣公的同母兄弟，凡是太子的同母弟，国君健在就称公子，国君不在称弟。凡是称弟，都是同母兄弟。

宣公十八年

宣公十八年春天，晋景公、卫国太子臧攻打齐国。宣公攻打杞国。夏天四月。秋天七月，邾国人在鄫国杀了鄫子。七日，楚庄王去世。公孙归父前往晋国聘问。冬天十月二十六日，宣公死在他的正室里。公孙归父从晋国回国。到达笙地时听说了宣公去世的消息，就逃到齐国去了。

〇鲁宣公十八年春天，晋景公和卫国太子臧攻打齐国，军队到达阳谷。齐顷公和晋景公会见，并在缯地结盟，让公子强作为人质去到晋国。晋军撤退回国，蔡朝和南郭偃也逃回齐国。

夏天，宣公的使者到楚国请求楚国出兵，想联合攻打齐国。

秋天，邾国人在鄫国杀害了鄫子。凡是本国人杀了自己的国君叫做弑，别国人杀了本国国君叫做戕。

楚庄王去世了，所以楚军没有出国攻打齐国。不久鲁国又请求晋国出兵，楚国因此后来发动了蜀地的战役。

公孙归父因为他父亲拥立了宣公，受到宣公宠信，他想铲除专权已久的季孙氏、孟孙氏和叔孙氏，以便扩大公室的权力。他和宣公谋划，前往晋国聘问，想凭借晋国人的力量来铲除三桓。冬天，宣公去世。季文子在朝廷上说："使我国蒙受杀死嫡子而立庶子的罪名，从而丧失了强大诸侯援助的人，就是襄仲啊！"臧宣叔气愤地说："当时没有追究襄仲的罪责，他的后代有什么罪？如果您想去掉他，就让我去除掉他。"于是把襄仲的家族东门氏全部驱逐出了鲁国。

公孙归父从晋国回国，走到笙地时，听说了宣公去世和家族被逐的消息后，就筑了一座祭坛，用帐帷围住，向他的副手复命。然后脱去上衣，用麻束起头发，在自己应立的位子上哭悼宣公，连连顿足，然后出来，逃到齐国去了。《春秋》记载为"归父从晋国回国"，是表示对他的赞赏。

成　公

成公元年

　　鲁成公元年春天，周历正月，成公即位。二月二十七日，安葬我国国君宣公。没有冰可取。三月，实行丘甲制度。夏天，臧孙许与晋景公在赤棘结盟。秋天，周王室军队被茅戎打败。冬天十月。

　　○鲁成公元年春天，晋景公派瑕嘉到周王室调停王室和戎人之间的矛盾，单襄公到晋国对此表示感谢。刘康公想利用戎人不备之机，准备攻打戎人。叔服说："这样既违背了与戎人的盟约，又欺骗了晋国，一定失败。违背盟约不吉祥，欺骗大国不义，神和人都不会帮助你，你又凭什么取胜呢？"刘康公不听劝告，便攻打茅戎。三月十九日，在徐吾氏被打得大败。

　　鲁国为了防备齐国入侵的缘故，实行丘甲制度。

　　鲁国听说齐国准备同楚军一道来犯，于是在夏天，和晋国在赤棘结盟。

　　秋天，周王室派人来通报周王军队被茅戎打败的消息。

　　冬天，臧宣叔下令改革军赋制度，修整武器装备，加固城郭，完备防御工作。他说："齐国和楚国友好，我国最近与晋国结盟，晋国和楚国争夺盟主地位，齐军也必然前来。虽说晋国人攻打齐国，楚国必然会救援它，这实际上是齐国和楚国联合进攻我国。了解这些困难并有充分准备，才可以使战祸得到解除。"

成公二年

　　成公二年春天，齐顷公发兵攻打我国北部边境。夏天四月二十九日，卫国的孙良夫率军与齐军在新筑作战，卫军大败。六月十七日，鲁国的季孙行父、臧孙许、叔孙侨如、公孙婴齐率军会合晋国的郤克、卫国的孙良夫、曹国的公子首与齐顷公率领的齐军在鞌地作战，齐军大败。秋天七月，齐顷公派国佐到齐军。二十三日，晋国与齐国国佐在袁娄会盟。八月二十七日，宋文公去世。九月五日，卫穆公去世。在晋国的支持下，鲁国从齐国取回了汶阳的土地。冬天，楚军和郑军入侵卫国。十一月，成公在蜀地会见了楚国的公子婴齐。十二日，成公与楚国人、秦国人、宋国人、陈国人、卫国人、郑国人、齐国人、曹国人、邾国人、薛国人、鄫国人在蜀地会盟。

〇鲁成公二年春天，齐顷公攻打我鲁国的北部边境，包围了龙地。顷公的宠臣卢蒲就魁攻打城门，龙地人俘获了他。齐顷公说："不要杀他！我和你们结盟，撤出你们的边境。"龙地人不听，杀了卢蒲就魁，并把尸体吊在城上示众。齐顷公亲自击鼓督战，士兵攻上了城墙。经过三天的战斗，夺取了龙地。于是齐国南下入侵，直达巢丘。

卫穆公派遣孙良夫、石稷、宁相、向禽将侵犯齐国，与齐军相遇。石稷想撤军，孙良夫说："不行。我们率领军队是来攻打齐国人的，现在遇到齐军却要撤退，怎么向国君交代？如果早知不能与齐军作战，那还不如不出兵。现在既然已经和齐军相遇，不如一战。"

夏天，有……

石稷说："我军已经失败了。如果你不稍作停留来顶住敌人的进攻，恐怕要全军覆没。你丧失了军队，怎么向国君交代？"大家都不回答。石稷又说："你是国家的卿，损失了你，是国家的耻辱。你领着军队撤退，我留在这里阻击齐军。"并且通告全军说救援的兵车来了很多。这样齐军才停止了进攻，在鞠居驻扎下来。新筑大夫仲叔于奚前来救援孙良夫，孙良夫因此免遭被俘。

事后不久，卫国人奖给仲叔于奚一块封地，他推辞了。他请求得到诸侯才能享受的三面悬挂的乐器，和诸侯才能使用的繁缨装饰马匹，朝见国君，卫穆公同意了他的请求。

孔子听说这件事后说："可惜啊！不如多赏给他封地。只有器物和爵号不能轻易赐给别人，这是君主所掌握的东西。爵位名号用来体现威信，威信用来保有器物，器物用来体现礼法，礼法用来推行道义，道义用来谋求利益，利益用来治理百姓，这是治理国家的关键。如果把它赐给别人，就等于把政权交给别人。政权丧失，那么国家也就会随之丧失，到时就无法挽回了。"

孙良夫回到新筑，没有进城，就前往晋国请求出兵。鲁国的臧宣叔也来到晋国请求出兵。他们都找到郤克。晋景公答应派出七百辆战车。郤克说："这只是城濮之战时的兵力。那次战役，因为有先君文公的明德和先大夫的才思敏捷，所以才能取得胜利。我和先大夫们相比，还不足以做他们的仆人。"郤克请求派出八百辆战车，晋景公同意了。于是郤克率领中军，士燮为上军副师，栾书率领下军，韩厥担任司马，前往救援鲁、卫二国。臧宣叔迎接晋军，同时为他们做向导。鲁国的季文子率领军队与晋军会合。

军队到达卫国时，韩厥将要杀掉违犯军法之人，郤克飞车前往营救。等他赶到时犯人已经被杀了。于是郤克派人迅速在全军示众。他告诉他的御者说："我这样做是为了分担别人对韩厥的指责。"

晋、鲁、卫联军在莘地跟踪追上了齐军。六月十六日，联军攻到了齐国的靡笄山下。齐顷公派人请战，说："您率领你们国君的军队，来到敝国，虽然我军已疲惫不堪，但也准备和贵军在明天早晨相会。"郤克回答说："晋国与鲁、卫二国，是兄弟国家，他们来告诉我们说：'齐国经常到我们国家来发泄愤怒。'我国国君不忍心让他们如此受欺负，便派我们前来贵国请求你们不要欺人太甚，他不让我们在贵国久留。我军只有前进，不能后退，我们不会让贵国国君失望。"齐顷公说："您同意决战，这是我的愿望；即使您不同意，也一定要和你们决战。"齐军的高固闯入晋军，举起一块巨石砸向晋国士兵，擒获了晋军士兵并坐上他的战车，把一颗桑树连根拔起系在车后，回到齐军示众，说："想要勇气的人可以来买我剩余的勇气。"

十七日，两军在齐国鞌地摆开阵势。邴夏为齐顷公驾驭战车，逢丑父为车右。晋国的解张为郤克驾车，郑丘缓为车右。齐顷公说："我暂且把这些人都消灭了再吃早饭吧。"于是马不披甲就奔向晋军。郤克被箭射伤，鲜血一直流到鞋上，但还是不停地擂鼓，他说："我受伤了！"解张说："从开始交战，箭就射伤了我的手和肘，我把箭折断继续驾车，左边的车轮都被血染红了，我又怎么敢说受伤了呢？您就再坚持一下吧！"郑丘缓说："从开始交战，只要遇到危险，我必定下去推车，您哪里知道？但您确实受伤了！"解张说："军队的耳目，全听凭我们的旗子和战鼓，进攻退却都听从它们。这辆战车只要有一个人镇守，就可以成功，怎么能因为受伤而影响了国君的大事呢？军人身披铠甲、手持兵器，本来就抱定了去死的决心。受伤了但还没有死，您还是振作精神奋力作战吧！"说完，解张用左手抓住缰绳，用右手拿起鼓槌击鼓，马狂奔不止，军队也跟着冲了上去。结果齐军大败。晋军追逐齐军，绕着华不注山追了三圈。

韩厥头天夜里梦见他父亲对自己说："早晨交战时避开战车的左右两侧！"因此韩厥居于车中代御者驾车追击齐顷公。邴夏说："射击那辆车的驾车人，他像个君子。"齐顷公说："认为他是君子却又射杀他，这不合礼法。"于是射击车左，车左坠到车下。射击车右，车右倒毙在车中。綦毋张丢了自己的战车，追着韩厥，说："请让我搭乘您的车。"綦毋张上车后站在车左侧或车右侧，韩厥都用肘部推开了他，让他站立在自己身后。韩厥俯身放好车右的尸体。这时齐臣逢丑父和齐顷公迅速互换了位置。当他们快到华泉时，骖马被树木挂住了，车子停了下来。头天夜里，逢丑父在棚车中睡觉，一条蛇从下面爬上来，他用胳膊打蛇，被蛇咬伤了，但他隐瞒了这件事，所以现在他不能推车，以至被韩厥追上了。韩厥手拿着拴马足的绳索走到齐顷公马前，行稽首之礼，捧着酒杯和玉璧献给齐顷公，并说："我国国君派我们群臣前来为鲁国、卫国求情，他说：'不要让晋军进入齐国境地。'在下不幸，正好和您的兵车在战车行道上相遇，我没有逃避的地方。况且也害怕因逃避而让两国国君蒙受耻辱。在下勉强充当一名兵士，谨向您报告我的无能，虽然因缺乏人手由我代替这一职务，但我也必须履行我的职责。"逢丑父让齐顷公下车，到华泉去取水，让他乘机逃跑。郑周父驾驭副车，宛茷为车右，载着齐顷公离去，才使齐顷公免于被俘。韩厥献上逢丑父，郤克准备杀掉他。逢丑父大声喊叫说："自古至今还没有代替他的国君受难的人，现在有一个在这里，他将被杀掉吗？"郤子说："一个人不怕用死来使国君免于祸患，我杀掉他不吉利，赦免了他，以此勉励事奉国君的人。"于是就赦免了逢丑父。

齐顷公免于被俘，他为了营救逢丑父，三次冲入敌军，又三次杀出重围。每次冲出时，齐军都紧紧地簇拥着他往后撤。当他冲入晋国友军狄人军中时，狄人士兵都拿着戈和盾保护他。他因而顺利进入卫国军队，卫军也没有伤害他。于是齐顷公从徐关进入齐国。齐顷公看见守城者，说："你们要尽力防范！齐军已经战败了。"齐顷公的前卫驱赶一个女子，让她避开。这个女子问："国君幸免于难了吗？"前卫回答说："幸免了。"女子又问："锐司徒幸免于难了吗？"回答说："幸免了。"女子说："如果国君和我父亲幸免于难了，我还能怎么样呢？"于是就跑开了。齐顷公认为这个女子懂礼法。事后查询，才知道她是辟司徒的妻子。于是齐顷公把石窌这个地方奖给了她。

晋军追击齐军，从丘舆进入齐国，接着攻打马陉。

齐顷公派宾媚人把纪国的甗器、玉磬和土地作为礼物送给晋国。但又交代他说："如果晋国不同意，就随他们的便。"宾媚人进献礼物，晋国人果然不同意，并说："必须以萧同叔子作为人质，并且让齐国境内的田垄都改为东西走向。"宾媚人回答说："萧同叔子不是别人，她是我国国君的母亲。如果以平等地位而论，那么我国国君的母亲也等于是晋国国君的母亲。您向诸侯发布重大命令，却说'必须把他们的母亲作为人质才能相信。'那您又怎么对待周王的命令呢？况且这是命令诸侯做不孝的事啊。《诗》说：'孝子的孝心无穷尽，永远赐给你的同类。'如果您用不孝来号令诸侯，这大概不符合道德的准则吧？先王划分疆界，考察土地，因地制宜，而广施其利。所以《诗》说：'划分疆界，治理土地，田垄走向或南北向，或东西向。'现在您划分和治理诸侯的土地，却只说'一律让田垄东西向'，这实际上是只考虑您战车行进的方便，而不顾田地是否适宜，这恐怕不是先王的命令吧？违背先王的命令就是不义，又怎么能成为诸侯的盟主呢？晋国的确有过错。

"四王统治天下，树立德行，满足诸侯的共同愿望。五伯称霸诸侯，勤勉图强，安抚诸侯，共同为王命效力。现在您想领导诸侯，来满足自己无止境的欲望。《诗》说：'施行统治政策宽松，福禄就会集于一身。'您施行的政策确实不够宽松，失去了许多福禄，这对诸侯又有什么害处呢？如果您不同意讲和，那么我们国君还让我有话可说：'您率领你们国君的军队光临我国，我们以疲弱的兵力和您的士兵作战。因畏惧贵国国君的威力，我军失败了。如果您能为齐国求福，不灭亡我国，使我们能继续保持友好关系，那么先君留下的宝器和土地，我们将不敢怜惜。但您又不同意。我们只好收集残余部队，在我国城下决一死战。如果我国侥幸取胜，也仍然听从贵国的命令，何况不幸又战败呢，岂敢不唯命是听'？"鲁国、卫国也劝告郤克说："齐国已经非常仇恨我们了，那些战死的人，都是齐侯的宗族。您如果不答应讲和，他们会更加仇恨我们。您还想得到什么呢？您得到齐国的国宝，我们得到土地，而且又使祸难得到缓解，这荣耀也够多了。齐国、晋国都是上天保佑的国家，难道上天必定只保佑晋国永远不败吗？"晋国人最终同意了齐国讲和的请求，答复说："我们诸位大臣率兵前来，是为了替鲁、卫两国请命，假如有理由回去向国君复命，这就是我国国君的恩惠了。我们哪里敢不答应你们的要求呢？"

鲁国的禽郑从军中前往迎接成公。

秋天七月，晋军和齐国的宾媚人在爰娄结盟。使齐国人把汶阳的土地归还鲁国。成公在上鄍会见晋军，赐给郤克、士燮、栾书三位将帅先路礼车和三命礼服，司马、司空、舆师、侯正、亚旅等官也都获得了一命礼服。

八月，宋文公去世，开始采取厚葬，用蜃灰和木炭，增加了随葬的车马，并开始用活人殉葬。陪葬器物也大大增多，外棺做成四坡形，棺木上有翰桧装饰。

君子认为："华元和乐举，在这件事上没有履行臣子的职责。臣子的职责就是为国君解除烦恼和惑乱，因此有的臣子不惜生命而冒死进谏。现在这两个人，国君生前，他们放纵他作恶，国君死了，他们又为他奢侈无度，这是把国君推向邪恶的深渊，这是什么臣子？"

九月，卫穆公去世，晋国的郤克、士燮、栾书三人在作战回国途中前往吊唁，只是在大门外哭泣。卫国人也在门外接待他们。妇女们在大门里面哭。送他们出来时也是这样。于是此后以此礼为常，直到安葬。

楚国攻打陈国夏氏之后，庄王想纳夏姬为妃。申公巫臣说："不行。君王召集诸侯，本来是为了讨伐罪人。现在纳夏姬为妃，是贪恋她的美色。贪恋美色就是淫乱，淫乱就要受到重罚。《周书》说：'要宣扬德行，小心刑罚。'这正是周文王能够缔造周王朝的根本原因。宣扬德行，就是说要努力提倡；小心刑罚，就是说要尽量不用它。如果兴师动众而来，却得到极大的惩罚，这就不是很小心了。您还是认真考虑一下！"庄王于是打消了这个念头。子反也想娶夏姬，巫臣说："这是个不吉利的女人。她使子蛮早亡，使御叔和陈灵公被杀，夏征舒被诛，孔宁、仪行父也因她而逃亡国外，陈国因她而亡，还有谁比她更不吉利呢？人生在世的确不容易，您如果娶了夏姬，恐怕也不会有好结果吧！天下有许多漂亮女人，何必一定要娶她呢？"于是子反也打消了这个念头。

庄王最后把夏姬送给了连尹襄老，结果襄老在邲之战中死了，没有找到他的尸体。襄老的儿子黑要和夏姬乱伦私通。巫臣派人向夏姬示意，说："你回郑国去，我要娶你。"又派人去郑国，让郑国召她回去，说："襄老的尸体能够找到，你必须亲自来迎接。"夏姬将此事告诉了庄王，庄王便向屈巫征求意见。巫臣说："这话大概可信。知罃的父亲荀首，是成公的宠臣，又是荀林父的小弟弟，他最近做了中军副帅，和郑国的皇戌关系很好，又非常喜欢知罃。他必然想通过郑国而归还王子和襄老的尸体，而换取知罃。郑国人对邲地之战至今心有余悸，想讨好晋国，他们一定会答应。"于是庄王打发夏姬回郑国。将要动身时，夏姬对送行的人说："如果得不到襄老的尸体，我就不回来了。"巫臣向郑国请求娶夏姬为妻，郑襄公同意了他的请求。

巫臣携夏姬逃离楚国，选自明刊本《新镌绣像列国志》。

等到楚共公即位，准备发动阳桥之战时，派屈巫前往齐国聘问，并且通报他们出兵的日期。巫臣动身时带走了全部家产。申侯跪跟随父亲准备到郢都去，遇到了巫臣，他说："奇怪！这个人既有军事使命在身的戒惧，又有桑中约会的喜悦，大概要偷偷带着妻子逃跑吧。"果然，巫臣从齐国返回到达郑国后，便让副使带着齐国赠送的礼物返回楚国，而他自己则带着夏姬逃走了。准备逃到齐国，齐军刚刚打了败仗，他说："我不呆在战败之国。"于是逃到了晋国，通过郤至的关系，在晋国做了臣子。晋国任命他为邢地大夫。子反请求以重金收买晋国，让晋国永不起用巫臣。楚共王说："不可！他为自己打算，无疑是错误的。但他为先君出谋划策，却是忠诚的。忠诚，是国家赖以巩固的保证，它对国家的作用太大了。况且他如果能有利于晋国，即使送去重礼，晋国就会同意我们

的要求吗？如果他对晋国没有用处，晋国自然会废弃他，又哪里用得着送重礼去请求晋国永不起用他呢？"

晋军班师回国，士燮最后进入国都。他父亲士会说："你不知道我盼望你吗？"士燮说："军队得胜回来，国人高兴地迎接他们，如果先回来，一定特别引人注目，这是代替主帅享受这份荣誉，所以不敢先回来。"士会说："你如此谦让有礼，我知道我们家族能免于祸患了。"

郤克进见晋景公。景公说："这次大胜得力于你啊！"郤克回答说："这完全是国君的教训有方，和几位将领的功劳，我有什么功劳呢？"士燮进见景公，景公用同样的话慰问他，士燮回答说："这次胜利，是听从荀庚的命令，接受郤克统帅的结果，我有什么功劳呢？"栾书进见景公，景公也是像这样慰问他，他回答说："这次胜利，得力于士燮的指挥和士兵的奋不顾身，我有什么功劳呢？"

当初鲁宣公派使者到楚国请求结好时，正好楚庄王去世，不久鲁宣公也去世了，因此两国没能建立友好关系。鲁成公即位后，在晋国接受了盟约，并会同晋国攻打了齐国。卫

国人不派使者前往楚国聘问，而且也接受了晋国的盟约，跟随晋国一起攻打齐国。所以楚国令尹子重发动了阳桥之战来救援齐国。部队准备出发时，子重说："现在国君年幼，我们这些臣子也不如先大夫，只有军队很多才可出兵。《诗》说：'拥有众多的人才，文王才能平定天下。'周文王都要依靠众多的兵士，何况我们这类人呢？再说先君庄王临终时嘱托我们说：'假如没有足够的德行推及到远方，就不如好好地爱护百姓，并合理地使用他们。'"于是大规模地清理户口，免除百姓的债务，关怀孤寡老人，救济穷人，赦免罪犯。调动全国的军队，楚共王的侍卫军也全部出动。彭名驾驭战车，蔡景公为车左，许灵公为车右。蔡、许两位国君虽然还年幼，也都勉强行了冠礼。

冬天，楚军入侵卫国，随后又入侵我鲁国，军队驻扎在蜀地。鲁国派臧宣叔前往楚军谈判，臧宣叔推辞说："楚军远距离作战而且时间已很久，本来就要退兵了。没有功劳而接受荣誉，下臣不敢。"楚军进攻到达阳桥，孟孙请求前往谈判，以木工、缝工、织工各一百人作为礼物，并让公衡作为人质，请求讲和。楚国人同意讲和。

十一月，成公和楚公子婴齐、蔡景公、许灵公、秦国右大夫说、宋国的华元、陈国的公孙宁、卫国的孙良夫、郑国的公子去疾以及齐国的大夫在蜀地订立了盟约。《春秋》没有记载卿的名字，表示此次结盟缺乏诚意。在这时因害怕晋国而只能偷偷地与楚国结盟，所以叫做"匮盟"。没有记载蔡景公和许灵公，是因为他们乘坐了楚国的车辆，这表明他们丧失了作为国君的地位。

君子说："国君的地位不能不谨慎对待啊！蔡、许两国国君，一旦失去了作为国君的地位，便不能与诸侯并列，更何况在他们之下的人呢？《诗》说：'君王不懈怠，百姓就能得到休息。'大概说的就是这种情况了。"

楚军到达宋国时，公衡就逃回来了。臧宣叔说："公衡不能忍受几年的艰苦生活，而置鲁国于不顾，国家将怎么办呢？谁能解除这一祸患呢？后代子孙必然受此祸患啊！国家被抛弃了。"

这次军事行动中，晋军避开楚军，是因为害怕楚军兵力强大。君子认为："大众是不能放弃的。子重这样的大夫执政，还能以人多势众战胜敌军，何况是善于使用大众的贤明之君呢？《大誓》所说的'商朝亿万人离心离德，周朝十个人同心同德'，就是说要依靠众人。"

晋景公派巩朔把齐国俘虏进献给周王室。周天子不肯接见，派单襄公推辞，并说："蛮夷戎狄不服从天子命令，沉湎酒色，败坏法度，天子命令讨伐他们，如果取得胜利，才有向王室进献俘虏的规定，天子亲自接受并且慰劳有功者，这是为了惩罚不遵主命之人，奖励有功之人。同姓兄弟国家或异姓甥舅国家，如果互相侵犯，败坏天子的法度，天子命令讨伐他们，如果取得胜利，也只是派人来通报一下胜利的消息而已，不需进献俘虏，这是为了尊敬亲近，禁止邪恶。现在叔父能够成功，在对齐作战中建立了功勋，但却没有派一位天子任命的卿来问候王室，所派来问候我的使者，只是巩朔，而在周王室所任命的卿中并没有他，并且把齐国的俘虏献给王室，也违背了先王的礼法。我虽然喜爱巩朔，难道敢废弃先王的典章制度而羞辱叔父？齐国和周王室是甥舅关系，又是姜太公的后代，难道是齐国放纵私欲激怒了叔父，还是齐国已经不可劝谏教诲了呢？"巩朔不能回答。周天子把接待任务交给三公，让他们按侯伯战胜敌国派大夫向王室告捷的礼节接待巩朔，这比接待卿的礼节低了一等。周天子与巩朔宴饮，私下送给他礼物。又派赞礼者告诉他说："这种接待不合礼法，不要记在史书上。"

成公三年

鲁成公三年春天，周王正月，成公会合晋景公、宋共公、卫定公、曹宣公攻打郑国。二十八日，安葬卫穆公。二月，成公从伐郑前线回国。十二日，宣公庙遭火灾，成公和家人哭泣三天。二十三日，安葬宋文公。夏天，成公前往晋国。郑国的公子去疾率军攻打许国。成公从晋国回国。秋天，叔孙侨如率军包围了鲁国的棘地。因干旱，举行求雨祭祀活动。晋国的郤克和卫的孙良夫讨伐廧咎如。冬天十一月，晋景公派荀庚前来聘问。二十八日，与荀庚盟约。二十九日，与孙良夫盟约。郑国攻打许国。

○鲁成公三年春天，诸侯联军攻打郑国，驻扎在伯牛，这是为了报复郑国在邲之战中对晋国的不忠。于是东下进攻郑国。郑国的公子偃率军抵抗，并让东部边境地区军队埋伏在鄤地，在丘舆一举击败了诸侯联军。郑大夫皇戌前往楚国进献战利品。

夏天，成公前往晋国，答谢晋国让齐国归还了汶阳之田。

许国倚仗楚国而不事奉郑国，郑国的子良发兵攻打许国。

晋国人把公子谷臣和连尹襄老的尸体归还给楚国，以此赎回知罃。此时知罃的父亲荀首任晋军的中军副帅，所以楚国人同意交换。楚共王送别知罃，说："您怨恨我吗？"知罃回答说："两国交战，我没有才能，不能胜任自己的职务，而做了俘虏。您没有杀我，让我回国受刑，这是您的恩惠。我实在无能，又敢怨恨谁呢？"共王又说："那么您感谢我吗？"知罃回答说："两国都是为了谋求本国的利益，以求安定百姓，现在各自克制愤怒，互相谅解，双方释放战俘，重结友好。两国友好，我没有参与谋划，又敢感激谁呢？"共王又说："您回国后，用什么来报答我？"回答说："我不怨恨您，也不感激您，无怨无德，不知道应该报答什么？"共王说："即便如此，您也一定要把您的想法告诉我。"知罃说："托您的洪福，如果我能把这身骨头带回晋国，即使我国国君将我杀了，我也认为死而不朽。如果承蒙您的恩惠而国君免我一死，把我交给您的外臣荀首处置；即使荀首向国君请求在宗庙将我杀死，我也认为死而不朽。如果国君不同意处死我，而让我继承宗族世袭的职位，并依照次序参与政事，率领一部分军队保卫边境，到那时即使遇到您，也不敢违背命令。我将竭尽全力作战，即使战死，也不敢有二心，以此来尽到臣子的责任。这就是我对您的报答。"共王说："看来不能与晋国争雄。"于是对他重加礼遇，让他回国。

秋天，鲁国的叔孙侨如围攻棘地，占领了汶阳的田地。因为棘地人不肯顺服鲁国，所以才围攻他们。

晋国的郤克、卫国的孙良夫率兵攻打廧咎如，以消灭赤狄的残余势力。廧咎如溃败了，这是因为他们的首领失去了老百姓的拥护。

冬天，十一月，晋景公派荀庚前来鲁国聘问，同时重温过去的盟约。卫定公也派孙良夫前来聘问，同时重温过去的盟约。成公问臧宣叔："荀庚在晋国，位次第三，孙良夫在卫国，处上卿之位，让谁在前呢？"臧宣叔回答说："次国的上卿相当于大国的中卿，中卿相当于大国的下卿，下卿相当于大国的上大夫。小国的上卿只相当于大国的下卿，中卿相当于大国的上大夫，下卿相当于大国的下大夫。上下职位如此，是自古以来的制度。卫国和晋国相比，还算不得次国。晋国为诸侯盟主，应该让晋国在前面。"二十八日，先和晋国结盟，二十九日，再和卫国结盟，这是合乎礼法的。

十二月二十六日，晋国将军队扩充为六军。韩厥、赵括、巩朔、韩穿、荀骓、赵旃都担任卿，这是奖赏他们在鞌之战中的功劳。

齐顷公到晋国朝见，正要举行授玉仪式时，郤克快步上前对齐顷公说："君王此次来访，是为了贵国妇人嘲笑小臣一事来受辱，我们君王可担当不起。"

晋景公设宴款待齐顷公。齐顷公总看着韩厥，韩厥说："您认识我吗？"齐顷公说："衣服变了。"韩厥登阶，举起酒杯说："我当初不敢怕死，拼命地追赶您，就是为了两国国君今天能在此堂举杯欢宴啊。"

知罃在楚国时，有一个郑国商人准备把他藏在装衣物的口袋里，救他出来。两人已经策划好了，未及行动，楚国人就把知罃送回晋国了。后来这个商人到了晋国，知罃很好地招待他，就好像他真的把自己救出来了一样。商人说："我并没有功劳，怎敢领受他的报答呢？我是个小人，不能这样欺骗君子。"于是就到齐国去了。

成公四年

鲁成公四年春天，宋共王派华元前来聘问。三月壬申这天，郑襄公去世。杞桓公前来朝见。夏天四月八日，臧孙许去世。成公前往晋国。安葬郑襄公。秋天，成公从晋国回国。冬天，在郓地筑城。郑悼公讨伐许国。

〇鲁成公四年春天，宋国的华元前来聘问，这是为新即位的宋共公谋求和鲁国的友好。

杞伯前来鲁国朝见，是为了休弃叔姬的缘故。

夏天，成公前往晋国。晋景公会见成公时，不礼貌。季文子说："晋景公必定难免祸患。《诗》说：'小心又谨慎，上天是明察的，天命不可能长久不变！'晋景公的命运决定于诸侯，怎么能对诸侯不恭敬呢？"

秋天，成公从晋国回国，准备和楚国结好而背叛晋国。季文子说："不能这样。晋国虽然无道，但也不能背叛它。晋国国力强盛，群臣和睦，而且邻近我国，诸侯又都听从它的命令，所以不能对它有二心。史佚之《志》有这样的话：'不是我们同一个种族，必然不能同心同德。'楚国虽然强大，但不是我们的同族，难道能喜欢我们吗？"成公于是放弃了这个主意。

冬天，十一月，郑国的公孙申率军在许国的土地上划定疆界，许国人在展陂打败了他们。于是郑悼公讨伐许国，夺取了钼任、冷敦的田地。

晋国的栾书率领中军，荀首为副帅，士燮为上军副帅，前往救援许国，讨伐郑国，夺取了郑国的氾、祭二地。

楚国的子反救援郑国，郑悼公和许灵公在子反面前互相指责。皇戌代表郑伯发言，子反不能决断是非。他说："如果二位国君能前去面见我国国君，他和几个大臣一起听取两位国君想要说的，是非曲直大概可以明断。不然，我也无法判断你们两国的是非。"

晋国的赵婴与侄儿赵朔的妻子赵庄姬通奸。

成公五年

鲁成公五年春天，周王正月，杞伯夫人叔姬被休回到鲁国。仲叔蔑前往宋国。夏天，叔孙侨如在齐国谷地和晋国的荀首会见。梁山发生了山崩。秋天，发大水。冬天，十一月十二日，周定王去世。十二月二十三日，成公会见晋景公、齐顷公、宋共公、卫定公、郑悼公、曹宣公、邾子、杞桓公，在虫牢一起结盟。

〇鲁成公五年春天，赵同、赵括准备将赵婴放逐到齐国。赵婴说："我在晋国，因此栾书等人不敢作乱。如果我不在晋国，两位兄长就将有灾祸。再说任何一个人都有所能、也有所不能，赦免了我对你们又有什么坏处呢？"赵同、赵括不同意。

赵婴梦见上天的使者告诉自己："祭祀我，我保佑你。"赵婴派人请士贞伯解释，贞伯说："我也不知道这是什么意思。"过了一会儿又告诉那个人说："神灵保佑仁人君子，降祸于淫乱之人，淫乱而没有受到惩罚，这就已经是福了。即使祭祀神灵，难道就能无祸吗？"赵婴祭祀了神灵，到第二天就流亡到齐国去了。

鲁国的孟献子前往宋国，这是对去年华元的聘问进行回访。

夏天，晋国的荀首前往齐国为晋景公迎娶齐女，因此鲁国的叔孙侨如在谷地为他们赠送食物。

梁山崩塌，晋景公用驿车召见伯宗。伯宗令一辆载重车给他让路，说："给驿车让路！"押送重车的人说："等我避开让让道，不如走捷径来得快。"伯宗问他是哪里人，回答说："晋都绛城人。"又问他绛城的情况，他说："梁山崩塌，国君要召回伯宗研究对策。"伯召又问："应该怎样对待这件事？"回答说："山因为有腐朽的土质而崩塌，又能有什么办法？国家以山川为主体，因此一旦有山崩塌河流枯竭的事，国君就应减膳斋戒，穿素服，乘坐没有彩饰的车子，不奏音乐，离开寝宫外出居住，给神灵献上礼品，由祝史宣读祭文祭祀山川神灵。如此而已，即使伯宗回去，他又能怎么样呢？"伯宗请他去见晋景公，他不肯去。于是伯宗把他的话告诉了景公，景公听从了他的意见。

许灵公到楚国控告郑悼公。六月，郑悼公到楚国争辩是非，结果败诉。楚国人于是囚禁了郑国的皇戍和子国。因此郑悼公回国后，便派公子偃到晋国请求和好。秋天八月，郑悼公和晋国的赵同在垂流结盟。

宋国的公子围龟在楚国当人质，回到宋国后，华元设宴招待他。但他要求击鼓呼叫从华元家出来，又击鼓呼叫着再进华元家，并说："我这是演习攻打华氏。"于是宋共公杀了他。

冬天，成公和晋景公、齐顷公、宋共公、卫定公、郑悼公、曹宣公、邾子、杞伯在郑国的虫牢举行盟会，这次盟会是因为郑国归顺晋国而举行的。诸侯国商量再举行一次盟会，宋共公派向为人前来报告国内发生了子灵事件，表示不能参加盟会。

十一月十二日，周定王去世。

成公六年

成公六年春天，周历正月，成公从会盟地回国。二月十六日，建立了武官。攻取了鄟国。卫国的孙良夫率军攻打宋国。夏天六月，邾子前来朝见。公孙婴齐前往晋国。九日，郑悼公去世。秋天，仲孙蔑、叔孙侨如率军攻打宋国。楚国公子婴齐率军攻打郑国。冬天，季孙行父前往晋国。晋国的栾书率军救援郑国。

〇鲁成公六年春天，郑悼公前往晋国感谢晋国同意和好，子游担任礼相。郑悼公本应在东西两楹之间行授玉之礼，却走到东楹的东边行礼。士贞伯说："郑悼公恐怕快死了吧！他自己不尊重自己。目光游移不定，走路过快，他在君位上不能安定，大概不长久了。"

二月，季文子因为鞌之战的胜利而建立了武宫，这是不合礼法的。依靠别人的力量来解救自己的灾难，不能建立武宫。建立武宫必须是由自己的力量取得胜利，而不是由别人。

攻取了鄟国，《春秋》这样记载，是说这次行动完成得很容易。

三月，晋国的伯宗、夏阳说、卫国的孙良夫、宁相、郑国人以及伊雒之戎、陆浑、蛮氏等联合攻打宋国，因为宋国去年拒绝参加虫牢会盟。联军驻扎在卫国的铖地，卫国人没有设防。夏阳说想偷袭卫国，他说："即使不能攻入卫国国都，但多抓些俘虏回去，就是有罪也还不至于被处死。"伯宗说："不能这样。卫国正因为信任晋国，所以我们军队驻扎在他们郊外，他们也不防备。如果偷袭卫国，这是背弃信义。虽然多获了卫国俘虏，但晋国却因此而丧失信义，又怎么能得到诸侯的拥戴？"于是打消了这个念头。晋军开拔返回，卫国人才登上城墙。

晋国人打算将都城迁离故绛。大夫们都说："一定要迁到郇、瑕氏的某个地方，那里土地肥沃，又离盐池很近，对国家有利，君王也快乐，不能放弃这个好地方。"此时韩献子掌管新中军，又兼任仆大夫。晋景公向群臣答礼后退入路门，韩献子跟在他后面。景公站在寝宫的院子里，对韩献子说："怎么样？"韩献子回答说："不行。郇、瑕之地土质贫瘠，又缺少水源，容易积聚肮脏之物。肮脏之物容易积聚，百姓就忧愁，百姓忧愁，身体就会疲弱不堪，因此就会滋生风湿和脚肿的疾病。不如迁往新田，那里土地肥沃，水源丰富，居住在那里不会生病，又有汾水和浍水冲走各种肮脏之物，而且那里的百姓服从教化，这是关系到国家千秋万代的根本利益。大山、沼泽、森林、盐地，是国家的宝藏。国家富饶，百姓就会骄淫，靠近宝藏之地，公室将因此而贫乏，这不能说是君王的快乐。"景公很高兴，听从了韩献子的意见。夏天四月十三日，晋国迁都到新田。

六月，郑悼公去世。

子叔声伯前往晋国。晋国命令鲁国攻打宋国。

秋天，孟献子和叔孙宣伯攻打宋国，这是执行晋国的命令。

楚国的子重攻打郑国，这是因为郑国又归顺晋国的缘故。

冬天，季文子前往晋国，祝贺晋国迁都。

晋国的栾书救援郑国，与楚军在绕角相遇。楚军撤退回国，晋军便攻打蔡国。楚国的公子申、公子成率领申地、息地的军队救援蔡国，在桑隧抵抗晋军。赵同、赵括想出战，向栾书请示，栾书准备同意。荀首、士燮和韩厥劝阻说："不行。我们前来救援郑国，楚军离开了我们，我们才到达这里，这实际上是转移了杀戮对象。杀戮没有结束，又激怒了楚军，这样出战必定失败。即使取胜，也不一定是好事。出动大军。而仅仅击败楚国两个县，又有什么荣耀呢？如果不能击败他们，那么我们蒙受的耻辱就太大了，不如回去吧。"

于是晋军就回国了。

　　此时，军中将帅主张出战的人很多。有人对栾书说："圣明的人与大众共愿望，因此能够成功。您何不顺从大家的愿望？您为执政大臣，应该考虑民众的意见。您的助手有十一人，不想出战的只有三人。主张出战的人可以说是多数了。《商书》说：'如果有三个人占卜，就听从两个人的。'因为两个人就是多数。"栾书说："如果同样都是善，就听从多数人的意见。善，是大家的主张。现在有三位卿同意这一主张，也可以说是多数了。听从他们的意见，不也可以吗？"

成公七年

　　鲁成公七年春天，周历正月，鼹鼠咬坏了用来作郊祭的牛的角，于是改用其他牛来卜测吉凶。鼹鼠又咬坏了这头牛的角，于是不再杀牛。吴国攻打郯国。夏天五月，曹宣公前来鲁国朝见。不再举行郊祭，但还是举行了望祭。秋天，楚国的公子婴齐率军攻打郑国。成公会合晋景公、齐顷公、宋共公、卫定公、曹宣公、莒子、邾子、杞桓公救援郑国。八月十一日，一起在马陵会盟。成公从会盟地回国。吴国攻入州来。冬天，大规模地举行祈雨祭祀。卫国的孙林父出逃到了晋国。

　　〇鲁成公七年春天，吴国攻打郯国，郯国求和。

　　季文子说："中原各国不整顿军备，四方蛮夷经常入侵，竟没有人忧虑此事，这是因为没有好的具有权威的人啊！《诗》说：'上天不仁，动乱没有休止。'大概就是说的这种情况吧！即使有了霸主，但他不仁不义，那又有谁能免遭蛮夷入侵呢？我们灭亡指日可待了。"君子认为："能像季文子这样忧国忧民，国家就不会灭亡了。"

　　郑国的子良作为郑成公的礼相前往晋国，朝见晋景公，同时对晋国去年出兵救郑表示感谢。

　　夏天，曹宣公前来鲁国朝见。

　　秋天，楚国的子重攻打郑国，进军到汜地。诸侯各国救援郑国。郑国的共仲、侯羽包围了楚军，囚获了郧公钟仪，把他献给了晋国。

　　八月，成公同晋景公、齐顷公等诸侯国君在马陵会盟，重申在虫牢的盟约，同时也是为了莒国归顺晋国的缘故。

　　晋国人把钟仪带回国，囚禁在军用仓库。

　　楚国围攻宋国那次战役，楚军回国后，令尹子重请求将申地、吕地作为赏田奖给他，楚王同意了他的请求。申公巫臣说："不能这样。申、吕二地所以成为城邑，这是因为国家能从这里征收兵赋，用来抵御北方的入侵。如果子重占有了这两地，也就丧失了申、吕两个城邑。这样，晋国和郑国的势力就会扩张到汉水一带。"于是楚庄王取消了这个决定。子重因此而怨恨巫臣。子反想娶夏姬为妻，巫臣阻止他，而自己却娶了夏姬并逃到晋国去了。子反也因此而怨恨巫臣。等到楚共王即位，子重、子反杀了巫臣的族人子阎、子荡、清尹弗忌和襄老的儿子黑要，并且瓜分了他们的家产。子重占取了子阎的家产，让沈尹和王子罢分了子荡的家产，子反占有了黑要和清尹的家产。巫臣从晋国写信给子重和子反，说："你们靠谗言、邪恶和贪婪事奉国君，又滥杀无辜，我一定要让你们疲于奔命而死。"

巫臣请求出使到吴国，晋景公同意了他。吴王寿梦很赏识他。于是巫臣使吴国和晋国建立了友好关系。巫臣到吴国去时带了三十辆兵车，他留下十五辆给吴国，并送给吴国射手和驾车手。教吴国人驾车，教他们战阵之法，又教唆他们背叛楚国。巫臣安排自己的儿子到吴国做外交使者。于是吴国开始攻打楚国、巢国和徐国。子重为了抵御吴国的进攻，四处奔波。各诸侯国在马陵会盟时，吴国攻入州来。子重从郑国赶去援救。子重、子反在一年内为了抵御吴国，奉命奔波了七次。从前属于楚国的蛮夷，都被吴国占取了，因此吴国开始强大起来，并开始和中原各国交往。

卫定公讨厌孙林父。冬天，孙林父逃亡到晋国。卫定公到晋国，晋国便把孙林父的封地戚邑还给了卫国。

成公八年

鲁成公八年春天，晋景公派韩穿来到鲁国，要求鲁国把取回的汶阳之田重新还给齐国。晋国的栾书率军入侵蔡国。公孙婴齐前往莒国。宋共公派华元前来聘问。夏天，宋共公又派公孙寿来鲁国送彩礼。晋国杀了大夫赵同和赵括。秋天七月，周天子派召伯来鲁国传达赏赐成公的命令。冬天十月二十三日，杞叔姬去世。晋景公派士燮来鲁国聘问，叔孙侨如会合晋国士燮、齐国人、邾国人攻打郯国。卫国人送来一个陪嫁的女子。

○鲁成公八年春天，晋景公派韩穿来鲁国谈关于要鲁国把汶阳之田重新还给齐国的事。季文子为韩穿饯行，私下对他说："大国处事公正而成为盟主，诸侯也因此而怀念它的德行，畏惧它的讨伐，没有二心。说到汶阳之田，本来就是我国的领土，对齐国用兵之后，才迫使齐国归还我国。现在又有不同的命令说：'再归还给齐国。'推行道义要凭信用，完成命令要靠道义，这是小国所希望的，也会因此而归顺大国。现在信用不可靠，道义没有树立，四方诸侯，谁能不离心涣散？《诗》说：'女人并无过错，是男子的操行不好，男子的心中没有主意，他的行为三心二意。'七年之内，还回来一次又夺回去一次，还有比这更三心二意的吗？男子变化无常，还会失去配偶，更何况是诸侯霸主呢？霸主必须凭借德行，如果朝令夕改，那又怎能长久得到诸侯的拥戴呢？《诗》说：'谋略缺乏远见，因此极力劝谏。'行父我担心晋国不能深谋远虑而失去诸侯的拥戴，因此才敢私下对您说这些话。"

晋国的栾书入侵蔡国，接着又侵入楚国，抓获了楚国大夫申骊。

在鲁成公六年，楚、晋两军在绕角相遇，楚军撤退后，晋国趁机入侵沈国，俘虏了沈子揖初。这是栾书采纳了荀首、士燮、韩厥三人计谋的结果。君子认为："采纳好建议就像流水一样爽快，这是恰当的啊！《诗》说：'谦虚的君子，怎么不起用人才？'说的就是求取贤能之人啊！善于起用人才，这就有功绩了。"这次行动，郑悼公会合晋军，经过许国时，便攻打许国国都的东门，收获很大。

鲁国的声伯前往莒国，迎娶妻子。

宋国的华元来鲁国聘问是为宋共公聘定共姬为夫人。

夏天，宋共公派公孙寿前来下彩礼，这是合乎礼法的。

晋国的赵庄姬因为赵婴被迫逃亡的缘故，在晋景公面前诬陷赵同和赵括。说："赵同和赵括准备叛乱。"栾氏、郤氏作证。六月，晋国诛杀了赵同、赵括。赵武跟着庄姬住在晋景公的宫内。景公把赵氏的田地赏给祁奚。韩厥对晋景公说："以赵衰的功勋和赵盾的忠心，却没有后代，善良的人恐怕会因此害怕。夏、商、周三代君王，都能够几百年保有江山，难道就没有邪恶的昏君？只不过靠他们贤明的祖先才得以免除灾祸罢了。《周书》说：'不敢欺侮鳏夫寡妇。'就是为了宣扬德行。"于是晋景公就立赵武为赵氏继承人，并把赵氏的田地都归还给了他。

秋天，召桓公来鲁国传达周天子赐爵成公的命令。

晋景公派申公巫臣前去吴国，向莒国借道。巫臣与莒君渠丘公站在城上，说："城墙太破旧了。"渠丘公说："我国偏远狭小，又在蛮夷之地，谁还会打我们的主意呢？"巫臣说："狡猾的人总是想着扩展疆土以有利于自己的国家，哪个国家没有这种人？正因为这样，所以有很多大国。小国中有的考虑防卫才得以幸存，有的放纵不设防便亡国。一个勇敢的人还要把门窗层层关闭，更何况是一个国家呢？"

冬天，杞叔姬去世。因为她是从杞国回到鲁国的，所以《春秋》才加以记载。

晋国的士燮来鲁国聘问，提到要攻打郯国，因为郯国事奉吴国。成公送给士燮礼物，请求让鲁国暂缓出兵。士燮不同意，他说："国君的命令不能随意更改，失去信用就难以自立。我接受的礼物不能另外增加，马上出兵或暂缓出兵只能有一种选择。如果您在其他诸侯之后出兵，那么我们国君就不能再事奉您了。我将如实向我们国君汇报。"季孙对此感到害怕，于是派宣伯率兵会同晋国讨伐郯国。

卫国人送来了一个女子作为共姬的陪嫁，这是合乎礼法的。凡是诸侯嫁女，如果是同姓国家就要送一个女子作为陪嫁，异姓国家就不必这样。

成公九年

鲁成公九年春天，周历正月，杞桓公前来鲁国迎接叔姬的灵柩回国。成公会合晋景公、齐顷公、宋共公、卫定公、郑成公、曹宣公、莒子、杞桓公，一起在蒲地会盟。成公从会盟地回国。二月，伯姬嫁到宋国。夏天，季孙行父到宋国去探望伯姬。晋国人送来一个女子作为陪嫁。秋天，七月丙子这天，齐顷公无野去世。晋国人囚禁了郑成公。晋国的栾书率军攻打郑国。冬天，十一月，安葬齐顷公。楚国的公子婴齐率军攻打莒国。十七日，莒国溃败，楚国人进入郓城。秦国人和白狄联合攻打晋国。郑国人包围了许国。鲁国在都城内又建造了一座城。

○鲁成公九年春天，杞桓公来鲁国接回叔姬的灵柩，这是应鲁国的要求。杞叔姬的死，是因为被杞国遗弃的缘故。杞国迎回叔姬的尸体，也是为了考虑和我国的关系。

由于晋国要鲁国把汶阳之田归还给齐国的缘故，诸侯国都对晋国有了二心。晋国人害怕了，于是在蒲地与诸侯会盟，以求重提原来在马陵的盟约。季文子对士燮说："德行已经衰落，重提旧盟干什么？"士燮说："勤勉地安抚诸侯，宽厚地对待诸侯，坚强地领导诸侯，用会盟来约束诸侯，怀柔顺服的，讨伐三心二意的，这也毕竟是次一等的德行。"

这次会盟，准备开始和吴国会见，但吴国人没有来参加。

二月，伯姬嫁到宋国。

楚国人用重礼请求和郑国和好，于是郑成公在邓地与楚国的公子成会盟。

夏天，季文子到宋国去探望伯姬，回国后向成公复命，成公设宴招待他。季文子吟诵了《韩奕》一诗的第五章，穆姜从后屋里走出来，两次下拜，说："大夫辛勤，您不忘先君的恩德，并把这种忠诚延续到当今君王和我身上。先君当初就对您有这样的希望。再次拜谢您加倍的辛勤。"又吟诵了《绿衣》一诗的最后一章才进去。

晋国人来鲁国送了一个女子作为陪嫁，这是礼节。

秋天，郑成公前往晋国。晋国人为了惩罚他背叛晋国、投靠楚国，把他囚禁在铜鞮。

栾书讨伐郑国，郑国人派伯蠲求和，晋国人杀了他，这是不合礼法的。两国交兵，使者可以在敌对双方之间来往。

楚国的子重入侵陈国，以此来救援郑国。

晋景公视察军用仓库，看到了钟仪，便问随行的官吏说："那个戴着南方帽子而被捆绑的人，是谁呢？"官吏回答说："是郑国人献来的楚国俘虏。"景公让人给钟仪松绑，召见并且慰问了他。钟仪两次行叩头礼，表示感谢。景公问他的家世，钟仪回答说："世代都是乐官。"景公问："你能演奏乐曲吗？"回答说："祖先以此为职官，我还能干其他的事吗？"景公便让人给他琴，他演奏的是南方曲调。景公又问："你国君王怎么样？"钟仪回答说:"这不是我做下官的能知道的事。"景公再三问他,他才回答说:"他做太子的时候,太师、太保事奉着他,他每天早晨请教令尹子重,晚上请教司马子反。其他的事我就不知道了。"景公把这话告诉了士燮,士燮说:"这个楚国俘虏,是一个君子。他说话时先提到祖先的官职,这是不忘本;奏乐时弹奏家乡曲调,这是不忘旧;提到楚君做太子时的事,这是没有私心;直呼两位卿的名字,这是尊重国君您。不忘本,就是仁;不忘旧,就是信;无私心,就是忠;尊重君王,就是敏。仁爱地处理事务,诚实地恪守它,忠心地完成它,灵敏地执行它,即使事情再大,也一定能成功。您何不放他回去,让他成就晋、楚两国的友好呢?"景公听从了士燮的建议,对钟仪重加礼遇,让他回国为晋、楚两国求和。

冬天,十一月,楚国的子重从陈国出兵攻打莒国,包围了渠丘。渠丘城墙很破旧,守军溃败,逃到了莒城。五日,楚军进入渠丘。莒国人俘虏了楚国的公子平。楚国人说:"不要杀他!我们归还你们的俘虏。"莒国人还是杀了公子平。于是楚军包围了莒城。莒城的城墙也破旧不堪,十七日,莒城守军溃败。楚军便进入了郓城。莒国这次大败,是由于没有防备的缘故。

君子认为:"凭着城墙破旧而干脆不设防,这是罪中的大罪;预防意外,则是善中的大善。莒国借口自己的城墙破旧,不修治城郭,因此在十二天之内,楚国连下三城,这是没有防备的结果啊!《诗》说:'虽然有了丝麻,也不要将菅、蒯这类粗恶的东西扔掉。虽然有了美貌的姬妾,也不要将憔悴丑陋的妻子抛弃。凡是君子,也没有不顾此失彼的。'说的就是不能不防患于未然。"

秦国人和白狄攻打晋国,这是利用诸侯国对晋国怀有二心的机会采取的行动。

郑国人包围了许国,示意晋国,他们并不想急着救出郑成公。这是公孙申出的主意,他说:"我们出军围攻许国,给晋国造成我们要改立国君的假象,也暂不派使者去晋国谈判,这样晋国一定会送国君回来。"

鲁国在都城内又建造了一座城。《春秋》记载了这件事,是因为修城合乎时宜。

十二月,楚共王派公子辰前往晋国,回报晋国放钟仪回国并为两国修好之举,请求重修旧好,订立盟约。

成公十年

鲁成公十年春天,卫定公的弟弟黑背率军入侵郑国。夏天,四月,五次为郊祭占卜,都不顺利,于是就不举行郊祭。五月,成公会合晋景公、齐灵公、宋共公、卫定公、曹宣公攻打郑国。齐国人送来了一个女子作为陪嫁。六月六日,晋景公獳去世。秋天,七月,成公前往晋国。冬天，十月。

〇鲁成公十年春天，晋景公派籴茷去楚国，这是回报楚国太宰子商对晋国的访问。

卫国的子叔黑背听说了公孙申的计谋。三月，公子班便立公子缮为国君。夏天，四月，郑国人杀了公子缮，另立髡顽为国君。公子班逃到许国。栾书说："郑国人立了国君，我们在这里囚禁郑成公，又有什么用呢？不如攻打郑国，把他们的国君送回去，以谋求两国和好。"晋景公有病。五月，晋国立太子州蒲为国君，会合诸侯攻打郑国。郑国的子罕为了求和。把郑襄公庙里的钟送给了晋国，子然在脩泽与晋国和诸侯们会盟，子驷到晋国做人质。十一日，郑成公回国。

晋景公梦见一个恶鬼，头发披散到地上，捶胸跳着说："你杀了我的孙子，不义。我得到上帝的允许要为子孙报仇了。"于是捣毁宫门和寝门走了进来。景公害怕，躲到内室。又捣坏了内室的门。景公惊醒了，召请桑田的巫师。巫师占卜的结果和景公梦到的一样。景公问："怎么样？"巫师回答："您吃不到今年的麦子了。"景公的病更重了，于是派人到秦国求医。秦桓公派一个叫缓的医生来给景公治病。医生还未到达，景公又梦见他的病变成了两个小孩，一个说："缓是一个名医，害怕他伤害我们，我们逃到哪里去呢？"另一个说："我们躲到肓的上面，膏的下面，他能把我们怎么样？"医缓到了，看了景公的病后说："病已无法治好了。它在肓之上，膏之下，用砭石攻它不行，用针疗又达不到，用药也不起作用，没法治了。"景公说："的确是个好医生。"于是赏给他很多礼物，让他回国了。六月六日，景公想尝新麦，就让管理土地的人献上麦子，厨师做好了麦饭。景公召来了那个桑田的巫师，把做好的新麦饭让他看，然后杀了他。景公正要进食时，忽然肚子发胀，就去上厕所，掉到粪坑里淹死了。有一个宦官早晨梦见自己背着景公上了天，等到中午，果然从厕所里背出了景公。于是晋国就让他为景公殉葬。

郑成公惩治另立新国君的人，六月八日，杀了叔申和叔禽。君子认为："忠诚是美德，但效忠的对象不是那种人还不行，更何况他本身就缺乏美德。"

秋天，鲁成公到晋国访问，晋国人强迫成公留下，让他为景公送葬。在这时晋国派往楚国的籴茷还没有回来。

冬天，安葬晋景公。成公送葬，其他诸侯都没有参加。鲁国人以此为耻辱，所以《春秋》没有记载，这是因为忌讳这件事。

成公十一年

鲁成公十一年春，周历三月，成公从晋国回国。晋历公派郤犫来聘问，二十四日，与郤犫会盟。夏天，季孙行父前往晋国。秋天，叔孙侨如前去齐国。冬天，十月。

○鲁成公十一年春天，周历三月，成公从晋国回国。晋国人认为成公暗中投靠楚国，所以强留下他。成公请求接受盟约，然后才让他回国。

郤犫前来鲁国聘问，同时也监视两国盟约的执行情况。

声伯的母亲未行聘礼就嫁给了声伯的父亲，穆姜说："我不能让一个妾做我的嫂子。"声伯的母亲生下声伯后便被遗弃了，嫁给了齐国的管于奚。生了两个孩子后又守寡了，最后回到了声伯的身边。声伯让他的异父弟弟做了大夫，把异父妹妹嫁给了施孝叔。郤犫来鲁国聘问时，请求声伯给他物色一个妻子。声伯把异父妹妹从施孝叔手里夺回来给了郤犫。妇人对施孝叔说："鸟兽都不愿失去配偶，你将怎么办呢？"施孝叔回答说："我不能死，也不愿逃亡。"于是妇人就跟郤犫走了。后来为郤氏生了两个孩子。郤氏被灭族后，晋国人又把她送回给施孝叔。施孝叔在黄河边上迎接她，却将她的两个孩子丢到河里淹死了。妇人愤怒地说："你自己既不能保护自己的妻子而令她远去他国，又不能爱护别人的孤儿而杀死了他们，靠什么得以善终？"于是妇人发誓不再做施孝叔的妻子。

夏天，季文子到晋国对郤犫的访问进行回访，并且监视两国盟约的执行情况。

周公楚讨厌周惠王、周襄王后人的逼迫，又与伯舆争夺权力，由于没有得胜，就气愤地跑到了阳樊。周王派刘子请他回来，他与刘子在鄄地结盟后就回来了。过了三天，又逃亡到了晋国。

秋天，宣伯到齐国聘问，为了重修两国以前的友好关系。

晋国的郤至和周王室争夺鄇田。周王命令刘康公、单襄公到晋国争辩是非。郤至说："温地，是我的旧地，所以不敢放弃。"刘康公和单襄公说："从前周朝灭亡商朝，让诸侯都据有封地，苏忿生被封在温地，并做了司寇，他和檀伯达都被封在黄河边。后来苏氏后人投靠了狄人，在狄人那里呆不下去，又逃到了卫国。周襄公慰劳晋文公而把温地赏赐给了他。狐氏和阳氏两族人都曾先后被封在温地，最后才封给你们郤氏。如果要探根寻源，那么温地是周王属官的封邑，您又怎能得到它呢？晋厉公让郤至不要再争。

宋国的华元和楚国的令尹子重关系很好，和晋国的栾书也很要好。他听说楚国人已经同意了晋国籴茷的和议，并让他回国复命。于是在冬天，华元先到楚国，接着又到晋国，促成了晋国和楚国的和好。

秦、晋两国议和，准备在令狐会见。晋厉公先到达，秦桓公不肯渡过黄河，驻扎在河西的王城，派史颗到河东与晋厉公会盟。晋国的郤犫在河西与秦桓公会盟。士燮说："这种结盟有什么用？斋戒会盟，是为了表示信用。会盟的地点，是信用的开始。在会盟地点上就不讲信用，难道这种结盟可以信任吗？"秦桓公回国后果然背叛了和晋国的盟约。

成公十二年

十二年春天，周公楚逃亡到了晋国。夏天，鲁成公在琐泽会见了晋厉公和卫定公。秋天，晋国人在交刚打败了狄人。冬天十月。

〇鲁成公十二年春天，周天子的使者前来通报周公楚出逃一事。《春秋》记载说："周公出奔晋。"凡是从周王室逃出不能称作"出"，对周公称"出"，是因为他自己出逃的缘故。

宋国的华元促成了晋、楚两国的和谈。夏天五月，晋国的士燮会见了楚国的公子罢和许偃。四日，在宋国的西门外结盟，盟辞说："今后晋、楚两国不再互相以武力相加，同心协力，共同拯救危难，援救灾荒祸患。如果有人危害楚国，那么晋国就出兵讨伐；对晋国，楚国也是这样。两国使者往来，道路不得设置障碍，有不同意见可共同协商，有背叛两国者就共同讨伐。谁背叛这一盟约，神灵就会诛杀他，并使他的军队毁灭，不能保佑国家。"郑成公也到晋国接受和约，并与诸侯在琐泽会见，这都是晋、楚两国和好了的缘故。

狄人乘晋、楚两国在宋国结盟的机会发兵攻打晋国，但自己却不设防备。秋天，晋国人在交刚打败了狄人。

晋国的郤至到楚国访问，并且监督楚国履行盟约。楚共王设宴款待他，子反做相礼人，在地下室悬挂乐器奏乐。郤至正要登堂，地下室里奏起了乐曲，他吓得连忙跑了出来。子反说："时间不早了，我们国君正在等候您，您就快进去吧！"郤至说："贵国国君不忘和我国先君的友谊，并将这种友好推及到下臣身上，用隆重的礼仪和全套的音乐来欢迎我。如果上天赐福，我们两国的国君相见，将用什么礼节来代替这个呢？下臣我实在不敢当。"子反说："如果上天降福，我们两国国君相见，也只能是在战场上，以一枝箭相赠，哪里用得着音乐？我们国君还等着您，您就进去吧！"郤至说："如果在战场上以箭互赠，那就是祸中的大祸，还有什么福可赐？天下大治的时代，诸侯在完成了天子使命的闲暇里，就互相朝见，在这时就产生了享、宴的礼仪。享礼用来教导恭敬节俭，宴礼用来表示慈爱恩惠。恭敬节俭用来推行礼仪，而慈爱恩惠用来布施政事。政事凭借礼仪来完成，百姓因此安居乐业。百官处理政事，都是在早晨而不是在晚上，这是公侯用来保护他们百姓的办法。所以《诗》说：'雄健的武士，是公侯的护卫者。'到了社会动乱不安的时代，诸侯就贪婪无比，侵略的欲望达到了无所顾忌的地步，争夺尺寸之地而使百姓遭殃，网罗武士作为自己的心腹、死党和爪牙。所以《诗》又说：'雄健的武士，是公侯的心腹。'如果天下有道，那么公侯就能成为百姓的保护者，而控制他们的心腹。如果是动乱时代，情况就恰恰相反。刚才您说的话，就是乱世之道，不能作为行为的法则。但您是主人，我又怎敢不服从呢？"于是就进去了。办完事之后，郤至回到了晋国，把上述情况告诉了士燮。士燮说："没有礼法，说话必定不算数，我们离战死疆场的日子不远了啊！"

冬天，楚国的公子罢到晋国访问，并且监督晋国履行盟约。十二月，晋厉公和楚国的公子罢在赤棘会盟。

成公十三年

鲁成公十三年春天，晋厉公派郤锜来鲁国请求出兵。三月，成公到京城朝见周天子。夏天五月，成公从京城回到鲁国，就会合晋厉公、齐灵公、宋共公、卫定公、郑成公、曹宣公、邾国人和滕国人攻打秦国。曹宣公在军中去世。秋天七月，成公从攻打秦国的战场回国。冬天，安葬曹宣公。

〇鲁成公十三年春天，晋厉公派郤锜来鲁国请求出兵，态度不够恭敬。孟献子说："郤氏恐怕要灭亡了吧！礼仪，就好像是人的躯干；恭敬，就好像是人的根基。郤子已丧失了根基。况且他作为先君的嗣卿，受命前来请求出兵，是为了保卫国家，却如此懈怠，这是忘记了国君的命令，他怎能不灭亡呢？"

三月，成公到京城朝见天子。宣伯想得到赏赐，请求先行出发。周简王只用对普通外交人员的礼节接待他。孟献子跟随成公一起到了京城，周简王认为他是成公的副手，就重加赏赐。

成公和诸侯朝见了周简王，就随同刘康公、成肃公会同晋厉公攻打秦国。成肃公在举行祭祀、分发社肉时，不够恭敬。刘康公说："我听说，百姓得到天地的中和之气而降生，这就是天命。因此有了动作、礼义、威仪的法则，用来安定一个人的命运。贤能的人遵循这些法则而得到福佑，无能的人败坏这些法则就招致祸患。因此君子勤礼法，小人竭尽体力。勤于礼没有比恭敬再好的了，尽力没有比敦厚笃实再好的了。恭敬在于供奉神明，笃实在于安分守业。国家的大事，就是祭祀和战争。祭祀有分享祭肉之礼，战争有分发社肉之礼，这都是事奉神明的重大礼节。现在成肃公懈怠无礼，是抛弃了天命，恐怕回不来了吧！"

夏天四月五日，晋厉公派吕相去秦国断绝和秦国的外交关系，他说："过去从我们献公和你们穆公就开始友好，合力同心，立下了盟誓，并建立了婚姻关系。后来上天降灾给晋国，晋文公到了齐国，晋惠公到了秦国。不幸献公又去世了。秦穆公不忘旧德，使我们惠公能继承晋国君位。但秦国没有能为两国的友好建立更大的功勋，而发动了韩地之战。后来你们对此也有所后悔，于是又成就我们文公登上君位，这都是秦穆公的功劳。文公身披甲胄，跋山涉水，历尽险阻，征服了东方的诸侯，使虞、夏、商、周的后代都来朝见秦国，那么这也算是报答了秦国过去的恩德了。郑国人侵犯贵国边境，我们文公又率领诸侯和秦军围攻郑国。秦国大夫没有征求我们国君的意见，就擅自和郑国订立了和约。诸侯们都因此而憎恨秦国，准备与秦国拼一死战。我们文公为贵国担忧，又安抚诸侯，才使秦军能够平安回国，未受伤害，这也是我们对秦国的大功劳了吧。

"不幸文公去世，你们穆公却不来吊唁，蔑视我国已去世的君王，并且欺凌我们襄公，侵犯我国的殽地，断绝和我国的友好关系，攻打我国城堡，灭亡了我们的滑国，离间我们兄弟国家，扰乱我们同盟国的关系，企图颠覆我们国家。我们襄公虽没有忘记过去贵国国君对我们的功劳，但担忧国家被灭亡，因此才向殽地发兵。即使如此，我国还是愿意向穆公赔罪。但穆公不听，而投靠楚国来对付我国。上天有灵，使楚成王被害，穆公对我国的阴谋才因此没有得逞。穆公、襄公去世，秦康公和晋灵公即位。康公本是我晋国的外甥，却也想损害我国公室，颠覆我们国家，还利用我国的内奸，来扰乱我国边疆，因此我国与贵国发生了令狐之战。康公仍不悔改，又侵犯我国河曲，攻打涑川，劫我王官，灭我羁马，因此我国和贵国才有河曲一战。秦、晋两国断绝友好往来，是康公拒绝和我们友好的缘故。

"等到您继位之后，我们国君景公翘首西望说：'秦国大概会安抚我们了吧！'但您也不愿赐恩和我们结盟，还利用我们遭到狄人入侵的机会，侵入我国河曲，焚烧我国箕、郜二地，抢掠我国的庄稼，在我国边疆大肆杀戮。因此我们才有辅氏之战。您也为战祸蔓延感到后悔，而想向先君献公、穆公祈求福佑，派伯车来，对我们景公说：'我和你同修旧好，捐弃前嫌，来追念先君的功勋。'盟约还没有订立，景公就去世了，我国厉公因此参加了在令狐举行的会盟。但您又无诚意，背弃了盟约。白狄和您同在一州，他们是您的仇人，却是我国的姻亲。您传令说：'我和你一起攻打白狄。'我们国君不敢顾及婚姻关系，畏惧您的威严，只好下令攻打白狄。可您却对白狄有另外的念头，对他们说：'晋国将要攻打你们。'白狄表面上接受您的好意，实际上却憎恨您的这种做法，因此将此事告诉了我们。

"楚国人也讨厌您的这种反复无常，前来告诉我们说：'秦国背弃了令狐之盟，而来请求和我国结盟，对皇天上帝、秦三公和楚三王发誓说：'我们虽然和晋国来往，但只是图谋自己的利益。'楚王讨厌他们反复无常，因此公之于众，来惩罚他们不专一。诸侯们都听说了这些话，因此都痛心疾首，而更加亲近我们。现在我们国君率领诸侯前来听候您的命令，只是为了谋求友好。您如果顾念诸侯，怜悯我们，赐恩与我们结盟，那么这将是我们的愿望。我们将安抚诸侯而退兵，哪里敢谋求战乱呢？您如果不肯施大恩，那么我们不才，也就不能率领诸侯退兵了。谨把该说的都坦率地告诉您了。请您权衡利弊。"

秦桓公和晋厉公订立了令狐之盟，又召来狄人和楚国人，要带着他们攻打晋国，因为这件事，诸侯们反而和晋国更团结了。晋国的栾书率领中军，荀庚为副帅；士燮率领上军，郤锜为副帅；韩厥率领下军。荀罃为副帅；赵旃率领新军，郤至为副帅；郤毅驾御战车，栾铖担任车右。孟献子说："晋国的将士上下一心，军队一定能建立大功。"五月四日，晋军率领诸侯的军队与秦军在麻隧作战。秦军大败，晋军俘获了秦国的成差和女父。曹宣公在军中去世。晋军于是渡过泾水，直达侯丽才退兵。军队在新楚迎接厉公。

成肃公在晋国的瑕地去世。

六月十五日晚上，郑国的公子班想从訾地进入郑国的太庙，没能如愿，就杀了子印和子羽，然后又率军返回城内驻扎。十七日，子驷率领国人在太庙盟誓，随后就追杀公子班，全部焚烧了他驻扎的地方，并杀了公子班、子驰、孙叔、孙知。

曹国人派公子负刍留守国内，派公子欣时去迎接曹宣公的灵柩。秋天，公子负刍杀了太子而自立为国君。诸侯于是请求讨伐他。晋国人因为他在对秦作战中的功劳，请求等到下一年再讨伐。冬天，安葬曹宣公。安葬完曹宣公之后，公子欣时准备逃亡，曹国人都要跟从他。成公负刍于是害怕了，他承认了自己的罪过，并请求公子欣时留下。公子欣时于是回到宫内，并把自己的封邑送给了成公。

成公十四年

鲁成公十四年春天，周历正月，莒子朱去世。夏天，卫国的孙林父从晋国回到卫国。秋天，叔孙侨如到齐国为成公迎娶齐女。郑国的公子喜率军攻打许国。九月。侨如带着夫人姜氏从齐国回到鲁国。冬天，十月十六日，卫定公臧去世。秦桓公去世。

〇鲁成公十四年春天，卫定公到晋国访问，晋厉公强行要卫定公接见从卫国逃到晋国的孙林父，卫定公不同意。夏天，卫定公已经回国，晋厉公又派郤犨送孙林父回卫国拜见定公。定公想拒绝，定公夫人说："不能这样做。孙林父是先君同宗之卿的后代，而且又有大国来请求，不答应，将要亡国。虽然讨厌他，不还是比亡国强吗？您就忍耐一下吧！您这样做既安定了百姓，又宽宥了宗卿，不也是可以的吗？"卫定公于是接见了孙林父，并且恢复了他的职位和封地。

卫定公设宴款待郤犨，宁惠子主持接待。郤犨表现傲慢。宁惠子说："郤犨家族快要灭亡了吧！古代的设宴款待之礼，就是为了观察一个人的威仪，检查他的祸福命运。所以《诗》说：'牛角酒杯，美酒柔和，不骄不傲，万福就到。'现在那个人很傲慢，这是自取灾祸之道。"

秋天，宣伯到齐国为鲁成公迎娶齐女。《春秋》之所以称呼宣伯的族名"叔孙"，是为了尊重国君的命令。八月，郑国的子罕攻打许国，被打败了。二十三日，郑成公再次发兵攻打许国。二十五日，攻入许国国都外城。许国人以叔申的封地为条件向郑国求和。

九月，宣伯带着夫人姜氏从齐国回到鲁国。这次《春秋》不称他的族名"叔孙"，是为了尊重夫人。所以君子认为："《春秋》的记述，细微而含义显明，记载史实含义深远，委婉而顺理成章，记述全面但又不歪曲事实，因此能惩戒邪恶，勉励行善。如果不是圣人，谁能够编写它？"

卫定公有病，让孔成子、宁惠子拥立他的妾敬姒的儿子衎为太子。冬天，十月，卫定公去世。夫人姜氏哭着哭着就停了下来，她看见太子并不哀伤，于是气得连水也不喝了。她叹息说："这个人啊，不但会使卫国败亡，而且还必定从我身上开始。呜呼！这是上天要降祸给卫国啊！我没有得到鱄，来让他主持国家。"大夫听到了这番话，无不恐惧。孙林父从此不敢把贵重宝物放在卫国都城，全部放到他的封邑戚地去了，同时和晋国大夫们的关系也搞得很好。

成公十五年

鲁成公十五年春天，周历二月，安葬卫定公。三月三日，仲婴齐去世。十一日，成公会合晋厉公、卫献公、郑成公、曹成公、宋国的太子成、齐国的国佐、邾人在戚地结盟。晋厉公抓住曹成公送到了京师。成公从会盟地回国。夏天，六月，宋共公固去世。楚共王攻打郑国。秋天，八月十日，安葬宋共公。宋国的华元逃亡到晋国。宋国的华元从晋国回到宋国。宋国杀掉了大夫山。宋国的鱼石逃亡到楚国。冬天，十一月，叔孙侨如会合晋国的士燮、齐国的高无咎、宋国的华元、卫国的孙林父、郑公子鳅、邾人在钟离和吴国举行了会谈。许国迁到了叶城。

〇鲁成公十五年春天，成公和诸侯们在戚地会盟，是为了讨伐曹成公。在盟会上抓住曹成公，然后把他送到了京师。《春秋》记载说："晋侯执曹伯。"表示只惩罚曹成公，并不连累曹国的老百姓。凡是国君对老百姓不行仁道，诸侯讨伐并抓住他，就叫做"某人执某侯"，不然，就不这样记载。

诸侯准备要子臧去朝见周天子，然后立他为国君。子臧推辞说："《前志》上有这样的话：'圣人能通达节操，次一等的能保持节操，下等的失去节操。'出任国君，不符合我的节操。我虽然不能成为圣人，但敢失去节操吗？"于是就逃到宋国去了。

夏天，六月，宋共公去世。

楚国打算出兵侵略北方。子囊说："刚和晋国结盟就背叛它，恐怕不行吧？"子反说："敌情对我有利就进兵，管它盟约不盟约？"申叔此时已经告老退休了，住在申地，听说了这件事，说："子反一定难免灾祸。信用是用来保持礼仪的，礼仪是用来保护自己的，信用和礼仪都丢了，想免除灾祸，能吗？"

楚共王入侵郑国，攻到了暴隧，于是又入侵卫国，攻到了首止。郑国的子罕就攻打楚国，攻占了新石。

栾书想报复楚国。韩献子说："用不着，让他们加重自己的罪过，老百姓就将背叛他们。失去了老百姓，靠什么作战？"

秋天八月，安葬宋共公。此时华元担任右师，鱼石担任左师，荡泽担任司马，华喜担任司徒，公孙师担任司城，向为人担任大司寇，鳞朱担任少司寇，向带担任太宰，鱼府担任少宰。荡泽削弱公室，杀了公子肥。华元说："我担任右师，君臣之礼，应是我负责的事。如今公室衰弱而我又不能拨乱反正，我的罪过可就大了。不能尽职，还敢得到宠信以利己吗？"于是就逃亡到晋国去了。

华元和华喜，都是宋戴公的后人；司城公孙师，是宋庄公的后人；其他六个大臣，都是宋桓公的后人。

鱼石准备劝阻华元，鱼府说："右师如果返回，一定要讨伐荡泽，这样会导致我们桓族灭亡。"鱼石说："右师如果能够回来，即使准许他讨伐罪人，他也肯定不敢。况且他有大功，国人都听从他，如果不让他回来，我担心桓公之族在宋国没有人祭祀了。右师即使讨伐，也还有向戌在，桓公之族虽然灭亡，也只是一部分。"鱼石自己赶到黄河阻止华元出国。华元请求讨伐荡泽，鱼石同意了他，于是华元就回来了。让华喜、公孙师率领国人攻打荡泽，杀了荡泽。《春秋》记载说："宋杀其大夫山。"是说荡泽背叛了他的族人。

鱼石、向为人、鳞朱、向带、鱼府离开国都住到睢水边上，华元派人劝阻他们，他们不听。冬天，十月，华元亲自去劝告他们，仍不听。华元就回去了。鱼府说："现在不听从华元的劝告，以后就不能回去了。华元目光锐利，言语快捷，可能有别的想法。如果他不是真心接我们回去，现在应该已经走了。"于是登上土丘远望，果然华元已驱车而去。他们驱车跟随其后，到了国都，华元已决开睢水堤防，关上城门登上城墙了。左师、两个司寇和两个宰就逃亡到了楚国。华元派向戌担任左师，老佐担任司马，乐裔担任司寇，以安定百姓。

晋国的郤锜、郤犨、郤至迫害伯宗，诬陷并杀害了他，同时杀了栾弗忌。伯州犁逃亡到楚国。韩献子说："郤氏恐怕难逃灾祸了吧！好人，是天地的纲纪，而郤氏屡次想灭绝他们，还能不灭亡吗？"

当初，伯宗每次上朝，他的妻子必定告诫他说："'盗贼憎恨主人，百姓厌恶统治者。'你喜欢直言不忌，一定会遭难。"

十一月，在钟离会见吴国使者，这是中原各国首次和吴国往来。

许灵公害怕郑国的欺凌，请求迁到楚国。三日，楚国的公子申把许国迁到了楚国的叶城。

成公十六年

　　鲁成公十六年春天，周历正月，下雨，树木上凝聚了一层白霜。夏天，四月五日，滕文公去世。郑国的公子喜率领军队入侵宋国。六月初一，发生了日蚀。晋厉公派栾黡前来请求鲁国出兵。二十九日，晋厉公与楚共公和郑成公在鄢陵作战。楚共公和郑军大败。楚国杀了公子侧。秋天，鲁成公在沙随和晋厉公、齐灵公、卫献公、宋国的华元、邾人举行会谈，晋厉公因故不会见成公。成公从会谈地回国。成公会见尹子，晋厉公和齐国的国佐、邾人一起攻打郑国。曹成公从京师回国。九月，晋国人抓住了季孙行父，囚禁在苕丘。冬天，十月十二日，叔孙侨如逃亡到了齐国。十二月三日，季孙行父与晋国的郤犨在扈地会盟。成公从会盟地回国。二十三日，暗杀了公子偃。

　　〇鲁成公十六年春天，楚共王从武城派公子成用汝阴的土地向郑国求和。郑国又背叛了晋国，子驷跟随楚共公在武城订立了盟约。

　　夏天，四月，滕文公去世。郑国的子罕攻打了宋国，宋国的将钼、乐惧二人在汋陂打败了子罕。宋国军队撤退后，驻扎在夫渠，但没有加强戒备，郑国人用伏兵突然袭击，在汋陵打败了宋军，俘虏了将钼和乐惧。这是因为宋军获胜后轻敌的缘故。

　　卫献公攻打郑国，一直攻到鸣雁，这是为了晋国才出兵的。

　　晋厉公准备攻打郑国，士燮说："如果要满足我国的愿望，必须要等到诸侯都背叛了我们，晋国的愿望才能得到满足。如果只有郑国背叛，就出兵讨伐，晋国的灾祸就指日可待了。"栾书说："不能在我们执政期间失去诸侯，一定要攻打郑国。"于是兴兵。栾书率领中军，士燮辅佐他；郤锜率领上军，荀偃辅佐他；韩厥率下军，郤至为新军副帅，荀罃留守国内。郤犨到卫国，又到齐国，都是请求出兵相助。栾黡来鲁国请求出兵。孟献子说："晋国能取胜。"十二日，晋军出动。

　　郑国人听说有晋军入侵，便派人通报楚国，姚句耳随使者一同前往。楚共王援救郑国。任命司马子反率中军，令尹子重率左军，右尹子辛率右军。楚军途经申地时，子反拜见申叔时，说："这次出兵。您以为如何？"申叔时回答说："德行、刑法、祭祀、道义、礼法、信用，这是战争的六种条件。德行用来施恩，刑法用来正邪，祭祀用来敬神，道义用来创利，礼法用来顺时，信用用来保物。百姓生活富足，德行就会端正；一切为百姓谋利，办事就合乎法度；顺应时令，万物就有所成就。这样就能上下和睦，处事没有矛盾，需求无不满足，每人都知道行为的准则。所以《诗》说：'安置我的百姓，没有人不以你为准则。'因此神灵就降福给他们，四时无灾害，百姓生活富足，团结一致听从政令，没有人不尽力为君王效命，牺牲生命前赴后继，这就是作战取胜的原因。现在楚国在国内抛弃了百姓，对外又断绝了和其他国家的友好关系，亵渎神圣的盟约，食言无信，违反时令而兴兵，劳民伤财以满足自己的野心。百姓不知道信用，前进后退都是犯罪。人们都担心自己的命运结局，那还有谁愿意去拼死作战呢？您尽力去做吧！我再也见不到您了。"姚句耳先回到郑国，子驷问他情况怎么样？姚句耳回答说："楚军行军迅速，经过险要地带时军容不整，行军太快就可能缺乏周密考虑，军容不整，就会导致队列混乱。考虑不周，队列混乱，又凭什么去作战？楚国恐怕不能依靠了。"

五月，晋军渡过黄河。听说楚军将要到，士燮想退兵，他说："我们假装逃避楚军，可以缓解晋国的忧患。大会诸侯，不是我们所能做到的，还是留给有能力的人吧。如果我们群臣团结一致事奉国君，就足够了。"栾书说："不能退兵。"

六月，晋、楚两军在鄢陵相遇。士燮还是不想作战。郤至说："韩地之战，我们惠公未能扬威而归；箕地之战，先轸阵亡；邲地用兵，荀伯一战即败。这都是晋国的耻辱。您也看见了先君的成败。现在我们再逃避楚国，又会增加晋国的耻辱。"士燮说："我们先君屡次作战，是有原因的。当时秦、狄、齐、楚都很强大，如果不尽力争斗，那么子孙就会被进一步削弱。现在秦、狄、齐三国已经屈服，能和我们相匹敌的只有一个楚国而已。只有圣人才能做到内外无忧患。如果不是圣人，外部安宁就必定有内忧，我们何不放过楚国，仍然对外有所戒惧呢？"

六月三十日，楚军清晨逼近晋军摆开阵势。晋国军官十分担心。范匄快步向前，说："赶快填井平灶，摆开军阵，放宽队列距离。晋国和楚国都是上天赐福的国家，有什么担忧的呢？"他父亲士燮拿着戈追赶他，说："国家的存亡，完全在于上天的意志，小孩子知道什么？"栾书说："楚军轻佻，我们加固壁垒严阵以待，他们三天之后必定退走。一旦他们退走，我们趁机追击，一定能获胜。"郤至说："楚军有六个空子可钻，不能失去机会。他们的两个卿子反和子重互相仇恨，楚王的亲兵用的都是旧家子弟，郑国列阵不整齐，蛮人军队没列阵势，列阵作战不忌讳月末的晦日，士兵在阵中喧闹不止，合阵后更加喧闹，各军互相观望后顾，没有斗志。旧家子弟未必精良，晦日出兵犯了上天所忌。我们一定能战胜他们。"

楚共王登上巢车观望晋军，子重让太宰伯州犁站在楚王身后。共王说："晋军的兵车有的向左有的向右奔驰，这是为什么？"伯州犁回答说："这是召集军官。"共王说："都集中到了中军了。"伯州犁说："这是在研究战略。"共王说："张开了帷帐。"伯州犁说："这是他们在向先君祈祷和占卜。"共王说："又拆除了帷帐。"伯州犁说："这是准备发布命令。"共王说："那里十分喧闹，而且尘土飞扬。"伯州犁说："这是在填井平灶准备采取行动了。"共王说："都上了兵车，但将帅和车右又拿着武器下来了。"伯州犁说："这是要听取命令。"共王问："就要作战了吗？"伯州犁回答说："还不能知道。"共王说："将帅和车右上了兵车，但又下来了。"伯州犁说："这是在做战前祈祷。"伯州犁还把晋厉公亲兵的情况一一告诉给共王。这时苗贲皇也站在晋厉公的身旁，也把楚王亲兵的情况告诉给

潘党射透七层铠甲，选自明刊本《新镌绣像列国志》。

晋厉公。厉公左右的人都说："有伯州犁在楚国，而且他们阵容强大，是不可抵挡的。"苗贲皇对晋厉公说："楚军的精良，只是集中在中军王族而已。请用我们的精锐部队攻击晋军的左右军，而三军集中攻击楚王的亲兵，一定能大败楚军。"厉公为此事占筮，太史说："吉利。占卦得到的是复卦，卦辞说：'南方之国日益缩小，用箭射它的君王，射中他的眼睛。'国家衰弱，君王受伤，还有什么不失败？"于是厉公听从了苗贲皇的建议。

有一片泥沼地出现在晋军前面，于是都左右绕行避开泥沼地。步毅为晋厉公驾车，栾铖为车右。彭名为楚共王驾车，潘党为车右。石首为郑成公驾车，唐苟为车右。栾书、士燮带领他们的族人护卫晋厉公前进。厉公的战车陷到了泥沼里，栾书准备要厉公乘坐自己的战车。栾铖说："栾书您退下！国家有大事，怎能由您一人独揽？而且这样做侵犯了别人的职权，就是冒犯；放弃自己的职责，就是怠慢；离开自己的部属，这是扰乱。有这三个罪名，切不能犯。"于是就把厉公的战车掀了上来。

五月二十九日，潘尪的儿子潘党和养由基把铠甲放在远处，用箭射它，穿透了七层。他们拿给楚王看，并说："君王有我们两个神射手，作战时有什么可怕的呢？"共王大怒说："不知羞。明天早晨你们这样射箭，一定死在你们自己的箭术上。"吕锜夜里梦见用箭射月，射中了它，可自己却退到了泥坑里。他为这事占卜，卜辞说："姬姓为日，异姓为月，这月亮一定是代表楚共王。射中了他，但自己退入泥坑，也一定会死。"等到战斗开始后，果然射中了共王的眼睛。共王叫来养由基，给他两支箭，让他射吕锜，射中了他的脖子，吕锜倒在弓袋上死了。养由基拿着剩下的一支箭向共王复命。

郤至三次碰到楚王的亲兵，每次见到楚王，他都一定下车，脱下头盔，向前快步走。楚共王派工尹襄送给他一张弓表示问候，并且说："现在战斗正激烈，这位身穿赤黄色铠甲的人，是一位君子吧。见到我就快步前进，恐怕是受伤了吧？"郤至见到工尹襄，脱下头盔接受共王的问候，说："君王的外臣郤至，跟随我国国君作战，靠君王的神灵，得以披甲戴胄，不敢拜受君王的问候。谨向君王报告，我并没有受伤，承蒙君王问候，实不敢当。由于军务在身，谨向使者肃拜。"然后对使者肃拜三次才退下去。

晋国的韩厥追赶郑成公，他的御者杜溷罗说："赶快追上去！他们的御者屡次回头，注意力没有放在赶马上，可以追上。"韩厥说："我从前羞辱过齐顷公一次，不能再羞辱郑成公了。"于是停止了追赶。郤至追击郑成公，他的车右茀翰胡说："派一支轻兵从小道迎击，我从后面追上他的车，把他抓下来。"郤至说："伤害国君要受到刑罚。"于是也停止了追赶。石首说："卫懿公与狄人作战时只因为他没有丢掉旗子，因此在荧泽失败了。"于是石首就把旌旗收入弓袋里。唐苟对石首说："你留在国君身边，失败者应一心保护国君。我不如您，您带着国君逃走，我留下来抵挡敌人。"结果唐苟战死了。

楚军被晋军逼迫到险要地带，叔山冉对养由基说："虽然国君有命令，让您不得随便射箭，但为了国家的利益，您一定要射箭！"于是养由基就射箭。他两发两中，那两个人都死了。叔山冉抓住一个俘虏扔向晋军，击中了战车，折断了车前扶手的横木。晋军因此而停止了追击。晋军俘虏了公子茷。

栾鍼看见子重的旗子，对晋厉公说："楚国俘虏说那面旗子，是子重的指挥旗，那车上的人可能就是子重了。往日我出使楚国，子重问晋国的勇武怎么样。我回答他说：'喜欢军容整肃。'又问：'还有什么？'我回答说：'喜欢从容不迫。'现在两国交兵，外交使节不相往来，不能说是军容整肃；遇到战事而不履行过去说的话，不能说是从容不迫。请君派人替我给子重敬酒。"厉公同意了他的请求，派使者端着酒，前去送给子重。使者说："我们国君缺少使者，让栾鍼担任车右，因此他不能前来犒劳阁下，派我来代他向您敬酒。"子重说："栾鍼在楚国时曾和我说过你们晋国喜欢整肃和从容不迫，一定是为这句话的缘故才给我送这杯酒，他的记性真好！"于是子重接过酒一饮而尽，让使者回去后又再次击鼓。从早晨开始作战，一直战到星星出来还没停止。

子反命令军官了解伤亡情况，补充步兵和车兵，修整铠甲兵器，摆列战车马匹，鸡叫时就吃饭，只等主帅的命令。晋国人很担忧。苗贲皇通告全军说："检阅战车，补充士兵，喂饱战马，磨砺武器，整顿军阵，巩固行列，在住地吃饭，再祷告一次，明天再战。"于是故意让楚国俘虏逃跑。楚共王听说这一情况后，召见子反商量对策。子反的侍从进酒给子反喝，子反喝醉了，不能去见共王。共王说："上天要让楚国失败啊！我不能坐以待毙。"于是连夜逃走了。

晋军进入楚军阵地，连续三天都吃楚军的粮食。士燮站在厉公的车马前，说："我国国君年轻，群臣没有才能，凭什么取得这么大的胜利呢？国君您要以此为戒啊！《周书》中说：'天命不会一成不变。'就是说只有有德的人才能享有天命。"

楚军回国，走到瑕地时，共王派人对子反说："当年先大夫子玉使楚军覆灭，因为国君不在军中，所以责任由子玉承担。这次战败，你不要以为是自己的过错，这都是我的罪过。"子反连行了两次叩头礼，说："即使国君赐我一死，死了也觉得光荣。我的部下率先逃跑，这是我的罪过。"子重派人对子反说："当初使军队覆灭的子玉，你也听说过了。何不自己早作决断？"子反回答说："即使没有子玉兵败自杀一事，您让我去死，我岂敢贪生而做不义之人呢？我使君王的军队惨遭失败，怎敢忘记以死谢罪呢？"共王派人拦阻他，还没赶到他就自杀了。

作战的那天，齐国的国佐、高无咎来到军中。卫献公从卫国前来参战，鲁成公也从坏隤率军赶来。宣伯和成公的母亲穆姜私通，他想杀掉季文子和孟献子，从而占取他们的财产。成公准备出发去晋国，穆姜为他送行，要他驱逐季文子和孟献子。成公把晋国要求鲁国联合攻打郑国的事情告诉了她并说："等我回来再听从您的命令。"穆姜很生气。这时成公的庶弟公子偃和公子钼从旁边路过，于是穆姜指着他们说："你不同意驱逐季文子和孟献子，这两个人随时都可以代你做国君。"成公在坏隤等待前往晋国，同时下令加强宫中警戒，设置了守卫之后才到晋国去，因此他去晚了。他让孟献子留守宫中。

秋天，鲁成公和晋厉公、齐灵公，卫献公、宋国的华元、邾人在沙随举行会谈，谋划攻打郑国。宣伯派人告诉郤犨说："鲁成公在鄢陵之战时呆在坏隤迟迟不动，以静观晋、楚两国的胜负。"这时郤犨为新军主帅，并担任公族大夫，主管东方诸侯外交事宜。他接受了宣伯的贿赂，在晋厉公面前毁谤成公，因此晋厉公拒绝会见成公。

曹国人向晋国请求说："自从我们先君宣公去世，国人都说：'忧患没完没了，这可怎么办？'而去年贵国又讨伐我们国君，使我国主持国政的公子子臧逃往国外，这是彻底灭亡曹国啊。先君难道有罪吗？如果真有罪，却为何又让他参加了鲁宣公十七年的断道盟会？国君您从来不失德行和赏罚，所以能称霸诸侯。难道唯独对曹国赏罚不公？谨向君王申述这一点。"

七月，鲁成公会合尹武公和诸侯攻打郑国。将要出发时，穆姜又命令成公驱逐季文子和孟献子。成公又一次设置了宫中守卫后才离开。诸侯的军队驻扎在郑国西部，鲁军驻扎在郑国东部的督扬，不敢经过郑国国都。子叔声伯派叔孙豹请求晋国前来迎接鲁军，并在郑都郊外为晋军准备了饭食。晋军为迎接鲁军而来到了郑郊。声伯四天没有吃饭，一直等到晋军来到，让晋国使者吃了饭之后才进食。

诸侯军队转移到制田。荀罃为下军副帅，率领诸侯军队入侵陈国，直达鸣鹿。随后又入侵蔡国。没有返回，又转移到颍水边。二十四日，郑国的子罕夜间突袭诸侯联军，宋国、齐国、卫国的军队都溃败了。

曹国人再次请求晋国。晋厉公对子臧说："你回去吧，我让你们国君回国。"子臧回到曹国，曹成公也回国了。子臧把自己的封邑和卿位全都还给了曹成公，从此不再做官。

宣伯派人告诉郤犨说："鲁国有季文子和孟献子，就像你们晋国有栾书、士燮一样，政令都由他们制定。现在他们谋划说：'晋国政出多门，无法听从。宁可事奉齐国和楚国，顶多是亡国而已，但决不跟从晋国了。'如果你们想得到鲁国的拥戴，就请在晋国杀掉季文子，我在国内杀掉孟献子，然后鲁国事奉晋国，就没有二心了。鲁国没有二心，其他小国也一定归顺晋国。不然，季文子回国后必定要背叛晋国。"九月，晋国人在苕丘拘留了季文子。成公回到国内，在郓地等候季文子，并派子叔声伯到晋国为季文子请求。郤犨说："假如您能去掉孟献子和季文子，我就把鲁国的政权交给您。我们和您的关系比和鲁国公室还要亲近。"声伯回答说："宣伯和穆姜的私情，您一定也听说了。如果去掉孟献子和季文子，就是彻底抛弃鲁国和对我国国君的惩罚。如果您还不准备抛弃鲁国，而托周公之福，让我们国君继续事奉晋国国君的话，那么这两个人，就是鲁国的安邦治国之臣。如果早晨处死他们，鲁国必定晚上就灭亡。凭鲁国紧靠贵国的敌国齐国和楚国，你们如果想灭亡鲁国，它就必然会成为贵国的仇敌，到时候想补救还来得及吗？"

郤犨说："我为您请求封邑。"声伯说："我是鲁国的一个普通臣子，哪里敢倚仗大国求取厚禄呢？我奉国君之命前来请求，如果得到批准，那么您给我的赏赐就够多了，还敢要求别的东西吗？"士燮对栾书说："季孙行父在鲁国，先后辅佐了宣公和成公两个君王。他的妾不穿丝绸，马不吃粮食，能说他不是忠心耿耿吗？听信谗言邪恶而抛弃忠良，怎么向诸侯交代？声伯奉君之命而无私心杂念，为国家谋利忠心不二，即使为自己考虑也不忘记他的国君。如果不同意他的请求，这就是抛弃好人。请您认真考虑一下！"于是晋国同意和鲁国讲和，赦免了季文子。

冬天十月，鲁国驱逐了宣伯，群臣都参加了盟誓。宣伯逃亡到齐国。十二月，季文子和郤犨在扈地结盟。季文子回国后暗杀了公子偃，把叔孙豹从齐国召回来立为叔孙氏的继承人。

齐灵公的母亲声孟子和宣伯私通，使宣伯的地位和高氏、国氏相等。宣伯说："我不能犯两次同样的罪过了。"于是逃亡到卫国，地位也在各卿之间。

晋厉公派郤至到周王室进献在对楚作战中所获的俘虏，他和单襄公谈话时，多次夸耀自己的战功。单襄公事后对大夫们说："郤至恐怕要灭亡了啊！他的地位在七人之下，却想超过他上面的七个人。怨恨聚积，这就是祸乱的根源。招致很多怨恨，而自造祸乱的阶梯，又怎么能保持官位？《夏书》说：'对于怨恨难道只应警惕那些明显的，还应考虑那些看不见的因素。'这就是说要谨慎地对待那些细微的问题。现在郤至却在明显地招致怨恨，难道行吗？"

成公十七年

鲁成公十七年春天，卫国的北宫括率领军队攻打郑国。夏天，成公会合尹武公、单襄公、晋厉公、齐灵公、宋平公、卫献公、曹成公、邾国人讨伐郑国。六月二十六日，成公和尹武公、单襄公等在柯陵举行盟会。秋天，成公从柯陵回国。齐国的高无咎逃亡到莒国。九月十三日，举行郊祭。晋厉公派荀䓨前来鲁国请求出兵。冬天，成公又会合单襄子、晋厉公、宋平公、卫献公、曹成公、齐国人、邾国人讨伐郑国。十一月，成公从伐郑前线回国。壬申这天，公孙婴齐在狸脤去世。十二月朔日，发生了日蚀。邾子玃且去世。晋国杀掉了大夫郤锜、郤犨、郤至。楚国人灭掉了舒庸。

○鲁成公十七年春天，周历正月，郑国的子驷入侵晋国的虚地和滑地。卫国的北宫括救援晋国，攻打郑国，直达高氏一地。夏天，五月，郑国的太子髡顽、侯獳去楚国作为人质，楚国的公子成、公子寅去郑国戍守。

鲁成公会合尹武公、单襄公和诸侯攻打郑国，从戏童直到曲洧。

晋国的士燮从鄢陵回国后，让他的祝宗为他祷告，希望自己早点死去。他说："国君骄横奢侈却能战胜敌人，这是上天在加重他的罪过，灾难就要发生了。爱我的人只要诅咒我，让我快死，以免遇到祸乱，这就是我们范氏家族的福气了。"六月九日，士燮去世。

六月二十六日，成公和尹武公、单襄公、晋厉公等在柯陵举行会盟，这是为了重温鲁成公十五年在戚地的盟约。

楚国的子重发兵援救郑国，军队驻扎在首止。诸侯联军撤退回国了。

齐国的庆克与齐灵公之母声孟子私通，有一次他男扮女装和一个妇人同乘一辆车子进入宫中巷门。鲍牵看见了，就告诉了国武子，国武子就找来庆克并责备了他。庆克因此而很久不出门，他告诉声孟子说："国武子责备了我。"声孟子为此很恼怒。国武子陪灵公一同前去与诸侯会盟，高无咎和鲍牵留守都城。等到国武子和灵公回到国都时，城门却被关闭了，并且要检查行人。声孟子向灵公告状说："高、鲍准备不让你进城，另立公子角为国君，国武子也知道这个阴谋。"秋天，七月十三日，灵公下令砍去了鲍牵的双脚，把高无咎驱逐出齐国。高无咎逃亡到了莒国，他的儿子高弱率领高氏封邑卢地的人举行了叛乱。齐国人把鲍牵的弟弟鲍国从鲁国召回立为大夫。

当初，鲍国离开鲍氏族人来到鲁国做了施孝叔的家臣。施氏占卜，挑选家族总管，结果是匽句须吉利。施氏的总管，享有一百户人家的封邑。于是施氏给了匽句须封邑，让他担任总管，但他却把这一职位让给了鲍国，并把封邑也给了他。施孝叔说："占卜的结果是你吉利。"匽句须回答说："能够把这一职位送给一个忠诚善良的人，还有比这更吉利的事吗？"果然，鲍国辅佐施氏家族忠心耿耿，因此齐国人挑选他做鲍氏家族的继承人。

孔子说："鲍牵还不如葵菜聪明，葵菜还能保护自己的脚。"

冬天，诸侯联合讨伐郑国。十月十二日，包围了郑国。楚国的公子申援救郑国，军队驻扎在汝水边。十一月，诸侯联军撤退回国。

当初，声伯梦见徒步涉过洹水，有人给自己一块美玉，他吃了它，哭泣时泪水却变成了美玉，装满了怀抱。他跟着那个人唱道："渡过洹水，有人赠给我美玉。回去吧！回去吧！美玉装满了我的怀抱！"醒来后他很害怕，不敢占卜问吉凶。从郑国回来，走到狸脤时占卜，他说："我害怕死，所以不敢占卜。现在有很多人跟从我，而且已经有三年了，再不会有伤害了。"他说完这话，到黄昏时就死了。

齐灵公让崔杼担任大夫，让庆克辅佐他，率兵围攻卢地。国佐正随诸侯一道围攻郑国，听到这个消息后，便以国内发生了动乱为由请求回国。于是到了围攻卢地的军队中，杀了庆克，率领谷地的人叛乱了。齐灵公被迫和他在徐关盟誓，并恢复了他的官职。十二月，卢地投降。齐国便派国胜到晋国去报告这一动乱的情况，并让他在清地等候命令。

晋厉公很奢侈，有很多宠臣。他从鄢陵回国以后，想去掉所有的大夫，而另立他左右的宠信之人。胥童因为父亲胥克被郤缺罢免，而怨恨郤氏，但很受厉公宠信。郤犫夺去了夷阳五的田地，夷阳五也受到厉公的宠信。郤犫与长鱼矫争夺田地，把长鱼矫抓住后囚禁了起来，把他和他父母妻子和小孩捆在同一辆车上。不久，长鱼矫也受到厉公的宠信。栾书怨恨郤至，是因为至不听从自己的主张却打败了楚军，就想罢免他。于是指使楚公子茷告诉厉公说："这次战役，实际上是郤至召请我们国君来的。因为东方各诸侯军队还没有来到，晋军的将帅也还没有到位，他说：'这次战役晋国必然失败，我将因此而拥立孙周来事奉君王'。"厉公把这番话告诉了栾书，栾书说："有这回事。不然，他怎么毫不怕死，去接见敌国的使者呢？君王何不试着派他出使周王室而进一步考察他呢？"于是郤至到周王室聘问，栾书又让孙周和他见面。厉公派人监视郤至，就相信了公子茷和栾书的话，于是就开始怨恨郤至。

晋厉公外出打猎，和女人一起先射猎接着又喝酒，再让大夫射猎。郤至献给厉公一头野猪，宦官孟张抢夺了过去，郤至一箭将他射死了。厉公说："郤至这是欺负我。"

厉公准备对群大夫发难。胥童说："一定要首先去掉三郤，因为他们家族势力大，怨恨他们的人很多。铲除了这个大族，公室就不会再受到逼迫；讨伐树敌很多的人，容易成功。"厉公说："对。"郤氏家族听说了这件事，郤锜要攻打厉公，他说："即使我们死了，国君也必然面临危险。"郤至说："一个人所以立身处世，就在于有信用、智慧和勇气。讲究信用就不会背叛国君，有智慧就不能残害百姓，有勇气也不能发动祸乱。失去这三点，还有谁来亲近我们？同样是死，何必又招致更多的怨恨，这样做又有什么用？国君拥有臣子而杀了他们，又能对他怎么样？我如果真有罪，那我就死得太晚了。如果国君滥杀无辜，他就将失去百姓，想要安定君位，能吗？我们还是听候命令吧。我们享受国君的俸禄，因此才能蓄养家兵。有了家兵就去和国君抗争，还有比这更大的罪行吗？"二十六日，胥童、夷阳五率领甲士八百人，准备攻打郤氏。长鱼矫请求不用兴师动众，厉公派清沸魋协助他。长鱼矫和清沸魋抽出戈来，把两人的衣襟连结在一起，伪装成打架的样子。三郤准备在台榭上为他们调解，长鱼矫便用戈把郤锜和郤犫杀死在座位上。郤至说："我要逃避无罪被杀。"于是就逃走了。长鱼矫在他车上追上了他，用戈杀了他。三郤的尸体都被陈列在朝廷示众。

胥童率领甲士在朝廷上劫持了栾书和荀偃。长鱼矫说："如果不杀掉这两个人，祸患一定会降临到国君身上。"晋厉公说："一个早晨就杀了三位卿，我不忍心再多杀了。"长鱼矫回答说："栾书和荀偃将会容忍你国君。我听说在外作乱是奸，在内作乱是轨。防御奸用德，防御轨用刑。不施恩而杀人，不能叫德行；臣子逼迫国君而不加讨伐，不能叫刑罚。德行和刑罚不能树立，奸和轨就会同时到来。我请求离开晋国。"于是就逃亡到狄人那里去了。厉公派人对栾书和荀偃解释说："我讨伐郤氏。郤氏已经伏法。你们不要为此事感到受辱，我恢复你们的职位。"栾书和荀偃两次叩头拜谢说："国君讨伐有罪之人，而赦免我们的死罪，这是国君的恩惠。我们二人即使死了，敢忘记国君您的大德？"于是两人都回去了。厉公让胥童做卿。

晋厉公到宠臣匠丽氏家里游玩，栾书和荀偃趁机抓住了厉公。他们召士匄杀厉公，士匄拒绝了，召韩厥，韩厥也拒绝了。韩厥说："过去我被赵家收养提拔，孟姬陷害赵氏，我不肯出兵攻打赵氏。古人有句话说：'宰杀老牛没有人敢做主'，况且是对待国君呢？你们几个既然不愿意事奉国君，又哪里用得着我韩厥呢？"

舒庸人利用楚军战败的机会，领着吴国人包围了巢地，攻打驾地，接着又包围了厘、虺二地。于是就依仗吴国而不加强防备。楚国的公子橐师率军偷袭舒庸，灭亡了它。

闰月的最后一天，栾书和荀偃杀了胥童。老百姓不拥护郤氏，而胥童又趁机引诱国君制造动乱，所以《春秋》都记载为"晋杀其大夫"。

成公十八年

鲁成公十八年春天，周历正月，晋国杀掉了大夫胥童。五日，晋国杀了他们的国君州满。齐国杀了大夫国佐。成公前往晋国。夏天，楚共王和郑成公入侵宋国。宋国的鱼石被武力强行送回宋国彭城。成公从晋国回国。晋悼公派士匄前来鲁国访问。秋天，杞桓公来朝见。八月，邾宣公来朝见。鲁国在鹿地修建园林。七日，鲁成公在寝宫内去世。冬天，楚国人、郑国人攻打宋国。晋悼公派士鲂前来鲁国请求出兵。十二月，孟献子会见晋悼公、宋平公、卫献公、邾子、齐国的崔杼，一同在虚杅举行盟会。二十六日，安葬我国国君成公。

〇鲁成公十八年春天，周历正月五日，晋国的栾书和荀偃指使程滑杀了晋厉公，然后把他埋在翼地的东门之外，下葬时仅用了一辆车。派荀䓨、士鲂到京城迎接孙周回国立为国君，此时孙周才十四岁。晋国大夫们到清原迎接。孙周说："我当初并没有做国君的愿望，现在虽然到了这一步，难道不是上天的意志吗？然而人们要求有一个国君，只是为了让他发布命令，拥立以后又不听从他的命令，那么要国君又有什么用？你们几个考虑好，要立我在今天，不想立我也在今天。恭敬地听从国君的命令，就是神灵赐予的福气。"群臣回答说："这正是我们的愿望，不敢不听从国君的命令。"十五日，悼公与群臣盟誓后进入国都，住在伯子同家。二十六日，朝拜了武宫，驱逐了不肯称臣的人七个。孙周有一个哥哥，但是一个白痴，不能分辨豆子和麦子，所以不能立他做国君。

齐国因为发生了国佐杀了庆克的缘故，正月的最后一天，齐灵公派华免在内宫中用戈杀了国佐。众人都逃跑到夫人的宫中。《春秋》记载说："齐杀其大夫国佐。"是因为他违背了国君的命令，专权杀死了庆克，又率领谷地的人发动了叛乱。齐灵公又让清地的人杀了国胜。国胜的弟弟国弱逃亡到鲁国，国佐的党羽王湫逃亡到莱地。于是庆封做了大夫，庆佐担任司寇。不久，齐灵公又让国弱回国，让他做国氏的继承人，这是合乎礼法的。

二月　囗，晋悼公在朝廷即国君位，开始任命百官。并采取了下列施政措施：施恩惠给百姓，免除百姓的债务，鳏夫寡妇也不例外。起用被废黜和滞居下位的旧贵族，救济贫困，帮助有灾患的人，禁止邪恶，减轻税赋，赦免罪犯，节省开支，有限度地使用民力，使用百姓不违背农时，任命魏相、士鲂、魏颉、赵武为卿；荀家、荀会、栾黡、韩无忌为公族大夫，让他们教育卿的子弟懂得恭敬、节俭、孝顺、友爱。任命士渥浊为太傅，让他修订士会制定的兵法。任命右行辛为司空，让他修订士芳制定的法令。由弁纠驾驭战车，掌马之官归他管辖，让他教育驾车人懂得礼义。荀宾为车右，所有的车右都归他管辖，让他教育勇士们随时效力。各军主帅副帅都没有固定的驾车人，设立军尉统管此事。祁奚担任中军尉，羊舌职辅佐他；魏绛担任司马，张老担任候奄。铎遏寇担任上军尉，籍偃为他的司马，让他教育步兵和车兵团结一致听从命令。程郑为国君的乘马御，六驺都归他管辖，让他教育六驺懂得礼仪。凡是各部门的长官，都是百姓赞誉的人。选拔的人都称职，官吏都遵守现有的制度，授予爵位不超出他的德行，师不欺凌正，旅不逼迫师，百姓没有责备朝廷的话，因此晋国能够再一次称霸诸侯。

成公前往晋国，是为了朝见新即位的晋悼公。

夏天，六月，郑成公入侵宋国，攻到了都城的曹门之外。接着又会合楚共王一同攻打宋国，夺取了朝郏。楚国的子辛、郑皇辰攻打城郜，夺取了幽丘。又一同攻打彭城，把三年前逃往楚国的宋臣鱼石、向为人、鳞朱、向带、鱼府送回宋国，用三百辆战车留守，然后就回国了。因此《春秋》记载鱼石等"复入"。凡是离开自己的国家，本国迎接他回来并立他叫"入"，恢复他的职位叫"复归"，诸侯把他送回来叫"归"，以武力送回就叫"复入"。宋国人对鱼石等的"复入"和楚国留下三百辆战车很担忧。西鉏吾说："为什么要担忧？如果楚国人和我们同样憎恨鱼石等人，对我们以德相待，我们本来就应该事奉他们，不敢有二心了。但大国贪得无厌，把我国当做他们的边邑还不满足。他们不是和我们同仇敌忾，而是收留我们憎恶的人，并企图让他们回国掌权执政，伺机钻我们的空子，这也是我们的祸患。现在他们尊崇诸侯的奸邪之人，分给他们土地，阻塞各国之间的通道。让奸邪之人快意而使顺服之人离心，损害诸侯而使吴、晋等国害怕，这对我国来说，好处就多了，并不是我们的忧患。况且我们事奉晋国又是为什么？晋国一定会来援救我们的。"

鲁成公从晋国回国。晋国的范宣子前来鲁国回访，并且答谢成公对晋悼公的朝见。君子认为晋国在这件事情上合乎礼法。

秋天，杞桓公前来朝见，慰劳成公，同时打听晋国的有关情况。成公把晋悼公的情况告诉了他，于是杞桓公马上到晋国朝见并请求通婚。

七月，宋国的老佐、华喜包围了彭城，老佐在此时去世了。

八月，邾宣公前来朝见，这是他即位后的例行朝见。

鲁国在鹿地修建园林，《春秋》之所以记载此事，表明此时修建园林不合时令。

七日，成公在寝宫内去世，这就是说合乎正常情况。

冬天，十一月，楚国的子重救援彭城，攻打宋国，宋国的华元到晋国告急。韩献子主持晋国的政务，他说："想得到诸侯的拥护，必须先为他们办事。晋国成就霸业，安定疆土，应该从救援宋国开始。"于是晋悼公发兵到台谷以救援宋国，在靡角之谷遇到楚军，楚军就回国了。

晋国的士鲂前来鲁国请求出兵。季文子问臧武仲应派出兵员的数量，臧武仲回答说："上次攻打郑国的战役，荀罃来请求出兵，他当时是下军的副帅。现在士鲂也是下军的副帅，派出和上次攻打郑国时的人数就可以了。事奉大国，不违失使者的爵位次序，而对他们恭敬有礼，这是合于礼法的。"季文子听从了臧武仲的意见

十二月，孟献子和晋悼公、宋平公等在虚杅会盟，商议援救宋国的事。宋国人谢绝了诸侯的好意，而只请求军队包围彭城。孟献子向诸侯们请求，先回国参加成公的葬礼。

二十六日，安葬我国国君成公。《春秋》这样记载，表明国内形势稳定顺利。

襄　公

襄公元年

元年春，周历正月，襄公即位。仲孙蔑会合晋国栾黡、宋国华元、卫国宁殖和曹国人、莒国人、邾国人、滕国人、薛国人包围了宋国的彭城。夏天，晋国韩厥率领军队攻打郑国，仲孙蔑会合齐国崔杼和曹国人、邾国人、杞国人驻扎在鄫。秋天，楚国公子子辛率领军队侵袭宋国。九月十五日，周简王死。邾宣公前来朝见。冬天，卫侯派公孙剽前来访问。晋侯派荀罃前来访问。

〇元年春天，正月二十五日，诸侯包围了宋国彭城。彭城已不是宋国的地方了，这是一种追记。此时为了宋国去讨伐鱼石，所以称宋国，而且反对叛逆者，这体现了宋国收复彭城的愿望。

彭城投降晋国，晋国人带着在彭城的五个宋国大夫回去，安置在瓠丘。

齐国人没有在彭城会合，晋国因此讨伐齐国。二月，齐国太子光到晋国做人质。

夏天，五月，晋国的韩厥、荀偃率领诸侯军队攻打郑国，进入它的外城，在洧水边上击败了郑国的步兵。此时东部诸侯的军队驻扎在鄫地，等候晋军。晋军从郑国带领鄫地的军队入侵楚的焦地、夷地和陈国，晋侯、卫侯驻在戚地，作为诸侯军队的后援。

秋天，楚国子辛救援郑国，入侵宋国的吕地和留地。郑国子然入侵宋国，夺取了犬丘。

九月，邾子来朝见，这合于礼。

冬天，卫国子叔、晋国知武子来聘问，这合于礼。凡诸侯即位，小国前来朝见，大国前来聘问，从而继续发展友好关系，取得信任，商量国事，补正过失，这是礼制中的大事。

襄公二年

二年春天，周历正月，葬天子简王。郑国军队讨伐宋国。夏天，五月十八日，夫人姜氏去世。六月庚辰，郑成公去世。晋军、宋军和卫国宁殖入侵郑国。秋天，七月，仲孙蔑在卫国戚地与晋国荀罃、宋国华元、卫国孙林父、曹国人和邾国人会见。十八日，安葬我国君夫人齐姜。叔孙豹到宋国去了。冬天，仲孙蔑又在戚地与晋国荀罃、齐国崔杼、宋国华元、卫国孙林父、曹国人、邾国人、滕国人、薛国人和小邾国人会见，于是在虎牢关筑城。楚国杀掉了大夫公子申。

〇二年春天，郑国军队侵袭宋国，这是楚国的命令。

齐灵公讨伐莱国，莱国人派正舆子以精选的马、牛各一百匹赠送给夙沙卫，齐军就退兵了。君子因此知道了齐灵公所以谥为"灵"的理由。

夏天，齐姜去世。当初，穆姜派人挑选上等的槚木，用来自己做内棺和颂琴，季文子拿来安葬齐姜。

君子说："这不合于礼法。礼法不允许这种上下颠倒的行为。媳妇是奉养婆婆的人。亏损婆婆的利益来成全媳妇，没有比这更严重的颠倒行为了。《诗》说：'只有明智的人，告诉他善言，他就能顺应道德而行动。'季孙在这件事上是不明智的。况且穆姜是国君的祖母。《诗》说：'酿造美酒，献给祖父祖母，合乎所有礼仪，神灵普降福祉'。"

齐灵公派遣嫁给大夫的宗女和同姓大夫的妻子前来送葬。召见莱子，莱子拒绝前往，所以晏弱在东阳筑城，来逼迫莱国。

郑成公生了病，子驷请求和晋国和好，以解除对楚国的负担。郑成公说："楚国国君因为郑国的缘故，亲自率军与晋军作战，以致眼睛受了箭伤，这不是为了别人，而是为了保护我。如果背叛他，这是背弃了别人的功劳和自己的诺言，那将还有谁来亲近我们郑国呢？使我免于过错，只有靠你们几位了。"

秋天七月庚辰，郑成公去世。此时子罕主持国政，子驷处理日常政务，子国任司马。晋军入侵郑国，大夫们想顺从晋国。子驷说："成公的决定没有改变。"

鲁国孟献子和晋国荀䓨、宋国华元、卫国孙林父以及曹国人、邾国人在戚地会见，这是为了对付郑国。孟献子说："建议在虎牢筑城来威逼郑国。"知武子说："好！鄢地的会盟，您听到了齐国崔杼的话，现在他们果然不来了。滕国、薛国、小邾国不来参加会见，都是齐国的缘故。我们国君的忧虑不仅仅是郑国。我将向国君报告，向齐国请求。如果请求得到齐国同意，通知诸侯在虎牢筑城，这是您的功劳。如果请求得不到同意，战事将在齐国发生。您的这一请求，是诸侯的福气，难道只是我国国君仰仗它？"

穆叔到宋国聘问，通报襄公即位的消息。

冬天，再次在戚地会见，齐国的崔杼和滕、薛、小邾等国的大夫都参加了会见。这是知武子一番话的结果。于是在虎牢筑城。郑国人于是求和。

楚国的公子申担任右司马，收受了小国的很多礼物，又威逼子重、子辛。楚国人杀了他，所以《春秋》记载说"楚杀其大夫公子申"。

襄公三年

襄公三年春天，楚国公子婴齐率军讨伐吴国。襄公前往晋国。夏天，四月二十五日，襄公和晋绰公在长樗结盟。襄公从晋国回国。六月，襄公会见单子、晋侯、宋公、卫侯、郑伯、莒子、邾子和齐国太子光。二十三日，同在鸡泽会盟。陈侯派遣袁侨参加会盟。七月十三日，叔孙豹和诸侯国的大夫以及陈国的袁侨会盟。秋天，襄公从会盟地回国。冬天，晋国荀罃率军讨伐许国。

○鲁襄公三年春天，楚国的子重发兵攻打吴国，组建了一支经过严格挑选的军队。楚军攻克了吴国的鸠兹，进逼衡山。派遣邓廖率领三百名车兵和三千名步兵进攻吴国。吴军拦腰截击楚军，俘虏了邓廖。免于被俘被杀的只有八十名车兵和三百名步兵。

子重回国后，在太庙庆功犒赏，三日。吴军进攻楚国，夺取了驾地。驾地是楚国的上等邑地；邓廖也是楚国的杰出将领。因此君子认为："子重在这次战役中得到的不如失去的多。"楚国人因此责备子重。子重为此而耿耿于怀，不久便患精神病死了。

襄公到晋国去，这是即位后的第一次朝见。夏天，在长樗结盟。孟献子担任赞礼官。襄公叩头，知武子说："天子在上，而国君屈尊行此大礼，我们国君害怕。"孟献子说："我国远在东方，与齐、楚等敌国邻近，我们国君将完全仰仗贵君，怎能不行此大礼？"

晋国由于郑国已经顺服的缘故，并且也想和吴国建立友好关系，便准备会盟诸侯。派士匄通报齐国说："我国国君派我前来，是因为近年来各国间纠纷不断，对意外情况缺乏戒备，我国国君希望与几位诸侯兄弟相见，以便商讨解决彼此间的不和，请国君光临这次会盟。特此派我前来请求结盟。"齐侯想不同意，而又怕被说成是与盟国不协同，于是在耏水之滨参加了会盟。

祁奚请求退休，晋悼公问他谁能接替他的职位。祁奚推荐解狐，解狐是他的仇人，正准备任命他时他却死了。又问祁奚，还有谁可以担任此职，祁奚回答说："祁午可以。"这时候羊舌职死了，晋悼公问："谁可以代替他？"祁奚说："羊舌赤可以。"于是悼公任命祁午为中军尉，羊舌赤为他的副手。

君子说："祁奚在这个问题上能举贤荐能。推荐他的仇人不算谄媚，推举他的儿子不算营私，推举他的副手不算结党。《商书》说：'既不结党又不营私，君王之道光明浩荡。'那大概就是说的祁奚吧。解狐得到举荐，祁午得到重用，羊舌赤得到官位，任命一个官员却成就了三件好事，这是善于举荐贤人的结果。只因为祁奚有德行，所以才能举荐贤能之人。《诗》说：'只因为他有德行，所以被荐者才像他一样。'祁奚就是这样的人。"

六月，襄公会合单顷公和晋悼公、宋平公、卫献公、郑僖公、莒子、邾子、齐国太子光，于二十三日在鸡泽会盟。

晋悼公派荀会到淮水北迎接吴王寿梦,但吴王没来。

楚国子辛任令尹,侵害小国,以满足楚国贪得无厌的欲望。陈成公派袁侨到盟会上请求和好。晋悼公派和组父将此事通报诸侯。秋天,叔孙豹和各诸侯的大夫与陈国袁侨结盟,这是陈国请求归顺的缘故。

晋悼公的弟弟扬干在曲梁扰乱了军队的行列,魏绛杀了扬干的车夫。晋悼公对此十分愤怒,对羊舌赤说:"会合诸侯本来以为是一件荣耀的事,但扬干被惩罚,有什么比这种侮辱更大呢?一定要杀掉魏绛,不要让他逃跑了。"羊舌赤回答说:"魏绛忠心不二,事奉国君从不逃避任何危难,有了罪过也不会逃避刑罚。他会前来有所解释的,何必劳国君下令呢?"刚说完,魏绛就到了,他呈交给仆人一封奏章后,准备拔剑自杀。士鲂和张老劝阻他。悼公读他的奏章,奏章说:"当初君王缺乏人手,让我担任司马之职。我听说军队服从纪律叫做武,从军杀敌宁死不犯军令叫做敬。国君会合诸侯,我怎能不执行军纪军法呢?国君的军队没有纪律,军官不执行军法,那再没有比这更大的罪过了。我害怕这种死罪,才连累到扬干,实在没有逃避罪责的办法。我不能让下属得到好的训教,以至于动用斧刑。我的罪过很大,怎敢不服从惩罚,来使国君愤怒?请把我交给司法官处死。"悼公没等穿上鞋就急忙跑出来,说:"我的话是出于对兄弟的亲情。您惩罚扬干,这是执行军法。我有弟弟,却没教育好,使他触犯了军令,这是我的过错。您不要再加重我的过错了,谨以此作为请求。"

晋悼公认为魏绛善于运用刑罚治理百姓,从鸡泽回国后,在太庙设礼食款待他,任命他为新军副帅。又任命张老为中军司马,士富为候奄。

楚国的司马公子何忌率军入侵陈国,因为陈国背叛了楚国。

许灵公依附楚国,因此不参加在鸡泽的会盟。冬天,晋国知武子率军攻打许国。

襄公四年

襄公四年春天,周历三月己酉,陈侯午去世。夏天,叔孙豹前往晋国。秋天,七月二十八日,夫人姒氏去世。安葬陈成公。八月二十二日,安葬我国小君定姒。冬天,襄公前往晋国。陈国人包围了顿。

○鲁襄公四年春天,楚国军队因为陈国叛变而入侵陈国,还驻扎在繁阳。韩献子为此担忧,在朝廷进言说:"周文王所以率领背叛殷商的诸侯国事奉纣王,是因为他知道时机还不成熟。现在我们反其道而行之,难啊!"

三月,陈成公去世。楚国人准备讨伐陈国,听到这一消息后便停止了出兵。陈国仍然不肯服从楚国。臧武仲听说了此事,说:"陈国不顺服楚国,一定灭亡。大国在陈国国丧期间不攻打，这是遵守礼法，而陈国还不归顺，对大国来说还有灾祸，更何况是小国呢？"

夏天，楚国的彭名率军入侵陈国，因为陈国无礼的缘故。

叔孙豹前往晋国，对荀䓨的聘问进行回访，晋悼公设宴款待了他。席间钟鼓演奏了《肆夏》乐曲的三章，但叔孙豹没有起身拜谢。乐工又歌唱了《文王》等三首，他还是没有拜谢。又歌唱了《鹿鸣》等三首，这次他起身连续拜谢了三次。

韩厥派外交官子员问他，说："您奉君主之命光临我国，我们按先君的礼节用音乐来招待您。您对前两次重要的演唱不拜谢，却对第三次演唱连拜三次，请问这是为什么？"叔孙豹回答说："三章《夏》乐，是天子用来招待诸侯首领的，使臣我不敢听；《文王》是两国国君相见时演唱的，使臣我也不敢听；《鹿鸣》是君王用来颂扬我国国君的，我怎敢不拜谢？《四牡》是君王慰劳我的，我怎敢不再次拜谢？《皇皇者华》，是君王教导我定要向忠信之人请教。我听说：'向善人请教是咨，向亲戚请教是询，询问礼义是度，询问政事是诹，询问祸难是谋。'我由此得到五种善事，又怎敢不三拜呢？"

秋天，襄公的母亲定姒去世。没有在祖庙停放棺材，没有使用内棺，也没有举行虞祭。

工匠庆对季文子说："您是正卿，国君生母的丧礼没有按夫人的规格，这就等于是不让国君为他母亲送终。将来国君长大了，谁来承担责任？"

当初，季文子为自己在蒲圃的东门之外种了六棵槚树。工匠庆请求用这些树给定姒做棺木，季文子说："还是马虎一点算了。"工匠庆还是伐用了季文子的槚木，季文子也没有阻止。

君子认为："《志》书中所说的'自己做多了无礼的事，一定有一天别人也对他无礼'，大概说的就是季文子吧！"

冬天，襄公前往晋国听取晋国对鲁国的要求，晋悼公设宴招待他。襄公请求把鄫国附属于鲁国，晋悼公不同意。孟献子说："我们君主距离敌国这么近，还是愿意始终事奉君，从不违背晋国的命令。鄫国从没有向晋国交纳贡赋，而君的左右官员却整天下令我国交这交那，我国虽然地域狭小，财力有限，但如果不满足贵国的要求就是罪过，因此我们国君希望能得到鄫国以资借助。"晋悼公同意了这一请求。

楚国人让顿国乘陈国的空隙攻打它，因此陈国人包围了顿国。

无终国国君嘉父派孟乐前往晋国，通过魏绛的关系向晋悼公进献了虎豹皮，以此请求晋国与各戎人部落讲和。晋悼公说："戎人不讲亲情而且贪婪，不如攻打他们。"魏绛说："诸侯各国刚刚顺服，陈国也才来向我们求和，正在观望我国，如果我们有德，他们就亲近我们，否则就会怀有二心。兴师动众去讨伐戎国，楚国必定乘机攻打陈国，我们也一定不能救援他们，这实际上是抛弃陈国，中原诸国也一定会背叛我们。戎狄，就像禽兽，征服戎狄却失去中原各国，恐怕不行吧？《夏训》中有这样的话：'有穷的后羿——'。"悼公说："后羿怎么样？"魏绛回答说："从前夏朝正衰败时，后羿从鉏地迁到了穷石，利用夏朝的百姓取代了夏朝的政权。他倚仗自己善于射箭，不致力于安抚民众，却沉溺于打猎，抛弃了武罗、伯因、熊髡、龙圉四位贤臣，而起用了寒浞。寒浞，是伯明氏的一个奸邪子弟。寒国君主伯明抛弃了他，后羿收养了他，相信并重用他，让他做了自己的亲信。寒浞在宫内对女人献媚，在外广施钱财，收买民心，让后羿以打猎为乐。他在朝廷内扶植奸诈邪恶之人作为他的党羽，夺取了国家的政权，朝廷内外都归顺他。后羿仍不思悔改，他正准备从打猎的地方回朝廷，就被他的家臣杀了，并被煮熟，让他的儿子吃。他的儿子不忍心吃他的肉，也被杀死在穷门。

"后羿的臣子靡逃亡到有鬲氏部落。寒浞霸占了后羿的妻妾，生了浇和豷，凭着他的邪恶奸诈，对百姓不施德政。派浇发兵，灭亡了斟灌和斟寻氏部落。让浇驻守过地，让豷驻守戈地。靡在有鬲氏部落，收罗斟灌和斟寻两国的遗民，灭亡了寒浞，然后立了少康。少康在过地灭了浇，后杼则在戈地消灭了豷。有穷从此就灭亡了，这是失去了贤人的缘故。过去周朝的辛甲担任太史，命令百官劝谏天子的过错。在《虞人之箴》中说："大禹所到的地方辽远广阔，划分为九个州，开辟了很多道路。百姓有房屋和祖庙，禽兽有丰茂的草料，人兽各有所居，互不干扰。后羿作为君王，贪恋打猎，忘记了国家的忧患，一心只想着野兽。田猎不能过分，过分了就不利于夏王朝。兽臣主管田猎，所以我才敢以此报告国君。'《虞箴》这样说，能不引起警惕吗？"这时晋悼公正喜欢打猎，所以魏绛才提到这件事。

晋悼公说："那么没有比跟戎狄讲和更好的办法了吗？"魏绛回答说："与戎狄讲和有五点好处：戎狄择水草之地而居，看重财物而轻视土地，他们的土地可以买过来，这是第一点。讲和后边界地区的百姓不再担惊受怕，可以安心耕种，农人可以丰收，这是第二点。戎狄事奉晋国，四邻的国家必然受震动，诸侯会因为我们的国威而顺服，这是第三点。用德行安抚戎狄，不需动用军队，武器也不会受损失，这是第四点。以后羿的教训为借鉴，推行德政和法度，远方的国家就会前来朝拜，邻近的国家也会安心，这是第五点。请国君您考虑一下！"

晋悼公很高兴，派魏绛和戎狄结盟，治理百姓的事务，打猎不再违背农时。

冬天，十月，邾人、莒人攻打鄫国，臧纥率兵救援鄫国，攻打邾国，在狐骀被打败。鲁国人迎接阵亡将士尸体回国，都以麻束发。鲁国从此开始流行以麻束发的丧葬习俗。鲁国人讽刺说："臧纥穿着狐皮袄，致使我军在狐骀被打败。我们国君太年幼，竟派一个侏儒去打仗。侏儒！侏儒！使我国败给邾国。"

襄公五年

鲁襄公五年春天，襄公从晋国回国。夏天，郑僖公派公子发前来聘问。叔孙豹和鄫国太子巫到晋国。仲孙蔑、卫国孙林父在善道和吴国会谈。秋天，鲁国举行了求雨的祭祀。楚国杀掉了大夫公子壬夫。襄公和晋悼公、宋平公、陈哀公、卫献公、郑僖公、曹成公、莒子、邾子、滕子、薛伯、齐国的太子光、吴国人、鄫国人在戚地举行盟会。襄公从会盟地回国，冬天，诸侯们发兵戍守陈国。楚国的公子贞率军攻打陈国。襄公会合晋悼公、宋平公、卫献公、郑僖公、曹成公、莒子、邾子、滕子、薛伯、齐国的太子光救援陈国。十二月，襄公从救陈前线回国。二十日，季孙行父去世。

○鲁襄公五年春天，襄公从晋国回国。

周天子派王叔陈生到晋国控告戎人，晋国人拘留了他。士鲂到京城，说王叔与戎人勾结。

夏天，郑国的子国来鲁国聘问，是为新即位的郑僖公谋求友好。

穆叔带着鄫国的太子去晋国会见，以期促成鄫国归属鲁国。《春秋》记载说："叔孙豹、鄫太子巫如晋。"意思是把鄫国太子当做鲁国的大夫一样。

吴王派寿越到晋国，说明没有参加鸡泽盟会的缘故，并且请求与诸侯友好。晋国人为此准备再次会合诸侯，于是派鲁国、卫国先和吴国会谈，并且告诉吴国会谈的日期。因此孟献子和孙文子在善道和吴国举行了会谈。

秋天，举行了大规模的求雨活动，因为天气干旱。

楚国人质问陈国为什么背叛楚国，陈国回答说："是因为贵国的令尹子辛总想满足他侵害我国的欲望。楚国于是杀了令尹子辛。《春秋》记载说："楚杀其大夫公子壬夫。"这是说明子辛是因贪婪而被杀的。

君子认为"楚共王在这件事上处刑不当。《诗》说：'大道平坦笔直，我的心中洞察分明，处理事情不当，就召集贤人来商定。'自己不讲信用，反而用杀人的办法来满足一时的快意，要想把国家治理好不是很困难吗？《夏书》说；'有了信用，才能成功'。"

九月二十三日，襄公会同诸侯在戚地举行了盟会，和吴国会谈，并且决定派兵戍守陈国。

穆叔认为鄫国归属鲁国后对鲁国不利，于是他就让鄫国大夫到会听取盟主的命令。

楚国的子囊担任令尹。晋大夫范宣子说："我们要失去陈国了。楚人讨伐了生二心的陈国之后让子囊任令尹，必然会改变子辛的做法而尽快讨伐陈国。陈国与楚国很近，百姓早晚担心楚国入侵，他们还能不归服楚国吗？保住陈国，不是我们所能做得到的事情，放弃陈国，以后还好办些。"

冬天，诸侯发兵戍守陈国。子囊率兵攻打陈国。十一月十二日，诸侯率军在城棣会合，前往救援陈国。

季文子去世。按惯例大夫入殓，襄公亲自参加。季文子的家臣准备家里的器物作为他的葬具，人们发现季文子的妻妾不穿丝绸，马匹不吃粮食，没有收藏金银玉器，没有双份的器物。君子们因此知道了季文子对公室的忠心耿耿。他先后辅佐了三个国君，却没有私人积蓄，能不说他忠心耿耿吗？

襄公六年

鲁襄公六年春天，周历三月二日，杞桓公姑容去世。夏天，宋国的华弱逃亡到鲁国。秋天，安葬杞桓公。滕子来鲁国朝见。莒国人灭亡了鄫国。冬天，叔孙豹前往邾国。季孙宿前往晋国。十二月，齐灵公灭掉了莱国。

〇鲁襄公六年春天，杞桓公去世。杞国首次在讣告上书写君主的名字，是由于同盟友好的缘故。

宋国的华弱与乐辔从小就很要好，长大后互相戏谑，又彼此攻击。有一次乐辔发怒，在朝廷上用弓套住华弱的脖子。宋平公看见了，说："统领军事的司马却被人在朝廷上套住了脖子，打仗一定难以取胜。"于是把华弱驱逐出国。夏天，宋国的华弱逃亡到鲁国。

司城子罕说："同样的罪却受到不同的处罚，这是不合刑法的。在朝廷上专横地侮辱别人，还有比这更大的罪吗？"于是也要驱逐乐辔。乐辔用箭射子罕的门，说："几天后你就不是和我一样被赶出国了吗？"子罕只好仍像过去一样对待他。

秋天，滕成公前来鲁国朝见，这是他首次朝见襄公。

莒国人灭亡了鄫国，这是由于鄫国倚仗送了财礼而放松戒备的缘故。

冬天，穆叔到邾国聘问，重修两国之好。

晋国人因为鄫国被灭亡的缘故前来责问鲁国，说："什么原因要让鄫国灭亡？"季武子到晋国会见，并且听候处置。

十一月，齐灵公灭掉了莱国，这是因为莱国倚仗计谋才造成的。

当郑国的子国来鲁国访问时，正是去年四月。齐国的晏弱在东阳筑城，然后就包围了莱国。甲寅日，在莱城四周堆起土山，高至城上的墙垛。到杞桓公去世的那个月，十五日，王湫率军和正舆子、棠人攻打齐军，齐军把他们打得大败。二十七日，齐军进入莱城。莱共公浮柔逃亡到棠地，正舆子和王湫逃亡到莒国，莒国人杀了他们。四月，齐国的陈无宇把莱国宗庙的宝器献到了齐襄公庙里。晏弱包围了棠地，十二月十日，灭掉了它。于是把莱国的百姓迁到了郳地。高厚和崔杼负责分配莱国的土地。

襄公七年

鲁襄公七年春天，郯子来鲁国朝见。夏天，四月，鲁国为举行郊祭占卜了三次，不吉利，于是就释放备用的祭牛。小邾国的国君前来鲁国朝见。在费地筑城。秋天，季孙宿到卫国。八月，发生了虫害。冬天，十月，卫国派孙林父来鲁国访问。二十一日，与孙林父会盟。楚国的公子贞率军包围了陈国。十二月，襄公与晋悼公、宋平公、陈哀公、卫献公、曹成公、莒子、邾子在鄬地聚会。郑僖公髡顽到会。没有见到诸侯，丙戌日，在鄵地去世。陈侯逃回国内。

○鲁襄公七年春天，郯子前来鲁国朝见，这是他第一次朝见襄公。

夏天，四月，为举行郊祭三次占卜，都不吉利，于是释放备用的祭牛。

孟献子说："我现在才知道占卜和占筮的作用。郊祭，是祭祀后稷，祈求农业丰收。因此在启蛰这一天举行郊祭，郊祭后才开始耕种。如今已经开始耕种，才为郊祭占卜，难怪不吉利。"

南遗担任费邑的县宰。叔孙昭伯担任隧正，他想巴结季氏，于是就讨好南遗，对南遗说："请季氏在费邑筑城，我多派给你劳力。"因此季氏在费邑筑城。

小邾国穆公来鲁国朝见，也是第一次朝见襄公。

秋天，季武子到卫国，对子叔在襄公元年对鲁国的访问进行回访，并且说明迟迟才回访，并非是对卫国有二心。

冬天，十月，晋国的韩献子告老退休。他的长子穆子有残疾，晋悼公准备立他为卿。穆子推辞说："《诗》说：'难道我不是早晚都想来？只是途中露水太多。'又说：'如果不是亲理政事。百姓就不信服。'我韩无忌没有才干，让给别人，可不可以呢？请求国君立韩起为卿。韩起与田苏交游，田苏说他好行仁义。《诗》说：'忠于你的职守，起用正直的人。神灵听说了之后，就会赐给你大福。'怜悯百姓就是德，正直无邪就是正，纠正偏邪就是直，将这三者统一为一体就是仁。像这样，神灵就会听到，降给你大福。立韩起为卿，不也是可以的吗？"九日，让韩起朝见悼公，于是让韩献子告老退休。晋悼公认为韩无忌有仁义之心，就让他掌管公族大夫。

卫国的孙文子来鲁国访问，同时对季武子访卫时的解释进行答谢，之后两国又重温了孙桓子访问鲁国时签订的盟约。会见时孙文子与襄公并肩而行，襄公登上一级台阶，孙文子也登上一级台阶。叔孙穆子担任相礼，他急步上前说："诸侯会盟时，我们国君没有走在卫国国君之后。现在您不走在我国君之后，我们国君不知道他有什么过错而致使您如此轻视他。您还是稍慢一点吧！"孙文子不解释，但也没有难为情的表情。

穆叔说："孙文子必然灭亡。身为臣子却摆出国君的架子，犯了过错又不悔改，这是一个人灭亡的根本原因。《诗》说：'从朝廷回家吃饭，神态从容谦恭。'说的就是谦恭顺从的人。专横无礼却还洋洋自得的人必定毁灭。"

楚国的子囊包围了陈国，襄公与诸侯们在鄗地会合，然后发兵救援陈国。

郑僖公做太子的时候，在鲁成公十六年和郑国的子罕到晋国，没有礼貌。又和子丰到楚国，也没有礼貌。等到他即位的元年，到晋国朝见时，子丰想向晋国控告他以便废掉他，子罕制止了。等到将要在鄗地会见时，子驷担任相礼，僖公还是没有礼貌。侍者劝谏他，他不听，再次劝谏，他就杀了侍者。到了鄵地，子驷派贼人在夜里杀掉了僖公，而以暴病致死不能与会讣告诸侯。简公当年五岁，臣子们立他为国君。

陈国人担忧楚国。庆虎、庆寅对楚国人说："我们让公子黄前往贵国。你们把他抓起来。"楚国人听从了他们的建议。于是庆席、庆寅派人到会盟地告诉陈哀公，说："楚国人抓住了公子黄，您如果不赶回来，群臣们不忍心国家灭亡，恐怕会有别的想法。"于是陈哀公就从盟会上逃回来了。

襄公八年

鲁襄公八年春天，周历正月，襄公到晋国。夏天，安葬郑僖公。郑国人入侵蔡国，抓获了蔡国的公子燮。季孙宿在邢丘与晋悼公、郑简公、齐国人、卫国人、邾国人会见。襄公从晋国回国。莒国人攻打我国的东部边境地区。秋天，九月，鲁国举行大规模的求雨活动。冬天，楚国的公子贞率军攻打郑国。晋悼公派士匄来鲁国访问。

〇鲁襄公八年春天，襄公到晋国朝见，同时请示每年朝聘时需要贡献的财物的数目。

郑国的公子们因僖公的死，谋划去掉子驷。子驷比他们先下手。夏天，四月十二日，以罪名杀掉了子狐、子熙、子侯、子丁。孙击、孙恶出逃到卫国。

二十二日，郑国的子国、子耳入侵蔡国，俘虏了蔡国的司马公子燮。郑国人都很高兴，只有子产一个人没有附和。他说："一个小国没有文治，却有武功，没有比这更大的祸患了。如果楚国人前来讨伐，能不顺从他们吗？如果顺从了楚国，晋军必然又前来讨伐。晋国、楚国讨伐郑国，从今以后，郑国至少有四五年不得安宁了。"子国对子产生气地说："你知道什么？国家有重大命令，自然有正卿发布，小孩子胡言乱语，是要被杀的。"

五月七日，季武子和晋悼公、郑简公、齐国人等在邢丘举行了会见。会上晋国确定了各国进贡的财物数目，让诸侯的大夫听取命令。季武子、齐国的高厚、宋国的向戍、卫国的宁殖、邾国的大夫参加了会见。郑简公向主持会见的晋悼公进献郑蔡之战的战利品，所以亲自到会听命。《春秋》没有记载各国大夫的名字，这是表示对晋悼公的尊敬。

莒国人攻打鲁国东部边境，想以此划定鄫国土地的疆界。

秋天，九月，鲁国举行盛大的求雨活动，因为大旱。

冬天，楚国的子囊攻打郑国，是为了讨伐它入侵蔡国。子驷、子国、子耳想顺从楚国，子孔、子𫞩、子展打算抵抗楚军以等待晋军的援救。子驷说："《周诗》中有这样的话：'如果等到黄河水澄清，人的寿命有多长？占卜次数太多，只能是自作罗网。'与很多人谋划，众说纷纭，百姓无所适从，事情就更加难以办成。百姓已万分危急，暂且顺从楚国，以缓解百姓的灾难。晋军到了，我们再投靠他们。恭敬地供给财礼，等待大国到来，这是小国的生存之道。带着祭祀用的牛羊玉帛，等候在我国和晋、楚两国的边境上，以等待他们这些强国来保护我们的百姓。这样敌寇不为害，百姓不因战争而疲顿不堪，不也是可以的吗？"

子展说："小国用来事奉大国的东西，是信用。如果小国不讲信用，战乱随时都会发生，亡国也就没有几天了。五次会盟与晋国订立的盟约，现在打算背弃它，虽然有楚国救援我们，又能有什么用？楚国亲近我们不会有好结果，想把我国作为他们的边邑，才是他们真正想得到的，不能顺从楚国。不如等待晋军。晋悼公正是贤明的时候，四军完备无缺，八卿和睦，一定不会抛弃郑国。楚军远道而来，粮食将要吃完，肯定要很快回国。有什么可怕的呢？我听说：'依靠别的东西，不如依靠信用。'加强守备，让楚军失去斗志，依靠信用等待晋军，不也可以吗？"

子驷说："《诗》说：'谋划的人太多，因此难以作出决断。发言的人满庭，但又有谁敢于承担责任？就好比一个人一边走路一边和人商量事情，因此一无所得。'请求顺从楚国，我来承担这一责任。"于是郑国就和楚国讲和。

派王子伯骈到晋国报告，说："君王曾命令我国：'修好你们的兵车，告诫你们的官兵，准备讨伐叛乱者。'蔡国人不肯顺从，我国的人也不能安居，招集我国所有的兵力，讨伐蔡国，俘虏了蔡国的司马燮，并献到了邢丘的诸侯盟会上。现在楚国来讨伐我们说：'你们为什么对蔡国用兵？'并且焚烧了我国郊外的城堡，进犯我国的城郭。我国百姓，不论夫妻男女，无暇休息，互相救援。国家将要倾覆灭亡，却无处控告。百姓中死去的，不是他们的父兄，就是他们的子弟。人人忧愁悲伤，不知哪里是护身的地方。百姓知道已经走投无路，只得接受楚国的盟约，我和手下的臣子也不能禁止。这件事我们不敢不报告给贵国。"

荀罃派外交官员对王子伯骈说："贵国遭到楚国的讨伐，也不派一个使臣来告诉我们国君，就向楚国屈服，这是贵国国君的希望，谁能违抗呢？我们国君将率领诸侯和你们在城下相见，请贵国国君慎重考虑！"

晋国的范宣子来鲁国访问，答谢襄公在春天对晋国的朝见，同时通报准备对郑国用兵。襄公设宴款待范宣子，宣子在宴席上吟诵了《摽有梅》这首诗。季武子说："谁敢不及时出兵呢？现在以草木做比，我们国君对贵国园君来说，就好像是草木散发出来的气味。高兴地接受贵国的命令，哪里会有时间上的早晚？"季武子接着吟诵了《角弓》一诗。客人将要退出宴席时，季武子又吟诵了《彤弓》一诗。范宣子说："当年城濮之战，我国先君文公曾到衡雍向周天子进献战果，接受了襄王赠给的一把红色的弓，作为子孙的宝藏。我士匄是先君大臣的后代，怎敢不接受您的命令呢？"君子认为宣子懂得礼。

襄公九年

鲁襄公九年春天，宋国发生了火灾。夏天，季孙宿到晋国。五月二十九日，夫人姜氏去世。秋天八月二十三日，安葬我国小君穆姜。冬天，襄公会合晋悼公、宋平公、卫献公、曹成公、莒子、邾子、滕子、薛伯、杞孝公、小邾子、齐国太子光攻打郑国。十二月十日，在戏地结盟。楚共王讨伐郑国。

〇鲁襄公九年春天，宋国发生了火灾。乐喜担任司城执掌政权。他派伯氏管理街巷，在火没有烧到的地方拆除小屋，用泥涂封大屋；准备运土工具、汲水的绳子和盛水的器物；根据需求量储蓄用水，堆积泥土；巡视城郭，加强守备，标记火的燃烧趋向。派华臣调集徒役，命令隧正调集郊外的徒卒，赶赴火灾区。派华阅管理右师各官，让他们各尽其职。派向戌管理左师各官，也让他们各尽其职。派乐遄准备刑具，也像华阅一样。派皇郧命令校正备好马匹，工正备好兵车和武器，保护武器仓库。派西钼吾保护国库，他下令司宫、巷伯加强宫中守卫。左右二师命令四乡乡正祭祀神灵，让祝宗用马祭祀四方城池之神，在西门之外祭祀祖先盘庚。

晋悼公问士弱说："我听说，宋国发生了火灾，因此明白了自然规律，这是什么原因？"士弱回答说："古代的火正之官在祭祀火星时，有时用心宿作为陪祭，有时用柳宿作为陪祭，因为火星是在这两个星宿之间运行。所以喙就是鹑火星，心宿就是大火星。陶唐氏的火正阏伯住在商丘，祭祀大火星，而用火星的移动来纪时。商朝的先祖相土沿袭了这个办法，因此商朝就以大火星作为祭祀的主星。商朝人观察他们祸乱失败的征兆，就一定是从火灾开始，因此过去他们就自以为掌握了自然规律。"晋悼公说："这种规律一定能把握住吗？"士弱回答说："这在于有道或无道。如果一个国家发生了动乱，上天不显示预兆，那就无法知道了。"

夏天，季武子到晋国，回报范宣子对鲁国的访问。

穆姜在东宫去世。当初她搬到东宫时曾占筮，得到艮卦变为八。太史说："这是说艮卦变为随卦。随表示出走，您一定要尽快搬出去。"穆姜说："不用了。这卦象在《周易》中的解释是：'《随》，元、亨、利、贞，无咎。'元，是身体的最高处；亨，表示主宾相会；利，是道义的总和；贞，是事物的根本。以仁为本体就能高于常人，使德行美好就能合乎礼仪，对别人有利就能总括道义，为人忠诚守信就能成就事业。做到这样，是不可欺的，因此即使遇到随卦也不会有灾祸。而现在我作为一个妇人却参与动乱，本来妇人地位低下却有了不仁义的行为，不能说是元；使国家动乱不安，不能说是亨；兴风作浪而害及自身，不能说是利；忘记未亡人的身份却爱好姣美，不能说是贞。具有元、亨、利、贞四德的人，即使遇到随卦也不会有灾祸。我一种也不具有，又怎能符合随卦的卦辞呢？我自取邪恶，能没有灾祸吗？我肯定要死在这里，不能出去了。"

秦景公派士雅到楚国请求出兵，攻打晋国，楚共王同意了这一请求。子囊说："不能这样。现在我国不能与晋国争雄。晋悼公量才使用人才，选拔人才没有遗漏，任命官员不改变政策。他的卿把职务让给贤能之人，他的大夫恪尽职守，他的士致力于教化，他的百姓尽力耕种，他的工商杂役，安于本业。韩厥告老退休了，荀䓨接替他执掌政权。范宣子比中行偃年轻，却位居中行偃之上，让他担任了中军副帅。韩起比栾黡年轻，但栾黡和士鲂却让他位居自己之上，让他担任了上军副帅。魏绛有很多功劳，但他认为赵武贤能而甘愿做他的副手。国君贤明，臣子忠诚，上面谦让，下面尽力。在这时候，晋国不可匹敌，只有事奉他们才行。请您考虑一下！"共王说："我已经同意了，即使我们比不上晋国，也一定要出兵。"

秋天，楚共王进兵武城，作为对秦国的支援。秦国人入侵晋国。晋国正发生饥荒，因此不能回击。

冬天十月，诸侯攻打郑国。十一日，季武子、齐国的崔杼、宋国的皇郧随同荀䓨、士匄攻打郑都东门郭门，卫国的北宫括、曹国人、邾国人随同荀偃、韩起攻打郑都西门师之梁，滕国人、薛国人随同栾黡、士鲂攻打北门，杞国人、郳人随同赵武、魏绛砍除了道路边的栗树。十五日，联军驻扎在氾水之滨。晋悼公向诸侯下命令："整理武器装备，准备干粮，把老幼士卒送回去，让有病的士卒住到虎牢，宽恕那些有过失的人。围攻郑国。"

郑国人害怕了，于是求和。荀偃说："马上包围郑国，等候楚国人来救，再与他们作战。不这样，就不会有和谈。"知䓨说："同意和郑国结盟然后撤兵，让楚国人再去攻打郑国，使他们疲惫不堪。我们把四个军分成三部分，与诸侯的精锐部队，迎击楚军，对我军来说，不会疲乏，但楚军就不可能了。这种方法比决战更好。暴骨弃尸以图一时痛快，不能用这种方法和敌人争锋。更大的辛劳还在等着我们，君子用智慧取胜，小人靠力气取胜，这是先王的遗训。"于是诸侯都不想作战了，就同意和郑国讲和。十一月十日，在戏地结盟，这是由于郑国已经顺服了。

将要结盟，郑国的六个卿公子騑、公子发、公子嘉、公孙辄、公孙虿、公孙舍之和他们的大夫、卿的嫡子都跟随郑简公来到盟会上。晋国的士庄子起草了盟书，内容说："从今天盟誓后，郑国如果不绝对服从晋国，或另有二心，就根据此盟约加以制裁。"公子騑快步上前说："上天降祸给郑国，让我们夹在两个大国的中间。但大国没有赐给我们恩德，反而用战乱要挟我们，使我们的神灵得不到祭祀，我们的百姓得不到土地的收益，男女老少辛苦劳作却仍然贫困瘦弱，而且无处诉说。从今天盟誓之后，郑国如果不绝对服从讲究礼义而又能强有力地保护我国百姓的国家，并有二心的话，甘愿受此处罚。"荀偃说："再修改一下盟书。"公孙舍之曰："已经对着神灵盟过誓了，如果还能改动的话，那么大国也可以背叛了。"知蓉对荀偃说："我们缺少德行，却以盟约来要挟人家，难道合乎礼义吗？不合乎礼义，凭什么来主持盟会？暂且结盟后退兵，修养德行，休整军队后再来，最终一定能得到郑国，又何必非在今天？假如我们没有德行，自己的百姓都会离我们而去，难道仅仅是郑国吗？如果能使德行美好，上下和睦，远方的诸侯都将前来归附，又何必只指望郑国呢？"于是和郑国结盟后就退兵了。

晋国人在郑国那里没有达到目的，便率领诸侯再次攻打郑国。十二月五日，攻打郑国的东、西、北三个城门，一连攻打了五天。二十日，在阴阪渡过了洧水，再次攻打郑国，军队驻扎在阴口，后来就回去了。子孔说："晋军可以攻击，军队已经疲惫，士兵归心似箭，一定能大胜他们。"子展说："不行。"

襄公送别晋悼公，晋悼公在黄河边设宴招待襄公。席间悼公问起襄公的年龄，季武子回答说："诸侯们在沙随盟会的那一年，我们国君出生。"晋悼公说："十二年了，这是一终，正好是岁星运行一周的时间。国君十五岁就可以生孩子。举行冠礼之后生孩子，是合乎礼法的。君可以举行冠礼了，大夫何不给君准备举行冠礼的用具？"季武子回答说："君举行冠礼，必须先举行裸享之礼，并且要用金石之乐使之有节度，还要到先君的宗庙中举行。现在我们国君身在路途，无法准备，请求到了兄弟国家后再借用具。"晋悼公说："好。"襄公回国，到了卫国，就在卫成公庙中举行了冠礼，还借用了卫国的钟和磬，这是合乎礼法的。

楚共王讨伐郑国，子驷准备和楚国讲和。子孔、子娇说："才和晋国盟誓，嘴上的血还没干就背叛了，这样可以吗？"子驷、子展说："我们在盟约中本来就说：'只要是强大的国家我们就服从。'现在楚师来到，晋国却不来救援我们，那么楚国就是强国了。盟誓的话，怎么敢背叛？况且在要挟的情况下订立的盟约本来就没有诚信可言，神灵也不会亲临，只有真诚的盟会神灵才会亲临。诚信，是语言的凭证，是善良的根本，所以神灵才降临。圣明的神灵不会理睬在要挟情况下订立的盟约，背叛它是可以的。"于是和楚国讲和。公子罢戎进入郑都订立盟约，在中分举行了结盟仪式。

楚庄王的夫人去世，共王没有能够安定郑国就回国了。晋悼公回国后，与大臣商议怎样才能让百姓休养生息。魏绛请求对百姓施舍，输出积聚的财物借给百姓。从国君以下的所有官员，如果有积蓄的，都全部拿出来。因此国家再没有积压的货物，没有贫困的人。国君没有专门的利益，也没有贪婪的百姓。祈祷时用财货代替牛羊，宴请宾客只用一头雄性牲畜，不再制作新的器具，车马服饰够用就行了。实行了一年，国家就有了法度。后来晋国三次出兵，楚国都不能与它争雄。

襄公十年

鲁襄公十年的春天，襄公在担地与晋侯、宋公、卫侯、曹伯、莒子、邾子、滕子、杞伯、小邾子、齐国太子光会见吴国人（共商连吴攘楚之事）。夏天五月初八日，便攻灭了楚国的偪阳。襄公的到来是自从相地盟会开始的。（六月）楚公子贞（即子囊）、郑国公孙辄（即子耳）带兵攻打宋国，晋国军队则进攻秦国。这年秋天，莒国人则乘机进犯我鲁国东部边境。鲁襄公会合晋侯、宋公、卫侯、曹伯、莒子、邾子、齐国太子光、滕子、薛伯、杞伯、小邾子等国共同进攻郑国。那年冬天，叛乱分子杀害了郑国的公子騑（即子驷）、公子发（即子国）和公孙辄（即子耳）。于是讨伐郑国的军队戍守郑国的虎牢城。楚公子贞（即予囊）带兵救援郑国。襄公是从讨伐郑国的前线上回来的。

○鲁襄公十年春，与各国诸侯在相地盟会，是为了会见吴子寿梦。

三月二十六日，齐国高厚做太子光的相礼，因为在钟离先会见诸侯时，表现得不恭敬，晋国的士庄子便说："高子作为太子的相礼来会见诸侯，应当捍卫自己的国家，却表现出不恭敬，这是抛弃国家，恐怕将会免不了出祸害吧！"

夏季四月初一，诸侯在相地相会。

晋国荀偃、士匄请求攻打偪阳，而把它作为宋国左师向戌的封邑。荀罃说："城小而坚固，攻下它不算勇武，攻不下来被人讥笑。"荀偃、士匄坚决请求。初九日，围攻偪阳，不能攻克。孟氏的家臣秦堇父拉了辎重车到达战地。偪阳人打开城门，诸侯的将士攻打城门。悬挂的闸门放下来了，鲁郰邑大夫叔梁纥托举闸门，使攻进城的将士得以出来。狄虒弥立起大车的轮子，蒙上皮甲作为大盾牌，左手拿着它，右手拔戟，领兵自成一队。孟献子说："这就是《诗经》上所说的'像猛虎一样有力气'的人啊。"偪阳守城的人把布悬下来，秦堇父拉着布登城，刚到城墙垛，守城人便将布割断。秦堇父坠落在地，守城人又悬下布来，秦堇父苏醒后又登上去，这样三次，守城人佩服秦堇父的勇力，不再挂布了，这才退兵。秦堇父以割断的布作带子，在军中游行了三天。

诸侯的军队在偪阳时间久了，荀偃、士匄向荀罃请示说："要下大雨涨水了，恐怕到时候不能回去，请您撤兵回去吧。"荀罃发怒，将弩机向他们扔过去，正好从两人中间飞出，说："你们把两件事办成了再来报告我。原先我担心意见不一而乱了军令，才不违背你们的意见（同意攻打偪阳）。你们既已劳驾国君，且发动了诸侯的军队，牵连我老夫也来到这里；既不坚守武攻，又想归罪于我，回去说：'这实在是他撤兵，要不是这样，早就攻下来了。'我衰老了，还能再一次承担罪责吗？七天内攻不下来，一定要你们的脑袋！"五月初四日，荀偃、士匄率领步兵攻打偪阳，亲身受到箭和石块的攻击，初八日，灭亡了偪阳。《春秋》记载说："遂灭偪阳"，说的是从相地盟会以后开始进攻偪阳的。

把偪阳封给宋大夫向戌，向戌辞谢说："如果还辱蒙您安抚宋国，而用偪阳来扩大寡君的疆土，臣下们就安心了，还有什么恩赐能如此呢？但若专门赐给下臣我，那就是我发动诸侯进攻而为自己谋求封地了，还有什么罪过比这更大的呢？谨敢以死来请求。"于是就将偪阳给了宋平公。

宋平公在楚丘设宴款待晋侯，请求使用《桑林》之乐。荀罃辞谢。荀偃、士匄说："诸侯之中的宋国、鲁国，在那里可以参观礼仪。鲁国有禘乐，在招待贵宾和举行大祭时用它。宋国用《桑林》之乐招待国君，不也是可以的吗？"于是起舞，乐师手举大旌作为乐队的标记领队入场，晋侯害怕得退进了厢房。宋国人去掉大旌，晋侯直至宴会完毕才回国。到达著雍，晋侯病了。占卜，从卜兆中见到桑林之神。荀偃、士匄想奔回宋国请求祈祷，荀罃不同意，说："我们已经辞去这种礼仪了，他们还是用它。如果有鬼神，应该加祸于宋国。"晋侯病愈，带了偪阳子回国，奉献于武宫，称他为夷人俘虏。偪阳，是妘姓人的。晋侯派周朝掌管爵禄的内史选择它宗族中的后嗣，让他们住在霍人地方，这是合于礼的。

军队回国，孟献子让秦堇父做车右。秦堇父生了秦丕兹，师事孔子。

六月，楚国的子囊、郑国的子耳攻打宋国，军队驻扎在訾毋。六月十四日，包围宋国，攻打桐门。

晋国的荀罃进攻秦国，这是为了报复秦国人去年的入侵。

卫侯救援宋国，军队驻扎在襄牛。郑国子展说："一定要攻打卫国。不然，就是不亲附楚国。得罪晋国，又得罪楚国，我们的国家将怎么办？"子骊说："我们郑国已困乏了呀！"子展说："得罪两个大国，必定灭亡。困乏，不还比灭亡要强吗？"大夫们都认为子展的话对。因此，郑国的皇耳带兵侵袭卫国，这实际上是楚国的命令。

卫国孙文子为追逐郑国军队占卜，将卜兆献给定姜。定姜问繇辞如何。孙文子回答说："卜兆（龟壳上出现的裂纹）如同山陵，意味着有人出征，会丧失他们的英雄。"定姜说："出征者丧失英雄，对御敌一方有利。大夫们应考虑这个问题！"卫国人追逐郑军，孙蒯在犬丘俘虏了郑大夫皇耳。

那年秋季七月，楚国子囊、郑国子耳进攻我国西部边境。回国时，包围了宋国萧邑，八月十一日，攻下了萧邑。九月，子耳进犯宋国北部边境。

孟献子说："郑国恐怕有灾殃吧！军队争战太过分了。周天子尚且承受不了经常争战，何况郑国呢！有灾殃的话，恐怕免不了是执政的三位大夫吧！"

莒国人趁着诸侯各国有战事的空隙，攻打我国东部边境。

诸侯攻打郑国，齐国的崔杼让太子光先行到达军中，所以排在滕国前头。七月二十五日，军队驻扎在牛首。

起初，郑国的子驷与尉止有争执，在将要抵御诸侯的军队时，子驷减少了尉止应有的兵车。尉止俘虏了敌人，子驷又与他争功劳。子驷压制尉止说："你的战车太多，不合礼制。"于是就不让他献俘虏。起初，子驷划分田间水沟的地界，司氏、堵氏、侯氏、子师氏都损失了田土。所以（连尉氏一起）五个宗族聚集了一群失意之人，凭藉公子的族党发动叛乱。

那时候，子驷掌握国政，子国做司马，子耳做司空，子孔做司徒。冬十月十四日，尉止、司臣、侯晋、堵女父、子师仆等人率领叛乱分子进入，早晨在西宫的朝廷上攻打执政大夫，杀了子驷、子国、子耳，将郑伯劫持到北宫。子孔事先知道这件事，所以没有死。《春秋》记载说"盗"，说的是没有大夫参与作乱。

子西听说发生叛乱，未加戒备就出来了，收了他父亲子驷的尸体就去追赶叛乱分子，叛乱分子进入北宫，子西便回去发放皮甲。但这时家臣和妾婢多已逃走，器物也多数已丢失。子产听说发生了叛乱，便设置守门的人，配备各种官员，封闭财物和兵器的仓库，谨慎地收藏，完善各种防守设备，令兵士排成行列后才出来，有战车十七辆，先收了他父亲的尸体，然后在北宫攻打叛乱分子。子矫率领国内的人们来帮助子产，杀了尉止、子师仆，这伙叛乱者尽被杀死。侯晋逃奔到晋国。堵女父、司臣、尉翩、司齐逃亡到宋国。

子孔掌握国政，制订盟书，规定官员的职位次序，听取执政的法令。大夫、各部门官吏、卿之嫡子不顺从的，子孔便将予以诛杀。子产劝阻他，请求替他烧掉盟书。子孔不同意，说："制订盟书用来安定国家，众人发怒就烧掉它，这是众人执政，国家不就很艰难了吗？"子产说："众人的愤怒难触犯，专权的欲望难成功，把两件难以做到的事合在一起来安定国家，这是危险的办法。不如烧掉盟书来安定众人，您得到了所需要的东西，众人也能安定，不也是可以吗？专权的欲望不能成功，触犯众人又将发生祸乱，您一定要听从他们。"于是就在仓门外面烧掉了盟书，众人这才安定下来。

诸侯的军队在虎牢筑城并且戍守它。晋国的军队在梧地和制地筑城，士鲂、魏绛戍守。《春秋》记载说："戍郑虎牢"，不是郑国的领土（而这样记载），是说将要归还给郑国了。郑国和晋国媾和。

楚国的子囊救援郑国。十一月，诸侯的军队环绕郑国然后向南开进，到达阳陵，但楚军不退。知武子想要退兵，说："现在我们避开楚军，楚军必然骄傲，它骄傲，我们就可以和它作战了。"栾黡说："逃避楚军，这是晋国的耻辱。会合诸侯而来增加耻辱，不如一死！我打算单独前进。"于是军队向前推进。十六日，和楚军夹着颍水扎营。子矫说："诸侯已经完成退兵的准备，必定不会来作战了。我们郑国顺从他们要退兵，不顺从，他们也要退兵。退兵，楚国必定包围我们。同样是要退兵，我们不如顺从楚国，也以此使楚国退兵。"于是夜渡过颍水，与楚国结盟。栾黡想要攻打郑国军队，荀罃不同意，说："我们实在不能抵御楚军，又不能保护郑国，郑国有什么罪？不如致怨恨于楚国，然后回去。如今若攻打郑军，楚军一定会救援他们，作战而不能取胜，就会被诸侯笑话。取胜不能肯定，不如回去吧。"二十四日，诸侯的军队撤退回去，攻打了郑国的北部边境然后回国。楚国人也退兵回国。

王叔陈生与伯舆争夺政权。周灵王赞助伯舆，王叔陈生怒气冲冲地出逃了。到达黄河时，周灵王让他官复原职，并且杀了史狡以使他高兴。王叔陈生不回来，就住在黄河边上。晋侯派士匄调和周王室的纠纷，王叔与伯舆向他提出诉讼。王叔的家宰和伯舆的大夫瑕禽在周王的朝廷上对讼以争曲直，士匄听取他们的诉讼。王叔的家宰说："柴门小户之人，却都要凌驾他上面的人，在上面的就也为难了！"瑕禽说："从前周平王东迁，我们七姓人家跟随天子，牺牲之类祭品全都具备。天子信赖他们，而赐给他们用赤色牛祭神的盟约，并说：'世世代代不要失职。'如果是柴门小户，他们能来到东方住下来吗？而且天子又怎么信赖他们呢？如今自从王叔辅佐天子以后，政事要用贿赂才能办成，而执法大权又寄托在宠臣身上。官吏中的师、旅要员，钱财富足得无法形容，这样我们能不变成柴门小户吗？请大国考虑吧！下面的人不能有理，那么什么叫做公正呢？"士匄说："天子所赞助的，寡君也赞助他；天子所不赞助的，寡君也不赞助他。"于是让王叔和伯舆对证讼辞，王叔拿不出他的诉讼文书。王叔逃奔到晋国。《春秋》没有记载，是因为没有报告我们鲁国的缘故。单靖公做了卿士，辅佐周王室。

襄公十一年

鲁襄公十一年春天，周历正月，鲁国建立上、中、下三军。夏季四月，第四次占卜选定郊祭的日期，卜兆上表示不同意，于是取消了这次郊祭。郑国公孙舍之率领军队侵袭宋国，襄公会合晋侯、宋公、卫侯、曹伯、齐国太子光、莒子、邾子、滕子、薛伯、杞伯、小邾子等诸侯国攻打郑国。秋季七月十日，同郑国一起各国在京城北订立盟约。襄公从攻打郑国回国。（九月）楚子、郑伯又进攻宋国。襄公会合晋侯、宋公、卫侯、曹伯、齐国太子光、莒子、邾子、滕子、薛伯、杞伯、小邾子进攻郑国，在萧鱼会战。鲁襄公从会战回国。楚国人捉拿了郑国的行人良霄。那年冬天，秦国人攻打了晋国。

○十一年春，季武子将要组建三军，告诉叔孙穆子说："请组建三个军，我们三家各管一军。"叔孙穆子说："政权将要轮到您执掌了，您必定办不到。"季武子坚决请求，叔孙穆子说："既然这样，那么是不是为此盟誓呢？"于是就在鲁僖公的宗庙门口盟誓，在五父之衢诅咒。

正月，组编了三个军，把公家的军队分作三军，三家各掌握一军。三家都毁了原来的车兵编制，季氏让他私家的车兵人员加入军队，服兵役的邑人免除征税，不服役的加倍征税。孟氏则将私邑兵士的半数编人奴隶兵，尽是些少壮子弟。叔孙氏让他私邑中的士兵全都编为奴隶兵。不这样，就不编入所分的公室军队里。

郑国人因为担忧晋国和楚国的缘故，大夫们议论说："不顺从晋国，国家几乎灭亡。楚国比晋国弱，而晋国并不急于争夺我国。要是晋国急于争夺，楚国将会避开它。怎么做才能使晋国出死力攻打我国，楚国不敢抵抗，然后我国可以坚定地亲附晋国。"子展说："与宋国作对，诸侯必然到来，我们跟从他们结盟。楚军来了，我们又跟从楚国，这样晋国就会大怒了。晋国能屡次前来，而楚国却不能，我国便可以坚定地亲附晋国了。"大夫们对这个计划感到高兴，于是派边境的官吏向宋国挑衅。宋国的向戌攻打郑国，俘获很多。子展说："可以出兵攻打宋国了。如果我们攻打宋国，诸侯攻打我们必定很奋力，我们就听从诸侯的命令，同时报告楚国。楚军到达，我们又和他们结盟，而又重重地贿赂晋军，这样就可以免于战祸了。"这年夏天，郑国的子展攻打宋国。

四月，诸侯攻打郑国。十九日，齐国太子光、宋国向戌先到达郑国，驻扎在东门外。那天晚上，晋国荀罃到达郑国西郊，往东进攻许国的旧地。卫国的孙林父进攻郑国的北部边境。六月，诸侯在北林会合，军队驻扎在郑国的向地，又北行向西环绕驻扎在琐地，包围郑国。诸侯的军队在郑国南门外炫耀武力，又从西边渡过济隧。郑国人害怕了，就向诸侯求和。

秋天的七月，各国同在亳地结盟。范宣子说："若不谨慎，必定失去诸侯。诸侯在路上往来疲敝而没有什么成果，能不三心二意吗？"于是盟誓，盟书上记载说："凡是我们同盟国家，不要囤积粮食，不要垄断利益，不要庇护他国罪人，不要收留坏人，要救济灾荒，安定祸乱，统一好恶，辅助王室。有人触犯这些命令，司慎司盟、名山名川、群神群祀、先王先公，七姓十二国的祖宗，明察的神灵诛杀他，使他失去百姓，丧君灭族，亡国亡家。

楚国的子囊向秦国请求出兵，秦国的右大夫詹率领军队跟随楚王，准备去攻打郑国。郑伯迎接他们。七月二十七日，攻打宋国。

九月，诸侯全部出兵再次攻打郑国。郑国人派良霄、太宰石㚟到楚国，告知准备顺服晋国，曰："我们因为国家的缘故，不能怀念君王了。君王如果能用玉帛安抚晋国，……不这样，那就用武力威慑晋国，这都是我们的愿望。"楚国人将他们囚禁，《春秋》记载说"行人"，说的是他们是使者。

诸侯的军队在郑国东门外炫耀武力，郑国人派王子伯骈求和。九月二十六日，晋国的赵武进入郑国与郑伯结盟。冬十月初九，郑国子展出城和晋侯结盟。十二月初一日，在萧鱼会见。初三日，赦免郑国的俘虏，都给以礼遇放回去。撤回巡逻兵，禁止抢掠。晋侯派叔肸通告诸侯（也都赦免郑国的俘虏）。襄公派臧孙纥回答说："凡是我们同盟国家，小国有罪，大国就去讨伐，如果小国有借助之功，很小不赦免的。寡君听到命令了。"

郑国人赠送晋侯师悝、师触、师蠲，成对的广车、轩车各十五辆，盔甲武器齐备。共计兵车一百辆，歌钟两列以及与它相配的镈、磬，还有女乐两佾十六人。

晋侯把乐队的一半赐给魏绛，说："您教寡人同各部落戎狄和好，而且整顿了中原各国。八年之中，九次会合诸侯，好像音乐的和谐，没有什么地方不协调。请与您一起享享乐。"魏绛辞谢说："同戎狄和好，这是国家的福气。八年之中，九次会合诸侯，诸侯没有不顺从的，这是您君王的威灵，其他几位大夫们的辛劳，我下臣有什么力量？不过下臣但愿君王既安于这种快乐而又想到它的终了。《诗》上说：'快乐啊君子，镇抚天子的家邦。快乐啊君子，福禄和大家共享。治理好附近的小国，使他们相率服从。'音乐用来稳固德行，用道义来对待它，用礼仪来推行它，以信用来保护它，用仁爱勉励它，然后才可以镇抚邦国、共享福禄、招来远方的人，这就是所说的快乐。《书》说：'处于安乐要想到危险。'想到了就有防备，有了防备就没有祸患。谨敢以此规劝君王。"晋侯说："您的教导，岂敢不接受！若是没有您，寡人不能正确对待戎人，不能渡过黄河。奖赏，是国家的典章，藏在盟府中，不可废除。您还是接受吧！"魏绛从此开始有了金石的音乐，是合于礼的。

秦国的庶长鲍、庶长武带兵攻打晋国，用以救援郑国。庶长鲍先侵入晋国领土，士鲂抵御他，认为秦军人少而不加设防。十二月初五日，庶长武从辅氏渡河，与鲍一起夹攻晋军。十二日，秦晋两军在栎地交战，晋军大败，这是因为轻视秦军的缘故。

襄公十二年

鲁襄公十二年春天的二月，莒国人进犯我东部边境，包围了台城。季孙宿率领军队救援台城，于是进入郓地。夏季，晋侯派士鲂来鲁国聘问。秋天的九月，吴子寿梦去世。冬天，楚公子贞率军侵袭宋国。襄公到达晋国。

〇鲁襄公十二年春天，莒国人进犯我国东部边境，包围了台城。季武子救援台城，于是进入郓地，掠取了他们的钟改铸为襄公的食盘。

夏天，晋国士鲂来鲁国聘问，并且拜谢鲁国出兵。

秋天，吴子寿梦去世。襄公到周文王庙里哭丧吊唁，这是合于礼的。凡是诸侯的丧事，异姓的在城外哭泣吊唁，同姓的宗庙里，同宗的在祖庙里，同族的在父庙里。由于这个原因，鲁国为了姬姓诸国，到周文王庙里哭泣吊唁。为邢、凡、蒋、茅、胙、祭等各国，则在周公庙里哭泣吊唁。

冬天，楚国子囊、秦国庶长无地攻打宋国。军队驻扎在杨梁，以报复去年晋国取得郑国。

周灵王向齐国求娶王后。齐侯向晏桓子询问答辞，晏桓子回答说："先王的礼仪辞令有这样的话，天子向诸侯求娶王后，诸侯回答说：'夫人所生的若干人。妃妾所生的若干人。'没有女儿而有姐妹和姑母姊妹，就说：'先君某公的遗女若干人。'"齐侯答应了婚事，周灵王派阴里作了口头约定。

襄公到达晋国，朝见后并且拜谢士鲂的来聘，这是合于礼的。

秦嬴回到楚国。楚国司马子庚到秦国聘问，为了夫人回娘家省亲，这是合于礼的。

襄公十三年

鲁襄公十三年春天，襄公从晋国回来。夏季，占领了邿国。秋季九月十四日，楚共王去世。冬季，在防地筑城。

○鲁襄公十三年春天，襄公从晋国回来，孟献子在宗庙里记载功勋，这是合于礼的。

夏天，邿国发生动乱，一分为三。鲁国出兵救援邿国，就乘机占领了邿国。凡是《春秋》记载说"取"，就是说来得容易。动用了大军叫做"灭"。不占领其土地叫做"入"。

荀罃、士鲂死。晋侯在绵上打猎并用以练兵，派士匄统领中军，他辞谢说："伯游应该居长。过去下臣熟悉知伯，因此我辅佐他，而不是我贤能。请让我跟从伯游。"于是荀偃（伯游）统领中军，士匄辅佐他。派韩起统率上军，他辞让给赵武。又派遣栾黡，他辞谢说："下臣不如韩起。韩起愿意让赵武居上位，君还是听从他吧！"于是就派赵武统领上军，韩起辅佐他。栾黡统率下军，魏绛辅佐他。新军没有统帅，晋侯对此人选问题感到为难，就派新军的十吏率领他的步兵车兵和所属官员，附属于下军，这是合于礼的。晋国的百姓因此很和谐，诸侯于是也亲睦了。

君子说："谦让，是礼的主体。范宣子谦让，他下面的人都谦让。栾黡就是专横，也不敢违背。晋国因此和睦团结，几世都依赖着它。这是取法于善行的缘故啊！一人取法于善行，百姓都美好和谐，岂可不致力于此？《尚书》上说：'一个人有好德行，亿万人依赖它，国家的安宁可以久长。'大概说的就是这个吧？周朝兴起的时候，它的《诗》说：'效法文王，万邦信孚。'说的是取法于善行。等到它衰微的时候，它的《诗》说：'大夫不公平，独我干的事情特别多。'说的是不谦让。天下大治的时候，君子崇尚贤能而对下谦让，小人努力以事奉他的上面，因此上下有礼，而奸邪废黜远离，这是由于不争夺的缘故，叫做美德。等到天下动乱的时候，君子夸耀他的功劳而凌驾于小人之上，小人夸耀自己的技能而凌驾于君子之上，因此上下无礼，动乱与残暴一起发生，这是由于相争自以为是的缘故，叫做昏德。国家的败坏，常常由于这个原因。"

楚王生病，告诉大夫说："不谷没有德行，年幼的时候就主持国家为君，生下来十年便失去先君，没有来得及学习师保的教训，就承受了君王之位。因此缺少德行而在鄢陵丧失了军队，让国家蒙受耻辱，让大夫担忧，实在太多了。如果托各位大夫的福气，我能得以保全首领而善终于地下，惟有这些祭祀和安葬的事情，得以在祢庙中追随先君，则请求谥为'灵'或者'厉'。大夫们选择吧！"没有谁回答。直到五次命令才答应。

秋天，楚共王死。子囊和大家商议谥号。大夫说："君王已有过命令了。"子囊说："国君是用'恭'来命令的，怎么能毁掉它呢？声威赫赫的楚国，君王在上面治理，安抚着蛮夷，大举征伐南海，让它们从属于中原诸国，而君王又知道了自己的过错，可以不说是恭吗？请谥他为'恭'。"大夫们都听从了子囊的意见。

吴国攻打楚国，养由基作为急行军的前锋去迎敌，子庚带兵跟着上去。养由基说："吴国趁着我国有丧事，认为我们不能出兵，必定会轻视我们而不加戒备。您设置三处伏兵等待我，我去引诱他们。"子庚听从了他的意见。在庸浦作战，大败吴军，俘虏了吴国的公子党。

君子认为吴国是不善的。《诗》说："上天认为你不善，动乱就没有个安定。"

冬天，在防地筑城，《春秋》记载了这件事，是因为它合于时令。当时准备早些时候筑城，臧武仲请求待农活完毕后再动工。这是合于礼的。

郑国的良霄、太宰石㚟还在楚国。石㚟对子囊说："先王为了征伐，连续占卜五年，而年年都重复出现吉兆；重复出现吉兆就可行动出兵，若不重复出现吉兆，就应更加努力修养德行，然后重新开始占卜。如今楚国实在不自强，行人使者有什么罪过？扣留郑国一卿，用以除掉对郑国君臣的威逼，使他们上下和睦而怨恨楚国，从而坚定地顺从晋国，为什么要采用这种办法呢？让他回去而废弃他的使命，他会埋怨他的国君，怨恨他的大夫们，从而互相牵制，这不是更胜一筹吗？"于是楚国人就把良霄放了回去。

养由基，选自《清刻历代画像传》。

襄公十四年

鲁襄公十四年春天的正月，季孙宿、叔老二卿和晋国士匄、齐人、宋人、卫人、郑国公孙虿、曹人、莒人、邾人、滕人、薛人、杞人、小邾人在向地会见吴国人。二月初一日，有日蚀的现象。叔孙豹会合晋国荀偃、齐人、宋人、卫国北宫括、郑国公孙虿、曹人、莒人、邾人、滕人、薛人、杞人、小邾人一起攻打秦国。二十六日，卫侯出逃到齐国。莒国人侵袭我鲁国东部边境。秋天，楚国公子贞（即子囊）领兵进攻吴国。冬天，季孙宿在戚地会见晋国士匄、宋国华阅、卫国孙林父，郑国公孙虿、莒人和邾人。

〇十四年春，吴国向晋国报告被楚国打败。鲁、晋等各国在向地举行盟会，为的是替吴国谋划攻打楚国的事。范宣子责备吴国不谙德，以此拒绝了吴人。拘捕了莒国的公子务娄，因为他的使者和楚国往来。

将要拘捕戎子驹支。范宣子亲自在朝廷上责备他，说："过来，姜戎氏！过去秦人逼迫你的祖父吾离离开瓜州，你的祖父吾离披着白茅衣、戴着荆草帽前来归附我们先君。我们先君晋惠公只有并不丰厚的土地，也和你祖父平分而吃用它。如今诸侯事奉我们寡君不如以前，这是因为说话泄漏了机密，应当是由于你的缘故。明天早晨诸侯盟会，你不要参加了！如果你去参加就把你捉起来。"

戎子驹支回答说："从前秦国人仗着他们人多，贪求土地，驱逐我们各部落戎人。晋惠公显示了他的大德，说我们各部落戎人是尧时四岳的后代，不要丢弃他们。赐给我们南部边境的田土，那是狐狸居住、豺狼嗥叫的地方。我们戎人剪除那里的荆棘，驱逐那里的狐狸豺狼，作为您先君不侵犯不背叛的下臣，直到如今都没有二心。从前晋文公和秦国一起攻打郑国，秦人私自与郑国结盟且安置了戍守的军队，因此就有了殽山之战。那时晋国在上边抵御，戎人在下边抵挡，秦军败得匹马只轮没回，实在是我们各部戎人致使他们这样。譬如捕鹿，晋人抓住鹿角，我们戎人拖住鹿脚，与晋国一起把鹿按倒，我们戎人为什么不能免于罪责呢？从这次战役以来，晋国的各次战役，我们各部戎人一次接着一次地按时参加，追随着执事，如同殽山战役一样，心志如一，岂敢违背？现在晋国执政官员，恐怕实在有些过失，而使诸侯渐生离叛之心，却反而归罪我们诸戎！我诸戎饮食衣服与中原华夏不同，财礼不相往来，言语不通，能做什么坏事呢？不让参加盟会，我也没有什么烦闷！"便赋了《青蝇》诗一首，然后退下。范宣子向他致歉，让他参加了盟会的事务，以表明具备平易且不信谗言的美德。

当时，子叔齐子作为季武子的副手参加盟会，从此晋国人减轻了鲁国的献礼，而更加敬重它的使者。

吴子诸樊已经除去丧服，将要立季札为国君。季札辞谢说："曹宣公死的时候，诸侯和曹国人都认为曹成公不义，要立子臧为君。子臧离开曹国，于是就没有按原来的想法去做，因而成全了曹成公。君子赞曰：'能保持节操'。君王您，是义当继承的人，谁敢冒犯您的君位？据有国家，不是我的节操。我季札虽然没有什么才能，愿意追随子臧，以不失节操。"诸樊坚决要立他为君，季札便抛弃了他的家室财产而去种田，于是只好放弃了立季札为君的想法。

夏天，诸侯的大夫跟随晋侯攻打秦国，以报复栎地那一战役。晋侯在边境上等待，让六卿率领诸侯的军队前进。到达泾水，诸侯的军队不肯渡河。叔向会见叔孙穆子，穆子赋《匏有苦叶》这首诗。叔向退出以后就准备船只，鲁国人、莒国人先渡河。郑国的子蟜会见卫国北宫懿子说："亲附别人而不坚定，没有什么比这更令人讨厌的了！把国家怎么办？"懿子很高兴。两个人去见诸侯的军队且劝他们渡河，军队渡过泾水而驻扎下来。秦国人在泾水上游放毒，诸侯军队的人死了很多。郑国的司马子蟜率领郑军前进，其他各国的军队都跟上来，到达棫林，没有得到秦国的屈服媾和。荀偃命令说："鸡叫套车，填井平灶，你们只看我的马头行事！"栾黡说："晋国的命令，从没有过这样的。我的马头想要往东。"于是就回国。下军跟随他回去。左史对魏庄子说："不等中行伯了吗？"魏庄子说："他老人家命令我们跟从主将。栾伯，是我的主将，我将跟从他。跟从主将，就是合理地对待了他老人家。"荀偃说："我的命令确实有错误，后悔哪里来得及，多留下人马只能被秦国俘虏。"于是命令全军撤回。晋国人称这次战役为"迁延之役"。

栾鍼说："这次战役，是为了报复栎之役的失败。发动战役又没有功劳，这是晋国的耻辱。我有兄弟二人在战车上，怎敢不感到耻辱呢？"与士鞅驱马冲进秦军阵营，战死在那里。士鞅返回，栾黡对士匄说："我的弟弟不想去，你儿子叫他去。我的弟弟战死，你的儿子回来，这是你儿子杀了我弟弟。如果不驱逐他，我也要杀死他。"于是士鞅逃奔到秦国。

当时齐国崔杼、宋国华阅、仲江一起参加攻打秦国，《春秋》没有记载他们的名字，是由于他们临事惰慢。向地的会见也如这一样。对卫国北宫括在向地的与会不加记载，而将他记载在这次攻打秦国的战役中，这是他积极参与的缘故。

秦伯向士鞅询问说："晋国的大夫大概谁先灭亡？"士鞅回答说："恐怕是栾氏吧！"秦伯说："是由于他的骄横吗？"士鞅回答说："对。栾黡骄横暴虐已很过分，还可以免于祸难。祸难恐怕要落在栾盈身上吧！"秦伯说："什么缘故？"士鞅回答说："栾武子的恩德留在百姓中间，好像周朝人思念召公，就爱护召公的甘棠树，何况他的儿子呢？栾黡死了，栾盈的好处还不能达到人们身上，栾武子所施的恩惠渐渐消失了，而对栾黡的怨恨又很明显，因而灭亡将会在这时落在栾盈的身上。"秦伯认为这是有见识的话，为他向晋国请求而恢复了他的职位。

卫献公约请孙文子、宁惠子吃饭，两人都穿上朝服在朝廷上等待。天晚了，卫献公还不召见，而在园林里射雁。两人跟随到园林里，卫献公不脱皮帽跟他们说话。两个人火了。孙文子去戚地，孙蒯入朝请命。卫献公招待孙蒯喝酒，让太师歌唱《巧言》诗的最后一章。太师辞谢，乐人师曹请求唱这一章。当初，卫献公有个宠妾，让师曹教她弹琴，师曹鞭打了她。献公发怒，鞭打了师曹三百下。所以现在师曹想歌唱它，用以激怒孙蒯，报复卫献公。献公让师曹歌唱，师曹就朗诵了这一章。孙蒯害怕，告诉孙文子。孙文子说："国君猜忌我们了，不先下手，就必被他杀死。"

孙文子把家人集中到戚地，然后进入国都，遇见蘧伯玉，说："国君的暴虐，您是知道的。我非常害怕国家的颠覆，您打算怎么办？"伯玉回答说："国君控制他的国家，臣下哪能敢冒犯他？即使冒犯了他，（立了新的国君），难道能确知比他强吗？"于是伯玉出走，从最近的关口出的国。

卫献公派子蟜、子伯、子皮与孙文子在丘宫结盟，孙文子全把他们杀了。四月二十六日，子展逃奔到齐国。卫献公到了鄄地，派子行向孙文子请求和解，孙文子又把他杀了。卫献公出逃齐国，孙家的人追杀他们，把献公的亲兵击败在阿泽。鄄地人拘捕了败兵。

当初，尹公佗在庾公差那里学射箭，庾公差又在公孙丁那里学过射箭。（如今）尹公佗和庾公差两人追赶卫献公，公孙丁为卫献公驾车。庾公差说："射是背弃老师，不射将被诛戮，还是射合于礼吧！"射了车两边夹马颈的曲木而后回去。尹公佗说："您为了老师，我和他的关系就远了。"于是回过车去追赶。公孙丁把马缰绳递给卫献公然后射尹公佗，一箭射穿了他的臂膀。

子鲜跟随卫献公出逃，到达边境时，献公派祝宗向祖先报告逃亡的事，并且告知自己是无罪的。定姜说："没有神灵，向谁报告？如果有，就不能欺骗。有罪，为什么报告没有？丢弃大臣而与小臣谋划，这是第一条罪。先君有正卿作为师保，而你却轻视他们，这是第二条罪。我用巾栉侍奉先君，而你却待我如同对待婢妾一样残暴，这是第三条罪。你报告逃亡而已，不要报告没有罪过！"

鲁襄公派厚成叔到卫国慰问，说："寡君派我瘠来，听说君失去了君位，而流亡到别国境内，怎么能不来慰问？因为同盟的缘故，让瘠谨敢私下对执事说：'有君不善良，有臣不明达，国君不宽恕，臣下也不尽职，积久而发泄出来，将如何办？'"卫人派太叔仪回答说："群臣不才，得罪了寡君。寡君不把下臣们依法惩办，而是远弃群臣而去，以成为君的忧虑。君不忘记先君的友好，辱您前来慰问下臣们，又再加哀怜。谨敢拜谢君的命令，再拜谢对下臣们的哀怜。"厚成叔回国，复命，告诉臧武仲说："卫君大概一定会回国吧！有太叔仪留守，有同母弟鱄随从出国，有的安抚国内，有的经营国外，能不回国吗？"齐国人将郲地让给卫献公寄居。等到后来卫献公复位的时候，把郲地的粮食也带回国了。

右宰谷先跟从卫献公而后又逃回卫国。卫国人将要杀掉他。他辩解说："当初跟着献公出逃我并不是乐意的。我穿的是狐皮袄而羊皮袖。"于是就赦免了他。

卫国人立公孙剽为国君，孙林父、宁殖辅佐他，以听取诸侯的命令。

卫献公在郲地。臧纥到齐国慰问卫献公。卫献公和他谈话，态度很粗暴。臧纥退出后告诉他的下属说："卫侯大概不能回国了。他的话好像粪土一样。逃亡在外而不悔改，怎么能够恢复国君的地位呢？"子展、子鲜听说这些话，进见臧纥。与他们说话，很通情达理。臧纥很高兴，对他的下属说："卫君一定能回国。这两个人，有的拉他，有的推他，想不回国，能行吗？"

军队攻打秦国回来，晋侯撤消新军，这是合于礼的。大国不超过天子军队的一半，周天子建立六军，诸侯中的大国，有三个军就可以了。

当时知朔生了知盈以后便死去，知盈出生以后六年而知武子去世，彘裘也还小，都不能立为卿。新军没有主帅，所以把它撤消了。

师旷陪侍在晋悼公身旁。晋悼公说："卫国人赶走他们的国君，不也太过分了吗？"师旷回答说："也许是他们的国君实在太过分了。良好的国君是会奖赏善良而惩罚邪恶，抚养老百姓好像儿女，覆盖他们如同上天，容载他们好像大地。百姓尊奉他们的国君，热爱他好像父母，敬仰他如同日月，敬重他如同神灵，害怕他好像雷霆，难道可以赶出去吗？国君，是祭神的主持者、百姓的希望。如果让百姓的财货困乏，神灵失去祭祀者，百姓绝望，国家没有主人，哪里还用得着他？不赶出去干什么？上天产生了百姓而立他们的国君，让他统治他们，不要让他们失去天性。有了国君又为他设置辅佐，让他们去教导保护他，不让他做事情过分。由于这样天子有公，诸侯有卿，卿设置侧室，大夫有贰宗，士有朋友，庶人、工、商、皂、隶、牧、圉都有亲近的人，用来互相辅佐。善良的就奖赏，有错误就纠正，有患难就救援，有过失就更改。自王以下，各有父兄子弟，来观察补救他的政令得失。太史作出记载，乐师写出诗歌，乐工诵读箴谏，大夫规劝开导，士传话，庶人公开指责，商人在市场上议论，各种工匠呈献技艺。所以《夏书》上说：'遒人摇着木铎在大路上巡行，官师规劝，工匠呈献技艺以作劝谏。正月初春，在这时节有遒人摇动木铎，巡行宣令。这是由于劝谏失去常规的缘故。上天爱护百姓非同一般，难道会让某一个人在百姓头上肆意妄为，来放纵他的邪恶，而丢掉天地的本性？必定不会这样的。"

秋天，楚王因为庸浦那次战役的缘故，让子囊在棠地屯兵以攻打吴国，吴国不出兵应战，楚军就回去了。子囊殿后，认为吴国不行而不加警戒。吴国人从皋舟的险道拦腰截击楚军，楚国人前后不能相救。吴国人击败了楚军，俘虏了楚公子宜谷。

周灵王派刘定公赐给齐侯策命，说："从前伯舅太公，辅助我先王，是周王室的股肱，万民的师保。世世代代酬谢太师的功劳，让他在东海显扬光大。王室没有败坏，所依靠的就是伯舅。如今我命令你环，要孜孜不倦地遵循舅氏的常法，继承你的祖先，不要玷辱你的先人。要恭敬啊，不要废弃我的命令！”

晋侯向中行献子询问卫国发生的事情，中行献子回答说："不如根据现状而安定它。卫国已立有国君了，攻打它，不一定能够达到愿望却反而劳动诸侯。史佚有话说过：'顺着他已经定位而安抚他。'仲虺有话说过：'灭亡的可以欺侮，动乱的可以攻取，推翻灭亡的巩固存在的，这是治国的常道。'君王还是安定卫国以等待时机吧！"

冬天，诸侯在戚地会见，就是为了商量安定卫国。

范宣子在齐国借了鸟羽和旄牛尾而不归还，齐国人开始有了二心。

楚国的子囊攻打吴国回来，就死了。临死，对子庚遗言说："一定要修筑郢城。"君子认为："子囊忠诚。国君死不忘记谥他为'共'；自己临死不忘保卫国家，能不说忠吗？忠，是百姓的希望。《诗》说：'行为归结到忠信，是万民所期望的。'这就是忠的意思。"

襄公十五年

鲁襄公十五年春天，宋公派向戌来鲁国聘问。二月十一日，与向戌在刘地盟会。刘夏到齐国迎接周天子的王后。夏天，齐侯派兵进攻我国北部边境，包围了成邑。襄公救援成，到了遇地。季孙宿、叔孙豹二卿带兵来修筑成邑的外城。秋天的七月初一，有日蚀。邾人进攻我国南部边境。冬天的十一月九日，晋侯周去世。

○鲁襄公十五年春，宋国的向戌前来聘问，并且重温过去的盟好。进见孟献子，责备他的房屋太豪华，说："您有好名声，却把自己的房屋修筑得如此豪华，这不是人们所希望的！"孟献子回答说："我在晋国的时候，我哥哥盖的这房子，毁了它又加重了辛劳，而且我不敢认为我哥哥做的事不对。"

官师跟随单靖公到齐国迎接王后。卿没有去，这是不合于礼的。

楚国公子午做令尹，公子罢戎做右尹，芳子冯做大司马，公子橐师做右司马，公子成做左司马，屈到做莫敖，公子追舒做箴尹，屈荡做连尹，养由基做宫厩尹，以此安定国人。

君子认为："楚国在这个时候能恰当地安排官职人选。安排官职人选，这是国家的当务之急。能够恰当地安排人，那么百姓就没有非分的企求之心。《诗》上说：'嗟叹我怀念的贤人，要把他们都安置在官职的行列里。'就是说的能恰当地安排人的官职。天子和公、侯、伯、子、男以及甸、采、卫等各级大夫，各人都应在他为官的行列里，这就是所谓'周行'了。"

郑国尉氏、司氏的那次叛乱，所剩余的叛乱分子躲在宋国。郑国人因为子西、伯有、子产的缘故，向宋国赠送马一百六十匹加上师茷、师慧的贿赂。三月，公孙黑到宋国做人质。宋国的司城子罕把堵女父、尉翩、司齐交给了郑国。认为司臣贤能而放走了他，托付给鲁国的季武子，武子把他安置在卞地。郑国人把这三个人杀了剁成肉酱。

师慧走过宋国朝廷，要在那里小便。扶他的人说："这里是朝廷。"师慧说："没有人在这里呀。"扶他的人说："朝廷，为什么没有人？"师慧说："一定是没有人。若是还有人，难道会用拥有千辆战车国家的相去交换一个演唱淫乐的盲人？必定是由于没有人的缘故。"司城子罕听了这些话，坚决请求让师慧回归郑国。

夏天，齐侯包围了成邑，是因为对晋国有了二心的缘故。于是鲁国修筑成邑的外城。

秋天，邾国人攻打我国南部边境，我国派人报告晋国。晋国打算举行会见以讨伐邾国、莒国。晋侯生病，事情就停下了。冬天，晋悼公死，就没能举行会见。

郑国的公孙夏到晋国奔丧吊唁，子蟜参加送葬。

宋国有人得到块玉，把它献给子罕，子罕不肯接受。献玉的人说："拿给玉匠看过，玉匠认为是宝物，所以才敢进献。"子罕说："我把不贪婪作为宝物，你把美玉作为宝物，若是你把玉给了我，我们两人都丧失了宝物，不如各人保有自己的宝物。"献玉的人叩头告诉子罕说："小人怀藏玉璧，不能够穿越乡里，把它送给您是用以请求免于一死。"子罕把玉放到自己的乡里，派玉匠为他雕琢，献玉的人卖出玉璧富有了之后，才让他回家。

十二月，郑国人夺取了堵狗的妻子，让她回到娘家范氏去。

襄公十六年

鲁襄公十六年春天的正月，安葬晋悼公。三月，襄公和晋侯、宋公、卫侯、郑伯、曹伯、莒子、邾子、薛伯、杞伯、小邾子在湨梁会见。三月二十六日，各国大夫盟誓。晋国人拘捕了莒子、邾子并带回国。齐侯进攻我鲁国北部边境。夏天，襄公从盟会地回国。五月十三日，发生了地震。叔老会合郑伯、晋国荀偃、卫国宁殖和宋国人一起讨伐许国。秋天，齐侯进攻我北部边境，包围了成邑。我国举行了求雨的大祭。冬天，叔孙豹出使到了晋国。

〇鲁襄公十六年春，安葬了晋悼公。晋平公即位，羊舌肸做太傅，张君臣做中军司马，祁奚、韩襄、栾盈、士鞅做公族大夫，虞丘书做乘马御。改穿吉服，选贤任能，在曲沃举行烝祭。晋平公在国都布置好守备之后就带兵沿黄河而下，和诸侯在湨梁相会。命令诸侯退还相互侵占的田地。由于我鲁国的缘故，拘捕了邾宣公、莒国犁比公，而且说他们"和齐、楚两国的使者私下往来。"

晋侯和诸侯在温地宴会，让各位大夫起舞，说："唱诗一定要和舞蹈相配！"齐国高厚的诗不与舞蹈相配。荀偃发怒，并且说："诸侯有不一致的想法了！"让各位大夫与高厚盟誓，高厚逃回齐国。在这种情况下，鲁国叔孙豹、晋国荀偃、宋国向戌、卫国宁殖、郑国公孙虿、小邾国的大夫一起盟誓说："共同讨伐不忠于盟主的人。"

许男向晋国请求迁移。诸侯就让许国迁移，许国大夫不同意，晋国人就让诸侯回国。

郑国子蟜听说将要攻打许国，就辅佐郑伯跟从诸侯的队伍。穆叔跟随着鲁襄公。子叔齐子带兵会见晋国荀偃。《春秋》记载说："会郑伯"，是为了摆平次序的缘故。

夏季六月，军队驻扎在棫林。初九日，攻打许国，驻扎在函氏。

晋国荀偃、栾黡率领军队攻打楚国，报复在宋国杨梁的那次战役。楚国公子格带兵与晋军在湛阪交战，楚军大败。晋军于是进攻楚国方城山的外边，再次攻打许国然后回国。

秋天，齐侯包围我鲁国成邑，孟孺子速拦击齐军。齐侯说："此人喜好勇猛，我们撤离这里以成全他好勇之名。"于是孟孺子速堵塞海陉隘道而回国。

冬天，穆叔到晋国聘问，并且谈论齐国再次侵犯鲁国的事。晋国人说："因为寡君还没有举行禘祭，民众还没有得休息（所以不能救援）。要不是这样，是不敢忘记的。"穆叔说："由于齐国人早晚在敝邑的土地上发泄愤恨，因此才来郑重地请求。敝邑的危急，早晨等不及晚上，人们伸长脖子望着西边说：'大概快来救援了吧！'等到执事得空，恐怕来不及了。"穆叔进见中行献子，赋《圻父》诗一首，献子说："我荀偃知道罪过了，岂敢不跟从执事来共同忧虑社稷，而让鲁国到了这个地步。"进见范宣子，赋《鸿雁》这首诗的最后一章。范宣子说："我士匄在这里，岂敢让鲁国不得安宁？"

襄公十七年

鲁襄公十七年春天的二月二十三日，邾子轻死了。宋国人进攻陈国。夏天，卫国石买率领军队进攻曹国。秋天，齐侯侵犯我鲁国的北部边境，包围了桃邑。齐国高厚带兵侵犯我鲁国的北部边境，包围了防邑。九月，举行了求雨的大祭祀。宋国华臣出逃奔往陈国。冬天，邾国人侵犯我南部边境。

〇鲁襄公十七年春天，宋国的庄朝带兵攻打陈国，俘虏了司徒卬，是由于轻视宋国的缘故。

卫国的孙蒯在曹隧打猎，在重丘饮马，砸了那里的汲水瓶。重丘人关起门来骂他，说："亲自赶走你的国君，你的父亲又作恶。这些你不担忧，而来打猎干什么？"

夏天，卫国石买、孙蒯攻打曹国，夺取了重丘。曹国人向晋国控诉。

齐国人因为他们没有在我国满足愿望的缘故，秋天，齐侯便带兵攻打我北部边境，包围了桃邑。高厚则把臧纥围困在防邑。鲁国军队从阳关去迎接臧纥。到达旅松。耶叔纥、臧畴、臧贾率领甲士三百人，夜袭齐军，把臧纥送到旅松然后回来。于是齐军撤离了鲁国。

　　齐国人俘虏了臧坚。齐侯派夙沙卫慰问臧坚，并且说："不要死。"臧坚叩头说："谨拜谢君王命令的羞辱！然而君王赐我不死，却又故意派他的刑臣对一个士表示敬意。"于是用尖木桩戳进自己的伤口而死。"

　　冬天，邾国人侵犯我鲁国南部边境，是因为齐国的缘故。

　　宋国华阅死了，华臣认为皋比家软弱可欺，便派贼人去杀他家的总管华吴。六个贼人用钺把华吴杀死在卢门合左师的屋后。左师害怕，说："我老头子没有罪。"凶手说："皋比私自讨伐华吴。"于是幽禁了华吴的妻子，说："把你的大玉璧给我！"宋平公听说了这件事，说："华臣，不仅对他的宗室残暴，而且使宋国的政事大乱，一定要驱逐他！"左师说："华臣，也是卿。大臣不和顺，是国家的耻辱。不如掩盖了这件事。"宋平公就放弃了这件事。左师为自己把马鞭弄短，如果经过华臣的家门，一定要打马快跑。

　　十一月二十二日，国人追赶疯狗。疯狗跑进华臣家里，国人跟着追进去。华臣害怕，就逃奔到陈国。

　　宋国的皇国父做太宰，给宋平公修筑一座台，妨碍了农业收割。子罕请求等待农事完毕后再筑，平公不允许。筑台的人便唱着歌谣说："泽门里的白脸皮，征发我们服劳役。城中住的黑皮人，才真体贴我们的心。"子罕听到了，亲自拿着竹鞭，巡行督察筑台的人，鞭打那些不卖力干活的人，说："我们这一辈小人都有了房屋躲避干湿冷热。如今国君要修筑一座台而不能很快完成，怎么能办事呢？"唱歌谣的就停下不唱了。有人问他什么缘故，子罕说："宋国那么小，却既有诅咒又有歌颂，这是祸乱的根本。"

　　齐国晏桓子死，晏婴穿着粗布丧服，头上、腰上都系着粗麻带子，手执竹杖，脚穿草鞋，喝粥，住草棚，睡在草垫子上，头枕着草。他的家臣说："这不是大夫的礼仪。"晏婴说："只有卿才是大夫。"

晏婴，清改琦绘。

襄公十八年

　　鲁襄公十八年春，白狄派人来鲁国。夏天，晋国人拘捕了卫国行人石买。秋天，齐国军队攻打我鲁国北部边境。冬天十月，襄公会合晋侯、宋公、卫侯，郑伯、曹伯、莒子、邾子、滕子、薛伯、杞伯、小邾子同心协力围攻齐国。曹伯负刍死于军中。楚公子午率领军队进攻郑国。

　　○鲁襄公十八年春，白狄第一次来鲁国。

　　夏天，晋国人在长子拘捕了卫国行人石买，在纯留拘捕了孙蒯，都是因为曹国的缘故。

　　秋天，齐侯攻打我鲁国北部边境。中行献子将要攻打齐国，梦见自己和晋厉公争辩，没有获胜；晋厉公用戈打他，脑袋掉在身前，跪下来安在脖子上，双手捧着头就跑，见到梗阳的巫皋。过几天，在路上遇见巫皋，中行献子和他谈起梦中的事，竟和巫皋梦见的相同。巫皋说："今年您必定会死，如果在东方有战事，那是可以满足愿望的。"中行献子答应了。

　　晋侯攻打齐国，将要渡过黄河。中行献子用红丝线系着两对玉，祷告说："齐环靠着他的地形险要，仗着人多势众，背弃友好同盟，欺凌虐待百姓。末臣彪将率领诸侯去讨伐他，他的官臣荀偃在前后辅助他。如果得胜有功，不给神灵带来羞耻，官臣偃不敢再次渡河。只希望您神灵加以制裁！"把玉沉入黄河然后渡河。

　　冬天的十月，诸侯们在鲁国的济水边会见，重温溴梁之盟的誓言，共同讨伐齐国。

　　齐侯在平阴抵御，在防门外挖壕沟据守，挖了一里宽。夙沙卫说："如果不能作战，没有比扼守险要更好的了。"齐侯不听。诸侯的战士攻打防门，齐国人多数战死。范宣子告诉析文子说："我了解您，敢隐瞒实情吗？鲁国人、莒国人都请求用一千辆战车从他们那里向齐国攻进来，我们已经答应他们了。如果打进来，贵君主必定丧失国家。您何不打算一下？"析文子把这些话告诉了齐灵公，齐灵公害怕了。晏婴听到了说："国君本来就没有勇气，却又听到了这些话，不能维持好久了。"

　　齐侯登上巫山远望晋军。晋国人派司马探测山林河泽的险阻，即使是军队所达不到的地方，也必定竖起大旗而稀疏地布下阵势。让乘战车的左边坐真人而右边为假人，用大旗作前导，战车后面拖着薪柴树枝跟上去。齐侯见到这情景，害怕晋军人多，就离开军队脱身逃回去。二十九日，齐军夜里逃走。师旷告诉晋侯说："乌鸦的叫声欢乐，齐军可能逃走了。"邢伯告诉中行献子说："有马匹别离的悲叫声，齐军可能逃走了。"叔向告诉晋侯说："平阴城上有乌鸦，齐军可能逃走了。"

　　十一月初一日，晋军进入平阴，于是就追赶齐军。夙沙卫把大车连接在一起堵塞山中的隘道，然后自己殿后。殖绰、郭最说："您做国家军队的殿后，这是齐国的耻辱。您姑且先走吧！"便代替夙沙卫做殿后。夙沙卫杀了马匹放在狭路上堵塞道路。晋国的州殖赶到了，用箭射殖绰，射中了肩膀，两枝箭夹着脖子，说："停下别跑，你还将成为我军的俘虏；不停下来，我要射你两箭中心的脖子。"殖绰回过头来说："你发誓。"州绰说："有太阳神为证！"于是就把弓弦卸下来从后面捆绑了殖绰，他的车右具丙也放下武器捆绑了郭最。两个都是不解除盔甲从后面捆绑的，坐在中军的战鼓下边。

晋国人想要追赶逃兵，鲁国、卫国请求攻打固守险要的顽敌。十三日，荀偃、士匄率领中军攻下京兹。十九日，魏绛、栾盈率领下军攻下邿地。赵武、韩起率领上军包围卢地，没有攻下。十二月初二日，到达秦周，砍了雍门的荻木。范鞅攻打雍门，他的御者追喜用戈在门里杀死一条狗。孟庄子砍了那儿的橦木准备做颂琴。初三日，放火烧了雍门和西边、南边的外城。刘难、士弱率领诸侯的军队放火烧了申池附近的竹子树木。初六日，放火烧了东边和北边的外城。范鞅攻打扬门。州绰攻打东闾，左边的骖马迫于拥挤而不能前进，在门内盘旋，连城门上的乳钉都数清楚了。

齐侯驾车，想逃跑到邮棠。太子和郭荣拉住马，说："敌军来得急速而奋勇攻击，是为了掠夺财物。完了将要退兵的，君怕什么呢？而且国家的君主，不可以轻动，轻动就会失去大众。君一定要等着！"齐侯将要突破他俩前去，太子抽出剑来砍断套马的皮带子，这才停下来。初八日，诸侯的军队向东进攻到了潍水，向南进攻到了沂水。

郑国的子孔想要除掉大夫们，打算背叛晋国而发动楚国军队来除掉他们。派人告知楚令尹子庚，子庚没有应许。楚王听到此事，派扬豚尹宜转告子庚说："国人认为不谷主持国家，而不出兵打仗，死后就不能遵从先君的礼仪。不谷即位，到现在已五年，军队没有出动，别人可能认为不谷是为了自己的安逸，而忘了先君的霸业了。大夫考虑一下，这件事应怎么办？"子庚叹息着说："君王大概是认为午在贪图安逸吧！我这是为了有利于国家呀！"子庚接见使者，叩头然后回答说："诸侯正同晋国和睦，下臣请求试探一下。若是可行，君王就继续出兵。如果不行，收兵退回来，可以没有损害，君王也不会受到羞辱。"

子庚率领军队在汾地练兵。当时子蟜、伯有、子张跟随郑伯攻打齐国，子孔、子展、子西留守。子展、子西二人知道子孔的阴谋，就完善城郭，加强守备，并入城堡固守。子孔不敢和楚军会合。

楚军攻打郑国，驻扎在鱼陵。右翼部队在上棘筑城，就徒步渡过颍水，驻扎在旃然水边。苃子冯、公子格率领精锐部队攻打费滑、胥靡、献于、雍梁，向右绕过梅山，进攻郑国东北部，到达虫牢然后回师。子庚攻打郑国的纯门，在城下住了两晚然后回去。军队徒步渡过鱼齿山下的滽水，遇到大雨，楚军多数被冻坏，军中服杂役的人几乎死完了。

晋国人听说楚军侵袭郑国，师旷说："没有妨害。我屡次歌唱北方的曲调，又歌唱南方的曲调。南方的曲调不强，多是象征死亡的声音。楚国必定徒劳无功。"董叔说："岁星多在西北，南方的军队不合天时，必定不能成功。"叔向说："成败在于他们国君的德行。"

襄公十九年

鲁襄公十九年春天的正月，诸侯们在祝柯盟会。晋国人拘捕了邾子。襄公从围攻齐国的前线回来。取得邾国的田地，自漷水为界。季孙宿出使到晋国。安葬了曹成公。这年夏天，卫国孙林父率领军队攻打齐国。秋天的七月二十八日，齐灵公环死。晋国的士匄带兵进攻齐国，到达谷地，听说齐侯死了，就回去了。八月二十三日，仲孙蔑死。齐国杀了大夫高厚，郑国杀了大夫公子嘉。冬天，安葬齐灵公。我国修筑国都西面的外城。叔孙豹在柯地会见晋国的士匄。我国在武城修筑城池。

〇鲁襄公十九年春天，诸侯从沂水边上回来，在督扬结盟，盟誓说："大国不要侵犯小国。"

拘捕了邾悼公，是因为他攻打我国的缘故。于是诸侯的军队驻扎在泗水边上，划定我国领土的疆界。取了邾国的部分田土，从漷水为界以西的都划归我国。

晋侯先回国。襄公在蒲圃设享礼招待晋国的六卿，赐给他们三命的礼服。军尉、司马、司空、舆尉、候奄，都授给一命的礼服。赠给荀偃五匹锦，加上玉璧、四匹马，然后再送给他吴王寿梦的铜鼎。

荀偃长了恶疮，疽生在头部。渡过黄河。到达著雍，荀偃病危，眼珠都鼓出来了。大夫先回去的都赶回来。士匄请求接见，荀偃不让进来。请问立谁为继承人，荀偃说："郑甥可以。"二月十九日，荀偃死了却睁着眼睛，口闭着不能放进珠玉。士匄盥洗后抚摸着尸体说："我们事奉荀吴，岂敢不像事奉您！"那尸体还是睁着眼睛。栾怀子说："是不是为了征伐齐国的事情没有完成的缘故呢？"就又抚摸着尸体说："您如果死去以后，我们不继续从事于齐国的事，有河神为证！"荀偃的尸体这才闭上眼睛，接受了含玉。士匄出来，说："作为大丈夫我见识太浅了。"

晋国的栾鲂带兵跟从卫国孙文子攻打齐国。

季武子到晋国拜谢出兵，晋侯设享礼招待他。范宣子执政，赋《黍苗》这首诗。季武子站起来，再拜叩头说："小国仰望大国，好像各种谷物仰望润泽的雨水一样！如果经常滋润着，天下将会和睦，岂独是敝邑？"就赋了《六月》这首诗。

季武子将那些在齐国所得的兵器，制作了林钟并在上面铭记鲁国的武功。臧武仲对季孙子说："这是不合于礼的。铭文，天子用来记载美德，诸侯用来记载举动适时和所建功绩，大夫用来记载征伐。现在记载征伐那是下等的做法，记载功绩却是借助了别人的力量，记载适时则又妨碍百姓太多了，用什么来做这铭文呢？况且大国攻打小国，拿他们所得的东西来制作彝器，铭记他们的功劳给子孙看，是为了宣扬明德而惩罚无礼。现在是借助别人的力量来拯救自己的死亡，怎么能记载这个呢？小国侥幸战胜大国，反而宣扬所获得的战利品来激怒敌人，这是亡国之道。"

齐侯在鲁国娶妻，名叫颜懿姬，没有生孩子。她的侄女鬷声姬，生了光，齐侯把他立为太子。姬妾中有仲子、戎子。戎子受到宠爱。仲子生了牙，把他嘱托给戎子。戎子请求立牙为太子，齐侯答应了。仲子说："不可以。废弃常规，不吉祥；触犯诸侯，难于成功。光立为太子，已经参与盟会进入诸侯之列了。现在无故而废掉他，这是专横而卑视诸侯。而把难成功的事去触犯常规，做不吉利的事。君必定会后悔的。"齐灵公说："这一切在于我。"于是就把太子光迁移到东部边境。让高厚做牙的太傅，把牙立为太子，夙沙卫做少傅。

齐侯生病，崔杼偷偷地把光接来，在齐侯病危的时候重新立他为太子。太子光杀了戎子，把尸体陈列在朝廷上，这是不合于礼的。对妇女没有专门的刑罚；即使有了死罪，也不能把尸体陈列在朝廷和市集上。

夏季五且二十九日，齐灵公死。庄公即位，在句渎之丘拘捕了公子牙。庄公认为夙沙卫出主意废弃自己，夙沙卫逃奔到高唐并据以叛变。

晋国的士匄侵袭齐国到达谷地，听到齐国有丧事就回去了，这是合于礼的。

四月十三日，郑国公孙虿死，向晋国大夫发出讣告。范宣子向晋侯进言，因为他在攻打秦国的战役中有功。六月，晋侯向周天子请求，周天子追赐给他大路，让它跟着柩车行进，这是合于礼的。

秋季八月，齐国崔杼在洒蓝杀了高厚而且兼并了他的家产。《春秋》记载说："齐杀其大夫"，这是因为高厚顺从国君昏聩的缘故。

郑国的子孔执政专权。国人担心这件事，就讨究西宫那次祸难和纯门那次楚军入侵的罪责。子孔应该抵罪，就带领他的甲士和子革、子良家的甲士来守护自己。八月十一日，子展、子西率领国人讨伐他，杀了子孔并瓜分了他们的家财采邑。《春秋》记载说："郑杀其大夫"，这是因为子孔专权。

子然、子孔，是宋子的儿子。士子孔，是圭妫的儿子。圭妫的位置在宋子之下，但她们互相亲近。两个子孔也互相亲近。郑僖公四年，子然死。郑简公元年，士子孔卒。子孔辅助子革、子良两家，三家像一家一样，所以都遭到祸难。子革、子良逃奔到楚国，子革做了右尹。郑国人让子展掌管国政，子西主持政事，立子产为卿。

齐国庆封带兵包围高唐，没有攻下来。冬十一月，齐侯亲自率领军队包围高唐，看见夙沙卫在城墙上，便大声喊他，他就下来了。齐侯问夙沙卫防守的情况，夙沙卫告诉说没有什么防守。齐侯向夙沙卫作揖，夙沙卫还揖后登上城墙。他听说齐军将要挨着城墙进攻，就让高唐人饱吃一顿。殖绰、工偻会在夜里缒城而下迎接军队进城，把夙沙卫在军中杀死剁成肉酱。

我国在都城外围的西大城修筑城墙，这是由于害怕齐军。

齐国和晋国媾和，在大隧结盟。所以穆叔在柯地会见范宣子。穆叔会见叔向，赋《载驰》这首诗的第四章。叔向说："我羊舌肸岂敢不接受命令！"穆叔回国，说："齐国还没有停止进攻，不可以不害怕。"于是就在武城筑城。

卫国石共子死，悼子并不悲哀。孔成子说："这叫做拔掉了根本，必定不能保有他的宗族。"

襄公二十年

鲁襄公二十年春的正月二十一日，仲孙速在向邑与莒国人结盟。夏季六月初三日，鲁襄公和晋侯、齐侯、宋公、卫侯、郑伯、曹伯、莒子、邾子、滕子、薛伯、杞伯、小邾子在澶渊结盟。秋天，襄公从澶渊盟会地回国。仲孙速率领军队讨伐邾国。蔡国杀了它的大夫公子燮。蔡国的公子履出逃到楚国。陈哀公的弟弟黄出逃到楚国。叔老出使到齐国。冬季十月初一日，日有环蚀。季孙宿出使到宋国。

〇鲁襄公二十年春，我国与莒国媾和。孟庄子会见莒国人，在向邑结盟，这是因为有督扬之盟的缘故。

夏天，襄公与诸侯各国在澶渊结盟，这是为了与齐国媾和。

邾国人屡次来犯，因为诸侯的盟事活动，我国未能出兵报复。秋天，孟庄子攻打邾国以作报复。

蔡国公子燮想要蔡国背楚从晋，蔡国人杀他。公子履，是公子燮的同母弟，所以出逃到楚国。

陈国庆虎、庆寅两位大夫害怕公子黄的逼迫，向楚国进谗说："公子黄和蔡司马一起策划背楚从晋。"楚国人以此责备陈国。公子黄出逃到楚国（想自己去申说）。

当初，蔡文侯想要事奉晋国，说："先君曾参加过践土的盟会，晋国是不能抛弃的，而且都是姬姓兄弟之国。"当时由于害怕楚国，不能行其志愿就死了。楚国人役使蔡国没有什么定准，公子燮要求继承先君的遗志以有利于蔡国，也没有办到就死了。《春秋》记载说："蔡杀其大夫公子燮"，是说没有与民众愿望相同。"陈侯之弟黄出奔楚"，是说不是他的罪过。公子黄将要逃亡时，在国都里呼喊着说："庆氏无道，谋求在陈国专权，轻慢他的国君，而且驱逐国君的亲人，五年之内若不灭亡，这就是没有天理了。"

我国大夫齐子第一次到齐国聘问，这是合于礼的。

冬天，季武子到宋国，回报当年向戌来鲁国的聘问。褚师段迎接季武子并让他接受宋公的享礼，季武子赋《常棣》这首诗的第七章和最后一章。宋国人重重地赠给他财礼。季武子回国复命，鲁襄公设享礼招待他，他赋《鱼丽》这首诗的最后一章。襄公赋《南山有台》这首诗。季武子离开坐席，说："下臣不敢当。"

卫国宁惠子生病，告戒悼子说："我得罪了国君，后悔已来不及了。我的名字记载在诸侯的简册上，说：'孙林父、宁殖驱出他们的国君。'国君回国就能掩盖这件事。若能掩盖这件事，你就是我的儿子。若不能，假如有鬼神的话，我宁愿挨饿，也不来吃你的祭品。"悼子答应，宁惠子就死了。

襄公二十一年

鲁襄公二十一年春天的正月，襄公到晋国。邾国庶其带着漆、闾丘二邑来投奔鲁国。夏天，襄公从晋国回国。秋天，晋国栾盈出逃到楚国。九月初一日，出现了日蚀。冬天的十月初一，有日蚀。曹伯来鲁国朝见。襄公和晋侯、齐侯、宋公、卫侯、郑伯、曹伯、莒子、邾子在商任会见。

○鲁襄公二十一年春，襄公到晋国，是为了拜谢晋国出兵和鲁国取得邾国的土地。

邾国的庶其带着漆和闾丘二邑来逃奔鲁国。季武子把襄公的姑母嫁给他为妻，对他的随从都有赏赐。当时鲁国盗贼多。季武子对臧武仲说："您为什么不禁治盗贼？"臧武仲说："盗贼不可以禁治，我臧纥又没有能力。"季武子说："我国有四方的边境，用来禁治那些盗贼，有什么原因不可以？您作为一个司寇，应努力除掉那些盗贼，为什么说不能？"臧武仲说："您召来外边的盗贼且给他大的礼遇，以什么来禁治我国内的盗贼？您做正卿却招徕外边的盗贼，叫我臧纥除掉盗贼，我凭什么能办到呢？庶其从邾国盗窃城邑而来，您把姬氏做他的妻子，而且还给他城邑，他的随从人员都得到赏赐。如果对这样的大盗，用国君的姑母和他的大城邑去礼遇，其次的用皂牧车马，再小的给衣服佩剑带子，那就是奖赏盗贼。奖赏盗贼而又要除盗贼，这恐怕难办呢。纥听说过，在上位的，要洗涤他的心，专一待人，符合法度而使人相信，可以明白地验证，然后才能够治理别人。上头的所作所为，是百姓的归依。上头所不做的而百姓有人做了，因此加以惩罚，那没有谁敢不警戒。如果上头的所作所为，百姓也照样做，那就是势所必然，又能够禁止得了吗？《夏书》说：'想要做的这事在此，喜欢做的这事在此，所称道的这事也在此，诚信地推行的这事也在此，只有天帝才能记下这功劳。'大概说的是由自身专一。诚信由于自身专一，然后功劳才能被记录下来。"

庶其不是卿，带着土地来鲁国，虽然低贱但一定要记载，是为了重视土地。

　　齐侯让庆佐做大夫，再次讨伐公子牙的亲族，在句渎之丘抓了公子买。公子鉏逃奔来鲁国，叔孙还逃奔到燕国。

　　夏天，楚国子庚死，楚王让蒍子冯做令尹。蒍子冯访问申叔豫，申叔豫说："国家宠臣多而君王又年轻，您不可做这令尹。"于是蒍子冯就用有病来推辞。正好当时是酷暑天，挖地，放下冰且安上床。蒍子冯身穿两层棉衣和皮袍，少吃东西而躺在床上。楚王派医生去诊视，回报说："瘦是瘦极了，但血气正常。"于是楚王就派子南做令尹。

　　栾桓子娶范宣子的女儿为妻，生了怀子。范鞅因自己曾被迫逃亡，怨恨栾氏，所以和栾盈一起做公族大夫而不能和好相处。栾桓子死，栾祁和她的家臣之长州宾私通，几乎失去了栾氏的全部的家产（被州宾侵占）。栾怀子担心这件事。栾祁害怕怀子讨伐，向范宣子进谗说："栾盈将要作乱，认为范氏弄死了桓子而专权于晋国的政事，说：'我的父亲赶走范鞅，范鞅返国后范宣子不仅不表示愤怒，反而以宠信报答我，又和我担任同样的官职而使他得以专权，我父亲死后而范氏更加富有。弄死我父亲而在国内专权，我只有一死而已！我决不能跟从他们了。'他的谋划就是如此，我怕伤害您，不敢不说。"范鞅为她作证。栾怀子喜好施舍，士多数都归附他。范宣子害怕他多士，相信了栾祁的话。怀子当时做下卿，宣子就派他到著地去筑城而就此驱逐了他。这年秋天，栾盈出逃到楚国。范宣子杀了箕遗、黄渊、嘉父、司空靖、邴豫、董叔、邴师、申书、羊舌虎、叔罴，囚禁了伯华、叔向、籍偃。

　　有人对叔向说："您遭受罪祸，恐怕是不明智吧？"叔向说："比起死亡如何？《诗》说：'悠闲啊逍遥啊，聊且这样度过岁月。'这正是明智啊。"

　　乐王鲋去见叔向，说："我为您去请求！"叔向不回答。乐王鲋退出，叔向不拜送。叔向的左右人都责怪他。叔向说："一定得要祁大夫。"家臣之长听到了这话，说："乐王鲋对国君说的话没有行不通的，他请求赦免您，您却不答应。这事是祁大夫不能办到的，你却说一定要由他去办，这是为什么？"叔向说："乐王鲋，是什么都顺从国君的人，怎么能办得到？祁大夫推举宗族外的人不丢弃仇人，推举宗族内的人不失掉亲人，难道唯独会遗忘了我吗？《诗》说：'有正直的德行，四方的国家都会归顺。'他老人家是正直的人啊。"

　　晋侯向乐王鲋询问叔向的罪过，乐王鲋回答说："叔向不抛弃他的亲人，恐怕有同谋作乱的事。"当时祁奚已告老在家，听说这情况，乘坐传车去拜见范宣子，说："《诗》说：'惠赐我们的没有边际，子孙应永远保住它。'《书》说：'圣哲有谋略的功勋，应当明信而安保之。'谋划而少有过错，教诲别人而不知疲倦的人，叔向是具备的，他是国家的柱石。即使他的十代子孙有过错还应该赦免，以这种方式才能勉励有能力的人。如今叔向一旦自身不免于祸，而丢弃国家死去，不也会使人困惑吗？鲧被杀戮而禹兴起，伊尹逐放太甲又相太甲，太甲始终没有怨恨的神色。管叔、蔡叔被杀，周公辅助成王。为什么叔向要为了羊舌虎而抛弃国家呢？您做了好事，谁敢不努力？多杀人干什么？"范宣子很高兴，和祁奚共乘一辆车，用好言劝谏晋平公而赦免了叔向。祁奚不去见叔向就回家了。叔向也不向祁奚报告获免就去朝见晋侯。

当初，叔向的母亲妒忌叔虎的母亲美丽而不让她陪丈夫睡觉。她的儿子都规劝母亲。叔向的母亲说："深山大泽之中，确实会生长龙蛇。她美丽，我害怕她生下龙蛇来祸害你们。你们是衰败的家族。国内很多大臣受宠，坏人又从中挑拨，不也是很难处了吗？我有什么舍不得的啊！"就让叔虎的母亲去陪侍睡觉，生了叔虎，貌美而有勇力，栾怀子宠爱他，所以羊舌氏这一家族遭此祸难。

栾盈经过周朝地界，周朝西部边境的人劫掠他的财物。栾盈对周王室的使者诉说："天子的陪臣盈，得罪了天子的守臣，打算逃避惩罚。又重新在天子的郊外得罪，没有地方可以隐匿逃窜，谨敢冒死上言：从前陪臣书能为王室效力，天子赐给了恩惠。他的儿子黡，不能保全他父亲的辛劳。天子如果不抛弃书的努力，逃亡在外的陪臣还有可逃之处。若是抛弃书的尽力，而思虑黡的罪过，那么臣本来就是刑戮余生的人，就将回国死在尉氏那里，不敢再回来了。谨敢直言不讳，只听大君的命令了。"周天子说："别人做错了而去效法，过错就更大了！"于是派司徒禁止那些劫掠栾氏的人，让他们归还所掠取的东西。派候人把栾盈送出辕辕山。

鲁襄公在商任与诸侯盟会，是为了禁锢栾盈。齐侯、卫侯表现得不恭敬。叔向说："这两位国君必定免不了祸难。会见和朝见，这是礼仪的规范。礼仪，是政事的车子。政事，是身体的寄托。轻慢礼仪就会丧失政事，丧失政事就不能立身，因此就发生祸乱。"

知起、中行喜、州绰、刑蒯出逃到齐国，都是栾氏的党羽。乐王鲋对范宣子说："何不让州绰、刑蒯回来？他们是勇士啊。"范宣子说："他们是栾氏的勇士，我能获得什么？"王鲋说："您若做他们的栾氏，那也就是您的勇士了。"

齐庄公上朝，指着殖绰、郭最说："这是寡人的雄鸡。"州绰说："君王认为他们是雄鸡，谁敢不认为是雄鸡？然而臣下不才，在平阴战役中比他们二位先鸣了。"齐庄公设置勇士的爵位，殖绰、郭最想要得到一份。州绰说："东闾那次战役，臣的左骖马被迫在城门里盘旋不前，连门上的乳钉数也记下了，恐怕是在这里有一份吧？"庄公说："您是为了晋君啊。"州绰回答说："臣下做仆隶不久，然而这两位，如果用禽兽作譬，臣下已经吃了他们的肉而且睡在他们的皮上了。"

襄公二十二年

鲁襄公二十二年春天的正月，襄公从商丘的盟会上回国。夏四月。秋七月十六日，叔老死。冬天，襄公在沙随与晋侯、齐侯、宋公、卫侯、郑伯、曹伯、莒子、邾子、薛伯、杞伯、小邾子等诸侯盟会。襄公从盟会上回国。楚国杀了它的大夫公子追舒。

〇鲁襄公二十二年春，臧武仲去晋国，天下雨，去探望御叔。御叔在自己的封邑里，正准备饮酒，说："哪里用得着圣人！我打算喝酒，而他自己冒着雨出行，还要聪明做什么？"穆叔听到这话，说："自己不配出使，反而对使者傲慢，这是国家的蛀虫。"命令把御叔的赋税增加一倍。

夏天，晋人让郑人前去朝见，郑人派少正子产回答说："在晋国先君悼公九年，我寡君在这一年即位。即位八个月，我国先大夫子蟜跟随寡君来朝见执事，执事对寡君却不加礼遇，寡君恐惧。因为这一趟，我国二年六月就朝见了楚国，晋国因此有了戏地一役。楚国还相当强大，但对敝邑表明了礼仪。敝邑想要跟随执事，却又怕犯下大错，说晋国恐怕会认为我们对有礼仪的国家不恭敬，因此我们不敢对楚国三心二意。我国四年三月，先大夫子蟜又随从寡君到楚国观察情况，晋国因此有了萧鱼之战。我们认为敝邑靠近晋国，晋国譬如草木，我国不过是草木散发出来的气味，怎么敢不一致？

"楚国也不那么强大了，寡君拿出土地上的全部出产，加上宗庙的礼器，来接受同盟。于是率领群臣跟从执事参加年终在晋国的盟会。敝邑有二心跟楚国的，是子侯、石盂，回去以后就讨伐了他们。溴梁之盟的第二年，子蟜已经告老了，公孙夏跟从寡君朝见晋君，在用新酒尝祭时拜见的，参与了祭祀。隔了两年，听说君要安定东方，四月又朝见君，以听取盟会的日期。在没有朝见的时候，我国没有一年不聘问，没有一次战役不跟从。由于大国的政令没有常规标准，国和家族都很困乏，意外的忧患又屡屡发生，没有哪一天不警惕，岂敢忘掉自己的职责？大国如果安定敝邑，我们早晚都会在晋国的朝廷上朝见，哪里用得着贵国命令呢？若是不体恤敝邑的忧患，而把它作为借口，那恐怕不能忍受大国的命令，而只会被弃为仇敌了。敝邑害怕这样的后果，岂敢忘掉君的命令？这些就委托执事了，执事实在应该慎重地考虑一下。"

秋天，栾盈从楚国来到齐国。晏平仲对齐侯说："商任的会见，接受了晋国的命令。现在接收栾氏，打算怎么任用他？小国用来事奉大国的，是信用。失去信用不能立身立国，希望君考虑一下。"齐侯不听。晏平仲退出后告诉陈文子说："做人君主的应保持信用，做人臣下的应保持恭敬，忠实、信用、诚笃、恭敬，上下共同保持它，这是上天的常道。国君自己抛弃这些，不能久居其位了。"

九月，郑国公孙黑肱有病，把封邑归还给郑简公。又召集室老、宗人立了段为继承人，而且让他减省家臣、祭祀从简。一般的祭祀用一只羊，盛祭用羊和猪。留下足以供祭祀用的土地，其余的封邑全部归还郑伯。说："我听说，生在乱世，地位尊贵而能够清贫，不向百姓求取什么，这就可以在别人之后灭亡。恭敬地事奉国君和各位大夫。生存在于警戒，不在于富有。"二十五日，公孙黑肱死。君子说："公孙黑肱善于警戒。《诗》说：'谨慎地行使你公侯的法度，以此警戒意外的忧患。'郑国的公孙黑肱大概做到了吧。"

冬天，诸侯在沙随盟会，是为了再次禁锢栾氏。栾盈还在齐国住着，晏子说："祸乱要发生了！齐国将会攻打晋国，不能不使人害怕。"

楚国的观起受到令尹子南的宠爱，没有增加俸禄却有了能驾几十辆车子的马匹。楚国人担心这件事，楚王准备讨伐他们。子南的儿子弃疾做楚王的御士，楚王每次见到他，一定哭泣。弃疾说："君王三次向臣下哭泣了，敢问是谁的罪过？"楚王说："令尹不善，是你所知道的。国家要诛讨他，你能留下不走吗？"弃疾回答说："父亲被诛戮儿子留下不走，君王哪能还任用他？但泄露命令而加重刑罚，下臣也不会干。"楚王于是把子南杀死在朝廷上，将观起车裂并把尸体在四境示众。子南的家臣对弃疾说："请让我们把主人的尸体从朝廷上搬出来。"弃疾说："君臣之间有规定的礼仪，只看诸位大臣怎么办了。"过了三天，弃疾请求收尸，楚王答应了。安葬完毕，弃疾的手下人说："出走吧！"弃疾说："我参与杀我父亲，出走将入哪个国家呢？"手下人说："既然这样，那么做楚王的臣下吗？"弃疾说："丢弃父亲事奉仇人，我是不能忍受的。"于是上吊而死。

楚王再次让蒍子冯做令尹，公子齮做司马，屈建做莫敖。受到蒍子冯宠爱的有八个人，都是没有俸禄而有许多马匹。有一天蒍子冯上朝，与申叔豫说话，申叔豫不答应而退走。蒍子冯跟从他，申叔豫走进人群中。又跟从他，申叔豫就回家了。蒍子冯退朝后进见申叔豫，说："您在朝廷上三次让我受窘，我害怕，不敢不来见您。我有过错，您姑且告诉我，为什么讨厌我？"申叔豫回答说："我害怕不能免于罪过，哪里还敢告诉您？"蒍子冯说："什么缘故？"申叔豫回答说："过去观起受到子南的宠爱，子南被判罪，观起遭车裂。为什么不害怕？"蒍子冯自己驾着车子回家，车子都不能走在车道上。到了家，对那八个人说："我进见申叔，那个人就是所谓能使死人复生、白骨长肉的人。能了解我的人，像申叔一样的就可以留下。不然，请就此罢休。"辞退了这八个人之后，楚王才放了心。

十二月，郑国的游贩将要回到晋国去，还没有出国境，遇上迎娶妻子的人，夺了人家的妻子，就在那个城里住下。有一天，妻子的丈夫攻打游贩，杀了他，带着妻子逃走了。子展废掉良而立太叔，说："国卿，是国君的副手，百姓的主人，不可以随便。请舍弃游贩之流！"派人寻找丢失妻子的人，让他回自己的故里。要游氏别怨恨他，说："不要宣扬邪恶了。"

襄公二十三年

鲁襄公二十三年春天的二月初一日，有日蚀。三月二十八日，杞伯匄死。夏天，邾国莒我来逃奔我鲁国。安葬杞孝公。陈国杀了它的大夫庆虎和庆寅。陈侯之弟黄从楚国回到陈国。晋国栾盈又进入晋国，来到曲沃。秋天，齐侯攻打卫国，就势又攻打晋国。八月，叔孙豹带兵救援晋国，军队驻扎在雍榆。八月十日，仲孙速卒。冬十月初七，臧孙纥出逃到邾国。晋国人杀了栾盈，齐侯侵袭莒国。

　　〇鲁襄公二十三年春，杞孝公死，晋悼夫人为他服丧。晋平公不撤除音乐，这是不合于礼的。按照礼，应该为邻国的丧事撤除音乐。陈侯来到楚国。公子黄在楚国控诉二庆，楚国人召见二庆。二庆派庆乐前去，楚人杀了庆乐。庆氏带领陈国人背叛楚国。夏天，屈建跟随陈侯包围陈国。陈国人筑城防守，夹板掉下来，庆氏就杀筑城的人。筑城的人互相传令，各自杀掉他们的头子，于是乘机杀了庆虎、庆寅。楚国人把公子黄送回陈国。君子认为："庆氏的行为不合道义，不能放纵。所以《尚书》说：'天命不能常在。'"

　　晋国准备把女儿嫁到吴国，齐侯派析归父送随嫁的姜媵给晋国，用篷车载着栾盈和他的士，把他们安置在曲沃。栾盈夜里进见胥午并告诉他一些情况，胥午回答说："不行。上天所要废弃的，谁能把他兴起？您必定不免于死。我不是爱惜一死，是明知事情不会成功。"栾盈说："虽然这样，但依靠您而死，我不后悔。我确实不为上天保佑，您没有过错。"胥午答应了。把栾盈隐藏起来，然后请曲沃人喝酒。音乐演奏起来了，胥午发话说："现在要是得到栾孺子，怎么办？"大家回答说："得到了主人而为他死，虽死犹生。"大家都叹息，还有哭泣的。举杯行酒，胥午又说起来。曲沃人都说："得到了主人，哪里会有二心？"于是栾盈出来，向大家一一拜谢。

　　四月，栾盈率领曲沃的甲士，依靠魏献子而在白天进入绛地。起初，栾盈在下军中辅佐魏庄子，魏献子和他有私交，所以依靠他。赵氏由于原同、屏括的祸难而怨恨栾氏，韩氏、赵氏刚刚和睦，中行氏因为攻打秦国的那次战役怨恨栾氏，且原来就与范氏和睦。知悼子年纪小，因而听中行氏的话。程郑受到晋平公的宠爱。只有魏氏和七舆大夫亲附栾氏。

　　乐王鲋侍坐在范宣子旁边。有人报告说："栾氏来了！"范宣子害怕。乐王鲋说："事奉国君逃跑到固宫，必定没有危害。而且栾氏怨敌很多，您执掌国政，栾氏从外边回来，您处在掌权的地位，有利的条件就多了。既有利有权，又掌握着对百姓的赏罚之权，有什么可害怕的？栾氏所得到的，大概只有魏氏了吧！而且魏氏是可以用强力争取过来的。平定叛乱在于权力，您不要懈怠了。"

　　晋平公有姻亲的丧事，乐王鲋让范宣子穿上黑色的丧服，（与悼夫人一道）两个妇人乘车到晋平公那里，陪侍着晋平公到固宫。范鞅迎接魏献子，魏献子的军队已经排成行列、登上战车，准备去迎接栾氏了。范鞅快步走进来，说："栾氏率领叛乱分子进入国都，鞅的父亲和诸位大夫都在国君那里，派鞅来迎接您。鞅请求做您的持带骖乘。"于是范鞅跳上魏献子的战车，右手摸着剑，左手拉着带子，命令驱车离开行列。驾车的人请问去哪里，范鞅说："到国君那里。"范宣子在队前迎接魏献子，拉着他的手，答应把曲沃送给他。

起初，斐豹是个奴隶，用红字写在简牍上。栾氏有个大力士家臣叫督戎，国人都害怕他。斐豹对范宣子说："如果烧掉那红字竹简，我去杀掉督戎。"范宣子很高兴，说："你杀了他，如果不请求国君烧掉这红字竹简，有太阳神作证！"于是将斐豹放出宫，然后关上宫门，督戎跟上他。斐豹跨过矮墙等待着督戎，督戎越墙进来，斐豹从后面猛击而杀死了他。

范氏的手下人在宫台的后面，栾氏登上晋平公的宫门。范宣子对范鞅说："箭射到国君的屋子，你就得死！"范鞅用剑率领步兵迎战，栾氏败退。范鞅跳上战车追赶，遇上栾乐，说："乐，别打了，我死了将会向上天讼你。"栾乐用箭射他，没射中。又把箭搭上弦，但战车被槐树根撞翻了。有人用戟钩他，把他的胳臂拉断了而死去。栾鲂受了伤。栾盈逃到曲沃，晋国人包围了他。

秋天，齐侯攻打卫国。前锋军是：谷荣驾御王孙挥的战车，召扬为车右，次前锋：成秩驾御莒恒的战车，申鲜虞之子傅挚为车右。曹开驾御齐侯的战车，晏父戎为车右。齐侯的副车，上之登驾御邢公的战车，卢蒲癸为车右。左翼军：牢成驾御襄罢师的战车，狼蘧疏为车右。右翼军：商子车驾御侯朝的战车，桓跳为车右。后军：商子游驾御夏之御寇的战车，崔如为车右，烛庸之越等四人共乘一辆车殿后。

齐侯从卫国出发将由此攻打晋国。晏平仲说："君王依仗勇力而攻打盟主，如果不成功，这是国家的福气。没有德行而有功劳，忧患必然到君身上。"崔杼劝谏说："不可以。臣下听说，小国钻大国祸败的空子而加以破坏，必然会受到灾祸。君王还是要考虑一下。"齐侯不听。陈文子进见崔杼，说："打算把国君怎么办？"崔杼说："我对国君说了，国君不听。把晋国奉为盟主，反而以它的祸难为利。群臣如果急了，哪里还有国君？您姑且不用管了。"陈文子退出，告诉他的手下人说："崔子将要死了吧！指责国君太过分，所作所为又超过国君，不会得到好死。行道义超过国君，还应自己加以抑制，何况是行恶呢？"

齐侯于是就攻打晋国，夺取了朝歌。兵分两路，一路打入孟门，一路登上大行陉。在荧庭扩建军营以显示武力，派兵戍守郫邵，在少水收晋军尸体埋成大坟，以此报复平阴之战，才收兵回去。赵胜带领东阳的晋军追击齐军，俘虏了晏鳌。这年八月，叔孙豹率领鲁军救援晋军，驻扎在雍榆，这是合于礼的。

季武子没有嫡子，公弥年长，但季武子喜欢悼子，想立悼子为继承人。找申丰商量说："弥和纥，我都喜欢，想选择有才能的立为继承人。"申丰快步退出，回家，将要全家出走。过了几天，季武子又访问申丰，申丰回答说："如果这样，我就会套上我的车子走了。"季武子才停下了。

季武子去访问臧纥，臧纥说："招待我喝酒，我为您立悼子为继承人。"季氏招待大夫们喝酒，臧纥为上宾。向宾客献酒完毕，臧纥命令北面铺上两层席子，换上新酒杯并洗涤干净。召见悼子，臧纥走下台阶迎接他。大夫们都站起来。等到敬酒酬客时才召见公鉏，让他和一般客宾并坐同列。季武子惊得变了脸色。

季氏让公鉏做马正，公鉏怨恨不肯做。闵子马见到公鉏，说："您不要这样！祸福无门，只由人自己召来。做儿子的，担心的是不孝，而不担心没有地位。恭敬地对待父亲的命令，事情怎么会固定不变呢？若能孝敬，富有可比季氏增加一倍。若是奸邪而不合法度，祸患可比百姓增加一倍。"公鉏认为他的话是对的。就恭敬地早晚问安，谨慎地居官守职。季武子高兴了，让公鉏请自己去喝酒，而带着饮宴的器具前往，把器具全都留在公鉏家。因此公鉏氏富起来了，又出任做了鲁襄公的左宰。

孟庄子厌恶臧孙，但季武子喜欢他。孟氏的御骖丰点喜欢羯，说："听从我的话，你一定能做孟庄子的继承人。"丰点再三地说，羯就听从了他。孟庄子病了，丰点对公鉏说："如果立了羯，请孟氏和你都把臧氏做仇敌。"公鉏对季武子说："孺子秩本为孟氏的继承人。如果改立羯，那么季氏就确实会比臧氏的势力大。"季武子不答应。八月初十日，孟庄子死了，公鉏奉侍羯立在门旁接受宾客吊唁。季武子来到，进门，哭，出门，说："秩在哪里？"公鉏说："羯在这里了。"季武子说："孺子年长。"公鉏说："有什么年长不年长？只因他有才能。而且是他老人家的命令。"于是就立了羯。孺子秩逃奔到邾国。

臧纥进门，号哭得很悲哀，流了很多泪。出门，他的御者说："孟庄子讨厌您，而您却悲哀成这样。季武子如果死了，您将怎么办？"臧纥说："季武子喜欢我，这是疾病。孟庄子厌恶我，却是药石。没有痛苦的疾病不如使人苦痛的药石。药石还可使我活下去，疾病没有痛苦，它的毒害更多。孟庄子死，我灭亡没有多少日子了。"孟氏关上门，告诉季武子说："臧氏将会作乱，不让我家安葬。"季武子不相信。臧纥听到了，便作了戒备。冬季十月，孟氏准备开辟墓道，在臧氏那里借用役夫。臧纥派正夫去帮忙，在东门开掘墓道，让甲士跟从自己去视察。孟氏又将情况报告季武子。季武子发怒了，命令攻打臧氏。十月初七日，臧纥砍断鹿门的门闩而出，逃奔到邾国。

起初，臧宣叔在铸国娶了妻，生了臧贾和臧为就死了。又以妻子的侄女为继室，就是穆姜妹妹的女儿，生了臧纥，在鲁君的宫中成长。穆姜喜欢他，所以立他为臧宣叔的继承人。臧贾、臧为便离开家而住在铸国。臧纥从邾国派人告诉臧贾，并且送给了大龟，说："纥不才，不能守祭宗庙，谨向您报告不善。纥的罪过，不至于断绝祭祀。您把这个大龟去进献请求立为后继人，大概是可以的。"臧贾说："这是臧家的祸殃，不是您的过错。贾听到命令了。"再次拜谢，接受了大龟，让臧为去代他进献请求，臧为却为自己请求做继承人。臧纥到了防邑，派人来鲁国报告说："纥并不能伤害别人，是智慧不足的缘故。纥不敢为自己请求。如果保存先人的祭祀，不废弃两位先人的功勋，怎敢不让出封邑。"于是就立了臧为。

臧纥交还防邑而逃亡到齐国。他的随从说："能为我们盟誓吗？"臧纥说："没有盟辞好写。"将为臧氏盟誓，季武子召见掌管恶臣的外史，且询问盟辞首章的写法，外史回答说："为东门氏盟誓，说：'不要有人像东门遂那样，不听国君的命令，杀嫡子立庶子。'为叔孙氏盟誓，说：'不要有人像叔孙侨如那样，想废掉国家的常道，颠覆公室。'"季武子曰："臧纥的罪过，都不至于如此。"孟椒说："何不把他打城门砍门闩写进盟辞？"季武子采用了他说的，于是为臧氏盟誓说："不要有人像臧孙纥那样，触犯国家的法纪，打城门砍门闩。"臧纥听到了，说："国内有人才啊！是谁呢？大概是孟椒吧！"

晋国人在曲沃战胜了栾盈，把栾氏的亲族党羽全部杀了。栾鲂逃亡到宋国。《春秋》记载说："晋人杀栾盈。"不说大夫，是说他是从国外进入国内发动叛乱。

齐侯从晋国回来，不进入国都，就袭击莒国，攻打且于的城门，大腿受了伤才退走。第二天，准备再战，约定军队在寿舒集中。杞殖、华还用战车载着甲士，夜里进入且于的狭道，露宿在莒国的郊外。第二天，先和莒子在蒲侯氏相遇。莒子送给他们重礼，让他们不要战死，说："请和你们结盟。"华还回答说："贪图财货背弃命令，这也是君所厌恶的。昨晚才接受命令，今天还不到中午就背弃它，这用什么来事奉国君？"莒子亲自击鼓，追击齐军，杀了杞梁。莒国人和齐国媾和。

齐侯回国，在郊外遇见杞梁的妻子，便派人向她吊唁。她辞谢说："杞梁有罪，怎敢辱劳君的命令？如果能够免罪，还有先人的破房子在那儿，下妾不能接受这郊外的吊唁。"齐侯就到她家里吊唁。

齐侯打算封给臧纥土地。臧纥听说了，进见齐侯。齐侯和他说起攻打晋国的事，他回答说："攻打晋国的战功多是很多了，可是君王却像老鼠。老鼠白天伏在洞穴里，夜间出来活动，不在宗庙里打洞，是由于怕人的缘故。现在君王听到晋国动乱然后起兵，晋国安宁就准备事奉它，这不是老鼠还是什么？"于是齐侯气得不封给他土地。

孔子说："聪明是难做到的。有了臧武仲的聪明，却不能被鲁国所容纳，是有原由的，因为所作不顺于事理，所为不合于恕道。《夏书》说：'想着这事就心在这事。'"这便是顺于事理而合于恕道。

襄公二十四年

鲁襄公二十四年春，叔孙豹出使到晋国。仲孙羯率领鲁军侵袭齐国。夏天，楚子带兵攻打吴国。秋天七月初一日，有日蚀，是日全蚀。齐国的崔杼带兵攻打莒国。涨大水。八月初一日，有日蚀。襄公在夷仪与晋侯、宋公、卫侯、郑伯、曹伯、莒子、邾子、滕子、薛伯、杞伯、小邾子盟会。冬天，楚子、蔡侯、陈侯、许男攻打郑国。襄公从盟会地回到鲁国。陈国的铖宜咎出逃到楚国。叔孙豹到达周朝的京城。大饥荒。

○鲁襄公二十四年春，穆叔出使到晋国。范宣子迎接他，问穆叔，说："古人有话说'死而不朽'，这说的是什么？"穆叔没有回答。范宣子说："从前匀的祖先，从虞舜以上是陶唐氏，在夏代是御龙氏，在商代是豕韦氏，在周代是唐杜氏，晋国主持中原的盟会是范氏，所谓不朽大概是说的这个吧！"穆叔说："据我叔孙豹所听到的，这叫做世禄，不是不朽。鲁国有位先大夫叫臧文仲，死了之后，他的言论不被废弃，所谓不朽大概是这个吧！豹听说，最高的是树立德行，其次是树立功业，再其次是树立言论，虽然人死了很久也不会废弃，这就叫做不朽。像那种保持姓、接受氏，用以守住宗庙，世世不断祭祀，没有哪个国家不是如此。爵禄中最大的，也不能说是不朽。"

范宣子执政，诸侯朝见晋国的贡品很重，郑国人很担心这件事。这年二月，郑伯去晋国。子产寄信给子西，让他告诉范宣子说："您治理晋国，四邻的诸侯听不到美德，而听到的是繁重的贡品，侨对此感到迷惑。侨听说君子治理国家的，不是担心没有财货，而是担心没有好名声。诸侯的财货聚集在晋国公室，诸侯内部就会产生二心。若是您把这些财货利己，则晋国内部又会产生二心。诸侯之间生二心，则晋国受损害。晋国内部生二心，则您的家族受损害。为什么那么糊涂啊！还哪里用得着财货？好名声，是装载德行的车子。德行，是国家的基础。有基础才不易毁坏，您不也是致力于这个吗！有了好德行就快乐，快乐就能长久。《诗经》说：'快乐啊君子，是国家的基础。'这就是有美德吧！'上帝在监视你，你不能有二心。'这就是有好名声吧！对人宽宥以发扬德行，则可以载着好名声而行事，因此而使远方人来到，近处人安心。您是宁可让人对您说：'您确实养活了我'还是说'您榨取我来养活你自己'呢？象有象牙而毁坏了自己，是因为象牙值钱的缘故。"

范宣子很高兴，就减轻了贡品。这一趟，郑伯朝见晋国，是为了贡品太重的缘故，同时请求攻打陈国。郑伯叩头，范宣子辞谢。子西相礼，说："由于陈国依仗大国，而欺凌侵害敝邑，寡君因此请求向陈国问罪。岂敢不叩首。"

孟孝伯入侵齐国，这是为了晋国的缘故。

夏天，楚王出动水军攻打吴国，对军队不进行教育，没有成功就回去了。

齐侯进攻晋国之后又害怕，打算会见楚王。楚王派薳启疆到齐国聘问，并且请问会见的日期。齐军在祭祀土地，举行检阅，让客人观看。陈文子说："齐国将会有敌人侵犯。我听说，武力不收敛，必然危害自己。"

秋天，齐侯听说晋国要发兵，派陈无宇随从薳启疆去楚国，说明将有战事不能会见，同时请求楚国出兵。崔杼带兵送他们，于是乘机攻打莒国，侵袭介根。

鲁襄公和诸侯们在夷仪会见，准备攻打齐国，发生了水灾，没有实现。

这年冬天，楚王攻打郑国以救援齐国，攻打郑都的东门，驻扎在棘泽。诸侯回军救援郑国。晋侯派张骼、辅跞向楚军单车挑战，向郑国求取驾驶战车的人。郑国人为派遣宛射犬占卜，吉利。子太叔告诫宛射犬说："对大国的人，不可和他们平行抗礼。"宛射犬回答说："不论兵多兵少，御者的地位在车左车右之上各国是一样的。"太叔说："不是这样，小土山上没有大松柏。"张骼、辅跞二人在帐篷里，让射犬坐在帐篷外，二人吃完饭才让射犬吃。让射犬驾驶广车前进，自己却坐着平时的车。将要到达楚军营垒，然后张、辅二人才登上射犬的战车，蹲在车后边的横木上弹琴。车子挨近楚营，射犬不告诉二人就疾驰而进。二人都从袋子里拿出头盔戴上，进入营垒，都下车，把楚兵提起来扔过去，把俘虏捆住或挟在腋下。射犬不等待二人就驱车出去。这两人都跳上车，抽出弓箭来射向追兵，既已脱险，二人又蹲在车后的横木上弹琴，说："公孙，同坐一辆战车，就是兄弟，为什么两次都不商量一下？"射犬回答说："前一次是一心想着冲进敌营，这一次是心里害怕了。"张、辅二人笑起来了，说："公孙的性子真急啊！"

楚王从棘泽回来，派䓕启疆带兵护送陈无宇。

吴国人为了楚国舟师之役的缘故，召集舒鸠人，舒鸠人背叛楚国。楚王的军队来到荒浦，派沈尹寿和师祁犁责备他们。舒鸠国的国君恭恭敬敬地迎接这两个人，告诉他们没有那回事，并请求授受盟约。沈、师二人向楚王复命，楚王想攻打舒鸠。䓕子说："不行。舒鸠告诉我们不背叛，且请求接受盟约，而我们又攻打它，这是攻打无罪的国家。姑且回去使百姓休养生息，等待它的结果。结果没有二心，我们又有什么可求呢？如果还是背叛我国，他们就无话可说而我们就可以获得成功了。"楚王于是撤军回国。

陈国人再次讨伐庆氏的亲族，铖宜咎逃亡到楚国。

齐国人在郏地筑城。穆叔到周王室聘问，并且祝贺筑城竣工。周王嘉奖穆叔办事合于礼仪，赐给他大路。

晋侯宠幸程郑，命他为下军副帅。郑国的行人公孙挥到晋国聘问。程郑请问他，说："敢问怎样才能降级？"公孙挥不能回答。回国后对然明说了此事，然明说："这个人将要死了。否则，可能会逃亡，地位高贵而知道害怕，害怕而想到要降级，就可以得到适合他的官位，不过在别人下面而已，又问什么？而且既已登上高位而要求降级的，是明智的人，而不是程郑这种人。他是不是有逃亡的迹象呢？不然的话，大概是有疑心病，要死了而为自己担忧。"

襄公二十五年

鲁襄公二十五年春，齐国的崔杼率领军队攻打我鲁国北部边境。夏天的五月十七日，齐国崔杼杀了他的国君齐庄公光。襄公在夷仪和晋侯、宋公、卫侯、郑伯、曹伯、莒子、郳子、滕子、薛伯、杞伯、小邾子会合。六月二十四日，郑国大夫公孙舍之带兵进入陈国。秋天的八月（七月）十二日，诸侯在重丘结盟。襄公是从盟会上回到鲁国的。卫侯进入夷仪。楚令尹屈建带兵灭亡了舒鸠。冬天，郑国的公孙夏带兵进攻陈国。十二月，吴王遏进攻楚国，攻打巢邑的城门，吴王死了。

　　〇鲁襄公二十五年春，齐国的崔杼率领军队攻打我国北部边境，为的是报复孝伯的那次出师入侵。襄公担心此事，便派人向晋国报告。孟公绰说："崔子将有大志，不在于困扰我们，一定会很快撤军回国，担心什么？他来的时候不掠夺，使用老百姓不严厉，和以前不一样。"齐军空来一趟就回去了。

　　齐国棠公的妻子，是东郭偃的姐姐。东郭偃是崔武子的家臣。棠公死了，东郭偃为崔武子驾车去吊丧。崔杼一见棠姜便觉得她很美，让东郭偃为他娶过来。东郭偃说："男女婚配要辨别姓氏，您是丁公的后代，臣是桓公的后代，不可以通婚。"崔武子占筮，得到《困》卦䷮变为《大过》䷛。太史都说："吉利。"拿给陈文子看，文子说："丈夫跟从风，风坠落妻子，不可以娶。而且它的繇辞说：'为石头所困，据守在蒺藜中，走进屋，不见妻，凶。'为石头所困，意味着前去而不能成功。据守在蒺藜中，意味着依靠的会使人受伤。走进屋子不见妻，是凶兆，意味着没有归宿。"崔武子说："她是寡妇有什么妨碍？先夫已经承担过这凶兆了。"于是就娶了她。

　　齐庄公和棠姜私通，屡次到崔杼家去，拿崔武子的帽子赐给别人。他的侍从说："这不行。"庄公说："不是崔子，难道就没有帽子吗？"崔武子因此怀恨庄公，又因为庄公曾趁晋国有难而攻打过晋国，说："晋国必定要报仇。"想杀掉庄公来取悦于晋国，而又找不到机会。齐庄公鞭打过侍人贾举，后又亲近他，于是贾举就替崔子寻找机会杀掉齐庄公。

　　夏天，五月，莒国由于且于战役的缘故，莒子到齐国朝见。十六日，庄公在北城设享礼招待他，崔武子推托有病不上朝办公。十七日，庄公去问候崔武子，乘机又跟姜氏幽会。姜氏进入内室，和崔武子从侧门出去。齐庄公拍着柱子唱歌。侍人贾举阻止庄公的随从入内，自己走进去，关上大门。甲士们突然出现，庄公登上高台请求饶命，众人不答应。请求结盟，不答应。请求在祖庙里自杀，也不答应。众人都说："君王的臣子崔杼在重病中，不能听取您的命令。这里靠近君王的宫室，陪臣巡夜搜捕淫乱的人，不知道有其他的命令。"庄公跳墙，有人射他，中了大腿，反身坠落在墙里，于是就杀死了庄公。贾举、州绰、邴师、公孙敖、封具、铎父、襄伊、偻堙都被杀死。祝佗父在高唐祭祀，回到国都复命，没脱掉弁帽就在崔武子家里被杀死。申蒯是管理渔业的人，退出来对他的家臣之长说："你带领我的妻子儿女逃跑，我准备一死。"他的家臣之长说："我逃走免死，这违背了您的道义。"就和申蒯一起自杀而死。崔氏又在平阴杀了鬷蔑。

　　晏子站在崔家的大门外，他的随从说："殉死吗？"晏子说："独是我一个人的国君吗？我殉死？"随从的人说："逃走吗？"晏子说："是我的罪过吗？我逃亡？"随从的人说："回去吗？"晏子说："国君死了，我回到哪里去？作为百姓的国君，难道是用他的地位来凌驾于百姓之上吗？是为主持国家。作为国君的臣下，难道只是为了他的俸禄吗？是为保护国家。所以国君为国而死，则臣下也为他而死；为国而逃亡，则臣下也为他而逃亡。如果国君为自己而死、为自己而逃亡，不是他个人昵爱的人，谁敢承担陪死、陪逃的责任？况且别人有了国君而杀了他，我怎能为他而死，又怎能为他而逃亡呢？可是又能回到哪里去呢？"大门开了，晏子进去，头枕着尸体的大腿上号哭，然后站起来，往上跳了三下才出去。有人对崔杼说："一定要杀了他！"崔杼说："他是百姓仰望的人，放了他，能得民心。"

卢蒲癸逃亡到晋国，王何逃亡到莒国。

叔孙宣伯在齐国的时候，叔孙还把叔孙宣伯的女儿嫁给齐灵公。受到宠爱，生了景公。五月十九日，崔杼立他为国君并辅佐他，庆封做左相。与国人在太公的宗庙里结盟，说："有不亲附崔氏、庆氏的。"晏子仰天长叹说："婴如果不亲附忠君、利国的人，有天帝为证！"于是歃血。五月二十三日，齐景公与大夫以及莒子结盟。

太史记载说："崔杼弑其君。"崔杼杀了太史。太史的弟弟继续这样写而被杀的，已有两个人。太史还有弟弟又这样写，崔杼就不杀了。南史氏听说太史都死了，拿着竹简前去。听说已经如实记载了，这才回去。

闾丘婴用车子的帷幕把他的妻子包捆起来，装上车，与申鲜虞一起乘车出逃。鲜虞把闾丘婴的妻子推下车，说："国君昏庸不能纠正，危难不能救援，死了不能同死，只知道把自己亲爱的人藏匿起来，有谁会接纳我们？"走到弇中狭道，准备住下来。闾丘婴说："崔氏、庆氏恐怕在追我们。"鲜虞说："一对一，谁能让我们害怕？"就住下来，头枕着马缰睡觉，先喂马再自己吃饭。套上马继续赶路，走出了弇中狭道，对闾丘婴说："快些赶马，崔氏、庆氏人多，是不能抵挡的。"于是逃奔来我鲁国。

崔杼没把庄公的棺柩殡于庙就放在城北郭外。五月二十九日，把庄公葬在士孙之里，用四翣之礼，不清路开道，送葬的车子只有七辆，不用甲兵。

晋侯渡过洆水，和诸侯在夷仪会合，攻打齐国，以报复朝歌那次战役。齐国人想用杀庄公之事讨得晋国欢喜，派隰钼请求媾和。庆封来到军中，将男女奴隶分开排列捆绑着。把宗庙里的祭器、乐器送给晋侯。从六卿、五吏、三十师帅、三军大夫、各部门的主管官员、师旅属官和留守官员等，都赠送了财礼。晋侯答应齐国媾和。派叔向通告诸侯。鲁襄公派子服惠伯回答说："君王宽恕有罪者，以安定小国，是君王的恩惠。寡君听到命令了。"

晋侯派魏舒、宛没迎接卫献公，准备让卫国把夷仪给卫献公居住。崔杼扣留了卫献公的妻子和儿女，以此来谋求五鹿这块地方。

起初，陈侯会合楚王攻打郑国，陈军经过的路上，水井被填塞，树木被砍伐，郑国人怨恨他们。六月，郑国的子展、子产率领七百辆战车攻打陈国，夜间突然袭击陈国都城，于是就攻进了城。陈侯扶着他的太子偃师逃到坟地去，遇上司马桓子，说："你的车载上我！"司马桓子说："我正要巡视城池。"遇上贾获，车上载着他的母亲和妻子，便让母亲和妻子下车而把车子交给陈侯。陈侯说："安置好你的母亲。"贾获辞谢说："妇女和您同坐一车不吉祥。"于是与妻子一起扶着母亲逃奔到坟地，也免于祸难。

子展命令军队不要进入陈侯的宫室，与子产亲自监守着宫门。陈侯派司马桓子将宗庙的祭器赠送给他们。陈侯穿上丧服，抱着土地神的神主，让他手下的那些男男女女分别排列、捆绑，在朝廷上等待。子展手拿缰绳进见陈侯，再拜叩头，捧着酒杯向陈侯进献。子产进去，数了一下俘虏的人数就出来了。郑国人向土地神祝告除灾去邪，司徒归还民众，司马归还兵符，司空归还土地，就撤兵回国了。

秋七月十二日，诸侯在重丘结盟，这是由于跟齐国媾和的缘故。

晋国赵文子执政，命令减轻诸侯的贡物而重视礼仪。穆叔进见他。赵文子对穆叔说："从今以后，战争恐怕可以稍稍消除了！齐国的崔氏、庆氏新近当政，要向诸侯谋求友好。我赵武与楚国的令尹有交情。如果恭敬地推行礼仪，用辞令加以引导，来安定诸侯，战争可以消除。"

楚国的蒍子冯死，屈建做令尹，屈荡为莫敖。舒鸠人终于背叛楚国，令尹屈建攻打它，到达离城，吴国人救援舒鸠。屈建急忙让右翼部队先行，子强、息桓、子捷、子骈、子盂率领左翼部队后退。吴国人处在左右两军之间七天。子强说："时间拖久了就会疲弱，疲弱了就会被俘，不如快打。我请求带领家兵去引诱敌人，你们选择精兵，摆开阵势等待我。我们得胜就前进，败逃就看形势办，这样就可以免于被俘。不这样，必定被吴军俘虏。"大家听从了他的话。五个人率领他们的家兵先攻击吴军。吴军败逃，登山远望，看到楚军没有后继，就又回头追赶，迫近楚军。精选过的楚军与家兵会合作战，使吴军大败。于是楚军包围了舒鸠，舒鸠溃败。八月，楚国灭了舒鸠。

卫献公进入夷仪。

郑国的子产向晋国奉献战利品，穿着军服处理事情。晋国人质问陈国的罪过，子产回答说："从前虞阏父做周朝的陶正，服事我们先王。我们先王嘉奖他能制作器物为王所用，又是虞舜的后代，武王就把大女儿太姬许配给胡公，并封他在陈地，以使黄帝、尧、舜的后代都得到封地。所以陈国是我们周朝的后代，到今天还依靠周朝。陈桓公死后的那次动乱，蔡国人想立蔡女所生的公子为君。我们先君庄公事奉五父并立他为君，蔡国人杀了他。我们又和蔡国人奉事拥戴厉公，一直到陈庄公、陈宣公，都是我们郑国所立。夏氏的祸乱，陈成公流离失所，又是我们让他回国的，这些都是君王所知道的。现在陈国忘记了周朝的大德，丢弃了我们的大恩，抛弃我们这个姻亲，依仗楚国人多，来侵犯敝邑，但并不满足，因此而有我国去年请求攻打陈国的报告。没有得到贵国允许的命令，反而有了陈国攻打我国东门的战役。在陈军经过的路上，水井被填塞，树木遭砍伐。敝邑非常害怕敌不住外兵压境而给太姬带来羞耻。上天诱导我们的心，启发敝邑攻打陈国的念头。陈国知道自己的罪过，得到我们的惩罚。因此我们敢于奉献俘虏。"

晋国人说："为什么侵犯小国？"子产回答说："先王的命令，只要有罪过，就要分别给予刑罚。况且从前天子的土地方圆一千里，诸侯的土地方圆一百里，自此递降。如今大国的土地多到方圆数千里，如果没有侵占小国，怎么能到这个地步呢？"晋国人说："为什么穿军服？"子产回答说："我们先君武公、庄公做平王、桓王的卿士。城濮那一战役，文公发布命令说：'各自恢复原来的职务。'命令我国文公穿着军服辅佐天子，接受楚国俘虏献给天子，现在我穿军服是不敢废弃天子命令的缘故。"士庄伯不能诘责，便向赵文子复命。赵文子说："他的言辞合于情理，违背了情理不吉祥。"于是就接受了郑国奉献的战利品。

冬天的十月，子展作为郑伯的相礼一起到晋国，拜谢晋国接受郑国奉献的陈国战利品。子西再次攻打陈国，陈国与郑国媾和。

孔子说："《志》上有这样的话：'语言是用来完成意愿的，文采是用来完成言语的。'不说话，谁知道他的意愿？说话没有文采，虽行而不能达到远方。晋国成为霸主，郑国进攻陈国，不是善于辞令就不能成功。要谨慎地使用辞令啊！"

楚国的芳掩做司马，令尹子木让他治理赋税，查点计算盔甲兵器。十月初八日，芳掩记录土地情况，测量山林的木材，聚集水泽的出产。区别高地的不同情况，标出盐碱地，计算水淹地，规划含水地，划分小块耕地，在沼泽草地上放牧，在平衍肥沃的土地上划定井田，计量牧人修订赋税。让百姓交纳车马税，征收战车上士兵的武器、步卒的武器和盔甲盾牌。任务完成之后，把它交付给子木，这是合于礼的。

十二月，吴王诸樊攻打楚国，以报复舟师之役。攻打巢邑的城门。巢牛臣说："吴王勇敢而轻率，如果我们打开城门，他就会亲自进入城门。我乘机射他，必定能射死。这个国君死了，边境上就将稍微安定。"听从了他的意见。吴王进入城门，巢牛臣隐藏在矮墙后用箭射他，吴王死。

楚王因灭了舒鸠而赏赐子木。子木辞谢说："这是先大夫芳子的功劳。"楚王就把奖赏给了芳掩。

晋国的程郑死，子产才开始了解然明，向他询问怎样施政。然明回答说："看百姓如自己的儿子一样。见到不仁的人说诛戮他，好像鹰鹯追捕鸟雀一样。"子产很高兴，把这些话告诉子太叔，而且说："往日我见到的只是然明的面貌，现在我见到他的心了。"

子太叔向子产询问政事。子产说："政事好像农事，要日夜想着它，想到它的开始又想着要取得的好结果。早晚都努力去做，但所做的又不超越所想的，好像农田里有田塍为界一样，那么他的过错就少了。"

卫献公从夷仪派人和宁喜谈复位的事，宁喜答应了。太叔文子听说了，说："唉！《诗》所说'我自身尚且不能被人所容，哪里有闲暇顾念我的后代'的话，宁子可以说是不顾他的后代了。难道可以吗？恐怕是一定不可以的。君子的行动，想到它的结果，想到下次再做。逸书上说：'慎于始而不怠慢终结，结果就不会困窘。'《诗》说：'早晚不敢懈怠，以事奉一人。'如今宁子看待国君还不如下棋，他怎能免于灾祸呢？下棋的人举棋不定，就不能战胜他的对手。而何况安置国君而不能决定呢？必定不能免于祸难了。九代相传的卿族，一举而被灭亡，可悲啊！"

晋侯在夷仪会见诸侯的那一年，齐国人在郏地筑城。那年的五月，秦国、晋国媾和。晋国韩起到秦国参加结盟，秦国伯东到晋国参加结盟，虽然媾和却不巩固。

襄公二十六年

鲁襄公二十六年春天的二月七日，卫国宁喜杀了他的国君剽。卫国的孙林父进入戚邑以图叛乱。二月初十，卫侯衎回到卫国复位。夏天，晋侯派荀吴来我鲁国聘问。襄公在澶渊与晋人、郑国良霄、宋人、曹人会见。秋天，宋平公杀了他的太子痤。晋国人逮捕了卫国宁喜。八月初一，许灵公死在楚国。冬天，楚王、蔡侯、陈侯攻打郑国。安葬许灵公。

〇鲁襄公二十六年春，秦伯的弟弟铖到晋国重温和约，叔向命令召唤行人子员。行人子朱说："朱是值班的。"说了三次，叔向没有搭理。子朱发怒了，说："职位级别我与子员相同，为什么在朝廷上贬黜朱？"手握着剑跟上叔向。叔向说："秦晋两国不和睦已经很久了。今天的事情，幸好成功了，晋国靠着它。要是不成功，三军就将死在战场上。子员沟通两国的话没有私心，您却常常改变原意。用奸邪事奉国君的人，我是能够抵御的。"抖动着衣跟上去。被别人劝住了。晋平公说："晋国差不多要大治了吧！我的臣下所争执的是大事。"师旷说："公室的地位恐怕要降低，臣下不在心里竞争而用力量争夺，不致力于德行而争执是非，个人的欲望已经扩大，公室的地位能不降低吗？"

卫献公派子鲜为自己谋求复国，子鲜辞谢。敬姒硬性命令他去。子鲜回答说："国君没有信用，臣下害怕不能免于祸难。"敬姒说："尽管如此，为了我的缘故去吧。"子鲜答应了。起初，献公派人和宁喜谈这件事，宁喜说："一定要子鲜在场，不然事情必败。"所以献公派子鲜去。子鲜没有得到敬姒的命令，就把献公的命令对宁喜说："如果能回国，政事由宁氏主持，祭祀则由寡人主持。"宁喜告诉蘧伯玉，伯玉说："瑗没能听到国君的出走，岂敢听到他的进入？"于是就出走，从近处的关口出了国境。宁喜告诉右宰谷，右宰谷说："不可以。得罪了两个国君，天下谁能容纳你？"宁喜说："我接受了先人的命令，不能有二心。"右宰谷说："我请求出使到那里去观察一下。"于是就到夷仪进见了献公。

回来后说："国君避难在外十二年了，却没有忧愁的脸色，也没有宽容的话，还是那样一个人。如果不停止让他回国的计划，我们离死亡就没有几天了。"宁喜说："有子鲜在。"右宰谷说："子鲜在，有什么益处？至多不过他能自己逃亡，对我们能做什么？"宁喜说："尽管这样，不可以停止了。"

孙文子在戚地，孙嘉在齐国聘问，孙襄留守在都城家里。二月初六日，宁喜、右宰谷攻打孙氏，没有攻下，孙襄受伤。宁喜退出都城住在郊外。孙襄死，孙家夜里号哭。国都的人召唤宁喜，宁喜再次攻打孙氏，攻下来了。初七日，杀了卫侯剽和太子角。《春秋》记载说："宁喜弑其君剽。"是说罪过在宁氏。孙林父带着戚地去晋国。《春秋》记载说："入于戚以叛。"是说罪过在孙氏。臣下的俸禄，实际是国君所有的。合于道义就前进，不合就保全自身而引退。把俸禄视为私人专有而与人们打交道，其罪应该诛戮。

二月初十日，卫侯进入国都。《春秋》记载说："复归"，是说国人让他回来。大夫在国境上迎接的，拉着他们的手并与他们说话；在大路上迎接的，从车上向他们作揖；在城门口迎接的，向他们点点头罢了。卫侯到达后，就派人责备太叔文子说："寡人流亡在外，各位大夫都让寡人早晚听到卫国的消息，唯独您不关心寡人。古人有话说：'不是应该怨恨的，就不要怨恨。'寡人怨恨了。"太叔文子回答说："臣下知罪了！臣下没有才能，不能背负马笼头、马缰绳来跟随君王保护财物，这是臣下的第一条罪过。有在国外的，有在国内的，臣不能有二心，传递里外的消息来事奉君王，这是为臣的第二条罪过。有这两条罪过，怎敢忘记一死？"于是就出走，从最近的关口出国。卫献公派人阻止了他。

卫国人侵袭戚地的东部边境，孙氏向晋国诉说，晋国便派兵戍守茅氏。殖绰攻打茅氏，杀了晋国戍守者三百人。孙蒯追赶殖绰，不敢攻击。孙文子说："你连恶鬼都不如！"孙蒯就追上卫军，在圉地打败了他们。雍钼俘虏了殖绰。孙氏再次向晋国控诉。

郑伯奖赏攻入陈国的功劳。三月初一日，设享礼招待子展，赐给他先路和三命的礼服，然后再赐给他八个城邑。赐给子产次路和再命之服，然后再赐给他六个城邑。子产辞谢城邑，说："从上而下，以二数递减，是合乎礼制的。臣下的官位在第四，且这次是子展的功劳。我不敢接受赏赐的礼仪，请让我辞去城邑。"郑伯坚决要给他，他就接受了三个城邑。公孙挥说："子产大概将要执政了。谦让而不失礼仪。"

晋国人为了孙氏的缘故，召集诸侯，准备用诸侯军讨伐卫国。这年夏天，晋国的中行穆子前来鲁国聘问，是为了召请鲁襄公。

楚王、秦国人进攻吴国，到达雩娄，听说吴国有了防备就退回。于是就侵袭郑国，五月，到达城麇。郑国的皇颉戍守城麇，出城，与楚军交战，被战败了。穿封戌俘虏了皇颉，公子围与他争功，让伯州犁评判是非。伯州犁说："请问一问俘虏。"于是就叫俘虏站在前面。伯州犁说："所争夺的就是您，有什么不明白的？"举起自己的手，说："那位是王子围，寡君尊贵的大弟弟。"放下自己的手，说："这个是穿封戌，是方城外的县尹。是谁俘虏了您呀？"俘虏说："颉遇上王子，被他战胜了。"穿封戌大怒，抽出戈来追赶王子围，没有追上。楚国人带着皇颉回国了。

印堇父与皇颉一起戍守城麋，楚国人囚禁了印堇父，把他献给秦国。郑国人在印氏那里取了财货向秦国请求赎回印堇父，子太叔做令正，为他们拟写请求赎人的说辞。子产说："这样是不能得到印堇父的。接受楚国的献俘，却在郑国取财货，这不可说是合于国家的体统，秦国不会那样做。如果说：'拜谢君王帮助了郑国，假如没有君王的恩惠，楚军恐怕还在敝邑的城下。'如此说才行。"子太叔没有听从就动身了，秦国人不给。郑国另派使者拿着财礼，照子产说的去交涉，然后得到了印堇父。

六月，鲁襄公在澶渊会见晋国赵武、宋国向戌、郑国良霄、曹人，以讨伐卫国，划定戚地的疆界。取了卫国西部边境懿氏六十邑给孙氏。

《春秋》记载中不写赵武的名字，这是由于尊重襄公。不写向戌，是由于他到会晚了。记郑国在宋国之前，是因为郑国人按期到会。

当时卫侯参加了会见。晋国人拘捕了宁喜、北宫遗，派女齐带他们先回国。卫侯到了晋国，晋国人把他抓了囚禁在士弱氏家中。

秋七月，齐侯、郑伯为了卫侯的缘故到了晋国，晋侯设享礼同时招待他们。晋侯赋《嘉乐》这首诗。国景子做齐侯的相礼，赋《蓼萧》这首诗。子展做郑伯的相礼，赋《缁衣》这首诗。叔向让晋侯下拜两位国君，说："寡君谨敢拜谢齐国国君安定我们先君的宗庙，谨敢拜谢郑国国君没有二心。"国景子派晏平仲私下对叔向说："晋国国君在诸侯中宣扬他的明德，担忧他们的祸患且补正他们的过失，纠正他们违礼的地方且治理他们的动乱，因此才做了盟主。现在为了臣下而逮捕了国君，怎么办？"叔向告诉赵文子，赵文子把这些话告诉晋侯。晋侯谈卫侯的罪过，派叔向告诉齐、郑两位国君。国景子赋《辔之柔矣》这首诗，子展赋《将仲子兮》这首诗，晋侯才答应让卫侯回国。

叔向说："郑穆公后代的七个家族，罕氏大概是最后灭亡的，因为子展节俭而专一。"

当初，宋国芮司徒生了个女孩，皮肤红而长着毛，就把她丢在堤下。共姬的侍妾抱进宫来，给她取名为弃。长大了很漂亮。宋平公进宫问母亲晚安，共姬便与平公一起进餐。平公见到了弃，细看，觉得漂亮极了。共姬把她送给平公做侍妾，受到宠爱，生了佐，长得难看，却性情和顺。太子痤貌美却心狠，向戌对他又害怕又讨厌。寺人惠墙伊戾做太子的内师却得不到宠信。秋天，楚国客人到晋国聘问，路过宋国。太子和楚国客人原已相识，请求在野外设宴招待他。平公让太子去，伊戾请求跟从太子去。平公说："他不讨厌你吗？"伊戾回答说："小人事奉君子，被讨厌不敢远离，被喜欢不敢亲近。恭敬地等待命令，敢有二心吗？即使有人在外边伺候太子，却没有人在里边伺候。臣下请求前去。"平公说派他去了。到了那里，就挖坑，用牺牲，把盟书放在牺牲上，且验看盟书，然后驰马回来报告平公说："太子将要作乱，已经与楚国客人结盟了。"平公说："已经是我的继承人了，还谋求什么？"伊戾回答说："想快点即位。"平公派人去察看，确实有其事。向夫人和左师询问，他们都说："的确听说过。"平公囚禁了太子。太子说："只有佐能使我免于祸难。"召请佐并让他向平公请求，说："到中午不来，我知道应该死了。"左师听到这些，就和佐絮絮叨叨说个没完。过了中午，太子就上吊死了。佐被立为太子。平公慢慢听到太子痤没有罪，就把伊戾烹煮了。

左师向戌看见夫人的遛马人，问他，遛马人回答说："我是君夫人家的人。"左师说："谁是君夫人？我怎么不知道？"遛马人回去，把向戌的话报告夫人。夫人派人送给向戌锦和马，用玉作为先行礼品，说："国君的侍妾弃让某某来奉献。"向戌改口说："君夫人"然后再拜叩头接受了礼物。

郑伯从晋国回来，派子西到晋国去聘问，致辞说："寡君来麻烦执事，害怕失敬而不免于罪过，特派夏前来表示歉意。"君子说："郑国善于事奉大国。"

起初，楚国伍参和蔡国太师子朝友好，他的儿子伍举和声子也相互友善。伍举娶了王子牟的女儿为妻，王子牟做申公而获罪逃亡，楚国人说："伍举确实护送了他。"伍举于是逃到郑国，打算趁机再逃到晋国。声子要去晋国，在郑国郊外遇见伍举，于是把草铺在地上一起吃东西，谈到要返回楚国的事。声子说："您走吧！我一定让您回国。"

等到宋国向戌准备调解晋、楚两国的关系时，声子出使到晋国。回来到了楚国，令尹子木和他谈话，询问晋国的事。并且问："晋国的大夫和楚国的大夫谁贤能？"声子回答说："晋国的卿不如楚国，它的大夫却贤能，都是做卿的人才。好像杞木、梓木、皮革，都是从楚国去的。虽然楚国有人才，晋国却实在使用了他们。"子木说："他们没有同宗和亲戚吗？"声子回答说："虽然有，但使用的楚国人才实在多。我听说：'善于治理国家的人，赏赐不过分而刑罚不滥用。'赏赐过分了，就担心奖赏到了坏人；刑罚滥用，就怕处罚了好人。如果是不幸而失当，宁可过分，不要滥用。与其失掉好人，宁可利于坏人。没有好人，国家就跟着灭亡。《诗》说：'贤人能士都跑光，国家就将遭灾殃。'这说的就是没有好人。所以《夏书》说：'与其杀害无辜，宁可对罪人不用常法。'这就是怕失掉好人。《商颂》有这样的话说：'不过分不滥用，不敢懈怠偷闲，向下国发布命令，大大地建树他们的福禄。'这就是商汤所以获得上天赐福的原因。古代治理百姓的人，乐于行赏而怕用刑罚，为百姓操心而不知疲倦。在春夏行赏，在秋冬行刑。因此在将要行赏时就为它加膳，加膳后就可以把余下的饭菜赐给下边，从这可以知道他乐于行赏。将要行刑时就为它减膳，减膳就撤去音乐，从这可以知道他怕用刑罚。早起晚睡，早晚都亲临朝廷办理政事，从这可以知道他为百姓操心。这三件事，是礼仪的大节。有礼仪就不会失败。现在楚国多滥用刑罚，它的大夫逃命到四方各国，并且做他们的主要谋士，以危害楚国，至于不可挽救和疗治，这就是所说的楚国人不能使用它的人才。

"子仪的叛乱，析公逃亡到晋国。晋国人把他安置在晋侯战车的后面，让他做主要谋士。绕角那次战役，晋军就要逃跑了，析公说：'楚军轻佻，容易动摇。如果多击鼓，同时发出声音，在夜里全军进攻，楚军必定逃跑。'晋国人听从了，楚军当夜溃败。晋国于是就进攻蔡国。袭击沈国，俘虏了沈国的国君；在桑隧打败了申国、息国的军队，俘虏了楚国大夫申丽而回国。郑国那时不敢南面从楚，楚国失掉中原，这就是析公之为的结果。雍子的父亲和哥哥诬陷雍子，国君和大夫不进行调解、评定是非。雍子逃奔到晋国。晋国人封给他都邑，让他做主要谋士。彭城那次战役，晋、楚两军在靡角之谷相遇。晋军就要逃跑了，雍子向军队发布命令说：'年老的和年幼的都回去，孤儿和有病的都回去，兄弟二人服兵役的回去一个，精选步兵、检阅车兵，喂饱马，就在草垫上吃饭，军队摆开阵势，烧掉帐篷，明天将要决战。'让该回去的走，且故意放走楚国俘虏，楚军那天夜里溃败了。晋军允许彭城投降而归还给宋国，带了鱼石回国。楚国失掉了东方小国。子辛为此而死，这就是雍子做出来的。

"子反和灵争夺夏姬，妨害了子灵的婚事，子灵逃奔到晋国。晋国人封给他邢邑，让他做主要谋士。抵御北狄，让吴国与晋国通好，教吴国背叛楚国，教他们坐车、射箭、驾车奔驰作战，让他的儿子孤庸做吴国的行人。吴国在那时候攻打巢国，占取驾地，攻下棘邑，进入州来，楚国疲于奔命，到今天还是祸患，这就是子灵干出来的。"

子木说："这些都是对的。"声子说："如今又有比这厉害的。椒举娶了申公子牟的女儿，子牟得罪而逃亡，国君和大夫对椒举说：'实在是你让他走的！'椒举害怕而逃到郑国，伸长脖子望着南方说：'或许会赦免我。'但你们也不考虑。现在他在晋国了。晋国人要封给他县邑，把他比作叔向。他若谋划危害楚国，岂不成为祸患？"子木害怕了，对楚王说了，于是增加椒举的官禄爵位而让他回国复职。声子让椒鸣去迎接椒举。

许灵公到楚国，请求攻打郑国，说："不发兵，我不回国了！"八月，死在楚国。楚王说："不攻打郑国，怎能求得诸侯？"

冬十月，楚王攻打郑国，郑国人准备抵御楚军。子产说："晋、楚两国将要媾和，诸侯将要和睦，楚王因此冒昧地来一趟，不如让他快意而归，就容易媾和了。小人的本性，一有机会就逞勇、贪祸，以满足他的本性而追求虚名，这不符合国家的利益。怎么可以听从？"子展很高兴，就不抵抗敌人。十二月初五日，楚军进入南里，拆毁城墙。徒步从乐氏渡口过河，攻打师之梁城门。内城的闸门放下，俘虏了被关在城门外的九个郑国人。楚军徒步渡过汜水回国，然后安葬许灵公。

晋国韩宣子在周室聘问，周天子派人询问来意。韩宣子回答说："晋国下士起前来向宰旅奉献贡品，没有别的事情。"周天子听到了，说："韩氏可能要在晋国昌盛吧！他仍然保持着过去的辞令。"

齐国人在郏地筑城那年，夏天，齐国乌余带着廪丘逃奔到晋国。他袭击卫国的羊角，占领了这地方。于是就乘机袭击我鲁国的高鱼，下大雨，乌余带兵从城墙的排水洞钻进去，取出高鱼武器库中的甲胄装备了士兵，登上城墙，攻克并占领了高鱼。又攻取了宋国的城邑。这时范宣子死了，诸侯不能惩治乌余。等到晋国赵文子执政，才终于惩治了乌余。赵文子对晋侯说："晋国做盟主，诸侯有人互相侵占，就要讨伐而使他归还所侵夺的土地。现在乌余的城邑，都属于应该讨伐一类的，而我们却贪图它，这就没有资格做盟主了。请归还给诸侯！"晋侯说："好。谁可以做使者？"赵文子回答说："胥梁带能不用兵就办好这事。"晋侯就派胥梁带前去。

襄公二十七年

鲁襄公二十七年春，齐侯派庆封来我鲁国聘问。夏天，叔孙豹在宋国会见晋国赵武、楚国屈建、蔡国公孙归生、卫国石恶、陈国孔奂、郑国良霄、许国人、曹国人。卫国杀了它的大夫宁喜。卫侯的弟弟鱄出逃到晋国。秋天七月初五日，叔孙豹和诸侯国的大夫在宋国结盟。冬十二月初一，有日蚀。

○鲁襄公二十七年春，胥梁带让丢掉城邑的各国，准备好车兵和步兵来接受土地，行动必须秘密。让乌余准备车兵和步兵来接受封地，乌余带领他的一伙人出来。胥梁带让诸侯假装是送给乌余封地的，因而就乘机逮捕了乌余，全部俘虏了他的一伙人。把他的城邑都夺回来并归还给诸侯，诸侯因此归向晋国。

齐国庆封前来聘问，他的车子很漂亮。孟孙对叔孙说："庆封的车子，不也很漂亮吗？"叔孙说："我听说：'服饰漂亮和人不相称，必定会得恶果。'漂亮的车子有什么用？"叔孙招待庆封吃饭，庆封表现得不恭敬。叔孙为他赋《相鼠》这首诗，他也不知其意。

卫国宁喜专权，卫献公忧虑这件事。公孙免余请求杀掉他。献公说："假如没有宁子，我不能到这地步，我已经跟他说过了。事情的成败尚未可知，弄不好只成一个坏名声，停止不干了。"公孙免余回答说："我去杀掉他，君不要参与知道这事。"就和公孙无地、公孙臣策划，派他们攻打宁氏，没有攻下来，公孙无地和公孙臣都战死了。卫献公说："臣是没有罪的，父子二人都为我而死了。"这年夏天，公孙免余再次攻打宁氏，杀了宁喜和右宰谷，尸体陈列在朝廷上。石恶将要参加宋国的盟会，接受命令出来，给尸首穿上衣服，头枕在尸体的大腿上号哭。想把尸首敛之后自己逃亡，又害怕不能免于祸难，姑且说："接受命令了。"于是就出走了。

子鲜说："驱逐我的人逃亡，接纳我的死亡，赏罚没有章法，用什么止人为恶劝人为善？国君失掉他的信用，国家没有正常的刑罚，不也为难吗？而且鱄实在让宁喜这么做的。"于是就逃亡到晋国。卫献公派人阻止他，不行。到达黄河，又派人阻止他。他劝止使者而对着黄河发誓。子鲜寄居在晋国木门，坐着都不肯面向卫国。木门大夫劝他做官，他不同意，说："做官而废弃自己的职责，就是罪过。要尽自己的职责，就是宣扬我出逃的原因。我将向谁诉说呢？我不能立在别人的朝廷上了。"一直到死没有出来做官。献公悼念他，为他服丧一直到死。

卫献公给公孙免余六十个城邑，免余辞谢说："只有卿才备一百个城邑，臣下已经有六十个了。在下的人拥有在上人的邑禄，这是祸乱。臣不敢听到。况且宁喜就只因为邑多，所以死了，我害怕死亡会很快来到。"献公坚决要给他，他接受了一半。让他做了少师。献公让他做卿，他辞谢说："太叔仪没有二心，能赞助大事。君王还是任命他吧！"于是就让太叔仪做了卿。

宋国向戌和赵文子友好，又和令尹子木友好，想消除诸侯之间的战争以取得好名声。到晋国，他告诉了赵文子。赵文子和各位大夫商量，韩宣子说："战争，是百姓的祸害，财货的蛀虫，小国的大灾难。有人要消除它，虽说办不到，一定要答应他。不答应，楚国将会答应，用来号令诸侯，那么我国就失掉盟主的地位了。"晋国人答应了向戌。向戌到楚国，楚国也答应了。向戌到齐国，齐人感到为难。陈文子说："晋国、楚国答应了，我们怎能不答应。而且别人说消除战争，我们却不答应，就的确会使我们的百姓产生二心了！那将怎么使用他们？"齐国人答应了。向戌告诉秦国，秦国也答应了。四国都通告小国，在宋国举行会见。

五月二十七日，晋国赵文子到达宋国。二十九日，郑国良霄到达。六月初一，宋国人设享礼招待赵文子，叔向做赵文子的副手。司马把煮熟的牲畜解成碎块放在礼器中，这是合于礼的。后来孔子看到这次礼仪的记录，认为修饰的辞藻太多。六月初二，叔孙豹、齐国的庆封、陈须无、卫国的石恶到达。初八日，晋国荀盈跟随赵文子之后到达。初十日，邾悼公到达。十六日，楚国公子黑肱先到达，和晋国商定了有关的事项。二十一日，宋国向戌到陈国去，和子木商定有关楚国的条件。二十二日，滕成公到达。子木对向戌说："请跟从晋国和跟从楚国的诸侯更相朝见。"二十四日，向戌向赵文子复命。赵文子说："晋、楚、齐、秦，四个国家是地位相等的。晋国不能指挥齐国，如同楚国不能指挥秦国。楚国国君如若能叫秦国国君辱临敝邑，寡君怎敢不坚决向齐国国君请求？"二十六日，向戌向子木复命。子木派传车谒见楚王请示，楚王说："放下齐国、秦国，其他各国请互相朝见。"秋季七月初二，向戌到达。当天晚上，赵文子和公子黑肱统一了盟书的措辞。初四，子木从陈国到达宋国。陈国孔奂、蔡国公孙归生到达。曹国、许国的大夫都到达。各国军队用篱笆作为界限。

晋国和楚国各自驻扎在篱笆的两边。伯夙对赵文子说："楚国的气氛很不好，怕会发生战争祸难。"赵文子说："我们向左转就进入了宋国，能把我们怎么样？"七月初五，将要在宋国西门外结盟，楚国人在外衣里面穿着皮甲。伯州犁说："会合诸侯的军队，而做不令人信任的事，只怕不可以吧？诸侯盼望而信任楚国，因此前来顺服。如果不被人信任，这就是丢弃了所用来使诸侯顺服的东西了。"伯州犁坚决请求脱掉皮甲。子木说："晋国、楚国不讲信用已经很久了，做对我们有利的事就是了。假如能满足意愿，哪里用得着有信用？"伯州犁退出去，告诉人说："令尹要死了，不会到三年。只求满足意愿而丢弃信用，意愿会满足吗？意愿用以形成语言，语言用以产生信用，信用用以建立意愿，三者参合以彼此确定。信用丢掉了，怎能活到三年？"赵文子担心楚国人衣内穿了皮甲，把这事告诉了叔向。叔向说："有什么危害？一个普通的人一旦做出不守信的事，尚且不行，全都不得好死。若是会合诸侯的卿，做出不守信用的事，就必定不会成功。自食其言的人并不能困乏别人，这不是您的祸患。以信用召集别人，却用虚假去求成功，必然没有人赞同他，怎能危害我们？而且我们依靠宋国来防御楚国制造困乏，那就人人都能誓死抗敌。和宋国一起拼死抵抗，即使楚军增加一倍也可以顶住，您有什么可害怕的呢？而事情又没到这种地步。口说'消除战争'用以召集诸侯，反而发动战争来坑害我们，我们的好处就多了，这不是我们所要担心的。"

季武子派人以襄公之命的名义对叔孙豹说："把我们看作同邾国、滕国一样。随后不久，齐国人请求把邾国作自己的属国，宋国人请求把滕国作自己的属国，邾、滕两国都不参加结盟。"叔孙豹说："邾国、滕国，是别人的私属。我们是诸侯国，为什么要视同如他们？宋国、卫国，才是和我国对等的。"于是就参加了结盟。因此《春秋》不记载他的族氏，这是说叔孙豹违背了命令的缘故。

晋、楚两国争执歃血盟誓的先后。晋国人说："晋国本来说是诸侯的盟主，从来没有在晋国之前歃血的。"楚国人说："您说晋、楚两国地位相等，如果晋国永远在前面，这就是楚国弱于晋国了。而且晋国、楚国交替主持诸侯的盟会已经很久了，难道专门由晋国主持吗？"叔向对赵文子说："诸侯归服晋国的德行，并不是归服它主持结盟，您致力于德行，不要去争先歃血。况且诸侯会盟，小国本来必定要有主持具体事务的。楚国做晋国的尸盟者一类的小国，不也是可以的吗？"于是就让楚国人先歃血。《春秋》记载却先记晋国，是因为晋国有信用的缘故。

七月初六，宋平公设享礼同时招待晋、楚两国大夫，赵文子做主宾。子木和他谈话，赵文子不能回答。让叔向在旁边帮着答话，子木也不能回答。

初九日，宋平公和诸侯国的大夫在蒙门外边结盟。子木向赵文子询问说："范武子的德行怎么样？"赵文子回答说："这位老人家的家事治理得好，对晋国人来说没有隐瞒的情况。他的祝史以诚信之言陈告鬼神，没有言不由衷的话。"子木回国，把赵文子的话告诉楚王。楚王说："高尚啊！能够使神和人都高兴，他光荣地辅佐五世国君做盟主是合适的。"子木又对楚王说："晋国做诸侯之伯是适合的！有叔向辅佐他的卿，楚国是无法抵挡它的，不能和他们相争。"

晋国的荀盈于是就到楚国去参加结盟。

郑伯在垂陇设享礼招待赵文子，子展、伯有、子西、子产、子太叔、两个子石跟从郑伯。赵文子说："这七位大夫跟从国君来招待我，是宠爱我啊。请各位都赋诗来完成君主的恩赐，我赵武也借此可以看到七位的志向。"子展赋《草虫》这首诗，赵文子说："好啊！是百姓的主人。但武是不足以担当的。"伯有赋《鹑之贲贲》这首诗，赵文子说："床上的话不出门槛，何况在野外呢？这不是让人应该听到的。"子西赋《黍苗》的第四章，赵文子说："有寡君在那儿，武又有什么能力呢？"子产赋《隰桑》这首诗，赵文子说："武请求接受它的最后一章。"子太叔赋《野有蔓草》这首诗，赵文子说："这是大夫的恩惠。"印段赋《蟋蟀》这首诗，赵文子说："好啊！这是保住家族的大夫，我有希望了。"公孙段赋《桑扈》这首诗，赵文子说："不骄不傲，福禄将会跑到哪里？若能保持这些话，想要推辞福禄能行吗？"

享礼结束了。赵文子告诉叔向说："伯有将要被杀了！诗用来表心意，心意在诬蔑他的国君，而国君怨恨他，以此作为待客的光荣，他能够长久吗？即使侥幸不被杀，后来也必定逃亡。"叔向说："是的，他太骄奢！所谓不到五年，说的就是这个人了。"赵文子说："其余都是可以传下数世的大夫。子展大概是最后灭亡的，处在上位却不忘记降抑自己。印氏是次于子展的，他欢乐而不荒唐。以安民为乐，不过分役使百姓，灭亡在后，不也是可以的吗？"

宋国的左师请求赏赐，说："请赐给免死的城邑。"宋平公赐给他六十个邑。他把简册拿给子罕看，子罕说："凡是诸侯小国，晋国、楚国都用武力威胁它。他们害怕然后上下慈爱和睦，慈爱和睦然后能安定他们的国家，以事奉大国，这是小国所以生存的原因。没有威胁他们就骄傲，骄傲了就发生祸乱，祸乱发生就必然被消灭，这是小国灭亡的原因。上天生出了金木水火土五种材料，百姓全部使用了它们，废掉一种都不可以，谁能去掉兵器呢？兵器的设置已经很久了，它是用来威慑越轨和宣扬文德的。圣人由于武力而兴起，作乱的人由于武力而被废弃，废兴存亡、昏明之术，都是武力所造成的。而您谋求去掉它，不也是欺骗吗？以欺骗之术蒙蔽诸侯，没有比这更大的罪过了。即使没有大的讨伐，而又求取赏赐，这是贪得无厌到极点了！"子罕削掉简册上的字，扔掉它。左师推辞了城邑不受。

向氏想要攻打子罕，左师说："我将要灭亡，他老人家让我生存，恩德没有比这更大的了，又可以攻打吗？"君子说："'那位人物，是国家主持正义的人'，说的就是子罕吧！'以什么赐给我，我都要接受它'，说的就是向戌吧！"

齐国崔杼生了成和强就死了妻子，又娶东郭姜为妻，生了明。东郭姜带了前夫的儿子进门，名叫棠无咎，和东郭偃辅助崔氏。崔成有病而被废掉了，立了崔明为继承人。崔成请求退休到崔地养老，崔杼答应了他。东郭偃和棠无咎不同意给，说："崔地，是宗庙所在的地方，一定要归于宗主。"崔成和崔强发怒了，要杀掉他们，告诉庆封说："他老人家的身事也是您所知道的，唯独听从棠无咎和东郭偃的，诸位父兄谁都不能进言。很怕有害于他老人家，谨敢以此向您报告。"庆封说："您姑且退出去，我考虑一下。"庆封告诉卢蒲嫳。卢蒲嫳说："他，是国君的仇人。上天或许要抛弃他了。他确实家中生了乱子，您担心什么呢？崔家的削弱，就是庆家的加强。"过几天崔成和崔强又对庆封说这件事。庆封说："如果有利于他老人家，一定要去掉他们。有危难，我来帮助你们。"

九月初五，崔成、崔强在崔氏的朝廷上杀了东郭偃、棠无咎。崔杼愤怒地走出，他的手下人都逃了，找人驾车，找不到。让养马的人套上车，寺人驾驶着车子出去。崔杼还说："崔氏如果有福，祸患只停止在我身上还可以。"于是进见庆封。庆封说："崔、庆是一家。这些人怎么敢这样？请让我为您讨伐他们。"派卢蒲嫳率领甲士进攻崔家。崔家修筑他们的宫墙守卫着，没有攻下来。发动国人帮助攻打，于是就灭亡了崔氏，杀了崔成与崔强，并夺取了崔家的全部人口和财货。崔杼的妻子上吊而死。卢蒲嫳向崔杼复命，且驾着车子送他回家。崔杼到家，则无家可归了，就上吊而死。崔明夜间躲藏在墓群里。九月初六，崔明逃奔来鲁国，庆封掌握了齐国政权。

楚国蒍罢到晋国参加结盟，晋侯设享礼招待他。蒍罢宴毕将要退出时，赋了《既醉》这首诗。叔向说："蒍氏在楚国有后嗣将长享禄位，是应该的啊！承受国君的命令，不忘记敏捷应对。子荡将要执政了。用敏捷来事奉国君，必然能抚养百姓。政权还能跑到哪里去？"

崔氏的叛乱，申鲜虞逃奔来鲁国，在郊外雇佣了仆人，为齐庄公服丧。冬天，楚国人召请申鲜虞，于是他就到楚国做了右尹。

十一月初一，日食。当时斗柄指向申星，由于司历官的过错，缺少了两次闰月。

襄公二十八年

鲁襄公二十八年春天，没有结冰。夏天，卫国石恶出逃到晋国。邾悼公来我鲁国朝见。秋天的八月，举行大雩祭。鲁大夫仲孙羯到了晋国。冬天，齐国庆封逃奔前来鲁国。十一月，襄公到达楚国。十二月十六日，周天子死。乙未，楚康王昭死。

〇鲁襄公二十八年春，没有结冰。鲁国大夫梓慎说："今年宋国、郑国大概要发生饥荒吧？岁星应当在星纪，但却已超越到了玄枵。这是因为要发生天时不正的灾荒，阴不能胜阳。蛇乘坐在龙的上面，龙是宋国、郑国的星宿，宋国、郑国必定发生饥荒。玄枵，虚宿在中间。枵，是消耗的名称。土地虚而百姓耗，怎么能不发生饥荒？"

夏天，齐侯、陈侯、蔡侯、北燕伯、杞伯、胡子、沈子、白狄到晋国朝见，是为了在宋国那次结盟的缘故。

齐侯准备出行，庆封说："我们没有参加结盟，为什么要朝见晋国？"陈文子说："先考虑事奉大国后考虑财礼，这是合于礼的。小国事奉大国，如果没有获得事奉的机会，就要顺从大国的意图，这也合于礼。我们虽然没有参加结盟，怎胆敢背叛晋国呢？重丘的盟会，是不可忘记的。您还是劝国君出行！"

卫国人讨伐宁氏的亲族，所以石恶逃亡到晋国。卫国人立了他的侄儿石圃，以保存石氏的祭祀，这是合于礼的。

邾悼公来我鲁国朝见，这是按时令而来的朝见。

秋季，八月，举行大雩祭，是由于天旱。

蔡侯从晋国回国，路过郑国。郑伯设享礼招待他，他表现得不恭敬。子产说："蔡侯恐怕不能免于祸难吧！以前他经过这里的时候，国君派子展到东门外慰劳，但他显得骄傲。我认为他还是会改变的。现在他回来，接受享礼却显得怠惰，这就是他的本性了。作为小国的国君，事奉大国，反而把怠惰骄傲作为本性，能得到好死吗？假如不免于祸难，一定是由于他的儿子。他做国君，淫乱而不像做父亲的样子。侨听说，像这样的人，经常会遭到儿子发动的祸乱。"

孟孝伯到晋国，报告为了宋国之盟的缘故将要去楚国。

蔡侯到了晋国的时候，郑伯派游吉到楚国去。到达汉水，楚国人让他回去，说："在宋国的那次结盟，贵国君王亲自光临。现在大夫前来，寡君说大夫暂且回去，我将派传车奔赴晋国询问以后再告诉您。"游吉说："在宋国那次结盟，贵国君王的命令要有利于小国，并且也使小国安定它的社稷，镇抚它的百姓，用礼仪承受上天的福禄，这是贵国君王的法令，也是小国的期望。由于年岁艰难，寡君因此派吉奉上财礼，向下级执事聘问。现在执事命令说：你怎么能参与郑国的政令？一定要让你们国君丢弃你们的封疆和守备，跋山涉水，冒着霜露，以满足我国君王的心意。小国还想期望贵国君王赐给恩惠，怎么敢不唯命是听？但这不符合盟书的话，而使贵国君王的德行有所缺失，也对执事有所不利，小国就害怕这个。不然，还敢害怕劳苦吗？"

游吉回国，复命，告诉子展说："楚王将要死了。不修明他的政事和德行，反而贪图诸侯的进奉，以满足自己的愿望，想要活得长久，能够办到吗？《周易》记载，得到《复》䷗变成《颐》䷚，说：'迷了路又返回来，不吉利'，大概说的就是楚王吧！想要实践他的愿望，却忘掉了原来的路径，想回来又找不着地方，这叫做迷复，能够吉利吗？君王就去吧，送葬回来，让楚国痛快一下。楚国没有将近十年的时间，不能争夺霸业，我们就可以让百姓休息了。裨灶说："今年周天子和楚王都将死去。岁星失去它应在的位置，而运行在明年的位置上，危害了鸟尾星，周朝和楚国要受到灾祸。"

九月，郑国的游吉去晋国，报告说遵照在宋国的盟誓将要去楚国朝见。子产辅佐郑伯到楚国，搭了帐篷而不筑坛。外仆说："从前先大夫辅佐先君，到四方各国，从没有不筑坛的。从那时到今天，也都相沿不改。现在您不除草就搭起帐篷，恐怕不可以吧？"子产说："大国去小国，就筑坛；小国到大国，草草地搭起帐篷就行了，哪里用得着筑坛？侨听说，大国去小国有五个好处：宽宥它的罪过，原谅它的错误，救助它的灾难，赞赏它的德行和典范，教导它想不到的地方。小国不困乏，归心和顺服大国好像回家一样，因此筑坛来宣扬它的功德，公开告诉后代的人，对于德业的进修不要怠惰。小国去大国有五个坏处：（向小国）掩饰它的罪过，请求得到它所缺乏的东西，（要求小国）奉行它的政事，供给它贡品，服从它忽然而来的指令。不这样，就得加重小国的财礼，用来祝贺它的喜事和吊唁它的祸事，这些都是小国的灾祸。哪里用得着筑坛来宣扬它的祸患呢？把这些告诉子孙，不要宣扬祸患就行了。"

齐国的庆封喜爱打猎并嗜好喝酒，把政权交给庆舍。他就带着妻妾财物迁移到卢蒲嫳家里，交换妻妾并喝酒。几天以后，官员们就改到这里朝见。庆封让逃亡在外而知道崔氏余党的人，如果把情况报告就允许他们回来，所以让卢蒲癸回来了。卢蒲癸做了庆舍的家臣，受到宠信，庆舍把女儿嫁给了他。庆舍的家臣对卢蒲癸说："男女结婚要辨别是否同姓，可是您不避讳同宗，为什么？"卢蒲癸说："同宗不避我，我怎么独独要避开同宗？就像赋诗的断章取义，我取得所需要的就是了，哪里知道什么同宗？"卢蒲癸又对庆舍说起王何而让他回来，两个人都受到庆舍宠信。庆舍让他们拿着寝戈在自己前后护卫。

公家供给卿大夫的伙食，每天有两只鸡，管伙食的人偷偷地换成鸭子。送饭的人知道了，就去掉鸭肉只送上肉汤。子雅、子尾发怒。庆封告诉卢蒲嫳。卢蒲嫳说："把他们比做禽兽，我睡在他们皮上了。"庆封派析归父告诉晏平仲。晏平仲说："婴的一帮人不足以使用，智慧也够不上出谋划策。但决不敢泄露这些话，可以盟誓。"庆封说："您已经这么说了，又哪里用得着盟誓？"又告诉北郭子车。子车说："各人有不同的方式事奉国君这不是佐所能做到的。"陈文子对陈无宇说："祸难将要发生了，我们能得到什么？"陈无宇回答说："在庄街上得到庆氏的木料一百车。"陈文子说："可以谨慎地保住它。"

卢蒲癸、王何为攻打庆氏占卜，把龟兆给庆舍看，说："有人为攻打仇人而占卜，胆敢奉献他的兆象。"庆舍说："攻下了，见到血。"冬季十月，庆封在莱地打猎，陈无宇随从。十七日，陈文子派人召唤他回去。陈无宇请求说："无宇的母亲病重，请求回去。"庆封占卜，把龟兆给陈无宇看，陈无宇说："这是死的兆象。"捧着龟甲哭泣，于是就让他回去了。庆嗣听到这件事，说："祸患将要发生了！"对庆封说："赶快回去，祸难必定发生在尝祭的时候，回去还来得及。"庆封不听，也没有改悔的意思。庆嗣说："他要逃亡了！能够逃到吴国、越国就是侥幸。"陈无宇渡过河，就破坏了渡船，撤去了桥梁。

卢蒲姜对卢蒲癸说："有事情而不告诉我，必然不能成功。"卢蒲癸告诉了他。卢蒲姜说："我父亲性情倔强，没有人劝阻他，他会不出来的，请让我去劝阻他。"卢蒲癸说：

"好。"十一月初七日，在太公庙举行尝祭，庆舍将要亲临祭祀。卢蒲姜告诉他有人要发动祸乱，并劝阻他不要去。他不听，说："谁敢这么干？"于是就到了祭祀的地方。麻婴充当祭尸，庆集充当先献。卢蒲癸、王何拿着寝戈，庆氏率领他的甲士围住公宫。陈氏、鲍氏的养马人演戏。庆氏的马容易受惊跳跃奔跑，甲士都解甲系马而喝酒，同时看戏，到了鱼里。栾氏、高氏、陈氏、鲍氏的士兵就穿上了庆氏甲士的皮甲。子尾抽出方形椽子在门扇上敲了三下，卢蒲癸从后面刺庆舍，王何用戈击他，砍下了他的左肩。庆舍还能拉着庙宇的椽子，牵动了屋梁，把俎和壶投掷出去，击死了人才死去。卢蒲癸等人就杀死了庆绳、麻婴。齐侯害怕，鲍国曰："群臣是为了君王的缘故。"陈须无带着齐侯回去，脱下祭服进了内宫。

庆封回来，遇到报告祸乱的人。十一月十九日，攻打西门，没有攻下。回头攻打北门，攻下了。进城，攻打内宫，没有攻下。庆封回军在岳里摆开阵势，请求决战，没有得到允许。于是就逃亡来鲁国，庆封把车子献给季武子，美丽的光泽可以照见人影。展庄叔进见季武子，说："车很光亮，人必定毁坏，他逃亡是活该了。"叔孙穆子设便宴招待庆封，庆封先遍祭诸神。穆子不高兴，让乐师为他诵《茅鸱》这首诗，他也不明白。不久齐国人前来鲁国责问，庆封又逃奔到吴国，吴子句余把朱方赐给了他，他聚集族人住在那里，财富超过他的过去。子服惠伯对叔孙穆子说："上天大概是要让坏人富有的，庆封又富有起来了。"叔孙穆子说："好人富有叫做奖赏，坏人富有叫做灾殃。上天大概让他遭殃，将要让他们聚合而一起被消灭吧。"

十一月二十五日，周天子死。没有发来讣告，《春秋》也没有记载，这是合于礼的。

崔氏的祸乱，公子们各自逃亡。所以鉬在鲁国，叔孙还在燕国，贾在句渎之丘。到了庆氏逃亡，把他们都召了回来，为他们准备了器物和用品，并返还给他们的封邑。封给晏子邶殿和它沿边上六十个城邑，晏子不接受。子尾说："富有，是人所想要的，为什么唯独您不想要？"晏子回答说："庆氏的城邑满足了欲望，所以逃亡。我的城邑不能满足欲望，把邶殿加上，就满足欲望了。满足了欲望，逃亡就没有几天了。逃亡在外边，我连一个城邑也不能主宰。不接受邶殿，不是厌恶富有，而是恐怕失掉富有。而且富有就像布帛的有一定宽度，给它制定幅度，使它不能改变。百姓，总是想要生活丰厚，器用富饶，因此就要端正道德来加以限制，让它不要不足或过分，这就叫做限制私利。私利过分就要败坏。我不敢贪多，就是所说的限制。"赐给北郭佐六十个城邑，他接受了。赐给子雅城邑，他推辞的多，接受的少。赐给子尾城邑，接受后又全部奉还了。齐侯认为子尾忠诚，所以被宠信。把卢蒲嫳放逐到北部边境。

齐国人寻求崔杼的尸体，打算戮尸，没有找到。叔孙穆子说："一定能找到的。武王有十个治国能臣，崔杼难道有吗？不到十个人，不足以安葬。"不久之后，崔氏的家臣说："把他的大璧给我，我献出他的棺材。"因此找到了崔杼尸体。十二月初一日，齐国人迁葬庄公，停棺在正寝。把崔杼的棺材装着崔杼的尸体在街市暴露。国内的人们还认得出他，都说："这是崔杼。"

为了在宋国结盟的缘故，鲁襄公和宋公、陈侯、郑伯、许男前往楚国。襄公经过郑国，郑伯不在国内。伯有前往黄崖慰劳，表现得不恭敬。穆叔说："伯有如果在郑国不受诛戮，郑国必定有大灾祸。恭敬，是百姓的主持，却丢弃了它，用什么来继承祖先，保持家业？郑国人不讨伐他，必定要受到他的灾祸。水边的薄土，路旁积水中的浮萍水草，用来作祭品，季兰作为祭尸，这是出于恭敬。恭敬难道可以抛弃吗？"

到达汉水，楚康王死。鲁襄公想要回去，叔仲昭伯说："我们是为了楚国，难道是为了一个人？继续走吧！"子服惠伯说："君子有长远的考虑，小人只顾及眼前。饥寒都顾不上，谁有工夫顾及以后？不如姑且回去吧。"叔孙穆子说："叔仲子可以被专门任用了，子服子是刚学习的人。"荣成伯说："长远打算的人，是忠诚的。"襄公就继续前进，宋国向戌说："我们是为了一个人，不是为了楚国。饥寒都顾不上，谁能够顾得上楚国？姑且回去让百姓休息，等他们立了国君再戒备他们。"宋公就回去了。

楚国屈建死，赵文子像对待同盟国一样去吊丧，这是合于礼的。

周王室的使者前来报告丧事，问他周天子死去的日子，回答说是十二月十六日。所以《春秋》记载它，用来惩戒过错。

襄公二十九年

鲁襄公二十九年春季，周历正月，襄公在楚国。夏季五月，襄公从楚国回到鲁国。六月五日，卫侯衎死。守门人杀死吴子馀祭。仲孙羯会合晋国荀盈、齐国高止、宋国华定、卫国世叔仪、郑国公孙段、曹国人、莒国人、滕国人、薛国人、小邾国人为杞国筑城墙。晋侯派士鞅前来鲁国聘问。杞子前来鲁国结盟。吴子派季札前来鲁国聘问。秋季九月，卫国葬卫献公。齐国高止逃亡到北燕。冬季，仲孙羯到晋国。

○鲁襄公二十九年春季，周历正月，"襄公在楚国"，这是解释不在岁首祭享宗庙的原因。

楚国人让襄公亲自把赠送给楚王的衣服放置到他棺材东部，襄公对这感到忧虑。穆叔说："先祓除棺材的凶邪然后给死者放置衣服，这就等于朝见时陈列皮币。"于是就让巫人用桃棒、笤帚先在棺材上扫除凶邪。楚国人没有禁止，不久之后又感到后悔。

二月初六日，齐国人在外城北部安葬庄公。

夏季四月，安葬楚康王，鲁襄公和陈侯、郑伯、许男送葬，到达楚都西门外边。诸侯的大夫都到了墓地。楚国的郏敖即位，王子围做令尹。郑国使者子羽说："这叫做不相宜，令尹必定要代替他而昌盛。松柏的下面，草是不能繁殖的。"

鲁襄公回来，到达方城山。季武子占取卞地，派公冶来问候襄公，用封泥加盖印章把信封好后追上去交给了公冶，信上说："听到戍守卞邑的人要叛变，下臣率领部下讨伐他，已经得到卞邑了，斗胆报告。"公冶表达了使命就退出去，到达帐篷以后才听到占取了卞邑。襄公说："想要这块地方而说叛变，只能是疏远我。"

鲁襄公对公冶说："我可以进入国境吗？"公冶回答说："君王据有国家，谁敢违背君王？"襄公赐给公冶冕服，公冶坚决辞谢，勉强他，然后才接受。襄公想不进入鲁国，荣城伯赋《式微》这首诗，襄公这才回国。五月，襄公从楚国回到鲁国。

公冶把他的封邑送还给季氏，而且始终不再进入季孙的家门，说："欺骗他的国君，何必派我去？"季孙召见他，他就像往日一样和季氏说话；未被召见，他就始终不谈季氏。等到公冶病重，聚集他的家臣，说："我死了以后，一定不要用冕服入殓，这不是因为有德赏赐的。并且不要让季氏安葬我。"

安葬周灵王，郑国的上卿子展有事，他派印段前去。伯有说："年轻，不行。"子展说："与其没有人去，即使年轻不还是要好一些吗？《诗经》说：'王家的事做不完，没有闲暇安居。'东西南北，谁敢安居？坚定地事奉晋国、楚国，用以捍卫王室。王家的事没有缺失，有什么常规不常规？"于是就派印段前往周王室。

吴国人攻打越国，抓到了俘虏，让他做看门人，派他看守船只。吴子馀祭观看船只，看门人用刀杀死了他。

郑国的子展死了，子皮即位为上卿。这时郑国发生饥荒而还没有到麦收，百姓困乏。子皮用子展遗命，把粮食赠送给国内的人们，每户一钟，因此得到郑国百姓的拥护。所以罕氏经常掌握国政，作为上卿。宋国司城子罕听到这件事，说："接近于善，这是百姓的期望。"宋国也发生饥荒，司城子罕向宋平公请求，拿出公家的粮食借给百姓；让大夫也都出借粮食。司城氏出借粮食而不写借约，又为缺少粮食的大夫借给百姓。宋国没有挨饿的人。叔向听说这件事，说："郑国的罕氏、宋国的乐氏，大约是最后灭亡的啊，两家恐怕都要掌握国政吧！这是因为百姓归向他们的缘故。施惠而不自以为恩德，乐氏就更高一筹了，大概会随着宋国的盛衰而盛衰吧！"

晋平公，是杞女所生的，所以整修杞国的城墙。六月知悼子会合诸侯的大夫来整修杞国城墙，孟孝伯参加了。郑国的子大叔和伯石前去。子大叔见到大叔文子，和他说话。文子说："为杞国筑城墙这件事太过分了！"子大叔说："拿他怎么办啊！晋国不担心周室的衰微，却保护夏朝的残余。它会丢弃姬姓诸国，也就可以想象到了。姬姓诸国都要丢弃，还有谁归向他？吉听说，丢弃同姓而靠近异姓，这叫做离德。《诗经》说：'亲近他的近亲，亲戚就会和他来往友好。'晋国不把同姓看作近亲，还有谁来和他来往友好？"

齐国的高子容和宋国的司徒进见知伯，女齐做相礼。客人出去，女齐对知伯说："这二位都将不免于祸难。子容专权，司徒奢侈，都是使家族灭亡的大夫。"知伯说："怎么呢？"女齐回答说："专权就会很快及于祸难，奢侈将会由于力量强大而致死，专权别人就会致他于死地，他将要及于祸难了。"

范献子来鲁国聘问，拜谢在杞国修筑城墙。襄公设享礼招待他，展庄叔捧着束帛。参加射礼的人是三对，公臣的人选不够，在家臣中选取。家臣：展瑕、展玉父为一对；公臣：公巫召伯、仲颜庄叔为一对，鄋瞒父、党叔为一对。

晋侯派司马女叔侯来鲁国办理让鲁国归还杞国田地的事，但没有全部归还给杞国。晋悼夫人生气地说："女齐办理归还杞国田地的事，先君如果有知，不会赞助他这样办的！"晋侯告诉了叔侯，叔侯说："虞国、虢国、焦国、滑国、霍国、扬国、韩国、魏国，都是姬姓，晋国因此强大。如果不是侵占小国，将要从哪里取得呢？武公、献公以来，兼并的国家就多了，哪个国家能够恢复并得以治理？杞国，是夏朝的后代，而接近东夷。鲁国，是周公的后代，并和晋国和睦。把杞国封给鲁国还是可以的，为什么要求鲁国全部归还杞国田地呢？鲁国对于晋国，贡品不缺，玩物按时送到，公卿大夫一个接一个前来朝见，史官没有中断过记载，国库没有一个月不接受贡品。像这样就可以了，何必要削弱鲁国而增强杞国呢？而且先君如果有知，就宁可让夫人去办，哪里用得着我老臣？"

杞文公来鲁国结盟，《春秋》记载他为"子"，这是轻视他。

吴国的公子札前来鲁国聘问，见到叔孙穆子，很喜欢他。对穆子说："您恐怕不得善终吧！喜欢善良却不能够选择善人。我听说君子应致力于选择善人。您身为鲁国宗卿，承担着国政，不慎重举拔善人，怎么能受得了呢？祸患必然殃及到您。"

公子札请求观看、聆听周朝的舞蹈和音乐。于是让乐工给他歌唱《周南》、《召南》。季札说："美好啊！开始奠定基础了，还没有完成。然而老百姓勤劳而不怨恨了。"给他歌唱《邶风》、《鄘风》、《卫风》。季札说："美好啊，深厚啊！忧

吴公子季札，选自《清刻历代画像传》。

愁而不困窘。我听说卫康叔、武公的德就像这样，这恐怕是《卫风》吧！"给他歌唱《王风》。季札说："美好啊！忧思而不害怕，恐怕是周室东迁以后的诗歌吧！"给他歌唱《郑风》。季札说："美好啊！但是它琐碎得太过分了，百姓不能忍受的，这恐怕是要先灭亡的吧！"

给他歌唱《齐风》。季札说："美好啊！宏大啊，大国之风啊！作为东海一带诸侯表率的，恐怕是太公的国家吧！国家不可限量。"给他歌唱《豳风》。季札说："美好啊，博大啊！欢乐而不过度，恐怕是周公东征的音乐吧！"给他歌唱《秦风》。季札说："这就叫做诸夏之声。能发夏声，自然声音宏大，大到极点了，恐怕是周室的旧乐吧！"给他歌唱《魏风》。季札说："美好啊，轻盈浮动啊！粗犷而又婉转，艰难而容易推行，再用德行来辅助，就是贤明的君主了。"给他歌唱《唐风》。季札说："思虑深沉啊！恐怕有陶唐氏的遗民吧！不然，为什么忧思得那么深远呢？不是美德者的后代，谁能够像这样啊！"

给他歌唱《陈风》。季札说："国家没有主人，难道能够长久吗？"从《桧风》以下，就没有批评了。给他歌唱《小雅》。季札说："美好啊！忧愁而没有背叛之心，怨恨而不倾吐，恐怕是周朝德行衰微时的乐章吧！还是有先王的遗民啊。"给他歌唱《大雅》。季札说："宽广啊，和美啊！抑扬曲折而有刚健劲直的骨力，恐怕是文王的德行吧！"给他歌唱《颂》。季札说："达到顶点了！刚健而不放肆，曲折而不卑下，紧密而不逼迫，悠远而不游离，多变化而不过火，多反复重叠而不使人厌倦，哀伤而不忧愁，欢乐而不过度，使用而不匮乏，广博而不显露，施舍而不耗损，收取而不贪婪，静止而不停滞，行进而不流荡。五声和谐，八音协调。节拍有一定的尺度，乐器鸣奏按照一定的次序，这都是有盛德的人所共同具有的。"

吴公子札看到跳《象箾》、《南籥》舞，说："美好啊！但还有遗憾。"看到跳《大武》舞，说："美好啊！周朝兴盛的时候，恐怕就像这样吧！"看到跳《韶濩》舞，说："像圣人那样的伟大，尚且还有缺点，可见当圣人不容易啊！"看到跳《大夏》舞，说："美好啊！勤劳于民事而不自以为有功，不是禹，还有谁能做得到呢？"看到跳《韶箾》舞，说："功德到达顶点了，伟大啊！好像上天无不覆盖似的，好像大地无不装载似的。盛德到达顶点，恐怕不能再比这有所增加了。聆听观赏这种音乐舞蹈达到止境了！如果还有其他的音乐，我不敢再请求了。"

公子札出国聘问，是为了向各国通告吴国继位的国君。因此就到齐国聘问，喜爱晏平仲，对他说："您赶快交还封邑和政权。没有封邑没有政权，这才能免于祸难。齐国的政权，将会有所归属，没有得到归属，祸难不会停息。"所以晏子通过陈桓子交还了政权和封邑，因此而免于栾氏、高氏发动的祸难。

公子札到郑国聘问，见到子产，好像老相识。送给子产白绢大带，子产献上麻织的衣服。公子札对子产说："郑国的执政奢侈，祸难将要到来了，政权必定落到您身上。您执政，要用礼仪来谨慎地处事。否则，郑国将会败坏。

公子札到卫国，喜爱蘧瑗、史狗、史鰌、公子荆、公叔发、公子朝，公子札说："卫国的君子很多，不会有祸患。"

公子札从卫国去晋国，准备在卫国的戚地住宿。听到了钟声，公子札说："奇怪啊！我听说了：'发动变乱而没有德行，必定遭到诛戮。'这一位就在这里得罪国君，害怕还来不及，又有什么可以寻欢作乐的？这一位在这里，就像燕子在帐幕上做巢。国君又正停柩没有安葬，可以寻欢作乐吗？"于是就离开戚地。孙文子听到了公子札这番话，到死不再听音乐。

公子札到晋国，喜爱赵文子、韩宣子、魏献子，说："晋国的政权大概要聚集在这三家了！"他喜欢叔向，将要离别时，对叔向说："您努力吧！国君奢侈而优秀的臣下很多，大夫都富有，政权将要归于私家。您喜欢直言，一定要考虑使自己免于祸难。"

秋季，九月，齐国公孙虿、公孙灶放逐他们的大夫高止到北燕。九月初二日，出国。《春秋》记载说"出奔"，这是归罪于高止。高止喜欢生事而且自己居功，同时专权，所以祸难到了他身上。

冬季，孟孝伯到晋国，是为了回报范叔的聘问。

为了高氏遭受祸难的缘故，高竖盘踞卢地叛乱。十月二十七日，闾丘婴领兵包围卢地。高竖说："如果让高氏有后代，我请求把封邑归还给国君。"齐国人立了敬仲的曾孙酀为高氏继承人，这是认为敬仲贤良之故。十一月二十三日，高竖归还卢地逃奔到晋国，晋国人在绵地筑城把他安置在那里。

郑国的伯有派公孙黑去楚国，公孙黑推辞说："楚国、郑国正在互相憎恨，却让我去，这等于杀死我。"伯有说："你家世代都是外交官。"公孙黑说："可以去就去，有危难就不去，有什么世代不世代的？"伯有要强迫他去。公孙黑发怒，准备攻打伯有氏，大夫们给他们和解。十二月初七日，郑国的大夫们在伯有家里结盟。裨谌说："这次结盟，能管多长时间呢？《诗》说：'君子多次结盟，祸乱因此滋长。'现在这样是滋长祸乱的做法。祸乱不能停歇，一定要三年然后能解除。"然明说："政权将会落到哪家？"裨谌说："善良的代替不善良的，这是天命，政权怎么能避开子产？如果不越级举拔别人，那么按班次子产应该位居执政。选择善人而举拔，就为世人所尊重。上天又为子产清除障碍，使伯有丧失了精神。子西去世了，子产哪能避开执政？上天降祸给郑国很久了，大概一定要让子产平息它，郑国还可以安定。不这样，郑国将要灭亡了。"

襄公三十年

　　鲁襄公三十年春天，周历正月，楚王派遣薳罢前来聘问。夏季四月，蔡世子般杀死他的君上固。五月初五日，宋国发生火灾，宋国伯姬死亡。周天子杀死他的弟弟佞夫。王子瑕逃亡到晋国。秋季七月，叔弓到宋国，安葬宋共姬。郑国的良霄出逃到许国，从许国进入到郑国，郑国人杀死良霄。冬季十月，安葬蔡景公。晋国人、齐国人、宋国人、卫国人、郑国人、曹国人、莒国人、邾国人、滕国人、薛国人、杞国人、小邾国人在澶渊聚会，是为了宋国火灾的缘故。

　　○鲁襄公三十年春季，周历正月，楚王派遣薳罢来鲁国聘问，是为了通报楚国新君的继位。穆叔问道："王子围执政的情况怎么样？"薳罢回答说："我等小人吃饭听使唤，还害怕不能完成使命而不能免于罪过，哪里能参与政事？"再三地询问薳罢，他还是不说。穆叔告诉大夫说："楚国的令尹将要兴起大事变，薳罢将参与，他协助令尹隐匿内情了。"

　　子产辅助郑伯到晋国，叔向询问郑国的政事。子产回答说："我能否见到，就在这一年了。驷氏、良氏正在争斗，不知道怎么调和。假如有所调和，我能够见到，这就可以知道了。"叔向说："不是已经和解了吗？"子产回答说："伯有奢侈而又刚愎自用，子皙喜欢居于别人之上，两个人互不相让。虽然他们和解了，还是积聚了憎恶，争斗的到来不会有几天了。"

　　二月二十二日，晋悼夫人赐给修筑杞国城墙的役卒吃饭。绛县人中间有一个人年纪很大了，没有儿子而自己去筑城，参加吃饭。有人怀疑他的年龄，让他谈谈他的年龄。他说："臣是小人，不知道记录年龄。臣生的那一年，是正月初一甲子日，经过四百四十五个甲子日了，最末一个甲子日到今天是三分之一周甲。"官吏跄到朝廷询问，师旷说："这是鲁国的叔仲惠伯在承匡会见郤成子的那一年。这一年，狄人攻打鲁国。叔孙庄叔当时在鹹地打败狄人，俘虏了长狄的侨如和虺、豹，并都用来给他儿子取名。满七十三岁了。"史赵说："亥字是'二'字头'六'字身，把'二'拿下来当做身子，这就是他的日子数。"士文伯说："那么是二万六千六百六十天了。"赵孟问起老人的县大夫，原来就是他的下属。他把老人召来，向他道歉，说："武没有才能，担任了国君的重要职责，由于晋国多有忧患，没有能任用您，让您辱居草野已经很久了，这是武的罪过。谨由于没有才能向您道歉。"于是让他做官，派他辅助自己执政。老人以年老辞谢。给了他土地，让他为国君主持免除徭役的事务，做绛地县师，而撤销了征发他的舆尉的职务。

　　这时，鲁国的使者正在晋国，回去把这些事告诉了大夫们。季武子说："晋国不可以轻视啊。有赵孟做执政大夫，有伯瑕做辅佐，有史赵、师旷可以咨询，有叔向、女齐做国君的师保。晋国朝廷上君子很多，难道可以轻视吗？尽力奉事他们然后才可以。"

夏季四月某日，郑伯和他的大夫结盟。君子因此知道郑国的祸难没有结束。

蔡景侯为太子般在楚国娶妻，又和儿媳妇私通。太子杀死了景侯。

起初，周灵王的弟弟儋季死，他的儿子儋括将要进见灵王而叹息。单国的公子愆期做灵王侍卫，经过朝廷，听到他的叹息声，就说："啊！一定是想要占有这里吧！"愆期进去把儋括的情况报告灵王，而且说："一定得杀了他！他不悲哀而愿望大，目光不定而抬脚高，心在其他地方了。不杀，一定有祸害。"灵王说："小孩子知道什么！"等到灵王去世，儋括想要立王子佞夫。佞夫不知道。四月二十八日，儋括包围芳邑，赶走了成愆。成愆逃亡到平畤。五月初四日，尹言多、刘毅、单蔑、甘过、巩成杀了佞夫。括、瑕、廖逃亡到晋国。《春秋》记载说："天王杀死他的弟弟佞夫"，是由于罪过在周天子。

有人在宋国太庙里大喊，说："谯谯！出出！"鸟在亳社上鸣叫，声音好像在说："谯谯"。五月初五日，宋国发生大火灾。宋伯姬被火烧死，是因为等待保姆。君子认为："宋伯姬奉行的是闺女而不是媳妇的守则。闺女应当等待保姆，媳妇就可以根据情况行事。"

六月，郑国的子产到陈国参加结盟，回来，复命。告诉大夫们说："陈国，是要灭亡的国家，不能结为友好，他们聚集粮食，修理城郭，依靠这两条，却不安抚他们的百姓。他们的国君根基不固，公子奢侈，太子卑微，大夫骄傲，政事各行其是，凭这种情况处于大国之间，能不灭亡吗？不超过十年了。"

秋季七月，叔弓到宋国，是由于安葬共姬。

郑国的伯有嗜好喝酒，修建了地下室，并在夜里喝酒，击钟奏乐，朝见的人来到，他还没有喝完。朝见的人说："主人在哪里？"他手下的人说："我们的主人在山沟里。"朝见的人都从朝堂分路回去。不久以后朝见郑伯，又要派子晳去楚国，回家以后又喝酒。七月十一日，子晳带领驷氏的甲士攻打伯有并放火烧了他的家。伯有逃亡到雍梁，酒醒以后才明白是怎么回事，于是就逃亡到许国。

郑国的大夫们聚在一起商量。子皮说："《仲虺之志》说：'动乱的就攻取它，灭亡的就欺侮它。摧毁灭亡的而巩固存在的，这是国家的利益。'罕氏、驷氏、丰氏是同胞兄弟，伯有骄傲奢侈，所以不免于祸难。"有人对子产说："要靠拢正直的帮助强大的。"子产说："难道他们是我的同党？国家的祸难，谁知道怎么止息？假如有人主持国政，力量既强大为人又正直，祸难就不会发生。姑且保住我不偏袒的地位吧。"七月十二日，子产收了伯有氏死者的尸体加以殡葬，等不到和大夫们商量就出走。印段跟从着他。子皮不让他走。众人说："人家不顺从我们，为什么不让他走？"子皮说："这位对死去的人有礼，何况对活着的人呢？"于是就亲自劝阻子产。七月十三日，子产进入国都。十四日，印段进入国都。两人都在子晳家里接受了盟约。十六日，郑伯和他的大夫们在太庙结盟，和国人在师之梁门外结盟。

伯有听说郑国人为他而结盟，很生气，听说子皮的甲士没有参与攻打他，很高兴，说："子皮亲附我了。"二十四日，清晨，伯有从墓门的排水洞进城，依靠马师颉用襄库的皮甲装备士兵，带着他们攻打旧北门。驷带率领国人攻打伯有。两家都召请子产相助。子产说："兄弟之间到了这个地步，我服从上天所保佑的一家。"伯有死在卖羊的街市上，子产给伯有的尸体穿上衣服，头枕在伯有的大腿上而为他号哭，收尸并把棺材停放在住在街市旁边的伯有家臣的家里。不久把他埋葬在斗城。子驷氏想要攻打子产，子皮对他们发怒说："礼仪，是国家的支柱。杀有礼的人，没有比这再大的祸患了。"于是就停止了。

这时游吉去晋国回来，听说发生祸难，不进入，让副手回来复命。八月初六日，逃亡到晋国。驷带追赶他，到达酸枣。游吉和驷带结盟，把两块玉圭沉在黄河里表示诚信。让公孙胖进入国都和大夫结盟。十一日，游吉再次回到郑国。

《春秋》记载说："郑人杀良霄"，不称他为大夫，这是说伯有从国外进来的。

在子蟜死了以后，将要安葬，公孙挥和裨灶早晨会商丧事。路过伯有氏，他的门上长了狗尾草。公孙挥说："他的狗尾草还在吗？"当时岁星在降娄，降娄星在天空中部天就亮了。裨灶指着降娄星说："还可以等岁星绕日一周，不过活不到岁星再到这个位次就是了。"等到伯有被杀，岁星正在娵訾的口上。下一年，才到达降娄。

仆展跟随伯有，和他一起死去。羽颉逃奔到晋国，做了任邑的大夫。

鸡泽的会盟，郑国的乐成逃亡到楚国，于是又到了晋国。羽颉依靠他，和他勾结，事奉赵文子，提出攻打郑国的建议。由于在宋国盟誓的缘故，赵文子不同意。子皮让公孙钼做了马师。

楚国的公子围杀了大司马芿掩并占有他的家产。申无宇说："王子一定不能免于祸难。善人，是国家的栋梁。王子辅佐楚国，应该培养善人，现在反而对他们暴虐，这是危害国家。况且司马，是令尹的辅佐，也是国君的手足。断绝百姓的栋梁，去掉自己的辅佐，斩断国君的肢体，以危害他的国家，没有比这更大的不吉利了！怎么能够免于祸难呢？"

为了宋国火灾的缘故，诸侯的大夫会见，以商量赠送宋国财货。冬季十月，鲁国的叔孙豹会合晋国的赵武、齐国的公孙虿、宋国的向戌、卫国的北宫佗、郑国的罕虎以及小邾国的大夫，在澶渊会见。会见完了没有赠送给宋国什么东西，所以《春秋》没有记载与会者的姓名。

君子说："信用恐怕不能不谨慎吧！澶渊的会见，不记载卿的名字，这是由于不守信用的缘故。诸侯的上卿，会见了又不守信用，他们尊贵的姓名都被抛弃了，不守信用是这样的不可以啊！《诗》说：'文王或升或降，都在天帝的左右。'这说的是守信用。又说：'好好地谨慎你的举止，不要表现你的虚伪。'这说的是不守信用。"《春秋》记载说："某人某人会于澶渊，宋灾故"，这是责备他们。不记载鲁国的大夫，这是由于替他隐瞒。

郑国的子皮把政权交付给子产，子产推辞说："国家小而逼近大国，公族庞大而受宠的人众多，我不能治理好。"子皮说："虎率领公族听从您，谁敢触犯您？您好好地辅助国政。国家不在于小，小国能够事奉大国，国家就可以得到宽舒和缓了。"

子产治理政事，有事情需要伯石去办，赠送给他城邑。子太叔说："国家是大家的国家，为什么独独送给他城邑？"子产说："要没有欲望实在是难的。都满足他们的欲望，去办他们的事情，并取得成功。这不是我的成功，难道是别人的成功吗？对城邑有什么吝惜的，它会跑到哪里去呢？"子大叔说："四方的邻国将会怎么看？"子产说："这样做不是为了互相违背，而是为了互相顺从，四方的邻国对我们有什么可责怪的呢？《郑书》上有这样的话：'安定国家，一定要优先安定大族。'姑且先安定大族，以等待它的结果。"不久，伯石害怕而交回封邑，最后还是给了他。伯有死了以后，郑伯让太史去命令伯石做卿，伯石推辞。太史退出，伯石又请求太史重新任命。太史再来任命，他又推辞。像这样一连三次，这才接受策书入朝拜谢。子产因此讨厌伯石的为人，就让他居于仅次于自己的地位。

子产让城市和边远地区一切事物都有一定的规章，上下尊卑各有职责，田地有疆界和沟渠，使百姓聚居区五家为一组互相保护。对忠诚俭朴的卿大夫，就听从和亲近他；对骄横奢侈的，就依法惩治他。

丰卷将要祭祀，请求打猎获取祭品。子产不答应，说："只有国君祭祀才用新杀的动物，一般人只用普遍的祭品就可以了。"丰卷发怒，退出以后就招集兵卒。子产要逃亡到晋国，子皮阻止他而驱逐了丰卷。丰卷逃亡到晋国。子产请求郑君不要没收他的田地住宅，三年后让丰卷回国，把他的田地住宅和一切收入都还给了他。

子产执政一年，众人歌唱道："收取我的衣帽来贮藏，收取我的耕地重安排。谁杀死子产，我将给他帮忙！"到了三年，众人又唱道："我有子弟，子产来教诲；我有田地，子产来栽培，子产如果死去，谁来继位？"

襄公三十一年

鲁襄公三十一年春天，周历正月。夏季六月二十八日，襄公死在楚宫里。秋季九月十一日，子野死。九月十七日，仲孙羯死。冬季十月，滕子前来鲁国参加葬礼。十月二十一日，安葬我国国君襄公。十一月，莒国人杀死他的君上密州。

〇鲁襄公三十一年春季，周历正月，穆叔从澶渊参加会见回来，进见孟孝伯，对他说："赵孟会要死了。他的话毫无远虑，不像百姓的主人。而且年纪不满五十，却絮絮叨叨好像八九十岁的人，不能活得很久了。如果赵孟死去，晋国执政的人恐怕是韩起吧！您何不跟季孙谈谈这件事，可以及早建立友善关系，韩起是个君子。晋国国君将要失去治国权力了，如果不去建立友善关系，让韩起早些为鲁国做点预备工作，不久以后晋国政权落到大夫手里，韩起懦弱，大夫大多贪婪，要求和欲望没有个满足，齐国、楚国却不足以亲附，鲁国恐怕就危险了！"孟孝伯说："人一辈子能有多久？谁能没有点苟且偷安？早晨活着到不了晚上，哪里用得着去建立友好关系？"穆叔出去，告诉别人说："孟孝伯会要死了。我告诉他赵孟的苟且偷安，但他又超过赵孟。"穆叔又跟季孙谈晋国的事情，季孙不听从。等到赵文子死，晋国公室地位下降，政权落在奢豪的家族手里。韩宣子执政，不能谋求晋国做诸侯霸主。鲁国承受不了晋国的需索，谗毁邪恶的小人很多，因此有了平丘之会。

齐国的子尾恐怕闾丘婴害己，想要杀掉他，就派他率兵攻打阳州。我国询问齐国出兵的缘故。夏季五月，子尾杀了闾丘婴，来向我军解释。工偻洒、渻灶、孔虺、贾寅逃亡到莒国。子尾驱逐了公子们。

鲁襄公建造楚国式的宫殿。穆叔说："《大誓》说：'百姓所要求的，上天必然听从。'国君想要楚国了，所以建造楚国式的宫殿。如果不再去楚国，必定死在这座宫殿里。"六月二十八日，襄公死在楚宫里。

叔仲带偷了襄公的大璧，给了侍女，放在她的怀里，又跟着拿了过来，因此而得罪。

立了胡国女人敬归的儿子子野，住在季氏那里。秋季九月十一日，子野死，是由于哀痛过度。

九月十七日，孟孝伯死。

立了敬归的妹妹齐归的儿子公子裯为国君，穆叔不愿意，说："太子死了，有同母的弟弟，就立他；没有，就立年长的。年龄相当就选择贤能，贤能相当就占卜，这是古代的常规。死去的子野并不是嫡子，何必非要立他母亲妹妹的儿子？况且这个人，在丧事中却不悲哀，父亲死了反而有喜悦的脸色，这叫做不孝。不孝的人，很少不制造祸患。如果真的立了他，必定造成季氏的忧患。"季武子不听，终于立了他。等到安葬襄公时，他三次更换丧服，丧服的衣襟脏得好像旧丧服。当时昭公十九岁了，还有孩子脾气，君子因此知道他不能善终。

冬季十月，滕成公前来鲁国参加葬礼，表现得不恭敬而眼泪很多。子服惠伯说："滕国的国君会要死了！在他的吊丧的位上表现懈怠，而悲哀太过分，在葬礼中已有预兆了，能不跟着死吗？"

十月二十一日，安葬了襄公。

鲁襄公死去的那个月，子产辅佐郑伯到晋国，晋侯由于我国有丧事，没有会见他们。子产让人把宾馆的围墙全部拆毁了而把车马安放在里边。士文伯责备他，说："敝邑由于政事和刑罚不修明，盗贼到处都是，这对于屈驾来问候寡君的诸侯的臣属说来，是无可奈何的事，因此才派官吏修缮宾客所住的馆舍，大门修得高，围墙筑得厚，不让宾客使者担忧。现在您拆毁了它，虽然您的随从能够戒备，让别国的宾客又怎么办呢？由于敝邑是盟主，修缮围墙，以接待宾客。如果把它都拆毁了，那么将怎么供应宾客的需要呢？寡君派士前来请问拆毁围墙的用意。"

子产回答说："由于敝邑狭小，处在大国之间，而大国索要贡物没有一定的时候，因此敝国国君不敢安居，搜索敝邑的全部财富，前来朝见，行聘问之礼。碰上执事没有工夫，没有能够见到，又没有得到命令，不知道进见的日期，我们不敢献上财礼，也不敢让它日晒夜露。如果献上，那么它就是君王府库中的财物，不经过在庭院中陈列的仪式，我们不敢献纳。如果让它日晒夜露，又怕忽而干燥忽而潮湿因而朽坏，加重敝邑的罪过。侨听说文公做盟主的时候，宫室低小，没有供观望的台榭，而把接待诸侯的宾馆修得又高又大。宾馆好像君王的寝宫一样，对宾馆内的仓库、马厩修缮完好，司空按时整修道路，泥瓦工匠按时粉刷宾馆墙壁。诸侯的宾客到来，甸人在庭院中燃起火把，仆人巡视客馆。车马的安置有一定的处所，宾客的随从有人替代，管理车辆的官员给车轴加油，掌管洒扫的和看守牲口的，各自照管分内的事务。百官各人陈列他的礼物。文公不让宾客耽搁，也就没有荒废事情。和宾客同忧共乐，有为难的事就加以安抚，对宾客所不知道的就加以指教，所缺乏的加以周济。宾客来到就好像回到家里一样，岂但没有灾患？不怕抢劫偷盗，也不怕干燥和潮湿。现在铜鞮宫占地数里，而诸侯住在像奴隶住的房子里。大门进不去车子，而又不能翻墙而入。盗贼公然横行，而天灾不能防止。宾客进见没有准确时间，君王接见的命令也不知道什么时候发布。假如还不拆毁围墙，这就没有地方收藏财礼，而要加重我们的罪过了。谨敢请教执事，对我们将有什么指示？虽然君王遇到鲁国的丧事，但这也是敝邑的忧伤。如果能够进献财礼，我们愿把围墙修好了走路，这就是君王的恩惠，怎么敢害怕辛勤劳苦？"

士文伯复命，赵文子说："确实是这样！我们实在德行不好，用容纳奴隶的围墙来接待诸侯，这是我们的罪过啊。"派士文伯去为自己不明事理表示歉意。

晋侯接见郑伯，礼仪比常规更加恭敬，宴会和礼物更加丰厚，然后让他回去。于是就建造接待诸侯的宾馆。叔向说："辞令不能废弃就像这样吧！子产善于辞令，诸侯因为他的辞令而得利，为什么要放弃辞令呢？《诗》说：'辞令和顺，百姓团结；辞令让人高兴，百姓安定。'诗人懂得辞令的作用了。"

郑国的子皮派印段去楚国，先到晋国报告这件事，这是合于礼的。

莒国的犁比公生子去疾和展舆。已经立了展舆为世子，又废了他。犁比公暴虐，国人为此感到担忧。十一月，展舆依靠国人攻打莒犁比公，杀死了他，就自立为国君。去疾逃亡到齐国，因为他是齐国女子生的。展舆是吴国女子生的。《春秋》记载说："莒人弑其君买朱鉏"，这是说罪过在莒犁比公。

吴王派屈狐庸到晋国聘问，这是为了沟通两国往来的道路。赵文子询问他，说："延州来季子终于能够立为国君吗？巢地死了诸樊，守门人杀了戴吴，上天似乎为季子打开了做国君的大门，怎么样？"屈狐庸回答说："他不会被立为国君的。这是二位国王的命运不好，不是为季子打开大门。如果上天打开了大门，恐怕是为了现在的国君吧！他很有德行并且行为合于法度，有德行就不会失掉百姓，合于法度就不会办错事情。百姓亲附而事情有秩序，恐怕是上天为他打开的大门。保有吴国的，最终一定是这位国君的子孙。季子，是保持节操的人。即使把国家给他，他也是不肯做国君的。"

十二月，卫国大夫北宫文子辅佐卫襄公去楚国，这是由于在宋国结盟的缘故。经过郑国，印段到棐林去慰劳他们，按照聘问的礼仪并使用慰劳的辞令。北宫文子进入郑国国都聘问。郑国大夫子羽做行人，冯简子和子太叔迎接客人。北宫文子事情完毕以后出来，对卫侯说："郑国合于礼仪，这是几代的福气。恐怕不会有大国的讨伐了吧！《诗》说：'天气真苦热，谁能不洗澡。'礼仪对于政事，就像天热得到洗澡。洗澡用来消除炎热，有什么可担心的呢？"

子产参与政事，选择贤能的人使用。冯简子能决断大事；子太叔美秀而有文采；子羽能了解四方诸侯的政令，并辨识各国大夫的家族姓氏、官职爵位、地位贵贱、才能高低，又善于辞令；裨谌能出谋划策，在野外策划就正确，在城里策划就不行。郑国将要有外交上的事情，子产就向子羽询问四方诸侯的政令，并且让他起草各种外交文书；和裨谌一起坐车到野外，让他策划是否可行；再把结果告诉冯简子，让他决断。事情策划完成，就交给子太叔执行，和宾客应对。因此，很少把事情办坏。这就是北宫文子所说的合于礼。

郑国人在乡校里游玩聚会，来议论执政者措施的得失。然明对子产说："毁了乡校，怎么样？"子产说："为什么？人们早晚工作的余暇到那里游玩，来议论执政者措施的好坏。他们认为好的，我就推行它；他们讨厌的，我就改掉它，这是我的老师。为什么要毁掉它？我听说用忠于为善来减少怨恨，没有听说用摆出权威来防止怨恨。依靠权威难道不能很快制止议论？但是就像堵住河水一样；溃决大口子，伤人必然很多，我不能挽救。不如把河开个小口子，让河水得到疏导而畅通，不如让我听取这些议论，把它当做治病的药石。"然明说："蔑从今以后知道您确实是可以事奉的。小人实在没有才能。如果终于这样做下去，对郑国确实有利，岂独有利于我们这些大臣？"

孔子听到这些话，说："从这里看来，别人说子产不仁，我不相信。"

子皮想让尹何做他的封邑的大夫。子产说："年轻，不知道行不行。"子皮说："他谨慎老实，我喜欢他，他不会背叛我。让他去学习一下，他也就更懂得怎么管理政事了。"子产说："不行。一个人喜欢另一个人，总是谋求对那个人有利。现在您喜欢一个人却把政事交给他，这好像一个人不会拿刀而让他去割东西，他的伤害一定要多的。您喜欢他，不过伤害他罢了，有谁敢在您这里求得喜欢？您在郑国是栋梁。栋梁折断，椽子就会崩毁，侨将会压在底下，怎敢不把话全都说出来？您有美丽的彩绸，不会让别人用它来学习裁制的。大的官职、大的封邑，是自身的庇护，却让学习的人去裁制。它比美丽的彩绸，不是重要得多吗？侨听说学习以后才参加管理政事，没有听说通过管理政事来学习的。如果终于这样做，一定有害处。譬如打猎，熟习射箭驾车，就能获得猎物，如果过去没有登车射过箭驾过车，那么一心害怕车翻人压，哪里有工夫想到猎获禽兽？"子皮说："好啊！虎不聪明。我听说君子致力于了解大的、远的事情，小人致力于了解小的、近的事情。我，是小人啊。衣服穿在我身上，我知道并且慎重对待它；大的官职、大的封邑是用来庇护自身的，我却疏远并且轻视它。如果不是您这番话，我是不知道这些得失的。过去我说：'您治理郑国，我治理我的家族，来庇护我自己，那就可以了。'从今以后我知道不够。从现在我请求，即使是我家族的事情，也要听从您的话去办理。"子产说："人心不相同，正像人的面孔不相同一样。我怎么敢说您的面孔像我的面孔呢？不过心里认为危险的，就把它告诉您了。"子皮认为子产忠诚，所以把郑国的政事全都委托给他，子产因此能够治理郑国。

卫侯在楚国，北宫文子见到令尹围的仪表，对卫侯说："令尹像国君了，将要有别的想法。虽然能够实现他的想法，但是不能善终。《诗》说：'什么都有个开头，但很少能有好的终结。'善终实在很难，令尹恐怕不能免于祸难。"卫侯说："您怎么知道的？"北宫文子回答说："《诗》说：'要谨慎自己的威仪，因为它是百姓效法的准则。'令尹没有威仪，百姓就没有效法的准则。百姓不效法的人，而居于百姓之上，就不能善终。"卫侯说："好啊！什么叫威仪？"

北宫文子回答说："有威严并能使人害怕叫做威，有仪表并能让人仿效叫做仪。国君有国君的威仪，他的臣子害怕并爱护他，把他作为准则而仿效他，所以能保有他的国家，好名声长久流传于世。臣子有臣子的威仪，他的下面害怕而爱护他，所以能保住他的官职，保护家族，家庭和睦。顺着这个次序以下都像这样，因此上下能够互相巩固。《卫诗》说：'威仪安和，好处不能计算。'这是说君臣、上下、父子、兄弟、内外、大小都有威仪。《周诗》说：'朋友间互相辅助，所用的是威仪。'这是说朋友之道，一定要用威仪互相教导。《周书》列举文王的美德，说：'大国害怕他的力量，小国怀念他的恩德。'这是说害怕他而又爱护他。《诗》说：'无识无知，顺从天帝的准则。'这是说把他作为准则并仿效他。纣囚禁周文王七年，诸侯都跟随他去坐牢，纣王于是害怕而将文王放了回去。可以说是爱护文王了。文王攻打崇国，两次发兵，崇国就降服称臣，蛮夷相继归服，可以说是害怕他。文王的功业，天下赞诵并歌舞它，可以说是以他为准则了。文王的措施，到今天仍作为规范，可以说是仿效他了。这是因为有威仪的缘故。所以君子在官位上可使人害怕，施舍可使人爱他，进退可以作为法度，周旋可以作为准则，仪容举止值得观看，做事情可供学习，德行可以仿效，声音气度可使人高兴；动作有修养，说话有条理，有这些来对待下面，这就叫做有威仪。"

昭 公

昭公元年

鲁昭公元年春天，周历正月，昭公登上公位。叔孙豹与晋国赵武、楚国公子围、齐国国弱、宋国向戌，卫国齐恶、陈国公子招、蔡国公孙归生、郑国罕虎、以及曹人、许人在虢地会见。三月，攻占了莒国的郓城。夏天，秦景公的弟弟铖逃亡到晋国。六月九日，邾国君主华死了。晋国荀吴领兵在大卤打败狄族人。秋天，莒国的去疾从齐国回到莒国。莒国的展舆逃亡到吴国。叔弓领兵划定郓地田土的疆界。安葬邾悼公。冬十一月初四日，楚王郏敖死了。楚公子比逃亡到晋国。

〇元年春天，楚国的公子围到郑国聘问，并且到公孙段家迎娶，伍举做副使。将要进入郑都住进宾馆时，郑国人讨厌他们，派行人子羽和他们商量，于是让他们住宿在城外。聘问的礼仪完毕之后，准备率领部下进城迎娶。子产担心这件事，又派子羽辞谢说："由于敝邑狭小，不足以容纳您的随从人员，请让我们就地开辟举行亲迎之礼的场所，听从您的吩咐。"令尹公子围命令太宰伯州犁回答说："承蒙贵君赐给寡大夫公子围恩惠，对公子围说：'将让公孙段把女儿嫁给你做妻子。'公子围摆设供桌，在庄王、共王的神庙中告祭之后才来到郑国。假如现在在郊野外赐给他，那就是把贵君的恩惠抛弃在野草中了！这也是使敝国大夫不能列入诸卿的行列里了！不仅如此，又让我大夫公子围欺骗了他的先君，将不能再做寡君的大臣，恐怕也无法回去了。希望大夫您考虑一下。"子羽说："小国没有罪过，依赖大国而没有戒备才是它的罪过。本打算依赖大国的力量安定自己，却恐怕大国包藏祸心来打小国的主意！怕的是小国失去依赖而使诸侯有了戒惧之心，使它们无不怨恨大国，违抗君命，而君命将因此受到阻碍不能通行！不然的话，敝国只是贵国的宾馆仆人之类，哪里敢吝惜公孙段家的宗庙呢？"伍举知道郑国有了防备，请求倒挂弓袋进城，郑国同意了。

正月十五日，公子围进入郑都，迎娶之后出城。接着在虢地与叔孙豹等会见，这是为了重温宋国盟会的友好。

祁午对赵文子说："宋国会盟时，楚国人从晋国那里抢先歃血而很得意。现在令尹不守信用，这是诸侯所知道的。您如果不戒备，恐怕又和在宋国盟会那样。子木的信誉为诸侯所称道，尚且还欺骗晋国且驾凌其上，何况是最不守信用的人呢？如果楚人再次从晋国那儿占到上风，那是晋国的耻辱。您辅佐晋国作为盟主，到现在七年了，两次会合诸侯，三次聚集大夫，征服齐国和狄人，使华夏东部安宁，使秦国造成的动乱平息，在淳于修筑城墙，军队不疲惫，国家不穷乏，老百姓没有怨言，诸侯不生怨恨，上天没有降下大灾，这都是您的功劳！已经有了美好的名声，却要以耻辱结束它，我为您担心害怕的就是这个，您不能不警惕！"赵文子说："我领受您的好意了。然而在宋国的盟会，子木有害人之心，我有爱人之意，这是楚国所以凌驾于晋国之上的原因。现在我还是这样的心，楚国再干不守信用的事，也不是它所能伤害的了。我将以信义为根本，并遵循这条道路前进。就像农夫，只要勤于除草培土，即使发生一时的灾荒，也必获丰收的年成。而且我听说：'能守信义就不会居人之下。'只是我还未能做到。《诗》上说：'不弄假不为害，很少不能做典范。'这就是坚守信义的缘故。能够做别人典范的，就不会被别人压在下面了。我难在不能做到这一点，楚国不是我所担心的。"

楚国令尹公子围请求用牲，只是宣读一下过去宋国盟会时的盟书，把它放到牺牲上就完事。晋国人答应了这个请求。三月二十五日，晋、楚结盟，楚公子围设置国君的仪仗服饰，安排两个卫兵侍立。叔孙豹说："楚公子很威风，像个国君啊！"郑国的子皮说："两个持戈的卫兵站到前面了！"蔡国的子家说："楚君的蒲宫有一对持戈的卫兵侍立在前，不也可以吗？"楚国的伯州犁说："这些都是这次来的时候，向我们国君请准而借来的。"郑国的行人子羽说："借了不会还了。"伯州犁说："您暂且去担心你们子皙想要违背君命，放荡作乱吧！"子羽说："公子弃疾还在，借而不还，您难道没有忧虑吗？"齐国的国子说："我替公子围、伯州犁感到忧虑！"陈国的公子招说："不忧虑哪能成功？这两位可高兴啦。"卫国的齐子说："假如有人预先知道，虽然有忧虑又有什么害处？"宋国的合左师说："大国发令，小国服从。我知道服从就是了。"晋国的乐王鲋说：《诗·小旻》的最后一章很好，我服从它的意思。"

盟会退下，子羽对子皮说："叔孙豹言辞恰切而委婉，宋国左师言语简明而合于礼仪，乐王鲋的话慈爱而恭谨，您与子家的话持平公正，都是可以世代保持爵位的大夫。齐国、卫国和陈国的大夫恐怕不能免除祸难了吧！国子替人忧虑，子招喜欢忧虑，齐子虽然忧虑但不当做危害。凡忧虑没有到达自身而替人忧虑，以及应该忧虑反而高兴，和虽然忧虑而不当做危害，都是招致忧虑的途径，忧虑一定落到他们身上。《大誓》说：'百姓所要求的，上天一定听从他。'三位大夫开启了忧虑的征兆，忧虑能不到达吗？凭言语可以了解事情的结果，大概说的就是这种情况。"

鲁国的季武子攻打莒国，占取了郓地，莒国人向盟会控告。楚国对晋国说："重温旧盟的会还没结束，而鲁国就进攻莒国，亵渎了神圣的盟约，请求杀了它的使者。"乐王鲋辅佐赵孟，想要向叔孙豹索取财货，便替叔孙豹向赵文子说情。派人向叔孙豹要他的衣带，叔孙豹不给。梁其跅说："财货是用来保护身体的，您为什么对它这样吝惜呢？"叔孙豹说："诸侯的会盟，是为了保卫国家的。我用财货来免除祸难，鲁国就必定遭到进攻，这是为它带来祸患，还有什么可保卫的？人之所以在房子周围修墙壁，是用来遮挡坏人的。墙壁出现裂缝坍坏了，是谁的过错呢？保卫反而使它受祸害，我的过错又超过了这个。虽然埋怨季武子，但鲁国有什么罪？叔孙出使在外，季孙居内守国，一向就是这样，我又怨谁？不过乐王鲋喜欢财物，不给他，不会罢休。"于是召见使者，撕下一条做裙子的帛给他，说："衣带恐怕太窄小了。"

赵孟听到这事，说："面对患难而不忘国家，这是忠；想到危难而不避离职守，这是信；为国家打算而舍生忘死，这是贞；谋事能坚守以上三条，这是义。有了这四点，难道可以杀戮吗？"就向楚国替他请求说："鲁国虽然有罪，它的朝臣不避祸难，慑于贵国的威严而恭敬地听奉命令了。您如果赦免他，就可以劝勉您的左右。如果您的官吏们在朝廷内不躲避烦劳，出使在外不逃避祸难。那还有什么祸患？祸患之所以产生，就是从有烦劳而不治事，有祸难而不坚守职责而来的。能做到这两方面，那又担心什么呢？不安抚能做到的人，那谁还会跟从他？叔孙豹可说是能做到的人了，请求赦免他以安抚能做到的人。您参加盟会而赦免有罪的人，又奖赏那些贤能的人，诸侯谁不心悦诚服地向往楚国并归顺它，把遥远看成近在眼前呢？边境上的城邑，一时属这边，一时归那边，哪有什么经常不变？三王五伯施行政令时，划定疆界，并设置边境管理机构，竖起标志，制定章程法令，逾犯法令就有惩罚，还不能统一。在这种情况下，虞舜时代有三苗，夏禹时代有观氏扈氏，商代有姺氏邳氏，周代有徐国奄国。自从没有圣明的君主，诸侯竞相扩张，交替主持结盟，难道又能够统一不变吗？担忧大的祸乱而不计较小的过错，足以做盟主，又哪里用得着管这些？边境被侵削，哪国没有？主持结盟的，谁能治理得了？吴国、百濮两国有隙可乘，楚国的执事难道还顾忌盟约？莒国边境上的事，楚国不要过问，诸侯没有烦劳，不也很好吗？莒、鲁两国争夺郓地，日子很久了，如果对它们的国家没有大的害处，可以不要去庇护。免除烦劳，赦免好人，没有不竞相勉力的。您还是考虑一下这件事！"由于赵孟坚定地向楚国请求，楚国人答应了，就赦免了叔孙豹。

令尹设宴招待赵孟，吟诵《大明》诗的第一章，赵孟吟诵《小宛》诗的第二章。宴会完了之后，赵孟对叔向说："令尹自以为是王了，怎么样？"叔向回答说："楚王弱，令尹强，大概可以成功吧！虽然可以成功，但不会善终。"赵孟问："什么原因？"叔向回答说："用强大制服弱小并对此心安理得，这种强就是不义。不合道义而强大，它的败亡必然很快。《诗》上说：'显赫的西周，褒姒灭亡了它。'就是因为它强大而不合道义。令尹做了国王，必定会谋求诸侯的支持。晋国渐渐衰弱了，诸侯都会去归顺他。如果获得了诸侯的支持，它的暴虐会更加厉害，老百姓不能忍受，它将凭什么有好结果呢？凭强横夺取王位，不合道义而取胜，就一定会以此为正道。沿着荒淫暴虐的路走下去，不可长久的了！"

夏四月，赵孟、叔孙豹和曹国大夫进入郑国，郑简公准备同时设宴招待他们。子皮向赵孟通报宴享的日期，通报的礼节完成后，赵孟吟诵《瓠叶》这首诗。子皮接着通知叔孙豹，并且把赵孟吟诗的情况告诉了他。叔孙豹说："赵孟希望献酒一次的宴享，您还是听从他。"子皮说："我敢吗？"叔孙豹说："是那个人的愿望，又有什么不敢的？"等到宴享，在东房准备了进酒五次的笾、豆等食具。赵孟辞谢，并私下跟子产说："我已经向上卿子皮请求过了。"于是改用一献的规格。赵孟做主客，享礼完毕就宴饮。穆叔吟诵《鹊巢》一诗，赵孟说："我不敢当。"又吟诵《采蘩》，并说："小国就像蘩，大国节省爱惜地使用它。不管什么命令都会服从。"子皮吟了《野有死麕》的末章，赵孟吟了《常棣》，并说："我们像兄弟一样亲密而安好，可以使长毛狗不叫。"叔孙豹、子皮、以及曹国大夫站起来，行拜礼，举起酒杯说："我们小国靠着您，知道可免除罪过了。"都喝酒喝得很高兴。赵孟走出来说："我不会再这样喝酒了。"

周天子派刘定公到颍地慰劳赵孟，让他住在洛水边上。刘定公说："禹的功绩真美好！光明的德行流播广远。要是没有禹，我们大概喂鱼了吧！我和您戴着礼帽，穿着礼服，来治理百姓。与诸侯交往，靠的是禹的力量。您何不也远继禹的功勋而庇护广大的老百姓呢？"赵孟回答说："我老头子只害怕犯下罪过，哪能担忧长远的事情？我们这类人苟且度日，早晨不替晚上打算，哪能考虑长远的事呢？"刘定公回去，把这些报告给周天子，说："俗话所谓老了会明智些，可是昏乱又到了他身上，说的是赵孟这类人吧！作为晋国的正卿来主管诸侯事务，却等同于一般仆隶，早晨不替晚上打算，这等于抛弃了神灵和百姓，神灵发怒，百姓叛离，靠什么能长久？赵孟不能再过年了。神灵发怒，不享用他的祭祀；百姓叛离，不替他从事工作。祭祀和工作都不能进行，又怎么能过得了年？"

叔孙豹会盟归国，曾夭为季孙驾车去慰劳他。从早晨等到中午，叔孙豹不出来。曾夭对曾阜说："从早等到中午，我们知道自己的罪过了。鲁国以互相忍让治理国家，在国外能忍在国内不能忍，那又有什么用呢？"曾阜说："叔孙几个月在外辛劳，你们在这里等一个早晨，有什么妨碍呢？商人如果想赚钱，难道还厌恶喧闹吗？"曾阜对叔孙豹说："可以出去了。"叔孙豹指着堂上的大柱子说："即使讨厌这个，难道可以去掉吗？"就出去接见他们。

郑国徐吾犯的妹妹很美丽，子南已经下了聘礼，子晰又派人硬是给她送去彩礼。徐吾犯很害怕，报告子产。子产说："这是国家政令混乱，不是您的忧患，只要她愿意嫁给谁就把她嫁给谁。"徐吾犯向两位请求，让女儿在两人中选择，都答应了。子晰装扮华丽进去，陈放好聘礼然后出来。子南穿着战袍进去，左右开弓，一跃登车而出。姑娘从偏房里观看他们，说："子晰确实漂亮，不过子南像个男子汉。丈夫要像个男人，妻子要像个女人，这就是所谓顺。"就嫁给了子南。子晰恼怒，不久他就把铠甲穿在里面去见子南，想杀死他而强娶他的妻子。子南知道了，拿起戈追赶子晰，追到十字路口，用戈击打他，子晰负伤而归，告诉大夫们说："我好意去见他，不料他有别的想法，所以被他打伤。"

大夫们都商议这件事。子产说："理由相等，年轻低贱的有罪，所以罪在子南。"于是逮捕子南而一一列举他的罪过，说："国家的大节有五条，你都违犯了。敬畏国家的威严，听从国家的政令，尊重贵人，事奉长辈，恭养亲属，这五条是用来治理国家的根本。如今君主处在国都，你却在此动用兵器，是不敬畏威严。触犯国家的法纪，是不听从政令。子晳为上大夫，你是下大夫，却不谦让他，是不尊重贵人。年纪小却不恭敬，是不事奉长辈。用兵器追杀堂兄，是不恭养亲属。国君说了：'我不忍杀你，赦免你把你流放到远方。'尽你的力量，赶快走吧！不要加重你的罪过！"五月初二日，郑国流放子南到吴国。将要让子南动身时，子产向太叔征求意见。太叔说："我连自身都不能保护，哪能保护宗族呢？他的事是属于国政，不是私家的祸难。你替郑国打算，有好处就实行它，又疑虑什么呢？周公杀管叔，流放蔡叔，难道他不爱这两个兄弟？是为了王室的缘故啊！我如果犯法获罪，您也将实行惩罚，对我们游家人又有什么顾虑的呢？"

秦景公的弟弟鍼得到桓公的宠信，在景公即位时和景公如同两君并列。他的母亲说："如果不离开秦国，恐怕会被放逐。"五月二十五日，鍼前往晋国，他带去的车有一千辆。《春秋》记载说："秦景公的弟弟鍼逃亡到晋国。"是归罪秦景公。

鍼宴享晋平公，在黄河上并舟为桥，每隔十里停放一些车辆，从雍城一直到绛城。回去取酬酒的礼物，到结束宴享时往返了八次。司马侯询问鍼说："您的车子全部在这里了吗？"鍼回答说："这可说很多了！如果能少于这些，我怎么会见到您呢？"司马侯把这些话报告给晋平公，并且说："秦公子必然返回秦国。我听说君子能知道自己的过错，一定会有好的打算。好的打算，是上天愿意帮助的。"

秦后子进见赵孟。赵孟说："您什么时候回国？"后子回答说："我害怕被国君放逐，因此留在这里，将等待继位的国君。"赵孟问："秦君怎么样？"回答说："没有道义。"赵孟说："会亡国吗？"回答说："怎么会亡国呢？一代君主无道，国家的命脉没有断绝。国家建立在天地之间，必然有辅助它建立的人。不是连续几代君主荒淫，是不会灭亡的。"赵孟问："国君会短命吗？"回答说："会的。"赵孟又问："大约多长时间？"回答说："我听说，国家无道却粮食丰收，是上天在帮助它。少则不过五年。"赵孟一边看着太阳的影子，一边说："早晨到不了晚上，谁能等待五年？"后子出来，告诉别人说："赵孟快要死了，主持百姓的大事，既轻抛时光又急不可待，还能活多久呢？"

郑国因为游楚作乱的缘故，六月初九，郑简公和他的大夫们在公孙段家举行盟誓，罕虎、子产、公孙段、印段、游吉、驷带等人也在闺门外私下结盟，实际上在薰隧。公孙黑硬参加了结盟，让太史写上他的名字，而且同其他六人并称"七子"。子产没有声讨他。

晋国的荀吴在太原打败了无终和各部狄人，这是因为他重视步兵的缘故。战斗开始前，魏舒说："对方是步兵我们是战车，两军相遇的地方又狭窄险要，只要用十人对付一辆车，我们就必定被打败。假如被敌人围困在险要地方，我们又会被战胜。请全部改成步兵，从我开始。"于是丢弃战车改成步兵行列，五辆战车改编成三伍。荀吴的宠臣不肯编人步兵，就将他斩了来示众。编成五种战阵来互相配合，两阵在前，伍阵在后，专阵作为右翼，参阵作为左翼，偏阵作为前锋，以诱惑敌人。狄族人讥笑他们。没等狄族部队摆好战阵就逼近进攻，大胜他们。

莒国的展舆即位后，取消了很多公子的俸禄。公子们到齐国去请去疾。这年秋天，齐国的公子鉏把去疾送回莒国，展舆逃亡到吴国。

鲁国的叔弓领兵划定郓地的田界，是趁莒国发生动乱时进行的。在这时莒国的务娄、瞀胡和公子灭明率领大庬和常仪靡逃亡到齐国，君子说："莒国展舆不能立为君主，是丢掉了人才的缘故啊！人才可以丢掉的吗？《诗》上说：'要强大只有得贤人。'说得好啊！"

晋平公有病，郑简公派子产到晋国去聘问，并且探问病情。叔向询问子产说："寡君的病加重，卜人说：'是实沈、台骀在降祸。'史官不知道他们，请问这是什么神？"子产回答说："从前帝高辛有两个儿子，长子叫阏伯，小儿子叫实沈，住在旷林，互不认为对方有才能，每天动用武器互相攻打。帝尧认为他们不好，把阏伯迁到商丘，主管用辰星定时节。商朝人沿袭下来，所以辰星又叫商星。把实沈迁到大夏，主管用参星定时节，唐国人沿袭下来，以归服事奉夏、商两朝，它的末代君主叫唐叔虞。正当武王夫人邑姜怀着太叔时，梦见天帝对自己说：'我给你的儿子取名叫虞，将赐封给他唐国，把他托给参星，而蕃殖养育他的子孙。'到生下来，在他手掌里有纹路像'虞'字，就用来替他取名字，等到成王灭了唐国，就封给了太叔，所以参星是晋国的星宿。由此看来，则实沈就是参星之神了。从前金天氏有后代叫昧，做水官的长官，生了允格、台骀。台骀能继承父亲的官业，疏通汾水洮水，为大泽修筑堤防，因而居住在广大的高原平地。帝颛顼因此嘉奖他，把他封在汾川，沈国、姒国、蓐国和黄国奉守着他的祭祀。现在晋国主宰了汾水一带而灭掉了这些国家。由此看来，则台骀就是汾水之神了。但这两位神与贵君的身体无关。山川之神，有时降下水旱瘟疫的灾祸，于是就祭祀他来除灾求福；日月星辰之神，有时降下霜雪风雨失常的灾祸，于是就祭祀他来除灾求福。至于国君的身体好坏，则是属于起居、饮食、哀乐的事，山川星辰之神又能怎样呢？我听说，君子有四段时间：早晨用来处理政事，白天用来咨询访问，晚上用来研究政令，夜里用来安养身体。在这时可以调节宣通体气，不要让它有闭塞不通的地方，致使自己身体衰弱，造成精神不爽朗，而使百事昏乱。现在恐怕是体气凝滞在一处，就生病了。我又听说，姬妾不能娶同姓，否则他的子孙不能兴旺。美女集于一人，也会使他生病，君子因此讨厌这个。所以古书记载说：'买姬妾不知道她的姓，就占卜一下。'违背这两条，是古人很慎重的事。男女婚嫁要辨别姓氏，这是重要的礼仪。现在国君宫内姬妾有四个同姓姬的，恐怕这个就是病因吧！如果由于这两条，病就必能治了。四个姬姓女子有节制还可以，不能的话就必定生病了。"叔向说："说得好啊！我没有听说过这些，这些都是对的。"

叔向出来，行人子羽送他。叔向询问郑国的政事，并且问到子晳。子羽回答说："他还能活多久？没有礼仪而又喜欢陵驾他人之上，依仗富有而轻视他的上级，不能长久了。"

晋平公听到子产的话，说："是个通晓事物道理的君子啊！"重重地送给他财礼。

晋平公向秦国求医，秦景公派医和去看病，医和说："病无法治了，这是叫做：亲近女人，得病像蛊症。不是由于鬼神，不是由于饮食，是因为惑乱而丧失意志。良臣将要死去，天命不能保佑。"晋平公问："女人不可亲近吗？"医和回答说："要节制。先王的音乐，是用来节制百事的，所以有五声的节奏，快和慢，开头和结尾互相顾及，声音中和然后降下来。五声降下停止之后，不应当再弹了。在这时再弹则有烦琐的手法和靡靡之音，使人心壅蔽，听觉阻塞，就会忘记了平正和谐，因此君子是不听的。事情也像音乐一样，一到烦琐，就得放手，不要因此得病。君子接近琴瑟，是用来调适礼节的，不是用来使心壅蔽的。天有六种气候，降到地上产生五种口味，生发出五种颜色，表现为五种声音，过度了就产生六种疾病。所谓六气，是指阴、阳、风、雨、晦、明。划分为四段时间，排次为五声的节奏。六气过度就成灾祸，阴过度生寒病，阳过度生热病，风过度手脚生病，雨过度肠胃生病，昏暗过度生惑乱病，光明过度精神生病。女人，是属于阳性之事而时间在晚上，过度了就会产生内热惑乱的疾病。现在您不加节制不守时间，能不达到这种地步吗？"

医和出来，告诉赵孟晋平公的病情。赵孟问："良臣对谁而言？"医和回答说："指的是您。您辅佐晋国，到现在八年了，晋国没有动乱，诸侯朝聘没有缺失，可说是良臣了。我听说，国家的大臣，以君王的宠信爵禄为荣，以国家的大节为重任，如果有灾祸发生而不改变自己的做法，必定受到它的祸害。如今国君由于没有节制而生病，将不能再为国家图谋考虑，什么灾祸比这个更大呢？您不能加以制止，所以我才这样说。"赵孟问："什么叫做蛊？"医和回答说："蛊是过度沉迷和惑乱所产生的根源。在文字上，皿上有虫叫做蛊。谷物中的飞虫也叫做蛊。在《周易》中，女人迷惑男人，大风吹落山木叫做蛊䷑。这都是属于同类。"赵孟说："是个好医生啊！"重重地赠送给他礼物，送他回国。

楚国的公子围派公子黑肱、伯州犁修筑犨、栎、郏等城，郑国人害怕。子产说："没有妨害。是令尹打算干大事而先要除掉两位。灾祸不会连及郑国，担心什么呢？"

冬天，楚国的公子围要到郑国聘问，伍举担任副使。没有走出国境，听说楚王有病就返回来，伍举就到郑国聘问。十一月初四日，公子围到达，进宫探问楚王的病情，把楚王勒死了，随即又杀掉他的两个儿子幕和平夏。右尹子干逃亡到晋国，宫厩尹子晳逃亡到郑国。公子围把太宰伯州犁杀死在郏地。把楚王埋葬在郏地，称他为郏敖。派使者到郑国报丧，伍举向使者问关于继承人的措辞，使者回答说："你就称'寡大夫围'。"伍举更改说："共王的儿子围是老大。"

子干逃亡到晋国，带着兵车五辆。叔向让他与秦公子铖享受相同食禄，都是一百人的口粮。赵孟说："秦公子富有。"叔向说："取得食禄要靠德行，德行相等根据年龄，年龄相同时考虑地位。公子的食禄按照他的国家来定，没听说按照富有来定。况且带着千辆兵车离开他的国家，强暴也太过分了。《诗》上说：'不欺侮鳏夫寡妇，不害怕强暴。'秦、楚两国是匹敌的国家。"于是让铖与子干并列。铖辞谢说："我害怕被放逐，楚公子不得信任，因此都来到晋国，也就唯命是听吧！不过朝臣与旅居的客人并列，恐怕不可以吧？史佚有话说：'不敬重客人，还敬重谁呢？'"楚灵王即位，蒍罢做令尹，蒍启强做太宰。郑国的游吉前往楚国参加郏敖的葬礼，并且聘问新立的国君。回国，对子产说："准备好行装吧！楚王骄傲奢侈而又自我欣赏他的作为，必然要会合诸侯，我们不用几天就要去了。"子产说："没有几年是不能办到的。"

十二月，晋国已经举行了烝祭。赵孟去到南阳，准备祭祀孟子余。初一日，在温地家庙举行烝祭，初七死去。郑简公前往晋国吊唁，到达雍地就返回了。

昭公二年

鲁昭公二年春天，晋平公派韩起前来鲁国聘问。夏天，叔弓到晋国去。秋天，郑国杀了它的大夫子皙。冬天，昭公前往晋国，到达黄河边就返回来了。季孙宿前往晋国。

〇昭公二年春天，晋平公派韩宣子来鲁国聘问，并且通告他掌握了国政，因此而来进见，是合乎礼的。韩宣子在太史那里参观藏书，看到了《易》、《象》和《鲁春秋》，说："周礼都在鲁国了，我今天才知道周公的盛德以及周朝之所以称王天下的原因了。"鲁昭公宴享他，席间季武子吟《绵》诗的末章，韩宣子吟《角弓》。季武子叩拜，说："谨拜谢您光临敝邑，我们国君有希望了。"又吟了《节南山》的末章。宴享结束，又在季武子家里宴饮，在那里有一棵好树，韩宣子赞美它。季武子就说："我怎敢不培植好这棵树，来表示不忘记您赋《角弓》。"于是吟了《甘棠》诗。韩宣子说："我担当不起，没法赶得上召公。"

韩宣子不久到齐国去奉献订婚彩礼。进见子雅，子雅召来了儿子子旗，让他拜见韩宣子。宣子说："不是保有家族的大夫，不像个臣子。"韩宣子进见子尾，子尾让儿子子强来拜见，韩宣子说他像子旗一样。大夫大多讥笑他，只有晏子认为他讲的对，说："韩宣子是个君子。君子有诚信，他的见解是有根据的。"韩宣子又从齐国到卫国去聘问。卫襄公宴享他，北宫文子吟《淇澳》一诗，宣子吟了《木瓜》一诗。

夏四月，韩须到齐国迎接齐女。齐国的陈无宇送少姜，把她送到晋国。少姜受到晋平公的宠爱，晋平公称她为少齐。认为陈无宇不是卿，在中都把他拘捕起来。少姜替他请求说："送亲的人地位应依从于迎亲的人，只是因为害怕大国，才有所改变，因此发生混乱。"

叔弓到晋国聘问，是对韩宣子来访的回报。晋平公派使臣到郊外慰劳，他辞谢说："寡君派我来继续发展过去的友好关系，坚持说：'你不能作为宾客！'只要把君命禀报给执事，敝邑就大为光彩了，岂敢烦劳郊使！"让他到宾馆去住，又辞谢说："寡君命令下臣前来继续过去的友好关系，友好结合，使命完成，就是我的福分，岂敢烦劳大宾馆！"叔向说："叔弓懂得礼啊！我听说：'忠信，是礼的载体；卑让，是礼的主体。'言辞不忘国家，这是忠信；先国后己，这是卑让。《诗》上说：'严肃慎重你的威仪，以亲近有德君子。'他老人家接近有德了。"

秋天，郑国子晳打算发动叛乱，想要除掉游氏而取代他的地位，但伤痛发作而未能实现。驷氏和大夫们想要杀了他。子产正在边境城邑，听说了此事，害怕赶不上，就乘驿车赶到，派官史历数子晳的罪状，说："伯有那次叛乱，因为正与大国有事，没有讨伐你。你有叛乱之心，没有满足，国家不能容忍你。专权而攻打伯有，是你的第一条罪状；兄弟争夺妻室，是你的第二条罪状；薰隧之盟时，你假托君位，是你的第三条罪状。有三条死罪，怎么能容忍你？不快点去死，死刑将落到你的头上。"子晳拜了两拜，磕头推脱说："我的死就在早晚之间，不要帮着上天来惩处我了。"子产说："人谁不死？恶人不得善终，这是天命。做了恶事，就是恶人，不帮助天，难道帮助恶人吗？"子晳请求让他儿子印做市官，子产说："印如果有才能，君王将任用他；没有才能，早晚将步你的后尘。你不担心自己的罪过，却又请求什么？不赶快去死，刑法官将要到来。"七月初一日，子晳自缢。暴尸在周氏的大路上示众，尸体上放有写着罪状的木牌。

晋平公的爱妾少姜死了。昭公到晋国去，走到黄河边，晋平公派士文伯来辞谢，说："不是正式配偶，请您不必屈驾了！"昭公返回，季孙宿就到晋国去送丧服。

叔向对晋平公谈到陈无宇说："他有什么罪？您派公族大夫去迎亲，齐国派上大夫送亲，还说不恭敬，您的要求也太过分了。我国倒是不恭，却抓了他们的使者。您的刑罚太偏，靠什么做盟主？况且少姜还替陈无宇说过话。"冬十月，陈无宇被释放回国。

十一月，郑国的印段前往晋国吊唁。

昭公三年

鲁昭公三年春天，周历正月初九，滕成公死了。夏天，叔弓去到滕国。五月，为滕成公举行葬礼。秋天，小邾穆公来鲁国朝聘。八月，举行求雨大祭。冬天，下大冰雹。燕简公款逃亡到晋国。

○鲁昭公三年春天，周历正月，郑国的游吉到晋国去，为少姜送葬。晋大夫梁丙和张趄接见他。梁丙说："过礼了！您为这件事而来。"游吉说："我能不来吗？过去文公、襄公做霸主时，他们的事务不烦劳诸侯。命令诸侯三年聘问一次，五年朝觐一次，有事才会见，不和睦才盟誓。君王死去，大夫吊丧，卿参与丧事。夫人死了，士吊丧，大夫送葬。只要足以表明礼仪，发布命令，商量补救缺失就行了，没有多余的命令。现在宠姬的丧事，不敢选择适当职位的人来参加丧礼，因而礼数超过正夫人。惟恐得罪贵国，哪里还敢怕烦劳？少姜得宠而死，齐国必定另嫁女子来做继室，今年我又将前来祝贺，不只是这一趟啊。"张趄说："好啊，我能听到这样的礼数！但从现在起，您将没事了。就好像大火星，它居于天空正中，寒气暑气就消退。这次就是他的顶峰，能不消退吗？晋国将失去诸侯，诸侯想自找麻烦还得不到呢。"两位大夫退出，游吉告诉别人说："张趄有真知灼见，大概还在君子的行列里吧！"

正月初九日，滕成公死了。因为是鲁国的盟国，所以《春秋》记载他的名字。

齐景公派晏婴向晋国请求嫁女子去做继室。说："寡君派遣我来时说：'寡人愿意事奉君主，早晚都不倦怠，想要奉献财礼，以按时朝聘，只是国家多难，因此未能得到机会。敝先君的嫡女，在君主内宫充数，照亮了寡人的希望，却又没有福分，过早地死去，寡人失去了希望。君主如果不忘记先君的友好，加恩顾念齐国，屈尊收容寡人，为寡人向大公、丁公求福，光辉照临敝邑，安抚我们的国家，那么还有先君的嫡女及留下的姑姐妹若干人。君主如果不嫌弃敝邑，而派使者慎重地加以选择，以充姬妾，实在是寡人的愿望。'"韩宣子派叔向回答说："这正是寡君的愿望。寡君不能单独承担国家大事，又没有正夫人。由于在服丧期间，所以没敢请婚。贵君有命令，没有比这更大的恩惠了。如果加恩顾念敝邑，安抚晋国，赐给晋国内主，岂止是寡君，连所有臣下都将受到恩赐。也许从先祖唐叔以下的人都会尊崇赞许他。"

已经订婚之后，晏子接受晋国宴享，叔向陪他饮宴，互相谈话。叔向问："齐国怎么样？"晏子说："现在是末世，我难说齐国不会成为陈氏的了。国君抛弃他的人民，而迫使他们归向陈氏。齐国过去有豆、区、釜、钟四种量器，四升为一豆，豆和区各自进四，而达到釜，十釜就是一钟。陈氏的豆、区、釜三种量器，都比齐国量器增大一成，钟的容量就大了。陈氏用私家量器借出，而用公家量器收进。山上的木材运往市场，价格不比在山上高；鱼盐蜃蛤运往市场，价格不比在海边贵。假如老百姓把力气分为三份，有两份交给了国君，只有一份维持衣食。国君聚敛的财货腐烂虫蛀，而三老却挨冻受饿。国内的各个市场，鞋子便宜假腿昂贵。百姓有痛苦疾病，只要有人去抚慰他们。他们就像爱父母一样爱他，像流水一样归附他，想要不得到百姓拥护，又哪里能躲避？箕伯、直柄、虞遂、伯戏等陈氏的祖先，以及他们的后代胡公、大姬，都已在齐国了。"

叔向说："是这样。即使是我们公室，现在也是末世了。国君的战马已不驾车，卿已不率领军队，公室的车乘左右没有好的人才，军队没有好的长官。百姓疲困，宫室却更加奢侈。道路上饿死的人触目皆是，而宠姬的家里更加富裕。老百姓听到国君的命令，就像躲避强盗仇敌。栾、郤、胥、原、狐、续、庆、伯等八家旧臣子孙已沦为低贱仆隶，政权落在私家，老百姓无所依靠。国君天天不思悔改，以欢乐掩盖忧患。公室的卑微衰落，还有多少日子呢？谗鼎的铭文说：'每天清晨起来，功绩就会伟大显赫，后代却还懒得去做。'何况天天不思悔改，难道能长久吗？"

晏子说："您怎么办？"叔向说："晋国的公族完了。我听说，公室将要衰落，它的宗族像树的枝叶一样首先凋零，公室就跟着凋零了。我的宗族有十一族，唯有羊舌氏还在。我又没有好儿子，公室又没有法度，得到善终就是幸运，难道还能获得祭祀吗？"

起初，齐景公要更新晏子的住宅，说："您的住房靠近市场，低湿狭小，喧闹多尘，不可用来居住，请您换到高爽干燥的房子里去。"晏子辞谢说："君王的先臣住在这里，我还不足以继承他们，住在这里对我来说已算奢侈了。而且小臣靠近市场，早晚可以得到所要的东西，这是小臣的便利，岂敢麻烦里旅？"景公笑着说："您靠近市场，知道价格高低吗？"晏子回答说："既然以它为利，岂能不知道？"景公问："什么贵什么便宜？"当时景公滥用刑罚，市场有出卖假腿的，所以回答说："假腿贵鞋子便宜。"晏子已经告诉景公，所以和叔向谈话时称引此事。景公因此减省刑罚。君子说："仁人的话，它的利益多么广博啊！晏子一句话而齐景公减省刑罚。《诗》上说：'君子如果喜悦，祸乱可能很快平息。'说的就是这种情况吧？"

等到晏子前往晋国，景公便更新他的住宅。他回国时，已经完成了。晏子拜谢以后，就拆毁了它，重新修建邻居的房屋，都像原来的一样，随即让原来的住户返回来住，说："俗话讲：'不选择房子，只选择邻居。'这几位已先占卜选择过邻居了。违背占卜不吉利。君子不触犯非礼的事，小人不触犯不吉利的事，这是古代的制度。我敢违背它吗？"终于恢复他的旧宅。起初景公不允许，晏子托陈桓子去请求，才准许了。

夏四月，郑简公前往晋国，公孙段担任相礼，非常恭敬而且谦卑，没有违背礼仪的地方。晋平公赞赏他，授给他策书，说："子丰对晋国有功劳，我听说了没有忘记。赐给你州县田土，以酬报你家过去的功勋。"公孙段拜了两拜磕头，接受了策书出来。君子说："礼仪，大约是人所急需的吧！公孙段这样骄傲，一旦在晋国讲究点礼仪，尚且蒙受它的福禄，何况始终讲求礼仪呢？《诗》上说：'人如果没有礼仪，为什么不赶快去死？'说的大概就是这个吧？"

起初，州县是栾豹的封邑。等到栾氏败亡，范宣子、赵文子、韩宣子都想要这块地方。赵文子说："温县是我的县。"两位宣子说："从郤称划分州县、温县以来，已经传了三家了。再说晋国把一县划分为二的不只是州县，谁还能得到以前的地域去治理？"赵文子感到内疚，就放弃了。两位宣子说："我们不能因为说话得理而把好处给自己。"就都放弃了。等到赵文子执政，他儿子赵获说："可以取得州地了。"赵文子说："退下！两位宣子的话，合乎道义。违背道义，就是祸患。我不能治理我的封邑，又哪里用得着州地？难道用来招灾祸？君子说：'不懂得道义是很艰危的。'懂得了却不照着去做，灾祸没有比这更大的了。有再说州地的一定处死！"

丰氏原来住在韩宣子家里，公孙段得到州地，是韩宣子替他请求的，这是为了他将来可以再次取得州地的缘故。

五月，叔弓前往滕国，参加滕成公的葬礼，子服椒做副使。到达郊外，碰上子服椒父亲懿伯的忌日，叔弓不肯进城。子服椒说："公事有公家的利益，没有私家的忌讳，请允许我先进去。"就先进城接受了宾馆的招待，叔弓跟着进了城。

晋国的韩宣子到齐国迎接齐女。公孙虿因为少姜在晋国受到宠幸的缘故，把自己的女儿换下齐景公的女儿，而把齐景公的女儿嫁给别的公子。有人对韩宣子说："公孙虿欺骗晋国，你们晋国为何接受？"宣子说："我想要得到齐国却疏远它的宠臣，宠臣能来吗？"

秋天七月，郑国子皮前往晋国，祝贺夫人，并且报告说："楚国人天天责问敝国，因为敝国没有去朝贺他们新立的国君。敝国如果前去朝贺，则害怕执事会说寡君本来就有外心；如果不去，则担心违背宋国盟约的规定。可说进退都是罪过。寡君派我陈述这个难处。"韩宣子派叔向回答说："贵君如果心存寡君，在楚国又有什么妨害？那是为了重修宋国的盟会。贵君如果想到盟约，寡君就知道免于罪过了。贵君如果心中没有寡君，即使从早到晚光临敝国，寡君还是有猜疑。贵君确实心存寡君，何必烦劳来告诉我们？君还是去楚国吧！如果心存寡君，在楚国就好像在晋国一样。"

张趯派人对游吉说："自从您回到郑国以来，我就打扫先人的旧房子，说：'您大概会来的！'现在实际来的是子皮，小人感到失望。"游吉说："我地位低下，不能前来，这是敬畏大国，尊敬夫人的缘故。而且张趯说过：'你将没事了。'我也许可以没事了吧！"

小邾穆公前来朝见，季武子打算用低一级的礼仪接待他，叔孙豹说："不可以。曹国、滕国和两个邾国，确实没忘记和我国的友好，恭敬地迎接他，还担心他们有二心，又降低一个和睦国家的地位，怎么能迎接其他友好国家呢？还是像过去一样并且更加恭敬！古书说：'能恭敬没有灾祸。'又说：'恭敬地迎接来宾，是上天降福的原因。'"季武子听从了他的意见。

八月，举行求雨大祭，是因为天旱的缘故。

齐景公在莒国打猎，卢蒲嫳来进见，边哭边请求说："我头发短得像这样了，我还能干什么？"景公说："好的。我告诉子尾、子雅两位。"回去就告诉了。子尾想要让他复职，子雅不赞成，说："他头发短但心计很长，也许要坐卧到我们的皮上了。"九月，子雅把卢蒲嫳放逐到北燕。

燕简公有很多宠爱的人，打算去掉大夫们而立他宠幸的人。冬天，燕国大夫联合起来杀了简公的宠臣。简公害怕了，逃亡到齐国。《春秋》记载说："北燕伯款出奔齐。"就是归罪于他。

十月，郑简公到楚国，子产辅助。楚灵王宴享他们，吟诵了《吉日》一诗。宴享结束，子产就准备打猎的用具，楚灵王与郑简公到江南的云梦去打猎。

齐国的子雅死了，司马灶见到晏子说："又失去了子雅了！"晏子说："可惜啊！子旗也不能免除灾祸，危险啊！姜家衰落了，而妫家将开始兴旺。惠公的两个后代都强劲高明还可以，现在又丧失了一个，姜家危险啊！"

昭公四年

鲁昭公四年春天，周王历正月，下大冰雹。夏天，楚灵王、蔡侯、陈侯、郑简公、许男、徐子、滕子、顿子、胡子、小邾子、宋太子佐、淮夷等在申地会盟。楚国人拘捕了徐子。秋天七月，楚灵王、蔡侯、陈侯、许男、顿子、胡子、沈子、淮夷攻打吴国，逮捕齐国的庆封，杀了他。接着灭亡了赖国。九月占领了鄟邑。冬十二月二十八日，叔孙豹死了。

○鲁昭公四年春天，周历正月，许男前往楚国，楚灵王留下他，接着留下郑简公，再次在江南打猎，许男参加了。

楚灵王派椒举前往晋国商请求得诸侯的拥护，郑、许两国君主在等待他。椒举传达楚灵王的命辞说："寡君派遣我来时说：过去君对敝国有恩惠，赐给在宋国结盟，说：'晋、楚的从属国，应互相朝见。'因为年来多难，寡人希望与几位国君重结旧好，寡君派我前来请求您得空听取这一要求。君如果没有来自四方边境的忧患，那么希望凭借您的恩宠来向诸侯请求。"晋平公打算不答应，司马侯说："不行。楚王正胡作妄为，上天也许是想使他的愿望得逞，以加重他的罪行而降给他惩罚，这是不可预料的。或许要让他得到善终，也是不可预料的。晋、楚两国只有靠天的帮助，不可互相争夺。您还是答应他，修明德政来等待他的结局。假如他归向德行，我们还将要事奉他，何况诸侯呢？假如他走向荒淫暴虐，楚国将抛弃他，我们又用得着和谁去争？"

晋平公说："晋国有三条可免于危险，还有什么可以相匹敌的？国家地势险要而多产马匹，齐、楚两国多祸难，有这三条，走向哪儿不成功？"司马侯回答说："依仗地势险要和马匹，而把邻国的祸难当成喜乐，是三条危险。四岳、三涂、阳城、大室、中南，都是九州中的险要之处，这些都不属于一国所有。冀州的北方，是产马的地方，却没有兴盛的国家。依仗险要和马匹，不可以建立巩固的国家，自古已是这样。因此先王致力于修明德行声誉来取悦神灵和人民，没听说他们致力于险要和马匹的。邻国的灾祸，不能感到高兴。有的祸难多而使国家得到巩固，开辟了疆土；有的没有祸难而灭亡了国家，丧失了疆土，怎么能幸灾乐祸？齐国有仲孙之难却得到桓公，至今齐国还依赖他的余荫。晋国有里克、丕郑之难却使得文公归国，因此成为盟主。卫国、邢国没有祸难，外敌也灭亡了它。所以别人的祸难，不能引以为乐。仗着这三条，却不修政事德行，挽救灭亡还来不及，又怎么能成功？您还是答应他！殷纣施行淫乱暴虐，文王仁惠宽和，殷朝因而衰落，周朝因此兴盛，难道在于争夺诸侯？"于是答应了楚国使者的请求，并派叔向回答说："寡君有国家大事，因而未能在春秋两季按时进见。至于诸侯，君王本就拥有他们，何必委屈赐命呢？"椒举随即又为楚王求婚，晋平公答应了。

楚灵王问子产说："晋国会允许诸侯归服我吗？"子产回答说："会允许君王的。晋君贪图小的安逸，志向不在诸侯。他的大夫们又有很多欲望，没有人匡助国君。在宋国盟会时又说过晋、楚两国友好如一，如果不允许您，又哪里用得着在宋国的盟约？"楚灵王说："诸侯将会来吗？"子产回答说："一定会来。遵从在宋国的盟约，取得您的欢心，不害怕晋国，为什么不来？不来的国家，大概是鲁、卫、曹、邾等国吧。曹国害怕宋国，邾国害怕鲁国，鲁国、卫国为齐国所逼迫而亲近晋国，因此不来。其余的国家，是您力所能及的，谁敢不到？"楚王说："那么我所要求的，没有不可以达到的了？"子产回答说："从别人那儿求得快意，不可能达到；和别人欲望相同，都能成功。"

鲁国下大冰雹，季武子问申丰说："冰雹可以防止吗？"申丰回答说："圣人在上，没有冰雹，即使有，不成灾。古时候，太阳在北陆的位置而藏冰，在西陆的位置早晨出现就取出冰来。藏冰的时候，深山穷谷，寒气凝固，就在那里凿取。取冰的时候，朝廷上有禄位的人，以及宴宾、用膳、丧事、祭典，就在那里取用。当收藏的时候，黑色的公羊、黑色的黍子，用来祭享司寒之神。当取用的时候，桃木的弓、荆棘的箭，用来禳除灾祸。收藏和取用都按一定的时节，吃肉而有禄位的人，都能分享冰。大夫及其妻子死了，擦洗身子都用冰。祭祀司寒之神而收藏冰，奉献羔羊祭品而打开冰室，国君最先使用冰。大火星出现而颁发完毕，从大夫及其妻子，以至于年老生病的人，没有不享受用冰的。山人凿取冰，县人运输冰，舆人交纳冰，隶人收藏冰。冰因风寒而坚实，同时因风暖而取用。它的收藏周密，它的使用普遍，那就冬天没有过分的温暖，夏天没有伏藏的阴寒，春天没有凄风，秋天没有苦雨，雷鸣不伤人，霜雹不成灾，瘟疫不流行，百姓不夭折。现在收藏着山川河池的冰，抛弃而不使用，风不扬而草木凋零，雷不鸣而伤人，冰雹成灾，谁能防止？《七月》这首诗的末章，就是藏冰的道理。"

夏天，诸侯去到楚国会盟，鲁、卫、曹、邾四国没有参加。曹国、邾国以国内有祸难推辞，鲁昭公用当时正有祭祀推辞，卫襄公用有病来拒绝。郑简公先在申地等待。六月十六日，楚灵王在申地会合诸侯。椒举对楚王说："我听说诸侯不归服别的，而只归服于礼。现在您刚得到诸侯，对礼要谨慎啊！霸业的成功与否，全在这次会合了。夏启有钧台的宴享，商汤有景亳的命令，周武王有孟津的盟誓，周成王有岐阳的阅兵，周康王有酆宫的朝觐，周穆王有涂山的会盟，齐桓公有召陵的陈兵，晋文公有践土的盟约，您大概采用哪一种？宋国的向戌、郑国的子产在这里，他们是诸侯中的优秀人物，您可加以选择。"楚王说："我采用齐桓公的方式。"

楚灵王派人向向戌和子产询问礼仪，向戌说："小国学习礼仪，大国使用礼仪，岂敢不进献我所听到的？"就呈献公侯会合诸侯的六种礼仪。子产说："小国供奉职守，岂敢不效忠尽职？"于是进献伯、子、男会见公侯的六种礼仪。君子认为向戌善于保持前代的礼仪，子产善于辅佐小国。当时楚王派椒举侍从在身后，以便规正错误。到事情结束，椒举没有什么规正。楚王问他原因，他回答说："礼仪，我未曾见到过的就是这六种，又怎么能纠正？"

宋国的太子佐晚到，楚王在武城打猎，很久没有接见。椒举请求向他加以解释，楚王就派人前去说："在武城正好有宗庙祭祀的事，寡君将要输送财礼，谨就不能及时接见向您致歉！"

徐子，是吴女所生的，楚王认为他有二心，所以在申地逮捕了他。

楚灵王在诸侯面前表现出骄纵，椒举说："那六王二公的事迹，都是用以向诸侯显示礼仪的，也是诸侯听从命令的原因。夏桀举行仍地的会见，缗国背叛了他。商纣举行黎丘的田猎，东夷背叛了他。周幽王举行大室的盟会，戎狄背叛了他。这都是在诸侯面前表现出骄纵的缘故，也就是诸侯背弃命令的原因。现在您太骄纵了，恐怕难以成功吧！"楚王不听。

子产见到向戌说："我不担心楚国了，骄纵而拒谏，过不了十年。"向戌说："是这样。骄纵不到十年，他的罪恶还不远，罪恶远扬然后被抛弃。美好的德行也像这样，德行远扬然后兴盛。"

秋七月，楚灵王率领诸侯攻打吴国。宋太子和郑简公先回国，宋国的华费遂、郑国的大夫随军出征。派屈申包围朱方，八月的一天，攻下了朱方，俘虏了齐国的庆封，并全部灭了他的族人。将要杀死庆封，椒举说："我听说没有缺点的人才能处罚别人。庆封只是违抗君命，因此才留在这里，他会甘心服从杀戮吗？这事将传扬到诸侯中去，哪里能用这种方法？"楚王不听，让庆封背着斧钺，在诸侯中巡行示众，迫使他说："不要有人像齐国的庆封那样，杀了自己的国君，削弱国君的遗孤，来和他的大夫会盟！"而庆封说："不要有人像楚共王的庶子围那样，杀死自己的国君，也就是哥哥的儿子麇而取代他，来和诸侯会盟。"楚王派人赶忙杀了他。

楚灵王于是带领诸侯灭亡赖国。赖君用绳子套住头，口衔玉璧，士兵光着上身，抬着棺材跟着他，来到中军。楚王向椒举询问，椒举回答说："成王攻下许国时，许僖公也像这样。成王亲自解开他的绳索，接受他的玉璧，烧掉他的棺材。"楚灵王听从了。把赖国迁到鄢地。楚灵王想把许国迁移到赖国境内，派斗韦龟和公子弃疾在那里筑城然后回国。

申无宇说："楚国祸难的开端，将会在这里了。召集诸侯，诸侯就到，攻打别国就攻下，在边境筑城没有人反抗，国君的心愿都能如意，百姓难道能安居乐业吗？老百姓不能安居乐业，谁还受得了？不能忍受国君的命令，就是祸乱。"

九月，取得鄟地，这是说占取很容易。莒国发生动乱，著丘公即位而不安抚鄟地，鄟地人背叛而来，所以经文说"取"。凡是攻下城邑不用军队就说"取"。

郑国子产制定丘赋法，国内的人公开指责他说："他的父亲死在路上，他自己做了蝎子尾巴，凭这个在国内发号施令，国家将怎么办？"子宽把这些话告诉了子产，子产说："担心什么？如果对国家有利，生死都由它去。而且我听说干好事的人不改变他的原则，所以能有成就。老百姓不可放纵，原则不可以改变。《诗》说：'礼义没有过失，何必担忧别人说话？'我不会改变了。"子宽说："国氏恐怕会先灭亡了吧！君子在凉薄的基础上制订赋法。其后果尚且是贪婪；在贪婪的基础上制订赋法。后果将会怎么样？姬姓列在诸侯中的，蔡国和曹国、滕国大概会先灭亡吧！因为它们靠近大国而没有礼仪。郑国在卫国之前灭亡，是因为它逼近大国而没有法规。政治不遵循法度，而由意志来决定；老百姓各人有各人的意志，还有什么朝廷呢？"

冬天，吴国攻打楚国，进入棘、栎、麻等地，来报复朱方那次战役。楚国的沈尹射奔走到夏汭应命，箴尹宜咎在钟离筑城，莲启强在巢地筑城，然丹在州来筑城。楚国东部多水患，不可以筑城，彭生就停止了赖地军队的筑城行动。

当初，叔孙豹离开叔孙家，到达庚宗，碰到一个女人。让她偷偷为自己弄些食物并且睡在她那里。女人问到他的行程，叔孙豹告诉了她原因，那女人就哭着送他。到了齐国，在国氏那里娶了妻子，生了孟丙、仲壬。晚上梦见天压着自己，不能承受，回头看见一个人，脸黑，颈肩向前弯曲，眼睛下抠，嘴巴像猪。叔孙豹喊他说："牛，来帮我！"才顶住了天。早晨把自己的奴仆都叫来，没有那样的人，只好说："记下这个人。"等到宣伯逃亡到齐国，叔孙豹送给他吃的，宣伯说："鲁国因为先人的缘故，将保存我们的宗族，一定会召你回去。如果召你，怎么样？"叔孙豹回答说："希望很久了。"鲁国人召他回去，他不告诉宣伯就走了。已经立为卿之后，在庚宗同宿的那个女人献给他野鸡。叔孙豹问她的儿子，她回答说："我的儿子长大了，能捧着野鸡跟着我了。"喊来见面，就是梦见的那个人。叔孙豹没有问他的名字，称他叫"牛"，他答应说："嗯。"叔孙豹又把徒仆都叫来，让他们见面，于是让牛做了僮仆。牛受到宠信，长大后让他主管家务。公孙明在齐国结识了叔孙豹，叔孙豹回国，没有去接国姜，公孙明强娶了她。所以叔孙豹迁怒于她的儿子，等他们长大后才接回鲁国。

叔孙豹在丘蕕打猎，就在那儿染上了疾病。竖牛想要搅乱他的家室而占有它，强行与孟丙盟誓，孟丙不同意。叔孙豹为孟丙铸了一口钟，说："你还没有正式与人交际，宴享大夫们来为这口钟举行落成典礼吧！"已经准备好宴享，派竖牛请叔孙豹定日子。竖牛进去，没有禀告此事；出来时假传命令定了个日子。等宾客来到时，叔孙豹听到钟声，竖牛说："孟丙那儿有北边女人的客人。"叔孙豹发怒，想要前去，竖牛制止了他。宾客离去，叔孙豹派人把孟丙抓起来杀死在外面。竖牛又强行与仲壬盟誓，仲壬也不答应。仲壬和昭公的卫士莱书在昭公处游玩，昭公赐给仲壬一个玉环。仲壬让竖牛进去给叔孙豹看，竖牛进去，不给叔孙豹看，出来时，假传命令让仲壬佩戴玉环。竖牛对叔孙豹说："让仲壬谒见国君是为什么？"叔孙豹说："什么意思？"竖牛说："您不让他见，他自己已经去见了，国君赐给他玉环已经佩戴上了。"于是叔孙豹驱逐了仲壬，仲壬逃亡到齐国。叔孙病危，命令召回仲壬，竖牛答应但不去召他。

杜泄见叔孙豹，叔孙豹告诉他自己又饥又渴，并授给他戈。杜泄回答说："您找竖牛，他自己来了，又何必除掉他呢？"竖牛说："老人家病重，不想见人。"让来探望的人把送来的食品放在厢房里就让他们退去。竖牛并不把食品送进去，就倒掉食物放个空盘在那里，然后命人撤去。十二月二十六日，叔孙豹不能进食，二十八日死了。竖牛立了昭子而辅佐他。

昭公派杜泄安葬叔孙豹。竖牛贿赂叔仲昭子和南遗，让他们在季孙那里说杜泄的坏话而除掉他。杜泄打算用大路车安葬，并且全部按卿的礼仪。南遗对季孙说："叔孙豹没有乘坐路车，安葬怎么能用它？况且正卿没有路车，次卿用来安葬，不也是不正当吗？"季孙说："是这样。"让杜泄放弃路车，杜泄不同意，说："他老人家从朝廷上接受命令而到天子那里聘问，天子念他过去的功勋而赐给他路车，他回朝廷复命就送给了国君，国君不敢违背天子的命令然后又赐给他，并让三个部门的官员记载这件事。您做司徒，记载名位。他老人家做司马，让工正记载车服器用。孟孙做司空，因而记载功勋。现在他死了却不用路车，这是违背君命。记载的文书藏在公府却不用路车，这是废弃三官。如果天子命赐的车服，活着不敢使用，死了又不用来安葬，还哪里用得着它？"于是让他用路车安葬叔孙豹。

季孙策划去掉中军，竖牛说："他老头子本来就想去掉。"

昭公五年

鲁昭公五年春天。周历正月，废弃中军。楚国杀了它的大夫屈申。昭公去到晋国。夏天，莒国的牟夷带了牟娄以及防地、兹地前来投奔。秋七月，昭公从晋国回到国内。十四日，叔弓率领军队在蚡泉打败莒国军队。秦景公死去。冬天，楚灵王、蔡侯、陈侯、许男、顿子、沈子、徐国人、越国人等攻打吴国。

○鲁昭公五年春天，周历正月，废除中军，这是为了降低公室的地位。在施氏家讨论废除中军，在臧氏家达成协议。开始成立中军时，将公室军队一分为三而三家各拥有其中一军。季孙氏全部采用征兵或征税的办法，叔孙氏将其中的丁壮作为家奴，孟孙氏则将其中的一半作为家奴。等到废除中军时，将公室军队一分为四，季孙氏择取四分之二，另两位各取四分之一，都全部实行征兵或征税的办法，而向昭公缴纳贡赋。季孙氏把废除中军的事写成书策，让杜泄向叔孙豹的灵柩告祭说："您本来想要废除中军，已经废除了，因此向您禀告。"杜泄说："他老人家只因为不想废除，所以在僖公庙门盟誓，在五父之衢诅咒。"接了书策丢在地上，领着手下人为叔孙豹哭泣。叔仲子对季孙氏说："我在子叔孙那儿接受命令，说：安葬没有寿终正寝的人从西门出去。"季孙氏命令杜泄照办，杜泄说："卿的丧礼要从朝门出去，这是鲁国的礼仪。您掌管国政，没有修改礼仪，却又加以改变，群臣害怕死罪，不敢服从。"安葬完毕后杜泄就走了。

仲壬从齐国回到鲁国，季孙氏想要立他。南遗说："叔孙氏强大季孙氏就弱小。他们确是家乱，您不要参与干预，不也可以吗？"南遗让国内人们帮助竖牛在大库的庭院里攻打仲壬，司宫用箭射他，射中眼睛而死。竖牛夺取东部边境城邑三十个，把它们送给南遗。

昭子即位，召集他的家臣朝见，说："竖牛为害叔孙氏，致使动乱不断发生，杀死嫡长，立了庶子，又分裂他们的封邑，打算以此逃脱罪责，罪过实在没有比这再大的了，一定要尽快杀了他。"竖牛害怕，逃亡到齐国。孟丙、仲壬的儿子把他杀死在塞关之外，把他的脑袋扔在宁风的荆棘丛中。孔子说："叔孙昭子不报答竖牛，是难能这样的。周任有话说：'掌握政权的人不奖赏个人酬报，不惩罚个人怨恨。'《诗》上说：'具有正直的德行，四方国家都来归顺。'"

当初，叔孙豹出生的时候，他父亲庄叔用《周易》为他占卜，遇到《明夷》卦变成《谦》卦，拿给卜楚丘看。卜楚丘说："这是将要离开国家，但能回来为您祭祀。带着个说别人坏话的人回国，他的名字叫牛。最后将因为饥饿而死。《明夷》，是代表太阳。太阳的数目是十，所以有十时，也与十日的位次相当。从王以下，第二是公，第三是卿。太阳上升到中天相当于王，食时相当于公，清早相当于卿。《明夷》变到《谦》，天已明亮但太阳不高，大概相当清早吧，所以说'能为您祭祀'。太阳（《明夷》）变到《谦》时，和鸟相配，所以说'明夷飞翔'。天已明亮但太阳不高，所以说'垂下它的翅膀'。象征太阳的运行，所以说'君子要出行'。相当第三位处在清早的时候，所以说'三天不吃饭'。《离》是火，《艮》是山。《离》为火，火烧山，山毁坏。《艮》卦对人来说就是言语，说坏话就是逸言，所以说'有人离开，主人有话'。这个话一定是逸言。与《离》相配的是牛，世道混乱逸言取胜，取胜就将变到《离》卦，所以说'他的名字叫牛'。谦而不够，飞而不能翱翔，翅膀下垂而不能高举，两翼伸展而不宽广，所以说'大概是您的继承人吧'。您是次卿，但继承人将不得善终。

　　楚灵王认为屈申有心归向吴国，就杀了他。让屈生做莫敖，派他和令尹子荡到晋国去迎接晋女。经过郑国，郑简公在汜地慰劳子荡，在菟氏慰劳屈生。晋平公送女儿到邢丘。子产辅佐郑简公在邢丘会见晋平公。

　　鲁昭公到晋国去，从郊外慰劳到赠送财礼，都没有违失礼。晋平公对女叔齐说："鲁侯不也是擅长礼吗？"女叔齐回答说："鲁侯哪里懂得礼？"晋平公说："为什么？从郊外慰劳一直到赠送财礼，没有失礼的地方，怎么不懂？"女叔齐回答说："那是仪式，不能叫礼。礼是用来保有国家，施行政令，不失去百姓的。现在施行政令的权力在大夫手中，无力收回；有子家羁这样的人，但不能任用；违犯大国的盟约，欺凌小国；把别人的祸难看成对自己有利，却不知道对他自己也有危害。公室的军队一分为四，老百姓靠别的大夫吃饭，心思都不在国君，国君也不考虑他的结果。作为国君，祸难将到他身上，却不担忧自己的处境。礼的全部将在于这些，却琐屑地急于学习礼仪。说他擅长礼，不也太离远了吗？"君子认为女叔齐在这方面是懂得礼的。

　　晋国的韩起护送晋女前往楚国，叔向担任副使。郑国的子皮、子太叔在索氏慰劳他们，子太叔对叔向说："楚王骄纵太甚，你要谨慎点。"叔向说："骄纵太甚，是自身的灾祸，哪能累及别人？只要献上我的财礼，谨慎我的威仪，恪守信义，奉行礼节，一开始就恭敬同时想到结果，结果没有不如意到来的。顺从但不失度，恭敬但不失尊严，遵循先贤的训导，奉守过去的法度，用先王的事迹来考核，用两国的实情来衡量，虽然骄纵，能把我怎么样？"

　　韩起到达楚国，楚灵王让大夫们上朝，说："晋国，是我们的仇敌。如果我们能在他面前得意，就用不着担心其他。现在他们来的人是上卿、上大夫，假如我们让韩起做守门人，让叔向做司宫，足以羞辱晋国，我们也得意了，可以吗？"

　　大夫们没有人回答。薳启强说："可以。如果有那种防备，为什么不可以？羞辱普通人尚且不可以没有防备，何况羞辱一个国家呢？因此圣王致力于推行礼义，不谋求羞辱别人。朝觐聘问有珪，宴享进见有璋，小国有述职的义务，大国有巡守的权力，摆设了几桌但不倚靠，酒杯斟满了但不喝，宴客有美好的礼品，吃饭有增加的菜肴，入境有郊外的慰劳。出境有赠送的财礼，这都是表现礼义的最好方式。国家的败亡，也就是违背了这种方式，所以祸乱就发生了。城濮那次战役，晋国得胜而没有戒备楚国，以致在邲地吃了败仗。邲地那次战役，楚国得胜而没有戒备晋国，以致在鄢地吃了败仗。自从鄢地战役以来，晋国没有丧失戒备，同时又以礼义、和睦对待楚国，因此楚国不仅不能报复，反而向晋国寻求亲睦。已经获得婚姻亲睦关系，又想羞辱他们，来招致侵扰仇怨，那么对晋国的戒备又怎么样呢？谁能承担这个重任呢？如果有承担重任的人，羞辱他们也可以；如果没有，君王您也要考虑一下。晋国的事奉君王，我认为算可以了。要求得到诸侯，诸侯就一齐到来，要求结成婚姻，就进献女子，国君亲自送她，上卿及上大夫送到我国。还想羞辱他们，君王恐怕也要有所戒备，不然，能把他们怎么样呢？韩起的下面，有赵成、中行吴、魏舒、范鞅、知盈；叔向的下面，有祁午、张趯、籍谈、女齐、梁丙、张骼、辅跞、苗贲皇，他们都是诸侯应该选拔的人才。韩襄做了公族大夫，韩须接受命令出使了。箕襄、邢带、叔禽、叔椒、子羽，都是大家族。韩氏的七个赋邑，都是强盛的县邑。羊舌氏四个家族，都是强大的家族。晋国人如果丧失韩起、叔向，五卿八大夫辅助韩须、杨石，依靠他们的十家九县、战车九百辆，加上其余四十县，留守的战车四千辆，振奋他们的勇武愤怒，来报复他们的奇耻大辱，伯华为他们谋划，中行伯和魏舒做他们的将帅，大概是没有不成功的了。君王您将会以亲睦换仇怨，以毫无礼义招来侵暴，却没有戒备，使群臣送上门去当俘虏，来满足您的心意，有什么不可以呢？"楚灵王说："是我的过错，大夫们不烦再说了。"于是隆重地礼待韩起。楚王本想问叔向不知道的事以便傲视他，但做不到，也对他厚加礼待。

韩起回国，郑简公到圉地慰劳他。韩起推辞不肯见面，是合乎礼的。

郑国的子皮去到齐国，在子尾氏那儿娶妻。晏子屡次进见他，陈桓子问他原因，晏子回答说："能任用好人，是百姓的主人。"

夏天，莒国的牟夷带了牟娄及防地、兹地前来投奔。牟夷不是卿而记载他的名字，是因为重视土地。

莒国人向晋国控诉，晋平公打算扣留昭公，范献子说："不行。人家来朝聘却拘留他，是引诱。讨伐不用军队，而用引诱的方式取得成功，这是惰慢。作为盟主而犯了这两条，恐怕不可以吧？请让他回去，找机会再用军队讨伐他。"就让昭公回国。秋七月，昭公从晋国回到鲁国。

莒国人前来攻打，没有设防。十四日，叔弓在蚡泉打败了他们，是因为莒国还没有摆好阵势。

冬十月，楚灵王率诸侯以及东夷攻打吴国，以报复棘地、栎地、麻地那次战役。薳射带领繁扬的军队在夏汭会师，越国大夫常寿过率领军队在琐地和楚王会合。听到吴军出兵，薳启强领兵追击吴军。仓猝间没有设防，吴国军队在鹊岸打败了他。

楚灵王坐驿车到达罗汭。吴王派他的弟弟蹶由犒劳楚军，楚国人逮捕了他，准备杀了他用血祭鼓。楚王派人问他说："你占卜过到这里来吉利吗？"蹶由回答说："吉利。寡君听说您将在敝国用兵，用守龟占卜这事，说：'我赶紧派人犒劳军队，请求前去以观察楚王发怒的大小而做好准备，希望能让我知道吉凶！'占卜的龟兆告知我们吉利，说：'成功可以预知。'君王如果高兴友好地迎接使臣，滋长敝邑的懈怠，而使我们忘记了将死，那么灭亡也就没几天了。现在您勃然大发雷霆，虐待逮捕使臣，并打算用来祭鼓，那么吴国知道防备了。敝邑虽然疲弱，如果早日把城郭修缮完备，也许可以阻止贵军。祸难平安都有防备，可说吉利了。而且吴国占卜的是国家，难道是为了使臣一人？使臣得以祭军鼓，而敝邑知道了怎么防备，以抵御意外，作为吉利哪个比这更大呢？国家的守龟，什么事不能占卜？一时吉利一时凶险，谁能保证一定？城濮之战占卜的龟兆，它的应验在郫地，我今天此行吉利的预兆，难道也将应验？"于是楚王没有杀他。

楚军从罗汭渡河，沈尹赤和楚王会合，驻扎在莱山。薳射率领繁扬的军队首先进入南怀，楚军跟着进入，到达汝清。不能进入吴国。楚王就在坻箕之山检阅军队。

这次行动，吴国早有防备，楚军无功而返，带着蹶由回去了。楚王害怕吴国，让沈尹射在巢地待命，薳启强在雩娄待命，这是合乎礼的。

秦景公的弟弟铖又回到秦国，是因为景公死去的缘故。

昭公六年

鲁昭公六年春天，周历正月，杞伯益姑死了。安葬秦景公。夏天，季孙宿去到晋国。安葬杞伯益姑。宋国的华合比逃亡到卫国。秋九月，举行求雨大祭。楚国的子荡率领军队攻打吴国。冬天，叔弓前往楚国。齐景公攻打北燕。

○鲁昭公六年春天，周历正月，杞文公死了，昭公像对待同盟国一样吊唁，是合乎礼的。大夫前往秦国参加景公的葬礼，是合乎礼的。

三月，郑国人把刑书铸造在鼎上。叔向派人给子产送信，说："起初我对您寄有希望，现在没有了。过去先王讨论具体事情的轻重来掌握判罪，不制订刑法，为的是怕百姓有争执之心。那样还不能禁止犯罪，所以就用道义来防止，用政令来纠正，用礼仪来施行，用信用来保持，用仁惠来奉养，制定俸禄爵位来鼓励那些服从的人，严厉地判定刑罚来威慑那些放纵的人。还担心那样不能奏效，所以用忠心来教诲他们，用善行来鼓励他们，用专门知识教育他们，用和悦使用他们，用严肃对待他们，用坚强面临他们，用刚毅裁断他们们。同时还要求助圣哲的卿相、明察的官长、忠诚的长老、仁爱的老师，这样老百姓才可以听从使用，而不发生祸乱。老百姓知道有刑法，就对主上官吏不敬重，都怀有争执之心，来从刑法中征引根据，从而侥幸地取得成功，事情就不好办了。

夏朝有违犯政令的人就制定《禹刑》，商朝有违犯政令的人就制定《汤刑》，周朝有违犯政令的人就制定《九刑》，三种刑法的产生，都在很晚的时候了。如今您辅相郑国，划定田界水沟，建立挨骂的政令，制定三种刑法，把刑法铸在鼎上，想要以此安定百姓，不也是很困难吗？《诗》上说：'效法文王的德行，每天安抚四方。'又说：'效法文王，万国信赖。'像这样，要有什么刑法呢？老百姓知道了争执的根据，将会抛弃礼义而征引刑法，一字一句都将争执不休。作乱的案件更加繁多，贿赂到处通行，到您执政结束时，郑国恐怕会衰败吧！我听说，国家将灭亡时，必定多制定法律，大概说的就是这种情况吧！"子产回信说："像您所说的，我无能，不能顾及子孙，我是用来挽救当世的。既然不能接受您的命令，岂敢忘记您的大恩！"

士文伯说："大火星出现，郑国恐怕会有火灾吧！大火星还未出来而使用火来铸刑器，包藏了引起争端的刑法。大火星如果象征这个，怎么会不发生火灾？"

夏天，季孙宿前往晋国，是为了拜谢莒国的土地。晋侯宴享他，有外加的笾豆。季孙宿退出，派行人报告说："小国事奉大国，如果能免于被讨伐，就不敢求得赏赐。得到赏赐也不超过三献。如今有增加的笾豆，下臣不敢当，恐怕获得罪过。"韩宣子说："寡君用来引起您的欢心。"季孙宿回答说："寡君还不敢当，何况下臣！我是君主的仆隶，岂敢听到有外加的赏赐？"坚决请求撤去增加的笾豆然后才完成享礼。晋国人认为他懂得礼仪，加重送给他财礼。

宋国的寺人柳受到宠信，太子佐讨厌他。华合比说："我杀掉他。"寺人柳听说了，就挖一个坑，放进去祭祀的牺牲，埋下盟书，然后报告宋平公说："合比将要接纳逃亡在外的族人，已经在北城订下盟誓了。"平公派人去看，有这回事，于是驱逐华合比，合比逃亡到卫国。当时华亥想要取代华合比的右师一职，就和寺人柳勾结，跟着为他作证，说："听到很久了。"平公让他代替华合比。华亥进见左师，左师说："你这个人哪，一定会逃亡！你毁坏了你的宗族，你对别人怎么样，别人对你也会怎么样。《诗》说：'宗族就是城墙，不要让城墙毁坏，不要使自己孤独而害怕。'你大概会害怕的吧！"

六月初七日，郑国发生火灾。

楚国的公子弃疾去到晋国，是为了回报韩宣子来楚国送嫁。经过郑国，郑国的子皮、子产、子太叔跟着郑简公在相地慰劳他。公子弃疾辞谢不肯见面，郑简公坚决请求，这才见他。弃疾进见郑简公，就如同进见楚王，又用他驾车的八匹马按私人见面的礼节进见；见子皮如同见上卿，用六匹马；见子产，用四匹马；见子太叔，用两匹马。禁止打草放牧采摘砍柴，不进入农田，不砍伐栽种的花木，不采摘种植的菜果，不抽取屋上木料为用，不强行索要物品。告诫随从人员说："有违犯命令的，君子撤职，小人降等。"住宿期间不为非作歹，主人不必担心客人。来去都像这样，郑国的三个卿都知道他将要做楚王了。

韩宣子前往楚国的时候，楚人不迎接。公子弃疾到达晋国边境，晋平公也打算不迎接。叔向说："楚国邪僻我们正直，为什么效法邪僻？《诗》上说：'你的这些教导，老百姓都要学习。'遵从自己的正直就行了，为何学习别人的邪僻？《尚书》说：'圣人做榜样！'宁可以好人为榜样，却学习别人的邪僻吗？普通人做好事，老百姓还要学习他，何况国君呢？"晋平公听了很高兴，就迎接公子弃疾。

秋九月，举行求雨大祭，是因为天旱。

徐国的仪楚到楚国聘问，楚灵王逮捕了他，他逃回徐国。楚王害怕徐国背叛，就派遣泄攻打徐国。吴国人救援徐国，令尹子荡领兵攻打吴国，从豫章出兵，驻扎在乾溪。吴国人在房钟击败了子荡的军队，俘虏了宫厩尹弃疾。子荡归罪于莲泄而杀了他。

冬天，叔弓前往楚国聘问，并且慰问战争失败。

十一月，齐景公前往晋国，是为了请求讨伐北燕。士匄辅佐士鞅，在黄河边迎接齐景公，是合乎礼的。晋平公答应了齐景公的请求。十二月，齐景公就攻打北燕，打算送燕简公回去。晏子说："送不回去。燕国有了国君了，老百姓没有二心。我们国君贪财，左右的人阿谀奉承，兴办大事不凭信义，没有成功的可能。"

昭公七年

鲁昭公七年春天，周历正月，燕国与齐国议和。三月，昭公前往楚国。叔孙婼前往齐国参加盟会。夏天，四月甲辰初一日，又发生日全蚀。秋天，八月二十六日，卫襄公死了。九月，昭公从楚国回到鲁国。冬天，十一月十三日，季孙宿死了。十二月二十三日，为卫襄公举行葬礼。

〇鲁昭公七年春天，周历正月，北燕与齐国议和，这是由于齐国的要求。十八日，齐景公临时住在虢地，燕国人来求和，说："敝邑知道罪过，岂敢不听从命令？先君的破旧器物，请允许用来谢罪。"公孙晳说："接受归服而撤军，等待时机再行动，可以这样。"二月十四日，在濡水边上结盟。燕国人把燕姬嫁给齐景公，又送上玉瓶、玉箱和玉杯，于是没有去攻克燕而回国了。

楚灵王做令尹的时候，特制了国王的旌旗用来打猎。芋尹无宇砍断了旗帜，说："一国两君，谁受得了？"等到即位时，建造了章华宫，收容逃亡者安置在里面。无宇的守门人逃进去了，无宇去抓他，管理人员不肯给，说："到王宫中抓人，那罪过太大了。"

抓住无宇去见楚灵王。楚灵王正要喝酒，无宇申诉说："天子经营天下，诸侯治理封土，这是自古以来的制度。疆界之内，哪里不是君王的领土？吃着领土上的五谷，哪个不是君王的下臣？所以《诗》上说：'普天之下，没有哪里不是王土；沿着王土边境之内，没有哪个不是王臣。'天有十日，人有十等，在下的人是事奉在上的，在上的人是供奉神灵的。因此王以公为臣仆，公以大夫为臣仆，大夫以士为臣仆，士以皂为臣仆，皂以舆为臣仆，舆以隶为臣仆，隶以僚为臣仆，僚以仆为臣仆，仆以台为臣仆。马有马倌，牛有牧者，用来应付各种事情。现在官员却说：'你为什么在王宫抓人？'那又到哪里去抓他呢？周文王的法令说：'有逃亡的，大搜捕。'这就是所以得天下的原因。我们的先君楚文王制定仆区法，说：'隐藏盗贼的赃物，与盗贼同罪。'因此封疆直达汝水边上。要是听从官员的，那就是没有地方去逮捕逃亡的奴隶了。逃亡了就放弃他，那就没有陪台了。那么君王的政事恐怕会有缺失了吧！过去武王列举纣的罪行，把它通报给诸侯说：'纣是天下逃犯的窝主，聚集的渊薮。'所以诸侯拼命地讨伐他。君王刚刚求得诸侯拥戴却效法纣，恐怕不可以吧？如果用两位文王的方法逮捕他，那盗贼就有可逮的地方了。"楚灵王说："抓了你的奴隶走吧！有个盗贼正得恩宠，还不能逮到呢。"就赦免了无宇。

楚灵王建成章华台，希望与诸侯一起举行始登仪式。太宰薳启强说："我能请到鲁君。"薳启强来召请鲁昭公，致辞说："过去贵国先君成公命令我们的先大夫婴齐说：'我不忘记先君的友好，将派衡父光临楚国，镇抚国家，以安定百姓。'婴齐在蜀地接受了赐命，奉持回来，不敢违反丢弃，而告祭给宗庙。往日我们先君共王伸长脖子朝北望，每天每月都在企盼，世代相传，到现在已有四代国君了。恩赐没有来到，只有襄公屈驾光临我国的丧事。我与手下的几个臣子心情不定，失去主意，治理国家尚且没有空暇，哪里能怀念您的恩德！现在如果您移步屈尊，来见寡君，赐给楚国恩宠福泽，以实现蜀地的那次盟誓，送来君主的恩惠，这就是寡君已受到恩赐了，哪里敢奢望蜀地那样的盟会？敝邑先君的灵魂也会嘉许和依赖它，哪里只是寡君？君主如果不来，使臣我就要请问您领兵出动的日期，寡君将捧着进见的财礼到蜀地相见，以请问贵国先君的恩赐。"

昭公打算去楚国，梦见襄公为自己祭祀路神。梓慎说："国君您去不成。襄公到楚国去的时候，梦见周公为他祭祀路神而出行，现在襄公在祭路神，您还是不要去。"子服惠伯说："去吧！先君从未到过楚国，所以周公为他祭路神而引导他；襄公去过楚国了，又祭路神来引导您。不去，到哪里去？"

三月，昭公前往楚国。郑简公在师之梁慰劳昭公。孟僖子做副使，不能辅助礼仪。到达楚国，不能答谢郊外的慰劳。

夏四月甲辰初一日，日食。晋平公问士匄说："谁将承受日食的灾祸？"回答说："鲁国、卫国将因日食而遭受凶险，卫国受的大，鲁国受的小。"晋平公问："什么原因。"士匄回答说："这次日食离开卫国分野前往鲁国分野，在这时发生灾祸，鲁国承受了它。那大的灾祸大概是卫君承受吧！鲁国将由上卿承当。"晋平公说："《诗》上所说的'那天发生日食，为什么不好？'是什么意思？"士匄回答说："说的是不能办好政事。国家没有好的政治，不使用善人，就会从日月所降的灾祸里自取罪罚，所以政治不可不慎重啊！努力干好三件事即可：一是选择人才，二是依靠百姓，三是顺应时势。"

晋国派人来管理杞国的田地，季孙打算把成地给他们。谢息替孟孙镇守成地，不同意，说："人们有句话说：'即使只有汲水人的智慧，看守的器具也不外借，这是合乎礼的。'他老人家跟着国君，守臣却丢了城邑，即使您也会怀疑我的。"季孙说："君主在楚国，对晋国来说就是罪过，又不听从晋国，鲁国的罪过更加重了。晋国军队一定会到来，我没有办法对付他们，不如给他们。等晋国有机可乘再从杞国取回来。我把桃地给您，成地取回时，谁敢占有它？这样就等于得到两个成地。鲁国没有忧患而孟孙增加了封邑，您担心什么呢？"谢息推辞说桃地没有山，就把莱山、柞山给他，于是谢息迁到桃地。晋国人为杞国取得成地。

楚灵王在新台宴享昭公，派高大健壮的人司礼，友好地送给他大屈弓，完了之后又后悔。芈启强听说这事，进见昭公。昭公告诉他这件事，他下拜祝贺。昭公问："为何祝贺？"芈启强回答说："齐国与晋国、越国想要这弓很久了，寡君没有专门给谁，而传给了您。您可防备抵御这三个邻国，谨慎地守住这宝物了，岂敢不祝贺？"昭公害怕，就把弓还给了楚灵王。

郑国的子产到晋国聘问。晋平公有病，韩宣子迎接客人，私下问他说："寡君卧病，到现在三个月了，遍祭名山大川，病情却有加无减。今天梦见黄熊进入寝宫门，那是什么恶鬼？"子产回答说："凭君王的英明，您做正卿，会有什么恶鬼？过去尧把鲧杀死在羽山，他的魂灵变为黄熊，而进入羽渊，为夏朝所郊祭，三代都祭祀它。晋国作为盟主，大概是没有祭祀它吧！"韩宣子祭祀夏郊之神，晋平公病情好转，赐给了产两个莒国的方鼎。

子产替丰施把州地的田土归还给韩宣子，说："过去贵君认为那公孙段是能够继承其父志的，就赐给他州地田土。现在没有福分早逝了，不能长久地享有贵君恩德。他的儿子不敢占有，也不敢把这事禀告贵君，所以私下送给您。"韩宣子推辞，子产说："古人有句话说：'他的父亲劈柴，他的儿子不能背。'丰施害怕将不能承当其父亲的福禄，何况承当大国的恩赐？即使是您执政而可以这样，后人如果碰巧有关于田界的闲话，敝邑获罪，丰施就将受到大讨伐了。您取回州田，这是避免敝邑的罪过，而又扶持了丰家。斗胆以此作为请求！"韩宣子接受了州田，把这事报告给晋平公。晋平公把州田给了韩宣子。宣子因为当初说过的话，对占有州田不安心，拿它和乐大心换了原县。

郑国人拿伯有互相吓唬，说："伯有来了！"就都奔跑，不知跑到什么地方去好。铸刑书的那年二月，有人梦见伯有披甲行走，并且说："三月初二，我将杀死驷带。明年正月二十七日，我又将杀死公孙段。"等到三月初二，驷带死了，国人更加害怕。齐国和燕国议和的那个月二十七日，公孙段死了，国人更加害怕了。下一月，子产立了公孙泄和良止来安抚伯有的鬼魂，才平息下来。子大叔问其原因，子产说："鬼有所依归，才不作恶，我替它找到归宿了。"子大叔又问："立公孙泄干什么？"子产说："是为了使他们高兴。因为他们立身没有道义而希图高兴，执政的人对礼仪有违背的地方，就是用来取得欢心。不取得欢心，就不会被信任。不被信任，老百姓就不会服从。"

等到子产去晋国，赵景子问他说："伯有还能做鬼吗？"子产说："能。人降生时首先变成的叫做魄，已经生成了魄，阳气附身叫做魂。用来养生的东西又好又多，魂魄就强，因此有精神，以达到神明。普通男女不得善终，他们的魂魄尚且能依附于人，而大肆作祟，何况伯有是我们先君穆公的后代，是子良的孙子，子耳的儿子，是敝国的卿，执政已经三代了。郑国虽然弱小，抑或如俗话所说的'蕞尔国'，但伯有三代执掌政权，他的养生之物也算广了，他汲取的精华也算多了，他的家族又大，所依恃的势力很强，那么虽然是不得善终，能够做鬼，不也是当然之理吗？"

子皮的族人喝酒无节制，以致马师氏和子皮氏关系不好。齐国军队从燕国回去的那个月，马师氏罕朔杀死子皮的弟弟罕魋。罕朔逃亡到晋国。韩宣子向子产询问他的官位安排，子产说："君王的寄居之臣，如果能容身而逃避一死，还敢选择什么官位？卿逃离本国，随大夫的班位，有罪的人根据他的罪行降等，这是自古以来的规矩。罕朔在敝国是亚大夫，他的职务是马师，犯罪而逃亡，听凭您如何处置他。能免他一死，恩惠已经很大了，又岂敢要求官位？"韩宣子认为子产说法恰当，就让罕朔随下大夫的班位。

秋八月，卫襄公死了。晋国大夫对范献子说："卫国事奉晋国求得亲睦，而晋国对卫国不加礼待，庇护它的叛乱者而夺取它的土地，所以诸侯有了二心。《诗》上说：'鹡鸰在原野，遇到急难兄弟要相助。'又说：'死亡多可怕，兄弟之间很怀念。'兄弟不和睦，于是就互不关心，何况疏远的人，谁敢前来归服？现在又对卫国的继承人不加礼遇，卫国必定背叛我国，这是断绝和诸侯的关系。"献子把这些话报告给韩宣子，宣子很高兴，派献子到卫国去吊唁，而且归还戚地的田土。

卫国的齐恶到周天子那儿报告丧事，并且请求赐予恩命。周天子派郕简公前往卫国吊唁，并且追命襄公说："叔父升天，在我先王的左右，以辅佐事奉上帝。我岂敢忘了先祖高圉、亚圉？"

九月，昭公从楚国回到国内。孟僖子忧虑自己不精通礼仪，就学习训练礼仪，只要有擅长礼仪的人就跟他学习。等到他临死时，召集他手下的大夫说："礼仪，是人的躯干。没有礼仪，就没有立身的根本。我听说有个将要显达的人叫孔丘，是圣人的后代，但家族在宋国灭亡了。他的祖先弗父何把宋国交给了宋厉公。到正考父辅佐戴公、武公和宣公，做了诸侯的正卿而更加恭敬，所以他的鼎铭说：'一命屈背，二命弯腰，三命俯下身。沿着墙根快快跑，也没有人敢欺侮我。稠粥在这里头煮，稀粥在这里头煮，用来糊口饱肚。'他的恭敬就像这样。臧孙纥有句话说：'圣人是有光明德行的人，如果不能君临一世，他的后代必有显达的人。'现在大概将落在孔丘身上吧！我如果得到善终，一定把孟懿子和南宫敬叔托付给他老人家，让他们师事他，向他学习礼仪，来确定他们的地位。"所以孟懿子和南宫敬叔师事孔丘。孔丘说："能弥补过错的人就是君子。《诗》中说：'君子可以学习，可以效法。'孟僖子可以效法了。"

单献公摒弃亲族而使用客居的人。冬十月二十日，襄公、顷公的族人杀了献公而立成公。

十一月，季武子死了。晋平公对士文伯说："我所询问的日食的事，应验了。可以经常像这样占验吗？"士文伯回答说："不行。六种事物不相同，百姓的心思不一致，事情的顺序不相类，官位职务不相等，开始相同结果不同，怎么可能经常呢？《诗》中说：

'有的舒服地安居休息，有的尽心尽力为国服务。'它的结果不同就像这样。"晋平公问：
"什么叫做六物？"回答说："说的是岁、时、日、月、星、辰。"晋平公说："很多人对我
谈起辰，但没有人说法相同。什么叫做辰？"士文伯回答说："日月相会就叫辰，所以又
用来和日相配。"

　　卫襄公夫人姜氏没有儿子，宠姬婤姶生了孟絷。孔成子梦见康叔对自己说："立元为
国君，我派羁的孙子圉和史苟辅佐他。"史朝也梦见康叔对自己说："我将命令你的儿子
史苟和孔成子的曾孙圉辅佐元。"史朝见孔成子，告诉他梦的事，两人的梦相吻合。晋国
的韩宣子执政向诸侯聘问的那一年，婤姶生了儿子，取名叫元。孟絷的脚不很便于走路，
孔成子用《周易》为他占筮，说："元希望享有卫国，主祭它的土神和谷神。"遇到《屯》
卦。又说："我希望立孟絷，但愿神能赞许他。"遇到《屯》卦变成《比》卦。拿了给史朝
看，史朝说："卦辞为'元亨'，又疑虑什么呢？"孔成子说："'元'不是说的为大的吗？"
史朝回答说："康叔为他取名，可以说是为大的了。孟絷不是健全的人，将不会列在宗主
里，不能说是为大的。而且那繇辞说'利建侯'，嫡子嗣位而吉利，还建立什么侯？建立
就不是继承。两次卦辞都那样说，您还是立元吧。康叔命令他，两卦告诉他，占筮和梦
境重合，武王所用过的，为什么不听从？脚不强健的待在家里，君侯主持国家，亲临祭
祀，奉养人民，事奉鬼神，参加会盟朝觐，又哪能待在家？各自按照他有利的行事，不也
可以吗？"所以孔成子立了灵公。十二月二十三日，安葬卫襄公。

昭公八年

　　鲁昭公八年春天，陈哀公的弟弟公子招杀了陈国太子偃师。夏天，四月初三，陈哀公
死了。叔弓去到晋国。楚国人逮捕了陈国外交官干征师，杀了他。陈国公子留逃亡到郑
国。秋天，在红地举行阅兵典礼。陈国人杀了他们的大夫公子过。举行求雨大祭。冬天，
十月十七日，楚军灭亡了陈国，抓住了陈国公子招，把他流放到越国。杀了陈国的孔奂。
安葬陈哀公。

　　〇鲁昭公八年春天，在晋国的魏榆有石头说话。晋平公问师旷说："石头为什么说
话？"师旷回答说："石头不能说话，有东西凭依着它。不然，就是百姓听错了。不过我
又听人说：'发动事情不合时节，怨恨在老百姓中产生，就有不能说话的东西说话。'如
今宫室高大奢侈，老百姓的财力衰竭，怨言到处兴起，没有人能保证自己的生存，石头说
话，不也适宜吗？"在这时晋平公正修建虒祁宫，叔向说："子野的话，真是君子啊！君
子的话，真实而有根据，所以怨恨远离他的身体。小人的话，虚假而没有证明，所以怨恨
灾祸落到他的身上。《诗》上说：'可悲啊不能说话！不是舌头有毛病，只是一说话就祸及

自身。可喜啊能够说话！机敏的话像流水，难使自己安居休息。'说的大概就是这个吧？这座宫殿一落成，诸侯必定背叛，君王必定有灾殃，师旷知道这一点了。"

陈哀公的元妃郑姬，生了悼太子偃师，二妃生了公子留，三妃生了公子胜。二妃受到宠幸，公子留也因而得宠，被托付给司徒招和公子过。哀公患有顽疾，三月十六日，公子招和公子过杀了悼太子偃师，立了公子留。夏天四月十三日，哀公上吊而死。干征师到楚国去报丧，并且报告又立了新君。公子胜向楚国控告公子招和公子过，楚国人抓住干征师杀了。公子留逃亡到郑国。《春秋》记载说："陈侯之弟招杀陈世子偃师"，是由于罪过在公子招；记载说"楚人执陈行人干征师杀之"，是由于罪过不在行人干征师。

叔弓前往晋国，是为了祝贺虒祁宫落成。游吉陪同郑简公前往晋国，也是为了祝贺虒祁宫。史赵见到游吉，说："那样互相欺骗太过分了啊！值得哀伤的事，却又去祝贺。"游吉说："为何值得哀伤？不只是我国祝贺，天下都将来祝贺。"

秋天，在红地大阅兵，从根牟直到宋国、卫国边境，陈列战车一千辆。

七月初八日，齐国的子尾死了，子旗想要接管他的家政。十一日，杀了子尾家臣梁婴。八月十四日，驱逐子成、子工、子车，三人都逃亡前来，子旗就为子良氏立了家臣头领。子良的家臣说："小子已经长大了，但你们却来帮忙管我们的家政，是想兼并我们。"就发放武器，打算攻打子旗。陈无宇和子尾要好，也发放武器，准备帮助他们。有人报告子旗，子旗不以为真，就又有几人向他报告。子旗打算去子良家，又有几个人在路上向他报告，于是去了陈无宇家。无宇正准备出动了，听说子旗来就转回去，穿上宴游的便服去迎接他。子旗请问陈无宇的意图，陈无宇回答说："听说子良家发放武器准备攻打您，您听说了吗？"子旗说："没听说。""那您何不也发放武器，无宇我请求跟着您！"子旗说："您怎么这样？他是个孩子，我教导他还担心他不能成功，我又宠爱他并为他立了家臣头领。像您说的那样怎么对得起他的先人？您何不对他说一说？《周书》说'施恩给不仁惠的人，鼓励不勤勉的人。'这就是康叔所以做事宽大的原因。"陈无宇叩头说："顷公、灵公保佑您，我还有希望受您的恩赐。"于是让两家和好如初。

陈国的公子招把罪责归在公子过身上而杀了他。九月，楚国的公子弃疾领兵奉事孙吴围攻陈国，宋国的戴恶和他们会合。冬天十月十七日，灭亡了陈国。宠大夫袁克杀马毁玉来为陈哀公殉葬。楚国人打算杀了他，他请求赦免自己，接着又请求让他小便。袁克在帐幕中小便，把麻带缠在头上逃跑了。

楚灵王派穿封戌做陈县公，说："在城麇的那次事件中他不谄媚。"穿封戌服侍楚王饮酒，楚王说："城麇那次事件中，你要是知道寡人能到这一步，你大概会避让我吧？"穿封戌回答说："如果知道君王能到这一步，下臣一定会效死恪守君臣之礼来安定楚国。"

晋平公问史赵说："陈国大概就这样灭亡了吧？"史赵回答说："没有。"平公说："为什么？"史赵回答说："陈国，是颛顼的后代。岁星在鹑火时，颛顼氏由此终结灭亡，陈国将会像它一样。如今岁星在析木的天河中，还会复活。况且陈氏要在齐国取得政权，然后陈国才终结灭亡。这一族从幕一直到瞽瞍，都没有违背天命。舜又增加了光明的德行，德行一直加到遂的身上，遂的后代保持了它。到胡公不淫这一代，周朝就因而赐给他姓，让他祭祀虞帝。我听说德行盛大一定享有百代的祭祀，现在虞帝的祭祀，不到百代，将在齐国继续保持下去，它的预兆已经存在了。"

昭公九年

鲁昭公九年春天，叔弓在陈地和楚灵王会盟。许国迁到夷地。夏天四月，陈国发生火灾。秋天，仲孙貜前往齐国。冬天，修建郎囿。

○鲁昭公九年春天，叔弓、宋国华亥、郑国游吉、卫国赵黡等在陈地与楚灵王会盟。

二月某日，楚公子弃疾把许国迁移到夷地，其实就是城父。并且拿州来、淮北的土田增补给许国，伍举把土田授给许男。然丹把城父的人迁到陈地，拿夷地、濮地西部的土田增补给城父人。把方城山外的人迁移到许地。

周朝的甘地人与晋国的阎嘉争夺阎地田土。晋国的梁丙、张趯率领阴戎攻打颍邑。周天子派詹桓伯到晋国责难说："我们从夏代起由于后稷的功劳，魏、骀、芮、岐、毕等地成为我们的西部领土。到武王征服商朝，蒲姑、商奄，成为我们的东部领土。巴、濮、楚、邓等地，成为我们的南部领土。肃慎、燕、亳等地，成为我们的北方领土。我们有什么近处的封地？文王、武王、成王、康王建立同母兄弟的诸侯国，来护卫周王室，也是为了防止周王室的崩塌坠落，难道能像黑布帽子和儿童头上的髦发，利用完了就丢掉？先王使梼杌等住在四方边远的地区，以抵御螭魅，所以允姓中的奸邪之人住在瓜州。伯父惠公从秦国回来，就引诱他们前来，致使他们逼迫我们姬姓各国，进入我们的郊区，戎人于是就占取了这些地方。戎人占据中原，是谁的罪责呢？后稷培植繁荣了天下，现在戎人控制它，不也很难办吗？伯父考虑吧！我们在伯父来说，就好像衣服有帽子，树木有根，水流有源，人民有谋主。伯父如果毁烂帽子，拔掉根本，堵塞水源，专横地抛弃谋主，即使是戎狄，他们眼里哪里会有我这个天子？"

叔向对韩宣子说："文公做诸侯霸主，难道能改变礼制？他辅佐拥戴天子而更加恭敬。自从文公以来，代代德行衰减而且损害蔑视周室，来宣扬显示他们的凌人盛气，诸侯有了二心，不也应该吗？况且天子的话理由正当，您考虑一下吧！"韩宣子很高兴。

周天子有姻亲的丧事，晋国派赵成前往周都吊唁，并且送去阎田和寿衣，遣返在颍地战役中抓到的俘虏。周天子也派宾滑抓住甘地大夫襄来讨好晋国，晋国人礼貌地把他送回去。

夏四月，陈国发生火灾。郑国的裨灶说："五年之后陈国将重新受封，受封五十二年然后就灭亡。"子产问其中的缘故，裨灶回答说："陈国，属于水；火，是水的配偶，而楚国管理它。现在大火星出现而陈国发生火灾，是驱逐楚国而建立陈国。水与火都以五来配成，所以说五年。岁星周天五次到达鹑火，然后陈国终于灭亡，楚国战胜而据有它，这是天道，所以说五十二年。"

晋国的荀盈前往齐国迎接夫人，回来后，六月死在戏阳。棺柩停放在绛地，还未出葬。晋平公喝酒，并奏乐。膳宰屠蒯急步走进，请求帮助平公斟酒，平公允许了他。屠蒯就斟酒给乐师喝，说："你作为君王的耳朵，是要负责它的灵敏。日子在甲子乙卯，大家认为它是忌日，国君撤除宴饮音乐，学音乐的人停止学业，是因为忌讳的缘故。君主的卿佐，就等于是手足。手足要是受损，什么伤痛比得上呢？你不让君主听说这些却照常奏乐，这是不聪敏。"又斟酒给宠臣嬖叔喝，说："你作为君主的眼睛，是要负责它的明亮。服饰是用来表明礼仪的，礼仪是用来办理事务的，事务有它的类别，类别有它的表现。今天君主的仪表，不是应有的类别，但你不让他看到这一点，这是不明亮。"屠蒯又自斟自饮，说："味道用来疏通气血，气血用来充实意志，意志用来使言语坚定，言语用来发布命令。下臣我负责口味，两个侍奉君主的人失责，而君主没有下令治罪，这是我的罪过。"晋平公听了很高兴，撤除酒宴。

起初，晋平公想要废掉荀盈而立他的宠臣，因为这次事件而改变了想法，于是作罢。秋天的八月，就让荀跞辅佐下军来让他高兴。

孟僖子前往齐国进行礼仪隆重的聘问，这是合乎礼的。

冬天，鲁国修造郎囿，《春秋》加以记载，是因为合乎时节。季平子想要郎囿迅速修成，叔孙昭子说："《诗》中讲过：'营造开始不要着急，老百姓却像儿子一样前来帮工。'哪里用得着速成，而让老百姓受劳苦呢？没有园林还是可以的，没有老百姓难道可以吗？"

昭公十年

鲁昭公十年春天，周历正月。夏天，齐国栾施逃亡前来鲁国。秋七月，季孙意如、叔弓、仲孙貜率领军队讨伐莒国。七月初三，晋平公死。九月，叔孙诺去到晋国，安葬晋平公。十二月初二日，宋平公死。

〇鲁昭公十年春天，周历正月，有一颗星出现在婺女宿。郑国的裨灶对子产说："七月初三日，晋国国君将死。今年岁星处在玄枵，姜氏、任氏守着它的分野，婺女宿处于玄枵星次的首端，而有妖星出现在那里，是预告邑姜将要发生灾祸。邑姜，是晋国先祖的母亲。天用七数记星，戊子日，齐地先君逢公也在这一天升天，妖星在这时出现，我因此卜问这一天象。"

齐国的子旗、子良都嗜好酒，听信妻室的话，别人怨恨很多，势力比陈氏、鲍氏强而又讨厌他们。

夏天，有人报告陈桓子说："子旗、子良将进攻陈氏、鲍氏。"也报告了鲍氏。陈桓子把盔甲发放给部下就到鲍氏家去，路上碰见子良喝醉了酒正在骑马狂奔，于是见到鲍文子，他也已经发放了盔甲。派人去察看子旗、子良二人，却都在准备喝酒。陈桓子说："那个人说的虽然不确实，但子旗、子良听说我们发放了盔甲，就必定会驱逐我们。趁他们喝酒时，抢先攻打他们吧！"陈、鲍两家正是关系和睦的时候，于是攻打子旗、子良。

子良说："先得到国君的支持，看陈氏、鲍氏往哪里跑。"就攻打虎门。晏子身穿朝服站在虎门之外。四个家族召请他，他哪也不去。他的部下说："帮助陈氏、鲍氏吗？"晏子说："有什么好处呢？"部下又说："帮助子旗、子良吗？"晏子说："难道胜过帮助陈氏、鲍氏吗？""那么回去吧？"晏子说："国君被攻打，回哪里去？"齐景公召见晏子然后才进宫去。景公卜问派王黑用灵姑鉟领兵作战，是吉兆。请求将旗杆砍断三尺然后使用它。五月的一天，在稷地交战，子旗、子良战败，又在庄地被打败。国都的人追赶他们，又在鹿门打败他们。子旗、子良逃亡前来鲁国。陈氏、鲍氏瓜分了他们的家产。

晏子对陈桓子说："一定要把他们的家产交给国君。谦让，是德行的主要内容，谦让就叫美德。凡是有血气的人，都有争夺之心，所以利益不可以强取，想着道义胜过争夺利益。道义，是利益的根本，积蓄利益过多就会产生祸害。暂且让它不要积蓄吧，可以慢慢增长。"陈桓子把子旗、子良的家产全部交给齐景公，而请求告老隐退到莒地。

陈桓子召见子山，私下准备了帐幕、器具、随从穿的衣服鞋子送给他，又把棘地还给他。对子商也像这样，而把封邑归还给他。对子周也像这样，而又给了他夫于的土地。让子城、子公、公孙捷返回国内，都增加了他们的俸禄。凡是公子、公孙中没有俸禄的，私下分给他们封邑。国内贫困孤寡的人，私下送给他们粮食。说：《诗》中说的'广泛地赐福人民因而缔造了周朝'，就是能够施行恩德的缘故，齐桓公也因这个缘故而成为霸主。"齐景公把莒地旁边的城邑给陈桓子，陈桓子辞谢了。穆孟姬为他请求高唐做封邑，陈桓子家族开始昌盛。

秋七月，平子攻打莒国，占取郠地，奉献俘虏，首次在亳社用人祭祀。臧武子在齐国，听到这件事，说："周公大概不会享用鲁国的祭祀了吧！周公享用合乎道义的祭祀，而鲁国没有道义。《诗》中说：'美好的名声非常显耀，给人民做榜样而使他们不轻薄。'这件事轻薄得可说过分了，而一概用这种方法祭祀的话，上天将降福给谁呢？"

七月初三日，晋平公死。郑简公前往晋国，到达黄河边，晋国人辞谢他，于是游吉去到晋国。

九月，叔孙婼、齐国国弱、宋国华定，卫国北宫喜、郑国子皮、许人、曹人、莒人、滕人、邾人、薛人、杞人、小邾人等前往晋国，是为了安葬晋平公。

郑国子皮准备带财礼去，子产说："吊丧哪需用财礼？用财礼必须要用百辆车，百辆车必须要一千人。一千人到晋国，将不会即时返回。不返回，必定将财物全部用掉。有了几次一千人的消耗，国家能不垮掉吗？"子皮坚决请求带财礼去。已经安葬晋平公，诸侯的大夫想要趁此机会进见新的国君。叔孙婼说："这是不合乎礼的。"但大家不听。叔向拒绝大家，说："大夫们的事情已完成了，而又命令寡君。寡君悲痛地处在服丧期间，如果用礼服相见，而又没完成丧礼；如果用丧服相见，则是再次接受吊唁，大夫们打算怎么办？"大家都没有理由去进见。子皮全部用完了财礼，回国，对子羽说："懂得道理实不难，难在实行它。夫子懂得道理了，我则不够。《尚书》上说'欲望败坏法度，纵欲败坏礼仪。'说的就是我了。夫子懂得法度与礼仪了，我实在是纵欲而不能自我克制啊！"

叔孙婼从晋国回到鲁国，大夫们都去见他，子良进见以后就退出。叔孙婼对大夫们谈论说："做人的儿子，不可不谨慎啊！过去庆封逃亡；子尾接受很多封邑而慢慢送给国君，国君认为他忠心而非常宠幸他。临死之前，他是在国君的宫中生的病，用辇车送他回去，国君亲自为他推车。他的儿子不能继承，因此住在这里。忠心作为一种美德，他的儿子不能继承，罪罚尚且要到达他身上，怎么能不谨慎？失去他父亲的功劳，丢掉德行，荒废宗庙的祭祀，而罪罚就到达他身上，不也是祸害吗？《诗》说：'不在我前头，也不在我后头。'说的就是这个意思吧！"

冬十二月，宋平公死。起初，宋元公厌恶寺人柳，想要杀他。等到举行宋平公丧礼时，寺人柳在元公的座位上燃炭火烤热，元公将到时就撤掉炭火。等到安葬完，寺人柳又受到宠幸。

昭公十一年

鲁昭公十一年春天，周历二月，叔弓前往宋国。安葬宋平公。夏天，四月初七，楚灵王诱骗蔡灵侯把他杀死在申地。楚公子弃疾率军包围蔡国。五月初四，昭公母亲齐归死了。昭公在比蒲举行大规模阅兵。仲孙貜会见邾子，在祲祥举行盟誓。秋天，季孙意如在厥愁会见晋国韩宣子、齐国国弱、宋国华亥、卫国北宫文子、郑国子皮、曹人、杞人。九月二十一日，安葬我鲁国小君齐归。冬天，十一月二十日，楚军灭亡蔡国，逮捕蔡国太子有回国，杀了他用来祭祀。

〇鲁昭公十一年春天，周历二月，叔弓前往宋国，是为了参加宋平公的葬礼。

周景王向苌弘询问说："今年在诸侯中哪个吉利？哪个不吉利？"苌弘回答说："蔡国

不吉利。这是蔡灵侯杀死他做国君的父亲
的年份，岁星在室宿，蔡君不能过这一关
了。楚国将会据有蔡国，但那是积累罪过。
岁星到达大梁，蔡国将复国，楚国不吉利，
这是上天显示的迹象。"

楚灵王在申地，召见蔡灵侯。灵侯打
算前去，蔡国大夫说："楚王贪婪而不讲信
用，只是怨恨蔡国，现在财礼送得重，话
又说得甜，是诱骗我们，不如不去。"蔡灵
侯不同意。三月十五日，楚灵王在申地埋
伏甲士而宴享蔡灵侯，把他灌醉然后逮捕
了他。夏四月初七日，杀了他，同时杀死
他的七十个士人。楚公子弃疾率领军队包
围了蔡国。

韩宣子问叔向说："楚国会成功吗？"
叔向回答说："会成功吧！蔡灵侯由于杀他
的父亲而获罪，因此得不到他的百姓的拥
护，上天将要借楚国的手来处死他，怎么
不成功？但我听说，不讲信用而侥幸得到
成功，不会有第二次的。过去楚王事奉孙
吴以讨伐陈国，说：'将安定你们的国家。'

楚灵王送礼物给蔡灵侯，骗蔡灵侯赴会，选自明刊本
《新镌绣像列国志》。

陈国人听从命令，结果被吞并成一个县。如今又诱骗蔡国而杀了它的国君，包围它的国
家，即使侥幸取得成功，也一定受到它的灾祸，不会长久了。夏桀战胜有缗国而丧失了国
家，殷纣战胜东夷而丧失了性命。楚国小，地位又低下，却屡屡比桀、纣二王还横暴，能
够没有灾祸吗？上天借助不善的人，不是赐福给他，而是加深他的罪恶来降给他惩罚。而
且比方说天，有五种材物而让人加以利用，材力用尽就丢弃它，因此楚国不可拯救了，到
最后也不可兴盛了。"

五月，昭公母亲齐归死了，昭公在比蒲举行盛大阅兵，是不合乎礼的。

仲孙貜会见邾庄公，在祲祥结盟，缔结友好，这是合乎礼的。

泉丘人有个女子，梦见用自己的帷帐覆盖孟氏的祖庙，就私奔到仲孙貜那里，她的同
伴也跟去。在清丘的社庙盟誓说："有了儿子，不要抛弃我们。"仲孙貜让她们住在莍氏那
地方做妾。从祲祥返回，住在莍氏她们那里，和泉丘那个女人生了懿子及南宫敬叔。她的
同伴没有生儿子，就让她抚养南宫敬叔。楚军驻在蔡国，晋国荀吴对韩宣子说："不能救

陈国，又不能救蔡国，人们因此不来亲附，晋国的无能，也就可以知道了。作为盟主却不救助灭亡的盟国，又哪里用得着盟主？"

秋天，在厥愁会见，是为了商议救援蔡国。郑国子皮打算去参加，子产说："走不远的，无法救援蔡国了。蔡国小却不顺从，楚国大却不道德，上天将抛弃蔡国来使楚国积累罪过，罪过积满就惩罚它，蔡国肯定灭亡了。而且丧失国君却能保住国家的很少。过三年，楚王大约有灾祸了吧？好运和恶运循环往复，楚王的恶运开始循环了。"

晋国人派狐父向楚国请求放过蔡国，楚国不答应。

单成公到戚地会见韩宣子，眼睛朝下看，说话很慢。叔向说："单子恐怕将死了吧！朝见有规定的位置，会见有一定的标志，衣服有交叉的领子，衣带有系扎的结。朝会时说话的声音，一定要能让每个固定位置上的人听到，这是为了显示事情的次序。视线不超过带结和衣领交叉的中间，这是为了引导容貌的端正。言语是用以发布命令的，容貌是用以表明态度的，不当就有缺陷。如今单子作为天子的百官之长，在会见时发布命令，却视线不超过衣带之上，说话的声音传不过一步之外，形貌表现不出威仪，而言语也就不明显突出了。表现不出威仪，别人就不恭敬；说话不突出，别人就不服从。单子没有保持身体的元气了。"

九月，安葬齐归，昭公不伤心。晋国前来送葬的士人，回去把这事告诉史赵，史赵说："昭公一定会被赶到鲁国的郊野去。"侍从的人问："什么原因？"史赵说："他是归氏的儿子，不想念母亲，祖先不会保他的。"叔向说："鲁国的公室大概要衰落了吧！国君有大丧事，国家不停止阅兵。有三年的服丧，却没有一天的悲伤。国家不忧丧事，是不敬畏君主；君主没有悲伤的表情，是不顾念亲人。国家不敬畏国君，国君不顾念亲人，能不衰落吗？恐怕将失去国家。"

冬十一月，楚灵王灭亡蔡国，在冈山杀了蔡灵侯的太子用来祭祀。申无宇说："不吉利。五种牲畜都不互相用来祭祀，何况用诸侯呢？君王一定会后悔。"

十二月，单成公死。

楚灵王修筑陈国、蔡国、不羹等地的城墙。派公子弃疾担任蔡公。楚王向申无宇询问说："弃疾在蔡地做蔡公，怎么样？"申无宇回答说："选择儿子没有人比得上父亲，选择臣子没有人比得上国君。郑庄公修建栎城而把子元安置在那里，结果使昭公不能立为国君。齐桓公修筑谷城而将管仲安置在那里，到现在齐国还依赖它。我听说五种大人物不安置在边远的地方，五种小人物不处在朝廷里。亲近的人不在宫外，客居的人不在宫内。如今弃疾在外，郑丹在内，君王还是稍微警惕点。"楚灵王说："国家有大城，怎么样？"申无宇回答说："郑国有京、栎两座大城，结果杀死曼伯；宋国有萧、亳两座大城，结果杀死子游；齐国有渠丘城，结果杀死无知，卫国有蒲、戚两座大城，结果驱逐献公。如果从这些来看，就对国家有害。树梢太大肯定会折断，尾巴太大就不能摇摆，这是您知道的。"

昭公十二年

鲁昭公十二年春天，齐国高偃率军队把北燕伯款送到唐地。三月二十七日，郑简公死了。夏天，宋公派华定来鲁国聘问。鲁昭公前往晋国，到达黄河就返回来了。五月，安葬郑简公。楚国杀了它的大夫成熊。秋天七月。冬天十月，公子慭逃亡到齐国。楚灵王攻打徐国。晋国讨伐鲜虞。

〇鲁昭公十二年春天，齐国高偃把北燕伯款送入唐地，是因为那里的群众希望他去的缘故。

三月，郑简公死。打算为安葬而清道，到达游氏祖庙，准备拆除它。子太叔让那些清道的徒役手持工具站在那里，而不要拆除，说："子产经过你们这里时，如果问为什么不拆，就说：'不忍心拆祖庙啊！不过准备拆了。'"照这样之后，子产就让避开了游氏祖庙。有个守墓人的家挡住了送葬的路，拆除它，就可以在早晨下葬；不拆，就要到中午才能下葬。子太叔请求拆了它，说："不拆的话，把诸侯的来宾怎么办？"子产说："诸侯的来宾能来参加我国的丧事，难道会怕等到中午？对来宾没有妨害，而老百姓不受损害，为什么不这样做？"就没有拆除，到中午才下葬。君子认为：子产在这件事上懂得礼。礼，就是不损伤别人来成全自己的事。

夏天，宋国的华定前来鲁国聘问，是为了通报新君继位。鲁国宴享他，为他吟诵《蓼萧》一诗，他不知道这首诗，又不赋诗答谢。叔孙婼说："他必定会逃亡。宴享的笑语不怀念，宠信荣耀不发扬，美好的德行不知道，共同的福禄不接受，他将凭什么在职位上待到最后？"

齐景公、卫灵公、郑定公去到晋国，是为了朝见新继位的国君。鲁昭公前往晋国，走到黄河边就返回了。占取郓地的那次战役，莒国人向晋国控诉，晋国有平公的丧事，没有受理这件事，所以辞谢昭公。于是公子慭前往晋国。晋昭公设宴款待诸侯，子产辅佐郑定公，推辞参加宴享，请求服丧期满然后听从命令。晋国人答应了他们，这是合于礼的。

晋昭公和齐景公宴饮，荀吴相礼。投壶，晋昭公先投，荀吴说："有酒像淮河，有肉像高坡，寡君投中，做诸侯的大哥。"投中了。齐景公举起箭，说："有酒像渑水，有肉像山陵。寡人投中，与君交替兴盛。"也投中了。伯瑕对荀吴说："您的话不适当。我们本来就做了诸侯的老大，投壶投中了有什么觉得特别的？齐君以为我们国君软弱，回国以后不会再来了。"荀吴说："我们军队统帅强悍勇猛，士兵争相劝勉，现在还像从前一样，齐国能干什么呢？"公孙傁快步走进，说："太晚了，君累了，可以出去了。"和齐景公一同出去。

楚灵王认为成虎是若敖的余党，于是杀了他。有人在楚灵王那里诬陷成虎，成虎知道这事但不能出走。《春秋》记载说："楚国杀了它的大夫成虎。"这是为了表明成虎因为怀念恩宠而不能出走。

六月，安葬郑简公。

晋国的荀吴假装会合齐军的样子，向鲜虞借路，于是进入昔阳。秋八月初十，灭亡肥国，带了肥国君主绵皋回国。

周朝的原伯绞虐待他的众臣子，致使他们成群结队逃走。冬十月初一，原地群众驱赶原伯绞，而立了公子跪寻。原伯绞逃往郊地。

甘简公没有儿子，立了他的弟弟甘过。甘过打算去掉成公、景公的族人，族人们贿赂刘献公。二十五日，杀了甘悼公甘过，而立了成公的孙子鳝。二十六日，杀了献太子的师傅庚皮的儿子庚过，在集市上杀了瑕辛，又连及杀了宫嬖绰、王孙没、刘州鸠、阴忌和老阳子。

季平子即位，对南蒯不加礼待，南蒯对公子慭说："我赶走季氏，把他的家产归还公室，您取代他的地位，我以费邑为领地作为公臣。"公子慭答应了他。南蒯告诉叔仲小，并且告诉他其中的缘故。

季悼子死的时候，叔孙婼以再命的身份做了卿。到季平子攻打莒国，攻下了，叔孙婼改受三命的封爵。叔仲小想要离间季孙、叔孙两家的关系，对季平子说："三命超过了父兄，不合乎礼。"季平子说："是这样。"所以让叔孙婼辞却。叔孙婼说："叔孙氏有家祸，杀死嫡子立了庶子，所以我才到了这一步。如果是趁家祸来弄倒我，那么我听到命令了；如果不废弃君主的命令，那么本来就有我的位次。"叔孙婼上朝，命令官吏说："我打算和季氏打官司，诉讼词不要偏颇。"季平子害怕，就归罪于叔仲小，所以叔仲小、南蒯、公子慭打季氏的主意。公子慭告诉昭公，于是跟随昭公去了晋国。南蒯害怕不能成功，在费邑叛变，前往齐国。公子慭回国，到达卫国，听到发生动乱，丢下副使先逃回国。到达国都郊外时，听说费邑叛变，就逃亡到齐国。

南蒯准备叛变的时候，他的同乡有人知道，走过他门口而叹息，并且说："真让人担心啊！真让人忧愁啊！想得很深远但计划很短浅，身为近臣却志向高远，作为家臣却有国君的谋划，有这样的人才啊！"南蒯泛泛地占卜吉凶，得到《坤》卦变为《比》卦，卦辞说"黄裳元吉"，认为是大吉大利。南蒯拿给子服惠伯看，说："如果想要干事情，会怎么样？"惠伯说："我曾学过这个，如果是忠信的事就可以，不然肯定失败。外表坚强内心温顺，这是忠诚；用和顺来进行占卜，这是信用，所以说'黄色裙裳大吉大利'。黄，是中心的颜色；裳，是下身的服饰；元，是善德的首位。内心不忠，不符合那中心颜色；在下位不恭敬，不符合那服饰；办事不用善德，不符合那准则。外表内心一致就是忠，凭信用办事就是恭，培养三种德行就是善，不是这三种德行就不符合这个卦。况且《周易》不能用来占卜冒险的事，您打算干什么事呢？而且可以符合那服饰吗？中间美就是黄，上边美就是元，下边美则是裳，三者都完成就可以占卜。如果有缺失，占卜即使吉利，也不足为凭。"

南蒯将去费邑时，招待同乡人喝酒，有个同乡唱歌说："我有菜圃，却长着杞树啊！跟从我的是大男人啊！离开我的鄙陋不通啊！背弃亲邻的可耻啊！算了吧算了吧，不是我们同党的人啊！"

季平子想让叔孙婼驱逐叔仲小，叔仲小听说了，不敢上朝。叔孙婼命令官吏告诉叔仲小到朝廷等待政事，并说："我不做怨恨积聚的府库。"

楚灵王在州来打猎，驻扎在颍尾，派荡侯、潘子、司马督、嚣尹午、陵尹喜率军队包围徐国来威胁吴国。楚灵王住在乾溪，作为他们的援兵。天下雪，楚王头戴皮帽，身穿秦国送的复陶衣，披着翠羽披肩，脚穿豹皮靴，手持马鞭而出，仆析父跟随在后。

右尹子革晚上求见，楚灵王接见他，脱去帽子、披肩，放下鞭子，和他谈话说："过去我们先王熊绎，和吕伋、王孙牟、燮父、禽父一起事奉康王，四国都有分得的珍宝器物，我国独独没有。现在我派人到成周，请求分得鼎，周王会给我吗？"右尹子革回答说："会给君王吧！从前我们先王熊绎处在偏僻的荆山，乘柴车穿破衣，而开垦荒野，跋涉山林之间以事奉天子，只有桃木弓、棘木箭来供奉天子的政事。齐国，是天子的舅父；晋国和鲁国、卫国，是天子的同胞兄弟。楚国因此没有分得颁赐，而他们都有。如今周朝和四国服从事奉君王您，将唯命是从，难道还舍不得鼎？"楚灵王说："过去我们皇祖伯父昆吾住在许国，如今郑国人贪图那里田土的利益而不给我们。我们如果求取，将会给我们吗？"子革回答说："会给君王吧！周王都不吝惜鼎，郑国岂敢吝惜田土？"

楚灵王说："从前诸侯认为我国偏远而只害怕晋国，如今我们大规模修筑陈国、蔡国和两个不羹等城池，它们兵车都有一千辆，这中间有您的功劳，诸侯会害怕我国吗？"子革回答说："会害怕君王吧！单这四个城邑，就足以让人害怕了，又加上楚国全国，岂敢不怕君王呢？"

工尹路请求说："君王命令削圭玉来装饰斧柄，谨敢请求发布命令。"楚灵王进去察看。析父对子革说："您是楚国的希望，今天和君王谈话像回音应和一样对答如流，国家将怎么办？"子革说："磨利了刀刃等着，君王出来，我的刀刃将砍去非分之想。"楚灵王出来，又开始谈话。

左史倚相快步走过，楚灵王说："这是个好史官，您要好好对待他。这个人能读《三坟》、《五典》、《八索》、《九丘》。"子革回答说："我曾经向他询问过，过去周穆王想要放纵自己的欲望，周游天下，打算在天下都必留下车印马迹。祭公谋父作《祈招》一诗，来制止穆王的欲望，穆王因此能在祇宫得到善终。我问他这首诗，他却不知道，如果问更远的事，又哪能知道呢？"楚灵王说："您知道吗？"子革回答说："能知道。那首诗说：'祈求明德安祥和悦，以宣扬美好的声誉。想念我们君王的仪度，好像美玉，如同刚金。表现人民的力量，而没有纵欲的私心。'"楚灵王向子革作揖，进入内室，送给他食物不吃，睡觉睡不着，一连几天，不能克制自己，因而后来遭到祸难。孔子说："古时候有记载说：克制自己回归礼义，就是仁。说得确实好啊！楚灵王能够像这样的话，难道会在乾溪受到屈辱？"

晋国攻打鲜虞，是趁着灭亡肥国的战役而顺路进攻。

昭公十三年

鲁昭公十三年春天，叔弓率领军队包围费邑。夏四月，楚国的公子比从晋国回到楚国，在乾溪杀了他们的君主楚灵王。楚公子弃疾杀了公子比。秋天，昭公在平丘会见刘献公、晋昭公、齐景公、宋元公、卫灵公、郑定公、曹伯、莒子、邾子、滕子、薛伯、杞伯、小邾子等。八月初七日，在平丘共同盟誓。昭公没参加盟誓。晋国人拘捕季平子带回国。昭公从盟会回到鲁国。蔡平公回到蔡国，陈惠公回到陈国。冬十月，安葬蔡灵公。昭公前往晋国，到达黄河就回国了。吴国灭亡州来。

○鲁昭公十三年春天，叔弓包围费邑，没有攻下，被费邑人打败了。季平子发怒，命令看见费邑人就抓住他们作为俘虏囚禁起来。冶区夫说："不对。如果看见费邑人，受寒的人给他衣穿，挨饿的人给他饭吃，做他们的好主子，供给他们缺乏的东西。费邑人像回家一样前来亲附，南氏就灭亡了。百姓将要背叛他，他还与谁居守费邑呢？如果用威势吓唬他，用愤怒威胁他，百姓怀恨而背叛您，就是替他聚集百姓了。如果诸侯都像这样，费邑人没有归附的地方，不亲附南氏，还会归入到哪里去呢？"季平子听从了他的话，费邑人背叛了南蒯。

楚灵王做令尹时，杀了大司马蒍掩，然后夺取了他的家财。到即位以后，夺取了蒍居的田土，迁走许地的人而把许围作为人质。蔡洧在楚灵王面前很得恩宠，楚灵王灭亡蔡国的时候，他的父亲死于这次事件中，楚灵王让他参与守卫蔡国然后出发到乾溪。申地盟会中，越国大夫受到屈辱。楚灵王夺取了斗韦龟的封邑中犫，又夺取了成然的封邑而让他做郊邑尹。成然过去事奉蔡公，所以蒍氏的族人以及蒍居、许围、蔡洧、成然等，都是楚灵王所不加礼遇的人，他们利用一群丧失职位的人的亲族，策动越国大夫常寿过作乱，包围固城，攻克息舟，筑城而驻扎在那里。

观起死的时候，他的儿子观从在蔡国，事奉朝吴，说："现在不重封蔡国，蔡国就不能恢复了。请让我试一下。"就用蔡公的名义召见子干、子皙，他们到达郊外，就告诉他们实情，强行与他们结盟，然后进入都城袭击蔡宫。蔡公正准备吃饭，看见他们就逃走了，观从让子干吃饭，然后挖坑，埋入牺牲，把盟书放在上面，就迅速让他走了。自己则在蔡国公开宣示说："蔡公召见子干、子皙二人，打算把他们送回楚国，已经和他们结盟并且派遣他们走了，正打算率军队跟上去。"蔡国人围拢来，准备抓住观从。观从解释说："作乱的人已经逃跑，乱军已经组成，杀了我又有什么好处？"就放了他。朝吴说："你们几位如果能为楚灵王献身或逃亡。就应当违背蔡公，来等待事情的结果。如果要求安定，就应当赞助他，以成全他的愿望。况且违背主上，将何所适从呢？"众人说："赞助他。"于是事奉蔡公，召见子干、子皙二人在邓地盟誓，利用复国的心理发动依靠陈国人、蔡国人。

楚国的公子比、公子黑肱、公子弃疾、蔓成然、蔡国的朝吴率领陈国、蔡国、不羹、许国、叶国等地的军队，依靠四族的众人进入楚国。到达郊外，陈国、蔡国想要表明出兵的名义，所以请求修筑壁垒。蔡公知道了，说："我们希望迅速攻入，而且役人已经疲惫，请编起篱笆就算了。"就编篱笆围成军营。蔡公派须务牟和史猈首先进入楚都，依靠贴身仆人杀死了太子禄和公子罢敌。公子比做了王，公子黑肱做令尹，驻扎在鱼陂。公子弃疾做司马，先清除楚国王宫。派观从到乾溪去劝降楚军，乘便告诉他们形势，并且说："先回去的恢复官位俸禄，后回去的受劓刑。"军队到达訾梁就溃散了。

楚灵王听到各位公子死亡的消息，自己从车上摔下来，说："别人爱他自己的儿子，也像我一样吗？"侍从的人说："有比您更过分的，小人年老而没有儿子，知道将被弃尸沟壑了。"楚王说："我杀别人的儿子也算多了，能不落到这一步吗？"右尹子革说："请君王在郊外等待，以听从国内人民的意见。"楚王说："众怒不可触犯。"子革说："或许可以进驻一个大都邑然后向诸侯请求救兵。"楚王说："都已经叛离我们了。"子革说："或许可以逃亡到诸侯那里，以听从大国为君王谋划。"楚王说："大福不会两次降临，只是自取辱没罢了。"子革于是回到楚国去了。楚灵王沿着夏水，打算进入鄢地。芋尹无宇的儿子申亥说："我父亲两次违犯王命，君王没有诛杀，恩惠还有什么比这个更大的呢？对君王不可狠心违背，恩惠不可抛弃，我还是跟着君王。"就寻找楚灵王。在棘闱遇到楚王而一起回申亥家。夏五月二十五日，楚灵王在申亥家自缢身亡，申亥以自己的两个女儿作为殉葬而埋葬了他。

观从对子干说："不杀公子弃疾，即使得到国家，还是会遭到祸乱。"子干说："我不能狠心。"观从说："人家将忍心的，我不忍心待下去了。"就走了。

都城常常在夜里有人惊叫说："君王进入国都了！"十七日晚上，公子弃疾派人到处奔走呼喊说："君王到了！"国都内的人大为惊恐。又派蔓成然跑去报告子干、子皙说："君王到了，国都的人杀了您的司马，将要杀来了。您如果早点考虑自己，可以不致蒙受羞辱。众人的愤怒好像水火，是没法子可想的。"又有人喊叫着跑来说："国都的众人到了！"子干、子皙二人就都自杀。十八日，弃疾即位，改名叫熊居。把子干埋葬在訾地，称为訾敖。杀死一个囚犯，给他穿上国君的衣服而将他放在汉水中漂流，然后捞取尸体埋葬，来安定国内的人。让蔓成然做令尹。

楚国军队从徐国回来，吴国人在豫章打败了楚军，俘获了他们的五个将帅。

楚平王重建陈国、蔡国，让迁走的邑人返回来，把诸侯贡献的财货颁赐给有功人员，广泛施舍，减轻人民负担，赦免罪人，举拔被废弃的官员。召见观从，平王说："只要你所希望的，我都听从你。"观从回答说："我的先人辅佐卜师。"就让他做了卜尹。派枝如子躬到郑国聘问，并且送还犫地、栎地的田土。聘问结束，没有送还。郑国人请求说："听路途传闻，打算把犫地、栎地赐给寡君，斗胆请求命令。"枝如子躬回答说："下臣没有听到命令。"回国复命以后，楚平王问到犫地、栎地的事，枝如子躬脱去上衣回答说："下臣有罪，违背君命，没有送还。"平王握住他的手，说："您不要委屈自己，暂且回去，我有事的话，将告诉您的。"

过了几年，芊尹申亥把楚灵王的棺枢所在报告给平王，于是改葬灵王。

当初，楚灵王卜问说："我希望得到天下。"占卦不吉利，就把龟甲扔掉，责骂上天而喊道："这么一个小小的东西都不给我，我一定自己争取到它。"老百姓忧虑灵王的不满足，所以跟随叛乱的人就像回家一样。

起初，楚共王没有嫡长子，有五个宠爱的庶子，他们中间不知立哪个好。于是大规模祭祀各名山大川，祈求说："请神灵在五个人中选择，让他主持国家。"就在望祭中将玉璧展现给名山大川的神灵，说："面对玉璧而拜祭的人，就是神灵所立的人，谁敢违背？"望祭结束，就和巴姬秘密地将玉璧埋在祖庙的庭院里，让五个人斋戒，然后依长幼的次序进去拜祭。康王两腿跨在玉璧上，灵王胳臂压在玉璧上，子干、子皙都离得很远。平王年幼，抱着进来，两次拜祭，都压在璧纽上。斗韦龟把蔓成然嘱托给平王，并且说："抛弃礼义违背天命，楚国将危险啊！"

子干回国，韩宣子问叔向说："子干大概会成功吧？"叔向回答说："难。"宣子说："憎恶相同而互相需求，好像商人追求利润一样，有什么难的？"

叔向回答说："没有人与他爱好相同，谁会与他有共同的憎恶呢？取得国家政权有五件难事：有宠贵的地位却没有贤人，这是一；有了贤人却没有内主，这是二；有内主却没有谋略，这是三；有谋略却没有民众，这是四；有民众却没有德行，这是五。子干在晋国十三年了，晋、楚两国追随他的人，没听说过有贤达的人，可说是无人。族人灭尽，亲人叛离，可说是无主。没有可乘之机就行动，可说是无谋。一生客居别国，可说是无民。逃亡在外而谁也没有怀念的表现，可说是无德。楚王暴虐但并不令人畏惧，楚国如果以子干为国君，具有以上五件难事而杀死原有君主，谁能帮助他成功？拥有楚国的人，恐怕是公子弃疾吧？统治着陈、蔡两地，方城山以外的地方也属于他。苛暴邪恶的事没有发生，盗贼潜伏隐藏，人民的个人愿望不加违背，老百姓没有怨恨之心。先祖神灵任命他，国内人民信任他，芈姓一旦有王位纷乱，一定是小儿子立为国君，这是楚国的常规。得到神灵保佑，这是一；拥有民众，这是二；具有美德，这是三；受宠而显贵，这是四；处于常规，这是五。有五个有利条件来去掉五件难事，谁能危害他？子干的官职，就是个右尹；要说地位宠贵，不过是庶子；按神灵所命令的，则又远离玉璧。他的显贵丧失了，他的宠信丢掉了，老百姓对他不怀念，朝廷内没有人帮助他，将凭什么立为国君？"

韩宣子说："齐桓公、晋文公不也是这样吗？"叔向回答说："齐桓公是卫姬的儿子，受到齐僖公的宠爱，有鲍叔牙、宾须无、隰朋作为辅佐，有莒国、卫国作为外援，有国氏、高氏作为内应。追随善德好像流水一样，谦恭地对待善人专一虔诚，不收取贿赂，不放纵欲望，施舍不知疲倦，追求善德不满足，因此而享有国家，不也是应该的吗？我们的先君文公，是狐季姬的儿子，得到献公的宠爱。喜爱学习而不三心二意，出生十七年，得到五个人才。有先大夫子余、子犯作为心腹，有魏犨、贾佗作为左右手，有齐国、宋国、秦国、楚国作为外援，有栾氏、郤氏、狐氏、先氏作为内应。流亡十九年，保守志向更加坚定。惠公、怀公抛弃人民，人民就跟从而且赞助文公。献公没有别的亲人，老百姓没有别的希望，上天正佑助晋国，将用谁代替文公？这两位国君，和子干不一样。共王有宠爱的儿子，国内有高深莫测的君主，对百姓没有施予，在外没有援助，离开晋国而不送行，回到楚国而不迎接，凭什么希冀享有楚国？"

晋国的虒祁宫落成，诸侯中前去朝见而回国的都有了二心。因为鲁国占取郠地的缘故，晋国打算率诸侯前来讨伐。叔向说："对诸侯必须显示一下威力。"就遍召诸侯会见，并且告诉吴国。秋天，晋昭公到良地会见吴王，水路不通，吴王辞谢不见，晋昭公就回国了。二月二十九日，晋国在邾国南部进行军事演习，出动战车四千辆，羊舌鲋代理司马，就在平丘会合诸侯。

子产、子太叔陪同郑定公参加会见。子产带了九顶帐幕出发。子太叔带了四十顶，然后又感到后悔，每次住宿都减少一些，等到会见时，也和子产一样多了。

驻扎在卫国境内，羊舌鲋向卫国索取财货，放纵手下割草打柴的人。卫国人派屠伯送给叔向肉羹，给他一箱锦缎，说："诸侯事奉晋国，不敢怀有二心，何况卫国在君王的屋檐下，岂敢有别的想法？割草打柴的人行为和往日不一样，请求制止他们。"叔向接受肉羹退回锦缎，说："晋国有羊舌鲋这个人，贪求财货不满足，也将要遭到祸难了。对于这件事情，您如果以君王的名义赐给他这箱锦缎，就将了结了。"屠伯听从了叔向的话，还没退出去，羊舌鲋就禁止了割草打柴人的胡作非为。

晋国人打算重温过去的盟约，齐国人不答应。晋昭公派叔向告诉周朝卿士刘献公说："齐国人不肯结盟，怎么办？"刘献公回答说："盟约是用来表明信用的，君侯如果有信用，诸侯没有二心，担心什么呢？用文辞警告他们，用威武的军队监督他们，即使齐国不答应，君侯的功效也大了。天子的卿士请求率领天子的军队，'十辆大兵车，在前面开路。'进攻时间的早晚只听君侯的。"叔向转告齐国，说："诸侯请求结盟，已经在这里了。

现在君侯不认为有利，寡君以此作为请求。"齐国人回答说："诸侯讨伐有二心的国家，才有重温旧盟的必要。如果都听从命令，还重温什么旧盟？"叔向说："国家的衰败，在于有朝聘会盟之事而不遵守贡赋的职责，事情也就不能经常；遵守贡赋的职责而不讲礼节，经常了也不会有次序；有礼节而没有威严，有了次序也不会恭敬；有了威严而不发扬，即使恭敬也不能昭告神灵。不能昭告神灵而又失去恭敬，什么事也不会有结果，这就是国家倾覆的原因。所以英明君主的制度，是让诸侯每年聘问以记住贡赋的职责，隔两年朝觐一次以复习礼仪，两次朝觐然后会见一次以显示威严，两次会见然后结盟以昭告神灵表明信义。在友好中记住贡赋的职责，在等级次序中复习礼仪，向民众显示威严，向神灵表明信义，自古以来，从没有缺失。国家存亡的道理，常常由这里产生。晋国按礼仪主持结盟，害怕办理不好，才奉献盟祭的牺牲，展示于君侯之前，为的是获得事情的圆满结果。君侯却说'我一定废除它。'那还有什么结盟的呢？请君侯考虑一下，寡君听到命令了。"齐国人害怕，回答说："小国说一说，大国加以裁夺，岂敢不听从？已经听到命令了，一定会恭敬地前去赴会，早晚听凭君侯决定。"

叔向说："诸侯与我们有隔阂了，不可不向他们显示一下威力。"八月初四日，举行练兵演习，竖起旌旗但不缀饰飘带。初五日，又加上飘带。诸侯对此感到害怕。

郳国人、莒国人向晋国控告说："鲁国总是攻打我们，差不多要被它灭亡了。我们不能进贡，就是鲁国的缘故。"晋昭公不接见鲁昭公，派叔向前来辞谢说："诸侯将在初七日结盟，寡君知道不能事奉君侯了，请君侯不必劳驾。"子服惠伯回答说："君侯相信蛮夷的控诉，来断绝兄弟之国，抛弃周公的后代，也只好听凭君侯。寡君听到命令了。"叔向说："寡君有战车四千辆在那里，即使用兵无道，也必定令人畏惧。何况遵循道义，有什么可以抵挡的呢？牛即使瘦，仆倒在小猪上，难道还怕压不死？南蒯、子仲的忧虑，难道可以丢开吗？如果率领晋国的大众，使用诸侯的军队，凭借郳、莒、杞、鄫等国的愤怒，来讨伐鲁国的罪行，乘你们忧虑南蒯、子仲二人的机会，要什么得不到？"鲁国人害怕，只好听从命令。

初七日，诸侯在平丘一起会盟，这是因为齐国服从了。晋国命令诸侯中午到达盟会场地。初六日，朝见晋国退回，子产就命令外仆赶快到盟会场地去张设帐幕，子太叔制止了外仆，让他等到第二天。到傍晚时，子产听说外仆没有张设帐幕，派他迅速前往，但就没有地方可以张设了。

到盟会时，子产争论贡赋的轻重次第，说："过去天子确定贡赋次第，按地位决定轻重，地位尊贵的贡赋重，这是周朝的制度。地位卑下而贡赋重的，这是甸服。郑定公的爵位，是男服，却让我们跟着公侯缴纳贡赋，担心不能如数供给，大胆以此作为请求。诸侯息养兵卒，喜欢用来行事，使者传达的命令没有哪个月不到来，贡赋没有限度，小国有所缺少，这就是获罪的原因。诸侯重修旧盟，是为了使小国得以生存。贡赋没有限度，小国灭亡的日子很快到来。决定存亡的规定，将在于今天了。"从中午开始争论，到了晚上，晋国人才答应了。

已经结盟之后，子太叔怪罪子产说："诸侯如果来讨伐，难道可以轻易对付吗？"子产说："晋国政权由许多豪门掌握，他们三心二意苟且偷安还忙不赢，有什么空闲来讨伐？国家不争强也会受欺陵，那还算个什么国家？"

鲁昭公没有参加结盟。晋国人逮捕季平子，用幕布蒙住他，派狄人看守。司铎射怀里揣着锦缎，捧着水壶去给他喝冰水，而偷偷爬过去。看守阻挡他，就送给他锦缎然后进去了。晋国人带了季平子回国，子服惠伯跟着去了。

子产回国，还未到达，听说子皮死了，边哭边说："我完了！没有人替我出好主意了。只有他老人家了解我。"孔子说，"子产在这次盟会的行动中，足以做国家的基石了。《诗》说：'君子欢乐，做国家的墙脚。'子产，就是君子中追求欢乐的人。"并且说："会合诸侯，制定贡赋的限度，是合乎礼的。"

鲜虞人听说晋国军队全部出动，因而不对边境加以警戒，并且不修治武器装备。晋国荀吴从著雍率上军侵袭鲜虞，到达中人那地方，驾着冲车与鲜虞人追逐，俘获很多战利品回国。

楚国灭亡蔡国的时候，楚灵王将许国、胡国、沈国、道地、房地、申地的人民迁到楚国境内。楚平王即位时，既已重建陈国。蔡国，就都让他们迁回原地，这是合于礼的。让隐太子的儿子公子庐回到蔡国，这是合于礼的。让悼太子的儿子公子吴回到陈国，这也是合于礼的。冬十月，安葬蔡灵公，这是合于礼的。

鲁昭公前往晋国。荀吴对韩宣子说："诸侯互相朝聘，是重温过去的友好。逮捕他们的卿却让他们的君来朝聘，这是不友好的，不如辞谢他们。"就派士景伯到黄河边去辞谢鲁昭公。

吴国灭亡州来，令尹子期请求攻打吴国，楚平王不答应，说："我没有安抚人民，没有事奉鬼神，没有修治守卫国家的装备，没有安定国家及家族，却去使用百姓的力量，失败了来不及后悔。州来在吴国，就像在楚国一样，您暂且等等吧。"

季平子还在晋国，子服惠伯私下对荀吴说："鲁国事奉晋国，凭哪一点不如夷人的小国？鲁国，是兄弟国家，土地还很辽阔，你们命令进贡的物品都能具备。如果为了夷人而抛弃它，让它事奉齐国或楚国，对于晋国难道有什么好处？亲近亲族国家，赞助土地辽阔的国家，赏赐能供奉赋贡的国家，惩罚不能供奉的国家，这就是能作为盟主的原因。您还是考虑一下吧！俗话说：'一臣两主。'我们难道没有别的大国可以事奉？"荀吴告诉韩宣子，并且说："楚国灭亡陈、蔡，我们不能救援，却替夷人逮捕亲人，这有什么用？"就把季平子放回去。惠伯说："寡君不知道自己的罪过。会合诸侯却抓了他们的卿，如果有罪，奉命而死可以。如果说无罪而恩准释放，诸侯没听说，这是逃避命令，算是什么释放？请求在诸侯盟会上接受君侯的恩惠。"韩宣子担心这件事，对叔向说："您能使季平子回去吗？"叔向回答说："不能。羊舌鲋能。"于是派羊舌鲋去。羊舌鲋见到季平子说："过去我得罪晋君，只好自己归附贵君。如果没有您祖父武子的恩赐，我到不了今天。虽然我这把老骨头得以回到晋国，还是等于您让我得到再生，岂敢不尽心回报？让您回去却不回去，我从官吏那儿听说，将在西河替您修所房子，那将怎么样？"羊舌鲋边说边哭起来。季平子害怕，先回国了。惠伯留下等待按礼节相送。

昭公十四年

鲁昭公十四年春天，季平子从晋国回到鲁国。三月，曹武公滕死了。夏四月。秋天，安葬曹武公。八月，莒国著丘公去疾死了。冬天，莒国杀了它的公子意恢。

〇鲁昭公十四年春天，季平子从晋国回到鲁国，《春秋》这样记载是尊重晋国而归罪本国。尊重晋国归罪本国，这是合乎礼的。

南蒯将要叛变的时候，和费地人结盟。司徒老祁、虑癸假装发病，派人向南蒯请求说："下臣愿意接受盟约但疾病发作，要是托君主的福不死，请等病好转再结盟。"南蒯答应了。这两人趁老百姓想要背叛南蒯的机会，请求让民众前来朝见而结盟。于是劫持南蒯说："下臣们没有忘记他们的君主，只是害怕您到现在，服从您的命令三年了。您如果不考虑，费邑人不忍心他们的君主，将不再害怕您了。您什么地方不能满足欲望呢？请让我们把您送走吧！"南蒯请求给五天期限，于是逃奔到齐国。南蒯侍奉齐景公喝酒，齐景公说："叛徒！"南蒯回答说："下臣想要扩大公室势力啊！"子韩晳说："作为家臣却想要扩大公室势力，罪过没有比这大的了。"司徒老祁、虑癸前来把费邑归还鲁国，齐景公让鲍文子来送还费邑。

夏天，楚平王派然丹在宗丘选拔检阅西部地区的部人，同时安抚那里的百姓。施予救济贫困，抚育幼小孤儿，奉养老弱病残，收容单身民众，救助受灾人家，宽免鳏夫寡妇的赋税，赦免罪人的刑罚，追究查办奸恶，推举埋没的人才。礼待新人安排旧人，奖赏功勋合好亲族，任用贤良物色官员。派屈罢到召陵选拔检阅东部地区的军队，做法也和西部一样。与四边接壤的邻国友好，让老百姓休养生息五年，然后再用兵，这是合于礼义的。

秋八月，莒国著丘公死了。儿子郊公不悲伤。国内人民不顺从他，想要立著丘公的弟弟庚舆。蒲余侯讨厌公子意恢而喜欢庚舆，郊公讨厌公子铎而与意恢相好，公子铎利用蒲余侯而和他商议说："你杀了意恢，我赶走国君而接纳庚舆。"蒲余侯答应了他。

楚国的令尹子旗对楚平王有恩，而不知道限度，和养氏勾结，贪求索取没有满足。楚平王对此很担心。九月初三日，楚平王杀了子旗，灭掉养氏家族。让子旗的儿子斗辛住在郓地，以示不忘记他父亲过去的功勋。

冬十二月，蒲余侯兹夫杀死莒国的公子意恢，郊公逃亡到齐国。公子铎从齐国接回庚舆，齐国的隰党、公子鉬送他们，莒国有土田送给齐国。

晋国的邢侯和雍子争夺鄐地的土田，调解很久都没有结果。士景伯去了楚国，叔鱼代理他的法官职务。韩宣子命令他审理旧案，罪过在雍子一方。雍子把他的女儿嫁给叔鱼，叔鱼判定邢侯有罪。邢侯发怒，在朝廷上杀了叔鱼和雍子。韩宣子向叔向询问如何定他们的罪，叔向说："三个人罪行相同，活着的杀了然后陈尸，死了的暴露尸体就可以了。雍子知道自己的罪过，却用贿赂的手段换取胜诉；叔鱼呢，接受贿赂而徇私枉法；邢侯则擅自杀人，他们的罪行是一样的。自己丑恶却掠取美名叫做昏乱，贪婪而败坏职守叫做污秽，杀人没有畏惧叫做残酷。《夏书》说：'昏乱、污秽、残酷的人，处死。'这是皋陶的刑法，请依从。"于是杀了邢侯陈尸，把雍子和叔鱼的尸体暴露在集市上。

孔子说："叔向，继承了古代遗留的正直作风。治理国家，掌握刑法，不庇护亲人。三次数说叔鱼的罪恶，不给他减轻，是出于道义啊，可说是正直了！平丘的盟会，指出他的贪财，以宽免卫国，晋国做到了不残暴。让鲁国的季孙意如回国，举出他的欺诈，以宽免鲁国，晋国做到了不欺凌。邢侯这次案件，说明他的贪婪，以使法律公正，晋国做到了不偏颇。三次说话而免除了三次恶政，增加了三项好的政绩，杀了亲人增加了荣誉，是出于道义啊！"

昭公十五年

鲁昭公十五年春天，周历正月，吴君夷末死了。二月十五日，在鲁武公庙有祭祀。奏簫的人一进入，叔弓就死了。撤去音乐，完成祭祀。夏天，蔡国的朝吴出奔到郑国。六月丁巳初一日，发生日食。秋天，晋国的荀吴率军队攻打鲜虞。冬天，昭公前往晋国。

〇鲁昭公十五年春天，将要对鲁武公举行禘祭，告戒百官做好准备。梓慎说："禘祭的那一天，恐怕会有灾祸吧！我看见红黑色的妖气，那不是祭祀的吉兆，是丧事的凶气。恐怕会发生在主持祭祀的人身上吧！"二月十五日，举行禘祭，叔弓主持祭礼，奏簫的人一进入他就死了。撤去音乐，把禘祭举行完毕，这是合乎礼的。

楚国的费无极认为朝吴留在蔡国有危害，想要赶走他，就对朝吴说："君王只相信您，所以把您安置在蔡国。您也算是年长了，却处在低下的职位上，这是耻辱，一定要争取高位，我帮助您请求。"又对朝吴的上级官员说："君王唯独相信朝吴，所以把他安置在蔡国，您几位不如他，而处在他的上级职位上，不也为难吗？不做打算，必定遭受祸难。"夏天，蔡国人赶走朝吴，朝吴逃亡到郑国。楚平王发怒，说："我只因为相信朝吴，所以把他安置在蔡国。而且如果没有朝吴，我到不了今天这地位。你们为什么赶走他？"费无极回答说："我难道不想要朝吴？但是早知道他为人怀有异心。朝吴留在蔡国，蔡国肯定很快飞走。赶走朝吴，就是为了剪去它的翅膀。"

六月初九日，周景王的太子寿死了。

秋八月二十二日，景王穆后死了。

晋国的荀吴率军队攻打鲜虞，包围鼓国。鼓国有人请求带着城邑叛降，荀吴不答应。左右的人说："军队不辛劳，却可以获得城邑，为什么不干？"穆子说："我从叔向那儿听说：'喜爱和厌恶没有过错，老百姓知道目标，事情没有不成功的。'若有人带了我们的城邑叛变，是我们所最厌恶的。别人带了城邑前来叛降，我们为何偏偏喜欢呢？奖赏最厌恶的，对所喜爱的怎么办？如果不奖赏，这又是失信，凭什么保护百姓？力量能达到就进，否则就退，估量能力而办事。我不能想要城邑却靠拢奸恶，那样丧失的会更多。"让鼓国人杀了叛降的人并修缮防守设备。

包围鼓国三个月，鼓国有人请求投降。荀吴让鼓国人来会见，说："你们还有吃了饭的脸色，暂且去修缮你们的城墙。"军吏说："得到城邑却不占取，苦了百姓毁了兵器，凭什么事奉国君？"荀吴说："这就是我事奉国君的方法。得到一个城邑而教老百姓懈怠，将哪里用得着这个城邑？用城邑买来懈怠，不如保全原来的不懈怠。买来懈怠没有好结果，抛弃原来的勤勉不吉利。鼓国人能事奉他们的君主，我也能事奉我们的君主。遵循道义没有差错，喜爱和厌恶都不过分，城邑可以得到而老百姓懂得道义所在，肯为君命献身而没有二心，不也可以吗？"鼓国人报告城内粮食吃完，力量耗尽，然后占领了它。荀吴攻下鼓国返国，不杀一个人，带了鼓君鸢鞮回国。

冬天，鲁昭公前往晋国，这是由于平丘那次盟会的缘故。

十二月，晋国的荀跞去到成周，参加穆后的葬礼，籍谈做副使。安葬完毕，减除丧服，周景王与荀跞宴饮，用鲁国进献的酒壶斟酒。景王说："伯氏，诸侯都献有用来镇守辅佐王室的贡器，晋国唯独没有，为什么？"荀跞向籍谈作揖，籍谈回答说："诸侯受封的时候，都在王室接受了明器，来镇守安定他们的国家，所以能进献彝器给天子。晋国处在深山，与戎狄为邻，远离王室，天子的福泽不能到达，让戎狄顺服还来不及，怎么来进献彝器？"

周景王说："叔氏，你忘了吧？叔父唐叔，是成王的同胞兄弟，难道反而没有分得宝器吗？密须的鼓和它的大路车，是文王用来举行大检阅的；阙巩的皮甲，是武王用来攻克商朝的，唐叔接受它们而住在晋国，匡正统有戎狄。那以后周襄王所赐的大路、戎路之车、斧钺、黑黍酿的香酒、红色弓、勇士等，晋文公接受这些，因而拥有南阳的田土，安抚征伐东边各国，这不是分得宝器又是什么？有了功勋就不废弃，有了战绩就记载下来，用土田来奉养他，用彝器来安抚他，用车服来表彰他，用旌旗来显耀他，子孙后代不忘记，这就是所说的福泽。福泽不记住，叔父的心在哪里？而且过去你的远祖孙伯黡，掌管晋国的典籍，来参与国家的重大政事，所以叫做籍氏。等到辛有的次子董到了晋国，于是有了董氏的史官。你，是掌管典籍的史官的后代，为什么忘了这些呢？"籍谈不能回答。客人出去了，周景王说："籍父恐怕没有能承袭禄位的后代吧！列举典籍却忘了祖宗。"

籍谈回国，把情况告诉叔向。叔向说："天子恐怕不能善终吧！我听说：人必定死在他所喜欢的事上。如今天子以悲忧为欢乐，如果因为悲忧而死，不可说是善终，天子一年间有两次三年之丧，而在这个时候与吊丧的宾客宴饮，又求取彝器，以忧为乐也算是过分了，而且不合乎礼。彝器的来源，是由于嘉奖功勋，不是由于丧事。三年的服丧，即使贵为天子也要如期服完，这是礼。天子即使不服完，宴饮欢乐也太早了，这也是不合乎礼的。礼，是做天子的大原则，一次举动而违背了两种礼，这就没有了大原则。言语用来稽考典籍。典籍用来记载原则，忘记了原则而言语很多，举出典籍，又有什么用呢？"

昭公十六年

鲁昭公十六年春天，齐景公攻打徐国。楚平王引诱戎蛮子杀了他。夏天，鲁昭公从晋国到达鲁国。秋八月二十日，晋昭公夷死了。九月，举行求雨大祭。季平子前往晋国。冬十月，安葬晋昭公。

〇鲁昭公十六年春天，周历正月，昭公在晋国，晋国人扣留了他。《春秋》不记载，是为了隐讳。

齐景公讨伐徐国。楚平王听到蛮氏发生动乱和蛮君没有信用，派然丹引诱戎蛮的君长嘉而杀了他，于是占取了蛮氏。不久以后又立了他的儿子，这是合乎礼的。

二月十四日，齐军到达蒲隧，徐国人求和。徐君和郯人、莒人会见齐景公，在蒲隧订立盟约，把甲父鼎送给齐景公。叔孙婼说："诸侯没有霸主，有危害啊！齐君没有道义，出兵攻打远方国家，会见了他们，订立和约而回国，没有人能抵御，是没有霸主啊！《诗》中说：'宗周已经灭亡，无所止息安定。执政大夫离居分散，没有人知道我们的劳苦。'大概说的就是这种状况吧！"

三月，晋国的韩宣子到郑国聘问，郑定公宴请他。子产告戒说："如果在朝廷的宴会上有个席位，不要有不恭敬的表现。"孔张后到，站在宾客中间，宴会的工作人员挡住他；去站到客人后面，又挡住他；只好站到悬挂的乐器间隙里。客人们因此笑他。宴礼结束，富子进谏说："大国的人，不可不慎重接待，岂有被他们耻笑而不欺负我们的？我们都做到有礼，他们尚且要鄙视我们，国家如果没有礼仪，凭什么求得荣誉？孔张没有站到合适的位置上，这是您的耻辱。"子产发怒说："发布命令不恰当，订出法令不讲信用，刑法偏颇有缺陷，诉讼官司放任混乱，盟会朝觐不讲究礼敬，派遣命令没有人听从，招致大国的欺压，使百姓疲困而没有功劳，罪过发生却不知道，这才是我的耻辱。孔张，是国君哥哥的孙子，也就是子孔的后代，执政的继承人。作为嗣大夫，奉命出使，遍使诸侯，国内人民尊敬他，诸侯知道他。他在朝廷有地位，在家里有祭祀的祖庙，在国家有俸禄，对军队有贡赋，丧礼、祭典中有职务，接受祭肉和馈送祭肉，国君的祭祀他在宗庙里辅助，已经有了固定的位置。他家在官位已有几代，世世代代保守自己的家业，如今却忘记了他应在的位置，我怎么能为他感到耻辱？有了邪辟的人就都把罪责推到当政的人身上，这是等于先王没有刑罚了。您还是用别的事来规正我吧！"

韩宣子有副玉环，其中一只在郑国的商人手中。宣子向郑定公请求，子产不给，说："不是公家府库的藏器，寡君不了解。"子太叔、子羽对子产说："韩宣子也没有多少要求，对晋国也不可以有二心，晋国和韩宣子都不可以薄待。要是正好有说坏话的人在中间挑拨，鬼神如果帮助他，来挑起他们的凶恶怨怒，后悔怎么来得及？您何必舍不得一个玉环，而因此招来大国的憎恨，何不找来给他？"子产说："我不是怠慢晋国而有二心，将要始终事奉它，所以才不给，这是为了忠诚守信的缘故。我听说君子不担心没有财货，而担心立身没有美名。我又听说治理国家不担心不能事奉大国抚养小国，而担心没有礼仪来确定国家的地位。大国的人对小国发命令，如果都要得到要求的东西，将拿什么供给他们？一次供给一次不供给，招来的罪过就更大。对大国的要求，如果不按礼来斥退它，会有什么满足？我们将成为他们的边邑，那样就失去了国家的地位了。如果韩宣子奉命出使却求取玉环，那么贪婪没有节制也太过分了，难道不是罪过吗？拿出一只玉环来引起两种罪过，我国又失去了地位，韩宣子成为贪婪，哪里用得着这样呢？况且我们用玉买来罪过，不也太不合算吗？"

韩宣子从商人手中购买玉环，已经成交了，商人说："一定要报告给君主的大夫。"韩宣子向子产请求说："往日我请求那玉环，您认为不合道理，不敢再请求了。如今从商人手中购买，商人说一定要报告，冒昧地向您请求这件事。"子产回答说："过去我们先君桓公和商人们都从周朝出来，更递相代，共同配合，来开垦这块土地，斩除蓬蒿藜藿等杂草而一块住在这里。世世代代订有盟誓，以互相信赖，说：'你们不要背叛我，我不强买你们的商品，也不乞求，不掠夺。你们有赢利的买卖和珍宝财货，我不干预过问。'靠着这诚信的盟誓，所以能相安无事直到今天。现在您友好来访，却告诉敝国去强夺商人的财货，这是教敝国背叛盟誓，恐怕不可以吧！您得到玉环而失去诸侯，肯定不会干。如果大国有命令，让我们供给财物而没有定准，把郑国当成它的边邑，我们也是不干的。我如果献上玉环，不知道那样做的好处，因此冒昧地私下向您表白。"韩宣子退掉玉环，说："我不聪明，岂敢求取玉环来求得两种罪过？谨让我退回去。"

夏天四月，郑国六位大卿在郊外为韩宣子饯行，宣子说："诸位君子请都吟诵一首诗，我也凭这了解郑国的打算。"子蓍赋《野有蔓草》，韩宣子说："年轻人好啊！我有希望了。"子产吟诵《郑风》中的《羔裘》一诗，韩宣子说："我不敢当。"子太叔吟诵《褰裳》，韩宣子说："我在这里，岂敢劳驾您到别人那儿去！"子太叔拜谢，韩宣子说："您吟诵这首诗，好啊！没有这回事的话，恐怕不能始终友好啊！"子游吟诵《风雨》，子旗吟诵《有女同车》，子柳吟诵《蘀兮》，韩宣子高兴地说："郑国差不多会治理好了吧！诸位君子用国君的名义款待我，吟诵诗篇不超出《郑风》，都亲密友好。各位君子都是几代相传的大夫，可以不必忧惧了。"韩宣子都给他们献了马，并吟诵《我将》诗。子产拜谢，让其他五位卿都行拜礼，说："您平定动乱，岂敢不拜谢您的恩德？"韩宣子私下带着玉和马进见子产，说："您命令我舍弃那个玉环，这等于是赐给我玉而免除我一死，岂敢不借此来拜谢您？"

鲁昭公从晋国回到国内，子服昭伯告诉季孙意如说："晋国的公室恐怕将终究衰微了。国君年幼力弱，六卿强大而奢侈骄傲，将会因此形成习惯，习惯而成常规，能不衰微吗？"季孙意如说："你还小，哪里知道国家的事？"

秋天八月，晋昭公死了。九月，举行求雨大祭，是因为天旱。

郑国大旱，派屠击、祝款、竖柎在桑山举行祭祀。砍去山上的树木，不下雨。子产说："在山上举行祭祀，是应当培植山林，却砍去山上的树木，他们的罪过大了。"取消了他们的官职封邑。

冬天十月，季孙意如前往晋国参加晋昭公的葬礼，他说："子服昭伯的话还可信，子服家有个好儿子啊！"

昭公十七年

鲁昭公十七年春天，小邾穆公前来朝见。夏六月甲戌初一日，发生日食。秋天，郯君前来朝见。八月，晋国的荀吴率军队灭亡了陆浑之戎。冬天，在大火星旁有彗星出现。楚国人与吴国在长岸交战。

〇鲁昭公十七年春天，小邾穆公前来朝见，昭公和他宴饮。季孙意如吟诵《采菽》，穆公吟诵《菁菁者莪》。叔孙婼说："没有治理国家的人才，难道能长久吗？"

〇夏六月甲戌初一日，发生日食，祝史请求用来祭祀的祭品。叔孙婼说："发生日食，天子不举行宴享，在土神庙击鼓；诸侯在土神庙用祭品祭祀，在朝廷上击鼓，这是礼制。"季孙意如禁止这样做，说："算了吧。只有周正六月初一，阴气没有兴起，发生日食，在这时击鼓用祭品，这是礼制。其余的时候就不这样。"太史说："就是在这个月。太阳过了春分而没有到夏至，日、月、星发生灾变，在这时候百官脱去朝服穿上素服，国君不举行宴享，避离正寝，躲过日食的时间，乐工击鼓，祝史用祭品，史官使用辞令。所以《夏书》说：'日月交会不处在正常的位置上，乐师击鼓，啬夫驰车，百姓奔跑。'这就是说的本月初一。正当夏历四月，这就叫做孟夏。"季孙意如不听。叔孙婼退出来说："那个人将有别的心思，不把国君当做君主了。"

秋天，郯子来鲁国朝见，昭公和他一起宴饮。叔孙婼问他说："少皞氏用鸟名作官名，是什么原因？"郯子说："他是我的祖先，我知道这个。从前黄帝因为云的吉兆而治理政事，所以设立官长就以云名作官名。炎帝因为火的吉兆而治理政事，所以设立官长就以火名作官名。共工因为水的吉兆而治理政事，所以设立官长就以水名作官名。太皞氏因为龙的吉兆而治理政事，所以设立官长就以龙名作官名。到我们远祖少皞挚即位时，凤凰恰好飞到，所以就由鸟而治政，设立官长就以鸟名作官名。凤鸟氏，就是掌管历法的官。玄鸟氏，是掌管春分、秋分的官。伯赵氏，是掌管夏至、冬至的官。青鸟氏，是掌管立春、立夏的官。丹鸟氏，是掌管立秋、立冬的官。祝鸠氏，就是司徒。䳡鸠氏，就是司马。鳲鸠氏，就是司空。爽鸠氏，就是司寇。鹘鸠氏，就是司事。这五个鸠氏，是聚集百姓的。五雉，则是五种管理工匠的官长，是改进器物用具，校正度量衡器，安定百姓的官。九扈，则是九种管理农业的官长，是禁止老百姓放纵的官。从颛顼以来，不能治理远方，就从近处百姓开始治理，设立管理百姓的官长而拿百姓的事务来命名，就不能照过去那样了。"孔子听说这件事，进见郯子向他学习。后来告诉别人说："我听说，天子失去了关于立官的礼制，就在四方小国那儿学，这还是可信的。"

晋顷公派屠蒯前往周朝，请求祭祀洛水和三涂山。苌弘对刘子说："来客面容凶猛，不是要祭祀山川，恐怕是进攻戎人吧！陆浑氏和楚国非常友好，肯定是这个缘故。您还是防备点吧！"于是为防备戎人而加强警戒。九月二十四日，晋国的荀吴率军队从棘津徒步过河，让祭史先用牲祭祀洛水。陆浑人不知道，军队就跟着进攻。二十七日，就灭亡了陆浑，指责他们对晋国有二心而亲附楚国。陆浑君逃亡到楚国。他的部众逃亡到甘鹿。周朝俘获了许多逃亡的陆浑戎人。韩宣子梦见晋文公拉着荀吴而把陆浑交付给他，所以就派荀吴领兵，到文公庙祭献俘虏。

冬天，有彗星出现在大火星旁，光芒向西延伸到银河。申须说："扫帚是用来除旧布新的。天上的事情常常有所象征，现在对大火星进行扫除，大火星再出现时必定布散成灾，诸侯恐怕会发生火灾吧！"梓慎说："去年我见到它，这就是它的征兆了。去年大火星出现而见到彗星，今年大火星出现而彗星更加明亮。一定是在大火星消失时潜伏起来，与大火星处在一起很久了，难道不是这样吗？大火星出现，在夏历是三月，在商历是四月，在周历是五月。夏代的历数符合天时，如果发生火灾，恐怕是四个国家承当，也就是宋、卫、陈、郑四国吧！宋国，是大火星的分野；陈国，是太皞的分野；郑国，是祝融的分野，都是大火星居处的地方。彗星的光芒到达银河，银河，是水的征象。卫国，是颛顼的分野，所以称为帝丘。和卫国相配的星是大水，水，是火的雄性配偶。大概会在丙子日或者壬午日发生火灾吧！那是水火相会合的日子。如果大火星消失而彗星潜伏，一定在壬午日，不会超过它出现的那个月。"郑国的裨灶对子产说："宋、卫、陈、郑四国将同一天发生火灾，如果我们用瓘斝、玉瓒祭祀，郑国一定不会发生火灾。"子产不赞成。

吴国攻打楚国，阳匄做令尹，卜问战争的胜负，结果不吉利。司马子鱼说："我们处在上游，怎么会不吉利？而且按楚国旧例，是由司马在占卜前报告所要卜问的事情，我请求重新占卜。"报告说："我率领我的部属拼死一战，楚国的大军跟上去，希望大获全胜。"占卜结果吉利。于是在长岸交战，子鱼首先战死，楚军跟上去，大败吴军。缴获他们一条叫余皇的乘船，派随国人和后到的人看守它，围绕着船挖一道堑壕，深及泉水，里面填满木炭，摆好阵势等待命令。吴国的公子光向他的部众请求说："丢掉了先王的乘船，难道只是我的罪过，你们人家也有份的。请让我凭借你们的力量夺取回来以挽救死罪。"部众答应了他。于是派遣三个高大健壮的人偷偷埋伏在船旁，说："我喊余皇，你们就回答，军队在晚上再跟上去。"喊了三声，埋伏的人都交替回答，楚国人循声跟上去把他们杀了。楚军大乱。吴国人大败楚军，夺取余皇船带回去。

昭公十八年

鲁昭公十八年春天，周历三月，曹平公死了。夏天，五月十三日，宋国、卫国、陈国、郑国发生火灾。六月，邾国人进入鄅国。秋天，安葬曹平公。冬天，许国迁移到白羽。

○鲁昭公十八年春天，周历二月十五，周朝的毛得杀了毛伯过而取代他的地位。苌弘说："毛得必定逃亡，这一天是昆吾恶贯满盈的日子，是因为他骄横的缘故。而毛得在周王的都城里以骄横成事，不逃亡还等待什么？"

三月，曹平公死。

夏天，五月，大火星在黄昏开始出现。初七日开始刮风。梓慎说："这叫做融风，是火灾的开始。过七天，火灾恐怕会发生了吧！"初九日，风厉害起来。十四日，刮得更加厉害。宋国、卫国、陈国、郑国都发生火灾。梓慎登上大庭家的库房眺望，说："是宋国、卫国、陈国、郑国起火。"一连几天都有来报告火灾的。裨灶说："不采用我说的办法，郑国又会发生火灾。"郑国人请求采用他的话，子产不同意。子太叔说："宝物是用来安定人民的，如果有火灾，国家都差不多会灭亡。可以用来挽救灭亡，你何必舍不得呢？"子产说："天象幽远，人世间的道理切近，两者并不相干，凭什么知道它们的关系？裨灶怎么会知道天象？这个人也是话太多了，难道不会偶尔言中？"终究没有采用他的办法，也没再发生火灾。

郑国没有发生火灾的时候，里析报告子产说："将发生大灾变，百姓会震惊骚动，国家差不多会灭亡。我自己那时已经死了，不能等到发生灾变。迁移国都，可以吗？"子产说："即使可以，我无法决定迁都的事。"等到火灾发生，里析死了，还没安葬，子产派三十个舆人迁走他的棺柩。

火灾发生，子产在东门辞退晋国的公子公孙，让司寇把新来的客人送出去，禁止老客从客馆中出来。派子宽、子上巡视各祭神之处，直到大宫。派公孙登搬走占卜用的大龟。派祝史把安放神主的石匣搬迁到周庙，并向先君报告。派府人、库人各自警戒他们的职责范围。派商成公警戒管理后官的官员，把先公的宫女迁出来，安置到大火烧不到的地方。司马、司寇分布在火道上，巡视火烧到的地方。城下的人列队登城。第二天，派野司寇分别管束他们征来的徒役，郊人帮助祝史在国都北面清除地面设置祭坛，祭祀水神、火神以禳除火灾，又在四边城墙上祈祷。记载烧毁的房屋以宽免他们的赋税，发给他们建房材料。郑国臣民哭了三天，国都内停止买卖。派行人向诸侯报告灾情。宋国、卫国都像这样。陈国不救火，许国不慰问灾民，君子因此推知陈国、许国将首先灭亡。

六月，鄑国国君巡视藉田的稻子，邾国人偷袭鄑国。鄑国人打算关闭城门，邾国人羊罗把关门人的头砍下用手提着，于是进入城内，全部俘虏了鄑国臣民带回去。鄑国国君说："我没有地方可回了。"跟随妻子儿女到了邾国，邾庄公归还他的夫人，而留下他的女儿。

秋天，安葬曹平公。鲁国前去参加葬礼的人在那儿见到周朝的原伯鲁，和他说话，他说到不喜欢学习。回国后把这事告诉闵子马，闵子马说："周朝恐怕要发生动乱了吧！一定有很多人有这种说法，然后才影响到他们当权的人。当权的人担心失去官位而不明事理，又说：'可以不要学习，不学习没有害处。'没有害处而不学习，就苟且马虎而满足，于是在下的人凌驾于在上的，在上的人荒废懈怠，能不发生动乱吗？学习，就好像种植，不学习就将堕落，原氏恐怕要灭亡了吧！"

七月，郑国子产因为火灾的缘故，大修社庙，祭祀四方之神以除灾求福，救治火灾，这是合乎礼的。于是挑选士兵举行大规模检阅，准备为检阅清除场地。子太叔的家庙在路南，他的住房在路北，他的庭院很小。超过拆迁期限三天，他让清除场地的徒卒排列在路南庙北，说："子产经过你们这里而命令赶快拆除时，就朝你们面向的南边拆除。"子产上朝，经过那里而对此感到愤怒，清除场地的徒卒就朝南边毁庙。子产赶到交叉街口，派随从人员制止他们，说："朝北边拆毁。"

火灾发生的时候，子产发放兵器登上城墙，子太叔说："这样晋国恐怕会来讨伐吧？"子产说："我听说，小国忘记防守就危险，何况有火灾呢？国家不可轻视，就是有防备的缘故。"

发放兵器不久，晋国的边境官员责备郑国说："郑国有了火灾，晋国的君主、大夫都不敢安居，卜问占筮，遍祭山川，不吝惜牺牲玉帛。郑国有火灾，是寡君的忧虑。现在执事气势汹汹地发放兵器登上城墙，打算拿来治谁的罪？边境上的人感到害怕，不敢不向您报告。"子产回答说：'正像您说的，敝邑的灾害，是贵君的忧虑。敝邑政治不当，上天降下灾祸，又担心进逸言的人挑拨离间，邪恶的人打敝邑的主意，而引起贪婪的人的贪心，频繁造成敝邑的不利，来加重贵君的忧虑。幸而不被灭亡，还可以值得庆幸；不幸而被灭亡，贵君即使为敝邑忧虑，也来不及了。郑国也与其他国家边境相邻，但能仰望投奔的只有晋国。已经事奉晋国了，岂敢有二心？"

楚国左尹王子胜对楚平王说："许国对于郑国，是仇敌，而处在楚国领土中，因而对郑国不礼貌。晋国和郑国正和睦友好，郑国如果攻打许国，而晋国又帮助它，楚国就丧失土地了。君王何不迁走许国？许国不专属于楚国，郑国方能施行好的政治。许国说：'郑国是我们的旧都所在地。'郑国说：'许国是我们俘获的城邑。'叶地在楚国来说，是方城山外的屏障。领土不可轻视，国家不可小看，许国不可俘获，仇恨不可引起。君王考虑一下吧！"楚平王很高兴。冬天，楚平王派王子胜把许国迁到析地，也就是白羽。

昭公十九年

鲁昭公十九年春天，宋元公攻打邾国。夏五月初五日，许国的太子止杀了他的君主许悼公。十六日，发生地震。秋天，齐国的高发领兵攻打莒国。冬天，安葬许悼公。

○鲁昭公十九年春天，楚国的工尹赤把阴城迁到下阴，令尹子瑕在郏地筑城。叔孙婼说："楚国的意图不在诸侯了，恐怕仅仅能保全自己，以保持它的世代相传罢了。"

楚平王先前在蔡国的时候，郹阳封人的女儿私奔他，生了太子建。等到楚王即位，派伍奢做他的师傅，费无极做少师。费无极在太子建那儿不受宠信，想要在楚王面前说坏话诬陷他，就说："太子建可以娶妻了。"楚王为他到秦国行聘娶亲，费无极参加了迎亲，劝楚王自己娶了那个秦国女子。正月，楚夫人嬴氏从秦国来到楚国。

鄅夫人是宋国向戌的女儿，所以向宁请求宋公发兵攻打邾国。二月，宋元公攻打邾国，包围虫地。三月，占取虫地，就把邾国原来抓来的鄅国俘虏全部放了回去。

夏天，许悼公患了疟疾。五月初五日，喝了太子止的药，死了。太子止逃亡到晋国。《春秋》记载说："弑其君。"君子说："尽心尽力地事奉君主，不进献药物是可以的。"

邾国人、郳国人和徐国人会见宋元公，五月十二日，一起在虫地结盟。

楚平王组成水军去攻打濮，费无极对楚平王说："晋国能做霸主，是因为接近中原各国，而楚国偏僻鄙陋，所以不能与它相争。如果扩大城父的城墙而把太子安置在那里镇守，以交结北方诸侯，君王收取南方，这样就得到天下了。"楚王很高兴，听从了他的话。所以太子建居处城父。

令尹子瑕到秦国聘问，是为了拜谢秦国把嬴氏嫁给楚国做夫人。

秋天，齐国的高发率领军队攻打莒国，莒共公逃亡到纪鄣，齐国又派孙书攻打纪鄣。当初，莒国有个女人，莒共公杀了她的丈夫，已经成了寡妇。等到年老，寄居在纪鄣。她纺线搓绳量了城墙的高度然后收藏起来。等到齐军到来，就把绳子扔到城外。有人把绳子献给孙书，孙书命令军队在晚上用绳子吊着攀登城墙。登上城的有六十人，绳子断了，军队击鼓呐喊，登上城的人也呐喊。莒共公害怕，打开西门逃出去。七月十四日，齐军进入纪鄣。

这一年，郑国的子游死了。子游娶晋国大夫的女儿为妻，生了丝，还年幼，他的父兄们立了子瑕为继承人。子产厌恶子瑕的为人，而且认为立他不是名正言顺，就不答应，也不制止，子游家族的人很害怕。过了些日子，驷丝把情况告诉他的舅父。冬天，晋国人派使者带了财礼前往郑国，询问立子瑕的原因。子瑕家族的人害怕，子瑕想要逃走，子产不放行，请求龟甲用来占卜，子产也不给。大夫们商议答复的办法，子产不等他们商量的结果就回答客人说："郑国不能得到上天的保佑，寡君的几位臣子夭折病亡。如今又失去了我们的先大夫子游，他的儿子幼小，他的几个父兄害怕断了宗庙祭主，和家族的人商议立了年长的亲子。寡君和他的几位老臣说：'也许上天确实打乱了这个家族的继承常规，我对此知道什么呢？'俗话说：'不要经过动乱人家的门口。'老百姓动刀枪作乱，尚且害怕经过那里，何况敢知道上天搅乱的东西？现在大夫将要询问它的缘故，寡君确实不敢知道，还有谁能知道它？平丘那次盟会，君主重温过去的盟约说：'不要有人失职。'如果寡君的几位臣子，其中有去世的，晋国大夫都要专断地控制它的职位继承，这就是把我国当成晋国的边远县邑了，还成什么国家？"辞谢客人的财礼而回报他们的使者。晋国人放弃了这件事。

楚国人在州来筑城，沈尹戌说："楚国人一定失败。从前吴国灭亡州来，子旗请求攻打吴国，君王说：'我没有安抚我的百姓。'现在也像从前一样，却在州来筑城去挑动吴国，能不失败吗？"侍从说："君王施舍恩德不厌倦，让老百姓休养生息五年了，可说安抚他们了。"沈尹戌说："我听说安抚老百姓的君王，在朝廷内节约费用，在朝廷外树立德行，老百姓乐于他们的生活，而没有仇敌。现在宫室的费用没有限量，老百姓每天为劳苦疲困、死了无人安葬而担惊受怕，忘掉了睡觉吃饭，这不算是安抚他们了。"

郑国涨大水，有龙在时门外的洧渊里相斗，国人请求举行禜祭，子产不答应，说："我们斗争，龙没有来看我们；龙相斗，我们偏要看什么呢？祭祀而驱除它，但那儿本是它的家。我们对龙没有所求，龙也对我们无所求。"于是作罢。

令尹子瑕向楚平王谈起蹶由说："他有什么罪？俗话所说的'在家里生气，到大街上给人看脸色'，说的就是楚国了。可以抛弃以前的怨恨了。"于是就把蹶由放回吴国。

昭公二十年

　　鲁昭公二十年春天，周历正月。夏天，曹国的公孙会从鄸城逃亡到宋国。秋天，作乱的人杀死了卫灵公的哥哥公孟絷。冬天十月，宋国的华亥、向宁、华定逃亡到陈国。十一月初七日，蔡平公庐死了。

　　〇鲁昭公二十年春天，周历二月初一日，冬至。梓慎观察天上的云气，说："今年宋国有动乱，国家差不多会灭亡，三年后才止息下来。蔡国有重大丧事。"叔孙婼说："那么就发生在戴、桓两族了！他们骄奢无礼太甚，是动乱发生的地方。"

　　费无极对楚平王说："太子建和伍奢将率领方城山外的人叛乱，自以为像宋国、郑国一样，齐晋两国又交相辅助他，将因此危害楚国。他们的事快要成功了。"楚平王相信费无极说的话，问伍奢，伍奢回答说："君王犯一次过错已经严重了，怎么还相信谗言？"楚王逮捕了伍奢，派城父的司马奋扬去杀太子建。奋扬还没到达，先派人送走了太子建。三月，太子建逃亡到宋国。楚平王召回奋扬，奋扬让城父人拘捕自己回到朝廷。楚平王问："话从我的口里说出，进入你的耳朵，是谁通报太子建的？"奋扬回答说："是下臣通

伍员杀府，清杨柳青年画。楚平王派使者召伍尚与伍员，想将他们兄弟一起杀掉，伍尚应召，伍员不肯自就死地，用箭逼住使者，趁隙逃走。

报他的。君王命令我说:'事奉太子要像事奉我一样。'下臣无能,也不能苟且背叛。奉行当初的命令来侍奉太子,就不忍心执行后来杀他的命令,所以送走了他。完了之后为此后悔,也来不及了。"楚王说:"那你敢于前来,为什么?"奋扬回答说:"执行使命却违背命令,召我而不回来,这样就是两次违犯命令。即使逃跑也没有去的地方。"楚平王说:"回城父去吧。"于是治理政事还像往日一样。

费无极说:"伍奢的儿子有才能,如果留在吴国,一定会成为楚国的忧患,何不以赦免他父亲为名义召回他们。他们仁爱,一定会来。不然的话,将成为祸患。"楚平王派人召他们,说:"回国来,我赦免你们父亲。"棠邑大夫伍尚对他的弟弟伍员说:"你前往吴国,我打算回国为父亲去死。我的才智不及你,我能去死,你能报仇。听到赦免父亲的命令,不可不为它奔走;亲人被杀,不可不替他报仇。奔向死亡使父亲免祸,这是孝;估量功效而行事,这是仁;选择应尽的责任去完成,这是智;明知会死而不逃避,这是勇。父亲不能抛弃,名誉不可毁坏,你还是努力吧!听从我的意见为好。"伍尚回到楚国,伍奢听到伍员没来,说:"楚国的君王、大夫将不能按时吃饭了吧!"楚国人把伍奢、伍尚都杀了。

伍员前往吴国,向州于说明攻打楚国的好处。公子光说:"这是宗族的人被杀戮而想要报他们的私仇,不可听从。"伍员说:"他会有异心,我姑且替他寻找勇士,住在郊外等待他。"就拜见鲔设诸,自己在郊野种地。

宋元公没有信用多有私心,讨厌华氏和向氏。华定、华亥和向宁商议说:"逃亡比死要强,先下手吧!"华亥假装有病,来引诱公子们。公子来探问他的病情,就抓起来。夏六月初九日,杀了公子寅、公子御戎、公子朱、公子固、公孙援、公孙丁,把向胜、向行拘禁在他们的谷仓里。宋元公到华氏那里去请求,华氏不答应,于是劫持了宋元公。十六日,又捕取太子栾和他的同母兄弟公子辰、公子地作为人质。宋元公也捕取华亥的儿子华无慼、向宁的儿子向罗、华定的儿子华启,与华氏结盟,把他们作为人质。

卫国的公孟絷轻慢齐豹,夺取了他的司寇官职和鄄地,有事需要他时就归还给他,没事就又夺取过来。公孟絷还讨厌北宫喜和褚师圃,想要除掉他们。公子朝和襄公的夫人宣姜私通,因为害怕,想要趁机挑起动乱。所以齐豹、北宫喜、褚师圃、公子朝等人发动了祸乱。

起初,齐豹把宗鲁介绍给公孟絷,做了他的骖乘。将发动祸乱时,就对宗鲁说:"公孟絷不善良,这是你所知道的,你不要和他乘车,我打算杀了他。"宗鲁回答说:"我由于您而事奉公孟絷,您又借给我好的名声,所以他不疏远我。虽然他不善良,我也知道这一点,但因为利害关系,不能离开他,这是我的过错。现在听到有祸难就逃走,这是使您没有了信用。您干您的事吧,我打算为此而死,以做到始终事奉您,而回去死在公孟絷那里,也许是可以的。"

六月二十九日，卫灵公在平寿，公孟絷在盖获之门外祭祀。齐豹在门外张设帷帐埋伏武装的士兵，派祝蛙把戈藏在柴车中来挡住城门，派一辆车跟着公孟絷出来，又派华齐为公孟絷驾车，宗鲁做车右。到达曲门中，齐豹用戈击杀公孟絷，宗鲁用背部挡戈掩护公孟絷，被击断胳膊，因而击中公孟絷的肩部，齐豹就把他们都杀了。

卫灵公听到发生动乱，坐上车子，驱车从阅门进入国都，庆比为卫灵公驾车，公南楚做车右，派华寅乘坐副车。到达公宫时，鸿骈魋也坐上了卫灵公的车子而一车有了四人。卫灵公用车装了宝物出来，褚师子申在马道的交叉口碰上灵公，就跟着走。经过齐豹那儿，派华寅光着上身拿着车盖，以挡住车上的空隙。齐豹用箭射击卫灵公，射中公南楚的背部，灵公于是逃出国都。华寅关闭城门，翻越城墙跟上卫灵公。卫灵公前往死鸟那地方，析朱鉏晚上从城墙的孔洞里爬出，步行跟上卫灵公。

齐景公派公孙青到卫国聘问，已经走出国境，听到卫国动乱，派人请示聘问的事情，齐景公说："卫灵公还在卫国境内，就是卫国的国君。"就打算按常规行事，于是跟着到了死鸟那地方。准备请求举行聘礼时，卫灵公推辞说："逃亡的人无能，没有守住国家，沦落在乡野，您用不着执行贵君的命令了。"客人说："寡君在朝廷上命令下臣说：'你要顺从亲附卫君。'下臣不敢违背。"主人说："贵君如果顾念先君的友好关系，让您光临敝国，安定抚慰我们的国家，那么有宗庙在那里。"于是取消了举行聘礼。卫灵公坚决请求见公孙青，没有办法，公孙青拿自己的好马做进见礼物，这是因为没有执行使命的缘故。卫灵公把公孙青送的马作为驾车的马。客人打算巡夜打更，主人推辞说："逃亡人的忧虑，不能连累您；沦落乡野之中的人，不值得屈辱您。冒昧地谢绝您。"客人说："寡君的下臣，就是贵君牧马放牛的人，如果得不到在外守御的差事，这就是心目中没有寡君。下臣害怕不能免于罪过，请求以此免除一死。"亲自拿着大铃，整晚参加燃火守夜。

齐豹的家臣渠子召请北宫喜，北宫喜的家臣没有听说其中的原委，策划杀了渠子，于是攻打齐豹，灭亡了他。六月三十日，卫灵公返回国都，与北宫喜在彭水边上结盟。秋七月初一日，就与国都的臣民盟誓。八月二十五日，公子朝、褚师圃、子玉霄、子高鲂等逃亡到晋国。闰八月十二日，杀死宣姜。后来卫灵公赐给北宫喜谥号叫贞子，赐给析朱鉏谥号叫成子，并把齐豹的墓地给了他们。

卫灵公向齐国通报平安，并且说到公孙青的有礼。齐景公准备喝酒，就把酒赏赐给每位大夫，说："是各位教导的结果。"苑何忌辞谢不喝，说："沾了公孙青的赏赐，必然受到他的罪罚。在《康诰》上说：父子兄弟，罪过互不连累，何况在群臣之间？下臣岂敢贪图君王的赏赐来冒犯先王？"

琴张听说宗鲁死了，打算前去吊唁他。孔子说："他使齐豹成为强盗，使公孟絷被害，你怎么去吊唁他？君子不吃奸人的俸禄，不容忍叛乱，不为了利益而被奸邪所污辱，不用邪恶对待别人，不掩盖不合礼义的事，不犯非礼的错误。"

宋国华氏、向氏作乱的时候，公子城、公孙忌、乐舍、司马强、向宜、向郑、楚建、郳甲等人逃亡到郑国。他们的徒党在鬼阎与华氏交战，华氏打败公子城，公子城前往晋国。

华亥和他的妻子一定要盥洗干净，让作为人质的公子们吃完饭然后才自己吃。宋元公和夫人每天一定到华氏那里去，让公子吃完饭然后才回去。华亥担心这种情况，想要送回各位公子，向宁说："正因为不讲信用，所以才拿他的儿子做人质，如果又送回他们，我们的死期就没有多少日子了。"宋元公向华费遂请求，打算攻打华氏，华费遂回答说："下臣不敢爱惜一死，但恐怕为求去掉忧患反而滋长忧患吧！下臣因此恐惧，岂敢不听从命令？"宋元公说："儿子们死生有命，我不忍心他们受耻辱。"

冬十月，宋元公杀了华氏、向氏的人质并进攻华氏、向氏。十三日，华氏、向氏逃亡到陈国，华登逃亡到吴国。向宁想要杀掉太子。华亥说："触犯国君而出逃，又杀掉他的太子，谁还会容纳我们？况且放他们回去会有功效。"派少司寇华牼带着三位公子回去，华亥说："您的年龄大了，不能再事奉他人，把三位公子送回去作为凭信，一定可以免罪。"公子们已经进入宫中，华牼将要从宫门走掉，宋元公连忙接见他，握住他的手说："我知道你是无罪的，进来吧，恢复你的职位。"

齐景公生了疥疮，接着又患了疟疾，一年都没好，诸侯派来慰问病情的宾客有很多在齐国。梁丘据和裔款对景公说："我们事奉鬼神很丰厚，比先君有所增加了。如今君王病情严重，造成诸侯的忧虑，这是祝史的罪过。诸侯不知道情况，大概会说我们不敬奉鬼神，君王何不杀了祝固、史嚚以辞谢各国宾客呢？"

齐景公听了很高兴，告诉晏子。晏子说："从前在宋国的盟会，屈建向赵武询问范会的德行，赵武说：'他老人家的家族事务治理得很好，在朝廷说话，竭尽忠心而没有个人打算。他的祝史祭祀鬼神，陈述实情而内心无愧。他的家族事务无猜无忌，他的祝史对鬼神也无所祈求。'屈建把这些告诉康王，康王说：'神和人都对范会没有怨恨，范会辅佐五位君主而使他们成为诸侯的霸主，就是适宜的了。'"齐景公说："梁丘据和裔款说寡人能事奉鬼神，所以想要杀了祝史，您举出这些话，是什么原因？"晏子回答说："假如是有德行的君主，内外政务都不荒废，上上下下都没有怨恨，行动没有违背礼仪的事，他的祝史向鬼神进说实情，就没有惭愧之心了。因此鬼神享用祭品，国家蒙受鬼神所赐的福，祝史也分沾到了。他们之所以多福长寿，是作为诚信君主的使者的缘故，他们的话对鬼神忠诚信实。如果恰好碰上荒淫无度的君主，内外政务处理不当，朝野上下都有怨恨，行动邪僻悖礼，放纵欲望满足私心。兴建高台深池，奏乐歌舞，剥削民力，掠夺他们的积蓄，用来养成自己的过错，而不体恤后人。暴虐放纵，肆意行动没有法度，无所顾忌，不考虑人民的批评怨恨，不害怕鬼神降祸，神灵发怒人民痛心，而内心仍不悔改。他的祝史进说实情，这等于是数说君主的罪过；如果掩盖过失称举美善，这等于是虚假欺骗。左右都不好说话，就只好用空话来讨好鬼神，因此鬼神不享用他们国家的祭品而降祸给他们，祝史也分沾到了。他们之所以生病短寿，是作为暴君使者的缘故，他们的话对鬼神欺诈轻慢。"

齐景公说："那么该怎么办？"晏子回答说："不可挽救了。山林的树木，衡鹿看守；沼泽的水草，舟鲛看守；洼地的柴禾，虞候看守；海洋的盐蛤，祈望看守。边远县邑的人，进入国都应征服劳役；追近国都的关卡，横暴征收私人财物；世袭的大夫，强行收买货物。颁布政令没有准则，征收税赋没有节制，宫室每天更换，放纵享乐不肯离去。后宫的宠妾，在市场上肆意掠夺；朝廷的宠臣，在边远县邑假托君命掠取，个人欲望用来养身和追求玩好的东西，不供给就进行报复。人民痛苦怨恨，丈夫妻子都在诅咒。祷告是有好处，诅咒则有损害。聊地、摄地以东，姑水、尤水以西，那地方的人可多了，即使他们善于祷告，难道能胜过亿兆人的诅咒？君主如果想要杀了祝史，培养德行然后才可以。"齐景公听了很高兴，让官吏放宽政令，撤除关卡，废除禁令，减轻赋税，免去债务。

十二月，齐景公到沛地打猎，用弓招呼虞人，虞人没有前来，景公派人逮了他。虞人申诉说："过去我们先王打猎，用旗帜召唤大夫，用弓召唤士，用皮帽召唤虞人。下臣没有看到皮帽，所以不敢前来。"景公就放了他。孔子说："守着道义不如守着官位，君子都认为虞人做得对。"

齐景公从打猎的地方回宫，晏子在遄台陪侍，梁丘据驱车赶到。景公说："只有梁丘据与我和谐啊！"晏子回答说："梁丘据只是趋同罢了，怎么能算是和谐？"景公说："和谐与趋同不一样吗？"晏子回答说："不一样。和谐就好像做羹汤，用水、火、醋、酱、盐、梅来烹调鱼和肉，用柴烧煮，厨工加以调和，用各种调味品加以调剂，味道不足的添加调料，味道过重的用水冲淡。君子食用羹汤，能使内心和畅。君臣之间也是这样的。君王所认为可行的事而其中有不可行的因素，臣下指出其不可行的因素来促成可行的事；君王所认为不可行的事而其中有可行的因素，臣下指出其可行的因素来去掉不可行的因素，所以政事平允而不违犯礼义，老百姓没有争夺之心。所以《诗》中说：'也有调和的汤羹，已经告诫厨工，已经调理适中。进献汤羹给神灵，神灵默默来享用，因此朝野无所争。'先王调配五味，调和五声，是用来平静内心，完成政教的。声音也和味道一样，是用一种声气、两种体式、三类体裁、四方之物、五种声音、六种乐律、七种音阶、八面之风、九种赞歌等相辅相成的，是用清浊、大小、长短、缓急、哀乐、刚柔、快慢、高低、出入、疏密等互相调剂的。君子听了，内心平静。内心平静，德行就和柔。所以《诗》中说'道德品行没有缺点。'如今梁丘据不是这样。君说可行的，他也说可行；君说不可行的，他也说不可行。就好像用水调配水的味道，谁愿吃它？就好像琴瑟专弹一种声音，谁愿听它？趋同的不可取就像这个道理一样。"

齐景公喝酒喝得很高兴，说："如果自古以来没有死亡，那种快乐会怎么样？"晏子回答说："假如自古以来没有死亡，那么那种快乐就是古人的快乐，您怎能得到它？过去爽鸠氏首先居住在这里，其次是季荝承袭下来，有逢伯陵承袭下来，蒲姑氏承袭下来，然后是姜太公承袭下来。如果自古没有死亡，那是爽鸠氏的快乐，不是您所希望的。"

郑国的子产有病，对子太叔说："我死了，您必然执政。只有有德的人才能用宽厚使人民服从，其他的人不如用严厉的政治。火猛烈，老百姓看着就害怕，所以很少死于火；水柔弱，老百姓轻视而玩弄它，就有很多人死于水。所以宽厚难以治理百姓。"子产病了几个月就死去了。子太叔执政，不忍心严厉而实行宽厚的政治。郑国盗贼很多，在萑苻泽一带掠取人们财物。太叔后悔自己不严厉，说："我早点听从他老人家的，不会到这种地步。"就发动步兵去攻打萑苻泽的盗贼，全部杀了他们，盗贼才渐渐敛迹。

孔子说："好啊！政治宽和百姓就轻慢，轻慢就用严厉加以纠正。严厉百姓就受到伤害，受到伤害则实行宽和的政治。用宽和补救严厉，用严厉补救宽和，政治因此平和。《诗》中说：'百姓也已辛劳，应当使他们稍稍安康，抚爱这中原各国，来安定四面八方。'这是实行宽和政治。'不要放纵诡谲欺诈，以便谨防不良，以便制止侵暴，不要畏惧他们高明顽强。'这是用严厉纠正轻慢。'爱抚远近百姓，用以安定我王。'这是用宽和来平定国家。《诗》上又说：'不强急不宽缓，不刚劲不柔弱，施行德政从容平和，各种福禄都聚合。'这是宽和政治的最高境界。"等到子产死去，孔子听到了，流泪说："他有着古代遗留的仁爱啊！"

昭公二十一年

鲁昭公二十一年春天，周历三月，安葬蔡平公。夏天，晋顷公派士鞅来鲁国聘问。宋国的华亥、向宁、华定从陈国进入宋国的南里而叛变。秋七月初一日，发生日食。八月二十五日，叔辄死了。冬天，蔡侯朱出逃楚国。鲁昭公前往晋国，到达黄河边就返回了。

○鲁昭公二十一年春天，周景王打算铸造无射钟，乐官泠州鸠说："天子恐怕会因心病而死吧！音乐，是天子所执掌

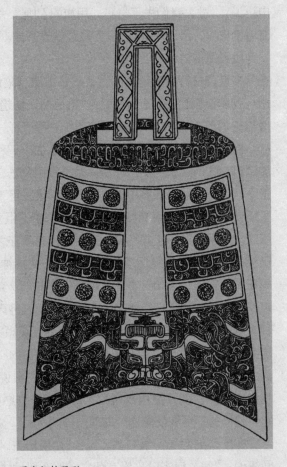

周代铜钟器形

的。声音，是音乐的载车；而钟，是声音的器具。天子审察风俗来制作音乐，用器具汇合它，用声音表现它，声音小的不纤细空虚，大的不粗犷难听，那么就与万物和谐。与万物和谐则合成美好的音乐。所以和谐的声音进入耳朵而藏在心里，心里安适则欢乐。声音纤细空虚就不能传遍各处，粗犷不中听就难以被人接受，内心因此撼动不安。撼动不安就会生病。现在钟声粗犷不中听，天子的心不能承受，难道能长久吗？"

三月，安葬蔡平公。蔡太子朱站错了位置，站到了低于他身份的位置。送葬的鲁国大夫回国后，见到叔孙婼。叔孙婼问到蔡国的事情，大夫把上述情况告诉他，叔孙婼叹气说："蔡国大概会灭亡了吧！如果不亡，这个国君一定不会善终。《诗》中说：'君主在职位上不懈怠，老百姓就能得到休养生息。'现在蔡君刚即位，就站到了卑下的位置。他自己将跟着走向卑微。"

夏天，晋国的士鞅来鲁国聘问，叔孙婼负责接待。季孙意如想使叔孙婼得罪晋国，就让官员用齐国的鲍国返回费城时的礼节接待士鞅。士鞅发怒，说："鲍国的地位低，他的国家小，却让我随他的七牢之礼，这是看不起敝国。我将把这事报告给寡君。"鲁国人害怕，增加四牢，成为十一牢。

宋国的华费遂生了华貙、华多僚、华登三个儿子。华貙做少司马，多僚做御士，而与华貙互相讨厌，多僚就在宋元公面前诬陷华貙，说："华貙打算收容逃亡的人。"屡次说这样的话。宋元公说："华费遂由于我的缘故失去了他的好儿子华登。虽然死和逃亡都由命中注定，但我不能因此第二次使他失去儿子。"华多僚回答说："君主如果爱惜我父大司马，就应当逃亡。死亡如果可以逃离，有什么远不远的？"宋元公害怕，派侍从人员召来华费遂的侍从宜僚，给他酒喝而让他报告华费遂。华费遂叹息说："一定是多僚搞鬼。我有一个进谗言的儿子却不能杀，我又不死，而君王有命令，可怎么办？"就与宋元公商议放逐华貙，打算让他到孟诸打猎而送走他。宋元公用酒招待华貙，送给他丰厚的礼物，并赏赐到随从人员。华费遂也像这样。张匄对此感到过分，说："一定有缘故。"让华貙拿剑抵住宜僚而追问他，宜僚把内情全部说出来。张匄想杀掉多僚，华貙说："父亲老了，华登逃亡对他的伤害可说是厉害了，我又再伤害一次，不如逃亡。"五月十四日，华貙打算见华费遂一面就出发，却碰上多僚为他父亲驾车上朝。张匄忍不住愤怒，就和华貙、臼任、郑翩杀了多僚，劫持华费遂而叛变，召集逃亡的人。二十日，华氏、向氏回国。乐大心、丰愆、华牼在横地抵御他们。华氏住在卢门，率领南里的人叛变。六月十九日，宋国修筑旧城以及桑林门用以据守。

秋七月初一，发生日食。鲁昭公问梓慎说："这是什么事呢？是祸还是福？"梓慎回答说："两至两分期间发生日食，不造成灾祸。日月的运行，在春分秋分时，黄道与赤道同交于一点；在冬至夏至时，互相超过相交点。其他月份发生日食则造成灾祸，阳气不胜阴气，所以常常造成水灾。"在这时叔辄为日食哭泣，叔孙婼说："叔辄快要死了，因为不是他应该哭的。"八月，叔辄死。

冬十月，华登凭借吴国军队救援华氏。齐国的乌枝鸣驻守宋国。厨邑大夫濮说："《军志》有这样的说法：'比敌人先下手可以摧垮敌人的士气，比敌人后下手只有等待衰败。'何不趁他们疲劳而且没有安定的时候攻打他们呢！如果华登进入宋国而且稳固下来，那么华氏的人就多了，后悔也来不及了。"乌枝鸣听从了他。十七日，齐军、宋军在鸿口打败吴军，俘虏了公子苦雉、偃州员两个将领。华登率领其余人马击败宋军。宋元公想要出逃，厨大夫濮说："我是个低微小臣，可以为君主垫死但不能护送逃亡，君主请等待一下。"就巡行全军说："挥舞旗帜的，是国君的战士。"大家听从他举起了旗帜。宋元公从扬门看到这情景，下城巡视，说："国家灭亡君主死难，这是你们各位的耻辱，哪里只是我的罪孽呢！"乌枝鸣说："用少量兵力作战不如一齐拼命，一齐拼命不如撤去守备。他们有很多兵器，让我们都用剑来作战。"宋元公听从了。华氏败逃，宋军、齐军又追击他们。厨大夫濮用裙子包着斩获的脑袋扛着奔跑，喊道："杀了华登了！"于是在新里打败了华氏。翟偻新住在新里，战斗开始以后，到宋元公那里脱下铠甲而归附他。华貙住在公里，也像翟偻新那样。

十一月初四日，公子城带领晋军来到宋国。曹国翰胡会合晋国荀吴、齐国苑何忌、卫国公子朝救援宋国。初七日，与华氏在赭丘交战。郑翩希望摆成鹳阵，他的御者想要摆成鹅阵。子禄为公子城驾车，庄堇做车右。干犨为吕地封人华豹驾车，张匄做车右。两车相遇，公子城返回。华豹喊道："这就是公子城！"公子城发怒而转回来。将要架上箭，华豹已经拉紧了弓弦。公子城说："先君平公的在天之灵，可要帮助我！"华豹发射，箭穿过公子城他们中间。公子城想要搭上箭，华豹又已经拉开了弓弦。公子城说："不一来一往，卑鄙。"华豹就抽下箭。公子城射他，华豹被射死了。张匄抽出殳从车上下来，公子城射他，射断了他的大腿。张匄伏在地上爬过来用殳攻击公子城，打断了车轸。公子城又射他一箭，死了。干犨请求一箭射死自己，公子城说："我向国君为你说话。"干犨回答说："不死在同乘一辆战车的人中间，是违犯军队的大法。违犯军法而跟从您，君王怎么会任用我？您快点射死我吧！"公子城就射他一箭，死了。宋军、齐军大败华氏，把他包围在南里。华亥拍着胸脯呼喊，进见华貙，说："我们成了晋国的栾氏了。"华貙说："你不要吓唬我，万一不幸然后逃亡。"派华登到楚国去请求援军。华貙率领战车十五辆、步兵七十人冲破宋军、齐军的包围而出，在睢水边吃饭，哭着送走华登，就又进入南里。

楚国的薳越率军队打算迎接华氏。太宰犯劝谏说："诸侯中只有宋国的臣民事奉他们的君主，现在又争夺国家政权，丢开君主却帮助臣下，恐怕不行吧？"楚王说："你告诉我的话太晚了，已经答应他们了。"

蔡侯朱逃奔楚国。费无极从东国那儿取得财物，就对蔡国人说："蔡侯朱对楚国不奉行命令，君王将要立东国为国君。如果不先顺从君王的愿望，楚国一定包围蔡国。"蔡国人害怕，赶走蔡侯朱而立了东国。蔡侯朱向楚国控诉。楚平王打算讨伐蔡国。费无极说："蔡平侯与楚国有盟约，所以才封他。他的儿子有了二心，所以废黜他。楚灵王杀死隐太子，隐太子的儿子与君王同样憎恶灵王，一定会非常感激您的恩德。又让他立为国君，不也可以吗？而且废和立都在于君王您，蔡国没有别的念头了。"

鲁昭公前往晋国。到达黄河边，鼓地人背叛晋国，晋国打算攻打鲜虞，所以辞谢了昭公。

昭公二十二年

鲁昭公二十二年春天，齐景公攻打莒国。宋国的华亥、向宁、华定从宋国南里出逃到楚国。鲁国在昌间举行大阅兵。夏四月十八日，周天子去世。六月，叔鞅前往京都，参加周景王的葬礼。王室发生动乱。刘蚠、单旗带着王子猛住在皇地。秋天，刘蚠、单旗带领王子猛进入王城。冬十月，王子猛死去。闰十二月初一，发生日食。

〇鲁昭公二十二年春天，周历二月十六日，齐国的北郭启领兵攻打莒国。莒君打算迎战，苑羊牧之劝谏说："齐国将帅地位低贱，他的要求不多，不如向他们低头，大国是不可以激怒的。"莒君不听，在寿余打败齐军。齐景公就攻打莒国，莒君求和。司马灶前往莒国参加结盟，莒君前往齐国参加结盟，在稷门之外签订盟约。莒国人从此非常厌恶他们的国君。

楚国的薳越派人告诉宋元公说："寡君听说君有个不好的臣下成为君的忧患，也许会因此成为宗庙的羞耻，寡君请求接受他加以诛戮。"宋元公回答说："寡人无能，不能从父兄辈那儿取得欢心，因此造成君王的忧虑，拜谢君王赐命的屈辱。只是我君臣间每天争战，君王要说'我一定帮助臣下'，也只有唯命是听。人们有话说：'不要经过动乱人家的门口。'君王如果赐恩保护敝国，不去庇护不善良的人，不因而鼓励作乱的人，这是寡人的愿望。希望君王考虑！"楚国人担心这件事。诸侯驻守宋国的将领商议说："如果华氏知道处于困境而拼死战斗，楚国耻于无功而迅速宣战，这对我们没有好处。不如放华氏出去以作为楚国的功绩，华氏也不能有所作为了。救援了宋国而除掉了他们的祸害，还要求什么呢？"就坚决请求放出华氏，宋国人听从了。二月二十一日，宋国的华亥、向宁、华定、华貙、华登、皇奄伤、省臧、士平出逃到楚国。宋元公派公孙忌做大司马，边卬做大司徒，乐祁做司城，仲几做左师，乐大心做右师，乐輓做大司寇，以安定国内人民。

王子朝、宾起在周景王面前很得宠信，景王和宾起喜欢王子朝，想要立他做太子。刘献公的庶子伯蚠事奉单穆公，厌恶宾起的为人，愿意杀掉他；又讨厌王子朝的话，认为会引起动乱，愿意除掉他。宾起去到郊外，看见公鸡自己啄断自己的尾毛，就问这件事，侍者说:"公鸡害怕自己将养成祭祀的牺牲。"宾起立即回去报告周景王,并且说:"鸡大概是害怕被人用为祭品吧! 人与此不同,牺牲实是被人使用的,被别人用做牺牲实在困难,自己用为牺牲妨碍什么呢?"周景王没答话。夏四月,景王在北山打猎,让公卿们都跟随,打算杀掉单旗、刘蚠。景王有心脏病,十八日,死在荣锜氏那里。二十二日,刘子挚死了,他没有嫡子,单旗立了刘蚠。五月初四日,进见周景王,于是攻打宾起,杀了他,和王子们在单氏那里结盟。

晋国占取鼓地时,在宗庙献俘之后,就让鼓子回国,鼓子又背叛晋国归顺鲜虞。六月,荀吴巡视东阳,派军队伪装籴粮的人背着铠甲在昔阳城门外休息,就乘机袭击鼓国,灭亡了它,带着鼓子鸢鞮回去,派涉佗据守鼓地。

六月十一日,安葬周景王。王子朝利用过去的官吏和百工中失去官职俸禄的人以及灵王、景王的族人发起叛乱,率领郊地、要地、饯地的甲士驱逐刘蚠。十六日,刘蚠逃亡到扬地。单旗在庄宫迎接悼王带回自己家,王子还在晚上夺取悼王又送到庄宫。十七日,单旗逃出王都,王子还与召庄公商议说:"不杀掉单旗,不能取胜。和他再次结盟,他必定来。违背盟约而取胜的人很多。"召庄公听从了。樊顷子说:"这不成话,肯定不能取胜。"王子还就奉从景王去追赶单旗。到达领那个地方,隆重举行结盟而返回,杀了挚荒来向单旗解释。刘蚠去到刘地,单旗逃亡。十九日,逃亡到平畤,王子们追赶他。单旗杀了王子还、姑、发、弱、鬷、延、定、稠等八人,王子朝逃亡到京地。二十日,单旗攻打京地,京地人逃亡到山里,刘蚠进入王城。二十五日,巩简公在京地被王子朝打败。二十九日,甘平公也被打败在那里。

叔鞅从京都回到鲁国,叙述王室的动乱。闵马父说:"王子朝肯定不能取胜,他所借助的人,是上天所废弃的人。"单旗想要向晋国告急,在秋七月初三,带着周天子前往平畤,随即去到圉车,驻在皇地。刘蚠前往刘地,单旗派王子处驻守王城,和百工在平宫结盟。十六日,郡胁攻打皇地,大败,单旗俘获郡胁。十七日,把郡胁烧死在王城的集市上。八月十六日,司徒丑带领的周天子军队在前城被打败,百工背叛。二十四日,百工攻打单旗的住宅,被挫败。二十五日,单旗反攻。二十六日,攻打东圉。冬十月十三日,晋国的籍谈、荀跞率领九州的戎人以及焦地、瑕地、温地、原地的军队,把周悼王送回王城。十六日,单旗、刘蚠带领的周天子军队在郊地被打败,前城人在社地打败陆浑。十一月十二日,王子猛死了,但没有举行天子规格的丧礼。十六日,周敬王即位,住在子旅氏家里。十二月初七日,晋国的籍谈、荀跞、贾辛、司马督率军分别驻扎在阴地、侯氏、溪泉以及社地。周天子的军队分驻在氾、解、任人等地。闰十二月,晋国的箕遗、乐征、右行诡等率军渡河攻取前城,驻扎在它的东南面。周天子的军队驻扎在京楚。二十九日,攻打京地,攻破它的西南部。

昭公二十三年

　　鲁昭公二十三年春，周历正月，叔孙婼前往晋国。十二日，叔鞅死了。晋国人逮捕我鲁国行人叔孙婼。晋国人包围郊地。夏六月，蔡君东国死在楚国。秋七月，莒君庚舆逃奔前来。二十九日，吴国在鸡父打败顿国、胡国、沈国、蔡国、陈国和许国的军队。胡君髡、沈君逞战死，陈国夏啮被俘。周天子住在狄泉。尹氏立了王子朝。八月二十六日，发生地震。冬天，鲁昭公前往晋国，到达黄河边，因有病，就返回了。

　　〇鲁昭公二十三年春天，周历正月初一，周天子和晋国两支军队包围郊地。初二日，郊地、郲地溃败。初六日，晋军驻在平阴，周王的军队驻在泽邑。周王派人向晋军报告王室的动乱基本平定，初九日，晋军撤回。

　　邾国人到翼地筑城，回去时打算从离姑走。公孙鉏说："鲁国将会阻挡我们。"想要经由武城返回，没着山路向南走。徐鉏、丘弱、茅地说："那儿道路低洼，碰上下雨，将走不出去，这样就回不去了。"于是从离姑走。武城人堵住他们前进的道路，又在他们后面砍断树木但不完全断开，邾国军队经过那里，就把树木推倒，于是击败邾军，俘获徐鉏、丘弱和茅地。

　　邾国人向晋国控告。晋国人前来讨伐鲁国。叔孙婼去到晋国，晋人逮捕了他。《春秋》记载说："晋人执我行人叔孙婼。"是说晋国逮捕外交使者。晋国人让叔孙婼与邾国大夫对质，叔孙婼说："各国卿相与小国的国君相当，这本是周王的制度。何况邾国又是夷族呢。寡君任命的副使子服回在这里，请让他去顶当吧，这是不敢废弃周王制度的缘故。"叔孙婼就终于没有去对质。

　　韩宣子让邾国人聚集他们的兵力，打算把叔孙婼交给他们。叔孙婼听说了，去掉侍卫和武器去朝见晋君。士弥牟对韩宣子说："您不好好谋划，而把叔孙婼交给他的仇人，叔孙婼必定死在他们手里。鲁国失去叔孙婼，必然灭亡邾国。邾君灭亡了国家，将回到哪里去？您到时即使后悔，怎么来得及？所谓盟主，就是要讨伐违背命令的诸侯。如果都互相逮捕，哪里用得着盟主？"就不交给邾国，让叔孙婼和子服回各自住一个宾馆。士弥牟听了他们两人的辩辞就告诉韩宣子，就把他们都抓起来。士弥牟为叔孙婼驾车，带着四个随从，经过邾国人住的宾馆而到官吏那儿去。先让邾君回国。士弥牟说："因为柴草困难，侍从人员劳苦，打算让您住到别的城邑去。"叔孙婼一大早就站着，等待命令。于是让他住在箕邑，让子服回住在别的城邑里。

　　范献子向叔孙婼索取财货，派人向他请求帽子。叔孙婼取来他帽子的式样，就给了他两顶帽子，说："全在这里了。"为了叔孙婼的缘故，申丰带着财货前往晋国。叔孙婼说："来见我，我告诉你送财货的办法。"申丰来见他，就不让申丰出去。和叔孙婼住在箕邑的监视官员请求他的一条爱叫的狗，没给他们。等到将要回国时，杀掉狗和他们一块吃了。叔孙婼所住的房子，即使住一天也必定修理墙屋，离开时就好像刚到的时候一样。

夏四月十四日，单旗攻取訾地，刘蚠攻取墙人、直人两地。六月十二日，王子朝进入尹地。十三日，尹圉诱杀了刘佗。十六日，单旗从山路，刘蚠从大路攻打尹地，单旗先行到达而失败，刘蚠返回。十九日，召伯奂、南宫极率领成周人戍守尹地。二十日，单旗、刘蚠、樊齐带着周王前往刘地。二十四日，王子朝进入王城，驻扎在左巷。秋七月初九日，郹罗送王子朝到庄宫。尹辛在唐地打败刘蚠军，十七日，又在郹地击败了他。二十五日，尹辛占取西闱。二十七日，攻打蒯地，蒯地溃败。

莒君庚舆暴虐而喜爱剑，只要铸了新剑，必定用人试剑，国内人们引以为患。庚舆又打算背叛齐国，乌存率领国人驱逐他。庚舆将要出国都，听到乌存手持殳杖站在路的左边，害怕会被挡住杀死。苑羊牧之说："君主过去吧。乌存凭勇力闻名就可以了，怎么一定要用杀死国君来成名呢？"庚舆就前来投奔鲁国。齐国人把郊公送回莒国。

吴国人攻打州来，楚国薳越率楚军及诸侯的军队奉命奔赴援救州来，吴国人在钟离抵抗他们。令尹子瑕死了，楚军士气衰竭。吴国的公子光说："诸侯追随楚国的很多，但都是小国，是畏惧楚国而不得已，所以前来攻打我们。我听说：'兴起大事如果威严胜过慈爱，即使弱小也必定成功。'胡国、沈国的君主年幼而狂躁，陈国大夫夏啮年壮却顽钝，顿国、许国和蔡国则憎恨楚国的政治。楚令尹死了，他们的军队士气衰竭，将帅出身低贱而大多得宠，政令也不统一。他们七个国家虽然共同参战但不同心，将帅低贱而不能整齐军队，没有大的威严发布命令，楚国是可以打败的。如果分出军队来先攻击胡国、沈国与陈国，他们必定首先逃跑。这三个国家败逃，诸侯的军队就军心动摇了。诸侯背离混乱，楚军肯定全部逃奔。请让先头部队除去武备减少威严，后续部队巩固阵营整肃师旅。"吴王听从了。七月二十九日，在鸡父交战。吴王用三千名罪犯首先攻击胡军、沈军与陈军，三军队争着俘虏吴国的罪犯。吴国整编了三军紧跟在后。中军跟从吴王，公子光率领右军，公子掩余率领左军。吴国的罪犯有的逃跑有的停下，三国军队大乱。吴军进攻他们，打败了三国军队，俘获了胡国、沈国的君主和陈国的大夫。吴国释放了胡国、沈国的俘虏，让他们逃奔到许国、蔡国和顿国的军队里，喊道："我们国君死了！"吴军击鼓呐喊跟着他们，三国的军队逃奔，楚国的军队全面溃散。《春秋》记载说："胡子髡、沈子逞灭，获陈夏啮。"这是对国君和臣下使用的不同措辞。不说"战"，是因为楚国没有摆好战阵。

八月二十七日，南宫极死于地震。苌弘对刘蚠说："君努力吧，先君所致力的事业是可以成功的。西周灭亡的时候，那三江流域都发生地震。如今西王王子朝的大臣也死于地震，这是上天抛弃了他，东王必定大胜。"

楚国太子建的母亲住在郹地，召来吴国人并为他们打开城门。冬十月十六日，吴太子诸樊进入郧城，掳走了楚夫人和她的宝器回国。楚国司马蒍越追赶他，没有追上，打算自杀，部下说："请让我们乘机攻打吴国以求夺回夫人和她的宝器。"蒍越说："如果第二次使君王的军队失败，我即使死还是有罪。丢了君王夫人，不能不为此而死。"就在蒍澨自缢而死。

鲁昭公因为叔孙婼的缘故前往晋国，到达黄河边，有病而返回。

楚国的囊瓦做令尹，在郢都增修城墙。沈尹戌说："囊瓦一定会丢掉郢都，如果不能保卫，增修城墙也于事无补。古时候天子的守卫在于四方夷族，天子的威望降低时，守卫在于诸侯。诸侯的守卫在于四方邻国，诸侯的威望降低时，守卫仅在于四方边境。谨慎地守卫四境，结交四邻作为外援，老百姓在自己的家园安居乐业，春夏秋三时的农事都有收获，老百姓既没有内忧，又没有外患，国家哪里用得着修筑城墙？现在害怕吴国而在郢都增修城墙，守卫的地方已经很小了。诸侯威望降低时守卫在十四境的程度都达不到，能不灭亡吗？过去梁伯在他的公宫四周挖壕沟而老百姓溃散，老百姓抛弃了他们的君主，不灭亡还指望什么？如能划定疆界，修治田土，加固边境营垒，亲近百姓，明确边境伺望侦察的组织，取信邻国，使官吏慎守职责，遵循外交礼节，既无差失也不过滥，既不软弱也不强霸，完善防守装备，来对付不测事件，又害怕什么呢？《诗》中说：'怀念你的祖先，发扬他们的美德。'不也可以引为借鉴吗？若敖、蚡冒直到楚文王、楚武王，他们那时的领土不过百里见方，谨慎守卫四方边境，尚且不在郢都增修城墙。如今领土数千里见方，却增修郢城，岂不是难以守卫了吗？"

昭公二十四年

鲁昭公二十四年春天，周历二月二十五日，仲孙貜死了。叔孙婼从晋国回到鲁国。夏五月初一日，发生日食。秋八月，举行求雨大祭。九月初五日，杞君郁釐死了。冬天，吴国灭亡巢国。安葬杞平公郁釐。

○鲁昭公二十四年春天，周历正月初五日，召简公、南宫嚚带着甘桓公进见王子朝。刘盆对苌弘说："甘氏又到王子朝那儿去了。"苌弘回答说："这有什么妨碍？同心同德在于符合道义，《太誓》说：'殷纣王有亿兆平民，但离心离德；我有治世贤臣十人，同心同德。'这就是周朝所以兴起的原因。君王还是务求修德，不要担心没有人才。"二十二日，王子朝进入邬地。

晋国的士弥牟到箕地迎接叔孙婼，叔孙婼派梁其踁躲在门内等待。说："我朝左看并且咳嗽，就杀了他；朝右看并且笑，就不要动。"叔孙婼接见士弥牟，士弥牟说："寡君因为做盟主的缘故，所以把您久留在此。敝国的一份薄礼，将要送给您的随从，派我来迎接您。"叔孙婼接受礼物就回到鲁国去了。二月,"婼至自晋",《春秋》这样记载,是为了表示尊重晋国。

三月十五日,晋君派士弥牟到周都探问周朝发生的事故,士弥牟站在乾祭门外,向广大百姓询问。晋国人就辞却了王子朝,不接纳他的使者。

夏五月初一日,发生日食。梓慎说:"将发生水灾。"叔孙婼说:"是旱灾的天象。太阳运行过了春分点但阳气还不胜阴气,一旦胜阴气必然很厉害,能不天旱吗?阳气迟迟没有胜过阴气,是要积聚阳气。"

六月初八日,王子朝的军队攻打瑕地和杏地,两地都溃败。

郑定公前往晋国,子太叔辅相,进见范献子。范献子说:"对王室怎么办?"子太叔回答说:"老夫我连国家都无法担忧,岂敢担心到王室?不过人们有话说:'寡妇不担忧她织布的纬线,却担心宗周的衰落,因为会连及自己。'现在王室确实动乱不止,我们小国害怕了。但是大国的忧虑,我们怎么知道?您还是早点打算吧!《诗》上说:'酒瓶空了,是酒缸子的耻辱。'王室不安宁,是晋国的耻辱。"范献子害怕,就和韩宣子商量。于是召集诸侯会见。时间约定在第二年。

秋八月,举行求雨大祭,是因为发生旱灾。

冬十月十一日,王子朝使用成周的宝珪沉到黄河里祭河神。十二日,渡河的船夫在黄河中得到那块宝珪。阴不佞率领温地人往南侵袭王子朝,拘捕了得到宝珪的船夫,夺取他的宝珪,打算卖了它,却变成石头。周敬王安定以后阴不佞献上宝珪,敬王赐给他东訾。

楚平王组织水军用以巡行吴国边界,沈尹戌说:"这次行动,楚国肯定会丢失城邑。不安抚老百姓却使他们劳苦,吴国没有出动却去招引它,如果吴国紧追楚国不放,而楚国边界又没有防备,城邑能不丢失吗?"

越国大夫胥犴到豫章河湾慰劳楚平王,越国的公子仓送给楚王一艘乘船。公子仓与寿梦率领军队跟随楚平王,楚平王到达圉阳而返回。

吴国人紧追楚军,而边防军队没有防备,于是吴国灭亡了巢和钟离两城而回国。沈尹戌说:"丢失郢都的开端,就在于此。君王一次行动而丢掉两姓的元帅,几次像这样的行动灾祸不就到了郢都?《诗》中说:'谁生出了祸端?到今天还在造成灾祸。'恐怕说的就是君王吧!"

昭公二十五年

鲁昭公二十五年春天,叔孙婼去到宋国。夏天,叔诣在晋国黄父与晋国的赵鞅、宋国乐大心、卫国北宫喜、郑国子太叔、曹国人、邾国人、滕国人、薛国人以及小邾人会见。

有八哥鸟来鲁国筑巢。秋七月初三日，举行求雨大祭。二十三日，又祭。九月十二日，鲁昭公逃亡到齐国，驻在阳州。齐景公到野井慰问昭公。冬十月十一日，叔孙婼死了。十一月十三日，宋元公佐死在曲棘。十二月，齐景公攻取郓地。

〇鲁昭公二十五年春，叔孙婼到宋国聘问，桐门右师乐大心接见他，两人交谈时，乐大心很瞧不起宋国大夫及司城氏。叔孙婼告诉他的随从说："右师恐怕会逃亡了吧！君子能尊重自己然后能及于别人，因此有礼仪。如今这位先生瞧不起他国家的大夫以及他的宗族，这就是轻视他自己，能有礼仪吗？没有礼仪必然逃亡。"

宋元公宴享叔孙婼，吟诵《新宫》一诗，叔孙婼吟诵了《车辖》。第二天设宴，喝酒喝得很开心，宋元公让叔孙婼坐在右边，谈话间互相流泪。乐祁作陪，退席后告诉别人说："今年君主与叔孙婼大概都会死去吧！我听说，哀伤时高兴而高兴时却哀伤，都是有丧事的心态。心的神明，就叫魂魄。魂魄离了身，怎么会长久？"

季公若的姐姐是小邾国君的夫人，生了宋元公夫人，宋元公夫人生了女儿又嫁给季孙意如。叔孙婼前往宋国聘问，同时就是为季孙氏迎亲。季公若跟随前去，对宋元公夫人说不要把女儿嫁给季孙意如，因为鲁国将要驱逐季孙氏。宋元公夫人告诉宋元公，宋元公告诉乐祁，乐祁就说："嫁给他。像这样做，鲁君必然被赶出来。政权在季氏手中已三代了，鲁君丧失政权已经历四公了。没有老百姓而能满足他的愿望的事，是没有的，所以国君要安抚他的百姓。《诗》中说：'人才的丧失，是内心的忧虑。'鲁君失去人民了，怎么能满足他的心愿？安静地等待命运安排还可以，有所行动肯定带来忧患。"

夏天，诸侯在晋国黄父会谈，是为了商量王室的安定问题。赵鞅命令诸侯的大夫给周王输送粮食，安排戍守的卫兵，说："明年将要护送周王回都。"子太叔进见赵鞅，赵鞅向他询问宾主会见及应酬的礼节，子太叔回答说："这是仪式，不是礼节。"赵鞅说："请问什么叫做礼节？"子太叔回答说："我从先大夫子产那儿听说：所谓礼，是天的规则，地的义理，人的行为。天地的规范，而人民效法它。效法上天的光明，顺应大地的本性，产生天地的六气，使用天地的五行。气化为五种味道，表现为五种颜色，显示为五种声音。过分了就昏乱，百姓就失去他们的本性，所以制定礼来遵从它们。制定六畜、五牲、三牺来遵从五味，制定九文、六彩、五章来遵从五色，制定九歌、八风、七音、六律来遵从五声，制定君臣、上下的关系来效法大地的义理，制定夫妇外内的关系来取法二物，制定父子、兄弟、姑姊、甥舅、婚姻、姻亲关系来象征上天的光明，制定君臣事务、百姓劳作、行动目的来顺从四时，制定刑罚、牢狱使百姓畏惧来模仿雷电的杀戮，制定温和、慈爱的措施来效法上天的繁殖生长万物。老百姓有好恶、喜怒、哀乐的情感，产生于六气，所以要谨慎适当地规范它，以制约这六种情感。悲哀就有哭泣，欢乐就有歌舞，高兴就有施舍，愤怒就有争斗。高兴产生于爱好，愤怒产生于憎恶。所以要使行为谨慎，政令有信用，用祸福赏罚来制约死生。生，是好事；死，是坏事。好事，就欢乐；坏事，就悲哀。

悲哀与欢乐不失于礼，才能与天地的本性相协调，因此也就长久。"赵鞅说："礼的深广可真到了极点啊！"子太叔回答说："礼，是君臣上下的纲纪，天地的秩序，老百姓生活的准则，所以先王崇尚它。因此能够使自己直接达到或约束自己达到礼的人，叫做完人。礼的深广，不也是适当的吗？"赵鞅说："我赵鞅将一辈子遵守您说的这些话。"

宋国乐大心说："我不输送粮食，对周朝来说我是客，怎么能支使客人？"晋国的士弥牟说："自从践土那次结盟以来，宋国哪次战役没有参与，哪次结盟不同在一起？说过要共同忧恤王室，您怎能躲避责任呢？您奉行君命，来会谈大事，却让宋国背弃盟约，恐怕不可以吧？"乐大心不敢回答，接受了简札退出去。士弥牟告诉赵鞅说："宋国的右师乐大心必定败亡，奉君命出使，却打算背弃盟约而触犯盟主，不吉利没有比这再大的了。"

"有鹳鹆来巢"，这是记载所没有发生过的事。师己说："怪异啊！我听说文公、成公时代有童谣这样说：'鹳鹆啊鹳鹆，国君出国受羞辱。鹳鹆有毛羽，国君住在郊野中，臣下前去把马送。鹳鹆在跳跃，国君住在乾侯里，求取套裤与短衣。鹳鹆有巢，路远遥遥，裯父失位又辛劳，宋父以此而骄傲。鹳鹆啊鹳鹆，去时唱歌，回来哀哭。'童谣有这样的说法，现在鹳鹆又来做窝，恐怕将赶上灾祸了吧？"

秋天，记载两次雩祭，是因为天旱很厉害。

起初，季公鸟娶齐国鲍文子的女儿为妻，生了儿子甲。公鸟死了，季公亥、公思展和公鸟的家臣申夜姑管理他的家务。到公鸟的夫人季姒与饔人檀私通，季姒害怕，就让她的侍妾鞭打自己，去给秦遄的妻子看，并说："公亥想要让我陪他睡觉，我不答应就鞭打我。"又向公甫控诉说："公思展和申夜姑想胁迫我。"秦遄的妻子把事情告诉公之，公之和公甫告诉季孙意如，季孙意如把公思展拘禁在卞地又逮捕了申夜姑，打算杀了他们。季公亥哭得很伤心，说："杀了这个人，这等于杀了我。"想要替他们求情。季孙意如让仆人不要放公亥进来，因此到中午也没得到请求的机会。有关官吏领取了季孙意如的命令，公之也让他赶快杀掉公思展和申夜姑，所以季公亥怨恨季孙意如。

季氏、郈氏两家的鸡相斗，季氏给鸡披上铠甲，郈氏给鸡做了金属的距趾套。季孙意如发怒，从郈氏那儿侵占土地增建房屋，并且责备郈氏，因此郈昭伯也怨恨季孙意如。

臧昭伯的堂弟臧会对臧氏进行诬陷，就逃到季氏那儿去了，臧氏逮捕了他。季孙意如发怒，拘留了臧氏的家臣。将要在襄公庙里举行禘祭，跳万舞的只有两人，其他多数人到季氏那里跳万舞去了。臧昭伯说："这就叫做不能在先君庙里酬报先君的功绩。"大夫们于是怨恨季孙意如。季公亥向公为献弓，并且和他到郊外去射箭，同时商量除掉季氏。公为告诉了公果、公贲，公果和公贲派侍从僚柤报告昭公。昭公正在睡觉，打算用戈去敲击僚柤，僚柤就跑了。昭公说："抓住他。"但没有正式下命令。僚柤害怕而不敢出来，几个月不露面，昭公也不发怒。又让僚柤去说，昭公拿着戈吓唬他，他就跑走。又派他去说，昭公说："这不是奴仆管得到的事。"公果自己去说。昭公把这事告诉臧昭伯，臧昭伯认为难

斗鸡，敦煌壁画。

办。告诉郈孙，郈孙认为可行，鼓励昭公行动。又告诉子家懿伯，懿伯说："奸佞之人凭借君主侥幸行事，事情如果不成功，君主背上坏名声，不可以这样做。丧失民心已经几代了，因此要求得事情成功，不可能有把握。而且政权在季氏手中，恐怕难以谋取。"昭公让懿伯退下，懿伯解释说："下臣已经听到命令了，话要是泄漏出去，我会不得好死。"就住在公宫里。

　　叔孙婼前往阚地，鲁昭公住在长府。九月十一日，攻打季氏，在门口杀死公之，就攻进季氏家中。季孙意如登上殿台请求说："君主没有审察下臣的罪过，就派官吏使用武力讨伐下臣，下臣请求在沂水边等待君主审察我的罪过。"昭公不答应。季孙意如请求囚禁在费地，也不答应。又请求带五辆车逃亡，也不答应。子家子说："君主还是答应他吧！政令从他那儿颁发已经很久了，穷困的百姓很多人从他那儿获得吃的，做他的徒党的人可多了。太阳落山后邪恶的事是否发生，还不知道呢。众人的怨怒不可以让它积蓄，积蓄起来而不平息，就会越来越盛。盛怒积蓄起来，老百姓将产生叛乱之心。产生了叛乱之心，欲望相同的人就将结合在一起。君主一定会后悔的。"昭公不听从。郈孙说："一定要杀了他。"

　　鲁昭公派郈孙迎接孟懿子，叔孙氏的司马鬷戾对他的部下说："怎么办？"没有人回答。鬷戾又说："我是家臣，不敢过问国家大事。有季氏与没有季氏，哪种情况对我们有利？"部下都说："没有季氏，这等于没有叔孙氏。"鬷戾说："那么就去援救他吧！"率领部下前去，攻陷西北角进入公宫。昭公的士卒脱下铠甲，拿着箭筒盖蹲坐在地，鬷戾的军队赶走了他们。孟懿子派人登上西北角，以观察季氏家的情况，看到了叔孙氏的旗帜，报告孟懿子。孟懿子逮捕了郈孙，在南门的西边把他杀了，于是攻打鲁昭公的军队。子家子说："下臣们假装劫持君主的样子，然后背着罪名逃出，君主留下来。季孙意如事奉君主的态度，不敢不改变。"昭公说："我不忍心这样。"就和臧昭伯到先君墓前商议，于是出走。

九月十二日，鲁昭公逃亡到齐国，住在阳州。齐景公准备到平阴去慰问昭公，昭公先行到了野井。齐景公说："这是寡人的罪过。派官吏到平阴等候您，是因为就近的缘故。"《春秋》记载说："公孙于齐，次于阳州，齐侯唁公于野井"这是合于礼的。将要向别人有所求，就要首先居人之下，这是合乎礼的好事。齐景公说："从莒国边境以西，请让我奉送给您一千社，以等候君的命令。寡人将率领敝国军队跟从您，一切听从您的命令。君主的忧患，也就是寡人的忧患。"昭公很高兴。子家子说："上天的福禄不会两次降给您，上天如果赐福给君主，也不会超过周公，把鲁国赐给君主就足够了。失去鲁国而带着千社做别国臣下，谁还替您恢复君位？而且齐国没有信用，不如早去晋国。"昭公不听从。

臧昭伯率领随从将要结盟，盟书说："并力同心，爱憎一致，明确罪过的有无，紧紧跟从国君，不要内外勾结。"用昭公的命令给子家子看。子家子说："像这样，我不可以盟誓。我无能，不能和各位同心，而认为都有罪过。我或者要沟通内外，并且想要离开国君。各位喜欢逃亡而厌恶安定，怎么可以同心？使君主陷入危难，罪行有什么比这更大？沟通内外而离开国君，国君将可以快点进入鲁国，为什么不可以沟通？将死守什么呢？"就没有参加盟誓。

叔孙婼从阚地回国，进见季孙意如。季孙意如磕头说："您将把我怎么样？"叔孙婼说："人生哪个不死？你因为驱逐国君成名，子孙后代都不会忘记，不也可悲吗？我会把你怎么样？"季孙意如说："如果能让我得到机会改变事奉国君的态度，那真是所说的使死人再生，让白骨长肉了。"叔孙婼跟随昭公到达齐国，和昭公讨论。子家子命令把到昭公宾馆去的人抓起来。昭公和叔孙婼在帐幕内商议，说："准备安定民众而护送君主回国。"昭公的士卒打算杀掉叔孙婼，埋伏在路边。左师展报告昭公，昭公让叔孙婼从铸地回国，季孙意如有了异心。冬十月初四日，叔孙婼在他的寝宫斋戒，让祝主为自己祈祷死去，十一日，果然死了。左师展准备与昭公驾车马回国，昭公的士卒逮捕了他。

十月十五日，尹文公在巩地渡过洛水，火攻东訾，没有取胜。

十一月，宋元公为了昭公的缘故打算去晋国，梦见太子栾在宗庙中即位，自己和宋平公穿着礼服辅佐他。早晨，召见六卿，对他们说："寡人无能，不能事奉父兄，因而造成各位的忧虑，这是我的罪过。如果能托诸位的福，得以保全脑袋而死，那么用来装载我骸骨的棺木，请不要达到先君的规格。"仲几回答说："君主如果因为国家的缘故，私自减损欢宴的享受，下臣们不敢过问。至于宋国的法制，以及死生的礼度，先君早有成命了。下臣们冒死遵守它，不敢违背废弃。下臣失职，按正常的法制是不可赦免的。下臣不忍那样去死，只能是不从君的命令。"宋元公就动身起程。十三日，死在曲棘。

十二月十四日，齐景公包围郓城。

起初，臧昭伯去到晋国，臧会偷了他的宝龟偻句，用来卜问办事诚实还是虚假，结果是虚假吉利。臧氏家臣准备前往晋国问候臧昭伯，臧会请求前往。昭伯问到家事，臧会一一回答。问及妻子和同母弟叔孙时，臧会就不回答。两次三番问，还是不回答。后来臧昭伯回国，到达都城郊外，臧会去迎接他，臧昭伯又问，还像当初一样不回答。回到国都，住在外面访查妻子及同母弟的事，都没有什么事。昭伯逮捕臧会要杀了他，臧会逃脱，逃亡到郈地，郈鲂假让他在那里做了贾正。臧会有次到季氏家送账簿，臧氏就派五个人带着戈和盾埋伏在桐汝的里门后。臧会出来，就追赶他，臧会返身逃跑，在季氏家的中门外逮住了他。季孙意如发怒，说："为什么带着武器进入我的家门？"拘禁了臧氏的家臣，季、臧两家因此关系恶化。到臧昭伯跟从鲁昭公逃亡时，季孙意如立了臧会。臧会说："偻句宝龟没有欺骗我呀！"

楚平王派莲射在州屈筑城，使茄地人回到那里居住。又在丘皇筑城。把訾地人迁到那里。派熊相禖在巢地修筑外城，派季然在卷地修筑外城。子太叔听到这件事，说："楚王将会死了，使老百姓不能安居他们的故土，老百姓必定忧伤。忧伤将到达楚王的身上，不会长久了。"

昭公二十六年

鲁昭公二十六年春天，周历正月，安葬宋元公。三月，昭公从齐国回到鲁国，住在郓地。夏天，昭公包围成邑。秋天，昭公在鄟陵与齐景公、莒君、邾君、杞悼公会见并盟誓。昭公从会盟回到鲁国，住在郓地。九月初九日，楚平王熊居死了。冬十月，周天子进入成周。尹氏、召伯、毛伯带着王子朝逃亡到楚国。

〇鲁昭公二十六年春天，周历正月初五日，齐景公攻取郓地。

安葬宋元公，像安葬宋国生君一样，这是合乎礼的。

三月，昭公从齐国回到鲁国，住在郓地，这是说郓地本是鲁国领土。夏天，齐景公打算送昭公回国，命令不要接受鲁国的财礼。申丰跟着女贾，用礼锦两匹，捆在一起像镇圭的样子，去到齐国军队里，对梁丘据的家臣高龁说："你如能收买梁丘据，就让你做高氏的宗主，送给你粮食五千庾。"高龁把锦给梁丘据看。梁丘据想要它。高龁说："鲁国人买了这样的锦，百匹一堆，因道路不通，先把这些送给您做礼物。"梁丘据接受了，对齐景公说："群臣对鲁君不尽力，不是不能事奉君主。但我有些奇怪，宋元公为了鲁君去到鲁国，死在曲棘。叔孙婼谋求接回他的君主，没有生病就死了。不知是上天抛弃鲁国呢？还是鲁君得罪了鬼神，所以到达这种地步呢？君如能在棘地等待，就派臣下们跟从鲁君去作战试探。如果可以，部队有成功，君就跟着前进，就所向无敌了。如果部队没有成功，君主就不要屈驾了。"齐景公听从了他，派公子钳率领军队跟着鲁昭公前进。

成邑大夫公孙朝对季孙意如说："国家立有都市，是用来保卫国都的，请允许我迎战齐军。"答应了他。公孙朝请求送上人质，季孙意如没答应，说："相信你就足够了。"公孙朝告诉齐军说："孟氏，是鲁国的破落户。鲁国使用成邑的人力物力太过分了，我们不能忍受，请让我们在齐国卸下负担得到休息。"齐军包围成邑，成邑人攻击在淄水饮马的齐军，说："这是用来压压大家的愤怒。"等鲁国做好准备后就告诉齐国说："我们顶不住众人。"于是鲁军与齐军在炊鼻开战。齐国的子渊捷追击泄声子，用箭射他，射中盾脊，箭从车轭穿过车辕，箭头陷入盾脊三寸。泄声子射子渊捷的马，射断马颈上的皮带，马死。子渊捷改乘战车，鲁人以为是骸戾而帮助他。子渊捷说："我是齐国人。"鲁人打算攻击子渊捷，子渊捷用箭射他，射死了。他的御者说："再射。"子渊捷说："众人可以使他们害怕，但不能激怒他们。"齐大夫子囊带追击泄声子，叱骂他。泄声子说："军中没有个人怨怒，我要回骂就是个人怨怒了，我将抵抗你。"子囊带又骂他，泄声子也骂子囊带。冉竖射陈武子，射中他的手，陈武子掉了弓就骂。冉竖把这事告诉季孙意如说："有个君子皮肤白皙，眉毛胡子又黑又密，很会骂人。"季孙意如说："一定是子强，是不是抵抗他了？"冉竖回答说："称他做君子，哪里敢抵抗他？"林雍耻于做颜鸣的车右，下车，苑何忌割取了他的耳朵。颜鸣跑开了。苑何忌的御者说："看下面！"回头看着林雍的脚。苑何忌砍林雍，砍断了他的一只脚。林雍一只脚跳着坐上别的车逃回来。颜鸣三次冲进齐军，喊道："林雍来坐车！"

四月，单旗前往晋国告急。五月初五日，刘国人在尸氏打败王城的军队。十五日，王城人和刘国人在施谷交战，刘军失败。

秋天，诸侯在邬陵会盟，是为了商议送鲁昭公回国。

七月十七日，刘蚡带了周敬王逃出。十八日，驻在渠地。王城人焚烧刘地。二十四日，周敬王住在褚氏。二十五日，驻在萑谷。二十八日，进入胥靡。二十九日，驻扎在滑地。晋国的知跞、赵鞅领兵接纳周敬王，派女宽把守阙塞。

九月，楚平王死了，令尹子常打算立子西，说："太子壬年幼，他的母亲不是嫡妻，而是壬子建所聘娶的。子西年长而喜欢行善，立年长的就顺乎情理，立善良的就安定。君王顺理国家安定，能不那样做吗？"子西发怒说："这是扰乱国家而使君王背上恶名。国家有外援，不可以轻慢，君王有嫡子继位，不可以扰乱。损害亲人会招来仇敌，扰乱继承制度不吉利，我也将背上它的恶名。用整个天下来收买我，我也不会听从，楚国有什么用？一定要杀了令尹！"令尹害怕，就立了昭王。

冬十月十六日，周敬王从滑地发兵。二十一日，到达郊地，于是驻扎在尸氏。十一月十一日，晋军攻下巩地。召伯盈追击王子朝，王子朝和召氏的族人、毛伯得、尹氏固以及

南宫嚚保护着周朝的典籍逃往楚国。阴忌逃往莒邑叛变。召伯盈在尸地迎接周敬王，和刘
蚠、单旗结盟，于是驻扎在圉泽，住在隄上。二十三日，周敬王进入成周。二十四日，在
襄王庙盟誓。晋军派成公般戍守成周，就回去了。十二月初四日，敬王进入庄宫。

　　王子朝派人通告诸侯说："过去武王征服殷朝，成王平定四方，康王使人民得到休养
生息，都分封同母兄弟，以佐助护卫周朝。又说：'我无意独享文王、武王的功绩，并且
在后世子孙迷乱失败，政权倾覆而陷入灾难时，就将拯救他们。'到了夷王，身缠恶疾，
诸侯无不遍祭名山大川，来为夷王的身体健康祈祷。到了厉王，由于内心凶残，广大百姓
无法忍受，就把厉王迁居到彘地。诸侯放下自己的职位，来参与王朝的政事。宣王胸有大
志，然后把天子的职位奉还给他。到了幽王，上天不忧悯周朝，天子昏乱不循常礼，因而
失掉他的王位。携王触犯天命，诸侯废弃了他，另立王位继承人，因而迁到郏鄏，这就是
由于兄弟能为王室效力。到了惠王，上天不安抚周朝，使王子颓产生祸心，延及到叔带，
于是惠王、襄王为躲避祸难，离开国都而流亡。这时就有晋国、郑国都来铲除不正派的
人，以安定王室，这就是由于兄弟能遵从先王的命令。在定王六年的时候，秦国人降下妖
孽，说'周朝将有个嘴上长胡须的天子，也能治理好他的政事，诸侯服从而享有国家，两
代谨守自己的职位。王室将有人介入王位，诸侯不为此谋划，就会遭受其动乱的灾祸。'
到了灵王，生下来就有胡须，他非常神明圣哲，对诸侯没有做不好的事。灵王、景王在他
们的朝代都得到了善终。

　　"现在王室动乱，单旗、刘蚠扰乱天下，专门倒行逆施，说'先王即位有什么常规？
只看我心里想立谁，谁敢讨伐我？'领着一群不善之人，在王室制造混乱。他们侵夺的欲
望没有满足，谋求没有限度，习惯于亵渎鬼神，轻慢地抛弃刑法，背弃触犯盟誓，在法令
礼仪面前倨傲凶狠，诬蔑先王。晋国行为不合道义，辅佐帮助他们，想放纵他们没有准则
限度的欲望。现在我动荡流离，逃藏在楚蛮之地，没有归宿。如果我们几位兄弟甥舅能辅
助顺从上天的法度，不要帮助狡猾之徒，以遵从先王的命令。不要招致上天的惩罚，免除
我的忧虑并为我谋划，则正是我的愿望。冒昧地表明我的内心及先王的治国之经，望各位
君侯深入考虑。过去先王的命令说：'王后没有嫡子，就选立年长的庶子。年龄相等则论
德行，德行相当则按占卜的结果。'天子不立偏爱的人，公卿没有私心，这是古代的制度。
穆后和太子寿夭折去世，单旗、刘蚠帮助偏爱的人，立了年幼的新王，而违犯先王的制
度，望各位君侯考虑这件事！"

　　闵马父听到王子朝的言论，说："文辞是用来施行礼义的。王子朝违犯景王的命令，
疏远强大的晋国，一意专行他想做天子的欲望，无礼到极点了，文辞有什么用？"

　　齐国有彗星出现，齐景公让人举行禳祭驱灾。晏子说："没有好处的，只是自欺欺人。
天道不可怀疑，它的命令没有差错，为什么要禳祭驱灾？况且天上有扫帚星，是用来扫除
污秽的。君主没有污秽的德行，又何必禳祭呢？如果德行污秽，禳祭怎么能减轻？《诗》

中说：'这位文王小心翼翼，光明地事奉天帝，向往众多福禄。他的德行不违背天意，因而受到四方国家的拥护。'君主没有违背天意的德行，四方国家都将到来，对彗星担心什么？《诗》中说：'我没有什么借鉴，只有夏朝和殷商，因为政治混乱的缘故，老百姓终于流亡。'如果德行逆乱，百姓就将流亡，祝史的祭祀祈祷，是不能弥补的。"齐景公听了很高兴，就停止禳祭。

齐景公和晏子坐在寝宫里，景公感叹说："这房子多漂亮啊！谁将据有这里呢？"晏子说："请问说的是什么？"齐景公说："我认为在于德行。"晏子回答说："照您说的，恐怕是陈氏吧！陈氏虽然没有大的德行，但对老百姓有恩。豆、区、釜、钟的容量，从公田征税时减少，施舍给老百姓时就加重。您向百姓征收的多，陈氏对百姓施舍的多，老百姓归向他了。《诗》说：'即使没有恩德给予你，也能载歌载舞。'陈氏的施舍，老百姓已经为他载歌载舞了。后代如果稍稍懈怠，陈氏如果不灭亡，那将以他的封邑为国家了。"景公说："说得好啊！这该怎么办？"晏子回答说："只有礼可以阻止，合乎礼，大夫的施舍赶不上国家，老百姓不迁徙，农民不离乡，工匠商人不改行，士不失职，官府不怠慢，大夫不占公家的利益。"齐景公说："好啊！但我做不到了。我从今以后知道礼可以用来治理国家了。"晏子回答说："礼可用来治理国家由来已久了，礼和天地同时存在。君主发令臣下恭敬，父亲慈爱儿子孝顺，兄长仁爱弟弟尊敬，丈夫和蔼妻子温柔，婆婆慈祥媳妇顺从，这是合乎礼的。君主发令而没有违误，臣下恭敬而没有二心，父亲慈爱而教育儿子，儿子孝顺而规谏父亲，兄长仁爱而友善，弟弟尊敬而服从，丈夫和蔼而合乎义理，妻子温柔而品行端正，婆婆慈祥而又听从规谏，媳妇顺从而又婉词规谏，这是礼中的美好事物了。"齐景公说："好啊！寡人从今以后听到这种礼就当崇尚它了。"晏子回答说："先王从天地那里接受了礼来治理他的百姓，因此先王崇尚礼。"

昭公二十七年

鲁昭公二十七年春天，昭公去到齐国。昭公从齐国回到鲁国，住在郓地。夏四月，吴国杀了他们的君主僚。楚国杀了他们的大夫郤宛。秋天，晋国士鞅、宋国乐祁犁、卫国北宫喜、曹国人、邾国人、滕国人在扈地会盟。冬十月，曹悼公午死了。邾国的臣子快前来投奔我国。昭公去到齐国。昭公从齐国回到鲁国，住在郓地。

○鲁昭公二十七年春天，昭公去到齐国。昭公从齐国回到鲁国，住在郓地，这是说住在国都之外。

吴王僚想趁楚国有丧事而进攻，派公子掩余、公子烛庸率军队包围潜地，派延州来季子到中原各国聘问。于是到晋国聘问，以观察诸侯的态度。楚国的莠尹然、王尹麇领兵救

专诸刺吴王像，汉画像
石，山东嘉祥武氏祠。

援潜地，左司马沈尹戌率领都邑亲兵及王室马卒以增援部队，与吴军在穷相遇。令尹子常率水军到达沙汭而返回，左尹郤宛、工尹寿领兵到达潜地，吴军无法退却。

吴国的公子光说："这是一个时机，不可丧失。"告诉鲟设诸说："中原国家有话说：'不去追求，怎能得到？'我是王位继承人，我想要追求继位。事情如果成功，季子即使到来，也不能废掉我。"鲟设诸说："君王可以杀掉，但母亲年老儿子幼弱，我拿他们怎么办？"公子光说："我就是你自己。"夏四月，公子光在地下室埋伏甲士而设宴款待吴王。吴王让甲士坐在通道两旁直到宴会厅的门口，门口的台阶上和门里的坐席上，都有吴王的亲兵，用铍在两边护卫吴王。进献食物的人在门外解衣露体换掉衣服，端食物的人跪行进入宴会厅，手持铍的卫士用铍夹着他们，铍抵着他们的身体，把食物送上去。公子光假装脚有毛病，进入地下室。鲟设诸把剑放在鱼中献上去。抽出剑来刺杀吴王，卫士们的铍交叉刺进鲟设诸的胸部，结果还是杀死了吴王。公子光即位做了吴王，也就是阖庐，他让鲟设诸的儿子做了卿。

季子回到吴国，说："只要先君的祭祀没有废弃，人民不废弃君主，土神谷神得到敬奉，国家不颠覆，这个人就是我的国君，我敢怨恨谁呢？哀痛死者事奉活着的，以等待天命。不是我生出祸乱，谁立为君主就服从他，这是先人的立身之道。"就在吴王墓前哭泣复命，恢复原有的官位等待命令。吴公子掩余逃亡到徐国，公子烛庸逃亡到钟吾。楚国军队听到吴国发生内乱就撤回去了。

郤宛正直而温和，国内的人们都喜欢他。鄢将师做右领，和费无极勾结而憎恨郤宛。令尹子常贪财货而信谗言，费无极在他面前诬陷郤宛，对子常说："郤宛想要请您喝酒。"又对郤宛说："令尹想要到您家里喝酒。"郤宛说："我是个卑贱的人，不值得令尹屈驾光临。令尹如果一定要屈驾光临，给我的恩惠就太大了，我没有用来回报的东西，怎么办？"费无极说："令尹喜欢铠甲兵器，您拿出来，我从中挑选一下。"就选取了五件铠甲五件兵器，说："把它放在门边，令尹到来时，一定会观看，就趁机会回献给他。"到宴享的那天，郤宛在门的左边用帷帐把铠甲兵器遮盖起来。费无极对令尹说："我差点让您遭祸。郤宛打算害您，兵器都藏在门口了，您一定不要去。而且这次潜地的战役，本来可以得志于吴国，但郤宛获得贿赂就收兵，又蛊惑将领们，让他们退兵，说：'乘人之乱不吉利。'其实吴国利用我们有丧，我们利用他们的动乱，不也可以吗？"令尹派人去察看郤宛家，看到那里有铠甲兵器，就不去参加宴享，召见鄢将师而把情况告诉他。鄢将师退下，就下令攻打郤宛，并且放火烧他的家。郤宛听到消息，就自杀了。国内的人们不肯放火，鄢将师命令说："不烧郤家，与他同罪。"有的人从郤家房子上取下一张草席，有的人取下一把禾秆，人们都拿来扔了，于是没有烧起来。令尹烧了郤氏的家，全部灭掉了他的族人和同党，杀了阳令终以及他的弟弟完和佗，以及晋陈和他的子弟。晋陈的族人在国都里呼喊道："鄢氏、费氏以王自居，专横跋扈危害楚国，削弱孤立土室，欺蒙君王和令尹来为自己谋利。令尹完全相信他们了，国家将怎么办？"令尹对此很忧虑。

秋天，诸侯在扈地会见，这是为了讨论派诸侯戍守成周，并且商议护送鲁昭公回国。宋国、卫国都认为护送昭公回国有利，坚决请求护送的任务。范献子从季孙那儿获得财货，就对司城子梁和北宫喜说："季孙意如还不知道自己的罪过，而君主却攻打他，他请求坐牢，请求逃亡，在当时都没获准，君主又没有战胜他，就自己出奔了。难道季孙没有准备就能赶走国君吗？季氏恢复原来的权势，是上天挽救了他，平息了昭公部属的愤怒，启发了叔孙氏的心志。不然的话，难道去攻打别人却脱下铠甲手拿箭筒盖而游荡吗？叔孙氏害怕灾祸延及自己，就自愿和季氏结成同盟，这是上天的意志。鲁君依靠齐国，三年却一无所获。季氏很得他的百姓拥护，淮夷信赖他，有十年的守备，有齐国楚国的支援，有上天的佑助，有老百姓的帮助，有坚守的决心，有诸侯的权势，但没有敢宣扬，事奉国君仍像在国内一样。所以我认为攻打季氏困难。您二位都是为国家着想的人，想要护送鲁君回国，这也是我的愿望，请让我跟从您二位去包围鲁国，如果不成功，我就为此而死。"子梁和北宫喜很害怕，都辞谢了。于是就辞退小国，答复晋国说事情难办。

孟懿子、阳虎攻打郓地，郓地人想迎战，子家羁说："天命从来就无可疑惑。让君主逃亡的，肯定就是这些人。上天已经降祸给君主，而想要自己求福，不也难吗？如果还有鬼神，这一仗必然失败。哎呀！没有希望了吧！恐怕会死在这里了吧！"鲁昭公派子家羁去到晋国，昭公的部属在且知被打败。

楚国的郤宛之难，国内议论纷纷，进献胙肉的人无不批评指责令尹。沈尹戍对令尹子常说："左尹和中厩尹，没有人知道他们的罪过，而您却杀了他们，因而引起了批评指责，到现在没有止息。我很疑惑，仁爱的人杀人来制止指责，他还不干。如今您杀人而引起指责却不考虑，不也令人感到奇怪吗？费无极是楚国的谗人，老百姓没有人不知道。他铲除朝吴，赶走蔡侯朱，赶跑太子建，杀死连尹奢，遮蔽君王的耳目，使君王耳目失灵。如果不是这样，平王的温和仁惠，恭谨节俭，有超过成王、庄王而没有不及他们的地方，之所以得不到诸侯，是因为亲近费无极的缘故。现在又杀了三个无罪的人，因而引起极大的批评指责，几乎危及您的地位了。您如果不想办法补救这件事，那哪里还用得着您？鄢将师假传您的命令，而灭掉了郤氏、阳氏、晋陈氏三个家族。这三个家族是国家的优秀人才，在位没有过失。吴国刚刚立了新君，边界一天天紧急。楚国如果发生战事，您恐怕就危险了啊！聪明的人铲除谗人来稳定自己，现在您亲爱谗人而使自己受到危害，您的糊涂太过分了！"子常说："这是我的过错，哪里敢不好好打算？"九月十四日，子常杀了费无极和鄢将师，全部灭了他们的族人，来向全国解说，批评指责就平息了。

冬天，鲁昭公去到齐国，齐景公请求宴享他。子家羁说："一天到晚站在他的朝廷上，又何必宴享呢？还是喝酒吧。"于是就喝酒，让宰臣向昭公献酒，而景公自己请求退席安歇。子仲的女儿名叫重，是齐景公的夫人。景公说："请让重来见昭公。"子家羁就带着昭公出去了。　十二月，晋国的秦籍把诸侯戍守的军队送往周都。鲁国人以祸难为由推辞派兵。

昭公二十八年

鲁昭公二十八年春，周历三月，安葬曹悼公。昭公前往晋国，临时住在乾侯。夏四月十四日，郑定公宁死了。六月，安葬郑定公。秋七月二十三日，滕悼公宁死了。冬天，安葬滕悼公。

〇鲁昭公二十八年春天，昭公前往晋国，打算到乾侯去，子家羁说："对晋国人有所求，却跑到别的地方安稳地住着，人家谁还怜惜您？还是到我国与晋国的边境上去吧。"昭公不听，派人到晋国请求迎接。晋国人说："上天降祸给鲁国，君主在外避难，又不派一个使臣来屈尊问候寡人，而跑去安稳地住在甥舅之国，难道还要派人来迎接君主？"让昭公回到边境上然后去迎接他。

晋国的祁胜和邬臧交换妻子通奸，祁盈打算逮捕他们，向司马叔游征求意见。叔游说："《郑书》有话说：'嫉恨陷害正直，实在有很多那样的人。'无道的人在位，您当忧惧难免于灾祸。《诗》中说：'老百姓中有许多邪恶，自己不要站到邪恶中去。'暂且停下，怎么样？"祁盈说："祁家内部的讨伐，与国家有什么关系呢？"就逮捕了祁胜和邬臧。祁胜贿赂荀跞，荀跞为他向晋顷公说情。晋顷公逮捕了祁盈，祁盈的家臣说："同样都将被杀死，宁肯让我的主人听到祁胜和邬臧的死而感到痛快点。"就杀了祁胜和邬臧。夏六月，晋国杀了祁盈和杨食我。杨食我，是祁盈的党羽，帮助作乱，所以杀了他。于是灭掉了祁氏、羊舌氏。

起初，叔向想要娶申公巫臣的女儿为妻，而他的母亲想要他娶自己娘家的女人。叔向说："我母亲多而庶兄弟少，对娶舅家女我引以为戒了。"他的母亲说："巫臣的妻子杀死三个丈夫、一个国君、一个儿子，又亡掉了一个国家和两个卿，可不引为鉴戒吗？我听说，很美丽的东西必定有很丑恶的一面。巫臣的妻子这个人是郑穆公少妃姚子的女儿，子貉的妹妹。子貉死得早，没有后代，而上天把美丽聚集在这个人身上，必然是要用她来造成极大的败亡。过去有仍氏生了女儿，头发乌黑稠密而很漂亮，光泽可以用来照人，名字叫做玄妻。乐正后夔娶了她，生下伯封，有猪一样的性情，贪婪而没有满足，蛮横而没有限度，把他叫做封豕。有穷国的后羿灭掉了他，乐正后夔因此断了祭祀。而且三代的灭亡，共子的废立，都是由于这种女人，你为什么要娶这样的女人呢？有了姿色出众的女人，足以让人迷乱不定，如果不是有德义的人，就一定造成灾祸。"叔向害怕，不敢娶巫臣的女儿。晋平公硬叫叔向娶了她，生了伯石。伯石刚生下，子容的母亲跑去告诉婆婆，说："大弟媳生了个男孩。"婆婆去看，走到堂前，听到小孩的哭声就往回走，说："这是豺狼的声音。豺狼似的孩子将来会有野心，不是这个人，没有人会毁掉羊舌氏了。"于是就不去看小孩。

秋天，晋国的韩宣子死了，魏献子掌政，把祁氏的田地划分为七个县，把羊舌氏的田地划分为三个县。任命司马弥牟做邬大夫，贾辛做祁大夫，司马乌做平陵大夫，魏戊做梗阳大夫，知徐吾做涂水大夫，韩固做马首大夫，孟丙做盂地大夫，乐霄做铜鞮大夫，赵朝做平阳大夫，僚安做杨氏大夫。魏献子认为贾辛、司马乌是对王室有功，所以举荐他们。认为知徐吾、赵朝、韩固、魏戊是庶子中没有失职、能够守住家业的人。其余四个人，都接受县大夫的职位后才与魏献子见面，是由于贤能而被举拔的。

魏献子对成鱄说："我给了魏戊一个县，人家恐怕会认为我偏私吧？"成鱄回答说："怎么会呢？魏戊的为人，远不忘国君，近不压同僚，处在有利的地位时想到道义，处在穷困中就想到纯洁清廉，有保持操守的思想而没有失度的行为，虽然给他一个县，不也是可以的吗？从前武王战胜商朝，广有天下，他的兄弟中封国的有十五人，同姓中封国的有四十人，这都是举拔亲属。举拔没有别的标准，只要是善之所在，亲疏是一样的。《诗》中说：'这位文王，天帝使他的心能规范于道义，使他的政令清静。他的德行能光照四方，能遍施无党，能为君为长。他做这大国的君王，能慈爱和顺使臣民亲附。亲附文王，他的德行没有遗恨，已经承受了天帝的福禄，能一直绵延到子子孙孙。'内心能规范于道义叫做度，德行正直响应和谐叫做莫，光照四方叫做明，勤于施恩没有偏私叫做类，教导人民不知倦怠叫做长，奖赏得当惩罚威严叫做君，慈爱祥和使人人归服叫做顺，择善而从叫做比，使天道人事有秩序叫做文。这九种德行没有过失，兴办事业没有悔恨，所以能承袭上天的福禄。子子孙孙都以之为利。您的举拔，已经接近文德了，影响将是很深远的啊！"

贾辛将要前往他的县邑，进见魏献子。魏献子说："辛，你来！从前叔向前往郑国，骰蔑面貌丑陋，想要看看叔向，就跟着派他们收拾食具的人前去。站在堂下，一说话就说得很中听。叔向正要喝酒，听到他的话，说：'那一定是骰蔑。'下堂，握住他的手上堂，说：'从前贾大夫相貌很丑，娶的妻子却很漂亮。他妻子三年不说不笑，贾大夫为她驾车去到沼泽地边，射猎野鸡，射中了，他妻子才开始说笑。贾大夫说："才干不能够埋没。我不能射箭的话，你就不说不笑了啊！"如今您年纪轻，相貌不太出众，如果您不说话，我差点失去您了。话不能不说的道理就像这样！'于是两人如同旧交一样，现在您对王室有功，我因此举拔您。去上任吧！敬守职责吧！不要毁坏了你的功劳。"

孔子听到魏献子举拔的情况，认为合乎道义，说，"近不失去亲族，远不失去应当举拔的人，可说是合乎道义了。"又听到他叮嘱贾辛的话，认为是尽心尽责：《诗》中说：'长久地顺应天命，自己追求各种福禄。'这是忠。魏献子的举拔人才合乎道义，他的命令又尽心尽责，大概他在晋国会长期有后代继享禄位吧！"

冬天，梗阳人有诉讼案件，魏戊不能断案，把案子上交给魏献子。诉讼双方中的大宗用女乐人贿赂魏献子，魏献子打算接受。魏戊对阎没、女宽说："主君以不贪财货而闻名于诸侯，如果接受梗阳人的贿赂，贪求财货没有比这再厉害的了。你们二位一定要劝谏！"两人都答应了。退朝以后，在庭院里等候魏献子。送饭菜进来，魏献子召他们一起吃饭。等到摆上饭菜时，两人三次叹息。吃完饭后，魏献子让他们坐，说："我从伯父叔父那儿听说过，有句俗话说：'只有吃饭时忘记了忧愁。'你们在上菜的中间三次叹息，是什么原因？"阎没、女宽同声回答说："有人赐给我们两个小人酒喝，没有吃晚饭。饭菜刚端上来时，担心它不够吃，因此叹息。到端上一半时，我们责备自己说：'难道将军让我们吃饭却有不够吃的？'因此第二次叹息。到饭菜全部上完，我们愿意拿自己的肚子作为君子的心，刚刚满足就行了。"魏献子就拒绝了梗阳人的贿赂。

昭公二十九年

鲁昭公二十九年春，昭公从乾侯回到鲁国，住在郓地。齐景公派高张来慰问昭公。昭公又前往晋国，驻扎在乾侯。夏四月初五日，叔诣死了。秋七月。冬十月，郓地溃败。

〇鲁昭公二十九年春天，昭公从乾侯回到鲁国，住在郓地，齐景公派高张来慰问昭公，称昭公为主君。子家羁说："齐国轻视您了，您只是得到羞辱。"昭公就又前往乾侯。

三月十三日，京都杀了召伯盈、尹氏固及原伯鲁的儿子。尹氏固三年前逃亡归来时，有个女人在周都城郊外碰到他，责备他说："住在都城就唆使别人制造祸乱，逃出去又几天就回来了，这个人啊，难道能活过三年吗？"夏五月二十五日，王子赵车进入鄟地而叛乱，阴不佞打败了他。

季孙意如每年都买马，并备办侍从的衣服鞋子送到乾侯去。昭公拘禁了送马的人并卖掉马，于是季孙意如不再送马。卫灵公来给昭公献他的名叫启服的坐骑，掉进壕沟死了，昭公打算给马做棺材，子家羁说："侍从们很疲弱了，请把马给他们吃了。"于是就用破帷幕把马裹起来。

昭公赐给公衍羔羊皮衣，让他向齐景公进献龙辅玉，公衍就把羔羊皮衣也献上去了。齐景公很高兴，把阳谷那块地方给了他。公衍、公为出生的时候，他们的母亲一同出去住进产房。公衍先出生，公为的母亲说："我们一同出来，请一同去报喜。"过三天，公为出生，他的母亲先行报喜，公为做了哥哥。昭公自己对阳谷很喜欢而又想到鲁国，就说："是公为引起这场祸的，而且后出生却做了兄长，欺骗很久了。"于是废了公为，立公衍为太子。

秋天，龙出现在绛城郊外，魏献子向蔡墨询问说："我听说过，虫类动物没有比龙更聪明的了，因为它不能被活捉。说它聪明，可信吗？"蔡墨回答说："实为人不聪明，并非龙聪明。古时候养龙，所以国家有豢龙氏，有御龙氏。"魏献子说："这两人我也听说过，但不了解他们的来由，这是指的什么呢？"蔡墨回答说："从前有飂国的叔安，有个后代叫董父，实在是非常喜欢龙，能够找到龙的嗜好来喂养它们，龙多有归服他的。于是驯化畜养龙，来服侍帝舜。帝舜赐给他姓董，赐给他氏号叫豢龙，封他在鬷川，鬷夷氏就是他的后代，所以帝舜氏代代有养龙的。到了夏代，孔甲顺服天帝，天帝赐给他驾车的龙，黄河、汉水中各两条，各有一雌一雄。孔甲不能喂养，又没有找到豢龙氏。陶唐氏衰落之后，其后代有个叫刘累的，向豢龙氏学习驯龙，以事奉孔甲，能饲养龙。夏君嘉赏他，赐给他氏号叫御龙，以代替豕韦的后代。一条雌龙死了，刘

人物御龙帛画，战国中期，长沙子弹库楚墓出土。

句芒，选自明蒋应镐绘
图本。

累暗地里做成肉酱拿来给夏君吃。夏君享用了之后，又让他找来吃。刘累害怕而迁移到鲁县，范氏就是他的后代。"

　　魏献子说："现在为什么没有龙呢？"蔡墨回答说："物类，每种都有管理的官吏。官吏学习其相应的管理方法。从早到晚想着自己的职责。一旦失职，死亡就会到来。丢了官位就不得食俸禄。官吏安守他的事业，那种东西才会到来。如果要泯灭抛弃它们，它们就会潜伏，滞塞而不能生长。所以有管理五行的官吏，这就叫五官，都列位接受姓氏的封赐，被封爵为上公，被祭祀为尊神。土神谷神和五官之神，尊崇他们，敬奉他们。木官之长叫句芒，火官之长叫祝融，金官之长叫蓐收，水官之长叫玄冥，土官之长叫后土。龙，是水中的灵物，水官废弃了，所以龙不能被人活捉。不是这样的话，为什么《周易》有记载：在《乾》卦变到《姤》卦时，说'潜伏的龙不被使用'，其《同人》卦说'见到龙在田里'，其《大有》卦说'会飞的龙在天上'，其《夬》卦说'僵直的龙有懊悔'，其《坤》卦说'看见群龙没有首领，吉利'，《坤》卦变到《剥》卦时说'龙在荒野搏斗'。如果不是早晚都见到龙，谁能分别描绘它们？"魏献子说："土神谷神和五官之神，是哪家帝王的五官呢？"蔡墨回答说："少暤氏有四个弟弟，分别叫重、该、修、熙，能管理金、木和水。让重做句芒，该做蓐收，修和熙做玄冥。世世代代不失职，终于帮助少暤氏在穷桑即帝位，这就是其中的三祀。颛顼氏有个儿子叫犁，做祝融；共工氏有个儿子叫句龙，做后土，这就是其中的两祀。后土做了土神；谷神则是管田地的官长。有烈山氏的儿子叫柱，做了谷神，从夏朝以前祭祀他。周朝的弃也做了谷神，从商朝以来祭祀他。"

　　冬天，晋国的赵鞅、荀寅率军队在汝水边上筑城。就从国内征收了一鼓铁，用来铸造刑鼎，把范宣子所制定的刑书铸在上面。孔子说："晋国恐怕要灭亡了吧！它失掉法度了。

晋国应该遵守唐叔所授传的法度，以使它的老百姓有秩序，卿大夫根据自己的职位维护它，老百姓因此才能尊敬他们的上级贵人，上级贵人因此才能保守他们的功业。贵与贱没有错乱这就是所说的法度。晋文公为此设立执秩之官，在被庐修订法令，因此做了盟主。如今丢掉了这种法度，而铸造刑鼎，老百姓了解鼎上的刑律了，怎么还会尊敬上级贵人？上级贵人还有什么功业可守？贵与贱失去次序，用什么治理国家？而且范宣子的刑书，是在夷地检阅军队时制定的，是晋国的乱法，怎么能把它作为法令？"蔡墨说："范氏、中行氏恐怕要灭亡了吧！中行寅作为下卿，却触犯上级的命令，擅自铸造刑器，把它作为国家的法律，这是法律的罪人。又加上范氏，改变被庐制订的法令，要灭亡了。还将涉及到赵氏，因为赵孟参与到中间了。但赵孟是不得已，如果有德，可以因而免于祸难。"

昭公三十年

　　鲁昭公三十年春天，周历正月，昭公住在乾侯。夏六月二十二日，晋顷公去疾死去。秋八月，安葬晋顷公。冬十二月，吴国灭亡徐国，徐君章羽逃亡到楚国。

　　〇鲁昭公三十年春天，周历正月，昭公住在乾侯。《春秋》在这以前不记载"公在郓"和"公在乾侯"，是为了责备昭公，并且表明过错由来。

　　夏六月，晋顷公死了。秋八月，安葬晋顷公。郑国的游吉前去吊唁，并且送葬。魏献子派士景伯诘问游吉，说："悼公的丧事，你们派子西吊唁，子蟜送葬，现在您没有两个人，什么原因？"游吉回答说："诸侯之所以归顺晋君，是因为晋君有礼。所谓礼，就是说小国事奉大国，大国抚爱小国。事奉大国在于随时奉行它的命令，抚爱小国在于体恤它的匮乏。以敝国处在大国之间的地位，供应大国经常的贡赋，参与它们对意外灾患的防备，哪里敢忘掉奉行命令？按先王的礼制，诸侯的丧事，士吊唁，大夫送葬，只有友好朝会、聘问宴享、军事行动时，才派遣卿。晋国的丧事，敝国在安闲时，先君曾亲自送葬。如果不得安闲，即使派遣士和大夫也有可能做不到。大国的仁惠，只赞许小国礼节的加重，而不声讨它的匮乏，明察它表达的忠情，求得礼仪的具备就够了，就可以认为合乎礼了。周灵王的丧事，我们先君简公在楚国，我国先大夫印段前去参加葬礼，他是敝国的少卿。天子的官吏没有责备，就是体恤敝国的匮乏。如今大夫说：'你为什么不遵从旧例？'旧例有时隆重有时简省，不知遵从什么。遵从隆重，则寡君年幼，因此无法奉行命令。遵从简省，则游吉我在这里了。望大夫考虑！"晋国人无法再诘问。

　　吴王派徐国人拘捕掩余，让钟吾人拘捕烛庸，两个公子逃亡到楚国。楚王封给大块土地，安顿他们迁居的地方，派监马尹大心迎接吴国公子，让他们住在养地，派莠尹然、左司马沈尹戌为他们筑城，又从城父和胡地划取田地给他们，打算以此危害吴国。子西劝谏说："吴公子光刚刚取得国家权位，就亲爱他的百姓，视民如子，辛苦同享，这是将要使用老百姓。如果和吴国边界的人民友好，使他们顺服，还害怕他们入侵。我们又让他们的仇敌强大来加重他们的愤怒，恐怕不可以吧！吴国是周朝的后代，而被抛弃在海边，不和姬姓国家往来，现在才开始强大，能与中原各华夏国家相比。公子光又非常有文略，想要使自己与先王齐同，不知是上天将要利用他残害吴国，使他灭亡吴国而扩大异姓国家的领土呢，还是打算最后保佑吴国，它的结果不会太远了。我们何不暂且安定我们的鬼神，安抚我们的百姓，来等待它的归属，哪里用得着自己兴师动众呢？"楚王不听从。

吴王发怒。冬十二月，吴王拘捕了钟吾子，于是攻打徐国，在山中修筑堤坝蓄水来冲灌徐国。二十三日，灭亡徐国。徐君章羽剪断头发，带着他的夫人，来迎接吴王。吴王安慰后送走了他，让他的近臣跟着他，章羽就逃亡到楚国。楚国的沈尹戌率军救援徐国，没有赶上，于是在夷地筑城，让徐君住在那里。

吴王问伍员说："起初你说攻打楚国，我知道那是可以的，但担心王僚让我去，又讨厌别人占有我的功劳。现在我打算自己拥有这份功劳了。攻打楚国怎么样？"伍员回答说："楚国当权的人又多又互相格格不入，没有人出来承担忧患。如果组成三军来突然袭击并旋即撤退，一军到达那儿，他们就必然都出来应战，他们出动我们就撤回，他们退回我们就出动，楚国军队必定疲于奔命。多次突袭并快速撤退来使他们疲敝，用多种战术使他们失误，他们疲敝之后再以三军继续攻击，一定大胜他们。"吴王阖庐听从了伍员的计谋，楚军从此开始疲顿。

昭公三十一年

鲁昭公三十一年春天，周历正月，昭公住在乾侯。季孙意如在适历与晋国的荀跞会见。夏四月初三日，薛献公谷死了。晋定公派荀跞到乾侯慰问昭公。秋天，安葬薛献公。冬天，邾国的黑肱带着滥地前来投奔。十二月初一日，发生日食。

〇鲁昭公三十一年春天，周历正月，昭公住在乾侯，这是说明他既不能得到外援，又不能回到国内。

晋定公打算靠军队送昭公回国，范献子说："如果召见季孙意如而他不来，那就确实没有臣道了，然后再去攻打他，怎么样！"晋国人召见季孙，范献子派人私下见他，说："您一定要来，我保证没有灾祸。"季孙意如在适历与晋国的荀跞会见，荀跞说："寡君让我问您，为什么把国君赶出来？有君不事奉，周王将有一定的刑罚，您请考虑这件事！"季孙意如戴着布丧帽，穿着麻衣。赤脚行走，趴在地上回答说："事奉国君，是下臣我求之不得的事，岂敢逃避刑罚？君如果认为下臣有罪，请把我囚禁在费地，以等待君的明察，一切听从君的命令。如果因为先臣的缘故，不断绝季氏的后代，而赐我一死，死将不朽。如果不杀也不让逃亡，则是君的恩惠。如果能跟从寡君回国，那本来是下臣的愿望，哪敢有别的想法？"

夏四月，季孙意如跟着荀跞前往乾侯。子家羁说："君主和他回国吧。一次羞愧都不能忍受，能忍受终身的羞愧吗？"昭公说："好的。"部下们说："就在您一句话了，君主一定要赶走季孙。"荀跞以晋定公的名义慰问昭公，并且说："寡君让我用您的命令谴责意如，意如不敢逃避死罪，君主还是回国吧！"昭公说："君惠顾先君的友好关系，恩惠施及逃亡的人，打算让我回国扫除宗庙以事奉君，但我不能见那个人。我自己要是会去见那个人，有像河神之类的神为证！"荀跞捂着耳朵跑开，说："寡君惟恐得罪，岂敢介入了解鲁国的灾难？请让我向寡君回报。"退下去对季孙意如说："君主的愤怒没有缓解，您暂且回去代他祭祀。"子家羁说："君主乘一辆车进入鲁军，季孙意如一定和君主回国。"昭公想要采纳它，但随从们胁迫昭公，未能回国。

薛献公谷死了，因为是同盟国，所以记载。

秋天，吴国人侵袭楚国，攻打夷地，侵袭潜地和六地。楚国沈尹戌领兵救潜，吴军撤退。楚军把潜地人迁到南冈就收兵。吴军包围弦地，左司马戌和右司马稽率军救援弦地，到达豫章，吴军退走。这是开始使用伍员的计谋了。

冬天，邾国的黑肱带着滥地前来投奔，他地位低贱而《春秋》记载他的名字，是看重土地的缘故。君子说："名义的不可不慎重就像这样。有的地方有名义反而不如没有。带了土地叛变，虽然低贱也必定记载地名，用以称说那个人，终于因为不合道义，不可磨灭了。所以君子行动就想到礼仪，办事就想到道义，不为图利而违背礼仪，不为行义而内心痛苦。有人求名却得不到，有人想要隐名反而名声显赫，这是惩罚不义。齐豹做卫国司寇，保有世袭大夫的地位，但因办事不合道义，被记载为'盗'。邾国庶其、莒国牟夷、邾国黑肱带了土地出逃，只是求取食禄而已，并不追求名位，虽然低贱也一定记载他们的名字。这两件事，就是惩罚放纵、去掉贪婪的做法。如果让自己经受艰难，来使上面的人处于危险境地，却名声显赫，那么攻伐作难的人，将会卖力去干。如果窃取城邑背叛君主以求得大利却不记载他的名字，那么贪财夺利的人将为此卖力。因此《春秋》记载齐豹称他作'盗'，三个叛臣也记载名字，以惩罚不义的人，数说他们的罪恶和无礼，真是好笔法啊。所以说：《春秋》的称说隐微而意义显明，婉约而是非分明。上面的人能使《春秋》大义显明，让好人从中得到鼓励，坏人从中受到震慑，所以君子重视《春秋》。"

十二月初一日，发生日食。这天晚上，赵鞅梦见一个小孩赤裸身体边跳边唱，早上就让史墨占梦，说："我做了个这样的梦，今天就发生日食，是什么原因？"史墨回答说："六年后到这个月，吴国恐怕会进入郢都吧！但最后还是不能取胜。进入郢都，必定在庚辰那天，日月处在苍龙七宿之尾宿。庚午那天，太阳开始有云气变化。火战胜金，所以不能取胜。”

昭公三十二年

鲁昭公三十二年春，周历正月，昭公住在乾侯。占取阚地。夏天，吴国攻打越国。秋七月。冬天，孟懿子与晋国韩不信、齐国高张、宋国仲几、卫国世叔申、郑国国参、以及曹国人、莒国人、薛国人、杞国人、小邾人等会合修筑成周的城墙。十二月十四日，鲁昭公在乾侯去世。

○鲁昭公三十二年春天，周历正月，昭公住在乾侯，这样记载是说他既得不到外援又不能回到国内，而又不会使用他身边的人。

夏天，吴国攻打越国，这是首次对越国用兵。史墨说："不到四十年，越国也许会占有吴国吧！越国得到岁星而吴国攻打它，必然承受岁星的凶灾。"

秋八月，周王派富辛和石张前往晋国，请求修筑成周的城墙。周天子说："上天降祸给周朝，使我的兄弟都怀有乱心，而成为伯父的忧虑。我的几个亲近的甥舅之国无暇安居，到现在已经十年了，辛苦戍守也有五年了，寡人没有哪天忘记过这些，内心忧虑就像农夫盼望丰年，惶恐地等待收获的时节。伯父如果布施大恩，恢复文侯、文公的大业，解除周室的忧虑，祈求文王、武王的福禄，以巩固盟主的地位，发扬光大晋国的美名，那就是寡人的最大愿望了。从前成王会合诸侯修筑成周都城，以作为东都，从此文德大兴。现在我想要向成王求取福佑，增修成周的城墙，使卫戍将士不再劳苦，诸侯因此安宁，乱贼排除到远地，这都要依靠晋国的力量。我将把这委托给伯父，愿伯父慎重考虑。使寡人不会招来百姓的怨恨，而伯父有光荣的功绩，先王会酬报伯父的。"范献子对魏献子说："与其戍守成周，不如为它筑城墙，天子也这样说了。即使今后有事故，晋国可以不参与。服从天子命令而使诸侯减轻负担，晋国没有了忧患，这样的事不干，又去干什么呢？"魏献子说："好！"就派伯音回答说："天子有命令，岂敢不奉承而奔走通告给诸侯？工程的快慢和任务分配的等级次序，都在这次确定。"

冬十一月，晋国魏献子、韩不信前往周都，在狄泉会合诸侯的大夫，重温旧盟，并且下令增修成周的城墙。魏献子面朝南边而坐，卫国的彪傒就说："魏献子必有大灾，超越本位而命令大事，这不是他应该承担的。《诗》中说：'敬畏上天的愤怒，不敢游戏轻忽；敬畏上天的变态，不敢遨游懈怠'。何况敢逾越本位来兴起大事呢？"

十四日，士弥牟经管成周的增修方案，他计算城墙丈数，估算高低，度量厚薄，测量沟壕，物色取土方向，商定运输远近，估计工程日期，计划劳力人数，考虑器材费用，记载所需口粮，以命令诸侯服劳役，交付工程任务颁布修城长度，并记载下来交给统领的大夫，然后都送到刘文公那里汇总。韩不信加以监督审查，以作为确定的方案。

十二月，鲁昭公生病，赏赐所有大夫，大夫们不接受。赐给子家羁一对琥玉、一个玉环、一块玉璧、轻软的衣服，他接受了。于是大夫们都接受了他的赏赐。十四日，昭公去世。子家羁把昭公的赐物还给财物管理官员，说："我当时是不敢违背国君的命令。"大夫们也都归还了昭公的赐物。《春秋》记载说："公薨于乾侯。"是说他的死不得其所。

赵鞅问史墨说："季孙意如把他的君主赶出国外，但老百姓服从他，诸侯赞成他，君主死在国外也没有人向他问罪，为什么呢？"史墨回答说："事物的出现有的成对，有的成三，有的成五，有的有相辅相成的一面。所以天有日月星三辰，地有五行，身体有左右，各有配偶。君王有公，诸侯有卿，都有副佐的人。上天降生季氏，来辅佐鲁君，时间已经很长了。老百姓服从他，不也是应该的吗？鲁君世代放纵他们的过错，季氏世代修治他们的勤政，老百姓已经忘记国君了。鲁君虽然死在国外，有谁怜悯他？社稷没有不变的祭祀。君臣没有不变的地位，自古以来就是这样。所以《诗》说：'高高的山崖变成河谷，深深的河谷变作山陵。'虞、夏、商三代君主的子孙，到今天成了平民，这是主人所知道的。在《易》卦中，《震》卦驾临《乾》卦之上就叫《大壮》，这是天道。过去的成季友，是桓公的小儿子，文姜的宠儿，刚刚怀孕就占卜，卜人报告说：'生下来会有好名声，他的名字叫友，将成为公室的辅佐。'到出生时，就像卜人说的，在他手上有个'友'字。就用来给他取名。后来对鲁国有大功，受封费地做了上卿。一直到文子、武子，世世代代都扩大了他们的家业，没有废弃过去的业绩。鲁文公去世，东门遂杀了嫡子立了庶子，鲁君从此失去国政，政权落在季氏手中，到这一代国君已历经四代了。老百姓不知道国君，国君怎么能得到国家呢？因此做君主的要慎重对待器物与名位，不可以用来借给他人。"

定 公

定公元年

鲁定公元年春天。周历三月，晋国人在京都拘捕了宋国的仲几。夏六月二十一日，昭公的灵柩从乾侯到达国都。二十六日，鲁定公即位。秋七月二十二日，安葬我国君昭公。九月，举行求雨大祭。重新建立炀公庙。冬十月，降霜冻死了豆类作物。

〇鲁定公元年春天，周历正月初七日，晋国的魏献子在狄泉会合诸侯的大夫，将以诸侯的力量增修成周的城墙。魏献子主持工程事务，卫国的彪傒说："将要为天子建城，而超越本位发号施令，不合乎道义。大事违背道义，必有大灾。晋国要是不失去诸侯，魏献子恐怕不能免于灾祸吧！"这次行动中，魏献子把工程事务交付给韩不信和原寿过，而自己到大陆打猎，放火烧猎，返回时，死在宁地。范献子取消他的柏木外棺，这是由于他没有完成使命来回报就打猎去了。

孟懿子参加增修成周城墙的工程，十六日，开始设立筑城夹板。宋国的仲几不接受工程任务，说："滕国、薛国、郳国，是为我国服役的。"薛国宰相说："宋国没有道义，把我们小国与周朝隔开，带着我们去追随楚国，所以我们长期跟着宋国。晋文公在践土订立盟约，说：'凡是我的同盟，各自恢复原来的职位。'或者遵从践土的盟约，或者服从宋国，都唯命是从。"仲几说："践土的盟约本来就是这样。"薛国宰臣说："薛国始祖奚仲住在薛地而做了夏朝的车正。奚仲迁到邳地，仲虺住在薛地而做了汤王的左相。如果恢复原来的职位，将要继承天子授予的官职，为什么要为诸侯服役？"仲几说："三代的事各不相同，薛国哪能恢复过去的官职？为宋国服役，也是你们的职责。"士弥牟说："晋国执政的人刚到任，您暂且接受工程任务，回去后，我到故府查看一下盟约。"仲几说："纵使您忘了，山川鬼神难道也忘了吗？"士弥牟发怒，对韩不信说："薛国取证于人，宋国取证于鬼，宋国的罪过大了。而且自己无言以答却用鬼神压我，是欺诈我们。'给予宠信却招来侮辱'，大概说的就是这种情况了。一定要拿仲几来加以惩处。"就拘捕仲几带回国。三月，把他送到周都。

筑城工程三十天就完工了，于是让诸侯的卫戍部队回国。齐国的高张晚到，没有赶上诸侯的筑城工程。晋国的女叔宽说："周朝的苌弘、齐国的高张都将不免于祸难。苌弘违背上天，高张违背众人。上天所要毁坏的，不可能保住；众人所要干的，不可以违犯。"

夏天，叔孙成子到乾侯迎接昭公的灵柩。季孙意如说："子家羁多次和我谈话，每次都很合我的心意。我想要帮助他从政，您一定要留住他，并且听从他的意见。"子家羁不与叔孙成子见面，改变时间去为昭公哭丧。叔孙成子请求进见子家羁，子家羁辞谢了，说："我没有机会见到您，就跟着国君出国了。国君没有命令就去世了，我不敢见您。"叔孙成子派人告诉子家羁说："实在是公衍、公为让群臣不能事奉国君，如果公子宋主持国政，那是群臣的愿望。凡是跟随国君出国而可以回国的人，都将听从您的命令。子家氏没有继承人，季孙意如愿意帮助您从政，这都是季孙意如的愿望，派我来向您报告。"子家羁回答说："如果要立君主，那么有卿士、大夫和守龟在，我不敢知道。至于跟从国君的人，如果是表面跟随出国的人，可以回国；如果是与季孙结仇而出去的，可以离开。至于我，则国君是知道我出国，而不知道我回国的。我打算逃亡。"

昭公灵柩到达坏隤，公子宋先进入国内，跟随昭公的人都从坏隤折回去了。六月二十一日，昭公的灵柩从乾侯回到鲁国。二十六日，定公即位。季孙意如派役人前往阚公氏造墓，打算挖壕沟把昭公墓与先公的墓隔开。荣驾鹅说："君主活着时不能事奉，死了又隔离他，用来表明自己的清白吗？即使您忍心这样做，今后一定有人认为可耻。"季孙意如就停止了。

季孙意如又向荣驾鹅询问说："我想要给国君制定谥号，让子孙后代了解他。"荣驾鹅回答说："活着时不能事奉，死了又丑化他，来展现自己的贤良，哪里用得着这样？"季孙意如就停止了。秋七月二十二日，把昭公安葬在墓道南边。孔子做司寇的时候，在昭公墓外挖壕沟使它和先公的墓地合在一起。

因昭公出国的缘故，季孙意如向炀公祈祷。九月，建立炀公庙。

周朝的巩简公丢开他的子弟，而喜欢任用疏远的异族人。

定公二年

鲁定公二年春天，周历正月。夏五月二十五日，鲁宫雉门以及两边的台观发生火灾。秋天，楚国人攻打吴国。冬十月，新修雉门及两观。

〇鲁定公二年夏四月二十四日，巩家的子弟们杀死了巩简公。

桐国人背叛楚国，吴王阖庐派舒鸠氏诱骗楚国人，说："以军队逼近我国，我国就去攻打桐地，这样做是为了使桐地人对我们没有猜忌。"秋天，楚国的囊瓦攻打吴国，驻扎在豫章。吴国人让水师出现在豫章，而在巢地潜伏军队。冬十月，吴军在豫章攻击楚军，打败了他们。于是包围巢地，攻克了它，俘获了楚公子繁。

邾庄公和夷射姑喝酒，夷射姑出去小便，守门人向他讨肉，他夺过守门人的手杖来打他。

定公三年

鲁定公三年春，周历正月，定公前往晋国，到达黄河边，就返回了。二月二十九日，邾庄公薨死了。夏四月。秋，安葬邾庄公。冬，仲孙何忌和邾君在拔地会盟。

○鲁定公三年春天的二月二十九日，邾庄公在门台上，面对着外廷。守门人把一瓶水浇在廷上，邾庄公看见廷上有水，发怒。守门人说："夷射姑在这里小便。"邾庄公命令逮捕夷射姑，没有抓到，更加愤怒，自己从坐床上跳下，掉到了火炉的炭上，皮肤溃烂，就死了。先用车子五辆和五个人殉葬。邾庄公性子急躁而好干净，所以才落到这种地步。

秋九月，鲜虞人在平中打败晋国军队，俘获了晋国的观虎，是因为他自恃勇敢所致。

冬天，仲孙何忌和邾君在郯地会盟，是为了重修和邾国的友好关系。

蔡昭侯做了两件玉佩和两件皮衣带着前往楚国，献了一个玉佩和一件皮衣给楚昭王。楚昭王穿戴着它来宴享蔡昭侯，蔡昭侯也穿戴了另一件皮衣和玉佩。囊瓦想要蔡昭侯的皮衣玉佩，没给他，就把蔡昭侯扣留了三年。唐成公去到楚国，他有两匹肃爽马，囊瓦想要，没给，也把唐成公扣留了三年。唐国有人共同商量，请求替代原来的随从人员，楚国同意了。唐国的那些人让唐成公原来的随从喝酒，把他们灌醉了，偷取肃爽马献给囊瓦，囊瓦送还了唐成公。偷马的人在司寇面前把自己捆绑起来，说："君主因为玩赏马的缘故，使自己遭到幽禁，丢掉了国家。下臣们请求帮助马官来偿还马，一定会像那两匹肃爽马一样。"唐成公说："这是寡人的过错，你们几位不要委屈自己了！"就都赏赐他们。蔡国人听说这事，就坚决请求，把玉佩献给了囊瓦。囊瓦上朝，接见蔡昭侯的随从们，命令有关官员说："蔡君久留不归，是你们下官没有供给礼物。到明天礼物还不完备，将处死你们。"蔡昭侯回国，到达汉水，拿出玉沉到水里，说："我如果再渡过汉水南去楚国的话，有如大河之类的神为证！"蔡昭侯去到晋国，拿自己的儿子元和大夫的儿子做人质，请求攻打楚国。

定公四年

鲁定公四年春天，周历二月初六日，陈惠公吴死了。三月，定公与刘文公、晋定公、宋景公、蔡昭侯、卫灵公、陈君、郑献公、许男斯、曹隐公、莒君、邾君、顿君、胡君、滕君、薛君、杞君、小邾君、齐国的国夏等在召陵会合，讨伐楚国。夏四月二十四日，蔡国的公孙姓率领军队灭亡沈国，带了沈君嘉回国，杀了他。五月，定公和诸侯在皋鼬盟誓。杞悼公成死在会盟当中。六月，安葬陈惠公。许国人迁徙到容城。秋七月，定公从会盟回到鲁国。刘文公死了。安葬杞悼公。楚国人包围蔡国。晋国的士鞅、卫国的孔圉领兵攻打鲜虞。安葬刘文公。冬十一月十八日，蔡昭侯和吴王在柏举与楚国人交战，楚国军队失败。楚国的囊瓦出逃到郑国。二十八日，吴国人进入郢都。

○鲁定公四年春三月，刘文公在召陵会合诸侯，这是为了商议攻打楚国。

晋国的荀寅向蔡昭侯索要财货，没有得到，就对范献子说："国家正在危急之中，诸侯正在三心二意，打算在这时袭击敌人，不也很难吗？水涝正在发生，疟疾正在流行，中山人没有归服，背弃盟约得到怨恨，对楚国没有损害，而又失去中山，像这样不如拒绝蔡昭侯。我们自从方城战役以来，还未能够在楚国面前得志，只是自取劳苦。"于是拒绝了蔡昭侯的请求。

晋国人向郑国借羽毛和牦牛尾，郑国人给了他们。第二天，有人用羽旄装饰了旗帜用去参加会谈。晋国从此失去了诸侯拥戴。

将要举行会谈，卫国的子行敬子对卫灵公说："会谈有困难，意见纷纷而不统一，没有谁能治理得了。还是派祝佗随行吧。"卫灵公说："好的。"就派遣祝佗随行。祝佗辞谢不去，说："下臣竭尽全力以奉行先人留下的职责，还害怕不能完成使命而触犯刑法，如果让我奉行两职，将招致大罪。况且祝史是土神、谷神的固定臣仆，土神、谷神不动，祝史不出国境，这是关于官职的制度。君主率领军队出行，祭祀神庙杀牲衅鼓，祝史奉土神、谷神随行，在这种情况下才走出国境。至于朝会结盟的事，君主出行有一师人马跟着，卿出行有一旅跟着，下臣我没有事。"卫灵公说："去吧！"

到达皋鼬，打算让蔡国先于卫国歃血，卫灵公派祝佗私下对苌弘说："在路上听到消息，不知是否真的。似乎听说蔡国将先于卫国歃血，确实吗？"苌弘说："确实。蔡叔是康叔的兄长，先于卫国，不也可以吗？"祝佗说："从先王的传统看，是崇尚德行的。过去武王战胜商朝，成王平定它，选拔建立有光明德行的人，来辅佐保卫周王室。所以周公辅助王室，以治理天下，在周朝最为亲睦。分赐给鲁公大路车、大旗、夏后氏的璜玉、封父的繁弱弓，以及六个家族的殷民：条氏、徐氏、萧氏、索氏、长勺氏、尾勺氏，让他们率领其大宗，聚集其分族，统帅其下属奴隶，来效法周公，以服从周朝的命令。这就是让他在鲁国治理政事，以发扬周公的光明德行。分赐给鲁国土田和附庸国，以及太祝、宗人、太卜、太史、服用器物、典籍简册、百官职掌、宗庙彝器。依靠商奄的百姓，用《伯禽》告诫他，而把他封在少皞的故城。分赐给康叔大路车、少帛旗、大红旗、旃旌旗、大吕钟，还有七个家族的殷民：陶氏、施氏、繁氏、锜氏、樊氏、饥氏、终葵氏，封土划定疆界，从武父以南直到圃田的北界，从有阎氏分取土地，以供奉天子赋予的职责，取得了相土的东都，以协助天子在东方的巡视。聃季授予土地，陶叔授予百姓，用《康诰》来告诫他，而把他封在殷朝的故城。鲁公和康叔都启用商代的政治制度。而按照周朝的法制来划分土地疆界。分赐给唐叔大路车、密须的鼓、阙巩的甲、沽洗钟、九个怀姓的宗族、五个官长的职位。用《唐诰》来告诫他，而把他封在夏朝的故城。唐叔启用夏朝的政治制度，用戎人的制度来划分土地疆界。周公、康叔、唐叔三人都是天子的弟弟，因有美德，故用分赐物品来宣明他们的德行。如果不是这样，文王、武王、成王、康王的兄长还很多，却没有获得这种分赐，这只是不崇尚年龄的缘故。管叔、蔡叔诱导殷商遗民，图谋侵犯王室。天子于是杀了管叔放逐蔡叔，给了蔡叔七辆车、七十个徒仆。他的儿子蔡仲，改变做法遵循德政，周公举拔他，作为自己的卿士，让他晋见天子，天子把蔡地赐封给他。封书说：'天子说：胡！不要像你父亲那样违背天子的命令！'为什么让蔡国先于卫国呢？武王的同母兄弟八人，周公做太宰，康叔做司寇，聃季做司空，五个叔父没有官职，难道是崇尚年龄吗？曹国的先祖是文王的儿子，晋国的先祖是武王的儿子。曹国以伯爵而作为甸服，这不是崇尚年龄。如今要崇尚年龄，这是背弃先王。晋文公召集践土的盟会，卫成公不在，夷叔是卫成公的同母兄弟，还是仕蔡国之先。那次盟书上说'天子这样说：晋国重耳、鲁国申、卫国叔武、蔡国甲午、郑国捷、齐国潘、宋国王臣、莒国期。'盟书藏在周朝的府库里，可以查阅。您想要恢复文王、武王的治略，却不端正自己的德行，将打算怎么办？"苌弘很高兴，报告刘文公，和范献子商量，就让卫灵公在盟誓时排在蔡国之先。

从召陵返回，郑国的子太叔没有回到国内就死了。晋国的赵鞅临丧吊唁，很悲伤。说："黄父那次会盟。先生教我九句话，叫做：'不要引起动乱，不要依仗富裕，不要凭借宠信，不要违背同僚，不要傲视礼仪，不要恃才骄傲，不要重复发怒，不要策划不道德的事。不要去干不正义的事。'"

沈国人没有到召陵参加盟会，晋国派蔡国去讨伐它。夏天，蔡国灭亡了沈国。

秋天，楚国为了沈国的缘故包围蔡国。伍子胥作为吴国的外交官而策划对付楚国。

楚国杀死郤宛的时候，伯氏的族人逃离出国。伯州犁的孙子嚭做了吴国太宰以谋划对付楚国。楚国自从昭王即位，每年都遭到吴军攻击，蔡昭侯趁此机会，把自己的儿子乾和他的大夫的儿子送到吴国做人质。

冬天，蔡昭侯、吴王、唐侯攻打楚国，把船停在淮河水湾里。从豫章起与楚军隔汉水对峙。左司马戌对囊瓦说："您沿着汉水与敌人上下周旋，我带领方城山外的全部兵力去摧毁他们的船。然后回兵封锁大隧、直辕、冥陌等地，您渡过汉水进攻他们，我从背后攻打他们，必定把他们打得大败。"订好计谋之后就出发。武城黑对囊瓦说："吴军的战车使用木头，我们使用皮革，不能打持久战，不如速战速决。"史皇对囊瓦说："楚国人讨厌您而喜欢司马戌，如果司马戌在淮河摧毁了吴军船只，封锁了城口而回，那就是他单独战胜吴国了。您一定要迅速作战，不然的话不能免于祸难。"于是渡过汉水摆开战阵，从小别山直到大别山。三次交战，囊瓦知道不能取胜，想要奔逃。史皇说："太平时您寻求当政，国难时却逃避它，打算逃到哪里去？您一定要拼一死战，以前的罪责必然会全部解脱。"

吴楚柏举之战作战经过示意图。楚与唐、蔡两国交恶，蔡昭侯联合吴国于前506年进攻楚国，吴王阖庐亲率伍子胥、孙武等乘船沿淮河西进，登岸后迅速破楚大隧、直辕、冥阨三关，与楚国隔汉水对阵。这时，楚军左司马戌建议囊瓦率兵与吴相持，自己征发方城以外的兵力阻塞三关，断吴归路，不被采纳。楚军于是渡过汉水向吴军进攻，从小别山到大别山，一路三战，未能见功。十一月十九日，两军于柏举列阵，吴前锋主动出击，楚军一触即溃，吴军纵兵追击，在清发水和雍澨再大败楚军。接着，五战五胜，直入楚国都城郢，楚昭王出逃随国。

十一月十八日，两军在柏举摆开战阵。吴王的弟弟夫概王清早向吴王请求说："楚国的囊瓦不仁，他的臣下没有人有拼死战斗的心，首先进攻他，他的士兵一定会逃跑，然后大军接着攻打，必定战胜。"吴王不答应。夫概王说："所谓'下臣符合道义就行动，不必等待命令'，说的就是这个吧。今天我去决一死战，楚国就可以攻入了。"就带领他的部属五千人首先攻击囊瓦的士卒，囊瓦的士卒逃跑，楚军大乱，吴军大败他们。囊瓦逃亡郑国。史皇带着他的乘广战车战死。吴军追击楚军，追到清发，打算攻打他们。夫概王说："被困的野兽还要挣扎，何况人呢？如果他们知道不免于死而拼命战斗，一定会打败我们。如果让他们先过河的人知道可以免于一死，后面的人羡慕他们，就没有斗志了。等他们渡过一半时才可以攻打。"听从了他的计策，又打败了楚军。楚军做饭，吴军追上他们，楚军逃跑了。吴军吃了他们的饭又追击他们，在雍澨打败了楚军。五次交战之后，到达郢都。

二十七日，楚王带着他的妹妹季芈畀我逃出郢都，渡过了睢河。针尹固和楚王同坐一船，楚王让他驱使火象奔进吴军。

二十八日，吴军进入郢都，按地位等次住进王宫。子山住在令尹的宫室里，夫概王想要打他，他害怕就离开了，夫概王住了进去。

左司马戌到达息地就返回攻击，在雍澨打败了吴军，负了伤。当初，司马戌曾臣事阖庐，所以耻于被吴军俘虏，就对自己的臣下说："谁能使我的头免于落到吴军手里？"吴句卑说："我地位卑贱，可以吗？"司马戌说："我实在看错您了，可以啊！"司马戌三次交战都负了伤，说："我不行了。"吴句卑铺开裙子，割下司马戌的头包起来，藏好他的身子，就带着他的头逃脱了。

楚王渡过睢水，渡过长江，进入云梦泽中。楚王睡觉，有强盗攻击，用戈刺击楚王。王孙由于用背去挡戈，被击中肩部。楚王逃奔郧地，钟建背着季芈跟随，由于慢慢苏醒后也跟上去。郧公辛的弟弟怀打算杀楚王，说："楚平王杀了我的父亲，我杀掉他的儿子，不也可以吗？"郧公辛说："君王讨伐臣下，谁敢记仇？君王的命令，就是天命，如果死于天命，将仇恨哪个？《诗》中说：'软的不吃，硬的不吐。不欺鳏寡，不怕恶霸。'只有仁义的人能这样。逃避强暴，欺陵软弱，这不是勇敢；乘人之困，这不是仁慈；灭亡家族，废弃祭祀，这不是孝顺；行动没有好的名声，这不是聪明。如果一定要犯这些过错，我将杀掉你！"

斗辛和他的弟弟斗巢带着楚昭王逃奔到随国。吴国人追赶他们，对随国人说："周朝子孙在汉川的人，楚国全部灭掉了他们。上天实行它的意愿，把惩罚降给楚国，而君侯却把他们窝藏起来，周王室有什么罪过呢？君侯如果顾念报答周王室，而延及到寡人身上，以助成天意，那是君的恩惠。汉水以北的田土，您可拥有它。"楚昭王在随宫的北面，吴国人在他的南面。子期相貌像楚昭王，让昭王逃跑，而自己装作楚王，说："把我交给他们，昭王一定能脱身。"随国人就交出子期进行占卜，不吉利，就拒绝吴国人说："因为随国偏僻弱小而紧靠楚国，楚国确实保存了我们，世代都有盟誓，到现在还未改变。如果有难就背弃楚国，凭什么事奉君主？您的忧患不只是楚王一人，如果安定楚国全境。岂敢不听从您的命令？"吴国人就退兵。鬭金当初在子期家做过家臣，这次保护昭王实际上是他与随国有过约定。楚昭王让他进见，鬭金辞谢，说："不敢乘人之危谋取利禄。"楚昭王割破子期的胸部，用他的血和随国人盟誓。

当初，伍员和申包胥友好。伍员逃亡的时候，对申包胥说："我一定要颠覆楚国。"申包胥说："那你努力吧！您能颠覆它，我一定能使它复兴。"到楚昭王逃到随国时，申包胥前往秦国请求救兵，说："吴国是大猪、长蛇，而屡屡侵吞中原国家，作恶就从楚国开始。寡君失守国家，流浪在乡野，派下臣前来告急，说：'夷人的德性没有满足，如果与君为

申包胥泣于秦廷，求秦出兵救楚，选自明刊本《新镌绣像列国志》。

邻，那将是贵国边境的祸患。趁吴国还未安定，君去分取楚国吧。如果楚国终于灭亡，就是君的领土了。如果靠君的福气安抚楚国，将世世代代事奉君侯。"秦哀公派人推辞楚国，说："寡人听到命令了，您暂且住到宾馆去，我们将商议以后告诉您。"申包胥回答说："寡君流浪乡野，没有得到安身之处，下臣哪里敢享受安逸？"站着，靠在庭院的墙上哭泣，哭声日夜不停，滴水不进达七天之久。秦哀公为他吟诵了《无衣》这首诗，申包胥连磕九个头才坐下。秦国于是出兵。

定公五年

鲁定公五年春三月初一日，发生日食。夏天，鲁国送粮食给蔡国。越国进入吴国。六月十七日，季孙意如死了。秋七月初四日，叔孙不敢死了。冬天，晋国的范献子领兵包围鲜虞。

〇鲁定公五年春天，周敬王的人在楚国杀死王子朝。夏天，鲁国送粮食给蔡国，用以救急，并对他们没有粮资表示怜悯。越国进入吴国，是因为吴国人正在楚国。

六月，季孙意如出巡东野，返回，还没到达鲁都，于十七日死在房地。阳虎打算用玙璠玉随葬，仲梁怀不给，说："改变了步子，用玉也要改变。"阳虎想要赶走他，告诉公山不狃。不狃说："他是为了国君，您怨什么呢？"安葬之后，桓子出巡东野，到达费地。不狃做费地邑宰，到郊外迎接慰劳桓子，桓子很尊敬他。慰劳仲梁怀，仲梁怀不恭敬。不狃发怒，对阳虎说："您把他赶走吗？"

申包胥带着秦国军队到达，秦国的子蒲、子虎率五百辆兵车救援楚国。子蒲说："我不了解吴国的战术。"就让楚国人先和吴军交战，而秦军则从稷地前去会合，在沂地大胜夫概王。吴国人在柏举俘获了薳射，薳射的儿子率领逃跑的士兵跟随子西，在军祥打败了吴军。秋七月，子期、子蒲灭亡了唐国。九月，夫概王回国，是为了自立为王。由于和吴王作战失败了，逃亡到楚国，成为堂溪氏。

吴军在雍澨打败楚军，秦国军队又打败吴军。吴军驻在麇地，子期准备放火烧他们，子西说："父兄亲戚的尸骨暴露在那里，不能收葬，又去烧他们，不可以。"子期说："国家要灭亡了，死者如果有知，能够享受过去那样的祭祀，怎么会怕烧掉尸骨？"于是放火焚烧吴军，又进行战斗，吴军失败。又在公壻溪交战，吴军大败，吴王就回国了。吴军囚禁了闉舆罢，闉舆罢请求先去吴国，就逃回了楚国。叶公诸梁的弟弟后臧跟着他的母亲在吴国，不顾他的母亲就回到楚国，叶公诸梁始终不正眼看他。

九月二十八日，阳虎囚禁桓子和公父文伯，驱逐了仲梁怀。冬十月初十日，杀了公何藐。十二日，和桓子在稷门内盟誓。十三日，举行大诅祭。驱逐公父歜和秦遄，他们都逃奔到齐国。

楚昭王回到郢都。当初，斗辛听说吴国人争夺楚宫，说："我听说：不礼让就不和睦，不和睦就不可以征战远地。吴国人在楚国争夺，必然发生内乱。发生内乱就必然撤回，怎么能平定楚国？"

楚昭王逃亡到随国时，准备渡过成臼河。蓝尹亹让他的妻子儿女渡河，不给昭王船只。到安定时，昭王想要杀了他。子西说："襄瓦只因想报旧怨而失败，君王何必仿效他？"楚昭王说："好。让他回到他的原有职位上去，我要用来记住以前的坏事。"昭王奖赏斗辛、王孙由于、王孙圉、钟建、斗巢、申包胥、王孙贾、宋木、斗怀，子西说："请去掉斗怀。"昭王说："大恩抵消小怨，这是符合道义的。"申包胥说："我是为了国君，不是为了自己。国君已经安定了，我又贪求什么呢？而且我指责子旗，难道又像他那样吗？"就躲开赏赐。楚昭王打算让季芈出嫁，季芈推辞说："做女人的规矩，就是要远离男人。钟建背过我了。"于是把她嫁给钟建，让钟建做了乐尹。

楚昭王在随国的时候，子西仿制了国君的车子服饰来安定溃逃的路人，在脾泄建了临时国都，听到昭王所在的地方，然后跟去。昭王派由于到麇地筑城，由于回都报告执行使命情况，子西向他问城墙的高度厚度，由于不知道。子西说："不能干，就应当辞去不干。不知道城墙的高度厚度，城的大小又怎么知道？"由于回答说："我坚决推辞干不了，是您一定派遣我去的。人各有能干的和不能干的事。君王在云梦泽中遇到强盗，我挡住了强盗的戈，受伤的痕迹还在。"就脱去衣服露出背部给子西看，说："这就是我能干的事。脾泄的差事，我也是不能干的。"

晋国的范献子包围鲜虞，是对观虎的战败被俘进行报复。

定公六年

鲁定公六年春天，周历正月十八日，郑国的游速率军队灭亡了许国，带了许国国君斯回国。二月，鲁定公偷袭郑国。定公偷袭郑国回到鲁国。夏天，季桓子、孟懿子前往晋国。秋天，晋国人拘捕了宋国外交官乐祁犁。冬天，在内城修筑城墙。季桓子、孟懿子领兵包围郓地。

〇鲁定公六年春天，郑国灭亡了许国，是趁楚国失败而灭掉的。

二月，鲁定公偷袭郑国，夺取匡地，这是替晋国讨伐郑国的攻打胥靡。去时没有向卫国借路，到返回时，阳虎让季桓子、孟献子从南门进，从东门出，驻扎在豚泽。卫灵公发怒，派遣弥子瑕追击他们。公叔文子已经年老退休了，坐了人力车去到卫灵公那里，说："指责别人却又效法他，不合乎礼。鲁昭公有难的时候，您准备拿出我文公的舒鼎，成公的宝龟，定公的鞶鉴，如果可以用来使鲁昭公回国，您将从中选用一件。您的公子和几位下臣的儿子，诸侯如果为鲁昭公操心，也准备用来作为人质。这些都是群臣听到了的。如今将要因为小小的怨忿而掩盖过去的恩德，恐怕不行吧？太姒的儿子当中，只有周公、康叔是互相和睦的，而如今要效法小人来抛弃他们建立的两国和睦关系，不是大错特错吗？上天将会加重阳虎的罪过而使他垮台，您暂且等待一下，怎么样？"卫灵公就停止追击。

夏天，季桓子前往晋国，是去奉献郑国的俘虏。阳虎硬派孟懿子前去回报晋夫人聘问鲁国的财礼，晋国人在宴享季桓子时一并宴享他。孟懿子站在房外，对范献子说："阳虎如果不能待在鲁国，而到晋国来歇脚，贵国要是不任用他做中军司马，有如先君之神灵为证！"范献子说："寡君有官职要封，将使用合适的人，我知道什么？"范献子对赵鞅说："鲁国人担心阳虎了，孟懿子了解其征兆，他认为阳虎必然来到晋国，所以极力替他向晋国请求，以达到进入晋国的目的。"

四月十五日，吴国的太子终累打败了楚国的水军，俘获了潘子臣、小惟子和大夫七人。楚国大为担心，害怕被灭亡。子期率领陆军在繁扬又被打败。令尹子西高兴地说："如今楚国可以治理了。"于是把郢都迁到鄀地，改变治理政事的办法，来稳定楚国。

周朝的儋翩率领王子朝的士卒，依靠郑国人打算在成周发动叛乱，郑国趁此机会就攻打冯地、滑地、胥靡、负黍、狐人、阙外等地。六月，晋国的阎没戍守成周，并且在胥靡筑城。

秋八月，宋国的乐祁对宋景公说："诸侯中只有我国事奉晋国，现在使者不去晋见，晋国恐怕会不满意了。"乐祁把这话告诉他的家宰陈寅，陈寅说："一定会派您去。"过了几天，宋景公对乐祁说："只有寡人高兴您的建议，您一定要去！"陈寅说："您立了继承人再去，我们的家室也不会灭亡，君主也会认为我们是明知有祸难而前往的。"乐祁就让儿子溷进见景公然后出发。赵鞅前来迎接，在绵上招待他喝酒。乐祁向赵鞅献上六十副杨木盾。陈寅说："过去我们奉范氏为主，现在您奉赵氏为主，又有礼物献给他，用杨木盾招祸，没有办法了。不过您为出使晋国而死，子孙一定会在宋国得志。"范献子对晋定公说："奉君命越过别国疆界而出使，没有报告使命就私自饮酒，对两国国君不恭敬，不可不讨伐。"于是就拘捕了乐祁。

阳虎又在周社和鲁定公及孟孙、叔孙、季孙盟誓，和国内的人们在亳社盟誓。在五父之衢举行诅祭。

冬天十二月。周敬王住在姑莸，是躲避儋翩发动的祸乱。

定公七年

鲁定公七年春天，周历正月。夏四月。秋天，齐景公、郑献公在咸地会盟。齐国人拘捕卫国外交官北宫结而侵袭卫国。齐景公、卫灵公在沙地会盟。举行求雨大祭。齐国的国夏率军队攻打我鲁国西部边城。九月，举行求雨大祭。冬十月。

○鲁定公七年春二月，周朝的儋翩进入仪栗而叛乱。

齐国人归还郓地、阳关，阳虎居守在那里主持政事。

夏四月，单武公、刘桓公在穷谷打败尹氏。

秋天，齐景公、郑献公在咸地会盟，在卫国召集诸侯会见。卫灵公想要背叛晋国，大夫们不赞成，卫灵公就派北宫结前往齐国，而私下对齐景公说："拘捕北宫结来侵袭我国。"齐景公听从了他的话，于是在琐地结盟。

齐国的国夏攻打我鲁国。阳虎为季桓子驾车，公敛处父为孟懿子驾车，打算晚上出兵攻击齐军。齐军听到消息，拆散军队，埋伏起来等待鲁军。处父说："阳虎不考虑灾祸，一定会死。"苫夷说："阳虎使季桓子、孟懿子二位陷入祸难。不等法官惩处，我一定杀了你。"阳虎害怕，就退兵，没有吃败仗。

冬十一月二十三日，单武公、刘桓公到庆氏那儿迎接周敬王，晋国籍秦护送周敬王。十二月初五日，周敬王进入王城，住在公族党氏家中，然后朝拜庄王庙。

定公八年

鲁定公八年春天，周历正月，定公侵袭齐国。定公侵袭齐国回到鲁国。二月，定公再次侵袭齐国。三月，定公侵袭归来。曹靖公死了。夏天，齐国的国夏领兵攻打我鲁国西部边城。定公在瓦地会见晋国军队。定公从瓦地回到国内。秋七月初七日，陈怀公柳死了。晋国的范献子率军队偷袭郑国，随即侵袭卫国。安葬曹靖公。九月，安葬陈怀公。季桓子、孟懿子领兵侵袭卫国。冬天，卫灵公、郑献公在曲濮结盟。阳虎等按次序祭祀先公。盗贼偷走了宝玉、大弓。

〇鲁定公八年春天，周历正月，定公侵袭齐国，攻打阳州的城门。士卒们都坐成一排排，说："颜高的弓要一百八十斤力才能张开。"都拿来传观。阳州人冲出城来，颜高夺过别人的弱弓应战，籍丘子鉏攻击他，颜高和另一个人都倒在地上。颜高仰卧在地，一面射击子鉏，射中面颊，死了。颜息射人射中眉毛，退下来说："我没有勇力，我本来是拿他的眼睛当靶子的。"部队撤退，冉猛假装伤了脚而走在前面，他的哥哥冉会就喊道："冉猛，到后面去压阵！"

三月二十六日，单武公攻打谷城，刘桓公攻打仪栗。二十八日，单武公攻打简城，刘桓公攻打盂地，以安定王室。

赵鞅对晋定公说："诸侯中只有宋国事奉晋国，友好地迎接他们的使者，还怕不到来，如今又拘禁他们的使者，这是断绝诸侯的做法。"打算送回乐祁，范献子说："扣留了他三年，无缘无故又放回去，宋国一定会背叛晋国。"范献子私下对乐祁说："寡君担心不能事奉宋君，所以留住您。您暂时让乐溷来替代您。"乐祁把这事告诉陈寅，陈寅说："宋国将要背叛晋国，这等于是抛弃了乐溷，不如等待一下。"乐祁回国，死在太行。范献子说："宋国必定背叛，不如留下乐祁的尸首来求和。"于是就把尸首留在州地。

鲁定公侵袭齐国，攻打廪丘的外城。廪丘人焚烧冲车，鲁军有人打湿了麻布短衣去救火，于是就摧毁了外城。廪丘人出城反击，鲁军奔逃。阳虎假装没看见冉猛，说："冉猛如果在这里，一定能打败他们。"冉猛就去追逐敌人，回头看到没有人跟上，就假装跌倒。阳虎说"都是假意！"

苦越生了儿子，打算等待发生大事再给他取名。阳州这次战役获得了战绩，就给儿子取名叫阳州。

夏天，齐国的国夏、高张攻打我鲁国西部边城。晋国的范献子、赵鞅、荀寅援救我国。定公在瓦地会见晋国军队，范献子手持羊羔，赵鞅、荀寅都手持大雁作为礼物。鲁国从此开始以羊羔为贵重礼。

晋军打算在邹泽和卫灵公结盟，赵鞅说"大臣们谁敢和卫灵公结盟？"涉佗、成何说："我们能去和他结盟。"卫国人请涉佗两人执牛耳，成何说："卫国，就好像我国的温、原两地一样，怎么能做诸侯对待？"将要歃血，涉佗推卫灵公的手，血流到了手腕上，卫灵公发怒。王孙贾快步上前，说："结盟是用来伸张礼义的，能做到像我卫君一样，难道谁敢不唯礼是从？如今却接受这样的结盟！"

卫灵公想要背离晋国，但又担心大夫们不同意。王孙贾让卫灵公临时住在郊外，大夫们询问原因，卫灵公把在晋国受的耻辱告诉他们，并且说："寡人让国家蒙受羞辱，如果改卜新君继位，寡人服从。"大夫说："这是卫国的祸难，哪里是君主的过错？"卫灵公说："还有可担忧的事呢，晋国人对寡人说：一定要拿你的儿子和大夫们的儿子作为人质。"大夫说："如果有好处，公子就去，下臣们的儿子谁敢不背着马笼头和缰绳跟着？"

公子们将要动身，王孙贾说："如果卫国有难，工匠商人未尝不成为灾患，要让他们都走才行。"卫灵公把这告诉大夫，就打算都让他们走。动身的日期定下后，卫灵公接见国内要人，派王孙贾问他们，说："如果卫国背离晋，晋国五次攻打我国，灾难会是什么样子？"人们都说："五次攻打我国，还是可以凭能力迎战。"王孙贾说："那么应当背离晋国，有了灾难然后交人质，有什么迟的？"于是背离晋国。晋国人请求另行结盟，卫国不答应。

秋天，晋国的范献子会合成桓公一起侵袭郑国。包围虫牢，是为了报复伊阙那次战役。随即又侵袭卫国。

九月，鲁军侵袭卫国，是因为要协同晋国。

季寤、公钼极、公山不狃都在季氏那里不得志，叔孙辄在叔孙氏那里不受宠信，叔仲志在鲁国不得志，所以五个人都投靠阳虎。阳虎想要除掉三桓，用季寤代替季氏，用叔孙辄代替叔孙氏，自己代替孟氏。冬十月，阳虎等按位次祭祀先公并为此祈祷。初二日，在僖公庙举行禘祭。初三日，打算在蒲圃宴享季桓子而杀了他，就命令都邑的战车说："癸巳那天都要赶到。"成地的宰臣公敛处父告诉孟孙说："季氏命令都邑战车备战，什么原因？"孟孙说："我没听说。"处父说："那么就是要叛乱，一定会延及到您，先防备着吧！"就和孟懿子约定以初三为戒备的日期。

阳虎驱车先往蒲圃：林楚为季桓子驾车，警备人员持钺和盾夹护两边，阳越压阵，将前往蒲圃：季桓子突然对林楚说："你的先人都是季氏的好家臣，你要用这次行动继承他们的传统。"林楚回答说："我听到您的命令晚了。阳虎掌权，鲁国人服从他，违背他会招致死亡，死了对主人也没有好处。"季桓子说："有什么晚的？你能带我去孟懿子那里吗？"林楚回答说："不敢爱惜死，只是怕不能使主人免除灾难。"季桓子说："去吧！"孟懿子挑选了三百个强壮的奴隶，在门外为公期修筑房子。林楚奋力策马，到了大路上就奔驰起来，阳越射他，没有射中，筑房子的人关上门，有人从门缝中用箭射阳越，射死了他。阳虎劫持定公和武叔，以此攻打孟氏。公敛处父率领成地人从上东门进入，和阳氏在南门里边交战，没有取胜。又在棘下交战，阳氏失败。阳虎脱下铠甲去到公宫，偷取宝玉、大弓而出逃，住在五父之衢，睡了一觉才做饭。他的随从说："追兵恐怕将要到了。"阳虎说："鲁国人听到我出逃，高兴我的自找灭亡，哪有空闲追我？"随从的人说："哇！赶快驾车，公敛处父在那里！"公敛处父请求追击，孟懿子不同意。公敛处父想要杀掉季桓子，孟懿子害怕就把他遣归了。季寤在季氏的祖庙里——摆酒祭告然后出逃。阳虎进于谨地、阳关而叛变。

郑国的驷歂继承子太叔治理政事。

定公九年

鲁定公九年春天，周历正月。夏四月二十二日，郑献公虿死去。鲁定公得到了宝玉、大弓。六月，安葬郑献公。秋天，齐景公、卫灵公驻扎在五氏。秦哀公死了。冬天，安葬秦哀公。

〇鲁定公九年春天，宋景公派乐大心跟晋国结盟，并且接回乐祁的尸体。乐大心推辞，装着有病，于是派向巢前往晋国结盟，同时接回乐祁的尸体。乐溷叫乐大心出国迎接，说："我还在服丧，您却敲钟作乐，为什么？"乐大心说："是因为丧事不在这里。"不久又告诉别人说："自己服丧却生了孩子，我为什么不能敲钟？"乐溷听到了，发怒，对宋景公说："乐大心将不利于戴氏，不肯去晋国，是打算作乱。不然的话，没有病为何装病？"于是就驱逐乐大心。

郑国的驷歂杀了邓析，而又采用他的《竹刑》。君子认为："驷歂在这件事上不忠。如果有人对国家有利，可以放过他的不正当行为。《静女》三章诗，是取其中的彤管。《竿旄》中说的'用什么劝告他'，是取它的忠心。所以采用一个人的学说，就不抛弃这个人。《诗》中说：'高大繁茂的甘棠树，不要砍伐不要剪除，召伯曾在这里止宿。'思念那个人尚且爱惜那棵树，何况采用那个人的学说却不怜惜那个人？驷歂没有办法勉励有才能的人了。"

夏天，阳虎归还宝玉和大弓，《春秋》记载说"得"，因为是器物用具的缘故，凡获得器物用具就说"得"，得到活物就说"获"。

六月，鲁军攻打阳关。阳虎派人焚烧莱门，鲁军惊恐，阳虎反攻鲁军而突围出城，逃往齐国，请求齐军以攻打鲁国，说："进攻三次一定可以攻取它。"齐景公打算答应他，鲍文子劝谏说："下臣曾经在施氏那里做家臣，知道鲁国是不可攻取的。君臣上下很融洽，老百姓很和睦，能事奉大国，又没有天灾，怎么能攻取它？阳虎是想要使齐军疲劳，齐军疲劳了，大臣必然有很多人死伤逃亡，于是他自己就可实现阴谋。阳虎在季氏面前有过宠信，却打算杀害季桓子，以危害鲁国，而在他国求得容身。亲近富有而不亲近仁义，君怎么能用他？君比季氏富有，比鲁国强大，这就是阳虎想要颠覆的原因，鲁国免除了它的祸患，而君又收容他，恐怕有害吧！"齐景公拘捕了阳虎，将把他关押到东部去。阳虎希望到东部去，于是就把他囚禁到西部边城。阳虎把城里人的车子都借来，切割车轴，用麻缠上还回去。阳虎把蒽灵车装上衣物，睡在衣物中逃走。齐军追上去抓住他，关押到齐国都城。阳虎又利用蒽灵车逃跑，逃到宋国，随即逃到晋国，去了赵氏家中。孔子说："赵氏恐怕会世世代代有祸乱了吧！"

秋天，齐景公攻打晋国的夷仪。敝无存的父亲打算为他娶妻，敝无存辞谢了，把她给了他弟弟，说："这一仗如果没死，能返回，一定在高氏、国氏那儿娶个妻子。"他首先登城，又寻求办法从城门出来，结果死在城门檐霤下。东郭书抢先登城，犁弥跟着他，说："您抢先登上去往左，我抢先登上去往右，让登城的人全都上来后再下去。"东郭书往左，犁弥抢先下了城墙。战后东郭书和犁弥一起歇息，犁弥说："我先登上城墙。"东郭书收拾铠甲，说："先前为难我，现在又为难我。"犁弥笑着说："我跟着您就像骖马有游环。"

晋国的一千辆兵车部署在中牟，卫灵公将要去五氏，为经过中牟而占卜，龟甲灼焦了。卫灵公说："可以经过！卫国的战车对付他们的一半，寡人对付他们的一半，相当了。"就通过中牟。中牟人想要攻打他们，卫国的褚师圃逃亡在中牟，他说："卫国虽小，但它的国君在那里，不能战胜的。齐军攻下夷仪城而骄傲，他们的将帅又地位低贱，和他们交战，一定能打败他们，不如追击齐军。"于是就攻打齐军，打败了他们。齐景公把禚、媚、杏等地割让给卫国。

齐景公封赏犁弥，犁弥推辞说："有人先登城，我只是跟着他，那个人头戴白色帻巾，身披狸皮斗篷。"齐景公派他去看东郭书是不是，他看到东郭书说："就是这位先生，我为您带来了赏赐。"齐景公赏赐东郭书，他推辞说："他是客人。"于是就赏赐犁弥。

齐军在夷仪的时候，齐景公对夷仪人说："找到敝无存的，赏给五户的食禄并免去服劳役。"就找到了他的尸体。齐景公三次为死尸穿衣服，给予犀皮车和长柄车盖，让灵车先行回国。齐景公让拉灵车的人跪坐，自己带着军队哭丧，亲自推灵车三次。

定公十年

鲁定公十年，周历三月，鲁国和齐国议和。夏天，定公在夹谷会见齐景公。定公从夹谷回到鲁国。晋国的赵鞅领兵包围卫国。齐国人来归还郓地、讙地、龟阴的田土。武叔、孟懿子率军队包围郈地。秋天，武叔、孟懿子领兵包围郈地。宋国乐大心逃亡到晋国。宋公子地出逃到陈国。冬天，齐景公、卫灵公、郑国游速在安甫会盟。武叔前往齐国。宋景公的弟弟辰和仲佗、石彄出逃到陈国。

〇鲁定公十年春天，鲁国和齐国言和。

夏天，鲁定公在祝其会见齐景公，实际上就是在夹谷。孔子担任辅相。犁弥对齐景公说："孔丘懂得礼仪但没有勇武，如果叫莱地人用武力劫持鲁君，一定可以实现愿望。"齐景公听从了。孔子奉定公退出，说："战士们拿起武器去攻打！两国君主友好会见，边远夷人的俘虏却用武力扰乱，这不是齐君用来命令诸侯的办法。边远国家不能觊觎中原，夷人不能扰乱华夏民族，俘虏不能侵犯盟会，武力不能胁迫友好，否则对神灵来说是不吉利的，在德行而言是违失道义的，对人来说是失去礼仪的，君主肯定不会这样的。"齐景公

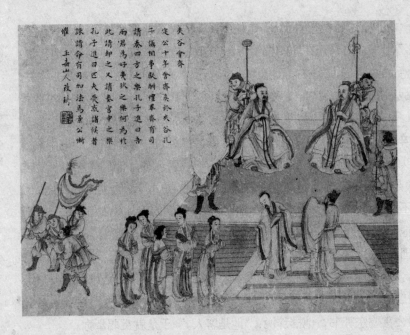

鲁国在夹谷与齐会盟，选自《孔子圣迹图》。

听说了，立即让莱地人避开。

将要盟誓，齐国人在盟约上加了一句话说："齐军出境而鲁国不派三百辆甲车跟随我们的话，有如这盟约中所说的加以追究！"孔子派兹无还作揖回答说："你们如果不归还我汶阳的田地，以使我们用来奉行贵国的命令，也像这盟约所说的那样！"

齐景公打算宴享鲁定公，孔子对梁丘据说："齐国、鲁国的旧礼，您怎么没听说过呢？事情已经完成了，又来宴享，这是让办事的人受苦。而且礼器不出国门，雅乐不在郊野合奏。如果宴享时这些东西全都具备，那是背弃礼制；如果不具备，用物又粗劣卑微。用物粗劣卑微，是屈辱君主；背弃礼制，则名声不好，您何不考虑一下？享礼，是用来显示德行的，德行不能显示，不如作罢。"于是终于没有宴享定公。

齐国人前来归还郓地、谨地和龟阳的田土。

晋国人赵鞅包围卫国，是对夷仪战役的报复。起初，卫灵公在寒氏攻打邯郸午，攻陷邯郸城的西北并据守在那里，但到晚上部队就溃散了。到晋国包围卫国时，午带领七十个徒卒攻打卫国西门，把守门人杀死在门里，说："让我报复寒氏那次战役。"涉佗说："先生倒是勇敢，但我去攻门，肯定不敢开门。"也带了七十个徒卒清早去攻门，走向城门左右，到那儿就都站住，像栽的树一样。到中午卫国人还不敢打开城门，就退回来。收兵回国，晋国人责问卫国背叛的原因，卫国人说："是由于涉佗、成何。"于是就逮捕涉佗来向卫国求和，卫国人不答应，晋国人就杀了涉佗，成何逃往燕国。君子说："这就叫做背弃礼义，两人的罪过肯定不一样。《诗》中说：'人如果没有礼仪，何不快点死去？'涉佗也算是死得快了啊！"

　　起初，叔孙成子想要立武叔，公若藐坚决劝止说："不可以。"叔孙成子立了武叔就死了。公南派杀手射公若，没能杀到。公南做马正，让公若做郈地宰臣。武叔已经稳定之后，派郈地马正侯犯去杀公若，没能成功，他的马倌说："我带剑经过朝官，公若必定问是谁的剑，我说出您来告诉他，他一定要观剑。我就装作固陋不懂礼节而把剑尖递给他，就可以杀掉他。"武叔就让他像说的那样去做。公若说："你想要把我当吴王吗？"于是就杀了公若。侯犯带领郈地人叛变，武叔包围郈地，没有攻下。

　　秋天，武叔、公南二人和齐军再次包围郈地，没有攻下。武叔对郈地工师驷赤说："郈地不只是叔孙家的忧虑，也是国家的祸患，打算怎么办？"驷赤回答说："下臣的事在《扬水》诗末章的四个字里了。"武叔磕头。驷赤对侯犯说："处在齐、鲁之间而不事奉他们，肯定不行，您何不请求事奉齐国以统治百姓？不这样，他们将叛变。"侯犯听从了。

　　齐国使者来到郈地，驷赤和郈地人为此在城中散布言论说："侯犯打算用郈地和齐国交换，齐国人将迁走郈地百姓。"众人喧嚷恐惧。驷赤对侯犯说："大家的说法各不相同，与其死，您不如和齐国交换。换来的还像是这郈地，同时又缓解了局势，何必死守在这里？齐国人想要利用这里威逼鲁国，一定会加倍换给你土地。而且何不多放些铠甲在您门口，以防备意外？"侯犯说："好。"就在门口放了很多铠甲。侯犯请求和齐国交换郈地，齐国官员要视察郈地，将到来的时候，驷赤派人到处奔跑呼喊："齐军到了！"郈地人大为震惊，穿上侯犯放在门口的铠甲，来包围侯犯。驷赤准备射那些人，侯犯制止他说："想办法让我脱身。"侯犯请求出走，大家答应了他。驷赤先去到宿地，侯犯随后，每走出一道门，郈地人就关上门。到了外城门，守门的挡住他，说："您带着叔孙氏的铠甲出走，官员如果责问这件事，臣下们害怕会死。"驷赤说："叔孙氏的铠甲有标志，我们不敢带走。"侯犯对驷赤说："您留下和他们点数。"驷赤留下而接纳了鲁国人。侯犯逃奔到齐国，齐国人就把郈地交给了鲁国。

　　宋国的公子地宠爱蘧富猎，把自己的家产分成十一份，而把其中的五份给了他。公子地有白马四匹，宋景公宠爱向魋，向魋想要那些马。宋景公弄来马而染红它们的尾巴和鬃毛，把它们给了向魋。公子地发怒，叫他的仆卒鞭打向魋并夺回马。向魋害怕，打算逃跑，宋景公关上门为向魋哭泣，眼睛全肿了。宋君同母弟弟辰对公子地说："您分出家产给蘧富猎，却单单瞧不起向魋，也有偏心。您对国君有礼，出走而不到走出国境，国君肯定会挽留您。"公子地出逃陈国，宋景公没有留他。辰替他请求，不听。辰说："这是我欺骗我兄长。我带领国内人们出国，君主和谁在一起？"冬天，同母弟弟辰和仲佗、石𫐐出逃到陈国。

　　武叔到齐国聘问，齐景公宴享他，说："子孙叔！如果让郈地处在君之外的其他边境，寡人知道什么呢？这里正好与敝国交界，所以敢帮着君分忧。"武叔回答说："这不是寡君的希望。之所以事奉君，是为了国家，岂敢拿家臣的事来让执事受苦？不善良的臣下，是天下人憎恶的对象，君难道用这个作为对寡君的赐予？"

定公十一年

鲁定公十一年春天，宋景公的同母弟弟辰和仲佗、石弨公子地从陈国进入萧地而叛变。夏四月。秋天，宋国乐大心从曹国进入萧地。冬天，鲁国和郑国言和。叔还前往郑国参加结盟。

○鲁定公十一年春天，宋景公同母弟弟辰和仲佗、石弨、公子地进入萧地而叛变。

秋天，乐大心追随他们叛变，给宋国造成很大的祸害，这是宠爱向魋的缘故。

冬天，鲁国和郑国言和，这是背离晋国的开始。

定公十二年

鲁定公十二年春天，薛襄公定死了。夏天，安葬薛襄公。武叔率领军队摧毁郈城。卫国的公孟驱领兵攻打曹国。季桓子、孟懿子领兵毁坏费邑。秋天，举行求雨大祭。冬十月二十七日，鲁定公会合齐景公在黄地结盟。十一月初一日，发生日食，鲁定公从黄地回到鲁国。十二月，定公包围成地。定公包围成地后回到国都。

○鲁定公十二年夏，卫国公孟驱攻打曹国，攻占郊地。军队返回时，滑罗殿后。还未走出曹国，滑罗就不离开队列了。他的驾车人说："殿后却走在队列中，恐怕是缺少勇气吧？"滑罗说："与其空得勇猛之名，不如表现得缺少勇气。"

仲由做季氏的宰臣，打算摧毁三都，于是叔孙氏就毁掉郈城。季氏准备毁掉费邑，公山不狃、叔孙辄率领费邑人侵袭鲁国都城。鲁定公和孟懿子、武叔、季桓子三人进入季氏宫中，登上武子之台。费邑人攻打他们，没有攻下。攻进宫的人到了定公一侧，孔子命令申句须、乐颀下台，去攻击他们，费邑人败走。国都的人们追击他们，在姑蔑打败他们。公山不狃、叔孙辄两人逃亡到齐国，于是就摧毁了费邑。准备毁掉成邑，公敛处父对孟孙说："毁掉成邑，齐国人肯定会从北门到来。而且成邑是孟氏的保障，没有它，那就等于没有孟氏。您假装不知道，我打算不毁掉成邑。"

冬十二月，定公包围成邑，没有攻下。

定公十三年

　　鲁定公十三年春，齐景公、卫灵公临时住在垂葭。夏天，修筑蛇渊囿。在比蒲举行大规模阅兵。卫国公孟驱领兵攻打曹国。秋天，晋国赵鞅进入晋阳而叛变。冬天，晋国的荀寅、范吉射进入朝歌而叛变。赵鞅归顺晋国。薛国杀了他们的国君比。

　　〇鲁定公十三年春天，齐景公、卫灵公临时住在垂葭，实际上就是郹氏。派兵攻打晋国，准备渡过黄河，大夫们都说不行，邴意兹说："可以。以精锐部队攻打河内，敌人送信的传车一定会几天才能到达绛地。绛地人没有三个月到不了黄河，那我们已经凯旋渡河了。"于是就攻打河内。齐景公把大夫们的车子都收起来，只有邴意兹乘车。齐景公想要和卫灵公一起坐车，和他一起宴饮，然后驾起乘广车，装上铠甲。使者报告说："晋军到了。"齐景公说："等到君套好了车，寡人请求代理驾车。"就穿上铠甲和卫灵公同乘，驱车前进。有人报告说："没有晋军。"就停了下来。

　　晋国赵鞅对邯郸午说："把卫国的五百家贡户归还我，我要把他们安置到晋阳。"邯郸午答应了。邯郸午回家，告诉他的父兄，父兄都说："不行。卫国是用这五百户帮助邯郸的，却把他们迁到晋阳去，这是断了与卫国的来往。不如侵袭齐国以寻求办法。"就像说的那样做，从而把五百户迁到了晋阳。赵鞅发怒，召见邯郸午，把他囚禁在晋阳。赵鞅让他的随从解下剑再进去，涉宾不肯。赵鞅就派人告诉邯郸人说："我私人对邯郸午将进行惩罚，您几位尽管立想要立的人。"就杀了邯郸午。赵稷、涉宾带领邯郸人叛变。

　　夏六月，上军司马籍秦包围邯郸。邯郸午，是荀寅的外甥，荀寅，是范吉射的亲家，彼此和睦，所以没参与包围邯郸，将要发起叛乱。董安于听说了，报告赵鞅说："先防备他们吧！"赵鞅说："晋国有命令，首先发起祸乱的处死，我们事发后对付他们就可以了。"董安于说："与其害民，宁愿我一人死，请拿我做解释。"赵鞅不同意。秋七月，范氏、中行氏攻打赵氏的宫室，赵鞅逃到晋阳，晋国人包围那里。

　　范皋夷不受范吉射宠爱，就想要在范氏家族中作乱。梁婴父被荀跞所宠信，荀跞想让他做卿。韩不信和荀寅关系恶劣，魏曼多和范吉射也互相不和。所以范皋夷等五人策划，打算赶走荀寅而让梁婴父代替他，驱逐范吉射而让范皋夷取代他。荀跞对晋定公说："君命令大臣，首先发动祸乱的处死，盟书还在黄河里。如今范氏、中行氏、赵氏三位大臣首先挑起祸乱，却只驱逐赵鞅，处罚已经不公平了，请都赶走。"

　　冬十一月，荀跞、韩不信、魏曼多奉晋定公攻打范氏、中行氏，没有取胜。这两个人打算还击晋定公，齐国的高强说："多次折断胳膊懂得做个好医生了。只有攻打国君是不可取胜的，因为老百姓不赞成。我就因攻打国君而逃到这里了。那三家不和睦，完全可以战胜他们，打败了他们，君主将依靠哪个？如果先攻打国君，那是促使他们和睦。"不听，于是攻打晋定公。国内人们帮助晋定公，范氏、中行氏失败，三家跟着又攻打他们。十八日，荀寅、范吉射逃往朝歌。韩不信、魏曼多因赵鞅的事向晋定公请求。十二月十二日，赵鞅进入绛地，在公宫盟誓。

起初，卫国的公叔发上朝请求设宴招待卫灵公，退朝后，见到史鳅就告诉了他。史鳅说："您一定遭祸了！您富有而君主贪心，罪祸将落到您头上了吧！"公叔发说："是这样。我没有先告诉您，是我的罪过。国君已经答应我了，该怎么办？"史鳅说："没有妨害，您尽臣子之礼，可以免祸。富有而能尽臣礼，肯定可以免于祸难，上上下下都是这样。您儿子戌骄纵，恐怕会逃亡吧！富有而不骄纵的少有，我只见到您。骄纵而不逃亡的人，是没有的。公叔戌必定会陷进去。"到公叔发死了，卫灵公开始厌恶公叔戌，就因为他富有。公叔戌又打算去掉卫灵公夫人的党羽，夫人控告他说："公叔戌将作乱。"

定公十四年

鲁定公十四年春，卫国的公叔戌逃亡前来。卫国的赵阳出逃宋国。二月二十三日，楚国的公子结、陈国的公孙佗人率军队灭亡了顿国，带了顿国君主牂回国。夏天，卫国北宫结逃亡来到鲁国。五月，越国在檇李打败吴国。吴王阖庐死了。鲁定公在牵地会见齐景公、卫灵公。定公从会见的地方回到鲁国。秋天，齐景公、宋景公在洮地盟会。周敬王派石尚来鲁国赠送脤肉。卫太子蒯聩出逃宋国。卫国公孟驱出逃到郑国。宋景公的弟弟辰从萧地逃亡来到鲁国。在比蒲举行大规模阅兵。邾国君主前来会见鲁定公。在莒父和霄地筑城。

〇鲁定公十四年春天，卫灵公驱逐公叔戌和他的同党，所以赵阳逃往宋国，公叔戌逃亡来到鲁国。

梁婴父讨厌董安于，对荀跞说："不杀董安于，让他始终在赵氏家族主持政事，赵氏必然得到晋国。何不利用他首先发难的借口讨伐赵氏呢？"荀跞派人向赵鞅报告说："范氏、中行氏虽然确实发动了叛乱，但实际上是董安于引起的，这等于是安于参与策划叛乱。晋国有命令，首先制造祸乱的处死，他们二人已经伏罪了，大胆以实情相告。"赵鞅对此很担心。董安于说："我死而晋国安宁，赵氏稳定，哪里还用活着？人哪个不死，我死得算晚了。"就自缢而死。赵鞅把他的尸体陈列街头，向荀跞报告说："您命令诛杀罪人，董安于已经伏罪了。谨以此相告。"荀跞跟赵鞅结盟，然后赵氏才安定，在家庙里祭奠董安于。

顿国君主牂想要事奉晋国，背叛楚国而断绝和陈国的友好关系。二月，楚国灭亡顿国。

夏天，卫国北宫结逃亡来到鲁国，是因为公叔戍的缘故。

吴国攻打越国，越王句践抵御吴国，在檇李摆开战阵。句践担心吴军阵容严整，便派敢死兵两次擒拿吴军，吴军不动。又派罪人排成三队，把剑架在脖子上，致辞说："两国君王治兵交战，下臣违犯军令，在君王的军队前表现出无能，不敢逃避处罚，大胆归向死亡。"于是自刎。吴军注视着他们，越王就乘机攻打，大败吴军。灵姑浮用戈攻击吴王，吴王伤了大脚趾，灵姑浮夺取了他的一只鞋。吴王返回，死在陉地，离檇李七里。夫差派人站在庭院里，如果自己出来时，一定要对自己说："夫差，你忘了越王杀死你的父亲吗？"就回答说："嗯，不敢忘！"三年才报复了越国。

晋国人包围朝歌，鲁定公在脾地、上梁之间和齐景公、卫灵公会见，商量救援范氏和中行氏。析成鲋、小王桃甲率领狄军来袭击晋国，在绛中交战，没有取胜而返回，析成鲋逃亡到成周，小王桃甲进入朝歌。秋天，齐景公、宋定公在洮地会见，是为了营救范氏的缘故。

卫灵公为了夫人南子召见宋朝，在洮地会见，卫太子蒯聩到齐国去献盂地，经过宋国乡野。乡野的人对他唱道："已经安定了你们的母猪，为什么不归还我们的老公猪？"太子感到羞耻，对戏阳速说："跟我去朝见夫人，夫人接见我，我回头看时，就杀了她。"戏阳速说："好的。"就朝见夫人。夫人接见太子，太子三次回头看，戏阳速不进去。夫人看到太子的脸色，哭叫着逃跑，说："蒯聩想要杀我！"卫灵公抓住她的手登上高台。卫太子逃往宋国，卫灵公全部赶跑他的同党，所以公孟驱出逃郑国，从郑国逃到齐国。蒯聩告诉别人说："戏阳速害我。"戏阳速告诉别人说："是太子害我。太子没有道义，叫我杀他的母亲。我不答应，会残杀我。如果杀了夫人，将用我解脱自己。因此我答应他但不去干，以让自己死得慢点。俗话说：'百姓用信义保全自己。'我就是用的信义。"

冬十二月，晋国人在潞地打败范氏、中行氏，俘虏了籍秦、高强。又在百泉打败了郑国军队和范氏的家兵。

定公十五年

鲁定公十五年春，周历正月，邾国君主前来朝见。鼹鼠咬食准备用来郊祭的牛，牛死了，通过占卜换了一头牛。二月十九日，楚昭王灭亡胡国，带了胡君豹回国。夏五月初一日，举行郊祭。二十二日，鲁定公死在正寝。郑国的罕达率军队攻打宋国。齐景公、卫灵公临时驻扎在渠蒢。邾君前来奔丧。秋七月二十三日，定公夫人姒氏死了。八月初一日，发生日食。九月，滕君前来参加葬礼。初九日，安葬我国君定公，下雨，安葬没有完成。初十日，太阳偏西时才完成安葬。十月初三日，安葬姒氏。冬天，修筑漆城。

○鲁定公十五年春天，邾隐公前来朝见，子贡在朝上观礼。邾隐公献玉时把玉举得很高，他的脸仰着；定公接受玉时姿势很低，他的脸俯着。子贡说："按照礼来看，两位君主都有死亡的迹象。礼是生死存亡的本体，人的一举一动，应酬揖让，进退俯仰都从这里取得准则，朝觐、祭祀、服丧、征战都在这里观察得失。如今在正月互相朝见，却都不合礼法，说明心志已经衰亡了。好事做得不合礼仪，靠什么能够长久？高和仰，这是骄傲；低和俯，这是衰落。骄傲离祸乱不远，衰落接近于疾病，定公是主人，恐怕会先死吧！"

吴军进入楚国的时候，胡君全部俘虏了靠近胡国的楚国城邑的居民。楚国安定之后，胡君豹又不事奉楚国，说："存亡自有天命，事奉楚国干什么？那样只是多花去一些费用而已。"二月，楚国灭掉了胡国。

夏五月二十二日，定公去世。孔子说："子贡不幸而言中，这使得子贡成了多嘴的人。"

郑国的罕达在老丘打败宋军。齐景公、卫灵公临时驻扎在渠蒢，是为了谋求救援宋国。

秋七月二十三日，姒氏死了。《春秋》不称她夫人，是因为没有发讣告，而且没有举行祔祭。

安葬定公，下雨，没能完成丧事，这是合乎礼的。安葬姒氏，《春秋》没称她为小君，是因为没办成夫人规格的葬礼。

冬天，鲁国修筑漆城。《春秋》加以记载，是因为没有按时祭告。

哀 公

哀公元年

鲁哀公元年春，周历正月，哀公即位。楚昭王、陈闵公、随君、许君包围蔡国。鼹鼠咬食准备用来郊祭的牛，为换牛举行占卜。夏四月初六日，举行郊祭。秋天，齐景公、卫灵公攻打晋国。冬天，孟懿子领兵攻打邾国。

〇鲁哀公元年春天，楚昭王包围蔡国，是报复柏举那次战役。距离蔡都一里而修筑堡垒，宽一丈，高两丈。士卒驻守九个昼夜，就像子西的预定计划那样。蔡国人男女分别出城投降，楚王就让蔡国在长江、汝水之间划界为国就返回楚国。蔡国于是请求迁到吴国去。

吴王夫差在夫椒打败越国，报复檇李那次战役，随即进入越国。越王率领五千披甲持盾的战士守在会稽山，派大夫文种通过吴国太宰嚭去求和，吴王准备答应越国。伍员说："不可以。我听说：'树立德行最好是使它不断滋长，去除疾患最好是使它断根。'从前有过国的君主浇杀了斟灌以攻打斟鄩，灭掉了夏后相，夏后相的妻子后缗正有身孕，从墙洞里逃出来，回到有仍国，生了少康。少康做了有仍国的牧长，憎恨浇，能防备他。浇派椒搜寻少康，他逃亡到有虞国，做了它的庖正，以消除自己的祸难。虞思于是把两个女儿嫁给他为妻，把他封在纶邑，有十里见方的田土，有徒众五百人。能遍施他的恩德，开始实行他自己的谋略，来收罗夏朝的遗民，抚慰他们的官吏。派女艾刺探浇，派季杼引诱豷，于是灭亡了有过和戈国，恢复了禹的业绩，将夏朝的祖先与天帝一起祭祀，没有丢掉过去的典章制度。如今吴国不及有过，而越国比少康强大，上天或许要使

文种以金帛美女送与宰嚭，宰嚭因此主张答应越国请和要求，选自明刊本《新镌绣像列国志》。

它强盛起来，吴国不又是难办了吗？句践能亲爱别人并致力于施恩，施恩则不失人心，亲爱别人则得到别人的效劳，和我们同一块土地，却又世世代代是仇敌。在这时战胜了却不夺取它，又打算保存它，违背上天而使仇敌成长，以后即使后悔，也是吃不消的。姬姓国家的衰亡，指日可待。夹在蛮夷之间，又使仇敌成长，用这样的方法求做霸主，肯定是不行的。"吴王不听。伍员退下就告诉别人说："越国用十年时间生息积蓄，用十年时间教育训导，二十年之后，吴国恐怕会成为废墟了。"三月，越国和吴国言和。吴国人进入越国，《春秋》不记载，是因为吴国没有报告喜庆胜利，越国也没有报告失败。

夏四月，齐景公、卫灵公救援邯郸，包围五鹿。

吴国攻入楚国的时候，派人召见陈怀公。陈怀公让国都内的贵族上朝而向他们询问，说："想要赞助楚国的站在右边，想要赞助吴国的站到左边。"陈国人都根据田土的位置分别站到左边或右边，没有田土的则跟从族党。逢滑正对着陈怀公走上前去，说："我听说国家的兴盛是因为福，它的灭亡是由于祸。如今吴国没有福，楚国没有祸，楚国不能背弃，吴国不能追随。而晋国是盟主，如果借晋国拒绝吴国，怎么样？"陈怀公说："国家被战胜而君主逃亡，不是祸又是什么？"逢滑回答说："国家有这种事的很多，怎么就肯定不能复兴？小国尚且能复兴，何况是大国呢？我听说国家在兴盛时，看待老百姓就像受伤的人一样，这是它的福。在它灭亡的时候，把老百姓当做尘土草芥，这正是它的祸。楚国即使没有德，也没有杀它的百姓。吴国在战争中一天天衰败，暴露尸骨像草莽一样多，而又没有表现出德行。上天也许要使楚国正直和顺，灾祸到达吴国，还会有多少时候呢？"陈怀公听从了。等到夫差攻下越国，就清算先君的仇怨。秋八月，吴国侵袭陈国，就是清算过去的怨恨。

齐景公、卫灵公在乾侯会见，为的是援救范氏。鲁军和齐军、卫国的孔圉及鲜虞人攻打晋国，夺取棘蒲。

吴军驻在陈国，楚国大夫都很害怕，说："阖庐善于使用他的老百姓，因而在柏举打败我们。如今听说他的接班人比他更厉害，将把他怎么办？"子西说："您几位要担忧互相不和睦，不要担心吴国。过去阖庐吃饭不用两个菜，坐地不用两重席垫，房屋不筑高坛，器具不染色彩不加雕刻，宫室不修建楼台亭观，车船不加装饰，衣服货物器用的选择不浪费。在国内，天有灾害疫病时，亲自巡视安抚孤寡，在他们缺衣少食、艰难困苦的时候，供给他们衣食和用度。在军中，食物做熟了要等分给了每个士卒然后自己才吃，他所品尝的食物，士兵也能分享。辛勤地体恤他的百姓并和他们甘苦与共，因此老百姓不辞疲劳，死了也知道不会白死。我们的先大夫囊瓦改变了做法，这才是使我国失败的原因。现在听说夫差临时住宿也有楼台池塘，睡觉有嫔妃宫女。一天的行程，想要的享受必定办成，玩赏爱好的东西必定带上。积聚珍贵稀有的东西，追求观赏取乐，看待百姓如同仇敌，而驱使他们一天一个花样。这是首先把自己打败了，怎么能打败我们呢？"

冬十一月，晋国的赵鞅攻打朝歌。

哀公二年

鲁哀公二年春，周历二月，季桓子、武叔、孟懿子率领军队攻打邾国。夺取漷水以东的田土及沂水以西的田土。二十三日，武叔、孟懿子与邾国君主在句绎结盟。夏四月初七日，卫灵公元死了。滕国君主前来朝见鲁国。晋国的赵鞅领兵把卫国的太子蒯聩送到戚地。秋八月初七日，晋国的赵鞅率领军队在铁地与郑国的罕达交战。郑国军队大败。冬十月，安葬卫灵公。十一月，蔡国迁到州来。蔡国杀了它的大夫公子驷。

〇鲁哀公二年春天，鲁军攻打邾国，准备攻打绞地，邾国人爱惜他们的故土，所以用漷水、沂水一带的田土来贿赂而接受盟约。

起初，卫灵公到郊外游览，公子郢奉侍。卫灵公说："我没有嫡子，打算立你为太子。"公子郢没有回答。另一天又对他说起，公子郢回答说："我不值得烦扰国家，君还是另谋他人。君夫人在堂上，卿、大夫、士在下边，君主这样命令只会招来麻烦。"夏天，卫灵公去世，夫人说："命令公子郢为太子，这是君的命令。"公子郢回答说："我和别的公子不同，而且君是在我的亲手侍候下去世的，如果有命令，我一定会听到的。况且逃亡人的儿子辄还在。"于是立了辄。

六月十七日，晋国赵鞅把卫国的太子蒯聩送到戚地。晚上迷了路，阳虎说："往右渡过黄河再向南走，一定到达那里。"就让太子脱帽用布包住发髻，八个人穿了丧服，假装成从卫国来迎接太子的人，向守门人报告，哭着进入城内，于是就住了下来。

秋八月，齐国人运送粮食给范氏，郑国的罕达、驷弘护送。士吉射前往迎接，赵鞅前去阻挡，在戚地相遇。阳虎说："我们的兵车少，应该用兵车上的旌旗和罕达、驷弘的兵车首先对阵，罕达、驷弘从后面随着跟上来，他们看到我们的阵容，一定会有恐惧之心。在这时合攻他们，必定大败他们。"赵鞅听从了。为战斗占卜，龟甲灼焦了，乐丁说："《诗》讲过：'首先谋划，然后占卜。'谋划相合，按过去的卜兆谋事就可以了。"赵鞅发誓说："范氏、中行氏违背、轻视上天的明教，屠杀百姓，想要独裁晋国而灭亡国君。寡君依赖郑国而安定国家。如今郑国施行无道，抛弃国君协助臣下，您几位服从天帝的明教，听从君主的命令，施行德义，铲除耻辱，就在这一次行动了。攻克敌人的人，上大夫受封县邑，下大夫受封郡，士受封十万亩田土，平民工匠商人做官，奴隶免除奴隶身份。我这次如果无罪，请君主加以考虑。如果有罪，就用绞索诛戮我，用三寸厚的桐棺埋了，不用设属棺裨棺，只用不加装饰的车马送葬，不要埋入本族的墓地，这些就是对下卿的惩罚。"

八月初七日，将要作战，邮无恤为赵鞅驾车，卫国太子做车右。登上铁丘，望见郑国军队人很多，太子害怕，自己掉到车下。邮无恤把拉绳递给他让他上了车，说："你像个妇人。"赵鞅巡视军队，说："毕万是个普通人，七次参战都俘获了敌人，拥有四百匹马，在家里得到善终。诸位努力吧，死不一定死在敌人手中。"繁羽为赵罗驾车，宋勇做车右。赵罗不勇敢，就把他捆绑起来。官吏责问这件事，御手回答说："是疟疾发作而趴下了。"卫国太子祷告说："后代蒯聩大胆禀告我皇祖文王、烈祖康叔、文祖襄公：郑胜扰乱正常的秩序，晋午处在危难之中，不能平息祸乱，派遣赵鞅讨伐他们。蒯聩我不敢让自己安逸，手持兵器充做车右。谨祷告保佑我不断筋骨，不伤面容，以成就大事，不造成三位祖先的羞辱。生死大命不敢请求，佩玉不敢爱惜。"郑国人击中赵鞅的肩膀，赵鞅倒在车中，郑国人获得他的蜂旗。蒯聩用戈去救他，郑军败退，俘虏了温地大夫赵罗。蒯聩又攻打郑军，郑军大败，俘获了齐国的一千车粮食。赵鞅高兴地说："可以了！"傅傁说："虽然战胜了郑国，还有知氏存在，忧患还没有消除。"

起初，周朝人给范氏田土，公孙龙帮范氏到那里去收租，赵家人抓到他献给赵鞅，官吏请求杀了他。赵鞅说："是为了他的主人，有什么罪？"制止了官吏并给了他田土。等到铁丘战役的时候，公孙龙带领五百名部下在晚上攻打郑军，在罕达的帐幕里夺回了蜂旗，献给赵鞅，说："让我报答主上的恩德。"晋军追击郑军，罕达、驷弘、公孙林殿后射杀晋军，走在前列的士兵死了很多。赵鞅说："国家无所谓小。"战斗结束后，赵鞅说："我趴在弓袋上吐血，鼓声也不减弱，今天我的功劳为上。"太子说："我从车中救起主人，在车下打退敌人，我是车右中功劳最大的。"邮无恤说："我的服马上两个游环快要断了，我也能控制骖马，我是御手中功劳最大的。"说着驾车装上木料，两个游环果然都断了。

吴国的泄庸到蔡国去送聘问礼物，就逐渐潜入军队。军队全部潜入蔡国，大家才知道。蔡昭公告诉大夫，杀了公子驷来作为解释，哭着迁走了先君的坟墓。冬天，蔡国迁到州来。

哀公三年

鲁哀公三年春天，齐国的国夏、卫国石曼姑领兵包围戚地。夏四月初一日，发生地震。五月二十八日，桓公庙、僖公庙发生火灾。季桓子、武叔率领军队修筑启阳城。宋国的乐髡领兵攻打曹国。秋七月十四日，季桓子死了。蔡国把它的大夫公孙猎放逐到吴国。冬十月十三日，秦惠公死了。武叔、孟懿子领兵包围邾国。

〇鲁哀公三年春天，齐国、卫国包围戚地，戚地向中山求援。夏五月二十八日，司铎署起火，火越过公宫，桓公庙和僖公庙遭到火灾。救火的人都说："注意府库。"南宫敬叔赶到，命令周人搬出御书，在宫里等待，说："整理保管好，你要是不守在这，处死！"子服景伯赶到，命令宰人搬出礼书，以等待命令。命令如果不奉行，实行规定的处罚。校人驾上马，巾车为车辖上好油脂，各种官员备守职责，府库谨慎把守，官吏严肃执行供给。浸湿帷帐，有火气的地方就跟上去，用帷帐覆盖公房，从太庙开始盖起，从外到里按顺序进行，人力物力不足的予以帮助。有不听从命令的，就按规定处罚，不加赦免。公父文伯赶来，命令校人驾好哀公的坐车。季桓子赶到，为哀公驾车停在象魏之外，命令救火的人受了伤就停止，因为财物是可以创造的。命令收藏好法典，说："旧的典章不可失去。"富父槐来到，说："没有防备而让官员们办事，就好像捡起地上的汤汁一样。"于是就除去外围的枯干易燃物，环绕公宫开出火道。孔子在陈国，听说起火，说："恐怕是桓公庙、僖公庙吧！"

刘氏、范氏世代结为姻亲，苌弘曾事奉刘蚠，所以周朝亲近范氏。赵鞅因此进行讨伐。六月十一日，周朝的人杀了苌弘。

秋天，季桓子有病，命令正常说："你不要殉身！南孺子生的孩子，如果是男的，就去报告国君而立他为继承人；如果是女的，那么肥可以立为继承人。"季桓子死了，季孙肥即位。安葬季桓子不久，季孙肥正在朝廷上，南孺子生了个男孩，正常用车载了去到朝廷，报告说："他老人家有遗言，命令他的贱臣说：'南孺子生了男孩，就把我的话禀告给君主与大夫而立他为继承人。'现在生了，是男的，大胆禀告！"于是逃往卫国。季孙肥请求退位。哀公派共刘去察看，就已经有人杀了小孩，于是讨伐凶手。召正常回国，正常不回来。

冬十月，晋国赵鞅包围朝歌，军队驻扎在城南。荀寅攻打朝歌外城，派他的部下从北门攻进，自己则冲破敌军而出。二十三日，逃往邯郸。十一月，赵鞅杀了士皋夷，是因为憎恶范氏。

哀公四年

鲁哀公四年春天，周历二月二十一日，盗贼杀了蔡昭公申。蔡国的公孙辰出逃到吴国。安葬秦惠公。宋国人拘捕了小邾国君主。夏天，蔡国杀了它的大夫公孙姓、公孙霍。晋国人抓了蛮子赤把他送交给楚国。鲁国修筑西面的外城墙。六月十四日，亳社发生火灾。八月二十八日，滕国君主结死去。冬十二月，安葬蔡昭公。安葬滕顷公。

○鲁哀公四年春天，蔡昭公准备去吴国，大夫们担心他又要迁移，跟在公孙翩后追赶蔡昭公而用箭射他，蔡昭公逃进百姓家就死了。公孙翩用两支箭守住门口，众人没有谁敢进去。文之锴随后赶到，说："像堵墙一样排着前进，最多杀死我们两人。"文之锴手持弓箭走在前头，公孙翩射杀他，射中了手肘，文之锴立即杀了公孙翩，因此驱逐了公孙辰而杀了公孙姓、公孙盱。

夏天，楚国人已经攻克夷虎之后，于是图谋攻取北方。左司马眅、申公寿余、叶公诸梁在负函召集蔡国人，在缯关召集方城山外的人，说："吴国人将沿江而上进入我郢都，为此大家要准备赴命。"约定过一个晚上就袭击梁地和霍地。

单浮余包围蛮氏，蛮氏溃败，蛮子赤逃往晋国的阴地。左司马眅发动丰地、析地的人和狄戎，逼近上洛。左军屯驻在菟和，右军屯驻在仓野，派人对阴地的命大夫士蔑说："晋国、楚国有盟约，友好和仇恨都相同。如果不打算废弃盟约，这是寡君的愿望。否则，我军将打通少习山再来听从命令。"士蔑向赵鞅请示这件事，赵鞅说："晋国没有安宁，怎么能得罪楚国？一定要赶快把蛮子赤交给他们。"士蔑就召集九州之戎，表示要划出田土给蛮子赤并让他在那里筑城，而且要为此占卜。蛮子赤接受占卜，于是拘捕了他和他的五大夫，在三户交给了楚军。司马眅送给蛮子赤城邑建立宗主，用以引诱他的遗民，然后全部俘虏带回去。

秋七月，齐国陈乞、弦施、卫国宁跪救援范氏。十四日，包围五鹿。九月，赵鞅包围邯郸。冬十一月，邯郸投降。荀寅逃往鲜虞，赵稷逃往临地。十二月，弦施迎接赵稷，随即毁掉了临地的城邑。国夏攻打晋国，攻占了邢地、任地、栾地、鄗地、逆畤、阴人、盂地、壶口等，会合鲜虞，把荀寅送到柏人那地方。

哀公五年

鲁哀公五年春天，在毗地修筑城墙。夏天，齐景公攻打宋国。晋国赵鞅率领军队攻打卫国。秋天，九月二十四日，刘景公杵臼死了。冬天，叔还前往齐国。闰月，安葬齐景公。

○鲁哀公五年春天，晋国包围柏人，荀寅、士吉射逃往齐国。起初，范氏的家臣王生讨厌张柳朔，向士吉射谈到张柳朔，建议让他做柏人的邑宰。士吉射说："他不是你的仇人吗？"王生回答说："个人仇怨不影响到公事，喜爱一个人不要无视他的过错，厌恶一个人不要丢掉他的优点，这是道义的原则，我敢违背吗？"到范氏从柏人出逃齐国时，张柳朔对自己的儿子说："你跟着主人，努力吧！我打算留下战死，王生已教给我死的节义，我不能对他没有信用。"于是战死在柏人。

夏天，赵鞅攻打卫国，是为了范氏的缘故，于是包围中牟。

齐国燕姬生了儿子，没有成年就死了。诸子鬻姒的儿子荼受到齐景公宠幸，大夫们担心他做了太子，就对齐景公说："君年岁大了，还没有太子，怎么办？"齐景公说："你们几位陷入忧愁，就会生病，姑且去谋求快乐的事，何必担心没有国君？"齐景公病了，派遣国夏、高张立荼为太子，把公子们安置到莱地。秋天，齐景公死了。冬十月，公子嘉、公子驹、公子黔逃亡到卫国，公子鉏、公子阳生逃亡前来鲁国。莱地人为他们唱道："景公去世啊不参加葬礼，三军的事啊不参与谋议，诸位啊诸位，你们可去哪里？"

郑国的驷秦富有而骄纵，是个下大夫，但经常在他的庭院里陈放着卿的车马服饰。郑国人厌恶他就杀了他。子思说："《诗》中讲：'在职位上努力不懈，老百姓得以休养安歇。'不安守他的职位而能长久的人是很少的。《商颂》说：'不僭越不自满，不懈怠不悠闲，上天会赐给他许多福。'"

哀公六年

鲁哀公六年春天，鲁国在邾瑕修筑城墙。晋国赵鞅领兵攻打鲜虞。吴国攻打陈国。夏天，齐国的国夏和高张前来投奔鲁国。叔还在柤地与吴国人会合。秋天，七月十六日，楚王轸死了。齐国的阳生回到齐国。齐国陈乞杀了他的国君荼。冬天，孟懿子率军队攻打邾国。宋国的向巢领兵攻打曹国。

〇鲁哀公六年春天，晋国攻打鲜虞，是为了平定范氏之乱。

吴国攻打陈国，是重算过去怨仇的老账。楚昭王说："我们先君和陈国有盟约，不能不援救。"就去救援陈国，驻扎在城父。

齐国的陈乞假意地事奉高张、国夏，每次上朝必定陪坐一辆车，所到之处必定谈到各位大夫，说："他们都很高傲，将会背弃您的命令，都在说：'高氏、国氏得到君主欢心，一定会威胁我们，为什么不除去他们呢？'肯定会打您的主意，您要早点想办法对付。对付的办法，最好是完全灭掉他们。迟疑观望，是办事的下策。"到朝廷上就说："他们是虎狼，看到我在您的旁边，不要多久就会杀死我了，请让我靠拢他们的行列吧。"又对大夫们说："高氏、国氏两人要发动祸乱了！依仗得到国君的欢心就想要打您几位的主意，说：'国家多难，是由于贵幸恩宠，全部铲除他们然后君主才能稳定。'已经形成计划了，何不趁他们还未行动时先于他们下手呢？他们行动起来然后感到后悔，也来不及了。"大夫们听从了他。夏天六月二十三日，陈乞、鲍牧和大夫们率领甲士进到公宫。高张听到消息，和国夏乘车去到国君那里，在庄地交战，失败了。国都的人追赶他们，国夏逃亡到莒国，随即和高张、晏圉、弦施逃亡前来鲁国。

秋天七月，楚昭王驻在城父，准备救援陈国。占卜开战，不吉利；占卜后退，也不吉利。楚王说："那么就是死啦！两次使楚军失败，不如死；背弃盟国逃避仇敌，也不如死。同样是死，还是与仇敌战死吧！"命令公子申做楚王，不答应；就命令公子结，也不答应；则命令公子启，公子启推辞了五次之后同意了。将要开战，楚昭王生病了。十六日，楚昭王进攻大冥，死在城父。公子启撤退，说："君王放弃他的儿子而让位，群臣岂敢忘记君王呢？听从君王的命令，是顺服；拥立君王的儿子，也是顺服。两种顺服都不能丢弃。"就和公子申、公子结商议，秘密调遣军队，封锁道路，迎接越国女子的儿子章，立他做国君然后返回楚国。

这一年，有像一群红鸟的云彩围着太阳飞翔了三天，楚昭王派人向周朝的太史询问，周朝的太史说："恐怕要在楚王身上应验吧。如果举行禜祭，可转移到令尹、司马身上。"楚昭王说："去掉腹心的疾病，却把它转移到大腿胳膊上，有什么好处？我没有大的过错，上天难道能使我夭折？如果有罪受到惩罚，又怎能转移它？"于是不举行禜祭。

起初，楚昭王有病，占卜结果说："是黄河之神作祟。"楚王不祭祀。大夫们请求到郊外祭祀黄河之神，楚昭王说："夏、商、周三代按规定祭祀，不超越本国的山川。长江、汉水、睢水、漳水，是楚国望祭的对象，祸福的到来，不会超过这些。我即使没有德行，黄河之神也不是我遭受罪罚的原因。"结果没有祭祀。孔子说："楚昭王懂得大道理了，他没有失去国家是应该的啊！《夏书》说：'那位陶唐帝，遵行上天的常道，拥有冀方这块土地。如今后代失去了他的治道，搅乱了他治国的大纲，于是被灭亡。'又说：'推行这个，福禄也就在于这个。'由自己遵行常道就可以了。"

八月，齐国的邴意兹逃亡前来鲁国。

陈乞派人召公子阳生回国，阳生驾车去见南郭且于，说："曾经献马给季孙，但没有列入上等乘马之中，所以又献上这些，请让我和您坐上试试。"出了鲁都的莱门后就告诉他原因。阚止知道了，预先在门外等待阳生。阳生说："事情还难于估计，回去吧，和壬待在一起。"告诫阚止提高警觉，就出发了。到夜里，到达齐国，国内的人知道他回国了。陈乞派儿子士的母亲招待阳生，然后与送食物的人一起进入公宫。

冬十月二十四日，立阳生为齐君。将要盟誓，鲍牧喝醉了酒前去。他管车的家臣鲍点说："这是谁的命令？"陈乞说："从鲍牧那里接受的命令。"于是诬赖鲍牧说："这是您的命令。"鲍牧说："你忘了先君给孺子荼当牛而跌断牙齿吗？如今却要背叛先君！"阳生磕头说："您是奉行道义办事的人，如果我可以做国君，不必丧失一位大夫；如果我不可以，不必杀掉一个公子。合乎道义就前进，否则就后退，岂敢不听从您？废和立都不要因此造成动乱，这是我的愿望。"鲍牧说："你们哪个不是先君的儿子呢？"就接受了盟誓。公子阳生让胡姬带着安孺子前往赖地，打发走了鬻姒，杀了王甲，拘禁江说，把王豹囚禁到句窦之丘。

齐悼公派朱毛告诉陈乞说："如果没有您，我就不能达到这一步。但是君主与器具不同，不可以有两个。器具有两件不会匮缺，君主有两个灾难更多，谨向贤大夫表白这一点。"陈乞不回答而哭泣，说："君对群臣都不相信吗？因为齐国的困乏，又加上有忧患，年幼君主不能请示，所以找来了年长的君主，大概还能容纳群臣吧！不这样的话，那孺子荼有什么罪？"朱毛向齐悼公回复使命，齐悼公后悔。朱毛说："君主大事向陈乞征求意见，而小事自己考虑就行了。"齐悼公就派朱毛将安孺子迁到骀地，没有到达，把他杀死在郊野的帐幕中，埋葬在殳冒淳。

哀公七年

鲁哀公七年春天，宋国的皇瑗率军队侵袭郑国。晋国的魏曼多领兵侵袭卫国。夏天，鲁哀公在鄫地会见吴国人。秋天，哀公攻打邾国。八月十一日，进入邾国，带着邾君益回国。宋国人包围曹国。冬天，郑国驷弘率军队救援曹国。

○鲁哀公七年春天，宋军侵袭郑国，是因为郑国背叛晋国的缘故。晋军侵袭卫国，是因为卫国不顺从。

夏天，鲁哀公在鄫地会见吴国人。吴国前来求取百牢，子服景伯回答说："先王没有这样的先例。"吴国人说："宋国献给我们百牢，鲁国不能落在宋国后头。而且鲁国献给晋大夫的超过十牢，吴王一百牢，不也可以吗？"景伯说："晋国的范鞅贪婪而背弃礼义，拿大国威胁敝国，所以敝国给他十一牢。君主如果对诸侯依礼发布命令，那么就有一定的数目。如果也背弃礼义，那么又比晋国更加过分了。周朝统治天下，制定礼仪，上等的物品不超过十二，认为这是天道的极数。如果现在背弃周礼，而说非百牢不可，也只好唯命是从。"吴国人不听。景伯说："吴国将灭亡了，因为它抛弃天道而违背根本。不给他们，一定会加害于我国。"于是送给他们百牢。

吴国太宰嚭召见季康子，季康子派子贡去辞谢。太宰嚭说："国君长途跋涉，而大夫不出国门，这是什么礼制？"子贡回答说："哪里是把它作为礼制，是因为畏惧大国。大国不按礼来向诸侯发令，如果不按照礼，难道可以用礼衡量？寡君已经来此奉行命令，他的大臣岂敢丢下国家外出？太伯穿戴着礼服礼帽来施行周礼，仲雍继承了他，剪掉头发在身上刺画花纹，赤裸身体进行装饰，难道是礼吗？是有缘由才这样的呀。"子贡从鄫地回来，认为吴国是无所作为的。

季康子想要攻打邾国，就宴享大夫来进行谋划。子服景伯说："小国用来事奉大国的，是信用；大国用来安抚小国的，是仁义。背离大国，是不讲信用；攻打小国，是不仁义。老百姓靠城池保护，城池靠德行保全，失去了信用、仁义两种德行的人，就有危险，将靠什么保护？"孟懿子说："您几位认为怎么样？哪位说的好就接受他的。"大夫回答说："夏禹在涂山会合诸侯，拿着玉帛前来的有一万个国家。如今还存在的，没有几十个了，就是因为大国不抚育小国，小国不事奉大国。知道必有危险，为什么不说？鲁国的德行和郑国一样，却要用武力侵袭它，行吗？"大家不欢而散。

秋天，鲁国攻打郑国，到达范门，还听得到钟乐声。大夫劝谏，郑隐公不听从。茅成子请求向吴国报告，也不答应，说："鲁国敲梆子的声音在郑国都可以听到，吴国则相距两千里，没有三个月赶不到，怎么能顾及我们？况且国内的力量难道不足够？"成子率领茅地的人叛变，鲁军就进入郑国，住在他们的公宫。各路军队在大白天抢劫，郑国的群众在绎地守御。鲁军在夜里劫掠；带了郑隐公益回来，在亳社献功，然后把他囚禁到负瑕，负瑕因此有了绎地人。

郑国的茅成子带了束帛乘韦自行到吴国去请求救援，说："鲁国以为晋国软弱而吴国遥远，依仗他们人多，而背弃了与君王订立的盟约，轻视君王的下臣，来欺陵我们小国。郑国并不敢爱惜自己的利益，而是担心君王的威严不能建立。君王的威严不能建立，是小国的忧虑。如果夏天在鄫衍结盟，秋天就违背它，并且成全他们的欲望而不反对，那四方诸侯将用什么事奉君王？而且鲁国有战车八百辆，等于是君王的敌人；郑国有战车六百辆，等于是君王的部属。把部属奉送给敌人，但愿君王考虑这一点。"吴王听从了茅成子的话。

宋国人包围曹国。郑国的桓子思说："宋国人一旦据有曹国，是郑国的忧患，不能不救援。"冬天，郑国军队救援曹国，侵袭宋国。

起初，曹国有人梦见一群贵族站在社宫，商议灭亡曹国。曹叔振铎请求等等公孙强，大家答应了。早晨起来后寻找这个人，曹国都城中没有。做梦的人告诫他的儿子说："我死后，你听到公孙强主持政事，一定要离开他。"等到曹伯阳即位后，喜欢打猎射鸟。曹国边城人公孙强爱好射猎，射得一只白雁，献给曹伯阳，并且谈到田猎的技艺。曹伯阳听了很高兴，就向他询问关于政事的意见，非常喜欢他。对他很宠信，让他做司城来主持政事。做梦人的儿子就走了。公孙强向曹伯阳论说称霸的方法，曹伯阳听从了，于是背离晋国而侵犯宋国。宋国人攻打曹国，晋国人不去救援，公孙强在国都的郊外修筑了五个城邑，叫做黍丘、揖丘、大城、钟、邘。

哀公八年

鲁哀公八年春天，周王历正月，宋景公进入曹国，带了曹伯阳回国。吴国攻打我国。夏天，齐国人占取谨地和阐地。齐国人把郑君益送回郑国。秋天七月。冬天十二月初三，杞僖公过死了。齐国人归还谨地和阐地。

○鲁哀公八年春天，宋景公攻打曹国，将要收兵回国，褚师子肥压阵。曹国人骂他，他不走了，军队在等待他。宋景公听说了，发怒，命令军队回过头去进攻，于是灭亡了曹国，抓住了曹伯阳和司城强带回国，杀了他们。

吴国因为邾国的缘故，打算攻打鲁国，向叔孙辄询问意见，叔孙辄回答说："鲁国有名而无实，攻打它，一定能实现愿望。"叔孙辄回去就告诉公山不狃。公山不狃说："你这是不合乎礼的。君子离开自己的国家，不到敌国去。没有臣事祖国而又攻打它，为敌国的命令奔走，死了也不足惜。敌国有所委任就要隐退。而且一个人出走他乡，也并不因为怨恨的事而败坏故乡。如今您因为小小怨恨就要推翻祖国，不也难吗？如果让您引路，您一定要拒绝，吴王将派遣我。"叔孙辄对自己的行为感到悔恨。吴王又询问子泄，子泄回答说："鲁国即使没有与它站在一起的盟国，但必定有可能与它一起倒台的邻国，诸侯会救援它，不能从它那里得志。晋国、齐国和楚国帮助它，这就是四个仇敌了。鲁国，好比是齐国、晋国的嘴唇，嘴唇没有了牙齿就要受冻，这是君王所知道的，不救援还干什么？"

三月，吴国攻打我国，公山不狃领路，故意走险路，经过武城。起初，武城有个人靠着吴国边境种田，抓住一个浸泡菅草的鄫地人，说："为什么把我的水弄污浊？"等到吴军来到，被抓的鄫地人为他们带路，来攻打武城，攻下了。王犯曾经做过武城宰，澹台子羽的父亲与他要好，国内的人很害怕王犯。孟懿子对景伯说："怎么办？"景伯回答说："吴军一来，就和他们交战，担心什么？而且是招惹他们来的，又能寻求什么别的办法呢？"吴军攻克东阳而进军，驻扎在五梧。第二天，驻扎在蚕室。公宾庚、公甲叔子在夷地和吴军作战，吴军俘获了公甲叔子和析朱鉏的尸体，献给吴王。吴王说："这是同一辆战车的人，鲁国必定任用了能人，这个国家还不能指望得到。"第二天，驻扎在庚宗，最后驻扎在泗水边上。微虎想要在晚上攻打吴王住处，私下带领兵徒七百人，在幕庭中每人跳三次，最后选定三百人，有若在其中。他们到达稷门之内，有人对季孙说："不足以危害吴国，反而会葬送国家许多人才，不如罢手。"于是停止了行动。吴王听说了，一个晚上迁移了三次。

吴国人求和，将要签订盟约，景伯说："楚国人包围宋国，宋国人交换儿子来吃，剖开尸骨来做饭，还没有签订城下之盟；我们未到衰败的时候，就要订立城下之盟，这是抛弃国家。吴国轻率而远离本国，不能持久，将要回国了，请稍等待一下。"季孙不依从。景伯背着盟书，到达莱门。鲁国就请求把景伯放到吴国去，吴国人答应了，因为鲁国要求用王子姑曹与景伯相抵，最后就停止了交换人质。吴国人签订盟约就回国了。

齐悼公来鲁国时，季康子把他的妹妹嫁给齐悼公，悼公即位后来迎接她。季鲂侯与她私通，她说出了实情，季康子不敢把她嫁给悼公了。齐悼公发怒。夏五月，齐国的鲍牧领兵攻打我国，攻取了讙地和阐地。

有人在齐悼公面前诬陷胡姬说："她是安孺子的党羽。"六月，齐悼公杀了胡姬。

齐悼公派人前往吴国请求军队，打算用来攻打我国，我国就送回了邾君。邾君又无道，吴王派太宰嚭讨伐他，把他囚禁在楼台上，用荆棘织成篱笼围住他。让大夫们事奉太子革来执政。

秋天，与齐国讲和。九月，臧宾如前往齐国参加结盟。齐国的闾丘明前来参加结盟，并且迎接季姬回国，季姬得到宠幸。

鲍牧又对公子们说："帮助你们那位拥有四千匹马吧！"公子们告诉了齐悼公，齐悼公对鲍牧说："有人说您的坏话，您暂且住到潞地去以便调查。如果有这样的事，就分掉你的家产让你走；如果没有，就回到您的地方去。"鲍牧走出门，让他带着三分之一的家产走。走到半路，只让他带两辆车走。到达潞地，把他捆绑了带进去，于是杀了他。

冬十二月，齐国人归还谨地和阐地，是因为季姬受宠的缘故。

哀公九年

鲁哀公九年春天，周历二月，安葬杞僖公。宋国的皇瑗率领军队在雍丘歼灭了郑国军队。夏天，楚国人攻打陈国。秋天，宋景公攻打郑国。冬十月。

〇鲁哀公九年春天，齐悼公派公孟绰到吴国去辞谢出兵，吴王说："去年我听到命令，现在又改变它，不知听从什么，我将进见君王接受命令。"

郑国罕达的宠臣许瑕求取城邑，没有拿来给他的地方。许瑕请求到外国去求取，罕达同意了他，所以许瑕包围宋国的雍丘。宋国的皇瑗包围郑军，每天迁移军营，壁垒连成一体，郑军将士痛哭。罕达去救援他们，大败。二月十四日，宋国在雍丘歼灭了郑军，只让有才能的人不死，带了郑张和郑罗回去。

夏天，楚国人攻打陈国，是因为陈国靠拢吴国的缘故。

宋景公攻打郑国。

秋天，吴国在邗地筑城，开沟贯通长江、淮河。

晋国的赵鞅为救援郑国占卜，遇到水流向火的卦象，让史赵、史墨、史龟预测吉凶。史龟说："这叫做阳气下沉，可以出兵，攻打姜姓有利，攻打子商氏不利。攻打齐国就可以，对抗宋国不吉利。"史墨说："盈，是水名；子，是水位。名与位相当，不可以触犯。炎帝是火师，姜姓是他的后代。水胜过火，攻打姜姓是可以的。"史赵说："这叫做像河川水满，不可以游过。郑国正有罪，不能够救援。救援郑国就不吉利，其他我不知道。"阳虎用《周易》为此事占筮，遇到《泰》卦变到《需》卦，说："宋国正吉利，不能与它为敌。微子启是帝乙的长子。宋、郑两国是甥舅关系。祉，就是福禄。如果帝乙的长子嫁女而有吉利的福禄，我们怎么能吉利呢？"就停止了救援郑国的行动。

冬天，吴王派使者前来告诫出兵攻打齐国。

哀公十年

鲁哀公十年春天，周历二月，邾国君主益逃亡前来。哀公会合吴国攻打齐国。三月十四日，齐悼公阳生死了。夏天，宋国人攻打郑国。晋国赵鞅率领军队侵袭齐国。五月，哀公攻打齐国回到鲁国。安葬齐悼公。卫国的公孟驱从齐国回到卫国。薛国君主夷死了。秋天，安葬薛惠公。冬天，楚国公子结领兵攻打陈国。吴国救援陈国。

○鲁哀公十年春天，邾隐公逃亡前来，因为他是齐国的外甥，所以随即逃往齐国。

哀公会合吴王、邾隐公、郯君攻打齐国南方的边镇，驻扎在鄎地。齐国人杀了齐悼公，向联军发了讣告。吴王在军门外哭了三天。徐承率领水军，准备从海上进入齐国，齐国人打败了他们，吴军就退回来了。

夏天，赵鞅领兵攻打齐国，大夫请求为此占卜。赵鞅说："对于这次出兵我占卜过了，一件事不占卜两次，占卜也不一定再次得到吉卦，出发吧！"于是攻取犁地和辕地，拆毁了高唐的外城，侵袭到赖地然后收兵。

秋天，吴王派使者再次来告诫我军出兵。

冬天，楚国公子结攻打陈国。吴国延州来季子救援陈国，对公子结说："两国君主不致力于德政，却用武力争夺诸侯，老百姓有什么罪呢？请让我退兵，来造成您的好名声，以便施行德政而安定百姓。"就退兵回去了。

哀公十一年

鲁哀公十一年春天，齐国的国书率领军队攻打我国。夏天，陈国辕颇出逃到郑国。五月，哀公会合吴军攻打齐国。二十七日，齐国的国书领兵在艾陵与吴军作战，齐军大败，俘获国书。秋七月十五日，滕君虞毋死了，冬十一月，安葬滕隐公。卫国的世叔齐出逃到宋国。

○鲁哀公十一年春天，齐国因为鄎地战役的缘故，派国书、高无丕领兵攻打我国，到达清地。季孙对他的家臣冉求说："齐军驻在清地，一定是为了鲁国的缘故，怎么办？"冉求说："您一人留守，叔孙、孟孙两位跟着哀公到边境去抵御齐军。"季孙说："难以办到。"冉求说："那就守在边境之内。"季孙告诉叔孙、孟孙，两人不同意。冉求说："如果不同意，那国君就不用出宫。您一人率领部队，背城而战，不跟从您参战的人，就不是鲁国人。鲁国卿大夫各家的兵车，比齐国的兵车要多，您一家抵挡齐国兵车就足够了，您担心什么呢？他们两位不想参战是当然的，因为政权在季氏家。在您亲自执政的时候，齐国人攻打鲁国而不能抗战，这样您的耻辱就大了，不能和诸侯并列了。季孙派冉求跟着上朝，然后在党氏之沟等着。武叔把冉求叫来向他询问作战的计划，冉求回答说："君子有深谋远虑，小人知道什么？"孟懿子硬是问他，冉求回答说："小人是考虑能力才说话，估计力量才办事的。"武叔说："这是说我不成男子汉了。"回去就检阅兵车。孟孺子泄率领右军，颜羽为他驾车，邴泄做车右。冉求率领左军，管周父为他驾车，樊迟做车右。季孙说："樊迟太年轻了。"冉求说："因为他能执行命令。"季孙有甲士七千人，冉求用三百个武城人作为自己的步兵，老人少年守卫宫室，全军驻扎在雩门外边。五天后，右军才跟上来。公叔务人看到保卫宫室的人就哭了，说："劳役繁多，赋税苛重，在上的不能谋划，战士不能拼死，怎么能安定百姓？我已经说了这些话，岂敢不努力！"

我军和齐军在郊外作战。齐军从稷曲进攻，我军没有越过壕沟迎战，樊迟说："不是不能越过，是不信任您，请反复责求部队以越过沟去。"冉求听从了他的意见，大家就跟着过了沟。军队攻入齐国军中。右军逃跑，齐国人追击他们，陈瓘、陈庄徒步渡过泗水。孟之侧因为殿后而最后进入都城，他抽出箭来打他的马，说："马不肯向前跑。"林不狃的伙伴说："跑吧！"不狃说："我跑谁不会跟着跑？"那伙伴说："那么就停下来抵抗吗？"不狃说："哪里比逃跑强些？"就慢慢行走而被杀死。鲁军斩获甲士首级八十个，齐国人溃不成军。晚上，侦察人员报告说："齐国人逃跑了。"冉求三次请求追击，季孙不答应。孟孺子告诉别人说："我不如颜羽，但比邴泄强。颜羽急于奋勉参战，我不想参战而能不说逃跑，邴泄则说：'赶马逃跑。'"公叔务人和他宠爱的家僮汪锜同坐一车，都战死了，一起入殓。孔子说："汪锜能拿起武器来保卫国家，可以不当做夭折的人来举行葬礼。"冉求在攻击齐军时使用了矛，所以能攻入他们的军阵。孔子说："这是合乎道义的。"

夏天，陈国的辕颇出逃到郑国。起初，辕颇做陈国司徒，征取封田的赋税来为陈闵公的女儿陪嫁，有剩余的部分，用来给自己铸造大礼器。国内人驱逐他，所以出逃。在路上渴了，他的族人辕咺向他进献稻米甜酒、精细小米干粮和腌制肉干，辕颇高兴地说："怎么这样丰富？"辕咺回答说："礼器铸成时就准备好了。"辕颇说："为什么不劝谏我？"回答说："害怕被先赶走。"

因为郊外那次战役的缘故，哀公会合吴王攻打齐国。五月，攻下博地。二十五日，到达嬴地。吴国中军由吴王率领，胥门巢率领上军，王子姑曹率领下军，展如率领右军。齐国由国书率领中军，高无丕率领上军，宗楼率领下军。陈乞对他的弟弟陈书说："你如果战死，我一定会得志。"宗楼和闾丘明互相勉励。桑掩胥为国书驾车，公孙夏说："这两位一定会战死。"将要开战，公孙夏命令他的部下唱《虞殡》挽歌。陈逆命令他的部下准备好含玉。公孙挥命令他的部下说："每人准备一根八尺长的绳子，吴国人头发短。"东郭书说："作战三次必定阵亡，我到这次是第三次了。"就派人带了一张琴去问候弦施，说："我不能再见到您了。"陈书说："这次行动，我只能听到进军的鼓声，听不到收兵的锣声了。"

五月二十七日，在艾陵作战。展如打败了高无丕，国书击败了胥门巢，吴王率领的士兵支援胥门巢，大败齐军，俘获了国书、公孙夏、闾丘明、陈书、东郭书，缴获革车八百辆，斩获甲士的首级三千个，用来向哀公献功。将要开战时，吴王喊叔孙，说："你的职务是什么？"叔孙回答说："做司马。"吴王赐给他铠甲和铍剑，说："奉行你们君主交给的任务，严肃对待而不要废弃命令！"叔孙不能回答，子贡上前说："叔孙敬受铠甲跟从君王。"就下拜。哀公派太史固送还国书的脑袋，把它装在新箱子里，用黑红和浅红的帛垫在下面，并加上编织的丝带，在上面放了一封信，信中说："上天如果不知道你们的不善，为什么让我小国得胜呢？"

吴国准备攻打齐国，越王率领他的部下去朝贡，吴王和臣下们都得到了赠送的财物。吴国人都很高兴，只有伍子胥

吴王夫差赐伍子胥属镂剑自裁，选自明刊本《新镌绣像列国志》。

担心，他说："这是像喂猪一样豢养吴国啊！"就劝谏说："越国对于我们来说，是心腹之疾，地区相同，而对我国抱有欲望。他们的顺服，是谋求实现他们的欲望，不如早点对越国采取行动。在齐国面前得志，犹如获得一块石田，没有用处。越国不沦为沼泽，吴国就将被消灭了。让医生除病，却说'一定要留下病根'的人，是没有的。《盘庚》的诰令说：'如果有人毁坏礼法，不恭敬从命，就斩尽杀绝不留后代，不使他的种族在这个地方延续下去。'这就是商朝所以兴起的办法。如今君王改变这种办法，想要用来求得强大，不也难吗？"吴王不听。伍子胥出使到齐国，把自己的儿子托付给鲍氏，就是王孙氏。从艾陵战役回来，吴王听说了这件事，派人赐给他属镂剑自杀。临死时伍子胥说："在我的墓旁栽上槚树，槚树可以做木材的时候，吴国大概会灭亡了吧！三年之后，将开始衰弱了。满了就必然毁坏，这是自然的道理。"

秋天，季孙命令整修防御设施，说："小国战胜大国，这是祸患，齐国人的到来没有几天了。"

冬天，卫国的太叔疾出逃到宋国。起初，太叔疾娶了宋国子朝的女儿为妻，从嫁的姨

妹很受宠爱。子朝逃亡出国，孔文子让太叔疾休了他的妻子而把女儿嫁给他。太叔疾派仆人引诱他前妻的妹妹，把她安顿在犁邑，给她建了一座房子，好像有两个妻子一样。孔文子发怒，想要讨伐太叔疾，孔子制止了他，于是孔文子就接回了女儿。太叔疾有时在外州与人通奸，外州人夺取他的车子献上来。太叔疾对这两件事感到羞耻，所以出逃。卫国人立了太叔遗做继承人，让他娶了孔姞。太叔疾做向魋的家臣，献给向魋美丽的珍珠，向魋给了他城锄。宋景公索取珍珠，向魋不给，因此得罪。到向魋出逃时，城锄人攻打太叔疾，卫庄公让他回国，让他住在巢地，死在那里。在郧地停柩，葬在少禘。

起初，晋悼公的儿子憖逃亡在卫国，让女儿为自己赶车去打猎，太叔懿子留下请他们喝酒，于是聘娶他的女儿为妻，生了太叔疾。太叔疾即卿位，所以夏戊做了大夫。太叔疾逃亡后，卫国人削除了夏戊的官爵封邑。

孔文子准备攻打太叔疾，向孔子征求意见，孔子说："祭祀之类的事，倒是曾经学过，战争的事，我没有听说过。"退下去后，命令套好车子就走，说："鸟则要选择树木，树木岂能选择鸟？"孔文子赶快拦住他，说："我岂敢为自己的私事谋算，是就卫国困难的事向您询问。"孔子打算留下，鲁国人用财礼召请他，就回国了。

季孙想要按田亩征税，派冉求向孔子询问此事，孔子说："我不知道。"问了三次，冉求最后说："您是国家元老，等着您的意见办事，为什么您不肯说呢？"孔子不回答，而私下对冉求说："君子办事，要用礼来衡量，施舍要选用丰厚的标准，劳役要选用适中的标准，赋敛要遵从轻微的标准，像这样做在我看来也就够了。如果不合乎礼法，而贪得无厌，那么即使按田亩征税，还会不够，而且季孙他如果要办事合乎礼法，那么周公的典章在。如果想随便行事，那又询问什么呢？"季孙不听从。

哀公十二年

鲁哀公十二年春天，按田亩征税，夏五月初三，昭公夫人孟子死了。哀公在橐皋与吴国人会见。秋天，哀公在郧地会见卫出公和宋国的皇瑗。宋国向巢率军队攻打郑国。冬十二月，发生蝗灾。

〇鲁哀公十二年春天，周历正月，季孙实行按田亩征税。

夏五月，昭公夫人孟子死了。昭公从吴国娶孟子，所以《春秋》不记载她的姓。死了没有发讣告，所以不称她为夫人。安葬后没有返回祖庙哭丧，所以不说"葬小君"。孔子参加吊唁，去到季氏家，季氏没戴丧帽，孔子解下丧带下拜。

哀公在橐皋会见吴国人，吴王让太宰嚭请求重温旧盟，哀公不愿意，派子贡答复说："盟约是用来巩固信用的，所以用心来制定它，用玉帛来尊奉它，用言辞来缔结它，用神明来约束它。寡君认为如果有了盟约，就不能改变了。如果还可改变，那即使天天结盟又有什么好处？现在您说'一定要重温旧盟'，如果盟约可以重温，也就可以冷落。"于是不再重温盟约。

吴国召集卫国参加会见。起初，卫国人杀了吴国行人且姚而害怕，就和行人子羽商量。子羽说："吴国正横暴无道，恐怕会污辱我们国君，不如不去。"子木说："吴国正横暴无道，国家无道，就一定会加害别人。吴国虽然没有道义，还足以祸害卫国。去吧！高大树木倒下，没有不砸东西的；一国最好的狗发狂，没有不咬人的，何况是大国呢？"

秋天，卫出公在郧地与吴王会见。哀公和卫出公、宋国皇瑗签订盟约，而终于拒绝了与吴国结盟。吴国人包围了卫出公的住所。子服景伯对子贡说："诸侯的盟会，事情已经完毕之后，盟主向各国致礼，所在地的主人赠送食物，以此互相辞别。如今吴国不向卫国施礼，反而包围他们君主的住所来为难他们，您何不去见见太宰？"于是子贡申请了五匹锦就去了。谈话谈到卫国的事情，太宰嚭说："寡君希望事奉卫君，卫君来得很慢，寡君害怕，所以打算留下他。"子贡说："卫君来此，一定与他的臣下们商量，臣下们有的愿意他来有的不愿意，因此来晚了。那些愿意他来的人，是您的朋友；那些不希望他来的人，是您的敌人。如果拘留卫君，那就是毁了朋友而帮助了敌人，那些要摧垮您的人就实现他们的愿望了。而且会合诸侯却逮捕卫君，谁会不害怕？毁坏朋友帮助敌人，而又使诸侯惧怕，恐怕难以做霸主吧！"太宰嚭听了很高兴，就放了卫出公。卫出公回国，常学讲夷地话。子之当时还年幼，说："君主一定难免于祸难，大概会死在夷地吧！被那里的人拘禁而又喜欢那里的语言，跟从他们够坚决的了。"

冬十二月，发生蝗灾。季孙向孔子询问此事，孔子说："我听说，大火星下沉然后昆虫蛰伏完毕。如今大火星还从西方经过，是掌握历法的错误。"

宋国、郑国之间有些空地，叫做弥作、顷丘、玉畅、岩、戈、锡。子产和宋国人达成协议，说："不要占有这些空地。"到宋平公、宋元公的族人从萧地逃亡到郑国的时候，郑国人为他们在岩、戈、锡等地筑城。九月，宋国的向巢攻打郑国，占领锡地，杀了宋元公的孙子，随即包围岩地。十二月，郑国的罕达救援岩地，二十八日，围攻宋国军队。

哀公十三年

鲁哀公十三年春天，郑国的罕达率领军队在岩地获取宋军。夏天，许元公死了。哀公在黄池会见晋定公及吴王。楚国的公子申率军攻打陈国。越国侵入吴国。哀公从黄池会见回到国内。晋国的魏曼多领兵侵袭卫国。安葬许元公。九月，发生蝗灾。冬十一月，有彗星出现在东方。刺客杀死了陈国的夏区夫。十二月，发生蝗灾。

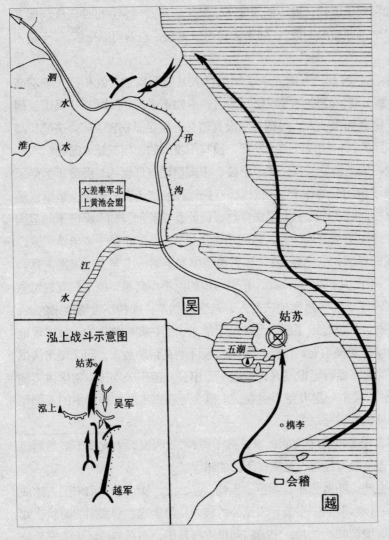

吴、越姑苏之战作战经过示意图。前482年六月，越国趁吴王夫差率精锐北上黄池会盟，决定出兵袭吴：范蠡率一部自海道一直北向，入淮河，阻止吴军自黄池返国进援；一路由越王句践亲率，从陆路进逼吴国都姑苏。吴军由太子友率军在姑苏近郊泓上拒守，部下弥庸轻视越军，贸然出击，小胜越先头部队，第二天，句践大军继至，吴军溃败，越军直入姑苏，缴获大批物资，吴被迫求和。

○鲁哀公十三年春天，宋国的向魋援救他们的军队。郑国子剩派人宣告说："俘虏向魋的人有赏。"向魋逃回宋国。于是在喦地获取宋军，俘虏了成谨、郜延，把六个城邑变成废墟。

夏天，哀公在黄池会见单平公、晋定公和吴王夫差。

六月十一日，越王攻打吴国，兵分两路，畴无余、讴阳从南面进军，先行到达吴都郊外。吴国的太子友、王子地、王孙弥庸、寿于姚在泓水岸边观察越国军队。弥庸看到姑蔑的旗帜，说："这是我父亲的旗帜。不能看到仇敌却不杀他们。"太子说："作战如果不能取胜，将亡国，请等待一下。"弥庸不同意，带领士卒五千人，王子地辅助他。二十日，开战，弥庸俘获了畴无余，王子地俘获了讴阳。越王赶到，王子地防守。二十一日，再次交战，大败吴军，俘获了太子友、王孙弥庸、寿于姚。二十二日，越军进入吴国。吴国人向吴王报告失败，吴王讨厌这消息被诸侯听到，亲自在帐幕下杀死了七个人。

秋七月初六日，准备盟誓，吴国和晋国争着要先歃血。吴国人说："在周王室中，我们是老大。"晋国人说："在姬姓国中，我们是霸主。"赵鞅喊司马寅说："天晚了，大事没有办成，这是我们两个臣子的罪责。立起战鼓，整齐队伍，我们两人拼死一战，先后必定可以知晓。"司马寅回答说："请暂且观察对方一下。"观察回来，说："有高官厚禄的人没有脸色昏暗的，现在吴王脸色暗淡无光，是国家被战胜了吧？太子死了吧？而且夷人品性轻佻，不能长久忍耐，请稍微等待一下。"于是吴国人在晋国人之先歃血。

吴国人打算带着鲁哀公进见晋定公，子服景伯回答吴国使者说："天子会合诸侯，那么霸主率领诸侯去晋见天子。霸主会合诸侯，那么由侯率领子、男去晋见霸主。从天子以下，朝聘使用的玉帛并不相同，所以敝邑献给吴国的贡赋，只有比晋国丰厚，没有赶不上的，因为是把吴国当成霸主。现在诸侯会合，君王却打算带着寡君去见晋君，那晋国就成为霸主了，敝邑将改变贡赋。鲁国献给吴国的贡赋有八百辆兵车，如果变成子爵、男爵，就将取邾国贡赋的一半来交给吴国，而按邾国的级别来事奉晋国。而且执事以霸主的身份召见诸侯，却以诸侯的身份告终，又有什么好处呢？"吴国人就停止那样做，不久又后悔，打算囚禁景伯。景伯说："我在鲁国立了继承人，打算带两辆车和六个人跟从你们，早走晚走唯命是从。"于是吴国人就拘禁了景伯带回国去。到达户牖，景伯对太宰说："鲁国将在十月的第一个辛日对上帝先王举行祭祀，在最后一个辛日结束。我家世代在祭典中担任职事，从襄公以来，没有改变。如果这次不参加，主祭官将说：'是鲁国使他这样的。'而且贵国说鲁国不恭，但只是拘捕了他们七个低贱的人，对鲁国又有什么损伤呢？"太宰嚭对吴王说："对鲁国没有损伤，而只是得个坏名声，不如放他回国。"就把景伯放回去了。

吴国的申叔仪向公孙有山求取粮食，说："佩玉沉沉啊，我没有系过它；美酒一杯啊，我和贫贱的老头只能望着它。"公孙有山回答说："细粮已经没有了，粗粮倒是有，如果你登上首山而呼喊：'给点下等货吧！'就答应你。"吴王想要攻打宋国，杀死那里的男人而囚禁女人，太宰嚭说："可以战胜它，但无法住在那里。"就回国了。

冬天，吴国和越国订立和约。

哀公十四年

鲁哀公十四年春天，在西部打猎捕获一只麒麟。小邾国的射奉献句绎前来投奔。夏天四月，齐国的陈恒拘捕了他们的君主，安置到舒州。四月二十日，叔还死了。五月初一日，发生日食。陈国的宗竖出逃到楚国。宋国向魋进入曹地而叛乱。莒国君主狂死了。六月，宋国向魋从曹地出逃到卫国。宋国向巢逃亡前来我国。齐国人在舒州杀了他们的国君壬。秋天，晋国的赵鞅率领军队攻打卫国。八月十三日，孟懿子死了。冬天，陈国的宗竖从楚国重新进入陈国，陈国人杀了他。陈国的辕买出逃到楚国。有彗星出现。发生灾荒。

○鲁哀公十四年春天，哀公到西部的大野打猎，叔孙氏的车手子鉏商猎获一只麒麟，认为不吉利，把它赐给虞人。孔子看了之后，说："是麒麟。"这才取回它。

小邾国的射奉献句绎前来投奔，说："派子路和我订约，我就不用与鲁国盟誓了。"鲁国派子路去，子路推辞。季康子派冉求对子路说："拥有千辆兵车的国家，不信任它的盟誓，却相信您的话，您有什么屈辱呢？"子路回答说："鲁国若对小邾国采取军事行动，我不敢问什么原因，战死在他们城下就行了。射不尽臣道，却让他的话得以实现，这是把他的不尽臣道当成正义，我不能那样。"

齐简公在鲁国时，阚止受到宠幸。等到简公即君位后，就让阚止执政。陈成子对此感到害怕，在朝廷上频频看他。御者鞅就对齐简公说："陈成子和阚止不可同时任用，君应当在中间选择一个。"齐简公不听从。

阚止在晚上晋见齐简公，陈逆杀了人，被阚止碰见了，就抓住他带进公宫。陈氏一族当时很和睦，就让陈逆装成有病，给他送去洗头用的淘米水，准备了酒肉，招待看守囚犯的人吃喝，把他们灌醉之后就杀了他们，陈逆就逃走了。阚止和陈氏家族的人在陈氏宗庙中盟誓。

起初，陈豹想要做阚止的家臣，让公孙介绍自己，不久有了丧事就停止了。丧事已完，公孙就向阚止介绍他说："有个叫陈豹的人，身材高大而肩背佝偻，总是仰视，事奉君子必定善解人意，想要做您的家臣。我惧怕他的为人，所以迟迟才告诉您。"阚止说："那有什么妨害？这都在于我。"就让陈豹做了家臣。过了些日子，阚止和陈豹讨论政事，很高兴，于是陈豹得到宠幸。阚止对陈豹说："我把陈氏家族的人全部赶走而立你为继承人，怎么样？"陈豹回答说："我在陈氏家族是远支，而且那些违背您的不过几人，为什么要全部赶走呢？"就报告了陈氏家族的人。陈逆对陈成子说："阚止他得到君主的信任，不先下手，必定会危害您。"陈逆就住到公宫里去。

夏五月十三日，陈成子兄弟乘四辆车前往齐简公那儿。阚止正在帐幕里，出来迎接他们，陈成子兄弟几个就进入公宫，把门关上。齐简公的仆人阻挡他们，陈逆杀了仆人。齐简公和宫女在檀台喝酒，陈成子要把他转移到寝宫去。简公拿起戈，准备击杀陈成子。太史子余说："不是要对君不利，是打算除掉害人。"陈成子出去住在库房里，听说简公还在发怒，准备出逃，说："哪里没有国君！"陈逆抽出剑来说："迟疑等待，是办事的祸害，谁不能做陈氏宗主？如果不杀了您，有这历代陈氏宗主为证！"陈成子就没有出逃了。

阚止回去，带领部下攻打公宫小门和大门，都没有取胜，就逃出去了。陈氏追赶他，在弇中阆止迷了路，到了丰丘。丰丘人逮住了他，报告陈成子，在郭关杀死了他。陈成子打算杀大陆子方，陈逆求情就赦免了他。子方用简公的名义在路上征取车子，到达䣒地，大家发现了就逼他东返。出了雍门，陈豹给他一辆车，他不接受，说："陈逆替我求情，陈豹给我车子，我与他们有私交。事奉阆止却与他的仇敌有私交，用什么脸面去见鲁国、卫国的士人？"子方就逃往卫国。

五月二十一日，陈成子在舒州逮捕了齐简公。简公说："我早听鞅的话，不会落到这种田地！"

宋国的向魋受宠而危害到宋景公，宋景公让母亲突然邀请向魋参加宴享，打算趁机讨伐他。没等到宴享，向魋先谋算景公，请求用薋邑换取薄邑。景公说："不行。薄邑是祖庙所在的城邑。"就增加七个封邑给薋邑，向魋就请求设宴答谢景公，以正午作为宴享的时间，私家的武装全部带去了。宋景公知道了，告诉皇野说："我把向魋抚养大了，如今将要害我，请赶快援救。"皇野说："有臣下不服从，连神灵都厌恶，何况人呢？岂敢不接受命令。但不得到左师支持不行，请用君的命令把他召来。"左师每餐吃饭都敲钟，这时听到了钟声，景公说："他要吃饭了。"左师吃完饭后又奏乐，景公说："可以去了。"皇野坐了一辆车前往，对左师说："迹人来报告说：'逢泽有一只鹿。'国君说：'虽然向魋没来，但可找来左师，我和他去打猎，怎么样？'国君顾忌直接告诉您，我说：'我试着私下去谈谈。'国君希望快点，所以我用一辆车来迎接您。"左师就和皇野坐一辆车，到达公宫，景公告诉他缘由，左师下拜，不能站起，皇野说："君主和他盟誓。"景公说："如果要为难您的，上有天，下有先君为证！"左师回答说："向魋不恭，是宋国的祸害，哪敢不唯命是听！"皇野请求出兵的符节，用来命令他的部下攻打向魋。他的父辈兄弟旧臣说："不行。"他的新臣说："听从我们国君的命令。"于是攻打向魋。子顼驱马报告向魋，向魋想要攻入公宫，子车阻止他，说："不能事奉国君，又要攻打首都，老百姓是不会帮助你的，只是自取灭亡。"向魋就进入曹地叛变。

六月，宋景公派左师向巢攻打向魋，向巢想要以大夫做人质而与向魋回到国都。没有办到，向巢也进入曹地，并抓了人质。向魋说："不行，既不能事奉君主，又得罪老百姓，将打算怎么办？"就放了人质。老百姓于是背叛他们，向魋逃往卫国。向巢逃亡前来鲁国，宋景公派人留他，说："寡人和您有过盟誓，不能够断了向氏的香火。"向巢辞谢说："臣下罪过太大，全部灭掉桓氏也是可以的。如果因为先臣的缘故，让桓氏有继承人，这是君主的恩惠。至于我就不能再回去了。"

司马牛把他的封邑和珪上交给宋景公，就去了齐国。向魋从卫地经过时，公文氏攻打他，向他索取夏后氏的玉璜。向魋给了公文氏别的玉，就逃往齐国，陈成子让向魋做了次卿。司马牛又把封邑交还齐国，去了吴国。吴国人讨厌他，就返回宋国。赵鞅召请他，陈成子也召请他，但他死在鲁国外城的门外，阮氏把他埋葬在舆地。

六月初五日，齐国的陈恒在舒州杀了他们的国君壬。孔子斋戒三天，请求攻打齐国，请求了三次。鲁哀公说："鲁国被齐国削弱已很久了，您主张攻打它，打算怎么办？"孔子回答说："陈恒杀了他们的国君，人民有一半不赞成。用鲁国的广大将士加上齐国的一半百姓，可以取胜。"哀公说："您去告诉季孙。"孔子辞谢，退朝告诉别人说："我因为曾位列大夫之末，所以不敢不说。"

起初，孟孺子泄打算在成邑养马，成邑的宰臣公孙宿不接受，说："你父亲孟孙因为成邑困苦，不在这里养马。"孟孺子发怒，袭击成邑，跟从的部下没能攻入，就返回去了。成邑的官员派人来，孟孺子鞭打来人。秋八月十三日，孟懿子死了，成邑人去奔丧，孺子不接纳，他们就脱去上衣穿上丧服在街上哭，表示听从命令供奉驱使，孺子还是不答应。成邑人害怕，不敢回去。

哀公十五年

鲁哀公十五年春天，周历正月，成邑叛变。夏五月，齐国高无丕出逃到北燕。郑声公攻打宋国。秋八月，举行求雨大祭。晋国赵鞅率领军队攻打卫国。冬天，晋定公攻打郑国。鲁国与齐国议和。卫国公孟驱出逃到齐国。

〇鲁哀公十五年春天，成邑背叛孟氏而投靠齐国，孟孺子攻打成邑，没有攻克，就在输地筑城。

夏天，楚国的子西、子期攻打吴国，到达桐汭。陈闵公派公孙贞子慰问吴国，走到良地就死了，随行人员打算带着灵柩进入吴国。吴王派太宰嚭前去慰劳，并且推辞说："因为雨水不合时节，恐怕洪水泛滥会毁了大夫的灵柩，而增加寡君的忧虑，寡君大胆辞谢。"上介芋尹盖回答说："寡君听说楚国施行无道，多次攻打吴国，杀害你们的百姓，寡君派遣我充做使者，慰问贵君的下级官吏。使臣没有福分，遭到上天降下的忧虑，丧了性命，死在良地。我们耗费时日准备了慰问的物资，又每天迁徙驻地赶路，如今贵君却命令拒绝使者，说：'不要带着灵柩进到吴国的门。'这样我们寡君的命令就被抛弃在草莽中了。而且我听说：'事奉死人要像事奉他活着一样。这是合乎礼的。'于是有了在朝聘中死去使臣，而带着灵柩完成使命的礼仪，又有了在朝聘时遇到对方丧葬的礼仪。如果不带着灵柩完成使命，这就像是遇到对方有丧事就回国，恐怕不行吧！用礼仪来规范百姓，还有人逾越它，如今大夫说'死了就丢掉他，'这是丢掉礼仪，还凭什么做诸侯的盟主呢？先民有句话说：'不要把死者当成污秽。'我奉守灵柩完成使命，如果我们寡君的命令能传达到贵君那里，即使是坠入深渊，那也是天命，不是贵君和摆渡人的过错。"吴国人就接纳了他们。

秋天，齐国的陈瓘前往楚国，途经卫国时，子路拜见他，说："上天也许以陈氏做斧头，削弱公室以后，而别人拥有它，这是难以预知的。也许让陈氏最终享有它，这也难以预料。如果和鲁国友好而等待时机，不也可以吗？何必搞坏关系呢？"陈瓘说："说得对，我接受教命了，您让人告诉我弟弟。"

冬天，鲁国与齐国达成和议。子服景伯前往齐国，子贡做副使，拜见公孙宿说："人人都在别人面前称臣，却有背叛别人的想法，何况齐国人呢？他们虽然为您出力，难道没有二心吗？您是周公的后代，享受过很多大的好处，还想着做不合道义的事。结果将利益得不到，反而丧失了祖国，哪里用得着这样呢？"公孙宿说："对啊！我没有早听到您的教命。"陈成子让宾客住在客馆里，说："寡君派我报告诸位：'寡人愿意像事奉卫君一样事奉贵君。'"景伯拱手请子贡走向前去，回答说："这是寡君的愿望。过去晋国人攻打卫国，齐国因为卫国的缘故，攻打晋国的冠氏，损失了五百辆战车，因而割让土地给卫国，从济水以西，禚地、媚地、杏地以南，共五百书社。吴国人将战乱加给敝国，齐国趁我困难，占取了谨地和阐地，寡君因此心灰意冷。如能像事奉卫君那样事奉我们寡君，那本来就是我们所希望的。"陈成子感到很难过，就把成邑归还给鲁国。公孙宿带着他的武器进入嬴地。

卫国孔圉娶了太子蒯聩的姐姐，生了孔悝。孔家的僮仆叫浑良夫，身材又高又漂亮，孔圉死了后，与他的夫人通奸。太子在戚地，孔姬派浑良夫去到那里。太子与浑良夫说："如果能使我回国获得国家政权，我让你戴大夫的帽子，坐大夫的车子，赦免三次死罪。"就和他盟誓。浑良夫为太子向孔姬请求。闰十二月，浑良夫和太子进入国都，住在孔家外面的菜园里。黄昏，两人用衣蒙头坐在车上，寺人罗为他们驾车，前往孔氏家。孔氏的管家栾宁盘问他们，他们谎称是亲家的仆妾，就进了孔家，到了孔姬那儿。吃完饭后，孔姬挂着戈走在前头，太子与另五人披着铠甲，用车拉着雄猪跟着她，把孔悝逼到背人的地方，强行与他盟誓，随即劫持他登上台去。栾宁打算喝酒，烤肉没熟，听说有动乱，派人报告子路。自己召来获，驾上坐车，边赶路边喝酒吃肉，事奉卫出公辄逃亡前来鲁国。子路正要进入国都，碰到子羔正要出去，说："城门已经关闭了。"子路说："我暂且到城里去。"子羔说："来不及了，不要去赴难！"子路说："吃了他的俸禄，不能逃避他的祸难。"子羔就出了城。子路进入国都，走到孔家门口，公孙敢在那里守门，说："不要进去救了。"子路说："这就是公孙敢啊，在这里谋求利益而逃避祸难。我不这样，享用他的俸禄，就一定要救援他的祸难。"正好有使者出来，子路于是进了孔家，说："太子哪里用得着孔悝？即使杀了他，必定有人继承他"。并且说："太子没有勇力，如果放火烧台，烧到一半，必定会放弃孔悝。"太子听了这话，很害怕，叫石乞、盂黡下来抵抗子路，用戈打他，打断了冠带。子路说："君子死了，帽子也不脱下。"系好冠带就死了。孔子听到卫国动乱，说："子羔将会到来，子路会死掉。"孔悝立蒯聩为卫庄公。庄公担心过去的大臣，想要全部去掉，先对司徒瞒成说："寡人在外遭受困苦很久了，请您也尝尝。"瞒成回去告诉褚师比，想要和他一起攻打庄公，没有实现。

哀公十六年

鲁哀公十六年春天，周历正月二十九日，卫国太子蒯聩从戚地回到卫国，卫出公辄逃亡来到鲁国。二月，卫国的瞒成出逃到宋国。夏四月十一日，孔子死了。

〇鲁哀公十六年春天，卫国的瞒成、褚师比出逃到宋国。卫庄公派鄢武子到成周报告，说："我君蒯聩得罪了君父君母，逃藏到晋国。晋国因为王室的缘故，不抛弃兄弟，而把他安置在戚地。上天降下善意，蒯聩得以继承君位管理国家，派下臣我谨向天子报告。"周敬王派单平公回答说："胏带着美好的使命来报告我，你回去对叔父说：我赞许你继承君位，恢复你的禄位，严肃地奉行职位吧！这样就可以享有上天的福禄。如果不严肃奉职就不能得到福禄，后悔难道来得及？"

夏四月十一日，孔子死了，鲁哀公追悼他说："上天不怜悯我，不肯留下这位贤老，让他辅助我一人奉守君位，而让我孤独地处在忧苦中。啊啊，悲痛啊！尼父！我没有用来诫敕自己的榜样了。"子贡说："君主恐怕不能在鲁国善终吧！老师有话说：'丧失礼仪就会昏乱，丧失名分就会犯错误。'失去意志就是昏乱，失去本位就是过错。先生活着时不能重用，死了又追悼他，这是非礼。自称一人，这是不合名分。国君两样都失去了。"

六月，卫庄公在平阳宴请孔悝喝酒，用厚礼酬报他，大夫们也都有赠送的礼物。孔悝喝醉了就送回去，到半夜就遣送他走。孔悝在平阳用车子装上孔姬出发，到达西门，派副车返回西圃取神主。子伯季子起初做孔氏家臣，新近升迁到庄公那里。他请求追赶孔悝，碰上装载神主的副车，杀了他们而坐上他们的车子。许公为又返回去取神主，遇上了子伯季子，说："和不仁的人争高下，没有不胜的。"一定要让子伯季子先射，射了三箭，都离许公为很远。许公为射子伯季子，射死了。有人坐着那辆副车跟着许公为，在袋中找到了神主。孔悝出逃到宋国。

楚国太子建遭到诬陷时，从城父逃往宋国，又去郑国躲避华氏之乱，郑国人对他很友好。太子建又去到晋国，和晋国人谋划袭击郑国，于是要求回到郑国。郑国人让他回到郑国并像当初一样对待他。晋国人派间谍到太子建那里，请求行动并约定日期。太子建在他的私邑中施行暴政，邑中百姓控告他。郑国人前去调查，抓到了晋国间谍，于是杀了太子建。太子建的儿子名叫胜，住在吴国，子西想要召他来，叶公说："我听说胜这个人奸诈而暴乱，恐怕有危害吧？"子西说："我听说胜说话守信而且勇敢，召来不是没有好处，把他安置在边境，让他保卫边疆。"叶公说："完全合乎仁德叫做信，遵循道义叫做勇。我听说胜轻率地实践诺言，而又搜罗不怕死的人，大概是有私心吧？实践诺言，不一定是信；期求敢死的人，这不是勇敢。您召他来一定要后悔的。"子西不听，把胜召来让他住在与吴国交界的地方，称为白公。胜请求攻打郑国，子西说："楚国还未形成气候，不然的话，我没有忘记报仇。"过些日子，胜又请求，子西答应了他。还没有出兵，晋国人攻打郑国，楚国救援郑国，和郑国结盟。胜发怒说："郑国人就在这里，仇人不远了。"

白公胜自己磨剑，子期的儿子平看见了，问他说："王孙为什么亲自磨剑？"白公胜说："我以直率闻名，不告诉你，难道还算得上直率吗？我将用它杀你的父亲。"平把这事告诉子西，子西说："胜像鸟卵，我把他孵出来喂大。在楚国，如果我死了，令尹、司马不是他又是谁？"胜听到这话，说："令尹这样狂妄，要是得到好死，我就不是我。"子西还没觉察到。胜对石乞说："楚王和两位卿士共用五百人对付，就可以了。"石乞说："得不到这样五百人的。"又说："市场南边有个叫熊宜僚的人，如果得到他，可以抵五百人了。"就跟着白公胜去见他，和他谈话，谈得很愉快。告诉他想请他干的事，熊宜僚拒绝了。把剑架在他脖子上，他一动不动。胜说："这是个不为利益所劝诱，不被威武所吓倒，不泄露别人的话去讨好的人，离开他吧。"

吴国人攻打慎地，白公胜击败了他们。胜请求献捷，惠王同意了，于是发动叛乱。秋七月，在朝廷上杀死子西、子期，劫持了楚惠王。当时子西用衣袖遮着脸死去。子期说："过去我凭勇力事奉君王，不可不善始善终。"就抠取一块樟木用来杀了一个人，然后死去。石乞说："烧毁府库杀了惠王，不然不能成功。"白公胜说："不行。杀了君王不吉利，烧毁府库没有积蓄，将凭什么保住国家？"石乞说："拥有楚国而治理它的百姓，用恭敬事奉神灵，可以得到吉祥，而且享有积蓄，担心什么？"白公胜不听从。当时叶公在蔡地，方城山以外的人都说："可以进攻首都了。"叶公说："我听说，凭冒险而侥幸取胜的人，他的贪求不会满足，到失去稳定时人们必然背离他。"听到白公杀了齐国的管修时，才进攻国都。

白公想要立子闾做楚王，子闾不答应，就用武力劫持他。子闾说："您如果安定楚国，辅正王室，然后受它的庇护，这是我的愿望，岂敢不听从？如果要专营私利来颠覆王室，不关心楚国，那我即使死也不能听从。"于是杀了子闾，带着惠王去了高府。石乞守护着高府之门，圉公阳在宫墙上挖开一个孔，背着惠王到了昭夫人的宫里。叶公也在这时到达，当他到达北门时，有人碰到他，说："您为什么不戴头盔？国内人民盼望您就像盼望慈爱的父母，敌寇的箭如果射伤您，那就断绝了百姓的希望，为什么不戴呢？"叶公就戴上头盔前进。又碰到一个人说："您为什么要戴头盔？国内人民盼望您如同盼望好的年成，天天盼望。如能见到您的面，那就是得到安定了。老百姓知道自己不会死，也将人人有奋起战斗的想法，还将举起您的旗帜来向国人宣告，您却又把面孔遮起来而断绝老百姓的希望，不也太过分了吗？"于是叶公就脱下头盔前进。碰到箴尹固率领着他的部下，准备去援助白公，叶公说："如果没有子西、子期两位的话，楚国就不成为国家了。抛弃德义跟从叛贼，难道可以安身吗？"箴尹固就跟随叶公。叶公派他和国都的人去攻打白公，白公逃到山上自缢了，他的部下把他的尸体隐藏起来。叶公活捉石乞而追问白公的尸体，石乞回答说："我知道他死的地方，但白公让我别说。"叶公说："不说出来将被煮死。"石乞说："这件事情成功了就做卿，不成功就被煮死，本来就是这样的下场，有什么妨碍？"就烹煮石乞。王孙燕逃往頯黄氏。

叶公身兼二职，国家安定之后，就让宁做令尹，让宽做司马，自己在叶地告老卸职。

卫庄公为梦占卜，他的一个宠臣向大叔僖子索要酒，没得到，就和占卜的人勾结起来报告卫庄公说："君主在西南角有位大臣，不除掉的话，恐怕有危害。"于是赶走了大叔僖子。僖子逃亡到晋国。卫庄公对浑良夫说："我继承了先君但没有得到他的传国宝器，怎么办？"良夫替下持火烛的侍者才开口说："公子疾和逃亡在外的废君都是您的儿子，召公子辄回来在他们两人中选择有才能的任用是可以的。如果不堪任用，可以得到宝器。"宫中一个小臣向太子疾报告，太子派五个人用车子装了公猪跟随自己，劫持了卫庄公而强行和他盟誓，并且请求杀掉浑良夫。卫庄公说："我和他盟誓赦免他三次死罪。"太子说："请在三次之后，有罪就杀了他。"卫庄公说："好啊！"

哀公十七年

○鲁哀公十七年春天，卫庄公在藉圃修建一座饰有虎形图案的小木屋，完成后，寻找有好名声的人，要与他在小屋里首次用餐。太子疾请求用浑良夫。良夫坐着两匹公马拉的衷甸车，穿着紫色衣服和皮袍，来到小木屋，敞开皮袍，不解下佩剑就吃。太子疾派人捆了他带下去，列举他三条罪状就杀了他。

三月，越王攻打吴国，吴王在笠泽抵抗他，两军隔河对阵。越王建立左翼句卒和右翼句卒，让他们在夜里一左一右，击鼓呐喊进军，吴国军队分两边抵御越军。越王率领三军暗中渡河，直指吴国中军而击鼓进攻，吴军大乱，于是打败了吴军。

晋国的赵鞅派人告诉卫国说："君在晋国时，我做的主。请君主或太子来一趟，以免脱我。不这样的话，寡君恐怕会说是我造成的。"卫庄公用国家有祸难加以拒绝，太子疾又派人诋毁卫庄公。夏六月，赵鞅包围卫国。齐国的国观、陈瓘救援卫国，俘获了晋国的单车挑战的人。陈瓘让俘虏穿上本来的衣服而接见他，说："国观实际上掌握齐国大权，而命令我说：'不要逃避晋军！'哪里敢废弃命令？您又何必委屈前来呢？"赵鞅说："我占卜过攻打卫国，没有卜问和齐国交战。"就撤兵回国。

楚国白公的那次动乱时，陈国人依仗他们有积聚而侵袭楚国。楚国已经安定之后，打

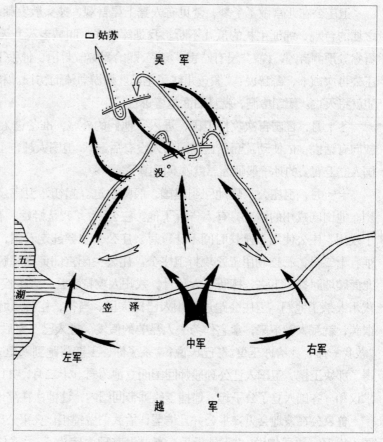

吴、越笠泽之战经过示意图。吴姑苏战败后，国内空虚，就"息民散兵"，以图恢复。越乘吴防务松弛，于前478年，再次大举攻吴。三月，句践率越军进至笠泽，夫差亦亲率吴主力迎击，两军隔水对阵。黄昏时，越军左、右侧翼佯渡，夫差不能判断，连夜分兵两路相拒，越军中路主力乘机潜行渡江，从吴两路军中部突然展开进攻，吴军溃败。越一路追击，再战于没，三战于姑苏之郊，皆捷。之后围困姑苏三年，终于灭亡吴国。

算夺取陈国的麦子。楚惠王向太师子谷和叶公诸梁询问统帅的人选，子谷说："左领差车和左史老都辅佐过令尹、司马攻打陈国，也许可以派遣。"子高说："统帅低贱，老百姓会瞧不起他们，恐怕不服从命令。"子谷说："观丁父，是鄀国的俘虏，武王任用他为军帅，因此攻克州国、蓼国，征服随国、唐国，从群蛮之地大大开拓了自己的领土。彭仲爽，是申国的俘虏，文王任用他为令尹，因而使申国、息国成为自己的县邑，使陈国、蔡国来朝，扩大疆界直到汝水之滨。只要能够胜任，有什么低贱不低贱的？"子高说："天命不可怀疑。令尹对陈国抱有遗恨，上天如果要灭亡陈国，将一定帮助令尹的儿子，君王何不任用他呢？我担心右领和左史有上述两位俘虏的低贱而没有他们那种美德。"楚惠王为这件事占卜，武城尹出任统帅吉利，于是派他率领军队夺取陈国的麦子。陈国人抵抗，被打败，于是包围陈国。秋七月初八日，楚国的公孙朝领兵灭亡陈国。

楚惠王和叶公诸梁占卜让子良做令尹。沈尹朱说："吉利。超出了他的期望。"叶公说："王子而做国相，超出了他的期望将会做什么呢？"过了几天，又改卜子国而让他做了令尹。

卫庄公在北宫做了个梦，梦见有人登上昆吾观，披头散发朝北边喊叫："登上这昆吾之墟的台观，绵延生长的瓜儿不断。我是浑良夫，叫喊老天我无辜。"卫庄公亲自占签，胥弥赦预测吉凶，说："没有妨害。"庄公赐给胥弥赦封邑，他丢下封邑，逃亡到宋国。卫庄公再次占卜，繇辞说："像鱼儿红了尾巴。横游急流而彷徨。和大国相接壤，大国来侵犯就将灭亡。闭门堵洞，就从后面越墙逃亡。"

冬十月，晋国再次攻打卫国，进入了他们的外城，准备进入城内，赵鞅说："停止！叔向有话说：依仗动乱而灭亡别国的人没有后嗣。"卫国人赶走卫庄公而与晋国求和，晋国人立卫襄公的孙子般师为君就收兵回国了。

十一月，卫庄公从鄄地回到卫国，般师出逃。起初，卫庄公登上都城远望，看到戎州。他询问戎州的情况，有人告诉了他。庄公说："我是姬姓，有什么戎人呢？"就毁掉了戎州。庄公使用工匠长时间不让歇息。庄公又想要赶走石圃，但没来得及就发生了祸难。十二日，石圃利用工匠攻打卫庄公。庄公关闭宫门请求和解，石圃不答应。庄公从北面爬墙时掉了下去，摔断了大腿骨。戎州人攻打庄公，太子疾、公子青翻墙跟随庄公，戎州人杀了他们。卫庄公跑进戎州人己氏家里。当初，庄公从城上看到己氏的妻子头发很美，就派人剪下来，拿它作为夫人吕姜的假发。进入己氏家后，就拿玉璧给他看，说："救我一命，我给你玉璧。"己氏说："杀了你，玉璧将跑到哪里去？"就杀了卫庄公而取得了那块玉璧。卫国人让公孙般师回国而立他为君。十二月，齐国人攻打卫国，卫国人请求议和。齐国人立了公子起，逮捕了般师带回国内，让他住在潞地。

鲁哀公在蒙地会见齐平公并且结盟，孟武伯做辅相。齐平公磕头，哀公拱手弯腰，齐国人发怒。孟武伯说："不是天子，寡君没有理由磕头。"孟武伯问高柴说："诸侯结盟，谁执牛耳？"高柴说："鄫衍那次结盟，是吴国公子姑曹；发阳那次结盟，是卫国石魋。"武伯说："那么这次是我了。"

宋国皇瑗的儿子皇麇有个朋友叫田丙，皇麇夺了自己哥哥鄎般的封邑给田丙。鄎般生气就离开了，告诉桓司马的家臣子仪克。子仪克前往宋国，报告给夫人说："皇麇将要接纳桓氏回国。"宋景公向皇野询问此事。起初，皇野打算把杞姒的儿子非我立为嫡子。皇麇说："一定要立老大，这是个好人才。"皇野发怒，不听从。所以这次就回答说："右师倒是老了，但不知皇麇怎样。"宋景公就逮捕了皇麇。皇瑗逃往晋国，景公又召他回来。

哀公十八年

〇鲁哀公十八年春天，宋国人杀了皇瑗。宋景公听说了事件的实情后，恢复了皇氏的家族，让皇缓做右师。

巴国人攻打楚国，包围鄾地。起初，右司马子国占卜时，观瞻说："符合你的意愿。"所以就任命子国为右司马。等到巴国军队到达时，准备卜问统帅人选，楚惠王说："子国已经符合心愿，还占卜什么？"就派遣他率领军队出发。子国请求任命副手，惠王说："寝尹吴由于、工尹苋固是为先君出过力的人。"三月，楚国的子国、吴由于、苋固在鄾地打败巴军，所以把析地封给子国。君子说："惠王懂得人的心愿。《夏书》说：'卜问官员，只有能够断定人的心愿，然后才用神龟占卜吉凶。'大概说的就是这种情况吧！古志说：'圣人不常使用卜筮。'惠王就有这种圣人之风吧！"

夏天，卫国的石圃赶走了他的国君公子起，公子起逃奔齐国。卫出公辄从齐国又回到卫国，驱逐石圃，恢复了石魋和太叔遗的官职。

哀公十九年

〇鲁哀公十九年春天，越国人侵袭楚国，是为了使吴国产生错觉。夏天，楚国的公子庆、公孙宽追击越国军队，追到冥地，没追上，就收兵回国了。

秋天，楚国的沈诸梁攻打东夷，东夷三地的男女和楚军在敖地结盟。

冬天，叔青前往周都，这是由于周敬王死去的缘故。

哀公二十年

〇鲁哀公二十年春天，齐国人前来召集诸侯盟会。夏天，在廪丘会盟，为了郑国的缘故，商议攻打晋国。郑国人辞谢了诸侯的计划。秋天，诸侯的军队撤回。

吴国的公子庆忌屡次劝谏吴王，说："不改变政令，一定会灭亡。"吴王夫差不听，公子庆忌离开国都住在艾地，随即去到楚国。听到越国将要攻打吴国，冬天，请求回国与越国议和，就回到了吴国。他想要除掉不忠的人来向越国解说，吴国人杀了他。

十一月，越国包围吴国，赵孟的饮食比服父丧时还要减省。楚隆说："三年的丧礼，是亲人关系的最高表现了，主人又减省丧期饮食，恐怕有原因吧？"赵孟说："黄池那次盟会，先主与吴王有过盟信，说：'好恶相同。'如今越国包围吴国，作为嗣子要不废弃旧盟而抗越救吴，又不是晋国力所能及的。因此我饮食降等。"楚隆说："如果让吴王知道这情况，怎么样？"赵孟说："可以吗？"楚隆说："请让我试试。"就前去吴国。

楚隆先到了越军那里，说："吴国侵犯中原各国多次了，听说君王亲自来讨伐，中原各国的人们无不欢喜，惟恐君王的心愿不能实现。请让我进入吴国看看。"越王答应了他。

楚隆向吴王报告说："寡君的老臣赵孟派陪臣我前来对他的不恭表示道歉！黄池那次盟会，寡君的先臣赵鞅得以参加盟誓，说：'好恶相同。'现在君王处在危难之中，赵孟不敢害怕劳苦，但又不是晋国力所能及的，所以派陪臣我冒昧向您禀告。"吴王下拜磕头说："寡人无能，不能事奉越国，从而造成大夫的忧虑，特此拜谢他的屈尊赐命。"给了一盒珍珠，让楚隆送给赵孟，说："句践将使寡人产生忧患，寡人不得善终了。"吴王又说："快淹死的人必定会笑，我还有一个问题，史墨为什么能成为君子？"楚隆回答说："他做官不被人嫌恶，退官没有诽谤的话。"吴王说："他成为君子应该啊！"

哀公二十一年

○鲁哀公二十一年夏五月，越国人首次前来鲁国。

秋八月，鲁哀公和齐平公、邾君在顾地结盟。齐国人责备鲁哀公用拱手礼回报齐平公磕头的那件事，因而为此歌唱道："鲁国人的过错，多年还没察觉，使得我们暴跳。就因为他固守儒家教条，造成了两国的忧愁。"

这次盟会，鲁哀公先到达阳谷。齐国的闾丘息说："君主屈尊驾临，来慰问寡君的军队，群臣将用驿车报告寡君。等到臣下们报告回来，君恐怕太辛劳。因为仆人们还没安排好馆舍，就请在舟道下榻吧。"哀公辞谢说："岂敢烦劳贵国仆人？"

哀公二十二年

○鲁哀公二十二年夏四月，邾隐公从齐国逃亡到越国，说："吴国施行暴政，逮了父亲立了儿子。"越国人把他护送回国，太子革逃亡到越国。

冬十一月二十七日，越国灭亡吴国，表示要让吴王夫差住到甬东去，吴王拒绝说："我老了，怎么能事奉君王？"就自缢而死。越国人把他的尸体送回。

哀公二十三年

○鲁哀公二十三年春，宋元公夫人景曹死了。季康子派冉有前去吊唁，并且送葬，说："敝国有重要国事，使得我参与其中而职事繁忙，因此不能帮助送葬，派冉有前来跟从舆人送葬。"又说:"由于我得以充做远房外甥,有先人饲养的几匹劣马,派冉有把它们进献给夫人的宰臣,也许可以用来与夫人的马饰相配吧!"

夏六月,晋将荀瑶攻打齐国,高无丕率军抵御晋军。荀瑶观察齐军,马受惊,于是就驱马迫近齐军,说:"齐国人认识我的旗帜,不向前恐怕会说我是害怕而返回去了。"到达齐军的营垒边才返回。

将要开战,长武子请求占卜,荀瑶说:"君主报告了天子,并且用龟甲在宗庙占卜过此事,是吉兆了,我又占卜什么呢?况且齐国人占取了我国的英丘,君主命令我来,不敢炫耀武勇,而是要收复英丘。据理讨伐有罪就足够了,何必占卜?"二十六日,在犁丘交战,齐军大败,荀瑶亲手俘虏了齐将颜庚。

秋八月,叔青前往越国,这是鲁国人首次出使越国。越国的诸鞅前来鲁国聘问,是对叔青出使越国的回报。

哀公二十四年

○鲁哀公二十四年夏四月,晋出公准备攻打齐国,派人前来鲁国请求出兵。说:"从前臧文仲率领楚军攻打齐国,攻取谷地;宣叔率领晋军攻打齐国,攻取汶阳。寡君想要从周公那儿求取福泽,也希望向臧氏求福。"臧石率领鲁军与晋军会合,攻取廪丘。军吏命令整修军备,准备进军。齐将莱章说:"晋国君主地位卑贱,政治暴虐,去年战胜对手,现在又攻陷都邑,上天赐给他们的很多了,又哪能再前进?这是大话,晋军将要收兵回朝了。"晋军果然退兵了。晋国人赠送给臧石活牛,太史并且致歉说:"因为寡君身在军中,赠奉的牲口够不上礼度,谨此告歉!"

郳隐公又施行无道,越国人逮了他带回去,立了公子何为君。公子何同样无道。

公子荆的母亲受到哀公宠幸,打算立她为夫人,就让宗人衅夏来禀报立夫人的礼节。衅夏回答说:"没有这样的礼节。"哀公发怒说:"你身为宗人,立夫人,是国家的重大典礼,为什么说没有这礼节?"衅夏回答说:"周公和武公从薛国娶妻,孝公、惠公从宋国娶妻,从桓公以下都在齐国娶妻,这种礼节倒是有。至于立妾做夫人,则本来就没有那样的礼节。"哀公最终还是立了她,并立公子荆为太子,国内人们开始讨厌哀公。

闰月,鲁哀公去到越国,很得越太子适郢的欢心。适郢打算把女儿嫁给哀公,并且给他很多土地。公孙有山派人把这事告诉季康子,季康子害怕,派人通过越国太宰嚭劝说并献上财礼,事情才平息。

哀公二十五年

〇鲁哀公二十五年夏五月二十五日，卫出公逃亡到宋国。

卫出公在藉圃修建了灵台，和大夫们在那儿饮酒。褚师比穿着袜子走上席子，卫出公发怒。褚师比解释说："下臣脚上有疮，和别人不一样，如果看到我的脚，君主会呕吐的，因此不敢脱袜。"卫出公更加愤怒，大夫们都劝说此事，卫出公还是不听。褚师比退出，卫出公一手叉腰，说："一定要砍断你的脚！"褚师比听到了，和司寇亥同坐一辆车，说："今天幸运才逃出来。"

卫出公回国时，剥夺了公孙弥牟的封邑，又夺取了司寇亥的权。还派侍人把公文懿子的车子投进池塘里。

起初，卫国人灭了夏戊家族，把他们的财产赐给彭封弥子。弥子请卫出公喝酒，把夏戊的女儿送给他，很受出公宠爱，让她做了夫人。她的弟弟夏期，是太叔疾的从外甥。小时候放在公宫里养育，卫出公让他做了司徒。夫人的受宠衰落之后，夏期也因而获罪。卫出公使用工匠们长时间不让休息，又让名叫狡的优人与拳弥盟誓，而且非常亲近信任他。所以褚师比、公孙弥牟、公文懿子、司寇亥、司徒夏期就利用工匠们和拳弥来发动叛乱，都手持锐利的武器，没有武器的拿着斧子。他们让拳弥进入公宫，其余从太子疾的宫里哄叫着攻打卫出公。鄄子士请求抵抗，拳弥牵住他的手，说："您倒是勇敢，但打算把君主怎么办？您没看到先王的事吗？君主在哪个地方不能满足欲望？而且君主曾经在国外待过了；难道一定不能回来？在现在不可抵抗，众怒难犯，等平息后就容易分化了。"于是卫出公就出走。打算前往蒲地，拳弥说："晋国没有信用，不能去。"准备前去鄄地，拳弥说："齐、晋两国都在争夺我们，不可去。"将要去泠地，拳弥说："鲁国不足以相处，请到城鉏去，以便和越国联络，越国有好君主。"于是前往城鉏。拳弥说："卫国的盗贼难以防备，请快点离开，由我先离开。"就装了宝物带回了卫国。

卫出公部署了分散的军队，凭着祝史挥做内应而侵袭卫国。卫国人对此感到担忧。公文懿子了解到这一情况，就去会见公孙弥牟，请求赶走祝史挥。公孙弥牟说："祝史挥没有什么罪过。"懿子说："那个人喜欢专横谋利而又狂妄，要是看到君回国，会为君在前面引路的。如果驱逐他，他一定会从南门出去而前往国君那里。越国刚获得诸侯拥护，他们一定会向越国请求出兵的。"祝史挥在朝廷上，公孙弥牟就派官吏把他遣送回家。祝史挥出朝后，过了两天，朝廷不再接纳他。第五天就将他迁居到都外的乡里。于是祝史挥得到卫出公宠幸，派他前往越国请求援军。

六月，鲁哀公从越国回到国内，季康子、孟武伯到五梧迎接。郭重做哀公的随从，见到了他们两位，对哀公说："他们说的坏话可多了，君主请听他们全部说出来吧。"哀公在五梧设宴，孟武伯在席上祝酒，厌恶郭重，就说："多么肥啊！"季康子说："请让我罚孟孙彘喝酒！因鲁国紧靠仇国，下臣因此不能跟随君主，得以免于远行，却又去说郭重很肥。"哀公说："这是食言太多了，能不肥吗？"喝酒喝得很不愉快，哀公开始和大夫有了嫌恶。

哀公二十六年

〇鲁哀公二十六年夏五月，鲁将叔孙舒率领军队会合越国的皋如、舌庸和宋国的乐茷，护送卫出公回国，公孙弥牟想要接纳。公文懿子说："国君固执而又暴虐，只要稍等些时候，他一定会加害百姓，百姓就和您亲睦了。"联军侵袭外州，大肆劫掠。卫军出城抵抗，大败。卫出公挖开褚师定子的坟墓，在平庄陵上把棺材烧了。

公孙弥牟派王孙齐去和皋如私下见面，说："您是打算彻底灭亡卫国呢？还是把国君送回去罢了呢？"皋如说："寡君的命令没有别的，送回卫君罢了。"公孙弥牟召来众人征求意见，说："国君利用蛮夷来攻打国家，国家几乎要灭亡了，请接纳他。"大家说："不要接纳。"公孙弥牟又说："如果我逃亡而对国家有好处，请让我从北门逃出。"众人说："不要出逃。"于是送给越国人很多的财货，层层打开城门，守住城墙而接纳卫出公，但卫出公不敢进入都城。联军撤回去了。卫国立了悼公为国君，公孙弥牟做他的宰相。把城鉏给了越国人。卫出公说："司徒期干的这事！"就叫对夫人如果有怨恨的人报复夫人。司徒期到越国聘问，出公攻击他并且夺走了他带的礼物。司徒期报告越王，越王命令把财礼夺回，司徒期率领部众又夺回了财礼。出公发怒，杀了司徒期的外甥中可以立为太子的人。出公最后死在越国。

宋景公没有儿子，收了公孙周的儿子得和启两人，抚养在公宫里，没有立他们为继承人。当时皇缓做右师，皇非我做大司马，皇怀做司徒，灵不缓做左师，乐茷做司城，乐朱鉏做大司寇，六卿三族共同掌政，通过大尹上达宋景公。大尹常常不禀告景公，而按照他自己的意愿假称君令来发号施令，国内人们都厌恶他。司城想要去掉大尹，左师说："先放一放，让他恶贯满盈。权势过重而没有基础，能不败坏吗？"

冬十月，宋景公在空泽游览。初四日，死在连中馆。大尹发动空泽的甲士一千人，护送景公的尸体从空桐进入都城，回到沃宫，派人召来六卿，说："听说底下有军队造反，君主请六位前来策划。"六卿到达，大尹派甲士劫持他们，说："君主有重病，请各位盟誓。"于是在景公小寝的庭院里盟誓，说："不要干对公室不利的事！"大尹立启为继承人，护送景公的灵柩停放到祖庙大宫。三天后，国人才知道景公死了。司城茷派人在国都宣传说："大尹蛊惑他的国君并且独揽权利，现在君主没有疾病就死去，死了又被隐瞒，这没有别的，就是大尹的罪过。"景公的养子得梦见启头向北边睡在卢门之外，自己变成乌鸦停在他身上，嘴巴搁在南门上，尾巴架在桐门上。得因此说："我的梦很好，我必定会立为国君。"

大尹和人商议说："我没参加盟誓，恐怕会赶我走，再举行一次盟誓吧！"叫祝人起草了盟书。六卿正在唐盂，打算与大尹盟誓。祝襄拿盟书去报告皇非我，皇非我与乐茷、乐得、左师商议说："老百姓赞成帮助我们，把大尹赶跑吧！"都回去发放武器装备，让部下在国都内巡行宣扬说："大尹蛊惑他的国君，欺凌残害公室成员。帮助我们的人，就是救助君主的人。"大伙说："帮助他们。"大尹也派人巡行宣布说："戴氏、皇氏两族将要危害公室，帮助我的人，不必担忧不富裕。"大家说："他和危害公室的人没有区别。"戴氏、皇氏想要攻打新立为君的启，乐得说："不可以。大尹因欺凌国君而有罪，我们攻打国君，就比他更过分了。"就动员国内人们清算大尹的罪行，大尹奉侍启逃奔楚国，于是立了得为国君，司城乐茷做了上卿。盟誓说："三族共掌国政，不要互相残害。"

卫出公从城鉏派人带了宝弓去问候子赣，并且说："我可以回到国内吗？"子赣磕头接受了宝弓，回答说："我不知道。"私下对使者说："过去成公流亡陈国，宁武子、孙庄子订立宛濮之盟然后成公回国。献公流亡齐国，子鲜、子展订立夷仪之盟然后献公回国。如今国君两度流亡在外了，在国内没听说有献公亲信那样的人，在国外没听说有成公贤卿那样的人，所以我就不知道有什么条件回国了。《诗》中说：'最强不过得贤人，四方人们都顺从。'如果得到那样的贤人，四方的人们把他作为主人，要得到国家有什么难的。"

哀公二十七年

○鲁哀公二十七年春天，越王句践派舌庸来鲁国聘问，并且提起邾国土田的事，商定在骀上一带划分鲁、邾两国的疆界。二月，在平阳会盟，季康子、叔孙文子、孟武伯三人都跟随哀公前去。季康子对会盟感到痛心，谈到子赣，说："他如果在这里，我不会参加这种会盟的！"孟武伯说："是这样。为什么不叫子赣来呢？"季康子说："本来要叫他来。"叔孙文子说："别的时候也请记得他。"

夏四月二十五日，季康子死了，鲁哀公为他吊丧，礼节降低了等级。

晋国的荀瑶率军队攻打郑国，驻扎在桐丘。郑国的驷弘到齐国请求救援。齐国的军队准备出动，陈成子召集阵亡将士的遗孤在三天内上朝。为此设立了一辆车两匹马，加上五个城邑。召来颜涿聚的儿子颜晋，对他说："隙地那次战役，你的父亲战死在那里。因为国家多难，没有抚恤你。现在君主命令把这个城邑封给你，你驾上车子去朝见国君，不要废弃了以前你父亲的功劳。"于是出兵救援郑国。

　　齐军到达留舒，离开谷地七里，谷地人不知道。到达濮水，下雨，没有渡河。子思说："大国的军队到了敝国的屋檐下，因此告急。今天部队不前进，恐怕来不及了。"陈成子穿着雨衣拄着戈，站在山坡上，马不肯出来的，就帮着用鞭子赶。荀瑶听说了，就收兵回去，说："我占卜过攻打郑国，没有占卜抵挡齐军。"派使者对陈成子说："大夫陈子，是从陈国分支出来的。陈国断了香火，是郑国的罪过，所以寡君派我来考察陈国被灭亡的个中缘由，说大夫您该会忧虑陈国吧？如果认为陈国倒台有好处，对我荀瑶有什么呢？"陈成子发怒说："欺人太多的人都没有好结果，荀瑶难道能长久吗？"中行文子告诉陈成子说："有人从晋国军中来告诉我，晋军准备组织一千辆轻捷的战车，来攻陷齐军的营门，就可以全歼齐军。"陈成子说："寡君命令我：'不要追赶人少的敌人，也不要害怕人多的敌人。'即使超过一千辆兵车，敢躲避他们吗？将拿您的命令禀告寡君。"中行文子说："我今天才知道自己之所以逃亡的原因。君子的谋划，开头、中间、结局都要考虑到，然后进宫禀报。现在我三方面都不了解就入朝禀报，不也很难吗？"

　　鲁哀公担心孟孙、叔孙、季孙这三桓的猖狂放肆，想要利用诸侯去掉他们。三桓也担忧哀公的狂乱，所以君臣之间多有隔阂。有次哀公在陵阪游玩，在孟氏邑中的大路上遇到孟武伯，说："请问您，我能达到寿终正寝吗？"武伯回答说："下臣无从知道。"问了三次，始终推辞不肯回答。哀公想要利用越国攻打鲁国而去掉三桓，秋天八月初一日，哀公去到公孙有陉氏那里，因而流亡到邾国，随即就去了越国。国内的人们弹劾拘捕了公孙有山氏。

　　鲁悼公四年，晋国荀瑶率领军队包围郑国，还未到达，郑国驷弘说："荀瑶固执而好胜，早点向他们低头，就可以使他们走了。"于是预先据守南里以等待晋军。荀瑶进入南里，攻打桔柣之门。郑国人俘虏了晋将酅魁垒，用执掌大卿的政事来收买他，他不肯，就堵住他的嘴而把他捂死了。将要攻门，荀瑶对赵孟说："攻进去！"赵孟回答说："主人在此。"荀瑶说："你丑陋而懦弱，凭什么成为太子的？"赵孟回答说："因为能忍受耻辱，大概对赵氏家族没有危害吧！"荀瑶不悔改，赵孟从此忌恨荀瑶，荀瑶于是想灭亡他。荀瑶贪婪而固执，所以韩国、魏国反过来联合赵国灭亡了他。

白话四书五经

礼记／钱玄 钱兴奇 徐克谦 叶晨辉 张采民 鲁同群◎译

诗经／程俊英 蒋见元◎译

|插图珍藏本|

新世界出版社
NEW WORLD PRESS

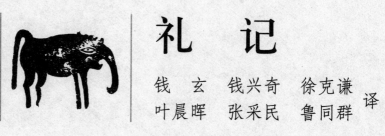

礼 记

钱　玄　钱兴奇　徐克谦
叶晨晖　张采民　鲁同群　译

前　言

　　先秦古籍称"记"或"传"的，均为一种特定的文体，是附属于"经"的辅助资料。它的内容或阐发经文的意义，或补充经文之未备。《礼记》和与它性质相同的《大戴礼记》都是附属于《礼经》——即今之《仪礼》的辅助资料。有的"记"直接附在经文之后。今《仪礼》十七篇，其中十三篇经文后附有"记"。这些"记"是最早的、与经文最密切配合的"记"。《礼记》四十九篇，《大戴礼记》八十五篇，是独立成篇，而且是汇辑成书的"记"。

　　《礼记》既是《仪礼》的辅助资料，所以它的内容极大部分与《仪礼》相配合。根据各篇具体内容，《礼记》四十九篇可以分为下列三类：

　　一、与《仪礼》紧密配合的。如：《冠义》、《昏义》、《乡饮酒义》、《射义》、《燕义》、《聘义》、《祭义》、《祭法》、《祭统》、《丧服小记》、《大传》、《丧大记》、《奔丧》、《问丧》、《服问》、《间传》、《三年问》、《丧服四制》等。这些篇目，从篇题上就显示与《仪礼》所述的：冠、昏、乡（饮酒）、射、丧、祭、朝、聘八种礼仪相配合的。也有篇题虽不显示，而就其内容可知其属于哪一种礼的。如：《檀弓上下》、《曾子问》、《杂记上下》等，均以阐述丧礼、丧服为主。

　　二、篇中综述各种礼制，或补充《仪礼》未涉及的内容。如：《曲礼上下》、《文王世子》、《礼运》、《礼器》、《郊特牲》、《内则》、《玉藻》、《深衣》、《投壶》等。

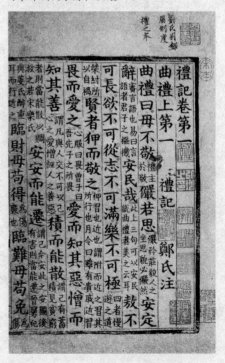

《礼记》，宋淳熙四年（1177）抚州公使库刻本，中国国家图书馆藏。

三、与《仪礼》配合不甚紧密的。如《月令》、《乐记》、《中庸》、《大学》等。这一类是极少数。

这是《礼记》内容的大致情况。《大戴礼记》原八十五篇，佚四十六篇，现存三十九篇。从现存的篇目内容分析，它与《仪礼》配合的情况，大大不及《礼记》紧密。也可能已佚的四十六篇情况不是这样，但现在很难详考了。

《礼记》四十九篇不是一时一人之作。其中可考者，较多是孔子再传弟子所作，约在战国前期。如：

《中庸》郑玄《三礼目录》："孔子之孙子思伋作之以昭明圣祖之德。"(《三礼目录》见孔颖达《礼记正义》引。下同。)

《曾子问》：曾子弟子所记。

《表记》、《坊记》、《缁衣》：《隋书·音乐志》引沈约《奏答》："《中庸》、《表记》、《坊记》、《缁衣》皆取《子思子》。"则为子思所作。《经典释文·叙录》："《缁衣》是公孙尼子所制。"与沈约所说不同。《汉书·艺文志》儒家有《公孙尼子》一书。原注云："七十子之弟子。"

《乐记》：郑玄《三礼目录》："刘向所校得《乐记》二十三篇，著于《别录》。今《乐记》所断取十一篇，余有十二篇，其名犹在。"《隋书·音乐志》引沈约《奏答》："《乐记》取《公孙尼子》。"

以上诸篇均为孔子再传弟子之作。亦有作于再传弟子之后者。如：

《檀弓上下》郑玄《三礼目录》："此檀弓在六国之时。知者，以仲梁子是六国时人，此篇载仲梁子，故知也。"又《诗·鄘风·定之方中》孔颖达《正义》引郑玄《郑志》："张逸问：'……仲梁子何时人？'答曰：'……仲梁子，先师说（原脱"说"字）鲁人，当六国时，在毛公前。'"按毛公指为《诗》作《传》的毛亨。旧说毛亨为荀卿弟子。如仲梁子略早于毛亨，则亦战国后期人。《檀弓》引仲梁子语，是《檀弓》之作者，应在其后。《檀弓》或为战国晚期之作。

《礼记》中亦杂有秦汉时之作。如：

《月令》：郑玄《三礼目录》："本《吕氏春秋》十二月纪之首章也。以礼家好事抄合之。……其中官名，时、事，多不合周法。"

《王制》：《史记·封禅书》："（文帝）使博士诸生刺六经作《王制》。"孔颖达《礼记正义》："王制之作，盖在秦汉之际。知者，案下文云：'有正听之'，郑云：'汉有正平，承秦所置。'又有'古者以周尺'之言，'今以周尺'之语，则知是周亡之后也。秦昭王亡周。故郑答临硕云'孟子当赧王之际。《王制》之作，又在其后'"。

关于今之《礼记》及《大戴礼记》的汇辑成书之时代和汇辑者的问题，从来有争论。《汉书·儒林传》没有提及两书汇辑的事，《汉书·艺文志》也未著录。《艺文志》著录礼十三家，其首三家书：

"《礼古经》五十六卷。"按此为出于淹中及孔壁的古文《礼经》，亦称《逸礼》。这五十六篇中有十七篇与高堂生所传的今文《礼经》(《仪礼》)相同。

"《经》七十篇。"原注："后氏、戴氏。"按"七十"当为"十七"之误。此十七篇为汉初高堂生所传之今文《礼经》。后传及后仓与弟子戴德、戴圣，立于学官。

"《记》百三十一篇。"原注"七十子后学所记也。"按《经典释文·叙录》："郑（玄）《六艺论》云："后得孔氏壁中，河间献王《古文礼》五十七篇，《记》百三十一篇，《周礼》六篇。"则《记》百三十一篇为古文之《记》，配合《礼古经》的。

《汉书·艺文志》只提到《古文记》，没有提到《礼记》、《大戴礼记》。据现在能看到的记载，郑玄是较早提到：戴德辑《大戴礼记》，戴圣辑《礼记》。孔颖达《礼记正义》在《礼记》大题下引郑玄《六艺论》："今《礼》行于世者，戴德、戴圣之学也。"又云："戴德传《记》八十五篇，则《大戴礼》是也；戴圣传《记》四十九篇，则此《礼记》是也。"

其后《经典释文》及《隋书·经籍志》并言戴德删《古文记》成《大戴礼记》；戴圣删《大戴礼记》，成《礼记》。

《经典释文·叙录》："陈邵（原注：字节良，下邳人，晋司空长史。）《周礼论序》云：'戴德删古礼二百四篇为八十五篇，谓之《大戴礼》；戴圣删《大戴礼》为四十九篇，是为《小戴礼》。'"

《隋书·经籍志》："汉初河间献王又得仲尼弟子及后学者所记一百三十一篇，献之。时亦无传之者。至刘向考校经籍，检得一百三十篇，向因第而序之。而又得《明堂阴阳记》三十三篇，《孔子三朝记》七篇，《王氏史氏记》二十一篇，《乐记》二十三篇，凡五经合二百十四篇。戴德删其烦重，合而记之，为八十五篇，谓之《大戴礼》，而戴圣又删大戴之书，为四十六篇，谓之《小戴礼》。"

后之学者对上述诸说，有辨其非者，如清戴震云："《隋志》言：戴圣删大戴之书为四十六，谓之《小戴记》，殆因所亡篇数傅合为是言欤？其存者；《哀公问》、《投壶》，《小戴记》亦列此二篇，则不在删之数矣。他如《曾子大孝》篇见于《祭义》；《诸侯衅庙》篇见于《杂记》；《朝事》篇自'聘礼'至'诸侯务焉'，见于《聘义》；《本命》篇自'有恩有义'至'圣人因杀以制节'，见于《丧服四制》。凡大小戴两见者，文字多异。《隋志》以前，未有谓小戴删大戴之书者，则《隋志》不足据也。"（见《清经解》卷五六五，《东原集》）

戴震论据确实，可破戴圣删戴德之书之说。但仍有学者，信两戴共同删《古文记》而成书者。如近人王国维云："献王所得《礼记》，盖即《别录》之《古文记》，是大小戴本出古文。《史记》以《五帝德》、《帝系》、《孔子弟子籍》为古文，亦其一证也。但其本不出孔氏，而出于河间。后经大小戴二氏而为今文家之学。后世遂鲜有知其本为古文者矣。"

（见《观堂集林·汉时古文本诸经传考》。按《史记》于《五帝本纪》、《三代世家》、《仲尼弟子列传》分别提到《五帝德》、《帝系》、《孔子弟子籍》三文为古文。今《大戴礼记》有《五帝德》、《帝系》。王氏想以此证明戴德曾删《古文记》。）

王氏说，"大小戴本出古文"，意即大小戴各删《古文记》成大小戴《记》。此亦大有可疑者。

一、河间献王献古文书，即入秘府，诸儒莫得而见。刘歆校书，成于哀帝、平帝之时（前6—5）。戴德、戴圣生卒年不详，但知曾参加宣帝末年（前49）石渠之会，这时二戴已早为博士。前后相距数十年，二戴不可能删《古文记》。清毛奇龄已辨其非："戴为武、宣时人，岂能删哀平间向、歆所校之书乎？……况《前汉（书）·儒林（传）》不载删《礼》之文，东汉《儒林（传）》又无其事。则哀、平无几，陡直莽变，安能删之。"（见《清经解》卷一六四，《经问》）

二、西汉诸经立于学官的都是今文家之学。刘歆曾建议把《左传》、《毛诗》、《逸礼》、《古文尚书》等古文经立于学官，遭到今文学家强烈反对。刘歆《移太常博士书》亦指责今文学家"保残守阙"。古今两家壁垒森严，相峙攻诘。二戴为西汉礼学今文大师，立于学官，岂能删取《古文记》作为今文家之学。又今《礼记》及《大戴礼记》中有引古文《逸礼》篇目及古文《周礼》之文，可知今之二《记》决非二戴所辑。

《礼记》中有《奔丧》，郑玄《三礼目录》"实《逸曲礼》之正篇也。汉兴后得古文，而礼家又贪其说，因合于《礼记》耳"。按《逸曲礼》即《礼古经》，亦称《逸礼》，为古文家之学。

《礼记》中有《投壶》，郑玄《三礼目录》："亦实《曲礼》之正篇。"按此《曲礼》亦指《礼古经》。

《礼记·燕义》引古文《周礼·夏官·诸子》之文。《祭义》引《周礼·地官·党正》文。

《大戴礼记》引《礼古经》之《投壶》、《诸侯衅庙》。

《大戴礼·朝事》篇中引《周礼·秋官·大行人》文。

根据以上所述，证明：一、大小戴不可能删《古文记》；二、今之《礼记》、《大戴礼记》决非大小戴所辑。则王国维以为二戴本《古文记》而成为今文之学，其说亦不足为据。

今之《礼记》、《大戴札记》既不得辑于西汉，则必辑于东汉无疑。但可能也有一个发展过程。

戴德、戴圣在西汉既立为学官，则除今文《仪礼》十七篇外，亦应有相应之《记》以教授生员。据今考知西汉时已有单篇的《记》。如：

西汉宣帝时召诸儒集议于石渠阁。礼家通汉、戴圣参加。当时记录礼经《议奏》三十九篇，今佚。唐时尚存，杜佑《通典》多处引《石渠议》，《议》中有引及《礼记》文。如:《通典》卷七十三,引《礼记·曲礼上》文;卷八十一,引《礼记·王制》文:卷八十五,引《礼记·杂记下》文。

《史记·六国年表》:《礼》曰:"天子祭天地,诸侯祭其域内名山大川。"与《礼记·曲礼下》文相似。《春秋繁露·王道》亦有类似之文。

《汉书·韦玄成传》引《礼记·祭义》及《礼记·丧服小记》之文。

《汉书·贾山传》载贾山著《至言》,有引《礼记·祭义》之文。

这些都是刘氏校书前已行世的《礼记》篇目。这些《记》当然是今文,亦即二戴用以教授生员的资料。当时共有多少篇,现已不可考知。大致数量不多,尚未汇辑成书。还有一种可能,这些《记》中有与《古文记》相同的篇目。因为《礼古经》五十六篇,其中有十七篇与今文《仪礼》相同。则《古文记》一百三十一篇中,亦应有一部分与西汉时今文家的"记"相同。正因为这些原因,所以刘氏校书,没有列入著录。

西汉末王莽当政,于平帝时立《逸礼》及其他古文经于学官。则《古文记》一百三十一篇亦必同时传授学员,并传抄行世。二十年后,光武中兴,古文经学官又废,仍立今文经为学官。朝廷创建礼制,必须博古通今,今文礼家不能再保残守阙。古今文的界限较宽,家法不严。如章帝建元中,大会群儒于白虎观,考论诸经异同。参加者均为今文学大师。而班固所撰《白虎通义》其中引古文经、传记的甚多。章帝建初八年下诏令诸儒选高才教授古文经传(见《后汉书·章帝纪》)。因此揉合古今,已成当时风尚。传大小戴《礼》者,在大小戴原有的单篇《记》的基础上,广泛搜辑。有辑自《逸礼》者,如上述之《奔丧》、《投壶》、《诸侯衅庙》等;有辑自其他古文书者,如《大戴礼记》之《五帝德》、《帝系》等;有辑自秦汉之作者,如《月令》、《王制》;其中也必有辑自《古文记》者。王国维所说的:二戴本《古文记》,而成为今文之学,在西汉是不可能的,而在东汉却成为事实。当时传大小戴礼的两家,他们所辑有同有异,因各仍以大小戴之名,名其所辑的《记》。据《后汉书·曹褒传》云:"传《礼记》四十九篇,教授诸生千余人。"又《经典释文·叙录》云:"后汉马融、卢植考诸家同异,附戴圣篇章,去其繁重及所叙略,而行于世,即今《礼记》是也。郑玄亦依卢马之本而注焉。"

据《曹褒传》在后汉和帝(89—105)时,已有《礼记》。其后马融、卢植又有增删,乃成今所存郑玄注《礼记》四十九篇之本。至于《大戴礼记》其成书亦应在东汉郑玄之前。

郑玄融贯古今,为《仪礼》、《周礼》、《礼记》作注,三书合称"三礼",著《三礼耳录》。唐代《礼记》列入"九经",孔颖达作《礼记正义》,学者传习较广。宋代学者以《礼记》中《大学》、《中庸》两篇,编入"四书",而"五经"中礼书列《礼记》而不列《仪礼》、《周礼》,宋儒之推崇《礼记》,于此可见。明、清亦以《礼记》为士人必读之书。清人注释者甚多,其中以孙希旦《礼记集解》较为通行。

《大戴礼记》郑玄未作注，流传不广。至北周有卢辩为之作注，亦极简略，很少有人传抄研习，唐宋以来佚失泰半。至清代学者始为作校勘注释。其遭遇不能与《礼记》相比。

《仪礼》、《周礼》、《礼记》、《大戴礼记》四部礼书，记载了大量的有关先秦的典章、礼制、文物以及儒家的政治、学术思想。今天学习这些典籍，应该在扫除文字障碍的基础上，破除旧的经学观念，把"经"、"记"与其他古籍，都看作记载上古文化的宝贵史料。用历史发展的观点，互相参证，从而探索我国上古文化的史实。

去岁湖南岳麓书社将编印《十三经今注今译》。承来函约撰《周礼》、《礼记》两书译注。事关整理、普及古籍，弘扬祖国文化，因勉力从命。奈以年迈、篇幅较巨，不敢独任。因商请同好钱兴奇、徐克谦、叶晨晖、张采民、鲁同群五位同志，共同负责《礼记》译注。在译注中尽量吸取前贤研究成果，力求诠释确切，深入浅出，俾有助于学习。初稿完竣，余通校一遍，并相与商榷，修改定稿。限于水平，错误在所难免，敬祈专家及读者指正。

钱　玄

1992 年 6 月于南京师范大学

曲礼上第一

《曲礼》说："君主行礼时要做到十分恭敬，态度像正在思虑一样端庄持重，说出的话都经过深思熟虑。这样可使人民安定啊！"

傲慢之心不可滋长，欲望不可放纵，意志上不可自满，欢乐不可到极点。

贤德的人对亲近的人能做到敬重，对于钦佩的人能做到爱慕。对于喜爱的人能了解他的缺点，对憎恶的人能了解他的优点。积聚的财富能散发赈济，当安居逸乐时能迁于为善。面对财物，不随便取；面对危难，该赴难的不苟且逃避。对于非原则的忿争，不求压服对方；分配财物时，不贪求多得。对有怀疑的事，不随便作结论；正确的见解，也不自夸只有自己懂得。

至于坐的样子要像祭祀的尸一样，站立的样子要像祭祀时屈身磬折一样。礼应该顺应当前的实际情况，出使别国要服从该国的习俗。

礼，是用来确定亲疏的标准，判断疑惑不解的问题，分辨事物的同异，明确事理的是非的。礼，不随便取悦于人，不空话连篇。礼要求不超越各种等级的规定，不傲慢侵陵别人，不随便与人亲热。修养自身的品德，说到都能做到，这是美好的品行。品行端正，说话合乎正道，这是礼的根本。学礼，只听说到师长处学，没听说让师长上门来教的；懂礼的人只听说别人自动来学习，没听说主动去教人的。

道德仁义不通过礼，不能有成效；教育以纠正习俗，要依据礼，才能完备；判断争议的事件和财产的诉讼，如不依据礼，就不能决断；君臣之间的上下级关系，父子兄弟之间的亲属关系，不依据礼，名分就不能确定；从师学习为吏之道和学业，不依据礼，师生之间关系就不能亲密；确定朝列位置，整顿军队，担任各种官职，执行法令，不依据礼，威严就不能树立；向神求福，还愿等各种祭祀，向鬼神进献祭品，不依据礼，就心不诚、不严肃。因为这样，所以君子都必须是态度恭敬，自觉节制谦让，以发扬礼义。鹦鹉虽会说话，仍不过是飞鸟；猩猩虽会说话，仍不过是走兽；如果有人不遵循礼，虽然会说话，而内心和禽兽不是一样的吗！只因为禽兽没有礼，所以出现父子共同与一牝兽交配的情况。因为如此，所以有圣人起来，制订礼来教导人，使人类有了礼，知道如何区别于禽兽。

上古之世，崇尚淳厚的品德；后来，才讲究得到别人的好处，一定设法报答。礼所崇尚的就是有施有报。如果只讲施，而不讲报，这是不合于礼的要求；相反，只讲报，而不讲施，也是不合于礼的要求。一个人的行为合于礼就平安，不合于礼就倾危。所以说：礼这件事是不能不学习的。礼所要求的，即克制自己尊重别人。即使是做苦力做小买卖的，其中一定有值得尊敬的人，何况那些有地位富贵的人呢？富贵的人而知道爱好礼，就可以

老者豆棚闲话，选自《芥子园画传》。

不骄傲不放荡；贫贱的人懂得爱好礼，在思想上就不会畏首畏尾而迷惑于行事。

男子到十岁称为幼，开始就学。到二十岁称为弱，举行冠礼。到三十岁称为壮，成家娶妻。到四十岁称为强，在官府中从事具体工作。到五十岁称为艾，可以为大夫做长官。到六十岁称为耆，只发号司令指派别人。七十岁称为老，将家务移交给子孙。到八十、九十岁称为耄，幼儿七岁被称为悼。凡是悼和耄，即使有罪，也不加以处罚。到一百岁称为期，则事事需人奉养了。大夫到了七十岁，就告老退休。如果国君不批准请求，就赐几杖给他，出门办事时要妇女跟随照料。到外地去，乘坐安车；可以自称老夫，但在本国以名字自称。如有邻国来请教，国君要先询问老臣，老臣就讲述本国的典章制度。

到长者那里请教事情，一定要为他安置凭几、手杖。长者有所询问，如不先推辞谦让，就径直回答，这是不合于礼的。

做儿子的礼节：冬天使父母温暖，夏天使父母凉快；晚上服侍父母安寝，早晨问父母安。与平辈人相处，则不争。

做儿子的礼节：虽然受到国君的三命，却自谦不乘所赐的车马，怕超越父辈的享受。这样的人，乡里中都称颂他孝顺，兄弟以及亲戚们都称颂他慈爱，同僚们都称颂他待人接物很有分寸，志同道合的朋友称颂他仁爱，一般的朋友称颂他言而有信。看到父亲的挚友，如不叫他前去，就不敢前去；不叫他离去，就不敢告退；不提问，不敢随便对答。这是做孝子所应有的行为。

做儿子的礼节：出门一定要向父母禀告，从外面回来一定要与父母招面，出游有固定的地方，平时学习都有作业。平时说话时不自称为"老"。比自己年龄大一倍的人，就以对待父亲的礼节对待他；比自己大十岁的，就以对待兄长的礼节对待他；比自己大五岁的人，走路时并排而稍后。五个人聚坐在一起，推尊年长的单独坐另一条席上。

做儿子的礼节：平时不坐在室内的西南角，坐席时，不坐在中央位置，行路时不走在道路的中央，站立时，不站在门的中央。宴客祭祀的规格、数量，不自定限制。在祭祀时不作尸。不待父母说话、行动，就能揣知父母的意思。不爬登高处，不临深渊，不随便毁谤别人，不应该发笑时不笑。

孝子不做秘密的事，不涉足险境，害怕使父母牵连受辱。父母活着，不答应朋友要已献身的要求，不能有私蓄。做儿子的礼节，父母健在，衣帽不能用白色镶边；如无父的嫡子，除丧后衣帽仍不用彩色镶边，表示不忘哀思。

对幼儿要经常进行正面教育，不能欺骗。儿童不穿皮衣和下裳，站立时一定正对一个方向，不能侧着头听别人说话。有长辈拉着一起走路，就要用双手捧着长辈的手。当大人背负幼儿或搂幼儿在胁下时，长辈侧着头在他耳边问话，小孩要用手遮住嘴来回答。

跟随老师出行，不要离开原路到路旁与别人说话。在路上碰到老师，要快步向前走，端正站立拱手表示敬意；老师跟他说话才回答，不跟他说话就赶紧快步退到一边。跟随长辈上山冈，视线要与长者所视的方向一致，以便回答长者的问话。登上城墙，不随便指指点点，在城墙上不大喊大叫，恐引起旁人的误会。

到他处做客，要求做到不粗鲁。将登主人堂屋，一定高声探问，使主人知道有人来。如果发现门外有两双鞋子，听到里面有谈话声，就可以进去，如听不到谈话声，就不能进去。将进门时，眼睛要往下看。进了门，捧着门栓，目光不扫视室内四周。门原是开的，进门后依然开着；门原是闭的，进门后把门闭上，如后面还有人要进来，只作慢慢关门的姿势，不将门关上。脱鞋时不要踩了先来人的鞋子，登席时不要超越序次，用手提起下裳，从席角走向座位。应对时，十分敬慎，说"唯"或"诺"。

大夫和士进出国君的门，应走门橛的右面，脚不踩门限。

同客人一道进门，经过每道门时都让客人先进。客人到了正寝门前，主人请求先进去

迎宾拜谒图，佚名绘，砖质彩绘，（美）波士顿艺术博物馆藏。

铺坐席，然后出来迎接客人；客人一再辞让，主人在前引导客人进入。主人进门后向右，客人进门后向左；主人登东阶，客人登西阶。如客人的身份比主人的地位低，就跟着登主人所登的东阶；主人一再辞让，然后客人重又去登西阶。主人和客人在登阶前互相谦让，主人先登台阶，客人紧跟着登上台阶，前足登上一级后，等后足跟上与前足并后，再往上登第二级，就这样一步一停地一直登上堂。如登东阶的要先迈右脚；登西阶的，要先迈左脚。

在帷幔帘子之外，不必快步走；在堂上不要快步趋走；手上拿着玉，不快步趋走。在堂上要细步走，在堂下可迈大步走。在室内不甩开胳膊走路。与别人并坐时，不要横出胳膊。给站着的人东西，不用下跪；给坐着的人东西，不要站着给。

给长辈打扫房间的礼：要将扫帚放在畚箕上面，用衣袖遮在扫帚前面，一边扫一边往后退，这样灰尘可以不扬及长者。用畚箕敛走时，也要向自己的方向扫。捧席子给长者时，席子要一头高一头低。如铺坐席，请示坐席的方向；如铺卧席，请问足在哪一方向。南北向的席，以西方为上位；东西向的席，以南方为上位。

如不是来宴会的客人，要铺相对的席子，两席的间距要有一丈。主人跪着亲自为客人整治席子，客人跪着两手按住席子推辞。客人要撤去加席，主人一再地辞让阻止。客人踏上席子，主人才落坐。主人不发问，客人不要抢先发问。客人将要就席，脸上的表情保持庄重，不要有所变化。落坐时，两手提起裳的下缉，离地面一尺，上衣不要掀动，步子不要急速。前面有老师的简册、琴瑟，应跪着把它搬开，切不可跨过去。

侍奉长者，明陈供绶绘《博古叶子》。

不是饮食的闲坐，要尽量靠席的后边沿坐，饮食时尽量靠席子的前边沿坐。坐要安稳，保持你原先的样子。长辈没有说到的事，不要打岔先说。保持庄重严肃的态度，听长辈说话时要恭敬，不要剽窃别人的说法，不要人云亦云，说话要以历史事实为依据，一定以过去历史上的事为法则，称道过去圣贤君主。陪伴老师闲坐，老师有事要问，等老师把话说完后才回答。请教学习上的问题，要起立；请求再次讲解时，要起立。父亲召唤时，答应不用"诺"；老师召唤时，答应也不用"诺"。用"唯"回答，立即起立。陪侍尊者闲坐，尊者独坐一席，侍者坐在另一席的席端边沿，尽量靠近尊者，看见同辈的人进来，不起立。送烛来，要起立；送饮食来，要起立；主人的贵客来，要起立。火把烧完后，立即将把手拿走。主人在贵客面前不喝叱狗。客人辞让食物时，不吐口水。

陪侍尊长闲坐，尊长打呵欠，伸懒腰，拿起手杖、鞋子，出去看太阳的位置是早还是晚，陪侍的就要告退了。陪侍尊长闲坐，如尊长换一个话题，问另一件事，陪侍的要起立回答。陪侍尊长闲坐时，如果有人对尊长说："有闲空时将有话禀告。"陪侍的就立即从左右退出待命。

不要侧着耳朵偷听，不要高声大叫，不要东张西望，不要散漫。行走时不要摆出傲慢的样子，站立时不要一脚落地一脚举起，坐时不要双脚伸开像个畚箕，寝卧时不要趴着。头发要结束起，不要披头散发，不要随便脱帽，劳作时不要袒衣露体，暑天炎热也不要撩起下裳。

陪侍尊长闲坐，不能将鞋子脱在堂上，不要在台阶前脱鞋。穿鞋子，要先跪下拿起鞋子，退到台阶一侧穿。如果面向着尊长穿鞋，要先跪下把鞋子转过来，再俯下身子穿鞋。有两个人在一起坐着或一起站着，不要过去参与；有两个人在一起站着，不要从他们中间穿过。

男女不混杂坐在一处，不共用一个衣架挂衣，不共用一条脸巾和共用一把篦梳。男女不亲自送东西给对方。嫂子和小叔子之间不互相问候馈赠。不要庶母洗涤内衣。男人们的话不传进闺房，闺房中的话不流传到闺房之外。女子已经定聘，就佩带五彩丝带。不是发生大的变故，不进入她的房门。姑表姊妹和自己的女儿出嫁以后回来，他们的兄弟不同她们坐在同一席上，用餐时不用同一食器。父亲与女儿也不同席而坐。男女之间不通过媒人，不知道对方的名字，未受聘礼，男女双方不交际亲近。结婚的日期要上告国君，女方还要斋戒，于家庙告诉鬼神；结婚要准备酒宴招集乡亲邻里及同事好友，这些措施都是为了加强男女有别的观念。不娶同姓女子为妻，买妾不知所买女子的姓，则通过卜卦来决定。寡妇的儿子，没有高才卓识的表现，就不和他交朋友。

庆贺人家结婚，使者说："某人派遣某来，听说您宴客，特派某进献菜肴。"对贫穷的人，不要求奉献礼品为礼；对老年人，不要求以跪拜为礼。

给儿子起大名，不要用本国的国名，不用日、月等名词，不要用身上隐处的疾病作为大名，不用山名、河流名作大名。男女分开排行，男子二十岁行冠礼，并起字号。在父亲面前，做子辈的自称时用名；在国君面前，臣自称时用名。女子只要订了婚，就行笄礼，另起字号。

凡宴客的礼仪：带骨的熟肉放在左面，切好的块肉放在右面；饭食置于客人左边，汤置于客人的右面，肉丝、烤肉靠外放，醋酱等调味靠里放；蒸葱放置于酱醋的旁边，酒

宴饮，汉画像石。

浆等饮料放置于右面。如在席上摆肉脯和炮制的干肉，形状屈曲的放在左面，边沿部位放在右面。如客人地位比主人低一等，客人端起饭食站起来致辞说不敢当，主人立即也站起来致辞请客人安席，然后客人重新坐下。主人先于客人行祭食之礼，行祭食之礼，先端上的食品先祭，各种肉食按照次序一一都祭。吃了三口饭后，主人带头并招呼客人吃块肉，然后将席上所有的肉食一一吃遍，主人如还没有吃完，客人不以酒漱口。

陪侍长辈做客参加饮宴，主人亲自布菜给他，拜谢以后再吃。主人没有亲自布菜给他，不用拜谢就可吃。

与他人一起用餐，不可光顾自己吃饭；共同在一个食器内取饭吃，临食时，不要搓手。抓饭时，不要把饭抟成饭团，不要将手上粘的饭再放回食器中，菜汤不可大口大口饮。吃饭时嘴巴不要发出咤咤的声响；不要啃咬骨头；吃过的鱼肉，剩下的不要又放回食器中。不要将骨头扔给狗吃；不要专吃一样菜，或与人争挟菜肴；不要扬去饭的热气；吃黍米饭不用筷子；羹中有菜当细嚼，不要不嚼而大口吞咽；不要往菜汤里放调味品；不要当众剔牙齿，不要大口地啖肉酱。客人往羹里放调味品，主人就抱歉地说自己不会烹饪；客人大口啖肉酱，主人就抱歉地说备办不够。卤的肉可以用牙齿咬断；干肉不用牙齿咬断，用手将它撕开。吃烤肉时不要一大块往嘴里塞。

吃完饭，客人在席前跪着收拾剩下的饭和酱，交给侍者。主人站起来请客人不要收拾，然后，客人重新坐下。

陪侍长辈饮酒，长辈将赐酒，要立即站起来，到酒尊的地方跪拜接受。如长辈说不要起立拜受，就回到席上饮所赐的酒；长辈举起酒杯还没有饮尽，晚辈不敢先饮。

长辈赏赐东西，晚辈或僮仆不敢推辞。国君赐食果品，如果是有核的，要把核放在怀里；给国君伴食劝食，国君把吃剩的赏赐给他，如是可以洗涤的器皿，不必倒到自己的食具中，其他盛器，都要倒到自己的食器中，再食。

吃剩的菜肴不能用来祭奠，即使是父亲吃剩的，也不能用来祭奠儿子；丈夫吃剩的，也不能用来祭奠妻子。

陪伴长辈在一起用餐，即使再给添饭菜，也不必推辞客气。宴席上做陪客，自己不必来一番辞让客气。

有菜的汤，要用筷子；没有菜的汤，不用筷子。

替天子削瓜，要分成四瓣，然后用细葛巾盖好；替国君削瓜，一分为二，用粗葛巾盖好；替大夫削瓜，中裂横断，不用巾盖；士只在瓜蒂处横断；庶人只咬着吃。

父母亲有了病，成年的儿子不梳头打扮；走路时不甩开双手；不说邪辟不正的言辞；不鼓琴瑟；可以吃肉，但不能吃得口味都变了；饮酒，不要喝到变脸色；不要大笑，露出牙床；发怒，不要气得骂人；等父母的病好了，才恢复平时的生活状态。有忧虑，如父母有病，则坐于单独席位；服丧的人，只坐单层席。

河枯水浅，不奉献鱼鳖；奉献野禽，要将鸟头扭转向后，如是驯养的禽鸟，就不用将鸟头扭转；奉献车马，手里只拿着马鞭和登车用的绳子；奉献铠甲，手里只拿着头盔；奉献手杖时，执着手杖的末端；奉献俘虏，抓住他右手衣袖；奉献谷物，拿着券契的右半；奉献米，拿着量米的容器；奉献熟食，拿着酱和切好的酱菜；奉献田产房产，拿着房地产转让文书。凡是赠送弓的，装好弓弦的弓，弓弦向上，没有装弓弦的，弓背向上。赠时右手拿着弓的一头，左手托着弓把中部，主客尊卑地位相等，双方都只要微微鞠躬，使佩巾垂下即可，如主人要拜谢，客人就要逡巡后退回避主人的拜谢。主人亲自接受，要从客人的左边，接弓的另一头，然后托着弓弣，主人与客人朝着同一方向站着授受。进奉剑给人，让剑柄歪向左边；进奉戈要把戈柄下端的镈朝前，兵刃朝后；进奉矛戟，要将矛戟下端的镈朝前。

进奉凭几、手杖要擦拭干净。呈献马和羊用右手牵，呈献狗用左手牵。以禽鸟赠人，鸟头朝向左边，羔羊、雁等见面礼，用绘有云气的布覆盖。接受珠玉，要用双手捧；接受弓剑，合着衣袖去接。用玉爵饮酒，不甩倒剩酒，以防失手。凡是受家长派遣，以弓剑、茅草包着的鱼肉、竹器盛着的饮食去送人的，都要拿着东西听吩咐，像使者奉派出使的仪态。

佩剑人物，汉画像石，山东临沂白庄。

凡是做国君的使者，接受了命令就不能在家里住宿。凡国君有命令来，主人要出门迎接传令使者，并说屈驾下临；使者回去，主人亲到门外拜送。如派遣他人到国君的地方

唐朝鸿胪寺官员会见东罗马使节，陕西乾县唐章怀太子李贤墓壁画。

出殡，选自《三才图会》。

去，要穿上朝服派遣；使者回来，一定要下堂接受国君的回示。

见多识广、记忆力极强而能够谦让的，修身力行而孜孜不倦的，便可称为"君子"。君子不要求人赞美自己，也不要求人尽心效力于自己，这样才可以保持友谊的长久。

礼书上说："君子抱孙子为尸，不抱儿子为尸。"这句话是说孙子可以做祖父的尸，而儿子不可以做父亲的尸。做国君尸的人，大夫、士等见到后都要下车；当国君知道某人将为尸，也要亲自下车；为尸者，如在车上，也要行式礼回敬。尸乘车时，一定用几踏着登车。斋戒的人不听音乐，不去吊丧。

服丧期间的礼：身体因悲痛而消瘦，但不能至于形毁骨立，视力听力也不要因悲痛而减退，上下不由阼阶，进出门时，不走在门外的路中央。服丧期间的礼：头上长了疮，可以洗头；身上有了疮，可以洗澡；有了病可以喝酒吃肉，病好了就要恢复当初服丧时的生活。如果因居丧而毁了身体，其过错相当于不孝不慈。年龄到五十岁的，要节哀，不可过分消瘦；六十岁的，不要使自己身体消瘦；七十岁的，只穿丧服，照常饮酒吃肉，仍住在内屋。

凡计算生人服丧日期，以死者死的第二天起算；死者殡敛之事，以死之日起算。与死者家属是朋友的，致慰问之辞；与死者本人是朋友的，致哀伤之辞。只和死者的家属是朋友，而和死者本人无交谊的，仅对家属致辞表示吊问，不对死者致辞表示哀伤；如仅与死者本人是朋友，而与家属无交谊的，仅向死者致辞表示哀伤，不向家属致辞表示慰问。

对死者家属吊问，而无力提供经济帮助的，就不要问丧事需要多少费用。如探望病人，没有什么礼物相赠，就不问他想要什么。见行人，如不能提供客馆居住的，就不问他止宿的地方。给人礼物，不说叫人来拿；给人东西，不要问对方要不要。

到墓地不登坟头；帮助办丧葬，在安葬时一定执绋。参加丧事，不能笑。拜揖尊者，一定要离开原位。看到棺柩不唱歌。进入灵堂，不能甩起胳膊走路。面对饮食，不应叹气。邻居有丧事，舂米时不唱歌；乡里中有死者尚未安葬，不在闾巷中唱歌。到墓地不唱歌，去吊丧这一天不唱歌。送葬不走小道，送葬执绋不避开路中的积水。参加丧葬一定要有哀痛的表情，执绋时不嬉笑。面对快乐之事不叹气。戴上头盔、披上甲衣，就要显示出不可侵犯的情态。君子要严肃谨慎，不要在人前有不适宜的情态。

国君行"抚式"之礼时，大夫就要下车致敬；大夫要行"抚式"之礼时，士就要下车致敬。不为庶人专门制订礼仪，大夫不按一般刑法议罪，而另有官刑。凡受过刑罚的人不能在国君的左右。

乘兵车不行式礼，兵车上的旌旗舒展开来，兵车以外的其他车则将旌旗收拢缠在竿上。

如随国君参加诸侯的会盟，太史、内史等随车带着笔等文具，士随车带着有关盟誓的档案。军队前进中，前方有大水挡道，前导就竖立画有青雀的旗；前方有大风尘土，就竖立画有老鹰的旗；前方有车骑，就竖立画有飞鸿的旗；前方发现有队伍，就竖立画有虎皮的旗；前方有猛兽，就竖立画有貔貅的旗帜。军队出行，先头部队打着画有朱雀的旗，殿后部队打着玄武的旗，左翼部队打着画有青龙的旗，右翼部队打着画有白虎的旗，画有北斗七星的旗帜在队伍中间的上空飘扬，用以加强和激励军队奋勇杀敌的勇气。军队的前进后退都有一定的法则，左翼右翼下又分若干部分，各个部分都有军官主管。

军旗，选自《三才图会》。

对杀死父亲的仇人，不和他共存于天下；对杀死兄弟的仇人，随身带着武器准备报仇；对杀死朋友的仇人，不共处于一国之中。王城四郊修筑了很多防御工事，这对执政的卿大夫来说，应看做是自己的耻辱；土地辽阔，却荒芜不耕，这也是做官吏的耻辱。

祭祀时不要怠慢疏忽。祭服破了就烧掉

它，祭祀的用具坏了就埋掉它，占卜用的龟甲蓍草坏了就埋掉它，祭祀所用的牛羊猪等牲口未用前死了就埋掉它。凡是在国君处助祭的，祭祀完毕，一定自己撤去牲俎。

等到卒哭以后，才避父母的讳。礼规定：与父母名读音相同或相近的字不在避讳范围之内；如果父母的名字是两个字，在说话时，说到其中一个字时，可以不避讳。如果父母活着，要避祖父、祖母的讳；如果父母早亡，就不避祖父、祖母的讳。与国君谈话时，不避自己父母的讳；与大夫谈话时，要避国君的讳。诵读《诗经》、《书经》时不避讳，写文告时不避讳，在祖庙中说祝辞时，不避讳。国君夫人的名讳，即使与国君面对面谈话，臣下可不加避讳，妇女的名讳仅在所居的宫门之内才需要遵守。对服"大功""小功"丧服的亲属不必避讳。进入别国的国境，就要打听该国有哪些禁令，进入国都就要询问当地的风俗习惯，到别人家里去，就要询问这家的避讳。

从事外事，要选择奇数的日子；从事内事，要选择偶数的日子。以卜筮选择吉日，如选旬外的，命辞就说"远某日"；如选旬内的，命辞就说"近某日"。办丧事，要先卜筮远日；办冠、婚娶等吉事，要先卜筮近日。在卜筮时的命辞说："为了择日，借重你的灵龟，卜个可信的日子；借重你的灵蓍，择个可信的日子。"卜和筮都不能超过三次，卜过了就不要再筮；筮过了不要再卜。用龟甲来决定吉凶称为卜，用蓍草来定吉凶称为筮。所以要卜筮，这是先圣明君使人民相信选定的日子，崇敬鬼神，畏惧法令；使人民能决断疑惑的事，确定犹豫的事。所以说："有了疑惑的事才去卜筮，对卜筮的结果不要否定。卜筮业已择定的日子，就必定按时实施。"

国君出行套车时，御者拿着赶马杖，立在马的前面，马已经套好，御者要检查车箱的四周栏木；检验驾具已完备，然后抖去衣上的

出行，汉画像石，山东肥城孝堂山。

灰尘由右面拉着副绥登车，跪在车上，拿起马鞭，并把马缰绳分开，左右手各握三根，赶马往前走五步，再停住。国君出来准备上车，御者将马缰绳并到一只手，腾出一只手把正绥交给国君，国君登车，左右诸臣退避让道。车子奔驰，到了大门，国君按住御者的手，回头叫车右上车。车行经过里门、沟渠时，车右都要下车步行。御者的礼节：一定要给人递登车的绥。如果御者的身份比乘车的人低，登车者就可以接绥登车，如果不是这种情况，就不能这么做。具体说来，如果御者身份低，乘车者就用一只手按住御者的手，另一只手接绥；如果御者身份与乘车者相同，乘车者就从御者手之下方拿过绥。宾客的车子，不能驶进主人家大门，妇人乘车不站着。客人送给主人犬马，不能牵到堂上。

国君看到老者，要行轼礼；经过卿的朝位，一定下车；进入城市，车子不奔驰；进入里巷，一定行轼礼。国君有命令召见，即使传命的使者是地位低下的人，大夫、士也要亲自去迎接他。穿上铠甲的武士，不行跪拜礼，只是身子略蹲下。祥车左面的位置一定要空着。所以乘国君的车，不能空着左面的位置，位于车左的乘者，要一直凭轼行轼礼。为妇女赶车，御者要左手在前执马缰，右手在后执鞭；替国君赶车，御者要右手在前，左手在后，而且身子下俯。国君出行，不能只一辆车，要有从车。乘于车上不大声咳嗽，不指东指西，站在车上眼睛要看着正前方十丈远的地方；行轼礼时，看着车前的马尾；回头看，不能超过车毂。车子行驶城市中，只用策彗在马身上搔摩，不让马奔驰，使车行扬起的尘土，不超出车轮的印迹。

国君经过宗庙要下车，看到祭祀用牲牛，要行轼礼；大夫、士经过国君的门，一定要下车，看到国君用的车马，要行轼礼。乘用国君的车马，一定穿着朝服，马鞭载在一旁不用，不敢将绥授人，站在车的左位，一定要凭轼行轼礼。牵着国君的马行步训练，一定走在道路的中央；如果脚踢路马的草料，要受到责罚；看国君驾车马的口齿，也要受到责罚。

曲礼下第二

凡捧东西，一般要对着心胸；提东西，要在腰带部位。如捧天子的东西，要高于自己的心胸；捧国君的东西，与心胸相平；捧大夫的东西，低于自己的心胸；捧士的东西，只要齐腰带。凡给君主拿器物，器物虽轻，而表情好像很重，不能胜任的样子；拿君主的币帛圭璧等，要左手略高，行步时不提腿，脚后跟如车轮不离地，拖着走。站立时，要像磬一样弯着身子，让身上挂的玉佩垂于身前。如果君主站立时，玉佩贴身，臣下就要身子弯曲，玉佩垂于身前；如果君主身子弯着，玉佩垂于身前，臣下就要深深弯腰，达到玉佩垂地。捧玉器，如果玉器放在衬垫上，就要袒外衣左袖，露出裼衣；如果玉器不用衬垫，就

汉代佩有绶带的官员，汉画像石，山东武氏祠。

不祖外衣。

国君对上卿或世妇不直呼其名；大夫对世臣或侄娣不直呼其名；士对管家和有孩子的妾不直呼其名。供职于天子的大夫，他们的儿子不敢自称"余小子"，诸侯的大夫、士的儿子，不敢自称"嗣子某"。给儿子起名，要避免和诸侯嫡子的名相同。

国君让士配对射箭，如不能射，要托辞有病。回答说："某某人有负薪之疾。"陪侍君子，君子有问，如不观察在座的其他人，就立即回答，这是没有礼貌的。

君子离开故国，不随着改变故国的礼俗，祭祀的各种礼仪，丧事的丧服，丧事的哭泣的位置等等，都按照故国的旧礼，慎重地遵循先祖的各种制度，审慎地实行。离开故国已经三代，如族中仍有人在故国做卿大夫的，遇到吉凶等事，要向故国报告；如有兄弟及本家还住在故国的，则冠、婚、丧等事向故国内宗子报告。如离开故国三代，没有亲属在故国做卿大夫，吉凶等事不再向故国国君报告，要等到被所在国任命为卿大夫这天开始，才按新居留国的礼法制度行事。

君子在父死后，就不改名；父死后而自己成为显贵，也不须为父定谥号。父母亡故，尚未安葬，就要诵读丧礼；已经安葬，就诵读有关祭祀的礼仪；丧事完毕，恢复正常的生活，就诵读诗歌。办丧事中不谈诗歌，祭祀不谈死丧等不吉之事，在办公事之处，不谈论妇女的事。

在国君前拂拭公文簿册的灰尘，和整理公文簿册，要受到责罚。在国君面前，将蓍草颠倒，和翻转龟甲，要受到责罚。带着龟甲蓍草的、拿着凭几扶杖的、驾着丧车的、白冠、白衣、白裳的、穿单葛布内衣的，都不得进入国君的大门。穿丧服草鞋的，将前襟插在腰带内的，戴着丧冠的人，都不得进入国君的大门。遣册、孝服、棺椁、明器等物，不事先向国君报告，不能进入国君的大门。国家的事不能在家内议论。

诸侯如果营建房屋，先造宗庙，其次是马房、库房，最后才是居住的房子。凡是大夫造作器物，最先制造祭祀用的器具，其次营建放置征收来的牲畜的棚圈，最后才造生活用具。没有采地的，不置备祭祀用具；有采地的，先制作祭服。即使贫穷，不变卖祭祀用具；即使无衣御寒，不穿祭祀穿的礼服。造房子，不砍墓上的树木。

大夫、士被斥离开祖国，祭祀的用器不能携带出境。如是大夫，把祭器寄放在别的大夫家；如是士，则将祭器寄放在别的士家。大夫、士离开祖国，越国境时，要筑土为坛，面向祖国痛哭；穿白衣、白裳，戴白帽；去掉领口上的彩色镶边，着没有鼻子的鞋，车轼上覆盖白狗皮；驾车的是鬃毛未曾修剪的马，不剪指甲，不修剪须发，饮食时不行祭食之礼；不向人解释说自己被斥是无罪的；不接近妇女；这样，过了三个月，才恢复正常的服饰，然后离国而去。

大夫、士谒见他国之国君，国君如慰劳他，就要向后退避，下跪叩首再拜；该国国君如在迎接时先拜，就要向后退避，而不敢以下拜相回礼。与他国的大夫、士互相见面，即使彼此贵贱不同，主人如尊敬客人，就先拜客人；如客人尊敬主人，就先拜主人；不是吊丧，不是拜见国君，没有不回礼答拜的。大夫去拜见他国国君，国君下拜，表示承蒙他屈驾光临。士去拜见他国大夫，大夫回拜，也表示承蒙他屈驾光临。同国的人，只在第一次相见时，主人才卜拜，表示承蒙他屈驾光临。国君对士不下拜答礼，如不是自己的臣下，就要下拜答礼。大夫对于自己的臣下，即使对方地位低贱，一定要下拜答礼。男女之间，彼此不下拜答礼。

国君春天打猎，不可包围整个猎场；大夫不能猎取整个兽群；士不猎取各种幼兽和禽蛋。灾年，谷物没有收成，国君食时不祭肺，马不喂谷物，驰道不整治，祭祀不演奏钟磬等乐器；大夫不再食稻粱作为加餐，士在饮酒时不作乐。国君没有特殊的原因，佩玉不离身。大夫没有特殊的原因，不去掉钟磬等乐器。士没有特殊的原因，不将琴瑟等乐器拿走。

士向国君奉献物品，别一日子国君问他说："那天的物品是怎样获得的呢？"士稽首再拜，然后再回答。大夫因个人的事出境，一定要事先请求允准，回来后一定向国君有所奉献。士因个人事出境，一定要事先请求，回来后一定要禀告。国君如慰劳，就要下拜；问他旅途所到之处，下拜以后才回答。

国君要流亡他国，臣下阻止时说："怎能抛下社稷呢！"对去国的大夫，则说："怎能抛下祖先的宗庙呢！"对去国的士，则说："怎能抛下祖宗的坟墓呢！"国君应为保卫国家而死，大夫应与士卒同存亡，士应死于执行国君的政令。

狩猎，汉画像石，陕西绥德出土。

君临天下，称之谓"天子"；朝见诸侯，分派官职，授政百官，分配各项工作，自称说："予一人"；登阼阶，亲自主持祭祀仪式，如宗庙的祭祀，在祝辞中自称："孝王某"；如祭祀天地山川等神，在祷辞中自称："嗣王某"；巡行到诸侯国，于野外祭祀当地的鬼神，则自称："有天王某甫"；天子死，称："天王崩"；招魂时，呼喊："天子回来啊！"发讣告，文中用："天王登假"；神主附祭于祖庙，木主上称："帝"。新天子即位，尚未除丧，自称为："予小子"。活着时称："小子王某"，如于此时死亡，亦称他："小子王某"。

天子有后、夫人、世妇、嫔、妻、妾等。天子设立天官，首先设六大，有大宰、大宗、大史、大祝、大士、大卜，负责职掌六个方面的制度。天子又设五官，有司徒、司马、司空、司士、司寇，负责主管各自下属官吏。天子设立六府，有司土、司木、司水、司草、司器、司货，负责征管六个方面的赋税财物。天子又有六工，有土工、金工、石工、木工、兽工、草工，负责加工制作六类器物。以上五官年终向天子报告成绩，称之为"享"。

五官之长称之为"伯"，主管一个地区。当他替天子接待宾客时，自称："天子之吏"。天子对同姓的伯，称为"伯父"；对异姓的伯，称呼为"伯舅"。伯对诸侯，自称为："天子之老"。在自己封地之外的人，称他为"公"；在封地之内的人，称他为"君"。九州之长在王畿之内，天子称之为"牧"。如果与天子同姓，天子称他为"叔父"，如果是异姓，天子称他为"叔舅"。在封国之外，人称他为"侯"；在国内，国人称之为"君"。

东夷、北狄、西戎、南蛮边远地区诸侯国，即使国土广大，只能称"子"。在国内自称为"不穀"；对外国，自称为"王老"。边远地区的小诸侯，入天子王畿之内，自称为"某国人"；外国人称他为"子"；在国内，自称为"孤"。

天子站立在宸的前面，诸侯面向北参见天子，这称为"觐"。天子站在正门与屏风之间，公爵朝东，侯爵面朝西，这称为"朝"。诸侯之间没有到约定的日期而互相见面，称为"遇"。诸侯在两国的中间地方相见，称为"会"。诸侯派遣大夫到另一国访问，称为"聘"。诸侯缔约，互相取信，称为"誓"。杀牲结盟，称为"盟"。诸侯觐见天子，自称"臣某国侯名某"。如在国内跟人民说话，自称"寡人"。诸侯在服丧期间，自称"嫡子孤"。参加祭祀，称"孝子某侯某"；如祭山川等神，则称"曾孙某侯某"。诸侯死称"薨"。招魂时，称"某甫回来啊"！已经安葬，新君尚未正式继位，拜见天子，称为"类见"。为父向天子请谥号，也称"类"。诸侯派遣卿大夫出使他国，使者自称"寡君之老"。

天子威仪庄盛，诸侯庄重煊赫，大夫走路缓慢有节奏，士走路缓慢舒坦，平民走路急促不讲求姿势。

天子的配偶称后，诸侯的配偶称夫人，大夫的配偶称孺人，士的配偶称妇人，平民的配偶称妻。公侯有夫人、世妇、妻、妾等。公侯夫人，在天子前，自称"老妇"；在其他诸侯前，自称"寡小君"；在自己国君前，自称"小童"。从世妇以下，都自称"婢子"。

子、女在父母面前，都自称名。诸侯国的大夫，在天子王畿之内，称他为"某国之士"；自称"陪臣某"；在其他诸侯国，称他为"某子"；在自己本国，旁人介绍时，称他为"寡君之老"。出使他国，自称"某"。

天子出奔在外，不用"出"字。诸侯活着，史册上不称他的名。君子不能原谅作恶的君主；所以，诸侯亡国，记载时就直称其名；灭亡同姓国家的诸侯，记载时也直称其名。

为臣下之礼：对国君的错误要委婉地提意见。如果三次提意见，都不采纳，就主动地离去。儿子对待父亲的错误，如果三次提意见不接受，就继之以哀号哭泣。

国君有病服药，臣要先尝。双亲有病服药，儿子要先尝。医生如果不是三代行医，不吃他的药。

比拟一个人，必须以身份相似的来比。有人问天子的年龄，应回答说："听说已经穿多长的衣服了。"问国君的年龄，如已长大，就回答："能够主持宗庙、社稷的祭祀了。"如还幼小，就回答："还不能主持宗庙、社稷的祭祀。"问大夫儿子的年龄，如已长大，就回答："能够驾车了。"如尚幼小，就回答："还不能驾车。"问士的儿子的年龄，如已长大，就回答："能够接待宾客。"如尚幼小，就回答："还不能接待宾客。"问老百姓儿子的年龄，如已长大，就回答："能背柴了。"如尚幼小，就回答："还不能背柴。"问国君的财富，告以国土面积和国内山上水中的出产。问大夫的财富，回答说："有采地总管，有赋税收入，祭器和祭服都用不到借。"问士的财富，可以回答家里有几辆车子。问老百姓家的财富，可答家里有多少牲畜。

商"祭祀狩猎"涂朱牛骨刻辞，河南省安阳市殷墟出土。牛骨上记载有商王武丁宾祭仲丁之事。

天子祭祀天地，祭四方之神，祭大山、大河的神，祭户、灶、中霤、门、行等神，一年之内都要祭遍。诸侯祭本国所在方位的山川之神，祭户、灶、中霤、门、行等神，一年之内都要祭遍。大夫祭户、灶、中霤、门、行等神，一年之内都要祭遍。士祭祀自己的祖先。祭祀之事，如果一经废止，不敢再恢复举行；已列入进行祭祀的，不敢随便废止。不应祭祀的而进行祭祀，被称作淫祀，淫祀不会获得神的保佑。天子祭祀时用纯毛的牛；诸侯祭祀用的牛，事前饲养三个月；大夫临祭时选择一条肥牛；士祭祀用羊和猪。庶子不祭祖先，如果要祭祖先，一定要先告诉嫡子。

祭祀祖庙的礼：祭牛称为"一元大武"，猪称为"刚鬣"，小猪称为"腯肥"，羊称为"柔毛"，鸡称为"翰音"，狗称为"羹献"，野鸡称为"疏趾"，兔称为"明视"，干肉称为"尹祭"，干鱼称为"商祭"，鲜鱼称为"脡祭"；水称为"清涤"，酒称为"清酌"，黍米称为"芗合"，梁称为"芗萁"，稷称为"明粢"，稻谷称为"嘉蔬"；韭菜称为"丰本"，盐称为"咸鹾"；祭玉称为"嘉玉"，帛称为"量币"。

天子死称为"崩"，诸侯死称为"薨"，大夫死称为"卒"，士死称为"不禄"，老百姓死称为"死"。尸体在床称为"尸"，已经入棺称为"柩"。鸟类的死称为"降"，兽类的死称为"渍"。与敌寇战斗而死的称为"兵"。

祭祖父时称"皇祖考"，祭祖母时称"皇祖妣"，祭父亲称"皇考"，祭母亲称"皇妣"，祭丈夫称"皇辟"。活着称"父"，称"母"，称"妻"；死后称"考"，称"妣"，称"嫔"。老年人死称"卒"，短命夭折的称"不禄"。

臣下看天子，视线不超过天子胸前的衣领，也不低于腰带。臣下看国君，视线在脸面稍下。看大夫可以面对面平视。属吏看士，视线可以及于五步之内。凡看人，高于人之脸面，则显得骄傲；如低于人之腰带，则显得心事重重；如斜着眼看人，则显得心术不正。

国君的指示命令，大夫和士就要学习。命之在官府的，就研习官府的事；命之在府库的，就研习府库的事；命之在仓库的，就研习车马兵器的事；命之在朝廷的，就研习政事。在朝廷上说话，不能涉及犬马等私人玩乐的事。散朝以后，还不断回头看，不是有不正常的事情，就是有不正常的想法。所以散朝以后，还不断回头看的人，君子称之为鄙陋无礼的人。在朝廷之上一切都要讲究礼，发问要合于礼，回答也要合于礼。

祭祀图，汉画像石，山东沂南出土。图中右边是庙门，中部有墓主人生前的从官属吏，向已故的主人致祭。

天子祭祀五帝，不占卜吉日，不是为了求福。

凡是见面礼品：天子用鬯酒，诸侯用圭，卿用羔羊，大夫用鹅，士用野鸡，老百姓用鸭。童子放下见面礼，便离开。如在野外军中，见面无礼物，用驾马的皮带、射鞲、箭等都可以。妇女的见面礼有枳、榛子、脯、修、枣、栗等物。

嫁送女儿给天子做嫔妃，当说："备百姓。"嫁送女儿给国君，当说："备酒浆。"嫁送女儿给大夫，当说："备扫洒。"

檀弓上第三

公仪仲子家办丧事，檀弓穿戴着"免"这种丧服去吊丧。仲子不立嫡孙而立庶子为丧主，因此檀弓说："这究竟是为什么呀？我从来还没有听说过周人有这样的礼俗。"于是快步走到门的右边，问子服伯子，说："仲子不立嫡孙，而立庶子为丧主，这是为什么？"伯子说："仲子只不过是按照前人的规矩行事罢了！从前周文王不立嫡子伯邑考，而立武王；宋微子不立嫡孙腯，而立庶子衍。仲子只不过是依照前人的规矩行事罢了。"后来，子游向孔子请教这件事，孔子说："不对！应该立嫡孙为丧主。"

服侍父母，如果父母有过失，应该委婉地劝谏，不可犯颜指责。子女在父母左右伺候，事事躬亲，不分彼此，这样尽力服侍到他们去世，然后依照丧礼诚心诚意守丧三年。至于侍奉国君，如果国君有过失，就应该犯颜直谏，而不应该替他掩饰。在国君左右侍奉，尽心做好自己的职司，不能越责，这样竭诚侍奉到他去世，然后比照斩衰的丧礼守丧三年。至于服侍老师，如果老师有过失，不须犯颜直谏，也没有必要进行掩饰。众弟子在老师左右侍候，也是事事躬亲，也不分彼此，这样竭力侍候到他去世之后，虽然不用穿丧服，但悲痛之情犹如丧父，一直这样三年。

季武子新建一座住宅，而杜氏的墓葬就在住宅的西阶下，因此就请求季武子准许他们把先人的遗骸移出，袝葬在别的地方。季武子答应了他们的请求。可是，他们进入季武子的新住宅，却不敢依礼哀哭。武子说："合葬本不是古代的礼俗，但自周公以来，就有合葬，至今不曾改变这种做法。我既然答应他们可以合葬，怎么会不允许他们依礼哀哭呢？"于是让杜家的人依礼哀哭。

子上的母亲离婚后死了，子上没有为她戴孝。子思的学生向子思请教说："从前老师的祖上不是也为已离婚的母亲戴孝守丧吗？"子思回答说："是的。""那么老师不叫子上为他母亲戴孝守丧，这是为什么呢？"子思又回答说："从前，我祖上并没有失礼的地方。依照礼该隆重的就随着隆重，该降等的就随着降等。而我又怎么能做到这一点呢？是我的妻子，也就是孔白的母亲；不是我的妻子，当然也就不是孔白的母亲了。"因此孔氏不为已离婚的母亲戴孝守丧，大概就是从子思开始的吧！

孔子说："先跪拜，然后再叩头，这是很恭敬的。先叩头，然后再拱手拜，这是极为诚恳而悲痛的。父丧三年，我以为要遵从后者。"

孔了已经把父母在防地合葬，说："我听说过：'古代只有墓，不加土起坟。'现在我是个四方奔走的人，不可以不加上标帜。"因此在墓上加土，高到四尺。孔子先回去了，弟子们还在那里料理。下了阵大雨，弟子们才回来了。孔子问他们说："你们怎么回来得这样迟？"他们回答说："防地的坟墓坍了。"孔子没做声。弟子们连说了三次，孔子才流着泪说："我听说过：'古人是不在墓上加积土的。'"

孔子在正室的前庭哭子路。有使者来吊丧，孔子就以主人的身份答拜。哭过之后，召见来报丧的使者，问子路被杀的情形。使者说："已经被剁成肉酱了。"孔子就叫人把吃的肉酱倒掉。

曾子说："朋友的坟墓上有了隔年的草，就不应该再哭了。"

子思说："人死了三天之后就行殡礼，凡是要随尸体入殓的衣衾等物，一定要按照殡礼的规定真诚信实地去办理，不要让自己以后有所悔恨才行。三个月以后下葬，凡要随棺殉葬的明器，一定要按照葬礼的要求真诚信实地去办理，不要让自己以后有所悔恨才行。守丧三年，这是丧礼的极限，可以忘记了，但孝子仍然不能忘记。所以君子一辈子都怀有对亲人哀思的感情，但却没有一天因哀思而毁灭自己的本性。所以只有在忌日这一天才不奏乐。"

孔子年幼时就没有父亲，不知道父亲在五父衢的墓是浅葬还是深葬。当时见到的人都以为是深葬。孔子为慎重起见，问郰曼父的母亲，才得知是浅葬。然后让母亲与父亲合葬在防这个地方。

孔子死后，孔子的弟子在他的坟前守丧，先自《孔子圣迹图》。

邻居有丧事，舂米时不唱歌；邻里在出殡，巷子里就没有歌声。戴丧冠，不应该让帽带的末梢垂着。

虞舜时，用陶器作棺材；夏代烧砖，砌在瓦棺的周围；殷代才开始有棺和椁；周代则更在棺材外面竖立屏障，并在屏障上装饰柳翣。周代的人用殷代的棺葬长殇，用夏代的棺葬中殇和下殇，用虞舜时代的棺葬无服之殇。

夏代崇尚黑色：办丧事、入敛都在黄昏的时候，军队作战时也驾着黑马，就连祭祀用的牺牲也用黑色的。殷代崇尚白色：办丧事、入敛都在正午的时候进行，军队作战时也驾着白马，就连祭祀用的牺牲也选用白色的。周代崇尚赤色：办丧事、入敛都在日出的时候进行，

汉代石棺和漆棺，上部漆棺于长沙马王堆1号墓出土，下部石棺于成都平原一带出土。

军队作战时也驾着赤色的马，就连祭祀用的牺牲也要选用赤色的。

穆公的母亲去世，就打发人去向曾申请教说："你看应该怎样办理丧事？"曾申回答说："我曾听我父亲这样说过：'用哭泣来发抒心中的悲哀，穿着齐衰、斩衰以报答父母的养育之恩，每天喝点稀粥以表达思念父母的忧伤感情。从天子到百姓都是如此。用麻布做幕，是卫国的习俗；而用绸布做幕，那是鲁国的习俗。'"

晋献公要杀太子申生，公子重耳对申生说："你怎么不向父亲申诉自己的冤屈呢？"太子说："不行！父亲有了骊姬在身边才快活，我要是这样做，那就太伤他老人家的心了。"重耳又说："那么为什么不逃走呢？"太子回答说："不行！父亲说我想谋害他，天下难道还有没有父亲的国家，愿意接纳我这个背着弑父罪名的人吗？我还能逃到什么地方去呢？"申生派人转告狐突说："申生背了弑父的罪名，就是因为没能听从您的话，这才落到杀头的地步。申生不敢贪生怕死，然而，我父亲年纪大了，别的儿子年纪又小，再加上国家正处在多难之秋，而您又不愿出来为他谋划。你如果肯出来替他谋划，申生就甘愿受死，死而无憾了。"申生行再拜叩头之礼，就自杀了。因此谥为"恭世子"。

鲁国有人在早上才行过大祥祭，脱掉丧服，到了晚上就唱起歌来，子路就讥笑他。孔子说："由，你责备别人，总是没完没了！三年的丧期，也已经很久了。"子路走了以后，

车骑，汉画像石，四川成都出土。

孔子又说："那个人又哪里需要等多久呢？只要过一个月再唱歌，就很好了。"

鲁庄公与宋国在乘丘作战，县贲父驾车，卜国做车右。拉车的马突然受惊，搅乱了作战的队列，庄公也被摔下车来，幸亏副车抛给他一根绳索，才把他拉上车来。庄公说："也许是事先没有占卜的缘故。"县贲父说："平常驾车从来没有乱了队列，而偏偏今天在战场上就乱了队列，这是我缺乏勇气的缘故。"于是就自杀了。后来养马的马夫给马洗刷的时候，发现有支飞箭插在马股内侧的肉上。庄公说："这次事故不是贲父的罪过！"于是就为他作诔。士死后有人为他们作诔，就是从这时开始的。

曾子卧病不起，病得十分沉重。乐正子春坐在他的床下，曾元、曾申坐在他的脚旁，一个小孩坐在角落里，手上端着蜡烛。小孩说："多么华丽光润呀！这是大夫才能用的席子吧？"子春说："别做声！"曾子听见了，忽然惊醒过来，发出嘘气之声，小孩子又说："多么华丽光润呀！这是大夫才能用的席子吧？"曾子说："是的，那是季孙氏送的，我身体虚弱，没能及时地换掉它。元！起来把席子换掉！"曾元说："您老人家的病已经很危急了，不能移动。希望能等到天亮，再恭谨小心地调换。"曾子说："你对我的爱还比不上那个小孩子。一个有德行的人，他爱别人，就要成全别人的美德；只有小人爱别人，才会苟且讨人喜欢。我现在还企求什么呢？我只盼望端端正正地死了，就这样罢了。"于是，他们扶起曾子，给他更换席子。等到再把他放回席子，还没安定下来，他就死了。

亲人刚去世的时候，真是痛不欲生，好像一切都已到尽头。殡以后，神情不安，好像在寻找什么，却又什么都没找到的样子。下葬以后，栖栖皇皇若有所失，好像在等待亲人，而又没等到的样子。小祥过后，就感慨时间过得太快。大祥过后，还觉得空虚冷清。

邾娄国的人用箭来招魂，是从升陉之战以后开始的。鲁国的妇女去掉发巾、露着发髻去吊丧，是从壶骀战败以后开始的。

南宫绦的妻子死了婆婆，孔子就教她做丧髻的格式说："你不要做得过高，你也不要做得过大，要用榛木做一尺长的簪子，而束发的带子只能垂下八寸。"

孟献子行过禫祭后，将乐器挂着，而不愿奏乐；到能够让妻妾陪侍时，仍然不肯进房门。孔子说："献子确实超过别人一等啊！"

孔子在祥祭五天以后弹琴，声调还不和谐。但十天以后吹笙，就把曲子吹得十分和谐了。

有子在大祥刚结束，就马上穿起有丝饰的鞋子，带起有组缨的帽子来。

人死了可以不去吊丧的有三种情形：受了冤屈而轻生自杀的，不当心被压死的，涉水被淹死的。

子路穿姊妹的丧服，到九个月期满的时候可以除掉丧服，可是他却不肯除掉。孔子就问他："为什么还不除掉丧服呢？"子路回答说："我兄弟少，所以不忍心很早就除掉它啊。"孔子说："这是先王制定的礼仪，凡是仁义之人都有不忍之心。"子路听了，就除掉丧服。

太公封在营丘，可是直到五世的子孙，死后都还送回周地埋葬。君子说："音乐，是表现人们发自内心的情感；礼的基本精神，也就在于不忘根本。古人有句俗话说：'狐狸死了，它的头必定正好对着狐穴的方向。'这也是仁的表现。"

伯鱼的母亲去世了，已经满了周年，可是他还在哭泣。孔子听见了就问道："是谁在哭呀？"他的弟子回答说："是鲤。"孔子嘻了一声说："那太过分了。"伯鱼听到这话以后，就除掉丧服不再哭了。

舜葬在苍梧山中，大概他的三位妃子都没有跟去合葬。季武子说："大概从周公开始才有夫妇合葬的事。"

曾子家办丧事，是在厨房浴尸的。

服大功丧服的，就得中止学业。可是也有人说："服大功的，还可以诵读。"

子张病得很厉害，把申祥叫到跟前，对他说："德行高尚的君子去世叫'终'，而普通的人只能叫'死'；我现在差不多可以说'终'了吧？"

曾子说："刚死时所设的奠，或可以用庋阁上所剩的现成食品。"

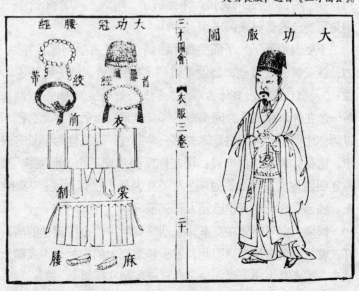

大功丧服，选自《三才图会》。

曾子说："小功的丧服，不按序列亲疏之位而号哭，这是小巷里不备礼的老百姓所行的。子思哭他的嫂子就在规定的位上，而且由妇女领头跳跃顿足号哭的。申祥哭言思也是这样。"

古代的冠都是直缝的，现在却是横缝的。而把直缝的作为丧冠，所以丧冠就与吉冠相反，那并不是古制。

曾子告诉子思说："伋，我为父亲守丧，七天没喝一口水、米汤。"子思说："先王制定礼仪，就是要让做得过分的人委屈自己来迁就它，让那些做不到的人勉力来达到它。所以君子在为亲人守丧的时候，只是三天不喝水、米汤，扶着丧杖能站起来。"

曾子说："小功的丧服，在丧期已过才听到，就不用补服丧服。那么，凡远道的从祖兄弟最后就没有丧服了，这样行吗？"

伯高家办丧事，孔家吊丧的使者还没有到，于是冉子就代为准备了一束帛四匹马，装作是奉了孔子的命令前去吊丧的。孔子说："这不一样啊！那样做是徒然使我失去了对伯高的诚意。"

伯高死在卫国。向孔子报丧，孔子说："我在哪里哭他呢？如果是兄弟，我在祖庙里哭他；如果是父亲的朋友，我就在庙门外面哭他；如果是老师，我就在自己住的正室里哭他；如果是朋友，我就在正室的门外哭他；如果只是一般的泛泛之交，我就在郊外哭他。至于我和伯高的关系，在郊外哭他，嫌太疏远；在正室又嫌太重。他只是由子贡介绍和我见过面，我还是到子贡家去哭他吧！"于是就叫子贡做丧主，并说："来吊丧的人，如果是为了你的关系而来哭的，你就拜谢；为了和伯高有交情而来哭的，就不用你来拜谢。"

曾子说："居丧的时候如果生病了，可以吃肉喝酒，但一定要加草木的味道。"这里说的是用姜桂等香料来调味。

子夏因为死了儿子而哭瞎了眼睛。曾子去慰问他，并说："我听说过：朋友丧失了视力，就应该去安慰他，替他难过。"说着说着，曾子就哭了。子夏也跟着哭了起来。子夏说："天啊！我是没有什么罪过的啊！"曾子生气地说："商！你怎么没有罪过呢？我和你曾一起在洙水和泗水之间事奉老师。老师去世后，你回到西河之上度晚年，却让西河人民以为你比得上老师，这是你的第一件罪过；过去你为亲长守丧期间，在百姓中并没有好名声，这是你的第二件罪过；现在你又因为死了儿子而哭瞎了眼睛，这是你的第三件罪过。你还要说你没有什么罪过吗？"子夏丢开手杖拜谢说："我错了！我错了！我离开同道好友，独自居住的时间也已经太长久了。"

如果大白天还睡在屋里，亲朋好友就可以去探望他的病；如果夜里睡在中门外，亲朋好友就可以前去吊丧。因此，君子非遭到大的变故，不夜宿于中门之外；除非是祭祀前的戒斋，或者是生病，否则也不会日夜都睡在屋里。

脱骖馆人，选自
《孔子圣迹图》。

　　高子皋在为父亲守丧的时候，暗暗地落了三年泪，从来没有笑过，君子都认为这是很难做到的。

　　至于穿丧服，如果丧服的规格，或者孝子的心情举止和穿的丧服不一致，那就不如不穿丧服。穿着齐衰，就不能偏倚而坐；穿着大功，就不能出来办事。

　　孔子路过卫国，刚巧碰上过去的馆舍主人的丧事，便进去吊丧，哭得很伤心。出来后，就叫子贡解下马车的骖马赠送给丧家。子贡说：“对于门人的丧事，就从来没有解下马来助丧的事，现在倒要解下马匹来为馆舍主人助丧，这不是太过分了吗？”孔子说：“我刚才进去吊丧，正好触动了心里的悲哀而流下泪来。我不愿意光流泪而没有别的表示。你还是照我的话去做吧！”

　　孔子在卫国的时候，碰到有人送葬，孔子就在一旁观看，并且说：“这丧事办得太好了，可以作为榜样了。你们要好好记着。”子贡说：“老师为什么称赞这件丧事办得好呢？”孔子回答说：“那孝子在送柩时，就像小孩追随父母一样哭叫着；下葬回来时，又像在哀痛亲人的魂灵还在墓穴，没有跟他回家，因而迟疑不前。”子贡说：“这还不如赶快回家举行安神的虞祭吧？”孔子说：“你们要好好记着这好榜样，我还未必能做到呢！”

　　为颜渊办丧事的时候，丧家送来大祥的祭肉，孔子到门外去接受了祭肉。他回到屋里，弹过琴以后才吃祭肉。

　　孔子和门人一起站在那里，他拱手的样子是用右手掩着左手，弟子们也都跟着用右手掩着左手。孔子说：“你们真是太喜欢学我了，我是因为有姊姊的丧事的缘故才这样子的。”于是弟子们都改过来，用左手掩着右手。

梦奠两楹，选自
《孔子圣迹图》。

　　孔子一大早就起来了，背着手，拖着手杖，一边自由自在地在门口散步，一边唱着歌："泰山要坍了吧？梁木要坏了吧？哲人要凋落了吧？"唱完歌就回到屋里，对着门坐下。子贡听到歌声说："如果泰山崩坍了，那我们将要仰望什么呢？如果梁木坏了，哲人凋落了，那我们将要仿效谁呢？老师大概要生病了吧！"于是就快步走了进去。

　　孔子说："赐！你为什么来的这样迟呢？夏代停枢在东阶上，那还是在主位上；殷人停枢在东西两楹之间，那是处在宾主位之间；周人停枢在西阶上，那就像把它当做宾客一样。而我是殷人，前日夜里我梦到自己安坐在东西两楹之间。既然没有圣明的王者出世，天下又有谁会尊崇我坐在两楹之间的尊位上呢？这样看来，我大概是快要死了吧！"孔子卧病七天以后就去世了。

　　给孔子办丧事时，弟子们都不知道应该穿哪一等丧服。子贡说："过去老师在处理颜渊的丧事时，就像死了儿子一样，但不穿丧服。处理子路的丧事也是这样。现在请大家对老师的丧事，就像对父亲的丧事一样悲哀痛悼，但不必穿戴丧服，只需在头上和腰间系上麻带就行了。"

　　孔子的丧事，是公西赤主办的。他用三代样式装饰棺枢；在枢帷外设置了翣和披，这是周人的样式；设置崇牙旌旗，这是殷人的样式；设置了用素绸缠绕旗竿的魂幡，这是夏人的样式。

　　子张的丧事，是公明仪主办的。用红布做成覆棺的帐幕，并在四角画上像蚁行往来交错的纹路，这是殷代的士礼。

子夏问孔子说："对于杀害父母的仇人，应该怎么办？"孔子回答说："夜里睡在草垫上，枕着盾牌，不去做官，和仇人不共戴天。如果在市上或公门遇到了，立即取出随身携带的兵器和他决斗。"又问道："请问对于杀害兄弟的仇人，应该怎么办？"回答说："不和仇人在同一个国家做官，如果身负君命出使他国时，遇上了仇人的话，也不可以和他决斗。"又问道："请问对于杀害堂兄弟的仇人，应该怎么办呢？"回答说："不必自己带头去报仇，但如果死者的亲人能去报仇的话，那么自己就拿着武器，跟在后面协助。"

孔子之丧，弟子们在家在外，都在头上和腰间扎上麻绖。弟子之间有丧，在家里则扎麻绖，而出门就不扎了。

芟治墓地，并不是古来就有的习俗。

子路说："我听老师说过：'举办丧礼，与其内心缺少悲哀的感情而过分地去讲究礼仪的完备，还不如让礼仪欠缺些而使内心充满悲哀的感情；举行祭礼，与其内心缺少敬意而过分地去讲求礼仪的完备，还不如让礼仪欠缺些而使内心充满敬意。'"

曾子到负夏吊丧，主人已经行过祖奠，在柩上也设置了池，见曾子来吊丧，就把柩车推回原位，让妇人退到阶下，然后行礼。随从的人问曾子说："这合乎礼吗？"曾子回答说："祖奠是一种暂时的程序，既然是暂时的，为什么不可以把柩车推回原位呢？"随从的人又去问子游："这合乎礼吗？"子游回答说："在室内窗下饭含，在室内对着门的地方小敛，在堂上主位大敛，在客位停柩，在庙前庭里祖奠，最后葬于墓，这种过程是为了表示逐渐远去。所以丧事只能是有进而无退的。"曾子听见了这话以后，说："他说的出祖的礼，比我说的好多了。"

曾子以袭裘的装束去吊丧，而子游却以裼裘的装束去吊丧。于是曾子指着子游给别人看，并说："这个人是讲求礼仪的人，怎么却敞开外衣来吊丧呢？"小殓以后，主人祖露左臂，用麻束发。子游这才快步出去，改换成袭裘的装束，在头上和腰间扎上葛带，然后进来。曾子见到后，连忙说："是我错了，是我错了，这个人的做法是对的。"

子夏服满除丧后去见孔子，孔子递给他一张琴，他却没有办法调整好琴柱，使五音和谐，而且弹起来也不成声调。他站起来说："虽然我内心悲哀的感情还没有忘掉，但先王既然制定了礼仪，所以我不敢超过规定的期限，只得除掉丧服。"子张居丧期满后去见孔子，孔子递给他一张琴，他一调整弦柱，五音就和谐了，而且一弹就成乐调。他站起来说："虽然我心中的悲哀已经淡薄了，但先王既然已制定了礼仪，那么我也不敢不依照礼的规定去做。"

司寇惠子家里办丧事，子游穿着麻衰，又加上牡麻绖，前去吊丧。文子辞谢说："过去辱蒙您与我弟弟交往，现在又屈尊来为他吊丧，实在不敢当。"子游说："我只不过是依礼行事罢了。"文子只好退回原位继续哭泣。于是子游快步走向家臣们的位置。文子又辞谢说："过去辱蒙您与我弟弟交往，现在又委屈你为他穿吊服，而且还屈尊来参加他的丧礼，实在不敢当。"子游说："请务必不要客气。"文子这才退下去，扶出惠子的嫡子虎就主位，南面而立，说："辱蒙您和我弟弟交往，又委屈您为他穿吊服，而且还屈尊来参加他的丧礼，虎怎么敢不就主位来拜谢呢！"子游这才快步就宾客的位置。

将军文子去世的那次丧事，在已经服满除丧以后，又有越人来吊丧。主人穿着麻衣，戴着练冠，在祖庙里受吊，流着眼泪鼻涕。子游见了说："将军文子的儿子，可算懂得礼了吧！这些常礼所没有的礼，他的举止是那样恰当。"

年幼时称呼名，二十岁行过冠礼之后就称呼字，五十岁以后就按照他的排行，称他为伯或仲，死后称谥号，这是周代的制度。头上和腰间扎上麻绖，是用来表达内心真诚的哀思。在室内中央挖个坑来浴尸，毁掉灶而用灶砖来拘牵死者的脚；到了出葬的时候，毁掉庙墙，越过行神的坛位，不经中门就直接把枢车拉出，这是殷人举行丧礼的方式。而那些向孔子学习的人，也都跟着仿效殷人举行丧礼的方式。

子柳的母亲去世了，子硕请求置办葬具。子柳说："拿什么钱去置办葬具呢？"子硕回答说："把庶弟的母亲卖了。"子柳说："怎么能卖别人的母亲来葬自己的母亲呢？不能这样做。"下葬之后，子硕又想要用剩余的赙金置办祭器。子柳说："不能这样做，我听说：'君子是不愿意靠丧事来谋取私利的，还是把剩余的赙金分给兄弟中贫困的人吧。'"

君子说："指挥军队作战，如果打了败仗，就应该以身殉国。负责治理国家，如果使国家动荡不安，就应该受到斥谪，放逐外出。"

公叔文子登上瑕丘，蘧伯玉也跟他一起登上去。文子说："这座山丘风景真好，我死了，愿意就葬在这里。"蘧伯玉说："你这样喜欢这里，那么我愿死在您前面，抢先葬在这里。"

弁地有人死了母亲，像婴儿一样尽情地痛哭。孔子说："他这样做是尽情地表达他的悲哀感情了，但这不是一般人所能达到的。作为礼，是能普及大众的，是要人人都能做到的。所以说丧礼的哭踊是有一定节度的。"

叔孙武叔的母亲去世了，小敛以后，举尸者把尸体抬出室户至堂上，叔孙武叔也跟着出户，急忙袒露左臂，再把戴的帽子甩掉，用麻束发。子游说："这也算懂得礼吗？"

国君有病，搀扶国君的是：仆人扶右边，射人扶左边。国君刚去世时，仍由他们抬正尸体。

甥对姨夫、甥对舅母，对这两种人相互应该服什么丧服，从前知礼的君子，都没有说。有人说：如果在一个锅里吃饭的话，就应该互为对方穿缌麻服。

办理丧事，都希望尽快地办好；筹办吉事，都想从从容容地办。所以丧事虽然急迫，但却不能凌越节次，草率从事；吉事虽然舒缓，可以稍事停息，但却不可以懈怠。因此，过分急迫了，就显得粗鄙失礼；过分拖沓了，就会像不懂礼节的小人一样太不庄重。明达礼仪的君子无论办丧事，还是办吉事，都能适中得体。

　　送死的棺木、衣物等，君子是不愿意预先置办齐全的。那些一两天内可以赶制出来的送死的东西，君子是绝对不预先置办好的。

　　按丧服的规定，兄弟的儿子就和自己的众子一样，服丧一年，这样是为了加深伯叔侄间的感情而使之更亲近些；嫂叔之间无服，这样是为了避免嫌疑而推得更疏远些；姑、姊妹出嫁以后，降等服大功，这样做是为了让娶她的人一并将深恩重服承受过去。

　　在有丧服的人旁边用膳，从来就没有吃饱过。

　　曾子和客人站在大门旁边，有个弟子快步走出门去。曾子问他说："你要上哪儿去？"弟子回答说："我父亲去世了，我正要到巷子里去哭。"曾子说："回到你自己的房间里去哭吧。"然后曾子北面就宾位向他致吊。

　　孔子说："送葬而看作他全无知觉，这太缺乏仁爱之心了，不能这样做；送葬而看作他还像活人那样，那又太缺少理智了，也不能这样做。因此作为陪葬的明器应该是这样的：竹器没边框，不好使用；陶器没有烧过，不能盛水洗脸；木器没有加过工，不好使用；琴瑟张了弦，但没有调正，不能弹；竽笙齐备了，但音调却不调和，不能吹；有了钟磬，但没有木架，不能敲。这样的器物就称作'明器'，意思是把死者当做神明来侍奉。"

　　有子问曾子说："你听到过老师说失去官职以后该怎么办吗？"曾子回答说："我听他提到过这件事：仕而失去了官职，最好要尽快贫困下来；死了，最好是快点烂掉。"有子说："这不像德行高尚的君子说的话。"曾子说："这是我亲耳从老师那里听到的。"有子仍然说："这不像德行高尚的君子说的话。"曾子说："我和子游都听到这句话的。"有子说："是的，但那一定是老师针对什么特定的事情而说的。"曾子把这些话告诉子游，子游说："真是了不得，有子的口气真像老师。以前，老师在宋国，看到桓司马亲自设计石椁，匠人用了三年时间还没有磨琢成功。老师就说：'一个人死了，如果要像这样靡费，那还不如快点腐烂好。'人死了，最好快点烂掉的话，那是针对桓司马说的。南宫敬叔失去了官职以后，每次回朝，总是带着财物宝货来，谋求官位。老师见了就说：'如果像他这样用许多财物宝货来谋求官位。那么在失去官职以后，还不如尽快贫困的好。'失去官职，最好尽快贫困的话，是针对南宫敬叔说的。"

　　曾子把子游的话告诉了有子，有子说："这就对了，我本来就说这不是老师的一贯主张。"曾子说："你怎么知道的？"有子说："以前，老师在做中都宰时曾制定下法度，棺要四寸厚，椁要五寸厚，就凭这一点，我知道老师不主张人死了要尽快腐烂。当年老师失去鲁国司寇的职位，要到楚国去的时候，记得是先派子夏去安排，紧接着又派冉有去看楚国是否可仕。根据这种态度，我就知道他不主张失去官职就想尽快贫困的。"

　　陈庄子死了，向鲁国发了讣告，鲁君想不为他哭。因此鲁缪公召见县子，征询他的意见。县子说："古代的大夫，连赠送十条干肉这样微薄的礼物都不出境——和外国根本没有私交，因此就是想为他们的丧事而哭，又根据什么礼而哭呢？现在的大夫，把持国家大权，和中原各国相互交结，因此就是想不为他们哭，又怎么能办得到呢？况且我听说过，哭的原因有两种：有的是因为爱他而哭，有的则是因为怕他才哭。"缪公说："是的，我就是因为怕他才哭。可是怎样哭法才行呢？"县子说："那就请到异姓的宗庙里去哭吧！"于是缪公就到县氏的宗庙里去哭了。

仲宪对曾子说："夏代用不能使用的明器，是让人民知道死者是没有知觉的；殷人用可以使用的祭器，是让人民知道死者是有知觉的；周人兼用明器和祭器，表示对这一点还疑惑不定。"曾子说："大概不是这样的吧！大概不是这样的吧！明器是孝子为先人的鬼魂特设的器具，而祭器则是人们使用的器具。古代的人怎么会忍心认定去世了的亲人毫无知觉呢？"

商代明器陶埙，1951年河南辉县琉璃阁150号墓出土。

齐衰，选自《三才图会》。

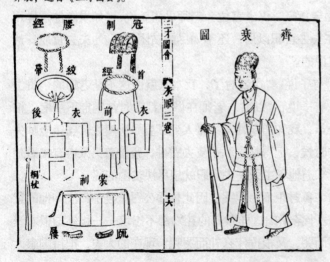

公叔朱有个同母异父的兄弟死了，他向子游请教应该服什么丧服，子游说："大概服大功服吧？"狄仪也有个同母异父的兄弟死了，他去向子夏请教应该服什么丧服，子夏说："我从来没听说过有什么规定，不过鲁国人的习惯是服齐衰服。"于是狄仪就服了齐衰服。现在为同母异父兄弟服齐衰服，就是从狄仪这一问才确定下来的。

子思的母亲死在卫国。柳若对子思说："您是圣人的后代，四方的人都要看您怎样办丧事，您要慎重些啊！"子思说："我有什么可慎重的？我听说过：'懂得礼仪而缺少钱财，君子是无法办丧事的；懂得礼仪，也有钱财，但没有行礼的可能，君子也无法办丧事。'我有什么可慎重的！"

县子琐说："我听说过：'古代并不因为自己的地位尊贵，就将丧期一年以下的丧服降等，而是不管长辈或晚辈都根据原来的亲属关系服丧服。'例如殷代滕伯文为孟虎服齐衰，因为孟虎是他的叔父；又为孟皮服齐衰，因为他是孟皮的叔父。"

后木说："办丧事的事，我听县子说过：'办理丧事，不可不深思远虑，买棺材，一定要内外都平滑精致。'我死了以后也希望能这样。"

曾子说："尸体还没穿敛服，所以在灵堂上设置帷，小敛之后就撤去帷。"仲梁子说："死者刚去世时，夫妇正忙乱着还没就位，所以要在灵堂上设置帷，小敛之后，主人夫妇已经就位了，于是就撤去帷。"

关于小敛的丧祭，子游说："在东方设奠。"曾子说："在西方，而且小敛后的奠就应设席。"小敛的丧祭在西方举行，是沿用鲁国后期错误的礼节。

县子说："丧服用粗葛作衰，用细而疏的布作下裳，这不是古代的习俗。"

家中成验，选自《二十四孝果报图》。

子蒲去世了，有个哭丧的人哭着喊他的名字"灭"。子皋说："这太不明礼了。"于是那个人就改正过来了。

杜桥母亲的丧事，殡宫中没有赞礼的人，懂礼的人都认为太简略了。

孔子说："亲戚刚去世，穿羔裘戴玄冠去吊丧，应赶快改为素冠深衣。"孔子从不穿戴羔裘玄冠去吊丧。

子游向孔子请教为死者送终的礼仪及衣棺器具的标准。孔子说："与家里财力的厚薄相当就行了。"子游说："各依家里财力的厚薄，怎么能合乎统一的标准呢？"孔子说："如果家计殷实，也不要超过标准而厚葬；如果家境贫寒，就只要衣衾足以掩藏形体，而且敛毕立即下葬，用手拉着绳子下棺就行了。像这样尽力去做，又怎么会有人责备他失礼呢？"

司士贲告诉子游说："我想在床上给死者穿衣。"子游说："可以。"县子听了这话就说："叔氏太骄矜自大了，听他的口气，好像礼仪都是由他制定的。"

宋襄公给他的夫人送葬时，陪葬了一百瓮醋、酱。曾子说："陪葬的器物既称作'明器’，却又装上实物。”

孟献子去世的那次丧事，家臣司徒使下士把多余的助丧的钱财归还给四方。孔子说："这件事办得对。"

在枢车将行时，向死者宣读助葬财物账册，曾子说："这不是古来就有的习俗，这是第二次向死者报告了。"

成子高卧病不起，庆遗进去请示说："您的病已经很危急了，如果再加重，那么该怎么办呢？"子高说："我听说过：'活着的时候要多为别人做好事，死了以后也不害人。'我即使活着的时候没能为别人做过多少有益的事，难道我可以死了以后去做对别人有害的事吗？我死了以后，就找一块不能耕种的地，把我埋葬了吧！"

子夏听到孔子说："在君母或君妻丧事时，日常生活、言谈和饮食，都像平时自在的样子就行了。"

有位远方来的客人没地方住宿。孔子说："活着可以住在我家，就是死了也不妨殡在我家。"

国子高说："葬，是藏的意思；藏的目的，是希望人们不能看见。因此，衣衾足以裹住身体，内棺足以包住衣衾，外棺足以包住内棺，墓圹足以包住外椁就行了，何必还要在墓地上堆土造坟和栽种树木呢？"

在为孔子办丧事时，有个人从燕国赶来观看葬礼，住在子夏家里。子夏对他说："这是圣人在主持葬人吗？不是的，这是普通的人在葬圣人啊！你有什么好观看呢？以前听老师说过这样的话：'我见过把坟筑成像堂屋那样四方而高的样子，见过像堤防那样纵长而横狭的样子，见过像夏屋那样宽广而卑下的样子，见过像刀刃朝上的斧子那样长而高的样子。我赞成像刃朝上的斧子的那种样子，也就是俗间所说的马鬣封。'现在我们给他筑坟，一天之内就换了三次板，很快就将坟筑成了，这大概还算是遂了老师的心愿吧！"

内蒙古和林格尔大墓，地面上修有多个墓室，墓室壁上画有墓主人平生经历的重要场面。

多室壁画墓

妇女在居丧期间，一直不用葛带。

五谷时物新出时，有荐新的奠，这种奠的礼仪规格和朔奠一样。

下葬以后，各等亲属都除下原先的丧服，而改服较轻的服。

柩车上"池"的规格，就比照他生前宫室的重霤。

诸侯一即位，就要为他准备好内棺，每年都得漆一次，棺内还要经常放些东西。

复、楔齿、缀足、饭、设饰、帷堂，这些都是在死者断气之后，同时进行的。报丧的人，一般都是由叔伯或堂兄派遣的。

为国君招魂，应该在小寝、大寝、四亲庙、太祖庙、库门、四郊等地方举行。

丧事中的奠馈都不露着的吗？只是祭肉吧？

殡后十天，就得备办椁材与明器。

朝奠应在太阳刚出时进行，夕奠应在太阳落山前举行。

父母去世后，不时地哭泣。出使回来后，必须设祭告知父母。

小祥以后所穿的练服，是用涷布做中衣，并用黄色的料子做衬里，滚浅红色的边；用葛做腰带；穿麻鞋，但仍没有装饰鞋鼻；瑱是角质的；鹿裘的袖子加宽加长，而且还可以在袖口滚边。

家里有丧事，正停柩待葬，如果听到远房兄弟去世了，即使是最疏远的族兄弟，也要赶去吊丧；如果不是同族兄弟，即使是住在邻近，也不必去吊丧。相识的朋友，他遇上不同居的兄弟的丧事，凡相识者也应该去慰问他。

天子的棺有四重：第一重是用水兕革做的贴身的棺，有三寸厚；第二重是用椴木做的棺；外面还有两重梓木做的棺。这四重棺都是上下四周密封起来的。束棺的皮带是纵二横三，皮带要正好束在棺的榫头的地方。用柏木垒叠在棺外做椁，每段柏木长六尺。

诸侯死了，天子哭他时，所用的服饰是戴着爵弁，穿着黑色衣服。另一种说法是：天子派属员代他哭，吃饭时不奏乐。

天子的殡礼是：在柩的四周堆木，然后涂上白土；在载柩车的辕上画上龙，再

爵弁，选自《三才图会》。

在积木外面加椁；在椁边张着绣上黑白相次的花纹的缪幕；再在椁上面加上屋状的顶，然后整个涂饰起来。这就是天子殡的礼制。

只有在天子的丧事里，才是分别姓的不同，而就不同的位来哭的。

鲁哀公诔孔丘说："上天不留下这位受人尊敬的老人，现在没有人帮助我治理国家了！呜呼哀哉，尼父！"

国家的大县邑丧失了，公、卿、大夫、士都要戴着厌冠到太庙去一连哭三天，而且在这期间国君不能用杀牲盛馔。另外还有一种说法是：国君享用杀牲盛馔是可以的，但必须向土神号哭。

孔子厌恶那种不在应处的位上哭的人。

还没有获得官职的人，不敢用财物去助丧；如果想要用财物助丧，就必须征得父兄的同意，秉承他们的意思去做。

国君的丧事，群臣要朝夕哭踊，等到士到齐后，全体才开始踊。

大祥以后就可以戴缟冠。禫祭的下个月就可以奏乐了。

国君对于士，可以恩赐他柩上承尘的小帐幕。

檀弓下第四

国君的嫡子在十六至十九岁时夭折，在葬礼中就用三辆遣车，而国君的庶子只用一辆，大夫的嫡子也用一辆。

公的丧事，凡是被直接任命的卿大夫，都要服斩衰持丧杖。

国君对于大夫的丧事，在将要下葬的时候，先至殡宫吊丧，等到柩车拉出殡宫门的时候，就命人执绋拉柩车，拉了三步就停一下，这样连续三次，国君才离开。在朝庙时也是如此，经过孝子居丧的庐舍的地方也要这样。

五十岁以上而没有车的人，可以不必越境去吊丧。

季武子卧病在床，蟜固不脱掉齐衰就进去看他，并向他说明："这种礼仪，现在快要没有人去实践了：士只有在进入公门才脱掉齐衰。"季武子说："你这样做不是很好吗？君子就是要发扬光大那些衰微了的好事。"等到季武子去世了，曾点就倚在他门上唱歌。

大夫来吊丧，当主人正忙于大小殓殡等事时，就派人出来向他说明，请他稍待一会。在去向人吊丧时，这一天都不奏乐。妇人不必越境去吊丧。吊丧的那天，整天都不能饮酒吃肉。在出丧时去吊丧，就一定要抓着绳子帮忙拉柩车，如果跟着柩车到墓圹，都要拉着绳子帮忙下葬。诸侯的臣子死在异国，在办丧事时，如果主国的国君去吊丧，虽然没有亲人为丧主，但也一定要有代替的人出来拜谢。虽然只是死者的朋友、同乡、管家等也可

送葬队伍当中
的布帷、灵车、
翣、布功，选自
《三才图会》。

以。国君的介就说："敝国国君来帮助办理丧事。"那个代替主人的人就说："辱蒙大驾光临。"如果国君在路上碰到枢车，就必须派人过去慰问。大夫的丧事，庶子不能做丧主而接受慰问。

妻子的兄弟，而且又是岳父的继承人死了，就在自己的正寝哭他，并让自己的儿子做这里的丧主。他祖露左臂，戴上"免"这种丧饰，号哭跳脚，而自己则进去站在门的右边，还派人站在门外，向来吊丧的人说明死者的身份。只有特别亲近的人，才须进去慰问。如果父亲还健在，就只能在妻子的寝室哭；如果死者不是岳父的继承人，就只能在别的房间哭他。家里有丧事，正停枢待葬，如果这时听到远房兄弟去世了，就要在偏房哭他；如果没有偏房，就要在门内的右侧哭他；如果他死在国内，就应该赶去哭他。

子张去世的时候，曾子正好在为母亲服丧，于是就穿戴齐衰前去哭子张。有人说："自己有齐衰服在身。就不必去吊丧。"曾子说："难道我是去吊丧吗？"

为有若办丧事时，悼公亲自去吊丧，子游作为赞助丧礼的相，由左边上下。

王姬死了，齐国向鲁国报丧，鲁庄公为她服大功。有人说："王姬是经由鲁国出嫁的，所以为她服姊妹的丧服。"也有人认为"王姬是庄公的外祖母，所以为她服大功。"

晋献公去世后，秦穆公派使者去慰问出亡在外的公子重耳，并且对他说："我听说过：失去君位常常在这个时候，得到君位也常常在这个时候。虽然你现在正专心处于居忧服丧期间，但居丧也不宜太久。机不可失，请你考虑一下这件事。"重耳把这些告诉给了舅舅子犯。舅舅子犯说："你还是辞谢他的一番好意，不要接受他的建议吧。出亡在外的人是没有什么可宝贵的东西了，只有敬爱自己的亲长是最可宝贵的了。父亲去世，这是何等重大的变故，反而趁这个机会谋取私利，这样做怎么能向天下人解说清楚呢？你还是辞谢了他的一番盛意吧。"

于是公子重耳就答复来使说："贵国国君这样仁慈惠爱，还派人来慰问我这个出亡在外的臣子。我出亡在外，而现在父亲去世了，只恨不能到他的灵位前去哭泣，以表达心里的哀痛，并使贵国国君有所忧虑。可是，父亲死了，这是何等重大的变故，怎么敢有一丝一毫私念，去玷辱贵国国君所给与我的厚义呢？"说完以后，就只叩头稽颡，而不敢像主人一样地拜谢。然后哭着站起来，站起来以后也不再和使者私下里商量事情。使者子显向穆公复命。穆公说："公子重耳真是仁厚！他只叩头至地而不拜谢，可见不敢以继承人自居，所以不成拜；哭着站起来，可见他是很爱自己的父亲的；站起来以后也不再和使者私下里说话，可见他一点也没有趁父亲去世而谋取私利的念头。"

殡时不掀起帷幕而哭，并不是古来就有的习俗，而是从敬姜哭穆伯时开始的。

守父母之丧期间，孝子的心情是极其悲哀的；用种种礼节来节制他的悲哀，就是顺着他悲哀的感情，使他逐渐适应这种剧变。这样做是由于君子考虑到生养他的父母的缘故。

招魂，是表示至爱的方式，怀有求神的诚心；盼望先人从幽暗的地方回来，这是祈求鬼神的方法。所以招魂时向着北方，就是向幽暗中祈求的意思。

拜与叩头至地，都是悲哀中极痛苦的表现；而叩头至地，则是二者中最痛苦的表现了。

饭含，用生米和贝壳，这是不忍心让先人空着口；不用活着的人吃的熟食，是因为天然生成的米、贝更美好。

铭，是神明的旌旗，因死者的形貌已不可见到，所以用旗帜来做标志。因为爱他，所以记他的姓名，使魂灵有所依凭；因为敬他，所以用奠这种方式，像事奉生者那样事奉他。重，和后来的神主牌的意义是一样的。不过殷人作了神主，仍然将"重"与它连接在一起，而周人作了神主，就将"重"埋掉了。

分别出土于西周、秦、汉代的饭含：玉蝉

用朴素的器皿盛奠馈，是因为活着的人怀有真诚的哀痛感情的缘故。只有在祭祀的吉礼中，主人才加以文饰，备办周全。哪里知道神灵之所享必须有文饰之器呢？这也是因为主人怀有严肃恭敬的诚心，才这样做的。

捶胸顿足，是悲哀到极点的表现，但却有一定的次数，这样做是为了有所节制，使其适度。

解开上衣露出左臂、去笄缅而改用麻束发，这都是孝子在形貌服饰上的变化；忧郁愠恚，这是孝子悲哀感情的变化。除去修饰，就是摒弃华美。袒露左臂、改用麻束发，都是摒弃修饰的极端方式。但有时要袒，也有时要袭，这是为了对悲哀的感情有所节制。

戴着缠着葛绖的弁行葬礼，这是和神明交往的礼节，是尊敬神明的意思。所以周人戴着弁行葬礼，殷人戴着爵行葬礼。

送葬队伍当中的铭旌与明器、食案，选自《三才图会》。

孝子跪于灵前，清人绘。

哭丧，清人绘。

亲人去世三天以后，就应该使主人、主妇及老家臣喝些稀粥，因为他们都又饥又累，疲惫不堪了，所以国君命令他们必须吃点东西。

送葬以后回到祖庙号哭，主人是到堂上哭，也就是回到亲长生前行礼的地方哭；主妇则是进入室内哭，也就是回到她奉养亲长的地方哭。送葬后回到祖庙里号哭的时候，亲友都要前来慰问，因为这是最悲哀的时候。回来以后，看到亲长不在了，这才真正感到他是永远地离去了，这时哀痛的感情是最强烈的了。殷人是在下窆以后就慰问孝子，而周人是在葬后回到祖庙里号哭时才前去慰问孝子的。孔子说："殷人的做法太质朴了，我赞成周人的做法。"

葬在北郊，头朝北方，这是三代以来通行的做法，这是因为鬼神是要到幽暗的地方去的缘故。下窆后，主人赠死者束帛，并放入圹中，而祝则先回去预先安排充任虞祭的尸。回到家里号哭过以后，主人和执事就去查看虞祭的牺牲。执事还要在墓的左边放置几席，进行奠祭。回来后，在正午举行安神的虞祭。下葬的那天就举行虞祭，是因为孝子不忍心和亲长有一天的分离。就在这个月，将奠祭改为用尸的祭。到了卒哭的时候，祝就会致辞说，现在已是吉祭了。在这一天，就用吉祭代替丧祭。第二天就于祖庙进行袝祭，希望他的魂灵能与祖父在一起。在将丧祭变成吉祭，一直到举行袝祭的过程中，一定要一天接着一天地进行，这是因为孝子不忍心亲长的魂灵有一天无所归依的缘故。殷人在周年练祭以后才举行袝祭，周人则在卒哭以后就举行袝祭，孔子赞成殷人的做法。

国君去臣子家吊丧的时候，要让巫祝拿着桃枝、扫帚和戈来护卫着，因为厌恶死人的凶邪之气，这就是礼仪与对待生人不同的原因。办丧事，另有对待死人的礼节，这却是先王所不便于说明的了。

在丧礼中，出葬前要先朝祖庙，这是顺从死者"出必告"的孝心，因为对即将离开故居感到很悲哀，所以先到祖父、父亲的庙里告辞，然后才启程。殷人是在朝庙以后就殡于祖庙。而周人却在朝庙以后就出葬。

孔子认为用明器殉葬的人，是懂得办丧事的道理的，既置备了各种器物，却又不能实用。如果用活着的人使用的器物，这不是已接近于用活人殉葬了吗？把殉葬的器物叫

山型住宅模型，东汉明器。

做"明器"，就是奉死者为神明的意思。像泥做的车子，草扎的人形，自古就有了，这就是"明器"的道理了。孔子认为用草扎的刍灵，心地仁慈，而认为用木雕刻的俑，太不仁慈了，不是更接近于用活人殉葬吗？

穆公问子思说："已经离职的臣子回来为旧君服齐衰三个月，这是古来就有的礼节吗？"

子思回答说："古代的国君，在任用臣子的时候是依礼行事的，在免去臣子官职的时候也是依礼行事的，所以才有为旧君服丧的礼节。而现在的国君，在招致人才的时候，像要把他抱到膝上似的宠爱，而罢免臣下官职的时候，又好像要把他推下深渊似的。像这样做，离职的臣子不带领别国的军队来攻打故国，也就不错了，又哪里还有为旧君服丧的呢？"

鲁悼公去世时办丧事，季昭子问孟敬子说："为国君的丧事，应该吃什么？"敬子回答说："应该喝稀粥，这是天下通行的做法。但是我们仲孙、叔孙、季孙三家向来不能用事君的礼节来事奉国君，四方的人没有不知道的，要我勉强节食，变成消瘦的样子，我也能做到，但那样做不是更让人怀疑我不是内心真正感到悲哀，而是故意使自己外表消瘦了吗？我还是照常吃饭。"

卫国的司徒敬子死了，子夏前去吊丧，在主人还没有举行小敛之前，他就戴着绖进去了。而子游却穿着常服去吊丧，在主人行过小敛之后，子游才出去，戴上绖再回到屋里号哭。子夏问他说："你听前人说过这样的做法吗？"子游回答说："我听老师说过，在主人还没有改服之前，宾客不应该戴绖。"

缌麻服图，选自《三才图会》。

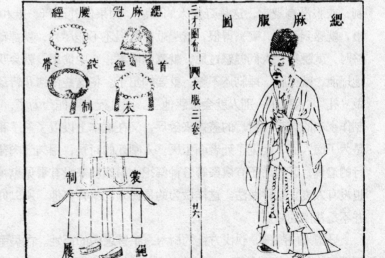

曾子说："晏子可以说是很懂得礼的人了，他处理事情恭敬严谨。"有若说："晏子一件狐皮袍子穿了三十年，办理丧事时，只用一辆遣车，一下子就下葬完毕回家了。依礼，为国君祖奠的牲体有七个，遣车也用七辆；大夫是五个，遣车五辆，晏子怎么能算得上是懂得礼呢？"曾子说："如果国君骄侈淫逸，那么君子就不愿把礼文实行得那样详尽充分了；在国人竞相奢侈的时候，就应表现出节俭的作风；在国人崇尚节俭的时候，就要表现出切实按照礼的规定去做的态度。"

　　国昭子的母亲去世了，他向子张请教说："出葬到墓地后，男子和妇人应该就什么位置？"子张说："司徒敬子的丧事，是由我的老师相礼的，那是男子面向西，妇人面向东。"国昭子说："啊！不能这样做。"又说："我办丧事，会有许多宾客来观礼的。丧事由你来主持，但是宾客要就宾位，主人要就主位，主人这边的妇人就跟在男子后面一律面向西。"

　　穆伯死了，在办丧事时，敬姜只在白天哭；文伯死了，在办丧事时，她白天夜里都哭。孔子说："她懂得礼了。"文伯死了，敬姜靠着他的床而不哭，她说："以前我有了这个孩子，我以为他会成为有才德的人，所以我从未到他的公室去；现在他死了，朋友众臣中没有为他落泪的，而他的妻妾女御们都为他失声痛哭。这孩子必定早就把礼抛弃了。"

　　季康子的母亲去世了，在小敛之前，连内衣都陈列出来了。敬姜就说："妇人没有打扮一下，还不敢见公婆，何况现在就要有各处的宾客来吊丧，内衣怎么能陈列在这里呢？"于是就下令撤去它。

　　有子和子游站在那儿，看见一个孩子啼哭着找自己的父母。于是，有子就对子游说："我一直不明白丧礼中为什么要有踊的规定，我老早就想应该废除这种规定。孝子悲哀思慕的感情就和这孩子一样，就像这孩子那样尽情地号哭就行了。"子游说："礼的各种规定，有的是用来节制人们的感情，有的是借外在的事物来引发内在的情感。感情不加节制，衣服没有规定，这是野蛮人的做法。如果依礼而行，就和这不同。人们遇到可喜的事，就感到高兴，高兴得很，就唱歌，歌唱还不能尽兴，就摇动身躯，摇动身躯还觉得不够时，就跳舞；人们愠怒过后，就感到愤悲，心中愤悲，就会叹息，叹息还不能得到充分地抒泄，就捶胸，捶胸还不够，就要顿足了。将这些情绪和行动加以区别、节制，这就叫做'礼'。人死了，别人就会厌恶他。而且死人无能为力了，人们就要背弃他。所以，制作束衣的布带和覆尸的盖被来敛尸，又在柩车上设置了盖子和遮掩四周的扇形屏障。就是为了使人们不要见了死者而生厌。人刚死的时候，用肉脯肉酱来祭奠他，出葬前又有送行的遣奠，下葬后还有虞祭等各种祭祀，虽然从来没有看见鬼神来享用，但是自古以来却也没有人废止这种做法。这样做为的是使人们不背弃他。所以你所批评的这些礼仪，实在并不是礼仪的缺点了。"

　　吴国入侵陈国，砍伐方社的树木，杀害患病的百姓。在吴军退出陈国国境的时候，陈国派行人仪出使到吴军。夫差对大宰嚭说："这个使者很会说话，我们何不考问他一下，凡是军队必须有个好名声，问他，别人对我们的军队将怎样评论？"行人仪回答说："古代的军队在讨伐敌国时，不砍敌国的社树，不杀害患病的百姓，不俘虏鬓发斑白的老人。而现在贵国的军队，不是在杀害患病的百姓吗？那不就成了杀害病人的军队了吗？"又问："那么现在把攻占的土地还给你们，把俘获的子民还给你们，你又怎样评论我们的军队呢？"回答说："贵国君王因为敌国有罪，而兴师讨伐，现在又同情并赦免我们，像这样的军队，还怕有不好的名声吗？"

颜丁在居丧期间的态度十分合情合理：在亲人刚去世的时候，他惶惶不安，好像热切希望亲人康复，然而希望又终于破灭的样子；到了行殡礼的时候，他茫然若失，好像要追随亲人而去，但已不可能的样子；在送葬以后，他神情怅惘，好像担心亲人的魂灵来不及跟他一起回家的样子，因而边走边停地等待着。

子张请教说：《书》上记载说：'殷高宗居丧期间，三年不和臣子说话，等到他除服开口，大家都十分欢喜。'真有这样的事吗？"孔子说："为什么不能这样呢？古代天子去世，王太子听命冢宰三年，当然可以不与臣子说话。"

知悼子去世了，还没下葬，晋平公就喝起酒来了，而且还有师旷、李调作陪，敲钟奏乐。杜蒉从外面进来，听到钟声，就问侍卫说："国君在哪儿？"回答说："在正寝。"杜蒉进入正寝，登阶而上，倒了一杯酒，说："旷，喝了这杯酒。"又倒了一杯酒，说："调，把这杯酒喝了。"接着又倒了一杯酒，在堂上向北面坐着自己喝了。然后走下台阶，快步出了正寝。

平公喊住他，命他进来，说："蒉，刚才我以为你或许存心想要启发我，所以没跟你讲话。你为什么要师旷喝酒呢？"回答说："甲子、乙卯是君王的忌日，尚不敢奏乐。现在知悼子还停枢在堂上，这比逢上甲子、乙卯的日子更要重大得多了。师旷是掌乐的太师，而不把这个道理报告给您知道，所以我罚他喝杯酒。""那你为什么又要李调喝酒呢？"回答说："李调是您亲近的臣子，可是为了有吃喝，就不管您的过失，所以我也要罚他喝一杯酒。""那么你自己为什么也要喝一杯酒呢？"回答说："蒉只是个宰夫，不去摆弄宰刀等，却胆敢越职谏诤，所以自己也该罚一杯酒。"平公说："我也有过失，倒杯酒来，也应该罚我一杯酒。"杜蒉洗净酒杯，倒了一杯酒，然后举起酒杯。平公对侍者说："即使我死了以后，也不要废弃这只酒杯。"就是这个缘故，直到现在，凡是献完酒，像这样举起酒杯，就叫做"杜举"。

公叔文子去世后，他的儿子戍向国君请求赐予谥号，说："葬的月日已经定了，很快就要出葬，请赐给他一个谥号。"灵公说："以前卫国发生饥荒，先生施粥赒济百姓，这不是仁爱好施的表现吗？以前卫国发生叛乱，先生拼死保卫我，这不是很忠贞的表现吗？先生在主持卫国朝政的时候，总是依照礼制序列尊卑的次序，以此和邻国交往，使卫国的社稷没有受到玷辱，这不是博文知礼的表现吗？所以可以称呼先生'贞惠文子'。"

石骀仲去世了，没有嫡子，只有六个庶子，所以只好用龟卜决定继承人。卜人说："只有先洗个澡，然后佩戴上玉，龟甲上才会显示出吉兆。"于是其中的五个人赶忙洗好澡，佩戴上玉。而只有石祁子说："哪有居丧期间，而洗澡佩玉的呢？"他没有洗澡佩玉。可是，龟兆却显示出石祁子应该做继承人。因此，卫国人都认为龟兆很灵验。

陈子车客死在卫国。他的妻子与家宰商量着要用活人殉葬，已经决定了，后来陈子亢奔丧到卫国。他们就把用活人殉葬的决定告诉了他，说："夫子有病，没有人在地下伺候他，所以决定用活人殉葬。"子亢说："用活人殉葬，是违背礼的。虽然如此，可是他有病，那么在地下伺候他的，有谁能比他妻子和家宰更合适呢？如果能取消这个决定，那么我同意取消它；假如不能取消，那么我认为就用你们两个人殉葬吧！"这样一来，殉葬的事也就没有实行。

汉代玉佩

子路说："贫穷真让人伤心啊！父母活着时没法供养他们；他们去世了，又没有法子举办丧事。"孔子说："尽管是喝豆粥，饮清水，但是如果能使父母在精神上愉快满足，这就是'孝'了；他们去世后，只要有衣衾足以掩藏首足，敛毕即葬，虽然没有椁，但能根据自己的财力来办丧事，这就合乎'礼'了。"

卫献公被逐逃亡，后来终于返回卫国复位。到了城郊，他就要把一些封地赏赐给跟随他出亡的臣子，然后才进城。柳庄对他说："如果大家都留下来守护社稷，那么还会有谁为您执缰驾车跟随您出亡呢？然而如果大家都跟着您逃亡，那又有谁来守护社稷呢？您一回国就有了私心，这样做恐怕不合适吧？"于是没有进行颁赏。

卫国有个太史叫柳庄，患重病卧床不起。卫君说："如果病情危急，即使是在我主持祭礼时，也要立即向我讣告。"后来，柳庄在卫君主祭时去世了。卫君拜了两拜，叩头，然后向祭祀中的尸请求说："有个叫柳庄的臣子，他不只是我个人的臣子，也是国家的重臣，刚才得到他去世的消息，请特准我前去吊丧。"他来不及脱下祭服就连忙赶到柳庄家，于是脱下自己身上的祭服，作为送给死者的襚。并且将裘氏邑和潘氏县封给柳庄，还订了誓约放进棺里。誓约上说："世世代代子子孙孙万代相传，永不改变。"

陈乾昔病得起不了床，于是就嘱咐他的兄弟，并命令他的儿子尊己说："如果我死了，一定要给我做个大棺材，让我的两个妾躺在我的两边。"陈乾昔死了以后，他的儿子说："用活人殉葬，已经与礼相违背了，何况还要躺在一个棺材里呢？"结果没有将两个妾殉葬。

仲遂在垂这个地方去世了；壬午，讣闻已经到达，鲁宣公还在举行绎祭，万舞照常进行，只是将篇舞取消了。仲尼说："这样做是违背礼的，国中有卿去世了，就不应该再举行绎祭了。"

季康子的母亲去世了，当时匠师公输若尚年幼，主持葬事。公输般建议用自己新设计的机械来下棺。主人正要答应时，公肩假却说："不行！下棺的方式鲁国早就有先例，国君是比照四座大碑的方式，仲孙、叔孙、季孙三家是比照四根大柱子的方式。般！你用别人的母亲来试验你的技巧，这难道是不得已吗？难道你不借这次机会来试验你的技巧，你就觉得难受吗？唉！"结果主人就没有听从公输般的建议。

齐与鲁在郎邑作战，鲁国的公叔禺人见到一个扛着兵杖的士卒走进城堡去休息。于是感慨地说："虽然徭役已经使百姓很辛苦了，赋税也使百姓的负担很沉重了，可是那些卿大夫都不能谋划周全，担任公职的人又没有牺牲精神，这样下去是不行的！我是已经这样说了。"于是他就和邻居的少年汪锜一齐奔赴战场，结果两个人都战死了。鲁国人想不用孩子的丧礼来办汪锜的丧事，但是没有先例。于是向孔子请教。孔子说："他既然能够拿着武器保卫社稷，那么你们想不用孩子的丧礼给他办丧事，这不是很好吗？"

子路将要离开鲁国，他对颜渊说："你打算用什么话作为临别赠言呢？"颜渊说："我听说过：要离开国境，就应该先到祖先的墓前哭告一番，然后上路；回来时，不必在祖先的墓前哭告，只要在墓地周围省视一番就可以进城。"颜渊对子路说："那么你打算把什么话留给我作为安身的原则呢？"子路说："我也听说过：驾车经过别人家的墓地时，就应凭轼致敬；经过土神的社坛时，也应下车，表示敬意。"

工尹商阳和陈弃疾一起追赶吴国的军队，很快赶上了敌人。陈弃疾对工尹商阳说："这是君王交给的使命，你现在可以把弓拿在手里。"工尹商阳这才把弓拿在手里。"你可以放箭射他们了。"于是他向敌人射箭，射死一个敌人，就把弓箭放回弓袋。很快又赶上了敌人，陈弃疾又对他说了以上的话，他又射死了两个敌人。每射死一个人，他都把自己的眼睛遮起来，不忍心看。他让御者停车，说："我们只是朝见时没有座位，大宴时没有席位的人，现在已经杀了三个敌人了，也就足够交差的了。"孔子说："即使是在杀人这件事里面，也还是有礼节的。"

诸侯联合起来讨伐秦国，曹宣公死在军中。诸侯要求为宣公行"饭含"之礼，而曹人也就趁机让诸侯为死者穿衣。鲁襄公到楚国去拜会楚君，刚好碰上康王去世了。楚人说："请您务必为康王穿衣。"襄公的随员说："这样做是不符合礼的规定的。"然而楚人还是勉强襄公这样做。于是襄公就先让巫拂柩驱除不祥，然后才给尸穿衣。楚人对这件事很后悔。

在为滕成公办丧事时，鲁国派子叔敬叔去吊丧，并且送递鲁君赠物之书，子服惠伯做他的助手。等到了滕国近郊，遇懿伯的忌日，所以敬叔想缓一日进城。惠伯说："这是国君交给我们的使命，不能因为叔父私忌，就不办公事了。"于是就进城。

贲尚办丧事，哀公派人去慰问贲尚，却巧在路上相遇了。贲尚让开道，就地画了殡宫的图，然后就位接受吊问。曾子说："贲尚还不如杞梁的妻子懂礼呢！齐庄公派人从狭路袭击莒国，杞梁在这次战斗中牺牲了。他的妻子在路上迎接他的灵柩，哭得十分悲伤。齐庄公就派人去路上慰问她，她却回答说：'如果君的臣子杞梁有罪，就应该在市朝陈尸示众，并把他的妻子拘捕起来；如果他没有罪，那么我们还有先人留下的一所旧屋可供行礼。现在却不敢劳您的大驾。'"

在为小儿子赣办丧事时，哀公想在殡车上加上拉棺的拨，就问有若这样做是否合适。有若回答说："这样做是可以的，你的三家大臣都已经这样做了。"颜柳说："天子用的是车辕上画龙的殡车，再加上樟和帷，诸侯的殡车，加上帷。因为他们的殡车是榆木做的，很沉重，所以要配上拨来拉车。三家大臣既不敢用这种殡车，却又配上拨，这是盗用天子、诸侯的礼而又没做对，您又何必学他们的做法呢？"

悼公的母亲去世了，哀公为她服齐衰。有若说："为妾服齐衰，这符合礼的规定吗？"哀公说："我有什么办法呢？鲁国人把她当做我的妻看待。"

季子皋安葬他妻子的时候，损坏了人家田里的禾苗。申祥把损坏的情形告诉他说："请您赔偿人家的损失。"子皋说："孟氏并没有因为这件事责怪我，朋友也没有因为这件事而疏远我，由于我是本邑的主管。就算我出了买路钱而葬，但是恐怕以后就难办了。"

刚来此国做官，但还没有定俸禄的人，如果国君送东西给他，就得像对宾客一样称作"献"，使者传达君命，也还得称国君为"寡君"；如果离开国境后，而国君去世了，那就不必为国君服丧。

在虞祭时，才开始有尸，设有几、席。卒哭以后才开始讳称死者的名，因为用活着的人的礼节对待他，到此已结束了，而开始用鬼神的礼节来待他了。在卒哭结束后，宰夫就摇着木铎在宫中宣布说："旧的忌讳已经取消了，新的忌讳开始了。"从路门一直喊到库门。

两个字的名，不必都避讳。如孔夫子的母亲名徵在，说"在"字，就讳"徵"字；说"徵"字，就讳"在"字。

军队打了败仗，国君就率领群臣戴着缟冠到库门外号哭，回来报告战败消息的车上的战士都不把铠甲、弓箭装进袋囊里。

宗庙被烧毁了，就要哭三天。所以《春秋》说："新建的宗庙失火，国君哭三天。"

孔子从泰山旁边经过，看见一个妇人在墓前哭得十分伤心。孔子停车，将手靠在轼上致意，并听她哭泣。然后让子路去向她说："听您的哭声，很像有许多痛苦的样子。"妇人回答说："是的。过去我公公是被老虎咬死的，我丈夫又被老虎咬死了，现在我的儿子仍然没能逃脱虎口。"孔子说："那你为什么不离开这里呢？"她回答说："因为这地方没有繁重的赋税和徭役。"于是孔子对弟子们说："你们要好好记着，繁重的赋税和徭役比老虎还凶恶啊！"

鲁国有个叫周丰的人，哀公拿着礼物要去拜访他，他却说不行。哀公说："那我就不去了吧。"于是就派了一个人去向他请教，说："有虞氏并没有教导人民诚信，而人民却信任他；夏后氏并没有教导人民诚敬，而人民却敬重他，他们究竟是推行的什么政教而得到人民的信任和敬重的

泰山问政，选自《孔子圣迹图》。

呢？"周丰回答说："在先民的遗迹前或祖先的墓地上，并没有人教导人民要悲哀，而他们却自然地流露出悲哀的感情；在神社或宗庙里，并没有人教导人民要肃敬，而他们却自然地表现出肃敬的神情。殷人兴起设誓，而人民才开始背弃盟约；周人热衷于会盟，而人民才开始互相不信任。如果没有用礼义忠信诚实的心去治理人民，即使用了种种方法去团结人民，难道人民就不会离散了吗？"

为了办丧事不能卖掉祖居，为丧事憔悴却不能损害健康。为了丧事不能卖掉祖居，否则先人的神灵就没有宗庙可以依托；为丧事憔悴不能损害健康，不然的话，先人就会失去继承人。

延陵季子到齐国聘问，在回国的路上，他的大儿子死了，就准备葬在嬴邑和博邑之间。孔子说："延陵季子是吴国最精通礼的人。"于是前去参观他办的葬礼。只见墓圹的深度还没掘到有泉水的地方；敛时用的也只是平时穿的衣服；下葬以后还要在墓上堆上土堆，土堆的长阔和圹的长阔刚好相当，高度也只是一般人可用手凭靠着那么高；堆好坟堆以后，他解开上衣，袒露左臂，然后向左转绕着坟堆走，并且还哭喊了三次，说："亲生骨肉又回到土里去了，这是命该如此，至于你的魂魄精神却是没有什么地方不可以去的，是无所不在的。"哭喊完以后就上路了。孔子说："延陵季子所行的礼应该说是很合理的吧！"

邾娄在为定公办丧事时，徐国国君派容居来吊丧，并行饭含之礼。容居致辞说："敝国的国君派我来坐着行饭含之礼，致送侯爵所含的玉璧。现在请让我来行饭含之礼。"邾娄的臣子说："劳驾各国诸侯屈尊来到敝国，如果派大夫来的，我们也就采用简略的礼节。如果国君亲自光临，那么我们就采用隆重的礼节。至于不按规矩胡乱行礼，这可是从来没有过的。"容居回答说："我听说过：代表国君办事，就不敢忘掉国君的身份，也不敢忘记

他的祖先。过去我们的先君驹王向西扩张领土，还渡过了黄河，他向来都是用这种口气说话。我虽然很鲁钝，但是不敢忘记祖先的规矩。"

子思的母亲改嫁后，死在卫国。有人向子思报丧，子思就到祖庙里去哭。他的弟子进来说："庶氏人家的母亲去世了，为什么要跑到孔氏的祖庙里哭呢？"子思连忙说："我错了！我错了！"于是就到别的屋子里去哭。

天子去世后，三天，襄助丧礼的祝先穿丧服；五天，大夫、士穿丧服；七天，王畿内的庶民百姓穿丧服；三个月，天下诸侯的大夫穿丧服。掌管山泽的虞人要负责罗致王畿内各地神社的木材，凡是适合做棺椁的树都砍下来用。那些不肯献上木材的地方，就把当地的神社废掉，杀掉那里的主管人员。

齐国发生严重的饥荒，黔敖就在路边煮饭，用来给过路的饥民充饥。有一个饥民，以袖蒙面，拖着鞋子，眼光迷迷糊糊地捱着走来。黔敖左手端着饭，右手执着汤罐，用怜悯的口气喊道："喂！吃吧！"那个饥民抬起眼睛看看他说："我就是因为不愿意吃这种没有好声气的饭，才落到这步田地。"黔敖听了连忙向他道歉，但他还是不肯吃，因而饿死了。曾子听到这件事以后，就说："这恐怕不对吧？人家没有好声气地叫你吃，你当然可以离去；但是既然人家已经道歉了，那就应该吃。"

邾娄定公在位的时候，有个人杀了自己的父亲。主管刑狱的官吏把这件事报告定公。定公惊惶得瞪大了眼睛，连坐都坐不稳了，说："我教民无方，这是我的罪过。"然后又说："我曾学过判决这类案子：如果做臣子的杀了国君，那么凡是在官府担任公职的人都可以把他抓来杀死，决不宽赦；如果做儿子的杀了父亲，那么凡是在家的人都可以把他抓住杀死，决不宽赦。不仅要处死凶手，而且还要拆除他的房舍，并把地基挖个坑，灌满水。国君也得过了这个月以后，才能举杯喝酒。"

晋国国君庆贺文子新居落成，晋大夫都去送礼庆贺。张老致辞说："这高大的屋宇多壮丽呀！这明亮的居室多漂亮呀！今后主人就要在这里祭祀奏乐，在这里居丧哭泣，在这里和僚友宗族聚会宴饮了。"文子说："我能在这里祭祀奏乐，在这里居丧哭泣，在这里和僚友宗族聚会宴饮，这表明我将得到善终，能跟先人合葬在九原。"说完后就朝北面再拜叩头表示感谢。懂得礼的人都说他们一个善于赞美，一个善于祈福。

孔子养的家狗死了，叫子贡把它拖出去埋掉，还吩咐说："我听说过：'破旧的帷幔不要丢掉，因为可以用来埋马；破旧的车盖也不要丢掉，因为可以用来埋狗。我很穷，没有破旧的车盖。可是在把狗放进坑里的时候，也得用张席子裹着才行，不要使它的头直接埋在土里。'"至于国君辂车的马死了，是用帷幔裹好了再掩埋的。

季孙的母亲去世了，鲁哀公去吊丧。曾子和子贡也去吊丧。守门人因为哀公在那里，不让他们进去。曾子和子贡就到马房里把自己的仪容修饰了一番。子贡先进去，守门人说："刚才已通报过了。"曾子随后也进去，守门人让开了路。走到寝门之内的檐下时，卿大夫都让开位置，哀公就从阼阶上走下一级，作揖，请他们就位。精通礼的君子在谈论到这件事时说："尽力修饰仪容的做法，它的作用是十分深远的。"

宋国都城阳门的一个卫士死了，司城子罕到他的灵堂前哭得很伤心。当时晋国的一个刺探宋国情况的探子，向晋侯报告说："阳门有个卫士死了，而子罕哭得很伤心，他这样做很得人心。恐怕现在不能去讨伐他们。"孔子听到这件事以后说："这个探子真会观察国情呀！《诗》说：'凡是邻里有了灾祸，我都应尽力去帮助他们。'不只是晋国，天下有哪个国家敢和团结一致的宋国为敌呢？"

在办鲁庄公的葬事时，在下葬以后，宾客就可以不再戴着首绖进入库门了；而士大夫也在卒哭以后就可以不再戴着首绖进入公门了。

孔子有个老朋友叫原壤，他的母亲去世了，孔子去帮助他修治椁材。原壤敲着木头说："我已经好久没有用歌声来表达自己内心的感情了。"于是就唱起歌来，歌词的意思是说："这椁材的文理就像狸头上的花纹一样漂亮，我多想握着您的手来表达我内心的喜悦。"孔子装作没听见的样子就走过去了。但他的随从却说："您还不该和他断绝关系吗？"孔子说："我听说，亲人总归是亲人，老朋友也总归是老朋友。"

赵文子和叔向一起到晋国卿大夫的墓地九原去巡视。文子说："死人如果能够复活，我跟随谁好呢？"叔向说："阳处父怎么样？"文子说："他在晋国专权而刚直，不得善终，他的智慧不值得称赞。""舅犯怎么样？"文子说："见到利就不顾君主了，他的仁爱不值得称许。我还是跟随武子吧，他既能为国君着想，又能顾全自身的利益；既为自己打算，又不忘记朋友。"晋国的人因此都说文子很了解别人的性格。文子的身体柔弱得像架不起衣裳，讲起话来迟钝得像说不出口。他推荐了七十几个人为晋国管库房，但在生前却从来不与他们有钱财的交往，死的时候也不把孩子托付给他们。

叔仲皮平时教他的儿子子柳学习。叔仲皮去世了，子柳的妻子虽然是个鲁钝的人，但也能按照礼的规定为舅服齐衰缭绖。可是子柳的叔父叔仲衍却认为这样做不对，并把这种情形告诉了子柳，要子柳之妻改服缌衰环绖。并且说："以前我为姑、姑姊妹也服这种丧服，并没有人阻止我这样做。"子柳于是回到家里，要他的妻子改服缌衰环绖。

成邑有个人，哥哥去世了却不肯为他服齐衰，但是一听到子皋要来当邑宰，就赶快为哥哥服齐衰。于是成邑的百姓就编了首歌谣，唱道："蚕儿吐丝，螃蟹有筐子；蜂儿戴帽，蝉儿垂带子。有人死了哥，却要子皋来了才肯服齐衰。"

乐正子春的母亲去世了，他勉强五天不吃东西。后来他说："我很后悔这样做，我对母亲尚且不能表达我的真情，我还向谁表达我内心的真实感情呢？"

一年没下雨了，旱情严重，穆公请县子来，向他请教说："天很久没有下雨了，我打算把有病的人放到烈日底下去晒，您看怎么样？"县子回答说："天很久没下雨，就把别人有病的孩子放到烈日底下晒，这样做太残酷了，怕是不可以吧？那么晒女巫师怎么样？"回答说："天不下雨，却寄望于愚蠢的女人，这样去求雨，不是太不切实了么？"又问："那么罢市怎么样？"回答说："天子去世，罢市七天；诸侯去世，罢市三天。为了求雨而罢市，这样做不是不可以吧？"

孔子说："卫人祔葬的方式，是分为两个墓圹下葬；鲁人祔葬的方式，是两副棺椁安葬在同一个墓圹里。鲁人的方式很好。"

王制第五

天子为臣下制定俸禄和爵位，分为公、侯、伯、子、男五等。诸侯为臣属制定俸禄和爵位，也分为上大夫卿、下大夫、上士、中士、下士五等。天子的禄田一千里见方，公、侯的禄田一百里见方，伯的禄田七十里见方，子、男的禄田五十里见方。禄田不足五十里见方的小诸侯，不朝会于天子，而附属于诸侯，叫附庸。天子的三公——太师、太傅、太保的禄田比照公、侯，天子的卿的禄田比照伯，天子的大夫的禄田比照子、男，天子的上士的禄田比照附庸。

农人耕作，选自清刊本《耕织图》。

　　分配土地的规定：每个农户受田一百亩。百亩之田按土质肥瘠分成三等，上农夫每一百亩田养活九人，稍次一些的养活八人；中农夫每一百亩田养活七人，稍次一些的养活六人；下农夫每一百亩养活五人。在官府当差的平民，他们的俸禄也参照这个等差受田。诸侯的下士的俸禄比照上农夫，使他们的俸禄能够抵得上他们耕种所得的收获；中士的俸禄是下士的两倍；上士是中士的两倍；下大夫是上士的两倍。大国的卿的俸禄是大夫的四倍；国君的俸禄是卿的十倍。中等诸侯国的卿的俸禄是大夫的三倍；国君的俸禄是卿的十倍。小国的卿的俸禄是大夫的两倍，国君的俸禄是卿的十倍。中等诸侯国的上卿，其爵位相当于大国的中卿；中卿相当于大国的下卿；下卿相当于大国的上大夫。小国的上卿，相当于大国的下卿；中卿相当于大国的上大夫；下卿相当于大国的下大夫。

　　天下一共有九个州，每个州一千里见方。每州之内分封一百里见方的大诸侯国三十个，七十里见方的中等诸侯国六十个，五十里见方的小诸侯国一百二十个，一共二百一十个诸侯国。名山大泽不分封给诸侯。剩余之地就作为附庸，或者闲置备用。这样的州一共八个，每个州都是二百一十个诸侯国。天子王畿所在的州，只分封一百里见方的大国九个，七十里见方的中等诸侯国二十一个，五十里见方的小诸侯国六十三个，一共是九十三个国。名山大泽不分给诸侯。剩余的地作为士的禄田或闲置备用。九个州一共有一千七百七十三个国，而天子的上士的封地、诸侯的附庸都不算在里边。

　　天子百里见方的王城之内，所入赋税用作官府的各项开销。王城之外的千里见方之地，所入赋税用作王宫的日用开销。千里见方的王畿以外的各个州，每州设一长，称为方伯。一州之中，五个诸侯国为一属，设一属长；十个诸侯国为一连，设一连帅；三十个诸侯国为一卒，设一卒正；二百一十个诸侯国为一州，设一方伯。八州有八个方伯，五十六个卒正，一百六十个连帅，三百三十六个属长。八个方伯各人统辖自己州内的诸侯而又受天子的二老统领。二老分管左右各四州，称做二伯。千里见方的王畿也可统称为甸；王畿以外的地方，近的叫做采，远的叫做流。

　　天子的官属，有三公，九卿，二十七大夫，八十一上士。大诸侯国的官属，有三卿，都由天子直接任命，五个下大夫，二十七个上士。中等诸侯国的官属，有三卿，其中两个是由天子直接任命的，一个是国君任命的，五个下大夫，二十七个上士。小诸侯国的官属，有三卿，其中一个是由天子直接任命的，其余二个是国君任命的，五个下大夫，二十七个上士。至于天子、诸侯的中士和下士，其数量各为上级官员的三倍。

　　天子任命的他的大夫做三监，到各个方伯的封地去监察方伯的政务。每个方伯的封地派遣三人。天子畿内的诸侯封地，是作为禄田分给的，不能世袭；而王畿外的诸侯封地是可以世袭的。命服的规定：三公加赐一命可以穿衮衣；如再遇恩宠，只特赐器物而不加命数，因不能超过九命。中等诸侯的国君不得超过七命，小诸侯国的国君不得超过五命。大诸侯国的卿，不得超过三命；下卿不得超过二命。小诸侯国的卿和下大夫都是一命。

凡是选用平民中有才能的人做官，必定要先考察他，考察明白之后再试用；若能胜任其事，再授予相应的爵位；爵位既定，然后给予相应的俸禄。在朝廷上铨定一个人的爵位；让朝士共同参加，以示公正无私；在闹市上处决犯人，让众人都厌弃他，以示刑法严明。所以公卿的家里不使用受过刑的人，大夫也不收留受过刑的人，士在路上碰到受过刑的人也不和他答话。把受过刑的人流放到边远地区，随便他们到哪儿去，国家也不向他们征役，就是不要他们活在世上的意思。

　　诸侯对天子，每年派大夫去聘问一次，每三年派卿去聘问一次，每五年诸侯亲自朝见一次。

　　天子每隔五年出外巡察一次。巡察的那一年二月出发，先到东岳泰山，在山上燔柴祭天，又望祀当地的大山大川，接受东方各诸侯的觐见，登门拜访问候当地年近百岁的老人。命令诸侯国掌管音乐的太师进呈当地的民歌民谣，从而考察人民的风化习俗。命令管理市场的官员进呈当地的物价，从而了解人民喜爱和嫌弃的物品，如果民风不正，那么人民喜欢的都是邪辟之物。命令掌管礼典的官员，校定当地的季节、月份、日期，并对音律、五礼六乐、各种制度和衣服式样等进行订正。山川及各种神灵没有全部祭祀就是不敬，有不敬的，国君就被削减封地。宗庙排列和祭祀不按顺序就是不孝，有不孝的，国君就被降低爵位。随便改换礼乐就是不服从，有不服从的，国君就要被流放驱逐。擅自变革制度服饰就是反叛，有反叛的，国君就要被讨伐。对人民有功德的国君，就给他加封土地或进级。

　　五月向南巡察，到达南岳衡山，所行礼节与在东岳一样。八月向西巡察，到达西岳华山，所行礼节与在南岳一样。十一月向北巡察，到达北岳恒山，所行礼节与在西岳一样。巡察结束回宫后，到各祖庙和父庙祭祀告归，用特牲。

　　天子将外出，要祭祀上帝、社稷、宗庙。诸侯将外出，要祭祀社稷和宗庙。天子不是为了征伐之事而与诸侯相见统称为“朝”。朝，可以考校礼仪，订正刑法，统一道德规范，使诸侯尊崇天子。天子把成套的乐器赏赐给诸侯时，用柷作为代表物授予诸侯。天子赏给伯、子、男乐器时，用鼗鼓为代表物授予被赐者。诸侯被天子赏赐了弓矢后，才有权力征伐；被赏赐了铁钺，才有权力刑杀；被赏赐了圭瓒，才能自己酿造鬯酒，如果没有被赏赐圭瓒，就等待天子资助鬯酒。

　　天子命令办教育，然后才设立学校。小学设在王宫的东南，大学设在郊外。天子的大学叫辟雍，诸侯的大学叫頖宫。

　　天子将出征，先祭祀上帝、社稷、宗庙；开战前在阵地上祭祀造军法的人，以壮军威。出发前在祖庙中接受祖先的征伐命令，到大学里听取先师的计谋。出征就是要捉拿那些有罪的人。征伐回来后，再到大学里设奠祭祀先师，报告捕获的俘虏和杀死敌人的数目。

天子、诸侯在没有战争的时候，每年田猎三次。首先为祭祀准备供品，再次为招待宾客准备菜肴，第三才是为充实天子、诸侯日常膳食所用。没有特殊的情况而不举行田猎就是不敬；田猎时不按规定杀戮野兽就是损害天物。田猎的规定：天子不能把四面都包围起来打猎，诸侯不能把整群的野兽杀光。天子猎取后便放下指挥的大旗，诸侯猎取后放下指挥的小旗，大夫猎取后就命令副车停止追赶，副车停下后，百姓开始打猎。正月以后，渔人才可到川泽里捕鱼。九月以后，才能举行田猎。八月以后，才能张网捕飞鸟。秋后草木黄落，才能进入山林采伐。昆虫未蛰居地下之前，不能放火烧野草而猎取野兽。田猎时不能捕杀幼兽，不取鸟卵，不杀怀胎的母兽，不杀小兽，不掀翻鸟巢。

大宰编制下一年的国家开支总预算，必定在年终进行。因为要等五谷入库之后才能编制预算。根据国土大小和年成好坏，用三十年收入的平均数作依据制定预算，根据收入的多少预算开支。祭祀所用，占每年收入的十分之一。遇有父母之丧，服丧的三年中不祭宗庙，只有祭天地、社稷不受丧事的限制，照常举行，所以丧事的开支也可以用三年收入的平均数的十分之一。丧事和祭祀

清嘉庆帝出猎图，清宫廷画家绘，故宫博物馆藏。

的开支超出预算的就叫"暴"，用后有余叫做"浩"。祭祀不能因丰年而奢华，不能因荒年而节俭。

一个国家没有九年的积蓄，可以说是不富足；没有六年的积蓄，可以说是拮据；没有三年的积蓄，就不像个国家了。耕种三年，必定有一年的余粮；耕种九年，必定有三年的余粮。以三十年的平均收入来制定预算，即使遇到饥荒水旱等灾害，老百姓也不会挨饿，达到这样的水平后，天子的膳食，可以每天宰杀牲畜，吃饭时也可以奏乐了。

天子死后七天入殡，第七个月入葬。诸侯死后五天入殡，第五个月入葬。大夫、士及平民死后三天入殡，第三个月入葬。为父母守丧三年，从天子到平民都是一样。平民下葬

时，用绳索把棺枢悬吊入坑内，埋葬之事不因下雨而停止，墓穴之上不堆土为坟，也不种树。服丧期间不做别的事情，从天子到平民都一样。丧事的规格根据死者的爵位而定，而祭祀的规格要根据主持祭祀者的爵位而定。不是嫡长子就不能主持祭祀。

天子设立七庙：文王世室、高祖、祖父三个昭庙，武王世室、曾祖、父三个穆庙，加上一个太祖庙，共七庙。诸侯为祖宗立五庙：高祖、祖父二个昭庙，曾祖、父二个穆庙，加上太祖庙，共五庙。大夫为祖宗立三庙；一个昭庙，一个穆庙，加上太祖庙，共三庙。士只设一庙。平民无庙，祭祀祖宗就在居室内进行。

天子、诸侯宗庙四时祭：春祭叫礿，夏祭叫禘，秋祭叫尝，冬祭叫烝。天子祭祀天神、地祇及其他大小神灵；诸侯祭祀土神、谷神及其他神灵；大夫祭祀门神、灶神、行神、户神、中霤神等五种小神。天子祭祀天下的名山大川，祭祀五岳用享三公的九献礼，祭祀四渎用享诸侯的七献礼。诸侯只祭祀在自己封地内的名山大川。天子、诸侯都要祭祀境内已经灭亡而又没有后嗣的古国先君。天子的春祭是分别遍祭各庙，夏祭、秋祭、冬祭都是合祭。诸侯每年只举行三次时祭，如举行春礿，就不举行夏禘；举行夏禘就不举行秋尝；举行秋尝就不举行冬烝；举行冬烝就不举行春礿。诸侯的春礿是分别遍祭各庙，夏祭则一年分别遍祭各庙，一年合祭群庙，秋祭和冬祭都是合祭群庙。

天子祭祀土神和谷神用牛、羊、猪三牲。诸侯祭祀土神和谷神用羊、猪二牲。大夫和士祭祀宗庙，有封地的用祭礼，没有封地的用荐礼。平民祭祀祖宗的荐礼：春天荐祭韭菜，夏天荐祭麦，秋天荐祭黍，冬天荐祭稻。韭菜配以鸡蛋，麦配以鱼，黍配以小猪，稻配以鹅。祭祀天神地神用小牛，牛角只能有蚕茧或栗子大小；祭祀宗庙用中牛，牛角可以有一握粗；宴享宾客用大牛，牛角一尺多长也行。如果不是为了祭祀，诸侯不能杀牛作膳食；大夫不能杀羊作膳食；士不能杀狗或猪作膳食；平民不能吃时鲜美味。平常吃的菜肴不能比祭祀用的牲牢好，平常穿的衣服不能比祭祀的礼服好，平常居住的房屋不能比宗庙好。

古时候，农夫都助耕公田，不另缴田租。市场上，商贩缴纳地皮税后，不再缴所得税。物品出入关口，只稽查是否违禁，而不抽关税。在规定的时限内进入山林川泽采伐渔猎，就不加禁止。余夫耕种卿大夫的圭田也不必缴税。分派平民服劳役，每人每年不超过三天。公家分配的农田和宅地不准买卖。国家有公共墓地，不得申请另处安葬。

司空掌管用度测量土地安置人民，观测山陵、河川、低湿地、沼泽的地势，测定四季的气候寒暖。测量土地的远近，建造都邑，分派劳役。凡役使人民，按老年人能担任的标准分派任务，而按青壮年的标准分发给养。凡是储备用以安置人民的物品，必须根据居住地的气候寒暖和地势高下决定。如大峡谷两边与大河两岸的气候和地势不一样，两地人民的风俗就不同：性格的刚柔、身体的轻重、行动的快慢都不一样，口味各有偏爱，器具形制各异，衣服式样质料各有所宜。对人民重在教化，不必改变他们的风俗；重在统一刑政，不必改变他们原有的习俗。

中原和四周边远地区的人民，各有不同的生活习性，而且不能改变。住在东方的叫夷人，他们把头发剪短，身上刺着花纹，其中有不吃熟食的人。住在南方的叫蛮人，他们额头上刺着花纹，走路时两脚拇趾相对而行，其中有不吃熟食的人。住在西方的叫戎人，他们披散着头发，用兽皮做衣服，其中有不以五谷为食的人。住在北方的叫狄人，他们用羽毛连缀成衣，住在洞穴中，其中有不以五谷为食的人。中原、东夷、南蛮、西戎、北狄的人民，都有安逸的住处，偏爱的口味，舒适的服饰，便利的工具，完备的器物。东西南北中五方的人民，虽然言语不通，嗜好不同，但当他们要表达心意、互相交流的时候，有懂得双方语言的人帮助沟通。这种人，在东夷叫寄，在南蛮叫象，在西戎叫狄鞮，在北狄叫译。

凡安置人民，必须根据土地大小确定城邑的规格，决定安置人民的数量，使土地多少、城邑大小、人民多少三者互相配合得当，做到没有空闲的土地，没有无业的游民。人民的食用有节制，农事、役事按季节进行，人民就会安居乐业，勉于功事，尊敬君长，然后兴办学校教育他们。

司徒掌管修订六礼，用来节制人民的性情；颁明七教，用来提高人民的道德；统一八政，以防僭越；提倡统一的道德规范，以造成共同的社会风尚，赡养老人，以促进人民的孝心；怜恤孤独，救济他们的不足；尊重有贤德的人，以提倡崇尚德行；检举邪恶的人，以摒弃罪恶。

命令六乡的长官纠举不听教诲的人，向司徒汇报。司徒选定一个吉日，把乡里德高望重的老年人召集到乡里的学校中，演习乡射礼而尊重射箭本领好的人；演习乡饮酒礼而尊重年龄大的人。大司徒率领国学的大学生来帮忙。经过这样的感化教育而不改恶习，就命令右乡纠举出不听教诲的人，把他们迁到左乡；命令左乡纠举出不听教诲的人，把他们迁到右乡，接受同样的感化教育。如若仍不改，就把他们迁到乡外的郊地，再接受同样的感化教育。如果还不悔改，就从郊地迁到更远的遂地，用同样的方法教育，几经教育仍不悔改，就放逐出境，终身不复录用。

命令六乡的长官考察乡里德才出众的人，把他们举荐给司徒。被举荐的人叫选士。司徒再修考察并选出其中的优秀者，推举入国学。进入国学的人叫俊士。凡由乡里举荐给司徒的人，就不承担乡里的劳役；进入国学的人就不承担司徒分派的国家劳役，这种人叫造士。

乐正尊崇四种教育途径，因而设立四门课程，即用先王传下来的《诗》、《书》、《礼》、《乐》培养人才，春秋二季教授《礼》、《乐》，冬夏二季教授《诗》、《书》。天子的太子和庶子、三公和诸侯的嫡长子、卿大夫和上士的嫡长子，以及挑选出来的俊士和选士，都到国学里接受教育。进入国学以后，就以年龄大小排座次，不以地位高低。大学即将毕业的时候，小胥、大胥和小乐正纠举国学中不遵守教法的贵族子弟，向大乐正汇报，大乐正再向天子汇报。天子召集三公、九卿、大夫、上士等官员到国学中演习射礼和饮酒礼，来感化被纠举者。如果没有改变，天子就亲自视察国家督促他们。如果还不改变，天子为这事三天不杀牲盛宴，把他们流放到远方去，向西流放的为棘，向东流放的为寄，终身不再录用。

大乐正考察评定国学毕业的优秀学生，汇报给天子，并荐举给司马。被荐举的学生称进士。司马再辨察审定进士的德才，把特别优秀的报给天子，对进士的才能作出结论。根据结论委派官职试用，能胜任其职的，就给予爵位，爵位确定之后再发给俸禄。

大夫因不称职而被废黜的，终身不得再出仕做官，死后用士一级的丧礼。国家有兵戎之事征发兵役时，就派大司徒教练士卒乘车穿甲等事。凡是依靠技艺为官府服务的人，只考查他们的技能。要派他们到各地去时，就裸露四肢，比赛射箭、驾车等技能，以挑选合适的人选。凡是依靠技艺为官府或主人服务的人，有祝、史、射、御、医、卜以及各种工匠。凡依靠技艺为官府或主人服务的人，不能兼做别的事，也不能改行。他们离开家乡外出，不能跟士人论辈分年龄。大夫的家臣，离开家乡出外，也不能跟士人论辈分年龄。

司寇的职责是正定刑法，明断罪行，受理诉讼。审断诉讼时，一定要向群臣、群吏、民众三方面征求意见。如果只有犯罪动机而无犯罪事实的，概不受理。量刑时，可轻可重者则从轻；赦免时，原判较重的先赦。凡是判定五等刑罚，一定要合乎天理，使刑罚与罪行相当。凡是受理五刑诉讼时，一定要根据父子之亲、君臣之义来衡量，再按罪行轻重确定刑罚。考虑论定罪行大小，谨慎地拟定刑罚轻重，从而区别各种诉讼。根据耳闻目睹的材料，本于忠君爱亲的心情，悉心推究罪案。遇有疑而不决的案子，就与民众共同审理，如果民众也不能定夺，那就赦免当事者。总之，一定要做到明察案情，依法量刑。

判决书拟好之后，负责审判记录的书吏就把它交给六乡中审理狱讼的官员——正。正再审理一遍，然后转交大司寇。大司寇在外朝公开审理，并向天子报告，天子命令三公参与审理。三公把审理的结果向天子报告，天子又命令要赦免三种人，如果不在赦免之列，就公布刑罚。凡是被判定要受刑罚的人，罪行再轻也不能赦免。所谓刑，就是定型的意思。所谓定型，就是不可更改的意思。正因为判定之后不能更改，所以君子都尽心尽力地审理各种案件。

断章取义曲解法律，变换名称而擅改规格，用邪道扰乱政令的人，处以死刑。作靡靡之音、奇装异服、怪诞之技、怪异器物而蛊惑民心的人，处以死刑。行为诈伪而顽固不化且影响恶劣、言辞虚伪而能迷惑听众、所学不是正道而旁征博引、明知故犯而掩过饰非，从而迷惑民众的人，处以死刑。借助鬼神、时日和卜筮欺骗民众的人，处以死刑。对这四种该杀的人，不再受理他们的申诉。凡是推行禁令，要使民众一律遵守，即使是过失犯禁，也不赦免。

　　圭、璧、琮、璋为尊贵之物，不准在市场上买卖。天子赏赐的命服命车，不准在市场上买卖。宗庙中的祭祀器具，不准在市场上买卖。用于祭祀的牲畜，不准在市场上买卖。军队所用的武器，不准在市场上买卖。农具和饮食器具不合规格的，不准在市场上买卖。兵车不合规格的，不准在市场上买卖。布帛的丝缕精粗不合规定、宽度不合尺寸的，不准在市场上买卖。掺有杂色的颜料，不准在市场上买卖。有纹彩的布帛、珠玉和精美的器物，不准在市场上买卖。华美的服装以及珍羞饮食，不准在市场上买卖，未成材的树，不准在市场上买卖。幼小的和有孕的禽兽鱼鳖，不准在市场上买卖。各处关卡要执行禁止严格稽查，禁止奇装异服，识别各地的方言。

　　太史主管一切礼仪，执掌各种典籍，记录违避的名字、忌日、灾异等。天子听受太史的劝谏之前要斋戒。司会于每年年终将一年的收支总报表呈请天子考核。太宰斋戒后佐天子接受报表。大司乐、大司寇和管理市场的官将各自的报表附于司会的报表之后呈请天子考核。大司徒、大司马、大司空斋戒后接受报表进行考核，他们所统领的百官也把各自的情况上报给这三个大官考核。大司徒、大司马、大司空把考核的结果向天子报告。百官斋戒后听候天子宣布考核结果，然后举行养老的宴会，举行蜡祭慰劳农夫。到这时，一年的农事都已完成，可以编制下一年的预算了。

　　养老之礼，有虞氏用燕礼，夏后氏用飨礼，殷代用食礼，周代遵循古法而三礼兼用。五十岁就能参加乡里的养老宴，六十岁能参加国家在小学举行的养老宴，七十岁以上能参加大学里的养老宴。这种规定从天子到诸侯国都适用。八十岁的老人拜受君命时只要跪下去磕头两次就可以了，盲人拜受君命也可这样，九十岁的老人可以让别人代拜君命。五十岁以上可以吃与壮年人不同的细粮，六十岁以上可以有预备的肉食，七十岁以上可有两份膳食，八十岁以上可以常吃时鲜珍羞，九十岁以上可以在寝室里就餐，出游时也可让人随带食物。

　　人到六十岁，就开始置备需一年时间才能做好的丧葬用品，七十岁以后开始置备一个季度能做好的丧葬用品，八十岁以后开始置备一个月能做好的丧葬用品，九十岁以后就置备一天能做好的丧葬用品，只有装殓尸体用的绞、紟、衾、冒等，到死后才制作。人到五十岁以后就开始衰老，六十岁以后没有肉食就营养不足，七十岁以后没有丝绵就不得温暖，八十岁以后没人陪睡就不暖和，九十岁以后即使有人陪睡也不觉暖和了。五十岁以后可以在家中用手杖，六十岁以后可以在乡里挂手杖走路，七十岁以后可以在国中挂手杖走路，八十岁以后可以挂手杖上朝，九十岁以后，天子若有事询问，就派人到家里请教，并且要带时鲜珍品为见面礼。七十岁以后，朝见天子时可以提早退出，八十岁以后，天子每月派人问候安康，九十岁以后，天子每天派人送膳食到家里。五十岁以后不服劳役，六十岁以后不参与征战，七十岁以后不参与会见宾客，八十岁以后不参与祭祀，不为人服丧。五十岁后得到封爵，六十岁后不亲自向别人求教，七十岁后辞官告老，遇到丧事只服丧服，不参加丧事仪式。

有虞氏的时代，在上庠宴飨国老，在下庠宴飨庶老。夏后氏在东序宴飨国老，在西序宴飨庶老。殷代在右学宴飨国老，在左学宴飨庶老。周代在东胶宴飨国老，在虞庠宴飨庶老，虞庠在王城的西郊。有虞氏的时代，祭祀时戴"皇"，养老时穿深衣。夏代祭祀时戴"收"，养老时穿燕衣。殷代祭祀时戴"冔"，养老时穿纯白的深衣。周代祭祀时戴冕，养老时穿玄衣白裳。

夏、殷、周三代的天子，都根据户籍核定年龄，确定参加养老会的人员。家有八十岁的老人，可以有一人不应力役之征。家有九十岁的老人，全家都可不应力役征召。家中有需人照顾生活的残疾人，可以有一人不应力役征召。父母死丧，服丧三年间不应力役征召；遇到齐衰、大功丧服，三个月不应征召。将从天子王畿移居诸侯国的家庭，临行前三个月不应征召。从诸侯国迁居王畿的家庭，来后一年内不应征召。

年幼而无父的人叫做孤，年老而无子孙的人叫做独，老而无妻的人叫做鳏，老而无夫的人叫做寡。这四种人是世上生活困难而又无处告求的人，要经常分发粮饷。哑巴、聋子、瘸子、不能走路的人、四肢断残的人、特别矮小的人，也在抚恤的范围内。各种工匠都凭自己制造器物的技艺而取得粮饷。

在道路上，男子靠右走，妇女靠左走。车辆在路中央行驶，遇到与自己父亲年龄差不多的行人，就跟在他后面走；遇到比自己年龄略大的行人，可以稍后一些并排而行；与朋友同行，不能超越争先。老人挑着轻担子，年轻人应把他的担子并到自己的担子上；老少都是重担，年轻人应帮老人分担一些；不要让头发花白的老人提着东西走路。有官爵的老人出行必有车，不徒步行走；年老的平民吃饭必有肉。大夫以上都自备祭器，不向别人借用，所以祭器没有备齐之前，就不造日常用器。

一里见方的土地，折合为九百亩。十里见方的土地，有一百个十里见方，折合为九百万亩。千里见方的土地，有一百个百里见方，折合为九亿亩。从北面的恒山向南到黄河，有将近千里。从黄河向南到长江，有将近千里。从长江向南到衡山，有一千多里。从东黄河向东到东海，有一千多里。从东黄河向西到西黄河，不足千里。从西黄河向西到西域沙漠地带，有一千多里。西域沙漠不是西边的尽头，衡山不是南边的尽头，东海不是东边的尽头，恒山不是北边的尽头，这样，把多出来的地方填补不足的地方，四海之内的土地，有三千里见方，折合为八十一亿亩。百里见方的土地本应有田九百万亩，而山脉、森林、江河湖泊、沟渠水道、城镇乡村、纵横道路等约占三分之一，所以只剩下六百万亩可耕地。

古时候的一步是周尺八尺，现在汉代的一步是周尺六尺四寸，所以古时候的一百亩相当于现在汉代东方齐鲁的一百四十六亩余三十平方步；古时候的一百里相当于现在汉代的一百二十里余六十步四尺二寸二分。

千里见方的州，有一百个一百里见方的区域。分封出三十个百里见方的诸侯国，余下七十个百里见方的地方。再分封出六十个七十里见方的诸侯国，折合为二十九个方百里又四十个方十里，剩下四十个方百里又六十个方十里。又分封出一百二十个五十里见方的诸侯国，折合为三十个百里见方之地，还剩下十个方百里又六十个方十里的土地。名山大泽不分封给诸侯。剩下的土地或者作为附庸小国，或者作为闲田。诸侯有功，就从闲田中拿出土地作为奖赏；诸侯有罪，被削减的土地则并入闲田。

天子的王畿千里见方，也就是一百个百里见方。分封出九个百里见方的诸侯国，余下九十一个百里见方的土地。再分封出二十一个七十里见方的诸侯国，折合为十个方百里又二十九个方十里，剩下八十个方百里又七十一个方十里的土地。再分封出六十三个五十里见方的诸侯国，折合为十五个方百里又七十五个方十里，最后剩下六十四个方百里又九十六个方十里的土地。

诸侯的下士所得俸禄可以养活九人，中士的俸禄可以养活十八人，上士的俸禄可以养活三十六人，下大夫的俸禄可以养活七十二人。大诸侯国的卿，所得俸禄可以养活二百八十八人，国君的俸禄可以养活二千八百八十人。中等诸侯国的卿，所得俸禄可以养活二百十六人，国君的俸禄可以养活二千一百六十人。小诸侯国的卿，所得俸禄可以养活一百四十四人，国君的俸禄可以养活一千四百四十人。中等诸侯国的由国君所任命的卿，所得俸禄与小诸侯国中由天子任命的卿一样多。

天子的大夫被派到诸侯国去做三监的，他们的俸禄比照大国的卿，他们的爵位比照中等诸侯国的国君，俸禄从各方诸侯之长那儿支取。各方的诸侯之长为着朝见天子，在天子的王畿内有专供斋戒沐浴的土地。汤沐邑的大小与天子的上士的禄地一样。天子王畿外的诸侯，他的嫡长子可以世袭君位。天子的大夫的爵位不能世袭，有德行才让他们当大夫，有功劳才赐给爵位。诸侯的嫡长子继位时如果没有被赐爵位，地位相当于天子的上士，他以这种身份统治他的国家。诸侯的大夫的爵位和俸禄都不能世袭。

六礼，是冠礼、婚礼、丧礼、祭祀礼、乡饮酒礼和相见礼。七教，是父子、兄弟、夫妇、君臣、长幼、朋友、宾客之间的关系。八政，是饮食、衣服、工艺的法式，器物的品类，以及长度、重量的标准，数码的进位制，器用、布帛的规格。

月令第六

初春正月：太阳运行于室星的位置，黄昏时，参星位于南天正中；拂晓，尾星位于南天正中。春季的日子是甲乙，于五行属木。主管的帝是木德的太皞，辅佐的神是木官句芒。动物与木相配的是有鳞的鱼族。五音与木相配的是"角"，与正月相应的是十二律中

清雍正帝临雍讲学图，清宫廷画家绘，故宫博物馆藏。

的太蔟。与木相配的数是八。五味是酸，气味是羶。五祀中祭祀"户"神，祭品中以五行属木的脾为上。

开始刮东风，冰逐渐融化，深藏土中的虫豸开始复苏动弹，鱼从水深处浮到冰下，水獭陈放鱼于岸边，好像在祭祀，大雁从南方来。

正月天子居住于明堂东部青阳的北室，乘的是有鸾铃的车子，驾的是青色的大马，车上插的是青色的绘有龙纹的旗，穿的是青色的衣服，冠饰和所佩的玉都是青色的，食品是麦和羊。使用的器物，镂刻的花纹粗疏，而且是由直线组成的图案。

这个月的节气，是立春。在立春前三天，太史向天子禀告，说："某一天是立春，木德当令。"天子开始斋戒。到了立春这一天，天子亲自率领三公、诸侯、大夫，到东郊举行迎春之礼。回朝后，在朝中赏赐公卿、诸侯、大夫。命令三公发布教令、禁令，实行奖励和赈济，下及于庶民，对所有褒奖和赏赐的，都做得很恰当。于是命令太史掌管六典、

清雍正帝祭先农坛时的仪仗队，清人绘，法国巴黎吉美博物馆藏。

执行八法；又命令太史
观察日月星辰的运行，
其度数位置，要做到没
有错误，一切和往常一
样。

在这个月里，天子
于第一个辛日祭祀上帝，
祈求五谷丰登。又于亥
这个吉日，天子放置耒
耜在自己的车上，放置
的位置在穿甲衣的车右
和御者中间，并率领三

清朝皇帝亲耕仪式，清人绘。

公九卿诸侯大夫，亲自耕种籍田，天子起土三次，公起土五次，卿和诸侯起土九次。回宫
后，在大寝举杯宴饮，三公九卿诸侯大夫全部参加陪侍，这次宴饮称为"劳酒"。

在这个月里，天气往下降，地气往上升，天地的气和合混同，草木就开始萌芽生长。
天子下令布置春耕之事，命令田官住到东郊，令农夫都整治疆界，审察修整小路和沟渠。
认真视察山地、坡地、高而平的地、低湿地，各种地适宜种植的作物，以及种植的方法，
将这些教导给农民。田官一定要亲去作这些事。田事都已整饬完备，都因事先订立了标
准，农事才进行得有条不紊。

这个月，命令乐官之长到太学教练舞蹈。修订祭祀的典则。下令祭祀山林川泽，祭牲
不用母畜。禁止砍伐树木，不要毁鸟窠，不要杀害幼虫，已怀胎的母畜，刚出母体的小
兽，刚会飞的小鸟，不要伤害小兽及各种鸟蛋。不要举行群众集会，不要修建城廓。掩埋
枯骨尸体。在这个月，不可用兵作战，用兵作战，一定会遭到天的惩罚。要解甲休兵，更
不可由我方发动战争。这样做是为了不改变天道，不破坏地理，不扰乱人的纲纪。

春季正月，如果施行夏天的政令，就会造成该下雨时不下雨，草木过早地凋零，城市
中经常有惊恐之事发生。如果施行了秋天的政令，人民就流行大瘟疫，旋风暴雨一起到
来，蒺藜、莠草、蓬蒿等野草生长茂盛。如果施行冬天的政令，就会出现毁灭性的洪涝灾
害，庄稼受到大雪霜冻等伤害，第一茬作物无法种入土中。

仲春二月：太阳运行于奎星的位置；黄昏时，弧星位于南天的正中；拂晓，建星位于
南天的正中。春季的日子是甲乙，于五行属木。主管的帝是木德的太皞，辅佐的神是木官
句芒。动物与木相配的是有鳞的鱼族。五音与木相配的是"角"，与二月相应的是十二律
中的夹钟。与木相配的数是八。五味是酸，气味是羶。五祀中祭祀"户"神，祭品以五行
属木的脾为上。

开始下雨，桃树开始开花，黄鹂鸟开始鸣叫，老鹰变成布谷鸟。

天子居住于明堂东部青阳的中室，乘的是有鸾铃的车子，驾的是青色的大马，车上插的是青色的绘有龙纹的旗，穿的是青色的衣服，冠饰和所佩的玉都是青色的，食品是麦和羊。使用的器物，镂刻的花纹粗疏，而且是由直线组成的图案。

这个月，不要损害植物发芽。加强对幼儿小孩的养育，慰问抚恤孤儿。于第一个"甲"日，命令人民祭祀土神。命令官吏，释放牢狱中罪轻的囚犯，去掉罪人的手铐脚镣，死刑处决后不陈尸示众，禁止对罪犯拷打，调解诉讼之事。

这个月，燕子飞回。在燕子来的日子，用太牢祭祀禖神，天子亲自去致祭。后妃率领天子后宫侍从同去。向怀孕的嫔妃行礼，在禖神前给她们佩带弓套、弓箭。

这个月，昼夜一样长，有了雷声，开始闪电。冬天躲藏在泥土中的动物全部开始活动，钻出河穴，回到地面。于春分前三天，摇动木铎向广大人民发布教令，说："将要开始打雷，有人不注意节制房事，生下的儿子就要有生理缺陷，自身也一定会有灾祸。"昼夜一样长，校正度量衡器具，平正衡器，不使有轻重之差；校斗斛，不使有大小之别；验证秤锤和平斗木。

这个月，从事农耕的有短期间息，要抓紧整修一下门户，庙门和寝门都要完整无缺。不要兴兵和搞大规模的劳役，以免妨碍农耕之事。

这个月，不要将河泽中的水放完，不要让蓄水池干竭，不要焚烧山林。天子用羔羊祭祀司寒之神，并开窖取冰，进献寝庙。于本月上旬丁日，命乐官之长教练舞蹈，并行释菜礼，天子率领三公九卿诸侯大夫，亲自到太学去观看。中旬的丁日，又命令乐官之长到太学中去教练音乐和舞蹈。这个月，祭祀不用牲，用圭璧和皮帛。

仲春二月，如果行施秋天的政令，国家就会发生大水，寒气就会突然到来，有外寇来征伐。如行施冬天的政令，阳气就会经受不住阴气的袭击，麦子不能成熟，人民出现掠夺的事。如施行夏天的政令，国家就会出现大旱，炎热的气候提前来到，螟虫为害。

暮春三月：太阳运行于胃星的位置；黄昏时，星宿位于南天的正中；拂晓，牵牛星位于南天的正中。春季的日子是甲乙，于五行属木。主管的帝是木德的太皞，辅佐的神是木官句芒。动物与木相配的是有鳞的鱼族。五音与木相配的是"角"，与三月相应的是十二律中的姑洗。与木相配的数是八。五味是酸，气味是膻。五祀中祭祀"户"神，祭品以五行属木的脾为上。

梧桐开始开花，田鼠变化为鹌鹑一类的鸟，虹开始出现，水中开始生浮萍。

这个月，天子居住在明堂东部青阳的南室，乘的是有鸾铃的车子，驾的是青色的大马，车上插的是青色的绘有龙纹的旗，穿的是青色的衣服，冠饰和所佩的玉都是青色的，食品是麦和羊。使用的器物，镂刻的花纹粗疏，而且是由直线组成的图案。

这个月，天子向太皞等古帝献上黄色的礼服。命令主管船只的人将船翻转过来检查，翻过来检查五遍,才向天子报告舟船准备停当。天子乘舟,向宗庙进献时鲜的鲟鱼,祈求麦子丰收。

这个月,生气正旺盛,阳气发散,拳曲的芽全部都长出来,直的芽也全部破土而出。本月不宜聚敛收藏。天子要广施恩泽和惠爱,命令官员,打开谷仓,赐予贫穷的人,救济有困难的人;打开物库,拿出布帛等财物,周济天下困难者。勉励诸侯对名士进行慰问,礼待贤德的人。

这个月,天子对司空下命令说:"多雨的时候就将到,地下水开始上涌。要亲自巡视都城,对郊区的广大田野都要普遍进行考察,修理加固堤防,疏通沟渠,修通道路,沟渠和道路都不要有阻塞。打猎用的捕兽的网、捕鸟的网、长柄的网和射猎用的隐蔽工具,毒害野兽的毒药,一概不能出各个城门。"

这个月,给主管田野山林的官下命令:禁止砍伐桑树、柘树。斑鸠拍打着翅膀飞向高空,戴胜鸟飞来停在桑树上,准备好养蚕的蚕箔、蚕箔架、圆的方的采桑筐。后妃都要斋戒,亲自往城东采桑,禁止妇女打扮,减轻妇女劳役,使她们尽力于蚕桑之事。告戒养蚕的人,蚕事完毕后,要将各人收获的蚕茧分开缫,缫成的丝都要过秤,以评定各人的劳绩,蚕丝为供制作祭服之用,不得有所怠慢。

这个月,指令百工之长下命百工,审察五库物资的质量:即铜铁、皮革、牛筋、兽角、象牙,羽毛、箭杆,油脂、胶、朱砂、油漆等库,不可混入次品。百工开始制造,监工的工师每日都要号令:"不要违背时令节气,不要造作过分奇巧的产品,以至动荡天子的心。"

农家务蚕桑,选自清《耕织图册》。

乐舞，汉画像石，山东苍山县城前村。

　　这个月的月底，选择吉日，举行大规模的歌舞。天子带领三公九卿诸侯大夫等亲自去观看。

　　这个月，把公牛公马与放在外面的牝牛、牝马进行交配。可用作祭祀用的牲畜、以及小马、小牛，全部都登记数目。命令国都居民举行驱逐疫鬼的仪式，在国城九门外行磔牲之祭，消除灾害，制止春季不正之气。

　　暮春时，如果施行冬季的政令，就会引起寒气时时出现，草木的叶子干枯衰落，国内百姓震恐。如果施行夏季的政令，就会导致人民多病，时疫流行，下雨的时节不下雨，山地和高地的庄稼没有收成。如果施行秋季的政令，就会导致多阴沉沉的天气，秋雨连绵的现象提前来到，战乱四起。

　　初夏四月：太阳运行于毕星的位置；黄昏时，翼星位于南天的正中；拂晓，婺星位于南天的正中。夏季的日子是丙丁，于五行属火。主管的帝是火德的炎帝，辅佐的神是火官祝融。动物与火相配的是有翅的羽族。五音与火相配的是"徵"，与四月相应的是十二律中的中吕。与火相配的数是七。五味是苦，气味是焦。五祀中祭祀"灶"神，祭品中以五行属火的肺为上。

驱鬼，汉画像石，山东安丘董家庄。

蛤蟆开始鸣叫，蚯蚓从土里钻出，革挈出土生长，苦菜开花。

这个月，天子居住在明堂南部的东侧室，乘的是朱红色的车子，驾的是赤色的马，车上插的是赤色的绘有龙纹的旗帜，穿的是朱红色的衣服，冠饰和佩玉都是赤色的，食品是豆类和鸡，使用的器物，高而粗大。

这个月，为立夏节气。在立夏前三天，太史向天子禀告说："某一天是立夏，火德当令。"天子于是斋戒。立夏这一天，天子亲自率领三公九卿大夫，到南郊举行迎夏之礼。回朝后，进行奖赏，分封诸侯。所有该褒奖和赏赐的统统兑现，没有不感到喜悦的。于是命令乐师，将礼仪和音乐配合起来练习。命令太尉，擢拔才能突出的人，晋升道德品质优异的人，选用身体魁伟的人，颁行爵等，给予俸禄，都与功德相切合。

这个月，要促进草木茁壮生长，不要进行毁坏和糟蹋。不要大兴土木，不要征发人民大众，不要砍伐大树。

这个月，天子开始穿细葛布的夏服。命令主管田野山林的官离开城邑，下到各处田间，代表天子慰劳农夫、鼓励民众，务使所有的人都不要延误农活的时令节气。命令司徒，巡视县鄙，令农夫努力耕作，不可仍留在城邑休息。

这个月，要驱赶野兽，务使不要糟蹋谷物，不要举行大规模的打猎。农官进献新麦，天子于是用猪肉配食，尝新麦。尝新前，先进献祖庙。

这个月，要聚集储存各种药品。荠草枯死，麦子成熟的时节到来。减轻刑罚，审理和释放轻罪。蚕桑之事结束，后妃们献蚕茧。并向妇女征收蚕税，以分配桑树的多少作为标准，无论高贵贫贱、年长年幼都遵照统一标准。以征收的蚕茧，制作祭天祭祖的祭服。这个月，天子饮用醇酒，按礼仪规定，配合音乐与群臣共饮。

初夏四月，如果施行秋季的政令，就会造成多雨成灾，五谷不能生长，边境的人民都进入城堡。如果施行冬季的政令，就会造成草木早枯，又有洪水灾害，冲毁了城郭。如果施行春季的政令，就会有蝗虫为灾，暴风袭来，植物虽然开花，却不结籽。

仲夏五月：太阳运行于东井星的位置，黄昏时，亢星位于南天的正中，拂晓，危星位于南天的正中。夏季的日子是丙丁，于五行属火。主管的帝是火德的炎帝，辅佐的神是火官祝融。动物与火相配的是有翅的羽族。五音与火相配的是"徵"，与五月相应的是十二律中的蕤宾。与火相配的数是七。五味是苦，气味是焦。五祀中祭祀"灶"神，祭品中以五行属火的肺为上。

小暑的节气到来，螳螂出生，伯劳鸟开始鸣叫，百舌鸟的叫声听不到了。

这个月，天子居住在明堂南部的中室大庙，乘的是朱红色的车子，驾的是赤色的马，车上插的是赤色的绘有龙纹的旗帜，穿的是朱红色的衣服，冠饰和佩玉都是赤色的，食品是豆类和鸡，使用的器物，高而粗大。

这个月，收养身强多力之士。命令主管音乐的官吏，检查修理韬鞞鼓等乐器，调节琴瑟管箫等乐器，拿起武舞的舞具干戚戈和文舞的舞具羽练习，又调谐竽笙箟等簧乐器，整饬钟磬柷敔等击打乐器。命令有关官员祭祀名山大河及各条河流的发源地，又举行求雨的雩祭，雩祭时，种种乐器和武舞文舞一齐登场。于是下命令给各县长官，也举行雩祭求雨，并祭祀有功勋的前代公卿，祈求谷物有好的收成。农官进献黍子。这个月，天子以雏鸡为佐食来尝黍，向天子进献樱桃。在尝新前，都要先进献于祖庙。

命令百姓，不要割蓝草用来染布。不要烧灰，不要晒布。里门不关闭，关卡和市中不进行搜索。减轻刑罚，增加罪犯的饮食。放牧牝马要与公马分开，要把公马系住，颁布关于养马的政令。

这个月，白天是一年中最长的。阳气阴气相争，万物有生有死，即在此时分别。君子要静处斋戒，平日家居时要处于深

龙灯祈雨，选自《点石斋画报》。

邃的室屋中，不要急躁好动；停止声色之事，不要嫔妃进御；吃清淡的食品，不要将食品调和得美味香郁；节制各种嗜欲，平心静气。百官减少事务，不要施用刑罚，以待阴气的安定和成事。这个月，鹿角脱落，蝉开始叫，半夏长出苗，木堇开花。

这个月，不要在南方用火。可以居住在高爽明亮的楼观之上，可以登高远眺，可以登山，可以居住在台榭之上。

仲夏之时，如果施行冬季的政令，就会有冰雹冻伤谷物，道路不畅通，盗贼到来。如果施行春季的政令，就会造成五谷推迟成熟，各种害虫都出现，国家就要遭到饥荒。如果施行秋季的政令，就会造成草木凋零，植物提前结实，人民遭到时疫流行的灾祸。

季夏六月：太阳运行于柳星的位置；黄昏时，火星位于南天的正中；拂晓，奎星位于南天的正中。夏季的日子是丙丁，于五行属火。主管的帝是火德的炎帝，辅佐的神是火官祝融。动物与火相配的是有翅的羽族。五音与火相配的是"徵"，与六月相应的是十二律中的林钟。与火相配的数是七。五味是苦，气味是焦。五祀中祭祀"灶"神，祭品中以五行属火的肺为上。

温湿的风开始到来，蟋蟀居处其洞穴之壁，雏鹰开始练习搏击，腐烂的草变为萤火虫。

这个月，天子居住在明堂南部的西室，乘的是朱红色的车子，驾的是赤色的马，车上插的是赤色的绘有龙纹的旗帜，穿的是朱红色的衣服，冠饰和佩玉都是赤色的，食品是豆类和鸡，使用的器物，高而且大。

命令主管水产的官吏斫杀蛟、捕取鼍、敬献上龟和鼋。命令主管湖塘的官吏缴纳蒲苇。这个月，命令主管山林川泽的官吏全部汇集各乡邑应上缴的牧草，用来饲养牺牲。命令全体人民出力割牺草，用来饲养供祭祀皇天上帝、名山大川、四方之神，及祭祀祖宗、土神、谷神的牺牲，为替人民祈求福利。

这个月，命令染人染五色丝，染制黼黻文章各种花纹，一定严格按照过去的成法工序，不可有差误。所染的黑黄苍赤等各种颜色，没有不质地优良的，不敢有欺骗假冒，因为所染的布帛要供制作祭天祭祖的祭服，用来制作各种旗帜标识的，这些都是用来分别贵贱等级高低的。

这个月，树木生长正旺盛，于是命令主管山林的官吏，进山巡视护林，不许有人砍伐。不可以大兴土木，不可以会合诸侯，不可以兴师动众。不要发动大规模的徭役，因而分散生养之气。不要发布违背时令的命令，这样会妨害农业生产。雨水充足，土神将于此时成就农事，如果发动大规模的徭役，天会降下灾祸。

这个月，土地潮湿地温很高，经常下大雨，齐根割草，再将干草烧掉又经水浸泡，对于消灭杂草十分有利，譬如用开水来浇一样。这样，可以使田地肥沃，可以改善板结的土地。

给丝织品淬色、攀花，选自清《耕织图册》。

季夏六月，如果施行春季的政令，就会发生谷类的颗粒未熟就脱落，国内因风寒而咳嗽的人很多，人民纷纷迁居搬家。如果施行秋季的政令，就会发生无论高地和洼地都遭水灾。各种粮食作物不能成熟，妇女们流产的增多。如果施行冬季的政令，寒风不依节气提前到来，鹰隼等猛禽提早搏击，四境受侵扰，人民退居城堡。

一年之中，于五行属土。中央的日子是戊己，主管的帝是黄帝，辅佐的神是土官后土。与土相配的动物是无羽毛鳞甲的倮类。与它相配的五音是"宫"，相应的律是黄钟之宫。与土相配的数是五。五味是甘甜，气味是香。五祀中祭祀中霤，祭品中以五行属土的心为上。

天子居住在明堂中心的大室，乘的是大辂车，驾车的是黄马，车上插的是黄色的绘有龙纹图案的旗帜，穿黄色的衣服，冠饰和佩玉都是黄色的，吃的是谷子和牛肉。用的器具，是圆形的，而且宏大。

孟秋七月：太阳运行于翼星的位置；黄昏时，建星位于南天正中；拂晓，毕星位于南天正中。秋季的日子是庚辛，于五行属金。主管的帝是金德的少皞，辅佐的神是金官蓐收。与金相配的动物是长毛之兽。与金相配的五音是"商"，与本月相应的是十二律中的夷则。与金相配的数是九。五味是辛，气味是腥。五祀中祭祀"门"神，祭品中以五行属金的肝为上。

开始刮西南风，有了露水，寒蝉开始鸣叫，鹰祭鸟，开始对犯人杀戮处决。

天子居住在明堂西部总章的南室，乘的是兵车，驾的是白马，车上插的是白色的绘有龙纹的旗，穿的是白色的衣服，冠饰和所佩的玉都是白色的，食品是麻籽和狗肉。使用的器物，有棱角而且深。

这个月的节气，是立秋。在立秋前三天，太史向天子禀告说："某日是立秋，金德当令。"天子于是斋戒。到立秋这一天，天子率领三公九卿诸侯大夫等人，于西郊行迎秋之礼。回朝后，天子在朝堂奖赏将军和武士。天子给将帅们下命令：挑选士兵、磨砺兵器，简选杰出的人材加以训练，任用有战功的人，去征讨不义的人，对暴虐人民、不敬天子的人问罪诛戮，藉此分别善恶，使远方的人归顺。

这个月，命令官吏修习法令制度、修理监狱、制作刑具，禁止奸恶，严厉打击邪恶之徒，务必逮捕归案。命令法官：亲自察看罪犯肢体伤、创、折、断等情况；对案件的判决，一定要作到公正准确；对须判杀戮的罪犯，应十分严肃地量刑。天地开始对万物肃杀，不可以太宽大。

这个月，农官献上谷子，天子品尝新谷，先奉献给祖庙。命令百官开始收获官田庄稼。完善堤防，仔细检查河道有无阻塞，以防备水潦灾害。修缮宫殿室屋，填补弥合屋墙和围墙，修补内城外城。

这个月，不要分封诸侯和委任大官。不要赏赐土地给有功的人，不要派遣使节和赐予大量币帛礼品。

孟秋七月，如果施行冬季的政令，就会造成阴气压倒阳气，介壳类动物毁坏谷物，敌军来侵扰。如果施行春季的政令，就会给国家带来旱情，阳气重新回归，使五谷不能结实。如果施行夏季的政令，国内多火灾，天气冷热无常，人民多患疟疾。

仲秋八月：太阳运行于角星的位置；黄昏时，牵牛星位于南天正中；拂晓，觜觿星位于南天正中。秋季的日子，五行属金。主管的帝是金德的少皞，辅佐的神是金官蓐收。与金相配的动物是长毛之兽。与金相配的五音是"商"，与本月相应的是十二律中的南吕。与金相配的数是九。五味是辛，气味是腥。五祀中祭祀"门"神，祭品中以五行属金的肝为上。

开始刮大风，鸿雁从北来，燕子回归南方，群鸟藏食物过冬。

天子居住在明堂西部总章的中室，乘的是兵车，驾的是白马，车上插的是白色的绘有龙纹的旗，穿的是白色的衣服，冠饰和所佩的玉都是白色的，食品是麻籽和狗肉。使用的器物，有棱角而且深。

这个月，加强对衰弱老人的护养，给他们凭几和扶杖，赐粥供他们饮食。命令司服，制备祭衣祭裳，祭服的文绣都按照常制，礼服的大小、长短，衣服的数量，都要遵照过去的，冠和带子也都有常制。命令有关官员，重申严肃对待各种刑罚，特别是对判斩杀的，一定要作到十分恰当，不要有宽严的偏差，倘有冤屈不恰当的，执法的一定要遭到灾殃。

这个月，命令太宰、太祝巡视祭祀用的牲畜，察看牲口是否完好无损；喂养牲口的草和料是否充足，观察牲口的肥瘦；察看毛色，一定要切合各类祭祀的需要，衡量牺牲的大小、长短，都要符合祭祀的规定。以上五个方面都切合标准，上帝才来飨。天子举行傩祭，用以引导秋气通畅舒发。用狗肉来尝新收获的麻籽，在尝新前，要先敬献给祖庙。

这个月，可以修筑城郭，修建都邑，挖掘地窖；修建各种粮仓。下令给官吏，催促人民收获庄稼，务必贮藏各种干菜，尽量多积蓄以备荒。鼓励多种麦子，不要错过节气，如有错过节气，要实行处罚，毫不迟疑。

这个月，昼夜的时间一样长，雷声消失，蛰伏越冬的动物在洞口培土，肃杀之气渐渐旺盛，而阳气一天天衰退，河水开始干涸。当日夜等分之时，要校正统一度量衡的各种器具；平正秤锤秤杆，校正斗斛等，不使有大小差异。

这个月，对关市要减轻征税，使外地的客商来，运入各种货物，藉以方便人民。四面八方的客商都云集而来，穷乡僻壤的人都来交易，这样各种物资就不会匮缺，国君的财富充足，兴办各种事情没有不成功的。凡是国家有大的举动，一定不要违背自然界的规律，必然顺应时令，千万要根据时令的要求行施合乎其类的事。

仲秋八月，如果施行春季的政令，就会造成该降的秋雨不下，草木又重新开花，国内发生惊慌之事。如果施行夏季的政令，国家就发生旱灾，藏入地下过冬的动物不进入地穴藏身，各种作物又重新生长。如果施行冬季的政令，就会发生多次风灾，雷声提前消失，草木提早枯死。

季秋九月：太阳运行于房星的位置；黄昏时，虚星位于南天正中；拂晓，柳星位于南天正中。秋季的日子，五行属金。主管的帝是金德的少皞，辅佐的神是金官蓐收。与金相配的动物是长毛的兽。与金相配的五音是"商"，与本月相应的是十二律中的无射。与金相配的数是九。五味是辛，气味是腥。五祀中祭祀"门"神，祭品中以五行属金的肝为上。

大雁继续从北往南飞，雀进入大海变化为蛤蜊，菊开黄花，豺捕杀野兽，陈放着如同祭祀。

天子居住在明堂西部总章的北室，乘的是兵车，驾的是白马，车上插的是白色的绘有龙纹的旗，穿的是白色的衣服，冠饰和所佩的玉都是白色的，食品是麻籽和狗肉。使用的器物，有棱角而且深。

这个月，再一次严明各种号令。命令百官卿大夫和士们统统从事收割聚敛的工作，以便合于天地进入收藏的时期，不要再有宣泄疏散的行动。又命令冢宰，农作物全部收获，收入都要有账簿登记，籍田的收获贮藏于神仓之中，态度十分严肃认真，存放务求整饬严密。

这个月，开始下霜，各种工匠都停工休息。并对官吏下命令说："寒气很快就要到来，百姓们将受不了寒冷，让他们都从野外的庐舍中搬回家里。"在本月的第一个丁日，命令乐官到太学去教练吹奏管乐。

狩猎，选自《猎骑图册》，清人绘。

这个月，天子要遍祀五帝，祭祀宗庙，要向天子禀告祭牲等已全部准备好。下令各诸侯及直属的乡邑，授予下一年的历法、各诸侯国向人民征收税收多少的法令，及向天子贡奉的数目。这些数目的确定，是根据诸侯国离京城的远近和土地适宜种植某种作物为标准，以供祭祀天地祭祀祖庙的需要，不能留作己用。

这个月，天子举行田猎，教民战阵，训练五种兵器的运用，并颁布乘马的政令。命令御者和管理车马的人，将车统统驾好，车上插好旌和旐等旗帜，按等级地位分配车辆，然后将车辆人众按一定的队形排列在军门的屏外，司徒腰际插着刑杖，面北宣布戒律。天子穿着戎服，执着弓矢射猎。猎毕，命令主管祭祀的官员，将猎获的禽兽用来祭祀四方之神。

这个月，草枯黄，树叶落，于是砍伐柴木烧炭。在土穴中越冬的动物全部藏于洞穴，并用土封塞洞口。督促结案和处决囚犯，不要留下没有判决的罪人。俸禄和官爵有不合适的，凡不应由官府供给衣食的，均核实收回取消。这个月，天子食狗肉来品尝新收的稻谷，在尝新前，要先献给祖庙。

季秋九月，如果施行夏季的政令，这个国家就会发大水，冬天窖藏的东西都要败坏，百姓患鼻塞伤风的病人增多。如果施行冬季的政令，国内盗贼增多，边境地区不安定，土地被侵占。如果施行春季的政令，温暖的风就会刮来，百姓的情绪懈怠，爆发战争，人民无法安居。

孟冬十月，太阳运行于尾星的位置；黄昏时，危星位于南天正中；拂晓，七星位于南天正中。冬季的日子是壬癸，五行属水。主管的帝是水德的颛顼，辅佐的神是水官玄冥。与水相配的动物是介壳类。与水相配的五音是"羽"，与本月相应的是十二律中的应钟。与水相配的数是六。五味是咸，气味是腐味。五祀中祭祀"行"神，祭品中以五行属水的肾为上。

水开始结冰，地开始上冻，野鸡潜入大水化为大蛤，天空中的虹不再出现。

天子居住在明堂北部玄堂的西室，乘的是黑色的车，驾车的是黑马，车上插的是黑色的绘有龙纹的旗，穿的是黑色的衣服，冠饰和佩玉都是黑色的，食品是黍米和猪肉。用的器具，中间大而口小。

这个月，有立冬节气。在立冬前三天，太史向天子禀告说："某一天是立冬，水德当令。"天子于是斋戒。到立冬这一天，天子亲自率领三公九卿大夫到北郊行迎冬之礼。回朝后，奖赏死于国事的人，对死者所遗的孤儿寡妇进行抚恤。

这个月，命令太史杀牲用血涂龟甲蓍草，通过占卜、算卦得知吉凶。查察是否有阿谀奉承、结党营私的人，使得犯有这些错误的人，无法掩饰。

这个月，天子开始穿裘皮衣服。命令官吏说："阳气上升，阴气下沉，天地阴阳互不交往，各自闭藏阻塞而形成冬季。"命令百官们对收藏的物品都要小心盖藏。命令司徒巡查堆积在外的禾稼、柴草，要全部入库收藏起来。加固城郭，城门和里门要加强戒备，修理门锁，要谨慎保管钥匙，巩固封疆，加强边防，缮修要塞，严防关卡桥梁，堵塞小路。整饬丧事的各种制度，明辨给死者装殓时所穿衣裳的多少，审察内棺外椁的厚薄，营造坟墓封土的大小高低厚薄的尺寸等，务使切合各人贵贱的等级。

这个月，命令百工之长检查劳动成果，将所作的祭器陈列起来，检察祭器样式是否合于法度。检查有没有制做过分细巧华丽的器物，因而使君上产生奢侈的想法，一定要以做工精致为上等。器物上都要刻上工匠的名字，以便将来查考有无偷工减料，如发现工艺不合要求，一定要对制作者进行处罚，并且追究他为什么要这样干。

这个月，举行大饮，并于俎中放置全牲。天子祭祀日月星辰以祈求明年的丰收，大量杀牲祭祀社神及门、里门之神。以猎物祭祀祖先及门户中雷灶行等五祀。慰劳农夫并且让他们休息。天子命令将帅们讲习武事，练习射箭驭车，相互较量勇力。

这个月，命令掌管水利及水产的官员，收缴池泽的赋税，如果有人侵扰盘剥百姓，以此人民归怨天子，如有这种情况，一定加以处罪，决不宽贷。

孟冬十月，如果施行春季的政令，就会土地封冻不结实，地里的水气往上散发，有很多人民外出流亡。如果施行夏季的政令，国内暴风增多，冬季不寒冷，进入地下过冬的动物又从地下钻出。如果施行秋季的政令，造成不及时下雪降霜，经常有小规模的战争，国土被人侵占。

仲冬十一月，太阳运行于斗星的位置；黄昏时，东壁星位于南天正中；拂晓，轸星位于南天正中。冬季的日子是壬癸，五行属水。主管的帝是水德的颛顼，辅佐的神是水官玄冥。与水相配的动物是介壳类。与水相配的五音是"羽"，与本月相应的是十二律中的黄钟。与水相配的数是六。五味是咸，气味是腐味。五祀中祭祀"行"神，祭品中以五行属水的肾为上。

冰增厚，地开始被冻裂，鹖旦鸟夜里不再鸣叫，老虎开始交配。

天子居住在明堂北部玄堂的中室，乘的是黑色的车，驾车的是黑马，车上插的是黑色的绘有龙纹的旗，穿的是黑色的衣服，冠饰及佩玉都是黑色的，食品是黍米和猪肉。用的器具，中间大而口小。

警戒战士，要树立为国而死的思想。命令有关官员说："不能兴办土建工程，千万不要揭掉苫盖的东西，不要揭掉房顶进行修理，不要兴办动用大批劳力之事，藉以坚固自然界的闭藏。"如地气因遭受破坏而泄散，这种情况称为揭了天地的房顶，各种藏匿于土中过冬的动物就会冻死，人民一定会染上各种疾病，而且导致死亡。这个月被称之为"畅月"。

这个月，命令阉人之长重申宫中的法令，审视各处门户小心各处房屋，内外的门都要紧闭。减省妇女的劳作，禁止妇女制作过分细巧靡丽之物，即使是皇亲国戚、左右亲近的人，毫无例外一律禁止。命令酒官之长：造酒的黏稷和稻谷一定都要纯净，酒曲要及时，浸泡米和炊蒸一定要做到清洁，用的水一定是香甜的，使用的瓦器一定是精良的，火候一定要适当。酿好酒，一定要做到以上六件事，酒官之长负责监察，务使不要有差错。天子命令官吏祭祀四海，江河、大河的源头、湖泽、井泉等神以求福。

这个月，农夫如有不收藏积聚的禾稼，或有将马牛等家畜随便散放的，有人拿走了，官府不加追问。山林泽畔，有能去采摘草木果实及打猎射鸟的，主管的官员加以引导指教，其间如有掠夺侵占他人劳动成果的，定加处罚，决不宽恕。

这个月，是一年中白天最短的，阴气阳气互相消长之时，各种生物开始萌动。君子斋戒，居于深邃之处，身体要安静少动，摒除声色，禁绝一切嗜好欲念，安定性情，遇事要冷静，以静待阴阳的消长。芸草开始萌生，荔挺草开始长芽，蚯蚓在土中屈曲身体活动，麋鹿的角脱落，干涸的水泉开始涓涓流动。白天最短，宜于伐木和砍大小竹子。

这个月，可以免去冗散无事的官员，去掉没有用处的器物，用土填补台阙、门闾、修筑监狱，通过这些事来帮助天地闭藏之气。

仲冬十二月，如果施行夏季的政令，就会使国家遭到旱灾，浓雾使天空昏暗，冬天出现雷声。如果施行秋季的政令，就会出现雨雪交加，瓠瓜等不能成熟，国内将发生大的战争。如果施行春季的政令，就会发生蝗虫毁坏庄稼，河水泉水都干涸，百姓多生疥疮等皮肤病。

季冬十二月：太阳运行于婺女星的位置；黄昏时，娄星位于南天正中；拂晓，氐星位于南天正中。冬季的日子壬癸，五行属水。主管的帝是水德的颛顼，辅佐的神是水官玄冥。与水相配的动物是介壳类。与水相配的五音是"羽"，与本月相应的是十二律中的大吕，与水相配的数是六。五味是咸，气味是腐味。五祀中祭祀"行"神，祭品中以五行属水的肾为上。

雁从南向北飞，鹊开始筑窠，野鸡发出叫声，鸡开始下蛋，鹰鸟凶猛迅捷。

天子居住在明堂北部玄堂的东室，乘的是黑色的车，驾车的是黑马，车上插的是黑色的绘有龙纹的旗，穿的是黑色的衣服，冠饰及佩玉都是黑色的，食品是黍米和猪肉。用的器具，中间大而口小。

命令官员举行大规模的傩祭，在国门旁磔牲以祭神，制作泥牛送寒气。对列入祭祀的山川之神，五帝之佐神，一切天神、地神都祭祀完毕。

这个月，命令渔官开始捕鱼，天子亲自到捕鱼的地方，并品尝鲜鱼，在品尝前，先敬献给祖庙。冰正厚，无论是流动的水，还是不流动的水泽都冻得又厚又结实，命令凿取冰块，并且将冰贮入冰窖。出令农官告示百姓，从库中将五谷的种子取出，命令农官组合耦耕之事，修理耒耜，并将一切耕种的农具都准备好。命令乐官在学校里举行一次大合奏，然后结束全年的学习。又命令四监大夫征收常例薪柴，以便供应祭祀天地祖庙的蒸炊祭品和照明之用。

这个月，太阳于十二次运行完毕，月亮与太阳在十二次相会合也完毕，二十八宿等星在天空回旋了一周，一年的日子接近结束，将要辞旧迎新开始新的一年。让农民专心务农，不要对他们有所派遣和徭役。天子和公卿大夫等，共同整顿完善国家的典章制度，讨论各个季节的行事，以切合新一年的具体情况。又命令太史，编排各诸侯国大小的等第，确定应贡牺牲的数额，以供祭祀上帝、土神、谷神之需，又命同姓的诸侯国，供给对祖庙祭祀所需的牺牲。命令小宰编制自卿大夫至平民所占土地的数额，按占地多少来确定应贡献牺牲的数额，用以供给对山林、名川的祭祀所需。凡是生活在中国九州之内的人，无一例外地都要贡献他们的力量，用来供给祭祀上帝、土神、谷神、祖庙、山林、名川之神所需的牺牲。

季冬十二月，如果施行秋季的政令，就会产生白露提前出现，龟鳖等兴妖害人，四面边境的人民要进入城堡避敌。如果施行春季的政令，胎儿小产死亡的增加，国内久治不愈的病人增加，这种现象被称作反常。如果施行夏季的政令，就会出现大水毁坏国家设施，该下雪时不下雪，冰冻都融化。

曾子问第七

曾子问道；"国君死后灵柩停在殡宫，而世子出生，怎样行礼呢？"孔子回答说："世子出生的那天，卿、大夫、士都跟着摄主到殡宫，脸朝北方，站在西阶的南面。太祝身穿裨冕，双手端着束帛，登上西阶的最高一级，但不跨入堂内，命令不要哭泣，然后长喊三声，再向灵柩报告说：'夫人某氏已生世子，敢以禀告。'说完走上堂去，把束帛放在灵柩东西的供几上，接着哭泣一阵，然后下堂。众主人、卿、大夫、士以及房中的妇女都一齐哭泣，但不跺脚。众人尽情哭泣一次之后，都回到平常朝夕哭泣的位置。于是举行朝奠。礼毕，小宰走上堂，把供几上的束帛等供物拿起来埋在东西两阶之间。第三天，众主人和卿、大夫、士又都来到殡宫，站在前天站的位置，面向北。太宰、太宗和太祝都穿裨冕，少师抱着世子和世子的孝服。太祝走在最前面，少师抱着世子跟从太祝，太宰和太宗跟着世子。进门后，众人停止哭泣，少师抱着世子从西阶登堂，走到灵柩前，面向北站立。太祝站在殡的东南角，先长喊三声，再向灵柩报告说：'夫人某氏所生世子，让执事陪同着来拜见。'少师便抱着世子向灵柩稽颡再拜，并哭泣。太祝、太宰、宗人、众主人和卿、大夫、士也跟着哭泣跺脚，三哭三跺脚，如此重复三次。少师抱着世子下堂，回到东面的原定位置上。众人都袒露左臂。少师抱着世子跺脚时，房中的妇女也跟着跺脚，都是三哭三跺脚，重复三次。接着给孝子披上孝服，让他握着哭丧棒，举行朝奠。礼毕退出，太宰命令祝和史，把世子的名字遍告五祀及山川诸神。"

曾子问道："如果国君的灵柩已入葬而世子出生，怎样行礼呢？"孔子答道："太宰、太宗跟着太祝到殡宫向死者的神主禀告。再过三个月，又去拜见神主，并给世子取名，然后把世子的名字遍告社稷、宗庙及山川诸神。"

孔子说："诸侯将去朝见天子，必须备礼祭告各祖庙和父庙，穿着冕服出来上朝，命令祝、史向社稷、宗庙、山川诸神祭告,把国中事务托付给五大夫后再出发。出发时,还要举行道祭。各种祭告必须在五天内结束,超过五天,就不合礼。凡是举行告祭,都用牲币,外出返回的告归祭祀也一样。诸侯外出相互聘问,也必须告祭父庙,然后穿着朝服上朝,命令祝、史祭告五庙和所要经过的山川,也把国中事务托付给五大夫。出发时,也举行道祭。返回时的告归祭祀,必须亲祭所有祖庙、父庙,再命祝、史向出发前曾祭告过的山川诸神告归,然后回到朝廷听理政事。"

曾子问道:"如果有两个亲人同月而死,怎么办呢? 操办丧事谁先谁后呢?"孔子说:"葬事,以恩轻者在先,恩重者在后;他们的祭奠,应先祭恩重的,后祭恩轻的。这样才合正礼。先葬者恩轻,从启殡到入葬之间不设奠,灵柩直接移至墓地,不在门外举行踊袭受吊。葬毕回来后,设奠,决定恩重者的启殡日期,然后把日期告知宾客,于是为恩重者举行葬礼。葬后的虞祭,必须先祭恩重者,后祭恩轻者,这样才合正礼。"

孔子说:"宗子即使到七十岁,也不能没有主妇;如不是宗子,即使没有主妇也可。"

曾子问道:"将要为儿子举行加冠礼,参加冠礼的宾客都已经来,并且已把他们请到行礼的庙中,这时突然遇到有齐衰或大功丧服关系的亲属的丧事,怎么办呢?"孔子说:"如果死者是与自己同一宗庙的族亲,那就废止加冠礼;如果不是同一宗庙的族亲,那就继续行加冠礼,但要省去用醴酒祝贺新加冠人的仪节,礼毕把陈设的物品器具都收走,再把庙中打扫一下,然后站到相应的位置上为死者哭泣。假如参加冠礼的宾客还没有来,那就废止加冠礼。假如将要为儿子举行加冠礼,但还没有到选定的日子,却先遇到齐衰或大功或小功丧服关系的丧事,那么将要加冠的儿子照样按亲属关系穿戴丧服,到时给他加丧冠。"

曾子接着问道:"加丧冠的人在除丧之后是否要补行加冠礼呢?"孔子说:"天子在太庙赐给未冠的诸侯、大夫冕服、弁服,诸侯、大夫回到家庙设奠祭告祖宗,然后就穿戴起受赐的冠服。在那样的情况下也只用清酒宴饮宾客,而不用醴酒。据此推论,似乎不必补行冠礼。至于父亲死后而行加冠礼的,要在冠礼三加之后撤除行礼器物,打扫庙堂,改行祭告父庙之礼,祭后去拜见伯父、叔父,然后再设宴酬谢参加冠礼的宾客。"

曾子问道:"祭祀在什么情况下才不举行'旅酬'呢?"孔子说:"我听说过的。小祥的时候,主人服练冠练服祭祀死者,不应行旅酬,主人回敬宾的酒,宾接过就放下来,不举起来劝别人,这是合乎正礼的。从前,鲁昭公练祭的时候行旅酬,这是失礼的。鲁昭公在大祥时不举杯旅酬,这也不合礼。"

曾子问道:"自己有大功丧服,可以穿着丧服去参加别人的祭奠吗?"孔子说:"岂止大功可以! 从斩衰以下都可以参加祭奠,这样做是合乎正礼的。"曾子又问:"这不是看轻自己的丧服而注重别人的祭奠吗?"孔子说:"不能这样说。比如天子、诸侯死了,服斩衰的臣下要去祭奠;大夫死了,服齐衰的家臣要去祭奠;士死了,服大功的朋友要去祭奠。如果人数不够，才由服大功以下丧服的人补足；如果还不够，就让每个人多做几件事。"

曾子问道："有小功丧服的人可以参加出殡以后的祭祀吗？"孔子回答说："何止小功能参加？从斩衰以下参加祭祀是正礼。"曾子又问："这不是看轻丧服而注重祭祀吗？"孔子说："天子、诸侯的丧祭，不是斩衰丧服的人还没资格参加呢；大夫的祭祀，只有服齐丧的人才能参加；士的祭祀，只有人数不足时，才让兄弟大功以下的人参加。"

曾子问道："相识的人之间，一方有丧服在身，可以参加另一方的丧祭吗？"孔子回答说："只要有丧服，哪怕是最轻的缌麻丧服，都不能去祭祀自己的宗庙，又怎么能去帮助别人举行丧祭呢？"曾子又问道："除去丧服后，可以参加别人的丧奠吗？"孔子说："刚除丧服就去参加别人的丧奠，这是不合礼的，但去协助别人是可以的。"

曾子问道："婚礼已经进行到送过聘礼，又有了迎娶的日期，女方的父或母死了，该怎么办呢？"孔子回答说："男方要派人去吊丧。假如男方的父或母死了，女方也要派人吊丧，如果是男方的父亲死，女方就以父亲的名义吊丧；如果是母亲死亡，女方就以母亲的名义吊丧。如果女方的父母已亡，就用伯父伯母的名义吊丧。男方在死者埋葬之后，由男方的伯父出面向女方致意，说：'某人的儿子因为有父（或母）的丧服在身，不能和府上结亲，特地派我来说明。'女家同意，但不把女儿另嫁他人，这是正礼。到了男方除丧以后，女方的父母请人重提婚事，如果男方不准备娶过去了，女家便把女儿另嫁他人，这也是合礼的。如果女方的父或母死亡，男方也要这样。"

曾子问道："结婚的那天，新娘已经上路，突然接到新郎的父亲或母亲的讣告，怎么办呢？"孔子说："新娘就换掉新装改穿深衣去吊丧。如果新娘在半路上听到自己父母的讣告，就返回娘家。"曾子又问："假如新郎亲自去接新娘，新娘未到男家，而新郎有齐衰或大功的亲属之丧，该怎么办呢？"孔子说："新郎不入大门，在外次换上丧服；新娘则进入大门内在内次换上丧服；然后站到哭位上哀哭。"曾子问道："这样的情况到除丧后是否要重新举行婚礼呢？"孔子说："祭祀，过了日期就不补祭，这是合乎礼的；婚礼为什么要补办呢？"

孔子说："嫁女的人家，一连三夜不熄灯就寝，表示想到女儿就要离别了。娶媳妇的人家三天不击鼓奏乐，表示是为了接续后代才娶媳妇的。男方在父母死后成亲的，结婚三个月后，新娘要备礼到庙中拜见公婆的亡灵，祭告时新娘称'来妇'。选取吉日祭告父庙后，才正式成为这家的媳妇。这就是庙见礼的意义。"曾子问道："如果新娘未行庙见礼就死去，怎么办呢？"孔子说："她的灵柩不要移到男方祖庙中去朝祖宗，她的神主也不放在皇姑的后面，她的丈夫也不为她执丧杖、穿丧鞋、居丧庐。把她葬在她娘家的墓地，表示她没有成为男家的媳妇。"

曾子问道："已经选好迎娶的日期，而女的死了，怎么办呢？"孔子说："男的要服齐衰丧服去吊丧，等到她下葬之后就可除去丧服。如果有吉日之后男的死了，女的也应如此。"

　　曾子问道："丧事有二丧主，庙中同一人有两个神主，符合礼吗？"孔子说："天上没有两个太阳，地上没有两个天子，尝禘郊社所祭祀的鬼神，也只有一个是最尊贵的。我没听说过这是合礼的。从前齐桓公经常出兵征伐，做了个假神主带着同行。到了征伐回来以后，又把假神主也供在祖庙中。一庙之中有两个神主，是从齐桓公开始的。至于丧事有二主的由来，那是先前卫灵公到鲁国来，正好遇上鲁国大夫季桓子的丧事，卫灵公要吊丧，鲁哀公推辞不了。于是哀公做丧主，灵公做客人吊丧。季桓子的儿子康子站在大门西面，面向北；哀公揖请客人升堂，自己从东阶上升堂，面向西站立；客人从西阶升堂吊丧，哀公拜客人后，站起来哭泣，而季康子也站在自己的位置上向客人行稽颡礼，当时司仪也没加纠正。现在丧事有两个丧主，是从季康子那次违礼开始的。"

　　曾子问道："古代天子诸侯出师，必定带着迁庙主同行吗？"孔子说："天子出外巡守，把迁庙主装在斋车上带着同行，表示有所尊崇。而现在呢，却把七个庙主全部带着外出征伐，就错了。天子七庙，诸侯五庙，不该空着没有神主。庙中没有神主的情况，只有在天子崩驾的时候，诸侯死亡或被迫离开自己国家的时候才会出现；再就是在太祖庙中合祭群庙神主的时候，其他庙中也无神主。我听老聃说过：天子崩驾，诸侯死亡，太祝把各庙的神主都集中到太祖庙中，这是礼的规定。等到下葬后举行了卒哭的祭祀，又把各庙神主送回各自庙中。诸侯离开本国，由太宰带着各庙神主跟随同行，这也是礼的规定。在太祖庙中合祭祖先，就让太祝到父庙、祖庙、曾祖庙、高祖庙去迎请神主。神主出庙入庙时，必须清除道路，禁止闲人通行。这都是老聃说的。"

　　曾子接着问："古代诸侯出师，如果没有迁庙主，用哪一个神主呢？"孔子说："那就不用神主而用神主的命令。"曾子问："什么是神主的命令呢？"孔子说："天子、诸侯将要出征，必须用币帛皮圭等礼物祭告祖庙、父庙，祭告完毕，就捧着这些币玉出来，装载在斋车上同行。每到一个休息的地方，都要祭奠那币玉之后才休息。回来的时候也要祭祀祖先告归，祭奠完毕，把那些币玉埋在东西两台阶之间，然后走出来。这样做大概就是尊重祖先的命令吧！"

　　子游问道："天子诸侯死了慈母就像死了生母一样示哀，合乎礼吗？"孔子说："不合乎礼。从古到今，君王的儿子在外面有师傅，在家有慈母，他们是奉君王命令教育孩子的，孩子与他们哪有什么丧服关系呢？先前，鲁孝公年幼时死了母亲，他的慈母待他很好。等到慈母死，孝公忍心不下，要为她服孝。掌管礼典的官听到后，对孝公说：'古代礼法，慈母死，不为她服丧，你现在要为挚母服丧，这是违背古礼而扰乱国家法令啊！如果你要坚持这样做，那么礼官就要记载下来流传后世，大概不能这样做吧？'孝公说：'没有关系，古时候天子为生母服丧平常是戴练冠的。'"孝公不忍心不服丧，于是为慈母戴练冠服丧。诸侯为慈母服丧，是从鲁孝公开始的。"

　　曾子问道："众多诸侯一同朝见天子，已经进入行礼的太庙门，但不能行礼完毕，中途而废的情况有几种？"孔子说："共有四种。"曾子说："请问是哪四种？"孔子说："就是太庙失火，出现日食，王后死亡，大雨淋湿衣服不能保持仪容，这四种情况下就停止行礼。如果所有的诸侯都来朝见天子而遇到日食，那就跟从天子去救太阳，诸侯们要穿上自己国家所在方位的颜色的衣服，拿着相应方位的兵器。如果是太庙失火，就跟着天子去救火，对衣服颜色和兵器没有要求。"

　　曾子又问："诸侯互相聘问，主国已把来宾请入大庙门，但不能行礼完毕，中途而废的有几种情况？"孔子说："共有六种。"曾子说："请问是哪六种？"孔子说："那就是天子崩驾，诸侯的太庙失火，出现日食，王后或诸侯的夫人突然死亡，大雨淋湿衣服不能保持仪容，遇到这六种情况就中止行礼。"

　　曾子问道："天子准备举行尝、禘、郊、社、五祀的祭祀，所有的供品都已陈设齐备，忽然听到天子或王后死亡的消息，该怎么办呢？"孔子说："那就废止祭祀。"曾子又问："如果正在祭祀的时候出现了日食，或者太庙失火，又该怎么办呢？"孔子说："那就简捷地祭祀，尽快结束。如果牲口牵来还未杀，就废止祭祀。天子崩驾，灵柩未入殡宫之前，不可以祭五祀；棺柩在殡宫期间，可以祭祀，但祭祀的程序要简省，尸被请入座后，吃三把饭后告饱就不再劝食，酳尸后，尸也不回敬主人，祭祀就算结束了。从启殡到葬后反哭期间，不能祭五祀，反哭之后虽可祭祀，但只进行到向太祝敬酒为止。"

　　曾子问道："诸侯准备举行祭祀社稷等礼时，供品都已陈设好，忽然听到天子崩驾，或是王后、国君及夫人死亡的讣告，怎么办呢？"孔子说："那就不举行祭祀。从死日到入殡，从启殡到反哭期间，都遵从天子遇丧时的祭法。"

　　曾子问道："大夫将要举行宗庙祭祀，鼎俎笾豆等祭品都已陈列好的时候，遇到哪几种情况就停止祭祀呢？"孔子回答说："共有九种。"曾子问："请问是哪九种呢？"孔子说："那就是天子崩驾，王后死亡，国君逝世，国君夫人死亡，国君的太庙失火，日食，父母死亡，伯叔父母死亡，堂兄弟死亡，这九种情况下都应停止祭祀。如果遇到的不是同宗庙的外丧，只要是齐衰以下，都可继续祭祀。遇齐衰关系的外丧，而继续举行的祭祀，尸入室以后，三饭告饱，就不再劝饭；献酒酳尸，尸饮完不回敬主人，祭祀即告结束。遇大功关系的外丧而继续举行的祭祀，进行到'尸回敬主人'这一节为止。遇到小功或缌麻关系的亲戚，外丧而继续举行的祭祀，可以把室中进行的节目都行完为止。士与大夫不同的地方是，即使遇到有缌麻丧服关系的丧事，都不能举行祭祀，但是如果所祭祀的祖先与死亡的人没有丧服关系，那可以照常举行祭祀。"

　　曾子问道："自己身上有服期三年的丧服，可以给别人吊丧吗？"孔子说："有三年丧服的人，即使服满一年到举行小祥祭祀的时候，也不与众人立在一起，或一起行路。有地位的人遵从礼仪就是为了表达自己的感情，自己有三年的丧服不守丧，而赶着去为别人吊丧哭泣，那种吊丧哭泣不也是虚假的吗？"

曾子问道："大夫和士为自己亲属服丧，到了可以除丧的时候，又遇到国君死亡，必须为国君服丧，这时怎样除去私丧呢？"孔子说："做臣子的有国君的丧服在身，就不敢再为自己的亲属服丧，还除什么丧呢？所以，在这种情况下有过了丧期而不脱去丧服的，为国君所服丧服除去以后，才能为自己的亲属举行小祥大祥等盛大的祭祀，这是正礼。"曾子又问："为父母服丧，丧期满而不除丧服可以吗？"孔子说："先王制定的礼仪，过了时限就不举行，这是合礼的；不是说非除不可，而是担心超过礼的规定，所以君子不举行错过了时间的祭祀，这就是遵守礼法。"

曾子问道："国君死，灵柩已入殡宫，臣子遇到父母的丧事，该怎么办呢？"孔子说："臣子应该回家料理父母的丧事，并守丧。每逢初一、十五就到国君的殡宫参加祭奠，每天早晚的祭奠可以不去。"曾子又问："国君的灵柩已启殡，准备入葬，这时臣子的父母死了，臣子该怎么办呢？"孔子说："应先回家为父母哭泣致哀，然后再赶去为国君送葬。"曾子又问："如果国君刚死，尚未入殡，而臣子的父母死了，臣子该怎么办呢？"孔子说："应该回家料理丧事，父母入殡后再返回为国君守丧。每逢初一、十五就回家去祭奠，每天早晚不必回去祭奠。早晚的祭奠，大夫家里，由他的总管代祭；士的家里，由子孙代祭。大夫的嫡妻每逢初一、十五也要到国君的殡宫参加祭奠，每天早晚不要去。"

地位低的人不能为尊贵的人写诔文，晚辈不能为长辈作诔文，这是礼法所规定。只有天子死后，臣子祭告上帝，以上帝的名义作诔文。诸侯的地位相等，诸侯为诸侯作诔文是失礼的，应由天子作诔。

曾子问道："国君到国界外面去都要预备不测的后事，要随带内棺。如果真的死了，棺柩怎样运回来呢？"孔子说："供应随从人员的殡服，国君的儿子要头戴麻弁加麻绖，身穿齐衰丧服，脚穿草鞋，手拿丧棒，迎接灵柩。灵柩从打坏的墙的阙口进入，从堂的西阶抬上殡宫。如果尸体是小敛后运回来的，他的儿子就用布条结住头发，跟着棺柩从大门进来。灵柩从堂的东阶抬上殡宫。国君、大夫、士，遇到这样的情况，都用一样的仪节。"

曾子问道："国君的灵柩已经从祖庙中拉出，臣子忽然听到父母之丧，该怎么办？"孔子说："应该把国君的灵柩送到墓地，等到灵柩入土之后再回去料理丧事，不必等国君的儿子同回。"曾子又问："父母的灵柩已经拉出，在运往墓地的途中，听到国君之丧，该怎么办？"孔子说："也应把灵柩送到墓地，等入土之后，改换服装去宫中奔丧。"

曾子问道："宗子的爵位是士，而庶子是大夫，庶子祭祀祖先时该用什么等级呢？"孔子说："用大夫的礼，备少牢到宗子家去祭祀，但祝词要说：'孝子某某为介子某某向祖先进献通常的祭奠。'如果宗子有罪而避居在别国，庶子是大夫，祭祀的时候，祝词就该说：'孝子某某让介子某某来代行祭奠。'凡是代理主人的祭祀不用厌祭。不旅酬，尸不向代主人祝福，代主人不绥祭，祝在请神时不说以某妃配食某氏。代主人向宾劝酒时，宾不把酒端起来行旅酬，祭祀结束不向来宾分送祭肉，只对宾客说：'我的宗兄（宗弟）是宗子，如今在别的国家，所以派找代主祭祀，特向众位致意。'"

曾子问道："宗子离开本国而住在别国，住在本国而没有爵位的庶子，可以代替宗子祭祀祖先吗？"孔子说："可以祭祀。"曾子说："请问怎么祭祀呢？"孔子说："朝着祖先墓地方向筑土坛，一年四季按时祭祀。如果宗子已经死了，就要先到祖先墓上去禀告，然后再在家里祭祀，宗子死后，祭祀的祝词中就不用'孝'字而只称宗子的名字，这种称呼沿用到庶子死亡为止。子游的学生中，有人以庶子的身份代祭时，就用这种礼法。如今庶子的祭祀，不推求古礼的意义，所以祭祀时都随意乱来。"

曾子问曰："祭祀一定是有尸吗？像餍祭那样也可以吗？"孔子说："祭祀成年死者必须有尸。尸一定是死者的孙子辈充当，如果孙子年龄太小，就让人抱着他。假如死者无嫡孙，选一个同姓的孙子辈做尸也可以，祭祀未成年死者，就没有尸，用餍祭，因为他尚未成年。如果祭祀成年死者没有尸，那就是把他当做殇了。"

孔子说："祭殇有阴餍，也有阳餍。"曾子问道："祭殇不用尸，是不完备的祭礼，怎么会有阴餍阳餍之分呢？"孔子说："宗子未成年而死，庶子不能做他的后嗣。举行卒哭祔庙等吉祭时，用一条牛；祭祀不用尸，所以没有举肺脊、献肵俎的节目，也不用玄酒，祝不向神报告供品进献完毕，这就是阴餍。凡是一般未成年而死的，以及死而没有子嗣的人，对他们祭祀都是在宗子的家庙里。祭品摆在室内西北角透光处，而酒尊设在东房内。这就是阳餍。"

孔子向老子问礼，选自《孔子圣迹图》。

曾子问道："灵柩出葬，已在途中，忽然遇到日食，是改变葬礼呢？还是不改变呢？"孔子说："从前我跟着老聃在巷党帮人家出葬，柩车在途中时，碰到日食，老聃就喊道：'孔丘，快叫柩车停下来，靠在路右边，叫大家停止哭泣，等待天象变了，再向前走。'后来，太阳重新出来之后，柩车才继续前进。老聃说：'这样做是合乎礼的。'到送葬回来，我问老聃：'灵柩既已出殡，是不能再返回去的，而日食现象，谁也不知道它结束得是快还是慢，还不如继续前进好吧？'老聃说：'诸侯去朝见天子，早晨太阳出来才上路，傍晚太阳未下山就歇宿，祭奠行主。大夫出使，也是日出才行，日未落就歇宿。灵柩出葬，不能起早出门，不能天黑才止宿。披星戴月地赶路，只有逃犯和奔父母之丧的人才这样！遇到日食，不见阳光，怎么知道天上没有星星呢，如果继续前进，岂不与夜行一样吗？况且有德行的人行礼，不能让别人的父母遭灾祸。'我听到老聃是这样说的。"

曾子问道："奉国君的命令出使别国，死在馆舍里，礼书上说：'死在公家的馆舍里可以招魂，死在私人馆舍就不招魂。'凡是出使到别的国家，由负责接待的人安排馆舍，那就都是公家的馆舍。那么礼书所说'死在私人馆舍不招魂'是指什么呢？"孔子说："你这个问题问得好！卿大夫以下的家庙都叫私馆，国君的宗庙和国君指定的馆舍都叫公馆。所谓'死于公馆可以招魂'是指这些馆舍。"

曾子问道："八岁到十一岁的小孩死后，在菜园中挖个坑，坑中四周用砖砌上，再用'机'把尸体抬到那儿大敛入葬，这是因为路途很近的原因。假如离得很远，葬法该怎样呢？"孔

招魂，汉画像石。

子说："我听老聃说过：'从前史佚有个儿子死了，也是下殇，葬得很远，召公对史佚说：'为什么不在家里大敛入棺后再入葬呢？'史佚说：'我不敢那样做。'召公就去问周公，周公说：'那有什么不可以的呢？'于是史佚就照召公的话做了。下殇在家大敛入棺再出葬的事，是从史佚开始的。"

曾子问道："卿大夫即将要做国君祭祀的尸，已经接受了邀请并斋戒了，突然遇到自己家族中有服齐衰的丧事，该怎么办呢？"孔子说："那就离开家，住到国君的馆舍里去等待国君的祭祀，这是合乎礼法的。"孔子又说："做尸的人冠戴而出家门，卿大夫碰见

他，都要下车致敬，做尸的人必须倚靠着车轼答礼。做尸的人出门，前面必定要有开道的人。"

子夏问道："为父母守丧的人，到了卒哭之后，接到参加征战的命令就不能推辞，这是礼的规定呢？还是从前主管的人规定的呢？"孔子说："为父母守丧，在夏代是父母入殡后就告假守丧。在殷代是父母入葬后告假，到周代是卒哭之后告假。古《记》上说：'有德行的人不剥夺别人对父母的哀情，也不剥夺自己的哀情'，说的就是这个吧。"子夏接着问："这么说来，卒哭之后不能辞避战争征召，是不合礼的了？"孔子说："我听老聃说过：从前鲁国的伯禽曾在特定情况下，卒哭之后兴兵讨伐过。但现在许多人在守丧期间，为了私利而从事战争，我就不知道合礼性何在了。"

文王世子第八

周文王在做太子的时候，向父亲请安，每日三次。鸡叫头遍就穿好衣服，到寝门外，问宫中小臣中的值日者，说："今天父王身体情况怎样？"值日的小臣回答说："身体大安。"文王就高兴。等到中午又来到父王居处，像早上一样向小臣打听父王的身体情况。到了黄昏又一次到父王居处，像早上一样请安。如父王和平日的生活有不同，宫中小臣禀告文王，文王马上露出忧虑的表情，行走时都不能正常的迈步。父王恢复正常的饮食，文王才回复到平时的样子。每当饭菜送上来时，文王一定亲自察看饭菜冷热是否适度；食毕，饭菜撤下，一定问吃了些什么。命令膳宰说："所食之余，不要再进。"膳宰答应说："是。"文王然后才离开。

周武王遵循父亲文王的样子去做，不敢有什么增加。文王有了疾病，武王不脱冠、不解带一直守在身边看护。文王吃一口饭，他也吃一口饭，文王吃两口饭，他也吃两口饭，一直到十二天后，文王病愈为止。

文王问武王说："你做过什么梦吗？"武王回答说："梦见上帝给我九龄。"文王又问道："你认为这个梦有什么暗示吗？"武王说："西部地区有九个国家，君王您大概最终都将占有吧。"文王说："不对，古代称一年为一龄，一个人的年齿也叫做龄，我活一百岁，你大概只有九十岁，我送给你三年。"结果文王九十七岁寿终，武王活到九十三岁寿终。

成王年幼，不能即位治政，周公旦任宰相，代行天子职责，治理天下。举出太子应遵守的法规，要求伯禽履行，目的是要让成王懂得父子君臣长幼之间的种种伦理；如成王有了过错，就鞭打伯禽，以此向成王示意做太子的道理。——"文王为世子。"

太学对太子及学士进行教育，一定要根据季节的不同。春季夏季教以干戈为舞具的武舞，秋季冬季教以羽籥为舞具的文舞。教舞蹈都在太学的东序中进行。小乐正来教执干

舞，大胥帮助他；篇师教执戈舞，籥师
丞帮助他。胥击鼓伴舞，用的是《南》
的乐曲。春天诵读歌词，夏天演奏琴瑟
等乐器，这两项都由乐官太师来教的。
秋天在太学中的瞽宗进行礼的教育，由
主持礼仪的官员来教导。冬季读书，由
主管书籍的官员对他们进行教导。教礼
在太学中的瞽宗，读书在太学中的上庠。

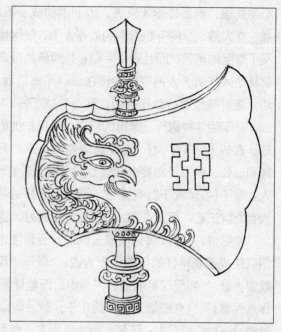

宋元时期的舞戚

　　一切祭祀的礼节和养老乞言、合语
的礼节，都由小乐正在太学的东序中进
行教导。大乐正教以干戚为舞具的舞蹈；
合语、乞言，由大乐正指定学习的篇目，
由大司成评说，都在东序进行。凡是陪
侍大司成坐的，他们之间的距离要间隔
三张坐席。可以向大司成提问，问完了
就要退到靠墙的位置上。如大司成谈论
事情还没有结束，不能打断话提问。

　　一切学校，在春季由掌教的官员举行释奠礼，祭先师。秋季冬季也行释奠礼。如诸侯
国始创建学校，一定以释奠礼祭祀先圣和先师。在行释奠礼时用币帛。凡行释奠礼，都有
乐有舞，如国家有战争灾荒等事故，则不用舞乐。凡遇举行大规模的舞乐之时，同时举行
养老之礼。

　　凡是到乡学对学士进行考课评议的人，一定进行选取贤德和收罗人才的工作。有的因
品德优异获得录取，有的因熟悉世务懂得吏治而获得录取，有的因善于言辞应对而获得录
取。对于懂得医卜等技艺的人都对他们一一加以勉励，要他们不要放松对技艺的学习提
高，以便等待另一次考课评议，他们中如说三件事有一件事可取，就晋升等第，并称他们
为"郊人"，这些人与大学学生还有区别。若天子在成均中设宴，"郊人"亦可以在堂上的
酒尊中取酒，参加旅酬，以示对他们的鼓励。

　　诸侯国初建学校，要衅用器，又用币帛祭祀先圣先师告以器成。然后举行释菜的祭
祀，既不用舞蹈，就不授给作为舞具的器物。祭祀结束，大家从虞庠退出，在太学的东序
招待宾客，只对宾客行一献之礼，可以不用"介"和行酒时大家论说的仪式。——"教世
子"。

　　三代的王教育太子，必定用礼乐。乐，是用来提高人的内心世界的美；礼，使人外在
的表情、态度、动作合乎礼仪的规范。礼的教育由外及内，乐的教育由内及外，都交互在

心中扎根，然后显示于仪表，因而他的成长不用强迫和责罚，养成了恭敬温和文雅的气质。立太傅、少傅等职来影响教导太子，使他懂得父子君臣之间的道理。作太傅的要明辨父子君臣的道理，而且亲身示范；作少傅的侍奉太子，让他去观察太傅的种种德行，并能解释给太子听。太傅在前少傅在后，不离前后；回宫有保氏守在旁边，出门有师氏在身边，随时随地进行教导说明，从而养成了好的品德。师氏的职责，是教导太子应做些什么，并阐明各种德行。保氏的职责，是保护他的身体，并使太子的思想行为合于道德的规范。古书《记》中说："虞夏商周各代，在太子周围设立师、保、疑、丞等官职。设立四辅和三公，但不一定要全部设立，主要是看有没有合适的人选。"这话是说要任用胜任的人。君子说："太子要有德行。因为有了好的德行，教育就会受到尊崇，教育受到尊崇，为官的就正直，百官正直，国家就能治理好，这是指太子将来要为国君而言的。"

仲尼说："昔日周公代成王执政，登君主之位，治理天下。拿太子法要求伯禽履行，用以使成王获得好的品德。听人说：'做一个臣子，牺牲自己生命，而对国君有好处的，就要去做。'何况仅是变通一下身份，而能使君主品德得以完善的事呢！所以周公乐于去作这件事。"只有能做一个好的儿子，然后能做一个好的父亲；知道做一个好的臣下，然后能做一个好的君主；了解如何为人服务，然后才能使唤他人服务。成王是因为年幼，不能登位执政；他做世子，履行世子法又缺乏对象。所以要求伯禽履行世子法，让他和成王住在一起，使成王了解到父子、君臣、长幼之间所应有的正确关系。君主和太子的关系，既有父子之亲，又有君臣之尊。太子能真正做到有父与子的亲爱，君与臣的尊严，然后才可以统治天下，所以对太子的教育不能不慎重啊。

做一件事同时获得三个方面的好效果，只有太子才具有的啊！这是指在学校中能对年长的同学谦让这件事说的。太子在学校中做到不依尊卑，而以年龄大小为序，国人看到后，说："将来他要做我们的君上，而现在和我们以长幼为序，这样谦让为什么呢？"有人说："因为他有父亲在，礼应如此。"这样就使人民懂得父子关系的道理了。其二，人们说："将来他要做我们的君上，而现在和我们以长幼为序，这样谦让为什么呢？"有人说："因为有国君在，礼应如此。"这样就使人民明白了君臣之道了。其三，人们说："将来他要做我们的君上，而现在和我们以长幼为序，这样谦让为什么呢？"有人说："这是尊敬年长者。"这样就使人民懂得了长幼之间的礼节了。父在，太子的身份是儿子；君在，太子的身份是臣下，必须遵守儿子和臣下应有的礼节，即对国君尊敬，对父母孝顺。所以要教导他父子之道，教导他君臣之道，教导他长幼之道。懂得了父子、君臣、长幼之道，国家就太平了。古人有这样一句话："乐正是主管太子诗书的教育，大师是主管太子的品德教育。培养一个品德善良的人，天下万国都得以走上正道。"这一个人就是指太子而言的。——"周公践阼"。

庶子的政务是管理国君同姓及卿大夫的子弟，教育他们孝悌、睦友、慈爱等伦理道德，使他们明了父子之间的道德规范，长幼之间的礼节。国君的族人朝见国君，如在内朝，则面向东以北为上位，朝见的臣子，不依高低贵贱而按年龄大小为序，由庶子具体负责。即使有三命的卿，他的位置也不能超过父兄长辈。如在外朝朝见，那就以官爵的高低列位，负责班位的是司士。如在宗庙之中，班位的序次和外朝的位次一样，由宗人分派祭祀的事务，根据爵位的高低和所任的官职。至于登堂分食祭品及向尸献酒，或接受尸的献酒，则由嫡长子承担。

如国君有丧事，班列的次序以丧服的精粗为先后的标准，一切同族人办丧事班列的次序也都是这样，以主人为排头，其后按亲疏的关系一个一个往下排。如国君和同族人饮宴，异姓的人才算是宾客，膳宰代表主人向客人献酒，在排坐次时，国君与同族的父老兄弟们统一按年龄大小为序。同族人参加国君的饮宴次数，则视世系的亲疏，亲的次数多，疏的次数少。

庶子在军中，就守卫在行主旁边。国君如离开本国去朝觐会同，庶子分派国君同族中不随行的和无具体职务的人，担任守卫国君宫廷宗庙：卿大夫的嫡子守卫太祖庙，叔父伯父守卫国君路寝，让子侄辈和孙辈守卫亲庙和燕寝。

同一高祖子孙，当祖庙还存在，即使已沦为平民，举行冠礼、结婚等事，一定要向国君禀告，有死丧一定讣告，练祥等祭祀也禀告。同族人之间互相往来，如应该吊问而不去吊问，应该戴丧冠而不戴丧冠，主管官员庶子都要处罚他们。至于给丧家赠车马、财帛、珠玉等，庶子都使他们遵循礼的规定。

与国君同族的人犯了死罪，就交给甸人将他缢死。如判处膑、墨、劓、刖等刑的，也到甸人处行刑。对待国君同族人不判决用宫刑。罪案判决后，官员向国君报告判决书。族人犯的是死罪，报告时就说某人所犯的罪属于大辟；族人所犯的是用刑罚的罪，就说某人所犯的罪属于小辟；国君说："宽减些吧。"有关官员说："他罪有应得。"国君又说："宽减些吧。"有关官员再一次说："他罪有应得。"等到国君第三次要求从宽，官员不回答就跑出去，将犯人送到甸人处行刑。国君派人追上他说："即使如此，我要求宽减。"官员说："已经晚了。"并回头向国君报告已经用刑。国君穿素服，不举盛馔，为之改变日常的礼节。至于赙赠之类，并按照亲疏的等第，但不穿丧服，亲自哭于异姓之庙。

同族的人朝见国君在内朝，因为这是族内的亲属。即使有地位高贵的，仍按年齿为序，用以显明父辈子辈的关系。在外朝以官位高低为序，这是表示与异姓为一体。在宗庙之中，以爵位的高低来站位，这是为了尊崇品德高尚的人。负责祭祀的宗人分派事务时以官阶的高低为先后，这样做是为了尊贤。登堂分食祭品，接受尸的献酒，都由嫡长子，这是体现尊祖的道理。丧事以丧服的轻重为序，这是不超越亲疏的关系。国君和同族人宴饮以年齿坐席，这是表示孝弟之道。与同族人燕饮的次数随世系的远近区分等级，体现了对亲属远近有等差。作战时守卫行主，表现出对祖上孝爱之情。以嫡子守卫太庙，这是尊崇宗室，君臣之道从而得以显明。叔父堂兄守卫国君的正寝，晚辈子弟们守卫国君其他居室，这是表明了谦让之道。

同一高祖的子孙，如祖庙仍然存在，即使已沦为平民，行冠礼、结婚一定要禀告国君，死丧一定发讣告给国君，这是表示不忘记亲属关系。与国君的亲属关系还没有断绝，但已降为平民，这表示国君鄙夷无能的人。同族之人有死丧，国君亲临吊问并赠送车马财帛助葬，这表示与同族人和睦友好。古代只要庶子这个官职称职，这样国内人与人的关系就非常顺当，国内人与人的关系顺当，众人都趋向于礼义了。国君同族人有罪，即使是至亲不能因此干扰司法的工作，这是正确贯彻法令，并且以此说明本族的人和其他百姓在法律面前都是一样的。行刑于甸人之处，这是不使异姓之人一起来忧虑国君的同族兄弟间的事。不到受死刑的家中吊问，不为他穿丧服，并且哭于异姓的宗庙，因为他玷辱了祖宗，不将他当做同族人看待。国君穿白色的衣服，居住在外寝，不听音乐，暗中以丧礼对待被处死的同族人，因为骨肉的至亲关系并没有断绝。对国君同族人不处以宫刑，是为了不断绝他的后代。

天子视察太学这一天，一大早就擂鼓召集学士，这是要大家早起来。众人都到齐后，然后天子才到场，就命官员开始行事，举行常规的礼仪，先祭先师、先圣。官员报告祭奠完毕，天子乃至行养老礼之东序。天子到东序，用释奠之礼祭祀先代的老人，紧接着就铺设三老、五更及群老的坐席。天子亲自去看为养老准备的各种菜肴、酒，以及各种珍美食品，乐队唱歌迎宾，举行养老之礼。当老人们反席坐定，乐队登堂唱《清庙》之歌，歌毕，诸老人互相评说，充分发挥诗的含意。所谈论的都是关于父子、君臣、长幼关系的各种道理，都符合乐曲的意旨。这是养老之礼中最重要的一节。

接着，堂下用管乐器吹奏《象》乐曲，跳着《大武》的舞蹈。这是发扬了文王武王的精神，推行了他们的德行。从而正确树立君臣之位、贵贱之间的差等，这样上下之间的行为准则就能很好地贯彻了。官员报告歌舞结束，天子于是命令参加的公侯伯子男及群吏说："回去后都要在东序举行养老之礼。"这样以天子仁爱之心结束这一养老之礼。

圣人之所以记载养老这件事，这体现他考虑这是治国的大事，以敬老体现爱，一切行为都符合礼仪，以孝养为修身之本，记述的都合于义，最后以仁爱结束这一典礼。所以古人举行一次大的典礼，使众人都知道他德行的完美无缺；古代的君子，举行大的典礼，从起始到结尾都一定十分敬慎，这样，众人怎能不明白这件事的意义呢！《尚书·说命》中说："时刻想到终和始都常在受教育。"

《世子之记》说：太子早晚到国君正寝的门外，向宫里的侍候小臣打听，问："今日父王身体如何？"宫中小臣回答说："今日安康。"太子听后面露喜色。父王如有不安适，宫中小臣将这情况告诉太子，太子面带愁容。宫中小臣说已恢复正常，然后太子亦恢复正常。早晚奉食时，太子一定亲自察看饭菜冷热是否适度，食毕饭菜搬下来，要打听父王吃了哪些菜肴，一定要知道下顿所送的菜肴，向膳宰嘱咐后，然后才离去。如果宫中小臣说父王有了疾病，太子斋戒，服玄端，亲自侍奉，对于膳宰所作的饭菜，一定认真去察看。治病的药，太子一定亲自尝过后再给父王吃。父王吃的饭菜比以前多，太子也跟着多吃；父王吃的饭菜比以前少，太子也跟着少吃，一直到父王恢复正常，然后太子恢复正常的服饰。

礼运第九

　　从前孔子参与蜡祭的宾，祭事完毕后，出来到观楼上游览，不禁发出叹息。孔子的叹息，大盖是哀叹那时的鲁国。言偃在一旁问道："君子为什么还要叹息？"孔子说："大道施行的时代，以及三代英杰执政的时代，我都没能赶上，但我有志于他们那样的业绩。大道施行的时代，天下为人们共有。选择有贤德的人、推举有才能的人治理国家。讲究诚信，维护和睦。所以人们不仅仅敬奉自己的双亲，也不仅仅慈爱自己的子女，而是使老年人都能安度晚年，壮年人都能发挥作用、幼年人都能健康成长，鳏寡、孤独者和残废人都能得到抚养。男子各有其职分，女子都能出嫁成家。开发货财，只是由于不愿让它遗弃在地上，并非一定是为自己收藏；出力劳作，只是不愿让自己身上的力气无处施展，并非一定是为自己谋利。因此奸谋机诈不会兴起，盗窃和暴力行为也不会出现，家家门户对外开着，不必锁闭。这就叫'大同'社会。如今大道已经衰微，天下为一家所占有。人们各自

观蜡论俗，选自《孔子圣迹图》。

敬奉自己的双亲，各自慈爱自己的子女。开发货财，出力劳作，都是为自己。诸侯以父子兄弟世代相传作为礼法，还修建了城廓沟池来卫护自己。把礼义作为纲纪，用以确定君臣之间的名分，加重父子之间的慈孝，融洽兄弟之间的友情，调和夫妻之间的恩爱，设立少长贵贱之间的各项制度，划分田地和居宅，推崇勇气和智慧。建立事功都是为了自己，于是谋算欺诈兴起了，刀兵武力由此产生了。禹、汤、文、武、成王、周公便是在这时出现的一些杰出人物。这六位君子没有一个不是谨慎地按照礼来办事的，他们按照礼来明确大义，考察诚信，指明过错，效法仁爱，讲求辞让，向人民展示做人的常道。如果有不照此去做的人，即使有势位也要被罢黜，众人就会视他为祸害。这样的社会就叫做'小康'社会。"

言偃又问道："礼难道真是如此紧要吗？"孔子说："礼，是先王用来遵循天道，治理人的性情的。所以离开了礼就要死，得到了礼才能生。《诗经》上说：'老鼠尚且有形体，人类怎能没有礼！做人如果没有礼，何不赶紧就去死！'所以这个礼，必定是本源于天，效法于地，参验于鬼神，贯彻于丧、祭、射、乡、冠、婚、朝、聘等各项仪式之中。圣人用礼来昭示天下，所以天下国家才能治理得好。"

言偃又问道："先生这样极言礼的重要，是否可以让我知道礼的具体情况呢？"孔子说："我想考察夏代的礼，所以到杞国去，但那里的情况已不足验证；在那里我只得到一部《夏时》。我想考察殷代的礼，所以到宋国去，但那里的情况也已经不足以验证，在那里我只得到一部《坤乾》。《坤乾》的义理，《夏时》的次序，我就是根据这些材料去考察从前的礼的。礼的初期，是从饮食开始的。上古时候，人们在火石上烤谷物和小猪，在地上掏个窟窿当做盛酒之器，用手捧着喝，用土抟成鼓槌，筑起土堆充作鼓，这样也似乎可以向鬼神表达敬意。到了人死的时候，登上屋顶招魂，说：'啊！某某人你回来呀！'然后在死人嘴里放进生米，又用草苇裹着烧熟的鱼肉，为死者送行。向着天上招魂，又把死人埋在地里。躯体虽然下降入地，而灵魂却在天上飞翔。北方为阴，南方为阳，所以死者头向北，活人面朝南。所有这些礼仪，都是遵从远古的礼仪。从前先王没有宫殿和居室，冬天就居住在用土垒成的洞穴里，夏天就居住在用柴木搭成的窠巢中。还没有学会用火煮食物，生吃草木的果实和鸟兽的肉，连血也喝下去，毛也吞下去。还没有学会纺织丝麻，就穿戴鸟兽的皮毛。后来有圣人起来，然后才知道利用火的好处，用火来铸造金属、烧制泥土，建造了台榭宫室门窗，又用火烧烤烹煮食物，酿制甜酒和乳酪。又学会了纺织丝麻，制成麻布和丝绸，用来供养活人，葬送死者，敬奉鬼神和上帝。所有这些也都是从古时候传下来的。所以，祭祀时玄酒放在室内，醴和酦放在门旁，粢醒放在堂上，澄酒放在堂下。陈列着牺牲，准备好鼎俎，排列琴、瑟、管、磬、钟、鼓，拟定祝嘏之辞，用以迎接上天之神和祖先之灵的降临，并通过祭祀仪式明确君臣之位，加深父子之情，融洽兄弟关系，调剂上下感情，使夫妇各得其所。这样的祭祀，便可以说是承受到天赐之福了。

制定祝辞的名号，然后先用玄酒祭神，将所杀牲畜的血毛献上，再献上盛放着牲畜生肉的俎，又献上煮得半熟的牲畜的骨体。祭祀的人踏在蒲席上，用粗布覆盖酒樽，身穿澣帛，进献醴酒和盏酒，奉上烤肉和烤肝。主人和主妇交替向神进献祭祀，使祖先的灵魂得亨欢乐，这就叫人与鬼神在冥冥之中会合。祭祀完毕后将祭品取下合在一处重新煮熟，然后区分犬猪牛羊的骨体，分别放入簠、簋、笾、豆、铏羹，以招待宾客和兄弟。祝辞要代表人向神表达孝敬之意，嘏辞则要表达神对人的慈爱之心。这就叫大吉大祥。这就是礼的圆满完成。"

孔子说："真可悲哀啊！我想考察周代之礼，而周礼已经被幽王、厉王损坏了。我除开鲁国，又能到什么地方去考察呢？但是鲁国举行郊天、禘祖的仪式，都是不符合周礼的。周公制定的礼，看来真是衰微了。杞国郊天、禘禹，宋国郊天、禘契，那是因为它们是夏商两代天子的后裔，所以能保留着天子的职事。只有天子才可以祭天地，诸侯只能祭祀自己国土上的社神与稷神。祝辞和嘏辞不敢随意改变过去的常式，这才叫大吉大祥。若是祝辞、嘏辞藏在宗伯太祝、巫官史官家里，这就不合礼仪，这就叫昏暗之国。一般诸侯国用盏斝两种酒器来献尸，也不合礼仪，这就叫做僭越之君。冕冠皮弁和兵器装备藏在大夫私人的家中，也不合礼仪，这就叫威胁国君。大夫家中设立各项官职，自备了整套祭器和乐器，不必外借，这也不合礼仪，这样的国家就叫做乱国。在国君朝廷上任职的叫做'臣'，在大夫家中任职的叫做'仆'。臣仆若是遇到父母之丧，或者是新婚者，在一年之内不服役受差遣。穿着丧服到朝廷上去，或是与家中仆人杂居一处，不分上下，这也都是不合礼仪的，这就叫君与臣共同占有国家。所以天子有田来安置他的子孙，诸侯有国家来安置他的子孙，大夫有采邑来安置他的子孙，这就叫制度。天子到诸侯国去，一定是住宿在诸侯的祖庙里，但是进去的时候如果不遵照礼籍的有关规定，不顾及该国的各项忌讳，那就叫做天子败坏法纪。诸侯若不是问候疾病，吊唁死丧，就随便进入大臣家中，就叫做君臣互相戏谑。所以说礼是国君应该掌握的关键，是用来区别嫌疑，明察毫微，接待鬼神，考正制度，决定赏罚的，是用来治理政事，稳定君权的。所以政事如果不以礼为准则，君主的地位就危险了。君位危险，大臣就要背叛，小臣就要盗窃。这时即使刑罚严肃，而世风却败坏了，这样就会法令无常。法令无常，礼节也就跟着混乱起来。礼节混乱，士人就无法行事，刑罚严酷而世风败坏，民众就不会归顺。这样的国家就叫做疵病之国了。政事，是国君用来安身的东西，所以国君的政事一定要以天为本，效法着天道来发布政令。发布于社神之祭的政令，叫做效法于地；发布于祖庙祭祀的政令，称之为仁义；发布于山川之祭的政令，叫作'兴作'；发布于'五祀'之祭的政令，就叫做'制度'。像这样施行政治，圣人用以安身的地位就稳固了。所以圣人参验于天地，仿效于鬼神，以此来治理政事。依照着天地鬼神存在的次第，便有了礼的秩序；玩味天地鬼神的喜乐，便知道民众如何治理。天有四时，地生财货；人有父母生养，有师长教育。这四个方面已经具备，人君只需恰当地运用它们。这样人君也就站在不会出差错的地位上了。所以，人君是供人效法的人，而不是效法别人的人。人君是被人供养的人，而不是供养别人的人。人君是被人服侍的人，而不是服侍别人的人。人君效法别人，就一定会有过错；供养别人，则不可能满足众人的需求；服侍别人，就要失去地位。而百姓却是效法人君来约束自己，供养人君来安定自己，服侍人君来使自己得到显贵。这样才能使礼教通达，名分确定，人人都乐于为人君献出自己的生命而耻于苟且求生。所以人君用别人的智慧，但要剔除其巧诈；用别人的勇敢，但要剔除其中的怒气；用别人的仁爱，但要剔除其贪心。当国家有患难时，人君为社稷而死，称之为合宜；大夫为宗庙而死，称之为正当。圣人所以能够把天下治理得像一家，把国中治理得像一个人，并不是凭主观臆想，而是必须懂得'人情'，通晓'人义'，明白'人利'，看清'人患'，这样才能做得到。什么叫做'人情'？喜、怒、哀、惧、爱、恶、欲，这七种不学会的情感就是'人情'。什么叫做'人义'？父亲慈爱，儿子孝敬，兄长和悦，幼弟恭顺、丈夫守义，妻子顺从，长者惠下，幼者顺上，君主仁慈，臣子忠诚，这十个方面就是'人义'。讲究信用，维持和睦，就叫做'人利'。彼此争夺，互相残杀，就叫做'人患'。圣人用来治理七种'人情'，维护十种'人义'，讲究信用，维护和睦，崇尚礼让，消除争夺的方法，除了礼，还能用什么呢？饮食男女，是人的大欲之所在；死亡贫苦，则是人的大恶之所在。欲和恶两者就是人们心理上的大端。人们隐藏自己的心思，使别人不能猜测。美好和丑恶都藏在心中，不表现在外貌上。人君要想完全掌握人们心中的好恶之情，除了礼，还能用什么方法呢？人，是天地造化的功德，是阴阳相交，鬼神相合的产物，是五行的精萃之气。天持阳气，垂示日月星辰的光芒；地持阴气，借山河为孔穴而吞吐呼吸。分布五行于春夏秋冬四季，四季节气调和而有十二月。所以月亮在一月之中十五日由缺而圆，十五日由圆而缺。五行的运转，依次互为终结。五行四季十二月，依次交替为本始；五声、六律、十二管，依次交替为宫声；五味、六和、十二食，依次交替为主味；五色、六章、十二衣，依次交替为主色。所以说，人是天地的心灵，是五行万物之首，品尝美味，辨别声音，被服彩色而生活着。圣人起来了，就以天地为本源，以阴阳为两端，以四季为权衡，以日星为纲纪，以月份为限量，以鬼神为徒属，以五行为材质，以礼义为工具，以人情为田地，以'四灵'为养畜。以天地为本源，所以万物都能包罗；以阴阳为两端，所以情伪可以考察，以四季为权衡，所以农事得以劝勉；以日星为纲纪，所以事功可以有条理；以月份为度量，所以功业就有准则；以鬼神为徒属，所以职事不会失守；以五行为材质，所以工作可以循环；以礼义为工具，所以行为可以考核；以人情为田地，所以人成为主体；以四灵为养畜，所以饮食有来源。什么叫做'四灵'？麟、凤、龟、龙，叫做'四灵'。畜养了龙，群鱼就不会乱窜了；畜养了凤，群鸟就不会乱飞了；畜养了麟，群兽就不会乱逃了；畜养了龟，用来占卜人事，就不会有差错了。所以先王手持蓍草和龟甲，安排祭礼的事，埋币帛以祀神，宣读祝嘏辞说，建立制度，于是国家有礼仪，百官各治其事，百事各有职守，礼仪各有次序。先王担忧礼教不能普及于民众，于是祭天帝于郊，用来确定天的至尊地位；祭祀土神于国中，用来显示地给予人类的利益；祭祀祖庙，用来推行以孝为本的仁道；祭祀山川，用来接遇鬼神；举行'五祀'，用来追本各项事功及制度之源。宗祝在宗庙，三公在朝廷，三老在学校。王者前有巫官，后有史官，卜筮之人和乐师谏官跟随在左右，王者处于中央，心思无需多用，只需恪守中正之道而已。像这样，礼施行于郊祀，天上众神就会各司其职；礼施行于社祭，各项财货资源就能为人们所用；礼施行于祖庙，孝慈之道就能被人们接受；礼施行于"五祀"，各种制度法则就会端正。所以郊、社、祖庙、山川、五祀等项祭祀，包含着丰富的意义，是各种礼仪的根本。礼的依据必定本于太一，太一分化而成为天地，运转而成为阴阳，递变而形成四时，陈列而显现为鬼神，下降到人事，便是君主的政教命令，这就是取法于天。所以礼必定以天理为本源，运转而落实到现实世界，分列为具体事项，其变化以四时为法则，符合自然的准则。体现在人身上便是理性之'义'，借助财货物力和辞让精神来推行，具体表现为饮食、冠、婚、丧、祭、射、乡、朝、聘等项礼仪。所以说礼义是人之所以为人的根本。是用来讲求信用、维护和睦、坚固人的肌肤、约束人的筋骨的；是用来养生送死、敬奉鬼神的基本手段；是用来贯通天道和人情的根本通道。只有圣人知道礼是不能废止的，那些国破、家亡、身败名裂的人，一定是由于毁弃了礼。所以礼对于人来说，好比酿酒一定要曲。但君子品德醇厚，如浓酒；小人品德浅薄，如薄酒。因而圣人操持着'义'的标准，制定礼的次序，来治理人情。人情就好比是圣王的田地，圣王用礼来耕耘，用'义'来播种，用讲学的手段来养护，用仁爱的心理来收获，用音乐来使人安心接受。所以礼是义的果实，符合义就是适宜的。因此即使在先王时代还没有的礼仪，也可以依据'义'来创制。义是区分是非的标准，又是衡量仁的尺度。符合标准的，符合仁义的，做得到就会强大。仁又是义的根源，是顺应天理人情的体现，得到了仁就会受到尊敬。治理国家不依靠礼，就好比没有用农具就去耕田；制礼而不以义为根本，就好比耕田而不播种；有了义而不学习，就好比播了种而不去锄草；学习了但不用仁来统一，就好比虽然锄了草却没有收获；统一于仁而不通过音乐来使人安心接受，就好比虽有收获却不食用；有音乐使人安心接受但不能达到"顺"的境界，就好比虽然食用，却没有使人身体健壮。四肢安然，皮肉丰满，这是个人的健壮；父子情笃，兄弟友爱，夫妻和睦，这是一家的健壮；大臣守法，小臣廉洁，官职合理安排，君臣相互督促，这是一国的健壮；天子把德行当做车辆，把乐教作为手段来驾驭，诸侯按照礼仪互相交往，大夫依照法度排列次序，士人根据信用考察功绩、百姓友好和睦共同生活，这就是天下的健壮。这也就是'大顺'的境界。'大顺'是用来养生、送死、敬奉鬼神的常道。达到了'大顺'，万物聚积也不会淤塞，诸事并起也不会错乱，细小行为不会有过失，深奥之理也会通达，茂密纷繁却能有条不紊，互相联系却又不相干扰，一同动作却不互相妨害。这便是'顺'的至上境界。明白了'顺'的含义，然后才会谨慎戒惧，守住君主的高位。礼因等级差别而有不同，该俭约的不能增添，该繁缛的不得减损。这样才可以既维持情理，又调和矛盾。圣王制礼都是因顺着天理人情，惯于山居的人不使他在水边生活，惯于水居的人不使他在中原生活，这样，人民就不会感到疲敝困乏。使用水、火、金、木以及饮食，必定按照时节。男女相配，一定按照年龄。颁发爵位，一定依据德行。使用人民一定顺应自然规律。这样就不会遭受水涝干旱螟蝗侵扰的灾害，也不会遭受凶年饥岁妖孽作怪的祸患。因此天不隐藏其道，地不隐藏其宝，人不隐藏其智慧。所以天降下甘露，地流出醴泉，山中生产物资制成器物车辆，河里有龙马背着图书出现，凤凰和麒麟也来到郊野，灵龟和神龙也可以养在官池中，其他鸟兽的幼子胎儿也任人窥视而不受惊吓。这种太平景象的实现，只是由于先王能够通过修礼来贯彻'义'的精神，以诚信的态度来顺循天理人情，因此这才是'顺'的实质。"

礼器第十

礼的功用充分发展，礼才能至于完备；而礼的完备，正是德行完善的表现。礼可以去除邪恶，增进人的本质之美；用之于身，可以使人正直；运用于事，则无所不达。礼对于人来说，好比竹箭有了皮，可以修饰其外；又好比松柏有了心，可以坚固其内。这外内两个方面，正是天下万物的大本。有了大本，所以就能历经春夏秋冬而不改变其枝叶的茂盛。君子如果有了礼，就能与外界和谐相处，而内心也无所怨恨。于是天下万物都把仁爱之名赠送给他，连鬼神也来歆飨他的美德。

先王制定礼，既有根本原则，又有外表的文采。忠信，是礼的根本；义理，是礼的文采。没有根本，礼不能成立；没有文采，礼无法施行。礼，符合天时，配合地利，顺应鬼神，符合人心，使万物各明其理。四时有不同的生物，土地有不同的物产，人体各有不同的官能，万物有不同的用途。凡是天不生、地不长的东西，君子是不会用来行礼的，因为鬼神也不会享用。居住在山中，却用产于水里的鱼鳖来行礼：居住在水滨，却用产于山里的鹿豕来行礼——这样做，君子认为是不知礼。所以一定要根据国内物产的多少，制定礼的法度。礼的大体，要视一国土地的广狭而定；礼的厚薄，要依据一年收成的好坏而定。这样，即使在年成很不好的时候，民众也不会忧虑畏惧。这样做，在上的人制定礼制就是有分寸的。

制礼的原则：首先要适应时代，其次要顺乎伦常，再次要适合于对象，再次要合于事宜，再次要与身份相称。尧传位给舜，舜传位给禹；商汤放逐夏桀，武王讨伐商纣，这些都是适应不同的时代。《诗经》上说："并非急于施用谋略，而是追怀先人的功业，显示自己的孝心。"意思就是说迫于时势，不得不这样做。王者祭祀天地，宗庙里祭祀祖先，父子之间的道德，君臣之间的大义，这些就是礼所顺应的伦常。对社稷、山川、鬼神的祭祀，要适合不同的对象。丧葬祭祀及宾客交往所需的费用，必须合于事宜。大夫及士的祭祀，仅用一只羔羊，一头小猪，看似微薄，却也足够参加祭祀的人分享；天子诸侯的祭祀，用牛、羊、豕三牲，看似丰盛，但也不会多余浪费，这便是与身份相称。诸侯可以收藏龟甲和圭璧，当做吉祥宝物，而大夫家中却不可收藏龟甲、圭璧，也不可像天子、诸侯那样筑起台门。这就是说礼与身份要相称。

礼仪有的是以多为尊贵。如天子有七所祖庙，诸侯有五所，大夫有三所，士只有一所。又如，天子的豆馔，有二十六个，公爵有十六个，诸侯有十二个，上大夫有八个，下大夫有六个。诸侯出聘，带有七个副员，主国馈以七大牢；大夫奉诸侯之命出聘则只带六个副员，主国馈六大牢。天子的坐席有五层，诸侯的坐席有三层，大夫只有两层。天子去世，七个月以后才下葬，葬时，茵和抗木各用五重，翣用八个。诸侯去世，五个月后便下葬，葬时用三重、六翣。大夫去世，三个月便下葬，葬时，用两重、四翣。这就是以多为尊贵。

但也有以少为尊贵的：如天子出巡，不设副员。最隆重的祭天仪式，却只用一头牛。天子来到诸侯国，诸侯也只用一头牛犊招待。又如诸侯相互朝聘，只用郁鬯相献，不摆设笾豆；而大夫来聘，却用脯醢款待。又如用餐时，天子一食便告饱，诸侯则两食，大夫和士三食，而从事体力劳动的下等人则可以不计数。祭天所用的大车，只用一圈繁缨来装饰马匹；而平常杂事所用的车马却用七圈，圭璋是玉中最贵重的，因而进献时可以单独进献；而次一等的琥璜，则需在进爵时一道进献。祭祀鬼神却只用一层席。又如诸侯临朝时，对大夫须个别地行拜见之礼，而对士则向众人行一次拜见之礼。这些都是以少为尊贵。

礼仪有的是以大为尊贵的。比如宫室的规模，器皿的规格，棺椁的厚薄，

商代玉璋，四川省广汉县三星堆出土。

清温凉玉圭，乾隆三十六年（1771）皇太后赐予岱庙。

战国时期玉璜，江苏苏州浒关真山大墓出土。

坟丘的大小，这些都以大为尊贵。但也有以小为尊贵的。如宗庙祭祀时，贵者用很小的爵来献尸，贱者却用很大的散；尸入以后，尊者举起较小的觯，卑者举起较大的角。"五献"放置酒器的方法，是把最大的盛酒器缶置于门外，较大的壶置于门内，而君侯与宾用的是较小的瓦觯，置于堂上。这些就是以小为尊贵。

礼仪有的是以高为尊贵的。如天子的堂阶高九尺，诸侯的七尺，大夫的五尺，士的只有三尺。只有天子和诸侯才可以筑起高高的台门。这些就是以高为尊贵。但也有的以低为尊贵。如郊祀祭天燔柴是致敬的礼仪，但却并不登坛，只是在坛下扫地而祭。天子诸侯放置酒尊不用禁，而大夫和士却把酒器置于不同高度的案架上。这些都是以低为尊贵的。

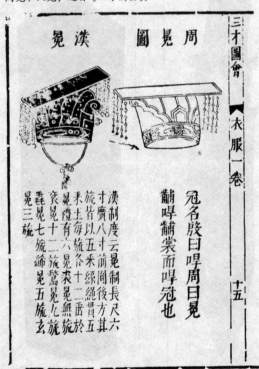

周冕和汉冕，选自《三才图会》。

礼仪有的以文饰为尊贵。如天子的礼服绘有龙纹，诸侯礼服以黼为饰，大夫礼服以黻为饰，而士只穿上黑下绛的衣服。天子的冕有朱绿二色的花纹，又用十二条旒来装饰。诸侯则有九条旒，上大夫七条，下大夫五条，士三条。这些都是以文饰为尊贵的，但也有以朴素为尊贵的。如祭天时袭裘服而不见文采，在父亲面前不必讲究繁文缛节。上等的圭玉不加雕琢，上等的羹汤不加调料，祭天的大车朴素无华，只铺着蒲席，牺尊用粗布覆盖，杓是用白色的木料制成的，这些都是以朴素为尊贵的。

孔子说："礼不可不加审察。各种礼不可混同，不可增添，也不可减少。"这就是说要做到相称。礼仪中以多为贵的，是因为那些是关于心外之物的。王者的德行发扬于外，普施于万物，治理天下，使万物丰盛。像这样，难道能不以多为尊贵吗？所以君子乐于发扬于外啊！礼仪中以少为贵的，是因为那些是关系到内心之德的。德的产生是极其细致精微的，看天下之物虽多，但没有一样是可以和内心的德相比的。要表达内心之德，怎能不以少为尊贵呢？所以君子要慎审自己内心的虔诚。古代的圣人，既尊重内心的诚德，又喜爱外在的文饰；既重视少的真诚，又赞美多的展示。所以先王制礼，该少的不可多，该多的不可少，只求达到相称。

所以卿大夫用太牢祭祀，是合于礼的；而士若是用太牢来祭祀，就等于是盗窃。管仲在他的祭器上雕刻精美的花纹，冠冕上配以天子才用的红色系带，又在斗拱上刻山，短柱上刻藻。君子认为他这种过分的行为超出了大夫之礼。而晏平仲在祭祀祖先时，只用一只小猪腿，小得盖不满碗，而且穿着洗过多次的旧衣帽去上朝。君子认为他的行为过于节俭，也是不合于礼。所以君子行礼不可不慎重，因为礼是众人的纲纪。纲纪涣散，众人就乱了。孔子说："我战则得胜，祭则得福。"大概就是因为他懂得礼要相称的道理。

君子认为："祭祀时不可把祈求福佑当做目的，不可求早求快。仪式的规模不可一味求大，不可特别偏爱喜庆礼仪。牲的规格并非越肥大越好，供品的种类也不是越多越好。"孔子说："臧文仲哪里懂得礼啊？夏父弗綦颠倒祭祀的次序，他也不制止。而且在灶神面前进行燔柴之祭。祭灶神是老妇人的事，只需用盆来盛供品，用瓶来盛酒浆就可以了。"

礼，就好比是人的身体，身体不完备，君子就称之为不完善的人。礼安排得不适当，那就与不完善的人一样。礼仪有的是大礼，有的是小礼，有的礼的意义是明显的，有的礼是微妙的。该大的礼不可缩小，该小的礼不可扩大；明显的不必掩盖，微妙的不必张扬。礼的纲要有三百，礼的细目有三千，而最终都要归结到一个诚字。这就像人要进屋，不可不经过门一样。君子对于礼，是竭尽情感和诚心的，表达内心的敬意是出于诚，完成外在的美好文饰也是出于诚。君子对于礼，有的直接顺着自己的情感而实行，有的则要克制自己才能实行，有的是不分贵贱一律等同的，有的却是从尊到卑、顺次减损的，有的是除其上者而及于下者的，有的却是自下而上、逐级推进的，有的是向上仿效而更加文饰的，有的却是向上仿效、但不可以达到的，还有的是下级顺次拾取上级的礼仪的。

夏商周三代的礼，本质上是一样的，为民众所共同遵循。而形式上，有的以素白色为贵，有的以青黑色为贵。夏代开始创立，殷代有所因循。如夏代的尸无事时站着，直到祭祀结束。殷代则无事有事，尸总是坐着。周代的尸也是坐着，至于告尸、劝尸无常规，三代也是这样，因为所依据的道理是相同的。周代还把六庙之尸聚集到太庙，一起互相酬酢。所以曾子说："周代的礼，就像众人凑钱喝酒吧！"

君子认为：礼仪中与现在人情相近的内容，倒反而不是至上的礼。比如祭天用血，大飨用生肉，"三献"用半生不熟的肉，一献才用熟肉。所以君子对于礼，并不只为表达情感的需要而随意创作，而是从古代有所继承的。诸侯相见，一定要有七名"介"来协助宾方行礼，不这样就显得太简单直率了。相见时，主客要三请三让，然后才进入府中，不这样就显得太急迫了。所以鲁国人将要祭上帝，一定先在泮宫里禀告；晋国人将要祭黄河，必定先祭较小的滹沱河；齐国人将要祭泰山，必定先祭较小的配林。祭祀前三个月，就要把牲畜系在牢中作好准备，前七天便开始半斋戒状态，前三天实行严格斋戒。真是极其谨慎啊！行礼必须有司仪，乐师必须有人扶持引路，真是极其温文尔雅、从容不迫啊！

所谓礼，是要使人返回人的本心，追念远古，不忘自己的祖先。所以凶丧之事，不必诏告，人们自然会哀痛；朝廷聚会，演奏音乐，人们自然欢乐。现在人们饮用的是甘甜的醴酒，但祭祀时却尊尚古人的清水酒；有锋利的快刀可以使用，而祭祀时却以古人粗笨的鸾刀为贵；有了舒服的莞簟之席，而祭祀时却用古人的草垫子。这就是追念远古，不忘祖先的表示。所以先王制礼，一定是有着源于本心或继承先古的意思，后人也可以追述而学习。君子说："内心没有礼的标准，观察事物就不明了。观察事物不通过礼是不行的，做事不按照礼是不恭敬的，说话不符合礼是不可信的。所以说，礼是一切事物的准则。"

所以过去先王制礼，是顺着自然物质来表达礼的意义的。举行祭祀一定符合天时；朝日和夕月的安排，必然根据日月的运行。就好比筑高必须凭借丘陵，掘地必须凭借河泽。所以当天时调和、雨露滋润的时候，君子也就更加勤勉。所以过去先王崇尚有德的人，尊敬有道的人，重用有能的人，举拔贤人，安置职位。把众人聚集起来，宣誓告诫。于是借天生之物以祭天，借地产之物以祭地。登上名山，举行封禅之礼，选择吉地，郊祀天帝。登山封禅，于是凤凰来仪，龟龙皆至；郊祀天帝，于是风调雨顺，寒暑得时；这样，圣人只要南面而立，天下也就太平了。

战国错金银牺尊，江苏涟水三里墩墓葬。

天道是礼教的最高法则，而圣人则具有最高的德行。庙堂之上，罍尊置于东阶，牺尊象尊置于西阶。庙堂之下，大鼓置于西面，小鼓置于东面。国君站在东阶，夫人立在东房。这就象征着太阳从东方升起，新月在西方出现。这便是阴阳的区别，夫妇的位置。然后国君来到西阶从牺尊象尊中酌酒，而夫人则来到东阶从罍尊中酌酒。当堂上在进行象征阴阳交动的礼仪时，堂下东西两边的鼓乐也交相呼应。这真是和谐到极点啊！

制礼就要追溯产生礼的本源，作乐则是表达对礼教完成的喜悦。先王制礼，用来节制人们的行为；而修乐则是要引导人们的情志。所以观察一国的礼乐，便可以知道其治乱的情况。蘧伯玉说："君子是达观明察的。"所以观察器物，便能知道工匠的巧拙；观察其外在的表现，便能知道那个人的内在智慧。所以说：君子对于用来跟人交接的礼乐，一定要十分谨慎。

商代象尊，盛酒器，湖南省醴陵县出土。

太庙之内是多么恭敬！君王亲自将牲牵入，大夫协助国君持着币帛跟随在后。君王亲自制祭，夫人献上盎齐之酒。然后君王又亲自割取牲体，夫人再次献酒。卿大夫们跟随着国君，命妇们跟随着夫人，诚心而又恭敬，专心而又忠诚，十分勤勉地一献再献，希望祖先们来歆享。牵牲入庙时，在庭中向神禀告；荐血毛时，在室内察告；荐熟食时，在堂上禀告。三次禀告不在同一个地方，表示求神而不敢肯定神在哪里。正祭设在堂上，而祊祭却设在门外，好像是在问："神在哪里啊？神在这里吗？"一献之礼还比较质朴粗略，三献则稍加文饰，五献就更加显盛，七献之礼就好像神真的在眼前了。

太祖庙中的大飨之礼只有天子才能举行吧！祭祀用的三牲鱼腊，收集了四海五州的美味；笾豆中盛放的供品，包罗了四季和气的产物。四方诸侯的贡金，显示着天子和诸侯们的和睦融洽；贡献的币帛加上玉璧，表示对于美德的尊重；贡品排列的次序以龟在最前，因为龟可以占卜吉凶，预知未来；金放在第二位，因为金可以用来照见物情。再次是丹砂、油漆、蚕丝、绵絮、竹箭，表示天子与民众同享这些日用财物。其余贡品则没有固定品种，都是各国就其所有而贡献的特产，显示着天子能够招致远方之物。诸侯礼毕而出，便奏起《陔夏》为他们送别，显示礼节的隆重。在郊外祭祀天帝，体现着最高的崇敬；宗庙祭祀，体现着极端的仁爱；丧礼，体现着极端的忠心；服器的完备，表现了对死者极大的孝敬；宾客前来赠送币帛，体现了极高的道义。所以，君子要观察仁义之道，礼就是根本的依据。

君子说："甘味可以用来调和五味，白色可以用来绘上五色；忠信的人，才可以学礼。

如果没有忠信的人，那么礼也不会凭空实行。所以得到可以实行礼的人是十分可贵的。"孔子说："纵使能诵读《诗三百》，但却未必能承担一献之礼。懂得了一献之礼，却还不足以承担大飨之礼。懂得了大飨之礼，却还不足以承担大旅之礼。懂得了大旅之礼，却还不足以祭祀上帝。所以切不可轻率地议论礼。"

子路做季桓子的家宰。过去季氏举行庙祭，天未亮就开始，忙了一天还没完，又点起蜡烛继续干。即使是身强力壮，有虔诚恭敬之心的人，也都疲惫不堪了。以至于管事的人拖着腿歪歪倒倒地执掌祭事，简直是不大敬啊！后来有一次子路参与庙祭，室事在门口交接，堂事在阶下交接。天亮开始祭祀，傍晚便结束，孔子听到这件事，说道："谁能说子路不懂得礼呢？"

郊特牲第十一

郊祀祭天时用一头牛，而祭祀土神和谷神时要用牛、羊、猪三牲。天子到诸侯国，诸侯供膳只用一头小牛。而诸侯朝见天子，天子设宴则用牛、羊、猪三牲。这是因为尊重真诚之心的缘故。所以天子不吃怀孕的牲畜，祭祀上帝也不用怀孕的牲畜。

祭祀所乘用的车是大路，驾车的马，只有一条马缨；其次是先路，驾车的马有三条马缨；再次是次路，驾车的马则有五条马缨。

郊祀祭天用牲血，宗庙大祭供奉生肉，祭祀土神和谷神用半熟的肉，只有祭祀小神才用熟肴。表达最崇高的敬意，不必用佳美的滋味，而以食物的强烈气味为贵。诸侯朝见天子，天子敬以郁鬯，因为郁鬯有香气；行飨礼时，最先上的菜是有姜桂香味的干肉。

诸侯之间互相聘问，举行大飨礼时，国君互相敬酒，可以坐在三重席上。如果向来聘的副使敬酒，就要把三重席减为单席。这是降低自己的身份以接近身份较低的对方。

战国早期彩绘浮雕龙纹盖豆，湖北省随州市西郊擂鼓墩曾侯乙墓出土。

春夏举行飨礼、祭祀祖先时，都有音乐伴奏，而秋冬举行食礼、祭祀祖先时，都不用音乐。这是因为它们所属阴阳不同。凡是饮酒，都是为了保养阳气；凡是吃饭，则是为了扶持阴气。所以春夏举行禘祭，秋冬举行尝祭；春天用飨礼招待孤子，秋天用食礼招待耆老，也是因为其时所属阴阳不同。为什么飨礼和禘祭有音乐而食礼和尝祭没有音乐呢？饮酒为增强阳气，所以用音乐助兴。而吃饭为了养护阴气，就不宜有乐声了，凡是乐声都属阳。

祭祀和宴会上所用的鼎和俎的数目都是单数的，而笾和豆的数目都是双数的，这也是取"阴""阳"相配之义。笾和豆里边盛的食物，都是生长在水中或陆地上的东西。祭祀不敢用味美可口品类繁多的食品，因为祭祀的食物是用来供奉神灵的。

举行飨、宴时，宾走进大门，就开始奏《肆夏》的乐章，这是表示主人和善有敬意。到主人把杯中的酒饮完，乐曲正好奏完。孔子对这种礼乐配合的情况，曾多次赞叹。主人斟好酒准备劝众宾客同饮时，歌唱的人便登堂歌唱，这是颂扬主人的德行。唱歌的人在堂上，伴奏的乐工在堂下，这是尊重人声的缘故。乐曲是有声音可以听见的，属阳；而礼仪是人的德行的外部表现，属阴。所以人的礼仪行止要与乐曲的节拍一致，这就是阴阳配合协调，阴阳配合协调，才能使万物得宜。

四方各国诸侯朝聘所贡的众多礼物，其品种没有具体规定，视各国所产物品而定，各国的朝聘次数也要根据距离远近而定。把礼物陈列在庭中时，要把龟甲放在最前面，因为它能卜知未来。所贡的金属放在龟甲的后面，因为金属铸钟可以协调礼仪，所以放在龟甲和其他礼物的中间。礼物中的虎皮和豹皮，是表示天子威德能降服凶猛。用束帛加上璧玉为礼物，这是表示朝聘有德之君。

诸侯僭用天子的礼仪，在大门内设一百支火炬，这是从齐桓公开始的。大夫僭用诸侯之礼，行礼时奏《肆夏》，这是从晋国的赵文子开始的。诸侯相朝，随从的大夫以私人的名义拜访主国国君，这是不合礼的。如果大夫奉命为使者出聘，带着玉圭拜见主国国君，是以玉圭证明自己是受君之命而出使的，这是合礼的。至于随从国君出使，不敢以自己的名义拜访主国国君，这是表示对自己国君的敬重。如果随从的大夫另外带了礼物作为庭实，又私下相见，那怎能像个诸侯之庭呢？作为国君的臣子，就不能有私自的外交。这是为臣者不敢有贰心啊！大夫宴请国君，这是不合礼制的。如果大夫的权势强于国君，国君可以杀掉大夫，这样做是合乎义的。天子之所以没有做客的礼仪，因为他至高无上，没有人敢自为主人而宴请天子。国君到他的臣子家里去，臣子应请国君从东侧的台阶登堂，以表示臣子不敢自以为是室的主人。古时诸侯进见天子的礼仪，天子不下堂迎接诸侯。天子下堂迎接诸侯，这是天子的失礼，这种失礼之事，是从周夷王开始的。

诸侯奏乐用宫悬，祭祀用纯白的公牛，乐器中有玉磬，手里拿着用黄金装饰的红色盾牌，戴着冕冠演"万舞"，乘大辂之车，这些都是诸侯僭用天子礼仪的行为。大夫建造高门楼，门内又用屏风，行礼时在堂上设置反坫，穿着领子上有绣花的大红丝绸内衣，这是大夫僭用诸侯礼仪的行为。所以天子的权势衰微了，诸侯就会越礼自比天子；大夫的权势强盛了，诸侯的地位就受到威胁。到了这种地步的时候，诸侯、大夫们都无视天子而擅自加爵升等。互相往来则带着如同朝见天子的礼币，甚至互相勾结，行贿营私。天下礼法就完全被搅乱了。

天子的庶子被封为诸侯，不能设天子祖庙；诸侯的庶子被封为大夫，也不能设诸侯的祖庙。大夫立有诸侯的祖庙是不合礼法的，是从鲁国的三桓开始的。

天子保存前两个朝代天子的宗庙。准许他们的子孙依时祭祀，这是尊重前代的贤者。然而尊贤只限于前面两个朝代。诸侯不把流亡在外而来投靠的寓公当做自己的臣子，但只有寓公本人能享受这样优待，所以古代寓公不能传世。

君王的座位朝南，是臣服于天的意思。群臣面向北朝见君主，是臣服于君主的意思。大夫的家臣向大夫行礼，只拜不叩头，这并不是尊重家臣，而是因为大夫向君王行叩头礼，就要违避别人也向自己行叩头礼。大夫向国君进献物品都派家臣送去；国君有赏赐，臣子也不须当面拜谢。这都是为了不让国君答拜。

乡里的人在庙中举行驱逐强鬼的祭祀，孔子穿着朝服站在东面的台阶上，使家神有所依附，不被惊扰。

孔子说："举行射礼时有音乐来协调各人的仪容举止。如果没有音乐，射的人依据什么来节制自己呢？大家都没有节制，还谈什么射礼呢？"孔子说："作为一个男人，假如让他参加射礼，即使不会射，也只能推辞有病，不能说不会。因为男子生下来的时候曾经在门口挂过弓，表示自己长大了能射。"孔子说："为了一天的祭祀而斋戒三天，还唯恐不虔诚。而三天斋戒中却有两天打鼓作乐，为什么呢？"

孔子说："在库门之内举行绎祭，又到庙门的东面去请神；就像把朝市设在大市的西边，是失礼的。"

社祭是祭祀土神，土神是主宰地上阴气的。祭社时君王面向南，立在社坛的北围墙外边，其用意是要对着社坛的阴面。举行社祭的日期要用甲日，即每十天的第一天。天子的社坛叫"大社"，上面没有遮盖，让它承受霜露风雨，使天气与地气相通。亡国的社坛，上面有屋顶，以隔断天上的阳气。殷代留下的亳社上有屋顶，只有北面开着窗子，以通阴明。祭社，是尊重土神的表示。大地能孕育万物，天上有日月星辰。人类根据天象而知四时变化，按时耕种，得到财物，所以要尊重天地。因而教导人民用美物祭祀土神作为报答。每家每户都要祭祀土神所依附的中霤，诸侯国则祭社，表示不忘大地之恩。每里有民社，民社有事，里中人都要出力帮忙。诸侯为祭社准备供品而举行田猎，国中人都要参加。天子祭祀大社，各地都要按"丘乘"为单位供应谷物作为粢盛。这样人人祭社，为的是报答大地的养育之恩，尊敬生产谷物的始祖。

清康熙帝在校场阅兵，选自《康熙帝南巡图卷》，清宫廷画家绘。

　　仲春二月，用火焚烧田野杂草，举行田猎，以便检阅各地供应的兵车、战马及士兵的数量。国君亲临，宣布军法，告诫士兵，然后就操练军队。指挥军队或左或右，或进或退，或坐或起，从而观察士兵对各种动作的熟练程度。操练结束，命令士兵追猎禽兽，所获禽兽，大的用于祭社，小的归己所有。观察士兵在可以得到利益的情况下，能否执行命令，若有违背命令者，必罚。这样做是为了使士兵服从命令而不贪利。经过这样训练之后，若有战事则能取胜，祭祀鬼神也能得福。

　　天子到各地去巡狩，事先要燔柴祭天。在郊外举行祭天之礼，迎接夏至日到来，报答天的恩惠，用日作为祭的主体。郊祭在国都的南郊筑坛并划定界域，因为天帝是代表阳的，所以要到南面阳位祭祀。郊祭的正祭不在坛上举行，只要把地上打扫干净，这是用地本来的样子。祭祀用的器具，都是原始的瓦器，也是用其自然之性。祭天在郊外举行，所以祭天称"郊"。用黄赤色的小牛祭天，因为周代崇尚赤色。至于用小牛，那是因为祭祀贵在诚实。

　　郊祭的日期要选用辛日，因为周代第一次举行郊祭是在冬至，那天正是辛日，后来就被继承下来了。选定郊祭的日期，还要用龟卜问凶吉，卜人在太祖庙里接受命令，然后到君王的父庙里占卜，表示尊重祖先的意思。卜人占卜那天，君王立在泽宫恭候卜问结果，这是取义于听从祖先的教诲或劝阻。日期选定后在王宫的库门内颁布郊祭之事，这是命令大小官员进行准备工作。又在大庙里发布命令，通知亲族准备。

　　郊祀的那一天，天子穿着皮弁服听取百官报告郊祭的准备情况，这样做是向人民显示天子恭敬行事。郊祭这一天，有丧事的人家也不能哭泣，更不能穿着丧服出门。凡是郊祭所经过的道路，都要打扫，并把路上表土层翻过来筑成新路；路两边的田野里都有点燃的

清雍正帝祭先农坛，
清宫廷画家绘。

火炬。这些都不要发布命令，人民就会办得很好。祭祀的时候，天子穿衮衣，衮衣象征天；戴着冕，冕前端有用玉珠装饰的十二条流苏，这是取法于十二月之数。天子郊祭乘的车子没有任何装饰，是取质朴之义。车上竖的旗帜有十二根飘带，旗帜上画着龙、太阳和月亮等，也是仿照天上日月星辰的，天有日月星辰，天子就依据天象来治理天下。举行郊祭，就是为了发扬天道。

如果原来准备用于祭上帝的牛，占卜后不吉利，就改用原来准备祭后稷的牛。祭上帝的牛一定要在打扫得干干净净的牛舍里饲养三个月，而祭后稷的牛只要毛色符合标准就行了，这就是祭天神和祭人鬼的区别。世间万物都是靠天而生，而世人又是从始祖繁衍而来的。所以祭天时配祭始祖。郊祭，就是体现"报本反始"之礼。

天子在年终时举行蜡祭，祭祀八神。蜡这种祭祀是从伊耆氏开始举行的。所谓"蜡"，就是寻求各方之神而祭。周历的每年十二月，邀请万物之神聚集在一起而祭祀它们。蜡祭主要是祭祀先啬神农氏，也兼祭司啬后稷。祭祀百谷之神都是为了报答先啬和司啬，因为有了先啬、司啬，而后才有百谷的。祭祀时附带宴请田官之神、阡陌之神、田舍之神和禽兽之神，这是广报恩惠，尽仁尽义之举。古代仁义之人，对于有利于人的东西，都一定要报答它们的功劳。譬如迎请猫神，因为它曾帮助农民吃掉田鼠；迎请虎神，因为它曾帮助农民消灭了田里的野猪，所以要把它们请来并祭祀它们。至于祭祀堤岸与沟渠，因为它们对农业有功劳。蜡祭时的祝词说："堤岸不要崩坏，洪水不要泛滥，虫儿不要为灾，草木都生长于薮泽。"

天子穿着皮弁素服参加蜡祭。用素服，表示送农事的结束；系葛带、执榛杖是表示略差于丧礼。天子举行这样的蜡祭，也是仁至义尽的表现，农夫在蜡祭时都穿黄衣戴黄冠，表示他们已结束了一年的农事。野草到冬天都枯黄了，所以农民的衣冠就用冬天的草黄色，表示结束农事。

　　大罗氏是天子设立的掌管捕捉鸟兽的官，所以诸侯进献给天子的物品都归属他掌管。蜡祭之日，诸侯都派遣使者戴着草笠来进献物品，特别尊重农夫的打扮。大罗氏收下了诸侯的贡物，便用鹿和亡国的女子给使者看，并要使者回去向诸侯转达天子的告诫："如果沉溺于田猎和女色，将要亡国。"天子种植的瓜果等物，都是不能长久收藏的品种，这是因为不能和人民争利。蜡祭八神也是用来记载四方各地收成好坏的。如果一地收成不好，就不举行这种祭祀，可节省人民的开支。只有收成好的地方举行蜡祭，让当地的人民欢乐一下。蜡祭之后就把谷物都收藏起来，让农民休养生息。所以在蜡祭之后，君子就不再征发人民出徒役了。

　　君王平时食用的豆中所盛的菹是用水中随着节气而生长的菜类制成的，醢则是用生长在陆地上的动物的肉类制成的。而正献之后加荐的食品恰恰相反，菹是用陆地上生长的菜类制成，醢是用水中动物制成的。祭祀时装盛在笾豆里的供品，也都是水中和土地上生长的。这些供品，不敢用常人可口的味道，也不能品类繁多，因为这些供品是用来供奉神明的，而不同于人的口味的。

　　祭祀祖先的供品，虽然也可以食用，但不是人所爱吃的。天子穿戴的衮冕，乘坐的辂车，平时只能陈设，而不能供玩好。大武之舞虽然雄壮，但平时不能用来取乐；宗庙的建筑很威武，但那是供奉祖先的地方，不能供人居住；宗庙祭器，只有祭祀行礼时才用，平时用不甚便利。这些东西都是用于祭祀神灵的，跟人们日常所用的不同。

　　醴酒的滋味醇美可口，但祭祀时却以玄酒、露水为上，这是看重五味之本，五味是从无味发展而来的。人们喜爱画绣的色彩，但祭祀却用又粗又稀的疏布覆盖鼎俎笾豆，这是追溯纺织的原始。生人的席位是下莞上簟，而祭祀时设置的神位，只用蒲草或庄稼的秸秆铺成，因为那是神所坐的。太羹不加任何佐料调和，是尊重它自身的味道。大圭不雕琢花纹，以其质朴为美，平常乘用的车辆，都要涂上红色，刷上油漆并雕刻或镶嵌成各种图案，而祭祀所乘的车辆，却不加任何装饰，这是以质朴为尊，以无装饰为贵。凡是用于神灵的物品，都不能像人们日常所用的东西那样讲究装饰华丽，因为神灵和祖先都是重视质朴的。只有按照神灵的习惯去祭祀，才是最适宜的。

　　祭祀的鼎俎用单数，而笾豆用双数，这是取阴阳相配之义。有一种叫做"黄目"的酒尊，是用来装盛郁鬯酒的。它是最尊贵的酒器，外面有用黄金刻镂的眼睛形状。黄色代表中央，眼睛代表清明的天地之气，这是说给尊中斟满香酒，四方就遍受清明之气。祭天的礼典，只要把地上打扫干净就可进行，也是取质朴之义。肉酱和醋是美味，而祭祀必先供奉煮炼的盐，因为盐是大自然的产物，比人工制作的物品尊贵。割取祭祀的牲肉，都用刀把上有小铃的鸾刀，这表示先有和谐的铃声而后割取。

　　冠礼的意义：举行加冠礼，先戴缁布冠。因为上古的时候，人们都是戴白麻布冠，到斋戒时才用缁布冠。现在先用缁布冠，也是尊重古制。古时候缁布冠的帽带有没有下垂

士皮弁，选自《三才图会》。

部分呢？孔子说："我没有听说过。"缁布冠只是在行冠礼时用一下，行过礼之后就可以丢掉，因为后代人不再用了。嫡长子的加冠礼，要在堂前东侧的主阶上进行，这意味着他将来要继承主人之位。又把他请到堂西侧的宾客座位上，给他敬酒，这表示他已经是成人了，可以交际应酬了。在冠礼中，要给冠者戴三次帽子：第一次是缁布帽，第二次是皮弁，第三次是爵弁。这三种帽子一个比一个贵重，这是勉励他要不断上进，求取功名。行冠礼时，宾要给被加冠的人取个字，以后人们都称呼他的字，因为名是他父母取的，应当受尊重。平常戴的帽子，周代叫"委貌"，殷代叫"章甫"，夏代叫"毋追"。祭祀时戴的帽子，周代叫"弁"，殷代叫"冔"，夏代叫"收"，但是三个朝代的天子祭祀时都是戴皮弁，穿白色有褶的裳。

大夫没有冠礼而有婚礼。因为古时候五十岁以后才有大夫的爵位，而冠礼是二十岁时就举行的，怎么会有大夫的冠礼呢？诸侯有冠礼，是到夏朝末年，诸侯可以世袭后才有的。天子的嫡长子，是王位的继承人，但也只是个士，所以加冠时也用士冠礼。天下没有生下来就尊贵的人。能够被封为诸侯的，都是保持着他先人的贤行的人。用官爵封赏，都是视其人的德行大小来决定官爵的高低。人死后都追加谥号，是现今的礼俗；古时候活着的时候没有封爵，死后也就不加谥号。

各种礼典所尊重的是它们所表达的特定意义。如果不明白它们的特定意义，而去摆设各类物品，那是祝史的事情。所以行礼按规定陈列各种物品是容易的，而要通晓它们所表达的意义就难了。深知礼的意义而恭敬地举行各种礼典，这就是天子用来治理天下的法术。

天地之气相合，而后生出万物。男女举行婚礼，才能衍生后代而传至万世。不同姓氏的男娶女嫁，是用来联系两个关系疏远的氏族和严格区分同姓的方法。男方送的聘礼必须实在，不得虚伪，言辞中不要有客套话，要把真实情况告诉对方。诚实，是做人的根本。诚实，也是妇女必备的德行。所以女子跟男子喝过交杯酒之后，终身不改，即使丈夫死了，也不能改嫁。结婚的时候，男子亲自到女家去迎接，男的在前面领着女的，这是刚柔相配的意思。天在地之前，君在臣之前，都是同样的道理。女婿到女家去迎亲，要带一只鹅作为拜见岳父的见面礼，在见过岳父之后才能见新娘，这是尊重男女之别。男女有分

新郎新娘喝合卺酒，
选自《清俗纪闻》。

迎娶新妇，清人绘。

别，才有父子之情；有了父子之情，才有君臣之义；有了君臣之义，各种礼节才会出现；有了礼节，社会才能安定。如果男女无别，也就不会有道义礼节，那么就与禽兽一样了。

　　女婿从女家出来，自己先登车，然后把车上的拉手绳递给新娘。这样做是表示尊敬女方。所谓尊敬女方，就是相亲相爱的意思。尊敬而又亲近自己的妻室，继而把这种德行施及人民。这就是先前的贤明帝王能够得到天下的原因。从出女家的大门开始，男的走在前面引导女的，女的走在后面跟随着男的，这种夫倡妇随的关系就表现出来了。所谓"妇人"，是说她必须听从别人的，所以一个女子，年幼时听从父兄，出嫁后听从丈夫，丈

婚礼，杨柳青年画。

夫死后就听从儿子。所谓"丈夫"，是说他应像"师傅"一样，师傅要用自己的才智去教导别人。

婚礼前，夫妇双方都要穿着祭祀的服装斋戒沐浴，要像祭祀鬼神那样恭敬。因为结婚之后就得主持祭祀社稷，为祖先传宗接代，怎么能不恭敬呢？夫妇同用一俎而食，这表示夫妇双方地位相等。所以妇人不受封爵，而跟着享受丈夫的爵位，排座次时都按丈夫的辈分和年龄入座。婚礼中所用饮食器具，都是原始的瓦器，遵照过去的礼法应该如此。因为夏、殷、周三代开始的时候，结婚所用饮食器具都是质朴的瓦器。婚礼的第二天清晨，新娘就要起床梳洗打扮，然后给公婆送早饭。公婆吃过之后，把剩余的食物赏给新娘，新娘就把这些食物吃掉，这样做表示公婆的偏爱。公婆从西侧台阶下堂，新娘则从东侧的台阶下堂，这表示公婆把这个家交给媳妇了。婚礼不用音乐，因为婚礼是属于阴的，而音乐是属于阳的。举行婚礼，亲朋好友不必相贺，因为每个人都有这一过程。

虞舜时祭祀，特别崇尚生腥的气味。祭祀时先进献的供品是牲血、生肉和半熟的肉，这是崇尚生腥气味的缘故。殷代人的祭祀，崇尚声音，在未杀牲，尚无腥气、口味时，先演奏抑扬顿挫的音乐。等奏完三个乐章后，主祭人才到大门外把牲畜牵进来。用音乐的响声召唤天地之间的鬼神来受飨。周代人特别崇尚酒的香气，所以用香气浓烈的酒请鬼神来受祭。用郁金草浸过的酒，浇在束茅之上，香气可以直透到地下。灌酒用玉瓒，是要借助玉的洁润之气。行过灌礼后才到大门外迎牲，这样做都是为了招致地下阴气。焚烧裹上动物油脂并粘有黍稷的艾蒿，使焦香气味弥漫于墙屋之间，这是招致天上的阳气。所以在尸未入室之前，助祭的巫祝把酒和熟食陈设好，然后就把艾蒿加以脂和黍稷点燃，让它缓慢地燃烧，散发出焦香味来。凡是祭祀，都要特别注意这些仪式。

人死之后，灵魂升上天，而形体埋入地下，所以祭祀时，要上致阳气，下致阴气。殷代祭祀先求阳气于天，周代祭祀先求阴气于地。祭礼一般都在宗庙的室内告请神灵，在堂上北边给尸设立座位，在庭中宰杀牲畜，还要把牲畜的头送到室内供奉神灵。如果是正祭，只要直接祭祀神主；如果不知道要祭祀的众神灵在何处，就要在庙门旁边求请神灵并祭祀。因为不知道神灵在什么地方，或者有的在这儿，有的在那儿，有的在离人更远的地方，那么在庙门旁边告请众神，差不多可以说是连远方的神灵都请到了。这种祭祀之所以叫做"祊"，就是把神灵请到亮处来祭祀的意思。盛放牲畜心、舌的方木盘叫"胈俎"，"胈"是表示尊敬的意思。所谓"福"，就是齐全完备的意思。把牲畜的头送到室内去供奉神灵，因为牲首最尊，只有它才配得上飨神。劝尸多饮酒多食饭菜，就等于飨神。尸受祭后让祝给主人祝福，就叫做"嘏"，"嘏"是长的意思、大的意思。尸是主的意思。

祭祀用牲，要先进献血和毛，这两样是向神灵报告祭祀用的牲畜体质是否健壮，毛色是否齐纯的东西。用于祭祀的牲畜，最看重的是体质健壮，毛色齐纯。用牲血祭神，还有一个含义，就是血是生气最盛的东西。用肺、肝、心祭神，主要看重它们是产生血气的器官。用黍稷加肺祭祀，用连浆带糟的酒掺和露水祭祀，是为了报答阴气。把肠上的脂肪裹在艾蒿上焚烧，用牲首供奉神灵，是为了报答阳气。用露水冲淡浊酒，是看重它的清洁透明。凡是酒加水冲淡，都是为了使酒变得清新。至于把露水称作"明水"，是取义于主人心地洁净就像露水所显示的一样。

国君祭祀时行礼要再拜，俯首至地。脱去左臂衣服，宰杀牲畜，肢解牲体，这样做表示对神极虔诚尊敬。极其虔诚尊敬，意味着服从。行拜礼表示服从；又俯首至地，表示极端的尊敬服从；肉袒则表示内心也彻底服从。

祭宗庙时自称孝孙孝子，这是按照伦常的名义称呼的；祭祀天神地祇等外神时，就自称"曾孙某"，这是代表国家对神的自称。祭祀时有助祭的"相"。虽然各种佳美供品是主人为了表达敬意而准备的，但"相"也应该像主人一样努力劝尸多多饮用。祭祀所供奉的物品，有生腥的，有整块的牲体，有半生的肉，也有全熟的肉，怎么能知道神灵到底享用哪些呢？所以主人只要准备齐全，全数进献，尽自己的敬意就行了。把尸迎入室内后，当尸举起他面前的酒杯时，担任"祝"的人就提示主人向尸行再拜稽首礼，请尸安坐。因为古时候祭祀，没有饮食之事时，尸是站立着的，如果有饮食之事，就要请尸坐下来。尸，代表神。担任祝的人，先把主人的话告诉神，然后代神向主人祝福，所以祝的职责就是传达话语。

醴酒最浑浊，要加入新酿造的清酒冲淡，再用茅束滤去酒糟，才能用于祭祀；盎酒要加入清酒冲淡，再除去酒糟；郁鬯酒要用盎酒冲和。这些古代的做法就像如今的清酒和盎酒都用多年的醇酒冲和一样。祭祀主要有三种：一是祈求鬼神降福的，二是报答恩惠的，三是祷告消灾除难的。祭祀前斋戒时的服装都用黑色，这是依顺鬼神所处幽暗之意，也表示人思念阴幽鬼神。所以有德的人斋戒三天，到祭祀时就好像能看到他所祭祀的鬼神。

内则第十二

天子命令冢宰向天下百姓发布教令。

儿子事奉父母，应该在早晨鸡初鸣时就都洗手漱口，梳理头发，用继把头发裹成髻，用簪子固定好，再用丝带把它束起来，拂去髻上的尘土，戴好冠，系好冠带，让缨下垂，穿上玄端、蔽膝，系好大带，在带里插上笏。身子左右佩戴以下东西：左边佩纷帨、小刀、磨刀石、小觿和金燧，右边佩玦、捍、笔管、刀鞘、大觿和木燧。打好绑腿，穿上鞋，系好鞋带。

儿媳妇事奉公婆，要和事奉父母一样。在早晨鸡初鸣时就都洗手漱口，梳理头发，用帨把头发裹成髻，用簪子固定好，用丝带把它束起来。穿上玄端绡衣，系上绅带。左边佩上纷帨、小刀、磨刀石、小觿、金燧五种东西，右边佩上针、管、线、丝绵、大觿、木燧六种东西。针、管、线、丝绵都用小囊装起来。系上香囊、鞋带。这样穿戴好了以后，到父母公婆那里去。

到了父母公婆的住处，要低声下气地问寒问暖。如果他们身上疼痛或疥疮作痒，要恭恭敬敬地给他们按摩爬搔。他们进出走动时，儿子和媳妇要或前或后，恭恭敬敬地扶着他们。送水给他们洗手的时候，年龄小的捧着槃在下面等水，年龄大的捧着装水的匜，从上面浇。洗好以后递给他们拭巾。然后，请问他们想吃些什么，恭恭敬敬地送上去。厚粥、薄粥、酒、甜酒、菜、肉、豆、麦、子麻、稻、黍、粱、秫，这些食物完全由他们选择，并且用枣、栗、糖、蜜使食物甘甜，用新鲜的或干的堇、荁、粉、榆经过淘洗、拌和来使食物柔滑，用油脂拌和使食物香美。一定要等到父母公婆尝过食物以后，儿子和媳妇才能告退。

未成年的子女在鸡初鸣时都要洗手漱口，梳理头发，拂去髻上的灰尘，把头发扎成两个向上分开的发髻，系上香囊，佩戴香物。在天将亮未亮时去问候父母，问他们吃了些什么。如果父母已经吃过了，那就告退；如果还没有吃，就协助兄嫂在旁边视膳。

全家上下人等，都要在鸡初鸣时起身洗漱，穿戴整齐，把枕席收起来，打扫房室、堂屋及庭院，铺设坐席，各人做自己份内的事。只有小孩子不必如此，早睡晚起，随他高兴，吃饭也没有固定的时间。

儿子是命士以上有官职的，那么父子分居。儿子必须在天将亮的时候来问候父母，恭敬地将好吃的东西进呈给父母吃。等到太阳已出，父母用完早膳以后才能告退，去从事自己的事。日落的时候，再来问候父母，并恭敬地送好吃的东西给父母吃。

父母公婆将坐，子辈捧着坐席请示父母公婆坐席安置的方向；父母公婆要更换卧处，子辈中年长者捧着卧席请示脚在哪个方向。在晨起时，由子辈中年少的拿着坐榻给他坐，侍者捧上小几让他凭靠。然后，把他们睡觉的席与簟收起来，把被子悬挂起来，枕头放进箱子里，又把簟包扎收藏好。

父母公婆的衣服、被子、簟席、枕头、小几等物不得随意转移到其他地方。对他们的手杖和鞋更应尊敬，不要去碰。他们用的敦、牟、卮、匜，子辈如果不是吃他们剩在里面的食物，就不能使用。他们的日常饮食之物，如果不是吃剩下的，子辈就不能去吃。

父母都在世的时候，日常早、晚吃饭都由儿子、媳妇在旁边劝告加餐，并在他们吃好以后把剩余的食物吃掉。如果父亲去世而母亲还在，则由嫡长子侍候母亲吃饭，其他的儿子、媳妇仍和以前一样在旁劝食并将母亲吃剩的食物吃完。吃剩食物中肥美甘甜柔滑的食品，则由小孩子吃掉。

在父母公婆面前，他们有什么吩咐，要立即答应说"唯"，然后回答。进退周旋的态度要严肃庄重；升降堂阶、出入门户时要俯身而行。在他们面前不能打呃、嘘气、打喷嚏、咳嗽、打呵欠、伸懒腰，不能一脚站立或倚着其他东西，眼睛也不能斜视，不能吐唾沫、擤鼻涕。身上嫌冷不能当着他们的面加衣，身上痒不能当着他们的面搔。如果不是重要的事，就不能脱衣露臂。不是涉水，就不揭起衣服。内衣和被子不要把里子露出来。

父母的衣服上应该看不见唾沫和鼻涕。他们的冠带脏了，就用草木灰浸汁，用手搓洗；他们的衣服脏了，就用草木灰浸汁，用脚踏洗；衣裳破了，用针穿好线，为他们补缀。每五天就烧热水请他们洗澡，每三天就烧热水请他们洗头。这期间如果脸脏了，就烧热淘米水请他们洗；脚脏了，就烧热水请他们洗。

年少的事奉年长的，身份低贱的事奉身份高贵的，都遵循这样做。

男子在外不讲内庭的事，女子在内不讲门外的事。如果不是举行祭祀或办丧事，则男女之间不能直接互相传递物品。当传递物品时，女的要用竹筐来承接；如果没有竹筐，就要由递东西的人坐着把东西放在地上，然后接东西的人坐着从地上取走。内外不共用一口水井，不在同一个浴室洗澡，不共用寝席，不互相讨东西或借东西，男女不共衣裳。内庭讲的话不传到外面去，门外讲的话也不传入内庭。

男子进入内庭，不要呵叱人，不要用手指指点点。夜晚行走时要点烛照明，没有烛就不走动。女子出门，要把脸遮起来。夜晚行路要点烛照明，没有烛就不走动。走路，男子从右边走，女子从左边走。

儿子、媳妇孝敬父母公婆，不能对他们的吩咐有所违背或怠惰。如果父母公婆赐给食物，自己虽不爱吃，也一定要尝一下，再听吩咐；父母公婆赐给衣服，自己虽不想穿，也一定要穿上，再听吩咐；父母公婆交付事情给自己做，可是后来又叫其他人代做，这时自己心里虽然不愿意，但也姑且让给代替的人做，并且教他怎样做。等到代替自己的人休息了或者确实做不好，然后再自己动手做。

儿子、媳妇在干劳苦的工作，这时做父母公婆的虽然很爱他们，但也应让他们去做，宁可时时让他们休息一下。如果儿子媳妇不孝敬，也用不着生气埋怨，姑且先教育他们。

如果无法教育，这才谴责他们。如果连谴责也不起作用，那就把儿子赶出去，把媳妇休回家，但也不对外人明说他们违背了礼义。

父母有过错，子女要低声下气，和颜悦色地劝谏。如果谏而不听，子女要对父母更加孝顺恭敬，看到父母心情高兴了，就再次去劝谏。如果父母对劝谏不高兴，在这种情况下，与其使父母因为有过错而得罪乡党州闾，宁可自己反复恳切地劝谏而得罪父母。如果父母发怒不高兴，把自己打得皮破血流，也不能怨恨父母，而要更加恭敬孝顺。

父母有十分宠爱的婢子或庶子、庶孙，即使父母去世了，子女仍旧要终身敬重他们。如果儿子有两个妾，父母爱其中的一人，儿子爱另一人，儿子所爱的那一个无论在衣服、饮食、干活方面，都不能和父母所爱的那一个相比。即使父母去世了，也仍旧如此。儿子很爱他的妻子，可是如果父母不喜欢，那就应该把她休了；如果儿子不喜欢他的妻子，可是父母说："她对我们服侍得很好。"那么儿子就必须终身以夫妇之礼对她。

父母虽然去世了，当子女将要做一件好事的时候，想到这会给父母带来好名声，就一定要做成；将要做一件不好的事，想到这会给父母带来羞辱，就一定不做。

公公去世了，婆婆就要把家政传给冢妇。冢妇在祭祀及接待宾客时，凡事都要请示婆婆。其他媳妇则要请示冢妇。

公婆使唤冢妇，冢妇做事不能懈怠，不能对介妇不友爱，甚至无礼。公婆如果使唤介妇，介妇不能要求和冢妇匹敌，不能比肩而行，不能像冢妇一样命令他人，也不能和冢妇并肩而坐。

凡是媳妇，公婆不叫她们回自己的房间去，不能退下。媳妇有私事要处理，不论大小都一定要请示公婆。

儿子、媳妇没有属于自己的财物，没有属于自己的牲畜和用器。他们不能私自把东西借给人或送给人。

媳妇得到娘家亲戚赠送给她饮食、衣服、布帛、佩巾或苣兰等香草，媳妇就收下来献给公婆。公婆接受了，自己心里就很高兴，如同自己刚刚受到亲友的馈赠一样。如果公婆把东西转赐给自己，那就要推辞。实在推辞不了，就要像重新受到公婆赏赐一样接受下来，并且把这些东西收藏好，以备公婆缺乏时用。媳妇如果要赠送东西给娘家兄弟亲戚，那就要先向公婆禀明原因，公婆拿出东西赏赐自己，才能去送礼。

一家的嫡子、庶子对待全族的宗子、宗妇必须十分恭敬有礼。即使自己地位高贵、很有钱财，也决不能以自己的富贵到宗子的家里去炫耀。虽然车马随从很多，但必须把他们驻扎在门外，只带少量随从到宗子家去。子弟中若有人得到器物、衣服、裘衾、车马等赏赐，则一定先把其中质量好的献给宗子，然后自己才敢服用那些次等的。如果那些东西不是宗子的爵位所应当服用的，因而不能献，那自己也不可以服用这些东西到宗子家里去。不能以自己的富贵凌驾于父兄宗族之上。如果富裕，在祭祀的时候就用二牲。把二牲中好的献给宗子，夫妇都斋戒助祭，以表示对宗庙的敬意。等大宗祭祀完毕，然后才用较次的二牲去祭自己的父祖。

吃的饭有黄黍、稷、稻、白粱、白黍、黄粱六种，每种又有生获、熟获的区别。

吃的肉食有：牛肉、羊肉、猪肉、烤牛肉，这四种分盛四豆，放在第一行；肉酱、大块牛肉、肉酱、切细的牛肉，这四种分盛四豆，放在第二行；烤羊肉、大块羊肉、肉酱、烤猪肉，这四种为第三行；肉酱、大块猪肉、芥酱、切细的鱼肉四种为第四行。四行共十六豆，这是下大夫之礼。如果再加雉、兔、鹑、鷃四豆排在第五行，那就是上大夫之礼。

饮料有下列几种：凡醴酒有清与糟两种，用稻米酿的酒有清、有糟；用黍或粱酿的酒也各有清、有糟；其他有用稀粥代酒，如用黍煮的稀粥、酢浆、水、梅浆、凉粥等。

酒有清酒和白酒两种。

盛放在筐里的食物是糗饵、粉餈和餤。

人君燕食所用的食物有以下若干种：田螺酱、菰米饭、野鸡羹相配；麦饭、肉羹、鸡羹相配；淘净的米煮成的饭与犬羹、兔羹相配。这些羹要用米屑加进去煮成糊状，但不加蓼菜。在煮小猪的时候，用苦菜把它包起来，在肚子里塞进蓼；在煮鸡的时候，加入肉酱，肚子里塞进蓼；煮鱼的时候，加入鱼子酱，在鱼肚子里塞进蓼；煮鳖的时候，加入肉酱，在鳖肚子里塞进蓼。吃腶脩的时候配以蚁卵制成的酱；吃牛羊猪肉羹时配以兔肉酱；吃切开的麋肉时配以鱼酱；吃鱼脍时配以芥子酱；吃生麋肉时配以肉酱；吃桃干梅干时则配以大盐。

调剂食品的温度，要根据食品的性质来决定：饭食宜温，羹汤宜热，酱类宜凉，饮料宜寒。调味时，春天多用酸味，夏天多用苦味，秋天多用辣味，冬天多用咸味。但四季都要加入滑脆甘甜的食物进行调配。

吃牛肉宜配稻，吃羊肉宜配黍，吃猪肉宜配稷，吃狗肉宜配粱，吃雁肉宜配麦，吃鱼宜配菰米。

春天宜食羔羊、小猪，用牛油来煎；夏天宜食干野鸡和干鱼，用狗油来煎；秋天宜食牛犊和小鹿，用鸡油来煎；冬天宜食鱼和雁，用羊油来煎。

人君燕食所用的美肴如：牛肉干、鹿脯、野猪脯、麋脯、麇脯，其中麇、鹿、野猪、麋还可以切成薄片。野鸡羹、兔羹则都加菜煮。还有雀、鷃、蝉、蜂、芝、栭、菱、椇、枣、栗、榛、柿、瓜、桃、李、梅、杏、楂、梨、姜、桂等物。

大夫朝夕常食，有了脍就不再吃脯，有了脯就不再吃脍。士朝夕常食不能有两种羹和胾。庶人中六十岁以上的老人朝夕常食一定有肉。

细切的生肉，春天和以葱，秋天和以芥子酱。煮小猪，春天用韭菜塞在它肚子里煮，秋天用蓼菜塞在它肚子里煮。凝固的脂肪用葱调味，油用薤调味。牛羊豕三牲用煎茱萸和醋调味，野兽类用梅调味。鹑羹、鸡羹及鴽和蓼菜一起杂煮。鲂和鰋蒸来吃，小鸟放在火中烤熟了吃，野鸡或烧或蒸或煮羹，这三种动物调味时用芗，不用蓼。

不吃幼鳖，狼要把肠去掉，狗把肾去掉，狸把正脊去掉，兔子把屁股去掉，狐把头去掉，小猪把脑子去掉，鱼把肠子去掉，鳖把鳖窍去掉。

肉类要剔除筋膜骨头，这叫做"脱"；鱼类要用手摇动，看它新鲜不新鲜，这叫做"作"；枣类要擦拭，使之光洁，这叫做"新"；栗子要把有虫的拣去，这叫做"撰"；桃子要把表面的毛擦掉，这叫做"胆"；柤、梨要一一钻看虫孔，这叫"攒"。

牛夜里叫，它的肉一定有恶臭；羊毛很稀少而又粘连在一起，它的肉就有羶味；狗的两股里面没有毛而又举动急躁，它的肉味臊恶；羽毛不润泽而又鸣声嘶哑的鸟，它的肉必定腐臭；猪的眼睛向高处、远处看，眼睫毛长而相交，它的肉中有许多星星点点的小息肉；黑脊梁而前胫毛色斑杂的马，它的肉臭如蝼蛄。

尾部还不满一握的小鸟不能吃。还有鹅尾、天鹅和猫头鹰的胁侧薄肉、鸭尾、鸡肝、鹅肾、鸨脾、鹿胃等等，都是不能吃的东西。

凡是生肉切碎杂煮而后食，细切就叫做脍；切成大片就叫轩。又有人说：麇、鹿、鱼粗切叫做菹；麕细切叫做辟鸡；野猪肉粗切叫做轩；兔肉细切叫宛脾。再把葱或薤切碎，和肉一起浸在醋中，可使肉变软。

羹与饭是日常主食，从诸侯到庶人日常都有羹与饭，没有差别。

大夫没有常置于左右以备食的佳肴，但七十岁以上的大夫就有专门存放食物的阁。天子的阁，在燕寝左边的夹室中有五个，右边夹室中也有五个。公、侯、伯每人五阁，放在燕寝的房中。大夫的阁有三个。士没有阁，只能在房内做一个坫存放食物。

凡人君养老之礼，有虞氏用燕礼，夏后氏用飨礼，殷代用食礼，周代遵循古法而三礼兼用。五十岁就能参加乡里的养老宴，六十岁就能参加国家在小学举行的养老宴，七十岁以上就能参加大学里的养老宴。这种规定从天子到诸侯国都适用。八十岁的老人拜受君命时只要跪下去磕头两次就可以了，盲人拜受君命也可这样。九十岁的老人可以让别人代拜君命。五十岁以上可以吃与壮年人不同的细粮，六十岁以上可以有预备的肉食，七十岁以上可有两份膳食，八十岁以上可以常吃时鲜珍羞，九十岁以上可以在寝室里就餐，出游时也可以让人随带食物。

人到六十岁，就开始置备需一年时间才能做好的丧葬用品，七十岁以后开始置备一个季度能做好的丧葬用品，八十岁以后开始置备一个月能做好的丧葬用品，九十岁以后就置备一天能做好的丧葬用品，只有装殓尸体用的绞、紟、衾、冒等，到死后才制作。人到五十岁以后就开始衰老，六十岁以后没有肉食就营养不足，七十岁以后没有丝绵就不得温暖，八十岁以后没人陪睡就不能暖和，九十岁以后即使有人陪睡也不觉得暖和了。五十岁以后可以在家中用手杖，六十岁以后可以在乡里拄手杖走路，七十岁以后可以在国中拄手杖走路，八十岁以后可以挂手杖上朝，九十岁以后，天子若有事询问，就派人到家里请教，并且要带时鲜珍品为礼物。七十岁以后，朝见天子时可以提早退出，八十岁以后，天子每月派人问候安康，九十岁以后，天子每天派人送膳食到家中。五十岁以后不服劳役，六十岁以后不参与征战，七十岁以后不参与会见宾客，八十岁以后不服齐衰以下的丧服。五十岁以后得到封爵，六十岁以后不亲自向别人求教，七十岁后辞官告老。凡是七十岁以上，遇到丧事只服丧服，不参加丧事仪式。

夏、殷、周三代的天子，都根据户籍核定年龄，确定参加养老会的人员。家有八十岁的老人，可以有一人不应力役之政；家有九十岁的老人，全家都可不应力役征召；家中有盲人也是如此。凡是家中有年老的父母健在，他们的儿子即使年纪也很大了，但在父母面前也不能坐着，必须立侍在旁。有虞氏的时代，在上庠宴飨国老，在下庠宴飨庶老；夏后氏在东序宴飨国老，在西序宴飨庶老；殷代在右学宴飨国老，在左学宴飨庶老；周代在东胶宴飨国老，在虞庠宴飨庶老，虞庠在王城的西郊。有虞氏的时代，祭祀时戴"皇"，养老时穿深衣；夏代祭祀时戴"收"，养老时穿燕衣；殷代祭祀时戴"冔"，养老时穿纯白的深衣；周代祭祀时戴冕，养老时穿玄衣白裳。

曾子说："孝子养老，要使父母内心快乐，不违背他们的意愿；用礼乐使他们的耳目愉悦，使他们起居安适，在饮食方面更要发自内心照料，要直到孝子身终。所谓'终身'孝养父母，并不是说终父母的一生，而是终孝子自己一生。凡是父母所爱的，自己也爱；凡是父母所敬的，自己也敬。连对犬马也都如此，何况对于人呢。"

凡养老，五帝时代着重是效法他们的德行，三王时代除效法他们的德行外，又向他们乞求善言。五帝效法老人的德行，为了颐养他们的身体，不向他们乞求善言。如果他们有好的德行就记录下来，成为敦厚之史。三王也效法他们的德行，而在恭敬地奉行养老之礼之后又向他们乞求善言，乞求善言时也并不坚持，不急切，以免影响老人养气养体。三王也都把老人的善言、德行记下来，成为敦厚之史。

用陆稻做饭，把煎醢加在饭上，再浇上油，这就是淳熬。用黍米做饭，把煎醢加在饭上，再浇上油，这就是淳毋。

古时疱厨，汉画像石，山东临沂白庄。

"炮"的方法是：取小猪或公羊，杀死以后除去内脏，把枣子塞在腹腔内，编芦苇箔把它裹起来，涂上黏土，然后放在火上烤。等泥全部烤干了，用手把泥剥去，洗净手，把皮肉表面的薄膜搓掉。用米粉加水调成稀粥，敷在小猪身上，再放到小鼎里用油煎，油一定要淹没小猪。羊肉则切成薄片像脯一样，外面涂粥，放在油里煎。把盛有小猪或羊脯的小鼎放在大鼎的热水里，大鼎的水不能把小鼎淹没，用小火烧三天三夜。吃的时候再加醋和肉酱调味。

　　捣珍制法是：取牛、羊、麋、鹿、麕的里脊肉，每种与牛肉分量一样多，反复拍打，把筋腱除去，煮熟以后取出，把肉膜去掉，再用醋和醢调拌。

　　渍的制法是：取新宰杀的牛，把牛肉切成薄片，切时一定要切断肉的纹理，在美酒里浸一天一夜，然后用醢或醋、梅浆拌了吃。

　　熬的制法是：把牛肉放在火上烤熟，然后捶捣去掉肉膜，把肉放在芦苇箔上，把桂和姜捣成屑洒在上面，用盐腌一下，晒干以后就可以吃了。用羊肉、麋、鹿、麕肉做熬也都一样。如果要吃浸软了的肉，就用水把它润泽一下，再用醢煎了吃。如果想吃干肉，那么捶捣一下就可以吃了。

　　糁食的制法是：取等量的牛、羊、猪肉各一份，切碎，与稻米粉拌和，稻米粉与肉的比例是二比一，合在一起做成糕，用油煎食。

　　肝背的制法是：取一副狗肝，用它的肠脂把它包起来使肝濡润，放在火上烤。到外面包的背全部烤焦了，这时肝就烤熟了。吃的时候不用蓼。

　　取稻米粉加水调和，加入切碎的狼脂肪，一起做成饼。

　　慎重地对待夫妇关系，这是礼的开始。建造宫室，严分内外。男子常在外面的正寝，妇女常在里面的燕寝。深宫固门，有阍人、寺人负责看守。男子不到里面去，妇女不到外面来。

　　男女不共用衣架。妇女不把衣服挂在丈夫的衣架上，也不收藏在丈夫的衣箱里。妇女不和丈夫在同一个浴室洗澡。丈夫不在家，把他的枕头放到衣箱里，簟、席收起来，丈夫的其他器物也都收藏起来。年少的侍奉年长的，身份低贱的侍奉身份高贵的，都应如此。

　　夫妇之礼，只有到了七十岁时，才可以两个人一直同居共寝。所以妾即使年老了，只要还不满五十岁，就要每隔五天侍夜一次。将要侍夜的妻妾要斋戒，洗净内衣，穿戴好礼服，梳理好头发，系上香囊、鞋带。轮到正妻侍夜的日子，即使这天正妻不在家，妾也不能到丈夫寝室中去侍夜。

　　妻将要生小孩，到了临产的月份，就由燕寝迁到侧室居住，丈夫每天派人问候两次。到了阵痛发作时，丈夫亲自去问候。这时妻子不能来见，由女师穿戴整齐去回答。小孩生下以后，丈夫又每天派人问候两次。如果妻子产时适值丈夫斋戒，丈夫就不到侧室去问候。

浴婴图，佚名绘，
（美）弗利尔美术
馆藏。

孩子生下来，如果是男孩，就在门的左边挂一张木弓；如果是女孩，就在门的右边挂一条佩巾。到了第三天才抱小孩出来。如果是男孩，就行射礼；如果是女孩就不用了。

国君的嫡长子出生了，要报告国君，在房间里陈设太牢来迎接他的降生，由膳宰负责。到了第三天，占卜，选择一个士抱小孩，占卜结果吉的那个士必须前一天就斋戒，穿上朝服，在路寝门外等候，然后把小孩接过来抱着。这时射人用桑木弓和六支蓬草做的箭向天地四方发射。然后，保姆接过小孩抱着，膳宰用一献之礼及五匹帛酬谢抱小孩的士。此外，还要通过占卜，选择一个士的妻或大夫的妾来担任小孩的乳母。

举行接子仪式，一定要选择三天之内的吉日。接天子的嫡长子用牛羊豕三牲，接庶人的嫡长子用一只小猪，接士的嫡长子用一只猪，接大夫的嫡长子用一只羊和一只猪，接国君的嫡长子用牛羊豕三牲。如果不是嫡长子，接子之礼就都降一等。

国君生子，要为小孩在宫中单独辟一室居住。从国君的众妾及妃嫔和傅姆中，选择性情宽厚慈惠、态度温良恭敬、为人谨慎寡言的人做小孩的老师。其次还要从这些人中挑选小孩的慈母和保姆。她们都和小孩住在一起，其他人无事，不到小孩居室去。

小孩出生第三个月之末，要选择吉日为小孩剪发，男孩剪成"角"，女孩剪成"羁"，否则男孩留左边，女孩留右边。这一天，妻子带着小孩去见孩子的父亲。如果是卿大夫，则夫妇都要制作新衣服。命士以下虽不制新衣，但也都要把衣服洗干净。男男女女都要一早起身，洗头洗澡，穿戴整齐。准备给夫妇吃的食物比照每月初一的规格。丈夫走入正寝的门，从东阶登，站在东阶上，面向西；妻子抱着小孩由东房出；站在楣的下方，面向东。

这时，保姆站在妻子的前侧，帮助她传话说："孩子的母亲某某，今天恭敬地把孩子抱给他的父亲看。"丈夫回答说："你要教导他恭敬地遵循善道。"父亲一手拉着孩子的右手，一手托着孩子的下颌，给他取名。妻子回答说："我要谨记您的话，教育他将来有所成就。"妻子说完，就转身向左，把孩子交给老师。老师把小孩的名字逐一告诉在场的诸妇、诸母，然后妻子就到燕寝去。丈夫把小孩的名字告诉家宰，家宰再遍告在场的同宗男子，并在简策上写道："某年某月某日某生"，藏于家中。家宰又把小孩的生辰、名字告诉闾史，闾史记下来，一式二份。一份藏在闾府，一份献给州史。州史献给州长，州长命令收藏在州府里。丈夫进入燕寝，按照平时夫妇供养的常礼与妻子共同进食。

国君的嫡长子出世，在命名的那一天，国君要洗头洗澡，穿上朝服，夫人也一样，都站在正寝的东阶上，面向西。世妇抱着小孩由西阶上，在国君给他命名以后就下去。

如果是世子的同母弟弟或庶子生，国君就在外寝与他见面，用手抚摸他的头，托着他的下巴，给他取名。其他礼节与世子相同，但没有"钦有帅"、"记有成"等对答之辞。

凡是替孩子取名，不用"日"、"月"等字，不用国名，不用身上隐疾的名称。大夫、士的儿子不能取与世子相同的名字。

大夫或士的妾将要生小孩，到了临产的月份，丈夫派人每天问候一次。小孩生下满三个月的那一天，大家都要洗漱整洁，而且前一天就斋戒，在内寝相见，丈夫用妾刚刚来嫁时的礼节对待她。丈夫吃过了，把食物撤下，由她一个人吃剩下的食品。随后她就侍候丈夫过夜。

国君的妾生小孩，要到侧室去生。小孩生下满三个月的那一天，他的母亲要洗头洗澡，穿朝服，由摈者抱着小孩一起见君。如果国君对这个妾比较宠爱，那么这个小孩就由国君自己命名。其他众妾之子则由下属官员命名。

老百姓家中没有侧室的，在妻子到了临产月份以后，丈夫要离开寝室，住到其他房间去。至于他问候妻子的礼节以及小孩满三个月时带小孩出来见父亲的礼节，与大夫、士并无不同。

凡是父亲在世，那么刚出世的孙子去见祖父时，祖父也要给他取名，礼节和子见父一样，但没有应对之辞。

替国君哺育孩子的士妻或大夫之妾，在三年之后离开公宫回家。在回家之前到公宫告辞，这时国君要有所赏赐以表慰劳。大夫之子有乳母喂养，士妻则自己喂养小孩。

小孩满三个月行父子相见之礼，由命士以上直到大夫之子，都是在夫妇礼食以前进行。国君的世子是在国君与后夫人礼食之前相见，见面时国君一定拉着他的右手。世子之弟及庶子，则是在国君与后夫人或妾礼食之后再相见，见面时国君一定用手抚摸他的头。

小孩能吃饭了，要教他使用右手；小孩会讲话了，要教男孩说"唯"，女孩说"俞"。男孩的小囊用革做，女孩的小囊用缯做。

孩子到了六岁，教他识数和辨认东南西北。七岁开始，男孩、女孩不同在一张坐席上吃饭。八岁开始教他们学习礼让，出入门户以及坐到席位上吃饭，一定要让年长的人在先。九岁时，教他懂得朔、望以及用干支记日。十岁，男孩就离开内室，到外面跟着老师学习"六书"、"九数"，住宿也在外面；穿的短袄和套裤都不能用帛做；行礼动作都要遵循以前所学

哺乳俑，东汉晚期，长沙市陈家大山 19 号墓出土。

的那些礼节；早晚学习幼仪，学习教师所书写的课文和应对之辞。十三岁时学习音乐，诵读《诗经》，学会舞勺。到了十五岁就学舞象和射箭驾车。

二十岁时加冠，开始学礼。这时可以穿裘衣、帛衣，舞大夏之舞。要诚笃地孝顺父母，友爱兄弟，广博地学习各种知识，但尚不能教育别人，要努力地积累德行，但尚不能出而治事。三十岁时娶妻成家，这才开始料理成年男子的事务。这时要广博地学习，没有什么固定的学习内容。要与朋友和顺相处，并观察他们的志向。四十岁开始做官，根据事物自然之理而定计谋、出主意。如果君臣道义相合，那就在国君手下干事；如果不合，那就离开。五十岁为大夫，参与邦国大事。七十岁告老退休。凡男子行拜礼，左手在右手之上。

女孩到了十岁就不再外出。女师要教导她们言语婉顺、表情柔媚、服从长者，教她们绩麻、养蚕、纺丝、织造缯帛丝带等妇女之事，以供制作衣服。要让她们参观祭祀仪式，把酒、浆、笾、豆、菹、醢一一装好，按照礼节规定帮助长者安置祭品。女孩到了十五岁行笄礼，二十岁出嫁。如果这时遭父母之丧，就到二十三岁再嫁。如果男方是以礼聘问娶去的，那就是正妻；如果是不待礼聘就嫁给对方，那就叫奔，嫁过去只能做妾。凡是女子行拜礼，右手在左手上。

玉藻第十三

天子戴着有玉旒的冕，前有十二旒，冕上的延前后都长出于冕；身上穿着画龙的衮衣祭祀。

在春分这一天，天子衮冕在东门之外行朝日之礼。每月初一，天子玄衣、玄冕在南门外的明堂里行听朔之礼。如果是闰月，那就把明堂门的左边的门关上，站在门中行听朔之礼。

天子平日戴着白鹿皮弁视朝，退朝以后吃早饭。到了中午，吃朝食剩下来的东西。每次吃饭都奏乐。天子平日每天是一羊一猪，每月初一这一天则要用牛羊豕三牲。天子的饮料有五种，以水为上，另外还有浆、酒、甜酒和粥汤。中午吃过以后，就换上玄端服休息闲居。

天子的一举一动都由左史记下来，他的言论都由右史记下来。天子身旁侍御的乐工察辨音乐之声的高下，以了解政令的得失。年成不好，天子就要穿素服，乘没有油漆的素车，吃饭时也不奏乐。

诸侯到宗庙祭祀祖先时，穿着玄冕之服；去朝见天子时，则服裨冕；到太庙行听朔礼时，服皮弁服；平日在内朝视朝时服朝服。

群臣在天色微明可以辨色时开始入应门上朝。国君在日出时视朝，与群臣相见，然后退到路寝听政。国君派人去看大夫，如果大夫已将政事处理完毕退朝，那么国君就回到自己的燕寝，脱去朝服，换上玄端。

国君在朝食时，要换上朝服，吃的是猪、鱼、腊三俎，将食之前先祭肺。夕食时，穿深衣，将食之前先祭牢肉。每月初一则用羊、豕二牲，吃的是羊、豕鱼、腊、肤五俎和黍、稷各二簋。逢到子卯忌日，不杀牲，只吃饭食和菜羹。国君的夫人和国君同牢。

没有特别的缘故，国君不杀牛，大夫不杀羊，士不杀犬豕。君子要远离厨房，凡是有血有气的动物，决不自己动手宰杀。

如果八个月不下雨，国君吃饭就不杀牲。年成不好，国君要穿麻布之衣，插竹笏；在关口和桥梁处不收租税；禁止在山泽采伐渔猎，也不征赋税；不搞建筑。大夫也不许造新车。

凡是占卜，首先由卜师选定龟甲；烧灼以后，太史根据较粗的裂纹是否顺着所画的墨线来判定吉凶。国君则观看整个兆象的形体而判定其吉凶。

国君的斋车用羔皮覆轼，用虎皮镶边；大夫的斋车朝车、士的斋车都用鹿皮覆轼而用豹皮镶边。

君子居处总是对着门户，睡觉头总是向东。如果有烈风暴雷大雨，则必庄敬严肃，即使是夜里也一定起身，穿戴整齐，恭恭敬敬地坐着。

每天洗手五次。用淘稷的水洗头发，用淘梁的水洗脸。洗湿了的头发用白木梳梳理；头发干了有些发涩，用象牙梳来梳，然后喝一点酒，吃一点东西，这时乐工就升堂唱歌。洗澡要用两种浴巾，上身用细葛巾，下身用粗葛巾。出了浴盆以后，站在蒯草做的席子上，用热水冲洗双脚，再站到蒲席上；穿上麻布衣服以吸干身上的水。然后就穿上鞋，喝酒。

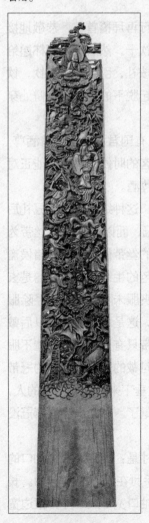

明代八仙庆寿纹象笏，旧藏岱庙。

臣子将要去朝见国君，必须前一天就斋戒沐浴，居住于正寝，史呈上象笏，把想要回答国君的话写在上面。朝服穿戴已毕，要练习自己的仪容神态举止，使佩玉之声和行步举止的节拍相合，然后才出发。由于内心恭敬严肃，仪表又修饰整齐，所以在私朝作揖分手时显得精神饱满；到了登车时，就更是容光焕发了。

啼发图，明陈洪绶绘，重庆市博物馆藏。

天子插的笏叫做珽，这是向天下人表示天子的端方正直；诸侯插的笏叫做荼，上面的两角是圆的，下面两角是方的，这是表示诸侯应让于天子；大夫的笏上下四角都是圆的，表示他处处都必须退让。

臣子陪侍国君坐，一定要把自己的坐席向侧后退一点。如果不好移席后退或者国君不让后退，就一定要向后坐，离开国君所坐之处。登席入座不应该由前面跨上去，而应该由后面上，否则就叫蹴席。空坐的时候，身体离开席前缘一尺，在读书、进食时则要坐到靠近席前缘的地方。盛食物的豆放在距席一尺的地方。

国君赐给臣子吃饭，如果国君以客礼待臣，那么臣子应在得到国君的命令以后才祭。臣子要先遍尝各种食品，然后喝一点饮料，等国君先食。

如果有膳宰尝食，则臣既不祭，也不尝，而是先喝一点饮料，等国君先吃，然后自己再吃。国君命令他吃菜，只吃靠近身前的；国君叫他遍尝菜肴，才一一品尝一下，然后根据自己的嗜好进食。凡是尝远处的食物，要从近处的食品顺序吃过去。

臣子陪侍国君吃饭，国君还未用手抹嘴，臣子不能用汤泡饭。在国君吃好以后，臣子才用汤浇饭吃，但也只吃三口。国君把食器撤下去以后，侍食的臣子才可以拿自己剩下的饭与酱出去给随从带回去。

凡是陪侍尊者吃饭，不能把食物吃光。凡是做客，都不要吃饱。在地位相当的人家吃饭，凡食物都应该先祭，只有水、浆不祭。如果水、浆也祭的话，那就太降低自己的身份了。

国君如果赐给侍宴的臣子喝酒，臣子就要越过自己的坐席，行再拜稽首礼，恭敬地接过来，然后回到自己的坐席，先祭而后饮。饮干以后，等国君也饮干，然后把空酒杯递给赞者。君子饮酒，饮第一杯时脸色庄重，饮第二杯时意气和悦，按礼，臣子侍君宴饮，饮酒止于三杯，三杯饮过，则和悦恭敬地退席。退的时候要坐着拿起脱下的鞋，到隐僻处穿起来。穿右脚鞋时跪左腿，穿左脚鞋时跪右腿。

凡是陈设酒尊，必以玄酒为上。在国君宴请臣下的时候，只有国君才能正对着酒尊。只有请乡野平民饮酒时，才全部用酒而不用玄酒。在大夫、士宴客的时候，酒尊不能正对着主人，而要放在旁侧的掖或禁里，以表示主人与客人共有这一尊酒。

行冠礼时，第一次加的冠是缁布冠，从诸侯下至士都是如此。这种缁布冠在行冠礼后就不再戴，随它去敝弃。天子行冠礼时，第一次加的冠则是玄冠，而以朱红色的丝带为缨。诸侯虽是用缁布冠，但是配有杂采的缨緌。玄冠而用丹红色的丝带做缨，这是诸侯斋戒用的冠；玄冠而用青白色的帛做缨，这是士斋戒用的冠。用白色的生绢制冠而冠卷是玄色，这种上半示凶、下半示吉的冠，是孙子在祖父去世以后父亲丧服未除而自己已经除服时戴的。用白色的生绢制冠，用白绫做冠两边及冠卷下缘的镶边，这是孝子在大祥以后戴的冠。惰游者戴的冠和孝子大祥以后戴的冠一样，只是下垂的冠带只有五寸长。那些不服从教化而不再录用的人所戴的冠则是玄冠而以生绢做冠卷。闲居时戴的冠，把下垂的冠带分别固定在冠卷两侧，这是自天子下至平民都如此，到有事时才垂下来。满五十岁的人，有了丧事，不须散麻送葬。父母去世以后，做子女的就不要再戴髦了。用白缯制的素冠没有下垂的冠带。玄冠配上紫色的垂带，这是自鲁桓公开始的。

大夫、士在家朝食时服玄端，夕食时服深衣。深衣的大小尺寸是：腰的尺寸是袖口的三倍，下摆是腰的一倍。衣襟开在旁边，袖子的宽度是可以让手肘在里面回转自如。长衣、中衣与深衣规格相同，只是袖子再接长一尺。曲领宽二寸，袖口宽一尺二寸，镶边宽

狐裘，选自《三才图会》。

一寸半。如果外面的衣服是布的，里面的中衣却用帛制，那就不合于礼。

士不能用先染色而后织制的衣料做衣服。已离位的士大夫穿的衣和裳颜色应该一样。凡衣服的颜色应该用正色，裳的颜色用间色。穿同颜色的衣裳不可去见国君；外面穿着绤、绤夏服，不可以去见国君；外面穿着裘衣不可以去见国君；用礼服遮住了裘衣外面的裼衣，也不能去朝见国君。

用新丝绵放在夹衣中的叫做茧，用旧丝绵放在夹衣中的叫做袍，有面无里的单衣叫做絅，用帛做面和里的夹衣叫做褶。

用生绢制朝服，这是从季康子开始的。孔子说："国君和群臣在上朝时都应穿朝服。国君在听朔时穿皮弁服，听朔结束又换上朝服。"又说："如果国家未到政治清平的时候，那么国君就不用制备那么多的礼服了。"

只有国君有黼裘，在秋季打猎誓师时用，大裘是不合古制的。国君穿狐白裘的时候，要用锦衣罩在上面作为裼衣。国君右面的卫士穿虎皮裘，左面的卫士穿狼皮裘。士不能穿狐白裘。

大夫、士穿着青狐裘，用豹皮为袖口，加黑色绤衣作为裼衣。穿麛裘、用青豻皮为袖口。加苍黄色的裼衣。穿羔皮裘，以豹皮为袖口，加黑色的裼衣。穿狐裘，加黄色的裼衣。

狐裘外加锦衣为裼衣，这是诸侯之服。犬羊之裘不加裼衣。凡不须文饰的情况下，都不需要露裼衣。在裘衣外面加裼衣，并且解开上服，把裼衣露出一部分来，是为了表现它的华美。在吊丧的时候要袭，这是因为吊丧不能表现文饰的缘故。在国君面前则要袒露裼衣，这是为了尽量表现文饰。袭是为了掩盖裼衣的华美。所以尸要袭，手中执玉或龟甲行礼时要袭。在行礼结束以后则要袒露出裼衣来，不能掩盖它的华美。

天子的笏用美玉制成，诸侯的笏以象牙制成，大夫的笏用竹制成而饰以鲛鱼之皮，士的笏用竹制成而以象牙镶在下部。

诸侯、士大夫在朝见天子的时候，在参加射礼的时候，笏都不可离身；到太庙中祭祀时也应带笏，不带笏是不合古制的。有小功之丧时也不脱笏，只有在进行殡殓时才可以不带笏。臣朝君时，把笏插进大带以后一定要洗手。洗过以后，

锦衣狐裘
朝天子之
服苏氏曰
此狐裘狐
白裘也

臣下拜见皇帝，选自《仿金廷标孝经图》，清黎明绘。

到了朝廷上拿笏的时候就无须再洗了。

臣子凡有意见在国君面前指画陈说时，要用笏；到国君面前接受命令，则记在笏上。不管指画、记事都要用到的，所以后来就对它加以装饰，以区别尊卑。

笏的长度是二尺六寸，中间宽三寸。天子、诸侯的笏上部逐渐削减六分之一。大夫、士的笏则上、下两端都要逐渐削减六分之一。

天子的大带用熟绢制，衬里是朱红色的，而且全部镶边；诸侯的大带也用熟绢制，全部镶边，但没有朱红的衬里；大夫也用熟绢制大带，但只在身体两侧及下垂的绅这些部位加镶边，腰后的部分就不加镶边；士的大带用缯制，两边用针线像编辫子一样交叉缝纫而无镶边，只有下垂的绅加上镶边；居士用锦制的大带；在校的学生用生绢制的大带。

大带围腰交结之处两端重合，用三寸宽的丝带把它结起来，丝带下垂的部分与绅相齐。绅长的规定是：士三尺，有司因为要便于趋走，所以只有二尺五寸。子游说："绅带的长度，为带以下的三分之二。"绅、蔽膝以及下垂的丝带三样东西的长度都是三尺，下端相齐。

大夫的大带宽四寸。大带的镶边，国君在腰围部分用朱红色，绅用绿色；大夫外面用玄色，里面用黄色。士的大带在绅的部分内外都用缁色镶边，大带只有二寸宽，在腰部再绕一圈，也成为四寸宽。凡大带用针线交叉缝的部分，针线活都不须考究。遇到有事的时候，要把结大带剩余的丝带和绅握在手中，以便行动做事；遇到要趋走的时候，则要把它们拥在怀里。

　　韠的礼制是：国君用朱红色的革，大夫用素色的革，士用赤而微黑色的革。韠的外形在圆、杀、直三方面的规定是：天子的韠四角都是直的，设有圆、杀；公、侯的韠上下是方的；大夫的韠下端是方的，上端则裁成圆角；士的韠与国君相同，上下都是方的。韠下端宽二尺，上端宽一尺，长三尺，中间系带之处的"颈"宽五寸，两角及皮带的宽都是二寸。

　　一命之士用赤黄色的韨，黑色的玉衡；二命的大夫用赤色的韨，黑色的玉衡；三命的卿用赤色的韨，赤色的玉衡。

　　王后穿的衣服是袆衣，侯、伯的夫人穿揄狄，子、男的夫人如果得到王后的命令则可以穿屈狄。子男之国的卿的妻子穿黄色的鞠衣，大夫的妻子穿白色的襢衣，士的妻穿黑色的禒衣。只有世妇在献茧给国君时，她可穿上禒衣；其他贵族妇女都根据自己丈夫的地位高低穿她们应穿的服装。

　　凡侍立于国君之旁，上身要前倾，使绅带下垂，脚好像踩着裳的下边一样，头微低，两颊下垂，两手交拱垂在下面，视线向下，而耳朵却注意倾听国君的讲话。视线应在国君的大带以上交领以下。听国君讲话时，要把头侧过来，用左耳听。

　　凡国君派使者召臣下，共有三符节。用二符节召，表示事情紧急，臣子在奔跑赴命；用一符节去召，表示事情不十分迫切，臣子要快步行走以赴命。臣子接到命令时，如果正在朝廷办事之处，那要不等穿鞋就去；如果不在朝廷办事之处，那就应不等驾车就去。

战国玉佩，鸟兽纹。

　　士在大夫来看自己的时候，不能迎出门外而拜，因为拜迎是身份相等的人之间的礼节；只在大夫走的时候再拜送客。士往见卿大夫时，卿大夫在门内等候。士在门外先拜，然后进门相见。若卿大夫在门内答拜。士要赶紧避门，不敢当礼。

　　士在国君处讲话，提到已故的大夫，就称他的谥号或字；提到已故的士，则直称其名。士在与大夫讲话时，提到活着的士时称名，提到活着的大夫时称字。士在大夫面前，只避本国先君的讳，而不避自己父母的讳。凡祭祀群神时不避讳，庙中祭祀祖宗，在祝辞中不避祖先的讳。在老师教学生的时候以及书写简策、诵读法律等时，都不避讳。

古时候的君子身上都佩玉，行走时右边的玉发出的声音合于徵和角，左边的玉发出的声音合于宫和羽。在路寝门外至应门趋走时，与《采齐》之乐节相应；在路寝门内至堂上行走时，与《肆夏》之乐节相应。反身时所走的路线要成圆形，转弯时所走的路线要走直角。前进时身体略俯，像作揖一样，后退时身体微仰。这样，玉佩在行走时就发出铿锵的鸣声。君子乘车的时候，则听到鸾铃、和铃之声；步行的时候，则听到佩玉的鸣声，因此一切邪僻的意念就无从进入君子之心了。

士大夫在国君面前不佩玉。所谓"不佩玉"，是把左边的佩玉用丝带结起来，右边的佩玉还是正常佩戴。在家闲居的时候则左右都佩玉，上朝时则结左佩。斋戒时穿爵色的韠，这时不但把玉用绶带结住，而且把绶带向上折收起来，使佩玉不能碰击发声。

从天子到士在革带上都系有佩玉，只有服丧时例外。佩玉中间一块是冲牙。君子没有特殊的原因，玉佩不离身，因为君子是以玉来象征德行的。

天子佩白玉，用玄色丝带为绶；公侯佩山玄色的玉，用朱红的丝带为绶；大夫佩水苍色的玉，用缁色丝带为绶；世子佩美玉，用杂采的丝带为绶；士佩瓀玟，用赤黄色的丝带为绶。孔子闲居时佩直径五寸的象牙环，用杂采丝带为绶。

唐金银平脱鸾鸟衔绶纹铜镜

童子的礼节：穿缁布深衣，用锦滚边，绅及大带围腰交结处也用锦滚边，束发用锦带。以上全都用朱红色的锦。童子不穿裘衣，不穿丝帛，鞋头上没有绚。如果有缌亲之丧，他不用穿丧服，到有丧事的人家帮忙干活，身上不加麻绖。没有事的时候就站在主人之南，面向北。去见老师的时候，要跟着成人进去。

陪侍年龄长于自己的或爵位高于自己的人吃饭，要后祭而先尝食。客人祭的时候，主人要推辞说："饭菜不丰盛，不值得祭。"在客人用汤浇饭吃时，主人要推辞说："粗茶淡饭，不值得吃饱。"主人为表示敬客，自己动手陈设酱，那么吃过以后，客人要自己动手把它撤下去。同事而共居一室的人一起吃饭，其中并无宾主之分，吃过饭以后，由年纪轻的一个人撤去食具。因事而暂时聚在一起吃饭，吃完以后，也由其中年纪轻的人把食具撤下去。凡是平常朝食、夕食，妇女不动手撤食具，因为她们体弱无力。

吃枣、桃、李的时候，不把果核拋在地上。吃瓜的时候要先祭，祭时用有瓜蒂的一半，然后吃中间部分，而把手拿着的地方扔掉。凡吃果实，要在君子之后；凡吃熟食，为先尝食，要在君子之先。

家中有喜庆之事，如果国君没有赏赐，则自己家里也不互相拜贺。有忧伤之事的人家，……

孔子在季氏那里吃饭，开始的时候既不推辞，吃的时候又不吃肉就直接用饮料浇饭吃。

国君赐给臣下车马，在拜受之后，第二天要乘着所赐的车马再去拜谢；国君赐给臣下衣服，在拜受之后，第二天要穿着所赐的衣服再去拜谢。凡国君所赐，如果国君不命令他可以乘这驾车马、穿这件衣服，那么，他就只好把它们收起来，不敢使用。拜谢国君的赏赐时，要行稽首礼，左手按在右手上，头和手一起碰到地。如果赏赐的东西是酒肉，那就只在当时拜受，不需要第二天再登门拜谢。赏赐君子与赏赐小人不可以在同一天。

臣下凡献东西给国君，大夫派家臣去，士则亲自去，都是再拜行稽首礼，然后把礼物送去。送美味的食品给国君，要伴以荤、桃和苕帚；送给大夫，则减去苕帚；送给士，则再减去荤。送的东西都是请膳宰代受。

大夫不亲自拜献，为的是避免国君答拜自己。大夫去拜谢国君的赏赐时，只在国君门口请小臣进去通报，这样，大夫就可以走了。士则要在门口等到小臣出来说"国君知道了"，然后才能回去，临走的时候还要拜谢国君这个回音，而国君则不必答拜。

大夫赏赐东西给士，亲自送去，士拜谢接受，第二天又到大夫家中去拜谢。如果赏赐的是衣服，不用穿在身上去拜谢。身份相等的人来赠送东西，如果当时自己不在家，回家以后就一定要去登门拜谢。凡是献东西给尊者，不能直接说献给某人，只能说是赠给从者之类。士如果有喜庆之事，不敢接受大夫亲自来庆贺；下大夫可以接受上大夫亲自来庆贺。如果父亲健在，在庆、吊送别人礼的时候都要以父亲的名义；人家送给自己东西，也要以父亲的名义拜谢。

不是很隆重的盛礼，则裼。而盛礼则相反。所以天子行祭天大礼时，穿大裘则袭而不裼，乘玉路车经过门间时，也不俯身凭轼以示敬。

父亲喊叫自己的时候，要答应"唯"而不是"诺"，手头有事要立即停下来，嘴里有食物要立即吐出来，要迅速地奔过去而不是快步走过去。双亲年老，自己出门不改变原定的方向，回家也不超过预定的时间。双亲生病或者面有忧色，这就是孝子的疏略了。父亲去世了，自己不忍心翻阅父亲的书籍，因为上面有他手汗沾润的痕迹；母亲去世了，自己不忍心使用她用过的碗杯，因为上面有她口液沾润的痕迹。

两君相见时，来朝的国君从大门中央进入，上介紧靠着阗，大夫介在枨和阗之间，士介紧靠枨。邻国来聘的卿大夫进门时不能由正中，而应由稍偏东靠近阗的地方，脚不能踩门限。如果是公事，那就从阗的西边进入，这是用宾礼。如果是私事来见主国的国君，那就从阗的东边进入，这是用臣见君之礼。

在宗庙中，天子、诸侯与尸在行走时步子小，速度慢，后脚的脚印要压在前脚脚印的一半，这叫"接武"；大夫行走时步子稍大，速度稍快，后脚脚印和前脚脚印相连，这叫"继武"；士走时步子更大，速度更快，前后两脚之间相隔一足的距离，这叫"中武"。只要是徐趋，都用这种步伐走路。在疾趋的时候，脚跟抬起离地，这时要注意手足不要摇摆。在圈豚行的时候足不离地，衣裳下边像水流一样，在就席或离席时也应如此。端行时身体端直，头微前倾，两颊下垂如屋檐，走的路线要如箭一般直。在弁行时，脚离地，身体竦起。手中持有龟、玉等宝器的时候，走路要徐趋：足尖举起，足跟在地面上拖过去，足不速地，步伐碎小。

在道路上行走时身体姿势端正，步伐迅速；在宗庙中神态要恭敬诚恳；在朝廷里神态要庄敬严肃。君子的神态要闲雅，但在自己尊重的人面前要显得谦卑恭敬。举足要缓慢稳重，举手高而且正，目不斜视，口不妄动，不咳嗽，不低头，屏气敛息，站立时俨然有德的气象，面容庄重矜持，坐的时候像尸一样端正敬慎。闲居的时候，如果教育人或使唤人，态度要温和。

凡祭祀时，祭者的容貌脸色要恭敬温和，就像看见所祭的鬼神那样。居丧者的身体形态要显得瘦弱疲惫，脸色显得很忧伤，眼神显得惊惧而又茫然，说话的声音低微无力。身着戎装的时候要显得刚毅果敢，教令严明。表情威严，眼神明察。站立的姿态应有谦卑的样子，但不能近于谄媚。站立时头颈一定保持正直。站在那儿要像一座山，毫不动摇，该移动的时候才移动。全身内气充盛，因而内美表现于外，脸色温润如玉。

天子自称为"予一人"，州伯自称为"天子的力臣"。诸侯对于天子，自称"某个地方的守臣某"；如果诸侯在边邑，则自称"某方的屏卫之臣某人"；对于和自己身份相等及以下的人，则自称"寡人"。小国的国君自称"孤"，摈者在代他传话时，也称"孤"。

上大夫在自己国君前自称"下臣某"，如果出使他国，摈者代他传话时称他为"寡君之老"；下大夫在自己国君前直接称自己的名，如果出使他国，摈者称他为"寡大夫"；世子在父王面前称名，出使时摈者称他为"寡君的嫡子"；诸侯的庶子在父王前自称"臣孽某"。

士在国君面前自称"传遽之臣"，在他国大夫面前称"外私"。大夫为国君的私事而出使他国，以自己的家臣为摈相，摈者称大夫的名；如果是奉君命出使，由公士为摈相，传辞时称"寡大夫"或"寡君之老"。大夫奉命出使行聘礼，一定以公士为介。

明堂位第十四

　　过去周公在明堂接受诸侯朝见时的位置：天子背朝斧扆面向南站立。三公立于明堂南面中间台阶的前面，面向北，以东边为上位；侯爵的位置，在阼阶的东面，面向西，以北

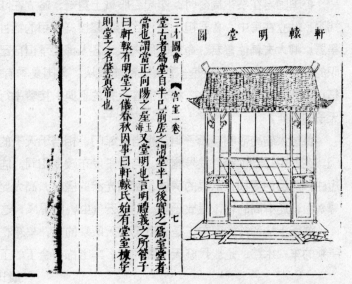

轩辕明堂，选自《三才图会》。

边为上位；伯爵的位置，在西面台阶之西，面向东，以北边为上位；子爵的位置在应门的东面，面向北，以东边为上位；男爵的位置在应门之西，面向北，以东边为上位；夷族诸部的君长，立于东门之外，面向西，以北边为上位；蛮族诸部的君长，立于南门之外，面向北，以东边为上位；戎族诸部的君长，立于西门之外，面向东以南边为上位；狄族诸部的君长，立于北门之外，面向南，以东边为上位；位于王畿千里之外的诸侯，立于应门之外，面向北，以东边为上位。四方边塞地区的君长，每当新君即位时，才朝见。以上是周公所订明堂朝诸侯的列位。所以明堂，用以显示诸侯地位的尊卑。

　　从前殷的君主纣在全国实行暴政，杀了鬼国的国君，并将他的肉制成干肉，用来招待其他诸侯。因此周公辅助武王讨伐纣王。武王驾崩，成王年幼，周公登天子之位，治理天下。摄政的第六年，在明堂接受诸侯的朝拜，制定各种礼仪和乐曲，颁布标准的度量衡，全国上下都心悦诚服。摄政的第七年，归政于成王，成王因为周公治理天下有大功勋，所以封周公于曲阜，国土七百里见方，兵车千乘，命令鲁国的国君世世代代以天子的礼乐祭祀周公。

　　因以上原因，鲁国的国君在孟春正月乘大路的车子，车上的旗有带套的弧，旗上缀有十二旒，画有日月的图案，祭祀帝在东郊，并以后稷配祭，这些都是天子的礼仪。当季夏六月之时，行禘礼祭祀周公于太庙，祭祀用的是白色的公牛；盛酒的尊，有牛形的牺尊、象形的象尊、还有刻画着山云花纹的山罍；盛郁鬯酒的尊是黄彝。向尸献酒时，用有圭柄的玉瓒，祭时进献食品，用的是玉豆和有花纹的簋，君向尸献酒的爵，是雕饰花纹的盏。

诸臣献酒时，用璧玉装饰的散、角。俎用的是梡和嶡。登堂唱《清庙》乐曲，堂下吹奏着《武》的乐曲；舞者手执朱色的盾和玉斧等舞具，戴着冕跳《大武》舞；戴着皮弁，服白缯裳，袒开衣领跳着《大夏》舞；同时还演奏来自东夷的乐曲《昧》，演奏来自南蛮的乐曲《任》，鲁国能在太庙中用东夷、南蛮的音乐，这是显示鲁国的地位高于天下其他各国。

鲁国国君在祭祀周公时，穿起衮服戴上冕冠，站立在阼阶，夫人头上插上首饰，穿上褘服，站立在房中。鲁君袒上衣，到门口迎接祭祀用的牺牲，夫人献上放好祭品的豆笾等祭器。卿大夫辅佐鲁君，命妇辅佐夫人，各人都要承担自己的职责，如百官中有人荒废本职的，要处重刑，这样使全国人民都能服从。鲁国夏季有礿祭，秋季有尝祭，冬季有烝祭；春天向土神祈求丰收，秋天报答土神的恩典，接着举行对百神的蜡祭，这些都本属于天子的祭典。

鲁国太庙的形制与天子明堂相当：库门，相当于天子的皋门；雉门，相当于天子的应门。在朝中摇动木铎，发号施令，与天子发布政令相同。庙中有山形的斗拱，画有纹彩的短柱，两层的屋顶，双层的房檐，刮摩光滑的楹柱，高大显亮的窗；献酒还爵有坫，在酒尊南面，还有高的坫，置放玉圭；刻有云气虫兽的屏风，这些都是天子太庙才有的饰物。

车衡上挂鸾铃的鸾车，是有虞氏祭天所乘的车；车箱栏杆弯曲的钩车，是夏后氏祭天所乘的车；木路，是殷代祭天所乘的车；车上饰有金玉的玉路，是周代祭天所乘的车。有虞氏在旗杆头上饰以牦牛尾当做旗，夏后氏用黑旗，殷代用白旗，周代用赤旗。夏后氏驾车用的是黑鬣的白马，殷代君主驾车用的是黑头的白马，周代君主驾车用的是赤鬣的黄马。夏后氏祭牲用黑牛，殷君祭牲用白公牛，周君祭牲用赤色的公牛。

有虞氏的尊是泰；夏后氏的尊是山罍；殷代的尊是著；周代的尊有牛形的牺尊和象形的象尊。爵，夏后氏名琖，殷代名斝，周代名爵。行灌礼时用的酒尊，夏后氏用鸡彝，殷代用斝，周代用黄彝。酒勺，夏后氏的勺刻为龙头形状，殷代的勺通体刻有花纹，

铜爵，二里头文化，河南省偃师县二里头出土。

周代勺刻为张口的凫头形。用土作成鼓，以土块作鼓槌，截苇作箫，这些是伊耆氏时代的乐器。拊搏、玉磬、柷敔、大琴、大瑟、中琴、小瑟，是虞夏殷周四代的乐器。

伯禽的庙，相当于文王的世室；敖的庙，相当于武王的世室。鲁国学校名米廪，源于有虞氏的庠；鲁国学校名序，源于夏代的序；鲁国的学校名瞽宗，源于殷代；鲁国学校名颊宫，源于周天子的学校。

崇国的宝鼎，贯国的宝鼎，夏代的大璜，封国的宝龟，都是天子所有的器物。越国的戟和大弓，是天子才有的兵器。夏代有足的鼓，殷代有柱的鼓，周代的悬鼓。舜时垂做的和钟，叔做的编磬，女娲做的笙簧。夏代龙形的簨虡，殷代簨上有齿形的大版，周代簨上加璧翣。这些也都是天子之器。

虞代祭祀时盛黍稷用两敦，夏用四琏，殷以六瑚，周代用八簋。俎的形制：虞代只有四足的桄，夏代在两足间有横木相连，名为蕨，殷代的俎两足间相连的横木作弯曲形，名为棋，周代的俎两足下又有跗，名为房俎。夏代的豆无饰物；殷代有玉装饰；周代的豆，不仅有玉装饰，还刻镂花纹。虞代的祭服有熟皮作的韨，夏代的韨上画有山形，殷代的韨又增画有火的图案，周代在韨上绘有龙的花纹。虞代饮食之祭用牲的头，夏代祭用牲的心，殷代祭用牲的肝，周代祭用牲的肺。夏代祭祀时尊崇用清水，殷代崇尚用甜酒祭祀，周代崇尚用清酒祭祀。

有虞氏有官五十人，夏后氏有官一百人，殷代有官二百人，周代有官三百人。虞代在丧葬时，旗杆上饰以牦牛尾；夏代以练缠绕旗杆，并且还有旒；殷代又在旗侧饰以齿形的刻缯；周代加用扇形的璧翣。

凡属于虞、夏、殷、周四个朝代的服饰、器物、祭祀所需执事官员，鲁国都可以取法应用。因为这样，鲁

春秋彩绘动物纹漆俎，当阳赵巷4号墓出土。

春秋彩绘几何纹漆豆，当阳赵巷4号墓出土。

国所用的是天子的礼仪，这件事已家喻户晓，流传久远了。鲁国君臣之间没有发生过互相仇杀的事，礼乐、刑法、政令、习俗等从未发生过变革，全国公认鲁国是一个政权稳定、治理有方的国家。因此，其他国家都到鲁国来学习采用礼乐。

丧服小记第十五

孝子为父亲服丧穿斩衰丧服，未成服前，用麻括发。母亲死，先用麻括发，然后改用麻布免。媳妇为公婆服丧穿齐衰丧服，用榛木的枝条作发笄，并系上麻带，一直到服丧结束才除掉。成年人平时的装束，男人有冠，妇女有笄。到服丧的时候，男子用"免"，女子用"髽"。它们的具体含义是：作为男子就用"免"，作为妇女就用"髽"，以示区别。为父亲服丧用的哭丧棒叫苴杖，是竹子做的，为母亲服丧用的哭丧棒叫削杖，是桐木削成的。

祖父比祖母先死，到祖母死的时候，祖母的承重孙要为祖母服丧三年。父母亲去世的时候，长子对来吊唁的宾客要行稽颡礼。如果是大夫来吊丧，即使是服缌麻丧服的亲属，也都要行稽颡礼。妇人只在自己丈夫、长子死的时候才向人行稽颡礼，其他的丧事中都不行稽颡礼。如果死者没有后嗣，代理男丧主一定要请同姓的男子，代理女丧主一定要请异姓的妇人。作为父亲继承人的儿子，不为被父亲休弃的生母服丧。

有血缘关系的亲属中，与自己最亲近的，上有父，下有子，由这三代亲属关系扩展为五代，即上至祖父，下至孙子。由五代再扩展为九代，上至高祖，下至玄孙。丧服的轻重就是依据这亲疏关系安排的，由父亲向上逐代减损，由儿子向下逐代减损。至于非直系的

祭祖，清孙温绘。

族亲，血缘关系越远就减损越多，直到没有亲情为止。

天子祭宗庙行禘礼时，祭祀始祖所自出的天帝，让始祖配食。设立高祖、曾祖、祖父、父四亲庙。如果庶子继位，也是这样。诸侯的庶子，成为他的后代的始祖，叫做别子。别子的嫡长子直接承嗣别子，是大宗；而别子的庶子从父庙中分出来的，是小宗。传了五代以后就要迁易的，这就是从高祖分出来的小宗。所以上面的祖庙有变迁，后代的小宗也就有分化。尊崇祖先就要敬守宗法，敬守宗法就是尊重祖庙，所以庶子不祭祀祖庙，为的是使宗法严明；庶子不为自己的长子服斩衰丧服，因为庶子不是承嗣祖庙和父庙的人。庶子不祭祀未成年而死的人和没有后嗣的人。因为这两种人都附从在祖庙中受食，由宗子供祭。庶子不主祭父庙，因为父庙由长子主祭，为的是使宗法严明。敬重父母、尊崇祖先、服从兄长、男女有别，这些是人伦道义中最主要的东西。

凡从服的，如果所跟从的人已死，就不需要从服了。但如果是有间接亲属关系的从服，即使所跟从的人已死，仍要服丧。媵妾随着主妇被遗弃而离开夫家，就不必为主妇的儿子服丧。依照礼的规定，不是天子就不能举行禘礼。诸侯的嫡长子不因地位高贵而

家堂神位，山东平度年画。

减轻为岳父母的丧服；如果是为自己的妻子服丧，所用丧服与大夫的嫡子为妻所服丧服相同。父亲生前的爵位是士，而儿子却当了天子或诸侯，那就可以用天子或诸侯的祭礼祭祀父亲，但尸还是穿士的服饰。父亲是天子或诸侯，而儿子只是个士，就只能用士礼祭祀，尸的服饰也是士服。

媳妇在为公婆服丧期间被丈夫休弃后，就除去丧服；如果为自己的父母服丧，在练祭前被休弃，就和兄弟一样服丧三年；在练祭之后被休弃，因为已经除丧了，就不再为父母服丧。妇女被丈夫休弃后遇到父母死丧，在练祭之前又被召回，到练祭后才可除丧；已经举行了练祭才被召回，那就服丧三年。

服丧满二年，就算三年。服丧满一年，就算二年。服丧满九个月或七个月的，都算三个季节。服丧满五个月的，算两个季节。服丧满三个月的，算一个季节。所以服满一年或二年的时候，都要祭祀死者，这是依礼行事；祭祀后可以逐渐除去丧服，这是合乎道义的事，不能认为是因为要除丧服才祭祀的。如果有死后三年才安葬的，葬后一定要举行两次

祭祀后才可除去丧服，而且这两次祭祀不能在同一个月内进行。如果为有大功丧服关系的堂兄弟主持丧事，死者还有妻子或年幼的子女，一定要在替他们举行了两次祥祭后才除去丧服。如果是为朋友主持丧事，只要在举行过虞祭和衬祭后就可以除丧了。凡是士，只为他的生过儿子的妾服缌麻丧服，如果是没有生过儿子的妾，就不为她服丧。

自己出生在外地，从未见过祖父母及叔伯父母和族中兄弟，当这些人的死讯传来而丧期已过，父亲要为他们追服最轻的丧服，而自己不必追服。如果降等后，仍需服缌麻或小功丧服，那就要追服。臣子出使在外，久留未归。听到国君的父母、嫡妻或长子的死讯后，如果这时国君已经除丧，那就不必追服丧服。跟随国君出外久而未归的近臣，听到王室的凶讯后，国君服丧，近臣也跟着服丧；其余的随行人员，在丧期之内就跟着服丧，过了丧期就不追服。国君外出不知道王室有死丧之事而未服丧，但留在国内的大小官员仍要按从服规定服丧。

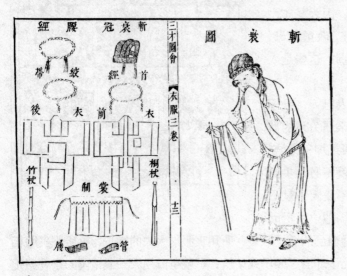

斩衰服图，选自《三才图会》。

从虞祭开始，不把丧棒带入寝室；从衬祭开始，不把丧棒带入庙堂。庶子过继给国君嫡妻做儿子的，养母死后，就不为养母的娘家亲族服丧。各种丧服经带的递减，都以五分之一为度，丧棒的规格与腰经相同。妾为丈夫的嫡长子所服丧服，与嫡妻为长子所服丧服相同。除丧应先除重的，但重复遭丧时改换丧服要改换轻的。没有宾客吊丧，就不打开殡宫的门，平常的哀哭都在倚庐或垩室中。

为死者招魂时喊的名字，以及写在棺柩前的铭上的文字，从天子到士，都是一样的格式。男子称呼他的名，妇人称呼她的姓和排行，如果不知道她的姓，就称她的氏。斩衰丧服在卒哭后要改服的葛经，其粗细与齐衰丧服在卒哭前所服的麻经相同。齐衰丧服卒哭后所服的葛经，其粗细与大功丧服卒哭前所服麻经相同。葛经、麻经的宽度相同，所表示的丧服轻重也相同，所以遭双重丧事的人兼服麻经与葛经。提前入葬就要提前举行虞祭，但必须等到三个月之后才举行卒哭祭祀。如果父母同时死亡，应先埋葬母亲，但葬后不举行虞祭和衬祭，要等父亲入葬以后，再先为父后为母举行虞祭和衬祭。葬母时因父亲未葬，仍须服斩衰丧服。

大夫为他的庶子服丧要降为
大功丧服，但庶子的儿子为父亲
服丧不能降低等级。大夫不为士
主持丧事。不为慈母的父母服
丧。丈夫是过继给别人做后嗣
的，妻子要为丈夫的亲生父母降
服大功丧服。士死后，如果附于
大夫的祖庙，要改用少牢举行祔
祭。所谓不同居的继父，是指曾
经同居过而后来分居的继父。继
父既无堂兄弟又无亲生子，随母
而来的儿子与继父住在一起，财
产为二人共有，并能祭祀自己的

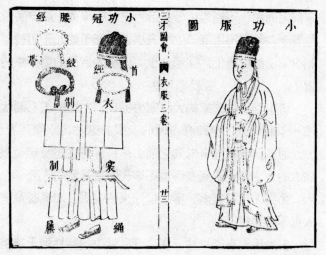

小功丧服，选自《三才图会》。

祖庙、父庙，这才叫同居。如果继父有儿子或堂兄弟，那就叫异居。

为朋友吊丧哭泣时，应在寝门外西边，面向南哭泣。附葬于祖墓不占筮墓地吉凶。
士、大夫不能附葬于曾经做过诸侯的祖父的墓旁，只能附葬在做过士或大夫的叔伯祖父墓
旁；士、大夫的妻子也只能附葬在叔伯祖母的墓旁；士、大夫的妾附葬在妾祖母墓旁。如
果没有适于附葬的祖父辈，那么就要间隔一代而附葬于高祖。附葬一定要按照昭穆次序。
诸侯不能附葬于天子，但当过天子、诸侯或大夫的子孙可以附葬于当过士的祖父。

生母是外祖父的庶出之女，儿子要跟着母亲为外祖父的正妻服从服，但如母亲已死，
就不从服。宗子的母亲在世，宗子也可以为他的正妻举行禫祭。妾的儿子为慈母服丧三
年，也就可以为庶母服丧三年，也可以为祖庶母服丧三年。为亲生父母、为正妻、为长子
服丧的人都在举行了禫祭后除丧。妾的儿子与慈母、庶母的丧服关系只限于本身，他的子
孙不再祭祀慈母、庶母。

男子行冠礼之后死，就不算殇死；女子行笄礼之后死，也不算殇死。被立为殇死者后
嗣的人要按丧服的规定为殇死者服丧。死后时间很久而不葬，只有主持丧事的人等到葬后
才除丧服，其余的人都服麻到规定的月数就除丧，到出葬时也不再服丧。丧服用箭笄和麻
带的女子，要服丧三年，到除丧时才除去箭笄和麻带。服期为三个月的齐衰丧服与服期为
九个月的大功丧服有相同的地方，就是这两种丧服都穿用麻绳编成的鞋。

服丧满一年举行小祥祭，事前的筮日筮尸和检视洗涤的祭器时，主人都是腰系葛绖，
手执丧棒，脚穿麻绳草鞋，等到有司报告准备就绪，可以开始时，主人才放下丧棒。筮日
和筮尸时都有来宾参加，所以到有司报告占筮结束时，主人又拿起丧棒拜送宾客。服丧满
二年后举行大祥祭时，主人要脱去丧服改穿朝服，举行筮日筮尸和视濯仪式。庶子如与父

亲同宅而居，不能为生母举行祔祭。父母死，朝夕哭泣时，庶子不能手执丧棒站在哭泣的位置上。父亲不为庶子主持丧事，由庶子的儿子主持，所以庶子的儿子可以手执丧棒站到朝夕哭泣的位置上。父亲在世，庶子为自己的妻子主持丧事，可以带着丧棒站到自己的位置上。

诸侯到别的国家的大臣家去吊丧，主国的国君要代做丧主。诸侯吊丧时，要在皮弁上加一个麻绳圈，穿细麻布做的衣服。这时，即使死者已经入葬，丧家的主人也要用麻束发。假如诸侯在死者未殡之前去吊丧，丧主还没穿丧服，诸侯也就不穿细麻布衣服。侍奉病人的人，即使遇到丧事也不穿丧服，等到病人死了，就为他主持丧事。已有丧服在身的人，为别人主持丧事，不改换原来的丧服。奉养长辈病人，一定要换掉丧服；服侍小辈病人就不必换掉丧服。

妾如果没有妾祖姑，在妾死后就改用特牲祔于嫡祖姑。妻妾的虞祭和卒哭祭由她的丈夫或儿子主持，祔祭则要由丈夫的父亲主持。士，不能代替主持大夫的丧事，只有宗子可以以士的身份代替主持大夫的丧事。主人没有除丧之前，倘有兄弟辈的从国外来奔丧，主人接待他时可以不用麻束发。

陈列陪葬器物的原则是：宾客馈赠的器物要尽数陈列，但可以不全放入墓中；自家自备的器物不必全部陈列出来，但可以全部放入墓中。死者入葬后，从别国来为兄弟奔丧的人，应先到坟墓上哭吊，然后到殡宫站在规定的位置上哭泣；如果是为朋友奔丧的人，就先到殡宫哭泣。再到坟墓上哭吊。庶子死，父亲不为他在中门外设倚庐守丧。诸侯的兄弟要为诸侯服斩衰丧服。为下殇服丧只用小功丧服，绖带用沤制过的麻，不把根去掉，腰带系结后，把多余部分的下端反屈过来搭在腰带上。

媳妇死后附葬于丈夫的祖母之墓，如果有几个祖母，应该附葬于关系最亲的祖母。妻子是在丈夫做大夫的时候死的。而丈夫后来又不是大夫，那么合葬的祔祭礼就不改换祭牲，仍用一只猪；如果丈夫在妻子死后才做大夫的，那他死后与妻子合葬的祔祭要用大夫的祔祭礼，用少牢。留在父亲身边做继承人的儿子，不为已被父亲休弃的生母服丧。其所以不服丧，因为生母已成为别家人，不当祭祀。妇人不做丧主但仍要拿丧棒的情况是：夫之母在世而丈夫死，妻子要用丧棒；母亲为长子服丧时要用桐木削成的丧棒；女儿出嫁前父母死亡，又无兄弟做丧主，别的亲属代做丧主但不用丧棒，那么长女要用丧棒。

服缌麻和小功丧服的亲属，到虞祭和卒哭祭时要戴免。葬后不随即举行虞祭的，即使是丧主也可以和其他亲属一样戴冠，等到举行虞祭时再全体去冠戴免。为兄弟服丧的人，有的在死者入葬前已经除去丧服，但到下葬的时候，还要穿上原先的丧服。葬后随即举行虞祭和卒哭祭，要戴免；如果不随即举行虞祭，就把丧服除掉。死者葬在郊外远处，亲属送葬及送葬回来的路上都戴冠，走到城与郊的交界处，才去冠戴免，回到庙中哭泣。国君来吊丧，即使是不该戴免的时候，丧主也要戴免、系麻腰绖，腰带的末梢不下垂。即使是别国的国君来吊丧，全体亲属都要戴免。为未成年而死的人服丧，到除丧的祭祀时穿戴黑色的衣冠；为成年人服丧，在除丧的祭祀时穿黑色朝服，戴白色的冠。

父亲死，从别国来奔丧的儿子，到家后应在堂上用麻把头发束起来，脱衣露出左臂，走下台阶，边哭边跺脚，然后在庭东边把衣服穿起来，系

送葬仪式，选自《澳门民俗志》。

上麻经。如果是为母亲奔丧，就不束头发，而在堂上脱衣露出左臂，走下台阶，边哭边跺脚，然后在庭东边穿好衣服，用麻布条束住头发，系好腰带，走到哭位上边哭边跺脚，但出了殡宫门就停止哭泣。孝子为父母奔丧，头三天内哭踊五次，脱衣露臂三次。嫡长子如果有废疾或无子，就不能做父亲的继承人，那么他的妻子死后，丈夫的母亲只为她服小功丧服。

大传第十六

礼的规定，不是天子就不能举行禘祭。天子大祭宗庙时，以禘始祖所受命的天帝，而让始祖配食。诸侯大祭宗庙时，只能祭太祖以下的祖先。大夫、士在合祭祖先时，礼数应比诸侯简省，追祭祖宗也只能上及高祖。

周武王在牧野战胜商纣，是武王建立周朝的一件大事。战争结束后，燔柴祭告上帝，祭告土神，在牧野的馆内祭祀行主以告知祖先。接着又带领各地诸侯，端着祭祀供品，匆匆忙忙地返回祖庙，追认古公直父、季历、西伯昌为王，这样就避免了后辈的爵位高于前辈。正确排列宗庙的位次，是为了尊崇祖先；正确排列子孙后代的次序，是为了亲近自己的血统；从旁又排列亲兄弟、堂兄弟的关系，在宗庙内会食同族的人，以父昭子穆的次序排列座次，制订彼此相应的礼节。这样，人道伦常就都体现出来了。

圣人执掌政权治理天下，必须首先注意五件事，而治理人民的事还不在其中。第一是治理好自己的家族，第二是报答有功的人，第三是选拔有德行的人，第四是任用才能出众的人，第五是访察并举用有仁爱之心的人。这五件事如果都能做到，那人民就没有不满意的，也没有不富足的；这五件事，如果哪一件有差错，那人民就不能很好生活。所以圣明

的君王治理天下，一定要从人道伦常做起。制定重量、长度、容积的标准，考订各种礼法，改订历法，变易所崇尚的颜色，区别旌旗上各种徽号，区别各种礼器及军械的用途，区分吉凶服制，这些事情都是可以随着时代的不同，与人民一起变换更改的。但是，也有不能因时而改变的，如亲近亲属，尊崇祖先，敬奉长者，严格男女之间的界限，这些就是不能让人民随意变换更改的。

同姓的男子随着各自的宗子，组成一个氏族单位。从外族嫁过来的女子，依靠称呼确定名分，族中举行集会时，依据名分排列座次。名分确定之后，男女就有区别了。丈夫属于父辈的，其妻就属母辈；丈夫是子辈、其妻就属媳妇辈。如果称呼弟弟的妻子为媳妇，那么难道可以称呼嫂嫂为母亲吗？所以，名分是人伦中最重要的事情，不可不特别慎重。

为出自同一高祖而相隔四代的族人服丧，只穿缌麻丧服，丧服关系只到这一代为止。相隔五代的人之丧，只要脱衣露出左臂，用麻布条束住头发表示哀悼，所用的礼比同族的人轻。相隔六代的人，虽同姓，可以说族亲关系已经没有了。这些同姓的人，从高祖以上，已不认为同族；从玄孙以下，已无丧服。这种同姓的人可以通婚吗？这些人用老祖宗的姓联系起来没有分别，在宗庙聚会时也排在同一个辈分上，所以凡同姓者，即使相隔百代，也不能通婚，周代的规定就是这样。

丧服的原则有六项：第一是为有血缘关系的亲人服丧，如子为父母等；第二是为尊贵者服丧，如臣为君；第三是为有名分关系的异姓服丧，如为叔母、伯母；第四是为族中已嫁及未嫁的女子服丧有不同；第五是为成年人服丧和为未成年人服丧有不同；第六是从服。从服又可分为六种情况：第一是因亲属关系而跟着服丧的，如为母亲的娘家亲属服丧；第二是因徒属关系而跟着服丧的，如臣子为君主的家属服丧；第三是本应有从服而不服丧的，如国君的庶子，怕犯国君的禁忌，就不为岳父母服丧；第四是本无从服而又跟着服丧的，如国君的庶子不为他的母党之亲服丧，但他的妻子仍要服丧；第五是本应跟着服重服而服轻服的，如妻为父母服重服，而夫为岳父母服轻服；第六是本服轻而从服重的，如庶子为生母只服轻服，而妻子反而服重服。

如果用对自己的恩情深浅来分别亲疏关系，那就得沿着父亲往上推，到了远祖，恩情就最轻。如果从道义上看，就应沿着远祖往下推，直至父庙，愈早的祖先义愈重。这样，远祖的恩情虽轻，但在道义上最重要；父母的恩情虽重，但道义上较轻。丧服的轻重就是根据这两方面的道理制订的。国君有统领全族的权力，族中人不能用亲属关系而把国君当做亲属看待，这是他的尊贵地位所决定的。

庶子不主祭祖庙，为的是严明宗法。庶子不能为长子服丧三年，因为庶子不继承始祖庙。国君的庶子有了封地，成为别子，他的子孙以他为始祖，别子的嫡长子继承别子，这就是大宗；别子的庶子只能继承父庙，成为小宗。这些宗，有一直继承下去百代不迁易的，也有超过五代就要迁易的。百代不迁易的，就是别子的嫡长子所继承的一支。继承别子的宗，就是百世不迁易的大宗；只能继承高祖的宗，超过五代就要迁易，是小宗。尊崇祖先就要敬守宗法：敬守宗法，是尊崇祖先最合宜的道德行为。

第一是只有小宗而没有大宗的，第二是只有大宗而没有小宗的，第三是既无人可宗，又无人来宗。诸侯公子的宗法是有三种情况的。诸侯的公子有宗法的，是继位当国君的嫡长子立一个嫡亲弟弟作为其余当士和大夫的异母弟的宗子。这就是公子的宗法。亲属关系断绝，就没有丧服关系了，只有有亲属关系的人，才统属于同一个宗。

如果用对自己的恩情来分别亲疏关系，那就得沿着父母往上推至远祖，但如果从道义上看，就应沿着远祖往下推至父庙，所以人的天性是亲近自己的亲人。亲近亲人就会尊崇祖先；尊崇祖先就会敬守宗法；敬守宗法就会团结族人；团结族人，宗庙之中就严整有序；宗庙严整有序，就会敬重社稷之神；敬重社稷之神就能和同姓氏族友好相待；同姓氏族友好相待，刑罚就能公正合理；刑罚公正合理，人民就能安居乐业。人民安居乐业，各种财用就丰足；财用丰足，一切愿望都能实现；愿望实现了，各种礼仪就有一定规范；礼仪有规范，万民都能欢乐。《清庙》诗中有这样的话："文王的功绩伟大而光辉，广泛地流传下来，后人永远敬重他。"说的正是这个意思啊！

少仪第十七

听说第一次去求见君子时，应该这样说："某人非常希望将名字通报您的传达。"不能径直说要见主人。如果自己的地位与求见者相等，就说："我很想见到您的传达。"

平时少见面的，求见时就说："某人很希望将名字通报您的传达。"如果经常与对方见面，就说："某人常常麻烦您通报。"如果是盲人求见，说："某人希望将名字通报您的传达。"

到有丧事的人家去，应该说："我希望和您的传达一同效劳。"未成年的小孩则说："我来听命做事。"去参加公卿的丧礼，则说："我来听候司徒的吩咐。"

国君将到其他地方去，臣下如果要赠送金玉财物宝贝给国君，应该说："送一点养马的费用给有司。"如果送给与自己身份相等的人，就说："这点东西送给您的随行人员。"

臣下送敛衣给国君，应该说："我来送一些废衣给贾人。"如果死者与自己地位相等，那就说："我来送敛衣。"如果与死者的关系是大功以上的兄弟之亲，那就直接把敛衣送去，无须通过传话的人。

臣下为国君的丧事赠送财货宝贝，应该说："这是交纳给有司的田野之物。"送给死者马，可以进入祖庙大门；而赠给生者办丧事的马及币帛、插有太白旗的兵车，都不能入祖庙大门。

赠赙币的人在说明来意以后，坐着将所赠财物陈放于地，由接待宾客的人从地上拿起来，主人是不亲自接受的。

一般都是站着接受人家之物，站着送物给人家，不坐着授受。如果是个生来身材高大的人，那就得坐着接受或呈送礼品，这也是有的。

在宾客入门的时候，摈者要告诉主人："请您向客人致谦让之辞。"及至宾主升堂，各自就席的时候，摈者就说："各位请坐，不须辞让。"如果坐席铺设在室内，在宾主推开门入室时，只有地位最尊或年龄最长的一个人可以把鞋脱在室内席侧，其他都脱在户外。如果室内原来已经有尊长，则后来的人就得全部把鞋脱在户外。

宾主之间如果询问对方的口味嗜好，要说："您常常吃某种食品吗？"询问对方的学问、技能时要说："您熟悉某一方面的学问吗？""您擅长某种技能吗？"

对自己的一言一行都有充足的自信，不猜度人家家里兵械的多少，不羡慕富贵人家的财产，不说人家的珍宝之器不好。

室内室外都扫叫做"扫"，只扫坐席前面叫"拚"。扫席子不用扫地的帚，拿畚箕时要把箕舌对着自己的胸口。

在问卜的时候，不可因为占卜的结果不合己意而再一次占卜。在有人占卜的时候，要问他："你所求卜的是正事呢，还是个人的私事？"如果是正事，就可以再问下去；如果是私意，就不要再问。

地位低、年纪轻的人对于辈分比自己高的尊长，不能询问他的年龄。私下去见他时，不要让摈者进去传话。在路上遇到尊长，如果尊长看见了，就上前请安，但不要询问他到哪儿去。尊长有丧事，要等主人朝夕哭的时候才去吊唁，不是时候不单独去吊丧。在陪侍尊长坐的时候，没有尊长的吩咐就不要拿起琴瑟来弹奏。不要无故画地。不要玩弄自己的手指。也不摇扇子。当尊长寝卧的时候，要坐着为尊长传话。当陪侍尊长射箭时，要一次将四枝箭取在手中；当陪侍尊长行投壶礼时，则必须把四枝箭都握在手上。在射箭和投壶时，如果自己赢了，那就洗爵斟酒，到尊长席前请他喝下这杯罚酒；如果是客人输了，那么主人也应该这样做。位卑年幼者请尊长喝罚酒。不能使用罚酒专用的酒杯"角"，而应用平常献酬用的爵。位卑年

投壶，清任渭长绘。

幼者在投壶中如果得了二马，也不能撤取尊长的一马以凑成自己的三马。

当国君不在车上时，驾车人手执马缰，坐在中间。驾车人把剑佩在身体右边，把国君登车时拉的绳子从自己左腋下穿过，加在左肩上，再绕过后背入右腋下，绳子的末端垂在自己面前，再搭在轼帶上。他自己拉着散绥登车，执马鞭，分马缰，然后试车。

位卑的人对于尊者可以请求见面，但既见面之后，不主动请求离开。从朝廷下来叫做"退"，燕饮后回家叫做"归"，军队或劳役结束回家叫做"罢"。

陪侍君子座谈的时候，如果他打呵欠，伸懒腰，转弄笏极，抚摩剑柄，拨转鞋头，或者问时间早晚，这时就应该请求退出。

事奉国君的人，要先衡量一下是否可以事奉，不要做了官然后才考虑。凡是向别人借贷，或者承担别人的什么事情，也都应如此。这样事君，国君对自己无所怨恨，自己也能远离罪责。

不窥视人家隐秘之处，不随便与人亲热，不讲别人以前的过失，不要有嬉笑侮慢的神态。

做臣子的对国君只能当面劝谏，而不能背后讪谤；劝而不听，可以离开，却不可怨恨。国君有德应当称颂，但不能变成谄媚；国君有过应当劝谏，但不能生骄慢之心。国君怠惰时要鼓励他，帮助他；如果国政已经败坏，则要扫除弊政，更创新政。能够这样，那就叫做社稷之臣。

凡做一件事，不要仓促动手，又随意放弃。对神不能渎慢，不要再犯以前的错误。对于未来的事不要妄加猜测。士应当以道德为依归，遨游于六艺。工匠应当以规矩尺度为依据，努力学习有关道理。不要诋毁别人的衣服重器。对于可疑的传闻，不要妄加证实。

言语之美，要语气和静安详，辞旨显豁；朝廷之美，要动作整齐，威仪厚重宽舒；祭祀之美，在于诚恳恭敬，心系鬼神；车马之美，在于行列整齐，齐步前进；车上鸾铃与和铃之美，在于其鸣声的庄重和谐。

人问国君之子的年龄，如果已经长大，国君就回答说："他已经能够参与社稷之事了。"如果年纪还轻，就回答说："已经能驾车了。"或者说："还不能驾车。"人问大夫之子的年龄，如果已经长大，大夫就回答说："他已经学会音乐了。"如果年龄还小，就说："已经能够接受大司乐的教育了。"或者说："还不能去跟着乐人学习。"人问士之子的年龄，如果已经长大，士就回答说："已经能耕种了。"如果年龄还小，就说："已经能背柴禾了。"或者说："还不能背柴禾。"

手中拿着珪璋等玉器或者龟甲蓍草等卜筮用物，不能快步走；在堂上以及在城上的时候也不能快步走。在兵车上的时候不行轼礼，身穿甲胄时不下拜。

妇女在行吉礼时，即使是拜谢国君赏赐，都是肃拜。作尸坐着时，也不手拜，而用肃拜。如果为丧主，也不手拜，而是稽颡。

妇人在卒哭以后，头上改戴葛绖，但腰间仍用麻绖。

祭祀时，从俎上取肉或者把肉放到俎上去时，不用坐下。手里拿着空器皿时，要像拿着装满了东西的器皿一样谨慎，进入空房间时要像进入有人的房间一样恭敬。

凡在室中或堂上进行祭祀，都不能脱鞋。行燕礼到无算爵的时候，则把鞋脱于堂下而后升堂。

在把新鲜食物荐祭行尝礼之前，不可先食。

为尊长驾车，驾车人在尊长登车或下车时，都要把绥交给他。尊长尚未上车之前，驾车人要低首凭轼，等候他上车。尊长下车步行了，驾车人才能把车转到旁边停下来等候。

乘贰车要行轼礼，乘佐车则不必行轼礼。贰车，诸侯七辆，上大夫五辆，下大夫三辆。对于贰车，不要评论马的老幼。观看尊长的衣服、佩剑、乘马及车子时，不要议论其价值贵贱。

如果以四壶酒、十条干肉、一只菜狗赐给人，或者以这些东西献给尊者，都是把酒和狗放在门外而手持干肉进去传达辞命，说："送来四壶酒、十条干肉、一只狗。"如果赠送已经解割、可置于鼎的肉，那就拿着肉进去传达辞命。如果赠送的是禽鸟，数量在一双以上，则只拿着一双进去传达辞命，其余的都放在门外。赠狗的时候，要牵着系狗的绳子。如果是看家狗、猎狗，则主人拜受以后，就交给摈者，摈者接过来以后就询问狗的名字。如果赠送牛、马，也要牵着缰绳，都用右手牵。如果所献的是俘虏，那就用左手抓住他。

如果赠车，则把车上的绥解下，拿着绥去传达辞命。赠送甲胄时，如果有其他礼品，就先送去传达辞命；如果没有，就把橐打开，露出甲，而捧着头盔去传达辞命。送有盖的器物时，拿着盖子进去传达辞命。送弓时则把弓衣褪下，左手抓着中央把手。送剑时就打开剑匣的盍，把匣盖合在剑匣底下，然后把剑衣垫在匣内，剑放在剑衣上。凡赠送笏、书、干肉、鱼肉、弓、褥、席、枕头、警枕、小几、手杖、琴、瑟、用木盒装着的有刃的戈、蓍草、籥等物给人，在拿的时候都以左手为敬。送刀给人时，要把刀刃向后，把刀环递给人。送曲刀给人时，则把刀把递给人。凡有锋刃的东西，在给人时都不要把锋刃正对着人。

在兵车上的人，出城时刀刃向前，入城时刀刃向后。军队中的行列，将军以左为上，士卒以右为上。

接待宾客，主人要谦恭有礼；举行祭祀，主人要内心诚敬；丧事以内心悲哀为主；诸侯会同时要表现敏勇的精神。行军作战，要时时想到各种危险，要对自己方面的军情严加保密而经常测度对方的情况。

平时陪侍尊长吃饭，要在尊长之前开始吃，而在尊长之后吃完。不要把手上的剩饭拂到盛饭的器皿中去，不要大口大口地喝汤。吃饭要小口小口地吃而很快地咽下去。食物在口中要多咀嚼，但不要留在口中，鼓腮、咂嘴。客人想自己收拾食具，这时主人要加以劝阻，客人也就不动手。

主人酬宾的爵放在宾的左边；主人初献之爵，宾将举饮，所以放在右边。主人献给介的爵、宾回敬主人的爵以及主人献给来观礼者的爵，都放在各自的右边。

日常吃鲜鱼，要把鱼尾放在前。冬天上鱼时把鱼肚在右，夏天则鱼脊在右。祭祀则用鱼块。

使用盐、梅等调味品，用右手拿着，而把羹菜等放在左边。

相礼者为国君授予币帛时，从国君的左边出；在为国君传达诏令辞命时，由国君的右边出。

给替尸驾车的人斟酒，其礼节与给替国君驾车的人斟酒相同。如果驾车人在车上，就左手拿着缰绳。右手接过酒杯，先用酒祭左右车毂头，以及车轼前面，然后饮酒。

凡上食时有用俎盛食物的，就在俎内祭。君子不吃猪、犬的肠胃。未成年的弟子在举行各种礼节时，只能奔走供役使，而不能趋步；如果得到酒将饮，就先坐祭，然后站起来喝掉。凡洗酒杯之前一定先洗手。牛羊的肺切开时，中央留一点不切断，到吃的时候再用手拉断，先祭后食。凡是上有煮肉汁的食物，就不再加盐梅之类的调味品，为君子择葱、薤的时候，要把根、梢都去掉。凡上牲头，要把嘴部对着尊者。尊者如果要祭，就先割下牲耳来祭。

设酒尊者以斟酒人的左方为上尊。陈设酒壶者要使壶嘴朝外向着人。行燕礼以及洗过头以后饮酒、敬冠者酒，凡在有折俎的时候，都不能坐着饮酒。折俎撤下，才能坐饮。在旅酬和无算爵之前，不吃菜肴。

生的牛、羊、鱼肉，先切成片，再细切成脍。麋、鹿肉切得粗、野猪肉切成大片，都不再细切。麕肉细切叫"辟鸡"，兔肉细切叫"宛脾"，都是先切成片而后再细切。再把葱或薤切碎，和肉一起浸在醋中，使肉变软。

如果有盛着解割了牲体的俎，宾客就从俎中取肺而祭，祭后又放回俎内。取祭与放回时都不坐。取炙肉祭也是如此。在做这些事时，尸坐着。

衣服穿在身上，却不知道它的制度、等级，这就是无知。

在宴集时，如果天色已暗而尚未点烛，这时又有人后至，则主人应当把在座的人一一告诉后来的人。作盲人向导时也是这样。凡饮酒时作献主的人，拿来已经点燃的烛和引火的火炬，这时客人要站起来表示谢意，主人然后把烛和火炬交给仆人。手中拿着点燃的烛时，不和客人互相谦让，不辞谢，不唱歌。

为尊长洗爵以及拿食物、饮料时，不要使自己的气息直冲爵或食物。如果尊长有所询问，则要把嘴巴偏向一侧回话。

代人主祭，把胙肉送人时，应该说："把祭祀之福送给您。"如果是自己祭祀，则应该说："送点美味给您尝尝。"如果是祔、练等丧祭，则说："我刚刚举行了祔（或练）祭，特来禀告。"凡是送胙肉给国君，主人要亲自检查所送的物品。在阼阶南面交给使者，并且面向南再拜稽首送使者出发。使者完成任务回来，主人又在阼阶南面堂下，面向南再拜稽首，接受使者复命。所送礼品：如果祭祀时用大牢，那就送牛的左肩、臂、臑共九段；如果祭祀时用少牢，就送羊的左肩，斫为七段；如果祭祀时只用一只猪，那就送猪的左肩，斫为五段。

当国家在战乱饥馑凋敝之时，车子不要雕刻、油漆，铠甲不要用丝组缘饰，日常用的食器不雕刻花纹，君子不穿丝鞋，马不经常喂谷物。

学记第十八

多思考问题，广为招求善良之人，这样做只能使自己小有名声，却还不足以感动群众。亲近贤人，体察疏远之士的内心，这样做能够感动群众，却不足以转变民心，改变风俗。君子如果想转变民心、形成良好的风俗，恐怕一定要从教育入手吧！

美玉不经过雕琢，不会成为有用的器物；人不经过学习，就不会懂得道理。因此，古代的帝王建立国家、统治人民，都把教学放在最前面。《尚书·兑命》说："要自始至终常常想着学习。"就是这个意思吧！

蒙童入学，选自清刊本《绘图小学千家诗》。

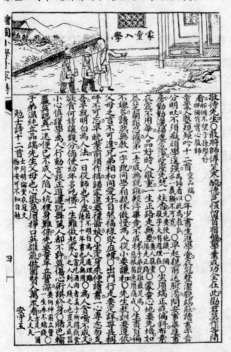

虽然有好的菜肴，但不吃就不会知道它的美味；虽然有极高明的道理，但不学就不会知道它好在何处。所以只有通过学习，然后才能了解自己的不足；只有通过教别人，才能知道自己哪些问题没有弄通、感到困辱。知道了自己的不足之处，然后才能反过来要求自己加强学习；感到了困辱，然后才能自我勉励，发愤图强。所以说，教和学是相互促进的。《兑命》说："教别人，相当于自己学习功效的一半。"大概就是这个意思吧。

古时教学，二十五家则有塾，一党则有庠，一遂则有序，一国则有学。每年都有入学的人，每隔一年考核其学习情况。入学第一年结束时，考察他给经文断句的能力，辨别经文之主旨何在；第三年考察他是否专心学业、是否乐于和同学相处；第五年考察他是否广博学习、亲近师长；第七年考察他能否在学术上有自己的见解，能否选择有益的人作朋友。如果能做到这些，这就叫做"小成"。第九年考察他能否触类旁通、遇事有定见、不为外物所左右。如果能做到这些，就叫"大成"。这样才能教化人民、改变风俗，使近处的人心悦诚服而远方的人都来归顺。这就是大学教育人的步骤。古书记载说："小蚂蚁时时向大蚂蚁学习衔泥。"说的就是这个意思吧。

天子、诸侯在学生刚入大学的时候，派负责官员穿皮弁服，用蘋、藻一类的物品祭先圣先师，以向学生显示对道艺的尊敬。在祭先圣、先师时，让学生练习歌唱《小雅》中的《鹿鸣》、《四牡》、《皇皇者华》三首诗，以使他们入学之初就明白为官之道。学生入学时，先击鼓把他们召集到一起，然后打开书箱拿出书籍等物，要他们谦逊谨慎地对待学业。榎和楚两样东西是用来笞罚学生的，使他们有所畏惧，整顿威仪。在卜禘以前，天子、诸侯不去

塾师授课，选自《点石斋画报》。

视察学校，考查学生，目的是让学生有较充足的时间按自己的志向努力学习。教师时时观察学生学习，发现学生有疑难问题时，先不讲给他听，让学生多思考。年幼的学生只听老师的讲解而不随便提问题，学习不逾越一定进度。这七条，是教学的大道理。古代的记载说："凡是学习，如果学做官，就先教给他与职务有关的事；如果学做士，就先教给他学士应有的志向。"就是说的这个意思吧。

大学的教学，要顺着时序。所教的都有正常的科目，在休息时，也一定有课外温习项目。如不练习指法，琴瑟就弹不好；不多学譬喻，诗就写不好；不学洒扫应对等细碎的事，行礼就行不好；不能喜欢学习技艺，学习正业的兴趣也就高不了。所以君子心里常常想着学业，每天学而不辍，休息时也在学，闲游时也在学，无论何时何刻，不离学习。正因为这样，所以他能安于学习，亲近老师，乐于和同学相处，对自己所学的道理有深刻的信念。因此，即使离开了老师、朋友，也不会违反自己所信奉的道理。《兑命》说："敬重所学的道，恭顺地对待学业，时时刻刻不停止努力，那么，所修的学业就一定成功。"就

是说的这个意思吧。

如今教人的人，只是看着简册念，讲解多而快，进度太快而不考虑学生能否接受，不是诚心地教育学生，不考虑学生才能的高低而因材施教。他们教育学生既违背了情理，学生求学也就不可能顺利。因此，学生就厌恶学习、憎恶老师，只感到学习的困难而不知道学习的益处。即使最后勉强完成了学业，也一定很快就会忘记。教育的不成功，就是由于这个原因吧！

大学的教育方法，在学生不正当的欲望发生之前就加以禁止，这就叫做防患未然；抓住最合适的时机进行教育，这就叫做合乎时宜；不超越正常的顺序进行教育，这就叫做循序渐进；学生互相观摩，学习他人的长处，这就叫做切磋琢磨。这四条是教育成功的方法。

在学生不正当的欲望已经发生以后再去禁止，这就和学生的想法抵触格格不入，因而不起作用；适宜的学习时期已经过去了，才来学习，则学起来很费力而又不易取得成就；教育时不按部就班、循序渐进，而是杂乱无章，则学生的学业就会搞得杂乱以致无法收拾；单独学习而没有朋友一起切磋琢磨，就会学识浅陋，见闻不广；与不好的朋友相交往，就会导致不听师训；宠幸女子小人，就会导致荒废学业。这六条是教育失败的原因。

君子只有既明白了教育成功的方法，又明白了教育失败的原因，然后才可以做老师。所以君子在教育学生的时候，只加引导，而不是拉着逼他前进；对学生要多加鼓励，而不是使他沮丧压抑；讲解时在于启发，不把全部讲尽。只引导而不强逼，则师生之间就感情融洽；多鼓励而不是压抑，则学生学习时就会感到比较容易；只启发而不详尽讲解，则学生就用心思考。能做到这三点，就可称得上是善于教育人了。

学习的人会犯四种过失，做老师的一定要知道。人在学习的时候，有的一味贪多，有的不肯多读书，有的见异思迁，有的浅尝辄止。这四种情况的产生，是人心不同的缘故。做教师的一定要先了解学生的心理，然后才能加以补救。所谓教育，就是培养、发扬学生的优点而挽救他们的过失。

善于唱歌的人，能使听众跟在他后面唱起来；善于教学的人，能使学生能举一反三。他讲话辞简而意明，所讲的道理幽深而解说精妙，讲时比喻虽少却使人易懂。这样就能够使学生举一反三了。

君子知道求学的深浅次第，又知道学生资质的高低，然后才能够采用多种教学方法。能做到这一点，才能够做老师；能做老师，才能做官长；能做官长，才能做国君。学生跟着老师学习，也就是学习做国君的德行，因此选择老师不能不慎重。古代记载说："虞、夏、商、周三王四代无不以择师为重。"就是这个意思吧。

在学习中最难做到的是尊敬老师。老师受到尊重，那么他所传的道艺才能受到尊重；道艺受到尊重，然后人民才会把学习看得很重要。因此，国君不以对待臣子的态度来对待臣子的情形只有两种：一是当臣子在祭祀中担任尸的时候，一是当臣子做自己老师的时候。按照大学里的礼节，即使是对天子讲课，老师也不面朝北。这就是为了表示对老师的尊重。

善于学习的人，老师很轻松而教学效果却双倍，并且把功劳归于老师；不善于学习的人，老师很辛勤而教学效果却只有一半，并且还怨恨老师。善于提问题的人，就像砍伐坚硬的木头，先从容易的地方开始，而把较硬的节疤留在后面，时间一久，那些节疤也就脱落分解了；不善于提问的人则与此相反。善于回答人家问题的人就像撞钟一样，轻轻地敲打，钟声就小；用力敲打，钟声就大；打钟的人一定要从容不迫有间歇，然后钟声才会余音悠扬。不善答问的人则与此相反。这些都是增进学问的方法。

只会记诵书本而没有领会，这种人不能做人家的老师。做老师的一定要根据学生的问题加以解答。如果学生不会提问，那老师应讲给他听。如果讲给他听了他还是不懂，那就暂时不再讲了。

好的铁匠的儿子，一定会用零碎的兽皮补缀成裘衣；好的弓匠的儿子，一定会把柳条弯屈编成畚箕；刚开始学驾车的小马，一定要先把它系在车的后面，让它跟在老马后面逐步适应。君子观察这三件事，就可以立定学习的志向了。

古代的学者以同类事物相比方。鼓的声音并不相当于五声中的哪一声，但是当乐器演奏时，没有鼓则五声就没有和谐的节奏；水的颜色并不相当于五色中的哪一色，但是当绘画的时候，没有水则五色就不鲜明；有学问并不等于就可以做官，可是做官的如果没有学问就做不好工作；老师并不相当于五服中的哪一种亲属，但是五服之亲如果没有老师的教诲，则他们之间的感情就不亲密。

君子说："具有伟大德行的圣人，并不专门担任某一种官职；作为宇宙万物的大道，并不局限于一种事物；最大的诚信不

击鼓，汉画像石。

需要订立盟约；天之四时虽不相同，却运转不停，是最准确的守时。一个人明白了这四种情况，就有志于学之本了。"夏、商、周三代天子在祭川的时候，都是先祭河，后祭海，这是因为河是海的源头，海是河的末尾。这就叫务本。

乐记第十九

大凡声音的兴起，都是从人心中发生的；而人心的活动，是由于受到外物的触发。人心有感于外物而产生活动，因而表现于声响；不同的声音互相配合，因而产生变化；变化形成一定的规律，就称之为音律。排比音律成为曲调，并配以干戚和羽旄，这便叫做"乐"。

乐，是声音从中产生的东西；而其根本则在于人心对外物的感受。心中有哀伤的感受，发出的声音便焦急而衰弱。心中有了快乐的感受，声音便宽松舒缓。心中有了喜悦的感受，声音便焕发而流畅。心中有了愤怒的感受，声音便粗暴而严厉。心中有了恭敬的感受，声音便正直而端方。心中有了爱慕的感受，声音便温和而柔顺。这六种声音，并非天性如此，而是受到外物的感触而产生的活动。所以先王十分重视用来感动人心的事物。所以用礼义来引导人们的志向，用音乐来调和人们的声音，用政令来统一人们的行动，用刑罚来防备人们的奸邪。礼、乐、刑、政，最终目的是一个，就是用来统一民心，走上治国的正道。

凡是音乐，都产生于人心。感情发动于心中，于是表现于声音，声音按规律变化成文，便称之为音乐。所以太平社会的音乐安详而欢乐，其政治便是和谐的。混乱社会的音乐怨恨而恼怒，其政治便是紊乱的。亡国的音乐哀伤而忧思，其人民的生活也是困苦的。所以音乐的原理与政治是相通的。五音之中，宫好比君，商好比臣，角好比民，徵好比事，羽好比物。五音不混乱，便不会有不和谐的声音。

宫音混乱便显得荒淫，好比国君骄横。商音混乱便显得倾斜，好比官吏腐败。角音混乱便显得忧伤，好比民众有怨恨。徵音混乱便显得衰竭，好比工作劳累。羽音混乱便显得危急，好比资财匮乏。如果五音都混乱，互相交替凌越，就叫做散慢之音。像这样，就离国家的灭亡没有多少日子了。郑、卫的音乐，是混乱社会的音乐，接近于上面所说的散慢之音。桑间、濮上的音乐，是亡国的音乐，反映出政事涣散，人民流亡，做官的人欺上瞒下、徇私枉法，而且无法禁止。

凡是音乐，都是从人心中产生的。所谓"乐"，是和伦理相通的。所以只知声音而不知音调的，便是禽兽。只知音调而不懂音乐的，便是众多的庶人。只有君子才能懂得音乐。所以，由审察声音进而懂得音调，由审察音乐进而懂得政治，这样治国的方法也就完备了。所以，不知道声音的人，不可以跟他谈音调；不知道音调的人，不可以跟他谈"乐"。懂得了"乐"，也就接近于懂得礼了。礼乐两者都有所得，就叫做"有德"。德，也就是"得"的意思。

所以，隆重的乐，并不在于最高妙之音乐；大的宴飨的礼节，并不在于罗致各种美味。演唱《清庙》之诗时所用的瑟，配以朱弦，疏通底孔，发生迟缓凝重的朴素之音，一人领唱，和唱的只有三人，并非把高妙之音包括无遗。大飨的礼仪，推重上古的玄酒，俎上放着生肉生鱼，大羹不用调料，可见并非把一切美味搜罗尽致。所以先王制定礼乐，并非用以满足人们口腹和耳目的欲望，而是用来教导民众爱憎分明，回到做人的正道上来。

人生来是宁静的，这是人的天性。感受到外物便有所触动，这也是人性的本能。外物到来，心智就会有知觉，然后便表现为爱好和厌恶。心中对爱好和厌恶没有节制，心智受到外物的引诱，又不能时常自我反省，这样天理就要灭绝了。外物给予人的感受是没有穷尽的。若是人的好恶没有节制，那么外物一来，人就随物而变化了。人随物化，也就是灭绝天理，放纵人欲。于是便会有犯上作乱、欺诈虚伪的心思，出现情欲泛滥，胡作非为的事情。于是，强大的人就要胁迫弱小的人，多数人就要欺凌少数人，聪明人就要欺骗愚钝的人，勇敢的人就要迫害怯弱的人。生病的人得不到照看，孤寡老幼无所依靠，这便是天下大乱的由来。

所以先王制定礼乐，作为人们的节制。丧服、哭泣的规格，用来节制人们的丧事。钟鼓干戚等乐舞器具，用来调和人们的享受。婚姻和冠笄的礼仪，用来区别男女的不同。大射、乡饮酒、食、飨的礼仪，用来调整人们的交往。用礼来节制民众的心志，用乐来调和民众的声音，用行政力量加以推行，用刑罚手段加以防范。礼、乐、刑、政四个方面，互相沟通而不矛盾，这样王道就完备了。

乐的作用是调和同一，礼的作用是区别差异。能同一便相互亲近，有差异便相互尊敬。乐超过了限度，就会流于散慢不恭敬；礼超过了限度，就会造成隔离不亲近。调和感情，检束仪容，便是礼乐所作的事情。礼仪确立了，贵贱便有了等级。乐章调和了，上下便能和睦相处。好恶的标准明确了，贤与不肖就容易区别。用刑罚禁止暴乱，用赏爵举拔贤能，政事就公平了。用仁来爱护民众，用义来纠正邪恶，像这样，治理民众的方法就得以施行了。

乐是从内心发出的，礼则表现于外表。乐从内心发出，所以能使心情宁静。礼表现于外表，所以能使动作有所修饰。盛大的音乐一定

管乐演奏，五代顾闳中绘。

是平易的，隆重的礼仪一定是简朴的。乐教通行，心中就没有怨恨；礼教通行，人们就不会争斗。古代圣王所以能用谦恭礼让的态度治理天下，就是运用了礼乐。暴民不敢作乱，诸侯都来朝拜顺服，不必使用武力，不必施加刑罚，百姓自然没有灾患，天子不须显示威怒。这样便是乐教推行了。使父子关系密切，长幼秩序分明，以此推广到四海之内。天子如果能这样做，这便是礼教推行了。

盛大的音乐与天地调和一致，隆重的礼仪与天地同一秩序。能调和一致，所以万物各得其所；有秩序，所以着重祭祀天地。人间有礼乐，阴间有鬼神。这样，四海之内就能互相尊敬，互相亲爱了。礼虽有不同的仪式，却都能表达恭敬；乐虽有不同的声律，却都能表达亲爱。礼乐的实质总是相同的，所以圣明的君王都继承这一实质。只是行礼的具体方法应当与不同的时事相应；乐曲的具体名目应当与王者的功绩相称而已。

所以钟鼓管磬，羽籥干戚，是乐的器具；屈伸俯仰，步伐快慢，是乐的表现形式。簠簋、俎豆、规格、文饰是礼的器具，升降、上下、周旋、裼袭，是礼的表现形式，所以懂得礼乐本质的人，才能创制礼乐；了解礼乐形式的人，才能传授礼乐。能创制的称之为"圣"，能传授的称之为"明"。"明"和"圣"，就是说的传授和创制。

乐，体现着天地的和谐；礼，体现着天地的秩序。因为和谐，所以万事万物都能生长变化；因为有秩序，所以万事万物又各有区别。乐依照天的规律制作，礼依照地的规律制作。礼的制作超越了秩序，就会出现混乱；乐的制作破坏了和谐，就会显得粗暴。只有明白天地的规律，然后才能制作礼乐。歌辞和乐曲都没有危害，是乐的实情；使人高兴喜欢，是乐的功能。公平正直没有邪念，是礼的实质，使人庄重、恭敬，是礼的作用。至于使礼乐借助钟磬，发出声音，运用于宗庙社稷，用来祭祀山川鬼神，这便是与民众共同使用了。

王者大功告成才作乐，政治安定才制礼。功劳巨大，他的乐也就完善；治理全面，他的礼也就齐备。只有干戚之舞，不能算完备的乐；用熟食祭祀，不能算至上的礼。五帝不同时，因而不沿用相同的音乐。三王不同代，因而不继承同样的礼仪。乐走向极端便会使人忧虑，礼没有限度就会出现偏邪。至于能够使乐隆重却不产生忧虑，使礼完备却不出现偏邪的，大概只有大圣人吧！

天在上，地在下，万物各不相同，礼就是按照这种差异制定的。天地之气流动不停，调和万物一同进化，乐就是依据这种规律兴起的。春生夏长，体现着仁的精神；秋收冬藏，体现着义的精神。仁接近于乐，义接近于礼。乐的作用是增进和同，跟随着神而归属于天；礼的作用是辨别差异，跟随着鬼而归属于地；所以圣人作乐来顺应天，制礼来配合地。礼乐明确而完备，也就是天地各自发挥其职能了。

天尊在上，地卑在下，君臣关系就依此确定了。高山低泽已经分布，贵贱的位置也就确定了。运动和静止有一定的常态，大与小也就区分开来了。动物按照类别聚集，植物按

宫廷乐舞，选自
《仿金廷标孝经图》，
清黎明绘。

照群属区分，各自不同的天性就显示出来了。在天上有日月星辰之象，在地上有万物的不同形态，礼就是这样体现着天地之间的各种区别。地气上升，天气下降，阴阳互相摩擦，天地互相激荡，雷霆来鼓动，风雨来振奋，四时来运转，日月来照耀。万物化育生长。乐也就是这样体现着天地间的和谐。化育不合时节，就不会生长；男女不加区别，混乱就会产生。这是天地间的常情。

至于礼乐，上达于天，下布于地，随着阴阳之气流行，跟鬼神相通，一切最高最远最深之处无不到达。乐显示创始万物的天，礼依托着完成万物的地。显示着不停运动的是天，显示着凝聚静止的是地。一动一静，就生成了天地间的一切。所以圣人所说的礼乐就是这样。

从前舜制作了五弦琴，用来演奏《南风》之歌；夔开始创作音乐，用来奖赏诸侯。所以天子制作音乐，是为了奖赏诸侯中有德行的人。诸侯品德完善、政教严明，不失农时，五谷丰登，这样天子才把乐赏给他。所以那些治国不好，使得民众劳苦的诸侯，他的舞队人数也就少；而那些治国较好，使得民众安逸的诸侯，他的舞队人数也就较多。所以观察他的舞，就能知道他的品德如何；好比听到他的谥号，就能知道他的行为如何。《大章》，便是表彰尧的德行。《咸池》，便是歌颂黄帝德政的全面。《韶》，便是歌颂舜能继承尧的品德。《夏》，便是歌颂禹能发扬光大尧舜之德。殷周两代的音乐，是十分详尽的了。

天地的规律，寒暑不适时就出现疾病，风雨没有节制就会发生饥荒。教化，就好比民众的寒暑，教化不适时，就会伤害世风。劳作，好比民众的风雨，劳作没有节制，就不会

宴饮，明陈洪绶绘。

有功效。所以先王制作乐，也就是效法天地来治理国家，做得好，民众的行动就会表现出高尚的道德。人们养猪酿酒，本来不是为了惹祸，然而诉讼纠纷却日益增多，这就是饮酒过度引出的祸患。所以先王制定了酒礼，光是"一献"的礼，就要求宾主互相多次拜谢，这样即使整天饮酒也不会醉倒，这就是先王用来防备饮酒惹祸的方法。

所以酒食是用来使大家欢聚的，乐是用来表现道德的，礼是用来制止淫乱的。所以先王有死丧的大事，必定有礼节来表现悲哀；有吉庆的大喜，也必定有礼节来表达欢乐。悲哀和欢乐的程度，都以礼来限制。乐，是圣人所喜爱的，它可以改善民众之心。它深深地感动人，用它来改变社会风气比较容易，所以先王注重乐的教化。

人具有血气和心知的本性，但喜怒哀乐的情感却没有不变的常态。人心受外物的感应而动作，然后内心情感才表现出来。所以发出细微急促的音乐，人的情感就忧伤；发出宽和平缓、乐音丰富而节奏简略的音乐，人的情感就安闲愉悦；发出粗犷猛烈、奋发宽广的音乐，人的情感就刚强坚毅；发出清明、正直、端庄、诚实的音乐，人的情感就严肃恭敬；发出宽舒、圆润、流畅、柔和的音乐，人的情感就慈祥仁爱。发出邪辟、散乱、拖沓、泛滥的音乐，人的情感就淫邪紊乱。

所以先王以人的性情为根本出发点，审核音律的度数，制定礼义，配合天地之气的和谐，遵循五行的规律，使其阳气奋发而不流散，阴气收敛而不闭塞，刚气坚强而不暴怒，柔气和顺而不畏缩。四个方面通畅交融于内部，表现于外表，各得其所而不互相妨害。然后制定进学的级别，逐渐增益音乐的节奏，审察音乐的文采，用以衡量道德仁厚。配合音律的大小高低，排列五音的先后次序，用来表现人伦关系。使亲疏、贵贱、长幼、男女之间的伦理关系都表现于音乐。所以说：通过对音乐的观察，可以看到很深刻的道理。

土地贫瘠，草木就不生长；水流不安定，鱼鳖就长不大；天地之气衰竭，生物就不能生长成熟；社会混乱，礼制就会偏邪，音乐就会淫纵。因此这时的音乐，悲哀却不庄重，喜悦却不安详，散漫简易，破坏节奏，放纵不拘，离开了根本。这时宽缓的音乐包含着邪念，短促的音乐挑逗着淫欲，感发出人们的放荡之气，而减少人们的平和之德。因此，君子鄙视这种音乐。

　　凡是奸邪的声音感染了人，心中逆乱之气就与之呼应，逆乱之气表现于外，淫邪的音乐就产生了。纯正的声音感染了人，心中顺服之气就与之呼应，顺服之气表现于外，调和的音乐就产生了。一唱一和互相呼应，邪正曲直各自归属于一定的分类。万物的原理，就是按照各自的类别互相触动。所以君子回到人的本性来调和人们的志向，比照善恶的类别来促成人们的行为。奸邪的声音、淫乱的颜色，不听不看。荒淫的音乐、邪恶的礼仪，心里不去感受。惰慢歪邪的习气，不沾染到身上。使耳、目、鼻、口、思想以至整个身体，都随着正气、依照道义而行动。然后发作为声音，用琴瑟来伴奏，用干戚来舞动，用羽旄来装饰，用箫管来配合。焕发出至上道德的光彩，调动起四气的和谐，表明万物的原理。所以这种音乐，清明就像天，广大就像地，终始循环就像一年四季，周旋流动就像风雨。好像五色配成文采而毫不混乱，八风配合律吕而不相干扰。各种度数都有常规。十二律互相配合，轮流为宫音。有唱有和有清有浊，互相交替形成条理。所以这样的音乐流行能使伦理清楚，使人耳聪目明，心平气和，能改变社会风俗，使天下都安宁。所以说：音乐就是快乐。君子快乐是因为找到了正道，小人快乐是因为满足了欲望。用正道来控制欲望，这样快乐就不会导致淫乱；为了欲望而忘记正道，就会陷入迷惑而得不到真正的快乐。所以君子回到人的本性来调和志向，推广音乐来完成教化，乐教完成，人民也就走上了正道，所以从音乐可以观察到德行。所谓德，是人性的发端。而音乐，则是由德开放出来的花朵。金石丝竹，则是奏乐的工具。诗，表达人们的志向；歌，唱出人们的心声；舞，体现人们的仪容动态。三者都是从人心中发出，然后以乐器相配合。所以情感深厚，文理鲜明；气氛浓烈，变化如神。和顺的品德积聚在心中，才能使音乐的美妙光华表现于外。只有音乐所表现的快乐是不好伪装的。

　　乐，是心灵的感动；声音，是乐的表现形式；施律节奏，是对声音的修饰。君子从心灵的感动出发，喜爱音乐的形式，然后加以整理修饰。所以《大武》之乐的表演，先敲鼓叫众人心中作好准备，再走三步表示将要舞蹈。开始重复一次，再往下进行；结束曲也重复一次，舞者才退下。舞者步伐迅疾，但不乱套离谱，音乐极其幽深，但却不隐晦。既能独自满足个人的意志，又不厌弃其中包含的道理；全面地体现了仁义之道，因而不至于私自放纵情欲。这种音乐既表现了情感，又树立了道义。乐舞结束，武王的德性也就得到了尊重。君子听了这样的音乐，更加爱好善德；小人听了这样的音乐，也可以用来防备自己的过错。所以说：治民的方法，乐是最重要的。

　　乐，是一种施与；礼，则是一种报答。乐。用来表现对王者功业的喜爱；礼，用来追念王者祖先的恩情。乐表彰功德，礼报答恩情、追念始祖。称作"大辂"的，那是天子的车子；龙旗有九旒，那是天子的旌旗；有青黑色边缘的龟甲，那是天子的宝龟。再加上成群的牛羊，那便是天子赐给有功诸侯的礼物。

乐，表达人的不可改变的情感；礼，体现了永恒不变的伦理。乐调和同一，礼辨别差异。礼乐的学说，贯通了全部人情。追究心灵的本源而了解其变化，这是乐的真情；表明诚实的精神而消除虚伪的态度，这是礼的纲领。礼乐依顺天地的规律，贯彻神明的德行，调动上下的精神，形成大小不同的仪式，调整父子君臣之间的规矩。所以伟大的人物施行礼乐，天地也将要为之大放光明。天地之间，阴阳二气蒸发，互相配合，温润覆载，养育万物。这样草木就茂盛了，萌芽就出土了，鸟类就奋飞了，兽类就生长了，蛰伏的虫子也复苏了。飞禽在孵卵，走兽怀了胎。胎生的不会流产，卵生的不会蛋破。乐的道理，也就归于这样一种境界。

乐，并不就是说的黄钟大吕、奏乐跳舞，这只不过是乐的次要部分，所以由儿童来充当舞者。铺设筵席，陈列祭器，依上下进退的动作来行礼，这也是礼的次要部分，所以只需由司仪小官执掌。乐师只能辨别声律和诗句，所以只能在堂下面朝北弹琴。宗祝只不过了解宗庙的具体仪式，所以只能站在尸的后面。商祝只懂得丧葬的礼仪，所以只能站在主人后面。所以，能懂得礼乐的道德意义的属上乘，而只是在礼乐的具体仪式和技能上有所成就的则属下乘。德行的完善是首要的，而具体事务的完成是次要的。所以先王有上有下，有主有次，这样才能制作礼乐，推行于天下。

魏文侯问子夏说："我要是穿戴礼服礼帽听古乐，就怕很快就要睡着了；而要是去听郑、卫之音，则不知疲倦。请问古乐使我那样，是何原因？新乐叫我如此，又作何解释呢？"

子夏回答说："所谓古乐，表演时进退整齐，和平宽广。各种管弦乐器，等领乐的拊和鼓敲响后才一齐演奏。开始以鼓声领起，结尾以金铙收束。用相来调整结束的音乐，用雅来控制音乐的速度。君子说明此乐舞的深刻意义，或称道古代圣王的业绩。用以修养自身、影响到家庭，以至于治国平天下。这是古乐的表现。而所谓新乐，表演杂乱不齐，淫邪的声音泛滥，使人沉溺而难以自拔，甚至还加上倡优侏儒丑态百出的表演，男女混杂，父子不分，音乐终了，无法说明什么道理，也不能讲述古代圣王的业绩。这就是新乐的表现。现在你问的是'乐'，而你喜好的却是'音'。所谓'乐'和'音'虽然相似，但却是不同的！"

文侯问："请问乐与音究竟是怎样不同呢？"子夏回答说："古时候，天地正常，四时风调雨顺，人民有德行，五谷丰盛，疾病灾祸不发生，反常现象不出现，这就叫做天下太平。这时就有圣人起来，制定了君臣父子的名分，作为人们的纲常。纲常确定了，天下就安定了。天下安定，然后再制定六律，调和五声，演奏乐器来歌唱，创作诗篇来赞颂。这样的音乐，就叫做德音；德音才能称作'乐'。《诗经》上说：'德音多么淡漠，德行多么光明。光明而合伦类，能够担任君长，统治伟大国家；恭顺而能择善，传到文王时代，德行无所遗憾。接受天帝福佑，传给子孙万代。'这就是说的德音啊！而你所喜好的大概是那种令人沉湎的'溺音'吧。"

文侯又问："请问溺音是从何而来的呢？"子夏说："郑国的音乐轻佻放纵，使人心淫荡；宋国的音乐缠绵纤柔，使人心沉湎；卫国的音乐节奏急促，使人心烦躁；齐国的音乐傲慢邪辟，使人心骄横。这四种音乐都使人沉溺于声色而有害于德行，所以祭祀时不采用。"

《诗》上说："肃雍和鸣之音，先祖才愿意听。"肃肃，是恭敬的意思；雍雍，是温和的意思，恭敬而又温和，还有什么事情做不成呢？作为人君，只要对自己的好恶十分谨慎就行了。人君所喜爱的，大臣就会去做；上面流行的，民众就会跟从。《诗》上说："诱导民众，十分容易。"就是说的这个啊。然后圣人起来，制作鞉、鼓、椌、楬、埙、篪等六种乐器，这六种乐器发出的声音都是符合"德音"的要求的，然后再用钟磬竽瑟来调和，用干戚旄狄来舞蹈，这样的音乐，才可以用来祭祀先王的宗庙，用来配合宴饮宾客的各种礼仪，用来排列官职贵贱的等级，使他们各得其所，用来告知后人，应该有尊卑长幼的次序。

钟的声音铿锵响亮，可以用作号令。号令能使人振奋，振奋就能建立武功。所以君子听到钟声，就想到勇武之臣。石磬的声音坚定有力，可以树立正义，有了正义就不怕死。所以君子听到石磬的声音，就想起死守疆土的将士。丝弦的声音哀恻，哀恻能使人廉明正直，廉明正直就能确立志向。所以君子

击钟，汉画像石，山东沂南北寨村。

听到琴瑟的声音，就想起有志有节的忠臣。竹管的声音传播广泛，传播广泛就能会合，能会合就能招集众人。所以君子听到竽笙箫管的声音，就想起能够安抚团结众人的大臣。鼓鼙的声音喧闹，喧闹就使人激动，激动就能促使众人前进，所以君子听到鼓鼙的声音，就想起带兵打仗的将领。总之，君子听音乐，不只是听那铿锵的声音而已，他们都能从中体会到某种契合于心的含义。

宾牟贾陪伴孔子坐着，孔子跟他谈到乐舞的问题。孔子问他："《武》乐表演开始前长时间击鼓作准备，这是为什么？"宾牟贾说："象征武王开始伐纣时担心得不到众人的支持。"《武》的音乐声调漫长留连不绝，这是为什么？"答道："这是象征武王担心时机不

成熟，干不成大事。""舞蹈一开始就奋发威武地手舞足蹈，这是为什么？"答道："这是象征抓住时机及时行动。""《武》舞跪姿右膝着地。左膝不着地，这是为什么？"答道："那不是《武》舞的跪法吧！""《武》乐包含着象征杀伐的商声，这是为什么？"答道："那不是《武》乐的声音吧！"孔子说："如果不是《武》乐的声音，那又是什么声音呢？"宾牟贾回答道："恐怕是乐官传授有差错，如果不是乐官传授有差错，那就是武王的心思迷乱了。"孔子说："我从苌弘那儿听来的，也如同你所说的一样，是这样的。"

乐舞，汉画像砖，河南新野后岗。

宾牟贾立起身来，离开坐席向孔子请教道："关于《武》舞开始前戒备已久的问题，我已经听说过了。那么请问《武》乐为什么表演的时间这么长呢？"孔子说："你坐下，我告诉你。乐，是用来象征那已完成的功业。手持盾牌长久地站立不动，象征着武王将要有大事；奋发威武，手舞足蹈，象征太公以武力讨伐殷纣的意志；到《武》的尾声时一齐跪下，象征周公召公在战争结束后实行文治。《武》乐开始第一段，舞者向北行进，象征武王出兵北方；第二段象征消灭了殷商。第三段向南行进，第四段象征南方各国被征服，成为周朝的疆土。第五段舞者分为两列，象征周公召公一左一右辅佐天子。第六段恢复原先的舞位，象征对天子的尊崇。两队舞者振动铃铎，向四面出击，象征天子的威力震撼中国。分队前进，象征战事及早完成。舞者长久地站在舞位上，那是象征周武王等待诸侯的到来。再说，你难道没有听说过关于武王在牧野讨伐殷纣王的故事吗？武王打败了殷王来到商都，还没来得及下车，就把黄帝的后代封于蓟，把帝尧的后代封于祝，把帝舜的后代封于陈，下了车又把夏的后代封于杞，把殷的后代安置在宋，还修整了王子比干的墓，释放了箕子，并让他去探视商容，恢复他的官职。于是民众解除了苛政，士人增加了俸禄。

清宫廷舞蹈，选自清刊本《启蒙画报》。

然后渡过黄河回到西边，把战马放到华山南面，不再用来拉战车；牛也放到桃林的郊野，不再为战争服役。兵车铠甲收藏到仓库里，不再使用。盾和矛都倒着放好，包上虎皮。带兵的将领，都封为诸侯。当时叫做'建橐'。这样，天下人都知道武王不再使用武力了。解散了军队。举行了郊射之礼，行礼时，左边唱《狸首》之诗，右边唱《驺虞》之诗。战场上那种穿透铠甲的射箭停止了。穿上礼服，戴上礼帽，插上笏版，武士身上的剑就解除了。在明堂祭祀祖先，民众就知道孝悌了。定期朝见天子，诸侯就知道怎样为臣了。天子亲自耕种籍田，诸侯就知道恭敬了。这五个方面，是天下最大的教化措施。在大学中供养三老五更，天子祖开衣襟亲自宰割牲肉，捧着佐餐的酱给老人进食，又捧上酒爵请他们漱口，还头戴冠冕手执盾牌为他们起舞。这就是教导诸侯要尊敬长者的悌道。像这样，周朝的道德教化便传遍四方，礼和乐交相配合。由此看来，《武》乐表演时间长，不是很应该的吗？"

君子说：礼乐是人们不可片刻离开的。运用乐来陶冶内心，平和正直慈爱诚实的心情就自然产生了。有了这样的心情就会快乐，快乐就能平安，平安就能长久，长久就能上通于天，上通于天就能与神交会。天不必说话，就能使人相信，神不须发怒就使人敬畏。这就是运用乐来陶冶内心。而运用礼来修治自己的容貌仪表，就会使人庄重恭敬。庄重恭敬就会有威严。心中如有片刻不平和、不快乐，卑鄙奸诈的心思就会侵入。外貌有片刻不庄重、不恭敬，轻率怠慢的念头就会出现。所以乐是发动于内心，礼是作用于外表。乐极其平和，礼极其恭顺。内心平和外表恭顺，那么民众看到他这样的脸色，也就不会跟他争执了；看到他的容貌，民众也就不会产生轻率怠慢的行为了。所以道德的光辉发动于内，民众就没有人会不听他的命令；礼的准则表现在外表，民众就没有人会不顺从他的领导。所以说：运用礼乐教化，推行于全天下，一切都没有困难了。

乐，是发动于内心的；礼，是作用于外表的。礼的意义在于减损；乐的意义在于充盈。因为礼教人克制、减损，做起来比较困难，所以要加以鼓励；以努力去做为美。而乐使人抒发、充盈，做起来比较容易，所以要有所控制，以有所控制为美。礼是减损的，如果不鼓励，就会渐渐消亡。乐是充盈的，如果不控制就会走向放纵。所以礼应该有鼓励，乐应该有控制。礼有了鼓励人们就乐于实行，乐有了控制，人的情感才会安稳。对礼的鼓励、对乐的控制，道理是相通的。

乐就是快乐，是人情不能缺少的。乐必定是发自声音，表现于动作，这是人性的通常道理。声音和动作，人的各种心情和心理变化，全部在这上面表现出来。所以人不能没有快乐，快乐不能没有表现形式，表现出来不加引导就不会不乱。先王以乱为羞耻，所以制定《雅》、《颂》那样的音乐来引导，使声音足以表达快乐而又不至于流湎，使乐章足以表达义理而又不至于平息，使音乐的曲直、繁简、节奏等等都足以感动人的善心，不让放荡之心、邪恶之念接触人的情感，这就是先王制定音乐的目的。

所以音乐演奏在宗庙之中，君臣上下一同来听，大家无不平和恭敬；在乡邻之间演奏，长幼老少一同来听，大家无不和睦顺畅；在家门里演奏，父子兄弟一同来听，大家无不和谐亲热。所以这音乐，审定一个基音，调和众音，用各种乐器来配合节奏，节奏合在一起便成为乐章，这样就可以用来调和君臣父子的关系，使天下的民众团结亲爱，这是先王制定音乐的目的。所以听了《雅》、《颂》一类的音乐，心胸就变得宽广了；拿起干戚，演习那俯仰屈伸的动作，容貌就变得庄严了；按照舞步行走，配合着节奏，行列就端正了，一进一退的动作也就整齐了。所以音乐仿佛是天地的命令，是协调一切关系的纲纪，是人情不可缺少的东西。

乐，是先王用来表达喜悦的；军队和武器，是先王用来表达威怒的。所以先王的喜悦和威怒，都有与之相配的东西来表达。表达喜悦则整个天下都和睦，显示威怒则暴乱的人都敬畏。先王治天下的道理，在礼乐中可以说是充分地表现出来了。

子赣会见师乙，向他请教说："我听说唱歌要适合各人的性格，像我这样的人，适合唱什么歌呢？"师乙说："我只是个低贱的乐工，哪配回答你适合唱什么歌的问题？我只能说说我所听到的说法，由你自己判断吧。宽厚宁静、柔和正直的人适合唱《颂》；豁达安静、开通诚信的人适合唱《大雅》；恭敬谨慎、喜好礼节的人适合唱《小雅》；正直清静、廉洁谦让的人适合唱《风》；坦率耿直、慈祥仁爱的人适合唱《商》；温厚易良、敢于决断的人适合唱《齐》。歌声直接表达自己、展示自己的品德，触动了自己，天地就会有感应，四时就会协调配合，星辰运行就会有条不紊，万物就会生长发育。《商》是五帝遗留下来的声音，商人还记着它，所以称之为《商》。《齐》是三代遗留下来的声音，齐人还记着它，所以称之为《齐》。精通《商》音的人，遇事总是能决断；精通《齐》音的人，见利总是能谦让。遇事能决断，就是勇；见利能谦让，就是义。有勇有义，离开了音乐，怎么能保持下去呢？歌声的旋律，向上高亢有力，向下深沉厚重；变化时好像突然折断，休止时好像一段枯木；平直时符合矩尺，曲折时好像环钩，连绵不断头绪分明好像一串珍珠。唱歌其实也是一种语言，只是把语言的音调拉长罢了。心中喜悦就要用语言来表达，语言不够用，就拉长其音调，拉长音调不够，就发出咏叹，咏叹不够，就不知不觉地手舞足蹈起来了。"——以上是"子贡问乐"。

汉说唱俑，四川成都市天迥山出土，中国历史博物馆藏。

杂记上第二十

诸侯出行，死在别国的宾馆里，举行的招魂仪式和死在自己国内一样；假如是死在半路上，招魂的人就站到国君所乘车的左轮轴头，拿着车上所竖旌旗顶端的飘带招魂。载尸车的篷盖四周有下垂的缘边，用褐色布作四周帷幕，内部用白锦作小帐。这一切都装饰齐备后再把尸车送回家。到家时，不必在外墙上打洞，载尸车直接从大门进入，停在殡的地方，再将车的篷盖卸下来放到大门外。

大夫、士出行，死在半路上，招魂的人站在死者所乘车左轮轴头，拿着车上所竖旌旗顶端的飘带招魂；如果死在别国的宾馆里，招魂仪式和死在家里一样。大夫死，载尸的车子用布拉起篷顶后再上路。到达自家门口时，卸下篷顶，把尸体移到辁车上，从大门进去，到东阶下，撤去辁车，把尸体从车阶上抬到停尸的地方。士所用的载尸的车子也要有篷盖，用芦席作小帐，用蒲席作裳帷。

大夫、士死了，凡是向自己的国君报丧，应当说："君的臣子某某死。"如果是大夫、士的父、母、妻室或长子死，报丧时应当说："君的臣子某某家中某某死。"国君死，向别国君王报丧时应说："寡君不禄，敢向执事禀告。"如果国君夫人死，报丧时就说："寡小君不禄。"太子死，报丧时就说："寡君的嫡子某某死。"

大夫死了，在国内报丧时，如果是地位相等的人，应说："某某不禄。"向士报丧，也说："某某不禄。"向别国的国君报丧，应说："君的外臣寡大夫某某死。"向别国的大夫报丧，说："您的国外好友寡大夫某某不禄，派我来报丧。"向别国的士报丧，也说："您的国外好友寡大夫某某不禄，派我来报丧。"

士死，向本国大夫报丧，应说："某某死了。"向本国的士报丧，也说："某某死了。"向别国国君报丧，应说："君的外臣某某死。"向别国大夫报丧，应说："您的国外好友某某死了。"向别国的士报丧，也说："您的国外好友某某死。"

遇到国君死丧，大夫要在国君客馆的次舍中守丧至丧期结束，士只要守丧到练祭就可以回去，在国君客馆中守丧，大夫住在倚庐中，士住在垩室中。

身为大夫的人，给他没有做过大夫的父母或兄弟服丧，只依士礼服丧。身为士的人，给做过大夫的父母或兄弟服丧，也只能依士礼服丧。大夫的嫡长子，可以按大夫礼服丧。大夫的庶子如果也是大夫，可以依大夫礼为父母服丧；但哭泣的位置只能与没有当大夫的人同列。士的儿子当了大夫之后，他的父母就不能为他主持丧事，而应由他的儿子主持。假如他没有儿子，就要为他立一个承嗣的人。

大夫死后，用龟卜的方式选择墓地和下葬的日期，这时候掌事的人穿着缀有布衰的白布深衣，腰扎布带，脚穿绳屦，头戴没有缨带的便帽；占者戴皮弁。如果是用筮选择葬地与日期，筮史就戴白练布帽，穿素色深衣行筮，占者穿朝服。

大夫的丧礼，朝祖、遣奠完毕，将马牵进庙门后，牵马的人就哀哭踩脚。柩车既出庙门，于是包裹大遣奠所用的牲体，宣读附葬物品的清单。大夫的丧事，大宗人佐助主人行礼，小宗人把要占卜的事告诉龟甲，卜人再占卜。

招魂用的衣服：诸侯用天子赏赐的衣服、冕服和爵弁服。夫人用彩饰有翟雉的褕衣，褕衣是由白纱裹子。内子用鞠衣和白纱裹子的赐衣。下大夫用没有文彩的礼服，其余的人都和士一样用黑色褖衣。招魂的位置以西为上。大夫的丧车不用飘动的揄绞，应该把它压在"池"的下面。

大夫死后，他的神主可以排在当过士的祖父后面，而士死后，他的神主却不能排在当过大夫的祖父后面，只能排在当过士的叔伯祖父后面。如果没有这样的叔伯祖父，就应该依昭穆顺序祔于高祖。即使祖父母还在世，也是这样。媳妇应祔于她丈夫所祔的祖先的配偶祖姑，如果没有祖姑可祔，也应按昭穆顺序祔于高祖之妃。妾祔于祖父之妾，如祖父无妾，也应按昭穆顺序祔于祖辈之妾或高祖之妾。男子祔于祖父时要同时配祭祖母，未嫁女子祔于祖母时不配祭祖父。国居的庶子只能祔于祖辈的庶子。国君死的当年，太子只称子，但他的地位和国君一样。

原来有父母三年丧服，在小祥后改用练冠以后，又遇大功丧服，只要改戴麻绖就行了，唯有为父母服丧用的丧棒和丧屦不变。为父母服丧，身上还有大功孝服，而遇到未成年兄弟的祔祭时，仍然戴练冠。为殇死者举行祔祭时，称"阳童字某某"，不呼他的名，是因为把他看做鬼神了。

凡是分居两地的兄弟，刚听到兄弟死的讣告时，只用哀哭来对答报丧人，是可以的。此时为兄弟披孝，腰带的多余部分要散垂着。如果没有披麻就回去奔丧，到家时丧主还没有成服绞腰绖时，亲属关系较远的，就和丧主一起成服；关系亲近的，要披麻散带到规定的期限再成服。

妾被扶为继室后而死，丈夫亲自为她主持祔祭，而练祭和大祥，都让她的儿子主持，但是殡和丧祭都不在正室。丈夫不抚摸仆妾的尸体哭泣。主妇死后，妾仍要为主妇的娘家人服丧，但妾被扶为继室后，就不为原先的主妇娘家人服丧。

听到兄弟的讣告而去奔丧，有大功丧服关系以上的亲属，在望见死者所住的地方就要开始哭泣。去给兄弟送葬而没有赶得上，即使在路上遇到主人已葬毕返回，自己也要到墓地去哭吊。凡是为兄弟主持丧事的人，即使亲属关系很疏远，也要为死者举行虞祭。

只要丧服在身，服期未完，遇有来吊丧的人，都要站在规定的位置上哭泣，拜宾，成踊。大夫哭吊大夫时，在爵弁上加环绖，大夫参加入殡仪式时，也在爵弁上加环绖。大夫有妻子之丧，但已到换成葛衣之后，遇到亲属关系较远的兄弟死丧，也可以在爵弁上加环绖去吊丧。

父亲为长子服丧时持丧棒，长子的儿子就不能拿着丧棒即孝子之位。为妻服丧，父母俱在时，不能拿丧棒，也不得行稽颡礼；仅有母亲在世，可以拿丧棒而不稽颡，只有拜谢来赠的人时才稽颡。离开诸侯，到大夫家做事的人，不再为诸侯服丧；离开大夫而成为诸侯之臣的人，不再为大夫服丧。

丧冠的沿边和缨是用同一条绳子做成的，以此来区别吉凶。服三年的丧服到小祥后用的练冠，也是用一条绳子作沿边又作缨，但帽顶的摺缝向右。只有小功以下才向左，缌麻丧冠用缫麻布作缨。大功以上的腰带，系结之外的部分散垂着。朝服所用布有一千二百根经线，抽去一半经线就是缌麻所用布；如果再加灰练治滑润，就是锡衰所用布。

诸侯相互赠送敛葬的衣物，可以用随行的副车和礼服。自己乘坐的车和天子赏赐的衣服，不能用来赠送死者。送葬用的遣车数量要看包奠的多少而定。遣车用粗布做篷顶，四面也用粗布遮掩起来，放在棺椁的四角。遣车上载有谷物，有子说："这不合礼制。丧时设奠的供品，仅仅用十肉片和肉酱罢了。"平常祭祀时自称"孝子"或"孝孙"，但在丧事中，要自称"哀子"或"哀孙"。

端衰和衰车，都没有等级差别。土白色的布帽和黑褐色的布帽，帽缨下都没有下垂的穗子。有帽沿的黑帽和白帽才有帽带穗子。大夫戴着冕去参加国君的祭祀，而在家祭祀就戴弁。士戴着弁去参加国君的祭祀，而在家里祭祀只戴平常戴的冠。士结婚那天戴着弁去接新娘，那么他戴着弁在家里祭祀也是可以的。

捣鬯的臼用柏木制成，杵用梧木制成。捞牲体的大匕用桑木制成，长三尺，有人说长五尺。捞牲体的木权也用桑木制成，长三尺，柄部与权尖要砍削。绁带，诸侯、大夫都用五种色彩装饰，士只用二种色彩装饰。随葬的醴要用稻米酿的。瓮、甒筲和搁置的木架，都放在棺饰与棺柩之间，然后把椁盖板放入坑中盖好。重木在虞祭之后埋掉。

凡是妇人的丧礼，都依照她丈夫的爵位而定等级高低。小敛、大敛、启殡时，主人都要遍拜来宾。早晚在灵堂哭泣时，不用布幕遮殡。棺柩已殡就不再用帷幕。国君如果在棺柩已经装载在柩车上的时候来吊丧，主人要先站在西侧的宾位向东拜谢，再到门内右边向北哭踊。送国君时，主人先出门等待，送走国君之后返回庭中设奠祭。子羔死，小敛时用的衣服有：丝绵衣裳和滚红边的黑衣合为一套，素端一套，皮弁一套，爵弁一套，玄冕一套。曾子说："不该用那滚红边的妇人衣服。"

替国君出使而死在公家的客馆里，就举行招魂仪式；如果死在私人的客馆里就不举行招魂仪式。所谓公家的客馆里，是指国君的客馆和国君指定的客馆。所谓私人的客馆，是指卿大夫以下的私宅。从始死到入殡，诸侯丧，哭踊七次，大夫丧，哭踊五次，士丧，哭踊三次。妇人哭踊在男子之后而在来宾之前。

诸侯死，小敛所用衣有衮衣一套，玄端一套，朝服一套，纁裳一条，爵弁二套，玄冕一套，褒衣一套，用朱绿带系结，再加上大带。小敛时主人头戴环绖，这是公、大夫、士都一样的。国君来察看大敛，升堂之后，商祝才铺敛席，开始行大敛。鲁国人用币送死者入墓，是用三块黑色的和两块绛色的布，每块只有一尺宽，二尺二寸长，这不符合礼的规定。

列国诸侯派来吊丧的使者站在大门外西侧，面向东；随行人员都依次排列在他东南方，面向北，以西方为上位，但所有人员都要在门西不能直当着门口。主人站在庭中东阶下，面向西。相者接受主人的吩咐，出门对来使说："嗣子某某派我某某来请问行何事。"使者说："敝国主君派我们来转达他的哀悼。"相者入门告知主人，又走出门对吊者说："嗣子某某已在里边恭候。"吊者入门。主人从东阶升堂，面向西立。吊者从西阶升堂，面向东立，向主人表达来意说："敝国主君听到您遭大丧，特派我某某来向您转达他的哀悼之意。"主人拜谢磕头至地。吊者下堂，出门，返回原位。

致含的人端着璧向相者转述国君的吩咐，说："敝国主君派我某某来致含礼。"相者进去告知主人后，又出来，说："嗣子某某已在恭候。"含者入门，走到堂上，面对着殡致词。主人拜谢磕头。含者跪下，将璧玉放在殡东南方的苇席上。如果棺柩已葬，苇席换成蒲席。然后下堂，出门，返回原位。丧家的宰官身穿朝服，换上绳屦，从西阶上堂，面向西，跪下拿起璧，再从西阶下堂向东走。

致襚的人向相者说："敝国主君派我某某来送襚。"相者入门告知主人，然后出门向襚者说："嗣子某某已在里边恭候。"襚者拿起冕服，左手持衣领，右手持衣腰，入门，从西阶走上堂向殡致词："敝国主君派我来送襚。"主人拜谢磕头至地。襚者把冕服放在殡东，然后下堂，走到门内屋檐正中处接过贾人递过来的爵弁服，走上堂致词。主人拜谢磕头至地和前次一样。襚者把爵弁服放在殡东，又到中庭接过皮弁，登堂致词委衣，再到西阶上接过朝服、登堂致词委衣，最后就在堂上接过玄端，致词委衣。每襚一衣，主人都拜谢磕头至地。襚者从西阶下堂，出门，返回原位。丧家的宰夫五人，身穿朝服，换上绳屦，从西阶上堂，取衣下堂向东走。下堂要从西阶，取衣时面也向西。

副使致赗，手里捧着圭向相者说："敝国主君派我来致赗。"相者入门告知主人，又返回门外传达主人的话，说："嗣子已在里面恭候。"于是副使命令自己的助手把四匹黄马和一辆大辂车陈设到庭院中间，车辕向北。副使捧圭登堂向主人致词，陈设车马的人牵着马站在大辂的西面。主人拜谢磕头至地。副使跪下把圭放在殡东南角。丧家的宰官上堂取圭，下堂向东走。通例：凡是致词时，客人都面向着殡致词，丧主拜谢磕头至地，然后客人走到殡东面向西跪下，放下礼物。丧家的宰官取璧和圭、宰夫取襚衣，都从西阶升堂，面向西跪下取物，再从西阶下堂。

致赗的副使出门，返回原来的位置。正使接着行临哭礼，先对相者说："敝国主君因要守护宗庙，不能亲来帮助料理丧事，所以派我这个老臣某某来协助牵引柩车。"相者入告主人，又出来对正使说："嗣子某某已在恭候了。"于是正使入门，站在门内东侧，随行人员都跟着进门，依次站在正使的左边，以东边为上位。丧家的宗人迎进这些客人后，升堂听受主人的命令，再下堂对客人说："嗣子不敢当你们厚意，请你们站到西侧宾位上。"
正使对答说："敝国主君命令我们不要把自己当做宾客，我们冒昧地辞谢主人盛情。"宗人
请示主人，又对正使说："嗣子冒昧地坚决不敢当你们的厚意，请你们站到宾位上。"正使
再答："敝国主君命令我们不要把自己当做宾客，我们冒昧地辞谢主人的盛情。"宗人又请
示主人，然后对正使说："嗣子还是冒昧地坚决不敢当你们的厚意，请你们站到宾位上。"
正使答："敝国主君命令我们这些出使的，不要把自己当做宾客，因此我们坚决推辞。坚
决推辞却得不到允许，我们岂敢不听从吩咐？"于是正使站到大门西侧，随行人员仍站在
他的左边，以东面为上。主人从东阶下堂，拜谢正使，然后主人从东阶，客人从西阶升堂
哀哭，并轮流顿足而哭各三次。客人出门时，主人送到门外，又拜谢磕头至地。一个国家
有国君的丧事，所有的臣子就都不敢接受别国宾客的吊丧。

同宗的妇女站在房中，面向南。近臣在堂上当东阶的地方铺好席条，商祝在席上依次
铺设大敛绞、单被、夹被、大敛衣。丧祝的属下士在盘北洗手，把尸体抬起来移到铺好的
大敛衣上。大敛完毕，诸侯的总管向世子报告，世子跪到尸旁抱尸哭泣，并站起来跺脚。
夫人在尸西，面向东跪下，抱尸哭泣，然后站起来跺脚。

士的丧事中，有三处是与天子的丧事相同的：一是出殡的夜里通宵设置火炬照明；二
是柩车用人拉而不用马；三是柩车独占一条道路而行。

杂记下第二十一

有父亲的丧服在身，如果丧期未满而母亲又死，那么在为父亲举行大祥祭的时候，应
改服除丧的服装。大祥祭结束后，再继续为母穿丧服。即使在为叔伯父母和兄弟服丧期
间，遇到父母之丧要服双重丧服，在为叔伯兄弟除丧时，都要改服除丧的服装。事毕之后
再穿上为父母所服丧服。如果同时遇到两个三年的丧服，那么在后一个丧事的虞祭卒哭之
后，前一个丧事的小祥和大祥，都要按上面的方法进行。祖父死后还没有举行练祭和大祥
祭，而孙子又死了，孙子的灵位还是附在祖父后面。

父母死，灵柩在殡，又听到居于别处的亲属的死讯，应当到别的房间中去哭泣。第二
天早晨先到殡宫设奠祭父母，奠祭完毕后出殡宫，换去原来的丧服到另外的房间去即位哭
泣新死的人，仪节就和刚遭丧即位时一样。

大夫、士将要参加公家的祭祀典礼，在检视祭器的洗涤之后，而遭父母之丧，那还是
要参加祭祀，但应该住在另外的地方，不和家人住一起。祭祀结束后。脱去祭服再出公
门，沿途哀哭回家。其余的仪节和奔丧礼一样。如果还没有举行检视祭器的仪式而遇到父
母之丧，就应派人向公家报告，等到报告的人回来之后，才能哀哭，如果遇到伯父、叔父

或兄弟、姑、姊妹死丧，只要是在宿宾斋戒之后，都要参加祭祀，祭祀结束后，走出公门再脱去祭服回家。其余的仪节也和奔丧礼一样。如果死者与自己同住在一处，祭前也要住到别的地方去。

曾子问道："卿大夫即将要做国君祭祀的尸，已经接受了邀请并斋戒了，突然遇到自己家族中有服齐衰的丧事，该怎么办呢？"孔子说："那就离开家，住到国君的客馆里去等待祭祀，这是合乎礼法的。"孔子又说："做尸的人冠戴而出家门，卿大夫碰见他，都要下车致敬，做尸的人必须倚靠着车轼作为答礼。做尸的人出门，前面必定要有开道的人。"

父母的丧事，到了即将举行小祥或大祥的时候，又遇到兄弟死丧，要等兄弟的灵柩入殡之后，再为父母举行小祥祭或大祥祭。如果后死的人与父母同住在一起，即使后死的人是臣妾，也要等把他埋葬之后才能为父母举行小祥祭或大祥祭。遇到上面的情况，举行祥祭时，主人上下台阶要用"历阶"步法，协助祭祀的人也用"历阶"步法，即使是举行虞祭和祔祭时也是如此。

从诸侯到士，举行小祥祭时，主人接过宾长回敬的酒，只用嘴唇沾一下。众宾和兄弟接过主人进献的酒，都只喝一小口。到大祥祭时，主人对宾长回敬的酒可以喝一小口。众宾和兄弟对主人的献酒，全喝完是可以的。在祥祭时，凡是司仪告知宾客祭荐时，宾客只祭荐而不食。

子贡问怎样为父母守丧。孔子说："诚心守丧是最重要的，有哀伤的表情则在其次，哀伤得枯槁憔悴是最不可取的。守丧时，脸色要和哀情相称，悲伤的仪容要和所服丧服相称。"子贡又问怎样为兄弟守丧。孔子说："为兄弟守丧的礼节，书本上都有记载了。有德行的人既不剥夺他人守丧的礼节，也不减省自己的守丧礼节。"孔子说："少连和大连二人都很懂守丧的礼节。父母刚死的三天内，各种礼节都不怠慢；三月之内，哭奠等事不松懈，周年之内经常哀哭，除丧之前还都有忧伤的表情。他们是东夷地方的人，也能如此懂礼。"

为父母守丧三年，和别人讲话时只谈自己的丧事而不论及其他，只回答别人的问话而不向别人提问。在倚庐与垩室之中，不和别人坐在一起。住在垩室中的人，如果不是因为依时节拜见母亲，就不进家门。服齐衰丧服的人都住在垩室中不住倚庐。倚庐是最哀敬严肃的地方。为妻守丧，可以比照为叔父母；为姑、姊妹守丧，可以比照为兄弟；为长殇、中殇、下殇守丧，可以比照为成人。为父母亲守丧，丧期已尽而哀情不尽；为兄弟服丧，哀情随丧期而尽。为国君的母亲或妻子服丧，可以比照为兄弟服丧。食后会影响脸部哀容的食物，不要吃喝。除去丧服之后，走在路上见到有与死去的亲人相像的人或听到与死去的亲人相同的名字，心中都会突然感到惊骇；到人家去吊丧或探视病人，仪容要哀戚，显得和一般人不同。只有做到这些，才能真正服三年的大丧。为其他人服丧，只是按丧礼规定的程序直行其事罢了。

　　大祥祭，主人除丧服的仪节是：前一天傍晚穿上朝服宣布大祥祭的日期。大祥祭时就穿着朝服。子游说："大祥祭以后，有宾客来吊时，主人虽然已不穿素缟麻衣了，也必须穿上素缟麻衣接受来宾吊丧，完事之后再穿原来的衣服。"小敛和大敛，主人袒露左臂踊脚哭泣，这时如果有大夫来吊丧，主人即使正在哭泣踊脚，也要停下来先出门拜大夫，拜完后返回原位重新哭泣踊脚后，再穿上衣服。如果是士来吊，那就等敛事完毕踊脚哭泣之后，穿上衣服再去拜谢他，拜后不再哭踊。

　　上大夫死后的虞祭用羊豕二牲，卒哭和祔祭都用牛、羊、豕三牲。下大夫死后的虞祭用一豕，卒哭和祔祭都用羊、豕二牲。在卜葬日和虞祭时用的祝词：子、孙自称"哀子或哀孙某某"，夫自称"乃夫某某"，兄弟自称"某某"。如果是为兄弟卜葬，就称死者为"伯子某某"。

　　古时候，无论地位高低，走路都可以用手杖。有一次叔孙武叔上朝，看见制作车轮的匠人用手杖穿在轴孔中转动车轮，从这以后就有了得到爵位后才能用手杖的规定。用中间有孔的布巾盖在尸面上再饭含是大夫用的礼，而公羊贾是士人，也这样做了，冒是什么东西呢，就是用来遮掩尸体形状的布袋。从尸体沐浴后穿了衣服到小敛之前，假使不用"冒"套起来，那可怕的形状仍然会露出来，所以尸体穿了衣服后就用"冒"套起来。

　　有人问曾子说："大遣奠之后又把陈设的牲体包裹起来送入墓中，这不像吃饱之后还把剩下的酒菜都带走吗？难道有德行的人吃过之后还要把剩下的都带走吗？"曾子说："你没有见过国君大宴宾客吧？大宴之后还把吃剩的牛羊猪肉包卷好送到宾馆去。父母将葬就像宾客一样，就用这种方法来表达哀情。你大概没有见过大宴吧？"

　　守丧时对于不是为了丧事而来的馈赠和赏赐怎么办呢，如果是为父母守丧的人，接受时用丧拜，不是为父母守丧的人用吉拜。为父母守丧时，如果有人馈送酒肉，接受时先要再三推辞，推辞不掉，主人便穿着丧服接受下来。如果是国君的赏赐，就不敢推辞，接受

秦错金银鸠杖首，西安市郊征集，西安市文物库房藏。

下来供祭父母。守丧的人不能给别人送东西，而别人可以送东西给他，所以即使是酒肉，也可以收下来。如果是叔伯兄弟以下的丧事，在卒哭之后，馈赠别人是可以的。

县子说："遇到三年的丧事，哀痛如刀斩；期年的丧事，哀痛如刀割。"有三年的丧服，即使到练祭后换成大功布做的丧服的时候，也不出外吊丧，这是从诸侯到士都一样的。如果遇到五服之内的亲属死，要去哭吊的时候，要换成自己应该服的丧服再去。期年的丧期，第十一个月举行练祭，第十三个月举行大祥祭，第十五个月举行禫祭。练祭之后，服一年丧服的人可以出外吊丧。入葬之后，服大功丧服的人可以出外吊丧，但哭泣后就退出来，不等待其他仪节进行。服一年丧服的人，在自己的亲人未葬之前，到同乡人家中吊丧，也是哭泣后就退出来，不等待其他仪节进行。身有功衰而出外吊丧的人，虽然可以等候丧事进行，但不去帮忙。服小功和缌麻丧服的人出外吊丧，虽然可以帮忙，但不参加行礼。

吊丧在丧家所停留的时间：如本无交往而慕名往吊的人，等到灵柩出了门就可退出。有过点头之交的人去吊丧，等到灵柩过了门外的倚庐或垩室再退出。曾经相互馈赠过物品的人，等到灵柩入墓坑后再退出。行过相见礼的人，葬后要随主人回家反哭后才退出。交情很深的朋友，要到虞祭之后才退出。吊丧，不只是跟随主人走走，而要帮着干事，所以四十岁以下的吊丧者都要帮着牵引柩车。到同乡人家去吊丧，五十岁的人在灵柩入坑后随着主人还家反哭，四十岁的人要留在墓地帮助填土筑墓。

守丧的人吃的饭食虽然粗恶，但必须能够充饥。如果饿得不能行礼，那就是失礼了。但因温饱而忘记悲哀，也是失礼。守丧时眼睛看不清，耳朵听不清，行走不稳，就不知道哀伤了，这是有道德的人所担心的，因此守丧时有病，就可以喝酒吃肉。守丧时，五十岁的人不要因哀伤而变得很憔悴，六十岁的人可以不显出憔悴，七十岁的人可以照常喝酒吃肉，这些都是因为担心死去。有丧服在身的人，别人邀请吃饭也不能去。如果是大功以下的丧服，到了死者入葬之后，可以走访亲友；人家请他吃饭，如果是自己的亲属，就接受，不是自己的亲属就不接受。为父母守丧的人到了练祭之后可以吃菜肴果物，喝水浆，但不能食用醯酱之类的食物。在有病吃不下饭的时候，可以用醯酱。孔子说："守丧的人身上有疮就要洗澡，头上有疮就要洗头，有病就喝酒吃肉。过分哀伤憔悴而病倒，有德行的人是不这样做的。如果憔悴而死，有德行的人就认为那是没有尽孝道。"

如果不是送葬和葬后返家的时候，服丧的人都不要戴着"免"走在道路上。凡是守丧的人，从小功以上，不遇到虞、袝、练、祥等祭祀，都不洗头洗澡。服齐衰丧服的人，在亲人入葬后，别人来求见时就出来接见，但不能去求见别人。服小功丧服的人可以求见别人。服大功丧服的人去求见别人时不能带见面礼。只有遇到父母的丧事时，可以带着眼泪接待别人。守三年丧的人，在大祥之后才服徭役。守一年丧的人，在卒哭之后才服徭役。守九月丧的人，在葬后才服徭役。守五月以下丧的人，灵柩入殡后才服徭役。

曾申问曾子说："哭父母有规定的哭法吗？"曾子说："就像婴儿在半路上找不到母亲时哭泣一样，哪有什么规定的哭法呢？"

从卒哭祭祀开始，就避免直称死者的名。父亲应避讳已死去的祖父母、兄弟、伯父、叔父、姑及姊妹的名。儿子与父亲所避讳的名相同。母亲为其亲避讳的人名，全家人在家中都不要直呼其名。妻室为其亲所避讳的名，只要不在她们

唐哭泣陶俑，山西长治市唐墓出土。

身旁直呼其名。如果母亲和妻室所避讳的人名中有和自己的从祖兄弟同名的，那在别的地方也要避讳直称。

即将行冠礼而遇到丧事，就穿着丧服加冠，即使是三年的丧服也是可以的。在丧次加冠后，就到灵堂里哭踊，每哭三踊，连哭三次，才出灵堂。服大功丧服的人在即将除丧服的时候，可以给儿子举行冠礼，可以嫁女儿。父亲在即将除小功丧服的时候，可以为儿子举行冠礼，可以嫁女儿，可以娶儿媳。自身虽有小功丧服，在卒哭之后，也可以行加冠礼和娶妻。只有为下殇服小功丧服的人，卒哭之后不能行冠礼和娶妻。

凡是吊丧的人都戴有麻绖的弁帽，穿的丧服袖口特大。父亲有丧服，在家中子女就不能奏乐。母亲有丧服，在她能听到的范围内不弹奏音乐。妻有丧服，就不能在她身旁弹奏音乐。有大功丧服的人即将来访，要把乐器收起来。有小功丧服的来访时，可以不停止奏乐。

姑、姊妹无子，而丈夫已死，她的丈夫又无兄弟，她们死后就要请他的族人主持丧事，而妻子的娘家人虽然是骨肉至亲也不主丧。如果夫家连族人也没有，就要请前后左右的邻居主丧。如果没有邻居，就请地方官主丧。也有人说，妻子的娘家人可以主丧，但神主仍要附在丈夫的祖母后面。

穿麻衣丧服的人不用大带，执玉行礼的人不穿麻衣丧服，麻衣丧服不能套在吉服上面。国家有大祭祀禁止哭泣，遭丧的人家要停止哭泣，早晚设奠时，只是站在原来的位置上。儿童在丧期中，哭声不必拉长，也不跺脚，不拿丧棒，不穿绳屦，不住倚庐。孔子说："为伯母叔母服齐衰丧服，哭踊时足尖不离地。但为姑、姊妹服大功丧服，哭踊时脚要离地跺足。如果能够知道这些区别的人，就能依礼文行礼了！就能依礼文行礼了！"世

柳的母亲死时，协助行礼的人站在左边。世柳死时，他的门徒却都站在右边协助行礼。站在右边协助行礼，是世柳的门徒做出来的。

天子死后，饭含用九个贝壳，诸侯用七个，大夫用五个，士用三个。士死后第三个月入葬，当月举行卒哭祭祀。大夫死后第三个月入葬，第五个月举行卒哭祭祀。诸侯死后第五个月入葬，第七个月举行卒哭祭祀。士葬后有三次虞祭，大夫有五次，诸侯有七次。诸侯派使者吊、含、禭、赗、临，这些事都在同一天内做完，它们的次序就是如此。卿大夫有疾，国君探望无次数，士有病，国君只探望一次。国君对于卿大夫的丧事，到入葬的那天不吃肉，到卒哭的那天不奏音乐。对于士的丧事，只到殡的那天不奏音乐。

灵柩出殡后朝祖庙，从西阶升堂，放在两楹正中。诸侯出葬，牵引柩车用五百人，分别拉四根大绳，拉柩车的人嘴里都衔着枚。司马手里拿着铃铎指挥，柩车左边八人，右边八人。匠人手里举着羽葆，指挥牵引柩车的人。大夫死丧，在升柩正柩时，有三百人帮拉柩车。执铎的人左右各四个，指挥牵引柩车的人手中拿的棍子上绑有白茅。

孔子说："管仲用雕花的簋、朱红的帽带，竖屏风，设反爵的坫，欂栌上雕刻，短柱上绘花，他虽然是个有才能的大夫，但做他的国君却很难。晏平仲祭祀祖先，所用的小猪蹄膀不够装满豆，他虽然也是个能干的大夫，但做他的下级却很难。有德行的人既要不僭上，又要不逼下。

妇人如果不是遇到父母之丧，就不越境到别国去吊丧。如果遇到父母的丧事，国君夫人也可回娘家。国君夫人回去的礼节，与诸侯出吊的礼节一样。娘家人接待也像接待诸侯一样。夫人从侧门进去，从边阶升堂。主君站在东阶上而不下堂迎接。其他仪节都和奔丧礼一样。嫂子不抚着小叔子的尸体哀哭，小叔子也不抚着嫂子的尸体哀哭。

有德行的人有三种忧虑：第一是对自己没有听说过的知识，忧虑不能听到；第二是对自己已听说过的知识，忧虑不能学会；第三是对自己已学会的知识，忧虑不能用起来。有德行的人又有五种羞耻：第一是身居官职但拿不出自己的主见，会感到羞耻；第二是虽有主见却不实施，会感到羞耻；第三是已经得到的东西又失掉了，会感到羞耻；第四是所管辖的土地很多而人民逃散，地有余而民不足，会感到羞耻；第五是役用人数彼此相等，而他人的功绩倍多于自己，会感到羞耻。

孔子说："收成不好的年份，只能骑最不好的马，祭祀用的牲牢也比平常降低一级规格。"恤由死的时候，鲁哀公派孺悲到孔子那儿去学士丧礼，《士丧礼》从此以后才记载下来，子贡观看年终的蜡祭后，孔子问他说："你觉得他们快乐吗？"子贡说："全国的人都像发了狂似的，我不能理解他们的快乐。"孔子说："他们一年到头辛苦，只有这一天受国君的恩泽才能这样，你是不能理解他们的快乐的。一直紧张而没有松弛，即使文王、武王也吃不消；一直松弛而没有紧张，文王、武王也不愿意这样干；有紧张又有松弛，是文王、武王治理天下的办法。"

　　孟献子曾说："周时正月冬至。可以郊祀上帝。七月夏至，可以祭祀宗庙。"七月里举行禘祭，是孟献子这样做的。国君的夫人没有受过天子的赐命，是从鲁昭公开始的。外姓嫁来的命妇为国君、夫人服丧，要与本姓的妇女一样。

　　孔子的马棚遭火灾，乡里有人来慰问，孔子拜谢他们时，向士行一拜，向大夫行两拜，也是用吊丧的礼节。孔子说："从前管仲遇到一群小偷，就从他们中间选择了两个人，推荐给齐桓公做臣子，并说：'这两人是因为与邪僻的人交游才做小偷的，但却是可以被造就的人。'到管仲死的时候，齐桓公让这两人为管仲服丧。给大夫当差的人为大夫服丧，是从管仲开始的，因为有国君的命令才这样做的。"

　　由于一时疏忽而说出应该避讳的国君名字，要站起身来表示歉意。自己的名与应避讳的君名相同时，自称就改称自己的字。卿大夫对于国内的暴乱若不能制止，就不应参与其事；对于外部侵略不能躲避。瓒：大行人又把它叫做圭，公所执的圭长九寸，侯伯所执的七寸，子男所执的五寸，但都是宽度三寸，厚半寸，上端每边各削去半寸，这些圭都是以玉制成的。垫圭的布上装饰的彩带有红白青三种颜色，根据彩带的多少分为六等。鲁哀公问子羔："你的祖先开始做官时拿多少俸禄？"子羔回答说："从卫文公时开始做低级办事员。"

　　诸侯有新庙建成都要举行衅庙的仪式。衅庙的礼节是：祝宗人、宰夫、雍人等，都头戴爵弁，身穿玄衣纁裳。雍人先把羊洗刷干净，送交宗人检视，宰夫面向北站在拴牲畜的石柱南面，其余人员依次站在他西面。雍人扛起羊从前檐正中登上屋顶，站在屋脊正中，面向南，然后杀羊，让羊血从屋脊向前檐流，血流完后，雍人再下来。衅门和夹室都是用鸡血，叫衈。先衅门而后衅夹室。都是在屋下行衅礼。衅门时对着门杀鸡，衅夹室时在夹室中央杀鸡。衅夹室时，宰夫、宗人、祝要面向夹室而立，衅门时则面向门。衅礼完毕，宗人向宰夫报告事情已经完毕，于是全体退出，去向国君回报说："某庙的衅礼已经完毕。"向国君回报在国君住的地方进行，国君穿着朝服，面向南站在寝门内。回报完毕才退出。国君的正寝建成之后就摆设盛宴庆祝而不用衅礼。衅庙，是和鬼神交接的礼节。凡是祭祀宗庙的器具，只要是比较重要的，作成之后都要用小公猪来衅。

　　诸侯休弃夫人，在把她送回娘家的路上，仍用夫人的礼仪，进入娘家所在国时也用夫人的礼仪。负责遣送的使者在向主国国君致词时说："敝国主君不聪明，没有能力使她跟随着祭祀社稷和宗庙。派遣使者某某，冒昧地向您的左右报告这件事。"主国国君派人对答说："敝国主君本来在纳采时就拒绝过这桩婚事，因为她没有受过多少教育，敝国主君岂敢不恭敬地等待着你们主君的吩咐。"于是跟随来的人就按规定把以前的陪嫁陈设出来，主国的接待人员也依礼接受。

　　士大夫休弃妻子，丈夫派人把她送到娘家，对娘家人说："某某不聪明，没能力使她跟随着祭祀祖宗，派我来冒昧地告诉你家的侍从。"主人对答说："我的女儿不贤惠，我不

清光绪皇帝大婚
图中的嫁妆队伍
（局部），清人绘。

敢逃避责任，岂敢不恭敬地等待吩咐。"使者离开时，主人仍以礼拜谢送别。使者传话时，如果被遣回的妇人有公公，就用公公的名义说："某之子不敏"；没有公公就用伯兄的名义说："某之弟不敏"；没有伯兄就只好用丈夫的名义说："某不敏"。娘家人的对话是："某之子不肖"。如果是姑、姊妹被遣回，就说："某之姑不肖"、"某之姊不肖"或"某之妹不肖"。

孔子说："我在少施氏家做客能吃得很饱，因为少施氏能依礼招待我。我祭食时，他便起身辞谢说：'粗疏的食物用不着祭食。'我开始吃饭时，他又起身辞谢说：'这样粗疏的食物，真不敢拿出来损您的胃口。'"

定婚的聘礼用一束帛，一束就是五两，每两长四丈。新媳妇拜见公婆的时候，丈夫的兄弟和姑姊妹都站在堂下，面向西，以北首为上位，这样就算和他们行过见面礼了。拜见丈夫的伯父叔父，要分别到他们的住处去。女子即使还没有许嫁，到二十岁时就一定得加笄，为她行笄礼，由一般的妇人主持。虽已加笄，但平常在家仍梳成双角髻，表示还没有许嫁。

韠的形制：长三尺，下边宽二尺，上边宽一尺。上边系腰的"会"距上端五寸，两旁的滚边"纰"用爵韦，宽六寸，空出下端五寸不用纰。下滚边的"纯"用白绢，嵌在四周滚边缝中的"紃"用五色彩带。

丧大记第二十二

　　病危之后，寝室内外都要打扫干净。诸侯、大夫要把乐器撤去，士把琴瑟收藏起来。病人睡在正寝的北墙下，头朝东，不用床，只用席条铺在地上。为病人脱去身上的衣服，换上新做的衣服，四肢都有一人抓住摇动，以防痉挛。主人主妇也都换成深衣。在病人的口鼻前放些丝锦，用来观察等待他断气。男子不死在妇女的手里，妇女也不死在男子的手里。诸侯的夫人应死在丈夫的正寝里，大夫的正妻应死在丈夫的正寝里。卿大夫如果没有在太庙中受过爵命，他们的妻子只能死在她自己的寝室里，死后把尸体移到丈夫的正寝里。士的妻，不管有无爵命，都应死在丈夫的正寝里。

　　诸侯死，举行招魂仪式时，封邑内有山林，就由虞人安放登屋的梯子，如果没有山林，就由狄人安放梯子。由平日服侍的近臣招魂，招魂的人身穿朝服。用以招魂的衣服：公爵的诸侯用衮衣，诸侯的夫人用屈狄礼服，大夫用玄衣赤裳，大夫的妻用展衣礼服，士用爵弁服，士妻用褖衣。招魂的人从东南屋檐角上屋，走到屋脊中央，而朝北长喊三声，将招魂的衣服卷起来向前檐扔下，司服在檐下接住。招魂的人从西北屋檐角下来。

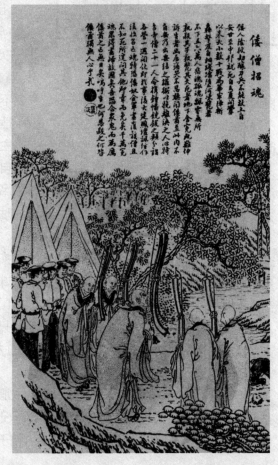

　　到国外聘问时死亡的人，如果死在别国的公家馆舍里，就举行招魂仪式；如果死在卿大夫的家庙里，就不招魂；如果死在野外路途中，招魂的人就站在死者所乘车的轴头招魂。招魂用的衣服，不再穿到死尸身上，也不用来做敛衣。为妇女招魂用的衣服，不能用她出嫁时穿的绛色滚边的上衣。招魂时，死者是男，就喊他的名；死者是女，就喊她的字。只有哭泣可以在招魂之前开始，招魂之后才能办丧事。

　　死者刚断气的时候，他的儿子们都像婴儿一样呜咽啼哭，兄弟们嚎啕大哭，妇女则边哭边跳脚。等到死尸移到南墙窗下放正之后就需排定哭位：诸侯的丧事，世

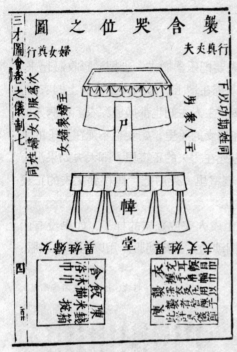

襄含哭位之图，选自《三才图会》。

子跪在尸体之东，卿大夫、父辈及同辈的亲属以及男性子孙都站在尸东、世子的后面。帮助办理丧事的官和众士站在堂下，面朝北哭泣。诸侯的夫人跪在尸体之西、世妇、姑姑、姊妹、女性子孙都站在尸西、夫人的后面，卿大夫的妻领着同宗的妇女站在堂上，面朝北哭泣。

大夫之丧，其哭位是：嫡长子跪在尸东，嫡长妇跪在尸西；来哭泣的士及士妻，有爵命的就跪着哭，没有爵命的就站着哭。士死丧，其哭位是：嫡长子、父辈及同辈的亲属、男性子孙都跪在尸东，嫡长妇、姑、姊妹、女性子孙都跪在尸西。凡是在寝室里哭泣时，嫡长子都要用两只手托着覆盖死尸的被子。

诸侯的丧事，在没有小殓之前，遇有失地而寄居本国的诸侯和在本国做客的诸侯来吊丧，丧主要出房迎接。大夫的丧事，在没有小殓以前遇有国君派来吊丧和送礼的使者，丧主要出房迎接。士的丧事中，当大夫来吊丧时，只要不是正在小殓，丧主就要出房迎接。丧主出房时，赤脚不穿鞋，衣襟下摆扱在腰里，双手捶胸，从西阶下堂。诸侯之丧，丧主在庭中向寄公、国宾所站的方位而拜。大夫之丧，丧主在寝门外迎接国君派来的使者，使者到堂上转达国君的旨意时，在堂下拜谢。士对于亲自来吊问的大夫，只在西阶下面对着大夫哭泣，不到大门外迎接。国君的夫人出房迎接来吊问的寄公夫人。大夫的命妇出房迎接国君夫人派来的吊问使者。士的妻除了正在小殓的时候，都要出房迎接来吊的命妇。

将要小殓时，主人就位，在室门之内偏东，面向西；主妇在门内偏西，面向东，于是进行小殓。小殓结束，主人抚尸哭泣跺脚，主妇也是这样。然后主人袒露左臂，脱去髻，用麻括发；主妇到房东房内改髻为鬠，并系上麻腰带。撤去幕帷，主人主妇帮着把尸体抬到堂上放好，然后下堂拜宾客。国君拜寄居本国的诸侯和来做客的诸侯。大夫和士，到来吊问的卿和大夫的面前一个一个拜谢；拜士，只朝他们站的方位笼统地拜三拜。国君的夫人在堂上一个一个向寄公的夫人拜谢；大夫的夫人和士妻，在堂上向命妇一个一个拜谢，对士妻也是笼统地拜三拜。

主人站在东阶下的位置上，穿好左臂的衣服，然后系上腰带和首经，哭泣跺脚。如果是母亲的丧事，主人站在位置上，将"括发"改成"免"，其他事情与父丧一样。于是设小殓奠。从这时开始，来吊丧的人要襄袭，帽子的冠圈上加环经，哭泣时跟在主人主妇后面踩脚。国君的丧事，虞人供应木柴和角制水杓，狄人提供漏壶，雍人提供烧水的鼎，司马负责悬挂漏壶，并安排属下轮流号哭。大夫的丧事，有属下轮流号哭，但不用漏壶计时。士的丧事，有轮流哭泣的人，但不是他的属下。国君的丧事，堂上有两根火炬，堂下也有两根火炬。大夫的丧事，堂上一根，堂下两根。士的丧事，堂上一根，堂下一根。

宾客出门，撤去堂上帷幕。在堂上对着死尸哭泣，主人在东方，来吊丧的宾客在西方，妇人都在北方面朝南。妇人迎送客人不下堂，即使有事下堂就不哭泣；男子出寝门见到人也不哭泣。拜谢吊丧宾客，如果没有主妇，男主人就站在寝门内向女宾代拜；如果没有男主人，女主人就在东阶下向男宾代拜。如果做丧主的儿子很幼小，就用丧衰裹住抱着，让别人代拜。如果做丧主的后代不在家，遇到有爵命的人来吊丧，就向他说明而不拜，如果吊丧者没有爵命，就由别人代拜。丧主不在家而在国内的，要等他回来主持丧事；如果在国外，由别人代替主持丧事，棺柩入殡、出葬之事也不必等他回来。总之，丧事可以没有子孙主持，但不可以没有主丧的人。

诸侯的丧事，死后第三天，孝子和诸侯的夫人开始用丧棒。第五天，棺柩入殡以后，发给大夫及世妇丧棒。庶子和大夫，在殡宫门外可以用丧棒拄地，到殡宫门内就只能提在手中不拄地；诸侯的夫人和大夫的世妇，在守丧的地方可以以丧棒拄地，走上哭位时就让别人代拿着；嫡长子在接待天子派来吊襚的使者时要将丧棒丢开，接待其他诸侯的使者时就将丧棒提着，听取卜筮和用尸的祭祀时就把哭丧棒丢开。大夫在嗣君居丧的地方应将哭丧棒提着，在夫人居丧的地方可以拄地行走。大夫的丧事，死后第三天早晨，在棺柩入殡以后，主人、主妇和年老的家臣都开始用丧棒。继位的大夫在接待国君派来的使者时丢开丧棒，接待来吊丧的大夫时就提着不拄地。卿大夫的妻子在接待国君夫人派来的使者时丢开丧棒，接待来吊丧的世妇时，让别人代拿着。士的丧事，死了两天就入殡，第三天早晨，主人用丧棒，妇人也用丧棒。他们在接待国君及夫人派来的使者时，和大夫一样，将哭丧棒丢开；接待大夫及世妇派来的使者时，也和大夫一样。庶子也都用丧棒，但不带着它走上哭位。大夫和士在殡宫哭泣时可以杖拄地，启殡后对着棺柩哭泣时就提着不拄地。到除丧时就把丧棒折断，丢弃在隐蔽的地方。

诸侯的尸床下有大盘，盛冰于其中。大夫的尸床下有夷盘，盛冰于其中。士的尸床下用两只瓦盘相并，里边装水而不用冰。尸床上只用竹编的垫子不铺席，有枕头。饭含的时候用一张床，为尸体穿衣时换一张床，尸体抬到堂上再换一张床。这些事，在诸侯、大夫和士的丧礼中都一样。

死者断气之后，就把死尸搬到室中南窗下的尸床上，用大敛时的裹尸被盖住，脱掉断气时的衣服。近臣用角柶撑开尸口的上下牙，用燕几的腿卡住双足。这些也是诸侯、大夫、士都一样。

管人从井中汲水，不解开井瓶的绳子，而是屈绕在手中，捧着井瓶上台阶，走到最高一级但不跨入堂内，把水交给御者。御者捧起水进屋为死尸洗澡。四个近臣各拉一个被角把盖尸被抬高，两个御者给死尸洗身子。尸床下用盆承水，用杓子将水浇在尸身上。擦洗用细葛巾，揩干身子用浴衣，就像生前洗澡一样。近臣给尸剪足趾甲。洗过的水倒在两阶之间的小坑里。如果是母亲死，那么举被子和擦洗等事都由女奴婢进行。

管人从井中汲水交给御者，御者在堂上用水淘米取泔水，诸侯用粱米的泔水，大夫用稷米的泔水，士也用粱米的泔水。甸人在庭中西墙下垒一个土灶，陶人供应烧煮的鬲。管人接过御者准备好的洗头水，放到土灶上烧煮；甸人用从寝室西北角隐蔽处拆来的柴草烧火。煮好之后，管人将洗头水递给御者，御者为死尸洗头。用瓦盘承洗头水，揩干头发用布巾，就像生前洗头一样。近臣为死尸修剪指甲和胡须。用过的洗头水也倒入两阶之间的小坑内。

诸侯的丧事，世子、大夫、庶子和众士在开头三天都不吃东西。三天以后，世子、大夫和庶子只吃稀饭，每天所食的谷物数量，早上一溢米，晚上一溢米，但不规定顿数。众士吃糙米饭喝水，不规定顿数。诸侯的夫人、大夫的世妇、众士之妻也都是吃糙米饭喝水，也不规定顿数。大夫的丧事，丧主、老家臣及子孙辈都吃稀饭，众士吃糙米饭喝水，妻妾也是吃糙米饭喝水。士的丧事也是如此。

死者出葬之后，丧主开始吃糙米饭喝水，不吃蔬菜和果品。为诸侯、大夫、士守丧的人都一样。守丧满一年小祥祭之后开始吃蔬菜和果品，守丧满两年大祥之后才开始吃肉。吃盛在碗里的粥不需洗手，从饭篮里用手抓饭吃就要洗手。吃蔬菜可以用醋、酱腌渍。开始吃肉的人，只能先吃干肉；开始饮酒的人，先喝甜酒。

服一整年齐衰丧服的人，只在开始时停食三顿；其后开始吃东西，吃糙米饭喝水，不能吃蔬菜和果品；到三个月葬后，可以吃肉饮酒。一年的丧服，在服丧期间自始至终不能吃肉、不能饮酒的人，是指那些父亲在世时为母亲，以及为妻子服丧的人。服九个月大功丧服的人，饮食规定与服齐衰一年的人相同。在葬后吃肉饮酒时，不能与别人在一起作乐。五个月的小功丧服、三个月的缌麻丧服，停食一顿或停食两顿都可以。从守丧开始到死者出葬期间，可以吃肉饮酒，但不能边吃边与人作乐。为叔母、伯母、以前的国君、宗子等人守丧时可以吃肉喝酒。规定只能吃粥的守丧期，如果吃不下粥，可用菜羹佐餐；如果生病，可以吃肉饮酒。五十岁以上的人服丧，不必事事都按规定，七十岁以上的人遇丧事，只要披麻戴孝就行了，饮食没有限制。死者出葬之后，如果国君赐给食物，就接受下来吃。如果是大夫或父亲的生前好友送来食物，也可以收下来吃。送来的食物中即使有精美的粱米或肉，也不必避忌，但如有烧酒、甜酒，应当辞谢不收。

小敛在寝室门内进行，大敛在当东阶的堂上进行。小殓、大殓用的席条，诸侯用细簟席，大夫用蒲席，士用芦席。小殓用的布绞，纵一幅，横三幅。诸侯用丝质的锦被，大夫用白色绸被，士用黑色布被，都是一条，小殓用十九套衣服。诸侯的小殓衣陈列在东堂，大夫、士的小敛衣陈列在房中，都是衣领在西，从北面向南排列。小殓绞和单被不在十九套之中。大殓用布绞，布绞纵三条，横五条；并用一条单被，两条夹被。这些是诸侯、大夫、士都一样的。诸侯的大敛衣陈列于庭中，用一百套，衣领在北，从西向东排列。大夫的大敛衣陈列在东堂，用五十套，衣领在西，从南向北排列。士的大敛衣陈列在东堂，

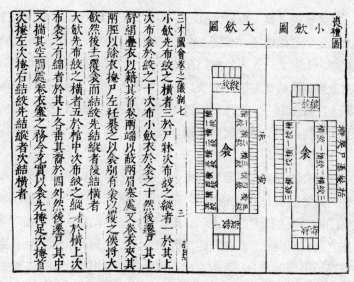

大敛、小敛之图，选自《三才图会》。

用三十套，衣领在西，从南向北排列。大敛用的绞和单被的质料与朝服一样。大殓绞用的布条是一幅布分为三条，每条的两端不再裁开。单被用五幅布拼缝，没有缝在被头的丝带。为死者裹小敛衣时，祭服不能倒放。

诸侯小殓时不用宾客送的衣被。大夫和士要把自家的祭服用完。亲属赠给死者的衣服，收下来不必陈列。小敛时，诸侯、大夫、士都是用铺有丝絮的棉衣棉被。大敛时，诸侯、大夫、士所用祭服没有规定，尽其所有；诸侯用夹衣夹被，大夫、士与小敛一样。作为敛衣的袍子必须配上罩衣，不能单独一件袍子；上衣必须配有下裳，这样才叫做一称。陈列敛衣都要装在箱子里，从陈列处取衣也是连箱子拿走，拿衣服的人从西阶上下堂。陈列的衣服不能折叠，平摆在箱子上，衣服不是正统的色彩不陈列，细绨布、粗葛布以及苎麻布做的衣服也不陈列。

凡是为死者小敛、大敛的人都袒露左臂，敛后穿好衣服再搬动死尸。诸侯的丧事，大祝亲自装敛，众祝在旁边做助手。大夫的丧事，大祝到场监察敛事，众祝动手装殓。士的丧事，祝到场监察敛事，他的属下动手装殓。小敛、大敛，祭服不倒放，所有的殓衣都是右襟在左襟之上。系绞都是死结不用活结。装敛死者的人在装敛完毕之后必须哭泣。丧祝属下的士参与丧事的就帮助装敛，帮助装敛就要为此停食一顿。参加装敛的一共六个人。

诸侯用的冒，上半截是织锦的，下半截画有斧头图案，旁边有七对结带。大夫用的冒，上半截为玄色，下半截画有斧头图案，旁边有五对结带。士用的冒，上半截黑色，下半截浅红色，旁边有三对结带。凡是韬尸的冒，上截的质长度与手齐，下截的杀长三尺。死尸从小敛以后用夷衾覆盖，夷衾的布料及颜色、图案、长度和冒一样。

诸侯的丧事，将要大敛时，世子戴皮弁加环经，走到东序南端的位置上，面向西；卿大夫走到堂南边侧，东楹之西的位置，面向北，从东向西排列；父辈和同辈的亲属在堂下庭中，面向北；夫人、命妇在死尸西，面向东；同宗的妇女站在西房中，面向南。近臣在堂上当东阶的地方铺好席条。商祝先铺大敛绞，再依次铺设单被、夹被、大敛衣。丧祝的属士在盘上洗手，把死尸抬到铺设的衣服上。大敛完毕，诸侯的总管向世子报告，世子跪到尸旁抱尸哭泣并站起来跺脚，夫人在尸西，面向东，也是如此。凭尸完毕，才将尸体放入棺内。

　　大夫的丧事，将要举行大敛，已经铺好绞、单被、夹被和敛衣时，国君来了，主人就到大门外迎接。主人先进门，站在西边等国君进门，跟随国君来的巫就停在门外。国君先祭门神，祝在国君之前进门，走上堂，国君站到中堂东墙南端；卿大夫站到堂南边侧，东楹之西，面向北，从东向西排列；主人站在房外，面向南；主妇站在尸西，面向东。然后把死尸抬到敛衣上，大敛完毕，诸侯向国君报告，主人下堂，面朝北站在堂下。国君抚摸一下死尸，主人跪下行拜稽颡礼。国君下堂后，命令主人升堂凭尸，又命令主妇凭尸。士的丧事，将要举行大敛时，国君不亲临视敛，其他礼节都和大夫一样。

　　主人、主妇在大敛时，铺绞和单被，要跺脚；铺夹被，要跺脚；铺大敛衣，要跺脚；抬尸体，要跺脚；给尸体敛衣，要跺脚；包裹夹被，要跺脚；捆扎绞和单被，要跺脚。诸侯抚摸大夫的尸衣，抚摸世妇的尸衣。大夫抚摸老家臣的尸衣，抚摸媵妾姪娣的尸衣。诸侯和大夫对父、母、嫡妻、长子要抱尸哭泣，但不抱住庶子的尸体哭泣。士对父、母、妻、长子、庶子，都抱住尸体哭泣。庶子有儿子，他的父母就不抱尸哭泣。凡是抱住尸体哭泣，父母先哭，然后轮到妻和子。凡凭尸的方式：国君对臣下是抚摸尸衣；父母对儿子是紧抓着尸衣；儿子对父母是抱住尸衣；媳妇对公婆是双手捧住尸衣；公婆对媳妇是抚摸尸衣；妻对丈夫是牵拉尸衣；丈夫对妻、对兄弟是紧抓住尸衣。凡凭尸，亲属不能抓住国君抚摸过的地方。凡凭尸，站起来的时候都要跺脚。

　　为父母守丧的人，住在靠墙倚搭的茅棚里，不用泥土涂抹，睡在稻草编的席条上，用土块做枕头，不说与丧事无关的话。诸侯住的倚庐外用布帷遮隔，如宫墙。大夫、士居住的倚庐外没有遮隔，敞露着。死者出葬以后，把倚庐着地的一边用短柱和横木撑高，并涂上泥土，但有门的一边不涂。这时候，诸侯、大夫、士住的倚庐都可以用布帷围起来。凡不是嫡长子，守丧的地方，从死者没下葬之前，就在隐蔽的地方搭设茅棚。死者下葬以后，守丧者有事可与别人站在一起。诸侯只能谈及天子的事情，而不谈自己国家的事情；大夫和士只说国事，不谈家事。

　　诸侯死而下葬以后，天子的政令可下达到这个侯国，卒哭之后，就要听从天子征召。大夫、士死而下葬之后，国君的政令可下达到封地；卒哭之后，守丧者虽然还有丧冠和葛经、葛带在身，但对征战的召令是不能逃避的。为父母守丧，练祭以后住到用土坯垒砌而不粉饰的小屋里，不与别的人一起居住。国君可以谋划国事，大夫、士可以谋划家事。大祥祭之后，可将殡宫的地面整治成黑色，将墙壁刷白。大祥祭以后，殡宫门外就无哭泣的人；禫祭以后，殡宫之内就无哭泣的人，因为演奏音乐也可以了。禫祭以后可以让妻妾服侍；禫祭之月如逢到四时的吉祭，就回到自己的寝室里居住。

服丧一年而住倚庐，并且在守丧期间自始至终不让妇女侍寝的规定，只限于父亲健在时为母亲以及丈夫为妻子服齐衰一年的人。服用大功布做成的丧服，服期为九个月的人，都是开始三个月内不让妇人侍寝。妇人守丧不住倚庐，不睡草编的席条。妇人遇到自己父母的丧事，就在娘家举行了小祥祭后回夫家；如果娘家是一年或九个月的丧服，那就在出葬之后回夫家。为国君守丧，异姓之大夫等到小祥祭之后回家，士等到卒哭之后回家。大夫、士如果是庶子，在嫡长子家为父母守丧，等到小祥祭后可以回家，但逢到每月初一，或是父母的忌日，都要到嫡长子的家里去哭泣。为伯父、叔父、哥哥守丧，到卒哭之后就可回家。父亲不在庶子家里搭棚守丧，哥哥不在弟弟家里搭棚守丧。

国君在大夫、世妇举行大敛时到场；如果另加恩宠，就连小敛时也到场。对大夫的命妇，在棺材加盖后，国君才到场。对士，通常是入殡之后国君才去；如果另加恩宠，就在大敛时到场。国君的夫人在世妇大敛时到场，如果另加恩宠，就连小敛时也到场。对其他妻妾，只有在另加恩宠时才参加她们的大敛。对大夫和大夫的命妇，在入殡之后才去。

大夫、士死而入殡之后，国君要去吊丧，就先让人去通知丧家。丧主备办大奠之礼，在大门外等候。看到国君所乘车的马头时，主人就先进门，站在西边。随来的巫停在门外，祝代替巫在前面领路。国君进门祭祀门神。祝先从东阶上堂，背靠着北墙面朝南站立。国君走到东阶上方的位置，两个近臣手里拿着戈站在国君前面，另外两个站在后面。摈者将主人领到堂下，向国君行拜稽颡礼。国君说些慰问的话，并根据祝的示意踊脚，主人也哭泣踊脚。这时，如果丧家是大夫，就可以供奠死者。如果是士，丧主就到门外去等着拜送国君，国君命他返回设奠他才返回设奠。供奠完毕，丧主先到门外等候。国君离开时，主人送到门外，行拜稽颡礼。

大夫死前生病期间，国君去探望三次；死及入殡后，再去三次。士生病期间，国君去探望一次，死及入殡后，再去一次。入殡后，国君去吊丧，死者亲属都要恢复入殡时的丧服。国君夫人去给大夫、士吊丧，主人要出大门迎接，看见夫人所乘车的马头后，就进门站在西边。夫人进门，从东阶上堂站在东阶上方的位置上。主妇从西阶下堂，到东阶下行拜稽颡礼。夫人根据女祝的示意踊脚。丧家设奠供死者与国君来吊丧的礼节一样。夫人离开时，主妇送到门口，不出门，行拜稽颡礼；主人送到大门外边，但不拜。

大夫的家臣死后，大夫去吊丧，丧主不到大门外迎接。大夫进门走到堂下东阶前的位置，面朝西。丧主站在他南边，面朝北，其他儿子站在丧主的北面，面朝南，妇女都在房中就位。大夫吊丧时，如果有国君的使者、命夫命妇的使者，或是四邻宾客来吊丧，大夫

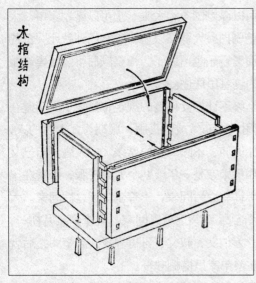

木棺结构

汉代木棺，长沙马王堆1号墓出土。

就叫丧主站在身后，自己代为拜谢。国君吊丧，见到死尸或棺柩才跺脚。大夫、士在国君来吊丧前没有得到通知，因此没有备办丰盛的大奠之礼，到国君离开以后，一定要备办奠礼。

诸侯最外层的大棺厚八寸，第二层的属厚六寸，第三层的椑厚四寸。上大夫最外层的大棺厚八寸，里边的属厚六寸。下大夫最外层的大棺厚六寸，里边的属厚四寸。士只有一层棺，厚六寸。诸侯最里层的棺的内壁用大红色的缯作衬里，杂用金钉、银钉、铜钉钉在棺内壁。大夫里边一层棺的内壁用玄色的缯作衬里，用牛骨钉钉住。士的棺内壁没有衬里。诸侯的棺盖与棺壁之间用漆填缝，两侧各有三个小腰榫头连接，再用三道革带捆紧。大夫的棺盖和棺壁之间用漆填缝，两侧各有两个小腰榫头连接，再用两道革带捆紧。诸侯和大夫的乱头发及指甲放在棺内衬里中。士的乱头发和指甲埋在两阶间的小坑中。

诸侯的殡是将棺柩放在辂车上，四面用木料垒起来，上面堆成屋顶形状，整个屋都用泥涂抹。大夫的殡，将棺柩放在西墙下，用棺衣罩在棺上，三面用木料垒起来，上部斜倚于西墙，涂抹时，自棺以下不涂。士的殡，将棺浅埋在地下，但地面上看得见小腰榫头，棺上铺木，用泥涂抹。殡都用布帷围起来。炒熟的谷物，诸侯用四种，分装八筐；大夫用三种，分装六筐；士用二种，分装四筐。每只筐上都放上干鱼、干肉。

出葬时装饰棺柩：诸侯用画有龙的帷帐，三面有折边的竹帘，折边下悬挂绞缯。棺柩上方是边缘有斧文的荒幕，荒幕中央画有三列火文、三列"亞"字文。白锦做的棺罩，棺罩的外面是帷帐和荒幕。帷和荒用六对绛色的纽带连结。荒幕中央有个葫芦顶，葫芦顶上有五条

布功、翣、灵车，选自《三才图会》。

彩绳披散下来，每条彩绳上有五个贝壳。两面画有斧文的翣，两面画有"亞"字文的翣，两面画有云气的翣，翣的两上角都装饰着圭。竹帘的折边上悬挂着小铜鱼，柩车行进时铜鱼就跳跃不停。诸侯用六条绛色带子将棺柩与柩车捆在一起，还有六条伸出棺饰外的披。

大夫的棺饰，四周用画有云气的帷帐，两边有折边的竹帘，折边下不悬挂绞缯。棺柩上方是边缘画有云气的荒幕，荒幕中央画有三列火文，三列"亞"字文。白锦做的棺罩。帷荒用两对绛色的和两对玄色的纽带连结。荒幕顶上的葫芦有三条彩绳披散下来，每条彩绳上穿三个贝壳。两面画有"亞"字文的翣，两面画有云气的翣，翣的两上角都用五彩羽毛作装饰。竹帘的折边上挂着小铜鱼，柩车行进时就跳跃不停。大夫用来捆扎柩车的戴，前面是绛色，后面是玄色，牵持棺柩的披也是前面绛色，后面玄色。士的棺饰，用白布帷帐白布荒幕，方格竹帘只有前面折边，绞缯蒙在折边上。连结帷与荒的纽带两对是绛色，两对是黑色。荒幕顶部的葫芦有三条彩绳披散下来，每条彩绳只有一个贝壳。只有两面画有云气的翣，翣的两上角都用五彩羽毛作装饰。士用来捆扎柩车的带子是前面绛色，后面黑色，伸出来的二条披都是绛色。

诸侯出葬用辁车载柩，下棺入圹时用四根绳索，竖两根大木做碑，指挥柩车用羽葆。大夫出葬用辁车载柩，下棺时用两根绳索，竖两根大木做碑，指挥柩车用白茅。士出葬用辁车载柩，下棺时用两根绳索，没有碑，柩车出了宫门后，才用扎有大功布的木棒指挥。凡是下棺入圹，将绳索穿过碑上端的孔，拉绳索的人背对着碑向离开碑的方向牵拉，使棺徐徐下圹。诸侯下棺时，用一根大木头穿在束棺的革带下，四根绳索分别在木头两端。大夫、士下棺时，绳索直接扣在束棺的革带上。诸侯下棺时，指挥的人命令大家不要喧哗，听着鼓点拉绳下棺。大夫下棺时，就命令不要哭泣。士下棺时，正在哭泣的人要互相劝止。

诸侯用松木椁，大夫用柏木椁，士用杂木椁。棺椁之间的空隙，诸侯可以放得下瓵，大夫可以放得下壶，士可以放得下祝。诸侯的椁内壁有衬里，并有虞筐。大夫的椁不加衬里，士的椁没有虞筐。

祭法第二十三

祭祀之法：有虞氏禘祭配以黄帝，郊祭配以帝喾；宗庙之祭祖颛顼，宗帝尧。夏后氏，禘祭配以黄帝，而郊祭则以鲧配食；宗庙之祭，祖颛顼，宗禹。殷代人禘祭配以帝喾，郊祭配以冥；宗庙之祭，祖契，宗汤。周代人禘祭配以帝喾，而郊祭则配以稷；宗庙之祭，祖文王，宗武王。

烧柴于泰坛之上，是祭天的礼仪。埋祭品于方丘之下，是祭地的礼仪。用赤色的小牛，把羊豕埋在泰昭坛下，是祭四时之神。在坎坛相迎，是祭寒暑之神。"王宫"之坛是用来祭日的，"夜明"之坛是用来祭月的，"幽宗"之坛是用来祭星的，"雩宗"之坛是用来祭水旱之神的，"四坎坛"是用来祭四方之神的。四方的山林、河谷、丘陵，能吞云吐雾、兴风作雨，表现出种种怪异现象，这都叫做神。统治天下的天子可以祭祀天下众神，诸侯只祭在自己国土上的神，国土上没有的神就不祭。

凡是生长在天地之间的，都叫做"命"。万物的死亡叫做"折"。而人的死亡叫做"鬼"。这是五代以来都没有改变的。七代以来，有所更改的只是禘、郊、宗、祖等祭祀的对象不同，其他却没有什么改变。

天下有了统一的王，于是划分土地，建立诸侯国，设置都邑，还设立庙、祧、坛、墠来祭祀祖先。按照远近亲疏，安排祭祀次数的多少和祭祀规模的大小。所以帝王有七个庙、一坛、一墠。七庙中的父庙、祖父庙、曾祖庙、高祖庙以及始祖的庙，都是每月祭祀。高祖以上的远祖的庙，叫做祧，祧分为昭穆两个。只是在每年四季各祭祀一次。祧中的远祖迁出，则在坛上祭祀，更远的祖先则从坛上迁出，在墠上祭祀。坛、墠只是在有特殊祈祷的时候才祭祀，没有祈祷则不祭。从墠上迁出的更远的祖先，就泛称之为鬼，不再祭祀了。

诸侯设立五庙、一坛、一墠。五庙中父庙、祖父庙、曾祖庙是每月祭祀。高祖庙和始祖庙每季祭祀。高祖以上的祖先在坛上祭祀，再往上的在墠上祭祀。坛、墠只在有祈祷时祭祀，没有祈祷就不祭。再往上的则为鬼。大夫设立三庙和二坛。三庙是父庙、祖父庙和曾祖庙，四季各祭一次。高祖、始祖没有庙，只在有祈祷的时候在坛上祭祀。再往上的则为鬼。适士有二庙一坛：父庙、祖父庙，四季各祭一次。曾祖无庙，有祈祷时，在坛上祭祀。再往上则为鬼。官师只有一个父庙，祖父没有庙，但可以在父庙里祭祀。再往上的称之为鬼，不须祭祀。普通的士和庶民没有庙，死了即为鬼。

帝王为天下百姓所立的社，叫做大社。帝王为自己立的社叫做王社。诸侯为国内百姓立的社，叫做国社。诸侯为自家立的社叫做侯社，大夫以下的人按居住地共同立社，叫做置社。帝王还为天下百姓设立了"七祀"，祭祀司命、中霤、国门、国行、泰厉、户、灶等神。帝王也为自己设立上述七祀。诸侯为国内的百姓设立"五祀"，祭祀司命、中霤、国门、国行、公厉等神。诸侯也为自己设立这"五祀"。大夫则设立"三祀"，祭族厉、门、行。适士设立"二祀"，祭门和行。普通的士和庶民只设立一祀。或祭户，或祭灶。

对未成年而死的子孙，帝王可以往下祭到五代，即嫡子、嫡孙、嫡曾孙、嫡玄孙、嫡来孙。诸侯往下祭三代，大夫往下祭两代。适士和庶人只祭到嫡子为止。

圣王制定祭祀：凡是为民众树立典范的便祭祀，凡是为公众献身的便祭祀，凡是为安邦定国立下功劳的便祭祀，凡是能抵御大灾害的便祭祀，凡是能制止大祸患的便祭祀。所以，在厉山氏统治天下的时候，他有个儿子叫农，能教导人民种植百谷。到了夏代衰亡的时候，周人的祖先弃又继承了农的事业，后人就祭祀他们，称之为稷神。共工氏争霸九州的时候，他有个儿子叫后土，能平治九州，后人就祭祀他，称他为社神。帝喾能计算星辰的运行，为民众制定计时的方法。尧能尽平刑法，爱护百姓。舜为国家效力，而死在苍悟之野。鲧治洪水，大功未成而被处死。他的儿子禹能继承父亲未完成的事业。黄帝能确定各种事物的名称，明确众人的身份，共同开发财物。而颛顼能继承黄帝。契担任司徒，完成了民众的教化。冥担任水官而以身殉职。汤能以宽厚之道治民，除去暴君。文王运用文治，武王建立武功，为人民扫除灾害。这些都是有功于人民的人，所以死后受到人们的祭祀。此外如日月星辰，供人民仰望；山林、川谷、丘陵，是人民获取生活资源的地方，所以也应该祭祀。不属于上述种类的，便不在祭祀范围之内了。

祭义第二十四

　　祭祀不可太频繁，太频繁就倦烦，倦烦就失去了敬意；但祭祀又不可太疏阔，太疏阔就怠慢，怠慢了就要遗忘。所以君子按照天道运行的规律，春天举行禘祭，秋天举行尝祭。秋天霜露覆盖大地，君子踏上这霜露，心中产生凄怆的感情。这倒并非因为天气的寒冷，而是想起了死去的亲人。春天雨露滋润大地，君子踏上这雨露，必然会有所震动，疑惑将会见到死去的亲人。人们以喜悦的心情迎接春天到来，以哀伤的心情送别秋天归去，所以禘祭奏乐而尝祭不奏乐。

　　祭祀之前必须进行斋戒。致斋三天必须昼夜居于室内，散斋的七天则可以出外。在致斋的日子里要时时思念死者生前的起居、谈笑、思想、爱好、口味等等情形。致斋三天之后，眼前就好像真的见到所要祭祀的祖先了。到了祭祀的那一天，进入室内，隐隐约约似乎看见祖先容貌；转身出门，心中一惊，似乎真的听见了祖先说话声；出门再听，似乎还可听见祖先的喟然叹息声，所以先王是那样的孝敬。以至于祖先的容颜时刻在眼前，祖先的声音时刻不离耳，祖先的思想爱好时刻记在心上。对祖先的爱戴达到极点，所以祖先总是活在心上；虔诚之心达到极点，所以祖先的形象赫然出现在眼前。祖先的存在和形象时时不离心头，怎能不恭敬呢？

　　君子在父母生前尽心奉养，父母死后则诚心祭享。终身都想着不可辱没父母。君子终身要为父母服丧，这就是指每年父母的忌日。忌日里不做其他事情，并非这个日子本身是个不吉祥的日子，而是说在这个日子里，对父母的思念到了极点。不敢再为自己做私事了。只有圣人才能使上帝来飨用他的祭祀，也只有孝子才能使父母来飨用他的祭祀。因为"飨"就有"向"的意思，只有诚心向往，鬼神才会来飨。所以孝子在尸前站立，不会有不和悦的颜色。诸侯祭祀时，国君亲自牵牲，夫人献上盎齐之酒。杀牲后，国君亲自以血毛献尸，夫人也献上盛放在豆中的祭品。大夫们协助国君，有封号的妇人们协助夫人。整齐而又恭敬，和悦而又诚心，非常勤勉地忙碌着，希望鬼神来飨用。

文王祭祀时，事奉死者就好像事奉活人，思念死者好像不想活了。每到忌日，一定十分哀伤，提到父母的名讳，就好像看见了父母。文王祭祀时心中是多么忠诚啊，就好像见到父母生前所喜爱的东西一样，又好像世俗之人喜好美色一般，也只有文王才能这样吧！《诗》上说："天明尚未眠，心中想双亲。"这就是写文王的诗啊！正祭的第二天，直到天亮还没有入睡。进献祭品请双亲来飨用，又因此更加思念双亲。祭祀的日子里，又是喜悦又是哀伤。迎接双亲来飨时，心中十分喜悦；双亲既来之后，想到马上又要离去，心中就又十分哀伤。

孔子在尝祭时，亲自捧着祭品献尸，老实忠厚的样子，走得很快，步子急促。祭祀之后，子贡问道："您曾说祭祀时君子应该仪态从容，神情矜持，而您今天祭祀却不是这样，这是为什呢？"孔子说："仪态从容，是一种疏远的表现；神情矜持，是自我专注的表现。疏远而又注重自我，怎么与神明交接呢？在这时怎么还能仪态从容，神情矜持呢？而当国君祭祀，我们作为宾客去参加时，反馈之礼完毕，奏起了音乐，荐上了牺体，按照礼乐的次序，大夫百官济济一堂，这时君子便可以仪态从容，神情矜持，这时怎么能像与神明交接时那样恍恍惚惚呢？说话岂能一概而论？应当针对各不相同的情况呀。"

孝子将要祭祀，考虑事情不可不预先准备。到了祭祀时，一切器物不可不准备齐全，而且要心无杂念地去做这些准备。宫室修理一新，墙屋整饰停当，各种物品都准备好。然后主人夫妇就穿上礼服斋戒沐浴。捧着供品献尸，神情是那样虔诚恭敬，小心谨慎，好像承受不了手中供品的重量，好像担心会从手中失落，其孝敬之心真是达到极点了吧！荐上牺体，奏起了音乐，百官宾客也按照礼节来协助。这时便通过祝词表达主人的心意，恍惚中仿佛真在和神灵交接，希望神灵来飨用！希望神灵来飨用！这便是孝子的心意。孝子的祭祀，能尽心于诚笃，因而行动也无不诚笃，尽心于相信，因而鬼神如在眼前；尽心于恭敬，因而举止也无不恭敬；尽心于礼仪，因而礼节没有过失。一进一退，都一定恭恭敬敬，好像真的在父母跟前，听命于父母的使唤。

从孝子的祭祀，可以知道他的心情。他站立时，恭敬地弯曲着腰；走上前时，恭敬地面带喜悦；献上祭品时，恭敬地满怀希望。退下来站定后，好像还将上前听候吩咐。直到撤掉祭品退下来时，恭敬庄重的神色仍未从脸上消失。相反，如果祭祀的时候，孝子站在那儿不弯腰，那就显得太鄙陋了；上前时脸上不愉快，那就和鬼神疏远了；献上供品时并不怀着鬼神来飨的希望，那就说明对祖先不是真心爱戴；退下来后并不像还要听候吩咐的样子，那就是傲慢的表现；撤掉祭品退下来，便失去了恭敬的神气，那就是忘记了祖先。像这样的祭祀，便失去了意义。孝子对父母有深深的爱戴，必然表现出和悦之色；有和悦之气，必然有愉快的神色；有愉快的神色，必然有温顺的容止。孝子祭祀时好像手上捧着一块玉，又好像是捧着一碗水，虔诚而又专心，仿佛自己力不胜任，生怕从手中落下。相反，那种威严肃穆、一本正经的样子，不是孝子用来事奉父母的态度，那只是大人对小辈的态度。

先王用来治理天下的有五条原则：重视有德的人，重视有地位的人，尊重年老的人，敬重长辈，爱护幼辈。这五条就是先王用来定天下的。重视有德的人，是为了什么呢？因为有德的人接近天道。重视有地位的人，是因为他近似于君王。尊重老年人是因为他近似于父母。敬重长辈，是因为他近似于兄长。爱护幼辈，是因为他近似于子女。因此，孝的极点，也就接近于王道；悌的极点，也就接近于霸道。孝的极点接近王道，是因为即使是称王的天子也一定孝其父母；悌的极点接近霸道，是因为即使是称霸的诸侯也一定敬其兄弟。先王的礼教，就是遵循上述原则而不加改变，所以能够领导天下国家。

孔子说："建立仁爱之心，应从孝顺父母开始，用以教导人民慈爱和睦。建立恭敬之心，应从尊敬兄长开始，用以教导人民顺从命令。教导人民慈爱和睦，人民就会以事奉双亲为美德；教导人民尊敬兄长，人民都会以顺从命令为光荣。以'孝'心来事奉双亲，以'顺'的态度来听从命令，这个方法放到天下任何地方，都不会行不通的。"

举行郊祀祭天时，有丧事的人也不敢哭，穿丧服的人连国门也不敢进。这是对天帝极其恭敬啊！祭祀的日子，国君亲自牵牲，他的儿子辈在对面协助他，卿大夫依次跟随。进了庙门，便把牲系在石碑上。卿大夫祖开左臂，动手杀牲。先取下告尸用的牛毛，以耳部的毛为最好。用鸾刀割牛，取出血和肠子间的脂肪。然后卿大夫就退下去，再等到生肉和熟肉相继献上去之后，国君才退下去，真是极其恭敬啊！

郊天之祭，是为了报答天上的众神，但以日神

宋朝皇帝祭天仪仗，《大驾卤薄图书》局部。

为主，以月神配祭。夏代人在黄昏祭日，商代人在中午祭日，周代人祭日，则从早晨到黄昏。祭日是在坛上，祭月是在坑中，以此区别幽暗和光明，划定上与下。祭日面向东，祭月面向西，以此来区分内与外，端正各自的位置。旭日从东方升起，新月在西天出现，日月一阴一阳，昼夜长短不断变化，终而又始，循环反复，使得天下和谐。

天下的礼有五项作用：追怀初始，沟通鬼神，开发物资，树立道义，提倡谦让。追怀初始，不忘本，用以增厚根基；沟通鬼神，使人懂得要尊重在上者；开发资源，建立人民的生活保障；树立道义，使上下的人不至于背叛作乱；提倡辞让，消除人与人之间的争夺。如能结合这五个方面的作用来运用天下的礼，那么即使还有奇异邪恶不听从治理的人，也一定只是极少数了。

宰我说："我听到鬼神这个名称，但不知它指的是什么。"孔子说："气，便是由神的充盛而产生的；魄，便是由鬼的充盛而产生的。把鬼与神合起来祭祀，这是达到礼教的目的。一切有生命的东西都是要死的。死后其体魄必然归土，这就叫做鬼。骨肉在地下烂掉变成田野里的土，而它的气却升腾而上，焕发出光芒，蒸发出气味，使人悚然有所触动。这就是众生物的精灵，神的显示。圣人根据万物的精灵制定了极其尊严的称呼，明确命名为鬼神，用来作为老百姓的法则。于是众人因此而敬畏，万民因此而顺服。圣人认为这样做还不够，于是又筑起宫室，设立宗祧，以区别鬼神的亲疏远近，教导人民怀古寻根，纪念祖先，不要忘记自己是从哪里来的。民众由此而服从教化，并且很快地听从命令。鬼神二者的地位已经确立，就用两种礼仪来报答鬼神。一是行朝践之礼，烧烤肉类和谷物，让

皇帝亲耕籍田，《雍正帝祭先农坛图》第二卷局部。皇帝祭先农坛后，继续举行亲耕籍田礼。届时皇帝换黄龙袍，右手秉耒，左手执鞭，耆老牵牛，农夫扶犁，鸣鼓，挥彩旗，奏乐，唱三十六禾词，皇帝三推三返，以示亲耕籍田。

它们的香气和萧蒿燃烧的烟火一齐上升，这是用来报答'气'，也就是'神'的，可以教导民众追怀初始。二是献上黍稷，以及牲的肝、肺、头、心，夹以两瓶郁鬯之酒，这是用来报答'魄'，也就是'鬼'的，可以教导民众相亲相爱。这样对上对下都尽了情，礼也就十分完善了。君子追古寻根，不忘自己是从哪里来的，所以要向鬼神表达自己的敬意和感情，竭力工作，来报答亲人，不敢不尽心尽力。所以从前天子也有一千亩籍田，戴起系有红帽带的冠冕，亲自拿起农具去耕种。诸侯也有一百亩籍田，戴起系有绿帽带的冠冕，亲自拿起农具去耕种。所收的谷物用来事奉天地山川、社稷之神和列祖列宗。祭祀所用的醴酪齐盛，就是从他们籍田里收获而来的。这是多么恭敬啊！古代天子诸侯都设有养兽的官，每年到一定的时候，天子诸侯斋戒沐浴，然后亲自去察看所养的牲口。祭祀所用的牲畜就是从这里取来的。这真是十分恭敬啊！君主事先派人把牛牵来，由他亲自察看，选择毛色，进行占卜，得到吉利之兆，然后加以特别饲养。君主还穿上朝服，于每月初一、十五去巡视这些牲畜，表示他是很尽力的。这是多么孝敬啊！古代天子诸侯都有公家的桑园和养蚕的宫室，临近河边建造。筑起的宫室有一丈高，外面布满荆棘的围墙。每年到了三月初一的早晨，君主穿上朝服，通过占卜在三宫夫人和命妇中挑选有吉兆的人到蚕室去养蚕。她们捧着蚕种到河里去漂洗，到公家桑园去采桑，让风吹干桑叶上的露水，然后用来喂蚕。等到春季已尽，命妇们蚕事结束，奉上新结的蚕茧让君主过目，随后把蚕茧献给君主的夫人，夫人就说：'这是用来给君王做衣服的吧？'于是穿着礼服把蚕茧收下，并用一羊一豕来招待献茧的命妇。古代献茧的礼节，大概都是这样，以后再选定吉祥的日子开始缫丝。先由夫人三次把手伸入泡着蚕茧的盆里。抽出丝头，然后把蚕茧分发给有吉兆

下簇、采茧图，选自清《耕织图册》。

的贵族妇人去缫丝。此后还要用红、绿、黑、黄等颜色，染上黼黻花纹。制成礼服后，君王便穿着这样的礼服祭祀先王先公。这真是恭敬到极点了啊！"

君子说：礼乐是人们不可片刻离开的。推广乐来治理内心，平和正直慈爱诚实的心情就自然产生了。有了这样的心情就会快乐，快乐就能平安，平安就能长久，长久就能上通于天，上通于天就能与神交会。天不必说话，就能使人相信；神不须发怒，就使人敬畏。这就是运用乐来治理内心。运用礼来修治自己的容貌仪表，就会使人庄重恭敬。庄重恭敬就会有威严。心中如有片刻不平和不快乐，卑鄙奸诈的心思就会侵入。外貌有片刻不庄重不恭敬，轻率怠慢的念头就会出现。所以乐是发动于内心，礼是作用于外表。乐极其平和，礼极其恭顺。内心平和，外表恭顺，那么民众看到他这样的脸色，也就不会跟他争执了；看到他的容貌，众人也就不会产生轻率怠慢的作风了。

所以道德的光辉发动于内，民众就没有人会不听他的命令。礼的准则表现在外表，民众就没有人会不顺从他的领导。所以说：运用礼乐教化，使之充满天下，治理国家就不难了。乐，是发动于内心的；礼，是作用于外表的。礼的意义在于减损；乐的意义在于充盈，因为礼教人克制、减损，做起来比较困难，所以要加以鼓励，以努力去做为美。而乐使人抒发、充盈，做起来比较容易，所以要有所控制，以有所控制为美。礼是减损的，如果不鼓励，就会渐渐消亡。乐是充盈的，如果不控制就会走向放纵。所以礼应该有鼓励，乐应该有控制。礼有了鼓励人们就乐于实行；乐有了控制人的情感才会安稳。对礼的鼓励，对乐的控制，道理是相通的。

曾子说："孝可分为三等：上等是尊敬父母，次等是不使父母羞辱，下等是只能赡养父母。"公明仪问曾子道："你可以算是行孝道了吧？"曾子说："哪儿的话！哪儿的话！君子的孝，应该能在父母的意志没有表示之前就预先知道，并且按照父母的意志去做。同时又能晓谕父母，使他们的意志合于正道。我只不过做到赡养父母罢了。怎能算是孝呢？"

曾子说："身体是父母的遗物，用父母的遗物来行动，敢不慎重吗？日常起居不庄重，不是孝；为君主做事不忠诚，不是孝；做官不慎重，不是孝；与朋友交往不讲信用，不是孝；打仗不勇敢，不是孝。这五个方面不能做到，也就等于给父母带来了祸殃，能不慎重吗？如果只是在祭祀的日子里，煮一点牲肉黍稷奉献一下，那也不能算作'孝'，只能叫做'养'。君子所说的孝子是全国人都称赞羡慕他，好像在说：'有这样的儿子多幸运啊！'像这样才算是孝。教化民众的根本是孝，而行动则是从养开始。养是容易的，有敬意则不容易了；有敬意能做到，不带勉强则不容易；能做到不带勉强，终身孝敬则不容易。父母去世之后，依然十分小心自身的行为，不使父母蒙上恶名，这样可以算是终身孝敬了。仁，就是要以孝为本；礼，就是要实践孝；义，就是行动要合乎孝；信，就是要用行动证实孝；强，就是要勉力做到孝。欢乐是由于顺着孝道而产生的，刑罚是由于违反孝道而招致的。"

　　曾子说："孝道精神树立起来，可以充满天地，散布开来，可以流行四海，传播到后代必将永远存在。推广到东海是正确的；推广到西海是正确的；推广到南海是正确的；推广到北海也是正确的。《诗》上说：'从西到东，从南到北，无不遵从。'就是说的这个情况。"

　　曾子说："树木要在适当的时节去砍伐，禽兽也要在适当的时节去捕杀。夫子说过：'砍一棵树，杀一头兽，如果不适时，便是不孝。'孝有三等：小孝出力气，中孝建功业，大孝无所欠缺。能思念父母的慈爱，因而忘掉自己的劳苦，就可以算是出力气了；能尊尚仁德，安然地按照正道行事，就可以建立功业，为父母争光了；如果德泽普施于天下，使天下万物丰盛，以此来祭祀父母，那便是无所欠缺了。父母喜爱他，他便很高兴地记在心上；父母厌恶他，他于是戒惧谨慎，但却没有一点怨恨。父母有过错，他婉言规劝却不违逆。父母死后，他一定以自己劳动的收获来祭祀。这样，孝的礼节才算终结。"

　　乐正子春一次从堂上下来扭伤了足，于是他一连几个月不出门，脸上带着忧虑的神色。他的弟子说："您的足已经好了，您一连数月不出门，现在脸上还有忧虑的神色，这是为什么呢？"

　　乐正子春说："你问得很好！你问得很好！我曾听曾子说过，而曾子又是听孔子说的：'天所生、地所养的一切生物，没有比人更伟大的。'父母把我们完整地生下来，我们也要使自己完整地还给他，这样才算是孝。不损伤自己的肉体，不辱没自己的人格，这样才算是完整的。所以君子哪怕是走半步路，也不敢忘记孝。而我一时竟忘了孝道，以至于伤了足，所以我很忧虑。君子每抬一次足都不敢忘记父母，每说一句话都不敢忘记父母。每抬一次足都不敢忘记父母，所以总是走大路而从不抄捷径，总是乘舟而从不游水，不敢用父母给我的身体去冒险。每说一句话都不敢忘记父母，所以从来不口吐恶言，自然也就不会招惹别人的辱骂；我自身不受侮辱，也不会给父母带来羞耻，这样可以算是孝了。"

　　从前虞舜的时代，重视道德，同时尊重年长的人。夏代则重视官爵，同时也尊重年长的人。殷代重视财富，同时也尊重年长的人。周代重视亲属关系，同时也尊重年长的人。虞、夏、殷、周四代，是天下王道全盛的时代，这四代都没有忽视对年长者的尊重。可见天下对年长者的尊重是由来已久，这仅次于孝敬父母。所以在朝廷上，官爵相同的人则以年长者为上，七十岁可以拄着手杖上朝，君王如有问，就要给他设坐席。八十岁的人上朝，行了朝见礼之后不必等朝事结束就可以先回去。君王如有所问，则亲自到他府上去。这就是悌道行于朝廷。在道路上行走，不同年龄的人不能并肩而行，不是斜错雁行，就是跟随在后。见到老年人，不论车辆行人都要让路；头发斑白的人，不可以让他背负重物在路上走。这就是悌道行于道路。居住在同一乡中，也应以年长的人为尊，即使是贫穷的老人也不可遗弃。不可以强凌弱，以众欺寡。这样悌道就行于乡间了。古代有规定，五十岁以上的人在田猎时就不充当徒役了。而分配猎获的禽兽，则长者多分。这样悌道就行于田猎之中了。军队的编制，官阶相同的人以年长者居上，这样悌道又行于军队中了。孝悌之道从朝廷开始，实行到道路上，传播到乡党间，田猎的时候也照样实行，军队里也遵守，大家都愿死守孝悌之道，而不敢违背。

在明堂举行大祭，用以教导诸侯实行孝道；在大学里宴请"三老五更"，用以教导诸侯实行悌道；在西学里祭祀前代贤人，用以教导诸侯树立贤德；天子亲自耕种籍田，用以教导诸侯供奉祖先；安排朝觐之礼，用以教导诸侯臣服于天子。这五个方面，是天下最重要的教育。

在大学供养三老五更，天子祖开衣襟亲自割牲，捧着酱给老人进食，又捧上酒爵请他们漱口，还戴上冠冕，手执盾牌，为他们起舞。这就是教导诸侯要尊敬长者的悌道。于是乡邻里都按年龄排列上下，老人中的贫穷者也不会被遗漏。强不凌弱，众不欺寡。这种风尚就是从天子的大学里传下来的。天子设置了四处学校，到了年龄入学，即使是太子也和同学们一起按长幼排列位置。

天子巡狩，诸侯要在边境上迎候。天子到了一国，要先会见百岁老人。八十九十的老人行走在大路的一侧，即使在大路另一侧的行人，也不敢超越而行。老人如果要发表政见，君主应亲自登门就教。乡间饮酒时排列座次，有一命官爵的人，仍然要和乡里人一道按年龄排次序。二命的人，在自己的族人中还须按年龄排次序。三命的人，不必按年龄排次序了，但遇到自己族中七十岁以上的人还是不敢越前的。七十以上的人没有大事是不用上朝的；如有大事上朝，君主应该先跟他拜揖谦让一番，然后才顾及爵位高的人。

天子有善行，应该把功德归之于天；诸侯有善行，要归功于天子；卿大夫有善行，要进献于诸侯；士、庶人有善行，要归功于父母的养育和长辈的教诲。颁发爵禄，施行奖赏，都是在宗庙里举行，表示归功于祖先，对祖先表达敬顺之意。从前圣人依照阴阳、天、地的情况制定了"易"。掌卜筮的人抱着用来占卜的龟南面而立，天子却穿着冕服北面而立，恭听神的意旨。即使天子有聪明智慧，也要请神来作出决断，表示自己不敢自专，而是尊重天意。有善绩，则归功于他人；有过错，则归咎于自己。教导民众不要骄傲自夸，而要尊重贤人。

孝子将要祭祀时，必定怀着谨慎而庄重的心情来考虑事情，准备祭服和祭品，修整宫室，处理各项事务。到祭祀的日子，脸色必须很温和，但走路却很紧张，好像担心见不到亲人的样子。祭奠的时候，面容一定要温和，身体要前屈，口中好像要说话而没有说出的样子。助祭的宾客都已出去时，孝子还沉默地躬身站在那儿，好像没有看见别人出去。祭祀结束后，孝子神情恍惚地跟着出来，又好像随时还要再进去的样子。孝子的忠厚善良时时表现在身上，耳目的功能完全受心情的支配，心中的思虑总不能离开亲人。这种感情郁结在心中，流露于外表，回忆和深思着，这就是孝子的心情啊！

设立国家的神位，社神稷神的庙在右边，列祖列宗的庙在左边。

祭统第二十五

一切治理人民的措施，没有比礼更重要的。礼共有五大类，其中没有比祭礼更重要的。所谓祭礼，并非由外在的因素迫使人这样做，而是发自人们内心的一种行动。内心有所感动，于是通过礼来表达。所以只有内心真诚的贤者，才能最充分地表达祭的意义。

贤者的祭祀，一定会得到鬼神所赐的福，但却不是世俗之人所说的福。贤者的福，就是"备"的意思。所谓"备"，就是事事都顺于道理，没有一事是不顺当的，这就叫做"备"。对己尽心尽性，对外顺应大道。忠臣事奉君主，孝子事奉双亲，其根本都归结为"顺"。对上则顺于鬼神，对外则顺于君长，对内则孝敬双亲，这样就叫做"备"。只有贤者才能做到备，能做到备，才能进行祭祀。所以贤者的祭祀，就是竭尽自己的诚信忠敬之心，奉献礼物，进行礼仪，用音乐来协调，按照不同的时令，虔诚而净洁地荐献，如此而已，并不一心祈求神的福佑。这便是孝子的心。

祭祀，是为了继续在父母生前自己未完成的供养和孝敬。是一贯的孝敬之情积蓄于心中的表现。顺应于道德，不违背伦理，这就是孝的积蓄。所以孝子对父母的事奉包括三项内容：一是生前要供养，二是死后要服丧，三是丧期结束就要开始祭祀。供养的时候要看是否顺从，服丧的时候要看是否哀伤，祭祀则要看是否恭敬、是否按时。尽心做到这三项，便是孝子的行动。

既已竭尽自己的内心，又需求助于外。婚娶便是求助于外。所以国君娶夫人的时候，致辞说："请把您的玉女嫁给我，和我共同占有敝国，共同事奉宗庙和社稷。"这就说出了求助的根本目的。因为祭祀一定要夫妇一道亲自参加，这样内外的职分才算齐备。职分齐备了然后各项祭祀物品也要齐备。水产之物制成的菹，陆产之物制成的醢，这些小物品齐备了。俎上放的三牲，篹里盛的黍稷，这些美物备齐了。一些可食的昆虫和草木的果实，四季阴阳和气的物产也备齐了。凡是天下生的，地上长的，只要可以用来荐献的，无不都在这里，这就表示穷尽一切物品了。

在外能穷尽物品，在内能竭尽虔诚，这便是祭祀的用心。所以天子亲自在南郊耕种籍田，为祭祀供奉粢盛，王后亲自在北郊养蚕，为祭祀供祭服。诸侯也在东郊耕种，供奉粢盛；诸侯夫人在北郊养蚕，供祭服。天子和诸侯，并非没有人替他们耕田；王后和夫人，并非没有人替她们养蚕。他们是为了表达自己的诚信。有了诚信才算是尽心，尽了心才算是恭敬。尽心而又恭敬才能事奉神明。这便是祭祀之道。

到了将要祭祀的时候，君子便开始斋戒。斋戒也就是整齐的意思，调整心身达到整齐专一。君子没有大事，不须恭敬的时候，是不斋戒的。不斋戒的时候，对于外物也不必防范，嗜欲也不必加以限制。到了将要斋戒的时候，则要防范邪物，遏制嗜欲，耳朵也不听音乐。所以古书中说："斋者不乐"，就是说斋戒的时候不敢分散心思。心中无杂念，只想着合于道的事情；手足不随意乱动，只做着合于礼的事情。所以君子的斋戒，就是要专心致志表达精明的德性。所以要先用七天的"散斋"，稳定心思，再用三天的"致斋"来调整。稳定心思就是"齐"，也就是斋戒。

斋戒，是精明的极点。这样才可以与神明交接。所以在祭祀前十一天，宫宰就要告诫夫人开始斋戒。夫人也要散斋七天，致斋三天。君王致斋在外，夫人致斋在内。到了祭祀时，才在大庙相会。君穿戴纯冕立在东阶，夫人也穿戴副袆立在东房。君先用圭瓒给尸斟上郁鬯，然后大宗伯再执璋瓒给尸斟第二遍酒。到了迎牲入庙的时候，君王要亲自牵绳，卿大夫则跟随在后，士则拿来刍草。宗妇捧着盎齐酒跟随夫人之后，荐上涚水。君王亲自操鸾刀，割下牲的肺肝献给尸品尝。夫人则荐上豆笾。这就是夫妇一道亲自参加祭祀。

到了舞乐开始时，君王便执着干戚走上跳舞的位置，站在东边的上方，头戴冠冕，手握盾牌，率领他的群臣起舞，供代表祖先的皇尸娱乐。所以天子的祭祀，是与天下人一道欢乐；诸侯的祭祀，是与国境内的人一道欢乐。诸侯祭祀时也要头戴冠冕，手握盾牌，率领群臣起舞，供皇尸娱乐。这就是与境内的人一道欢乐的意思。

祭祀中有三项内容特别重要：荐献祭品，以"裸"礼为最重要；声乐以"升歌"最重要；舞蹈以《武宿夜》之舞最重要。周代的礼是这样的。这三项重要内容，是借助外物来加强君子的意志。所以礼仪是随着君子的意志而升降变动的。意志轻率，礼仪也就轻率，意志庄重，礼仪也就庄重。如果意志轻率却要求外在的礼仪庄重，即使是圣人也做不到的。所以君子的祭祀，一定要自己竭尽诚心，才能表现得庄重。遵循礼的要求，奉行三项重要内容，以此荐献于皇尸，这便是圣人祭祀的道理。

祭祀中还有"馂"的仪式。"馂"是在祭祀的结束，但也不可不了解，因为古人有句话叫做"善终者如始"。"馂"正是这样一个善终。古代的君子说："尸也是吃的鬼神剩下的祭品，这便是一种施惠的方法，从中可以观察到政治意义。"所以，当祭祀结束，尸起身离开后，君王和四位卿便去吃尸剩下的祭品。君吃毕后，大夫六人再去"馂"，也就是臣吃君剩下的食品。大夫吃毕起身后，士八人再去"馂"，也就是贱者吃贵者剩下的食品。士吃毕起身，便各自端着食具出来，把剩下的食品陈放在堂下，这时参加祭祀的众执事便上去"馂"，吃完了再撤掉。这就是在下位的人吃上位的人剩下的食品。

馂的方法，是每变一次，馂的人数就增加一次，以此来区别贵贱等级，并作为由上而下施加恩惠的象征。所以从这四个饭器，就可以看出恩惠已经遍施于庙中，而庙中，正可以作为整个国家的象征。举行祭祀，是因为上面有大恩泽。上面有大恩泽，恩惠就一定会施及下面，只是从上而下、先上后下而已。并非上面积聚很多财富，下面却有受冻挨饿的民众。所以上面有大恩泽，民众就会一个个在下面等待，相信恩惠一定会到来。这就是从"馂"的仪式中看出的，所以说："从中可以观察到政治意义。"

祭祀的意义是重大的，荐献物品是那样地完备。而正是因为顺于道，才能达到这样的完备。这大概也就是教化的根本吧。所以君子的教化，对外则教人尊敬君长，对内则教人孝顺父母。所以圣明的君主在上，大臣们就都能服从；重视宗庙社稷的祭祀，子孙就会孝顺。如果能尽心于此道，端正上下之义，教化也就开始了。所以君子事奉君主，必须亲身实行。上面做的事情，使自己感到不安的，就不要对下面这样做；下面做的事情使自己感到嫌恶的，自己也不要对上面这样做。如果批评别人这样做不好，而自己又这样去做，这就不是教化的方法了。所以君子的教化，一定要从自己这个根本做起，才能做到无所不顺。祭祀大概就是这样的。所以说："祭祀是教化的根本。"

祭祀有十种意义：一是体现服事鬼神的方法，二是体现君臣之间的名分，三是体现父子之间的伦理，四是体现贵贱的等级，五是体现亲疏的差别，六是体现爵赏的施行，七是体现夫妇的区别，八是体现政事的均平，九是体现长幼的次序，十是体现上下的联系。这就是祭祀的十种意义。

铺设筵席，设置同几，让鬼神依靠；在室内向神诏告祝辞，又在门外举行绎祭，这些就是与神明交接的方法。祭祀时，国君走出庙门去迎牲，但却不出去迎尸，这是为了避开嫌疑。因为尸在庙门外，仍然是充当臣子，而到了庙里则完全是君父了。同样，国君在庙门外，其身份仍然是君，而进了庙则完全是臣，完全是子了。所以国君不出来迎尸，这就是为了明确君臣的名分。

祭祀的方法，通常由孙子充当代表祖父的尸。这样，用来担任尸的人，对于主祭的人来说其实就是儿子辈。父亲站在臣子的位上事奉担任尸的儿子。用这种方式，使儿子明白应该怎样事奉父亲。这便是体现父子间的伦常关系。祭祀行九献之礼时，尸饮酒五次。君便洗了玉爵向卿献酒。尸饮酒七次，君便用瑶爵向大夫献酒。尸饮酒九次，君便用散爵向士和众执事献酒。这便是体现了尊卑的等级。祭祀时按照昭穆的顺序。安排昭穆就是为了区别父子、远近、长幼、亲疏的次序，使之不产生混乱。所以在太庙举行大祭时，众多辈分的人和神都在场，却不会乱了伦常秩序，这便是体现了亲疏的差别。

古代圣明的君主给有德的人封爵，给有功的人进禄，这种庆赏仪式都是在太庙中进行的，表示自己不敢擅自赏赐爵禄。所以有时顺便就在祭祀的日子里进行。在一献之礼行过之后，君主就下来站在东阶上，面朝南，接受爵禄的人面朝北，掌管册书的史在君王的右边，把封爵进禄的册书授给他。受爵禄的人再拜稽首之后，就把册书拿回去，在自家的宗庙里举行释奠之礼，诏告祖先。这就是施行爵赏的礼仪。祭礼时，君主穿戴礼服礼帽站立于东房。夫人荐豆时，握着豆的中间部位，而执醴者把豆授给夫人时却是拿着豆的底盘。尸向夫人回敬酒时，手持爵的柄，而夫人接受爵的时候却应握住爵的脚。夫妇之间互相传授物品，不能拿着同一个部位。回敬酒的时候一定要换一只酒爵。这就是要明确夫妇之间的区别。

分配俎案上的牲体，主要依据骨头的部位。骨头也有贵贱。殷人以后腿上部的髀为贵。周人却以前腿上部的肩为贵，周人都以前面的骨头比后面的贵。分配俎食，是用以体现祭祀时上面一定会对下面有所恩惠，所以分配时，尊贵者取贵骨，卑贱者拿贱骨。尊贵者不会分得更多，卑贱者也不致落空，以此表示公平。恩惠施行得公平，政令就能得到执行；政令执行，事情就能办成；事情办成就能建立功业。这是使功业得以建立的事，不可不知道。分配俎食是用以显示恩惠均平的，善于施行政治的人也是这样的。所以说："这里可以体现政事的均平。"太庙祭祀后聚集众人，赐助祭者饮酒，昭辈在一边，穆辈在一边。昭辈的人再按年龄排列，穆辈的人也再按年龄排列。参加助祭的诸位执事也都按年齿安排次序。这就是体现了长幼的次序。

祭祀结束时有"畀"的仪式，也即将剩余祭品赐给辉、胞、翟、阍等当差的人，这是施惠于下级的方法。只有有德的君主才会这样做，因为他的明智足以使他认识到施惠于下的重要，他的仁爱之心又足以使他能够这样做。"畀"就是给的意思，也即能够把剩余之物给予下人。辉，是皮甲工中下等的；胞，是屠夫中下等的；翟，是乐工中下等的；阍，是守门人中下等的，那时还不用受过刑的人守门。这四种人是当差的人中最低贱的，而尸却是最尊贵的，在祭祀了最尊贵的之后，不忘记最低贱的，并把剩下的祭品给与他们。所以圣明的君主在上，国内民众是不会有受冻挨饿的人的，这就是体现上下之间的关系。

祭祀也有四季的不同，春祭叫礿，夏祭叫禘，秋祭叫尝，冬祭叫烝。礿和禘，体现阳的意义；尝和烝，体现阴的意义。禘又是阳气的极盛，尝则是阴气的极盛。所以说："没有比禘、尝更重要的。"古代在禘祭的时候，颁发爵位，赏赐车服，这就是顺着阳的意义；而在尝祭的时候，便出外田猎，平明刑罚，这就是顺着阴的意义。所以书上记载说："在禘、尝的日子里，拿出公室之物施行尝赐，到了割草的季节，便开始施行墨刑。"刑罚尚未开始实行，民众便不敢割草。

所以说禘、尝的意义十分重大，是治国之本，不可不懂得。懂得禘、尝的意义的才是君主，能办好禘、尝的具体事宜的才是臣子。不懂其意义，作为君主就有所不足；不能行其事，作为臣子就有所不足。所谓明白意义，是用来使内心志向得以实现，各种品德得以显露。所以品德丰盛的人，志向也就笃厚；志向笃厚，意义就会十分显著；意义显著，祭祀也就恭敬；祭祀恭敬，那么国境之内的子孙就没有人会不恭敬。所以君子祭祀，通常一定要亲自参加；如果有特殊缘故不能参加，也可以使人代替。但虽然使人代替，君主却并没有失去祭祀的意义，这就是因为他心里懂得这个意义。若是品德浅薄的人，志向也一定轻浮不实，对祭祀的意义也一定是不理解。像这样去祭祀，想做到恭敬也是不可能的。祭祀都不能恭敬，还凭什么去为民父母呢？

祭祀用的鼎上通常都有铭文。所谓铭文，就是要自己立名。自己立名，来颂扬先祖的美德，使之明白显著地传给后人。作为先祖，都是既有美德，也会有恶行的，而铭的意义，在于只赞扬美德，不表现恶行，这是出于孝子孝孙的好心，只有贤者才会这样做的。

撰写铭文，是要论述、记载先祖的美德、功绩、勋劳、奖赏和名声，使之公布于天下，并斟酌其要点，镌刻在祭器上，同时附上自己的名字，用来祭祀先祖。显扬先祖的德行，是崇尚孝道；附上自己的名字，也是名正言顺；展示给后代的人看，则是教育后代。制作铭文真是一举多得，使祖先和后代都得到益处。所以君子观看铭文，既赞美铭文中所称道的祖先业绩，同时也赞美制作铭文这件事本身。制作铭文的人，有明察的眼光能看到祖先的美德，有仁爱之心来参与制作铭文这件事，又有智慧能利用这件事使自己和后人得益，真可以算是有贤德了，有贤德而又不自夸，真可以算是谦恭了。

卫国大夫孔悝的鼎铭上说："六月丁亥，卫庄公来到太庙，他对孔悝说：'叔舅！你的祖先庄叔曾辅佐卫成公。成公命庄叔跟随他一起避难到汉阳，又一起住进宗周的宫室。那时庄叔跟随成公到处奔走，但毫不厌倦。他的德行又开导了成叔，成叔又辅佐献公归国即位。献公于是命成叔继承庄叔职位。你的父亲文叔，能振兴祖先的遗志，起来带领众卿士，努力为卫国效劳，他为公家服务，日夜不休息，受到众人一致赞扬。'卫庄公又说：'叔舅！我给你这篇铭文，你继承你父亲的职位吧！'于是孔悝下拜叩头道：'高声回答我主：我将发扬祖先的功德，努力执行您的命令，并把它刻在烝彝鼎上。'"这就是卫国孔悝的鼎铭，古代的君子，论述祖先的美德，使之昭著于后世，同时附上自己的名，尊重自己的国家，就如这篇铭文一样。继承了祖先的宗庙社稷的子孙，如果祖先没有美德而妄加称赞，便是欺骗；祖先有善行却不知道，那便是不明察；知道祖先的美德却不作宣扬，那便是不仁。这三者，是君子感到羞耻的。

从前周公旦为周朝的天下建立了大功勋。周公旦死后，成王、康王两代天子追念周公所建立的功勋，想通过尊重鲁国来纪念他。于是特准鲁国举行像天子那样隆重的祭祀。于是鲁国在外可以郊天祭地，在宗庙内可以举行大规模的尝祭、禘祭。大规模尝祭禘祭，登堂时要唱《清庙》诗，堂下用管乐吹奏《象》之舞曲。还有人拿着红色的盾牌和玉做的斧钺跳起《大武》之舞，又用八列舞队跳起《大夏》之舞。这都是天子的乐舞，为了褒扬周公，就赐给了鲁国。周公的子孙在鲁国把这些礼仪继承了下来，直到如今还没有废止，这是为了显扬周公的功德，同时也使鲁国得到了极大的尊重。

经解第二十六

孔子说："进入一个国家，就可以知道这个国家教化的情况。如那里的人们温和柔顺，纯朴忠厚，那就是受了《诗》的教化。如果是开明通达，博古通今，那就是受了《书》的教化。如果是心胸舒畅，轻松和善，那就是受到了《乐》的教化。如果是清静精明，细致入微，那就是受了《易》的教化。如果是谦恭辞让、庄重严肃，那就是受了《礼》的教化。如果是善于辞令，议论是非，那就是受了《春秋》的教化。《诗》的弊端在于使人愚钝，《书》的弊端在于浮夸不实，《乐》的弊端在于使人奢侈，《易》的弊端在于伤害正道，《礼》的弊端在于纷繁琐碎，《春秋》的弊端在于造成混乱。如果为人温和柔顺、纯朴忠厚而又不愚钝，那就是深刻地理解了《诗》；开明通达、博古通今而又不浮夸，那就是深刻地理解了《书》；心胸舒畅、轻松和善而又不奢侈，那就是深刻地理解了《乐》；清静精明、细致入微而又不害正道，那就是深刻地理解了《易》；谦恭辞让、庄重严肃而又不烦琐，那就是深刻地理解了《礼》；善于辞令、议论是非而又不混乱，那就是深刻地理解了《春秋》。"

天子是与天、地并列为三，他的光辉可以与日月齐明，光芒照耀四海，无微不至。他在朝廷上，说的是仁圣礼义的道理；休息时，听的是雅、颂的音乐；走路时，则伴随着玉佩的声音节奏；上车，则伴随着车铃的声音节奏。一举一动，都合礼仪；一进一退，皆有法度。手下百官，安排适当；身边百事，有条不乱。《诗经》上说："善良的君子，礼仪无差错。礼仪无差错，四方都安定"，就是说的这种情况啊。天子发号施令，而能使人民感到喜悦，就叫做"和"。在上在下的人相亲相爱，就叫做"仁"。人民不必主动提出要求，就能得到满足，就叫做"信"，消灭天地间害人的东西，就叫做"义"。"义"与"信"，"和"与"仁"是实现霸王之业的必要条件。只有治民的心意，而没有治民的条件，事情是做不成的。

用礼来治国，就好比用秤来称轻重，用绳墨来量曲直，用规矩来画方圆。如果把秤认真悬起，是轻是重就骗不了人了；把绳墨认真拉起，是曲是直就瞒不了人了；把规矩认真用起，是方是圆就一目了然了。君子如果能认真地依照着礼来治国，就不会被奸邪的伎俩所欺骗了。所以重视礼、遵循礼，就叫做有道之士；不重视礼，不遵循礼，就叫做无道之民。礼也就是叫人遵循恭敬辞让的道德。在宗庙里奉行礼，必然虔诚恭敬。在朝廷上奉行礼，必然使尊贵的人和卑贱的人都安心于自己的职位。在家庭里奉行礼，必然使父子亲密、兄弟和睦。在乡邻里奉行礼，必然使长辈和幼辈不会乱了次序。孔子说："要想安定君主的地位，治理民众，没有比用礼更好的了。"这就是说的这个道理。

制定朝觐之礼，是为了明确君臣之间的大义；制定聘问之礼，是为了使诸侯互相尊敬，制定丧礼祭礼，是为了表示臣和子对君、父之恩的报答。制定乡饮酒之礼，是为了明确长辈和幼辈之间的秩序。制定婚姻之礼，是为了明确男女之间的区别。这些礼，都是为了禁绝祸乱产生的根由，就好像堤防可以阻止洪水的到来一样。如果认为从前的堤防已经没有用处而把它毁掉，那就一定会发生水灾；如果认为古代的礼仪已经没有用处而把它废掉，那就一定会产生祸患。废掉婚姻之礼，做夫妻就十分困难，奸淫不轨的罪行就会很多。废掉乡饮酒之礼，长辈幼辈就会不分上下，争吵斗殴的案件就会增多。废掉丧礼、祭礼，臣子对君父的恩情就会淡薄，背叛死者、忘记祖先的人就会很多。废掉朝觐、聘问之礼，君臣之间就乱了上下的位置，诸侯的行为就会十分恶劣，于是互相背叛、互相侵害的祸乱就会产生。

所以礼的教化，是在不知不觉中进行的，它能在邪恶尚未形成的时候就将其制止。它能使人一天一天走向善德，远离罪过，而自己却不知道。因此，先王特别重视礼。《易》书上说："君子对于事情的开始，要十分谨慎，因为开始差了毫厘，到以后就要错之千里了。"这就是说的这个道理。

哀公问第二十七

哀公问孔子道："大礼究竟是怎样的呢？君子说到礼，为什么是那么的尊重呢？"孔子说："我孔丘只是个小人物，还不配议论礼。"哀公说："不！先生还是说说吧！"

孔子于是说道："我听说人民生活所遵循的原则，以礼为最重要。没有礼，就不能恰当地事奉天地间的神明；没有礼，就无法分辨君臣、上下、长幼的地位；没有礼就不能区别男女、父子、兄弟之间的不同感情，以及婚姻、亲疏等人际交往关系。正因为如此，所以君子才对礼特别尊敬呀。然后君子就要尽自己的能力来教化民众，使他们不失时节地进行各种礼仪活动。有了成效之后，再雕刻祭器，制作服饰，来区别尊卑上下的等级。人民顺从之后，再制定服丧的期限，准备好祭祀用的器具和供品，修建宗庙，按时举行恭敬的祭祀，并借以排列宗族里长幼亲疏的次序。于是君子自己也安心地随民众一道居住，穿起俭朴的衣服，住进低小的房屋，车子上不雕饰花边，祭器上不刻镂图纹，饮食也很简单。以这种方式来和民众同甘共苦。从前君子实行礼教，就是这样的。"

皇室祭器，选自《皇朝礼器图册》。

哀公又问道："现在的君子，为什么不那样实行了呢？"孔子说："今天的君主喜好财富，贪得无厌，淫乐无度，懒惰傲慢，非把民众的财力耗尽不可。违背众人的心愿，侵害有道的人，只求满足自己的欲望而不择手段。从前君主是照我前面所说的那一套做的。而现在君主却是照刚才所说的这一套做的。如今的君主，没有肯实行礼教的了。"

孔子陪坐在哀公身旁。哀公说："请问人伦之道，什么最重要呢？"孔子马上露出严肃庄重的面容说："您能问及这个问题，那便是百姓有福了。臣岂敢不认真回答呢？人伦之道，最重要的便是政治。"哀公问："请问什么是政治呢？"孔子回答说："所谓'政'，也就是'正'。君主若能做到正，百姓就会服从你的统治了。国君的行为，便是百姓所效法的榜样；国君不做的事，百姓又怎么会去效法呢？"

哀公说："请问怎样施行政治呢？"孔子说："夫妻有分际，父子有恩情，君臣相敬重，这三者做得端正，那么其他一切事情也就都好办了。"哀公说："寡人虽不肖，愿领教如何做到这三点的方法，是否可以呢？"孔子说："古人施行政治，首要的是做到爱人；要做到爱人，首要的是礼；要治礼，首先是要恭敬；恭敬的表现，首先在于大婚之礼。大婚之礼是极其重要的。大婚到来的时候，君主要穿上礼服亲自去迎接，是要表示对于对方的亲爱。向对方表示亲爱，也是希望得到对方的亲爱。所以君子以恭敬的态度迎亲；如果舍弃恭敬的态度，也就会失掉对方的亲爱。没有爱，关系就不亲密，不恭敬，行为就不端正。所以仁爱和恭敬，大概就是政治的根本吧！"

哀公说："我想问一句，像您说的这样，君主要穿了礼服亲自去迎

清光绪皇帝大婚图（局部），清人绘。

亲，是否太隆重了？"孔子严肃地回答："两姓结为婚姻，为前代圣主传宗接代，成为天地宗庙社稷的主人，这么大的事，您怎么能说太隆重了呢？"哀公说："我太愚钝了，不愚钝，也不会来向您请教。我想提问，又找不到适当的辞语，请您还是接着说吧！"孔子说："天地不配合，万物就不能生育。大婚，就是为千秋万世生育后代呀，您怎么能说太隆重了呢？"

孔子进一步说道："君主和夫人，在内，治理宗庙祭祀，功德足以和天地神明相配；出外，发布朝政命令，足以使上上下下都能恭敬听命。这样内外都有了礼，臣子有失职之事，可以纠正；国君有错误，可以复兴。所以说施行政治要以礼为先，礼是政治的根本。"孔子又说道："从前夏商周三代圣明天子执政的时候，都很尊重他们的妻和子，这是有道理的。所谓'妻'，是祭祀父母时的主妇，敢不尊敬吗？所谓'子'，是父母的后代，敢不尊敬吗？君子对一切都应该尊敬，而尤其以尊敬自己为重要。因为自己的身体是直接从父母这个根本上长出来的枝干，敢不尊敬吗？不能尊敬自己，也就是伤害了父母。伤害父母，就是伤害了根本。伤害了根本，枝干也就要跟着灭亡。自身和妻、子三者，也是百姓的象征。由自身要推想到百姓，由自己的儿子要推想到百姓的儿子，由自己的妻子，要推想到百姓的妻子。君子如能实行这三点，礼就会遍行于天下，过去周太王就是这样做的。能这样做，国家就安定了。"

哀公说："请问什么叫尊敬自身呢？"孔子答道："君子说错的话，民众也会模仿；君子做错的事，民众也会当做法则。君子如果能不说错话，不做错事，那么民众不须命令，就会恭敬服从了。这样就是尊敬自身。尊敬自身，实际上也是成就了父母。"哀公说："请问成就父母又怎么讲呢？"孔子答道："所谓'君子'，是人的美名。百姓如果能把美名送给他，称他为'君子之子'，那么也就是使他的父母成为'君子'了，这就是成就了父母的美名。"孔子又接着说道："古代的行政，以爱人最为重要。不能爱人，别人也就不会爱他，他就不能保住自身。不能保住自身，也就不能保住国土，不能保住国土，就要埋怨老天。埋怨老天，便不能成就自身了。"

哀公说："请问什么叫成就自身呢？"孔子答道："做任何事都没有过失，便是成就了自身。"哀公又说："请问君子为什么要崇拜天道呢？"孔子答道："这是崇拜它的永恒没有止境。比如日月东升西落永远不会停止，这就是天道。畅通无阻、天长地久，这就是天道。在无为之中生成了万物，这就是天道。天生成的一切又是那么明明白白，这也是天道。"哀公说："我真是愚蠢顽固得很，还请先生多多指教。"孔子赶紧离开坐席严肃地回答道："仁人做事没有过失，孝子做事没有过失。所以仁人事奉父母像事奉天一样，事奉天又像事奉父母一样，所以孝子能成就自己的名声。"哀公说："我已经听了您这番高论，可是以后做事还是有过失，将怎么办呢？"孔子答道："您能担心将来的过失，这就是我们臣下的福气了。"

仲尼燕居第二十八

孔子坐着休息，子张、子贡、子游三人陪伴着老师，闲谈中谈到了礼。孔子于是说："坐下吧，你们三个人，我来跟你们说说礼，使你们能把礼到处运用，无所不至。"子贡马上离开坐席答应道："请问那会是怎样的呢？"孔子说："诚敬而不中于礼，就叫做粗野；恭顺而不中于礼，就叫做伪巧；勇敢而不中于礼，就叫做倔强。"孔子又说："伪巧容易给人仁慈的假象。"孔子又接着说："子张，你有时会做得过分，而子夏则往往做得不够。子产好像是民众的母亲，只会喂养，不会教育。"子贡又离开坐席问道："怎样才能做到恰到好处的'中'呢？"孔子说："礼啊礼，就是这个礼决定中与不中的。"

子贡退下来，子游又上前问道："请问所谓礼，就是治理邪恶、保全美德的吗？"孔子说："是这样。""是这样，又该怎样治理邪恶，保全美德呢？"孔子说："郊天祭地的意义，就是对鬼神表示仁爱；秋尝夏禘之礼，就是对祖先表示仁爱；馈奠之礼，就是对死者表示仁爱；乡射乡饮酒之礼，是对同乡邻里表示仁爱；食飨之礼，是对宾客表示仁爱。"

孔子说："如能明白郊天祭地的道理，懂得秋尝夏禘的意义，那么，对于治理国家的事就了如指掌了。所以，日常起居有了礼，长幼就有了分辨；家庭内部有了礼，一家三代就能和睦；朝廷上有了礼，官职和爵位就有了秩序；田猎时有了礼，军事演习就能熟练；军队里有了礼，就能建立战功。于是宫室都符合尺度，量具和祭器都符合法象，五味调和合于时节，音乐合于节拍，车辆合乎规范，鬼神各自得到享祀，丧葬的安排能表达适当的悲哀，辩论谈话有伦有类，百官各掌其职责，政事也能顺利施行。将礼运用于自身的行动和眼前一切事情，一切就都能做得恰到好处了。"

孔子说："礼是什么呢？礼就是治理事情的方法。君子办事，一定要懂得治理的方法。治理国家而没有礼，就好像盲人没人扶助，茫然失去了方向，不知往哪儿走。又好比黑夜在暗室里摸索，没有蜡烛能看见什么呢？如果没有礼，手脚就不知往哪儿放，耳目也不知怎么使用，进退揖让都没有规矩。这样一来，日常起居就分不出长幼上下，家庭内部就会三代不和，朝廷之上官爵也乱了套，田猎练武失去了指挥，军队打仗失去了控制，宫室没有尺度，量具和祭器不符合法度，五味不能按时节调和，奏乐也不合节拍，车辆也不合规范，鬼神没有供品，服丧不能表达悲哀，谈话不伦不类，百官失职，政事不行，自身的举动和眼前的事情，一切都不适宜。像这样就没有办法领导民众协调一致地行动了。"

孔子说："小心听着吧！你们三个。我对你们说：礼一共有九项之多，就其中的大飨之礼，也可再分为四项。如果有人懂了此礼，即使他是个种田人，照礼而行，他就是圣人了。当两位国君相见时，互相作揖谦让，然后进入大门。一进大门，马上钟鼓齐鸣，两人又互相作揖谦让着登上大堂。登上大堂钟鼓之声也停下了。这时大堂下又有管乐奏起《象》的乐曲，大武和夏籥的舞一个接一个进行。陈列鼎俎供品，按照礼乐安排仪式，百官执事一应俱全。像这样君子就可以从这些礼仪中看到仁爱的精神。行动周旋，都很合规矩，连车上的铃也合着《采齐》乐曲的节奏。客人出去时，奏起《雍》曲以送别，撤去供品时则奏起《振羽》之曲。所以君子没有一件事不符合礼节。进门时钟鼓齐鸣，是表示欢迎之情。登堂时演唱歌颂文王的《清庙》之诗，是表示崇高道德。堂下吹起《象》的乐曲，是表示将有大事。所以，古代两君相见，不必用言语交谈，用礼乐就可以互相传达意思了。"

孔子说："所谓礼，就是条理；所谓乐，就是调节。君子没有条理就不能行动，不加调节也作不成事。如果不懂得赋诗言志，礼节上就会出差错。如果不能用音乐来配合，礼就显得质朴枯燥了。如果道德浅薄，那么礼就只是空洞的形式了。"孔子又说："各项制度，是由礼规定了的；仪式的行为方式，也是由礼规定了的。但要实行起来，还得要靠人。"子贡又离开坐席问道："照您前面所说的，是不是夔也不能算通于礼了呢？"孔子说："你问的夔不是指古代的人吗？他是古代的人啊。精通礼而不精通音乐，叫做质朴；精通音乐而不精通礼，就叫做偏颇。夔大概是只精通音乐，礼却不太精通，所以只传下来一个精通音乐的名声。不过他毕竟是古代的人啊！"

子张问到政治的事。孔子说："子张，你上前来，我对你说。君子如果懂得了礼乐，只需把它放到政治上去运用就行了。"子张又向孔子提问。孔子说："子张，你以为必须摆下案几，铺下筵席，上下走动，献酒进馔，举杯酬酢，这样才算是礼吗？你以为必须排下队列，挥舞羽籥，敲钟鸣鼓，这样才叫做乐吗？其实，说的话能切实施行，这就是礼；行的事能使人感到快乐，这就是乐。君子努力做到这两点，那么只要在天子的位置上南面而立，就能使天下太平。诸侯都来朝拜，万事都很得体，百官没有人敢不忠于职守的。

"礼教兴起，百姓就会服从治理；如礼教毁坏，民众就要犯上作乱。从前只凭眼力测量建造的房屋，也都有堂奥和台阶之分，坐席则要分上下，乘车则要分左右，走路则要前后相随，站立也要讲究次序。这都是古代就有的道理。如房屋不分堂奥和台阶，堂屋就要混乱；坐席不分上下，坐次就要混乱；乘车不分左右，车上就要混乱；走路不分前后，路上就要混乱；站立不分次序，位置就要混乱。从前圣明的帝王和诸侯，都要分辨贵贱、长幼、远近、男女、内外的界限，不得互相超越，都是根据这个道理来的。"三位弟子听了孔子这一席话，心中豁然开朗，好像瞎子重见光明。

孔子闲居第二十九

孔子闲坐着休息，子夏在一旁陪伴。子夏说："请问先生，《诗》上说：'凯弟君子，民之父母。'怎样才可以称民之父母呢？"孔子说："民之父母吗？他必须懂得礼乐的根源，达到'五至'，实行'三无'，并用来普及于天下。任何地方出现灾祸，定能预先知道。这样就可以称作民之父母了。"

子夏说："关于民之父母已经听了您的解释，但您说的'五至'又是什么呢？"孔子说："意志所到之处，诗也就产生了。诗所到之处，礼也就产生了。礼所到之处，乐也就产生了。乐所到之处，哀也就产生了。因为哀乐是互相引发的。这种道理，即使擦亮了眼睛，也不可能看见；即使竖起耳朵，也不可能听到。而意志是充满于天地之间的。这就叫做'五至'。"

子夏又说："关于五至已经听了您的解释，但请问所谓'三无'又是什么呢？"孔子说："无声的音乐，无形的礼仪，以及不穿丧服的丧事。"子夏说："三无的大概意思我已经明白了，但请问什么诗句跟这三无的意思比较近似呢？"孔子说："'日夜秉承天命，宽和而又宁静'。这就近似于无声的乐。'仪表威严宽和，没有挑剔之处'。这就近似于无形的礼。'看见人家有灾难，千方百计去救援。'这就近似于不穿丧服的服丧。"

子夏说："您的话说得真是伟大、完美、充分了！要说的道理都在这里了吗？"孔子说："哪能这样说呢？君子要实行这'三无'，还可以从五个方面来阐明它的含义。无声的音乐，不违背心志；无形的礼仪，从容不迫；无服的丧事，由自己内心推广到他人。无声的音乐，表达了心志；无形的礼仪，恭敬谨慎；无服的丧事，推广到四方之国。无声的音乐，使心志顺从；无形的礼仪，使上下融洽；无服的丧事，可以容纳万国。无声的音乐，一天天传播到四方；无形的礼仪，一天天成长扩大；无服的丧事，使纯洁的道德日益昭著。无声的音乐，奋发了心志；无形的礼仪，普及到四海，无服的丧事，传播到子孙后代。"

子夏说："三王的德行，与天地并列。请问怎样才能与天地并列呢？"孔子说："用三无私的精神来治天下。"子夏问："请问什么叫做三无私呢？"孔子说："天覆盖天下没有偏私，地承受万物没有偏私，日月普照天下没有偏私。用这三种精神来治天下，就叫做三无私。这才是《诗》里所谓'帝命不违背，汤王登了位；降世正适时，圣明又谨慎；光明照永久，恭敬事上帝。上帝命汤王，一统大九州。'这就是商汤的德行，天有春夏秋冬四季，普降风雨霜露以滋润万物。这就是圣人施行教化所仿效的法则，地承受着神妙之气，变化出风雷，风雷到处流动，万物露出了生机。这也就是圣人施行教化所仿效的法则。清彻明净的德行在圣人身上，因而他的意志也有神一样的功能。心中将要有所作为，一定先有朕兆出现，好像天将要下雨时，山川里便吐出云气。这在《诗》里面就有这样的诗句：'巍巍五岳，直耸云天。降下神灵，甫侯申伯。周室栋梁，国家屏障。周王恩德，四方宣扬。'这就是说的文王、武王的德行啊！三代的圣王，都是在未做王之前就有了美好的名声。《诗》上说：'光明的天子，美名永无止。'这就是说的三代圣王的德行。'施行文德教化，融洽四方之国。'这就是说的周太王的德行。"

子夏听到这里，跃然站起来，背靠墙恭敬地站立着，说道："弟子岂敢不承受先生这番教导！"

坊记第三十

孔子说："君子的治民之道，就好比是堤防吧！用来防备民众的过失。即使严密地设置堤防，民众也还是有越规的。所以君子用礼来防备道德的过失，用刑罚来制裁淫邪的行为，用法令来防范人欲的泛滥。"

孔子说："小人贫穷便感到窘迫，富裕便会有骄横之气。感到窘迫就会去盗窃，有骄横之气就要犯上作乱。礼就是顺应人之常情而设立制度仪文，作为人民的规范。所以圣人制定富贵的限度，使民众富裕而不致骄横，贫穷而不至于窘迫，有了一定地位而不至于对上级不满。所以犯上作乱的事就日益减少了。"

孔子说："贫穷而能自得其乐，富贵而能爱好礼让；家族人多势众而能安守本分，这样的人世上是极少的。《诗》上说：'民众一心想作乱，宁可忍受苦与毒。'所以按照制度，诸侯国的兵车不得超过一千乘。都城的规模不得超过百雉。大夫家的兵车不得超过一百乘。用这种制度来对他们加以防范。然而即使这样，诸侯还是有叛乱的。"

孔子说："礼是用来裁决断定那些疑惑不定、隐约不明的事情，用来防范民众的。有了礼，贵贱就有了等级，衣服就有了区别，朝廷就有了区分上下的爵位，民众也就会互相谦让。"

孔子说："天上不会有两个太阳，地上不能有两个君王，一家不能有两个主人，至尊的地位只能有一个。这就是向民众显示君臣的区别。《春秋》不记载自称为王的楚、越国君的丧葬之事。礼规定诸侯不得像天子那样称为'天'，大夫不能像诸侯那样称为'君'，这就是担心民众对上下关系产生迷惑。《诗》中说：'看那盍旦鸟儿叫，人们尚且讨厌它。'更何况那些企图僭越的人呢？"

孔子说："国君不跟同姓的人同乘一辆车，跟不同姓的同乘一辆车时要穿着不同的衣服。作出标志避免嫌疑。用这样的方法来防备民众，民众还是有同姓杀害君王的。"

孔子说："君子辞让显贵而不逃避卑贱，辞让财富而不逃避贫穷。所以作乱的事就日益减少了。君子与其使俸禄超出人的才能，不如使人的才能超过所受的俸禄。"

孔子说："分配酒肉，应该反复辞让，然后接受粗陋的一份；即使这样，民众仍然会冒犯长者。安排座次，应该再三辞让，然后坐在下方；即使这样，民众仍然会冒犯尊贵者。朝廷的爵位，应该再三辞让，然后接受卑贱的爵位；即使这样，民众仍然会冒犯君主。《诗》上说：'民众的行为不善良，互相怨恨各执一端，接受爵禄不肯辞让，到了最后一齐灭亡。'"

孔子说："君子尊重他人而贬低自己，让他人在前面而自己居后，这样民众就学会了谦让。所以称别人的君主为'君'，而称自己的国君为'寡君'。"

孔子说："利益和荣誉，应该先给予死者，后给予生者。这样民众就不会背弃死者；先给予远方的人，后给予在国中的人，这样民众才感到国君可以信托。《诗》上说：'你应该思念死去的先君，赡养我这未亡人。'虽然用这样的方法来防范民众，而民众仍然会背弃死者，使得活着的老弱之人悲呼哀号无处诉苦。"

孔子说："治理国家的人，重视人的品德，对有德的人，不吝啬封以爵禄；那么民众就会盛兴礼让。崇尚人的技能，对有能的人，不吝啬赐以车服；那么民众就会学习技艺。所以君子是少说话，多干事；小人则是事还没做，就先说大话。"

孔子说："在上位的人斟酌地听取民众的意愿，民众就会把上面施行的政治看得像天意一样。在上位的人不听取民众的意愿，民众就要犯上；民众不把上面的政治看得像天意，就要作乱。所以君子以信用和礼让来统治百姓，民众也会重重地以礼相报。《诗》上说：'先人有遗训，在上者要咨询及于樵夫。'"

孔子说："有善行则归功于他人，有过错则归咎于自己，这样民众就不会发生争执。有善行则归功于他人，有过错则归咎于自己，这样怨恨就会日益减少。《诗》上说：'你占卜，你算卦，卦体上面无坏话。'"

孔子说："有善行则归功于他人，有过错则归咎于自己。这样民众就会在荣誉面前谦让。《诗》上说：'武王考察占卜，决定建都镐京；龟能正其吉兆，武王完成大事。'这便是归功于他人。"

孔子说："有善行则归功于君主，有过错则归咎于自己，民众就会激发忠君之心。《君陈》篇说；'你有好主意好方法，进去告诉你的君主，然后你再到外面去施行，'并且说：'这主意、这办法，都是我们君主的功德。啊！只有我们善良的君主才能这样光明伟大啊！'这便是归功于君主。"

孔子说："有善行则归功于父母，有过错则归咎于自己。这样民众便会提倡孝道。《大誓》上说：'如果我打败了商纣，那并不是我的武功，而是由于我的父亲本来没有过错，如果商纣打败了我，那并不是我父亲有过错，而是我没有善良的德行。'"

孔子说："君子忘掉父母的过错，而敬重父母的美德。"《论语》上说："三年不改变父亲生前的主张，可以算是孝了。"所以高宗"在父亲死后三年不发表言论。一旦发表言论，天下都感到欢乐"。孔子说："服从父母的命令，不怠慢，即使父母有过错，也只能慢慢地温和地劝谏。为父母担当劳苦而毫无怨言，这样就可称得上是孝了。《诗》上说：'孝子的孝心是无穷的。'"

孔子说："与父母同辈的人和睦相处，才可以称作孝。所以君子以和睦的态度聚合宗族里的人一道燕食。《诗》上说：'兄弟互相友善，大家轻松融洽；不友善的兄弟，则互相说坏话。'"孔子说："对于和父亲同辈的人，可以乘他的车子，但不能穿他的衣服。这就是把对父亲的孝敬推广到父亲的同辈。"

孔子说："小人也都能供养父母，如果君子也只是供养而不是孝敬，怎么能同小人区别开来呢？"

孔子说："父亲和儿子不能处在尊卑相同的位置上，这是为了强调敬重父亲的尊严。《书》上说：'做君主却没有君主的尊严，便是污辱了祖先。'"孔子说："父母健在，儿子不应该称老，只能谈对父母的孝敬，不要企求父母对自己的慈爱。在家庭里只应该以游戏使父母愉快，而不应该在父母面前唉声叹气。君子用这样的教导来防范民众，民众还是缺乏孝敬之心而贪图父母的慈爱。"

孔子说："作为民众的君主，如果能在朝廷上敬重老人，那么民众也会盛行孝敬的风气。"孔子说："祭祀时有'尸'，宗庙里立有神位，是为了向民众显示事奉的对象。修建宗庙，恭敬地进行祭祀，是为了教导民众继续对死者的孝心。即使像这样教导民众，民众还是有忘记死去的父母的。"

孔子说："为了表示对宾客的尊敬，才在宴飨时使用祭器。君子不因为物品菲薄而废弃礼仪，也不因为物品丰盛华美而超出礼仪。按照食礼，主人亲自进酒食，客才行祭食之礼，主人不亲自进酒食，客就不行祭食之礼。所以如果不符合礼仪，即使是华美的物品也不去吃。《易》上说：'东邻虽然杀了牛，却不如西邻举行禴祭能切实得到神的福佑。'《诗》上说：'既醉饮了美酒，又感受到恩德。'以此来指导民众，民众还是会争夺利益而忘记礼义。"

孔子说："七天散斋，三天致斋，来事奉一个人，把他当做'尸'，从他面前经过的人都要快步行走。这都是教导人们要恭敬。醴酒放在室内，醍酒放在堂上，澄酒放在堂下，这是为了指示人民不要贪图浓味。尸饮酒三次，众宾客才饮一次，这是为了显示要有上下尊卑的区别。借着祭祀的酒肉，聚集宗族里的人会餐，是为了教导民众和睦相处。所以堂上的人看着室内的人，作为榜样；堂下的人看着堂上的人作为榜样。《诗》上说：'礼仪都合法度，谈笑也很得体。'"

孔子说："迎宾之礼，每进一步都更加谦让。丧葬之礼，每行一礼，死者就更加远离而去。初死时，浴尸是在室中，饭尸是在窗下，小敛在门内，大敛就到了堂上东阶，停柩又到了堂上西阶，祖奠到宗庙中庭，最后下葬到墓穴。这就是显示死者一步步地远去了。殷人只是到墓穴上去吊丧，而周人则在家中吊丧，这是为了教导民众不能背弃死者。"孔子说："死，是人最终的一件事，我是赞同周人的丧葬之礼的。用这样的礼仪来教导民众，诸侯居然还有死了不如期而葬的情况。"

孔子说："送葬回来后，儿子从西阶登堂，在宾位上接受吊唁。这是要教导民众继续对死者的孝心。丧期未终了，不得称为'君'，这是启示民众不要与父亲争位。所以《春秋》记载晋国的丧事时说：'里克杀了他的国君的儿子奚齐以及国君卓。'用这样的方法来防范民众。民众还是有弑杀父亲的。"

孔子说："用孝道事奉君主，用悌道事奉首长，这是指示人民不得怀有二心。所以君主的儿子在君主健在时不谋求官职，避免与君主争位的嫌疑。只有在代替君主进行占卜时，才可以自称君主之副位。为父亲服丧三年，为君主服丧也是三年，这是向人民显示君主的尊严是不可怀疑的。父母健在，儿子不敢专有自己的身体，不敢私自聚积财产，这是向人民显示有上下的区别。天子在四海之内没有做客的礼节，因为没有人敢做他的主人。所以君主到臣子家里，要从主人的台阶登堂，在堂上就位。这是向人民显示臣子不能专有自己的宫室。父母健在，儿子不可以用车马等贵重财物赠送他人，这是向人民显示儿子不能专有财产。即使用这些教诲来防范民众，民众还是有忘记父母，对君主怀有二心的。"

孔子说："先行相见之礼，然后馈赠币帛，这样是希望人民先做事然后再求利禄。若是先送财物，然后才行礼，民众就会争夺。所以君子对于送礼物的人，如果不能行相见之礼，则礼物看也不必看了。《易》上说：'不耕种就有收获，不开荒而有了良田，这是不吉利的。'用这样的教导来防范民众，民众还是重视利禄，轻视道德行为。"

孔子说："君子不把所有利益全部搜刮干净，而是遗留一点给人民。《诗》上说：'那里有一把遗漏的禾，这里有几颗未收的穗，让孤儿寡妇也得点利。'君子做了官就不同时又种田，种田的，就不同时又打鱼。吃食不要求山珍海味。大夫不可无故杀羊，士不可无故杀狗。《诗》上说：'采葑又采菲，不要连根拔；好话莫违背，和你同生死。'用这样的教导来防范民众，民众还是会忘记道义，争夺利益，以至于丢了性命。"

孔子说："礼可以用来防备民众淫乱。标明男女之区别，避免发生嫌疑，从而成为民众的法纪。男女之间没有媒人，不得建立联系；没有定婚的礼物，不得互相见面。这就是害怕男女之间没有界限。虽然像这样防备民众，民众还是有私自以身相许的。《诗》上说：

丈夫与妻妾共食，
汉画像石。

'怎样才能砍柴？没有斧头不行；怎样才能娶妻？没有媒人不行。怎样才能种麻？先要整理田亩；怎样才能娶妻？必先告诉父母。'"

孔子说："娶妻不娶同姓的人，以此强调血缘的区别。如果是买妾，不知道她的姓，则应该通过占卜决定是否适宜。用这种方法防范民众，鲁昭公居然还娶同姓吴国女人为妻，以至于鲁国《春秋》记载她的死，不称其姓，只说'孟子卒'。"孔子说："礼规定，不是祭祀的时候，男女不得在一起交杯敬酒。用这样的方法来防范民众，阳侯居然还杀了缪侯，占有了他的夫人，所以后来就废止了夫人参加大飨的礼节。"

孔子说："对于寡妇的儿子，如果不是见他确实很有才能，就不要跟他交朋友。这是因为君子应该远远地避开嫌疑。朋友之间交往，如果主人不在家，又不是遇到死人、失火之类的大事，就不要进人家的门。像这样来防范民众，民众还是把色看得比德更重。"

孔子说："喜好美德，应该像喜好美色一样。诸侯不应该在自己的臣民中挑选美女为妻妾，君子远离美色，为民众作出榜样。所以男女不得亲自授受东西。男子给妇人驾车，应该以左手上前。姑、姊妹及女儿等已经出嫁，回娘家时，娘家的男子就不可跟她们坐在一张席上。寡妇不得在夜间哭泣。妇人有病，男人去慰问时，不得问是什么病。用这样的礼节来防备民众，民众仍然奸淫放纵，干出败坏伦常的事情。"

孔子说："按照婚礼，娶亲时女婿要亲自到女方家里去迎接，见到岳父岳母，岳父岳母要亲自把女儿交给女婿，而且还担心女儿不能顺从丈夫。用这种方法来防范民众，还是有一些女子不肯跟随男子回去的。"

中庸第三十一

内容见前。

表记第三十二

孔子说："回去吧！一个德行高尚的人即使隐身山野，他的名声也会远扬的；不必故作矜持之态，而神色却自然庄重；不必声色严厉，而威仪却自然使人敬畏；不必多说话，却自然会得到别人的信任。"孔子说："德行高尚的君子，对人的一举一动没有不得体的地方，对人的一颦一笑没有不合适的地方，对人的一言一语也没有失礼的地方。所以君子的仪容足以使人敬畏，颜色足以使人惊惧，言语足以取得别人的信任。《甫刑》说：'外表恭敬，内心戒惧，要使别人在自己身上找不到一点可以挑剔的话。'"孔子说："在行礼中，有时以露出裼衣为敬，有时以掩着上衣不露裼衣为敬，不能照样做，这样是为了使人民不彼此亵渎。"孔子说："祭祀要尽量表达敬意，虽有宴飨，但不能以欢乐为终止，而失去敬意；朝廷上的事一定要尽力处理好，虽然烦劳，但不能因疲倦而最后草草了事。"

孔子说："德行高尚的人用行为谨慎来避免祸患，用修养笃厚来解除困迫，用恭敬待人来避免耻辱。"孔子说："君子总是庄重恭敬，所以意志一天比一天强；小人总是安乐淫逸，所以才一天比一天苟且委靡。君子绝不会使自己的身心有一天无所检束，如同小人那样好像担心无法过完一天的样子。"孔子说："斋戒然后奉祀鬼神，挑选日子去朝见君主，这样做，是因为担心人民失去恭敬之心。"孔子说："在上位的人如果轻狎侮慢而失去庄重恭敬之心，那么即使用'死'来威胁下民，下民也不会因此而畏惧的。"孔子说："朝聘聚会的时候，如果没有用言辞来互通情意，就不能互相交接；如果没有用见面礼来表达自己的真诚的感情，就不能相见。这样做，就是要使人民不要相互亵渎。《易》上说：'第一次筮占，是示凶吉的，但第二次问、第三次问，就变成亵渎了。既然亵渎了，就不再示吉凶了。'"

孔子说："仁是天下共同的仪表；义是评定天下事物的准则；互相报答，使人乐善去恶，所以是天下的大利。"孔子说："用恩惠来报答别人给自己的恩惠，这样人民就会有所劝勉而友好相待；用怨恨来回报别人对自己的怨恨，这样人民就会有所警戒而不敢对别人不好了。《诗》说：'别人跟我说话，我一定会回答；别人对我有恩惠，我一定会报答。'《大甲》上说：'人民如果没有君主，就不能得到安宁；君主如果没有人民，也不能统治四方。'"孔子说："用恩惠来报答别人对自己的怨恨，那是求苟安的人；用怨恨来报答别人给自己的恩惠，那一定是应该绳之以法的人。"

孔子说："自身没有任何私欲，而天性好仁的，以及自身无所畏惧，而天性厌恶不仁的，在人世间只有极少数这类的人。所以明达事理的君子在议论事理时，一定是从自身出发，尽自己能做到的说；在制定法律时，一定是依据人民的实际情况来制定的。"孔子说："仁的行为有三种情况，它们在仁的效果上虽然是一样的，但出发点却不同。能够造成与仁的同样的效果，这样在效果方面就看不出他们本人的修养程度；但从他们与仁的利害关系来看，就可以知道他们修养到了哪种程度。第一种是真正仁爱的人，他们的天性就是泛爱众人；第二种是有智慧的人，他们知道行仁可以得到实际利益；第三种是害怕犯罪受刑罚的人，他们只是勉强去行仁。仁就像人的右手，道就像人的左手。仁是以人的爱的天性为出发点的，而道却是以人们必须遵循的法则为出发点的。如果过分地偏重于仁，那么义就会做得不够，这样一来人们就会愿意亲近他，但却不太尊敬他；如果过分地偏重于义，那么仁就会做得不够，这样一来人们对他就会敬而远之。道有最高的道，有合于法则的道，有择取旧法而成的道。推行最高的道，就可以成就王业；推行合于法则的道，就可以称霸诸侯；至于推行择取旧法而成的道，那就只能避免过失罢了。"

孔子说："仁有几种，有大小之分；义也有几种，有长短之别。一个人如果遇到不幸的事情，就会从内心发出忧伤悲痛的感情，这就是真正的爱人的仁；依据法律勉强行仁，这不是真正的仁，而是借助仁来达到自己的目的。《诗》说：'丰水边有杞树，周武王又怎能不惦念天下事？留下安民的好谋略给子孙，使他们得享安乐。周武王真是英明伟大啊！'这就是嘉惠流及几代的仁。《国风》说：'我现在尚且担心不能自容，哪里还有功夫顾及到后代呢？'这就是随着自身死亡而结束的仁。"

孔子说："仁就像一件很重的器物，如果道路很远，那么没有谁能举着它，也没有谁能走完这段路，也只能从程度的比较上，以多的算作仁了。像这样勉力去实行仁，不是也很困难吗？所以君子如果用先王的成法来衡量一个人，那么做人就很难达到标准了；如果用今天一般人的标准来要求别人，那么就可以知道谁是贤人了。"孔子说："天性爱行仁道的人是非常少的。《大雅》说：'道德就像羽毛一样轻，但却很少有人能举起它。仔细揣摩一下，只有仲山甫能举起它，许多人虽然有心，却无力帮助它。'《小雅》说：'高山是大家所仰望的，大路是众人所共行的。'"孔子说："作诗者的爱好仁道到了这样的地步，朝着大道前进，一直到不能再继续前进，才停止；忘了自己已经衰老，也不计较自己剩下的日子不多了，仍然毫不懈怠，勉力向前，死而后已。"

孔子说："行仁道的难以成功，这已有很长久的时间了！因为人们已经失去了爱慕仁道的心，所以仁者如有些过失，也就很容易解说了。"孔子说："恭敬很接近于礼，节俭很接近于仁，信实很接近于人情。做人如果能恭敬谦让，那么虽然有过错，也不会是大错。为人恭敬能少犯过错，近于人情就让人信赖，日用节俭就很容易被容纳。由于这样做而犯错误的人，不也是很少见的吗？《诗》说：'恭敬谦让的人，才是道德的基石。'"

孔子说："仁道的难以成功，已经有很长时间了，只有德行高尚的君子才能成功。所以君子不会用只有自己做得到的事去责备别人，也不会用别人做不到的事去讥笑别人。所以圣人规范别人的行为，不是用自己的行为做标准，而是使人民互相勉励，使人民有羞耻心，从而按照圣人所说的去做；用礼来节制他们，用诚心来团结他们，用庄敬的仪容来修饰他们，用合乎礼的服饰来影响他们，用朋友的情义来勉励他们，这样做就是想让他们一心向善。《小雅》说：'难道在别人面前不觉得惭愧？难道就不怕上天报应？'所以君子穿上他们的衣服，还要用君子的仪容来修饰；有了君子的仪容，还要用君子的言辞来文饰；言辞高雅了，还要用君子的道德来充实自己。所以君子常以光有君子的服饰而没有君子的仪容为可耻，以光有君子的仪容而没有君子高雅的辞令为可耻，以光有君子的辞令而没有君子的美德为可耻，以光有君子的道德而没有君子高尚的行为为可耻。所以君子穿了丧服，脸上就会有悲哀的表情；穿了朝服，脸上就会有恭敬的表情；穿上军服，脸上就会有威武不可侵犯的表情。《诗》说：'鹈鹕在鱼梁上捉鱼，还不曾沾湿翅膀；那些没有德行的小人，真不配穿他那一身好衣裳！'"

孔子说:"君子所说的义,就是无论尊贵的人或卑贱的人,在人世上都要认真地做各人的事。譬如天子那么尊贵,还要举行亲耕的仪式,用黍稷和香酒奉侍上天,所以诸侯也要勤勉地辅佐天子。"

孔子说:"在下位的事奉在上位的,是理所当然的事,然而在上位的虽有庇护人民的大德,也不敢有统治人民的心理,这才是仁爱深厚的表现。所以君子恭敬节俭,希望能实现仁道;信实谦让,希望能合于礼义,不夸耀自己的事,不抬高自己的地位,安于职位,不放纵欲望,要谦恭让贤,贬抑自己而推崇别人,小心从事而谨慎得当;希望能用这样的态度事奉君主,得意时是这样,不得意时也是这样,一由天命的安排。《诗》说:'茂密的葛藤,蔓延缠绕在树的枝干上;快乐和易的君子,修德求福,不行邪道。'这正是在说舜、禹、文王、周公啊!因为他们都有治理人民的大德,又有事奉君主的谨慎小心。《诗》又说:'周文王恭敬小心,明白应该怎样奉事上天,得到了许多福佑。他德行高尚,不走邪道,因此得到天下诸侯的拥戴。'"孔子说:"先王给死去的人加一个谥号,这样做是为了尊崇那个人的名声;定谥号时,只是节取那个人的一种美行作代表,这是因为不愿意让一个人的名声超过他的行为。所以君子不夸耀自己做的事,不推崇自己的功绩,目的是求实在;即使有了超常的行为,也不要求别人把自己作为楷模而跟着做,目的是使自己保持敦厚的本性;表彰别人的优点而赞美别人的功劳,目的是对贤能的人表示敬意。所以君子虽然自己贬抑自己,但人民却反而尊敬他。"孔子说:"后稷建立的是天下的宏业,因而受益的难道只是一两个人吗?但他为了使自己的行动超过名声,所以说自己只是一个懂得种庄稼的人。"

孔子说:"德行高尚的君子所说的仁,大概是很难做到的吧!《诗》说:'快乐和易的君子,好比人民的父母。'凯,就是用自强不息的精神教育人民;弟,就是用欢悦的情绪安定人民。人民快乐而不荒废事业,有礼节而彼此亲近,威严庄重而安好,孝顺慈爱而恭敬。使人民像尊敬父亲一样尊敬自己,像亲近母亲一样亲近自己。像这样,然后就可以做人民的父母了。如果不是有极高尚的品德,又有谁能够这样呢?现在做父亲的爱儿子,是见儿子贤能就爱,不能干就鄙视;做母亲的爱儿子,是见儿子贤能就爱,不能干就怜爱。所以母亲容易亲近但没有尊严,父亲有尊严但却难于亲近。水对人来说,可亲近而无尊严;而火是有尊严而不能亲近;地对人来说,可亲近而无尊严,而天却是有尊严而无法接近;君主的政令对人民来说,感到亲近而没有尊严,鬼神却是有尊严而无法亲近的。"

孔子说:"夏代治国是重视政教,虽然敬奉鬼神,但却不把这作为政教的内容;忠于国事而通达人情。首先是发给俸禄,其次才是施予威严;首先是赏赐,其次才是刑罚,所以他们的治国方针使人觉得亲近,但却缺少尊严。一到政教衰败的时候,人民就变得鲁钝而愚笨,骄横而放肆,粗鄙而没有修养。殷代的人尊崇鬼神,国君率领人民奉事鬼神,推重鬼神而轻视礼教,重视刑罚而轻视赏赐,所以他们的治国措施是有尊严而不可亲近,一到政教衰微的时候，人民就变得放荡而不守本分，只知道争胜免罚而不知羞耻。周代的人推崇礼法，广施恩惠，敬事鬼神，但不把这作为教化的内容；忠于国事而通达人情；赏赐或刑罚的轻重，以爵位的高低作等级，所以他们的政令使人觉得亲近，但缺少尊严。一到政教衰落的时候，人就变得贪利取巧，善于文饰而不知羞耻，相互残害和欺蒙。"

孔子说："夏代政令较简单，对人民要求不多，赋税也较轻，所以人民还没厌弃对亲人的感情。殷代的礼节简约，但却对人民要求过多。周代的人勉强人民去奉行政教，虽然没有崇尚鬼神，但赏赐进爵及刑罚却已极其烦多了。"孔子说："虞、夏的政治质朴单纯，所以人民很少有怨恨的情绪。而殷、周的政治，却繁杂到无法收拾的地步了。"孔子说："虞、夏的质朴，殷周的文饰，都达到了极点。虞、夏虽也有文饰，但远远不如质朴多；殷、周虽也有质朴，但远远不如文饰多。"孔子说："后代虽有明王出世，但再也赶不上虞舜了。他治理天下，活着的时候没有一点私心，死后也不特别优待自己的儿子；对待人民就像父母对待儿子一样，既有发自内心的慈爱，也有确实对人民有好处的教化；使人感到亲近而又不失尊严，使人感到安乐而又不失恭敬，既有威严而又感到慈爱，虽富有天下，却对下有礼貌，既能广施恩惠而又没有丝毫偏颇。他的臣下都尊崇仁而谨守义，以浪费为可耻，但并不计较财利，忠心耿耿而又不冒犯上司，循礼而顺从，文雅而持重，宽容而有分寸。《甫刑》上说：'舜德的威严使得人人都敬畏，舜德的明察善恶受到大家的尊敬。'如果不是虞舜，又有谁能做到这样？"

孔子说："事奉君主的人，应该先考虑好治国的大计，然后拜见君主，亲自阐述自己的想法，以便实现这一计划。所以君主可以责成臣下，而臣下也应该鞠躬尽瘁以实现自己提出的治国大计。所以事奉君主的人接受多少俸禄，就应该担当多大责任，这样失职的事也就很少了。"孔子说："事奉君主的人，有大的建议被采纳了，就希望得到君主大的赏赐；有小的建议被采纳了，就希望得到小的赏赐，所以，君子不会因小的建议被采纳而接受大的赏赐，也不会因大的建议被采纳而只接受小的赏赐。《易》上说：'君主家中有大积蓄，不是只跟家人享用，而应分给贤人同享，这样才能得到吉利。'"

孔子说："事奉君主的人不应向君主陈述自己的私事以图私利；也不要尽说漂亮话；如果不是德行高尚的正直君子，就不要和他亲近交往。《小雅》说：'认真做好你的本职工作，和那些正直贤能的人亲近交往。神明能知道这些，一定会赐你福禄。'"孔子说："事奉君主，如果越级献议，就有谄媚贵人的嫌疑；但是，如果在上司左右供职，有事而不劝谏，那就是白受俸禄不干事，像祭祀中的'尸'一样，徒有虚名了。"孔子说："君主身边的近臣，应当调和君主德行，总理大臣整治百官；各部大臣就要谋划四方的事务。"孔子说："事奉君主，如果君主有过失，就应该劝谏而不应当宣扬他的过失。《诗》说：'我在心里爱着他，为什么总不告诉他呢？这种感情深深地埋藏在我心底，哪有一天能忘记？'"

孔子说："从政的人，遇到升官，不急急乎上任，遇到被辞退，却很快就离开了。这样职位的升降，就有秩序了。如果只图升官，不愿辞退下来，那么贤能的人和无能的人就无法分辨了。所以君子做客，三揖然后进门，而告辞一次就要离去，这样做就是要避免造成混乱。"孔子说："从政的人，如果三次与君主意见不合，都没有离开国境，那就是贪图俸禄了；即使别人说他不是有非分的企求，但我却不能相信。"孔子说："从政的人，一开始就要谨慎尽忠，一直恭敬勤勉地做到底。"孔子说："从政的人，无论使他地位尊显或卑贱，还是使他富足或贫乏，甚至可以赦免他的死罪或杀死他，他都可以接受，但却不能使他做不合理义的事。"

孔子说："事奉君主的人，在军队中不应该躲避危险的任务，在朝廷上不应该推辞低贱的工作。因为如果占据那个职位而不履行它的职责，那就会造成混乱。所以君派臣下担负某种使命，如果称心，就要仔细地谋划好，然后接受下来努力地去执行；如果不称心，就要详细地加以考虑，安排妥当，然后接受下来认真地去做，完成使命以后就引退，这是做臣子的应有的忠厚的品德。《易》上说：'并不是侍候王公诸侯，而是尊崇自己的事业。'"孔子说："只有天子是由上天任命的，而臣下都是由天子任命的，所以如果君主顺应天命，那么臣子也会顺应天命；如果君主违背天命，那么臣子就会跟着违背天命。《诗》说：'大鹊拼命地在上面争斗，小鹑也死命地在下面争斗。人们这样你争我夺，都是因为我们立了个不好的人做君主。'"

孔子说："君子是不会只根据一个人漂亮的言辞就断定他是一个尽善尽美的人。所以当社会风气淳美的时候，人们做的就比说的多；当社会风气浮华的时候，人们说的就比做的多。所以君子和那些有丧事的人在一起，如果不能资助他，就不要问他要用多少丧葬费；和那些有病的人在一起，如果无力馈赠他，就不要问他需要什么东西；有远方的客人来访，如果没有地方给他住，就不要问他住在什么地方。所以君子之间的交往就像水一样淡薄；小人之间的交情却像甜酒那样浓厚。君子之间的交情虽然很淡薄，但却能相辅相成；小人之间的交情，虽然很浓厚，但时间长了就会败坏。《小雅》说：'坏话虽然很动听，但祸乱却因此就来了。'"

孔子说："君子是不用空话来讨好别人的，这样做就会在人民中间形成一种忠实的风气。所以君子询问别人是否感觉到冷，同时就会送衣服给他穿；询问别人是否感觉到饥饿，同时就会送食物给他吃；赞誉某人品行高尚，同时就会任用他。《国风》说：'我心里是多么忧虑啊，还是和我一起到那些忠信的君子那里去吧！'"孔子说："答应给人家的好处，却不兑现，这样做怨恨和灾难就一定会降到你身上。所以君子不轻易地答应别人的要求，宁愿受到别人的埋怨。《国风》说：'想当初你有说有笑，而且还赌咒发誓，忠实恳切，谁料到你却反复无常；既然你违背誓言，那就从此算了吧！'"孔子说："君子不会装模作样讨好别人。如果感情疏远却装作亲密的样子，这就小人来说，不就是钻墙洞的小偷了吗？"孔子说："感情要真实，言辞要和婉美巧。"

孔子说:"以前夏、殷、周三代的圣明天子都奉事天地神明,一切事情都由卜筮决定,不敢以私意亵渎上帝。所以不冲犯不吉利的日子,不违背卜筮的旨意。用卜就不再用筮,二者不相重复。大的祭祀要在规定的日子和时刻;小的祭祀就没有规定的时间了,只用筮。外事要用刚日,内事要用柔日。这些都不能违背龟筮的指示。"孔子说:"祭牲、各种礼仪、乐舞以及黍稷等祭品,这些都适合于鬼神,鬼神降福,所以百姓也无怨。"

孔子说:"祭祀后稷是很容易置办完备的。因为他言辞恭敬,欲望简单,而且他的福禄都施及子孙了。《诗》说:'自从后稷开始祭祀,幸蒙神灵保佑,没有什么灾祸和缺憾,直到现在还是这样。'"孔子说:"居高位的人用龟筮都是很恭敬的。天子用卜不用筮,诸侯在国居守,有事才用筮。天子出行,在路上用筮,而诸侯不在自己的封国内不用筮。改换居室寝宫要用卜。天子出巡,住在诸侯的太庙里就不必再用卜了。"孔子说:"君子为了表示恭敬,仕朝聘及款待宾客时就用祭祀的器皿。所以臣下都按着规定来卜筮谒见君长的日子,绝对不违背龟筮的指示,恭敬地事奉他们的君长。所以在上位的人对人民有尊严,在下位的人也不敢对上有所怠慢。"

缁衣第三十三

孔子说:"如果做君主的不苛虐,臣子事奉君主就很容易;如果做臣子的无奸诈之心,君主就很容易了解臣子的实情;这样一来刑罚就不必过于苛烦了。"孔子说:"如果能像《缁衣》里所说的那样喜欢贤能的人,像《巷伯》里所说的那样厌憎奸佞的人,那么君主决不会把官爵随便赏赐人,而人民也会形成忠厚纯朴的风气;不必动用刑罚,而人人也都会恭顺服从政教了。《大雅》说:'周君效法周文王,人民也就会谨厚信实。'"

孔子说:"对人民来说,如果用道德来教化他们,用礼仪来约束他们,那么人民才会有向善的愿望;如果用政令来教导他们,用刑罚来制约他们,那么人民就会有逃避刑罚的念头。所以统治人民的人,如果能像对待儿女那样来爱护他们,那么人民才会亲近他;如果能用诚实的态度来结纳他们,那么人民就不会背叛他;如果能恭恭敬敬地对待人民,那么人民才会有恭顺的心理。《甫刑》上说:'苗人不肯听命,要用刑罚来制裁他们,于是制定了五种酷刑而称作"法",因此有人由于品行低劣,终于绝了后嗣。'"

孔子说:"臣下事奉君主,并不是服从他的命令,而是看他的举动如何,然后跟着去做。君主爱好某种东西,臣下就一定会比他更甚。所以君主的爱憎,不能不十分谨慎,因为他是人民的表率。"孔子说:"禹登位才三年,老百姓就在仁的修养方面有所成就,难道他们的本性必定都是十分爱好仁的吗?《诗》说:'位高望重的尹太师啊,人民都在注视着您呢!'《甫刑》上说:'如果天子有善行,那么天下万民就会因此而得到好处。'《大雅》说：'周成王诚信笃厚，是天下人的楷模。'"孔子说："如果在上位的人爱好仁，那么在下位的人就会争着去行仁，生怕落在别人后面。所以作为人民的尊长就应该表明自己行仁的志向，用正道教化人民，尊崇仁道，像爱护儿女那样去爱护百姓，人民就会去努力修养品行，以求得到尊长的欢心了。《诗》说：'如果君主有正直高尚的德行，那么天下的人民就会顺服他。'"

孔子说："君王所说的本来只有丝那样细小，可是传到臣民的耳中，却变成带子那样粗大；如果君王所说的真有带子那样粗大，那么传到臣民耳中，就会变成引棺的绳索那样粗大了。所以执政的人不应提倡说空话。说得出而做不到的话，君子不说；做得到而不可告人的事，君子也不做。如果能够做到这样，那么人民就不会说的话与做的事相违背，也不会做的事与说的话相违背了。《诗》说：'好好谨慎行动，不违背礼仪。'"

孔子说："君子用善言教导人们，使他们忠信；用美行禁约人们，使他们做的和说的一致。所以执政的人说话一定要考虑它的后果，而行动必须了解它的缺点。这样，人民就会说话谨慎，行事小心了。《诗》说：'你说话开口要谨慎，举止仪表要端正。'《大雅》说：'端庄恭敬的周文王啊，品行高尚又恭谨。'"孔子说："作为人民的尊长，服饰要有固定的样式，举止仪表要有一定的规矩，以此来约束人民的行为，这样人民的道德才会有统一的准则。《诗》说：'那西都时代的人士，个个都在狐皮袍上罩黄衫，他们的举止仪容有规矩，说话文雅有章法，行为以忠信为本，因而受到万民的敬仰。'"

孔子说："居上位的人光明磊落，使人一见就知道他的心思；处下位的人坦诚勤谨，可以依据他的行为使人人了解。这样君主就不会怀疑他的臣下，而臣下也不会不了解他的君主了。尹诰说：'只有我自己和汤，都有纯一的道德。'《诗》说：'善人君子的举止仪容，始终如一不走样。'"孔子说："拥有国家的君主，表彰善良而憎恨邪恶，以此让人民知道自己治国理民的深意，这样人民就会立志向善，而不会有二心。《诗》说：'安分恭敬地做好本职工作，亲近正直贤良的人。'"

孔子说："在上位的人是非不明，老百姓就会不知所从；在下位的人虚伪奸诈，君主尊长就会格外辛劳。所以统治人民的人，应该表明自己的爱好，以此引导人民的风俗；谨慎地表明自己的厌恶，以此控制人民的贪侈，这样人民就不会不知所从了。臣下按照义的要求事奉君主，不尚空谈，不要求君主做力所不及的事，也不烦扰他所不能知的事，这样君主就不会辛劳了。《诗》说：'如果君主反复无常，人民就都要遭殃。'《小雅》说：'臣子不行礼教，这是君主的后患。'"

孔子说："政令之所以不能推行，教化之所以不能成功，是因为爵禄的赏赐太滥，不足以鼓励人们立功，刑罚的施行不公平，不足以使人感到羞耻。所以居上位的人不可滥用刑罚，也不可将爵禄随意赏赐人。《康诰》上说：'施用刑罚一定要谨慎公平。'《甫刑》也说：'施用刑罚，一定要公平合理。'"

孔子说："大臣不亲近君主，老百姓得不到安宁，那么就会臣不忠君，君不敬臣，而富贵却已远远超过他们应得的程度。这样一来，大臣不愿为君主治理事务，而近臣就会趁机结成私党了。所以对大臣不能不恭敬，因为他们是人民的表率；对近臣不能不谨慎防范，因为他们是人民奔走的门径。君主不能和小臣商议大臣的事，不能和远臣谈论近臣的事，也不能与内臣图谋外臣的事；能做到这样，那么大臣就不会有怨望，而近臣就不会产生妒忌，远臣也不会被人阻隔壅蔽了。祭公的临终遗嘱说：'不要因小臣的计谋而破坏了大臣的行动，不要因为宠爱的姬妾而厌弃庄重守礼的王后，也不要因为宠爱的臣子而排斥庄重得礼的忠臣。'"

孔子说："执政的人不亲近贤人，而信用卑鄙的小人；那么人民就会因此去亲近失德的人，而教化便紊乱。《诗》说：'当初君主求我从政时，唯恐得不到我；等得到我以后，却又把我晾在一边，不肯重用我。'《君陈》上说：'当人们没有见到圣道时，好像自己不可能见到；等他见到了圣道，却仍然不能照圣道行事。'"

孔子说："小人由于爱玩水常常被水淹死；君子由于喜欢议论，常常以此招致怨恨；执政的人则常常被人民所陷溺。这些都是太接近而失去戒心。水与人是那样亲近，却常常淹死人；有德的人容易接近，却很难亲近，因此也就容易陷溺于难以亲近的境地；人们喜欢说空话而且唠唠叨叨，可是话容易出口，却难以追回，所以也就容易陷溺于招祸的境地；一般的百姓不通情理，却存有卑贱的心理，要对他们恭敬而不可怠慢随便，因为很容易陷溺于怨叛的困境。所以，君子对这些不能不特别谨慎。《太甲》说：'不要轻易发布命令，使自己倾败；治理人民，应该审慎。就像打猎的人，先要张开弓弦，扣住扳机，等瞄准了目标才发射。'《说命》说：'嘴巴会招来羞辱，甲胄会引来战祸。好比衣服应收藏在箱子里，而不能随便送人；要严于反省，才能动用干戈。'《太甲》说：'上天降给我们的灾难，还是可以躲避的；自己惹来的灾难，却逃避不了。'《尹诰》说：'我伊尹的先祖曾看到夏代西邑的情况，夏代的君主用忠信治民而享有天命，辅助君主的臣子也都有善终。'"

孔子说："人民把君主当做心脏，君主把人民当做身体；心胸宽大就会身体安舒，内心严肃就会容止恭敬。内心有所爱好，身体一定会去适应；君主所爱好的，人民也一定想做到。心脏要靠身体来保护才不会受损害，但也会因身体不健康而受到损伤；君主因为有了人民才得以存在，但也会因为人民的叛离而灭亡。《诗》说：'从前我们有先贤，他讲的话通达事理而且公正严明。国家安宁，城市繁荣，人民也都安居乐业。但在今天又有哪一个人能主持国家的事情而取得成功呢？他们自己不走正道，最终只是使老百姓更加劳苦罢了。'《君牙》上说：'夏天炎热而多雨，小民只顾抱怨老天；而到了冬天酷寒，小民又埋怨不止。'"

孔子说："臣下事奉君主，如果自身不正，说话不守信用，那么道义不能齐一，人们的行为也就无法比较了。"孔子说："说话要用事实检证，行为要合法则；所以活着的时候有坚定不移的志向，死了以后也不至于被剥夺美名。因此，君子要博闻，搞清楚了，就坚守不移。见识要多，要搞清楚，然后亲自实践。学问要精深，但只运用其主要的。《君陈》上说：'出纳政教，都应该采纳众人的意见，要使大家的意见一致。'《诗》说：'善人君子的仪容行为，始终是一致的。'"

孔子说："只有德行高尚的君子能爱好正直的德性，品行低劣的小人最厌恶正直的德性。所以君子有志同道合的朋友，也有共同的好恶。因此，接近他们的人不会感到疑惑，远离他们的人也没有什么怀疑。《诗》说：'君子喜欢德行相同的朋友。'"孔子说："随便地与贫贱而贤能的朋友绝交，而慎重地与富贵而邪恶的朋友绝交，这就是好贤的心不坚定，而嫉恶的行为不显明。虽然有人说这种人不是为了个人的利益，但我却不相信。《诗》说：'朋友之间的关系，是靠言行威仪来维系的。'"

孔子说："私自把恩惠施给别人，而不合于道德的，君子是一定不会接受的。《诗》说：'爱我的人，应该指示我大道啊！'"孔子说："人们如果有了车子，就一定可以看到车前的轼；如果是衣服，就一定可以看到衣袖；人在讲话，一定会听到声音；如果真在做事，就一定会看到成果。《葛覃》说：'旧衣裳穿不厌。'"

孔子说："依照所说的去做，那么所说的话就无法掩饰；照着所做的去说，那么所做的事也无法掩饰。所以君子不必多讲话，而只是用行动来证实他的信实，这样人民就不能随意地夸大他的优点，而掩饰他的缺点了。《诗》说：'白玉上面有污点，还可以琢磨干净；但说出的话有了毛病，可就再也无法挽回了。'《小雅》说：'信实的君子，真诚而有大成就。'《君奭》上说：'以前上天慎重地奖励文王的德行，才将伟大的使命降在他身上。'"

孔子说："南方人有句话说：'人如果三心二意，就不能替他卜筮。'这大概是古人留下的一句谚语吧！这种人的吉凶连龟筮都不知道，何况是凡人呢？《诗》说：'连我的灵龟都厌烦了，再也不肯把吉凶的道理告诉我了。'《说命》说：'爵禄不要赏赐给德性不好的人；如果赐爵与人，立他为卿大夫，就一定要选那些有恒心而行正道的人。不断地祭祀求神，是最大的不恭敬；事情烦杂了，就扰乱了典礼，事奉鬼神也就难以得福了。'《易》说：'如果不使德性有恒，就会受到羞辱。'又说：'依恒常之道行事，女子贞卜，则吉，男子贞卜，则凶。'"

奔丧第三十四

从外地赶回去办丧事的礼节是：一听到亲人的死讯时，就用哭声来回答报丧人，尽情哀哭；然后才询问亲人死亡的原因，听完报丧人的叙述后，又尽情哭泣。于是上路返家，每天赶一百里路，但不在夜里赶路。只有为父母奔丧的人，才能在早晨星星未隐没时上路，到黄昏星星出现时歇宿。如果听到讣告后不能立即出发，那就要把丧服准备齐全后穿着它上路。奔丧的人每过一国，到了国境上都要哭泣，哭泣必尽哀而止。在路上哭泣，要避开集市和诸侯的朝廷。在望见亲人所在国的国境时就要连续哭泣，一直到家。

到了家门口，从大门的左边进门，从西阶登堂，走到殡东，面向西跪坐下来，尽情哭泣，哭时要去掉头饰用麻扎住头发，袒露左臂。然后下堂，走到庭东自己该站的位置上，脸向西再哭，边哭边踊脚。哭完后到东序东穿好衣服，戴上麻首绖，系上苴麻腰带，再回到原来的位置，拜谢宾客且哭泣踊脚，然后送宾到门口，又回到原位。如果有迟来吊丧的宾客，也要拜谢，哭泣踊脚、送宾，都和前面所做的一样。送走宾客之后，庶兄弟以及堂兄弟都离开殡宫，走到大门外就停止哭泣，关上大门，赞礼就告诉大家该到守丧棚里去了。奔丧的人，在第二天哭殡时，还是括发袒露左臂哭泣踊脚，第三天哭殡时仍是如此。到第四天穿上孝服后，拜谢和送别来宾时，还都和以前一样。如果奔丧的人不是丧主，那么就由丧主替他拜宾和送宾。

奔丧的人如果是服齐衰以下丧服的亲属，也是从大门的左边进去，站在庭中间，脸向北，尽情哭泣，然后到东序东去掉冠戴，用麻布扎住头发，系上麻腰带，再站到自己应站的位置上袒露左臂，与丧主人一起哭泣踊脚。在第二天和第三天哭殡时，都要免，袒露左臂。如果有吊丧的宾客，就由主人替他拜宾、送宾。主人主妇在接待回来奔丧的人时，都是站在朝夕哭的位置，不要改变。

为母奔丧，跪坐在殡东，脸向西尽情哭泣，哭时除冠用麻扎住头发，袒露左臂。然后下堂，走到庭中东面即位，面向西哭泣踊脚，再到东序东去穿上衣服，用麻布扎住头发，系上腰带。拜宾送宾都和奔父丧的礼节一样，但从第二天哭殡起就不用麻扎头发。

妇人奔丧，从东阶升堂，跪坐在殡东，面向西，尽情哭泣。然后在东序去缅，用麻布扎发，再走到自己的哭位上，与主人轮流痛哭踊脚。

为父亲奔丧的人如果没能在死者葬前赶到家，就要先到墓上去，面朝北跪坐，尽情哀哭。在家中主办丧事的人接待奔丧者时，在墓左就位，妇人在墓右就位，哭泣踊脚，尽哀而止。奔丧者用麻束发后，才到东边就主人位，再戴上首绖，系上苴麻腰带，又哭泣踊脚。哭后拜谢宾客，拜完后回到原来位置哭泣踊脚，这时赞礼告知在墓上的礼节完毕。于是，奔丧者戴上冠回家，从大门的左半边进去，面朝北痛哭，尽哀而止，用麻束发，袒露左臂，踊脚痛哭后到东阶下就位，拜谢宾客后再哭踊。宾客出门时，主人拜送。如有迟来的宾客，主人拜谢哭泣踊脚，宾客离开时的拜送和前面一样。庶兄弟和堂兄弟都走出门，出门后就停止哭泣，赞礼告知主人该到倚庐里去了。在第二天早上哭泣时，仍须用麻束发、哭泣踊脚；第三天早上哭泣时，还是用麻束发，哭泣踊脚；第三天就穿上全套丧服。第五天早哭泣后，赞相丧礼的人宣布在灵堂的礼节完毕。为母亲奔丧和为父亲奔丧不同的地方是：只在刚到家哭泣时括发一次，其余哭泣时都用麻布束发，直到结束。其他的礼节都和为父奔丧相同。

　　为齐衰以下的亲属奔丧，如果没能在入葬前赶到家，也要先到墓上去，面向西痛哭尽哀，在墓东除冠，袒露左臂，用布条束发，衣上加麻缞，然后即位，和主人一起哭泣踊脚，然后穿上衣服。如果有宾客来吊，由主人拜宾、送宾。要是有迟来的宾客，拜宾送宾的仪节与前面一样。赞相丧礼的人宣布在墓上的礼节结束。于是奔丧者戴上冠回家，从大门左半边入门，站在庭中面向北痛哭尽哀，再用布条束发，袒露左臂，哭泣踊脚，走到东面就位，向宾客拜谢。宾客离开时，由主人拜送。第二天早上哭泣时，用布条束发，袒露左臂哭泣踊脚，第三天早上哭泣时也是一样。第四天穿上全套丧服，第五天早上哭泣后，赞相丧礼的人宣布奔丧的礼节结束。

　　听到父母的死讯而不能奔丧，所用的礼节是：一听到死讯就痛哭，尽哀而止；然后问明死亡缘由，再痛哭尽哀。于是在庭院中排列和灵堂相同的哭位，主人去冠用麻束发，袒露左臂哭泣踊脚，再穿上衣服，戴上首绖，系上用麻拧成的腰带，走上哭位。拜宾时不在哭位上，拜后返回哭位哭泣踊脚。宾客离开时，主人在大门外拜送，然后回到哭位。如果有迟来的宾客，主人也先下拜再哭泣踊脚，宾出时，也在大门外拜送。第二天哭泣时，主人用麻束发，袒露左臂哭泣踊脚，第三天哭泣时也是如此。第四天穿上全套丧服，第五天哭泣时，拜宾、送宾和以前一样。

　　如果奔丧的人在家人已除丧后才归来，那就要到墓地去哀哭踊脚，在墓东即位，用麻束发，袒露左臂，戴上麻绖，再拜宾哭泣踊脚。送走宾客后，又返回原位，痛哭尽哀，然后除去丧服。到家中就不再哭泣。原先在家主持丧事的人在接待归来奔丧者时，不须改变他本来穿的服装，和奔丧者一起哭泣，但不踊脚。齐衰以下的亲属在除丧后回来奔丧的礼节，和上面说的不同的地方是：只要用布条束发，并且在衣上加麻缞。

　　凡是在外面按亲疏关系排定哭位的，必须不是父母的丧事，而是齐衰以下亲属的丧事，遇到这些丧事，都要站到哭位上。听到死讯后先痛哭，尽哀而止，然后到东序去用布条束发，戴上绖带，再走上哭位，袒露左臂哭泣踊脚，然后穿上衣服，接着向宾客拜谢，回到哭位上，哭泣踊脚。送走宾客之后，仍要站到哭位上，这时赞礼的人告知当进入守丧的庐舍。从听到死讯的那天起算，三天之内哭五次，就不再哭了，主人出门送宾客，庶子和堂兄弟们都跟着出门，出门后就停止哭泣，赞礼的人告知仪节已完毕。第四天穿上丧服后仍要拜宾送宾。如果排列哭位的地方离家很远，那就可以在成服之后再去报丧。

　　为齐衰关系的亲人奔丧，在望见家乡后开始哭泣；为大功关系的亲人奔丧，在望见家门后开始哭泣；为小功关系的亲人奔丧，在跨进家门时开始哭泣；为缌麻关系的亲人奔丧，站到哭位上才开始哭泣。同姓而无丧服关系的人死了，就到祖庙里为他哭一次；母亲或妻子的族人死了，就在寝室里为他哭一次；老师死了，就在庙门外为他哭一次；朋友死了，就在寝室门外为他哭一次；有过交往而又通过姓名的人死了，就在郊外张设帷帐，在里面为他哭一次。

凡是在外地按亲疏排列哭位而哭泣时，都不设奠。不奔丧而在外边哭泣的次数是：为天子哭九次，为诸侯哭七次，为卿、大夫哭五次，为士哭三次。大夫在别国为自己过去的君主哭泣时，不能自以为主人而拜宾、送客。做臣子的出使在别国，为自己的君主哭泣时，也不能以主人自居拜宾、送宾。诸侯的兄弟居住在外国，为诸侯也是按亲疏排列哭位哭泣。凡是在外国依亲疏排列哭位哭泣的人，只要袒露左臂一次。只是一般交往的人吊丧，先到丧家去哭，然后到墓地，无论在丧家还是在墓地哭泣，都要踊脚，其方式是跟在主人后面，面向北踊脚。

凡有丧事，父亲在世就由父亲主持，如果父已死亡，兄弟都住在一起的，就各自为自己的子孙主持丧事。如果大家与死者的亲属关系都相同，就由年龄最大的人主持丧事；如果关系不同，就由关系最亲密的人主持。听到远房兄弟的死讯，但却在除丧之后才听到的，虽然也用麻布束发，袒露左臂哭泣踊脚，但拜宾时要把左手包在右手外边。不需穿丧服但仍站在按亲疏排定的位置上哭泣的，只有嫂叔之间，以及本来有服而因出嫁降为无服的族姑姊妹们，她们都要在吊服上加麻绖。凡是奔丧者到家正在行礼的时候，有大夫来吊丧，主人就袒露左臂向大夫下拜，踊脚哭泣后再穿上衣服。如果是士来吊丧，主人要穿上衣服再下拜。

问丧第三十五

在父亲或母亲刚去世的时候，孝子要除掉冠饰，只留发笄和包髻的网巾，赤着脚，把深衣前襟的下摆反系在腰里，两手交叉拊心而哭。悲惨的心情，伤痛的意念，伤及肾脏、摧裂肝脏、灼焦心肺，三天一点汤水也喝不下。家中不生火做饭，所以邻居煮点稀粥给他吃。心中有悲哀，脸容形体都变得枯槁憔悴；心中有伤痛，嘴里吃饭没滋味，身上穿戴也不自在。

死后三天大敛，死人在床上叫尸，放入棺材后就叫柩，只要是移动了尸或柩，孝子就要哭泣踊脚，没有次数规定，尽哀而止。悲切的心情，痛苦的意念，使得心中烦闷，血气郁积，所以就脱衣露臂，踊脚踊跳，用这种方式来活动肢体，安定心情。清除郁积之气。妇女不适合袒衣露体，所以就敞开衣领，以手捶胸，双脚踊地，乒乒乓乓，就像筑墙一样，悲伤哀痛到极点了。所以说：捶胸踊脚，痛哭流涕，是用以送死者。送走死者形骸，迎回他的灵魂。

在送葬的时候，孝子看着前面，显出急促的表情，就像在追赶死去的亲人而又追不上的样子；葬毕归来的时候，显出惶恐不安的表情，就像寻找亲人而又找不到的样子。所以送葬时就像小孩慕念父母那样急切，葬后回来就像拿不定主意那样疑惑不安。一路上寻找而没有找到，进了大门也看不到，登上厅堂也看不到，走进寝室也看不到，亲人真的走了，死去了，再也看不到了，所以痛哭流涕，捶胸踯脚，直到把心中的哀伤都发散出来为止。然而心中仍是充满惆怅、凄怆、恍惚、伤叹，只有心痛，意悲，别无他念。到庙中祭祀，把他当做鬼神来供奉，心存侥幸，希望亲人的灵魂能回来。

棺枢入坑，用土埋好后，孝子返回来，不敢进入自己的寝室，而住在倚庐中，是因为哀伤死去的亲人在外面；睡草垫，枕土块，是因为哀伤亲人躺在泥土之中。所以经常哭泣，没有定时，为亲人忧心劳思地服丧三年，日夜思慕，这些都是孝子尽孝的表现，也是人们感情的真实流露。

有人问道："死后三天才装殓入棺是为什么呢？"答道："孝子在亲人刚去世时，心中悲痛哀伤忧闷，所以伏在尸身上痛哭不止，好像亲人还能复活似的，怎么可以从他手里抢来装殓入棺呢？所以说三天以后装殓，是等待他复活。过了三天而没复活，也就没有复活的指望了，孝子盼望亲人复活的信心也就大为减弱了。而且过了三天，家中的备办丧事工作以及孝服等，也可以完成了，在远方的亲属也可以赶到家了。所以圣人为丧事作出规定，以三天后入殓作为礼制。"

有人问道："戴着冠的时候就不脱衣露臂。这是为什么呢？"答道："冠，是最尊贵的头饰，不能戴在脱衣露臂的人头上，所以脱衣露臂时就用麻布扎发来代替冠。但是秃子就不用免，驼背就不袒衣，跛子就不踯脚，这并不是他们不悲哀，而是身体有不可治愈的疾病，不可能完全依照礼节去做。所以说：丧礼只要以哀伤为主。女子哭得悲伤哀切，又捶胸击心；男子哭得悲伤哀切，磕头至地，袒衣露臂，这都是悲哀到极点了。"

有人问道："童子为什么要戴免呢？"答道："这是没有行冠礼的人的头饰。《仪礼》说：'小孩子不为远亲服缌麻丧服，只有父母双亡而当家的小孩才为远亲服缌麻丧服。'凡是服缌麻丧服的人都要戴免，而当家的人既要戴免，还要拿孝棒。"

有人问道："孝棒是什么做的呢？"答道："有竹子做的，也有桐木做的，而用竹用桐表示悲哀至极是一样的。所以为父亲用苴杖，苴杖是竹子做的；为母亲用削杖，削杖是桐木削制而成的。"

有人问道："为什么要拄孝棒呢？"答道："孝子在父母死后，经常哭泣，服丧忧心劳思三年，身体虚弱，甩孝棒来扶持病体。然而父亲健在就不敢（为母、为妻、为长子）拄孝棒，是为了避尊者的嫌疑。在堂上不拄孝棒，是为了避开尊者所处的地方。在堂上不快步走，表示不急促。这些都是孝子尽孝的表现，是人们感情的真实流露，也是礼的含义的主要部分。这些不是从天上掉下来的，也不是从地里冒出来的，而是出于人的本性。"

服问第三十六

《大传》的"从服"规定说到，有的人要跟着服轻服的人服重服，比如国君的庶子的妻为国君正夫人服丧比丈夫重；有的人要跟着服重服的人服轻服，比如丈夫为岳父母服丧比妻子轻。有的人跟着没有丧服的人也要服丧，比如庶子的妻要为丈夫的外祖父母服丧，而庶子却不服丧；有的人跟着有丧服的人却不要服丧，比如国君的庶子不为岳父母服丧，虽然他的妻是服丧的。《大传》又说：生母被父亲休弃了，儿子要为继母的娘家人服丧；如果是母亲早死，那就要为母亲的娘家人服丧。凡已为母亲的娘家人服丧了，就不再为继母的娘家人服丧。

本来已有三年之丧，到了小祥应改服轻丧服时，又遇到须服满一年的丧服，在后死者入葬以后，所穿丧服就用三年之丧改服之后的葛腰带，戴期年之丧的首经，衣服仍用改服之后的功衰。如果遇到的是大功丧服，也和遇到期年之丧一样穿用丧服。如果遇到的是小功丧服，那就不改动已变轻的丧服。

大功以上的丧服用连根的麻腰带，变服之后就用葛腰带。小祥以后，又遇到小功以下的丧服，那么在需要除冠用布条束发时，就要加载小功的首经；行过礼后，不用"免"，也就除去经。以后遇到需要戴经的时候一定要戴经，戴过之后就可除下来。加服小功丧服的不必改换原来丧事到小祥以后变服的冠，如果遇到要去掉练冠而用布条束发时，应戴上缌麻或小功丧服的首经，但仍用原来的葛腰带。加服丧服，不能以轻易重，所以缌麻丧服的麻带，不能替换下小功的葛带；小功丧服的麻带，不能替换下大功的葛带，因为只有带根的麻带才需要改换成轻服。

身上的三年丧服已经换成葛带后，又遇到殇死的丧服，如果是长殇或中殇，就须把葛带换成麻带，等到殇死的丧服期满，再换成原来的葛带。这并不是说殇服的麻带比葛带重，而是因为殇服没有卒哭后变麻为葛的规定。如果是下殇，就不要这样。

诸侯为天子服丧三年，诸侯的夫人为天子服丧和诸侯的兄弟之妻为诸侯服丧的时间一样，服期为一年。诸侯的嫡长子不为天子服丧。诸侯只为夫人、妻和嫡长子、嫡长子之妻主持丧事。大夫的嫡子为诸侯、诸侯夫人、诸侯的嫡长子服丧，用士一级的规格。国君的母亲如果不是国君父亲的正夫人，群君就不为她服丧，只有她的近臣和驾车以及车右为她服丧，所穿的丧服和国君相同。国君为卿大夫服丧时穿锡衰，在家和出门都是如此，但参加丧礼仪式时要在皮弁上加环经。大夫为大夫服丧也是这样。国君为卿大夫的妻服丧，到丧家去吊丧时就穿丧服，出来就不穿丧服。

凡有丧服在身而外出访人，都不要除去首经，即使是去朝见国君，也不要除去首经。只有穿着齐衰丧服的人经过公门时，才除去麻衰。这就是《杂记》中说的"君子不剥夺他人守丧的礼节，也不减省自己守丧的礼节"。旧《传》说：虽然罪行有许多种类，但刑罚只有五种；虽然丧服关系有许多种类，但丧服只有五种。有的向上靠，有的向下靠，而归入五等中，所以刑罚和丧服等列相似。

間传第三十七

斩衰丧服为什么要用苴麻做绖、带呢？因为苴麻的颜色苍黑，外表粗恶，佩带苴麻是本于内心的悲痛而表现于服饰。服斩衰的人悲痛得脸色如苴麻，服齐衰的人脸色如枲麻，服大功的人神情呆板，只有服小功和缌麻的人才有平常的脸色，这是各种不同的哀痛在容貌上的表现。

服斩衰的人哭泣，一口气一吐而尽，就像有去无还的样子；服齐衰的人哭泣，声音一高一低，好像有去有来；服大功的人哭泣，每一声有几个高低，最后还要拉长余声；服小功或缌麻的人只要哭得有悲哀的样子就行了。这是不同程度的悲哀在声音上的表现。服斩衰的人只"欸欸"地答应而不回答具体的话；服齐衰的人只回答别人的问话而不主动地说话；服大功的人可以主动地说话但不去议论；服小功或缌麻的人可以议论但不谈笑。这是不同程度的悲哀在言语上的表现。

亲人刚死，服斩衰的人三天不吃东西，服齐衰的人两天不吃东西，服大功的人停食三顿，服小功或缌麻的人停食两顿，士人如果参与小敛或大敛，也要停食一顿。所以父母死亡，在入殡以后孝子才开始吃粥，早上用一溢米煮粥，晚上也用一溢米煮粥；服齐衰的人，吃些粗疏的食物和喝一点儿水，不吃蔬菜和果品；服大功的人，可吃菜果，但不用酱醋等调料；服小功或缌麻的人，只要不喝甜酒和白酒就行了。这是不同程度的悲哀在饮食上的表现。

为父母守丧，到了举行过虞祭和卒哭祭后，可以吃粗疏的饭食和喝水，但不能吃蔬菜和果品；守丧满一年举行小祥祭后，可以吃蔬菜和果品；又过一年举行大祥祭以后，吃饭也能用酱醋等调料了；与大祥祭隔一个月举行禫祭，禫祭以后就可以喝甜酒了。开始喝酒要先喝甜酒，开始吃肉要先吃干肉。

为父母守丧，住在倚墙搭起的茅棚里，睡在草垫上，用土块作枕头，睡时也不脱下首绖和腰带；服齐衰的人守丧，居住在用土坯为墙而不涂饰的茅棚里，睡的蒲席边缘只剪齐而不反摺为边；服大功的人守丧，可以睡在平常的席上；服小功或缌麻的人守丧，可以有床。这是不同程度的悲哀在居住设备上的表现。为父母守丧的人，到了举行了虞祭和卒哭祭之后，可以把倚庐挨地的一边抬起用柱子撑高，剪齐门两边的茅草，睡到四周剪齐而不摺边的席上；守丧满一年举行小祥祭之后，就住到垩室里，睡在平常用的席上；再过一年举行大祥祭以后，就住到自己寝室里；又隔一个月举行禫祭，禫祭之后可以睡床。

斩衰用的布是三升，齐衰用的布有四升、五升、六升，大功用的布有七升，八升、九升，小功用的布有十升、十一升、十二升，缌麻用的布是十五升布的经线而抽去一半织成的稀疏麻布。只在织前加工麻线，织成之后不再加工的布就叫缌。这是不同程度的悲哀在丧服上的表现。

斩衰是用三升布制成的，到虞祭卒哭以后，就可以递减为六升成布的衣裳和七升的冠。为母亲穿的齐衰丧服是用四升布制成的，到虞祭卒哭后也可以递减为七升成布的衣裳和八升的冠。去掉麻腰带改用葛腰带，葛腰带是纠成三重的。服丧满一年举行小祥祭可戴漂练过的丝冠和领子有浅红色滚边的内衣，但腰带和首绖不能都除掉。男子先脱去首绖，妇人先解去腰带。男子为什么先除首绖？妇人为什么先除腰带呢？因为男子的首绖是丧服中最重的，妇人的腰带是丧服中最重的。除丧要先除最重的部分，而遇到新丧才改换最轻的部分。又过一年举行大祥祭，可戴生绢制的冠，穿十五升的麻布深衣。隔一个月举行禫祭，禫祭就戴黑经白纬布制的冠。自此以后，就可以佩戴各种装饰了。

改换丧服，为什么原有重丧在身遇新轻丧，改换旧丧的较轻部分呢？如果原来已有斩衰丧服，在卒哭之后，又遭齐衰丧服，改换丧服后，斩衰的较轻部分就包含在新改的丧服之内，而斩衰的重要部分只能独立地保持着。如果斩衰丧服在练祭之后，又遇到大功丧服，那么在新丧卒哭祭以前，男女都用麻绖麻带，卒哭之后，男女都用葛绖葛带。如果原来已有齐衰丧服，在虞祭卒哭祭以后，又遇到大功丧服，那么男子头上戴齐衰葛绖，腰系大功麻带；女子腰系齐衰葛带，头戴大功麻绖。

斩衰变服之后的葛带葛绖与齐衰未变服之前的麻带麻绖的粗细相同；齐衰变服后的葛带葛绖与大功的麻带麻绖粗细相同；大功的葛带葛绖与小功的麻带麻绖粗细相同；小功的葛带葛绖与缌麻的麻带麻绖粗细相同。如果变服后的葛带葛绖与新丧的麻带麻绖相同，那就可以既服旧丧的葛，又可以服新丧的麻。但兼服的原则是保留原来丧服的较重部分的葛，而较轻的部分就改成新丧的麻。

三年问第三十八

"守丧三年是根据什么制定的呢？"答道："这是根据与哀情相称而制定的礼文，藉此来表明亲属关系，区别亲疏贵贱的界限，因而是不能任意增减的。所以说这是不能更改的原则。"创伤巨大，复原的日子就长；悲痛愈深，平息的时间就迟，所以要守丧三年，这是与长久的哀情相称的礼文，也是为极度的哀痛而制定的。守丧三年，要穿斩衰，拄着粗陋的竹杖，住在倚墙搭起的茅棚里，吃稀饭，睡草垫，枕土块，用这些来表明内心的巨大哀痛。所谓守丧三年，其实是二十五月就结束，虽然人们的哀痛还没有平息，对死者的怀念还没有忘却，但丧服要在这个时候除掉，这难道不是守丧有终止的期限，恢复正常的生活也有限界吗？

凡是生在天地之间的，只要是有血肉有气息的动物，就一定有知觉。有知觉的动物，没有不晓得爱自己同类的。就说那些大鸟大兽吧，如果失掉同伴或死了配偶，即使过了一个月，或过了一个季节，还是一定要返回，到曾路经住过的地方时，或者盘翔号叫，或者徘徊良久，然后才肯离去。哪怕是很小的燕子、麻雀，也要鸣叫好一阵才肯离去。有血气的动物群类中，没有比人更有知觉的，所以人对于自己的亲人，到死也不会忘记。如果依着那些愚昧邪恶放荡的人吧，那他们早晨死了亲人，到晚上就会忘掉，要是顺从他们的意思规定守丧时间，那么人就连鸟兽都不如了，怎能够在一起生活而不乱呢？如果依着那些很有修养又心地纯正的人吧，他们认为三年丧服到满二十五月就除掉，就好像四匹马拉的车从缝隙一闪而过那样快，要是成全他们的意愿，那就要没完没了地服丧了。所以古代的君王根据这些情况采取折中的办法制定礼节，使大家都能够做到合乎礼又合乎理，就让人们在二十五月时除丧。

"为什么有满一年的丧服呢？"答道："为最亲近但不尊贵的亲属服丧就在满一年的时候除丧。"又问道："这是为什么呢？"答道："一年之中，天体星辰已循环一次了，春夏秋冬四季也已更换一轮了，在天地之间的万物，没有不重新开始的，所以满一年时除丧服，也是象征着重新开始。"

"那为什么有的丧服要到第三年才期满呢？"答道："是因为死者地位尊贵而特加隆重，于是使丧期延长到双倍时间，所以要服满二年。""从九月以下的丧期又是为什么呢？"答道："因为有的亲属不及至亲，于是丧期也就比不上至亲。"

所以三年的丧期是特加的隆重，缌麻三月、小功五月是因关系疏远而减轻的，一年或九月的齐衰、大功处在两者之间。丧期的规定，上取天象，下取地物，中取人情，人类之所以能群居生活而和睦团结的道理都表现出来了。所以守丧三年是人情中最完美的体现，也就是所说的最隆重的礼，这是历代君王都相同，古今都一致的，没有人知道是从什么时候开始的。孔子说："小孩生下三年后，才能离开父母的怀抱；为父母守丧三年，也是天下通行的丧礼。"

深衣第三十九

古代深衣的制作是有一定的规格的，以切合于圆规、矩尺、墨线，秤锤、秤杆。不能短到露出小腿肚，不能长得拖地，裳的衽连在右边，中间收小，呈上下广中间狭的形状，腰际的宽度是裳下摆的一半。腋下袖缝的高低，以可以使胳膊运动自如为标准。袖子在手以外的部分，以反折过来刚好到手肘为合度。腰间的大带，不能太下盖住股骨。也不能太上盖住肋骨。适当的位置，在肋骨下股骨上的无骨之处。

深衣裁制的方式：上六幅、下六幅，共十二幅，以合于一年十二个月。袖口圆，像圆规；方形的交领似矩，表示应该方正；背缝似一直线至脚后跟，表示应该正直；裳的下摆似秤锤秤杆，表示应该公平。袖口如圆规，则揖让有仪容；背缝一条直线和方形的交领，表示要为政正直，行为合于义理。《周易》中说：坤卦第二爻的动态，表示正直而且方正。裳的下摆似秤锤秤杆一样平直，用以安定心志和平正内心。深衣符合五个方面的法则，所以圣人要穿它。从规矩中取法它的方正无私；从绳墨中取法正直；从权衡取法它的平正。所以先王看重深衣。

汉代着深衣女木俑，长沙马王堆6号汉墓出土。

深衣可以作为文事的服装，可以作为武事的服装，可以作为接待宾客时赞礼的傧相服装，也可以作为整训部队时的服装，这种服装比较结实而且花费不多，除祭服朝服外就数深衣重要了。如果父母、祖父母都在，深衣用五采的布帛镶边；如父母双全，深衣用青色的布帛镶边；如是孤儿，深衣镶边全用白色的布帛。袖口镶边、裳的底部镶边、裳的两侧镶边，宽度都是一寸半。

投壶第四十

投壶的礼节：主人捧着矢，司射捧着盛筹码的筒，又让人拿着壶。主人邀请宾客说："我某人有不直的箭和不好的壶，愿供宾客娱乐。"宾客回答说："您有美酒佳肴，我某人已经受到赏赐，再蒙招待娱乐，实在不敢当。"主人又说："不直的箭不好的壶，用不到推辞，愿请一道娱乐。"宾客又答："我某人已受到赏赐招待，再蒙招待娱乐，实在不敢当。"主人再一次说："不直的箭不好的壶，用不到推辞，愿坚请您一道娱乐。"宾客答道："我某人再三推辞不了，怎敢不听从？"

宾客在西阶再拜接受箭，主人原地转身，并说："避礼。"主人在东阶上下拜送箭，宾客原地转身并说："避礼。"拜毕，接受箭，前进到堂的两楹之间。主人退至原来的位置，向宾客作揖，请客人上席。

司射上堂丈量壶放置的位置。摆好壶后司射回到西阶的位置上，将算筹筒陈设好，算

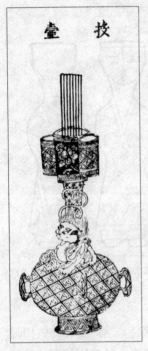

投壶，选自《三才图会》。

筹筒上所刻咒鹿头面向东。司射手拿八个算筹站起，告诉宾客说："箭头进入壶中，才算是投入。主宾轮流投，如果一人连续投，即使投中也不算。胜的斟酒给没有投中的称喝罚酒。罚酒喝过后，替得胜的一方立一马。如果立了三马，为胜者一方喝庆贺酒。"司射也用上述的程序告诉主人。司射又告鼓瑟的人说："请奏《狸首》乐曲，乐曲每段休止的时间都要一律。"乐队之长回答说："是。"

司射向主人宾客双方报告箭已准备好了，请开始更替投壶。如有人投中，司射就坐下放一个算筹在筹码筒里。作为宾客一方的坐于司射的右面，作为主人一方的坐在司射的左面。

仕女投壶图，佚名绘。

投壶结束，司射收起剩余的算筹说："主客双方都已投完，请求计算双方投入的次数。两个算筹称为一纯，一次拿一纯，只有一个算筹称为奇。"统计完毕，拿着得胜一方多出的算筹报告说："某一方超过某一方多少纯。"如超过的是单数就说："超过奇。"如双方均等，就说："主宾双方相等。"

司射让胜者一方的子弟斟酒时说："请斟酒。"斟酒的子弟说："是。"败方须饮罚酒的人都跪下捧着酒杯说："承蒙赏赐酒喝。"胜方亦跪下说："敬以此酒为奉养。"

正礼罚酒完毕，为得胜的一方立一马。所立的马要放在原先放置算筹的前面。如果轮番投三次以后，一方得二马，一方得一马，得一马的一方要将一马并给得二马的一方，并庆贺胜的一方。在行庆礼时，司射说："三个马已经俱备，请为得到马多的一方庆贺。"宾主双方都说："是。"庆胜酒喝过后，司射请撤去计算胜负的马。

用多少算筹，看在座参加投壶的人数而定。箭的长度，如在室中投壶用二尺的箭，如在堂上投壶用二尺八寸的箭，如在庭中投壶用三尺六寸的箭。算筹的长度为一尺二寸。投壶用的壶，壶颈长七寸，壶的腹部高五寸，壶口的直径为二寸半，壶的体积可以容放一斗五升的实物。壶中放入小豆，为的是怕箭投进后又重新跳出。壶的位置离席二根半箭的距离。箭，用柘木或棘木，而且不要刮掉树皮。

鲁国规定司射戒令主宾双方的年轻人说："不要怠慢、不要傲慢、不要背转身立着、不要大声与间隔较远的人谈话，背转身和远距离与人谈话，按常例都要罚酒。"薛国规定司射戒令主宾双方的年轻人说："不要怠慢、不要傲慢、不要背转身立着、不要大声与间隔较远的人谈话，触犯上述戒令的人要受罚。"

司射、司正、以及站着看投壶的成年人，他们都属于宾一方参加投壶；奏乐的、服务人员、小孩，都属于主人一方参加投壶。

击鼙鼓的鼓谱〇□〇〇□〇〇□〇〇半〇□〇〇□〇〇□〇□〇这是鲁国击鼙鼓的鼓谱。〇□〇〇〇□□〇〇〇□〇〇〇□□〇□半〇□〇〇〇□□〇这是薛国的鼓谱。"半"字以下的鼓谱用为投壶礼，全部的鼓谱用于射礼。

又有记鲁国的鼓谱为〇□〇〇□□〇〇□半〇□〇〇〇〇□〇〇□。薛国的鼓谱为〇□〇〇〇〇□〇□〇〇〇〇□〇〇□〇半〇□〇□〇〇〇〇□□。

儒行第四十一

鲁哀公问孔子，说："先生穿的衣服，是儒者特有的服饰吗？"孔子回答说："我孔丘小时候住在鲁国，所以穿鲁国人常穿的大袖子的单衣；长大后曾经在宋国居住过，所以戴宋国人所戴的章甫冠。我听到过这样的话，一个德行优异的君子应有广博的学识，而他的服饰则随所居地的习俗，我不知道有什么儒者特有的服装。"

哀公又问："请问儒者的行为准则？"孔子回答说："急匆匆地数说，很难将这些事说完全；将儒行全部数说清楚，需很长时间，等到仆侍换班，还不能说完。"

哀公命人替孔子铺上坐席，孔子侍坐一旁。说："儒者有的像席上的国宝等待人君的聘召；早晚加强学习，以等待别人垂问；心怀忠信，以等待别人推举；身体力行，以等待别人取用。儒者修身自立有如上所说的。

"有的儒者穿戴适中，不异于常人，举止十分谨慎。对大事，在退让时，辞貌宽缓，似有傲慢之情；对小事，在退让时，却并非坚辞似假客气似的。处理大事，则有畏惧之色；处理小事，似有惭愧，惟恐做不好。不愿与人争，但愿退让，好像是无能之辈。儒者的态度表情，有如上所说的。

"有的儒者平日家居时的态度亦十分庄重恐惧，无论坐或立都非常恭敬。言必有信，行为不偏邪。在行路上，不与人争平坦险阻；冬天夏天，不与人争温暖凉爽的住处。珍惜生命，为了等待发挥作用的机会；保养身体，是希望有所作为。儒者的防祸害，行善道有如上所说的。

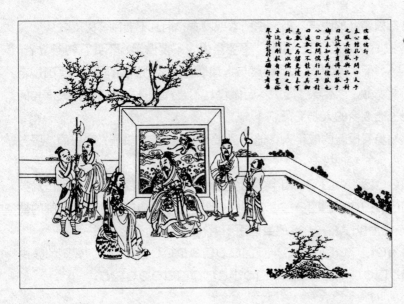

儒服儒行，选自
《孔子圣迹图》。

　　"有的儒者不珍重金玉，而十分珍重忠信的品德；不祈求拥有土地，而将树立德义作为安身立命的土地；不祈求聚敛财货，而以具有渊博的知识为富有。有时很难得到儒者，因为他们轻视高官厚禄；他们轻视高官厚禄，也就难以留住。不是政治清明的时代，他们隐居不仕，这不是很难得到吗！如国君的行为不合义理，他们就不与合作而离去，这不是很难留住吗！他们以事业为先，受禄为后，这不是轻视厚禄吗！儒者与人交往有如上所说的。

　　"有的儒者当给他财物，或用娱乐玩好去腐蚀他时，他在利诱面前决不见利忘义；用兵众去威胁他，用武器去恐吓他，在死亡面前他也不变更操守。遇到凶禽猛兽，不先衡量自己的勇力，就奋不顾身地去搏击；遇到要举重鼎，不先衡量自身的力气就动手；对于过去的事，不再追悔；对于未来的事，不预先妄加猜测；说了错话，发现了再也不说；对于流言蜚语，不去穷根究底；他的威严不能损害；只要应该做的，不反复考虑，才决定去做。儒者立身独特有如上所说的。

　　"有的儒者可与相亲密，但不可以威胁；可与接近，而不可以逼迫；可以杀，而不可以侮辱。对住处不追求奢侈华丽，吃喝也不讲究，有了过失可以私下进行辨正，而不可以在大庭广众中当面指责。儒者刚毅的品德，有如上所说的。

　　"有的儒者将忠信的品德当做像铠甲头盔一样的护身装备，以遵循礼义当做像大小盾牌一样的防御武器；一切行动，仁义都不离身，即使遇到暴虐的政治，不改变自己的操守。儒者立身处世有如上所说的。

　　"有的儒者，住处只有十步见方，室屋四周的墙只有四五丈；门是树枝编成的，只有一扇小门，用蓬草来遮掩，用破瓦器的口作窗；全家只有一件像样的衣服，谁出门就换上这件衣服；一天的饭要吃两天。国君采纳他的建议，则坚信不疑，竭尽心力；国君不采用他的建议，也决不去取媚于人。儒者的从政态度有如上所说的。

　　"有的儒者，虽跟当今之人相处，但思想行为却与古人相合；现在身体力行的事，将成为未来人学习的榜样。如没有遇到政治清明的时代，得不到国君的提拔，基层的官吏也不加以推举；造谣谄谀之徒，又相互勾结来危害他，但只能危害他的肉体，而思想意识却决不改变。虽处险境，一举一动还是想伸展他的志向，仍然念念不忘百姓的患难痛苦。儒者的忧国忧民意识有如上所说的。

　　"有的儒者，有广博的学识，而仍不停止学习；虽有纯美的品德：仍不倦地提高自己。不得志独处之时，不会有不正当的行为；如通达仕于君上，行正道而称其职守。遵循以和为贵的礼仪，并以忠信为美德，以和柔作为法则。推举贤人而又能容纳众人，做到严肃方正与柔和圆转相结合。儒者的宽容胸怀有如上所说的。

　　"有的儒者，对族内的贤者，不因为避讳亲属关系而不推举；对族外的贤者，不因为此人和自己有私仇而不推荐。在推举前，对被推举人的功业、历年的事迹进行考核，推举贤者力求使他们获得任用。推举贤者，并不企望对方报答；只希望国君因得到贤者的辅佐，使理想得以实现。儒者所考虑的是如何对国家有利，不求自己的富贵。儒者推贤举能的情况有如上所说的。

　　"有的儒者，听到有益的话就告诉他的友人，看到好的行为就指示给朋友看。在爵位面前，朋友之间互相谦让；在患难面前，争着捐躯。友人长期不得志，自己愿意等待着一同出仕，友人在远处不得志，总想方设法招致。儒者推荐友人有如上所说的。

　　"有的儒者，洁身自好不为污浊所染，处处以道德自厉。陈述自己意见，静待君命；默默地坚持正道。如国君不理解他，再稍稍地表达自己的意思以示启发，又不急于求成。在地位低下的人面前，不自以为高贵；不夸大自己的功绩。遇到盛世，不自轻自贱；遇到乱世，仍然坚持信念。对观点相同的人，不妄加吹捧；对观点不同的人，不妄加非议。儒者不随声附和保持独立人格有如上所说的。

　　"有的儒者，上不为天子的臣，下不为诸侯的吏；谨慎平静，崇尚宽和，坚强刚毅而又能与人交往，学识渊博却又能服膺贤人。亲近文章典籍，以磨砺个人方正的行为，即使将裂土分封，在他看来却像锱铢一般微不足道，不愿臣服于人和不出仕做官。儒者规范自己的行为有如上所说的。

　　"有的儒者，有志同道合的朋友，有用同一方法学道的同志；如与友人同有成就当然十分高兴，如互有高低，彼此亦不嫌弃。与友人长期不获相见，听到对他的流言蜚语，自己不相信。一切行为要本于方正，树立在道义之上。志同道合，就接近追随他；道不同，就退避疏远。儒者的交友之道有如上所说的。

　　"温柔善良，是仁者的根本；恭敬谨慎，是仁者的土壤；宽大包容，是仁者的行动；

谦逊待人，乃仁者所能；一举一动都有礼貌，是仁者的外貌；说话谈吐高雅，是仁者的文采；吹歌弹唱，是仁者的谐和；分散钱财，赈济贫穷，是仁者的施与。儒者兼有以上的美德，仍然不敢说自己已达到仁。儒者恭敬谦让有如上所说的。

"儒者不因为贫贱困迫而丧失意志，不因为富贵享乐而失掉节操；不因被君王困辱，卿大夫的干涉牵制，官吏的逼害而背弃主张，所以叫做儒。现在众人对儒的看法是不正确的，常常把儒者作为笑料讲。"

孔子回到鲁国居住，鲁哀公供养招待他。听了以上的话后，对孔子的话更加相信，对他的行事觉得更加合理。鲁哀公说："我这一生，不敢拿儒来开玩笑。"

大学第四十二

内容见前。

冠义第四十三

人之所以成为人，因为有礼义。礼义从哪里做起呢？在于端正仪容、表情严肃、说话和顺。仪容端正、表情严肃、说话和顺，然后才进一步要求具备礼义。这样，君臣的名分得以确立、使父子的关系亲密、使长辈和晚辈更加和睦。君臣之间的名分确立、父子间相亲相爱、长辈和晚辈和睦相处，然后礼义获得成立。古时到了二十岁行了冠礼，才备齐各种服饰。服饰完备了，然后要求仪容端正、表情严肃、说话和顺。所以说冠礼是礼的开始。因为这个缘故，古代圣王十分重视冠礼。

古代举行冠礼，选择日子和请谁来主持冠礼，都要由占筮来决定，这样做是因为冠礼是件十分严肃的事，严肃对待冠礼也是重视礼。重视礼，是治理国家的根本大事。

在阼阶上行冠礼，以此表示冠者将来要代替主人成为一家之长。冠者位于客位，主人向他敬酒，加冠三次，一次比一次尊贵，这是希望以后能取得成就。加冠时，再给他起一个字号，这对成年人来说是必不可少的。冠后去见母亲，母亲要答拜；与兄弟相见，兄弟也要答拜，因为他已成人，所以要对他行礼。穿着玄冠玄端的礼服去见国君，将见面礼摆在地上，表示不敢直接交给国君。接着带上见面礼去见卿大夫等长官及德高望重的老者，这是以成人的资格与他们相见。

一个人成为成年人，就用成年人的礼来要求他。用成年人的礼要求他，就是要求对父母要行儿子的礼，对兄弟要行兄弟的礼，对君上要行臣下的礼，对长辈要行晚辈的礼。要用以上四个方面的品行来要求他，冠礼能不重要吗！

一个人做到对父母孝、对兄弟友爱、对君主尽忠，对长辈顺从，才能真正称得上是个人。成为真正的人，然后可以教导和管理别人。因此圣王十分重视礼，所以说：冠礼是成人之礼的开始，是嘉礼中重要的一项。因为这个缘故，古人十分重视冠礼。因为重视冠礼，所以要在宗庙中举行。凡是在宗庙中举行的，都表示事情是很重要的。尊崇事情的重要，就不由己专任其事。不敢专任其事，所以自谦而尊敬祖先，要于祖庙中举行。

昏义第四十四

婚礼的意义在于要结成两姓之好，对上以事奉宗庙，对下以继承后世，所以君子十分重视它。因此在婚礼纳采、问名、纳吉、纳征、请期的日子，女方的父母都要先在家庙中摆设几席，然后亲自出门拜迎男方的使者，入了庙门，双方揖让而登堂，在庙堂里听受使者转达男家的话，这一切都是为了使婚礼庄敬隆重。

父亲亲自给儿子行醮礼，吩咐他迎娶新妇。这是表示男的要先去迎娶，然后女的才跟随男的而来。儿子秉承父命去迎亲，女方的父母在家庙里设了几席，然后在门外拜迎女婿。新婿捧着鹅走进去，彼此揖让登堂，再拜置鹅在地上，因为这是奉了父母的命令。然后走下堂，出来把新妇的车驾好，并将车上的挽手绳交给新妇，然后驾着车子向前走，当车轮转了三圈时，就交给御者驾驶。自己的车先到家门外等着，新妇到了，新郎就对新妇作揖，请她进门。吃饭时，夫妇共用一牢，合饮一尊酒，这样做是为了表示夫妇二位一体，尊卑一样，彼此相亲相爱。

经过庄敬隆重的婚礼后，新婚夫妇才彼此相亲爱，这是礼的大原则。同时，也是为了划分男女之间的界限，然后建立起夫妇之间正常

唐代婚宴场面，敦煌莫高窟榆林25窟壁画。

的关系。有了男女之间的界限，才会有夫妇之间正常的关系；有了夫妇之间正常的关系；然后才会有父子亲爱；有了父子亲爱，然后君臣才能各安其位。所以说：婚礼是礼的根本。礼，是以冠礼为起点，以婚礼为根本，以丧祭为最隆重，以朝觐、聘问为最尊敬，以射、乡饮酒为最和睦了；这些是礼的大原则。

新妇清早起床，梳洗打扮好，等待进见公婆。到天明的时候，赞礼的妇人领着新妇去见公婆，新妇拿着竹箅，里面盛着枣、栗、干肉，去拜见公婆。赞礼的妇人代公婆酌甜酒赐新妇，新妇在席上祭肉酱、祭酒之后，便完成了做媳妇的礼节。公公婆婆回到寝室后，新妇向公婆献上一只蒸熟的小猪，以表明做媳妇的孝顺。第二天，公婆以"一献之礼"飨新妇，然后"奠酬"，礼毕。公婆先由西阶下去，新妇由阼阶下去，这样是表明新妇将接替婆婆做家庭主妇了。

清雍正妃行乐图，清佚名绘，私人藏。

完成了做媳妇的礼节，表明了媳妇的孝顺，又反复地表示她可以接替婆婆做家庭主妇，这样隆重地待她，是为了让她能履行做媳妇的孝顺。所谓媳妇的孝顺，就是指要顺从公婆的意愿；并与其他女眷和睦相处；然后履行对丈夫的义务：经理丝麻布帛的事，保管家中储备的财物。所以媳妇尽到了责任，然后家庭才能和谐安定；家庭和谐安定了，然后这个家才能长久不衰；所以圣王十分重视妇女的孝顺。

所以古代女子在出嫁前三个月，如果她还在五服之内，就在宗子庙里接受婚前教育；如已在五服之外别成支族，就在支子的庙里接受婚前教育；教她有关妇女贞顺的德性、言语的应对、打扮装饰及家务事等等。学成以后，要祭告祖先。祭时用鱼作俎，用蘋藻作羹汤。这都是为了完成女子柔顺的德性。

在古代，天子的后妃设立六宫、三夫人、九嫔、二十七世妇、八十一御妻，以掌管天下家室，显示天下妇女柔顺的德性，所以内室和睦而家庭安定。天子设立六官、三公、九卿、二十七大夫、八十一元士，以掌管天下大事，显示天下臣民的政教，所以外部和谐而国家大治。因此说：天子掌管臣民的政教，后妃掌管妇女柔顺的德性；天子整理阳刚的大道，后妃治理阴柔的德性；天子掌管外部的治理，后妃掌管内部的职责。政教、柔顺形成了风俗，外部内部和顺，国与家都治理得十分有条理，这就叫做盛德。

因此，凡是政教不修治，违背了阳道，天上就会出现谴责的征兆，发生日蚀；凡是妇女柔顺的德性不修治，违背了阴道，天上也会出现谴责的征兆，发生月蚀。所以遇到日蚀，天子就穿纯白的衣服，而考核六官的职责，以清除整理天下的阳事；遇到月蚀，后妃就穿纯白的衣服，而考核六宫的职责，以清除整理天下的阴事。所以天子与后妃，就像日与月，阴与阳，互相依靠才能存在。天子推行政教，就像父亲管教儿子；后妃推行女德，就像母亲教导女儿；所以说：天子与后妃，就好比父亲与母亲，因此如果天子死了，他的臣下为他服斩衰三年，这和为父亲服丧服同样的意思；如果后妃死了，臣下为她服齐衰，也和为母亲服丧服一样的意思。

乡饮酒义第四十五

乡饮酒的礼仪是这样：主人在乡学门外拜迎宾客，宾客进门之后，作揖三次然后到阶下，彼此推让三次然后升阶，这样做都是为了表示尊敬谦让的意思。洗手洗杯，然后举杯饮酒，这是为了表示清洁。宾客到了而主人拜迎，主人洗爵而宾客拜谢，主人献酒而宾客拜受，宾客接受了而主人在阼上拜送，宾客干杯而拜，这样是为了表达敬意。彼此尊重、谦让、洁净、恭敬，这是君子相互交往的原则。君子能尊重谦让，就不会发生争斗，能洁净恭敬，就不会出现怠慢，不怠慢不争斗，就不会有争讼的事；没有争讼的事，也就没有强暴作乱的祸害了。这是君子避免祸害的方法，所以圣人用礼来加以制约。

乡大夫、州长、里正及卿、大夫、士等人行乡饮酒礼时，酒尊放在房户之间，表示这是宾主共用的。尊里盛着水，是以质朴为贵。菜肴从东房端出来，表示是由主人供具的。在东边房檐下放个“洗”，是主人自己洁净用的，表示敬事宾客。

宾与主，象征天与地；介与僎，象征阴与阳；宾、介、僎及众宾客，象征日月星三光；彼此推让三次，像月朔后三天而月始见光明；四面对着坐，象征着春夏秋冬四时。天地间严肃寒凝的气，从西南方开始，到西北方最为强盛，这是天地间尊贵威严的气，是天地间的义气。天地间温和敦厚的气，从东北方开始，到东南方最为强盛，这是天地间盛明道德的气，是天地间的仁气。

主人尊敬宾客，所以把宾客的位置安排在西北方，而把介的位置安排在西南方，以辅助宾客，宾客是用义来待人的，所以坐在西北。主人是用仁德敦厚来待人的，所以坐在东南方。而把馔安排在东北方，以辅助主人。仁义交接，宾主各安其所，而且待客的俎豆符合数目，这就叫做圣明。既圣明，又恭敬，这就叫做礼。用礼来作规范，使长幼身体力行，这就叫德。所谓德，就是自身的行为都合于礼义。所以说：古代学习道艺的人，就是要使心身有所得。因此，圣人都努力去实行。

宾在席上祭主人所献的菜肴与酒，这是向主人表示敬意的礼仪。尝一下肺，是表示接受主人所献菜肴的礼仪。尝一口酒，是表示成就主人献酢的礼仪。移到席的末位，是说此席的真正意义不只是为饮食，而是为了行礼的，这是重礼仪而轻财物的表现。在西阶上干杯，也是说此席的意义不只是为饮食的。这都是表示先礼仪而后财物的意思。能够做到先礼仪而后财物，那么人民中就会兴起一种恭敬谦让的风气，也就不会发生互相争夺的事了。

乡饮酒的礼仪是：六十岁以上的人坐着，而五十岁的人则站着侍候，听候差使，这是为了表明对长辈的尊重。六十岁的人三盘菜，七十岁的人四盘，八十岁的人五盘，九十岁的人六盘，这是为了表明对老人的奉养。人民懂得尊敬奉养老人，然后才能在家孝顺父母，善事兄长。人民能在家中孝顺父母，善事兄长，在外尊敬奉养老人，而后教化才能成功，教化成功了，然后国家才能得到安定。君子所说的孝，并不是挨家挨户去宣扬，也不是要每天召来加以戒谕；而只要在乡饮酒和射的时候把人们集合起来，教导他们乡饮酒的礼仪就行了，这样孝顺悌爱的德行就建立了。孔子说："我参观过乡饮酒的礼仪，就知道王者的教化是很容易推行的。"

主人亲自到宾及介的家中敦请，而其他的众宾则先到宾家的门外，等着跟随宾一同前往。到了主人门外，主人拜迎宾及介，而揖请其他的宾客进去。这样做贵贱就分得很清楚了。宾主彼此三揖然后走到阶前，互相推让三次然后主人引导宾登阶。拜迎、揖让宾的来到，又酌酒献宾，宾又回敬主人，辞让的礼节十分繁富。至主人与介之间，礼节就减省了许多。至于其他众宾，只是登阶接受献爵，坐着行祭，站着喝酒，不必回敬主人就可下阶。从这些不同的做法来看，礼的繁富与省减就分得很清楚了。

乐正进来，登堂唱了三首诗歌，主人献酒给他；吹笙的人进来，在堂下吹奏了三支曲子，主人也献酒给他；乐正与吹笙的又轮流交替地各演奏了三首诗歌；然后一唱一吹配合起来各演奏了三首诗歌。于是，乐正就报告主宾，乐歌已经演奏完备，自己就退下堂来。这时主人身边管事的人对宾举杯，表示开始旅酬，于是就设立司正。由此可知，乡饮酒能使大家和谐欢乐而又不放肆失礼。宾先向主人劝酒，主人又向介劝酒，介又向众宾客劝酒，按年龄的长幼顺序饮酒，直到侍候宾主盥洗的人为止。由此可知，乡饮酒时，不论年纪长幼都不会遗漏。撤俎之后都走下堂来，脱掉鞋子，然后再登堂就坐，这时就开始无算爵，彼此劝酒，不计杯数。饮酒的限度要以早上不耽误早朝，晚上不耽误治事为准。饮酒结束，宾离去，主人拜送。至此，所有的礼仪都全部完成了。由此可知，乡饮酒可以使大家平安燕乐而不发生任何混乱。

贵贱分明了，礼的繁富和省减清楚了，和谐欢乐而又不放肆失礼，不论长幼都不会遗漏，平安燕乐而不发生混乱，这五种行为，足以规范身心而安定国家。国家安定了，天下才能安定。所以孔子说："我参观了乡饮酒的礼仪，就知道王者的教化是很容易推行的。"

乡饮酒的意义是：设立宾以象征天的崇高，设立主以象征地的低卑，设立陪客、观礼者以象征日月，设立三位长宾以象征三大辰。古代制定礼法，以天地来经营它，以日月来总理它，以三大辰来辅助它，这些是政治与教化的根本。

在堂的东方烹煮狗肉，是效法阳气起于东方。"洗"放在阼阶上，所用的水摆在"洗"的东边，这是效法天地的东方是海。酒尊里盛着水，是教导人民不要忘了本源。

宾一定要面向南坐。东方就是春天的位置，所谓春就是活动生长的意思，化育万物，是因为生气通达的原故。南方就是夏天的位置，所谓夏就是大的意思，供养万物，生长万物，繁盛万物，这就是仁。西方是秋天的位置，所谓秋就是收敛的意思，依时节杀戮来收敛，目的是为了守义。北方是冬天的位置，所谓冬就是终了的意思，庄稼收割完毕就要收藏。所以天子站立时，都是左傍着"圣"，面向着"仁"，右靠着"义"，背依着"藏"。介一定要面向东坐，在宾主之间通达情意。主人一定要坐在东方，东方是春天的位置，所谓春天就是活动生长的意思，是化育万物的。做主人的就这个位置，是因为他也是生产万物以奉宾的。月朔后三日，然后阴暗的部分才开始恢复光明，三个月就成为一季，所以礼有推让三次的规定，建国也一定要设立三个卿位。乡饮酒时设立三位长宾，也是这个意思。这是政治教化的根本，也是礼的最大依据。

射义第四十六

古代诸侯举行射礼，一定先举行燕礼；卿、大夫、士举行乡射礼，一定先举行乡饮酒礼。燕礼这一礼节，是用来明确君臣之间的名分的；乡饮酒这一礼节，是用来明确长幼次序的。

射箭的人，前进、后退、转身一定要合乎礼仪的要求。思想纯正，身体挺直，然后拿起弓矢，目光专注箭靶。拿起弓矢，目光专注箭靶，然后才能谈到射中。这样在射箭过程中就可以观察到人的道德品性了。

射箭时的音乐节拍：天子射时，用《驺虞》为节拍，诸侯射时，用《狸首》为节拍，卿大夫射时，用《采蘋》为节拍，士射时，用《采蘩》作为节拍。《驺虞》歌颂百官齐备；《狸首》歌颂诸侯按时朝见天子；《采蘋》歌颂遵循法度；《采蘩》歌颂不荒废本职工作。所以天子用齐备百官的歌曲为节拍，诸侯用按时朝会天子的歌曲为节拍，卿大夫用遵循法度的歌曲为节拍，士用不荒废本职工作的歌曲为节拍。

明确各自伴射歌曲的思想意义，从而不荒废各自的职事，这样就能达到成就功业和确立好的品德行为。各种人都确立好的品德行为，就不会有暴虐作乱的种种灾祸发生，成就功业就可以使国家安定。所以说：举行射礼，可以用来观察美好的德行。

因此，古代天子利用射箭来考察诸侯、卿、大夫、士的德行。射箭这件事，是每一个男子都应该从事的，并用乐曲来配合修饰它。能与礼乐相配合，又可以不断反复地进行，从而确立好的品德行为的，没有比射箭更好的了。所以，圣明的君主一定致力于射这件事。

因此，古代天子规定：诸侯每年要向天子报告和进奉祭祀物品，还向天子推荐人才，天子在射宫对他们进行考核。如果仪态合乎礼仪，发射的快慢合于乐曲的节拍，射中的次数又多的人，获得参加祭祀的资格；如果仪态不合乎礼仪，发射的快慢不合于乐曲的节拍，而中靶的次数又少的人，不能参加祭祀。推荐的士，多次参加祭祀的，君主就获得褒奖；推荐的士，多次不能参加祭祀的，君主要受到责罚。多次受到褒奖的就增加封地，多次受到责罚的就削减封地。所以说：射箭这件事，它是有关诸侯的赏罚。因为如此，所以诸侯君臣们尽心于习射，藉以练习熟悉礼仪和乐曲。国君大臣都能很好地学习礼乐，却因此遭到放逐灭国的，从来没有过。

所以《诗》说："天子的宗室诸侯，当燕礼向宾、公、卿、大夫们举杯献酒完毕后，大夫们和品德高尚的君子们、众士们，无论职位高低都不要留滞于各自的官衙内，都到君主处侍候；来参加燕礼又参加射礼，既获得安乐又获得声誉。"诗意是说君臣共同在一起专心于射，藉以练习礼乐，既安乐又有声誉。因为如此，所以天子制定射礼，诸侯全力从事于射礼。这就是天子不通过武力来治理诸侯，诸侯纠正自己行为的办法啊！

孔子演习射礼在矍相的场上，观看的人挤得像一堵墙。乡饮酒礼毕，司正改称司马行射礼时，孔子让子路拿着弓矢出来延请射箭的人说："打败仗的将军，使国君亡国的大夫，贪图财产认人作父的不要进入，其余都进入。"离去的大概有一半人，进入的有一半人。孔子又让公罔之裘、序点举起酒杯对大众讲话，公罔之裘举杯说："二三十岁时能作到孝顺父母敬爱兄弟，六七十岁时能爱好礼仪，不随波逐流，修养品德到老，有这样的人吗？如果有，请站到射位上。"离去的大约有一半，留下的有一半。序点又举杯说："爱好学习永不懈怠，爱好礼仪矢志不变，八十九十乃至百岁，称颂正道不受悖乱的影响，有这样的人吗？如果有，请站到射位上。"这样很少有人留下来的了。

射的意义，是抒发的意思；又说是舍处的意思。抒发的意思，指抒发各人的志向。思想纯正、身体端正，拿起弓矢，视力集中，瞄得很准，就能射中箭靶。所以说：做父亲的，在射箭时把射中箭靶当做做好父亲的目标；做儿子的，把射中箭靶当做做一个好儿子的目标；做国君的，把射中箭靶当做做好一个国君的目标；做臣下的，把射中箭靶当做做好臣下的目标。射箭的人身份不同，各人都把射中作为符合各种身份的目标。天子举行大射之礼称作"射侯"。"射侯"的意思，是说射箭的目的是做诸侯，射中靶心符合做诸侯，射不中靶心就不够诸侯的条件。

重阳习射，清王致诚绘《乾隆射箭图》。

天子将要举行祭祀，必定先演习射箭在泽宫。泽字的意思，是说利用射箭在诸侯推荐的士中选择助祭的人。在泽宫演习完毕后，然后又到射宫演习射箭。射中的人获得参与祭祀，没有射中的人不能参与祭祀。不能参加祭祀的要受到责罚，削减推举诸侯的封地。获得参加祭祀的人受到奖励，增加荐举诸侯的封地。提升爵位、减损封地都根据射箭。

生了男孩子后，一定在门口挂着桑木的弓和六根用蓬草作的箭，用来向上下及东南西北四方发射。天地四方之事，是男子应从事的事。所以一定先立这个志，然后才敢享用谷物。犹言得先做事，然后才有饭吃。

射箭这件事，包涵"仁"的道理。射先要求自己思想纯正、身体端正，自己做到思想纯正和身体端正，然后才发射。发射，没有射中，不埋怨胜过自己的人，回过头来在自身找原因罢了。孔子说："品德高尚的君子是不与人争胜的；如有所争，一定是射箭吧！揖拜谦让升堂，射后，下堂再共同饮酒，这是君子的争胜。"

孔子说："射箭的人射箭的目标是什么？耳朵注意听什么？按照音乐的节拍发射，射出后又正中靶的中心，只有贤德的人才能做到啊！至于不贤之辈，他们如何能射中目标呢？"《诗》说："射箭希望射中靶心，以免喝你的罚酒。"祈，是求的意思，希望射中，求得免喝罚酒。酒是用来养老的，或用来养病的。希望射中以免喝酒，这是推辞别人的奉养啊。

燕义第四十七

古代周天子设置庶子官。庶子官的职责是管理诸侯、卿、大夫、士的诸子的部队，执掌他们的戒法政令，参与评定他们材艺的等第，确定他们朝位的位次。国家有大事，就率领国子到太子那里去，听凭太子任用。如果有战事，就发给他们兵车、盔甲和武器，按军队编制把他们组织起来，给他们选派将帅，一切都按军法管理，不受司马的节制。凡属国家一般赋役都可免去。国内有征役之时，让他们组织起来，勤修德行，力学道艺，春季聚集在太学，秋季集合在射宫，考核他们的学业，根据成绩的优劣，决定他们的进退。

诸侯饮宴群臣的礼仪是这样的：国君立在阼阶的东南方，向南揖卿，使卿靠近一些；又揖大夫，大夫稍微向前进。这是定群臣之位。国君的坐席在阼阶上面，居于主位。国君独自升席，面向西方，独自站着，这是表示没有人与他匹敌的意思。

分设宾主，这是酒宴上的礼节。国君命宰夫代替自己做主人，向宾客敬酒，这是因为参加酒宴的臣下不敢与国君行对等的礼节。不以公卿做宾，而以大夫做宾，是因为不这样就容易产生臣与君同尊的嫌疑，因而这是避嫌疑的意思。宾走入庭中的时候，国君就走下一级台阶，向宾客作揖，这是表示他对宾客以礼相待。

在国君与众宾举行旅酬及国君向臣下赐爵劝饮的时候，宾及臣下都走到堂下，向国君再拜叩头，国君使小臣请他们回到堂上席位，他们还要在堂上再拜叩头，然后接受，以完成礼节，这是表明做臣子应有的礼数。国君也起来向他们答拜，礼仪中没有不答拜的，这是表明做君主的应有的礼数。臣子们竭尽力量和才能，为国立功，国君必定会赐给他们爵位和官禄作为报答，因此臣子们都竭尽力量和才能为国立功，这样一来，国家就会安定，国君也就清静无事了。礼仪中没有不报答的，意思是说在上位的人决不会白白掠取在下位的人。在上位的人必定明了用正确的治国之道去引导人民，使人民依从这条治国之道去做而有所收获，然后征收他们收获的十分之一作为赋税，就能使国库充实人民富足。这样一来，就会上下和乐亲近而不会相互怨恨了。和乐和安宁，是施行礼的结果，是君臣上下间大义之所在。所以说：燕礼，是发扬君臣间大义的重要途径。

清乾隆皇帝在紫光阁
赐宴群臣，清人绘。

饮宴时坐席的设置是这样的：小卿的席位次于上卿，大夫的席位又次于小卿，士及庶子则依次坐在阼阶下面。饮酒的时候，宰夫代国君做主人，先给国君敬酒，国君举杯向大家劝饮；然后又给卿敬酒，卿也举杯向大家劝饮；然后给大夫敬酒，大夫又举杯向大家劝饮；然后给士敬酒，士也举杯向大家劝饮；最后给庶子敬酒。饮宴时所用的食器、菜肴等，都因地位的不同而有所差别。这些都是用来表明尊卑贵贱的。

聘义第四十八

行聘礼，上公使卿出聘用七个介，侯伯用五个介，子男用三个介，这样做的目的是为了分别尊卑。介一个接一个地传达聘君的话，这是因为君子不敢对自己所尊重的人有所简慢，这是最恭敬的表示。宾辞让三次然后才传达其君主的问候，推让三次然后进入庙门，揖拜三次然后走到阶前，又推让了三次然后才登上阶，这是为了尽量表示尊敬与谦让。

主国国君派士在边境迎接来聘的使者，又派大夫在郊外慰劳他。君主又亲自在大门内拜迎，然后在庙中接受使者传达来聘之意，面朝北拜受使者带来的礼物，并拜谢对方君主特派使者前来聘问的盛情。这些都是为了表示敬让的意思。恭敬与谦让，是君子相互交往的态度。所以诸侯之间以恭敬谦让相互交往，就不会出现互相侵略欺凌的事了。

接待宾时，用卿做上傧，用大夫做承傧，用士做绍傧。行聘结束，主国的君主亲自执醴酒以礼宾。宾以个人身份会见主国的卿大夫，还要以个人身份拜见主国的君主。主国的君主又派卿致送饔饩到宾馆，还要退还宾作为信物的圭璋，并赠给宾一束纺绸。主国的君主又以飨礼、食礼及燕礼接待宾，这样做都是为了表明宾主、君臣之间的道义。

所以天子对诸侯制订制度：诸侯每年派大夫互行小聘，三年派卿互行大聘，用礼来相互勉励。如果使者来聘问时，所行礼节有错误，那么主国的君主就不亲自对使者行飨食的礼，这样做的目的是为了使来聘的使者感到羞愧而勉励他改正。诸侯之间如果能用礼来相互勉励，那么对外就不会相互侵犯，对内也不会相互欺凌。这就是天子安抚诸侯，不用武力而诸侯自相匡正的工具。

用圭璋作聘，是表示重视礼；聘礼完毕后主国的君主把圭璋归还给宾，是表示轻视财物而重视礼的意思。诸侯之间如果能用轻财重礼的道理相互勉励，那么在他们的人民中就会兴起谦让的风气了。主国对待客人，不论入境或出境，都向客人致送三次米刍一类的物品，把饔饩送到客人所住的馆舍，将五牢陈设在宾馆内，还要供给三十车米，三十车禾，刍薪粮草则又加倍，这些都陈列在宾馆的门外。又每日送家禽五双。而众介都有饩牢。在朝廷上举行食礼一次，飨礼二次；而在寝宫举行的燕礼，以及赏赐时新食物就没有一定的次数了。这些都是为了表示重视礼。古时候使用财物，并不是都这样，但在聘礼中使用财物如此丰厚，是为了说明对礼极其恭敬和重视。能做到对礼极其恭敬重视，那么在国内就不会有君臣相欺凌，在国外就不会有诸侯相侵伐的事发生了。所以天子设立了这种制度，而诸侯都愿意尽力去推行了。

聘礼与射礼，是最大的礼。天刚亮就开始行礼，差不多快到中午了礼的程序才进行完毕，倘使不是坚强有力的人便行不了。所以坚强有力的人，才能行礼。酒冷了，人们即使口渴也不敢喝；脯醢干了，人们即使饥饿也不敢吃；太阳下山了，人们虽然疲倦了，但仍容貌严肃庄重，班列整齐，不敢有丝毫懈怠，而共同完成礼节，以此使君臣各安其位，父子相互亲爱，长幼和睦相处。这是一般的人所难以做到的，而君子却能做到，所以说君子有德行。

有德行就是有义，有义就是勇敢。所以勇敢之所以可贵，就贵在能树立正义。树立正义的可贵，就贵在他有德行。有德行之所以可贵，就贵在能行礼。所以说勇敢之所以可贵，就贵在能勇敢地行礼义。所以勇敢而又坚强有力的人，在天下安定的时候，就用在礼义的方面；在天下混乱的时候，就用在战争上以克敌制胜。能用在战争上以克敌制胜，那么就天下无敌；能用在礼义方面，那么天下就会和顺而安定了。对外无敌手，国内又和顺安定，这就叫做盛德。所以贤明通达的先王这样看重勇敢与坚强有力。如果勇敢与坚强有力不用在礼义及战胜敌人上，而用在争强斗狠上，那就是作乱的人。国家实行的刑罚，所诛杀的正是这种作乱的人。如果能这样做，那么人民就会顺服安居，而国家也就可以得到安定了。

子贡向孔子请教说："为什么君子都看重玉而鄙贱似玉非玉的碈呢？是因为玉少而碈多的缘故吗？"孔子回答说："并不是因为碈多，所以鄙贱它，玉少，所以看重它。那是因为以前君子将玉与美德相比。玉温润而有光泽，像仁者的德性；细致精密而坚实，像智者的德性；方正而不伤害别人，像义者的德性；珮玉垂而下坠，像君子谦恭有礼；敲击一下，发出清脆悠扬的声音，结束时则戛然而止像音乐一样优美动听；它身上的疵斑不会掩盖自身的光彩，自身的光彩也不会掩盖本身的疵斑，就像忠实正直的品性；它的颜色就像竹上的青色，光彩外发，而通达四旁，好像信实的德性，发自内心；它的光彩，如太阳旁边垂着的像虹一样的白气，因此像天一样有无所不覆的美德；它蕴藏在地下，但精气神采却呈现在山川之间，所以又像地一样有无所不载的美德；用圭璋作为朝聘时的信物，是因为玉有币帛所没有的美德。天下的人没有不看重玉的，这正如天下的人都尊重道一样。《诗经》说：'想念我那夫君啊，他性格温柔，就像玉一样。'所以君子都看重它。"

丧服四制第四十九

凡是礼的大纲，都是依据天地，取法四季，效仿阴阳，顺应人情的，所以才叫做礼。那些诋毁礼的人，是因为他们不知道礼是从哪里产生的。在礼中，吉礼与凶礼各不相同、互不牵连，这是取法阴阳互不相干而设置的。丧服有四种原则，根据亲疏关系变通而用最适合的丧期，这是取法一年有四季而制定的。四种原则，有恩情的原则，有义理的原则，有节限的原则，有变通的原则，这是从人情上考虑的。有恩情，是仁的表现；有义理，是义的表现；有节限，是知礼的表现；有变通，是智的表现。有仁义礼智，人类的道德就都完备了。

对自己恩情深厚的人，为他服重丧，所以为父亲服斩衰三年，这是从恩情上来规定的。在有血缘关系的族人中，恩情的因素掩盖了义理的因素；在社会关系中，义理的因素制约了恩情因素。用对待父亲的礼来对待君主，并且保持同样的敬意。敬重高贵，尊崇长辈，这是义理中的重要方面，所以为君主也要服斩衰三年，这是从义理上来规定的。

亲人死丧，三天后才吃粥，三个月后才洗头，一年后举行小祥祭时才戴练冠，悲哀憔悴但不能危及生命，不能因为死者而伤害生存的人。守丧不能超过三年，丧服坏了不必修补，坟墓筑好后就不再加土。大祥的那天，可以弹奏未加漆饰的琴，用来告诉人们守丧结束了，这表示有一定的节制。用对待父亲的方式去对待母亲，并保持同样的厚爱，但是天上没有两个太阳，地上没有两个王，一国没有两个国君，一家也不能有两个家长，都由一人统一治理。所以父亲在世时，只为母亲服齐衰一周年，就是表明一家没有两个地位最尊的人。

丧棒有什么作用呢？其一是表示执丧棒人的爵位。国君死，第三天授给世子丧棒，第五天授给大夫，第七天授给士。其二是借用丧棒表明丧主的身份，其三是给众子扶持病体的。妇人、小孩不用丧棒，因为他们不须哀伤到成病的地步。王侯的丧事，各种办事人员齐备，各种器物齐全，不须丧主吩咐而事事都有人做，丧主可以悲哀到要人扶着才站得起来的程度；大夫、士的丧事，要丧主吩咐才有人去做，丧主只能悲哀到依靠丧棒自己能站起来的程度；庶人的丧事，要靠自己亲手去办理，丧主不能悲哀得要扶着丧棒才能行走，只要蓬头垢面有哀容就行了。还有，秃头的人就不须除冠用布条束发，驼背的人不须袒衣露体，跛子哭泣时不须踩脚，年老的或有病的人不须停食酒肉。这八种规定，都是依据变通的原则而定的。

孝子在亲人刚死的三天内哭泣不停，三月之内哭泣仍不懈怠，过了一年还很悲哀，到了第三年，心中仍有忧伤，对亲人的感情逐渐淡薄。圣人便依感情逐渐淡薄的原则加以节制，这就是要守丧三年。这个限度，孝心再重的人也不准超过，忤逆不肖的人也不准达不到限度，这是丧礼中折中的地方，历代君主也都是这样做的。《尚书·说命篇》说："殷高宗守丧住倚庐，三年没有过问政事"，这是赞美他。历代君王没有不行这个礼的，为什么唯独赞美他一个人呢？回答是：高宗就是武丁，武丁是殷代的贤明君主，他继承王位时就专心守丧。而正是在他执政的时候，殷族才由衰败转为兴盛，礼也由废弛转向盛行，所以要赞美他。因为赞美他就记载在《尚书》里以尊崇他，所以称他为"高宗"。守丧三年，国君不过问政事，而国家仍能安定，《尚书》所说"高宗谅阴，三年不言"，说的就是这种情形。然而《孝经·丧亲章》说："孝子为亲人守丧，说话不宜多加文饰"，那是针对臣下而说的。

礼的规定：服斩衰的人，只是"欸欸"地答应而不回答实际内容；服齐衰的人，虽可答话但不主动说话；服大功的人，可以跟人说话但不议论他事；服小功或缌麻的人，可以议论但不谈笑。为父母服丧，要穿有缏的麻衣，丧冠用绳子做帽带，脚穿菅草鞋，三天以后才开始吃粥，三月之后才洗头，满一年后的第十三个月才戴练过的麻布冠，满了两年举行了大祥祭以后才过正常生活。能够做完这三阶段的事的人，是仁者就可看到他的爱心，是智者就可看到他的理性，是强者就可看到他的毅力。用礼数来治理丧事，用道义来指导守丧的行动。是否是孝顺的儿子、仁爱的兄弟、贞节的妇女，都可以从中看出来。

诗　经

程俊英　蒋见元　译

前　言

《诗经》作为五经之一，在古代社会中，一直具有"正得失，动天地，感鬼神"，"经夫妇，成孝敬，厚人伦，美教化，移风俗"的社会功效。因此，两千多年来的经师和旧学者们，无论是推究诗旨的，还是讲求音义的；无论是考证礼乐的，还是解释名物的；无论是今文的三家，还是古文的毛诗，无不现出一副正襟危坐的神气，怀着兢兢业业的心情，将《诗经》的经学纳上正统的宝座，以期合乎这样"庄严伟大"的功效。

在经学统治时期，其覆盖面是非常大的。可以说，在中国历史上最后一个皇帝宣统逊位以前，研究《诗经》的著作几乎没有一本能够脱出经学的畛域。所以我们今天研究《诗经》，首先了解《诗经》经学的情况是十分必要的，这是一个无可回避的事实。

《诗经》是我国第一部诗歌总集，共三百零五篇。最早的是《周颂》，创作于西周初期。最晚的是《曹风·下泉》，在周敬王入成周（前 516）以后，已经是春秋中叶了。《诗经》产生的地域，包括今天的陕西、山西、河南、河北、山东和湖北的北部，为当时周人统治势力所及地区。从漫漫几百年间流传下来的，在茫茫几千里中产生出来的各式各样的诗歌，是怎样结集成一本完整的《诗经》的呢？司马迁《史记》认为孔子删诗，是《诗经》的编订者。但经过历代学者的论辩，这种说法已被否定。诗三百篇的规模在孔子时已经形成，他所做的只是核定这些诗歌的乐谱而已。真正将这部诗歌总集编订成书的，看来是周王朝的乐官，即《周礼》称为太师、小师、瞽矇、眡瞭的那班人。《诗经》中有从民间采集来的民歌，也有贵族文人的创作和祭祀燕飨的乐歌，这些都保存于官府，由太师掌管。到了春秋时代，诸侯间交际频繁，一般外交家为了锻炼自己的口才，加强外交辞令，常常引用诗歌的句子来表达本国或自己的态度和希望，使其语言含蓄婉转而且美丽，形成当时上层人物学诗的风气，所以孔子说："不学诗，无以言。"可能即在春秋士大夫训练口才的普遍要求下，乐官不断地加工配乐，逐渐便辑成《诗经》这本教科书。《左传》中所引的诗，百分之九十五的都见于《诗经》，孔子在《论语》中也一直称"诗三百"，可见春秋时已有固定的本子了。

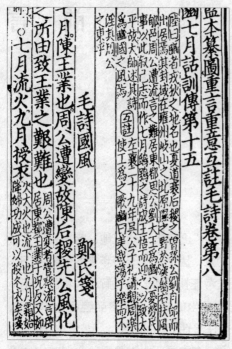

《诗经》，宋刻本，中国国家图书馆藏。

《诗经》产生之后，对它的研究也就随之而来。不过当时并没有经学，因为《诗经》在先秦时期还不是"经"，当时只称为《诗》，或者《诗三百》。对《诗》的研究还没有完整的著作，而是散见于各种典籍的片言只语中。尽管这样，还是能从中区别出不同的类型来。

首先是对《诗经》内容和作用的评价。孔子虽然没有编订《诗经》，但对它还是很重视的。他说："《诗》三百，一言以蔽之，曰'思无邪'。"这是引用了《鲁颂·駉》的一句诗来概括《诗经》的思想性。他还对儿子伯鱼说："女（汝）为《周南》、《召南》矣乎？人而不为《周南》、《召南》，其犹正墙面而立也与？"朱熹解释说："言即其至近之地，而一物无所见，一步不可行。"他如此重视学诗，可见对《诗经》评价之高。在孔子看来，《诗经》不但可以作为处世准则，还是训练语言才能的范本（《论语·季氏》"不学诗，无以言。"），又可以观察人生和丰富知识（《论语·阳货》："诗可以兴、可以观、可以群，可以怨。迩之事父，远之事君；多识于鸟兽草木之名。"）。孔子虽然没有把《诗》当成经典，但他提出的《诗经》种种功效，多超乎文学的意义之外，这无疑是经学的滥觞。但是，同样作为儒家学者，荀子对《诗经》却另有看法。他说："《诗》、《书》故而不切。"王先谦《荀子集解》："《诗》、《书》但论先王故事而不委曲切近于人。"由此荀子认为"不知隆礼义而杀《诗》、《书》"者，是俗儒。还认为"上不能好其人，下不能隆礼，安特将学杂识志，顺《诗》、《书》而已年，则末世穷年，不免为陋儒而已"。这些说法似乎颇不以《诗经》为然。但也正是这个荀子，在他的著作中却大量地引证《诗经》，作为他所论述的观点的结论或标准。这个矛盾的现象，说明先秦时期《诗经》虽还没有被奉上崇高的地位，但功用主义的说诗倾向已十分明显。所谓"断章取义，予取所求"，正是先秦诸子对《诗经》的态度。

还值得一提的是，先秦时期已产生了《诗经》研究的方法论。《孟子·万章篇》："故说诗者，不以文害辞，不以辞害志。以意逆志，是为得之。"这个著名的论点建立了一种极通达的说诗方法。"以意逆志"虽然只是主观的探索，但确是深入作者内心的好方法，也是理解诗的必需途径。春秋时，"断章取义"地说诗的情况很普遍，孟子可能便是对这种现象作出批评和总结，因为"以意逆志"的方法运用过了头，便会走到"断章取义"的路上去。《万章篇》还说："颂其诗，读其书，不知其人，可乎？是以论其世也，是尚友也。"这是从作者个人的、历史的、社会的各种关系的探求来理解作品，也是很好的方法。虽然孟子的"知人论世"目的在尚友，不在文学的欣赏与批评，但同他的"以意逆志"一样，对后世的《诗经》研究产生过极大的影响。

到了秦代，始皇帝焚书坑儒，《诗经》在劫难逃。但是诗歌的流播除了书面之外，还依靠口耳相传，讽诵不绝，所以一把秦火并没有把《诗经》烧绝。

汉初，传授《诗经》的学者有三家。鲁人申培公传《鲁诗》，在汉文帝时被立为《诗经》博士，用官府的力量，让读书人学习。现在《史记》、《说苑》、《新序》、《列女传》等书中谈诗的，多是鲁说。齐人辕固生传《齐诗》，在汉景帝时立为博士。《齐诗》西汉时也立于学官，遗说尚存于《仪礼》、《礼记》、《易林》、《盐铁论》、《汉书》等典籍中。燕人韩婴传《韩诗》，他也是汉文帝时的博士，《韩诗》也列于学官。现存的《韩诗外传》、《文选注》及各种类书所引，多是《韩诗》的学说。以上三家诗用汉时通行的隶书文字写出，称为今文。自从三家诗的传授者立为博士，学说列于学官开始，《诗经》便正式上升到"经"的地位。三家诗也就称为今文经学。

西汉时，又有毛公，"赵人也，治《诗》，为河间献王博士"，"以不在汉朝，故不列于学"。毛公所传的便是《毛诗》，因为用先秦籀文书写，所以称为古文。《毛诗》在汉初虽未能立于学官，属民间私学，但到西汉末平帝时，由于刘歆的提倡鼓吹，也得立于学官，而且一直传到今天。我们看到的《毛诗故训传》便是毛公所撰。这是现存最早的《毛诗》训释著作，是阅读《诗经》必由的津梁，在《诗经》研究史上有重大的学术价值。

三家诗和《毛诗》并不像其他经典的今古文学派分歧那样之大。他们所传的《诗》都是三百零五篇，具体的篇名也都相同。所不同者主要有三点：其一是卷数不同，三家诗合邶、鄘、卫三国之《风》为一卷，《毛诗》则分而为三。其二是文字上的出入。如《汝坟》"惄如调饥"，《韩诗》作"愵如朝饥"，惄与愵、调与朝，都是假借字和本字的关系。其三是对诗篇的解释有部分不同。如《伐檀·毛序》："《伐檀》，刺贪也。在位贪鄙，无功而受禄，君子不得进仕尔。"《鲁诗》却说："《伐檀》者，魏国之女所作也。伤贤者隐避，素餐在位。闵伤旷怨，失其嘉会。"我们应该全面参考四家诗，庶几不为一家之说所蔽。

正因为三家诗和《毛诗》并没有势同水火的分歧，所以到东汉后期，经学大师郑玄为《毛诗》作笺，参稽吸收三家学说，今、古文得以合流，将《诗经》研究向前推进了一大步。汉人最重师法，师之所传，弟之所受，一字不敢出入，背师说即不用。这种因循蹈袭的态度，于学术实在毫无益处。郑玄师事东汉大儒马融，又受到另一著名学者郑众的影响。马、郑二位都是古文学家，而郑玄却能兼采今、古文，不为旧传统所囿。他因而遭到"不守家法"、"汉学之大贼"的攻讦。但事实是，《郑笺》既出，三家诗便式微，终于《鲁诗》亡于西晋，《齐诗》佚于曹魏，《韩诗》绝于宋，独有郑玄笺释的《毛诗》流传至今。

魏晋南北朝时，政局动荡，南北分裂，经学出现衰微的局面。魏王肃著书，述《毛诗》而攻郑玄。同时的王基又驳王肃而申《郑笺》；东晋孙毓著《毛诗异同评》以申王说，陈统又著《难孙氏毛诗评》以明郑义。这些争论祖分左右，互相搭击，无非门户之见，不能促进学术的发展。究其实质，大抵都尊崇《毛诗》，而纷纷扰扰，垂数百年，愈见得是无谓的徒费口舌。

　　这段时期对《诗经》研究真正有贡献的，是三国吴陆玑的《毛诗草木鸟兽虫鱼疏》。《诗经》中许多诗关于自然界动植物的记载十分丰富，但由于时代变迁，许多名词已不知所以，陆玑的著作便专为此而作。这本书开《诗经》博物学的先河，"讲多识之学者，固当以此为最古焉"。

　　隋文帝统一天下，经学也渐归统一。当时治《诗》的著名学者有刘焯、刘炫等。但隋代国祚短促，经学不及有大发展。唐太宗贞观年间，以儒学多门，章句繁杂，诏国子祭酒孔颖达与诸儒撰定五经义疏。其中《毛诗正义》四十卷，撰写者除孔氏外，还有齐威、赵乾叶等。他们所依据的底本，即刘焯、刘炫的诗注，可见隋唐二代《诗经》学源流本自一脉。《毛诗正义》遵循"疏不破注"的原则，分别疏解《毛诗》和《郑笺》，竭力调和二者的歧异，实在无可弥缝的则各述其意。这种注注，前人批评为"彼此互异"，"曲徇注文"。以我们今天的观点看来，它虽不能厘定是非，但比起专主一家，抹煞他说的做法，毕竟保留了各种学说的完整性，显得更客观一些。《四库全书总目提要》说它"融贯群言，包罗古义"，殆非虚语。《孔疏》既出，《毛诗》的独尊地位最终得到确立。当时《韩诗》虽存，已无人传授。自唐至宋，明经取士都以《五经正义》为标准，"终唐之世，人无异词"。汉武帝独尊儒术，所立博士尚且分门授徒，各守家法，从未出现过像唐初那样绝对统一的局面，可见《五经正义》在经学史上的重要地位。《孔疏》之前，还有一本重要的著作便是陆德明的《经典释文》，其中《毛诗音义》三卷。陆氏主要目的在考证字音，也兼及字义辨释和版本同异的考订，"后来得以考见古义者，注疏以外，惟赖此书之存。"这是可以同《孔疏》相辅助而行的要籍。

　　《毛诗正义》在《诗经》经学领域中统治了三百多年，到宋代终于遇到挑战。陆游说："唐及国初，学者不敢议孔安国、郑康成，况圣人乎！自庆历后，诸儒发明经旨，非前人所及；然排《系辞》，毁《周礼》，疑《孟子》，讥《书》之《胤征》、《顾命》，黜《诗》之序。不难于议经，况传注乎？"由此可见，宋代疑古变古的风气甚盛，在经学领域全面展开了对汉学的批判。至于较早在《诗经》研究上有新的突破的，当推欧阳修的《诗本义》。欧阳修认为："后之学者，因迹先世之所传而较得失，或有之矣，使徒抱焚余残脱之经，伥伥于去圣人千百年后，不见先儒中间之说，而欲特立一家之学者，果有能哉？吾未之信也！"他将诗旨分为诗人之意、太师之职、圣人之志和经师之业四类，主张论诗当探求"诗人之意"这个根本。为此，他颇不满于《毛序》，对汉代经师穿凿附会，曲意迁就等弊端，批评为"怪妄不经"，"与诗意不类"。对这种大胆的挑战，即使同他意见相左的人，也不得不承认《诗本义》初得之如洗肠"。他探求的"本义"尽管未必语语中肯，但是为停滞陈腐的经学界引进一股清新之气，开一代学风的作用是无可抹煞的。

欧阳修之后，疑古思想渐盛。苏辙《诗集传》、郑樵《诗辨妄》、王质《诗总闻》、程大昌《诗论》等纷纷批评《毛序》，提出新解。发展到朱熹，终于建立起《诗经》宋学的基础。朱熹的《诗经》研究并非全部摒弃汉学而另辟蹊径。比如他依然主张"孔子删诗"说，依然主张"风雅正变"说。他的主要著作《诗集传》在训诂上与《毛诗》、《郑笺》更不乏沿袭相同之处。他论诗之新意，主要在废《毛序》不用。他指摘《毛序》之失有二：一是作序者"耻其有所不知，而惟恐人之不见信"，于是"傅会书史，依托名谥，凿空妄语，以诳后人"。二是作序者"必使无一篇不为美刺时君国政而作，固已不切于情性之自然……尤有害于温柔敦厚之教"。这两条批判，尤其是第二条，极其切中《毛序》的要害。他那"切于情性之自然"的就诗论诗的标准，便是到今天也还有其合理性。有鉴于此，朱熹提出"凡诗之所谓风者，多出于里巷歌谣之作，所谓男女相与咏歌，各言其情者也"。还风诗民歌的本色，是一大功绩。他又提出《国风》中许多篇诗，如《静女》、《桑中》、《氓》、《将仲子》等等为"淫诗"，是另一大功绩。现在经常有人提出"淫诗说"来批判朱熹的封建卫道士立场。殊不知在八百多年前的宋代，要求论诗者提出"爱情诗"这样正确的概念是绝对不可能的。"淫诗说"相对于近乎梦呓的"美刺说"，无疑更接近于诗的实际内容，当然是一种突破和提高。把对象放到一定的历史范围内考察，对朱熹似不应求全责备。

朱熹的《诗》学大行，当时虽有坚持汉学的吕祖谦等与之辩驳，但终不能遏止宋学的势头。《诗经》汉学至郑玄而集大成，宋学至朱熹而集大成。郑、朱二学者都可以说在《诗经》研究史上树立了里程碑。不过朱熹奠定的疑古思辨的风气，发展到后来渐渐产生了偏差。他的三传弟子

朱熹，佚名绘。

王柏著《诗疑》，认为《诗经》既经孔子删定，不该有"淫诗"尚存，主张删去《野有死麕》等三十二篇。这种想法已经超出了"大胆疑古"的范围，不但学术上荒诞不经，思想上也反映出一种自以为捍卫道统的走极端的变态心理。如果说"淫诗说"由于历史原因应予肯定的话，"删淫诗说"因其历史原因则是应予否定的。

朱熹的《诗》学确立权威地位之后，元、明二代基本上是剿袭朱说，陈陈相因。元刘瑾作《诗传通释》，大旨在于发明《集传》。他恪守朱学，就好像汉儒务守师传，唐人疏不破注一样小心谨慎，体现了经学走向保守的倾向。大抵元人的《诗》学著作，都不出此道。至明代永乐年间，胡广等奉敕撰《五经大全》，从表象看来似乎是同唐孔颖达撰《五经正义》一样的盛举，但是结果却大为人讪笑。胡广等撰《诗经大全》，基本剽窃刘瑾的《诗传通释》，而稍加损益。刘书尚存，所以胡书连保存资料的价值都谈不上。之所以还能流传下来，全仗着"奉敕撰"的牌子而已。《诗经》的宋学，至明代已走入末路了。另一些不盲从朱学的人，如季本撰《诗说解颐》，朱谋㙔撰《诗故》，冯应京撰《六家诗名物疏》，何楷撰《诗经世本古义》，他们或考究训诂，或发挥古义，或疏解名物，都能引证赅洽，考订详明，比宋学末流的空谈高论、师心臆解者倒反高出一筹。

有明一代真正值得大书的是陈第，他从空疏苟且的学术环境中崛起，独树一帜，著《毛诗古音考》，钩稽群籍，注重实证，提出以古音读《诗经》的创见，纠正了宋代朱熹以来以今音牵合古音的谬误。不但他的著作成为求古韵之津梁，而且他的治学方法也开清代朴学之先河。剥极生复，贞下起元，陈第的出现，可视为学术风气转变的征兆。

到了清代，经学复兴。皮锡瑞《经学历史》评论道："国朝稽古右文，超轶前代……发周、孔之蕴，持汉、宋之平。承晚明经学极衰之后，推崇实学，以矫空疏，宜乎汉学重兴，唐、宋莫逮。"但我们也必须看到，"国朝稽古右文"，隐衷却为怀柔士人，泯灭反清意识。一般知识分子在文字狱的严酷钳制下，埋首书斋，明哲保身。因此清人的经学有汉人谨慎严密的风格，但无宋人大胆思辨的锐气；学术上取得空前的成果，思想上却乏可喜的前进。以《诗经》中"淫诗"之辨为例，钱钟书先生《管锥篇》有一段评论："毛、郑于《诗》之言怀春、伤春者，依文作解，质直无隐。宋儒张皇其词，疾厉其色，目为'淫诗'，虽令人笑来；然固晓得伤个春而知人欲之险者，故伤严过正。清儒申汉绌宋，力驳'淫诗'之说，或谓并非伤春，或谓即是伤春而大异于六朝、唐人《春闺》、《春怨》之伤春；则实亦深深恶'伤春'之非美名，乃曲说遁词，遂若不晓得伤春为底情事者，更令人笑来矣……故戟手怒目，动辄指曰'淫诗'，宋儒也；摇手闭目，不敢言有'淫诗'，清儒为汉学者也。同归于腐而已。"真是入木三分！虽然"同归于腐"，但是清儒所生活的世界毕竟比宋儒又前进了五百年，学者们却在迂腐的泥淖里越陷越深。

当然，穷年矻矻的诸多大儒确实给经学带来了空前的繁荣。就《诗经》来说，特点有二，一是各研究领域的全方位高水平展开；二是由汉宋兼采而生汉学，由汉学而今文汉学的层递深入。

第一方面，在空前广阔的研究领域中，体现出清儒治学的精深和眼光的敏锐。如辑佚，宋王应麟作《诗考》，辑三家佚诗，筚路蓝缕，当为首庸，然而古书散佚，搜采未备。至清代，除了马国翰《玉函山房辑佚书》所辑三家诗外，专门从事于此道的如范家相《三家诗拾遗》、陈乔枞《三家诗遗说考》、迮鹤寿《齐诗翼氏学》等。范氏因《诗考》而重加衰益，而详赡远过之。迮氏采摭群书，加以诠次，并考证《诗纬》臆改《齐诗》之误。陈氏缀辑三家遗说，殊为完备；并叙各家之传授，另为叙录，使学者于其源流兴亡了然可晓。在这些书的基础上，王先谦《诗三家义集疏》出。王氏是今文学家，在评论三家与毛的得失时难免有些左祖。但从材料的完整来看，可说是搜罗殆尽，蔚为大观。如校勘，对《诗经》异文的校订，始于王应麟《诗考》所附的诗异字异义，迄清代而此风大炽。阮元《毛诗校勘记》自不必说，其他从戴震《毛郑诗考正》起，尚有段玉裁《诗经小学》、冯登府《三家诗异文疏证》、李富孙《诗经异文释》、陈乔枞《四家诗异文考》、罗振玉《毛郑诗斠议》等等。学者们本其精湛的小学研究，初则从事毛、郑诗的校勘，继则本其三家诗辑佚的结果，进而为四家诗异文的校勘，都取得很好的成绩。如名物研究，姚炳《诗识名解》、毛奇龄《续诗传鸟名》、朱右曾《诗地理征》、焦循《毛诗陆玑疏考证》，都是庚续前人的步武而有所深入。而洪亮吉《毛诗天文考》、李超孙《诗氏族考》，更是开垦了前人尚未涉足的处女地。如音韵，陈第得风气于先，顾炎武《诗本音》继踵于后。接着孔广森《诗声类》、苗夔《毛诗韵订》、夏口《诗经廿二部古音表集说》等不断涌现，直至江有浩《诗经韵读》，结合考古与审音两种方法，列古音为廿一部，被段玉裁誉为"精深邃密"。清人发现了古音的本质，以《诗经》为依据，推阐古音韵部，而且越出越精。这方面的成果至大至巨，其意义远远超出《诗经》本身的研究，推而及于整个经学乃至整个先秦典籍的研究。

第二方面，就清代《诗经》学经历的三个阶段来说，首先是攻击朱学，以陈启源《毛诗稽古编》、毛奇龄《毛诗写官记》、《白鹭洲主客说诗》等为主。陈氏坚持汉学，不容一语之出入，被称为"古义彬彬"者。但是在《简兮》"西方美人"和《潜》"捕鱼之器"两条下忽然大谈佛教，可见要真正"稽古"也不是一件易事。毛氏则力攻朱熹"淫诗"之说，有时言词近于激烈。这时候的论辩确有矫枉过正的倾向，但如皮锡瑞所言，"虽由门户之见未融，实以途径之开未久也。此等处宜分别观之，谅其求实学之苦心，勿遽责以守颛门之绝世"。其次是发扬《毛诗》。其间胡承珙《毛诗后笺》、陈奂《毛诗传疏》、马瑞辰《毛诗传笺通释》三书，是庸中佼佼者，反映了《毛诗》研究的最高水平。胡氏专宗毛义，凡是《郑笺》与《毛诗》不同之处，他一定返求诸本经，博稽其他典籍，以证毛义之精确。《后笺》的特点是广征博引，推论细密，较陈启源更为有力。但他胸中尊毛的成见已定，有时难免强经合己，显得武断。陈奂《诗毛氏传疏》是解释《毛诗》最完整的著作，且对《毛诗》极为推崇，其云"墨守之讥，尔所不辞；而鼠璞之譬，庶几免焉"，不仅对自己学说的严谨十分自信，而且对恪守一家的缺陷，分明也已意识到，却又不肯改。这种治学的态度在清代经学家中是很典型的。这实在是一件很可惜的事，否则以他们精湛的学问，倘能把眼光放得客观一些，必然取得更大的成绩。马瑞辰的《通释》又是另一种风格。他不专宗毛，也不专宗郑，经常发表自己独特的见解。他的主要方法是依据《说文》推求本字本义，凭借声音通转寻找假借关系，得出的结论新颖可喜。但有时刻意求新，难免失之穿凿。经过胡、陈、马三位学者的努力，可说是将《毛诗》研究推到了高峰了。最后一步，清儒由毛、郑之学导源而上，追论三家诗说。如魏源《诗古微》，王先谦《诗三家义集疏》，都是拿三家遗说来否定《毛诗》的。经学发展到这一步，一切门径全部恢复洞开，真有极盛难继之感。不过今、古文《诗》学之争，二千年来没有结论，清代今文学家再度奋起，结果还是没有定谳。

在这个汉宋、今古学派前推后拥的潮流之外，还超然站着三位学者：撰《诗经通论》的姚际恒、作《诗经原始》的方玉润和写《读风偶识》的崔述。姚、方之学一脉相承，不依傍《毛诗》，也不附和《集传》，而是"涵泳篇章，寻绎文义，辨别前说，以从其是而黜其非"。崔述作《谈风偶识》，"于《国风》惟知体会经文，即词以求其意，如读唐、宋人诗然者，了然绝无新旧汉、宋之念存于胸中，惟合于诗意者则从之，不合者则违之"。从他们的话中，可以看到朱熹那种大胆疑古、就诗论诗精神的复苏，这在清代经学家中已经是非常可贵的了。何况他们所吸收的只是"朱子之意"，对"朱子之言"并不盲从，采纳合理的精神内核而扬弃有瑕疵的外壳，所以他们三本著作在众多大学者的煌煌巨制中得以异军突起；而且随着时代的前进，越来越显示出超乎前人的价值来。

清朝灭亡之后，四书五经作为封建统治者的精神支柱随之失去其经典的地位，经学的发展也就到此为止了。在此之后对这些典籍的研究，无论作者的主观意图如何，从历史的眼光来看，都不能将它们当做经学了。在《诗经》研究领域中，王国维、闻一多、郭沫若、于省吾等都开始运用科学的认识论和方法论，得出了一系列超越前人的成绩，开创了一个全新的局面。直到今天，《诗经》还是得到众多学者的研究，受到广大读者的欢迎，充满了神秘性和艺术魅力。

此书的撰写，有劳研究生白寅、朱继忠两位努力协助，一并志谢。

程俊英 蒋见元

1992 年 10 月于

华东师范大学古籍研究所

国 风

周 南

关 雎

关关雎鸠，在河之洲。　　　雎鸠关关相对唱，双栖河里小岛上。
窈窕淑女，君子好逑。　　　纯洁美丽好姑娘，真是我的好对象。

参差荇菜，左右流之。　　　长长短短鲜荇菜，左手右手顺流采。
窈窕淑女，寤寐求之。　　　纯洁美丽好姑娘，醒着相思梦里爱。

求之不得，寤寐思服。　　　追求姑娘难实现，醒来梦里意常牵。
悠哉悠哉，辗转反侧。　　　一片深情悠悠长，翻来覆去难成眠。

参差荇菜，左右采之。　　　长长短短荇菜鲜，左手采来右手拣。
窈窕淑女，琴瑟友之。　　　纯洁美丽好姑娘，弹琴奏瑟表爱怜。

参差荇菜，左右芼之。　　　长长短短鲜荇菜，左手右手拣拣开。
窈窕淑女，钟鼓乐之。　　　纯洁美丽好姑娘，敲钟打鼓娶过来。

桃鸠图，宋赵佶绘，（日）
东京国立博物馆藏。

葛 覃

葛之覃兮，施于中谷；
维叶萋萋。黄鸟于飞，
集于灌木；其鸣喈喈。

葛藤枝儿长又长，蔓延到，谷中央；
叶子青青盛又旺。黄雀飞，来回忙，
歇在丛生小树上；叫喳喳，在歌唱。

葛之覃兮，施于中谷；
维叶莫莫。是刈是濩，
为絺为绤；服之无斁。

葛藤枝儿长又长，蔓延到，谷中央；
叶子青青密又旺。割了煮，自家纺，
细布粗布制新装；穿不厌，旧衣裳。

言告师氏，言告言归。
薄污我私，薄澣我衣。
害澣害否，归宁父母。

告诉咱家老保姆，回娘家，去望望。
搓呀揉呀洗衣裳，脏衣衫，洗清爽。
别把衣服全泡上，要回家，看爹娘。

卷　耳

采采卷耳，不盈顷筐。　　　　采呀采呀卷耳菜，不满小小一浅筐。
嗟我怀人，寘彼周行。　　　　心中想念我丈夫，浅筐搁在大道旁。

陟彼崔嵬，我马虺隤。　　　　登上高高土石山，我马跑得腿发软。
我姑酌彼金罍，维以不永怀。　姑且酌满铜酒杯，莫叫心中长相念。

陟彼高冈，我马玄黄。　　　　登上高高山脊梁，马儿病得黑又黄。
我姑酌彼兕觥，维以不永伤。　姑且酌满犀角杯，莫叫心中长悲伤。

陟彼砠矣，我马瘏矣。　　　　登上那座乱石冈，马儿病倒躺一旁，
我仆痡矣，云何吁矣！　　　　仆人累得跟不上，心中怎不添忧伤！

樛　木

南有樛木，葛藟累之。　　　　南边弯弯树枝桠，野葡萄藤攀缘它。
乐只君子，福履绥之！　　　　先生结婚真快乐，上天降福赐给他！

南有樛木，葛藟荒之。　　　　南边弯弯树枝桠，野葡萄藤掩盖它。
乐只君子，福履将之！　　　　先生结婚真快乐，上天降福保佑他！

南有樛木，葛藟萦之。　　　　南边弯弯树枝杠，野葡萄藤旋绕它。
乐只君子，福履成之！　　　　先生结婚真快乐，上天降福成全他。

螽　斯

螽斯羽，诜诜兮。　　　　　　蝗虫展翅膀，群集在一方。
宜尔子孙，振振兮。　　　　　你们多子又多孙，繁盛振奋聚一堂。

螽斯羽，薨薨兮。　　　　蝗虫展翅膀，嗡嗡飞得忙。
宜尔子孙，绳绳兮。　　　　你们多子又多孙，永远群处在一堂。

螽斯羽，揖揖兮。　　　　　蝗虫展翅膀，紧聚在一方。
宜尔子孙，蛰蛰兮。　　　　你们多子又多孙，安静和睦在一堂。

桃　夭

桃之夭夭，灼灼其华。　　　茂盛桃树嫩枝桠，绽开鲜艳粉红花。
之子于归，宜其室家。　　　这位姑娘要出嫁，和顺对待您夫家。

桃之夭夭，有蕡其实。　　　茂盛桃树枝桠嫩，桃子结得红润润。
之子于归，宜其家室。　　　这位姑娘嫁出门，待您丈夫要和顺。

桃之夭夭，其叶蓁蓁。　　　茂盛桃树嫩枝桠，叶儿密密发光华。
之子于归，宜其家人。　　　这位姑娘要出嫁，和顺对待您全家。

桃花双禽图，清颜岳
绘，南京博物院藏。

兔 罝

肃肃兔罝，椓之丁丁。　　　　繁密整齐大兔网，铮铮打桩张地上。
赳赳武夫，公侯干城。　　　　武士英姿雄赳赳，公侯卫国好屏障。

肃肃兔罝，施于中逵。　　　　繁密整齐大兔网，四通八达道上放。
赳赳武夫，公侯好仇。　　　　武士英姿雄赳赳，公侯助手真好样。

肃肃兔罝，施于中林。　　　　繁密整齐大兔网，郊外林中多布放。
赳赳武夫，公侯腹心。　　　　武士英姿雄赳赳，公侯心腹保国防。

芣 苢

采采芣苢，薄言采之。　　　　车前草哟采呀采，快点把它采些来。
采采芣苢，薄言有之。　　　　车前草哟采呀采，快点把它采得来。

采采芣苢，薄言掇之。　　　　车前草哟采呀采，快点把它拾起来。
采采芣苢，薄言捋之。　　　　车前草哟采呀采，快点把籽抹下来。

采采芣苢，薄言袺之。　　　　车前草哟采呀采，快点把它揣起来。
采采芣苢，薄言襭之。　　　　车前草哟采呀采，快点把它兜回来。

汉 广

南有乔木，不可休思。　　　　南方有树高又长，不可歇息少荫凉。
汉有游女，不可求思。　　　　姑娘游玩汉水旁，要想追求没指望。
汉之广矣，不可泳思。　　　　好比汉水宽又广，不能游过河那方。
江之永矣，不可方思。　　　　好比江水长又长，划着筏子难来往。

翘翘错薪，言刈其楚。　　　　乱柴杂草长得高，砍下荆条当烛烧。

之子于归，言秣其马。　　姑娘有朝能嫁我，喂饱马儿接她到。
汉之广矣，不可泳思。　　好比汉水宽又广，不能游过河那方。
江之永矣，不可方思。　　好比江水长又长，划着筏子难来往。

翘翘错薪，言刈其蒌。　　乱柴杂草长得高，割下蒌蒿当烛烧。
之子于归，言秣其驹。　　姑娘有朝能嫁我，喂饱马驹接她到。
汉之广矣，不可泳思。　　好比汉水宽又广，不能游过河那方。
江之永矣，不可方思。　　好比江水长又长，划着筏子难来往。

汝 坟

遵彼汝坟，伐其条枚。　　沿着汝堤走一遭，砍下树枝当柴烧。
未见君子，惄如调饥。　　好久没见我丈夫，就像早饥心里焦。

遵彼汝坟，伐其条肄。　　沿着汝堤走一遭，砍下嫩枝当柴烧，
既见君子，不我遐弃。　　好像已见我丈夫，幸而没有将我抛。

鲂鱼赪尾，王室如燬。　　鲂鱼红尾多疲劳，官家虐政像火烧，
虽则如燬，父母孔迩。　　即使王事急如火，爹娘还在莫忘掉。

麟之趾

麟之趾。振振公子，　　麒麟蹄儿不踢人。振奋有为的公子，
于嗟麟兮！　　哎呀你是麒麟啊！

麟之定。振振公姓，　　麒麟额头不撞人。振奋有为的公孙，
于嗟麟兮！　　哎呀你是麒麟啊！

麟之角。振振公族，　　麒麟角儿不触人。振奋有为的公族，
于嗟麟兮！　　哎呀你是麒麟啊！

麟趾贻休，清焦秉贞绘，北京
故宫博物馆藏。

召　南

鹊　巢

维鹊有巢，维鸠居之。　　　　　喜鹊树上把窝搭，八哥来住它的家。
之子于归，百两御之。　　　　　这位姑娘要出嫁，百辆车子来接她。

维鹊有巢，维鸠方之。　　　　　喜鹊树上把窝搭，八哥同住这个家。
之子于归，百两将之。　　　　　这位姑娘要出嫁，百辆车子保卫她。

维鹊有巢，维鸠盈之。　　　　　喜鹊树上窝搭成，住满八哥喜盈门。
之子于归，百两成之。　　　　　这位姑娘要出嫁，车队迎来好成婚。

采　蘩

于以采蘩？于沼于沚。　　　　　要采白蒿到哪方？在那池里在那塘。

于以用之？公侯之事。　　什么地方要用它？为替公侯养蚕忙。

于以采蘩？于涧之中。　　要采白蒿到哪里？山间潺潺溪流里。
于以用之？公侯之宫。　　什么地方要用它？送到公侯蚕室里。

被之僮僮，夙夜在公。　　蚕妇发髻高高耸，日夜养蚕无闲空。
被之祁祁，薄言还归。　　蚕妇发髻像云霞，蚕事完毕快回家。

草　虫

喓喓草虫，趯趯阜螽。　　秋来蝈蝈喓喓叫，蚱蜢蹦蹦又跳跳。
未见君子，忧心忡忡。　　长久不见夫君面，忧思愁绪心头搅。
亦既见止，亦既觏止，　　我们已经相见了，我们已经相聚了，
我心则降。　　心儿放下再不焦。

陟彼南山，言采其蕨。　　登到那座南山上，采集蕨菜春日长。
未见君子，忧心惙惙。　　长久不见夫君面，忧思愁绪心发慌。
亦既见止，亦既觏止，　　我们已经相见了，我们已经相聚了，
我心则说。　　心儿欢欣又舒畅。

陟彼南山，言采其薇。　　登到那座南山上，采集薇菜春日长。
未见君子，我心伤悲。　　长久不见夫君面，忧思愁绪心悲伤。
亦既见止，亦既觏止，　　我们已经相见了，我们已经相聚了，

草虫图，元钱选绘。

我心则夷。心儿平静又安详。

采 蘋

于以采蘋？南涧之滨。　　哪儿采浮蘋？南山溪水边。
于以采藻？于彼行潦。　　哪儿采水藻？沟水、积水间。

于以盛之？维筐及筥。　　盛它用什么？方筐和圆笭。
于以湘之？维锜及釜。　　煮它用什么？没脚、三脚锅。

于以奠之？宗室牖下。　　祭品放哪儿？宗庙天窗下。
谁其尸之？有齐季女。　　是谁在主祭？虔诚女娇娃。

甘 棠

蔽芾甘棠，勿翦勿伐，　　棠梨茂密又高大，不要剪它别砍它，
召伯所茇。　　　　　　　召伯曾住这树下。

蔽芾甘棠，勿翦勿败，　　棠梨茂密又高大，不要剪它别毁它，
召伯所憩。　　　　　　　召伯曾息这树下。

蔽芾甘棠，勿翦勿拜，　　棠梨茂密又高大，不要剪它别拔它，
召伯所说。　　　　　　　召伯曾歇这树下。

行 露

厌浥行露，岂不夙夜？　　道上露水湿漉漉，难道不愿赶夜路？
谓行多露！　　　　　　　只怕道上沾满露！

谁谓雀无角？何以穿我屋？　谁说麻雀没有嘴？凭啥啄穿我的房？

谁谓女无家？何以速我狱？   谁说你家没婆娘？凭啥逼我上公堂？
虽速我狱，室家不足！   虽然要挟打官司，逼婚理由太荒唐！

谁谓鼠无牙？何以穿我墉？   谁说老鼠没有牙？凭啥打洞穿我墙？
谁谓女无家？何以速我讼？   谁说你家没婆娘？凭啥逼我上公堂？
虽速我讼，亦不女从！   虽然要挟打官司，也不嫁你强暴郎！

羔羊

羔羊之皮，素丝五紽。   穿了一身羔皮袍，白丝交叉缝又绕。
退食自公，委蛇委蛇。   吃饱喝足下朝来，摇摇摆摆多逍遥。

羔羊之革，素丝五緎。   穿了一身羔皮袍，白丝交叉缝又绕。
委蛇委蛇，自公退食。   大摇大摆下朝来，吃饱喝足往家跑。

羔羊之缝，素丝五总。   穿了一身羔皮袍，白丝交叉缝又绕。
委蛇委蛇，退食自公。   吃饱喝足摇又摆，下得朝来往家跑。

殷其雷

殷其靁，在南山之阳。   雷声雷声响轰轰，响在南山向阳峰。
何斯违斯？莫敢或遑。   为啥这时离开家？忙得不敢有闲空。
振振君子，归哉归哉！   我的丈夫真勤奋，快快回来乐相逢。

殷其靁，在南山之侧。   雷声轰轰震四方，响在南边大山旁。
何斯违斯？莫敢遑息。   为啥这时离家走？不敢稍停实在忙。
振振君子，归哉归哉！   我的丈夫真勤奋，快快回来聚一堂。

殷其靁，在南山之下。   雷声轰轰震耳响，响在南山山下方。
何斯违斯？莫敢遑处。   为啥这时离家门？不敢稍住那样忙。
振振君子，归哉归哉！   我的丈夫真勤奋，快快回来乐而康。

摽有梅

摽有梅，其实七兮。
求我庶士，迨其吉兮。

摽有梅，其实三兮。
求我庶士，迨其今兮。

摽有梅，顷筐塈之。
求我庶士，迨其谓之。

梅子渐渐落了地，树上十成留七成。
追求我吧年轻人，趁着吉日再定情。

梅子纷纷落了地，树上只有三成稀。
追求我的年青人，趁着今儿定婚期。

梅子个个落了地，手拿畚箕来拾取。
追求我的年青人，趁着仲春好同居。

小 星

嘒彼小星，三五在东。
肃肃宵征，夙夜在公。
寔命不同！

嘒彼小星，维参与昴。
肃肃宵征，抱衾与裯。
寔命不犹！

小小星星闪微光，三三五五在东方。
急急匆匆赶夜路，早早晚晚为公忙。
命运不同徒自伤！

小小星星闪微光，参星昴星挂天上。
急急匆匆赶夜路，抱着棉被和床帐。
人家命运比我强！

江有汜

江有汜，之子归，
不我以。不我以，
其后也悔。

江有渚，之子归，
不我与。不我与，
其后也处。

江水长长有支流，新人嫁来分两头，
你不要我使人愁。今日虽然不要我，
将来后悔又来求。

江水宽宽有沙洲，新人嫁来分两头，
你不爱我使人愁。今日虽然不爱我，
将来想聚又来求。

江有沱，之子归，
不我过。不我过，
其啸也歌。

江水长长有沱流，新人嫁来分两头，
你不找我使人愁。不找我呀心烦闷，
唱着哭着消我忧。

野有死麕

野有死麕，白茅包之。
有女怀春，吉士诱之。

猎来小鹿撂荒郊，洁白茅草将它包。
有位姑娘春心动，小伙上前把话挑。

林有朴樕，野有死鹿。
白茅纯束，有女如玉。

砍下朴樕当烛烧，打死小鹿在荒郊。
白茅捆扎当礼物，如玉姑娘接受了。

"舒而脱脱兮！无感我帨兮！
无使尨也吠！"

"轻轻慢慢别着忙！别掀围裙别莽撞！
别惹狗儿叫汪汪！"

何彼襛矣

何彼襛矣？唐棣之华。
曷不肃雝？王姬之车。

怎么那样浓艳漂亮？像唐棣花儿一样。
怎么气氛欠肃穆安详？王姬出嫁的车辆。

何彼襛矣？华如桃李。
平王之孙，齐侯之子。

怎么那样的浓艳漂亮？像桃李花开一样。
天子平王的外孙，齐侯的女儿做新娘。

其钓维何？维丝伊缗。
齐侯之子，平王之孙。

钓鱼是用什么绳？是用丝线来做成。
她是齐侯的女儿，天子平王的外孙。

驺 虞

彼茁者葭，壹发五豝，
于嗟乎驺虞！

密密一片芦苇丛，一群母猪被射中。
哎呀这位猎手真神勇！

彼茁者蓬，壹发五豝，　　　　　　　密密一片蓬蒿草，一群小猪被射倒。
于嗟乎驺虞！　　　　　　　　　　　哎呀这位猎手本领高！

邶 风

柏 舟

柏舟汎彼柏舟，亦汎其流。　　　　　飘飘荡荡柏木舟，随着河水任漂流。
耿耿不寐，如有隐忧。　　　　　　　两眼炯炯不成眼，多少烦恼积心头。
微我无酒，以敖以游。　　　　　　　不是无酒来消愁，不是无处可遨游。

我心匪鉴，不可以茹。　　　　　　　我心不是青铜镜，难把人面清清照。
亦有兄弟，不可以据。　　　　　　　娘家虽有亲兄弟，谁知他们难依靠。
薄言往愬，逢彼之怒。　　　　　　　勉强回家叹苦经，见他发怒心烦恼。

我心匪石，不可转也。　　　　　　　我心不像石一块，任人搬东又搬西。
我心匪席，不可卷也。　　　　　　　我心不是席一条，哪能打开又卷起。
威仪棣棣，不可选也。　　　　　　　仪容娴静品行端，优点哪个数得齐。

忧心悄悄，愠于群小。　　　　　　　愁思重重心头绕，群小怨我众口咬。
觏闵既多，受侮不少。　　　　　　　横遭陷害已多次，身受侮辱更不少。
静言思之，寤辟有摽。　　　　　　　仔仔细细想一想，梦醒痛苦把胸敲。

日居月诸，胡迭而微？　　　　　　　红太阳啊明月亮，为啥老是没光芒？
心之忧矣，如匪澣衣。　　　　　　　心头烦恼除不尽，就像没洗脏衣裳。
静言思之，不能奋飞。　　　　　　　仔仔细细想一想，不能展翅飞天上。

绿　衣

绿兮衣兮，绿衣黄里。　　　　绿色衣啊绿色衣，外面绿色黄夹里。
心之忧矣，曷维其已！　　　　穿上绿衣心忧伤，不知何时停怀忆！

绿兮衣兮，绿衣黄裳。　　　　绿色衣啊绿色衣，上穿绿衣下黄裳。
心之忧矣，曷维其亡！　　　　穿上绿衣心忧伤，旧情深深怎相忘！

绿兮丝兮，女所治兮。　　　　绿色衣啊绿色丝，丝丝是你亲手织。
我思古人，俾无訧兮。　　　　想起我的亡妻啊，遇事劝我无差失。

絺兮绤兮，凄其以风。　　　　夏布粗啊夏布细，穿上风凉又爽气。
我思古人，实获我心。　　　　想起我的亡妻啊，样样都合我心意。

燕　燕

燕燕于飞，差池其羽。　　　　燕燕双双飞天上，参差不齐展翅膀。
之子于归，远送于野。　　　　这位姑娘要出嫁，送到郊外远地方。
瞻望弗及，泣涕如雨！　　　　遥望背影渐消失，泪珠滚滚雨一样！

燕燕于飞，颉之颃之。　　　　燕子双双飞天上，高高低低追逐忙。
之子于归，远于将之。　　　　这位姑娘要出嫁，送她不嫌路途长。
瞻望弗及，伫立以泣！　　　　遥望背影渐消失，凝神久立泪汪汪！

燕燕于飞，下上其音。　　　　燕子双双飞天上，上上下下呢喃唱。
之子于归，远送于南。　　　　这位姑娘要出嫁，送她向南路茫茫。
瞻望弗及，实劳我心！　　　　遥望背影渐消失，离愁别恨断人肠！

仲氏任只，其心塞渊。　　　　二妹为人可信任，心地诚实虑事深。
终温且惠，淑慎其身。　　　　性格温柔又和顺，修身善良又谨慎。
先君之思，以勖寡人！　　　　常说"莫忘先君爱"，淳淳劝勉感我心！

日 月

日居月诸！照临下土。　　太阳啊，月亮啊！光辉普照大地上。
乃如之人兮，逝不古处。　　天下竟有这种人，会把故居恩爱忘。
胡能有定？宁不我顾？　　　为何不念夫妻情？为何不想进我房？

日居月诸！下土是冒。　　　太阳啊，月亮啊！光辉普照大地上。
乃如之人兮，逝不相好。　　天下竟有这种人，绝情不和我来往。
胡能有定？宁不我报？　　　为何不念夫妻情？为何使我守空房？

日居月诸！出自东方。　　　太阳啊，月亮啊！日月光辉出东方。
乃如之人兮，德音无良。　　天下竟有这种人，名誉扫地丧天良。
胡能有定？俾也可忘。　　　为何不念夫妻情？使我真该把他忘。

日居月诸！东方自出。　　　太阳啊，月亮啊！东方升起亮堂堂。
父兮母兮！畜我不卒。　　　我的爹啊我的娘！丈夫爱我不久长。
胡能有定？报我不述！　　　为何不念夫妻情？我也不愿诉衷肠！

终 风

终风且暴，顾我则笑。　　　大风既起狂又暴，对我侮弄嘻嘻笑。
谑浪笑敖，中心是悼！　　　调戏取笑太放荡，想想悲伤心烦恼！

终风且霾，惠然肯来。　　　大风既起尘飞扬，他可顺心来我房？
莫往莫来？悠悠我思！　　　如今竟然不来往，绵绵相思不能忘！

终风且曀，不日有曀。　　　大风既起日无光，顷刻又阴晴无望。
寤言不寐，愿言则嚏。　　　夜半独语难入梦，愿他喷嚏知我想。

曀曀其阴，虺虺其雷。　　　天色阴沉暗无光，雷声隐隐天边响。
寤言不寐，愿言则怀。　　　夜半独语难入梦，愿他悔悟将我想。

击 鼓

击鼓其镗，踊跃用兵。	战鼓擂得咚咚响，官兵踊跃练刀枪。
土国城漕，我独南行。	别人修路筑漕城，我独从军去南方。
从孙子仲，平陈与宋。	跟随将军孙子仲，调停纠纷陈与宋。
不我以归，忧心有忡！	常驻戍地不让归，思妻愁绪心忡忡。
爰居爰处？爰丧其马？	住哪儿啊息何方？马儿丢失何处藏？
于以求之？于林之下。	去到哪里找我马？丛林深处大树旁。
"死生契阔"，与子成说。	"生死永远不分离"，对你誓言记心里。
执子之手，与子偕老。	我曾紧紧握你手，和你到老在一起。
于嗟阔兮，不我活兮！	可叹重重隔关山，不让我们重相见！
于嗟洵兮，不我信兮！	可叹悠悠长别离，不让我们守誓言！

凯 风

凯风自南，吹彼棘心。	和风吹来自南方，吹在枣树红心上。
棘心夭夭，母氏劬劳。	枣树红心嫩又壮，我娘辛苦善教养。
凯风自南，吹彼棘薪。	和风南方吹过来，枣树成长好当柴。
母氏圣善，我无令人。	我娘人好又明理，我们兄弟不成材。
爰有寒泉，在浚之下。	寒泉清冷把暑消，源头出自浚县郊。
有子七人，母氏劳苦。	儿子七个不算少，却累我娘独辛劳。
睍睆黄鸟，载好其音。	宛转黄雀清和音，歌声吱吱真好听。
有子七人，莫慰母心。	我娘儿子有七个，不能安慰亲娘心。

击鼓图，汉画像石。

雉，选自《吴友如画宝》。

雄　雉

雄雉于飞，泄泄其羽。　　　　雄雉起飞向远方，拍拍翅膀真舒畅。
我之怀矣，自诒伊阻！　　　　心中怀念我夫君，自找离愁空忧伤！

雄雉于飞，下上其音。　　　　雄雉起飞向远方，忽高忽低咯咯唱。
展矣君子，实劳我心！　　　　我的夫君确实好，苦思苦想心难放。

瞻彼日月，悠悠我思！　　　　远望太阳和月亮，我的相思长又长！
道之云远，曷云能来？　　　　相隔道路太遥远，何时回到我身旁？

百尔君子，不知德行。　　　　天下"君子"一个样，不知道德和修养。
不忮不求，何用不臧？　　　　你不损人又不贪，走到哪里不顺当。

匏有苦叶

匏有苦叶，济有深涉。　　　　枯叶葫芦腰间收，济水渡口深水流。
深则厉，浅则揭。　　　　　　水深和着衣裳趟，水浅提起下衣走。

有瀰济盈，有鷕雉鸣。　　　　济水涨起满盈盈，水边野鸡吆吆鸣。
济盈不濡轨，雉鸣求其牡。　　水满不湿车轴头，野鸡唱歌求配偶。

雝雝鸣雁，旭日始旦。　　　　大雁嘎嘎相对唱，初升太阳放光芒。
士如归妻，迨冰未泮。　　　　郎若有心娶新娘，要趁今冬冰未烊。

招招舟子，人涉卬否。　　　　船夫招手把客揽，别人上船我留岸。
人涉卬否，卬须我友。　　　　别人上船我留岸，我等情郎来结伴。

谷　风

习习谷风，以阴以雨。　　　　飒飒山谷起大风，天阴雨暴来半空。
黾勉同心，不宜有怒。　　　　夫妻勉力结同心，不该怒骂不相容。
采葑采菲，无以下体。　　　　萝卜地瓜当菜吃，难道要叶不要根。
德音莫违，"及尔同死。"　　　甜言蜜语莫忘记："和你到死永不分。"

行道迟迟，中心有违。　　　　走出家门慢吞吞，脚步向前心不忍。
不远伊迩，薄送我畿。　　　　不求远送望近送，谁知只送到房门。
谁谓荼苦？其甘如荠。　　　　谁说荼菜苦无比？在我吃来甜似荠。
宴尔新昏，如兄如弟。　　　　你有新人多快乐，两口亲热像兄弟。

泾以渭浊，湜湜其沚。　　　　渭水入泾泾水浑，泾水虽浑底下清。
宴尔新昏，不我屑以。　　　　你有新人多快乐，诬我不洁又不清。
毋逝我梁，毋发我笱。　　　　别到我的鱼坝去，别把鱼篓胡乱提。
我躬不阅，遑恤我后。　　　　今日我已不见容，往后事情难顾及。

就其深矣，方之舟之。　　　　好比河水深悠悠，那就撑筏划小舟。
就其浅矣，泳之游之。　　　　好比河水浅清清，那就游泳把水泅。
何有何亡，黾勉求之。　　　　家里有这没有那，尽心尽力为你求。
凡民有丧，匍匐救之。　　　　邻居出了灾难事，伏着爬着也去救。

不我能慉，反以我为雠？　　　你不爱我倒也罢，不该把我当冤仇。

既阻我德，贾用不售。　　　　　　一片好意遭拒绝，好像货物难脱手。
昔育恐育鞠，及尔颠覆。　　　　　以前生活困又穷，共渡难关苦重重。
既生既育，比予于毒。　　　　　　如今生计有好转，翻脸比我像毒虫。

我有旨蓄，亦以御冬。　　　　　　我有腌的美咸菜，贮藏起来度寒冬。
宴尔新昏，以我御穷。　　　　　　你有新人多快乐，拿我旧妻挡困穷。
有洸有溃，既诒我肄。　　　　　　粗声恶气打又骂，还要逼我做苦工。
不念昔者，伊余来塈。　　　　　　不念昔日情绵绵，一片恩爱将我宠。

式　微

式微式微，胡不归？　　　　　　　日光渐暗天色灰，为啥有家去不回？
微君之故，胡为乎中露？　　　　　不是君主差事苦，哪会夜露湿我腿？

式微式微，胡不归？　　　　　　　日光渐暗天色灰，为啥有家去不回？
微君之躬，胡为乎泥中？　　　　　不是君主养贵体，哪会夜间踩泥水？

旄　丘

旄丘之葛兮，何诞之节兮？　　　　葛藤长在山坡上，枝节怎么那样长？
叔兮伯兮！何多日也？　　　　　　叔叔啊，伯伯啊！为啥好久不帮忙？

何其处也？必有与也。　　　　　　为啥躲在家里边，定要等谁才露面？
何其久也？必有以也。　　　　　　为啥拖拉这么久，定有原因在其间。

狐裘蒙戎，匪车不东。　　　　　　身穿狐裘毛蓬松，他坐车子不向东。
叔兮伯兮！靡所与同。　　　　　　叔叔啊，伯伯啊！你我感情不相同。

琐兮尾兮！流离之子。　　　　　　我们渺小又卑贱，我们流亡望人怜。
叔兮伯兮！褎如充耳。　　　　　　叔叔啊，伯伯啊！趾高气扬听不见。

简 兮

简兮简兮，方将《万舞》。　　　　敲起鼓来咚咚响，《万舞》演出将开场。
日之方中，在前上处。　　　　　　太阳高高正中央，舞师排在最前行。

硕人俣俣，公庭《万舞》。　　　　身材高大真魁梧，公庭前面演《万舞》。
有力如虎，执辔如组。　　　　　　扮成武士力如虎，手执缰绳赛丝组。

左手执籥，右手秉翟。　　　　　　左手握着笛儿吹，右手挥起野鸡尾，
赫如渥赭，公言锡爵。　　　　　　脸儿通红像染色，卫公叫赏酒满杯。

山有榛，隰有苓。　　　　　　　　榛树生在高山顶，低洼地里有草苓。
云谁之思？西方美人。　　　　　　是谁占领我的心？是那健美西方人。
彼美人兮，西方之人兮！　　　　　美人美人难忘怀，他是西方来的人！

泉 水

毖彼泉水，亦流于淇。　　　　　　泉水涌涌流不息，毕竟流到淇水里。
有怀于卫，靡日不思。　　　　　　想起卫国我故乡，没有一天不惦记。
娈彼诸姬，聊与之谋。　　　　　　同来姊妹多美好，且和他们共商议。

出宿于泲，饮饯于祢。　　　　　　想起当初宿在泲，喝酒饯行在祢邑。
女子有行，远父母兄弟。　　　　　姑娘出嫁到别国，远离父母和兄弟。
问我诸姑，遂及伯姊。　　　　　　临行问候姑姑们，还有大姊别忘记。

出宿于干，饮饯于言。　　　　　　如能回家宿干地，喝酒饯行在言邑。
载脂载舝，还车言迈。　　　　　　涂好轴油插上键，回车归家走得快。
遄臻于卫，不瑕有害！　　　　　　只想快快回国去，想必看看没啥害！

我思肥泉，兹之永叹。　　　　　　心儿飞到肥泉头，声声长叹阵阵忧。
思须于漕，我心悠悠。　　　　　　心儿飞向须和漕，绵绵相思盼重游。

驾言出游，以写我忧。　　　　驾起车子出门去，借此消我心中愁。

北　门

出自北门，忧心殷殷。　　　　一路走出城北门，心里隐隐含忧患。
终窭且贫，莫知我艰。　　　　既无排场又穷酸，有谁了解我艰难。
已焉哉，天实为之，　　　　　既然这样啦，老天存心摆布我，
谓之何哉！　　　　　　　　　叫我怎么办！

王事适我，政事一埤益我。　　王室差事扔给我，政事全都推给我。
我入自外，室人交徧谪我。　　忙了一天回家来，家人个个骂我呆。
已焉哉，天实为之，　　　　　既然这样啦，总是老天的安排，
谓之何哉！　　　　　　　　　叫我也无奈！

王事敦我，政事一埤遗我。　　王室差事逼迫我，政事全盘压着我。
我入自外，室人交徧摧我。　　忙了一天回到家，家人个个骂我傻。
已焉哉，天实为之，　　　　　既然这样啦，老天存心安排下，
谓之何哉！　　　　　　　　　我有啥办法！

北　风

北风其凉，雨雪其雱。　　　　北风吹来冰冰凉，漫天雪花任飞扬。
惠而好我，携手同行。　　　　赞同我的好伙伴，携手同路齐逃亡。
其虚其邪？既亟只且！　　　　哪能犹豫慢吞吞？事已紧急大祸降！

北风其喈，雨雪其霏。　　　　北风刮得寒凛凛，雪花漫天下纷纷。
惠而好我，携手同归。　　　　赞同我的好伙伴，携手同去安乐村。
其虚其邪？既亟只且！　　　　哪能犹豫慢吞吞？事已紧急大祸临！

莫赤匪狐，莫黑匪乌。　　　　天下赤狐尽狡狯，天下乌鸦一般黑！
惠而好我，携手同车。　　　　赞同我的好伙伴，携手同车结成队。

其虚其邪？既亟只且！　　　　哪能犹豫慢吞吞？事已紧急莫后悔！

静　女

静女其姝，俟我于城隅。　　　　善良姑娘真美丽，等我城楼去幽会。
爱而不见，搔首踟蹰。　　　　　故意藏着逗人找，惹我搔头又徘徊。

静女其娈，贻我彤管。　　　　　善良姑娘真漂亮，送我彤管情意长。
彤管有炜，说怿女美。　　　　　红管鲜红光闪闪，越看越爱心欢畅。

自牧归荑，洵美且异。　　　　　郊外送茅表情爱，嫩茅确实美得怪。
匪女之为美，美人之贻。　　　　不是嫩茅有多美，只因美人送它来。

新　台

新台有泚，河水瀰瀰。　　　　　河上新台真辉煌，水面一片白茫茫。
燕婉之求，籧篨不鲜。　　　　　本想嫁个美男子，碰上丑汉虾蟆样。

新台有洒，河水浼浼。　　　　　河上新台真高敞，水面一片平荡荡。
燕婉之求，籧篨不殄。　　　　　本想嫁个美男子，碰上虾蟆没好相。

鱼网之设，鸿则离之。　　　　　想得大鱼把网张，谁知虾蟆进了网。
燕婉之求，得此戚施。　　　　　本想嫁个美男子，碰上虾蟆四不像。

二子乘舟

二子乘舟，汎汎其景。　　　　　两人同坐小船上，飘飘荡荡向远方。
愿言思子，中心养养。　　　　　每当想起你们俩，心里不安多忧伤。

二子乘舟，汎汎其逝。   两人同坐小船上，飘飘荡荡往远方。

愿言思子，不瑕有害？   每当想起你们俩，此行是否遭祸殃？

鄘 风

柏 舟

鄘风柏舟汎彼柏舟，在彼中河。   柏木小船飘荡荡，一飘飘到河中央。

髧彼两髦，实维我仪；   额前垂发少年郎，是我心中好对象；

之死矢靡它。母也天只！   到死誓不变心肠。我的爹啊我的娘！

不谅人只！   为何对我不体谅！

汎彼柏舟，在彼河侧。   柏木小船飘荡荡，一飘飘到河岸旁。

髧彼两髦，实维我特；   额前垂发少年郎，处处和我配得上；

之死矢靡慝。母也天只！   誓死不会变主张。我的爹啊我的娘！

不谅人只！   为何对我不体谅！

墙有茨

墙有茨，不可埽也。   墙上蒺藜爬，不可扫掉它。

中冓之言，不可道也。   宫廷悄悄话，不可乱啦呱。

所可道也？言之丑也。   还能说什么？说来太丑啦。

墙有茨，不可襄也。   蒺藜爬满墙，难以一扫光。

中冓之言，不可详也。   宫廷悄悄话，不可仔细讲。

所可详也？言之长也。   还能说什么？说来话太长。

墙有茨，不可束也。   墙上蒺藜生，除也除不尽。

中冓之言，不可读也。　　宫廷悄悄话，宣扬可不行。
所可读也？言之辱也。　　还能说什么？说来难为情。

君子偕老

君子偕老，副笄六珈。　　君王爱妻亲又和，玉簪步摇珠颗颗。
委委佗佗，如山如河，　　仪态万方移莲步，静如高山动如河，
象服是宜。子之不淑，　　灿烂画袍身段合。只是行为不端正，
云如之何！　　　　　　　对她还能说什么！

玼兮玼兮，其之翟也。　　文采翟衣真鲜艳，画羽礼服耀人眼。
鬒发如云，不屑髢也。　　黑发密密似乌云，不用假发更天然。
玉之瑱也，象之揥也，　　美玉充耳垂两边，象牙簪子插发间，
扬且之皙也。胡然而天也？　俊俏白皙好脸面。莫非尘世出天仙？
胡然而帝也？　　　　　　莫非帝子降人间？

瑳兮瑳兮，其之展也。　　文彩展衣真艳丽，轻纱薄绢会客衣。
蒙彼绉绤，是绁袢也，　　罩上绉罗如蝉翼，透明内衣世上稀。
之清扬，扬且之颜也。　　看她眉目多清秀，看她容颜多美丽。
展如之人兮，邦之媛也。　　但是如此盛装女，天香国色差淑仪。

桑　中

爰采唐矣？沬之乡矣。　　采集女萝去哪方？在那卫国朝歌乡。
云谁之思？美孟姜矣。　　我的心中想念谁？漂亮大姊本姓姜。
期我乎桑中，要我乎上宫，　约我等待在桑中，邀我相会在上宫，
送我乎淇之上矣。　　　　淇水口上远相送。

爰采麦矣？沬之北矣。　　采集麦子去哪里？朝歌北面旧邶地。
云谁之思？美孟弋矣。　　我的心中想念谁？漂亮大姊本姓弋。
期我乎桑中，要我乎上宫，　约我等待在桑中，邀我相会在上宫，

鹌鹑，天津杨柳青年画。

送我乎淇之上矣。　　　　　　　　淇水口上远相送。

爱采葑矣？沫之东矣。　　　　　　采集萝卜去哪垅？朝歌东头旧名沫。
云谁之思？美孟庸矣。　　　　　　我的心中想念谁？漂亮大姐本姓庸。
期我乎桑中，要我乎上宫，　　　　约我等待在桑中，邀我相会在上宫，
送我乎淇之上矣。　　　　　　　　淇水口上远相送。

鹑之奔奔

鹑之奔奔，鹊之彊彊。　　　　　　鹌鹑尚且双双飞，喜鹊也知对对配。
人之无良，我以为兄。　　　　　　这人鸟鹊都不如，我还把他当长辈。

鹊之彊彊，鹑之奔奔。　　　　　　喜鹊尚且对对配，鹌鹑也知双双飞。
人之无良，我以为君。　　　　　　这人鸟鹊都不如，反而占着国君位。

定之方中

定之方中，作于楚宫。　　　　　　冬月定星照天中，建设楚丘筑新宫。

揆之以日，作于楚室。　　按照日影测方向，营照住宅兴土功。
树之榛栗，椅桐梓漆，　　房前屋后种榛栗，加上梓漆和椅桐，
爰伐琴瑟。　　　　　　　成材伐作琴瑟用。

升彼虚矣，以望楚矣。　　登上漕邑废墟望，楚丘地势细端详。
望楚与堂，景山与京，　　看好楚丘和堂邑，遍历高丘和山冈，
降观于桑。卜云其吉，　　下到田里看蚕桑。占卜征兆很吉祥，
终然允臧。　　　　　　　结果良好真妥当。

灵雨既零，命彼倌人。　　好雨落过乌云散，叫起管车小马倌。
星言夙驾，说于桑田。　　天晴早早把车赶，歇在桑田查生产。
匪直也人，秉心塞渊，　　既为百姓也为国，用心踏实又深远，
骒牝三千。　　　　　　　良马三千可备战。

蝃　蝀

蝃蝀在东，莫之敢指。　　东方出现美人虹，没人敢指怕遭凶。
女子有行，远父母兄弟。　　这位女子要出嫁，远离父母和弟兄。

朝隮于西，崇朝其雨。　　清晨西方彩虹长，阴雨不停一早上。
女子有行，远兄弟父母。　　女子自己找丈夫，远离兄弟父母乡。

乃如之人也，怀昏姻也。　　就是这样一个人，破坏礼教乱婚姻。
大无信也，不知命也。　　什么贞洁全不讲，父母之命也不听。

相　鼠

相鼠有皮，人而无仪。　　请看老鼠还有皮，这人行为没威仪。
人而无仪，不死何为？　　既然行为没威仪，为啥还不命归西？

相鼠有齿，人而无止。　　请看老鼠还有齿，这人行为没节止。

人而无止，不死何俟？ 　　既然行为没节止，还等什么不去死？

相鼠有体，人而无礼。 　　请看老鼠还有体，这人行为不守礼。
人而无礼，胡不遄死？ 　　既然行为不守礼，就该快死何迟疑？

干　旄

孑孑干旄，在浚之郊。 　　招贤旗子高高飘，插在车后到浚郊。
素丝纰之，良马四之。 　　旗边镶着白丝线，好马四匹礼不少。
彼姝者子，何以畀之？ 　　那位忠顺贤才士，用啥才能去应招？

孑孑干旟，在浚之都。 　　招贤旗子高高飘，驾车浚邑近郊跑。
素丝组之，良马五之。 　　旗边镶着白丝线，好马五匹礼不少。
彼姝者子，何以予之？ 　　那位忠顺贤才士，用啥办法去应招？

孑孑干旌，在浚之城。 　　招贤旗子高高飘，车马向着浚城跑。
素丝祝之，良马六之。 　　旗边镶着白丝线，好马六匹礼不少。
彼姝者子，何以告之？ 　　那位忠顺贤才士，用啥建议去应招？

载　驰

载驰载驱，归唁卫侯。 　　赶着马车快快走，回国慰问我卫侯。
驱马悠悠，言至于漕。 　　挥鞭驱马路悠悠，望见漕邑城门楼。
大夫跋涉，我心则忧。 　　许国大夫急急来，知他来意我心忧。

既不我嘉，不能旋反。 　　对我归卫都摇头，我可不能往回走。
视尔不臧，我思不远。 　　比起你们没良策，我的计划近可求。
既不我嘉，不能旋济。 　　对我归卫都反对，决不渡河再回头。
视尔不臧，我思不閟。 　　比起你们没良策，我的计划有效果。

陟彼阿丘，言采其蝱。 　　登上那边高山冈，采来贝母治忧伤。

女子善怀，亦各有行。　　女子虽然多想家，自有道理和主张。
许人尤之，众稚且狂。　　许国大夫反对我，既是幼稚又愚妄。

我行其野，芃芃其麦。　　走在祖国田野上，麦苗蓬勃长得旺。
控于大邦，谁因谁极！　　赶快奔告求大国，依靠齐人来救亡！
大夫君子，无我有尤。　　许国大夫众高官，不要再把我阻挡。
百尔所思，不如我所之！　　你们纵有百条计，不如我跑这一趟！

卫　风

淇　奥

瞻彼淇奥，绿竹猗猗。　　河湾头淇水流过，看绿竹多么婀娜。
有匪君子，如切如磋，　　美君子文采风流，似象牙经过切磋，
如琢如磨。瑟兮僴兮，　　似美玉经过琢磨。你看他庄严威武，
赫兮咺兮。有匪君子，　　你看他光明磊落。美君子文采风流，
终不可谖兮。　　　　　　常记住永不泯没。

瞻彼淇奥，绿竹青青。　　河湾头淇水流清，看绿竹一片菁菁。
有匪君子，充耳琇莹，　　美君子文采风流，充耳垂宝石晶莹，
会弁如星。瑟兮僴兮，　　帽上玉亮如明星。你看他威武庄严，
赫兮咺兮。有匪君子，　　你看他磊落光明。美君子文采风流，
终不可谖兮。　　　　　　我永远牢记心铭。

瞻彼淇奥，绿竹如箦。　　河湾头淇水流急，看绿竹层层密密。
有匪君子，如金如锡，　　美君子文采风流，论才学精如金锡，
如圭如璧。宽兮绰兮，　　论德行洁如圭璧。你看他宽厚温柔，
猗重较兮。善戏谑兮，　　你看他登车凭倚。爱谈笑说话风趣，
不为虐兮。　　　　　　　不刻薄待人平易。

考　槃

考槃在涧，硕人之宽。　　　　　敲着盘儿溪谷旁，贤人心胸自宽敞。
独寐寤言，永矢弗谖。　　　　　独睡独醒独说话，这种乐趣誓不忘。

考槃在阿，硕人之薖。　　　　　敲着盘儿在山坡，贤人自有安乐窝，
独寐寤歌，永矢弗过。　　　　　独睡独醒独唱歌，发誓跟人不结伙。

考槃在陆，硕人之轴。　　　　　敲着盘儿在高原，兜兜圈子真悠闲。
独寐寤宿，永矢弗告。　　　　　独睡独醒独自躺，此中乐趣不能言。

硕　人

硕人其颀，衣锦褧衣。　　　　　高高身材一美女，身穿锦服罩单衣。
齐侯之子，卫侯之妻，　　　　　她本齐侯千金女，嫁给卫侯做娇妻，
东宫之妹，邢侯之姨，　　　　　本是太子同胞妹，邢侯称她小姨子，
谭公维私。　　　　　　　　　　谭公原是她姊婿。

手如柔荑，肤如凝脂，　　　　　细如白茅嫩手指，皮肤润泽似冻脂，
领如蝤蛴，齿如瓠犀，　　　　　脖颈白皙像蝤蛴，牙比瓜子还整齐，
蓁首蛾眉。巧笑倩兮，　　　　　额角方正蛾眉细。嫣然巧笑两酒窝，
美目盼兮。　　　　　　　　　　秋水一泓转眼时。

硕人敖敖，说于农郊。　　　　　美人身材长得高，停车休息在近郊。
四牡有骄，朱幩镳镳，　　　　　四匹雄马肥又壮，马嚼边上飘红绡，
翟茀以朝。大夫夙退，　　　　　雉羽采车来上朝。大夫朝毕请早退，
无使君劳。　　　　　　　　　　别教卫君太辛劳。

河水洋洋，北流活活。　　　　　河水一片白茫茫，哗哗奔流向北方。
施罛涉涉，鳣鲔发发，　　　　　撒开渔网呼呼响，鳣鲔泼泼跳进网，
葭菼揭揭。　　　　　　　　　　芦荻高高排成行。

白话四书五经

庶姜孽孽，庶士有朅。　　　　　陪嫁姑娘个子长，随从滕臣好雄壮！

氓

氓之蚩蚩，抱布贸丝。　　　　流浪小伙笑嘻嘻，抱着布匹来换丝。
匪来贸丝，来即我谋。　　　　不是真心来换丝，找我商量婚姻事。
送子涉淇，至于顿丘。　　　　送你渡过淇水去，直到顿丘才告辞。
匪我愆期，子无良媒。　　　　并非我想拖日子，你我良媒来联系。
将子无怒，秋以为期。　　　　请你不要发脾气，深秋时节作婚期。

乘彼垝垣，以望复关。　　　　登上那堵残土墙，遥望复关盼情郎。
不见复关，泣涕涟涟。　　　　望穿秋水人不见，心中焦急泪汪汪。
既见复关，载笑载言。　　　　既见郎从复关来，有笑有说心欢畅。
尔卜尔筮，体无咎言。　　　　龟甲蓍草你去占，卦没凶兆求神帮。
以尔车来，以我贿迁。　　　　拉着你的车子来，把我嫁妆往上装。

桑之未落，其叶沃若。　　　　桑叶未落密又繁，柔嫩润泽真好看。
于嗟鸠兮，无食桑葚。　　　　唉呀斑鸠小鸟儿，见了桑椹别嘴馋。
于嗟女兮，无与士耽。　　　　唉呀年轻姑娘们，见了男人别胡缠。
士之耽兮，犹可说也。　　　　男人要把女人缠，说甩就甩他不管。
女之耽兮，不可说也。　　　　女人若是恋男人，撒手摆脱难上难。

桑之落矣，其黄而陨。　　　　桑叶萎谢飘落净，枯黄憔悴任凋零。
自我徂尔，三岁食贫。　　　　自从我到你家来，多年吃苦受寒贫。
淇水汤汤，渐车帷裳。　　　　淇水滔滔送我回，溅湿车帷冷冰冰。
女也不爽，士贰其行。　　　　我做妻子没过错，是你男人太无情。
士也罔极，二三其德。　　　　真真假假没定准，三心两意话难凭。

三岁为妇，靡室劳矣。　　　　结婚多年守妇道，我把家事一肩挑。
夙兴夜寐，靡有朝矣。　　　　起早睡晚勤操作，累死累活非一朝。
言既遂矣，至于暴矣。　　　　家业有成已安定，面目渐改施残暴。
兄弟不知，咥其笑矣。　　　　兄弟不知我处境，见我回家哈哈笑。

— 682 —

静言思之，躬自悼矣。　　静思默想苦难言，只有独自暗伤悼。

及尔偕老，老使我怨。　　与你偕老当年话，如今老了我怨他。
淇则有岸，隰则有泮。　　淇水虽宽有堤岸，沼泽虽阔有边涯。
总角之宴，言笑晏晏。　　回想年少未嫁时，一言一笑多温雅。
信誓旦旦，不思其反。　　海誓山盟还在耳，谁料翻脸变冤家。
反是不思，亦已焉哉！　　违背誓言你不顾，那就从此算了吧！

竹 竿

籊籊竹竿，以钓于淇。　　竹竿竹竿细又长，当年钓鱼淇水上。
岂不尔思？远莫致之。　　难道旧游我不想？路途遥远难还乡。

泉源在左，淇水在右。　　左边呀，泉源头；右边呀，淇水流。
女子有行，远兄弟父母。　　姑娘出嫁别故国，远离家人怎不愁。

淇水在右，泉源在左。　　右边呀，淇水流；左边呀，泉源头。
巧笑之瑳，佩玉之傩。　　巧笑露齿少年游，行动佩玉有节奏。

淇水滺滺，桧楫松舟。　　淇水悠悠照样流，桧浆松舟也依旧。
驾言出游，以写我忧。　　只好驾车且出游，聊除心里思乡愁。

芄 兰

芄兰之支，童子佩觿。　　芄兰枝上尖荚垂，儿童挂着解结锥。
虽则佩觿，能不我知。　　虽然挂着解结锥，可他不解我是谁。
容兮遂兮，垂带悸兮。　　大摇大摆佩玉响，东晃西荡大带垂。

芄兰之叶，童子佩韘。　　芄兰枝上叶弯弯，儿童佩韘不像样。
虽则佩韘，能不我甲。　　虽然佩带玉扳指，不愿亲我把话讲。
容兮遂兮，垂带悸兮。　　大摇大摆佩玉响，垂带晃荡净装腔。

河 广

谁谓河广？一苇杭之。　　　　谁说黄河广又广？一条苇筏就能航。
谁谓宋远？跂予望之。　　　　谁说宋国远又远？踮起脚跟就在望。

谁谓河广？曾不容刀。　　　　谁说黄河宽又宽？一条小船容纳难。
谁谓宋远？曾不崇朝。　　　　谁说宋国远又远？不用一朝到对岸。

伯 兮

伯兮朅兮，邦之桀兮。　　　　阿哥壮健又威风，他是国家真英雄。
伯也执殳，为王前驱。　　　　阿哥手执丈二殳，保卫君王打先锋。

自伯之东，首如飞蓬。　　　　自从哥哥去征东，无心梳发像飞蓬。
岂无膏沐？谁适为容！　　　　难道没有润发油？讨谁欢心去美容！

其雨其雨，杲杲出日。　　　　好比久旱把雨盼，偏偏晴天日头灿。
愿言思伯，甘心首疾！　　　　魂牵梦萦想哥回，想得头痛心口颤！

焉得谖草，言树之背。　　　　哪儿去找忘忧草？找来种到后院中。
愿言思伯，使我心痗！　　　　魂牵梦萦想哥回，心病难治意难通。

有 狐

有狐绥绥，在彼淇梁。　　　　狐狸缓缓走，淇水石桥上。
心之忧矣，之子无裳！　　　　心里真忧愁，这人没衣裳！

有狐绥绥，在彼淇厉。　　　　狐狸缓缓走，淇水岸边濑。
心之忧矣，之子无带！　　　　心里真忧愁，这人没腰带！

唐鎏金双狐狸纹银盘，陕西西安市郊出土，陕西省博物馆藏。

有狐绥绥，在彼淇侧。　　　狐狸缓缓走，在那淇水边。
心之忧矣，之子无服！　　　心里真忧愁，这人没衣衫！

木 瓜

投我以木瓜，报之以琼琚。　　　送我一只大木瓜，我拿佩玉报答她。
匪报也，永以为好也。　　　不是仅仅为报答，表示永远爱着她。

投我以木桃，报之以琼瑶。　　　送我一只大木桃，我拿美玉来还报。
匪报也，永以为好也。　　　不是仅仅为还报，表示和她永远好。

投我以木李，报之以琼玖。　　　送我一只大木李，我拿宝石还报你。
匪报也，永以为好也。　　　不是仅仅为还礼，表示爱你爱到底。

王 风

黍 离

彼黍离离，彼稷之苗。　　　看那小米满田畴，高粱抽苗绿油油。
行迈靡靡，中心摇摇。　　　远行在即难迈步，无限愁思郁心头。
知我者谓我心忧，　　　　　知心人说我心烦忧，
不知我者谓我何求。　　　　局外人当我啥要求。
悠悠苍天，此何人哉！　　　遥远的老天啊，是谁害我离家走！

彼黍离离，彼稷之穗。　　　看那小米满田畴，高粱穗儿低下头。
行迈靡靡，中心如醉。　　　远行在即难迈步，心中恍惚像醉酒。
知我者谓我心忧，　　　　　知心人说我心烦忧，
不知我者谓我何求。　　　　局外人当我啥要求。
悠悠苍天，此何人哉！　　　遥远的老天啊，是谁害我离家走！

彼黍离离，彼稷之实。　　　看那小米满田畴，高粱结实不胜收。
行迈靡靡，中心如噎。　　　远行在即难迈步，心口如噎真难受。
知我者谓我心忧，　　　　　知心人说我心烦忧，
不知我者谓我何求。　　　　局外人当我啥要求。
悠悠苍天，此何人哉！　　　遥远的老天啊，是谁害我离家走！

君子于役

君子于役，不知其期。　　　夫君服役去远方，没年没月心忧伤。
曷至哉？鸡栖于埘，　　　　不知何时回家乡？鸡儿纷纷奔回窝，
日之夕矣，羊牛下来。　　　西天暮霭遮夕阳，牛羊下坡进栏忙。
君子于役，如之何勿思！　　夫君服役去远方，叫我怎不苦苦想！

君子于役，不日不月。　　　夫君服役去远方，没日没月别离长。

曷其有佸？鸡栖于桀，
日之夕矣，羊牛下括。
君子于役，苟无饥渴？

何日团圆聚一堂？鸡儿纷纷上木桩，
西天暮霭遮夕阳，牛羊下坡聚拢忙。
夫君服役去远方，也许不致饿肚肠？

君子阳阳

君子阳阳，左执簧，
右招我由房。其乐只且！

舞师得意喜洋洋，左手握着大笙簧，
右手招我奏"由房"。快快乐乐舞一场！

君子陶陶，左执翿，
右招我由敖。其乐只且！

舞师得意乐陶陶，左手举起鸟羽摇，
右手招我奏"由敖"。快快乐乐共舞蹈。

扬之水

扬之水，不流束薪。
彼其之子，不与我戍申。
怀哉怀哉！曷月予还归哉？

河水慢慢流过来，水小难漂一捆柴。
想起我那意中人，我守申国她难来。
日思夜想丢不开，哪月回家没法猜。

扬之水，不流束楚。
彼其之子，不与我戍甫。
怀哉怀哉！曷月予还归哉？

小河浅水缓缓流，一捆荆条漂不走。
想起我那意中人，不能同我把甫守。
日思夜想丢不开，何时回家相聚首？

扬之水，不流束蒲。
彼其之子，不与我戍许。
怀哉怀哉！曷月予还归哉？

河水缓缓流向东，一束蒲柳漂不动。
想起我那意中人，不能来许意难通。
日思夜想丢不开，何时我能回家中？

中谷有蓷

中谷有蓷，暵其干矣。
有女仳离，嘅其叹矣。

山谷长着益母草，天旱不雨草枯焦。
有位女子被遗弃，抚胸长叹心苦恼。

嘅其叹矣，遇人之艰难矣。　　　抚胸长叹心苦恼，嫁人嫁得太糟糕！

中谷有蓷，暵其脩矣。　　　　　益母草长山谷间，天旱不雨草晒干。
有女仳离，条其歗矣。　　　　　有位女子被遗弃，唉声长叹心里酸。
条其歗矣，遇人之不淑矣。　　　唉声长叹心里酸，不幸嫁个负心汉！

中谷有蓷，暵其湿矣。　　　　　益母草长山谷中，天旱草枯地裂缝。
有女仳离，啜其泣矣。　　　　　有位女子被遗弃，呜咽悲泣心伤痛。
啜其泣矣，何嗟及矣！　　　　　呜咽悲泣心伤痛，后悔莫及叹也空。

兔 爰

有兔爰爰，雉离于罗。　　　　　狡兔自由又自在，野鸡落进网里来。
我生之初，尚无为。　　　　　　当我初生那时候，没有战争没有灾。
我生之后，逢此百罹。　　　　　偏偏在我出生后，倒霉事儿成了堆。
尚寐无吪！　　　　　　　　　　但愿长睡口不开！

有兔爰爰，雉离于罦。　　　　　狡兔自由又自在，野鸡落进网里来。
我生之初，尚无造。　　　　　　当我初生那时候，没有迁都没有灾。
我生之后，逢此百忧。　　　　　偏偏在我出生后，百般晦气连着来。
尚寐无觉！　　　　　　　　　　但愿长睡眼不开！

有兔爰爰，雉离于罿。　　　　　狡兔自由又自在，野鸡落进网里来。
我生之初，尚无庸。　　　　　　当我初生那时候，没有劳役没有灾。
我生之后，逢此百凶。　　　　　偏偏在我出生后，百样坏事上门来。
尚寐无聪！　　　　　　　　　　但愿长睡两耳塞！

葛 藟

绵绵葛藟，在河之浒。　　　　　野葡萄藤绵绵长，攀在河边小树上。
终远兄弟，谓他人父。　　　　　离别亲人去远方，喊人阿爸求帮忙。

谓他人父，亦莫我顾！　　　　　　阿爸阿爸连声唤，没人理睬独彷徨！

縣縣葛藟，在河之涘。　　　　　　野葡萄藤绵绵长，攀在河滨小树上，
终远兄弟，谓他人母。　　　　　　离别亲人去他乡，喊人阿妈求帮忙。
谓他人母，亦莫我有！　　　　　　阿妈阿妈连声喊，没人亲近徒悲伤！

縣縣葛藟，在河之漘。　　　　　　野葡萄藤绵绵长，攀在河岸小树上。
终远兄弟，谓他人昆。　　　　　　离别亲人到异乡，喊人阿哥求帮忙。
谓他人昆，亦莫我闻！　　　　　　阿哥阿哥连声喊，没人救助空流亡！

采　葛

彼采葛兮，一日不见，　　　　　　那位姑娘去采葛，只有一天没见着，
如三月兮。　　　　　　　　　　　好像三月久相隔。

彼采萧兮，一日不见，　　　　　　那位姑娘去采蒿，只有一天没见到，
如三秋兮。　　　　　　　　　　　像隔三秋受煎熬。

彼采艾兮，一日不见，　　　　　　姑娘采艾去田间，只有一天没会面，
如三岁兮。　　　　　　　　　　　好像隔了整三年！

大　车

大车槛槛，毳衣如菼。　　　　　　大车驶过声坎坎，毛衣青翠色如菼。
岂不尔思？畏子不敢。　　　　　　难道是我不想你？怕你犹豫还不敢。

大车啍啍，毳衣如璊。　　　　　　大车驶过慢吞吞，毛衣殷红色如璊。
岂不尔思？畏子不奔。　　　　　　难道是我不想你，怕你犹豫不私奔。

谷则异室，死则同穴。　　　　　　活着不能同房住，死后但愿同圹埋。
谓予不信，有如皦日！　　　　　　别说我话难凭信，天上太阳作证来！

丘中有麻

丘中有麻，彼留子嗟。　　　　山坡上面种着麻，刘家小伙名子嗟。
彼留子嗟，将其来施施。　　　　刘家小伙名子嗟，请他帮忙来我家。

丘中有麦，彼留子国。　　　　山坡上面种着麦，那位子国是他爸。
彼留子国，将其来食。　　　　那位子国是他爸，请他吃饭来我家。

丘中有李，彼留之子。　　　　山坡上面种着李，刘家小伙就是他，
彼留之子，贻我佩玖。　　　　刘家小伙就是他，送我佩玉想成家。

郑　风

缁　衣

缁衣之宜兮，敝，予又改为兮。　　黑色朝服多合样，破了我再做衣裳。
适子之馆兮，还，予授子之粲兮。　你去官署把事办，回来给你试新装。

缁衣之好兮，敝，予又改造兮。　　黑色朝服多美好，破了我再缝一套。
适子之馆兮，还，予授子之粲兮。　你去官署把公干，回来给你穿新袍。

缁衣之席兮，敝，予又改作兮。　　黑色朝服大又宽，破了我再做一番。
适子之馆兮，还，予授子之粲兮。　你到官署去办事，回来给你新衣穿。

将仲子

将仲子兮！无踰我里，　　　　二哥请你听我讲！不要翻越我里墙，

无折我树杞。岂敢爱之？
畏我父母。仲可怀也，
父母之言，亦可畏也！

别把杞树来压伤。哪敢吝惜这些树？
只怕我的爹和娘。二哥叫我好牵挂，
只是爹娘要责骂，心里想想有点怕！

将仲子兮！无踰我墙，
无折我树桑。岂敢爱之？
畏我诸兄。仲可怀也，
诸兄之言，亦可畏也！

二哥请你听我讲！不要翻过我院墙，
别伤墙边种的桑。哪敢吝惜这些树？
怕我兄长要张扬。二哥叫我好牵挂，
只是兄长要责骂，想想心里有点怕！

将仲子兮！无踰我园，
无折我树檀。岂敢爱之？
畏人之多言。仲可怀也，
人之多言，亦可畏也！

二哥请你听我讲！不要翻我后园墙，
别让檀树受了伤。哪敢吝惜这些树？
怕人多嘴舌头长。二哥叫我好牵挂，
只是别人要多话，想想心里有点怕！

叔于田

叔于田，巷无居人。
岂无居人？不如叔也，
洵美且仁。

三哥打猎出了门，巷里空空不见人。
并非真的没住人，能比三哥有几人？
他真漂亮又谦逊。

叔于狩，巷无饮酒。
岂无饮酒？不如叔也，
洵美且好。

三哥出去冬猎了，巷里不见喝酒佬。
并非没有喝酒佬，三哥样样比人高，
他真漂亮又和好。

叔适野，巷无服马。
岂无服马？不如叔也，
洵美且武。

三哥打猎到田野，巷里不见人驾马。
并非别人不会驾，而是技术不如他，
英俊威武人人夸。

大叔于田

叔于田，乘乘马。

三郎打猎登征途，驾起四马真英武。

狩猎人物图，明赵雍绘，（美）圣路易斯美术馆藏。

执辔如组，两骖如舞。	手提缰绳如丝组，骖马整齐像跳舞。
叔在薮，火烈具举。	三郎驾车在林薮，猎火齐起截兽路。
襢裼暴虎，献于公所。	赤膊空拳打老虎，打来献到郑公府。
"将叔无狃，戒其伤女。"	"三郎请勿太大意，提防老虎伤肌肤。"
叔于田，乘乘黄。	三郎出猎真雄壮，驾起四马毛色黄。
两服上襄，两骖雁行。	两匹服马首高昂，骖马整齐像雁行。
叔在薮，火烈具扬。	三郎驾车草地上，猎火熊熊把兽挡。
叔善射忌，又良御忌。	拉弓能穿百步杨，驾车能驶万里疆。
抑磬控忌，抑纵送忌。	忽而勒马急停车，忽而纵马四蹄扬。
叔于田，乘乘鸨。	三郎打猎郊外游，四匹花马跑不休。
两服齐首，两骖如手。	中央服马头并头，两旁骖马像双手。
叔在薮，火烈具阜。	三郎驾车在草泽，猎火熊熊风飕飕。
叔马慢忌，叔发罕忌。	马儿走得慢悠悠，箭儿少发无禽兽。
抑释掤忌，抑鬯弓忌。	解下箭筒揭开盖，强弓装进袋里头。

清　人

清人在彭，驷介旁旁。　　　　清邑军队守彭庄，驷马披甲真强壮。
二矛重英，河上乎翱翔。　　　　两矛装饰重缨络，河边闲游多欢畅。

清人在消，驷介麃麃。　　　　清邑军队守在消，驷马披甲威风骄。
二矛重乔，河上乎逍遥。　　　　两矛装饰野鸡毛，河边闲逛多逍遥。

清人在轴，驷介陶陶。　　　　清邑军队守在轴，驷马披甲如风跑。
左旋右抽，中军作好。　　　　身子左转右抽刀，将军练武姿态好。

羔　裘

羔裘如濡，洵直且侯。　　　　身穿柔滑羊皮袄，为人正直又美好。
彼其之子，舍命不渝。　　　　他是这样一个人，肯舍生命保节操。

羔裘豹饰，孔武有力。　　　　羔裘袖口饰豹皮，为人威武有毅力。
彼其之子，邦之司直。　　　　他是这样一个人，国家司直有名气。

羔裘晏兮，三英粲兮。　　　　羔羊皮袄光又鲜，三道豹皮色更妍。
彼其之子，邦之彦兮。　　　　他是这样一个人，国之模范正华年。

遵大路

遵大路兮，掺执子之祛兮！　　　沿着大路跟你走，手儿拉住你袖口！
无我恶兮，不寁故也！　　　　求你不要讨厌我，多年相伴别分手！

遵大路兮，掺执子之手兮！　　　沿着大路跟你走，手儿拉住你的手！
无我魏兮，不寁好也！　　　　求你不要嫌我丑，多年相好别弃丢！

女曰鸡鸣

女曰："鸡鸣。"士曰"昧旦。"　　女说"雄鸡叫得欢"，男说"黎明天还暗"。
"子兴视夜，明星有烂。"　　　　"你快起来看夜色，启明星儿光闪闪。"
"将翱将翔，弋凫与雁。"　　　　"我要出去走一走，射些野鸭和飞雁。"

"弋言加之，与子宜之。　　　　"射中野鸭野味香，为你做菜请你尝。
宜言饮酒，与子偕老。　　　　就菜下酒相对饮，白头到老百年长。
琴瑟在御，莫不静好。"　　　　弹琴鼓瑟乐陶陶，夫妻美满心欢畅。"

"知子之来之，杂佩以赠之。　　"你的体贴我了解，送你杂佩志不忘。
知子之顺之，杂佩以问之。　　你的温顺我懂得，送你杂佩表情长。
知子之好之，杂佩以报之。"　　你的爱恋我心知，送你杂佩诉衷肠。"

有女同车

有女同车，颜如舜华。　　　　姑娘和我同乘车，脸儿好像木槿花。
将翱将翔，佩玉琼琚。　　　　我们在外同遨游，美玉佩环身上挂。
彼美孟姜，洵美且都！　　　　姜家美丽大姑娘，确实漂亮又文雅！

有女同行，颜如舜英。　　　　姑娘和我同路行，脸像槿花红莹莹。
将翱将翔，佩玉将将。　　　　我们在外同游玩，身上佩玉响叮叮。
彼美孟姜，德音不忘！　　　　姜家美丽大姑娘，美好品德永光明！

山有扶苏

山有扶苏，隰有荷华。　　　　山顶大树多枝桠，低洼地里开荷花。
不见子都，乃见狂且。　　　　不见子都美男子，遇见个疯癫大傻瓜。

山有桥松，隰有游龙。　　　　山顶松树高又大，低洼地里开茏花。
不见子充，乃见狡童。　　　　不见子充好男儿，遇见个滑头小冤家。

落叶飘零，日本浮世绘。

萚 兮

萚兮萚兮，风其吹女！　　　枯叶枯叶往下掉，风儿吹你轻飘飘！
叔兮伯兮，倡予和女！　　　叔呀伯呀大家来，我先唱来你和调！

萚兮萚兮，风其漂女！　　　枯叶枯叶往下掉，风儿吹你舞飘飘！
叔兮伯兮，倡予要女！　　　叔呀伯呀大家来，我唱你和约明朝。

狡 童

彼狡童兮，不与我言兮。　　　那个小伙太狡猾，不肯和我再说话。

维子之故，使我不能餐兮！　　　　　为了你这小冤家，害我茶饭咽不下！

彼狡童兮，不与我食兮。　　　　　　那个小伙耍手腕，不肯和我同吃饭。
维子之故，使我不能息兮！　　　　　为了你这小冤家，害我胸闷气难喘！

褰　裳

子惠思我，褰裳涉溱。　　　　　　　你若爱我想念我，提起衣裳趟溱河。
子不我思，岂无他人。　　　　　　　你若变心不想我，难道再没多情哥。
狂童之狂也且！　　　　　　　　　　看你那疯癫样儿傻呵呵！

子惠思我，褰裳涉洧。　　　　　　　你若爱我想念我，提起衣裳趟洧河。
子不我思，岂无他士。　　　　　　　你若变心不想我，难道再没年少哥。
狂童之狂也且！　　　　　　　　　　看你那疯癫样儿傻呵呵！

丰

子之丰兮，俟我乎巷兮。　　　　　　想你丰满美颜容，"亲迎"等我在巷中。
悔予不送兮！　　　　　　　　　　　后悔我家不相送！

子之昌兮，俟我乎堂兮。　　　　　　想你身体多魁伟，"亲迎"等我在堂内。
悔予不将兮！　　　　　　　　　　　后悔当初没相随！

衣锦褧衣，裳锦褧裳。　　　　　　　锦缎衣裳身上穿，以披绉纱白罩衫。
叔兮伯兮，驾予与行！　　　　　　　大叔大伯请再来，驾车接我同归还！

裳锦褧裳，衣锦褧衣。　　　　　　　身披罩衫白绉纱，锦缎衣裳灿如霞。
叔兮伯兮，驾予与归。　　　　　　　大叔大伯请再来，驾车接我到你家！

东门之埤

东门之埤，茹藘在阪。　　　东门郊外广场大，土坡开着红茜花。
其室则迩，其人甚远。　　　你家离得这么近，人儿仿佛在天涯。

东门之栗，有践家室。　　　东门郊外栗树下，那里有个好人家。
岂不尔思，子不我即！　　　难道我不想念你？你不亲近为了啥！

风　雨

风雨凄凄，鸡鸣喈喈。　　　凄风苦雨天气凉，雄鸡喔喔声断肠。
既见君子，云胡不夷！　　　丈夫忽然回家来，我心哪会不安畅！

风雨鸡鸣，徐悲鸿绘。

风雨潇潇，鸡鸣胶胶。　　　　　急风骤雨沙沙响，雄鸡喔喔报晓唱。
既见君子，云胡不瘳！　　　　　丈夫忽然回家来，害啥相思心不慌！

风雨如晦，鸡鸣不已。　　　　　风雨交加日无光，雄鸡报晓不停唱，
既见君子，云胡不喜！　　　　　丈夫忽然回家来，哪会不乐心花放！

子　衿

青青子衿，悠悠我心。　　　　　你的衣领色青青，我心惦记总不停。
纵我不往，子宁不嗣音？　　　　纵然我没去找你，怎么不给我音讯？

青青子佩，悠悠我思。　　　　　你的佩带色青青，我心思念总不停。
纵我不往，子宁不来？　　　　　纵然我没去找你，怎么不来真扫兴！

挑兮达兮，在城阙兮。　　　　　独自徘徊影随形，城门楼上久久等。
一日不见，如三月兮！　　　　　只有一天没见面，好像隔了三月整。

扬之水

扬之水，不流束楚。　　　　　　河水悠悠没有劲，哪能漂散一捆荆。
终鲜兄弟，维予与女。　　　　　我家兄弟本很少，只有你我结同心。
无信人之言，人实迋女。　　　　不要轻听别人话，人家骗你你别信。

扬之水，不流束薪。　　　　　　河水悠悠流过来，哪能漂散一捆柴。
终鲜兄弟，维予二人。　　　　　我家兄弟本很少，你我两人最关怀。
无信人之言，人实不信。　　　　不要轻信别人话，人家挑拨你别睬。

出其东门

出其东门，有女如云。　　　　　出了东城门，女子多如云。

虽则如云，匪我思存。
缟衣綦巾，聊乐我员。

虽然多如云，不是意中人。
白衣绿巾妻，相爱又相亲。

出其闉阇，有女如荼。
虽则如荼，匪我思且。
缟衣茹藘，聊可与娱。

出了外城郭，如花女子多。
虽然如花多，不在我心窝。
白衣红巾妻，家庭乐呵呵。

野有蔓草

野有蔓草，零露漙兮。
有美一人，清扬婉兮。
邂逅相遇，适我愿兮。

野外蔓草碧连天，露珠落上颗颗圆。
有位美人姗姗来，眉清目秀好容颜。
今日路上巧相遇，情意绵绵合我愿。

野有蔓草，零露瀼瀼。
有美一人，婉如清扬。
邂逅相遇，与子偕臧。

野外蔓草绿成茵，露水浓浓多晶莹。
有位美人姗姗来，眉清目秀千种情。
不期而会缘分好，你欢我乐喜盈盈。

溱　洧

溱与洧，方涣涣兮。
士与女，方秉蕳兮。
女曰："观乎？"
士曰："既且。"
"且往观乎！洧之外，
洵汙且乐。"
维士与女，伊其相谑，
赠之以勺药。

溱水流、洧水淌，三月冰融水流畅。
小伙子、小姑娘，手拿兰草驱不祥。
妹说："咱们去看看？"
哥说："我已去一趟。"
"陪我再去又何妨！洧水外、河岸旁，
确实好玩又宽广。"
男男女女喜洋洋，相互调笑心花放，
送支芍药表情长。

溱与洧，浏其清矣。
士与女，殷其盈矣。
女曰："观乎？"

溱水流、洧水淌，三月河水清亮亮。
小伙子、小姑娘，人山人海闹嚷嚷。
妹说："咱们去看看？"

士曰："既且。" 哥说："我已去一趟。"

"且往观乎！洧之外， "陪我再去又何妨！洧水外、河岸旁，

洵讦且乐。" 确实好玩又宽广。"

维士与女，伊其将谑， 男男女女喜洋洋，相互调笑心花放，

赠之以勺药。 送支芍药表情长。

齐 风

鸡 鸣

"鸡既鸣矣，朝既盈矣。" "你听公鸡喔喔叫，大家都已去早朝。"

"匪鸡则鸣，苍蝇之声。" "不是什么公鸡叫，那是苍蝇在喧闹。"

"东方明矣，朝既昌矣。" "你瞧东方已发亮，朝会已经挤满堂。"

"匪东方则明，月出之光。" "不是什么东方亮，那是一片明月光。"

"虫飞薨薨，甘与子同梦。" "虫声嗡嗡催人睡，但愿一齐入梦乡。"

"会且归矣，无庶予子憎。" "朝会人们快回啦，别招人厌说短长。"

还

子之还兮，遭我乎峱之间兮。 猎技敏捷数你优，与我相遇峱山头。

并驱从两肩兮，揖我谓我儇兮。 并马追赶两大猪，作揖夸我好身手。

子之茂兮，遭我乎峱之道兮。 你的猎技多漂亮，遇我峱山小道上。

并驱从两牡兮，揖我谓我好兮。 并马追赶两雄兽，作揖夸我手段强。

子之昌兮，遭我乎峱之阳兮。 看你膀大腰又粗，遇我峱山向阳坡。

并驱从两狼兮，揖我谓我臧兮。　　　并驱两狼劲头足，作揖夸我打得多。

著

俟我于著乎而，充耳以素乎而，　　　新郎等我屏风前，帽边"充耳"白丝线，
尚之以琼华乎而！　　　　　　　　　美玉闪闪光照面！

俟我于庭乎而，充耳以青乎而，　　　新郎等我院中央，帽边"充耳"青丝长，
尚之以琼莹乎而！　　　　　　　　　美玉闪闪真漂亮！

俟我于堂乎而，充耳以黄乎而，　　　新郎等我在厅堂，帽边"充耳"丝线黄，
尚之以琼英乎而！　　　　　　　　　美玉闪闪增容光！

东方之日

东方之日兮，彼姝者子，　　　　　　太阳升起在东方，有位漂亮好姑娘，
在我室兮。在我室兮，　　　　　　　来到我家进我房。来到我家进我房，
履我即兮。　　　　　　　　　　　　踩我膝头诉衷肠。

东方之月兮，彼姝者子，　　　　　　月亮升起在东方，有位漂亮好姑娘，
在我闼兮。在我闼兮，　　　　　　　来到门内进我房。来到门内进我房，
履我发兮。　　　　　　　　　　　　踩我脚儿表情长。

东方未明

东方未明，颠倒衣裳。　　　　　　　东方没露一线光，丈夫颠倒穿衣裳。
颠之倒之，自公召之。　　　　　　　为啥颠倒穿衣裳？因为公家召唤忙。

东方未晞，颠倒裳衣。　　　　　　　东方未明天还黑，丈夫颠倒穿裳衣。
倒之颠之，自公令之。　　　　　　　为啥颠倒穿裳衣？因为公家命令急。

折柳樊圃，狂夫瞿瞿。　　折柳编篱将我防，临走还要瞪眼望。
不能辰夜，不夙则莫。　　夜里不能陪伴我，早出晚归太无常。

南　山

南山崔崔，雄狐绥绥。　　巍巍南山高又大，雄狐步子慢慢跨。
鲁道有荡，齐子由归。　　鲁国大道平坦坦，文姜由这去出嫁。
既曰归止，曷又怀止？　　既然她已嫁鲁侯，为啥你还想着她？

葛屦五两，冠绥双止。　　葛鞋两只双双放，帽带一对垂颈下。
鲁道有荡，齐子庸止。　　鲁国大道平坦坦，文姜从这去出嫁。
既曰庸止，曷又从止？　　既然她已嫁鲁侯，为啥你又盯上她？

蓺麻如之何？衡从其亩。　　农家怎样种大麻？田垅横直有定法。
取妻如之何？必告父母。　　青年怎样娶妻子？必定先要告爹妈。
既曰告止，曷又鞠止？　　告了爹妈娶妻子，为啥还要放纵她？

析薪如之何？匪斧不克。　　想劈木柴靠什么？不用斧头没办法。
取妻如之何？匪媒不得。　　想娶妻子靠什么？没有媒人别想她。
既曰得止，曷又极止？　　既然妻子娶到手，为啥让她到娘家？

甫　田

无田甫田，维莠骄骄。　　主子大田别去种，野草茂盛一丛丛。
无思远人，劳心忉忉！　　远方人儿别想他，见不到他心伤痛！

无田甫田，维莠桀桀。　　主子大田别去耪，野草长得那么旺。
无思远人，劳心怛怛！　　远方人儿别想他，见不到他徒忧伤！

婉兮娈兮，总角丱兮。　　少小年纪多姣好，两束头发像羊角。
未几见兮，突而弁兮！　　不久倘能见到他，突然戴上成人帽！

卢　令

卢令令，其人美且仁。	黑狗儿颈环铃铃响，那人儿和气又漂亮。
卢重环，其人美且鬈。	黑狗儿颈上环套环，那人儿漂亮又勇敢。
卢重锅，其人美且偲。	黑狗儿颈上套两环，那人儿漂亮有才干。

敝　笱

敝笱在梁，其鱼鲂鳏。 齐子归止，其从如云。	破笼摞在鱼梁上，鳊鱼鲲鱼心不慌。 文姜回齐没人管，随从多得云一样。
敝笱在梁，其鱼鲂鲕。 齐子归止，其从如雨。	破笼摞在鱼梁上，鳊鱼鲢鱼心不慌。 文姜回齐没人管，随从多得雨一样。
敝笱在梁，其鱼唯唯。 齐子归止，其从如水。	破笼摞在鱼梁上，鱼儿游来又游往。 文姜回齐没人管，随从多得水一样。

载　驱

载驱薄薄，簟茀朱鞹。 鲁道有荡，齐子发夕。	大车奔驰轧轧响，竹帘红盖好气象。 鲁道宽阔又平坦，哀姜从早拖到晚。
四骊济济，垂辔沵沵。 鲁道有荡，齐子岂弟。	四匹黑马多美壮，柔软缰绳垂两旁。 鲁道平坦接新娘，哀姜动身天已亮。
汶水汤汤，行人彭彭。 鲁道有荡，齐子翱翔。	汶水浩浩又荡荡，路人如潮争观望。 鲁道平坦又宽广，哀姜迟嫁在游逛。

汶水滔滔，行人儦儦。　　汶水哗哗翻大浪，路人来来又往往。
鲁道有荡，齐子游敖。　　鲁道平坦接新娘，哀姜迟嫁在游荡。

猗 嗟

猗嗟昌兮！颀而长兮，　　生来多美貌啊！身材高又高啊，
抑若扬兮。美目扬兮，　　漂亮额角宽啊。美目向人瞟啊，
巧趋跄兮。射则臧兮！　　舞步多巧妙啊。射艺真正好啊！

猗嗟名兮！美目清兮，　　长得多精神啊！美目如水清啊，
仪既成兮。终日射侯，　　准备已完成啊。打靶一天整啊，
不出正兮。展我甥兮！　　箭箭射得准啊。不愧我外甥啊！

猗嗟娈兮！清扬婉兮，　　美貌令人赞啊！秀眉扬俊眼啊，
舞则选兮。射则贯兮，　　舞有节奏感啊。箭箭都射穿啊，
四矢反兮。以御乱兮！　　连中一个点啊。有力抗外患啊！

魏 风

葛 屦

纠纠葛屦，可以履霜？　　葛编凉鞋麻绳缠，穿它怎能踏寒霜？
掺掺女手，可以缝裳？　　缝衣女手纤纤细，用它怎能做衣裳？
要之襋之，好人服之。　　提起衣带和衣领，请那美人试新装。

好人提提，宛然左辟，　　美人不睬偏装腔，扭转身子闪一旁，
佩其象揥。维是褊心，　　插上簪子自梳妆。这个女子狭心肠，
是以为刺。　　　　　　　作诗刺她理应当。

汾沮洳

彼汾沮洳，言采其莫。　　　　汾水岸边湿地上，采来莫菜水汪汪。
彼其之子，美无度。　　　　　就是那位采菜人，美得简直没法讲。
美无度，殊异乎公路。　　　　美得简直没法讲，他和"公路"大两样。

彼汾一方，言采其桑。　　　　汾水岸边斜坡上，桑叶青青采撷忙。
彼其之子，美如英。　　　　　就是那位采桑人，美得好像花一样。
美如英，殊异乎公行。　　　　美得好像花一样，他和"公行"不相像。

彼汾一曲，言采其藚。　　　　汾水河边曲岸旁，采那泽泻浅水上。
彼其之子，美如玉。　　　　　就是那位采桑人，美如冠玉真漂亮。
美如玉，殊异乎公族。　　　　美如冠玉真漂亮，他和"公族"不一样。

园有桃

园有桃，其实之殽。　　　　　园里有株桃，采食桃子也能饱。
心之忧矣，我歌且谣。　　　　穷愁潦倒心忧伤，聊除烦闷唱歌谣。
不我知者，谓我"士也骄。　　有人并不了解我，说我"先生太骄傲，
彼人是哉，子曰何其！"　　　朝廷政策可没错，你又为啥多唠叨？"
心之忧矣，其谁知之？　　　　穷愁潦倒心忧伤，谁能了解我苦恼？
其谁知之，盖亦勿思！　　　　既然无人了解我，何不把它全抛掉！

园有棘，其实之食。　　　　　园里有株枣，采食枣子也能饱。
心之忧矣，聊以行国。　　　　穷愁潦倒心忧伤，聊除烦闷去游遨。
不我知者，谓我"士也罔极。　有人并不了解我，说我"先生违常道。
彼人是哉，子曰何其！"　　　朝廷政策可没错，你又为啥多唠叨！"
心之忧矣，其谁知之？　　　　穷愁潦倒心忧伤，谁能了解我苦恼？
其谁知之，盖亦勿思！　　　　既然无人了解我，何不把它全忘掉！

陟 岵

陟彼岵兮，瞻望父兮。 　　登上青山冈，远远把爹望。
父曰："嗟予子， 　　　　　好像听见我爹讲："孩子啊，
行役夙夜无已！上慎旃哉！ 　早夜服役你太忙！当心身体保安康，
犹来无止！" 　　　　　　　回来吧，别滞留远方！"

陟彼屺兮，瞻望母兮。 　　登上青山冈，遥望我亲娘。
母曰："嗟予季， 　　　　　好像听见亲娘讲："宝贝啊，
行役夙夜无寐！上慎旃哉！ 　日夜没睡太凄怆！当心身体保安康，
犹来无弃！" 　　　　　　　回来吧，莫抛弃亲娘！"

陟彼冈兮，瞻望兄兮。 　　登上高山冈，远远望兄长，
兄曰："嗟予弟， 　　　　　好像听见哥哥讲："兄弟啊，
行役夙夜无偕！上慎旃哉！ 　早夜服役人尽伤！当心身体保安康，
犹来无死！" 　　　　　　　回来吧，休埋骨异乡！"

十亩之间

十亩之间兮，桑者闲闲兮。 　　宅间十亩绿桑园，采桑姑娘已空闲。

桑州，明沈周绘。

行与子还兮！　　　　　　　　走吧，咱们一道回家转。

十亩之外兮，桑者泄泄兮。　　宅外十亩绿桑林，采桑姑娘一群群。
行与子逝兮！　　　　　　　　走吧，咱们一道回家门。

伐　檀

坎坎伐檀兮，寘之河之干兮，　　砍伐檀树响叮当，放在河边堤岸上，
河水清且涟猗。不稼不穑，　　　河水清清起波浪。不下种子不收割，
胡取禾三百廛兮？不狩不猎，　　为啥粮食堆满仓？不拿弓箭不打猎，
胡瞻尔庭有县貆兮？彼君子兮，　为啥猪獾挂院墙？那些大人老爷们，
不素餐兮！　　　　　　　　　　不是白白吃闲粮！

坎坎伐辐兮，寘之河之侧兮，　　叮叮当当檀树砍，为做车辐放河边，
河水清且直猗。不稼不穑，　　　河水清清波浪坦。不下种子不收割，
胡取禾三百亿兮？不狩不猎，　　为啥聚谷百亿万？不拿弓箭不打猎，
胡瞻尔庭有县特兮？彼君子兮，　为啥大兽挂你院？那些大人老爷们，
不素食兮！　　　　　　　　　　不是白白吃干饭！

坎坎伐轮兮，寘之河之漘兮，　　砍起檀树声坎坎，为做车轮放河边，
河水清且沦猗。不稼不穑，　　　河水清清微波展。不下种子不收割，
胡取禾三百囷兮？不狩不猎，　　为啥粮囤都冒尖？不拿弓箭不打猎，
胡瞻尔庭有县鹑兮？彼君子兮，　为啥鹌鹑挂你院？那些大人老爷们，
不素飧兮！　　　　　　　　　　不是白白吃熟饭！

硕　鼠

硕鼠硕鼠，无食我黍！　　　　大老鼠呀大老鼠，不要吃我种的黍！
三岁贯女，莫我肯顾。　　　　多年辛苦养活你，我的生活从不顾。
逝将去女，适彼乐土。　　　　发誓从此离开你，去那理想新乐土。
乐土乐土，爰得我所！　　　　新乐土呀新乐土，才是安居好去处！

瓜鼠图，明朱瞻基绘。

硕鼠硕鼠，无食我麦！	大老鼠呀大老鼠，不要吃我大麦粒！
三岁贯女，莫我肯德。	多年辛苦养活你，从来不见你感激。
逝将去女，适彼乐国。	发誓从此离开你，去那理想新乐邑。
乐国乐国，爰得我直！	新乐邑呀新乐邑，劳动价值归自己！
硕鼠硕鼠，无食我苗！	大老鼠呀大老鼠，不要吃我种的苗！
三岁贯女，莫我肯劳。	多年辛苦养活你，从来不见你慰劳。
逝将去女，适彼乐郊。	发誓从此离开你，去那理想新乐郊。
乐郊乐郊，谁之永号！	新乐郊呀新乐郊，有谁去过徒长号！

唐风

蟋蟀

蟋蟀蟋蟀在堂，岁聿其莫。　　蟋蟀进房天气寒，岁月匆匆近年关。

斗蟋蟀，选自《吴友如画宝》。

今我不乐，日月其除。　　　　今不及时去寻乐，光阴一去不复返。

无已大康，职思其居。　　　　过度安乐也不好，还是要把工作干。

"好乐无荒"，良士瞿瞿。　　　　"不荒正业又娱乐"，贤士警语记心间。

蟋蟀在堂，岁聿其逝。　　　　蟋蟀进房天气寒，一年匆匆将过完。

今我不乐，日月其迈。　　　　今不及时去行乐，光阴一去再不还。

无已大康，职思其外。　　　　过度安乐也不好，分外事儿也要干。

"好乐无荒"，良士蹶蹶。　　　　"不荒正业又娱乐"，贤士勤快是模范。

蟋蟀在堂，役车其休。　　　　蟋蟀进房天气寒，出差车儿将回转。

今我不乐，日月其慆。　　　　今不及时去寻乐，光阴一去再不还。

无已大康，职思其忧。　　　　过度安乐也不好，战争可忧莫小看。

"好乐无荒"，良士休休。　　　　"不荒正业又娱乐"，贤士爱国真好汉。

山有枢

山有枢，隰有榆。　　　　　　山上刺榆长，低地白榆香。

子有衣裳，弗曳弗娄。　　　　你有衣来又有裳，不穿不着放在箱。
子有车马，弗驰弗驱。　　　　你有车来又有马，不乘不骑闲置放。
宛其死矣，他人是愉。　　　　有朝眼闭腿一伸，别人享受喜洋洋。

山有栲，隰有杻。　　　　　　山上栲树长，低地杻树香。
子有廷内，弗洒弗埽。　　　　你有院来又有房，不去打扫随它脏。
子有钟鼓，弗鼓弗考。　　　　你有钟来又有鼓，不敲不打没音响。
宛其死矣，他人是保。　　　　有朝眼闭腿一伸，空为别人省一场。

山有漆，隰有栗。　　　　　　山上漆树长，低地栗树香。
子有酒食，何不日鼓瑟？　　你有美酒和好菜，何不奏乐又宴享？
且以喜乐，且以永日。　　　　姑且用它来寻乐，姑且用它度时光。
宛其死矣，他人入室。　　　　有朝眼闭腿一伸，别人就要进你房。

扬之水

扬之水，白石凿凿。　　　　　河水悠悠缓慢行，水底白石多鲜明。
素衣朱襮，从子于沃。　　　　身穿白衫红衣领，跟他一道到沃城。
既见君子，云何不乐。　　　　一同拜见曲沃君，怎不高兴笑盈盈。

扬之水，白石皓皓。　　　　　河水悠悠缓慢行，水底白石多洁净。
素衣朱绣，从子于鹄。　　　　身穿白衫绣衣领，跟他一道到鹄城。
既见君子，云何其忧。　　　　一同拜见曲沃君，还有什么不高兴。

扬之水，白石粼粼。　　　　　河水悠悠缓慢行，水底白石多晶莹。
我闻有命，不敢以告人！　　听说将有政变令，严守机密不告人！

椒　聊

椒聊之实，蕃衍盈升。　　　　花椒串串挂树上，结子繁盛满升量。
彼其之子，硕大无朋。　　　　这位妇人子孙多，身材高大称无双。

椒聊且！远条且！　　　　　　　　花椒一囊囊！远闻扑鼻香！

椒聊之实，蕃衍盈匊。　　　　　　花椒串串已成熟，结子繁盛捧不够。
彼其之子，硕大且笃。　　　　　　这位妇人子孙多，身材高大又肥厚。
椒聊且！远条且！　　　　　　　　花椒一兜兜！远远暗香透！

绸　缪

绸缪束薪，三星在天。　　　　　　捆捆柴草紧紧缠，黄昏星星天上闪。
今夕何夕，见此良人？　　　　　　今天夜里啥日子，见这郎君欢不欢？
子兮子兮，如此良人何？　　　　　新娘子啊新娘子，你把丈夫怎么办？

绸缪束刍，三星在隅。　　　　　　把把草料密密缠，星儿遥遥天边闪。
今夕何夕，见此邂逅？　　　　　　今天夜里啥日子，两口心里甜不甜？
子兮子兮，如此邂逅何？　　　　　新娘子啊新官人，你把爱人怎么办？

绸缪束楚，三星在户。　　　　　　束束薪条细细缠。星儿低低门外闪。
今夕何夕，见此粲者？　　　　　　今天夜里啥日子，见这美人恋不恋？
子兮子兮，如此粲者何？　　　　　叫新郎啊问新郎，你把美人怎么办？

杕　杜

有杕之杜，其叶湑湑。　　　　　　一株杜梨虽孤零，还有叶子密密生。
独行踽踽，岂无他人？　　　　　　独自行走冷清清，难道没人同路行？
不如我同父。嗟行之人，　　　　　不如同胞骨肉亲。可叹处处陌路人，
胡不比焉？人无兄弟，　　　　　　为何不来近我身？有人生来没兄弟，
胡不佽焉？　　　　　　　　　　　为何不肯怜我贫？

有杕之杜，其叶菁菁。　　　　　　一株杜梨虽孤零，还有叶子青又青。
独行睘睘，岂无他人？　　　　　　独自行走苦伶仃，难道没人同路行？
不如我同姓。嗟行之人，　　　　　不如同胞骨肉亲。可叹处处陌路人，

胡不比焉？人无兄弟，　　为何不来近我身？有人生来没兄弟，
胡不佽焉？　　　　　　　为何不肯怜我贫？

羔裘

羔裘豹祛，自我人居居。　　羔袍袖口镶豹毛，对我傲慢气焰高。
岂无他人？维子之故！　　　难道没有别的人？非要同你才相好？

羔裘豹褎，自我人究究。　　羔袍豹袖显贵人，态度恶劣气焰盛。
岂无他人？维子之好！　　　难道没有别人爱？非同你好就不成？

鸨 羽

肃肃鸨羽，集于苞栩。　　大雁沙沙展翅膀，落在丛丛栎树上。
王事靡盬，不能艺稷黍，　国王差事做不完，不能在家种黍粱，
父母何怙？悠悠苍天！　　爹娘生活靠谁养？老天爷啊老天爷！
曷其有所？　　　　　　　何时才能回家乡？

柳鸦芦雁，宋赵佶绘，上海博物馆藏。

肃肃鸨翼，集于苞棘。
王事靡盬，不能艺黍稷，
父母何食？悠悠苍天！
曷其有极？

大雁沙沙拍翅膀，落在丛丛酸枣上。
国王差事做不完，不能在家种黍粱，
爹娘吃饭哪来粮？老天爷啊老天爷，
劳役何日能收场？

肃肃鸨行，集于苞桑。
王事靡盬，不能艺稻粱，
父母何尝？悠悠苍天！
曷其有常？

大雁沙沙飞成行，落在密密桑树上。
国王差事做不完，不能在家种稻粱，
可怜爹娘吃啥粮？老天爷啊老天爷！
何时生活能正常？

无 衣

岂曰无衣七兮？
不如子之衣，
安且吉兮！

难道说我今天缺衣少穿？
叹只叹都不是你的针线，
怎比得你做的舒坦美观！

岂曰无衣六兮？
不如子之衣，
安且燠兮！

难道说我今天缺衣少穿？
叹只叹都不是旧日衣冠，
怎比得你做的舒服温暖！

有杕之杜

有杕之杜，生于道左。
彼君子兮，噬肯适我？
中心好之，曷饮食之？

一株杜梨独自开，长在左边道路外。
不知我那心上人，可肯到我这里来？
心里既然爱着他，何不请他喝一杯？

有杕之杜，生于道周。
彼君子兮，噬肯来游？
中心好之，曷饮食之？

一株杜梨独自开，长在右边道路外。
不知我那心中人，可肯出门看我来？
心里既然爱着他，何不请他喝一杯？

紫藤图，清吴熙载绘，北京故宫博物院藏。

葛 生

葛生蒙楚，蔹蔓于野。　　　　　葛藤爬满荆树上，蔹草蔓延野外长。
予美亡此，谁与独处！　　　　　我爱已离人间去，谁人伴我守空房！

葛生蒙棘，蔹蔓于域。　　　　　葛藤爬满枣树上，蔹草蔓延墓地旁。
予美亡此，谁与独息！　　　　　我爱已离人间去，谁人伴我睡空房！

角枕粲兮，锦衾烂兮。　　　　　角枕鲜丽作陪葬，锦被敛尸闪闪光。
予美亡此，谁与独旦！　　　　　我爱已离人间去，谁人伴我熬天亮！

夏之日，冬之夜。　　　　　　　夏日炎炎白昼长，寒冬凛冽夜漫漫。
百岁之后，归于其居！　　　　　但愿有朝我死后，到你坟里再相伴！

冬之夜，夏之日。　　　　　　　寒冬凛冽夜漫漫，夏日炎炎白昼长。
百岁之后，归于其室！　　　　　但愿有朝我死后，到你坟中永相伴！

- 714 -

采 苓

采苓采苓，首阳之颠。　　采甘草呀采甘草，在那首阳山顶找。
人之为言，苟亦无信。　　有人专爱造谣言，千万别信那一套。
舍旃舍旃，苟亦无然。　　别理他呀别睬他，那些全都不可靠。
人之为言，胡得焉！　　有人专爱造谣言，啥也捞不到。

采苦采苦，首阳之下。　　采苦菜呀到处跑，在那首阳山下找。
人之为言，苟亦无与。　　有人喜欢说谎话，千万别跟他一道。
舍旃舍旃，苟亦无然。　　别理他呀别睬他，那些全都不可靠。
人之为言，胡得焉！　　有人喜欢说谎话，啥也得不到！

采葑采葑，首阳之东。　　采芜菁呀路迢迢，首阳山东仔细瞧。
人之为言，苟亦无从。　　有人爱说欺诳话，千万不要跟他跑。
舍旃舍旃，苟亦无然。　　别理他呀别睬他，那些全都不可靠。
人之为言，胡得焉！　　有人爱说欺诳话，啥也骗不到！

秦 风

车 邻

有车邻邻，有马白颠。　　车儿驶过响玲玲，驾车马儿白额顶。
未见君子，寺人之令。　　为啥不见君王面，只因寺人没传令。

阪有漆，隰有栗。　　山坡上面漆树种，低洼地里栗成丛。
既见君子，并坐鼓瑟。　　总算见到君王面，并坐弹瑟喜相逢。
"今者不乐，逝者其耋！"　　"现在及时不行乐，将来转眼成老翁"。

阪有桑，隰有杨。　　　　　　山坡上面有绿桑，低洼地里长水杨。
既见君子，并坐鼓簧。　　　　总算见到君王面，并排坐着吹笙簧。
"今者不乐，逝者其亡！"　　　"现在及时不行乐，将来转眼见阎王。"

驷　骥

驷骥孔阜，六辔在手。　　　　四匹黑马壮又肥，六根缰绳手里垂。
公之媚子，从公于狩。　　　　公爷宠爱赶车人，跟他一起去打围。

奉时辰牡，辰牡孔硕。　　　　兽官放出应时兽，应时野兽个个肥。
公曰"左之"，舍拔则获。　　　公爷喊声"朝左射"，箭发野兽应声坠。

游于北园，四马既闲。　　　　猎罢再去游北园，驾轻就熟马悠闲。
辀车鸾镳，载猃歇骄。　　　　车儿轻快銮铃响，猎狗息在车中间。

小　戎

小戎俴收，五楘梁辀。　　　　战车轻小车厢浅，五根皮条缠车辕。
游环胁驱，阴靷鋈续。　　　　环儿扣儿马具全，拉车皮带穿铜圈。
文茵畅毂，驾我骐馵。　　　　虎皮垫座车毂长，花马驾车他执鞭。
言念君子，温其如玉。　　　　想起夫君好人儿，人品温和玉一般；
在其板屋，乱我心曲。　　　　如今从军去西戎，搅得我心烦又乱。

四牡孔阜，六辔在手。　　　　四匹马儿肥又大，六根缰绳手里拿。
骐駵是中，騧骊是骖。　　　　青马红马在中间，黄马黑马两边驾。
龙盾之合，鋈以觼軜。　　　　画龙盾牌双双合，白铜绳环对对拉。
言念君子，温其在邑。　　　　想念夫君好人儿，从军戎地性和洽。
方何为期？胡然我念之。　　　何时才能凯旋归？叫我怎么不想他！

伐驷孔群，厹矛鋈錞。　　　　四马协调铁甲轻，酋矛杆柄套铜镦。
蒙伐有苑，虎韔镂膺。　　　　新漆盾牌画毛羽，虎皮弓袋刻花纹。

交韔二弓，竹闭绲滕。　　　两弓交叉袋中放，正弓竹柲绳捆紧。
言念君子，载寝载兴。　　　想念夫君好人儿，忽睡忽起不安心。
厌厌良人，秩秩德音。　　　夫君温和又安静，彬彬有礼好名声。

蒹　葭

蒹葭苍苍，白露为霜。　　　河边芦荻青苍苍，秋深白露凝成霜。
所谓伊人，在水一方。　　　意中人儿何处寻，就在河水那一旁。
溯洄从之，道阻且长。　　　逆着流水去找她，道路坎坷险又长。
溯游从之，宛在水中央。　　顺着流水去找她，仿佛人在水中央。

蒹葭凄凄，白露未晞。　　　河边芦荻湿漫漫，白露滴滴叶未干。
所谓伊人，在水之湄。　　　意中人儿何处寻，就在河岸那一端。
溯洄从之，道阻且跻。　　　逆着流水去找她，道路险阻攀登难。
溯游从之，宛在水中坻。　　顺着流水去找她，仿佛人在水中滩。

蒹葭采采，白露未已。　　　河边芦荻密稠稠，清晨露水全未收。
所谓伊人，在水之涘。　　　意中人儿何处寻，就在河岸那一头。
溯洄从之，道阻且右。　　　逆着流水去找她，道路弯弯险难求。

河中芦荻，选自明郭存仁绘《金陵八景图咏》。

溯游从之，宛在水中沚。　　　　　顺着流水去找她，仿佛人在水中洲。

终　南

终南何有？有条有梅。　　　　　终南山有什么来？又有山楸又有梅。
君子至止，锦衣狐裘。　　　　　公爷封爵到此地，锦衣狐裘好气派。
颜如渥丹，其君也哉？　　　　　脸色红润像涂丹，他做君主好是坏？

终南何有？有纪有堂。　　　　　终南山有什么来？丛丛杞树棠梨开。
君子至止，黻衣绣裳。　　　　　公爷封爵到此地，绣花衣裙闪五彩。
佩玉将将，寿考不忘！　　　　　身上佩玉锵锵响，永记我们别忘怀。

黄　鸟

交交黄鸟，止于棘。　　　　　黄鸟交交声凄凉，飞来落在枣树上。
谁从穆公？子车奄息。　　　　　谁从穆公去殉葬？子车奄息有名望。
维此奄息，百夫之特。　　　　　说起这位奄息郎，才德百人比不上。
临其穴，惴惴其栗。　　　　　走近墓穴要活埋，浑身战栗心发慌。
彼苍者天，歼我良人！　　　　　老天爷啊老天爷，杀我好人你不挡！
如可赎兮，人百其身！　　　　　如果可以赎他命，愿死百次来抵偿！

交交黄鸟，止于桑。　　　　　黄鸟交交声凄凉，飞来落在枣树上。
谁从穆公？子车仲行。　　　　　谁从穆公去殉葬？子车仲行有名望。
维此仲行，百夫之防。　　　　　说起这位贤仲行，百人才德难比量。
临其穴，惴惴其栗。　　　　　走到墓穴要活埋，浑身哆嗦魂魄丧。
彼苍者天，歼我良人！　　　　　老天爷啊老天爷，杀我好人你不响！
如可赎兮，人百其身！　　　　　如果可以赎他命，愿死百次来抵偿！

交交黄鸟，止于楚。　　　　　黄鸟交交声凄凉，飞来落在荆树上。
谁从穆公？子车针虎。　　　　　谁从穆公去殉葬？子车针虎有名望。
维此针虎，百夫之御。　　　　　说起这位针虎郎，百人才能没他强。

临其穴，惴惴其栗。　　　　　　　走到墓穴要活埋，浑身发抖心惊惶。

彼苍者天，歼我良人！　　　　　　老天爷啊老天爷，杀我好人你不帮！

如可赎兮，人百其身！　　　　　　如果可以赎他命，愿死百次来抵偿！

晨　风

鴥彼晨风，郁彼北林。　　　　　　鹯鸟展翅疾如梭，北林茂密有鸟窝。

未见君子，忧心钦钦。　　　　　　许久未见我夫君，心里思念真难过。

如何如何？忘我实多！　　　　　　怎么办啊怎么办？他怎还会想到我！

山有苞栎，隰有六驳。　　　　　　丛丛棣树长山坡，低湿地里红李多。

未见君子，忧心靡乐。　　　　　　许久未见我夫君，愁闷不乐受折磨。

如何如何？忘我实多！　　　　　　怎么办啊怎么办？他怎还会想到我！

山有苞棣，隰有树檖。　　　　　　成丛棣树满山坡，低湿地里山梨多。

未见君子，忧心如醉。　　　　　　许久未见我夫君，心如醉酒失魂魄。

如何如何？忘我实多！　　　　　　怎么办啊怎么办？他怎还会想到我！

无　衣

岂曰无衣？与子同袍。　　　　　　谁说没有军衣穿？你我合穿一件袍。

王于兴师，修我戈矛，　　　　　　国王调兵要打仗，赶快修理戈和矛，

与子同仇！　　　　　　　　　　　共同对敌在一道！

岂曰无衣？与子同泽。　　　　　　谁说没有军衣穿！你我合穿一件衫。

王于兴师，修我矛戟，　　　　　　国王调兵要打仗，修好矛戟亮闪闪，

与子偕作！　　　　　　　　　　　咱们两个一道干！

岂曰无衣？与子同裳。　　　　　　谁说没有军衣穿？你我合穿一件裳。

王于兴师，修我甲兵，　　　　　　国王调兵要打仗，修好盔甲和刀枪，

与子偕行！渭阳　　　　　　　　　咱们一道上战场！

渭 阳

我送舅氏，曰至渭阳。　　　　我送舅舅回舅家，送到渭水北边涯。
何以赠之？路车乘黄。　　　　用啥礼物送给他？一辆路车四黄马。

我送舅氏，悠悠我思。　　　　我送舅舅回舅家，忧思悠悠想起妈。
何以赠之？琼瑰玉佩。　　　　用啥礼物送给她？宝石佩玉一大挂。

权 舆

於，我乎！夏屋渠渠，　　　　唉，我呀！从前住的大厦高楼，
今也每食无余。于嗟乎！　　　如今每餐勉强吃够。唉呀呀！
不承权舆！　　　　　　　　　当初排场哪能讲究！

於，我乎！每食四簋，　　　　唉，我呀！从前每餐四碗打底，
今也每食不饱。于嗟乎！　　　如今每餐饿着肚皮。唉呀呀！
不承权舆！　　　　　　　　　再也没有当初福气！

陈 风

宛 丘

子之汤兮，宛丘之上兮。　　　姑娘舞姿摇又晃，在那宛丘高地上。
洵有情兮，而无望兮！　　　　心里实在爱慕她，可惜没有啥希望。

坎其击鼓，宛丘之下。　　　　敲起鼓来咚咚响，跳舞宛丘低坡上。
无冬无夏，值其鹭羽。　　　　不管寒冬和炎夏，鹭羽伞儿手中扬。

坎其击缶，宛丘之道。　　鼓起瓦盆当当响，跳舞宛丘大路上。
无冬无夏，值其鹭翿。　　不管寒冬和炎夏，头戴鹭羽鸟一样。

东门之枌

东门之枌，宛丘之栩。　　东门白榆长路边，宛丘柞树连成片。
子仲之子，婆娑其下。　　子仲家里好姑娘，大树底下舞翩跹。

穀旦于差，南方之原。　　挑选一个好时光，同到南边平原上。
不绩其麻，市也婆娑。　　撂下手中纺的麻，闹市当中舞一场。

穀旦于逝，越以鬷迈。　　趁着良辰同前往，多次相会共寻芳。
视尔如荍，贻我握椒。　　看你像朵锦葵花，送我花椒一把香。

衡　门

衡门之下，可以栖迟。　　支起横木做门框，房子虽差也无妨。
泌之洋洋，可以乐饥。　　泌丘泉水淌啊淌，清水也能充饥肠。

岂其食鱼，必河之鲂？　　难道我们吃鱼汤，非要鲂鱼才算香？
岂其取妻，必齐之姜？　　难道我们娶妻子，不娶齐姜不风光？

岂其食鱼，必河之鲤？　　难道我们吃鱼汤，非要鲤鱼才算香？
岂其取妻，必宋之子？　　难道我们娶妻子，不娶宋子不排场？

东门之池

东门之池，可以沤麻。　　东城门外护城河，可以泡麻织衣裳。
彼美淑姬，可与晤歌。　　姬家美丽三姑娘，可以和她相对唱。

东门之池，可以沤纻。　　东城门外护城河，可以泡苎织新装。
彼美淑姬，可与晤语。　　姬家美丽三姑娘，有商有量情意长。

东门之池，可以沤菅。　　东城门外护城河，可以浸茅做鞋帮。
彼美淑姬，可与晤言。　　姬家美丽三姑娘，可以向她诉衷肠。

东门之杨

东门之杨，其叶牂牂。　　东门之外有白杨，叶子茂密好乘凉。
昏以为期，明星煌煌。　　约定黄昏来相会，等到启明星儿亮。

东门之杨，其叶肺肺。　　白杨长在城门东。叶子密密青葱葱。
昏以为期，明星晢晢。　　约定相会在黄昏，等到天亮一场空。

墓　门

墓门有棘，斧以斯之。　　墓门有棵酸枣树，拿起斧头砍掉它。
夫也不良，国人知之。　　那人不是好东西，大家都很知道他。
知而不已，谁昔然矣？　　恶行暴露不制止，当初是谁纵容他？

墓门有梅，有鸮萃止。　　墓门有棵酸枣树，树上停着猫头鹰。
夫也不良，歌以讯之。　　那人不是好东西，唱个歌儿来提醒。
讯予不顾，颠倒思予。　　我的警告听不进，遭难才知我话真。

防有鹊巢

防有鹊巢，邛有旨苕。　　哪有堤上筑鹊巢？哪有山上长苕草？
谁侜予美？心焉忉忉！　　谁在离间我情人？心里又愁又烦恼。

中唐有甓，邛有旨鹝。　　哪有庭院瓦铺道？哪有山上长绶草？

谁侜予美？心焉惕惕。　　　谁在离间我情人？心里担忧又烦躁。

月　出

月出皎兮，佼人僚兮，　　　月儿东升亮皎皎，月下美人更俊俏，
舒窈纠兮，劳心悄兮。　　　体态苗条姗姗来，惹人相思我心焦。

月出皓兮，佼人懰兮，　　　月儿出来多光耀，月下美人眉目娇，
舒懮受兮，劳心慅兮。　　　婀娜多姿姗姗来，惹人相思心头搅。

月出照兮，佼人燎兮，　　　月儿出来光普照，月下美人神采姣，
舒夭绍兮，劳心惨兮。　　　体态轻盈姗姗来，惹人相思心烦躁。

月漫美人，清陈枚绘，北京故宫
博物院藏。

株 林

胡为乎株林，从夏南？　　　　　他到株林去干啥，是跟夏南去游玩？
匪适株林，从夏南！　　　　　　原来他到株林去，不是为了找夏南！

驾我乘马，说于株野。　　　　　驾着我的四匹马，到了郊外卸下鞍。
乘我乘驹，朝食于株。　　　　　再换我的四匹驹，赶到夏家吃早饭。

泽 陂

彼泽之陂，有蒲与荷。　　　　　池塘边上围堤坝，塘中蒲草伴荷花。
有美一人，伤如之何！　　　　　看见一个美男子，我心爱他没办法！
寤寐无为，涕泗滂沱。　　　　　日夜相思睡不着，眼泪鼻涕一把把。

彼泽之陂，有蒲与蕑。　　　　　池塘边上堤岸高，塘中莲蓬伴蒲草。
有美一人，硕大且卷。　　　　　看见一个美男子，身材高大品德好。
寤寐无为，中心悁悁。　　　　　日夜相思睡不着，心里忧郁愁难熬。

彼泽之陂，有蒲菡萏。　　　　　池塘边上堤岸高，塘中荷花伴蒲草。
有美一人，硕大且俨。　　　　　看见一个美男子，身材高大风度好。
寤寐无为，辗转伏枕。　　　　　日夜相思睡不着，翻来覆去空烦恼。

桧 风

羔 裘

羔裘逍遥，狐裘以朝。　　　　　游逛你穿羊皮袄，上朝你披狐皮袍。

岂不尔思？劳心忉忉！　　　　　难道我不思念你？心有顾虑愁难消！

羔裘翱翔，狐裘在堂。　　　　　你穿羊裘去游逛，你披狐裘上公堂。
岂不尔思？我心忧伤！　　　　　难道我不思念你？心有顾虑暗忧伤！

羔裘如膏，日出有曜。　　　　　羊皮袍子油光光，太阳出来衣发亮。
岂不尔思？中心是悼！　　　　　难道我不思念你？心中恐惧又发慌！

素　冠

庶见素冠兮，棘人栾栾兮。　　　　见到您戴着白帽，瘦棱棱变了容貌，
劳心怲怲兮！　　　　　　　　　　心忧伤不安难熬！

庶见素衣兮，我心伤悲兮！　　　　见到你素白衣衫，我心里伤悲难言！
聊与子同归兮。　　　　　　　　　愿和您一同归天。

庶见素韠兮，我心蕴结兮！　　　　见到您围裙素淡，心忧郁难以排遣！
聊与子如一兮！　　　　　　　　　愿和您同赴黄泉。

隰有苌楚

隰有苌楚，猗傩其枝。　　　　　低湿地上长羊桃，枝儿婀娜又娇娆。
夭之沃沃，乐子之无知！　　　　细细嫩嫩光泽好，羡你无知无烦恼！

隰有苌楚，猗傩其华。　　　　　低湿地上长羊桃，繁花一片多俊俏。
夭之沃沃，乐子之无家！　　　　柔嫩浓密光泽好，羡你无家真逍遥！

隰有苌楚，猗傩其实。　　　　　低湿地上长羊桃，果儿累累挂枝条。
夭之沃沃，乐子之无室！　　　　又肥又大光泽好，羡你无妻无家小！

匪 风

匪风发兮，匪车偈兮。　　　　　　　风儿刮得发发响，车儿跑得飞一样，
顾瞻周道，中心怛兮！　　　　　　　回头向着大路望，心里想家真忧伤！

匪风飘兮，匪车嘌兮。　　　　　　　风儿刮得打旋转，车儿轻快急忙忙。
顾瞻周道，中心吊兮！　　　　　　　回头向着大路望，心里想家泪汪汪！

谁能亨鱼？溉之釜鬵。　　　　　　　谁会烧那新鲜鱼？替他把锅洗干净。
谁将西归？怀之好音。　　　　　　　谁要回到西方去？托他带个平安信。

曹 风

蜉 蝣

蜉蝣之羽，衣裳楚楚。　　　　　　　蜉蝣有对好翅膀，衣裳整洁又漂亮。
心之忧矣，于我归处。　　　　　　　可恨朝生暮就死，我们归宿都一样。

蜉蝣之翼，采采衣服。　　　　　　　蜉蝣展翅在飞翔，衣服华丽真漂亮。
心之忧矣，于我归息。　　　　　　　可恨朝生暮就死，与我归宿一个样。

蜉蝣掘阅，麻衣如雪。　　　　　　　蜉蝣穿洞来人间，麻衣像雪白晃晃。
心之忧矣，于我归说。　　　　　　　可恨朝生暮就死，大家都是这下场。

候 人

彼候人兮，何戈与祋。　　　　　　　候人官职小得很，肩上扛着戈和棍。

彼其之子，三百赤芾。　　可恨那些暴发户，红皮绑腿三百人。

维鹈在梁，不濡其翼。　　鹈鹕栖在鱼梁上，居然未曾湿翅膀。
彼其之子，不称其服。　　可笑那些暴发户，哪配穿上贵族装。

维鹈在梁，不濡其咮。　　鹈鹕栖在鱼梁上，长嘴不湿太反常。
彼其之子，不遂其媾。　　且看那些暴发户，不会称心得宠长。

荟兮蔚兮，南山朝隮。　　云漫漫啊雾弥弥，南山早上彩虹起。
婉兮娈兮，季女斯饥。　　候人幼女虽姣好，没有饭吃饿肚皮。

鸤　鸠

鸤鸠在桑，其子七兮。　　布谷筑巢桑树间，喂养小鸟心不偏。
淑人君子，其仪一兮。　　我们理想好君子，说到做到不空谈。
其仪一兮，心如结兮。　　说到做到不空谈，忠心耿耿磐石坚。

鸤鸠在桑，其子在梅。　　布谷筑巢桑树间，小鸟学飞梅树颠。
淑人君子，其带伊丝。　　我们理想好君子，丝带束腰真不凡。
其带伊丝，其弁伊骐。　　丝带束腰真不凡，玉饰皮帽花色鲜。

鸤鸠在桑，其子在棘。　　布谷筑巢桑树间，小鸟飞在枣树上。
淑人君子，其仪不忒。　　我们理想好君子，言行如一不走样。
其仪不忒，正是四国。　　言行如一不走样，四方各国好榜样。

鸤鸠在桑，其子在榛。　　布谷筑巢桑树间，小鸟飞落榛树上。
淑人君子，正是国人。　　我们理想好君子，全国百姓好官长。
正是国人，胡不万年。　　全国百姓好官长，怎不祝他寿无疆。

下 泉

冽彼下泉，浸彼苞稂。　　　　下泉水呀清又凉，淹得莠草难生长。
忾我寤叹，念彼周京。　　　　睁眼醒来长叹息，不知京都怎么样。

冽彼下泉，浸彼苞萧。　　　　下泉水呀清又凉，淹得蒿草难生长。
忾我寤叹，念彼京周。　　　　睁眼醒来长叹息，空念京城难回乡。

冽彼下泉，浸彼苞蓍。　　　　下泉水呀清又凉，淹得蓍草难生长。
忾我寤叹，念彼京师。　　　　睁眼醒来长叹息，京师惹人常怀想。

芃芃黍苗，阴雨膏之。　　　　蓬勃一片黍苗壮，阴雨润泽助它长。
四国有王，郇伯劳之。　　　　各国诸侯终有主，护送敬王荀伯忙。

豳 风

七 月

七月流火，九月授衣。　　　　七月大火偏西方，九月女工缝衣裳。
一之日觱发，二之日栗烈。　　　十一月风哗拨响，腊月寒气刺骨凉。
无衣无褐，何以卒岁？　　　　粗布衣服都没有，怎样过冬心悲伤！
三之日于耜，四之日举趾。　　　正月农具修整好，二月下地春耕忙。
同我妇子，馌彼南亩，　　　　叫来老婆和孩子，饭菜送到田边旁，
田畯至喜。　　　　　　　　　农官老爷充饥肠。

七月流火，九月授衣。　　　　七月大火偏西方，九月女工缝衣裳，
春日载阳，有鸣仓庚。　　　　春天太阳暖洋洋，黄莺吱喳枝头唱。
女执懿筐，遵彼微行，　　　　姑娘手提深竹筐，沿着墙边小路旁，

《豳风·七月》，清张照楷书。

八月剥枣，宋马和之绘。

爱求柔桑。春日迟迟，
采蘩祁祁。女心伤悲，
殆及公子同归。

七月流火，八月萑苇。
蚕月条桑，取彼斧斨，
以伐远扬，猗彼女桑。
七月鸣鵙，八月载绩。
载玄载黄，我朱孔阳，
为公子裳。

四月秀葽，五月鸣蜩。
八月其获，十月陨蘀。
一之日于貉，取彼狐狸，

采呀采那柔嫩桑。春天日子渐渐长，
采蒿人儿闹嚷嚷。姑娘心里暗悲伤，
只怕公子看上抢。

七月大火偏西方，八月割苇好收藏。
三月动手修桑树，拿起斧头拿起斨，
高枝长条砍个光，攀着短枝摘嫩桑。
七月伯劳树上唱，八月纺麻织布忙。
染成黑红染成黄，我染深红最漂亮，
为那公子做衣裳。

四月远志结子囊，五月知了声声唱。
八月庄稼要收割，十月落叶随风扬。
十一月里打貉子，剥下狐狸茸茸皮，

为公子裘。二之日其同，
载缵武功。言私其豵，
献豣于公。

好为公子做衣裳。腊月大伙聚一起，
继续打猎练武忙。小猪自己留下来，
大猎（xī，古代一种像熊的野兽）送到公府上。

五月斯螽动股，六月莎鸡振羽。
七月在野，八月在宇，
九月在户，十月蟋蟀入我床下。
穹窒熏鼠，塞向墐户。
嗟我妇子，曰为改岁，
入此室处。

五月蚱蜢弹腿响，六月蝈蝈抖翅膀。
七月蟋蟀野地鸣，八月屋檐底下唱，
九月跳进房门来，十月到我床下藏。
打扫垃圾熏老鼠，泥好柴门封北窗。
唉呀我的妻和儿，眼看就要过年关，
避寒住进这破房。

六月食郁及薁，七月亨葵及菽。
八月剥枣，十月获稻。
为此春酒，以介眉寿。
七月食瓜，八月断壶，
九月叔苴。采茶薪樗，
食我农夫。

六月郁李葡萄尝，七月煮葵烧豆汤。
八月打下大红枣，十月收割稻米香。
用来酿成好春酒，老爷饮了寿命长。
七月采瓜食瓜瓢，八月葫芦摘个光，
九月拾麻好收藏，采来苦菜砍臭椿，
是咱农夫半年粮。

九月筑场圃，十月纳禾稼，
黍稷重穋，禾麻菽麦。
嗟我农夫！我稼既同，
上入执宫功：昼尔于茅，
宵尔索绹，亟其乘屋，
其始播百谷。

九月筑好打谷场，十月庄稼要进仓，
谷子黄禾和高粱，粟麻豆麦分开放。
唉呀可叹咱农夫！庄稼刚刚收拾完，
又要服役修官房：白天割来粗茅草，
晚上搓绳长又长，急忙上屋把顶盖，
开春要播各种粮。

二之日凿冰冲冲，三之日纳于凌阴。
四之日其蚤，献羔祭韭。
九月肃霜，十月涤场。
朋酒斯飨，曰杀羔羊。
跻彼公堂，称彼兕觥，
万寿无疆！

腊月凿冰冲冲响，正月送进冰窖藏。
二月起早行祭礼，献上韭菜和小羊。
九月天高气又爽，十月萧瑟树叶黄。
两壶美酒大家饮，举刀宰了小羔羊，
踏上台阶进公堂，高高举起牛角杯，
同声高祝寿无疆！

鸱 鸮

鸱鸮鸱鸮，既取我子，
无毁我室。恩斯勤斯，
鬻子之闵斯！

迨天之未阴雨，彻彼桑土，
绸缪牖户。今女下民，
或敢侮予！

予手拮据，予所捋荼，
予所蓄租，予口卒瘏，
曰予未有室家！

予羽谯谯，予尾翛翛，
予室翘翘，风雨所漂摇，
予维音哓哓！

猫头鹰啊猫头鹰，你已抓走我娃娃，
不要再毁我的家。辛苦爱我小宝贝，
养育孩子累又乏！

趁着天晴没阴雨，剥下桑树根上皮，
修补窗子和门户。现在你们树下人，
有谁还敢来欺侮！

我手发麻太疲劳，我采芦花来垫巢，
我还贮存干茅草，我的嘴巴累痛了，
我窝还没修理好！

我的羽毛已枯焦，我的尾巴干寥寥，
我的窝儿险又高，风吹雨打晃又摇，
吓得我啊吱吱叫。

东 山

我徂东山，慆慆不归。
我来自东，零雨其濛。
我东曰归，我心西悲。
制彼裳衣，勿士行枚。
蜎蜎者蠋，烝在桑野。
敦彼独宿，亦在车下。

我到东山去打仗，久久不归岁月长。
今天我从东方来，细雨蒙蒙倍凄凉。
我刚听说要回乡，西望家园心悲伤。
缝好一套平日装，不再含枚上战场。
青虫爬动曲又弯，长在野外桑树上。
孤身独宿缩成团，兵车底下权当床。

我徂东山，慆慆不归。
我来自东，零雨其濛。
果臝之实，亦施于宇。
伊威在室，蟏蛸在户。

我到东山去打仗，久久不归岁月长。
今天我从东方来，细雨蒙蒙倍凄凉。
瓜蒌结实一串串，爬到高高房檐上，
屋里到处地鳖虫，门前结满蜘蛛网。

豳风图，宋马和之绘，(美) 大都会艺术博物馆藏。

町畽鹿场，熠耀宵行。	田地变成野鹿场，入夜萤火点点亮。
不可畏也，伊可怀也。	家园荒凉怕不怕? 越是荒凉越怀想!
我徂东山，慆慆不归。	我到东山去打仗，久久不归岁月长。
我来自东，零雨其濛。	今天我从东方来，细雨蒙蒙倍凄凉。
鹳鸣于垤，妇叹于室。	老鹳长鸣土堆上，爱妻嗟叹守空房。
洒扫穹窒，我征聿至。	洒扫房屋修好墙，盼我征夫早回乡。
有敦瓜苦，烝在栗薪。	团团苦瓜涩又苦，结在苦菜柴薪上。
自我不见，于今三年。	自从我们不相见，于今三年断人肠!
我徂东山，慆慆不归。	我到东山去打仗，久久不归岁月长。
我来自东，零雨其濛。	今天我从东方来，细雨蒙蒙倍凄凉。
仓庚于飞，熠耀其羽。	黄莺翻飞春已暮，毛羽鲜明闪闪光。
之子于归，皇驳其马。	想起当年她出嫁，迎亲花马白里黄。
亲结其缡，九十其仪。	娘替女儿结佩巾，仪式繁多求吉祥。
其新孔嘉，其旧如之何?	新婚夫妇多美满，久别重逢该怎样?

破 斧

既破我斧，又缺我斨。	斧头斫得裂缝长，满身伤痕青铜斨。

周公东征，四国是皇。　　周公东征到远方，四国听着都着慌。
哀我人斯，亦孔之将！　　可怜我们这些人，总算命大能回乡！

既破我斧，又缺我锜。　　斧头斫得裂缝粗，作战折断三齿锄。
周公东征，四国是吪。　　周公东征到远方，四国幡然都悔悟！
哀我人斯，亦孔之嘉！　　可怜我们这些人，总算有福回乡土！

既破我斧，又缺我銶。　　斧头斫裂刃锋销，缺口参差手中锹。
周公东征，四国是道。　　周公东征到远方，四国平定不动摇。
哀我人斯，亦孔之休！　　可怜我们这些人，熬到回乡算命好！

伐　柯

伐柯如何？匪斧不克。　　要砍斧柄怎么办？没有斧头不成功。
取妻如何？匪媒不得。　　要娶妻子怎么办？没有媒人行不通。

伐柯伐柯，其则不远。　　砍斧柄呀砍斧柄，样子就在你面前。
我觏之子，笾豆有践。　　我看那位好姑娘，料理宴席很熟练。

九　罭

九罭之鱼鳟鲂，我觏之子，　　细网捞着大鳟鲂，我的客人不平常，
衮衣绣裳。　　画龙上衣彩色裳。

鸿飞遵渚，公归无所，　　大雁飞飞沿沙洲，您若归去没处留，
於女信处。　　不住两夜不让走。

鸿飞遵陆，公归不复，　　大雁沿着陆地飞，您若归去不再回，
於女信宿！　　请住两夜别推诿！

是以有衮衣兮，无以我公归兮，　　藏起您的绣龙袍，请您别走好不好，

无使我心悲兮！　　　　　　不要让我添烦恼！

狼　跋

狼跋其胡，载疐其尾。　　　　老狼朝前踩下巴，后退又踏长尾巴。
公孙硕肤，赤舄几几。　　　　公孙身体肥又大，红鞋弯弯神气煞。

狼疐其尾，载跋其胡。　　　　老狼后退踩尾巴，前进又踏肥下巴。
公孙硕肤，德音不瑕？　　　　公孙身体肥又大，品德名誉差不差？

小 雅

鹿鸣之什

鹿 鸣

呦呦鹿鸣，食野之苹。　　　　　　鹿儿呦呦叫不停，唤来同伴吃野苹。
我有嘉宾，鼓瑟吹笙。　　　　　　我有满座好宾客，席上弹瑟又吹笙。
吹笙鼓簧，承筐是将。　　　　　　吹笙按簧声和声，捧上礼物竹筐盛。
人之好我，示我周行。　　　　　　诸位宾朋喜爱我，教我道理最欢迎。

呦呦鹿鸣，食野之蒿。　　　　　　鹿儿呦呦叫不停，呼吃青蒿结伴行。
我有嘉宾，德音孔昭。　　　　　　我有满座好宾客，品德高尚有美名。
视民不恌，君子是则是效。　　　　待人宽厚不刻薄，君子学习好典型。
我有旨酒，嘉宾式燕以敖。　　　　我有美酒敬一杯，宾客欢宴喜盈盈。

呦呦鹿鸣，食野之芩。　　　　　　鹿儿呦呦叫不停，唤来同伴吃野芩。
我有嘉宾，鼓瑟鼓琴。　　　　　　我有满座好宾客，席上弹瑟又奏琴。
鼓瑟鼓琴，和乐且湛。　　　　　　琴瑟齐奏声和鸣，酒酣耳热座生春。
我有旨酒，以燕乐嘉宾之心。　　　我有美酒敬一杯，借此娱乐诸贵宾。

贡鹿图，（法）贺清泰绘，北京故宫博物院藏。

骏马图，徐悲鸿绘。

四　牡

四牡騑騑，周道倭迟。
岂不怀归？王事靡盬，
我心伤悲！

四匹公马跑得累，大路遥远又迂回。
难道不想把家回？王家差事做不完，
使我心里太伤悲！

四牡騑騑，啴啴骆马。
岂不怀归？王事靡盬，
不遑启处！

四匹公马不停蹄，累得骆马直喘气。
难道不想回家里？王家差事做不完，
哪有时间去休息！

翩翩者雕，载飞载下，
集于苞栩。王事靡盬，
不遑将父！

翩翩鹁鸪飞又鸣，飞上飞下多高兴，
落在丛丛柞树顶。王家差事做不完，
要养老父也不行！

翩翩者雕，载飞载止，

翩翩鹁鸪任飞翔，飞飞停停多舒畅，

集于苞杞。
王事靡盬，不遑将母！

歇在一片杞树上。王家差事做不完，
没空回家养老娘！

驾彼四骆，载骤骎骎。
岂不怀归？是用作歌，
将母来谂！

四马驾车成一行，车儿急驰马蹄忙。
难道不想回家乡？唱支歌儿诉衷肠，
日夜思念我亲娘！

皇皇者华

皇皇者华，于彼原隰。
骏骏征夫，每怀靡及。

花儿朵朵开烂漫，高原低地都开遍。
急急忙忙我出差，纵有考虑不周全。

我马维驹，六辔如濡。
载驰载驱，周爰咨诹。

驾起马儿真高骏，六条缰绳多滑润。
赶着车儿快快跑，广泛访问城和村。

我马维骐，六辔如丝。
载驰载驱，周爰咨谋。

驾起马儿黑带青，六条缰绳称手匀。
赶着车儿快快跑，到处访问老百姓。

我马维骆，六辔沃若。
载驰载驱，周爰咨度。

雪白马儿黑尾巴，缰绳光润手中拿。
赶着车儿快快跑，到处访问细调查。

我马维骃，六辔既均。
载驰载驱，周爰咨询。

马儿浅黑毛斑驳，缰绳均匀手中握。
赶着车儿快快跑，细心察访勤探索。

常　棣

常棣之华，鄂不韡韡。
凡今之人，莫如兄弟。

棠棣花开照眼明，花萼花蒂同根生。
试看如今世上人，没人能比兄弟情。

死丧之威，兄弟孔怀。
原隰裒矣，兄弟求矣。

死亡威胁最可怕，只有兄弟最关心。
假如地震山川变，只有兄弟来相寻。

脊令在原，兄弟急难。　　鹡鸰流落在高原，兄弟着急来救难。
每有良朋，况也永叹。　　平时虽是好朋友，看你遭难只长叹。

兄弟阋于墙，外御其务。　　兄弟在家虽争吵，却能同心抗强暴。
每有良朋，烝也无戎。　　平时虽有好朋友，事到临头难依靠。

丧乱既平，既安且宁。　　死丧祸乱既平靖，一家生活也安宁。
虽有兄弟，不如友生。　　那时虽有亲兄弟，反觉不如朋友亲。

傧尔笾豆，饮酒之饫。　　大碗小碗摆上来，又是喝酒又吃菜。
兄弟既具，和乐且孺。　　兄弟已经都来齐，家宴和乐又亲爱。

妻子好合，如鼓瑟琴。　　情投意合妻子好，弹琴奏瑟同到老。
兄弟既翕，和乐且湛。　　兄弟感情既融洽，和睦相处乐陶陶。

宜尔室家，乐尔妻帑。　　妥善安排你家庭，妻子儿女喜盈盈。
是究是图，亶其然乎！　　认真考虑细思量，此理是否很分明！

伐　木

伐木丁丁，鸟鸣嘤嘤。　　砍起树木铮铮响，林中小鸟嘤嘤唱。
出自幽谷，迁于乔木。　　小鸟本从深谷出，飞来住到大树上。
嘤其鸣矣，求其友声。　　鸟儿嘤嘤啼不住，呼伴引类声欢畅。
相彼鸟矣，犹求友声；　　看那小鸟是飞禽，尚且求友不断唱。
矧伊人矣，不求友生？　　何况我们是人类，不和朋友相来往？
神之听之，终和且平。　　天神听说人相爱，也会把那和平降。

伐木许许，酾酒有藇。　　呼起号子砍树忙，筛出美酒喷喷香。
既有肥羜，以速诸父。　　备好肥嫩小羔羊，请我伯叔来尝尝。
宁适不来，微我弗顾。　　宁可凑巧他不来，莫让责我将他忘。
於粲洒埽，陈馈八簋。　　屋里扫得真清爽，八盘好菜都摆上。
既有肥牡，以速诸舅。　　备好肥嫩小公羊，请我长辈来尝尝。

宁适不来，微我有咎。　　宁可凑巧他不来，免叫他人说短长。

伐木于阪，酾酒有衍。　　小山坡上来砍树，酒已满杯还要注。
笾豆有践，兄弟无远。　　盘儿碗儿排整齐，兄弟之间别相疏。
民之失德，干餱以愆。　　人们为啥失友情，饭菜不周致交恶。
有酒湑我，无酒酤我。　　家里有酒筛出来，没酒店里买一壶。
坎坎鼓我，蹲蹲舞我。　　敲起鼓儿咚咚响，扬起长袖翩翩舞。
迨我暇矣，饮此湑矣。　　趁着今朝有空闲，把这清酒喝下肚。

天　保

天保定尔，亦孔之固。　　上天保佑庇护，使您政权巩固。
俾尔单厚，何福不除？　　使您国家强大，赐您一切幸福。
俾尔多益，以莫不庶。　　让您物产丰盈，叫您国家富庶。

天保定尔，俾尔戬穀。　　上天保佑庇护，使您安乐幸福。
罄无不宜，受天百禄。　　万事无不如意，享受众多福乐。
降尔遐福，维日不足。　　福祉降临您身，唯恐一天不足。

天保定尔，以莫不兴。　　上天保您吉祥！生产蒸蒸日上。
如山如阜，如冈如陵。　　恰如巍巍丘陵，又如高高山岗。
如川之方至，以莫不增。　　如水滚滚而来，永远不断增长。

吉蠲为饎，是用孝享。　　饭菜清清爽爽，拿来祭祀祖上。
禴祠烝尝，于公先王。　　春夏秋冬四季，祭我先公先王。
君曰卜尔，万寿无疆。　　祖宗开口说话，赐您万寿无疆。

神之吊矣，诒尔多福。　　祖宗已经来临，赐您幸福如锦。
民之质矣，日用饮食。　　人民淳朴老实，每天吃饱就好。
群黎百姓，遍为尔德。　　不管是官是民，个个感您恩情。

如月之恒，如日之升。　　您像新月渐盈，您像旭日东升。

如南山之寿，不骞不崩。　　　　您像南山高寿，永不亏损塌崩。
如松柏之茂，无不尔或承。　　　您像松柏常青，子孙永远继承。

采 薇

采薇采薇，薇亦作止。　　　　采薇采薇一把把，薇菜新芽已长大。
曰归曰归，岁亦莫止。　　　　说回家呀说回家，眼看一年又完啦。
靡室靡家，狎狁之故。　　　　有家等于没有家，为着狎狁来厮杀。
不遑启居，狎狁之故。　　　　没有空闲坐下啦，为着狎狁来厮杀。

采薇采薇，薇亦柔止。　　　　采薇采薇一把把，薇菜柔嫩初发芽。
曰归曰归，心亦忧止。　　　　说回家呀说回家，心里忧闷多牵挂。
忧心烈烈，载饥载渴。　　　　满腔愁绪火辣辣，又饥又渴真苦煞。
我戍未定，靡使归聘！　　　　驻地至今难定下，书信无人捎回家！

采薇采薇，薇亦刚止。　　　　采薇采薇一把把，薇菜已经发权桠。
曰归曰归，岁亦阳止。　　　　说回家呀说回家，转眼十月又到啦。
王事靡盬，不遑启处。　　　　王室差事没个完，想要休息没闲暇。
忧心孔疚，我行不来！　　　　满腔愁绪真苦煞，只怕从此难回家。

彼尔维何？维常之华。　　　　什么花儿开得盛？密密层层棠棣花。
彼路斯何？君子之车。　　　　什么车儿高又大？将军战车要出发。
戎车既驾，四牡业业。　　　　兵车已经套上马，四匹公马壮又大。
岂敢定居？一月三捷！　　　　边地怎敢图安居？一月数胜为邦家！

驾彼四牡，四牡骙骙。　　　　驾起四匹大公马，马儿雄骏高又大。
君子所依，小人所腓。　　　　将军威武倚车立，兵士掩蔽也靠它。
四牡翼翼，象弭鱼服。　　　　四匹马儿多齐整，鱼皮箭袋雕弓挂。
岂不日戒，狎狁孔棘！　　　　哪有一天不戒备，军情紧急难卸甲！

昔我往矣，杨柳依依。　　　　回想当初出征日，杨柳依依随风斜。
今我来思，雨雪霏霏。　　　　如今归来路途中，大雪纷纷漫天洒。

行道迟迟，载渴载饥。　　　　道路泥泞脚步慢，又渴又饿又疲乏。
我心伤悲，莫知我哀！　　　　我心伤感满腔愁，没人体会苦生涯！

出　车

我出我车，于彼牧矣。　　　　推出战车马套上，驾到远郊养马场。
自天子所，谓我来矣。　　　　有人从王那里来，派我出征到北方。
召彼仆夫，谓之载矣。　　　　唤来马夫驾起车，赶快送我到边防。
王事多难，维其棘矣。　　　　"国王政事多外患，事儿紧急保家邦。"

我出我车，于彼郊矣。　　　　推出战车马套上，驾到郊外养马场。
设此旐矣，建彼旄矣。　　　　车上插起龟蛇旗，树起干旄随风扬。
彼旟旐斯，胡不旆旆？　　　　旗上鹰隼气昂昂，怎不展翅高飞翔？
忧心悄悄，仆夫况瘁。　　　　我为战事心不安，马夫憔悴驾驭忙。

王命南仲，往城于方。　　　　王命南仲大将军，筑城防敌到北方。
出车彭彭，旂旐央央。　　　　驾车四马多壮健，旌旗鲜明亮晃晃。
天子命我，城彼朔方。　　　　天子下令我执行，去到北方筑城墙。
赫赫南仲，猃狁于襄。　　　　威名赫赫南仲子，扫除猃狁上战场。

昔我往矣，黍稷方华。　　　　当初北征离家乡，黍稷茂盛庄稼香。
今我来思，雨雪载涂。　　　　现在回来打西戎，大雪满路化泥浆。
王事多难，不遑启居。　　　　国王政事多外患，无法安居整天忙。
岂不怀归？畏此简书。　　　　难道不想回家乡？邻邦盟约不敢忘。

喓喓草虫，趯趯阜螽。　　　　蝈蝈喓喓不住唱，蚱蜢蹦蹦跳场上。
未见君子，忧心忡忡。　　　　未曾看见南仲面，忧心忡忡虑国防，
既见君子，我心则降。　　　　如今见了南仲面，石头落地心舒畅。
赫赫南仲，薄伐西戎。　　　　声名赫赫南仲子，征伐西戎威名扬。

春日迟迟，卉木萋萋。　　　　春天日子渐渐长，草木茂盛叶苍苍。
仓庚喈喈，采蘩祁祁。　　　　黄莺吱喳枝头唱，采蘩姑娘闹洋洋。

执讯获丑，薄言还归。　　捉来间谍杀敌寇，胜利归来到家乡。
赫赫南仲，玁狁于夷。　　威名赫赫南仲子，平定猃狁国增光。

杕　杜

有杕之杜，有睆其实。　　一株棠梨生路旁，果实累累挂树上。
王事靡盬，继嗣我日。　　国王差事无休止，服役期限又延长。
日月阳止，女心伤止，　　日子已到十月头，满心忧伤想我郎，
征夫遑止！　　征人有空应回乡！

有杕之杜，其叶萋萋。　　一株棠梨生路旁，叶儿繁茂真盛旺。
王事靡盬，我心伤悲。　　国王差事无休止，遥想征人我心伤。
卉木萋止，女心悲止，　　草木青青春又到，心儿忧碎愁断肠，
征夫归止！　　征人哪天能还乡！

陟彼北山，言采其杞。　　登上北山我彷徨，手采枸杞心想郎。
王事靡盬，忧我父母。　　国王差事无休止，谁来奉养爹和娘。
檀车幝幝，四牡痯痯，　　檀木车子已破烂，四马疲劳步跄跄，
征夫不远！　　征夫归期该不长！

匪载匪来，忧心孔疚。　　人不回来车不装，忧心忡忡苦怀想。
期逝不至，而多为恤。　　服役期过不回来，最是忧愁最惆怅。
卜筮偕止，会言近止，　　占卜卦辞说吉祥，聚会之期不太长，
征夫迩止！　　征人很快就回乡！

鱼　丽

鱼丽于罶，鲿鲨。　　鱼儿篓里历录跳，小鲨黄颊下锅烧。
君子有酒，旨且多。　　老爷有酒藏得好，满坛满罐清香飘。

鱼丽于罶，鲂鳢。　　鱼儿篓里历录跳，鳊鱼黑鱼有味道。

君子有酒，多且旨。 老爷有酒藏得好，满桶满缸清香飘。

鱼丽于罶，鰋鲤。 鱼儿篓里历录跳，鲶鱼鲤鱼好菜肴。
君子有酒，旨且有。 老爷有酒藏得好，满樽满杯清香飘。

物其多矣，维其嘉矣。 酒菜丰盛花色多，味道实在好不过。

物其旨矣，维其偕矣。 样样酒菜都精美，客人尝了对口味。

物其有矣，维其时矣。 吃的喝的堆满仓，时鲜货色不断档。

南有嘉鱼之什

南有嘉鱼

南有嘉鱼，烝然罩罩。 南方有好鱼，群群游水中。
君子有酒，嘉宾式燕以乐。 主人有好酒，宴会宾客乐融融。

南有嘉鱼，烝然汕汕。 南方有好鱼，群群游水里。
君子有酒，嘉宾式燕以衎。 主人有好酒，宴会宾客乐无比。

南有樛木，甘瓠累之。 南方曲树弯，葫芦缠树上。
君子有酒，嘉宾式燕绥之。 主人有好酒，宴会宾客真欢畅。

翩翩者雕，烝然来思。 鹁鸪轻飞翔，成群落树上。
君子有酒，嘉宾式燕又思。 主人有好酒，宴会宾客敬一觞。

南山有台

南山有台，北山有莱。　　　南山莎草绿萋萋，北山遍地长野藜。
乐只君子，邦家之基。　　　得到君子多快乐，国家靠你做根基。
乐只君子，万寿无期！　　　得到君子多快乐，祝你万寿无穷期！

南山有桑，北山有杨。　　　南山遍地有嫩桑，北山到处长白杨。
乐只君子，邦家之光。　　　得到君子多快乐，国家有你增荣光。
乐只君子，万寿无疆！　　　得到君子多快乐，祝你万寿永无疆！

南山有杞，北山有李。　　　南山杞木株连株，北山冈上长李树。
乐只君子，民之父母。　　　得到君子多快乐，民众尊你是父母。
乐只君子，德音不已！　　　得到君子多快乐，你的美名永记住。

南山有栲，北山有杻。　　　南山栲树绿油油，北山檍树满山丘。
乐只君子，遐不眉寿！　　　得到君子多快乐，怎不盼你享长寿！
乐只君子，德音是茂。　　　得到君子多快乐，你的美名传九州。

南山有枸，北山有楰。　　　南山枸树到处有，北山遍地是苦楸。

山水图，明文徵明绘，中国台北故宫博物院藏。

乐只君子，遐不黄耇？　　　　得到君子多快乐，怎不愿你永长寿！
乐只君子，保艾尔后。　　　　得到君子多快乐，保养子孙传千秋。

蓼　萧

蓼彼萧斯，零露湑兮。　　　　艾蒿高又长，露水闪闪亮。
既见君子，我心写兮。　　　　见到周天子，我心真舒畅。
燕笑语兮，是以有誉处兮。　　宴饮又笑谈，大家喜洋洋。

蓼彼萧斯，零露瀼瀼。　　　　艾蒿高又长，露水晶晶亮。
既见君子，为龙为光。　　　　见到周天子，得宠沾荣光。
其德不爽，寿考不忘。　　　　皇恩真浩荡，万寿永无疆。

蓼彼萧斯，零露泥泥。　　　　艾蒿长又高，露珠纷纷掉。
既见君子，孔燕岂弟。　　　　见到周天子，盛宴乐陶陶。
宜兄宜弟，令德寿岂。　　　　兄弟情融洽，德美又寿考。

蓼彼萧斯，零露浓浓。　　　　艾蒿密成丛，叶上露珠浓。
既见君子，鞗革冲冲，　　　　见到周天子，马辔镶黄铜。
和鸾雝雝，万福攸同。　　　　鸾铃响丁东，万福归圣躬。

湛　露

湛湛露斯，匪阳不晞。　　　　早晨露水重又浓，不晒太阳它不干。
厌厌夜饮，不醉无归。　　　　夜间宴饮安又闲，酒不喝醉莫回还。

湛湛露斯，在彼丰草。　　　　浓浓露水闪亮光，沾在茂盛野草上。
厌厌夜饮，在宗载考。　　　　夜间宴饮多舒畅，宗庙燕享乐钟响。

湛湛露斯，在彼杞棘。　　　　浓浓露水闪亮光，沾在枸杞酸枣上。
显允君子，莫不令德。　　　　尊贵忠诚众来宾，品德美好有名望。

其桐其椅，其实离离。　　桐树椅树到深秋，果实累累满枝头。
岂弟君子，莫不令仪。　　贵客和气又平易，彬彬有礼不酗酒。

彤　弓

彤弓弨兮，受言藏之。　　弦儿松松红漆弓，诸侯受赐藏家中。
我有嘉宾，中心贶之。　　我有如此好宾客，诚心赠物表恩宠。
钟鼓既设，一朝飨之。　　钟鼓乐器齐备好，从早摆宴到日中。

彤弓弨兮，受言载之。　　弦儿松松红漆弓，诸侯受赐带家中。
我有嘉宾，中心喜之。　　我有如此好宾客，心里欢喜现笑容。
钟鼓既设，一朝右之。　　钟鼓乐器齐备好，从早饮酒到日中。

彤弓弨兮，受言櫜之。　　弦儿松松红漆弓，诸侯受赐插袋中。
我有嘉宾，中心好之。　　我有如此好宾客，无限宠爱喜气浓。
钟鼓既设，一朝酬之。　　钟鼓乐器齐备好，从早敬酒到日中。

菁菁者莪

菁菁者莪，在彼中阿。　　萝蒿一片密又多，长在向阳南山坡。
既见君子，乐且有仪。　　有幸见到好老师，心里快乐有楷模。

菁菁者莪，在彼中沚。　　萝蒿一片蓬勃长，长在河心小洲上。
既见君子，我心则喜。　　有幸见到好老师，心里欢喜又舒畅。

菁菁者莪，在彼中陵。　　萝蒿一片真茂盛，高高丘陵连根生。
既见君子，锡我百朋。　　有幸见到好老师，胜过赏我百千文。

泛泛杨舟，载沉载浮。　　水中漂着杨木舟，半沉半浮没人管。
既见君子，我心则休。　　有幸见到好老师，学有榜样心喜欢。

六 月

六月栖栖，戎车既饬。　　　　　　六月出兵好紧张，整理兵车备战忙。
四牡骙骙，载是常服。　　　　　　四匹公马肥又壮，士兵军服装载上。
猃狁孔炽。我是用急。　　　　　　可恨猃狁太猖狂，我军急行守边防。
王于出征，以匡王国。　　　　　　周王命令我出征，保我邦国保我王。

比物四骊，闲之维则。　　　　　　四匹黑马选得壮，驾马技术练习忙。
维此六月，既成我服。　　　　　　就在盛夏六月里，军服制成好穿上。
我服既成，于三十里。　　　　　　新制军服穿上身，日行卅里赴边疆。
王于出征，以佐天子。　　　　　　周王命令我出征，帮助天子战强梁。

四牡脩广，其大有颙。　　　　　　四匹公马高又壮，大头大脑气昂昂。
薄伐猃狁，以奏肤功。　　　　　　同心勉力讨猃狁，建立大功安周邦。
有严有翼，共武之服。　　　　　　将帅威武又谨严，共管战事守国防。
共武之服，以定王国。　　　　　　共同管好国防事，卫我国家安我王。

猃狁匪茹，整居焦获。　　　　　　猃狁不弱非窝囊，驻兵焦获战线长。
侵镐及方，至于泾阳。　　　　　　侵略宁夏和朔方，深入甘肃到泾阳。
织文鸟章，白旆央央。　　　　　　我军挂徽坚鹰旗，旗端飘带白又亮。
元戎十乘，以先启行。　　　　　　大型战车有十乘，冲开敌垒勇难挡。

戎车既安，如轻如轩。　　　　　　战车安然奏凯还，俯仰自如无损伤。
四牡既佶，既佶且闲。　　　　　　四匹公马真雄壮，说它雄壮却驯良。
薄伐猃狁，至于大原。　　　　　　同心勉力讨猃狁，深入大原敌胆丧。
文武吉甫，万邦为宪。　　　　　　能文能武尹吉甫，四方诸侯好榜样。

吉甫燕喜，既多受祉。　　　　　　宴请吉甫庆喜事，接受赏赐多吉祥。
"来归自镐，我行永久。"　　　　　"我从固原班师归，路上行军日子长。"
饮御诸友，炰鳖脍鲤。　　　　　　邀请战友为陪客，蒸鳖脍鲤佳肴香。
侯谁在矣？张仲孝友。　　　　　　宴会座中还有谁？孝友张仲有名望。

采 芑

薄言采芑，于彼新田，　　　　急急忙忙采苦菜，在那郊外新田间，
于此菑亩。方叔莅止，　　　　又到这块初垦田。方叔亲临来检验，
其车三千，师干之试。　　　　战车排开整三千，战士执盾勤操练。
方叔率止，乘其四骐，　　　　方叔领兵上前线，乘上战车驰在先，
四骐翼翼。路车有奭，　　　　四匹青鬃肩并肩。朱漆战车红艳艳，
簟茀鱼服，钩膺鞗革。　　　　鱼皮箭袋细竹帘，马鞅马勒光耀眼。

薄言采芑，于彼新田，　　　　急急忙忙采苦菜，在那郊外新田间，
于此中乡。方叔莅止，　　　　又到这块初垦田。方叔亲临挂帅印，
其车三千，旂旐央央。　　　　战车威武有三千，军旗招展多光鲜。
方叔率止，约軝错衡，　　　　方叔领兵去出征，皮饰车毂雕花辕，
八鸾玱玱。服其命服，　　　　车铃叮当走得欢。王赐宫服身上穿，
朱芾斯皇，有玱葱珩。　　　　鲜红蔽膝亮闪闪，玉佩铿锵响声传。

统军出行图，甘肃敦煌石窟 156 窟壁画。

鴥彼飞隼，其飞戾天，　　鹞鹰疾飞快如箭，忽然高飞上九天，
亦集爰止。方叔莅止，　　忽然停息落地面。方叔亲临来检验，
其车三千，师干之试。　　战车排开整三千，战士持盾勤操练。
方叔率止，钲人伐鼓，　　方叔带兵去出征，钲人击鼓声喧阗，
陈师鞠旅。显允方叔，　　列队誓师好庄严。方叔军纪明又信，
伐鼓渊渊，振旅阗阗。　　击鼓咚咚号令传，士兵动作应鼓点。

蠢尔蛮荆，大邦为雠。　　荆州蛮子太愚蠢，敢同周朝做仇人。
方叔元老，克壮其犹。　　方叔乃是元老臣，雄才大略兵如神。
方叔率止，执讯获丑。　　方叔领兵去出征，打得敌人束手擒。
戎车啴啴，啴啴焞焞，　　战车隆隆起烟尘，排山倒海军容振，
如霆如雷。显允方叔，　　势如雷霆动乾坤。方叔军纪明又信，
征伐猃狁，蛮荆来威。　　曾经北伐克猃狁，荆蛮闻风已惊心。

车　攻

我车既攻，我马既同。　　猎车修理已完工，马儿整齐速度同。
四牡庞庞，驾言徂东。　　四匹公马多强壮，驾着猎车驶向东。

田车既好，四牡孔阜。　　猎车修得很完好，四匹公马大又高。
东有甫草，驾言行狩。　　东都甫田有草原，驾车打猎走一遭。

之子于苗，选徒嚣嚣。　　国王夏猎有排场，清点随员闹洋洋。
建旐设旄，薄狩于敖。　　树起旗子插上旄，前往敖山狩猎场。

驾彼四牡，四牡奕奕。　　诸侯驾着四马来，四马从容又轻快，
赤芾金舄，会同有绎。　　大红蔽膝金头鞋，共同会猎好气派。

决拾既佽，弓矢既调。　　扳指臂韝都齐备，强弓利矢两相配。
射夫既同，助我举柴。　　猎罢射手都集中，助拣猎物抬又背。

四黄既驾，两骖不猗。　　四匹黄马已驾上，两旁骖马不偏向。

不失其驰，舍矢如破。　　往来驰驱有章法，一箭射出就杀伤。

萧萧马鸣，悠悠旆旌。　　耳听马鸣声萧萧，眼望旌旗悠悠飘。
徒御不惊，大庖不盈。　　驭手机警又严肃，野味下厨充佳肴。

之子于征，有闻无声。　　国王猎罢归京城，人马整肃寂无声。
允矣君子，展也大成。　　真是圣明好天子，会猎胜利大有成。

吉　日

吉日维戊，既伯既祷。　　时逢戊辰日子好，祭了马祖又祈祷。
田车既好，四牡孔阜。　　猎车坚固更灵巧，四匹公马满身膘。
升彼大阜，从其群丑。　　驾车登上大土坡，追逐群兽飞快跑。

吉日庚午，既差我马。　　庚午吉日时辰巧，猎马已经选择好。
兽之所同，麀鹿麌麌。　　查看群兽聚集地，鹿儿来往真不少。
漆沮之从，天子之所。　　驱逐漆沮岸旁兽，赶向周王打猎道。

瞻彼中原，其祁孔有。　　放眼远望原野头，地方广大物富有。
儦儦俟俟，或群或友。　　或跑或走野兽多。三五成群结队游。
悉率左右，以燕天子。　　把它统统赶出来，等待周王显身手。

既张我弓，既挟我矢。　　按好我的弓上弦，拔出箭儿拿在手。
发彼小豝，殪此大兕。　　一箭射中小野猪，再发射死大野牛。
以御宾客，且以酌醴。　　烹调野味宴宾客，做成佳肴好下酒。

鸿雁之什

鸿　雁

鸿雁鸿雁于飞，肃肃其羽。　　　　大雁远飞翔，翅膀沙沙响。
之子于征，劬劳于野。　　　　　　使臣走远路，辛劳奔波忙。
爰及矜人，哀此鳏寡。　　　　　　救济贫苦人，鳏寡可怜相。

鸿雁于飞，集于中泽。　　　　　　大雁远飞翔，落在湖中央。
之子于垣，百堵皆作。　　　　　　使臣巡工地。筑起百堵墙。
虽则劬劳，其究安宅。　　　　　　虽然很辛劳，穷人有住房。

鸿雁于飞，哀鸣嗷嗷。　　　　　　大雁远飞翔，哀鸣声凄凉。
维此哲人，谓我劬劳。　　　　　　只有明白人，说我辛苦忙。
维彼愚人，谓我宣骄。　　　　　　那些愚昧者，说我讲排场。

庭　燎

夜如何其？夜未央，　　　　　　　现在夜里啥时光？长夜漫漫天未亮，
庭燎之光。君子至止，　　　　　　是那火炬烧得旺。诸侯朝见快来到，
鸾声将将。　　　　　　　　　　　远处车铃叮当响。

夜如何其？夜未艾，　　　　　　　现在夜里啥时光？夜色蒙蒙天未亮，
庭燎晣晣。君子至止，　　　　　　是那火炬明晃晃。诸侯朝见快来到，
鸾声哕哕。　　　　　　　　　　　铃声渐近响叮当。

夜如何其？夜乡晨，　　　　　　　现在夜里啥时光？长夜将尽天快亮，
庭燎有辉。君子至止，　　　　　　火炬渐熄烟气香。诸侯朝见已来到，
言观其旂。　　　　　　　　　　　只见旌旗随风扬。

沔 水

沔彼流水，朝宗于海。　　　流水盈盈向东方，百川归海成汪洋。
鴥彼飞隼，载飞载止。　　　天空隼鸟任疾飞，飞飞停停不慌忙。
嗟我兄弟，邦人诸友。　　　可叹同姓诸兄弟，可叹朋友和同乡，
莫肯念乱，谁无父母？　　　无人考虑国事乱，你们难道没爹娘？

沔彼流水，其流汤汤。　　　流水盈盈向东方，浩浩荡荡入海洋。
鴥彼飞隼，载飞载扬。　　　天空隼鸟任疾飞，扇动翅膀高飞翔。
念彼不迹，载起载行。　　　上边做事没准则，坐立不安我彷徨。
心之忧矣，不可弭忘。　　　心忧国事这模样，终日焦虑不能忘。

鴥彼飞隼，率彼中陵。　　　天空隼鸟任疾飞，沿着山陵高飞翔。
民之讹言，宁莫之惩。　　　民间谣言纷纷起，不去制止真荒唐。
我友敬矣，谗言其兴。　　　告我友朋须警惕，谣言蜂起要提防。

鹤 鸣

鹤鸣于九皋，声闻于野。　　　沼泽曲折白鹤叫，鸣声嘹亮传四郊。
鱼潜在渊，或在于渚。　　　鱼儿潜伏深水里，有时游出近小岛。

瑞鹤图，宋赵佶绘。

乐彼之园，爰有树檀，
其下维萚。它山之石，
可以为错。

美丽花园逗人爱，园里檀树大又高，
树下萚树矮又小。他乡山上有宝石，
同样可做雕玉刀。

鹤鸣于九皋，声闻于天。
鱼在于渚，或潜在渊。
乐彼之园，爰有树檀，
其下维榖。它山之石，
可以攻玉。

沼泽曲折白鹤叫，鸣声嘹亮传九霄。
鱼儿游在沙洲边，潜入深渊也逍遥。
美丽花园逗人爱，园里檀树大又高，
下有楮树丑又小。它乡山上有宝石，
同样可将美玉雕。

祈　父

祈父，予王之爪牙。
胡转予于恤，靡所止居？

大司马呀大司马，你是国王的爪牙。
为啥调我到战场，害我背井离家乡？

祈父，予王之爪士。
胡转予于恤，靡所厎止？

大司马呀大司马，你是卫士的领班。
为啥调我到战场，害我有家难回还？

祈父，亶不聪。
胡转予于恤，有母之尸饔！

大司马呀大司马，你真不了解情况。
为啥调我到战场，去时娘在，回来哭灵堂！

白　驹

皎皎白驹，食我场苗。
絷之维之，以永今朝。
所谓伊人，于焉逍遥。

浑身皎洁小白马，请来吃我场中苗。
拿起绳索拴马脚，伴我朋友度今朝。
说起我的好朋友，请在这里且逍遥。

皎皎白驹，食我场藿。
絷之维之，以永今夕。
所谓伊人，于焉嘉客。

浑身皎洁小白马，来我场中吃豆叶。
拿起绳索绊马脚，留下你再过一夜。
说起我的好朋友，此地做客此地歇。

白骏马图，选自清王致诚
绘《十骏马图》，北京故宫
博物院藏。

皎皎白驹，贲然来思。
尔公尔侯，逸豫无期。
慎尔优游，勉尔遁思。

浑身皎洁小白马，飞跑奔来真快煞。
才能堪为公和侯，莫要日夜只玩耍。
安闲游乐须谨慎，切勿隐居图闲暇。

皎皎白驹，在彼空谷。
生刍一束，其人如玉。
毋金玉尔音，而有遐心。

浑身皎洁小白马，向那山谷自在跑。
备捆青草做饲料，等待如玉友人到。
别后音书莫吝惜，心存疏远忘知交。

黄　鸟

黄鸟黄鸟，无集于榖，
无啄我粟。此邦之人，
不我肯榖。言旋言归，
复我邦族。

黄鸟黄鸟听我讲，不要停在楮树上，
不要吃我小米粮。这个国家的人们，
对我实在不善良。回去回去快回去，
回到本国我家乡。

黄鸟黄鸟，无集于桑，

黄鸟黄鸟听我讲，不要停在桑树上，

无啄我粱。此邦之人，不要吃我红高粱。这个国家的人们，
不可与明。言旋言归，不守信用真荒唐。回去回去快回去，
复我诸兄。回到故土见兄长。

黄鸟黄鸟，无集于栩，黄鸟黄鸟听我讲，不要停在柞树上，
无啄我黍。此邦之人，不要吃我玉米粮。这个国家的人们，
不可与处。言旋言归，没法共处相来往。回去回去快回去，
复我诸父。去和伯叔细商量。

我行其野

我行其野，蔽芾其樗。我在郊外独行路，臭椿枝叶长满树。
昏姻之故，言就尔居。因为结婚成姻缘，才来和你一块住。
尔不我畜，复我邦家。你却无情不爱我，只好回去当弃妇。

我行其野，言采其蓫。我在郊外独行路，采棵臭蓫情难诉。
昏姻之故，言就尔宿。因为结婚成姻缘，夜夜才和你同宿。
尔不我畜，言归斯复。你却无情不爱我，只好回到娘家住。

我行其野，言采其葍。我在郊外独行路，摘株葍草心凄楚。
不思旧姻，求尔新特。不念旧妻太狠心，追求新配真可恶。
成不以富，亦祇以异。并非她家比我富，是你异心相辜负。

斯　干

秩秩斯干，幽幽南山。流水清清小山涧，林木幽幽终南山。
如竹苞矣，如松茂矣。丛丛绿竹好形势，密密青松满冈峦。
兄及弟矣，式相好矣，兄弟同住多和睦，相亲相爱心相关，
无相犹矣。胸襟坦白不欺瞒。

似续妣祖，筑室百堵，继承祖妣遵遗愿，盖起宫室千百间，

西南其户。爰居爰处，
爰笑爰语。

厢列东西门朝南。就在这里同居住，
亲人团聚笑语欢。

约之阁阁，椓之橐橐。
风雨攸除，鸟鼠攸去，
君子攸芋。

扎紧木板阁阁响，夯土咚咚筑泥墙。
从此不怕风和雨，麻雀老鼠都赶光，
君子住着多舒畅。

如跂斯翼，如矢斯棘，
如鸟斯革，如翚斯飞，
君子攸跻。

端正犹如踮脚立，齐整有如利箭急，
宽广好似鸟展翼，华丽赛过锦毛鸡，
君子登堂心欢喜。

殖殖其庭，有觉其楹，
哙哙其正，哕哕其冥，
君子攸宁。

庭院宽阔平且正，屋柱笔直高又挺。
白天光线多明亮，夜晚昏暗真幽静，
君子住着心安定。

下莞上簟，乃安斯寝。
乃寝乃兴，乃占我梦。
吉梦维何？维熊维罴，
维虺维蛇。

上铺竹席下铺草，高枕无忧没烦恼。
睡得酣来起得早，昨夜梦境好不好。
好梦梦见啥东西？是熊是罴显吉兆，
有虺有蛇好运道。

大人占之："维熊维罴，
男子之祥。维虺维蛇，
女子之祥。"

大人占梦细细讲，"梦见熊罴有名堂，
象征生男有力量。梦见虺蛇有讲究，
象征生个女娇娘。"

乃生男子，载寝之床，
载衣之裳，载弄之璋。
其泣喤喤，朱芾斯皇，
室家君王。

如若生个男孩子，给他睡张小眠床，
给他裹上大衣裳，给他玩弄白玉璋。
娃儿哭声真洪亮，朱红蔽膝更辉煌，
将来周朝做君王。

乃生女子，载寝之地，
载衣之裼，载弄之瓦。
无非无仪，唯酒食是议，
无父母诒罹。

如若生个小姑娘，给她铺席睡地板，
一条小被包身上，纺线瓦锤给她玩。
不许违抗莫多话，料理家务烧好饭，
别给父母添麻烦。

无 羊

谁谓尔无羊？三百维群。
谁谓尔无牛？九十其犉。
尔羊来思，其角濈濈。
尔牛来思，其耳湿湿。

或降于阿，或饮于池，
或寝或讹。尔牧来思，
何蓑何笠，或负其糇。
三十维物，尔牲则具。

尔牧来思，以薪以蒸，
以雌以雄。尔羊来思，
矜矜兢兢，不骞不崩。

谁说你家没有羊？数百成群遍山丘。
谁说你家没有牛？壮牛就有几十头。
你的羊群走来啦，只见犄角密稠稠。
你的牛群走来啦，摇摇耳朵慢悠悠。

有的牛羊下山坡，有的池边找水喝，
有的走动有的卧。你家牧童归来时，
载着斗笠披着蓑，有的背着干馍馍。
牲口毛色好几十，品种齐备祭牲多。

你家牧童归来时，拣回一捆柴和草，
顺便打猎收获好。你的羊群牧罢归，
争先恐后快快跑，不掉队儿不乱套。

牧羊，汉代壁画。

麾之以肱，毕来既升。　　牧童胳膊挥一挥，一只不少进圈了。

牧人乃梦，众维鱼矣，　　牧官夜里做个梦，梦见鱼儿无其数，
旐维旟矣。大人占之：　　梦见鹰旗漫天舞。大人占梦说端详：
"众维鱼矣，实维丰年。　　"梦见鱼儿无其数，预兆丰年多富裕。
旐维旟矣，室家溱溱。"　　梦见鹰旗漫天舞，人丁兴旺真欢愉。"

节南山之什

节南山

节彼南山，维石岩岩。　　终南山，山峻峭，崖石层层高又高。
赫赫师尹，民具尔瞻。　　赫赫有名尹太师，人人对他侧目瞧。
忧心如惔，不敢戏谈。　　满心忧忿像火烧，不敢谈论发牢骚。
国既卒斩，何用不监！　　国运已经快断绝，为何还不觉察到！

节彼南山，有实其猗。　　终南山，高又长，一片山坡多宽广。
赫赫师尹，不平谓何！　　赫赫有名尹太师，为何办事太荒唐！
天方荐瘥，丧乱弘多。　　上天正在降灾荒，国家动乱人死亡。
民言无嘉，憯莫惩嗟！　　民怨沸腾没好话，还不认真想一想！

尹氏大师，维周之氐。　　尹太师啊尹太师，你是国家的基石。
秉国之均，四方是维。　　朝廷大权手中握，天下靠你来维持。
天子是毗，俾民不迷。　　君王靠你当助手，百姓靠你把路指。
不吊昊天，不宜空我师！　　可恨老天没长眼，让他刮尽民膏脂。

弗躬弗亲，庶民弗信。　　国事你不亲主宰，百姓对你不信赖。
弗问弗仕，勿罔君子。　　人才不问又不用，欺骗好人太不该。
式夷式已，无小人殆。　　赶快铲除害人虫，不要因此惹祸灾。

琐琐姻亚，则无膴仕。　　　　　　亲戚既然无才能，乌纱帽儿摘下来。

昊天不傭，降此鞠讻。　　　　　　老天爷啊心太坏，降下浩劫把人害！
昊天不惠，降此大戾！　　　　　　老天爷啊太不仁，降下灾难活不成！
君子如届，俾民心阕。　　　　　　好人如果能执政，民愤可以平一平。
君子如夷，恶怒是违。　　　　　　好人如果排除掉，人民反抗怒火烧。

不吊昊天，乱靡有定。　　　　　　可恨老天没眼睛，乱子从来不曾停。
式月斯生，俾民不宁。　　　　　　生灵涂炭命难存，百姓生活不安宁。
忧心如酲，谁秉国成？　　　　　　忧愁搅得心如醉，究竟让谁掌权柄？
不自为政，卒劳百姓。　　　　　　君王不管天下事，结果苦了老百姓。

驾彼四牡，四牡项领。　　　　　　驾起四匹大公马，马儿肥壮粗脖颈。
我瞻四方，蹙蹙靡所骋！　　　　　东南西北望一望，天地太窄难驰骋！

方茂尔恶，相尔矛矣。　　　　　　看你作恶真不少，就像一柄杀人矛。
既夷既怿，如相酬矣。　　　　　　铲除恶人开心日，举酒相庆乐陶陶。

昊天不平，我王不宁。　　　　　　老天多么不公平，害得我王不安宁。
不惩其心，覆怨其正。　　　　　　君王不惩尹氏恶，反而怨恨劝谏臣。

家父作诵，以究王讻。　　　　　　家父作诗自长吟，追究王朝祸乱根。
式讹尔心，以畜万邦。　　　　　　但愿君王心意转，治理天下享太平。

正　月

正月繁霜，我心忧伤。　　　　　　六月下霜不正常，这使我心很忧伤。
民之讹言，亦孔之将。　　　　　　民间已经有谣言，沸沸扬扬传得广。
念我独兮，忧心京京。　　　　　　想我一身多孤单，愁思萦绕常怅怅。
哀我小心，癙忧以痒。　　　　　　胆小怕事真可哀，又怕又闷病一场。

父母生我，胡俾我瘉？　　　　　　爹娘既然生了我，为啥使我受创伤？

不自我先，不自我后。　　　　　我生不早又不晚，乱世灾祸偏碰上。
好言自口，莠言自口，　　　　　好话凭他嘴里说，坏话凭他去宣扬。
忧心愈愈，是以有侮。　　　　　反复无常真可怕，受人欺侮更懊丧。

忧心茕茕，念我无禄。　　　　　没人了解满腹愁，想我命苦泪暗流。
民之无辜，并其臣仆。　　　　　平民百姓有何罪，国亡都成阶下囚。
哀我人斯，于何从禄？　　　　　可怜我们这些人，爵位俸禄何处求？
瞻乌爰止，于谁之屋？　　　　　看那乌鸦往下飞，停下谁家屋脊头？

瞻彼中林，侯薪侯蒸。　　　　　看那树林密层层，粗干细枝交错生。
民今方殆，视天梦梦。　　　　　人民处境正危险，老天糊涂太昏昏。
既克有定，靡人弗胜。　　　　　世上一切你主宰，没人能够违天命。
有皇上帝，伊谁云憎。　　　　　皇皇上帝我问你，究竟你恨什么人？

谓山盖卑，为冈为陵。　　　　　人说山矮像土冢，却是高冈耸半空。
民之讹言，宁莫之惩。　　　　　民间谣言既发生，怎不警惕采行动。
召彼故老，讯之占梦。　　　　　召来元老仔细问，再请占梦卜吉凶。
具曰予圣，谁知乌之雌雄！　　　都说自己最高明，不辨乌鸦雌和雄。

谓天盖高，不敢不局。　　　　　是谁说那天很高？走路不敢不弯腰。
谓地盖厚？不敢不蹐。　　　　　是谁说那地很厚？走路不敢不蹑脚。
维号斯言，有伦有脊。　　　　　人民喊出这些话，确有道理说得好。
哀今之人，胡为虺蜴？　　　　　可恨如今世上人，为何像蛇将人咬。

瞻彼阪田，有菀其特。　　　　　看那山坡坡上田，一片茂密长禾苗。
天之抗我，如不我克。　　　　　老天拼命折磨我，好像非把我压倒。
彼求我则，如不我得。　　　　　当初朝廷需要我，找我惟恐得不到。
执我仇仇，亦不我力。　　　　　邀去却又撂一边，不让我把重担挑。

心之忧矣，如或结之。　　　　　心里忧愁没办法，就像绳子结疙瘩。
今兹之正，胡然厉矣？　　　　　试看今日朝中政，为啥暴虐乱如麻？
燎之方扬，宁或灭之？　　　　　野火蓬蓬正燃起，有谁能够浇熄它？
赫赫宗周，褒姒灭之！　　　　　赫赫镐京正兴旺，褒姒一笑灭亡它！

终其永怀，又窘阴雨。　　　　　心中已经常忧伤，又逢阴雨更凄凉，
其车既载，乃弃尔辅。　　　　　车子已经装满货，却把拦板全抽光。
载输尔载，"将伯助予！"　　　　等到货物遍地撒，才叫"大哥帮帮忙！"

无弃尔辅，员于尔辐。　　　　　请勿丢掉车拦板，还要加粗车轮辐。
屡顾尔仆，不输尔载。　　　　　经常照顾你车夫，莫使失落车上物。
终逾绝险，曾是不意！　　　　　这样才能渡险境，你却总是不在乎！

鱼在于沼，亦匪克乐。　　　　　鱼儿虽在池里游，并不能够乐逍遥。
潜虽伏矣，亦孔之炤。　　　　　虽然潜在深水中，水清仍旧躲不掉。
忧心惨惨，念国之为虐。　　　　心中不安常忧虑，想想朝政太残暴。

彼有旨酒、又有嘉殽。　　　　　他有美酒喷喷香，鱼肉好菜供品尝。
洽比其邻，昏姻孔云。　　　　　狐群狗党相勾结，亲朋好友周旋忙。
念我独兮，忧心慇慇。　　　　　想我孤零无依靠，忧心如捣痛断肠。

佌佌彼有屋，蓛蓛方有谷。　　　卑劣小人住好屋，鄙陋家伙有五谷。
民今之无禄，天夭是椓。　　　　如今人民最不幸，天降灾祸真命苦，
哿矣富人，哀此茕独。　　　　　富人享福哈哈笑，可怜穷人太孤独。

十月之交

十月之交，朔月辛卯。　　　　　九月刚过十月到，初一早上辰时交。
日有食之，亦孔之丑。　　　　　忽然太阳又蚀了，这种天象是凶兆。
彼月而微，此日而微。　　　　　不久之前方月蚀，今又日蚀更糟糕。
今此下民，亦孔之哀。　　　　　如今天下老百姓，大难临头真堪悼。

日月告凶，不用其行。　　　　　日月显示灾难兆，不再遵循常轨道，
四国无政，不用其良。　　　　　到处没有好政治，贤臣良才全不要。
彼月而食，则维其常。　　　　　上次月亮被吞食，还算平常屡见到。
此日而食，于何不臧！　　　　　太阳遭蚀了不得，坏事临头怎么好！

烨烨震电，不宁不令，　　　　电光闪闪雷轰鸣，政治黑暗民不宁。
百川沸腾，山冢崒崩。　　　　大小江河齐沸腾，山峰倒塌乱石崩。
高岸为谷，深谷为陵。　　　　高山刹那变深谷，深谷顿时变丘陵。
哀今之人，胡憯莫惩！　　　　可恨如今掌权人，何曾引以为教训！

皇父卿士，番维司徒。　　　　六卿之首是皇父，樊氏当上大司徒，
家伯维宰，仲允膳夫。　　　　朝廷典籍家伯掌，仲允管的是御厨，
棸子内史，蹶维趣马，　　　　棸子充当内史官，蹶父养马管放牧，
楀维师氏，艳妻煽方处。　　　还有楀氏管监察，都同褒姒很热乎。

抑此皇父！岂曰不时。　　　　提起皇父叫人气，硬说他没违农时。
胡为我作，不即我谋！　　　　为啥派我服劳役，也不商量就通知。
彻我墙屋，田卒汙莱。　　　　我家墙屋被拆毁，我家田园全荒弛。
曰"予不戕，礼则然矣。"　　　还说："不是我害你，照章办事该如此。"

皇父孔圣，作都于向。　　　　这位皇父太高明，要在向邑建都城。
择三有事，亶侯多藏。　　　　选中大官有三个，钱财多得数不清。
不憖遗一老，俾守我王。　　　不肯留下一老臣，让他保王卫宫廷。
择有车马，以居徂向。　　　　看中富家有车马，迁往向邑结伴行。

黾勉从事，不敢告劳。　　　　尽力服役为王事，不敢诉苦不敢怨。
无罪无辜，谗口嚣嚣。　　　　没犯过错没犯罪，众口诽谤难分辩。
下民之孽，匪降自天。　　　　百姓遭受大灾难，不是老天不长眼。
噂沓背憎，职竞由人。　　　　当面谈笑背后骂，都是坏人在诬陷。

悠悠我里，亦孔之痗。　　　　苦恼烦闷恨悠悠，恰似大病在心头。
四方有羡，我独居忧。　　　　看看别家很富裕，独我一人在忧愁。
民莫不逸，我独不敢休。　　　人们生活都安逸，我独不敢片刻休。
天命不彻，我不敢效我友自逸。　天道无常难预测，不敢学人图享受。

雨无正

浩浩昊天，不骏其德。　　　　　浩浩老天听我讲，你的恩惠不经常。
降丧饥馑，斩伐四国。　　　　　降下饥荒和死亡，天下人都被残伤。
旻天疾威，弗虑弗图。　　　　　老天暴虐太不良，不加思考不思量。
舍彼有罪，既伏其辜。　　　　　有罪之人你放过，包庇恶行瞒罪状。
若此无罪，沦胥以铺。　　　　　无罪之人真冤枉，相继受害遭祸殃。

周宗既灭，靡所止戾。　　　　　都城如果被攻破，想要栖身没地方。
正大夫离居，莫知我勚。　　　　大臣高官都逃走，有谁知我工作忙。
三事大夫，莫肯夙夜。　　　　　三公位高不尽职，不肯早晚辅君王。
邦君诸侯，莫肯朝夕。　　　　　各国诸侯也失职，不勤国事匡周邦。
庶曰式臧，覆出为恶。　　　　　总盼周王能变好，谁知反而更荒唐。

如何昊天！辟言不信。　　　　　老天这样怎么行！忠言逆耳王不听。
如彼行迈，则靡所臻。　　　　　好比一个行路人，毫无目的向前进。
凡百君子，各敬尔身。　　　　　百官群臣不管事，各自小心保自身。
胡不相畏，不畏于天。　　　　　为何互相不尊重，甚至不知畏天命？

戎成不退，饥成不遂。　　　　　敌人进犯今未退，饥荒严重兵将溃。
曾我暬御，憯憯日瘁。　　　　　只我侍御亲近臣，每天忧虑身憔悴。
凡百君子，莫肯用讯。　　　　　百官群臣都闭口，不肯进谏怕得罪。
听言则答，谮言则退。　　　　　君王爱听顺耳话，谁进忠言就斥退。

哀哉不能言，匪舌是出，　　　　可悲有话不能讲，不是舌头生了疮，
维躬是瘁。哿矣能言，　　　　　是怕自己受损伤。能说会道就吃香，
巧言如流，俾躬处休。　　　　　花言巧语来开腔，高官厚禄如愿偿。

维曰于仕，孔棘且殆。　　　　　别人劝我把官当，危险太大太紧张。
云不可使，得罪于天子。　　　　要说坏事干不得，那就得罪了国王；
亦云可使，怨及朋友。　　　　　要说坏事可以做，朋友要骂丧天良。

谓尔迁于王都，曰予未有室家。　　劝你迁回王都吧，推辞那里没有家。

鼠思泣血，无言不疾。　　　　　　苦口婆心再劝他，对我切齿又咬牙，

昔尔出居，谁从作尔室？　　　　　试问从前离王都，是谁帮你造官衙？

小　旻

旻天疾威，敷于下土。　　　　　　老天暴虐太恶毒，灾难遍布满国土。

谋犹回遹，何日斯沮？　　　　　　政策谋略全错误，哪天结束这痛苦？

谋臧不从，不臧覆用。　　　　　　好的计谋你不听，坏的主意反信服。

我视谋犹，亦孔之邛！　　　　　　我看现在的政策，糟糕透顶弊无数！

潝潝訿訿，亦孔之哀。　　　　　　人们叽叽又咕咕，我心悲哀难解除。

谋之其臧，则具是违；　　　　　　正确意见提上来，千方刁难百计阻；

谋之不臧，则具是依。　　　　　　错误主张提上来，一拍即合就依附。

我视谋犹，伊于胡底。　　　　　　我看现在的政策，不知弄到啥地步！

我龟既厌，不我告犹。　　　　　　我的灵龟已厌恶，谋略吉凶不告诉。

谋夫孔多，是用不集。　　　　　　参谋顾问一大堆，议来议去不算数。

发言盈庭，谁敢执其咎？　　　　　你一言来我一语，哪个敢把责任负！

如匪行迈谋，是用不得于道。　　　好像问讯陌路人，很难得到正确路。

哀哉为犹，匪先民是程，　　　　　可叹执政太糊涂，不学祖宗不师古，

匪大犹是经；维迩言是听，　　　　不遵正道走邪路；只肯听些浅陋话，

维迩言是争！如彼筑室于道谋，　　还要吵闹争赢输！如造房子问路卜，

是用不溃于成。　　　　　　　　　终究没法盖成屋。

国虽靡止，或圣或否。　　　　　　国家虽然不算大，也有天才有凡夫，

民虽靡膴，或哲或谋，　　　　　　人民虽然不算多，也有明智谋略富，

或肃或艾。如彼泉流，　　　　　　也有干才责任负。国运如水一泻去，

无沦胥以败！　　　　　　　　　　终将败亡拦不住！

不敢暴虎，不敢冯河。　　　　　　不敢空手打老虎，不敢徒步河中渡。

人知其一，莫知其它。　　这个道理人皆知，别的危险就糊涂。
战战兢兢，如临深渊，　　战战兢兢过日子，如临深渊须留步，
如履薄冰。　　　　　　　如踩薄冰防险路。

小　宛

宛彼鸣鸠，翰飞戾天。　　小小斑鸠鸟，高飞上云天。
我心忧伤，念昔先人。　　我心真忧伤，想起我祖先。
明发不寐，有怀二人。　　一夜睡不着，又把爹娘念。

人之齐圣，饮酒温克。　　聪明正派人，喝酒克制又从容。
彼昏不知，壹醉日富。　　无知糊涂人，越喝越醉发酒疯。
各敬尔仪，天命不又。　　各位作风要谨慎，国运一去难追踪。

中原有菽，庶民采之。　　地里有豆苗，人们采回充菜肴。
螟蛉有子，蜾蠃负之。　　螟蛾有幼虫，细腰土蜂捉回巢。
教诲尔子，式穀似之。　　教育你儿子，王位定要继承好。

题彼脊令，载飞载鸣。　　看那小鹡鸰，边飞又边鸣。
我日斯迈，而月斯征。　　天天我奔波，月月你出行。
夙兴夜寐，毋忝尔所生！　早起晚睡忙不停。不要辱没父母名。

交交桑扈，率场啄粟。　　小小青雀本食肉，却啄黄粟在谷场。
哀我填寡，宜岸宜狱。　　叹我穷得叮当响，还吃官司进牢房。
握粟出卜，自何能穀。　　抓把小米去占卜，何处才能得吉祥?

温温恭人，如集于木。　　为人柔顺又温良，竟像爬在高树上。
惴惴小心，如临于谷；　　惴惴不安往下看，如临山谷深万丈。
战战兢兢，如履薄冰。　　战战兢兢怕失手，好像踩在薄冰上。

小　弁

弁彼鸒斯，归飞提提。　　　　乌鸦乌鸦心里欢，飞回窝里真安闲。
民莫不谷，我独于罹。　　　　人们生活都很好，我独忧愁难排遣。
何辜于天，我罪伊何？　　　　我有啥事得罪天，我是犯了啥条款？
心之忧矣，云如之何？　　　　满心忧伤说不完，叫我究竟怎么办？

踧踧周道，鞫为茂草。　　　　平平坦坦京都道，如今长满丛丛草。
我心忧伤，惄焉如捣。　　　　忧伤痛苦不堪言，犹如棒槌把心捣。
假寐永叹，维忧用老。　　　　和衣而卧长叹息，忧伤使我人衰老。
心之忧矣，疢如疾首。　　　　心里苦闷说不完，好像头痛发高烧。

维桑与梓，必恭敬止。　　　　桑梓爹娘种门前，敬它就如敬祖先。
靡瞻匪父，靡依匪母。　　　　儿子哪有不敬父，孩儿怎不把母恋。
不属于毛，不离于里，　　　　谁非爹生皮和毛，谁非和娘血肉连。
天之生我，我辰安在？　　　　老天既然生了我，为啥时乖命又蹇？

菀彼柳斯，鸣蜩嘒嘒。　　　　千丝万缕柳条青，蝉儿喳喳不住鸣。
有漼者渊，萑苇淠淠。　　　　一泓池水深又深，水边芦苇密密生。
譬彼舟流，不知所届。　　　　我像小船断了缆，不知漂到何处停。
心之忧矣，不遑假寐。　　　　满腹忧伤说不尽，无法安心打个盹。

鹿斯之奔，维足伎伎。　　　　鹿儿觅群怕失散，留恋同伴脚步慢。
雉之朝雊，尚求其雌。　　　　野鸡早上不住啼，还知追求它伙伴。
譬彼坏木，疾用无枝。　　　　我像一株有病树，枝叶不生都枯干。
心之忧矣，宁莫之知！　　　　心里忧伤说不完，没人知我真孤单。

相彼投兔，尚或先之。　　　　兔子关在笼子里，有人怜悯把门开。
行有死人，尚或墐之。　　　　尸体横在大路上，有人同情把他埋。
君子秉心，维其忍之。　　　　不料父亲居心狠，这般残忍真不该。
心之忧矣，涕既陨之！　　　　心里忧伤说不完，涕泪涟涟只自哀！

君子信谗，如或酬之。　　父亲听谗太轻信，像受敬酒味津津。
君子不惠，不舒究之。　　父亲对我没恩情，不究谣言何由生。
伐木掎矣，析薪扡矣。　　砍树还要拉紧绳，劈柴还要顺木纹。
舍彼有罪，予之佗矣！　　放过罪人造谣者，却把罪名加我身。

莫高匪山，莫浚匪泉。　　若是不高不是山，若是不深不是潭。
君子无易由言，耳属于垣。　　父亲休要轻开言，隔墙有耳贴壁边。
无逝我梁，无发我笱。　　别到我的鱼坝去，别把鱼篓打开看。
我躬不阅，遑恤我后。　　自身尚且不见容，哪顾身后事变迁。

巧 言

悠悠昊天，曰父母且。　　悠悠老天听我诉，我把你来当父母。
无罪无辜，乱如此帱。　　人们没罪没过错，遭受祸乱太残酷。
昊天已威，予慎无罪；　　老天施威太可怖，罪过我真半点无。
昊天泰帱，予慎无辜。　　老天疏忽太糊涂，我是真正属无辜。

乱之初生，僭始既涵。　　当初乱事刚发生，所有谗言都听进；
乱之又生，君子信谗。　　乱事再次又出现，君王又把谗言信。
君子如怒，乱庶遄沮；　　君王如能斥谗人，祸乱马上能除尽；
君子如祉，乱庶遄已。　　君王如能用贤良，祸乱很快能平定。

君子屡盟，乱是用长。　　君王谗人常结盟，所以乱子无穷尽。
君子信盗，乱是用暴。　　君王轻信窃国盗，所以乱子更凶暴。
盗言孔甘，乱是用餤。　　盗贼说话蜜蜜甜，所以乱子更增添。
匪其止共，维王之邛。　　不忠职守太不该，专把君王来坑害。

奕奕寝庙，君子作之。　　宫殿宗庙多雄伟，都是先王建成功。
秩秩大猷，圣人莫之。　　典章制度多完善，圣人制订谋略宏。
他人有心，予忖度之。　　别人有心破坏它，我能揣度猜测中。
躍躍毚兔，遇犬获之。　　好比狡兔脚虽快，碰上猎犬把命送。

荏染柔木，君子树之。　　好的树木柔又韧，君子种来树成荫。
往来行言，心焉数之。　　流言散布没定准，我能辨别记在心。
蛇蛇硕言，出自口矣。　　骗人大话哪里来，都以谗人嘴中喷。
巧言如簧，颜之厚矣。　　花言巧语像吹簧，脸皮太厚真可恨。

彼何人斯？居河之麋。　　他是一个啥货色？住在大河水边沿。
无拳无勇，职为乱阶。　　既无才能又无勇。祸乱他是总根源。
既微且尰，"尔勇伊何？　　"烂了小腿又肿脚，你的勇气怎不见？
为犹将多，尔居徒几何？　诡计多端真可恶，多少同党共作乱？"

何人斯

彼何人斯？其心孔艰。　　谁问他是什么人？心地阴险真可恨。
胡逝我梁，不入我门？　　为何路过我鱼梁，不肯进入我家门？
伊谁云从？维暴之云。　　谁问他听谁的话？暴公说甚他说甚。

二人从行，谁为此祸？　　他跟暴公并肩行，我遭祸事谁是根？
胡逝我梁，不入唁我？　　为何走过我鱼梁，不进我门来慰问？
始者不如今，云不我可。　当初对我还不错，如今翻脸不认人！

彼何人斯？胡逝我陈？　　谁问他是什么人？为何从我穿堂行？
我闻其声，不见其身。　　远远只听脚步声，看看不见他身影。
不愧于人？不畏于天？　　难道人前不惭愧？难道不怕天报应？

彼何人斯？其为飘风。　　请问他是什么人？一阵暴风从此经。
胡不自北？胡不自南？　　为何不从北边走，为何不从南边行？
胡逝我梁，祇搅我心！　　为何走过我鱼梁，恰恰使我疑心生！

尔之安行，亦不遑舍。　　你的车儿慢慢行，也没工夫停一停。
尔之亟行，遑脂尔车。　　现在你说要快走，偏又添油把车停。
壹者之来，云何其盱！　　前次你到我家来，使我苦闷心头冷！

尔还而入，我心易也。　　　　　回国走进我家门，交情如旧我欢欣。
还而不入，否难知也。　　　　　回国不进我门，居心叵测难相信。
壹者之来，俾我祇也。　　　　　上次你到我家来，气得我竟生了病。

伯氏吹埙，仲氏吹篪。　　　　　大哥奏乐吹起埙，二哥吹篪相和音。
及尔如贯，谅不我知！　　　　　你我本是一线穿，却不理解我的心！
出此三物，以诅尔斯！　　　　　捧出三牲鸡猪狗，求神降祸于你身！

为鬼为蜮，则不可得。　　　　　为鬼为蜮害人精，无影无形难找寻。
有靦面目，视人罔极。　　　　　你有颜面是人样，却比别人没定准。
作此好歌，以极反侧。　　　　　特地唱支善意歌，揭穿反复无常人。

巷　伯

萋兮斐兮，成是贝锦。　　　　　丝线错杂颜色明，织成五彩贝纹锦。
彼谮人者，亦已大甚！　　　　　那个造谣害人精，用心实在太凶狠！

哆兮侈兮，成是南箕。　　　　　张开大口奋箕样，箕星高挂天南方。
彼谮人者，谁适与谋！　　　　　那个造谣害人精，谁愿和他去搭腔！

缉缉翩翩，谋欲谮人。　　　　　唧唧喳喳嚼舌根，整天算计陷害人。
慎尔言也，谓尔不信。　　　　　劝你说话要当心，否则对你就不信。

捷捷幡幡，谋欲谮言，　　　　　花言巧语信口编，挖空心思造谣言。
岂不尔受？既其女迁。　　　　　虽说一时受你骗，终久恨你太阴险。

骄人好好，劳人草草。　　　　　小人得志就忘形，好人被谗意消沉。
苍天苍天！视彼骄人，　　　　　老天老天把眼睁！你看那人多骄横，
矜此劳人！　　　　　　　　　　可怜我们受害人！

彼谮人者，谁适与谋！　　　　　那个造谣大坏蛋，谁愿和他去搭腔！
取彼谮人，投畀豺虎！　　　　　抓住那个造谣家，丢到野外喂虎狼！

豺虎不食，投畀有北。　　　虎狼嫌他不愿吃，把他摔到北大荒；
有北不受，投畀有昊。　　　北荒如果不接受，送他归天见阎王。

杨园之道，猗于亩丘。　　　一条大路通杨园，紧紧靠在亩丘边。
寺人孟子，作为此诗。　　　我是宦官叫孟子，受人陷害写诗篇。
凡百君子，敬而听之。　　　诸位君子大老爷，请您认真听我言。

谷风之什

谷　风

习习谷风，维风及雨。　　　山谷大风呼呼叫，风狂雨骤天地摇。
将恐将惧，维予与女；　　　当初忧患飘摇日，唯我助你把心操；
将安将乐，女转弃予！　　　如今日子已安乐，反而将我抛弃掉。

习习谷风，维风及颓。　　　山谷大风呼呼起，旋风阵阵不停息。
将恐将惧，置予于怀；　　　当初忧患飘摇日，把我搂在怀抱里；
将安将乐，弃予如遗！　　　如今生活已安乐，把我丢开全忘记。

灵谷春云图，明戴进绘，(德)柏林东亚美术馆藏。

习习谷风，维山崔嵬。　　　　　　大风呼呼吹不停，吹过高山刮过岭。
无草不死，无木不萎。　　　　　　刮得百草都枯死，刮得树木尽凋零。
忘我大德，思我小怨。　　　　　　我的好处全忘记，专把小错记在心。

蓼　莪

蓼蓼者莪，匪莪伊蒿。　　　　　　一丛莪蒿长又高，不料非莪是散蒿。
哀哀父母。生我劬劳。　　　　　　可怜我的爹和娘，生我养我太辛劳。

蓼蓼者莪，匪莪伊蔚。　　　　　　高高莪蒿叶青翠，不料非莪而是蔚。
哀哀父母。生我劳瘁。　　　　　　可怜我的爹和娘，生我辛劳太憔悴。

瓶之罄矣，维罍之耻。　　　　　　酒瓶底儿朝了天，酒坛应该觉害臊。
鲜民之生，不如死之久矣！　　　　孤儿活在世界上，不如早些就死掉！
无父何怙，无母何恃。　　　　　　没有父亲何所依，没有母亲何所靠！
出则衔恤，入则靡至。　　　　　　离家服役心含悲，回来双亲见不到。

父兮生我，母兮鞠我。　　　　　　爹呀是你生下我，娘呀是你抚养我。
拊我畜我，长我育我，　　　　　　抚摸我啊爱护我，养我长大教育我，
顾我复我，出入腹我。　　　　　　照顾我啊挂念我，出门进屋抱着我。
欲报之德，昊天罔极！　　　　　　如今想报爹娘恩，谁料老天降灾祸！

南山烈烈，飘风发发。　　　　　　南山崎岖行路难，狂风呼啸刺骨寒。
民莫不谷，我独何害！　　　　　　人人都能养爹娘，独我服役受苦难！

南山律律，飘风弗弗，　　　　　　南山高耸把路挡，狂风呼啸尘飞扬。
民莫不谷，我独不卒！　　　　　　人人都能养爹娘，独我不能去奔丧！

大 东

有饛簋飧，有捄棘匕。　　一盒熟食装满满，枣木饭勺柄儿弯。
周道如砥，其直如矢。　　大路平如磨刀石，笔直就像箭一般。
君子所履，小人所视。　　贵人在这路上走，小民只能瞪眼看。
睠言顾之，潸焉出涕。　　回过头来怅然望，不禁伤心泪潸潸！

小东大东，杼柚其空。　　东方远近诸侯国，织机布帛搜刮空。
纠纠葛屦，可以履霜？　　夏布凉鞋麻绳缠，怎能踏在秋霜冻？
佻佻公子，行彼周行。　　贵人公子轻佻样，走在那条大路中。
既往既来，使我心疚。　　往来不绝征赋税，使我忧伤心里痛。

有冽氿泉，无浸获薪！　　冰冷泉水从旁来，不要浸湿那劈柴！
契契寤叹，哀我惮人。　　忧愁不眠暗叹息，劳苦人们真可哀。
薪是获薪，尚可载也。　　谁要想烧这劈柴，还需车儿去装载。
哀我惮人，亦可息也。　　可怜我们劳苦人，休息休息也应该。

东人之子，职劳不来。　　东方子弟头难抬，没人慰劳只当差。
西人之子，粲粲衣服。　　西方青年高一等，衣服鲜艳有光彩。
舟人之子，熊罴是裘。　　大人子弟褐气好，打熊猎罴心花开。
私人之子，百僚是试。　　小人子弟命运乖，干这干那当奴才。

或以其酒，不以其浆。　　有人进贡美味酒，周人嫌它薄如浆。
鞙鞙佩璲，不以其长。　　进贡美丽佩玉带，周人嫌它不够长。
维天有汉，监亦有光。　　天上银河虽宽广，用作镜子空有光。
跂彼织女，终日七襄。　　织女星座三只角，一天七次移位忙。

虽则七襄，不成报章。　　虽然来回移动忙，不能织出好花样。
睆彼牵牛，不以服箱。　　牵牛星儿亮闪闪，不能用来驾车辆。
东有启明，西有长庚。　　早晨启明出东方，傍晚长庚随夕阳。
有捄天毕，载施之行。　　毕星似网长柄弯，斜挂天空没用场。

维南有箕，不可以簸扬。　　　　南方箕星簸箕样，不能用它扬米糠。
维北有斗，不可以挹酒浆。　　　　斗星高高挂天上，不能用它舀酒浆。
维南有箕，载翕其舌。　　　　　　南方箕星像簸箕，缩着舌头把嘴张。
维北有斗，西柄之揭。　　　　　　斗星高高挂天上，扬起柄儿向西方。

四　月

四月维夏，六月徂暑。　　　　　　四月出差是夏天，六月盛暑将过完。
先祖匪人，胡宁忍予？　　　　　　祖先不是别家人，为啥任我受苦难？

秋日凄凄，百卉俱腓。　　　　　　秋风萧瑟真凄清，百草干枯尽凋零。
乱离瘼矣，爰其适归？　　　　　　兵荒马乱心忧苦，何处可去何处行？

冬日烈烈，飘风发发。　　　　　　三九寒天彻骨凉，阵阵狂风呼呼响。
民莫不谷，我独何害！　　　　　　人们生活都很好，我独受害离家乡！

山有嘉卉，侯栗侯梅。　　　　　　好树好花山上栽，也有栗子也有梅。
废为残贼，莫知其尤。　　　　　　习惯成为害民贼，还不承认是犯罪。

相彼泉水，载清载浊。　　　　　　看那泉水下山坡，清时少来浊时多。
我日构祸，曷云能谷？　　　　　　天天碰上倒霉事，日子怎么会好过？

滔滔江汉，南国之纪。　　　　　　长江汉水浪滔滔，总揽南方小河道。
尽瘁以仕，宁莫我有。　　　　　　鞠躬尽瘁为国家，可是没人说声好。

匪鹑匪鸢，翰飞戾天。　　　　　　为人不如鹰和雕，高飞能够冲云霄。
匪鳣匪鲔，潜逃于渊。　　　　　　为人不如鲤和鲔，逃进深水真逍遥。

山有蕨薇，隰有杞桋。　　　　　　山上一片蕨薇草，低地杞桋真不少。
君子作歌，维以告哀！　　　　　　作首诗歌唱起来，心头悲哀表一表！

北　山

陟彼北山，言采其杞。	登上那座北山冈，采点枸杞尝一尝。
偕偕士子，朝夕从事。	士子身强力又壮，从早到晚工作忙。
王事靡盬，忧我父母。	国王差事无休止，担心爹娘没人养。

溥天之下，莫非王土，	普天之下哪片地，不是国王的领土，
率土之滨，莫非王臣。	四海之内哪个人，不是国王的臣仆。
大夫不均，我从事独贤。	大夫做事不公平，派我工作特别苦。

四牡彭彭，王事傍傍。	四马拉车匆匆赶，王事繁重没个完。
嘉我未老，鲜我方将。	他们夸我年纪轻，赞我身体真壮健，
旅力方刚，经营四方。	说是年富力又强，奔走四方理当然。

或燕燕居息，或尽瘁事国。	有的坐家中安乐享受，有的忙国事皮包骨头。
或息偃在床，或不已于行。	有的吃饱饭高枕无忧，有的在路上日夜奔走。

或不知叫号，或惨惨劬劳。	有的从不知民间疾苦，有的忧国事累断筋骨。
或栖迟偃仰，或王事鞅掌。	有的专享福悠闲自得，有的为工作忙忙碌碌。

或湛乐饮酒，或惨惨畏咎，	有的寻欢作乐饮美酒，有的担心灾难要临头。
或出入风议，或靡事不为。	有的夸夸其谈发议论，有的样样事情要动手。

无将大车

无将大车，祇自尘兮。	不要去推那牛车，只会惹上一身尘。
无思百忧，祇自疧兮。	不要去想忧心事，多想徒然自伤身。

无将大车，维尘冥冥。	不要去推那牛车，扬起尘土迷眼睛。
无思百忧，不出于颎。	不要去想忧心事，多想前途没光明。

无将大车，维尘雝兮。	不要去推那牛车，尘土飞扬看不清。
无思百忧，祇自重兮。	不要去想忧心事，多想只会把病生。

小 明

明明上天，照临下土。	昭昭上天亮光光，普照辽阔大地上。
我征徂西，至于艽野。	想我出差到西方，直到荒凉那边疆。
二月初吉，载离寒暑。	十二月初吉日走，至今寒来又暑往。
心之忧矣，其毒大苦。	心中想想真忧愁，好像吃药苦难当。
念彼共人，涕零如雨！	想起那位老同事，不禁伤心泪汪汪。
岂不怀归？畏此罪罟。	难道不想回家乡？只怕获罪触法网。
昔我往矣，日月方除。	回想当初我动身，正是新年好时光。
曷云其还？岁聿云莫。	何日才能回家乡？一年将近犹无望。
念我独兮，我事孔庶。	想想只有我一人，事情多得头发胀。
心之忧矣，惮我不暇。	心里真是太忧伤，整年劳累天天忙。
念彼共人，眷眷怀顾。	思念那位老同事，很想回去望一望。
岂不怀归？畏此谴怒。	难道不想回家乡？怕人恼怒说短长。
昔我往矣，日月方奥。	回想当初我动身，天气正暖不太凉。
曷云其还？政事愈蹙。	何日才能回家乡？政事越来越繁忙。
岁聿云莫，采萧获菽。	一年很快就过完，采艾收豆上晒场。
心之忧矣，自诒伊戚。	心里想想真忧愁，自寻烦恼徒悲伤。
念彼共人，兴言出宿。	想起那位老同事，难以入睡起彷徨。
岂不怀归？畏此反覆。	难道不想回家乡？只怕无辜受灾殃。
嗟尔君子！无恒安处。	唉呀劝你老同事！休要安居把福享。
靖共尔位，正直是与。	认真办好本职事，亲近正直靠贤良。
神之听之，式穀以女。	神明听到这一切，赐你福禄永吉祥。
嗟尔君子！无恒安息。	唉呀劝你老同事！休贪安逸把福享。
靖共尔位，好是正直。	认真办好本职事，亲近正直靠贤良。

神之听之，介尔景福。　　　　　　神明听到这一切，赐你大福寿无疆。

鼓　钟

鼓钟将将，淮水汤汤，　　　　　　敲起编钟响叮当，淮水滚滚起波浪，
忧心且伤。淑人君子，　　　　　　我心忧愁且悲伤。想起古代好君子，
怀允不忘。　　　　　　　　　　　　叫人思念不能忘。

鼓钟喈喈，淮水湝湝，　　　　　　敲起编钟声和谐，淮水滔滔流不歇，
忧心且悲。淑人君子，　　　　　　我心忧愁且悲切。想起古代好君子，
其德不回。　　　　　　　　　　　　人品道德不偏邪。

鼓钟伐鼛，淮有三洲，　　　　　　敲钟打鼓声未休，淮河水中三小洲，
忧心且妯。淑人君子，　　　　　　我心伤悼且忧愁。想起古代好君子，
其德不犹。　　　　　　　　　　　　品德高贵传千秋。

鼓钟钦钦，鼓瑟鼓琴，　　　　　　敲起编钟声钦钦，又鼓瑟来又弹琴，
笙磬同音。以雅以南，　　　　　　笙磬同奏相和鸣。歌唱雅乐和南乐，
以籥不僭。　　　　　　　　　　　　吹籥伴奏更分明。

楚　茨

楚楚者茨，言抽其棘。　　　　　　蒺藜丛丛长满地，我拿锄头除荆棘。
自昔何为？我艺黍稷。　　　　　　从前开荒为的啥？我种高粱和小米。
我黍与与，我稷翼翼。　　　　　　我的小米多茂盛，我的高粱多整齐。
我仓既盈，我庾维亿。　　　　　　我的仓库已堆满，囷里藏粮千百亿。
以为酒食，以享以祀。　　　　　　粮食用来做酒饭，用它献神和祭祀。
以妥以侑，以介景福。　　　　　　请来尸神敬上酒，求神快将大福赐。

济济跄跄，絜尔牛羊，　　　　　　助祭恭敬又端庄，洗净你的牛和羊，
以往烝尝。或剥或亨，　　　　　　准备拿去作祭享。切的切来烧的烧，

祭祀图，汉画像石，山东沂南出土。

或肆或将。祝祭于祊，　　　　　　摆开碗盏端上堂。太祝祭神庙门里，
祀事孔明。先祖是皇，　　　　　　祭事完备又周详。祖宗前来受祭祀，
神保是飨。"孝孙有庆，　　　　　　神灵来把酒肉尝。"主祭少爷有吉庆，
报以介福，万寿无疆！"　　　　　　神明酬报洪福降，赐您万寿永无疆！"

执爨踖踖，为俎孔硕，　　　　　　厨师敏捷做菜肴，案上鱼肉真不少，
或燔或炙。君妇莫莫，　　　　　　有的红烧有的烤。主妇恭敬又小心，
为豆孔庶，为宾为客，　　　　　　端上佳肴一道道，招待宾客真周到。
献酬交错。礼仪卒度，　　　　　　主劝客饮杯盏交，遵守礼节不喧闹，
笑语卒获。神保是格，　　　　　　合乎规矩轻谈笑。祖先神灵已来到。
"报以介福，万寿攸酢！"　　　　　"神用大福来酬报，赐您长寿永不老！"

我孔熯矣，式礼莫愆。　　　　　　我的态度很恭敬，礼节周到没毛病。
工祝致告："徂赉孝孙。　　　　　　太祝传下祖宗话："快去赐福给孝孙。
苾芬孝祀，神嗜饮食。　　　　　　祭祀酒菜香喷喷，神灵爱吃心高兴。
卜尔百福，如几如式。　　　　　　赐您百福为报应。祭祀及时又标准，
既齐既稷，既匡既敕。　　　　　　办事快速又齐整，态度谨慎又端正。
永锡尔极，时万时亿。"　　　　　永远赐您无量福，福禄亿万数不清。"

礼仪既备，钟鼓既戒。　　　　　　祭祀仪式都完备，钟鼓敲响近尾声。
孝孙徂位，工祝致告：　　　　　　主祭走回堂下位，太祝报告祭礼成：

"神具醉止。"皇尸载起，　　　　　"神灵都已醉醺醺。"大尸告辞立起身，
鼓钟送尸，神保聿归。　　　　　　乐队敲鼓送尸神，祖宗神灵上归程。
诸宰君妇，废彻不迟。　　　　　　烧菜厨师和主妇，撤去祭品不留停。
诸父兄弟，备言燕私。　　　　　　伯叔兄弟都聚齐，合家宴饮叙天伦。

乐具入奏，以绥后禄。　　　　　　乐队进庙齐奏起，子孙享受祭后食。
尔殽既将，莫怨具庆。　　　　　　您的菜肴真美好，怨言全无乐滋滋。
既醉既饱，小大稽首。　　　　　　菜饭吃饱酒喝足，老小叩头齐致辞：
"神嗜饮食，使君寿考。　　　　　"神灵爱吃这饭菜，使您长寿百年期。
孔惠孔时，维其尽之。　　　　　　祭祀又好又顺利，主人确实尽礼制。
子子孙孙，勿替引之。"　　　　　但愿子孙和后代，永把祭礼来保持。"

信南山

信彼南山，维禹甸之。　　　　　　绵延不断终南山，大禹治过旧封疆。
畇畇原隰，曾孙田之。　　　　　　原野平坦又整齐，曾孙在此种食粮。
我疆我理，南东其亩。　　　　　　划分田界挖沟渠，亩亩方正好丈量。

上天同云，雨雪雰雰。　　　　　　天上乌云密层层，雪花飞舞乱纷纷。
益之以霢霂，既优既渥，　　　　　加上细雨蒙蒙下，雨水充足好年成，
既霑既足，生我百谷。　　　　　　土地潮湿又滋润，茁壮茂盛五谷生。

疆埸翼翼，黍稷彧彧。　　　　　　疆界齐整划井田，小米高粱连成片。
曾孙之穑，以为酒食。　　　　　　曾孙收获粮食多，制酒做饭香又甜。
畀我尸宾，寿考万年。　　　　　　供给神主和宾客，神灵赐我寿万年。

中田有庐，疆埸有瓜。　　　　　　田中有房住人家，田边种着青翠瓜。
是剥是菹，献之皇祖。　　　　　　瓜儿切开腌起来，献给祖先请收下。
曾孙寿考，受天之祜。　　　　　　曾孙寿命长百岁，皇天赐福保佑他。

祭以清酒，从以骍牡，　　　　　　神前斟上清清酒，再献赤黄大公牛，
享于祖考。执其鸾刀，　　　　　　上供祖先来享受。拿起锋利金鸾刀，

以启其毛，取其血膋。　　分开公牛颈下毛，取出牛血和脂膏。

是烝是享，苾苾芬芬，　　美酒黄牛已献上，烧起脂膏喷喷香，
祀事孔明。先祖是皇，　　祭事完备又周详。祖宗来临把祭享，
报以介福，万寿无疆！　　神明酬报洪福降，赐您万寿永无疆！

甫田之什

甫　田

倬彼甫田，岁取十千。　　一片大田广无边，每年收粮万万千。
我取其陈，食我农人。　　拿出仓里陈谷子，给我农民把肚填。
自古有年，今适南亩。　　古来都是丰收年。我到南亩去巡视，
或耘或耔，黍稷薿薿。　　锄草培土人不闲，小米高粱一大片。
攸介攸止，烝我髦士。　　庄稼长大收上场，田官向我来进献。

以我齐明，与我牺羊，　　黍稷装满碗和盆，配上羊羔毛色纯，
以社以方。我田既臧，　　祭祀土神四方神。我的庄稼长得好，
农夫之庆。琴瑟击鼓，　　召集农夫同欢庆。击鼓奏瑟又弹琴，
以御田祖，以祈甘雨，　　迎神赛会祭农神，祈求上天降甘霖，
以介我稷黍，以谷我士女。　　使我庄稼得丰收，养活老爷小姐们。

曾孙来止，以其妇子，　　曾孙来到大田间，农民叫他妻和子，
馌彼南亩。田畯至喜，　　一齐送饭到田边。田官一见心喜欢，
攘其左右，尝其旨否。　　拿起身边菜和饭，尝尝味道鲜不鲜。
禾易长亩，终善且有。　　满田庄稼密又壮，既好又多是丰年。
曾孙不怒，农夫克敏。　　曾孙欢喜笑颜开，农夫干活很勤勉。

曾孙之稼，如茨如梁。　　曾孙庄稼堆满场，高如屋顶和桥梁。

曾孙之庾，如坻如京。   曾孙粮囤只只满，就像小丘和山冈。
乃求千斯仓，乃求万斯箱。   快造仓库成千座，快造车子上万辆。
黍稷稻粱，农夫之庆。   黍稷稻粱往里装，农夫同庆喜洋洋。
报以介福，万寿无疆。   神灵报王以大福，长命百岁寿无疆！

大　田

大田多稼，既种既戒，   大田宽广庄稼多，选好种子修家伙。
既备乃事，以我覃耜，   事前准备都完妥。背起我那锋快犁，
俶载南亩。播厥百谷，   开始下田干农活。播下黍稷诸谷物，
既庭且硕，曾孙是若。   苗儿挺拔又壮苗，曾孙心里好快活。

既方既皁，既坚既好，   庄稼抽穗已结实，籽粒饱满长势好，
不稂不莠，去其螟螣，   没有空穗和杂草。害虫螟螣全除掉，
及其蟊贼，无害我田稚。   蟊虫贼虫逃不了，不许伤害我嫩苗。
田祖有神，秉畀炎火。   多亏农神来保佑，投进大炎将虫烧。

有渰萋萋，兴雨祁祁。   凉风凄凄云满天，小雨下来细绵绵。

收割、登场，选自清《耕织图册》。

雨我公田，遂及我私。　　雨点落在公田里，同时洒到我私田。
彼有不获稚，此有不敛穧。　那儿谷嫩不曾割，这儿几株漏田间；
彼有遗秉，此有滞穗，　　　那儿掉下一束禾，这儿散穗三五点，
伊寡妇之利。　　　　　　　照顾寡妇任她拣。

曾孙来止，以其妇子，　　　曾孙视察已光临，农民叫他妻儿们，
馌彼南亩，田畯至喜。　　　送饭田头犒饥人，田官看了真开心。
来方禋祀，以其骍黑，　　　曾孙来到正祭神，黄牛黑猪案上陈，
与其黍稷。以享以祀，　　　小米高粱配嘉珍。献上祭品行祭礼，
以介景福。　　　　　　　　祈求大福赐曾孙。

瞻彼洛矣

瞻彼洛矣，维水泱泱。　　　站在岸边看洛水，茫茫一片无边际。
君子至止，福禄如茨。　　　国王车驾已到来，福禄厚重如茅茨。
韎韐有奭，以作六师。　　　皮制蔽膝红艳艳，号召六军齐奋起。

瞻彼洛矣，维水泱泱。　　　远望洛水长又宽，茫茫一片不见边。
君子至止，鞸琫有珌。　　　国王车驾已到来，玉饰刀鞘花纹鲜。
君子万年，保其家室。　　　敬祝国王万年寿，保卫国家天下安。

瞻彼洛矣，维水泱泱。　　　洛水岸边举目望，茫茫一片浪打浪。
君子至止，福禄既同。　　　国王车驾已到来，福禄俱全世无双。
君子万年，保其家邦。　　　敬祝国王万年寿，保卫国家守边疆。

裳裳者华

裳裳者华，其叶湑兮。　　　花朵儿鲜明辉煌，绿叶儿郁郁苍苍。
我觏之子，我心写兮。　　　我见到各位贤人，心里头真是舒畅。
我心写兮，是以有誉处兮。　心里头真是舒畅，彼此有安乐家邦。

裳裳者华，芸其黄矣。　　　　　　花朵儿鲜明辉煌，叶儿密花儿金黄。
我觏之子，维其有章矣。　　　　　　我见到各位贤人，有才华又有专长。
维其有章矣，是以有庆矣。　　　　　有才华又有专长，可庆贺国之荣光。

裳裳者华，或黄或白。　　　　　　　花朵儿鲜明辉煌，开起来有白有黄。
我觏之子，乘其四骆。　　　　　　　我见到各位贤人，驾四马气宇轩昂。
乘其四骆，六辔沃若。　　　　　　　驾四马气宇轩昂，马缰绳柔滑溜光。

左之左之，君子宜之。　　　　　　　左手边有个左相，他定能安于职掌，
右之右之，君子有之。　　　　　　　右手边有个右相，有才干用其所长。
维其有之，是以似之。　　　　　　　正因为用其所长，使祖业绵延永昌。

桑扈

交交桑扈，有莺其羽。　　　　　　　小巧玲珑青雀鸟，彩色羽毛多俊俏。
君子乐胥，受天之祜。　　　　　　　祝贺各位常欢乐，上天赐福运气好。

交交桑扈，有莺其领。　　　　　　　小小青雀在飞翔，头颈彩羽闪闪亮。
君子乐胥，万邦之屏。　　　　　　　祝贺各位常欢乐，各国靠你当屏障。

之屏之翰，百辟为宪。　　　　　　　为国屏障为骨干，诸侯把你当典范。
不戢不难，受福不那。　　　　　　　克制自己守礼节，受福多得难计算。

兕觥其觩，旨酒思柔。　　　　　　　牛角酒杯弯又弯，美酒香甜性儿软，
彼交匪敖，万福来求。　　　　　　　不求侥幸不骄傲，万福齐聚遂心愿。

鸳鸯

鸳鸯于飞，毕之罗之。　　　　　　　鸳鸯双飞不分开，用网用罗捕回来。
君子万年，福禄宜之。　　　　　　　敬祝君子寿万年，安享福禄永相爱。

鸳鸯在梁，戢其左翼。　　　　　鸳鸯对对在鱼梁，嘴插左翅睡得香。
君子万年，宜其遐福。　　　　　敬祝君子寿万年，美满家庭福禄长。

乘马在厩，摧之秣之。　　　　　棚中四马拴得牢，粮草把它喂喂饱。
君子万年，福禄艾之。　　　　　敬祝君子寿万年，福禄双全永和好。

乘马在厩，秣之摧之。　　　　　迎亲四马系在槽，喂它粮食又喂草。
君子万年，福禄绥之。　　　　　敬祝君子寿万年，安享福禄永偕老。

頍 弁

有頍者弁，实维伊何？　　　　　皮帽尖尖顶有角，戴着它来做什么？
尔酒既旨，尔殽既嘉。　　　　　您的酒味既甘醇，您的菜肴也不错。
岂伊异人？兄弟匪他。　　　　　难道来的是外人？兄弟与他同一桌。
茑与女萝，施于松柏。　　　　　攀藤茑草和女萝，蔓延依附松和柏。
未见君子，忧心弈弈；　　　　　还没见到君主时，心神不定难诉说；
既见君子，庶几说怿。　　　　　如今见到君主面，心里舒畅又快活。

有頍者弁，实维何期？　　　　　皮帽尖尖角在上，戴着它是为哪桩？
尔酒既旨，尔殽既时。　　　　　您的酒味既甘醇，您的菜肴喷喷香。
岂伊异人？兄弟具来。　　　　　难道来的是外人？至亲兄弟聚一堂。
茑与女萝，施于松上。　　　　　攀藤茑草和女萝，蔓延缠绕松枝上。
未见君子，忧心怲怲；　　　　　还没见到君主时，心里痛苦又忧伤；
既见君子，庶几有臧。　　　　　如今见到君主面，希望能够得赐赏。

有頍者弁，实维在首。　　　　　新制皮帽尖尖顶，戴在头上正相称。
尔酒既旨，尔肴既阜。　　　　　您的酒味既甘醇，您的菜肴更丰盛。
岂伊异人？兄弟甥舅。　　　　　难道来的是外人？兄弟舅舅和外甥。
如彼雨雪，先集维霰。　　　　　人生好比下场雪，先霰后雪终融尽。
死丧无日，无几相见。　　　　　不知何日命归阴，能有几番叙天伦。
乐酒今夕，君子维宴。　　　　　不如今夜痛饮酒，及时宴乐各尽兴。

车　辖

间关车之车辖兮，思娈季女逝兮。　　迎亲车轮响格格，美丽少女要出阁。
匪饥匪渴，德音来括。　　　　　　　不再似饥又似渴，娶来姑娘有美德。
虽无好友，式燕且喜。　　　　　　　宴会虽然没好友，大家喝酒也快乐。

依彼平林，有集维鹬。　　　　　　　平原莽苍有丛林，长尾野鸡树上停。
辰彼硕女，令德来教。　　　　　　　善良姑娘身材高，美德教诲家有庆。
式燕且誉，好尔无射。　　　　　　　宴会热闹又快乐，永远爱你不变心。

虽无旨酒，式饮庶几。　　　　　　　虽然没有美味酒，希望你也干几杯。
虽无嘉殽，式食庶几。　　　　　　　虽然没有丰盛菜，希望你也尝尝味。
虽无德与女，式歌且舞。　　　　　　虽无美德来相配，望你歌舞庆宴会。

陟彼高冈，析其柞薪。　　　　　　　登上山冈巍巍高，砍下柞栎火把烧。
析其柞薪，其叶湑兮。　　　　　　　砍下柞栎火把烧，柞叶长满嫩枝梢。
鲜我觏尔，我心写兮。　　　　　　　今天有幸配到你，心花怒放百忧消。

高山仰止，景行行止。　　　　　　　德如高山人仰望，行如大路人所钦。
四牡騑騑，六辔如琴。　　　　　　　四马迎亲快快跑，缰绳调和如弹琴。
觏尔新昏，以慰我心。　　　　　　　配上车中新婚人，甜蜜幸福慰我心。

青　蝇

营营青蝇，止于樊。　　　　　　　　苍蝇飞舞声营营，飞上篱笆把身停。
岂弟君子，无信谗言。　　　　　　　平易近人好君子，害人谗言您莫听。

营营青蝇，止于棘。　　　　　　　　苍蝇飞舞声营营，飞上枣树把身停。
谗人罔极，交乱四国。　　　　　　　谗人说话没定准，搅乱各国不太平。

营营青蝇，止于榛。　　　　　　　　苍蝇飞舞声营营，飞上榛树把身停。

逸人罔极，构我二人。　　　　逸人说话没定准，离间我们老交情。

宾之初筵

宾之初筵，左右秩秩。　　　　来宾入座才开宴，宾主谦让守礼节。
笾豆有楚，殽核维旅。　　　　杯盘碗盏摆整齐，鱼肉干果全陈列。
酒既和旨，饮酒孔偕。　　　　醴酒味儿醇又美，觥筹交错真热烈。
钟鼓既设，举酬逸逸。　　　　钟鼓乐器都齐备，往来敬酒杯不绝。
大侯既抗，弓矢斯张。　　　　虎皮靶子竖起来，张弓搭箭如满月。
射夫既同，献尔发功。　　　　射手云集靶场上，表演技术逞英杰。
发彼有的，以祈尔爵。　　　　人人争取中目标，要叫对手罚一爵。

篇舞笙鼓，乐既和奏。　　　　执龠起舞笙鼓响，众乐齐奏声铿锵。
烝衎烈祖，以洽百礼。　　　　祖宗灵前进娱乐，配合百礼神来享。
百礼既至，有壬有林。　　　　祭礼周到又完备，隆重盛大又堂皇。
锡尔纯嘏，子孙其湛。　　　　神灵赐你大福气，子孙个个都欢畅。
其湛曰乐，各奏尔能。　　　　人人欢喜又快乐，各献其能射靶场。
宾载手仇，室人入又。　　　　来宾赛箭找对手，主人相陪比短长。
酌彼康爵，以奏尔时。　　　　满满斟上大杯酒，祝你胜利进一觞。

宾之初筵，温温其恭。　　　　来宾入席刚宴请，态度温雅又恭敬。

夜宴图，佚名绘，（美）私人藏。

其未醉止，威仪反反。　　　　　酒才入口人未醉，仪表庄重又自矜。
曰既醉止，威仪幡幡。　　　　　酒过三巡醉态露，举止失措皆忘形。
舍其坐迁，屡舞仙仙。　　　　　离开坐席乱走动，手舞足蹈真轻盈。
其未醉止，威仪抑抑。　　　　　酒还没到喝醉时，态度谨慎又文静。
曰既醉止，威仪怭怭。　　　　　待到喝得醉酩酊，庄重威严尽荡然。
是曰既醉，不知其秩。　　　　　还说这是酒吃醉，不守规矩不要紧。

宾既醉止，载号载呶。　　　　　客人已经喝醉了，又是叫来又是闹。
乱我笾豆，屡舞僛僛。　　　　　打翻杯盘和碗盏，跌跌撞撞跳舞蹈。
是曰既醉，不知其邮。　　　　　还说这是酒吃醉，不知过失不害臊。
侧弁之俄，屡舞傞傞。　　　　　头上歪戴鹿皮帽，疯疯癫癫跳舞蹈。
既醉而出，并受其福。　　　　　如果喝醉快出门，大家托福没烦恼。
醉而不出，是谓伐德。　　　　　醉得糊涂不肯走，那就叫做缺德佬。
饮酒孔嘉，惟其令仪。　　　　　宴会喝酒本好事，只是要有好礼貌。

凡此饮酒，或醉或否。　　　　　凡是这些赴宴者，有人清醒有醉倒。
既立之监，或佐之史。　　　　　设立酒监察礼节，又设史官写报导。
彼醉不臧，不醉反耻。　　　　　酗酒本来是坏事，反说不醉是脓包。
式勿从谓，无俾大怠。　　　　　不要随人乱劝酒，害他失礼太胡闹。
匪言勿言，匪由勿语。　　　　　别人不问休多嘴，语涉非礼莫乱道。
由醉之言，俾出童羖。　　　　　醉汉话儿听不得，胡说公羊没犄角。
三爵不识，矧敢多又。　　　　　限饮三杯也不懂，何况多喝更糟糕。

鱼藻之什

鱼　藻

鱼在在藻，有颁其首。　　　　　水藻丛中鱼藏身，不见尾巴见大头。
王在在镐，岂乐饮酒。　　　　　周王住在镐京城，逍遥快乐饮美酒。

鱼藻图，明缪辅绘，北京故宫博物院藏。

鱼在在藻，有莘其尾。　　水藻丛中鱼儿藏，长长尾巴左右摇。
王在在镐，饮酒乐岂。　　镐京城中住周王，喝喝美酒乐陶陶。

鱼在在藻，依于其蒲。　　鱼儿藏在水藻中，贴着蒲草岸边游。
王在在镐，有那其居。　　周王在镐住王宫，居处安乐好享受。

采菽

采菽采菽，筐之筥之。　　采大豆呀采豆忙，方筐圆筐往里装。
君子来朝，何锡予之？　　诸侯来朝见我王，天子用啥去赐赏？
虽无予之，路车乘马。　　纵使没有厚赏赐，一辆路车四马壮。
又何予之？玄衮及黼。　　此外还有什么赏？花纹礼服画龙裳。

觱沸槛泉，言采其芹。　　在那翻腾涌泉旁，采下芹菜味儿香。
君子来朝，言观其旂。　　诸侯来朝见我王，遥看龙旗已在望。
其旂淠淠，鸾声嘒嘒。　　旗帜飘飘随风扬，铃声不断响叮当。

载骖载驷，君子所届。　　三马四马各驾车，诸侯乘它到明堂。

赤芾在股，邪幅在下。　　红皮蔽膝垂到股，绑腿斜缠小腿上。
彼交匪纾，天子所予。　　不急不慢风度好，这是天子所奖赏。
乐只君子，天子命之。　　诸侯公爵真快乐，天子策命赐嘉奖。
乐只君子，福禄申之。　　诸侯公爵真快乐，洪福厚禄从天降。

维柞之枝，其叶蓬蓬。　　柞树枝条长又长，叶子茂密多兴旺。
乐只君子，殿天子之邦。　诸侯公爵真快乐，辅佐天子镇四方。
乐只君子，万福攸同。　　诸侯公爵真快乐，万种福禄都安享。
平平左右，亦是率从。　　左右臣子很能干，顺从君命国安康。

汎汎杨舟，绋纚维之。　　杨木船儿河中漾，系住不动靠船缆。
乐只君子，天子葵之。　　诸侯公爵真快乐，天子准确来衡量。
乐只君子，福禄膍之。　　诸侯公爵真快乐，厚赐福禄有嘉奖。
优哉游哉，亦是戾矣。　　优游闲适过日子，生活安定清福享。

角　弓

骍骍角弓，翩其反矣。　　角弓调和绷紧弦，卸弦就向反面弯。
兄弟昏姻，无胥远矣。　　兄弟骨肉和亲戚，相亲相爱别疏远。

尔之远矣，民胥然矣。　　你若疏远亲和眷，人民都会学坏样。
尔之教矣，民胥傚矣。　　你若言教加身教，人民也会来模仿。

此令兄弟，绰绰有裕；　　兄弟和好不倾轧，平安和气少闲话；
不令兄弟，交相为瘉。　　兄弟关系搞不好，相互残害成冤家。

民之无良，相怨一方。　　如今人们不善良，不责自己怨对方，
受爵不让，至于己斯亡。　接受官爵不谦让，事关私利道理忘。

老马反为驹，不顾其后。　　老马反当驹使唤，后果如何你不管。

如食宜饐，如酌孔取。　　　　　　　如请吃饭请吃饱，如请喝酒该斟满。

毋教猱升木，如涂涂附。　　　　　　猴子上树哪用教，泥浆涂墙粘得牢。
君子有徽猷，小人与属。　　　　　　只要君子有美政，人民自会跟着跑。

雨雪瀌瀌，见晛曰消。　　　　　　　纷纷雪花满天飘，太阳出来就融消。
莫肯下遗，式居娄骄。　　　　　　　小人对下不谦虚，态度神气耍骄傲。

雨雪浮浮，见晛曰流。　　　　　　　纷纷雪花飘悠悠，太阳一出化水流。
如蛮如髦，我是用忧。　　　　　　　小人无知像蛮髦，为此使我心烦忧。

菀　柳

有菀者柳，不尚息焉。　　　　　　　柳树枯萎叶焦黄，莫到树下去乘凉。
上帝甚蹈，无自暱焉。　　　　　　　周王喜怒太无常，莫去做官惹祸殃。
俾予靖之，后予极焉。　　　　　　　当初邀我商国事，而今贬我到异乡。

有菀者柳，不尚愒焉？　　　　　　　柳树枯萎枝叶稀，莫到树下去休息。
上帝甚蹈，无自瘵焉。　　　　　　　周王喜怒太无常，莫去做官找晦气。
俾予靖之，后予迈焉。　　　　　　　当初邀我商国事，而今流放到边地。

有鸟高飞，亦傅于天。　　　　　　　鸟儿展翅高飞翔，最高不过到天上。
彼人之心，于何其臻？　　　　　　　那人心思难捉摸，到啥地步怎估量？
曷予靖之，居以凶矜？　　　　　　　为啥邀我商国事，却置我于凶险场？

都人士

彼都人士，狐裘黄黄。　　　　　　　那位先生真漂亮，狐皮袍子罩衫黄。
其容不改，出言有章。　　　　　　　他的容貌没变样，讲话出口就成章。
行归于周，万民所望。　　　　　　　将要回到镐京去，万千人们心仰望。

彼都人士，台笠缁撮。　　　　那位先生真时髦，戴着草笠黑布帽。
彼君子女，绸直如发。　　　　那位姑娘好容貌，头发密直真俊俏。
我不见兮，我心不说。　　　　不能见到姑娘面，心中郁闷多苦恼。

彼都人士，充耳琇实。　　　　那位先生真漂亮，充耳宝石坚又亮。
彼君子女，谓之尹吉。　　　　那位美丽好姑娘，芳名尹姞叫得响。
我不见兮，我心苑结。　　　　不能见到姑娘面，心中忧郁实难忘。

彼都人士，垂带而厉。　　　　那位先生真时髦，冠带下垂两边飘。
彼君子女，卷发如虿。　　　　那位姑娘真美貌，鬓发卷如蝎尾翘。
我不见兮，言从之迈。　　　　不能见到姑娘面，真想跟她在一道。

匪伊垂之，带则有余。　　　　不是故意垂冠带，冠带本来细又长。
匪伊卷之，发则有旟。　　　　不是故意卷鬓发，鬓发天生高高扬。
我不见兮，云何盱矣！　　　　不能见到姑娘面，心中怎么不悲伤！

采　绿

终朝采绿，不盈一匊。　　　　整个早上采荩草，采了一捧还不到。
予发曲局，薄言归沐。　　　　我的长发乱糟糟，回去洗头梳梳好。

终朝采蓝，不盈一襜。　　　　蓝草采了一早上，撩起衣襟兜不满。
五日为期，六日不詹。　　　　丈夫约好五天归，如今六天仍不还。

之子于狩，言韔其弓。　　　　丈夫如果想打猎，我就为他装弓箭，
之子于钓，言纶之绳。　　　　丈夫如果想钓鱼，我就陪他缠钓线。

其钓维何？维鲂及鱮。　　　　丈夫钓的什么鱼？既有花鲢又有鳊。
维鲂及鱮，薄言观者。　　　　既有花鲢又有鳊，他钓我看意绵绵。

黍 苗

芃芃黍苗，阴雨膏之。
悠悠南行，召伯劳之。

黍苗蓬勃多喜人，全靠好雨来滋润。
南行虽然路遥远，召伯慰劳暖人心。

我任我辇，我车我牛。
我行既集，盖云归哉！

有的拉车有的扛，马车牛车运输忙。
建筑谢城已完工，何不大家回家乡！

我徒我御，我师我旅。
我行既集，盖云归处。

你走路来我驾马，编好队伍就出发。
建筑谢城已完工，何不回乡安居家！

肃肃谢功，召伯营之。
烈烈征师，召伯成之。

快速修建谢邑城，召伯苦心来经营。
出工群众真热烈，召伯用心组织成。

原隰既平，泉流既清。
召伯有成，王心则宁。

高地低地已治平，泉水河流都疏清。
召伯大功已告成，宣王欢喜心安宁。

隰 桑

隰桑有阿，其叶有难。
既见君子，其乐如何！

低地桑树多婀娜，枝干茂盛叶子多。
如果见了我夫君，我的心里多快活！

隰桑有阿，其叶有沃。
既见君子，云何不乐！

低地桑树舞婆娑，叶子柔润又肥沃。
如果见了我夫君，我心怎会不快活！

隰桑有阿，其叶有幽。
既见君子，德音孔胶。

低地桑树姿态柔，叶子肥厚黑黝黝。
如果见了我夫君，互诉衷情意相投。

心乎爱矣，遐不谓矣？
中心藏之，何日忘之？

我爱你啊在心里，为啥总不告诉你？
思念之情藏心底，哪有一天能忘记？

农女务桑蚕，选自清《耕织图册》。

白 华

白华菅兮，白茅束兮。	菅草细细开白花，白茅紧紧捆着它。
之子之远，俾我独兮！	恨他变心远离我，使我空房度年华。
英英白云，露彼菅茅。	天上白云降甘露，地下菅茅受润濡。
天步艰难，之子不犹。	怨我命运太不济，恨他白云还不如。
滮池北流，浸彼稻田。	滮池河水向北流，灌溉稻田绿油油。
啸歌伤怀，念彼硕人。	边哭边唱伤心事，冤家还在我心头。
樵彼桑薪，卬烘于煁。	砍那桑枝好柴薪，我烧行灶来暖身。
维彼硕人，实劳我心。	想起那个壮健汉，实在煎熬我的心。
鼓钟于宫，声闻于外。	宫廷里面敲大钟，钟声尚且传出宫。
念子懆懆，视我迈迈。	想你想得心不安，你却对我怒冲冲。
有鹙在梁，有鹤在林。	恶鹙堰头吃鱼腥，白鹤挨饿在树林。
维彼硕人，实劳我心。	想起那个壮健汉，实在煎熬我的心。

鸳鸯在梁，戢其左翼。　　　　　堰上鸳鸯雌伴雄，嘴巴插在左翼中。
之子无良，二三其德。　　　　　可恨这人没良心，三心二意爱新宠。

有扁斯石，履之卑兮。　　　　　扁扁垫石地上摆，石头虽贱他常踩。
之子之远，俾我疷兮。　　　　　恨他变心远离我，使我成病相思害。

绵　蛮

"绵蛮黄鸟，止于丘阿。　　　　　"黄鸟喳喳不住唱，停在路边山坡上。
道之云远，我劳如何！"　　　　　道路实在太遥远，奔波劳累真够呛！"
"饮之食之，教之诲之；　　　　　"给他水喝给他饭，教他劝他要坚强；
命彼后车，谓之载之。"　　　　　副车御夫停一停，让他坐上也不妨。"

"绵蛮黄鸟，止于丘隅。　　　　　"黄雀喳喳叫得急，山坡角落把脚息。
岂敢惮行，畏不能趋。"　　　　　哪敢害怕走远路，只怕慢了来不及。"

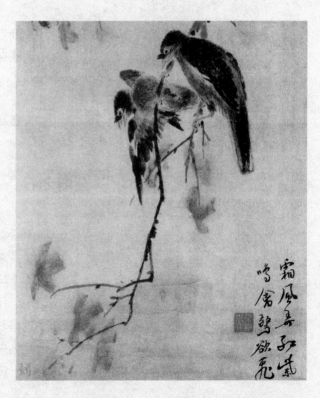

黄雀，清华嵒绘，南京博物院藏。

"饮之食之，教之诲之；　　　　　　"给他喝的给他吃，教他劝他别泄气；
命彼后车，谓之载之。"　　　　　　副车御夫停一停，让他坐上别着急。"

"绵蛮黄鸟，止于丘侧，　　　　　　"黄雀喳喳叫得欢，停在路旁山坡边。
岂敢惮行？畏不能极。"　　　　　　哪敢畏惧走远路，就怕难以到终点。"
"饮之食之，教之诲之；　　　　　　"给他喝的给他吃，教他劝他好好干；
命彼后车，谓之载之。"　　　　　　副车御夫停一停，让他坐上把路赶。"

瓠　叶

幡幡瓠叶，采之亨之。　　　　　　风吹葫芦叶乱翻，采来做菜可佐餐。
君子有酒，酌言尝之。　　　　　　主人藏有好陈酒，请客一尝杯斟满。

有兔斯首，炮之燔之。　　　　　　几头野兔鲜又嫩，有煨有烤香喷喷。
君子有酒，酌言献之。　　　　　　主人藏有好陈酒，斟满一杯敬客人。

有兔斯首，燔之炙之。　　　　　　几头野兔鲜又嫩，有的烤来有的薰。
君子有酒，酌言酢之。　　　　　　主人藏有好陈酒，宾客回敬满杯斟。

有兔斯首，燔之炮之。　　　　　　几头野兔肥又嫩，有的烤来有的煨。
君子有酒，酌言酬之。　　　　　　主人藏有好陈酒，宾主劝酒都干杯。

渐渐之石

渐渐之石，维其高矣。　　　　　　满山石头真陡峭，那样危险那样高。
山川悠远，维其劳矣。　　　　　　山又多来水又遥，日夜行军路迢迢。
武人东征，不皇朝矣。　　　　　　将帅士兵去东征，军情紧急天未晓。

渐渐之石，维其卒矣。　　　　　　峣峣怪石堆满山，那样高峻那样险。
山川悠远，曷其没矣？　　　　　　山又高来水又长，征途何时能走完？
武人东征，不皇出矣。　　　　　　将帅士兵去东征，勇往直前不想还。

竹石图，元张逊绘，北京故宫博物院藏。

有豕白蹢，烝涉波矣。　　　　有只白蹄大肥猪，跳进水里渡清波，
月离于毕，俾滂沱矣。　　　　月亮靠近毕星边，大雨滂沱积水多，
武人东征，不皇他矣。　　　　将帅士兵去东征，其他事情没空做。

苕之华

苕之华，芸其黄矣。　　　　　凌霄藤上繁花放，千朵万朵是深黄。
心之忧矣，维其伤矣。　　　　荒年心里真忧愁，无限痛苦念悲伤！

苕之华，其叶青青。　　　　　繁花满枝凌霄藤，花落叶儿密层层。
知我如此，不如无生！　　　　早知做人这般苦，不如当初别出生！

牂羊坟首，三星在罶。　　　　身瘦头大一雌羊，空空鱼篓闪星光。
人可以食，鲜可以饱！　　　　灾荒年头人吃人，可怜还没填饥肠！

百花图，明鲁治绘，广东省博物馆藏。

何草不黄

何草不黄，何日不行， 何人不将，经营四方。	哪有草儿不枯黄，哪有一天不奔忙。 哪个人啊不出征，征来经营奔四方。
何草不玄，何人不矜。 哀我征夫，独为匪民。	哪有草儿不腐烂，哪个不是单身汉。 可怜我们出征人，偏偏不被当人看。
匪兕匪虎，率彼旷野。 哀我征夫，朝夕不暇。	不是野牛不是虎，为啥旷野常出入。 可怜我们出征人，整天劳累受辛苦。
有芃者狐，率彼幽草。 有栈之车，行彼周道。	狐狸尾巴毛蓬松，钻进路边深草丛。 高高役车征夫坐，走在漫长大路中。

大 雅

文王之什

文 王

文王在上，於昭于天，　　　　文王神灵在天上，在天上啊放光芒。
周虽旧邦，其命维新。　　　　岐周虽是旧邦国，接受天命新气象。
有周不显，帝命不时。　　　　周朝前途无限量，上帝意志光万丈。
文王陟降，在帝左右。　　　　文王神灵升又降，常在上帝的身旁。

亹亹文王，令闻不已。　　　　勤勤恳恳周文王，美好声誉传四方。
陈锡哉周，侯文王孙子。　　　上帝赐他兴周国，文王子孙常兴旺。
文王孙子，本支百世。　　　　文王子孙都蕃衍，大宗小宗百世昌。
凡周之士，不显亦世。　　　　天子臣仆周朝官，世代显贵沾荣光。

世之不显，厥犹翼翼。　　　　世代显贵沾荣光，谋事谨慎又周详。
思皇多士，生此王国。　　　　贤士众多皆俊杰，此生有幸在周邦。
王国克生，维周之桢。　　　　周邦能出众贤士，都是国家好栋梁。
济济多士，文王以宁。　　　　济济一堂人才多，文王安宁国富强。

穆穆文王，於缉熙敬止。　　　端庄恭敬周文王，谨慎光明又善良。
假哉天命，有商孙子。　　　　上天意志多伟大，殷商子孙来归降。

商之孙子，其丽不亿。	殷商子孙蕃衍多，数字上亿难估量。
上帝既命，侯于周服。	上帝已经下命令，殷商称臣服周邦。
侯服于周，天命靡常。	殷商称臣服周邦，可见天命并无常。
殷士肤敏，祼将于京。	殷人后代美而敏，来京助祭陪周王。
厥作祼将，常服黼冔。	看他助祭行灌礼，冠服仍是殷时装。
王之荩臣，无念尔祖。	成王所用诸臣下，牢记祖德永勿忘。
无念尔祖，聿修厥德。	牢记祖德永勿忘，继承祖德发荣光，
永言配命，自求多福。	常顺天命不相违，要求幸福靠自强。
殷之未丧师，克配上帝。	殷商未失民心时，能应天命把国享。
宜鉴于殷，骏命不易。	借鉴殷商兴亡事，国运永昌不寻常。
命之不易，无遏尔躬。	国运永昌不寻常，切勿断送你身上。
宣昭义问，有虞殷自天。	发扬光大好名声，须知殷商是天降。
上天之载，无声无臭。	上天意志难猜测，无声无息真渺茫。
仪刑文王，万邦作孚。	只有认真学文王，万国诸侯都敬仰。

大　明

明明在下，赫赫在上。	文王明德四海扬，赫赫神灵显天上。
天难忱斯，不易维王。	天命确实难相信，国王也真不易当。
天位殷适，使不挟四方。	上帝有意王殷纣，却又使他失四方。
挚仲氏任，自彼殷商。	挚国任家二姑娘，从那遥远的殷商，
来嫁于周，曰嫔于京。	嫁到我们周国来，来到京都做新娘。
乃及王季，维德之行。	她跟王季配成双，专做好事美名扬。
大任有身，生此文王。	太任怀孕降吉祥，生下这个周文王。
维此文王，小心翼翼。	就是这个周文王，小心谨慎很善良。
昭事上帝，聿怀多福。	明白怎样待上帝，招来幸福无限量。
厥德不回，以受方国。	他的德行真不坏，各国归附民所望。

天监在下，有命既集。　　　　　上天监视看下方，天命已经属文王。
文王初载，天作之合。　　　　　文王即位初年间，上天给他配新娘。
在洽之阳，在渭之涘。　　　　　新娘住在洽水北，就在莘国渭水旁。

文王嘉止，大邦有子。　　　　　文王将要行婚礼，大国有位好姑娘。
大邦有子，伣天之妹。　　　　　大国有位好姑娘，好比天上仙女样。
文定厥祥，亲迎于渭。　　　　　定下聘礼真吉祥，文王亲迎渭水旁。
造舟为梁，不显其光。　　　　　联结木船当桥梁，婚礼显耀真辉煌。

有命自天，命此文王。　　　　　上天有命示下方，命令这个周文王，
于周于京，缵女维莘。　　　　　周国京师建家邦。莘国有位好姑娘，
长子维行，笃生武王。　　　　　她是长女嫁周邦，婚后生下周武王。
保右命尔，燮伐大商。　　　　　天命所属天保佑，让他出兵伐殷商。

殷商之旅，其会如林。　　　　　殷商派出军队来，军旗密密树林样。
矢于牧野："维予侯兴，　　　　武王誓师在牧野："我周兴起军心壮，
上帝临女，无贰尔心！"　　　　上帝监视看你们，休怀二心要争光！"

牧野洋洋，檀车煌煌，　　　　　广阔牧野作战场，檀木兵车亮堂堂，
驷騵彭彭。维师尚父，　　　　　四马威武又雄壮。三军统帅师尚父，
时维鹰扬。凉彼武王，　　　　　好像雄鹰在飞扬。协助武王带军队，
肆伐大商，会朝清明！　　　　　指挥三军击殷商，一朝开创新气象！

绵

绵绵瓜瓞，民之初生，　　　　　大瓜小瓜藤蔓长，周族人民初兴旺，
自土沮漆。古公亶父，　　　　　从杜来到漆水旁。古公亶父功业创，
陶复陶穴，未有家室。　　　　　挖洞筑窑风雨挡，没有宫室没有房。

古公亶父，来朝走马，　　　　　古公亶父迁居忙，清早快马离豳乡，
率西水浒，至于岐下。　　　　　沿着渭水向西走，岐山脚下土地广。
爰及姜女，聿来胥宇。　　　　　他与妻子名太姜，勘察地址好建房。

周原朊朊，堇荼如饴。 周原肥沃又宽广，堇葵苦菜像饴糖。
爰始爰谋，爰契我龟。 大伙计划又商量。刻龟占卜望神帮，
曰止曰时，筑室于兹。 神灵说是可定居，此地建屋最吉祥。

乃慰乃止，乃左乃右， 这才安心住岐乡，这边那边同开荒，
乃疆乃理，乃宣乃亩。 丈量土地定田界，翻地松土垄成行。
自西徂东，周爰执事。 从西到东一片地，男女老少干活忙。

乃召司空，乃召司徒， 找来司空管工程，人丁土地司徒掌，
俾立室家。其绳则直， 他们领工建新房。拉开绳墨直又长，
缩版以载，作庙翼翼。 树起夹板筑土墙，建成宗庙好端庄。

捄之陾陾，度之薨薨， 铲土噌噌掷进筐，倒土轰轰声响亮，
筑之登登，削屡冯冯。 捣土一片噔噔声，刮刀乒乒削平墙。
百堵皆兴，鼛鼓弗胜。 百堵土墙齐动工，声势压倒大鼓响。

乃立皋门，皋门有伉。 建起周都外城门，城门高大好雄壮。
乃立应门，应门将将。 建起宫殿大正门，正门庄严又堂皇。
乃立冢土，戎丑攸行。 堆起土台作祭坛，大众祈祷排成行。

肆不殄厥愠，亦不陨厥问， 狄人怒气虽未消，文王声誉并无伤。
柞棫拔矣，行道兑矣。 柞棫野树都拔尽，交通要道无阻挡。
混夷駾矣，维其喙矣。 昆夷夹着尾巴逃，气喘吁吁狼狈相。

虞芮质厥成，文王蹶厥生。 虞国芮国不再相争，文王感化改其本性。
予曰有疏附，予曰有先后， 我有贤臣相率来附，我有人才参预国政，
予曰有奔奏，予曰有御侮。 我有良士奔走效力，我有猛将克敌制胜。

棫 朴

芃芃棫朴，薪之槱之。 棫树朴树枝叶茂，砍下当做祭柴烧。
济济辟王，左右趣之。 周王恭谨走在前，左右群臣跟着跑。

济济辟王，左右奉璋。　　　　周王恭敬又严肃，群臣手捧玉酒壶。
奉璋峨峨，髦士攸宜。　　　　捧着酒壶真端庄，英俊贤士有气度。

淠彼泾舟，烝徒楫之。　　　　泾水行船哗哗响，众人用力齐举桨。
周王于迈，六师及之。　　　　周王将要去远征，六军云集威风扬。

倬彼云汉，为章于天。　　　　银河漫漫广无边，星光灿烂布满天。
周王寿考，遐不作人？　　　　周王长寿在位久，何不树人用百年？

追琢其章，金玉其相。　　　　精雕细刻有才华，质如金玉无瑕瑕。
勉勉我王，纲纪四方。　　　　勤奋勉力我周王，治理四方保国家。

旱　麓

瞻彼旱麓，榛楛济济。　　　　遥望旱山那山麓，密密丛生榛与楛。
岂弟君子，干禄岂弟。　　　　平易近人好君子，品德高尚有福禄。

瑟彼玉瓒，黄流在中。　　　　祭神玉壶有光彩，香甜美酒流出来。
岂弟君子，福禄攸降。　　　　平易近人好君子，祖宗赐你福和财。

鸢飞戾天，鱼跃于渊。　　　　鹞鹰展翅飞上天，鱼儿跳跃在深渊。
岂弟君子，遐不作人？　　　　平易近人好君子，培养人才万万千。

清酒既载，骍牡既备。　　　　摆好清醇美味酒，备好红色大公牛。
以享以祀，以介景福。　　　　虔诚上供祭祖先，祈祷神灵把福求。

瑟彼柞棫，民所燎矣。　　　　密密一片柞棫林，砍下烧火祭神灵。
岂弟君子，神所劳矣。　　　　平易近人好君子，神灵保佑百事成。

莫莫葛藟，施于条枚。　　　　茂密葛藤长又柔，蔓延缠绕树梢头。
岂弟君子，求福不回。　　　　平易近人好君子，不违祖德把福求。

思 齐

思齐大任，文王之母。　　　　太任端庄又严谨，文王之母有美名。
思媚周姜，京室之妇。　　　　周姜美好有德行，太王贤妻居周京。
大姒嗣徽音，则百斯男。　　　太姒继承好遗风，多子多男王室兴。

惠于宗公，神罔时怨，　　　　文王为政顺祖宗，祖宗欢喜无怨容，
神罔时恫。刑于寡妻，　　　　祖宗放心不伤痛。文王以礼待正妻，
至于兄弟，以御于家邦。　　　对待兄弟也相同。以此治国事事通。

雝雝在宫，肃肃在庙。　　　　和和睦睦一家好，恭恭敬敬在宗庙。
不显亦临，无射亦保。　　　　认真视察明显事，警惕阴暗不辞劳。

肆戎疾不殄，烈假不瑕。　　　西戎祸患已断根，害人瘟疫不发生。
不闻亦式，不谏亦入。　　　　良计善策乐于用，忠言劝告记在心。

肆成人有德，小子有造。　　　所以成人品德好，儿童个个可深造。
古人之无斁，誉髦斯士。　　　文王育才永不倦，人才济济皆英豪。

皇 矣

皇矣上帝，临下有赫。　　　　上帝光焰万丈长，俯视人间真明亮。
监观四方，求民之莫。　　　　洞察全国四方事，了解民间疾苦状。
维此二国，其政不获。　　　　想起夏商两朝末，不得民心国危亡。
维彼四国，爰究爰度。　　　　思量四方诸侯国，天下重任谁能当。
上帝耆之，憎其式廓。　　　　上帝意在岐周国，有心扩大它封疆。
乃眷西顾，此维与宅。　　　　于是回头望西方，同住岐山佑周王。

作之屏之，其菑其翳。　　　　砍掉杂树辟农场，枯枝朽木全扫光。
修之平之，其灌其栵。　　　　精心修剪枝和叶，灌木丛丛新枝长。
启之辟之，其柽其椐。　　　　开出道路辟土地，除尽柽椐路通畅。

攘之剔之，其檿其柘。　　剔去坏树留好树，留下山桑和黄桑。
帝迁明德，串夷载路。　　上帝卫护明德主，犬戎败逃走仓皇。
天立厥配，受命既固。　　上天立他当天子，政权巩固国兴旺。

帝省其山，柞棫斯拔，　　上帝视察岐山阳，柞棫小树都拔光，
松柏斯兑。帝作邦作对，　　松柏直立郁苍苍。上帝建立周王国，
自大伯王季。维此王季，　　太伯王季始开创。这位王季好品德，
因心则友。则友其兄，　　对兄友爱热心肠。王季热心爱兄长，
则笃其庆，载锡之光。　　他使周邦福无疆，天赐王位显荣光。
受禄无丧，奄有四方。　　永享福禄保安康，统一天下疆域广。

维此王季，帝度其心，　　这位王季真善良，天生思想合政纲，
貊其德音。其德克明，　　他的美名播四方。他能明辨是和非，
克明克类，克长克君。　　区别坏人和善良，堪称师范好君王。
王此大邦，克顺克比。　　在此大国当君主，上下和顺人心向。
比于文王，其德靡悔。　　到了文王接王位，人民爱戴德高尚。
既受帝祉，施于孙子。　　既受上帝赐福禄，子孙万代绵绵长。

帝谓文王：无然畔援，　　上帝启示周文王，不要暴虐休狂妄，
无然歆羡，诞先登于岸。　　莫羡他人当自强，先据高位路康庄。
密人不恭，敢距大邦，　　密人态度不恭顺，竟敢抗拒周大邦，
侵阮徂共。王赫斯怒，　　侵阮袭共太猖狂。文王勃然大震怒，
爰整其旅，以按徂旅。　　整顿军队去抵抗，阻止敌人向莒闯。
以笃于周祜，以对于天下。　　周族福气才巩固，民心安稳定四方。

依其在京，侵自阮疆。　　周京军队真强壮，从阮班师凯歌扬。
陟我高冈，无矢我陵，　　登上岐山远瞭望，没人敢占我山冈，
我陵我阿。无饮我泉，　　高山大陵郁苍苍；没人敢饮我泉水，
我泉我池。度其鲜原，　　清泉绿池水汪汪。规划山头和平原，
居岐之阳，在渭之将。　　定居岐山面向阳，紧靠渭水河边旁。
万邦之方，下民之王。　　你为万国做榜样，天下人民心向往。

帝谓文王：予怀明德，　　上帝告诉周文王，美好品德我赞赏，

不大声以色，不长夏以革。　　从不疾言和厉色，遵从祖训依旧章。
不识不知，顺帝之则。　　　　好像不知又不觉，顺乎天意把国享。
帝谓文王：询尔仇方，　　　　上帝又对文王说，团结邻国多商量，
同尔弟兄。以尔钩援，　　　　联合同姓众国王；用你大钩和戈刀，
与尔临冲，以伐崇墉。　　　　临车冲车赴战场，讨伐崇国削殷商。

临冲闲闲，崇墉言言，　　　　临车冲车声势壮，崇国城墙高又长，
执讯连连，攸馘安安。　　　　捉来俘虏连成串，割下敌耳装满筐。
是类是祃，是致是附，　　　　祭祀天神祈胜利，安抚残敌招他降，
四方以无侮。临冲茀茀，　　　各国不敢侮周邦。临车冲车威力强，
崇墉仡仡。是伐是肆，　　　　崇国城墙高又广。冲锋陷阵士气旺，
是绝是忽，四方以无拂。　　　消灭崇军有威望，各国不敢再违抗。

灵　台

经始灵台，经之营之。　　　　开始规划造灵台，仔细经营巧安排。
庶民攻之，不日成之。　　　　黎民百姓都来干，灵台建成进度快。
经始勿亟，庶民子来。　　　　建台本来不着急，百姓起劲自动来。

王在灵囿，麀鹿攸伏。　　　　国王游览灵园中，母鹿伏在深草丛。
麀鹿濯濯，白鸟翯翯。　　　　母鹿肥大毛色润，白鸟洁净羽毛丰。
王在灵沼，於牣鱼跃。　　　　国王游览到灵沼，啊！满池鱼儿欢跳动。

虡业维枞，贲鼓维镛。　　　　木架大版崇牙耸，挂着大鼓和大钟。
於论鼓钟，於乐辟雝。　　　　钟声鼓声配合匀，国王享乐在离宫。

於论鼓钟，於乐辟雝。　　　　鼓声钟声配合匀，国王享乐在离宫。
鼍鼓逢逢，矇瞍奏公。　　　　敲起鼍鼓响蓬蓬，瞽师奏乐祝成功。

下　武

下武维周，世有哲王。
三后在天，王配于京。

周人能继祖先业，代代都有好国王。
三代先王灵在天，武王在镐把国享。

王配于京，世德作求。
永言配命，成王之孚。

武王在镐把国享，堪与祖德共增光。
永远顺应上天命，成王守信有威望。

成王之孚，下土之式。
永言孝思，孝思维则。

成王守信有威望，身为天下好榜样。
永遵祖训尽孝道，效法先人建周邦。

媚兹一人，应侯顺德。
永言孝思，昭哉嗣服。

人们爱戴周成王，能承祖德国运昌。
永遵祖训尽孝道，后代争气名远扬。

昭兹来许，绳其祖武。
於万斯年，受天之祜。

后代争气名远扬，继承祖业世永昌。
啊！国祚绵绵万年长，受天之福永兴旺。

受天之祜，四方来贺。
於万斯年，不遐有佐！

受天之福永兴旺，四方来贺庆吉祥。
啊！国祚绵绵万年长，怎无辅佐做屏障！

文王有声

文王有声，遹骏有声，
遹求厥宁，遹观厥成。
文王烝哉！

文王已有好名望，大名鼎鼎四海扬。
力求人民得安宁，终见成功国富强。
人人赞美周文王！

文王受命，有此武功。
既伐于崇，作邑于丰。
文王烝哉！

文王受命封西伯，立下武功真辉煌。
举兵讨伐崇侯虎，迁都丰邑好地方。
人人赞美周文王！

筑城伊淢，作丰伊匹，

按照旧河筑城墙，丰邑规模也相当。

匪棘其欲，遹追来孝。　　　个人欲望不贪图，孝顺祖先兴周邦。
王后烝哉！　　　　　　　　人人赞美周文王！

王公伊濯，维丰之垣。　　　文王功业真辉煌，他是丰都的城墙。
四方攸同，王后维翰。　　　四方同心齐归附，扶持天下是栋梁。
王后烝哉！　　　　　　　　人人赞美周文王！

丰水东注，维禹之绩。　　　沣水东流入黄河，大禹之功不可磨。
四方攸同，皇王维辟。　　　四方同心齐归附，君临天下是楷模。
皇王烝哉！　　　　　　　　英明武王美名播！

镐京辟廱，自西自东，　　　镐京离宫喜落成，诸侯朝见来观光，
自南自北，无思不服。　　　东西南北都到齐，哪个不服我周邦。
皇王烝哉！　　　　　　　　人人赞美周武王！

考卜维王，宅是镐京。　　　国王卜居问上苍，定居镐京最吉祥。
维龟正之，武王成之。　　　迁都决策神龟定，武王完成功无量。
武王烝哉！　　　　　　　　英明伟大周武王！

丰水有芑，武王岂不仕？　　沣水水芹长得旺，难道武王在闲逛？
诒厥孙谋，以燕翼子。　　　留下安民好谋略，保护儿子把国享。
武王烝哉！　　　　　　　　英明伟大周武王！

生民之什

生　民

厥初生民，时维姜嫄。　　　最初生下周祖先，那是有邰姜嫄娘。
生民如何？克禋克祀，　　　如何生下周族人？祈祷神灵祭上苍，

刚出世的后稷与其母姜嫄

后稷圖

姜嫄

后稷

以弗无子。履帝武敏歆，
攸介攸止。载震载夙，
载生载育，时维后稷。

乞求莫要生儿郎。踩了上帝拇趾印，
神灵保佑赐吉祥。十月怀胎行端庄，
一朝生子勤抚养，便是后稷周先王。

诞弥厥月，先生如达。
不坼不副，无菑无害。
以赫厥灵，上帝不宁。
不康禋祀，居然生子。

怀孕足月期限满，头胎生子真顺当。
产门没破更没裂，无灾无难身健康，
显出灵异和吉祥。上帝原来心不安，
姜嫄惊慌祭祀忙，徒然生下小儿郎。

诞置之隘巷，牛羊腓字之。
诞置之平林，会伐平林。
诞置之寒冰，鸟覆翼之。
鸟乃去矣，后稷呱矣。
实覃实吁，厥声载路。

把他丢在小巷里，牛羊喂奶当妈妈。
把他丢到树林中，樵夫砍柴救娃娃。
把他丢到寒冰上。大鸟展翅温暖他。
后来大鸟飞走了，后稷啼哭声哇哇，
哇哇不停嗓门大，声音满路人惊讶。

诞实匍匐，克岐克嶷，　　　后稷刚会地上爬，又是聪明又乖巧，
以就口食。蓺之荏菽，　　　能够觅食吃得饱。少年就会种大豆，
荏菽旆旆。禾役穟穟，　　　大豆一片长得好。种出谷子穗垂垂，
麻麦幪幪，瓜瓞唪唪。　　　麻麦茂密无杂草，瓜儿累累真不少。

诞后稷之穑，有相之道。　　后稷种地种得好，能够想出好门道。
茀厥丰草，种之黄茂。　　　除却满田野生草，选择良种播得早。
实方实苞，实种实褎。　　　种籽含苞吐嫩芽，禾苗窜出向上冒。
实发实秀，实坚实好。　　　拔节抽穗渐结实，谷粒饱满颜色好，
实颖实栗，即有邰家室。　　禾穗沉沉产量高。定居邰地乐陶陶。

诞降嘉种，维秬维秠，　　　后稷推广好种籽，秬子秠子粒粒大，
维糜维芑。恒之秬秠，　　　糜子高粱棵棵粗。遍地秬子和秠子，
是获是亩。恒之糜芑，　　　收获下来堆垅亩。遍地糜子和高粱，
是任是负，以归肇祀。　　　挑着背着忙运输，运回开始祭先祖。

诞我祀如何？或舂或揄，　　说起祭祀怎个样？有的舂米有舀粮，
或簸或蹂。释之叟叟，　　　有的搓米有扬糠。淘米声音嗖嗖响，
烝之浮浮。载谋载惟，　　　蒸饭热气喷喷香。祭祀大事同商量，
取萧祭脂。取羝以軷，　　　涂脂烧艾味芬芳。拿来公羊剥去皮，
载燔载烈。以兴嗣岁。　　　又烧又烤供神享。祈求来年更丰穰。

卬盛于豆，于豆于登。　　　我把祭肉装进碗，木豆瓦登都用上，
其香始升，上帝居歆。　　　香气渐渐溢满堂。上帝降临来品尝，
胡臭亶时，后稷肇祀。　　　菜饭味道确实香。后稷开创祭祀礼，
庶无罪悔，以迄于今。　　　幸蒙神佑没灾殃，至今流传好风尚。

行　苇

敦彼行苇，牛羊勿践履。　　路边芦丛发嫩芽，别让牛羊践踏它。
方苞方体，维叶泥泥。　　　苇心紧裹初成形，叶儿柔润将长大。
戚戚兄弟，莫远具尔。　　　兄弟骨肉应友爱。互相亲近莫分家。

或肆之筵，或授之几。	铺上筵席请客人，敬老茶几端给他。
肆筵设席，授几有缉御。	摆好酒菜铺上席，侍者轮番端上几。
或献或酢，洗爵奠斝。	主人献酒客回敬，洗杯捧斝来回递。
醓醢以荐，或燔或炙。	献上肉糜请客尝，烧肉烤羊美无比。
嘉殽脾臄，或歌或咢。	牛胃牛舌也不差，唱歌击鼓人人喜。
敦弓既坚，四鍭既钧；	雕弓拉起劲儿大，利箭匀直质量佳；
舍矢既均，序宾以贤。	放手一箭就中的，各按胜负来坐下。
敦弓既句，既挟四鍭。	雕弓张开如满月，箭儿上弦准备发。
四鍭如树，序宾以不侮。	箭箭竖在靶子上，败者也不怠慢他。
曾孙维主，酒醴维醹；	宴会主人会当家，美酒醇厚味不差；
酌以大斗，以祈黄耇。	斟上美酒一大杯，敬祝老人寿无涯。
黄耇台背，以引以翼。	老者龙钟行不便，侍者引路扶着他。
"寿考维祺，以介景福。"	"长命百岁最吉利，神明赐您福分大。"

既 醉

既醉以酒，既饱以德。	美酒喝得醉醺醺，饱尝您的好恩情。
君子万年，介尔景福。	但愿主人寿万年，神赐大福享不尽。
既醉以酒，尔殽既将。	美酒喝得醉酩酊，您的佳肴数不清。
君子万年，介尔昭明。	但愿主人寿万年，神赐前程多光明。
昭明有融，高朗令终。	前程远大又光明，善终会有好名声。
令终有俶，公尸嘉告。	善终必有好开头，神主好话仔细听。
其告维何？笾豆静嘉。	神主好话说什么？碗碗祭品洁而精。
朋友攸摄，摄以威仪。	朋友宾客来助祭，祭礼隆重心虔诚。
威仪孔时，君子有孝子。	祭祀礼节无差错，主人又尽孝子情。

孝子不匮，永锡尔类。　　　　孝子孝心永不竭，神灵赐您好章程。

其类维何？室家之壸。　　　　赐您章程是什么？治理家庭常安宁。
君子万年，永锡祚胤。　　　　但愿主人寿万年，子孙幸福永继承。

其胤维何？天被尔禄。　　　　子孙后嗣怎么样？上天命您当国王。
君子万年，景命有仆。　　　　但愿主人寿万年，天赐妻妾和儿郎。

其仆维何？釐尔女士。　　　　妻妾儿郎怎么样？天赐才女做新娘。
釐尔女士，从以孙子。　　　　天赐才女做新娘，随生子孙传代长。

凫　鹥

凫鹥在泾，公尸来燕来宁。　　河里野鸭鸥成群，神主赴宴慰主人。
尔酒既清，尔殽既馨。　　　　您的美酒那样清，您的佳肴香喷喷。
公尸燕饮，福禄来成。　　　　神主光临来赴宴，福禄降临您家门。

凫鹥在沙，公尸来燕来宜。　　野鸭鸥鸟在水滨，神主赴宴主人请。
尔酒既多，尔殽既嘉。　　　　您的美酒那样多，您的佳肴鲜又新。
公尸燕饮，福禄来为。　　　　神主光临来赴宴，大福大禄又添增。

凫鹥在渚，公尸来燕来处。　　野鸭鸥鸟在沙滩，神主赴宴心喜欢。

野鸭，宋马远绘。

尔酒既湑，尔殽伊脯。　　　　您的美酒清又醇，下酒肉干煮得烂。
公尸燕饮，福禄来下。　　　　神主光临来赴宴，天降福禄保平安。

凫鹥在渜，公尸来燕来宗。　　野鸭鸥鸟在港汊，神主赴宴尊敬他。
既燕于宗，福禄攸降。　　　　宴席设在宗庙里，神赐福禄频降下。
公尸燕饮，福禄来崇。　　　　神主光临来赴宴，福禄绵绵赐您家。

凫鹥在亹，公尸来止熏熏。　　野鸭鸥鸟在峡门，神主赴宴心欢欣。
旨酒欣欣，燔炙芬芬。　　　　美酒畅饮味芳馨，烧肉烤羊香诱人。
公尸燕饮，无有后艰。　　　　神主光临来赴宴，今后无灾无苦闷。

假 乐

假乐君子，显显令德。　　　　周王令人爱又敬，品德高尚心光明。
宜民宜人，受禄于天。　　　　能用贤臣能安民，接受福禄从天庭。
保右命之，自天申之。　　　　上帝下令多保佑，多赐福禄国兴盛。

干禄百福，子孙千亿。　　　　千禄百福齐降临，子子孙孙数不清。
穆穆皇皇，宜君宜王。　　　　个个正派又光明，当君当王都相称。
不愆不忘，率由旧章。　　　　不犯过错不忘本，遵循旧制国太平。

威仪抑抑，德音秩秩。　　　　仪表堂堂威凛凛，政教法令真清明。
无怨无恶，率由群匹。　　　　没人怨来没人恨，依靠群臣受欢迎。
受福无疆，四方之纲。　　　　受天福禄无穷尽，四方万国遵王命。

之纲之纪，燕及朋友。　　　　君临天下王为首，大宴宾客请朋友。
百辟卿士，媚于天子。　　　　诸侯卿士都赴宴，爱戴天子齐敬酒。
不解于位，民之攸塈。　　　　勤于职守不惰怠，万民归附国长久。

公 刘

笃公刘，匪居匪康。　　忠诚周民好公刘，不敢安居清福享。
乃埸乃疆，乃积乃仓。　　划分疆界治田地，收割粮食仓囤装。
乃裹糇粮，于橐于囊，　　揉面蒸饼备干粮，装进小袋和大囊。
思辑用光。弓矢斯张，　　和睦团结争荣光，张弓带箭齐武装。
干戈戚扬，爰方启行。　　盾戈斧钺肩上扛，开始动身去远方。

笃公刘，于胥斯原。　　忠诚周民好公刘，幽地原野察看忙。
既庶既繁，既顺乃宣，　　百姓众多长跟随，民心归顺多舒畅，
而无永叹。陟则在巘，　　长吁短叹一扫光。忽而登上小山坡，
复降在原。何以舟之？　　忽而下到平原上。周身佩戴啥装饰？
维玉及瑶，鞞琫容刀。　　美玉宝石尽琳琅，佩刀玉鞘闪闪亮。

笃公刘，逝彼百泉，　　忠诚周民好公刘，来到泉水岸边上，
瞻彼溥原。乃陟南冈，　　眺望平原宽又广。登上南边高冈上，
乃觏于京。京师之野，　　发现京师好地方。京师田野形势好，
于时处处，于时庐旅，　　于是定居建新邦，于是规划造住房，
于时言言，于时语语。　　谈笑风生喜洋洋，七嘴八舌闹嚷嚷。

笃公刘，于京斯依。　　忠诚周民好公刘，定居京师新气象。
跄跄济济，俾筵俾几。　　犒宴群臣威仪盛，入席就座招待忙。
既登乃依，乃造其曹。　　宾主登席靠几坐，祭祖祭神求吉祥。
执豕于牢，酌之用匏。　　圈里捉猪做佳肴，葫芦瓢儿斟酒浆。
食之饮之，君之宗之。　　酒醉饭饱皆欢喜，共推公刘做君长。

笃公刘，既溥既长。　　忠诚周民好公刘，开垦幽地宽又长。
既景乃冈，相其阴阳。　　测了日影上山冈，山南山北勘察忙，
观其流泉，其军三单。　　查明水源和流向。三支军队轮番作，
度其隰原，彻田为粮。　　测量土地扎营房，开垦田亩为种粮。
度其夕阳，幽居允荒。　　上去测望山西头，幽地确实大又广。

笃公刘，于豳斯馆。　　　　　忠诚周民好公刘，营建宫室在豳原。
涉渭为乱，取厉取锻。　　　　横流渡过渭水去，磨石捶石都采全。
止基乃理，爰众爰有。　　　　此地基址初奠定，民康物阜笑语欢。
夹其皇涧，溯其过涧。　　　　住在皇涧两岸边，面向过涧也敞宽。
止旅乃密，芮鞫之即。　　　　此地定居人口密，河岸两边都住满。

泂　酌

泂酌彼行潦，挹彼注兹，　　　远舀路边积水潭，把这水缸都装满，
可以餴饎。岂弟君子，　　　　可以蒸菜也蒸饭。君子品德真高尚，
民之父母。　　　　　　　　　好比百姓父母般。

泂酌彼行潦，挹彼注兹，　　　远舀路边积水坑，舀来倒进我水缸，
可以濯罍。岂弟君子，　　　　可把酒壶洗清爽。君子品德真高尚，
民之攸归。　　　　　　　　　百姓归附心向往。

泂酌彼行潦，挹彼注兹，　　　远舀路边积水洼，舀进水瓮抱回家，
可以濯溉。岂弟君子，　　　　可供洗涤和抹擦。君子品德真高尚，
民之攸墍。　　　　　　　　　百姓归附爱戴他。

卷　阿

有卷者阿，飘风自南。　　　　曲折丘陵风光好，旋风南来声怒号。
岂弟君子，来游来歌，　　　　和气近人的君子，到此遨游歌载道，
以矢其音。　　　　　　　　　大家献诗兴致高。

伴奂尔游矣，优游尔休矣。　　江山如画任你游，悠闲自得且暂休。
岂弟君子，俾尔弥尔性，　　　和气近人好君子，终生辛劳何所求？
似先公酋矣。　　　　　　　　继承祖业功千秋。

尔土宇昄章，亦孔之厚矣。　　你的版图和封疆，一望无际遍海内。

岂弟君子，俾尔弥尔性，
百神尔主矣。

和气近人好君子，终生辛劳有作为，
主祭百神最相配。

尔受命长矣，茀禄尔康矣。
岂弟君子，俾尔弥尔性，
纯嘏尔常矣。

你受天命长又久，福禄安康样样有。
和气近人好君子，终生辛劳百年寿，
天赐洪福永享受。

有冯有翼，有孝有德，
以引以翼。岂弟君子，
四方为则。

贤才良士辅佐你，品德崇高有权威，
匡扶相济功绩伟。和气近人好君子，
垂范天下万民随。

颙颙卬卬，如圭如璋，
令闻令望。岂弟君子，
四方为纲。

贤臣肃敬志高昂，品德纯洁如圭璋，
名声威望传四方。和气近人好君子，
天下诸侯好榜样。

凤凰于飞，翙翙其羽，
亦集爰止。蔼蔼王多吉士，
维君子使，媚于天子。

高高青天凤凰飞，百鸟展翅紧相随，
凤停树上百鸟陪。周王身边贤士萃，
任您驱使献智慧，爱戴天子不敢违。

凤凰于飞，翙翙其羽，
亦傅于天。蔼蔼王多吉人，
维君子命，媚于庶人。

青天高高凤凰飞，百鸟纷纷贤相随，
直上晴空迎朝晖。周王身边贤士萃，
听你命令不辞累，爱护人民行无亏。

凤凰鸣矣，于彼高冈。
梧桐生矣，于彼朝阳。
菶菶萋萋，雝雝喈喈。

凤凰鸣叫示吉祥，停在那边高山冈。
高冈上面生梧桐，面向东方迎朝阳。
枝叶茂盛郁苍苍，凤凰和鸣声悠扬。

君子之车，既庶且多。
君子之马，既闲且驰。
矢诗不多，维以遂歌。

迎送贤臣马车备，车子既多又华美。
迎送贤臣有好马，奔驰熟练快如飞。
贤臣献诗真不少，为答周王唱歌会。

民 劳

民亦劳止，汔可小康。　　　　　　　人民劳累真苦死，只求稍稍喘口气。
惠此中国，以绥四方。　　　　　　　国家搞好京师富，安抚诸侯不费力。
无纵诡随，以谨无良。　　　　　　　别听狡诈欺骗话，不良之辈要警惕。
式遏寇虐，憯不畏明。　　　　　　　制止暴虐与劫掠，胆大妄为违法纪。
柔远能迩，以定我王。　　　　　　　爱民不分远和近，国王安定心中喜。

民亦劳止，汔可小休。　　　　　　　人民劳苦莫提起，只求稍稍得休息。
惠此中国，以为民逑。　　　　　　　国家搞好京师富，人民才能心满意。
无纵诡随，以谨惽怓。　　　　　　　别听狡诈欺骗话，争权夺利要警惕。
式遏寇虐，无俾民忧。　　　　　　　制止暴虐与劫掠，莫使人民心悲凄。
无弃尔劳，以为王休。　　　　　　　从前功劳休抛弃，成就国王好名气。

民亦劳止，汔可小息。　　　　　　　人民劳苦莫提起，只求稍稍松口气。
惠此京师，以绥四国。　　　　　　　国家搞好京师富，安抚诸侯就顺利。
无纵诡随，以谨罔极。　　　　　　　别听狡诈欺骗话，两面三刀要警惕。
式遏寇虐，无俾作慝。　　　　　　　制止暴虐与劫掠，不使作恶把人欺。
敬慎威仪，以近有德。　　　　　　　立身端正讲礼节，亲近贤德勤学习。

民亦劳止，汔可小愒。　　　　　　　人民劳苦莫提起，只求稍稍歇歇力。
惠此中国，俾民忧泄。　　　　　　　国家搞好京师富，使民消忧除怨气。
无纵诡随，以谨丑厉。　　　　　　　别听狡诈欺骗话，险恶之人要警惕。
式遏寇虐，无俾正败。　　　　　　　制止暴虐与劫掠，莫使政局生危机。
戎虽小子，而式弘大。　　　　　　　你虽是个年轻人，作用很大应注意。

民亦劳止，汔可小安。　　　　　　　人民劳苦莫提起，要求稍稍得安逸。
惠此中国，国无有残。　　　　　　　国家搞好京师富，社会安定好风气。
无纵诡随，以谨缱绻。　　　　　　　别听狡诈欺骗话，结党营私要警惕。
式遏寇虐，无俾正反。　　　　　　　制止暴虐与劫掠，莫将政治轻丧弃，
王欲玉女，是用大谏。　　　　　　　我王贪财爱美女，所以深深规劝你。

板

上帝板板，下民卒瘅！　　　　上帝发疯不正常，下界人民都遭殃！
出话不然，为犹不远。　　　　话儿说得不合理，政策订来没眼光。
靡圣管管，不实于亶。　　　　不靠圣人太自用，光说不做真荒唐。
犹之未远，是用大谏。　　　　执政丝毫没远见，所以作诗劝我王。

天之方难，无然宪宪。　　　　老天正把灾难降，不要这般喜洋洋。
天之方蹶，无然泄泄。　　　　老天正在降骚乱，不要多嘴说短长。
辞之辑矣，民之洽矣。　　　　政今协调缓和了，民心和协国力强。
辞之怿矣，民之莫矣。　　　　政令混乱败坏了，人民受害难安康。

我虽异事，及尔同寮。　　　　你我职务虽不同，毕竟同事在官场。
我即尔谋，听我嚣嚣。　　　　我到你处商国事，忠言逆耳白开腔。
我言维服，勿以为笑。　　　　我提建议为治国，切莫当做笑话讲。
先民有言："询于刍荛。"　　古人有话说得好："有事请教斫柴郎。"

天之方虐，无然谑谑。　　　　老天正把灾难降，切莫喜乐太放荡。
老夫灌灌，小子蹻蹻。　　　　老夫恳切尽忠诚，小子骄傲不像样。
匪我言耄，尔用忧谑。　　　　不是我说糊涂话，你开玩笑太轻狂。
多将熇熇，不可救药。　　　　多做坏事难收拾，不可救药国将亡。

天之方懠，无为夸毗。　　　　老天正在生怒气，你别这副奴才相。
威仪卒迷，善人载尸。　　　　君臣礼节都乱套，好人闭口不开腔。
民之方殿屎，则莫我敢葵。　　人民痛苦正呻吟，对我不敢妄猜想。
丧乱蔑资，曾莫惠我师。　　　社会纷乱国库空，抚恤群众谈不上。

天之牖民，如埙如篪，　　　　老天诱导众百姓，如吹管乐和音响；
如璋如圭，如取如携。　　　　如像玄圭配玉璋。如提如携来相帮。
携无曰益，牖民孔易。　　　　培育扶植不设防，因势利导很顺当。
民之多辟，无自立辟。　　　　如今民间多乱子，枉自立法没用场。

价人维藩，大师维垣，　　　好人好比是藩篱，大众好比是围墙，
大邦维屏，大宗维翰。　　　大国好比是屏障，同族好比是栋梁。
怀德维宁，宗子维城。　　　关心人民国安泰，宗子就像是城墙。
无俾城坏，无独斯畏。　　　别让城墙受破坏，不要孤立自遭殃。

敬天之怒，无敢戏豫。　　　老天发怒要敬畏，不敢嬉戏太放荡。
敬天之渝，无敢驰驱。　　　老天灾变要敬畏，不敢任性太狂放。
昊天曰明，及尔出王。　　　老天眼睛最明亮，和你一起同来往。
昊天曰旦，及尔游衍。　　　老天眼睛最明朗，和你一起共游逛。

荡之什

荡

荡荡上帝，下民之辟。　　　上帝骄纵又放荡，他是下民的君王。
疾威上帝，其命多辟。　　　上帝贪心又暴虐，政令邪僻太反常。
天生烝民，其命匪谌。　　　上天生养众百姓，政令无信尽撒谎。
靡不有初，鲜克有终。　　　万事开头讲得好，很少能有好收场。

文王曰咨，咨女殷商！　　　文王开口叹声长，叹你殷商末代王！
曾是强御，曾是掊克，　　　多少凶暴强横贼，敲骨吸髓又贪赃，
曾是在位，曾是在服。　　　窃据高位享厚禄，有权有势太猖狂。
天降滔德，女兴是力。　　　天降这些不法臣，助长国王逞强梁。

文王曰咨，咨女殷商！　　　文王开口叹声长，叹你殷商末代王！
而秉义类，强御多怼。　　　你任善良以职位，凶暴奸臣心怏怏。
流言以对，寇攘式内。　　　面进谗言来诽谤，强横窃据朝廷上。
侯作侯祝，靡届靡究。　　　诅咒贤臣害忠良，没完没了造祸殃。

文王曰咨，咨女殷商！
女炰烋于中国，敛怨以为德。
不明尔德，时无背无侧。
尔德不明，以无陪无卿。

文王开口叹声长，叹你殷商末代王！
跋扈天下太狂妄，却把恶人当忠良。
知人之明你没有，不知叛臣结朋党。
知人之明你没有，不知公卿谁能当。

文王曰咨，咨女殷商！
天不湎尔以酒，不义从式。
既愆尔止，靡明靡晦。
式号式呼，俾昼作夜。

文王开口叹声长，叹你殷商末代王！
上天未让你酗酒，也未让你用匪帮。
礼节举止全不顾，没日没夜灌黄汤。
狂呼乱叫不像样，日夜颠倒政事荒。

文王曰咨，咨女殷商！
如蜩如螗，如沸如羹。
小大近丧，人尚乎由行。
内奰于中国，覃及鬼方。

文王开口叹声长，叹你殷商末代王！
百姓悲叹如蝉鸣，恰如落进沸水汤。
大小事儿都不济，你却还是老模样。
全国人民怒气生，怒火蔓延到远方。

文王曰咨，咨女殷商！
匪上帝不时，殷不用旧。
虽无老成人，尚有典刑。
曾是莫听，大命以倾。

文王开口叹声长，叹你殷商末代王！
不是上帝心不好，是你不守旧规章。
虽然身边没老臣，还有成法可依傍。
这样不听人劝告，命将转移国将亡。

文王曰咨，咨女殷商！
人亦有言："颠沛之揭，
枝叶未有害，本实先拨。"
殷鉴不远，在夏后之世。

文王开口叹声长，叹你殷商末代王！
古人有话不可忘："大树拔倒根出土，
枝叶虽然暂不伤，树根已坏难久长。"
殷商镜子并不远，应知夏桀啥下场。

抑

抑抑威仪，维德之隅。
人亦有言："靡哲不愚。"
庶人之愚，亦职维疾。
哲人之愚，亦维斯戾。

仪表堂堂礼彬彬，为人品德很端正。
古人有句老俗话："智者看来像愚笨。"
常人显得不聪明，那是本身有毛病。
智者看似不聪明，那是装傻避罪刑。

无竞维人，四方其训之。　　有了贤人国强盛，四方诸侯来归诚。
有觉德行，四国顺之。　　　君子德行正又直，诸侯顺从庆升平。
訏谟定命，远犹辰告。　　　建国大计定方针，长远国策告群臣。
敬慎威仪，维民之则。　　　举止行为要谨慎，人民以此为标准。

其在于今，兴迷乱于政。　　如今天下乱纷纷，国政混乱不堪论。
颠覆厥德，荒湛于酒。　　　你的德行已败坏，沉湎酒色醉醺醺。
女虽湛乐从，弗念厥绍，　　只知吃喝和玩乐，继承帝业不关心。
罔敷求先王，克共明刑。　　先王治道不广求，怎能明法利众民。

肆皇天弗尚，如彼泉流，　　皇天不肯来保佑，好比泉水空自流，
无沦胥以亡。夙兴夜寐，　　君臣相率一齐休。应该起早又睡晚，
洒扫庭内，维民之章。　　　里外洒扫除尘垢，为民表率要带头。
修尔车马，弓矢戎兵。　　　整治你的车和马，弓箭武器认真修，
用戒戎作，用逷蛮方。　　　以便一旦战事起，征服国外众蛮酋。

质尔人民，谨尔侯度，　　　安定你的老百姓，谨守法度莫任性，
用戒不虞。慎尔出话，　　　以防祸事突然生。说话开口要谨慎，
敬尔威仪，无不柔嘉。　　　行为举止要端正，处处温和又可敬。
白圭之玷，尚可磨也；　　　白玉上面有污点，尚可琢磨除干净；
斯言之玷，不可为也。　　　开口说话出毛病，再要挽回也不成！

无易由言，无曰："苟矣，　　不要随口把话吐，莫道"说话可马虎，
莫扪朕舌，"言不可逝矣。　　没人把我舌头捂"，一言既出难弥补。
无言不雠，无德不报。　　　没有出言无反应，施德总能得福禄。
惠于朋友，庶民小子。　　　朋友群臣要爱护，百姓子弟多安抚。
子孙绳绳，万民靡不承。　　子子孙孙要谨慎，人民没有不顺服。

视尔友君子，辑柔尔颜，　　看你招待贵族们，和颜悦色笑盈盈，
不遐有愆。相在尔室，　　　小心过失莫发生。看你独自处室内，
尚不愧于屋漏。无曰不显，　　做事无愧于神明。休道"室内光线暗，
莫予云觏。神之格思，　　　没人能把我看清。"神明来去难预测，
不可度思，矧可射思？　　　不知何时忽降临，怎可厌倦自遭惩。

辟尔为德，俾臧俾嘉。　　　　　修明德行养情操，使它高尚更美好。
淑慎尔止，不愆于仪。　　　　　举止谨慎行为美，仪容端正有礼貌。
不僭不贼，鲜不为则。　　　　　不犯过错不害人，很少不被人仿效。
投我以桃，报之以李。　　　　　人家送我一篮桃，我以李子来相报。
彼童而角，实虹小子。　　　　　胡说秃羊头生角，实是乱你周王朝。

荏染柔木，言缗之丝。　　　　　又坚又韧好木料，制作琴瑟丝弦调。
温温恭人，维德之基。　　　　　温和谨慎老好人，根基深厚品德高。
其维哲人，告之话言，　　　　　如果你是明智人，古代名言来奉告，
顺德之行。其维愚人，　　　　　马上实行当做宝。如果你是糊涂虫，
覆谓我僭，民各有心。　　　　　反说我错不讨好，人心各异难诱导！

於乎小子，未知臧否！　　　　　可叹少爷太年青，不知好歹与重轻！
匪手携之，言示之事。　　　　　非但挽你互谈心，也曾教你办事情。
匪面命之，言提其耳。　　　　　非但当面教导你，还拎你耳要你听。
借曰未知，亦既抱子。　　　　　假使说你不懂事，也已抱子有儿婴。
民之靡盈，谁夙知而莫成？　　　人们虽然有缺点，谁会早慧却晚成？

昊天孔昭，我生靡乐。　　　　　苍天在上最明白，我这一生没愉快。
视尔梦梦，我心惨惨。　　　　　看你那种糊涂样，我心烦闷又悲哀。
诲尔谆谆，听我藐藐。　　　　　反复耐心教导你，你既不听也不睬。
匪用为教，覆用为虐。　　　　　不知教你为你好，反当笑话来编排。
借曰未知，亦聿既耄！　　　　　如果说你不懂事，怎会骂我是老迈！

於乎小子，告尔旧止。　　　　　叹你少爷年幼王，听我告你旧典章。
听用我谋，庶无大悔。　　　　　你若听用我主张，不致大错太荒唐。
天方艰难，曰丧厥国。　　　　　上天正把灾难降，只怕国家要灭亡。
取譬不远，昊天不忒。　　　　　让我就近打比方，上天赏罚不冤枉。
回遹其德，俾民大棘！　　　　　如果邪僻性不改，黎民百姓要遭殃！

桑 柔

菀彼桑柔，其下侯旬。
捋采其刘，瘼此下民。
不殄心忧，仓兄填兮。
倬彼昊天，宁不我矜！

青青桑叶密又嫩，桑树下面一片荫，
采完桑叶剩枝根。害苦百姓难遮身，
愁思绵绵缠我心。社会凄凉乱纷纷，
皇天能把善恶分，怎么不怜我老臣！

四牡骙骙，旟旐有翩。
乱生不夷，靡国不泯。
民靡有黎，具祸以烬。
於乎有哀。国步斯频！

四马驾车不住奔，旌旗翻飞各逃生。
祸乱发生不太平，到处纷乱难安宁。
百姓死亡人稀少，全都遭难变灰烬，
长叹一声心悲痛，国运艰难势将倾！

国步蔑资，天不我将。
靡所止疑，云徂何往？
君子实维，秉心无竞。
谁生厉阶？至今为梗。

民穷财尽国运紧，老天不助我人民。
没有地方可安身，想走不知去何村？
君子扪心自思忖，没有争权夺利心。
谁是产生祸乱根？至今作梗害人民。

忧心殷殷，念我土宇。
我生不辰，逢天僤怒。
自西徂东，靡所定处。
多我觏痻，孔棘我圉。

隐隐作痛心忧伤，想念故土旧家邦。
生不逢时真不幸，碰上老天怒火旺。
从东到西天地宽，没有安居好地方。
灾难遭到一连串，再加敌寇侵边疆。

为谋为毖，乱况斯削。
告尔忧恤，诲尔序爵。
谁能执热，逝不以濯？
其何能淑，载胥及溺。

谋划国事要谨慎，祸乱状况会减轻。
你们应当忧国事，合理授官任贤能。
好比谁想驱炎热，不去洗澡行不行？
国事如果不办好，大家淹死都丧命。

如彼溯风，亦孔之僾。
民有肃心，荓云不逮。
好是稼穑，力民代食。
稼穑维宝，代食维好。

好比顶着大风跑，呼吸困难心发跳。
人民空有进取心，形势使他难效劳。
重视春种和秋收，百姓劳动官吃饱。
农业生产是个宝，官吏坐吃是正道。

天降丧乱，灭我立王。	死亡祸乱从天降，要灭我们所立王。
降此蟊贼，稼穑卒痒。	降下害虫和蟊贼，大田庄稼全吃光。
哀恫中国，具赘卒荒。	哀痛我们全中国，绵延田地一片荒。
靡有旅力，以念穹苍。	大家没有尽力干，怎能感动那上苍。
维此惠君，民人所瞻。	通情达理好君王，人民对他就景仰。
秉心宣犹，考慎其相。	心地光明善治国，慎重考察择宰相。
维彼不顺，自独俾臧。	君主违理不顺民，只管自己把福享，
自有肺肠，俾民卒狂。	别有一副怪心肠，使民迷惑而放荡。
瞻彼中林，甡甡其鹿；	看那野外有树林，鹿儿成群多相亲。
朋友已谮，不胥以穀。	朋友反而相欺骗，不能置腹又推心。
人亦有言："进退维谷。"	人们经常这样说："进退两难真苦闷。"
维此圣人，瞻言百里；	只有圣人有眼力，目光远大望百里；
维彼愚人，覆狂以喜。	只有蠢人眼近视，反而狂妄瞎欢喜。
匪言不能，胡斯畏忌？	并非有口不能言，为啥害怕有顾忌？
维此良人，弗求弗迪；	这位君主心善良，不求名利不争王；
维彼忍心，是顾是复。	那位君主太残忍，反复无常理不讲。
民之贪乱，宁为荼毒。	百姓为啥要作乱，因遭暴政苦难挡。
大风有隧，有空大谷。	天上呼呼刮大风，峡谷从来是空空。
维此良人，作为式穀；	这位君主心善良，多做好事人歌颂；
维彼不顺，征以中垢。	那位君主不讲理，日夜荒淫不出宫。
大风有隧，贪人败类。	天上大风呼呼吹，贪利小人是败类。
听言则对，诵言如醉。	顺从话儿你答对，一听忠谏装酒醉。
匪用其良，覆俾我悖。	忠臣良言不采用，反而说我老背晦。
嗟尔朋友，予岂不知而作。	叫声朋友听我说，我岂不知你所作。
如彼飞虫，时亦弋获。	好比天空飞翔鸟，有时射中也被捉。
既之阴女，反予来赫。	你的底细我掌握，如今反而恐吓我。

民之罔极，职凉善背。
为民不利，如云不克。
民之回遹，职竞用力。

人心不正好作乱，主张刻薄搞反叛。
你做不利人民事，好像还嫌不凶残。
人民要走邪僻路，竟用暴力解苦难。

民之未戾，职盗为寇。
凉曰不可，覆背善詈。
虽曰匪予，既作尔歌。

人民不把好事做，主张为盗结成伙。诚恳告
你行不通，你反背地咒骂我。虽然被你来诽
谤，终究为你把诗作。

云　汉

倬彼云汉，昭回于天。
王曰於乎，何辜今之人！
天降丧乱，饥馑荐臻。
靡神不举，靡爱斯牲。
圭璧既卒，宁莫我听！

浩浩银河天上横，星光灿烂转不停。
国王仰天长叹息：百姓今有啥罪行！
上天降下死亡祸，饥荒灾难接连生。
哪位神灵没祭祀，何曾吝惜用牺牲。
祭神圭璧已用尽，为啥祷告天不听！

旱既大甚，蕴隆虫虫。
不殄禋祀，自郊徂宫。
上下奠瘗，靡神不宗。
后稷不克，上帝不临。
耗斁下土，宁丁我躬！

旱情已经很严重，酷暑闷热如火熏。
不断祭祀求降雨，从那郊外到庙寝。
上祭天神下祭地，任何神灵和尊敬。
后稷不能止灾情，上帝圣威不降临。
天下田地尽遭害，灾难恰恰落我身。

旱既大甚，则不可推。
兢兢业业，如霆如雷。
周余黎民，靡有孑遗。
昊天上帝，则不我遗。
胡不相畏？先祖于摧。

旱灾已经很不轻，想要消除不可能。
整天提心又吊胆，如防霹雳和雷霆。
周地剩余老百姓，将要全部死干净。
皇天上帝心好狠，不肯赐食把善行。
祖先怎么不害怕？子孙死绝祭不成。

旱既大甚，则不可沮。
赫赫炎炎，云我无所。
大命近止，靡瞻靡顾。
群公先正，则不我助。

旱情严重无活路，没有办法可止住。
烈日炎炎如火烧，哪里还有遮荫处。
大限已到命将亡，神灵依旧不看顾。
诸侯公卿众神灵，不肯降临来帮助。

父母先祖，胡宁忍予！ 父母祖先在天上，为啥忍心看我苦！

旱既大甚，涤涤山川。 旱灾来势很凶暴，山秃河干草木焦。
旱魃为虐，如惔如焚。 旱魔为害太猖狂，好像遍地大火烧。
我心惮暑，忧心如熏。 长期酷热令人畏，忧心如焚受煎熬。
群公先正，则不我闻。 诸侯公卿众神灵，毫不过问怎么好。
昊天上帝，宁俾我遁！ 叫声上帝叫声天，难道要我脱身逃！

旱既大甚，黾勉畏去。 旱灾来势虽凶暴，勉力在位不辞劳。
胡宁瘨我以旱？憯不知其故。 为啥降旱害我们？不知缘由真心焦。
祈年孔夙，方社不莫。 祈年祭祀不算晚，祭方祭社也很早。
昊天上帝，则不我虞。 皇天上帝太狠心，不佑助我不宽饶。
敬恭明神，宜无悔怒！ 一向恭敬诸神明，想来神明不会恼。

旱既大甚，散无友纪。 旱情严重总不已，人人散漫无法纪。
鞫哉庶正，疚哉冢宰。 公卿百官都技穷，宰相盼雨空焦虑。
趣马师氏，膳夫左右。 趣马师氏都祈雨，膳夫大臣来助祭；
靡人不周，无不能止。 没有一人不出力，没人停下喘口气。
瞻卬昊天，云如何里！ 仰望晴空无片云，我心忧愁何时止！

瞻卬昊天，有嘒其星。 仰望高空万里晴，微光闪闪满天星。
大夫君子，昭假无赢。 大夫君子很虔诚，祈祷神灵没私情。
大命近止，无弃尔成！ 大限虽近将死亡，继续祈祷不要停！
何求为我，以戾庶正。 祈雨不是为自己，是为安定众公卿。
瞻卬昊天，曷惠其宁！ 仰望皇天默默祷，何时赐我民安宁！

嵩　高

崧高维岳，骏极于天。 五岳居中是嵩山，巍巍高耸入云天。
维岳降神，生甫及申。 中岳嵩山降神灵，吕侯申伯生人间。
维申及甫，维周之翰。 申家伯爵吕家侯，辅佐周朝是中坚。
四国于蕃，四方于宣。 诸侯靠他为屏障，天下靠他为墙垣。

亹亹申伯，王缵之事。　　申伯勤勉美名扬，继承祖业佐周王。
于邑于谢，南国是式。　　赐封子谢建新都，南国诸侯有榜样。
王命召伯，定申伯之宅。　周王命令召伯虎，去为申伯建住房。
登是南邦，世执其功。　　建成南方一邦国，子孙世守国祚长。

王命申伯："式是南邦，　王对申伯下令讲："要在南国树榜样。
因是谢人，以作尔庸。"　依靠谢地众百姓，建筑你国新城墙。"
王命召伯，彻申伯土田。　周王命令召伯虎，治理申伯新封疆。
王命傅御，迁其私人。　　命令太傅和侍御，助他家臣迁谢邦。

申伯之功，召伯是营。　　申伯谢邑丄已竣，全靠召伯苦经营。
有俶其城，寝庙既成。　　峨峨谢城坚又厚，寝庙也已建筑成，
既成藐藐，王锡申伯：　　雕栏画栋院宇深。王赐申伯好礼品，
"四牡蹻蹻，钩膺濯濯。　骏马四匹蹄儿轻，黄铜钩膺亮晶晶。

王遣申伯，路车乘马。　　王遣申伯赴谢城，高车驷马快启程。
我图尔居，莫如南土；　　"我细考虑你住处，莫如南土最相称；
锡尔介圭，以作尔宝。　　赐你大圭好礼物，作为国宝永保存。
往近王舅，南土是保。　　叫声娘舅放心去，确保南土扎下根。"

申伯信迈，王饯于郿。　　申伯决定要动身，王到郿郊来饯行。
申伯还南，谢于诚归。　　申伯要回南方去，决心南下住谢城。
王命召伯，彻申伯土疆；　周王命令召伯虎，申伯疆界要划定；
以峙其粻，式遄其行。　　沿途粮草备充盈，一路顺风不留停。

申伯番番，既入于谢。　　申伯威武气昂昂，进入谢城好排场，
徒御啴啴，周邦咸喜，　　步骑车御列成行。全城人民喜洋洋，
戎有良翰。不显申伯，　　从此国家有栋梁。高贵显赫的申伯，
王之元舅，文武是宪。　　周王大舅不寻常，能文能武是榜样。

申伯之德，柔惠且直。　　申伯美德众口扬，和顺正直且温良。
揉此万邦，闻于四国。　　安定诸侯达万国，赫赫声誉传四方。
吉甫作诵，其诗孔硕。　　吉甫作了这首歌，含义深切篇幅长，

其风肆好，以赠申伯。	曲调优美音铿锵，赠别申伯诉衷肠。

烝 民

天生烝民，有物有则。	天生众人性相合，万物本来有法则。
民之秉彝，好是懿德。	人心自然赋常情，全都喜爱好品德。
天监有周，昭假于下。	上帝审察我周朝，周王祈祷意诚恪。
保兹天子，生仲山甫。	为保天子能中兴，生下山甫辅君侧。
仲山甫之德，柔嘉维则。	山甫天生好品德，和气善良有原则。
令仪令色，小心翼翼。	仪表堂堂脸带笑，办事谨慎不出格。
古训是式，威仪是力。	遵循古训无差错，尽力做到礼节合。
天子是若，明命使赋。	处处承顺天子意，颁布命令贯政策。
王命仲山甫，式是百辟。	周王命令仲山甫，要做诸侯好榜样。
缵戎祖考，王躬是保。	祖先事业你继承，辅佐天子立纪纲。
出纳王命，王之喉舌。	受命司令你掌管，为王喉舌代宣讲。
赋政于外，四方爰发。	颁布政令达各地，贯彻执行到四方。
肃肃王命，仲山甫将之。	王命严肃不可抗，山甫执行很顺当。
邦国若否，仲山甫明之。	全国政事好和坏，山甫心里最明亮。
既明且哲，以保其身。	知识渊博又明理，保全节操永流芳。
夙夜匪解，以事一人。	日夜工作不松懈，全心全意侍周王。
人亦有言："柔则茹之，	有句老话经常讲："东西要拣软的吃，
刚则吐之。"维仲山甫，	硬的吐出放一旁。"只有这位仲山甫，
柔亦不茹，刚亦不吐。	软的东西他不吃，硬的不吐真坚强；
不侮矜寡，不畏强御。	见了鳏寡不欺侮，遇到强暴不退让。
人亦有言："德輶如毛，	有句老话人常道："品德即使轻如毛，
民鲜克举之。"我仪图之，	很少有人举得高。"细细揣摩暗思考，
维仲山甫举之，爱莫助之。	只有山甫能做到，无力帮他表倾倒。

衮职有阙，维仲山甫补之。 周王破了衮龙袍，只有山甫能补好。

仲山甫出祖，四牡业业， 山甫远出祭路神，四马雄壮如飞奔，
征夫捷捷，每怀靡及。 左右随从很勤快，惦念任务还在身。
四牡彭彭，八鸾锵锵， 四马蹄声得得响，八铃锵锵车轮滚。
王命仲山甫，城彼东方。 周王命令仲山甫，筑城东方立功勋。

四牡骙骙，八鸾喈喈， 四匹骏马奔跑忙，八只铜铃响叮当。
仲山甫徂齐，式遄其归。 山甫到齐去平乱，望他早日回故乡。
吉甫作诵，穆如清风。 吉甫作歌赠老友，和如清风吹人爽。
仲山甫永怀，以慰其心。 山甫临行顾虑多，唱诗安慰望心宽。

韩 奕

奕奕梁山，维禹甸之， 巍巍高耸梁山冈，大禹治水到此间，
有倬其道。韩侯受命， 一条大路通周邦。韩侯入朝受册命，
王亲命之："缵戎祖考。 周王亲自对他讲："祖先事业你继承，
无废朕命，夙夜匪解， 我的命令切莫忘。早晚工作别松懈，
虔共尔位。朕命不易， 忠诚职守勿疏荒。我的册命不轻发，
干不庭方，以佐戎辟。" 望你伐叛正纪纲，以此辅佐你君王。"

四牡奕奕，孔修且张。 四匹公马真肥壮，又高又大气昂昂。
韩侯入觐，以其介圭， 韩侯入周来朝见，手捧大圭上朝堂，
入觐于王。王锡韩侯， 俯伏丹墀拜周王。王赐礼物示嘉奖，
淑旂绥章，簟茀错衡， 锦绣龙旗彩羽装，镂金彩绘车一辆，
玄衮赤舄，钩膺镂钖， 黑色龙袍大红靴，铜制马饰雕纹章，
鞹鞃浅幭，鞗革金厄。 浅色虎皮蒙轼上，马辔马轭闪金光。

韩侯出祖，出宿于屠。 韩侯离朝祭路神，路上住宿在屠城。
显父饯之，清酒百壶。 显父设宴为饯行，美酒百壶醇又清。
其殽维何？炰鳖鲜鱼。 席上荤菜是什么？清蒸大鳖鲜鱼羹。
其蔌维何？维笋及蒲。 席上素菜是什么？嫩蒲烧汤竹笋丁。

其赠维何？乘马路车。　　　　临行赠品是什么？高车驷马垂红缨。
笾豆有且，侯氏燕胥。　　　　七盘八碗筵丰盛，韩侯宴饮真高兴。

韩侯取妻，汾王之甥，　　　　韩侯结婚娶妻房，她的舅父是厉王，
蹶父之子。韩侯迎止，　　　　司马蹶父小女郎。韩侯驾车去亲迎，
于蹶之里。百两彭彭，　　　　蹶邑大街闹洋洋。百辆新车挤路上，
八鸾锵锵，不显其光。　　　　车铃串串响丁当，荣耀显赫真辉煌。
诸娣从之，祁祁如云。　　　　陪嫁众妾紧相随，多如彩云巧梳妆。
韩侯顾之，烂其盈门。　　　　韩侯举行三顾礼，满门灿烂又堂皇。

蹶父孔武，靡国不到；　　　　蹶父威武又雄壮，出使各国游历广；
为韩姞相攸，莫如韩乐。　　　　他替女儿找婆家，莫如韩国最理想。
孔乐韩土，川泽訏訏，　　　　住在韩地欢乐多，河川水泊很宽广，
鲂鱮甫甫，麀鹿噳噳，　　　　鳊鱼鲢鱼多肥大，母鹿公鹿满山冈，
有熊有罴，有猫有虎。　　　　深林有熊又有罴，山猫猛虎幽谷藏，
庆既令居，韩姞燕誉。　　　　欢庆得了好地方，韩姞安乐心舒畅。

溥彼韩城，燕师所完。　　　　韩国城邑宽又广，工程完竣靠燕邦。
以先祖受命，因时百蛮。　　　　韩国祖先受王命，节制蛮族控北方。
王锡韩侯，其追其貊，　　　　王赐韩侯复祖业，追貊两族由你掌，
奄受北国，因以其伯。　　　　包括北方诸小国，你为方伯位居上。
实墉实壑，实亩实藉。　　　　城墙城壕替他筑，垦田收税样样帮。
献其貔皮，赤豹黄罴。　　　　他们贡献白狐皮，赤豹黄熊好皮张。

江　汉

江汉浮浮，武夫滔滔。　　　　长江汉水流滔滔，壮士出征逞英豪。
匪安匪游，淮夷来求。　　　　不贪安逸非游遨，誓把淮夷来征讨。
既出我车，既设我旟。　　　　驾起戎车如飞跑，树起战旗随风飘。
匪安匪舒，淮夷来铺。　　　　不求安逸不辞劳，陈师淮夷除凶暴。

江汉汤汤，武夫洸洸。　　　　长江汉水流浩荡，壮士勇猛世无双。

长江万里图（部分），宋夏圭绘，中国台北故宫博物院藏。

经营四方，告成于王。　　　　　　　讨伐四方叛乱国，捷报飞来告周王。
四方既平，王国庶定。　　　　　　　四方叛国已平定，周邦方得保安康。
时靡有争，王心载宁。　　　　　　　时局平定无征战，周王安宁心舒畅。

江汉之浒，王命召虎：　　　　　　　长江边啊汉水旁，王命召虎为大将：
"式辟四方，彻我疆土。　　　　　　　"为我开辟四方地，为我治理好土疆。
匪疚匪棘，王国来极。　　　　　　　施政宽缓莫扰民，一切准则学中央。
于疆于理，至于南海。"　　　　　　　划定边界治国土，直到南海蛮夷邦。"

王命召虎，来旬来宣：　　　　　　　宣王册命任召虎，宗庙当中告百官：
"文武受命，召公维翰。　　　　　　　"文王武王受天命，召公辅政立朝班。
无曰：予小子，召公是似。　　　　　不要说我还年轻，召公事业你接管。
肇敏戎公，用锡尔祉。　　　　　　　速立大功来报效，赐你福禄示恩眷。"

釐尔圭瓒，秬鬯一卣。　　　　　　　"赏你玉勺世世传，秬酒一壶香又甜。
告于文人，锡山土田。　　　　　　　祭告你的祖先神，先王曾赐山和田。
于周受命，自召祖命。"　　　　　　　你到岐周受册命，仪式按照你祖先。"
虎拜稽首，"天子万年！"　　　　　　召虎拜谢又叩头，"恭祝天子寿万年！"

虎拜稽首："对扬王休。　　　　　　　召虎拜谢又叩头，"为报王赐礼物厚，
作召公考，天子万寿！　　　　　　　特铸青铜召公簋，恭祝天子万年寿！

明明天子，令闻不已。　　　勤勉不倦周天子，名垂千古永不朽。
矢其文德，洽此四国。"　　　施行德政惠万民，协和四方众诸侯。"

常　武

赫赫明明，王命卿士，　　　威武英明周宣王，命令卿士征徐方，
南仲大祖，大师皇父：　　　太庙之中命南仲，太师皇父同听讲：
"整我六师，以修我戎。　　　"整顿六军振士气，修理弓箭和刀枪。
既敬既戒，惠此南国。"　　　告诫士卒勿扰民，平定徐国惠南邦。"

王谓尹氏，命程伯休父：　　　王令尹氏传下话，策命休父任司马：
"左右陈行，戒我师旅。　　　"士卒左右列好队，训诫六军早出发。
率彼淮浦，省此徐土，　　　循那淮水岸边行，须对徐国细巡察。
不留不处，三事就绪。"　　　大军不必久居留，任毕三卿便回家。"

赫赫业业，有严天子。　　　威仪堂堂气概昂，神圣庄严周宣王。
王舒保作，匪绍匪游。　　　王师从容向前进，不敢延缓不游逛。
徐方绎骚，震惊徐方，　　　徐国闻讯大骚动，王师威力震徐邦，
如雷如霆，徐方震惊。　　　声势恰似雷霆轰，徐兵未战已惊慌。

王奋厥武，如震如怒。　　　宣王奋发真威武，就像天上雷霆怒。
进厥虎臣，阚如虓虎。　　　冲锋兵车先进军，吼声震天如猛虎。
铺敦淮濆，仍执丑虏。　　　大军列阵淮水边，捉获敌方众战俘。
截彼淮浦，王师之所。　　　切断徐兵溃逃路，王师就地把兵驻。

王旅啴啴，如飞如翰，　　　王师势盛世无双，行动神速如鸟翔。
如江如汉。如山之苞，　　　好比江汉水流长，好比青山难摇撼，
如川之流。绵绵翼翼，　　　好比洪流不可挡，连绵不断声威壮，
不测不克，濯征徐国。　　　神出鬼没难估量，大征徐国定南方。

王犹允塞，徐方既来。　　　宣王计划真恰当，徐国已服来归降。
徐方既同，天子之功。　　　纳土称臣成一统，建立功勋是我王。

四方既平，徐方来庭。　　四方诸侯既平靖，徐君朝拜王庭上。
徐方不回，王曰：还归。　　徐国从此不敢叛，王命班师回周邦。

瞻卬

瞻卬昊天，则不我惠。　　仰望老天灰冥冥，老天对我没恩情。
孔填不宁，降此大厉。　　天下很久不安宁，降下大祸真不轻。
邦靡有定，士民其瘵。　　国家无处有安定，害苦士卒和百姓。
蟊贼蟊疾，靡有夷届。　　好比害虫吃庄稼，没完没了总不停。
罪罟不收，靡有夷瘳。　　滥罚酷刑不收敛，生灵涂炭无止境。

人有土田，女反有之。　　别人如有好田地，你便侵占归自己。
人有民人，女覆夺之。　　别人田里人民多，你却夺来做奴隶。
此宜无罪，女反收之。　　这些本是无辜人，你却捕他不讲理。
彼宜有罪，女覆说之。　　那些本是有罪人，你却开脱去包庇。
哲夫成城，哲妇倾城。　　男子有才能立国，妇女有才毁社稷。

懿厥哲妇，为枭为鸱。　　可叹此妇太逞能，她是恶枭猫头鹰。
妇有长舌，维厉之阶。　　妇有长舌爱多嘴，灾难根源从她生。
乱匪降自天，生自妇人。　　祸乱不是从天降，出自妇人真不幸。
匪教匪诲，时维妇寺。　　没人教王施暴政，女人内侍话太听。

鞫人忮忒，谮始竟背。　　专门诬告陷害人，说话前后相矛盾。
岂曰不极，伊胡为慝？　　难道她还不凶狠，为啥喜欢这妇人？
如贾三倍，君子是识。　　好比商人会赚钱，叫他参政难胜任。
妇无公事，休其蚕织。　　妇女不该管国事，她却蚕织不躬亲。

天何以刺？何神不富？　　上天为啥罚我苦？神明为啥不赐福？
舍尔介狄，维予胥忌。　　放任武装夷狄人，只是对我很厌恶；
不吊不祥，威仪不类。　　人们遭难不抚恤，礼节不修走邪路。
人之云亡，邦国殄瘁。　　良臣贤士都跑光，国运艰危将倾覆。

天之降罔，维其优矣。　　上天把那刑罚降，多如牛毛不胜防。
人之云亡，心之忧矣。　　良臣贤士都逃光，心中忧伤对谁讲。
天之降罔，维其几矣。　　上天无情降法网，国家危险人心慌。
人之云亡，心之悲矣。　　良臣贤士都逃光，回天乏术心悲伤。

觱沸槛泉，维其深矣。　　泉水翻腾往外喷，源头一定非常深。
心之忧矣，宁自今矣？　　我心忧伤由来久，难道只是始于今？
不自我先，不自我后。　　祸乱不先也不后，恰恰与我同时辰。
藐藐昊天，无不克巩。　　老天浩茫又高远，约束万物定乾坤。
无忝皇祖，式救尔后。　　不要辱没你祖先，匡救王朝为子孙。

召 旻

旻天疾威，天笃降丧，　　老天暴虐难提防，接二连三降灾荒。
瘨我饥馑，民卒流亡。　　饥馑遍地灾情重，十室九空尽流亡。
我居圉卒荒。　　　　　　国土荒芜生榛莽。

天降罪罟，蟊贼内讧。　　天降罪网真严重，蟊贼相争起内讧。
昏椓靡共，溃溃回遹，　　谗言乱政职不供，昏聩邪僻肆逞凶，
实靖夷我邦。　　　　　　想把国家来断送。

皋皋訿訿，曾不知其玷。　欺诈攻击心藏奸，却不自知有污点。
兢兢业业，孔填不宁，　　君子兢兢又业业，对此早就心不安，
我位孔贬。　　　　　　　可惜职位太低贱。

如彼岁旱，草不溃茂，　　好比干旱年头到，地里百草不丰茂，
如彼栖苴。我相此邦，　　像那枯草歪又倒。看看国家这个样，
无不溃止。　　　　　　　崩溃灭亡免不了。

维昔之富不如时。维今之疚不如兹。　从前富裕今天穷，时弊莫如此地凶。
彼疏斯粺，胡不自替？　人吃粗粮他白米，何占茅房不出恭？
职兄斯引。　　　　　　情况越来越严重。

池之竭矣，不云自频？　　池水枯竭非一天，岂不开始在边沿？
泉之竭矣，不云自中？　　泉水枯竭源头断，岂不开始在中间？
溥斯害矣，职兄斯弘，　　这场灾害太普遍，这种情况在发展，
不灾我躬？　　　　　　　难道我不受牵连？

昔先王受命，有如召公，　　先王受命昔为君，有像召公辅佐臣。
日辟国百里。今也日蹙国百里。　当初日辟百里地，如今土地日瓜分。
於乎哀哉！维今之人，　　可叹可悲真痛心！不知如今满朝人，
不尚有旧！　　　　　　　是否还有旧忠臣？

周 颂

清庙之什

清 庙

於穆清庙，肃雝显相。　　　啊，在那深沉清庙中，助祭端庄又雍容。
济济多士，秉文之德。　　　众士祭祀行列齐，文王德教记在胸。
对越在天，骏奔走在庙。　　遥对文王在天灵，奔走在庙疾如风。
不显不承，无射于人斯。　　光照上天延后嗣，人们仰慕无时穷。

维天之命

维天之命，於穆不已。　　　想那天道在运行，庄严肃穆永不停。
於乎不显。文王之德之纯！　啊，多么显赫多光明，文王品德真纯正！
假以溢我，我其收之。　　　仁政使我得安宁，我们一定要继承。
骏惠我文王，曾孙笃之。　　遵循文王踏过路，子子孙孙要力行。

维 清

维清缉熙，文王之典。　　　想我周朝政清明，因为文王善用兵。

肇禋，迄用有成，
维周之祯。

由他始行祭天礼，直到武王才功成。
这是我周的祥祯。

烈 文

烈文辟公，锡兹祉福。
惠我无疆，子孙保之。
无封靡于尔邦，维王其崇之。
念兹戎功，继序其皇之。
无竞维人，四方其训之。
不显维德，百辟其刑之。
於乎，前王不忘！

功德双全诸侯公，赐给你们助祭荣。
对我周朝永驯顺，子孙长保福无穷。
莫在你国造大孽，我王对你才尊重。
应念你祖立战功，继承祖业更恢宏。
强盛莫过得贤士，四方才会竞相从。
光明最是先王德，诸侯应该学此风。
先王典范永铭胸。

天 作

天作高山，大王荒之。
彼作矣，文王康之。
彼徂矣，岐有夷之行，
子孙保之。

天生巍峨岐山冈，太王经营地更广。
上天在此生万物，文王安抚定周邦。
人心所向来归顺，岐山大道坦荡荡，
子孙永保这地方。

昊天有成命

昊天有成命，二后受之。
成王不敢康，夙夜基命宥密。
於缉熙，单厥心，
肆其靖之。

天命昭昭自上苍，受命为君文武王。
成王不敢图安逸，日夜谋政志安邦。
啊，多么光明多辉煌，忠诚厚道热心肠，
国家巩固民安康。

我　将

我将我享，维羊维牛，
维天其右之。仪式刑文王之典，
日靖四方。伊嘏文王，
既右飨之。我其夙夜，
畏天之威，于时保之。

我要祭祀先烹调，祭品牛羊不算少，
上帝保佑好运道。典章制度效文王，
治理天下日操劳。伟大神圣我文王，
享受祭祀神灵到。我要日夜勤祭祷，
崇敬天威遵天道，这才能把天下保。

时　迈

时迈其邦，昊天其子之。
实右序有周。薄言震之，
莫不震叠。怀柔百神，
及河乔岳。允王维后！
明昭有周，式序在位。
载戢干戈，载櫜弓矢。
我求懿德，肆于时夏，
允王保之。

出发巡视大小邦，上帝视我如儿郎，
佑我大周国运昌。才始发兵讨纣王，
天下诸侯皆惊慌。为悦众神备祭享，
遍及河山及四望。武王不愧天下长！
大周昭明照四方，满朝称职皆贤良。
收起干戈没用场，装好弓箭袋里藏。
我去访求有德士，遍施善政国兴旺。
周王定能保封疆。

执　竞

执竞武王，无竞维烈。
不显成康？上帝是皇。
自彼成康，奄有四方，
斤斤其明。钟鼓喤喤，
磬筦将将，降福穰穰。
降福简简，威仪反反。
既醉既饱，福禄来反。

制服强梁称武王，克商功业世无双。
功成名就国安康，上帝对他也赞赏。
由于功成国安康，一统天下有四方，
武王英明坐朝堂。敲钟擂鼓咚咚响，
击磬吹箫声锵锵，上天赐福降吉祥。
无边洪福从天降，祭礼隆重又端庄。
武王神灵醉又饱，保你福禄绵绵长。

思 文

思文后稷，克配彼天。　　　想起后稷先王，功德能配上苍。
立我烝民，莫匪尔极。　　　养育我们百姓，谁未受你恩赏。
贻我来牟，帝命率育，　　　留给我们麦种，天命充用供养。
无此疆尔界，陈常于时夏。　农政不分疆界，全国普遍推广。

臣工之什

臣 工

嗟嗟臣工，敬尔在公。　　　群臣百官听我言，对待公事要谨严。
王釐尔成，来咨来茹。　　　周王赐你耕作法，你应考虑细钻研。
嗟嗟保介，维莫之春。　　　农官你要忠职守，暮春农事应早筹，
亦又何求？如何新畬？　　　你们还有啥要求？如何对待新田畴？
於皇来牟，将受厥明。　　　美好麦籽壮又圆，秋来定能获丰收。
明昭上帝，迄用康年。　　　光明上帝真灵验，一直赐我丰收年。
命我众人，庤乃钱镈，　　　就该命令众农夫，锄锹你要备齐全，
奄观铚艾。　　　　　　　　他日一同看开镰。

噫 嘻

噫嘻成王，既昭假尔。　　　成王祈呼向苍穹，一片虔诚与神通。
率时农夫，播厥百谷。　　　率领农夫同下地，安排农事快播种。
骏发尔私，终三十里。　　　迅速开发私邑田，三十里地尽完工。
亦服尔耕，十千维耦。　　　从事耕作须抓紧，万人耦耕齐劳动。

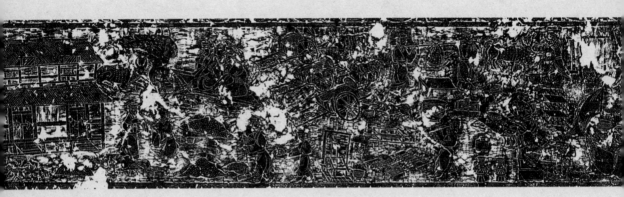

丰收宴享，东汉画像石，沂南县北寨村汉墓出土。

振 鹭

振鹭于飞，于彼西雝。 　　白鹭成群展翅翔，在那西边大泽上。
我客戾止，亦有斯容。 　　我有贵客喜光临，也穿高洁白衣裳。
在彼无恶，在此无斁。 　　他在本国无人怨，很受欢迎到我邦。
庶几夙夜，以永终誉。 　　望您日夜多勤勉，众口交誉美名扬。

丰 年

丰年多黍多稌，亦有高廪， 　　丰年多产糜和稻，粮仓堆得高又高，
万亿及秭。为酒为醴， 　　万斛亿斛真不少。酿成醇酒和甜醪，
烝畀祖妣，以洽百礼。 　　献给先妣与先考，牺牲玉帛同敬孝，
降福孔皆。 　　恩泽普降福星照。

有 瞽

有瞽有瞽，在周之庭。 　　盲乐师啊盲乐师，排列宗庙大庭上。
设业设虡，崇牙树羽。 　　钟架鼓架都摆好，架上钩子彩羽装。
应田县鼓，鞉磬柷圉。 　　小鼓大鼓悬挂起，鞉磬柷圉列成行。
既备乃奏，箫管备举。 　　乐器齐备就演奏，箫管并吹音绕梁。

嘤嘤厥声，肃雝和鸣，　　　众乐同声多洪亮，肃穆和谐调悠扬，
先祖是听。我客戾止，　　　祖宗神灵来欣赏。我有贵宾也光临，
永观厥成。　　　　　　　　曲终不觉奏时长。

潜

猗与漆沮，潜有多鱼：　　　啊，在那漆沮二水中，鱼儿繁多藏柴丛：
有鳣有鲔，鲦鲿鰋鲤。　　　也有鳣鱼也有鲔，鲦鲿鲇鲤多品种。
以享以祀，以介景福。　　　用来祭祀供祖宗，求降洪福永无穷。

雝

有来雝雝，至止肃肃。　　　来时节雍容和睦，到此地恭敬严肃。
相维辟公，天子穆穆。　　　助祭是诸侯群公，周天子端庄静穆。
於荐广牡，相予肆祀。　　　献一口肥大公畜，相助我办好"肆祀"。
假哉皇考！绥予孝子。　　　伟大啊光荣先父！您安抚我这孝子。
宣哲维人，文武维后。　　　用贤臣聪明仁智，圣主兼武功文治。
燕及皇天，克昌厥后。　　　安周邦上及皇天，能昌盛子孙后世。
绥我眉寿，介以繁祉。　　　赐与我长命百岁，又助我大福大祉。
既右烈考，亦右文母。　　　既拜请父饮一杯，又敬请先母大姒。

载　见

载见辟王，曰求厥章。　　　诸侯始来朝周王，求赐车服众典章。
龙旂阳阳，和铃央央，　　　龙纹旗子真漂亮，车上和铃响叮当。
鞗革有鸧，休有烈光。　　　辔头装饰金辉煌，华丽耀目亮晃晃。
率见昭考，以孝以享。　　　率领你们祭武王，隆重献祭在庙堂。
以介眉寿，永言保之，　　　祈求赐我寿无疆，保佑天命永久长，
思皇多祜。烈文辟公，　　　成王得福又吉祥。英明有德诸侯公，
绥以多福，俾缉熙于纯嘏。　　君王受福靠你帮，使他前程光明福无量。

有 客

有客有客，亦白其马。　　　　　　远方客人来我家，跨着一匹白骏马。
有萋有且，敦琢其旅。　　　　　　随从人员一大串，个个品德无疵瑕。
有客宿宿，有客信信。　　　　　　客人头夜这儿宿，二夜三夜再留下。
言授之絷，以絷其马。　　　　　　最好拿根绳索来，把他马儿四蹄扎。
薄言追之，左右绥之。　　　　　　我为客人来饯行，群臣百官欢送他。
既有淫威，降福孔夷。　　　　　　客人既然受优待，天赐福禄会更大。

武

於皇武王，无竞维烈。　　　　　　赞叹伟大周武王，他的功业世无双。
允文文王，克开厥后。　　　　　　诚信有德周文王，能为子孙把业创。
嗣武受之，胜殷遏刘，　　　　　　嗣子武王承遗业，战胜敌人灭殷商，
耆定尔功。　　　　　　　　　　　巩固政权功辉煌。

闵予小子之什

闵予小子

闵予小子，遭家不造，　　　　　　念我嗣位年纪轻，家中遭难真不幸，
嬛嬛在疚。於乎皇考，　　　　　　整天忧伤叹孤零。放声赞我先父亲，
永世克孝！念兹皇祖，　　　　　　能尽孝道终其生！想我祖父国初兴，
陟降庭止。维予小子，　　　　　　任用群臣很公平。我今嗣位未成丁，
夙夜敬止。於乎皇王，　　　　　　日夜勤劳坐朝廷。叫声先祖听我禀，
继序思不忘！　　　　　　　　　　誓记遗业永记铭！

访 落

访予落止，率时昭考。 即位始初须计议，遵循先王志不移。
於乎悠哉，朕未有艾。 真是任重道远啊，我少经验水平低。
将予就之，继犹判涣。 助我遵行先王法，继承宏业定大计。
维予小子，未堪家多难。 想我如今年纪轻，家国多难担不起。
绍庭上下，陟降厥家。 先父善将祖道承，用人得当国康熙。
休矣皇考，以保明其身。 想我皇父多英明，以此保身勉自己。

敬 之

敬之敬之，天维显思。 为人处事常警惕，天理昭彰不可欺，
命不易哉，无曰高高在上。 保全国运实不易！莫说苍天高在上，
陟降厥士，日监在兹。 升黜群臣即天意，每天监视在此地。
维予小子，不聪敬止。 我刚即位年纪轻，不明不戒受蒙蔽。
日就月将，学有缉熙于光明。 日积月累常学习，由浅入深明事理。
佛时仔肩，示我显德行。 众臣辅我担重任，美德向我多启示。

小 毖

予其惩，而毖后患。 惩前毖后不摔跤，
莫予荓蜂，自求辛螫。 缺少辅佐我心焦，只能独自操辛劳。
肇允彼桃虫，拚飞维鸟。 开始以为小鹪鹩，谁知飞出大海雕。
未堪家多难，予又集于蓼。 家国多难受不了，今陷困境更难熬。

载 芟

载芟载柞，其耕泽泽； 开始除草又砍树，用力耕地松泥土；
千耦其耘，徂隰徂畛。 上千对人齐耕耘，走下洼地踏小路。

三耘、灌溉，选自清《耕织图册》。

<table>
<tr><td>

侯主侯伯，侯亚侯旅，
侯强侯以。有嗿其馌，
思媚其妇，有依其士。
有略其耜，俶载南亩，
播厥百谷，实函斯活。
驿驿其达，有厌其杰，
厌厌其苗，绵绵其麃。
载获济济，有实其积，
万亿及秭。为酒为醴，
烝畀祖妣，以洽百礼。
有饛其香，邦家之光；
有椒其馨，胡考之宁。
匪且有且，匪今斯今，
振古如兹。

</td><td>

田主带着大儿子，小儿晚辈也相助，
壮汉雇工同挥锄。大家吃饭声音响，
温顺柔美好农妇，她的儿子健如虎。
犁头雪亮又锋利，先耕南面那块地。
各色种子撒下去，颗颗粒粒含生气。
苗儿不断冒出来，高大粗壮讨人喜。
庄稼茂盛一色齐，穗儿连绵把头低。
开始收获丰硕果，场上粮食堆成垛，
千担万斛上亿箩。酿成美酒味醇和，
祖妣灵前先献酢，祭祀宴享礼节多。
黍稷热气真芬芳，家门荣幸国增光；
美酒醇厚真馨香，敬给老人得安康。
耕作不从今日始，丰收并非破天荒，
从古到今就这样。

</td></tr>
</table>

良 耜

<table>
<tr><td>

畟畟良耜，俶载南亩，

</td><td>

上好犁头真快利，翻土除草南亩地。

</td></tr>
</table>

播厥百谷，实函斯活。 各色种子播下去，颗颗粒粒含生气。
或来瞻女，载筐及筥。 那边有人来看你，背着方筐和圆篓，
其馕伊黍，其笠伊纠， 送来饭食是小米。头戴草编圆斗笠，
其铸斯赵，以薅荼蓼。 挥动锄头把土起。除去杂草清田畦。
荼蓼朽止，黍稷茂止。 杂草腐烂肥田里，庄稼长得更茂密。
获之挃挃，积之栗栗。 镰刀割来唰唰响，场上粮食如山积。
其崇如墉，其比如栉， 粮垛高耸如城墙，密密排列似梳篦，
以开百室。百室盈止， 大小仓库全开启。成百粮仓都装满，
妇子宁止。杀时犉牡， 老婆孩子心安逸。杀了那头大公牛，
有捄其角。以似以续， 双角弯弯美无比。用来祭祀社稷神，
续古之人。 前人传统后人继。

丝 衣

丝衣其纤，载弁俅俅。 身穿白衣是丝绸，漂亮帽子戴在头。
自堂徂基，自羊徂牛； 庙堂直到门槛外，有的献羊有献牛；
鼐鼎及鼒，兕觥其觩， 大鼎中鼎加小鼎，兕角酒杯弯如钩。
旨酒思柔。不吴不敖， 美酒醇厚又和柔。轻声细语不骄傲，
胡考之休。 保佑我们都长寿！

酌

於铄王师，遵养时晦。 王师战绩多辉煌，挥兵东征灭殷商。
时纯熙矣，是用大介。 局势明朗国运昌，上天降下大吉祥。
我龙受之，蹻蹻王之造。 光宠先业我承受，归功英勇周武王。
载用有嗣，实维尔公允师。 后世子孙要牢记，先公是你好榜样。

桓

绥万邦，娄丰年， 平定天下万邦，连年丰收吉祥。

天命匪解。桓桓武王，
保有厥士。于以四方，
克定厥家。於昭于天，
皇以间之！

天命在周久长。武王英明威武，
保有辽阔封疆。于是用武四方，
齐家治国永昌。啊，光辉照耀天上，
君临天下代商！

赉

文王既勤止，我应受之。
敷时绎思。我徂维求定。
时周之命，於绎思！

文王一生多勤劳，我要继承治国道。
推广实行常思考，天下安定最紧要。
你们受功承周命，文王功德要记牢！

般

於皇时周，陟其高山。
嶞山乔岳，允犹翕河。
敷天之下，裒时之对，
时周之命。

啊，多么壮丽我大周，登上高山望九州，
不论大山或小丘，与河合祭献旨酒。
普天之下诸神灵，同聚合祭齐享受，
大周受命运长久。

鲁 颂

驹之什

駉

駉駉牡马，在垌之野。　　　群马雄健高又大，放牧远郊近水涯。
薄言駉者，有骄有皇，　　　要问是些什么马：骄马皇马毛带白，
有骊駉有黄，以车彭彭。　　　骊马黄马色相杂，用来驾车人人夸。
思无疆，思马斯臧。　　　　　鲁公深谋又远虑，马儿骏美再无加。

駉駉牡马，在垌之野。　　　群马雄健高又大，放牧远郊近水涯。
薄言駉者，有骓有駓，　　　要问是些什么马：黄白称駓灰白駓，
有骍有骐，以车伾伾。　　　青黑骓马赤黄骐，力大能把战车驾。
思无期，思马斯才。　　　　　鲁公思虑真到家，马儿成材实堪嘉。

駉駉牡马，在垌之野。　　　群马雄健大又高，放牧原野在远郊。
薄言駉者，有驒有骆，　　　请看骏马多么好：驒马青色骆马白，
有骝有雒，以车绎绎。　　　骝马火赤雒马焦，用来驾车能快跑。
思无斁，思马斯作。　　　　　鲁公不倦深思考，马儿撒欢腾身跳。

駉駉牡马，在垌之野。　　　群马雄健大又高，放牧原野在远郊。
薄言駉者，有骃有騢，　　　请看骏马多么好：红色骃马灰白騢，

浴马图，元赵孟頫，北京故宫博物院藏。

有骍有鱼，以车祛祛。　　黄脊骍马白眼鱼，身高体壮把车套。
思无邪，思马斯徂。　　　鲁公思虑是正道。马儿骏美能远跑。

有 驳

有驳有驳，驳彼乘黄。　　马儿强健又肥壮，强壮马儿四匹黄。
夙夜在公，在公明明。　　早夜办事在公堂，鞠躬尽瘁为公忙。
振振鹭，鹭于下。　　　　手拿鹭羽起舞，好像白鹭飞过。
鼓咽咽，醉言舞。　　　　咚咚不停击鼓，酒醉舞态婆娑。
于胥乐兮。　　　　　　　上下人人都快活。

有驳有驳，驳彼乘牡。　　马儿强健又肥壮，四匹公马气昂昂。
夙夜在公，在公饮酒。　　早夜办事在公堂，公事之余饮酒浆。
振振鹭，鹭于飞。　　　　手拿鹭羽舞蹈，好像白鹭翔翱。
鼓咽咽，醉言归。　　　　鼓声咚咚狂敲，喝醉回家睡觉。
于胥乐兮。　　　　　　　上下人人齐欢笑。

有驷有驷，驷彼乘驹。　　马儿强健又肥壮，四匹青马真昂昂。
夙夜在公，在公载燕。　　早夜办事在公堂，公余宴饮齐举觞。
自今以始，岁其有。　　　打从今年开始，岁岁都是丰年。
君子有穀，诒孙子。　　　君子做了好事，子孙后世相传。
于胥乐兮。　　　　　　　上下人人笑开颜。

泮　水

思乐泮水，薄采其芹。　　泮水那边喜气盈，人在水边采水芹。
鲁侯戾止，言观其旂。　　鲁侯大驾已光临，且看大旗绣龙纹。
其旂茷茷，鸾声哕哕。　　绣龙旗帜迎风展，车铃声儿响叮叮。
无小无大，从公于迈。　　百官不论大和小，跟着鲁侯随驾行。

思乐泮水，薄采其藻。　　泮水边边乐陶陶，人在水面采水藻。
鲁侯戾止，其马蹻蹻。　　鲁侯大驾已来到，马儿强壮四蹄骄。
其马蹻蹻，其音昭昭。　　马儿强壮四蹄骄，铃声清脆多热闹。
载色载笑，匪怒伊教。　　鲁侯温和脸带笑，从不发怒善教导。

思乐泮水，薄采其茆。　　泮水那边多愉快，人在水上采莼菜。
鲁侯戾止，在泮饮酒。　　鲁侯大驾已到来，泮水岸上酒筵摆。
既饮旨酒，永锡难老。　　痛饮美酒真开怀，永赐不老春常在。
顺彼长道，屈此群丑。　　沿着漫漫远征路，征服叛贼除灾害。

穆穆鲁侯，敬明其德。　　鲁侯威严又端庄，修明德行振朝纲，
敬慎威仪，维民之则。　　容貌举止也端方，确是人民好榜样。
允文允武，昭假烈祖。　　又能文来又能武，英明能及众先王。
靡有不孝，自求伊祜。　　事事仿效祖宗法，自求福佑保吉祥。

明明鲁侯，克明其德，　　勤勤恳恳我鲁侯，能修品德使淳厚。
既作泮宫，淮夷攸服。　　既已建起泮宫来，征服淮夷众小丑。
矫矫虎臣，在泮献馘。　　将帅英勇如猛虎，泮宫献耳诛敌酋。
淑问如皋陶，在泮献囚。　　法官善审如皋陶，泮宫献上阶下囚。

济济多士，克广德心。　　百官济济人才多，鲁侯善意得远播。
桓桓于征，狄彼东南。　　三军威武去出征，治服东南除灾祸。
烝烝皇皇，不吴不扬。　　军容壮观又盛大，肃静无哗列队过。
不告于讻，在泮献功。　　对待俘虏不严惩，泮宫献功赐玉帛。

角弓其觩，束矢其搜。　　牛角雕弓硬又强，众箭齐发嗖嗖响。
戎车孔博，徒御无斁。　　战车奔驰千百辆，官兵上下斗志昂。
既克淮夷，孔淑不逆。　　淮夷已经被征服，俯首听命不违抗。
式固尔犹，淮夷卒获。　　坚持执行好计谋，终将淮夷全扫荡。

翩彼飞鸮，集于泮林，　　翩翩飞翔猫头鹰，停在泮水岸边林。
食我桑黮，怀我好音。　　吃罢我家紫桑葚，给我唱出悦耳音。
憬彼淮夷，来献其琛。　　淮夷悔悟有诚心，特地来献宝和珍。
元龟象齿，大赂南金。　　呈上大龟和象牙，再加巨玉和南金。

閟　宫

閟宫有侐，实实枚枚。　　肃穆清净姜嫄庙，又高又大人稀到。
赫赫姜嫄，其德不回。　　姜嫄光明又伟大，品德纯正无疵瑕。
上帝是依，无灾无害。　　上帝凭依在她身，无灾无害有妊娠。
弥月不迟，是生后稷，　　怀足十月没拖延，后稷诞生她分娩。
降之百福：黍稷重穋，　　上天赐他百种福：小米高粱都丰足，
稙稚菽麦。奄有下国，　　豆麦先后播下土。后稷拥有普天下，
俾民稼穑。有稷有黍，　　教会百姓种庄稼。高粱小米长得好，
有稻有秬。奄有下土，　　还种黑黍和香稻。四海都归后稷有，
缵禹之绪。　　　　　　　继承大禹功业守。

后稷之孙，实维大王。　　说起后稷子孙旺，古公亶父谥太王，
居岐之阳，实始翦商。　　住在岐山向阳坡，开始准备灭殷商。
至于文武，缵大王之绪；　传到文王和武王，太王事业更发扬；
致天之届，于牧之野。　　替天行道伐商纣，牧野一战商朝亡。
"无贰无虞，上帝临女！"　"莫怀二心莫欺诳，人人头顶有上苍！"

敦商之旅，克咸厥功。　　　　　集合商朝众俘虏，完成大业功辉煌。
王曰："叔父，建尔元子，　　　　成王开口叫"叔父，立您长子为侯王，
俾侯于鲁。大启尔宇，　　　　　　封于鲁国守东方，开疆拓土大发展，
为周室辅。"　　　　　　　　　　　辅助周室作屏障。"

乃命鲁公，俾侯于东。　　　　　　于是成王命鲁公，东鲁为侯要慎重，
锡之山川，土田附庸。　　　　　　赐他山川和土地，还有小国作附庸。
周公之孙，庄公之子。　　　　　　周公子孙鲁僖公，庄公之子建殊功，
龙旂承祀，六辔耳耳。　　　　　　继承祭祀龙旗用，四马六缰青丝鞚，
春秋匪解，享祀不忒。　　　　　　四时致祭不懈怠，玉帛牺牲按时供。
皇皇后帝，皇祖后稷！　　　　　　光明伟大的上帝，先祖后稷神灵迪，
享以骍牺，是飨是宜。　　　　　　赤色牺牲敬献上，飨祭宜祭典礼隆，
降福既多，周公皇祖，　　　　　　天降洪福千百种。伟大先祖周公旦，
亦其福女。　　　　　　　　　　　将福赐你真光荣。

秋而载尝，夏而楅衡。　　　　　　秋天尝祭庆丰收，夏天设栏先养牛，
白牡骍刚，牺尊将将。　　　　　　白猪赤牛养几头。牺杯相碰盛美酒，
毛炰胾羹，笾豆大房。　　　　　　生烤乳猪肉汤稠，大盘大碗皆流油。
万舞洋洋，孝孙有庆。　　　　　　场面盛大跳万舞，子孙祭祀神保佑。
俾尔炽而昌，俾尔寿而臧。　　　　使你昌盛又兴旺，使你长寿且安康，
保彼东方，鲁邦是常。　　　　　　愿你安抚定东方，守住国土保鲁邦。
不亏不崩，不震不腾；　　　　　　如山永固不崩溃，如水长流不动荡；
三寿作朋，如冈如陵。　　　　　　寿比三老百年长，犹如巍巍南山冈。

公车千乘，朱英绿縢，　　　　　　有车千辆鲁称雄，红缨长矛丝缠弓，
二矛重弓。公徒三万，　　　　　　弓矛成双待备用。鲁公步卒三万众，
贝胄朱綅，烝徒增增。　　　　　　盔上镶贝垂红绒，排山倒海向前冲。
戎狄是膺，荆舒是惩，　　　　　　痛击北狄和西戎，严惩荆舒使知痛，
则莫我敢承。俾尔昌而炽，　　　　谁人胆敢撄我锋。使你兴旺又繁荣，
俾尔寿而富。黄髪台背，　　　　　使你长寿又年丰，鬓发变黄背生纹，
寿胥与试。俾尔昌而大，　　　　　高寿无比人中龙。使你繁盛又兴隆，
俾尔耆而艾。万有千岁，　　　　　使你寿如不老松，千秋万岁寿无疆，
眉寿无有害。　　　　　　　　　　长命百岁无病痛。

泰山岩岩，鲁邦所詹。　　　　　泰山高峻接苍穹，鲁国对它最尊崇。
奄有龟蒙，遂荒大东。　　　　　龟山蒙山都属鲁，边境直到地极东，
至于海邦，淮夷来同，　　　　　沿海小国都附庸，淮夷带头来朝贡。
莫不率从，鲁侯之功。　　　　　没人胆敢不服从，这是鲁侯建大功。

保有凫绎，遂荒徐宅。　　　　　保有凫峄两山头，又把徐国拿到手。
至于海邦，淮夷蛮貊。　　　　　沿海小国都归附，东南淮夷齐附首。
及彼南夷，莫不率从。　　　　　势力直达荆楚地，莫不顺服来相投。
莫敢不诺，鲁侯是若。　　　　　个个唯唯又诺诺，人人服帖尊鲁侯。

天锡公纯嘏，眉寿保鲁。　　　　天赐鲁公大吉祥，高龄长寿保鲁邦。
居常与许，复周公之宇。　　　　收回国土常和许，恢复周公旧封疆。
鲁侯燕喜，令妻寿母，　　　　　鲁侯举办喜庆宴，贤妻良母受颂扬。
宜大夫庶士，邦国是有。　　　　大夫诸臣尽和睦，国家始能保兴旺。
既多受祉，黄髪儿齿。　　　　　屡蒙上苍降福禄，鬓发变黄新齿长。

徂来之松，新甫之柏。　　　　　徂徕山上千松栽，新甫岭头万棵柏，
是断是度，是寻是尺。　　　　　砍下树木又劈开，锯成长短栋梁材。
松桷有舄，路寝孔硕。　　　　　松树屋椽粗又大，宫殿高敞好气派，
新庙奕奕，奚斯所作。　　　　　新庙和它紧相挨。颂歌一曲奚斯唱，
孔曼且硕，万民是若。　　　　　长篇巨制有文采，人人赞他好诗才。

商 颂

那

猗与那与，置我鞉鼓。	多盛大啊多繁富，堂上竖起拨浪鼓。
奏鼓简简，衎我烈祖。	击鼓咚咚响不停，以此娱乐我先祖。
汤孙奏假，绥我思成。	襄公祭祀祈神明，赐我顺利拓疆土。
鞉鼓渊渊，嘒嘒管声。	拨浪鼓儿声声响，竹管呜呜吹新声。
既和且平，依我磬声。	曲调协谐音和平，玉磬一声众乐停。
於赫汤孙，穆穆厥声。	啊哈显赫宋襄公，他的乐队真动听。
庸鼓有斁，万舞有奕。	铿锵洪亮钟鼓鸣，洋洋万舞场面盛。
我有嘉客，亦不夷怿。	助祭嘉宾都光临，无不欢乐喜盈盈。
自古在昔，先民有作。	遥远古代先民们，早把祭礼安排定。
温恭朝夕，执事有恪。	态度温文又恭敬，管理祭祀需虔诚。
顾予烝尝，汤孙之将。	秋冬致祭请光临，襄公奉献表衷情。

烈 祖

嗟嗟烈祖！有秩斯祜。	赞叹先祖多荣光！齐天洪福不断降，
申锡无疆，及尔斯所。	无穷无尽重重赏，恩泽遍及宋封疆。
既载清酤，赉我思成。	供上清酒祭先祖，赐我疆土兴宋邦。
亦有和羹，既戒既平。	还有调匀美味汤，五味平正阵阵香。
鬷假无言，时靡有争。	心中默默暗祷告，次序井井不争抢。
绥我眉寿，黄耇无疆。	赐我长命寿百年，满头黄发福无疆。

约轵错衡，八鸾鸧鸧。　　彩绘车衡皮缠轵，四马八铃响叮嘡。
以假以享，我受命溥将。　　宋君赴庙来致祭，受周之命封地广。
自天降康，丰年穰穰。　　安定康乐自天降，五谷丰登粮满仓。
来假来飨，降福无疆。　　先祖降临来受飨，赐我福分大无量。
顾予烝尝，汤孙之将。　　秋冬致祭请赏光，宋君奉献情意长。

玄　鸟

天命玄鸟，降而生商，　　上天命令神燕降，降而生契始建商，
宅殷土芒芒。古帝命武汤，　　住在殷土多宽广。当初上帝命成汤，
正域彼四方。方命厥后，　　治理天下管四方。广施号令为君王，
奄有九有。商之先后，　　九州尽入商封疆。殷商先君受天命，
受命不殆，在武丁孙子。　　国运长久安无恙，全靠武丁是贤王。
武丁孙子，武王靡不胜。　　后裔武丁是贤王，成汤大业他承当。
龙旂十乘，大糦是承。　　十辆马车插龙旗，满载酒食来祭享。
邦畿千里，维民所止，　　领土辽阔上千里，人民定居这地方，
肇域彼四海。四海来假，　　四海之内是封疆。四方夷狄来朝见，
来假祁祁。景员维河，　　络绎不绝纷又攘。景山四周黄河绕，
殷受命咸宜，百禄是何。　　殷商受命治国邦，邀天之福永呈祥。

长　发

濬哲维商，长发其祥。　　商朝世世有明王，上天常常示吉祥。
洪水芒芒，禹敷下土方，　　远古洪水白茫茫，大禹治水定四方。
外大国是疆。幅陨既长，　　扩大夏朝拓封疆，幅员从此宽又广。
有娀方将，帝立子生商。　　有娀氏国也兴旺。简狄为妃生玄王。

玄王桓拨，受小国是达，　　商契威武又英明，受封小国令能行，
受大国是达。率履不越，　　受封大国能行令。遵循礼制不越轨，
遂视既发。相土烈烈，　　遍加视察促实行。契孙相土真威武，
海外有截。　　海外诸侯齐听命。

帝命不违，至于汤齐。　　　　　　上帝之命不违抗，代代奉行至成汤。
汤降不迟，圣敬日跻。　　　　　　汤王降生正当时，明慧谨慎日向上。
昭假迟迟，上帝是祗，　　　　　　虔诚祈祷久不息，无限崇敬尊上苍。
帝命式于九围。　　　　　　　　　帝命九州齐效汤。

受小球大球，为下国缀旒。　　　　接受上天大小法，表率诸侯做典范，
何天之休，不竞不绒，　　　　　　蒙天之赐美名传。不相争来不急躁，
不刚不柔。敷政优优，　　　　　　不强硬也不柔软，施行政令很宽和，
百禄是遒。　　　　　　　　　　　百样福禄集如山。

受小共大共，为下国骏厖，　　　　接受上大大小法，各国诸侯受庇蒙，
何天之龙，敷奏其勇。　　　　　　蒙天赐与我荣宠。大施神威奏战功，
不震不动，不戁不竦，　　　　　　不震惊也不摇动，不胆怯也不惶恐，
百禄是总。　　　　　　　　　　　百样福禄都聚拢。

武王载旆，有虔秉钺。　　　　　　汤王出兵伐夏后，锋利大斧拿在手，
如火烈烈，则莫我敢曷。　　　　　好比烈火熊熊燃，谁敢阻挡和我斗。
苞有三蘖，莫遂莫达。　　　　　　一棵树干三个杈，没有一株枝叶稠。
九有有截，韦顾既伐，　　　　　　征服九州成一统，诛韦灭顾扫敌寇，
昆吾夏桀。　　　　　　　　　　　昆吾夏桀也不留。

昔在中叶，有震且业。　　　　　　从前中期国兴旺，威力强大震四方，
允也天子，降予卿士，　　　　　　汤为天子诚又信，卿士贤明自天降。
实维阿衡，实左右商王。　　　　　贤明卿士是阿衡，是他辅佐商汤王。

殷　武

挞彼殷武，奋伐荆楚。　　　　　　殷商大军疾如风，讨伐楚国真奋勇。
罙入其阻，裒荆之旅。　　　　　　长驱深入险阻地，大败楚军擒敌众，
有截其所，汤孙之绪。　　　　　　所到之处皆报捷，汤王子孙赫赫功。

维女荆楚，居国南乡。　　　　　　荆楚之邦听端详，你们住在宋南方。

昔有成汤，自彼氐羌。　　　　昔我远祖号成汤，即使遥远如氐羌，
莫敢不来享，莫敢不来王，　　谁敢不来献宝藏，谁敢不来朝汤王，
曰商是常。　　　　　　　　　都说服从我殷商。

天命多辟，设都于禹之绩。　　天子下令诸侯听，禹治水处建都城。
岁事来辟，勿予祸适，　　　　年终祭祀来朝见，不给你们加罪名，
稼穑匪解。天命降监，　　　　但莫松懈误农耕。天子下令去视察，
下民有严。不僭不滥，　　　　下民肃敬实可嘉。不敢妄为违礼法，
不敢怠遑。命于下国，　　　　不敢松劲又拖拉。天子下令我宋国，
封建厥福。　　　　　　　　　努力兴建福禄大。

商邑翼翼，四方之极。　　　　商都繁华又整齐，好给四方作标准。
赫赫厥声，濯濯厥灵。　　　　他有赫赫好名声，光焰灿灿显威灵。
寿考且宁，以保我后生。　　　他既长寿又安宁，保我子孙常昌盛。

陟彼景山，松柏丸丸。　　　　登上高高景山巅，苍松翠柏参云天。
是断是迁，方斫是虔。　　　　弄断松柏搬回去，又砍又削把屋建。
松桷有梴，旅楹有闲，　　　　松树椽子长又大，根根柱子粗而圆。
寝成孔安。　　　　　　　　　寝庙建成神灵安。

推荐阅读

《文白对照全译资治通鉴》

（共21册，分七辑陆续出版）

[宋] 司马光◎编著

黄锦鋐◎领衔主持

台湾二十七位教授◎合译

丛书策划／郑利强
本书策划／吴泽顺
责任编辑／韩　威
书名篆刻／孙玉国
封面设计／1点印象
　　　　　yidianren@126.com

白语四书五经

杨伯峻 程俊英 周秉钧 宋祚胤 钱玄 李维琦◎等译

上

|插图珍藏本|

新世界出版社
NEW WORLD PRESS

本书包括《四书》和《五经》两部分。《四书》含《论语》、《孟子》二书和《礼记》中的《大学》、《中庸》二篇。宋代淳熙年间，我国著名教育家朱熹将这四种著作用作小学教科书，为它们作了注解，名为《四书章句集注》，简称《四书集注》。《四书》一名得以流传。

《五经》包括《易》、《尚书》、《诗》、《礼》、《春秋》五部著作。汉武帝建元五年置五经博士，始有"五经"之称。《五经》中的《礼》，汉代指《仪礼》，后代指《礼记》。《春秋》后来又与《左传》合并，称《春秋左传》。因《四书》和《五经》都是儒家的经典著作，同是士子求取功名的必读之书，所以后人将其合刻为《四书五经》。明代已有学人将"四书五经"用于书名。

《四书五经》代表了中国古代文化的正宗传统，对中国社会乃至整个东南亚汉文化圈产生过深远影响。要想了解中国社会、探索中国文化博大精深的奥秘，要想把握中国文化的精神实质，《四书五经》是一部最基本的入门书。

本书译者皆为相关领域内的专家学者，译文流畅考究。为了便于读者阅读，本书适当地选配了一些相关插图。

白话四书五经

论语 / 杨伯峻 杨逢彬◎译　　孟子 / 杨伯峻 杨逢彬◎译　　大学 / 钱玄◎等译

中庸 / 钱玄◎等译　　周易 / 宋祚胤◎译　　尚书 / 周秉钧◎译

上

|插图珍藏本|

新世界出版社
NEW WORLD PRESS

图书在版编目（CIP）数据

白话四书五经／（春秋）孔丘著；杨伯峻等译 .—北京：新世界出版社，
2008.12
ISBN 978-7-80228-602-3

Ⅰ．白…　Ⅱ．①孔…②杨…　Ⅲ．①儒家②四书－译文③五经－译文
Ⅳ.B222.1　Z126.1

中国版本图书馆 CIP 数据核字（2008）第 208900 号

白话四书五经

译　　者：杨伯峻等
责任编辑：韩　威
装帧设计：亿点印象
出版发行：新世界出版社
社址：北京市西城区百万庄大街 24 号（100037）
总编室电话：+86 10 6899 5424　　6832 6679(传真)
发行部电话：+86 10 6899 5968　　6899 8705(传真)
本社中文网址：http：//www.nwp.cn
本社英文网址：http：//www.newworld-press.com
本社电子信箱：nwpcn@public.bta.net.cn
版权部电子信箱：frank@nwp.com.cn
版权部电话：+86 10 6899 6306
印刷：北京市昌平北七家印刷厂
经销：新华书店
开本：787×1092　　1/16
字数：1050 千字　　印张：80.5
版次：2009 年 1 月第 1 版　2009 年 1 月北京第 1 次印刷
书号：978-7-80228-602-3
定价：128.00 元（全三册）

出版说明

　　本书包括《四书》和《五经》两部分。《四书》含《论语》、《孟子》二书和《礼记》中的《大学》、《中庸》二篇。宋代淳熙年间，我国著名教育家朱熹将这四种著作用作小学教科书，为它们作了注解，叫做《四书章句集注》，简称《四书集注》。《四书》一名得以流传。明清时期科举考试多从《四书》中出题，朱熹的《四书集注》成为考生的必读书。《五经》包括《易》、《尚书》、《诗》、《礼》、《春秋》五部书。汉武帝建元五年置五经博士，始有"五经"之称。《五经》中的《礼》，汉代指《仪礼》，后代指《礼记》。《春秋》后来又与《左传》合并，称《春秋左传》。因《四书》和《五经》都是儒家的经典著作，同是士子求取功名的必读之书，所以后人将其合刻为《四书五经》。明代已有学人将"四书五经"用于书名，可见合刻本不会晚于明代。

　　《四书五经》代表了中国古代文化的正宗传统，对中国社会乃至整个东南亚汉文化圈都产生过而且将继续产生深远影响。要想了解古代中国社会，要想探索中国文化博大精深的奥秘，要想把握中国文化的精神实质，《四书五经》可以说是一部最基本的入门书。

　　《大学》、《中庸》本为《礼记》中的二篇，其在《四书》中独立为二"书"，故《五经》中的《礼记》不再复出，只列篇名。鉴于《诗经》独特的文体特点，书中将其原诗附上，与白话译文一一对照。《春秋左传》又有"经"、"传"之分，为便于读者区别，凡传文前加一圆圈以为标志。

新世界出版社

2009 年 1 月

仰望星空，他们并未曾远去（代序）

　　上世纪九十年代初，我从高校调入出版社，做了编辑，当时古籍出版正在升温，所有的出版社都想分割这块蛋糕，一时泥沙俱下，以致没读过几篇古文的人都敢率尔操觚，做起古籍的翻译来。我曾经从一本白话本的《郑板桥家书》中读到一个真实的笑话，译者将"大箸数札"，译成了"几把大筷子"，虽然是笑话，却怎么也笑不起来，感觉到的只是一份沉重。先辈们留下来的文化遗产遭到如此践踏，不能不说是这个时代的一种悲哀。于是我们决定编一套今注本的文白对照的十三经，组稿的任务于是落在了我肩上。

　　首要的任务当然是物色作者。在我的作者定位中，他们应该是有影响的文学家、语言学家、文献学家，应该是国内一流的学者。经过一番慎审的思考和筛选，一批老专家和成就不俗的中年学者成为了我组稿的对象。他们中有被称为五四"四公子"之一的《诗经》研究专家程俊英教授，有著名的文献语言学家杨伯峻先生，著名的尚书研究专家周秉钧教授，著名的易学家宋祚胤教授，著名的礼学研究专家钱玄教授，著名的雅学研究专家徐朝华教授……。此后近两年的组稿经历，让我获益匪浅，老一辈学者们渊博的学识、严谨的学风以及"望之俨然，即之也温"的精神风范，如雕塑般刻在我心里，至今不可磨灭。著名哲学家、北京大学教授张岱年先生对这部儒学经典的现代版给予了热切的关注，并欣然赠序。在他那间到处堆满了书籍，走路都要侧身而过的客厅里，我第一次深刻地体认到了什么叫做"纯粹的人"。钱玄先生当时已接近八十高龄，带着弟子钱兴奇刚刚完成110万字的《三礼辞典》的编写任务，听说岳麓书社要出版"三礼"今注今译，不顾老迈之躯，赶紧组织弟子，充分利用已有的研究成果，认真撰写了"三礼"中的两种。在钱先生看来，将深奥的礼学经典译成白话，让具有中等文化程度的人能够接受，是一件弘扬传统文化，有益于国家和民族的好事。从钱先生身上，我看到了一种学者的情怀。《诗经》的译者，我最初选择的是四川大学的向熹教授。一部沉甸甸的《诗经词典》，显示了向先生深湛的学识与功力，为《诗经》作注译，对他而言应该是轻车熟路。但向先生婉拒了我的请求，理由是，程俊英教授的译诗，是《诗经》译作中最好的，所以他建议我和程教授联系。多年以后，我从网上还读到网友的评论，说把古代的诗歌翻译得如此优美而且富于现代感，真是少见。去年10月，四川大学为向熹教授举办八十大寿的学术研讨会，我特地回国参加，除了因为受到邀请的原因之外，其实还为着深藏于内心的那份感动与敬意。周秉钧教授是我大学时的老师，毕业后一直得到他的关心与呵护，面对我的约稿请求，他却有些为难，不为别的，只是因为他有关《尚书》的著作已有单行本，不想再重复。在我反复说明了该书的不同体例，不同的读者定位和不同的作用之后，他才应承下来，并坚持自己动手，按新的体例要求改写。有一次去看他，那天天气很热，师母在楼下喊："来客人了！"我知道，先生正在楼上为我赶稿子。90年代初，一般家庭还没有装空调，长沙的酷热和先生八十的高龄，着实让我有些担心。几分钟后，先生迈着沉稳的方步，长衣长裤地从楼梯上走下来，右手还不忘摸摸衬衫的领口。任何时候，也不论何人，先生都会衣着整齐地出来会客，哪怕是酷热的夏天。后来才知道，其实这时先生也罹患肠道癌，饱受着疾病的折磨。最后一次的清样，是先生在湘雅医院的病床上看完的，尽管我加快了编辑出版的速度，但先生还是没能看到耗尽了自己最后一丝生命力的这部作品。

1994年初，《十三经今注今译》终于出版，当我抚摸着厚厚两大册还散发着油墨清香、由北京大学教授著名语言学家周祖谟先生题写书名的古籍今译之作的时候，不禁感慨万千。在三年的时间里，程俊英、杨伯峻、周秉钧、宋祚胤等老一辈学者先后辞世，这部作品，不幸成了他们的封笔之作。从某种意义上说，这部凝聚了众多老一辈学者一生的智慧与学殖的古籍注译之作的出版，成了一次抢救性的挖掘与整理工程，这倒是我始料未及的。我想，在传统文化传承与发展的行程中，在物欲横流的现代化转型过程中，人们或许还不曾忘记他们作为学者的那份纯粹和曾经高大的背影。如今从岳麓版脱胎而来的新世界版的《文白对照四书五经》和《白话四书五经》的出版，就是一个很好的证明。

吴泽顺

2008年12月于浙江师大

目　录

论　语

杨伯峻　杨逢彬　译

前　言

　　《论语》是这样一部书，它记载着孔子的言语行事，也记载着孔子的若干学生的言语行事。班固的《汉书·艺文志》说："《论语》者，孔子应答弟子、时人及弟子相与言而接闻于夫子之语也。当时弟子各有所记，夫子既卒，门人相与辑而论纂，故谓之《论语》。"《文选·辩命论注》引《傅子》也说："昔仲尼既殁，仲弓之徒追论夫子之言，谓之《论语》。"从这两段话里，我们得到两点概念：（1）"论语"的"论"是"论纂"的意思，"论语"的"语"是"语言"的意思。"论语"就是把"接闻于夫子之语""论纂"起来的意思。（2）"论语"的名字是当时就有的，不是后来别人给它的。

　　由此可以得出结论："论语"这一书名是当时的编纂者给它命名的，意义是语言的论纂。

　　《论语》又是若干断片的篇章集合体。这些篇章的排列不一定有什么道理；就是前后两章间，也不一定有什么关连。而且这些断片的篇章绝不是一个人的手笔。《论语》一书，篇幅不大，却出现了不少重复的章节。如"巧言令色，鲜矣仁"一章，先见于《学而篇第一》，又重出于《阳货篇第十七》。又有基本上是重复只是详略不同的，如"君子不重"章，《学而篇第一》比《子罕篇第九》多出十一个字。还有意思相同，文字却有异的，如《里仁篇第四》说："不患莫己知，求为可知也。"《宪问篇第十四》又说："不患人之不己知，患其不能也。"《卫灵公篇第十五》又说："君子病无能焉，不病人之不己知也。"如果加上《学而篇第一》的"人不知而不愠，不亦君子乎"，便是重复四次。这种现象只有下面这个推论合理：孔子的言论，当时弟子各有记载，后来才汇集成书。所以，《论语》绝不能看成某一个人的著作。《论语》的作者有孔子的学生。《子罕篇第九》："牢曰'子云：吾不试，故艺。'""牢"是人名，相传他姓琴，字子开，又字子张。这里不称姓氏只称名，这种记述方式和《论语》的一般体例不相吻合。因此，便可以作这样的推论，这一章是琴牢本人的记载，编辑《论语》的人，"直取其所记而载之耳"（日本学者安井息轩《论语集说》中语）。又，《宪问篇第十四》之第一章："宪问耻。子曰：'邦有道，谷；邦无道，谷，耻也。'""宪"是原宪，字子思。显然，这也是原宪自己的笔墨。

《论语》的篇章不但出自孔子的不同学生之手，而且还出自他的不同的再传弟子之手。这里面不少是曾参的学生的记载。如《泰伯篇第八》的第一章："曾子有疾，召门弟子曰：'启予足！启予手！《诗》云："战战兢兢，如临深渊，如履薄冰。"而今而后，吾知免夫！小子！'"这一章不能不说是曾参的门下弟子的记载。又如《子张篇第十九》："子夏之门人问交于子张。子张曰：'子夏云何？'对曰：'子夏曰："可者与之，其不可者于拒之。"'子张曰：'异乎吾所闻：君子尊贤而容众。嘉善而矜不能。我之大贤与，于人何所不容？我之不贤与，人将拒我，如之何其拒人也？'"这一段又像子张或子夏的学生的记载。又如《先进篇第十一》的第五章和第十三章："子曰：'孝哉闵子骞！人不间于其父母昆弟之言。'""闵子侍侧，誾誾如也；子路，行行如也；冉有、子贡，侃侃如也。子乐。"孔子称学生从来直呼其名，独独这里对闵损称字，不能不启人疑窦。我认为这一章是闵损的学生追记的，因而有这一不经意的失实。至于《闵子侍侧》一章，不但闵子骞称"子"，而且列在子路、冉有、子贡三人之前，这是难以理解的。以年龄而论，子路最长；以仕宦而论，闵子更赶不上这三人。他凭什么能在这一段记载上居于首位而且得到"子"的尊称呢？合理的推论是，这也是闵子骞的学生把平日闻于老师之言追记下来而成的。

《论语》一书有孔子弟子的笔墨，也有孔子再传弟子的笔墨，那么，著作年代便有先有后了。这点，在词义的运用上也适当地反映了出来。譬如"夫子"一词，在较早的年代一般指第三者，相当于"他老人家"，直到战国，才普遍用为第二人称的表敬代词，相当于"你老人家"。《论语》的一般用法都是相当于"他老人家"的，孔子学生当面称孔子为"子"，背后才称"夫子"，别人对孔子也是背后才称"夫子"。只是在《阳货篇第十七》中有两处例外，言偃对孔子说，"昔者偃也闻诸夫子"；子路对孔子也说，"昔者由也闻诸夫子"，都是当面称"夫子"，开战国时运用"夫子"一词的词义之端。《论语》著笔有先有后，其间相距或者不止于三五十年，由此可以窥见一斑。

《论语》一书的最后编定者，应是曾参的学生。第一，《论语》不但对曾参无一处不称"子"，而且记载他的言行较孔子其他弟子为多。《论语》中单独记载曾参言行的，共有十三章。第二，在孔子弟子中，不但曾参最年轻，而且有一章记载着曾参将死之前对孟敬子的一段话。孟敬子是鲁大夫孟武伯的儿子仲孙捷的谥号。假定曾参死在鲁元公元年（前436），则孟敬子之死更在其后，那么，这一事的记述者一定是在孟敬子死后才著笔的。孟敬子的年岁我们已难考定，但《檀弓》记载着当鲁悼公死时，孟敬子对答季昭子的一番话，可见当曾子年近七十之时，孟敬子已是鲁国执政大臣之一了。则这一段记载之为曾子弟子所记，毫无可疑。《论语》所叙的人物和事迹，再没有比这更晚的，那么，《论语》的编定者就是这些曾参的学生。因此，我们说《论语》的著笔当开始于春秋末期，而编辑成书则在战国初期。

《论语》传到汉朝，有三种不同的本子：（1）《鲁论语》二十篇；（2）《齐论语》二十二篇，其中二十篇的章句很多和《鲁论语》相同，但是多出《问王》和《知道》两篇；（3）《古文论语》二十一篇，也没有《问王》和《知道》两篇，但是把《尧曰篇》的"子张问"另分为一篇，于是有了两个《子张篇》。篇次也和《齐论》、《鲁论》不一样，文字不同的计四百多字。《鲁论》和《齐论》最初各有师传，到西汉末年，安昌侯张禹先学习了《鲁论》，后来又讲习《齐论》，于是把两个本子融合为一，但是篇目以《鲁论》为根据，号为《张侯论》。张禹是汉成帝的师傅，其时极为尊贵，所以他的这一个本子便为当时一般儒生所尊奉，后汉灵帝时所刻的《熹平石经》就是用的《张侯论》。《古文论语》是在汉景帝时由鲁恭王刘馀在孔子旧宅壁中发现的，当时并没有传授。直到东汉末年，大学者郑玄以《张侯论》为依据，参照《齐论》、《古论》，作了《论语注》。在残存的郑玄《论语注》中我们还可以略略窥见《鲁》、《齐》、《古》三种《论语》本子的异同。今天，我们所用的《论语》本子，基本上就是《张侯论》。

《论语》自汉代以来，便有不少人注解它。《论语》和《孝经》是汉朝初学者必读书，一定要先读这两部书，才进而学习"五经"。"五经"就是今天的《诗经》、《尚书》（除去伪古文）、《易经》、《仪礼》和《春秋》。看来，《论语》是汉人启蒙书的一种。汉朝人所注释的《论语》，基本上全部亡佚，今日所残存的，以郑玄（127—200，《后汉书》有传）注为较多，因为敦煌和日本发现了一些唐写本残卷，估计十存六七；其他各家，在何晏（190—249）《论语集解》以后，就多半只存于《论语集解》中。现在《十三经注疏》中的《论语注疏》就是用何晏《集解》和宋人邢昺（932—1010，《宋史》有传）的《疏》。至于何晏、邢昺前后还有不少专注《论语》的书，可以参看清人朱彝尊（1629—1709，《清史稿》有传）的《经义考》、纪昀（1724—1805）等人的《四库全书总目提要》以及唐陆德明（550左右—630左右）的《经典释文序录》和吴检斋（承仕）师的《疏证》。

关于《论语》的书，真是汗牛充栋，举不胜举。读者如果认为看了《论语注译》还有进一步研究的必要，可以再看下列几种书：

（1）《论语注疏》——即何晏《集解》、邢昺《疏》，在《十三经注疏》中，除武英殿本外，其他各本多沿袭阮元南昌刻本，因它有《校勘记》，可以参考。

（2）《论语集注》——宋朱熹（1130—1200）从《礼记》中抽出《大学》和《中庸》，合《论语》、《孟子》为《四书》，自己用很大功力作《集注》。从明朝至清末，科举考试，题目都从《四书》中出；所做文章的义理，也不能违背朱熹的见解，这叫做"代圣人立言"，影响很大。另外朱熹对于《论语》，不但讲"义理"，也注意训诂。故这书无妨参看。

（3）《论语正义》——刘宝楠（1791—1855），清代儒生多不满意唐、宋人的注疏，所以陈奂（1786—1863）作《毛诗传疏》，焦循（1763—1820）作《孟子正义》。刘宝楠便依焦循作《孟子正义》之法，作《论语正义》。后因病而停笔，由他的儿子刘恭冕（1821—

1880）继续写定。所以这书实为刘宝楠父子共著。征引广博，折中大体恰当。只因学问日益进展，昔日的好书，今天便可以指出不少缺点，但参考价值仍然不小。

（4）《论语集释》——程树德。征引书籍达六百八十种，虽仍有疏略可商之处，因其广征博引，故可参考。

（5）《论语疏证》——杨树达（1885—1956）。这书把三国以前所有征引《论语》或者和《论语》的有关资料都依《论语》原文疏列，时出己意，加案语。值得参考。

学而篇第一

1.1　孔子说："学过了，再定时地实习它，不也高兴吗？有学生从远方来（求教），不也快乐吗？别人不了解我，我不怀恨在心，不也是君子吗？"

1.2　有子说："他的为人呀，既孝顺父母，又尊敬兄长，却喜欢冒犯上级，这种人很少；不喜欢冒犯上级，却喜欢搞动乱，这种人是从来没有的。君子专心于树立基础，基础树立了，'道'也就产生了。孝顺父母，尊敬兄长，这就是'仁'的基础吧！"

1.3　孔子说："满口花言巧语，满脸堆起讨好的笑，这种人，是没有多少仁德的。"

孔子讲学图，选自清黎明绘《仿金廷标孝经图》。

1.4 曾子说："我每天多次反省：为别人办事是不是尽心尽力了呢？和朋友交往是不是真诚呢？老师传给我的本事是不是复习了呢？"

1.5 孔子说："治理有一千辆兵车的国家，就要认真对待工作，诚实可靠，节约费用，爱护官吏，役使老百姓要在农闲时候。"

1.6 孔子说："后生小子，在父母跟前，就孝顺他们；离开自己房子，便敬爱兄长；不多说话，说则诚实可信；爱人民，亲近有仁德的人。实行这些以后，有剩余力量，便去学习文献。"

1.7 子夏说："对妻子，看重品德，不看重姿色；侍奉父母，能尽心竭力；服事君上，不惜献出生命；同朋友交往，说话诚实可靠。这样的人，虽说没专门学习过，我一定说他已经学习过了。"

1.8 孔子说："君子，如果不庄重，就没有威严；读书，知识也不会巩固。要以忠、信两种品德为主。没有不如自己的朋友。有了错误，就不怕改正。"

1.9 曾子说："谨慎地对待父母的去世，追念远代祖先，这就会使得老百姓归于忠厚老实了。"

1.10 子禽问子贡道："他老人家一到哪个国家，一定听到那个国家的政事，是主动打听来的呢？还是别人自动告诉的呢？"子贡说："是靠他老人家温和、善良、严肃、节俭、谦虚的美德取得的。他老人家的取得它，大概和别人的取得它，不相同吧？"

1.11 孔子说："当他父亲健在时，（因为他无权独立行动，）要观察他的志向；父亲死了，要考察他的行为；如果多年不改变他父亲的合理部分，就可以说是'孝'了。"

1.12 有子说："礼的作用，凡事都做得恰到好处，才是可贵的。过去圣明君王的治理国家，可贵的地方就在这里，他们小事大事都做得恰当。但是，如有行不通的地方，就为恰当而求恰当，而不用一定的规矩制度去加以节制，也是不行的。"

1.13 有子说："信守的诺言符合义，说的话就能实现。举止庄重合于礼，就能避免受侮辱。依靠亲近的人，也就可靠了。"

1.14 孔子说："君子，吃饭不要求能饱，居住不要求舒适，干事情勤劳敏捷，说话却谨慎，到有道的人那里去匡正自己，这样，就可以说是好学了。"

1.15 子贡说："贫穷而不阿谀奉承，有钱而不骄傲自大，怎么样？"孔子说："可以了；不过，还不如虽贫穷却乐于道，虽有钱却谦虚好礼呢。"

子贡说："《诗》上说：'要像对待骨、角、象牙、玉石一样，先切料，然后粗粗锉出模型，再精雕细刻，最后磨光。'就是这样的意思吧？"孔子说："赐呀，现在可以和你说说《诗》了。告诉你一点，你就能举一反三，有所发挥了。"

1 6 孔子说："别人不了解我，我不忧虑；我忧虑的是自己不了解别人。"

为政篇第二

2.1 孔子说："用道德来行使政令，自己便会像北极星一样，呆在那里一动不动，别的星辰都环绕着它。"

2.2 孔子说："《诗》三百篇，用一句话来概括它，就是'思想纯正'。"

孔子周游列国，游说诸侯，选自清焦秉贞绘《孔子圣迹图》，（美）圣路易斯美术馆藏。

2.3　孔子说："用政法来诱导，用刑罚来整顿，老百姓只会暂时免于罪过，却没有羞耻之心。如果用道德来诱导，用礼教来整顿，老百姓不但有羞耻之心，而且人心归服。"

2.4　孔子说："我十五岁，有志于学问；三十岁，（学了礼仪，）说话做事能站得住脚；四十岁，（掌握了各种知识，）不会迷惑；五十岁，知晓了天命；六十岁，一听别人说话，便能判别是非；到了七十岁，尽管随心所欲，也不会有任何念头越出规矩。"

2.5　孟懿子向孔子问孝道。孔子说："不要违背礼节。"

后来，樊迟为孔子驾车，孔子便告诉他说："孟孙向我问孝道，我答复他说，不要违背礼节。"樊迟道："这是什么意思？"孔子说："父母健在，按规定的礼节服侍他们；去世了，按规定的礼节埋葬他们，祭祀他们。"

2.6　孟武伯向孔子请教孝道。孔子说："做爹妈的只是为孝子的疾病发愁。"

2.7　子游问孝道。孔子说："今天的所谓孝，好像只要能养活爹妈就行了。但狗马也都能够得到饲养；若不恭恭敬敬地孝顺父母，那又怎样区别养活爹妈和饲养狗马呢？"

2.8　子夏问孝道。孔子说："儿子在父母跟前经常有快乐的表情，是很难的。有事情，年轻人出力，有吃有喝，年长的人受用。难道这可以算是孝吗？"

2.9　孔子说："我整天和颜回谈学问，他从不提反对意见和疑问，像个傻瓜。等他回家自己研究，却也能有所发挥。颜回呀，不傻。"

2.10　孔子说："考察一个人所结交的朋友；观察他为达到目的所采用的方式方法；了解他的心情，安于什么，不安于什么。那么，这个人能躲到哪里去呢？这个人能躲到哪里去呢？"

2.11　孔子说："既温习旧知识，又不断吸取新知识，这就可以做教师了。"

2.12　孔子说："君子不像器皿一般，（只有一定的用途。）"

2.13　子贡问怎样才能成为君子。孔子说："先实行了你要说的，再说出来，（这就算是一个君子了。）"

2.14 孔子说："君子团结，而不勾结；小人勾结，而不团结。"

2.15 孔子说："只是读书而不思考，就会受骗上当；只是冥思苦想，却不读书，就会越想越糊涂。"

2.16 孔子说："攻击那些不正确的言论，这样祸害就没有了。"

2.17 孔子说："由！教给你对待知或不知的正确态度吧！知道就是知道，不知道就是不知道，这就是叫做明智。"

2.18 子张向孔子学求官职得俸禄的方法。孔子说："多听，有疑问的地方，加以保留；其馀足以自信的部分，谨慎地说出，就能减少错误。多看，有疑问的地方，加以保留；其馀足以自信的部分，谨慎地实行，就能减少懊悔。言语少错误，行动少后悔，官职俸禄就在这里面了。"

孔子，宋马远绘。

2.19 鲁哀公问道："要怎样做老百姓才能服从呢？"孔子答道："提拔正直的人，把他放在不正直的人之上，老百姓就服从了；假若提拔不正直的人，把他放在正直的人之上，老百姓就不会服从。"

2.20 季康子问道："要使人民严肃认真，尽心尽力和互相劝勉，要如何做呢？"孔子说："你严肃认真地对待人民的事情，他们也会严肃认真地服从你的政令了；你孝顺父母，慈爱幼小，他们也就会对你尽心尽力了；你提拔好人，教育能力弱的人，他们也就会互相勉励了。"

2.21 有人对孔子说："你为什么不参与政治？"孔子说："《尚书》上说：'孝呀，只有孝顺父母，友爱兄弟，并把这种风气影响到大官那儿去。'这也算参与政治了啊，你说什么才算参政呢？"

2.22　孔子说："作为一个人，却不讲信用，不晓得那怎么可以。这好比大车没有固定横木的𫐐，小车没有固定横木的𫐄，如何能行走呢？"

2.23　子张问："今后十代（的礼仪制度）可以预知吗？"孔子说："殷朝沿袭夏朝的礼仪制度，所废除的和所增加的，可以知道；周朝沿袭殷朝的礼仪制度，所废除的和所增加的，也可以知道，那么，如果有继承周朝的，即使一百代，也是可以预知的。"

2.24　孔子说："不该我所祭祀的鬼神，而去祭祀他，这是献媚。眼见应该挺身而出的事情，却袖手旁观，是缺少勇气。"

八佾篇第三

3:1　孔子谈到季氏，说："他用六十四人在庭院中奏乐舞蹈，这都可以狠心做出来，还有什么事不可以狠心做出来呢？"

3.2　仲孙、叔孙、季孙三家，当他们祭祀祖先的时候，（也用天子的礼，）唱着《雍》这篇诗来撤除祭品。孔子说："（《雍》诗有这样两句：）'助祭的是诸侯，天子严肃静穆地在那里主祭。'这两句诗，用在三家主祭的大堂上，取它的哪一点意义呢？"

3.3　孔子说："作为一个人，却不仁，拿礼仪制度怎么办呢？作为一个人，却不仁，拿音乐怎么办呢？"

3.4　林放问礼的本质。孔子说："这可是个大问题呀！一般的礼仪，与其铺张浪费，宁可俭省朴素；丧礼呢，与其仪文过分周全，宁可过度悲哀。"

3.5　孔子说："野蛮人的国家虽然有君主，还不如中国没有君主呢。"

3.6　季氏打算去祭祀泰山。孔子对冉有说："你不能阻止他吗？"冉有答道："不能。"孔子道："竟可以说泰山还不如林放（懂礼，居然接受这不合规定的祭祀了）吗？"

3.7　孔子说："君子没有什么可争的事情。如果一定要举出一件有争的事，那么就是射箭比赛了！（但即使比箭时，也）先要相互作揖然后登堂；（比赛完毕，）走下堂来，然后（作揖）喝酒。这就是君子式的竞争啊。"

3.8　子夏问道："'有酒涡的脸儿笑得美啊，黑白分明的眼流转得媚啊，洁白的底子上画着花卉啊。'这几句诗说的什么？"孔子道："先有白色底子，然后画花。"

子夏道："是不是礼乐的产生在（仁义）以后呢？"孔子道："启发我的，是商呀！现在可以同你讨论《诗》了。"

观乡人射，选自《孔子圣迹图》。

3.9　孔子说："夏朝的礼，我能说出来，它的后代杞国不足以作证；殷朝的礼，我能说出来，它的后代宋国不足以作证。这是这两国的历史文献和贤者不够的缘故。若有足够的文献和贤者，我们就可以引以作证了。"

3.10　孔子说："禘祭，从第一次献酒以后，我就不想看了。"

3.11　有人向孔子请教关于禘祭的知识。孔子说："不知道呀！知道的人对于治理天下，应该像把东西放在这里一样容易吧？"一边说，他一边指着自己的手掌。

3.12　孔子祭祖的时候，便好像祖先真在那里；祭神的时候，便好像神真在那里。孔子说："我如果不能亲自参加祭祀，还不如不祭（决不请别人代理）。"

3.13　王孙贾问道："'与其讨好房屋西南角的神，宁可讨好灶君司命'，这是什么意思？"孔子说："不对，得罪了上天，祈祷也没有用。"

3.14　孔子说："周朝的典章制度借鉴了夏、商两代的，（又有所发展，完善，）多么丰富多彩呀！我主张周朝的。"

3.15　孔子到了周公庙，每件事情都发问。有人说："谁说鄹大夫的儿子懂得礼呢？他到了太庙，每件事都要问别人。"孔子听到了这话，便说："这正是礼呀。"

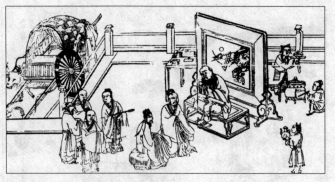

入周问礼，选自《孔子圣迹图》。

3.16　孔子说："比箭，不一定要穿破箭靶子，因为各人的力气大小不相同，这是古时的规矩。"

3.17　子贡要把鲁国每月初一告祭祖庙的那只活羊撤去不用。孔子说："赐呀！你舍不得那只羊，我舍不得那种礼。"

3.18　孔子说："服事君主，一切依照做臣子的礼节去做，别人却以为他在献媚讨好呢。"

3.19　鲁定公问："君主役使臣子，臣子服事君主，各自应该如何做？"孔子答道："君主役使臣子应该依礼，臣子服事君主应该尽忠。"

3.20　孔子说："《关雎》这首诗，快乐而不放荡，悲哀而不伤痛。"

3.21　鲁哀公向宰我发问，做社主要用什么材料的木头。宰我答道："夏代用松木，殷代用柏木，周代用栗木，意思是使人民有所畏惧而战栗。"孔子听说后，（责备宰我）说："已经做了的事不必再解释了，已经完成的事不必再挽救了，已经过去的事不必再追究了。"

3.22　孔子说："管仲的器量小得很哪！"

有人便问："管仲节俭吗？"孔子说："管氏收取了人民高额的地租，他手下的人员，（一人一职，）从不兼差，怎么能说是节俭呢？"

那人又问："那么，管仲懂得礼节吗？"孔子又说："国君宫殿门前，立了一个塞门，管氏也立了个塞门；国君招待外国君主，堂上有放置酒具的土堆，管氏也有这样的土堆。假如说管氏懂得礼节，那谁不懂得礼节呢？"

3.23　孔子把演奏音乐的道理告诉给鲁国的太师，他说："音乐，是可以透彻了解的，开始演奏时，翕翕地热烈，继续下去，纯纯地和谐，皦皦地清晰，绎绎地不绝，这样，然后完成。"

3.24　仪地的边防官请求孔子接见，说道："有道德学问的人到得这里，我从没有不和他见面的。"孔子的随行学生请求孔子接见了他。他告辞出来后说："你们这些人何必着急没有官位呢？天下黑暗的日子已经很久了，（圣人也该要出来了，）天老爷是要让他老人家来做人民的导师啊。"

3.25　孔子论到《韶》，说："美极了，而且好极了。"论到《武》，说："美极了，却还不够好。"

3.26　孔子说："居于上位不宽宏大量，行礼的时候不严肃认真，参加丧礼的时候不悲哀，这叫我怎么能看得下去呢？"

里仁篇第四

4.1　孔子说："住的地方，要有仁德才好。选择一个住处，却没有仁德，怎么算得上聪明呢？"

4.2　孔子说："不仁的人不可以长久地处于困境中，也不可以长久地处于安乐中。仁人安于仁，（因为他只有实行仁德才心安；）聪明人利用仁，（因为他认识到实行仁德对自己有长远而巨大的利益。）"

4.3　孔子说："只有仁人才能够喜爱某人，厌恶某人。"

4.4　孔子说："假如立志实行仁德，总没有坏处。"

4.5　孔子说："有钱和当官，是人人所盼望的；不用正当的方法去得到它，君子不接受。贫困和地位低，是人人所厌恶的，不用正当的方法去抛弃它，君子不摆脱。君子抛弃了仁德，到哪里去成就他的声名呢？君子没有吃完一餐饭的时间离开仁德，仓促匆忙的时候，他也一定和仁德同在；颠沛流离的时候，他也一定和仁德同在。"

4.6　孔子说："我没有见过爱好仁德和厌恶不仁德的人。爱好仁德的人，那是再好不过的了；厌恶不仁德的人，他行仁德，只是不使不仁德的东西加在自己身上。有谁能在某一天把自己的力量用在仁德上呢？我没有见过力量不够的。大概这种人还是有的，我没有见到罢了。"

4.7　孔子说："（人是各种各样的，他们所犯的错误也是各种各样的。）什么样的错误就是由什么样的人犯的。观察某人所犯的错误，就可以知道他是怎样的人了。"

4.8　孔子说："早晨得知了真理，要我晚上死都可以。"

4.9　孔子说："读书人有志于真理，却又以吃粗粮穿破衣为耻辱，便不值得同他商议了。"

4.10　孔子说："君子对于天下的事情，没规定要怎样干，也没规定不要怎样干，怎样干合理恰当，便那样干。"

孔子，选自《芥子园画传》。

4.11　孔子说："君子怀念道德，小人怀念乡土；君子关心法度，小人关心恩惠。"

4.12　孔子说："依据自己的利益而行事，会招致许多怨恨。"

4.13　孔子说："能够用礼让来治理国家吗，这有什么困难呢？如果不能用礼让来治理国家，又拿这礼仪怎么办呢？"

4.14　孔子说："不愁没有职位，只愁没有任职的本领；不怕没人知道自己，只求获得足以使别人知道自己的本领。"

4.15　孔子说："参呀！我的学说贯穿着一个基本概念。"曾子说："是的。"

孔子走出去以后，别的学生便问道："这是什么意思？"曾子说："他老人家的学说，只是忠和恕罢了。"

4.16　孔子说："君子懂得的是义，小人懂得的是利。"

4.17　孔子说："见到贤人，便应该想向他看齐；见到不贤的人，便应该反省，（看自己有没有和他相同的缺点。）"

4.18　孔子说："侍奉父母，（如果他们做得不对，）要轻微婉转地劝止；看到自己的意见没有被听从，仍然恭恭敬敬，不冒犯他们；虽然忧愁，但不怨恨。"

4.19　孔子说："父母在世，不出远门；如果要出远门，必须有一定的去处。"

4.20　孔子说："如果多年不改变他父亲的合理部分，就可以说是'孝'了。"

4.21　孔子说："父母的年纪不能不时时记在心里：一来因（其高寿）而欢喜，一来又因（其寿高）而有所恐惧。"

4.22　孔子说："古时候言语不轻易出口，就是怕自身的行动赶不上。"

4.23　孔子说："因为约束自己而犯过失的，总不多见。"

4.24　孔子说："君子言语要谨慎迟钝，工作要勤劳敏捷。"

4.25　孔子说："有道德的人不会孤单，一定会有（志同道合的人来和他做）伙伴。"

4.26　子游说："对待君主过于烦琐，就会招致侮辱；对待朋友过于烦琐，反而会被疏远。"

公冶长篇第五

5.1　孔子评论公冶长，"可以把女儿嫁给他。他虽然在监狱里关过，但不是他的罪过。"便把自己的女儿嫁给他。

5.2　孔子评论南容，"国家政治清明，（总有官做，）不被废弃；国家政治黑暗，也不致被刑罚。"便把哥哥的女儿嫁给他。

5.3   孔子评论宓子贱,"这个人,君子呀!假如鲁国没有君子,这个人从哪里取来这种好品德呢?"

5.4   子贡问道:"我是一个怎样的人?"孔子道:"你好比一个器皿。"子贡道:"什么器皿呀?"孔子道:"宗庙里盛黍稷的瑚琏。"

5.5   有人说:"冉雍这个人呀,有仁德,却缺乏口才。"孔子道:"何必要口才呢?伶牙俐齿地和人争论,常常会使人讨厌。我不晓得冉雍仁不仁,但何必要口才呢?"

5.6   孔子让漆雕开去做官。他答道:"我对这个还没有信心。"孔子听了很高兴。

5.7   孔子说:"我的主张行不通了,只好乘个木簰到海外去,跟从我的,大概只有仲由吧!"子路听到这话,得意洋洋。孔子说:"仲由太好勇了,他好勇的精神大大超过了我,这就没有什么可取的了!"

5.8   孟武伯问孔子子路是否有仁德。孔子说:"不知道。"他又问,孔子便说:"由呀,有一千辆兵车的(中等)国家,可以让他负责兵役和军政工作。至于他仁不仁,我不知道。"
    (孟武伯继续问:)"冉求又怎么样呢?"孔子道:"求呀,千户人家的私邑,百辆兵车的大夫封地,可以让他去当头头。至于他仁不仁,我不知道。"
    "公西赤又怎么样呢?"孔子道:"赤呀,.穿着礼服,立于朝廷之上,可以让他接待外宾,办理交涉。至于他仁不仁,我不知道。"

5.9   孔子对子贡说:"你和颜回谁更强些?"子贡答道:"我呀,哪里敢望回的项背?回呀,听到一件事,便可以推知十件事;我呢,听到一件事,只能推知两件事。"孔子道:"赶不上他;我同意你的话,是赶不上他。"

5.10   宰予白天睡觉。孔子说:"腐烂了的木头雕刻不得,粪土似的墙壁粉刷不得;对于宰予啊,我说什么好呢?"孔子还说:"起先,我对别人,听到他的话,便相信他的行为;现在,我对别人,听到他的话,还要考察他如何行动。从宰予身上,我(吸取了教训,)改变了态度。"

5.11　孔子说："我没见过刚直不阿的人。"有人答道："申枨是这样的人。"孔子道："申枨呀，他欲望太多，怎能做到刚直不阿？"

5.12　子贡道："我不想让别人骑在我头上，我也不想骑在别人头上。"孔子说："赐呀，这不是你能做到的呀。"

5.13　子贡说："老师关于文献方面的学问，我们听得到；老师关于人性和天道的言论，我们听不到。"

5.14　子路听到了新知识，还没来得及实践，只怕又听到（新知识）。

5.15　子贡问道："孔文子凭什么谥他为'文'？"孔子说："他聪敏灵活，好学深思，又不以向比他地位低的人发问为耻，所以用'文'字做他的谥号。"

5.16　孔子评论子产，说："他有四种行为合乎君子之道：他自己的容颜庄严恭敬，他对待君上负责认真，他教养人民用恩惠，他役使人民讲道理。"

5.17　孔子说："晏平仲善于和人交往，相处越久，别人越敬重他。"

5.18　孔子说："臧文仲替一只叫蔡的大乌龟盖了间房，有巨大的斗拱和画着藻草的梁上短柱，这个人的聪明又怎么样呢？"

5.19　子张问道："令尹子文好几次做令尹，没显出高兴的样子；好几次被罢免，没显出恼怒的样子。（每次去职，）一定把自己的政令全都告诉接位的人。他怎么样？"孔子道："可算是尽忠国家了。"子张道："算不算是仁呢？"孔子道："不晓得；这怎么能算仁呢？"

子张又问："崔杼无理地杀了齐庄公，陈文子有马四十匹，舍弃不要，离开齐国。到了外国，又说道：'这里掌权的和我们的崔子一样。'又离开。又到了一国，又说道："这里掌权的和我们的崔子一样。'于是又离开。他怎么样？"孔子道："清白得很。"子张道："算不算仁呢？"孔子道："不晓得；这怎么能算是仁呢？"

5.20　季文子每件事要考虑多次才行动。孔子听说了这事，道："想两次，也就可以了。"

5.21　孔子说："宁武子在国家太平时节，便聪明；在国家昏暗时节，便装傻。他那聪明，别人赶得上；那装傻，别人就赶不上了。"

5.22　孔子在陈国，说："回去吧！回去吧！我们那里的学生们志向高大得很，文彩又斐然可观，我都不知道怎样去指导他们了。"

5.23　孔子说："伯夷、叔齐两兄弟不记念过去的仇恨，怨恨他们的因此很少。"

5.24　孔子说："谁说微生高这人直爽？有人向他讨点儿醋，（他不说没有），却到邻人那里转讨一点给那人。"

5.25　孔子说："花言巧语，胁肩谄笑，百依百顺的样子，左丘明认为可耻，我也认为可耻。内心怨恨某人，却装着与他亲热，这种行为，左丘明认为可耻，我也认为可耻。"

5.26　孔子坐着，颜渊、季路各站在孔子旁边。孔子道："你俩何不说说各自的志向？"

子路道："愿意把我的车马衣服皮袍同朋友共同使用，坏了也没什么遗憾。"

颜渊道："愿意不吹嘘自己的优点，不表白自己的功劳。"

子路问孔子道："希望听听您的志向。"孔子说："（我的志向是，）老者使他安逸，朋友使他信任我，年轻人使他怀念我。"

5.27　孔子说："得了吧，我还没见过能看见自己的错误便自我批评的人呢。"

5.28　孔子说："就是十户人家的地方，也一定有像我这样既忠心又信实的人，只是不如我喜欢学问罢了。"

雍也篇第六

6.1　孔子说："冉雍呀，可以让他做一部门或一地方的长官。"

6.2　仲弓问到子桑伯子这个人。孔子道："他简单得好。"仲弓道："若存心严肃认真，而以简单行之，（识大体，不繁琐），来治理百姓，不也可以吗？若存心简单，又以简单行之，不是太简单了吗？"孔子说："雍的这话是对的。"

6.3　鲁哀公问："你的学生中，哪个好学？"孔子答道："有一个叫颜回的人好学，不拿别人出气；也不再犯同样的过失。不幸短命死了，现在再没有这样的人了，再也没听过好学的人了。"

6.4　公西华被派出使齐国，冉有替他母亲向孔子请求小米。孔子道："给他一釜。"冉有请求增加。孔子道："再给他一庾。"冉有却给了他五秉小米。孔子道："公西赤到齐国去，坐着肥马驾的车子，穿着又轻又暖的皮袍。我听说过：君子只是雪中送炭，不去锦上添花。"

6.5　原思任孔子家的总管，孔子给他小米九百，他不肯受。孔子道："别推辞！有多的，给你家乡（的穷人）吧！"

6.6　孔子谈到冉雍，说："耕牛的儿子长着赤色的毛，整齐的角，虽然不想用它作祭祀的牺牲，山川之神难道舍得放弃它吗？"

6.7　孔子说："颜回呀，他的心长久地不离开仁德，别的学生么，只是偶然想起一下罢了。"

6.8　季康子问孔子："仲由这人，可以让他治理政事吗？"孔子道："仲由果敢决断，让他治理政事有什么困难呢？"又问："端木赐可以让他治理政事吗？"孔子道："端木赐通情达理，让他治理政事有什么困难呢？"又问："冉求可以让他治理政事吗？"孔子道："冉求多才多艺，让他治理政事有什么困难呢？"

6.9　季氏叫闵子骞做他封地费的长官。闵子骞对来人说："好好地为我辞掉吧！如果再有人来找我，那我一定会逃到

颜回，选自《清刻历代画像传》。

汶水以北去了。"

6.10　伯牛生了病，孔子去慰问他，从窗子里握着他的手，道："活不成了，这就是命吧！这样的人呀，竟有这样的病呀！这样的人呀，竟有这样的病呀！"

6.11　孔子说："颜回真是贤良呀！一竹篮饭，一木瓢水，住在小巷子里，别人都受不了那穷苦的忧愁，颜回却不改变他自有的快乐。颜回真是贤良呀！"

6.12　冉求道："不是我不喜欢您的学说，只是力量不够。"孔子道："如果真是力量不够，走到半道会再走不动。现在你却没有开步走。"

6.13　孔子对子夏说："你要做个君子式的儒者，不要做那小人式的儒者！"

6.14　子游做武城的长官，孔子道："你在这儿得到什么人才没有？"他道："有个叫澹台灭明的，走路不插小道，不是公事，从不到我屋里来。"

6.15　孔子说："孟之反不夸耀自己，（在抵御齐国的战役中，右翼的军队溃退了，）他走在最后，掩护全军，将进城门，便鞭打马匹，一面说道：'不是我敢于殿后，是马匹不肯快走的缘故。'"

6.16　孔子说："假使没有祝鲍的口才，而仅有宋朝的美貌，在如今这年头恐怕难逃祸害了。"

6.17　孔子说："谁能够外出不经门户，为什么没人从我这条道上走呢？"

6.18　孔子说："朴实多于文采，就未免粗野；文采多于朴实，又未免虚浮。既有文采，又不乏朴实，这才是个君子。"

6.19　孔子说："真正的人活在世上，靠的是正直；不正直的人也得以活下来，那是他侥幸地免于祸害。"

6.20　孔子说："（对于任何学问和事业，）懂得它的人不如喜爱它的人，喜爱它的人又不如以它为乐的人。"

6.21　孔子说："智力中等以上的人，可以告诉他高深学问；智力中等以下的人，不可以告诉他高深的学问。"

6.22　樊迟问怎么样才算聪明。孔子说："一心一意使人民走向'义'，严肃地对待鬼神，却并不接近他，就可以说是聪明了。"又问怎样才算有仁德。孔子说："仁人在付出努力后才收获，这就是所谓仁德。"

6.23　孔子说："聪明人乐于水，仁人乐于山，聪明人活动，仁人沉静；聪明人快乐，仁人长寿。"

6.24　孔子说："齐国（的政治和教育）一有改革，便达到鲁国的程度；鲁国（的政治和教育）一有改革，便进而合于大道了。"

6.25　孔子说："觚不像个觚，这是觚吗！这是觚吗！"

6.26　宰我问道："有仁德的人，即便告诉他，'井里掉下一位仁人啦。'他是不是会跟着下去呢？"孔子道："怎么能是这样呢？君子可以让他一去不回，却不可以陷害他；可以欺骗他，却不可愚弄他。"

6.27　孔子说："君子广泛地学习文献，再用礼节约束自己，也可以不离经叛道了吧！"

6.28　孔子和南子相见，子路不高兴。孔子发誓道："我如果不对，老天厌弃我！老天厌弃我！"

6.29　孔子说："中庸作为一种道德，该是最高的了，大家已经缺乏它很久了。"

6.30　子贡道："假使有这么一个人，他广泛地给人民以好处，又能帮助大家过上好生活，怎么样？可以算是仁了吧？"孔子道："哪里仅仅是仁！那一定是圣了！仁是什么？自己要站得住，同时使别人也站得住；自己要事事通达，同时使别人也事事通达。能够从眼前的事实中选择例子踏踏实实地去做，这就是实践仁德的方法了。"

述而篇第七

7.1　孔子说："阐述而不创作，既相信又喜好古代文化，我私下敢和我那老彭相比。"

7.2　孔子说："（把所见所闻）默默地记在心里，努力学习而不厌弃，教导别人从不疲倦，这些事情对我有什么难呢？"

7.3　孔子说："品德不培养；学问不讲习；听到义的所在，却不能去追求；有错误不能改正，这些都是我所忧虑的呀！"

7.4　孔子在家闲居，很整齐，很和乐而舒展。

7.5　孔子说："我衰老得多么厉害呀！我好久好久没有梦见周公了！"

7.6　孔子说；"志向在'道'，根据在'德'，依靠在'仁'，而游憩于礼、乐、射、御、书、数六艺之中。"

7.7　孔子说："只要是送一束干肉给我的，我从没有不教诲的。"

7.8　孔子说："教育学生，不到他想弄明白而不得的时候，不去开导他；不到他想说却说不出的时候，不去启发他。教给他东方，他却不能由此推知西、南、北三方，便不再教他了。"

7.9　孔子在死了亲属的人旁边吃饭，从没吃饱过。

7.10　孔子在这一天哭过，就不再唱歌。

7.11　孔子对颜渊说："用我呢，就干起来；不用呢，就藏起来。只有我和你才能这样吧！"

子路道："您若统帅三军，谁会跟您？"

孔子道："徒手和老虎搏斗，不用船只去渡河，这样死了都不后悔的人，我是不会和他共事的。（我要找他共事的，）一定是面对任务便恐惧谨慎，善于谋略而能完成任务的人呀！"

7.12　孔子说："财富如果可以求得的话，就是做市场的守门卒我也肯干。如果求它不到，还是干我自己的吧。"

7.13　孔子所小心谨慎的事：斋戒、战争、疾病。

7.14　孔子在齐国听到了《韶》的乐章，好几个月尝不出肉味，说："想不到欣赏音乐达到了这种境界。"

7.15　冉有道："老师赞成卫君吗？"子贡道："好的，我去问问他。"
　　子贡到孔子房里，道："伯夷、叔齐是什么样的人？"孔子道："古代的贤人。"子贡道："（他俩因不肯做孤竹国国君而互相推让，双双跑到国外，）是不是又后悔抱怨呢？"孔子道："他们追求仁德，又得到了仁德，怨悔什么呢？"
　　子贡出来，道："老师不赞成卫君。"

7.16　孔子说："吃粗粮，喝冷水，弯着胳膊做枕头，这中间也有乐趣。干不正当的事而得来的富贵，我看来好像浮云。"

7.17　孔子说："让我多活几年，到五十岁的时候去学习《易》，便可以没有大过错了。"

7.18　孔子有说雅言的时候，读《诗》、读《书》，行礼，都说雅言。

7.19　叶公向子路问孔子的为人，子路不回答。孔子道："你为什么不说：他的为人，

伯夷与叔齐是一对兄弟，因满周武王攻伐商纣王，在周武王得了天下后，发誓不食周粟，两个人就住在首阳山上，每日只采山上的薇来吃，后来一起饿死在首阳山上。

用起功来便忘记吃饭，快乐起来便抛却忧愁，不晓得衰老就要到来，如此罢了。"

7.20　孔子说："我不是生来就有知识的人，而是爱好古代文化，勤奋敏捷去求取知识的人。"

7.21　孔子不谈怪异、勇力、动乱和鬼神。

7.22　孔子说："几个人一起走路，其中一定有可以被我师法的人；我选择那些优点去学习，看出那些（自己也有的）缺点，然后改正。"

7.23　孔子说："天在我身上生就了优秀的品德，他桓魋能把我怎么样？"

7.24　孔子说："学生们，你们以为我有所隐瞒吗？我对你们无所隐瞒！我没有一点不向你们公开，我孔丘就是这样的人。"

7.25　孔子用四种内容教育学生：文献、实践、忠诚、信实。

7.26　孔子说："圣人，我不能看见了；能见到君子，就可以了。"
孔子又说："圣人，我不能看见了，能看见操守坚定的人，就可以了。本来没有，却装作有；本来空虚，却装作充足；本来穷困，却硬充豪华，这样的人便难于坚定操守了。"

弋射收获，东汉画像砖，四川成都扬子山二号汉墓出土。

7.27　孔子钓鱼，不用大绳横断流水取鱼；用带生丝的箭射鸟；不射已归巢的鸟。

7.28　孔子说："大概有一种自己不懂却瞎编乱吹的人，我却没有这种毛病。多多地听，选择其中好的加以接受；多多地看，全记在心里。这样的知，是仅次于'生而知之'的。"

7.29　互乡这地方的人难于交谈，那里的一个童子得到孔子的接见，弟子们疑惑。孔子道："我们赞成他的进步，不赞成他的退步，事情何必做得太绝？别人收拾得干干净净而来，便应该赞成他的干净，不要死记住他的过去。"

7.30　孔子道："仁德难道很远吗？我要仁，这仁就来了。"

7.31　陈司败向孔子问鲁昭公懂不懂礼，孔子道："懂礼。"

孔子出去以后，陈司败便向巫马期作了个揖，请他走近自己，然后说道："我听说君子不偏袒谁，难道君子也偏袒吗？鲁君从吴国娶了位夫人，吴和鲁是同姓国家，（不便称她为吴姬，）于是叫她为吴孟子。鲁君要是算懂礼，那谁不懂礼？"

巫马期把这话转告给孔子。孔子道："我孔丘呀真幸运，如果有错处，人家一定晓得。"

7.32　孔子同别人一道唱歌，如果唱得好，一定请他再唱一遍，然后自己又和他。

7.33　孔子说："书本上的知识，大约我和别人差不多。身体力行地做个君子，那我还没有很大的收获。"

7.34　孔子道："讲到圣和仁，我怎么敢当？不过是学习和工作总不厌倦，教导别人总不疲劳，就是如此如此罢了。"公西华道；"这一点正是我们学不到的。"

7.35　孔子病重，子路要向神灵乞求延长孔子的寿命，请求孔子同意。孔子道："有这回事吗？"子路道："有的，《诔文》上说：'替你向天神地祇求寿。'"孔子道："我早就求过寿了。"

7.36　孔子说："奢侈豪华就显得骄傲，省俭朴素就显得寒酸。与其骄傲，不如寒酸。"

7.37　孔子说："君子胸怀宽广平坦，小人却经常局促忧愁。"

7.38　孔子温和而严厉，有威仪而不凶猛，庄严而安详。

泰伯篇第八

8.1　孔子说："泰伯，真可以说是品德高尚至极了。他好几次把江山让给季历，老百姓不晓得怎样称赞他才好。"

8.2　孔子说："恭敬而不懂礼教，就未免劳倦；谨慎而不懂礼教，就显得懦弱；胆大而不懂礼教，就容易闯祸；直爽而不懂礼教，就尖酸刻薄。在上位的人对待亲族宽厚仁慈，老百姓就会走向仁德；在上位的人不遗弃他的老同事、老朋友，老百姓就不会对人冷漠无情。"

8.3　曾参病了，便把学生们召集拢来说："看着我的脚！看着我的手！《诗经》上说：'小心呀！谨慎呀！好像临近深水潭边，好像走在薄冰层上。'从今以后，我才晓得自己可以免于祸害刑戮了！同学们！"

8.4　曾参病了，孟敬子探问他。曾子说："鸟要死了，它的鸣声呀悲哀；人要死了，他说的话呀友善。在上位的人待人接物有三点是可贵的：让自己的表情严肃，就可以避免别人的粗暴和怠慢；使自己的脸色端庄，就容易令人信服；说话时，注意言辞和声调，就可以避免粗野和错误。至于礼仪的细节，自有主管人员。"

8.5　曾子说："有能力却向无能的人请教，知识丰富却向知识缺乏的人请教；有知识却像没知识；满腹诗书却像一无所有；被人冒犯，也不计较——从前我的一位朋友就曾经这样做过。"

曾参，即曾子，字子舆，春秋末鲁国南武城（今山东费县西南）人，孔子弟子，曾点之子，以孝名世。传作《孝经》，被后世尊为"宗圣"，画像藏台北故宫博物院。

8.6　曾子说："可以把幼小的孤儿和国家的命脉都托付给他，在大是大非面前，不能动摇他的理想、节操——这种人，是君子吗？是君子呀！"

8.7　曾子说："读书人不可以不刚强而有毅力，因为他肩负沉重的使命，要跋涉遥远的路途。以在天下实现仁德为己任，不是很沉重吗？到死方休，不是很遥远吗？"

8.8　孔子说："读《诗》使我振奋，礼使我能在社会上站得住，音乐使我的所学得以完成。"

8.9　孔子说·"老百姓，可以使他们在我们指引的道路上走，不可以使他们知道那是为什么。"

8.10　孔子说："以勇敢自喜却厌恶贫困，是一种祸害。对于不仁的人，痛恨太甚，也是一种祸害。"

8.11　孔子说："假如才能的美好比得上周公，只要骄傲而且吝啬，别的方面也就不值得一看了。"

8.12　孔子说："读书三年并没想到要做官，这是难能可贵的。"

8.13　孔子说："坚定地相信我们的道，并努力学习它，誓死保卫它。危险的国家不去，祸乱的国家不住。天下太平，就出来工作；不太平，就隐居。国家政治清明，自己贫贱，是耻辱；政治黑暗，自己富贵，更是耻辱。"

8.14　孔子说："不居于那个职位，便不考虑它的政务。"

8.15　孔子说："当太师挚开始演奏时，当结尾演奏《关雎》的曲调时，满耳朵都是音乐啊！"

8.16　孔子说："狂妄而不直率，幼稚而不老实，无能而不讲信用，这种人的心我是难以猜透的。"

孔子退修《诗》、《书》，选自《孔子圣迹图》。

8.17　孔子说："做学问好像（追逐什么似的，）生怕赶不上；（赶上了，）还生怕丢了。"

8.18　孔子说："崇高啊！舜和禹贵为天子，富有四海，却一点也不为自己。"

8.19　孔子说："尧作为一个君主，真伟大啊！真高不可攀啊！只有天最高最大，只有尧能学习天。他的恩泽真是无处不到啊，老百姓真不知道怎样称赞他才好！他的功绩实在太崇高了，他的礼仪制度也真够美好了！"

8.20　舜有五位贤臣，天下便太平。武王也说："我有十位能治理天下的臣子。"孔子因此说："人才难得，不是这样吗？唐尧和虞舜之际直到武王时代，人才最为兴盛。武王的能臣中还有一位妇女，除开她，实际上只有九位能臣罢了。周文王得了天下的三分之二，仍然向商纣称臣。周朝的道德，可以说是最高的了！"

8.21　孔子说："禹，我对他没有批评了。他自己吃得很差，却把祭品办得极丰盛；穿得很差，却把祭服缝得极华美；住得很坏，却倾全力于沟渠水利。禹，我对他没有批评了。"

子罕篇第九

9.1　孔子很少（主动）谈到功利、命运和仁德。

9.2　达街的一个人说："孔子真伟大！学问广博，可惜没有足以使他成名的专长。"孔子听了这话，对学生们说："我干什么好呢？是赶大车呢？还是做弓箭手呢？我赶大车好了。"

9.3　孔子说："用麻来织礼帽，是合于礼的；今天都用丝来织，这样俭省，我同意大家的做法。臣见君，先在堂下磕头，然后升堂又磕头，这也是合于礼的。今天，大家都只升堂后磕一次头，这是骄泰的表现。虽然违反大家的意愿，我仍然主张先在堂下磕头。"

9.4　孔子绝对没有四种毛病——不臆测，不武断，不固执，不自以为是。

9.5　孔子被匡地的老百姓拘禁，便说："周文王去世以后，一切文化遗产不是都在我这里吗？天如果要灭绝这种文化，那我也不会掌握这种文化了呀！天如果不灭绝这种文化，那匡人能把我怎么样！"

9.6　太宰向子贡问道："孔老先生是位圣人吗？为什么这样多才多艺呢？"子贡道："这本来是老天让他成为圣人，又让他多才多艺的呀。"
　　孔子听到，便道："太宰知道我吗？我小时候贫穷，所以学会了不少鄙贱的技艺。真正的君子会有这样多的技巧吗？是不会的。"

9.7　牢说："孔子说过，'我不曾被国家所用，所以学得一些技艺。'"

9.8　孔子说："我有知识吗，没有呀。有个种田的向我求教，我一点也不知道；我从他那个问题的头和尾去盘问。（才揣测到一些意思，）然后尽量地告诉他。"

9.9　孔子说："凤凰不来，黄河也不再出现图画，我这一辈子算是完了吧！"

9.10　孔子看见穿丧服的人、穿戴礼帽礼服的人以及盲人，相见的时候，尽管他们年轻，孔子必定起身；走过的时候，一定快走几步。

9.11　颜渊感叹着说："我老师的道德文章，越抬头望，越高不可攀；越钻研，越觉得深奥。看看，似乎在前面，忽然间又到后面去了。（虽然如此高深和不可捉摸，可是）老师善于有步骤地诱导我们，用各种文献来丰富我的知识，用各种礼节来约束我的行为，使我想停止都不可能。我已经用尽我的才力，似乎能够独自工作了，要想再向前迈进一步，又不知怎样下手了。"

9.12　孔子病得厉害，子路便让孔子的学生们充当治丧的臣。后来，孔子的病渐渐好了，就道："太久了啊，仲由干这种骗人的勾当！我本没有到享受治丧之臣的级别，却定要为我设立！我欺哄谁呢，欺哄老天吗？我与其死在治丧之臣手里，还不如死在你们学生的手里呢！即使得不到隆重的葬礼，我会死在路上吗？"

9.13　子贡说："这里有一块美玉，把它放在柜子里藏起来呢？还是找一个识货的商人卖掉它呢？"孔子说："卖掉它，卖掉它！我是在等待识货的人呀。"

9.14　孔子想搬到九夷去住。有人说："那地方非常简陋，怎么办？"孔子说："有君子去住，有什么简陋呢？"

9.15　孔子说："我从卫国回到鲁国，才把音乐（的篇章）整理出来，使《雅》和《颂》各有适当的位置。"

9.16　孔子说："出外便服事公卿，入门便服事父兄，有丧事不敢不礼节周全，不被酒所困扰，这些事对我有什么难呢？"

9.17　孔子在河边，叹道："消逝的时光就像这河水一样吧！它日夜不停地流着。"

9.18　孔子说："我还没见过喜爱道德赛过喜爱美貌的人。"

9.19　孔子说："比如堆土成山，只要再加一筐土便大功告成，若不愿做下去，那是我自己停止的。又比如在平地上堆土成山，纵是刚倒下了一筐土，如果决心继续下去，还是要靠自己坚持啊！"

9.20　孔子说："听我的话始终不懈怠的，也许只有颜回吧！"

在川观水，选自
《孔子圣迹图》。

9.21　孔子谈到颜渊，说："可惜呀（他死得早）！我只看见他不断地进步，从没看见他止步。"

9.22　孔子说："庄稼长大了，却没来得及吐穗扬花，（就枯萎了，）是有的吧！吐穗扬花了，却没来得及灌浆结实，（就枯萎了，）是有的吧！"

9.23　孔子说："年少的人是可敬畏的，怎么能断定他将来赶不上现在的人呢？到了四、五十岁还没有什么名声，也就不值得惧怕了。"

9.24　孔子说："严肃而合乎原则的话，能够不接受吗？改正错误才可贵。顺从己意的话，能不悦耳吗？分析一下才可贵。盲目高兴，不加分析；假意接受，却不改正，这种人我是拿他没办法的。"

9.25　孔子说："要以忠信两种品德为主。没有不如自己的朋友。有了错误就不怕改正。"

9.26　孔子说："一国军队，可以使它丧失主帅；一个男子汉，却不能强迫他改变志向。"

9.27　孔子说道："穿着破烂的旧丝棉袍子和穿着狐貉裘的人一道站着，而不觉得惭愧的，恐怕只有仲由吧！《诗经》说：'不妒嫉，不贪求，有什么不好？'"子路听了，便老念这两句诗。孔子又说："仅仅这个样子，怎么能够好起来？"

9.28 孔子说："天寒地冻，才晓得松柏是最后落叶的呀！"

9.29 孔子说："聪明人不会疑惑，仁德的人永远乐观，勇敢的人无所畏惧。"

9.30 孔子说："可以同他一道学习的人，未必可以同他一道取得某项成就；可以同他一道取得某项成就的人，未必可以同他一道事事依礼而行；可以同他一道事事依礼而行的人，未必可以同他一道通权达变。"

9.31 古诗上说："唐棣树的花儿，随风翻到这翻到那；难道我不想念你，只因家远在天涯。"孔子道："他不是真正的想念呀，真的想念，又有什么远呢？"

乡党篇第十

10.1 孔子回到故乡，非常恭顺，好像不能说话的样子。他在宗庙里、朝廷上，便能明白晓畅地说出自己的意见，只是说得不多。

10.2 上朝时，（在君主到来之前，）同下大夫说话，温和而快乐；同上大夫说话，正直而恭敬。君主来了，便显出恭敬而局促的样子，行步却从容安祥。

10.3 鲁君召他接待国宾，面色矜持庄重，脚步也快起来。向两旁的人作揖，不停地左右拱手，衣服一俯一仰，却很整齐。快步向前，如鸟儿展翅。贵宾退下后，一定向君主报告："客人已经不回头了。"

10.4 走进朝廷大门，他的仪容十分敬畏，好像无处容身。站，不站在门中间；走，不踩门坎。经过国君座位，面色矜持，脚步也快，言语也好像中气不足。提起下摆朝堂上走，恭敬谨慎，憋住气好像不呼吸。出来，下一级台阶，面色舒展，怡然自得。下完台阶，轻快地向前走几步，如同鸟儿舒展翅膀。回到自己的位置，又显出恭敬局促的样子。

10.5 （孔子出使外国，举行典礼，）拿着圭，恭敬谨慎得好像举不起来。向上举好像作揖，向下好像在交给别人。面色凝重如同在作战，脚步紧凑好像踩着一条线似的。献礼

— 34 —

物时，满脸和气。和外国君臣私下相见，就显得轻松愉快。

10.6　君子不用天青色和铁灰色作为镶边，浅红色和紫色的布不用来作为平常居家的衣服。暑天，穿着粗的或细的葛布单衣，里面一定穿背心，使它露在外面。黑衣配紫羔，白衣配麑裘，黄衣配狐裘。居家的皮袄较长，但右袖要做得短些。睡觉一定有小被，约有一个半人长。用狐貉皮的厚毛作为坐垫。

丧服满了以后，什么东西都可以佩带。不是（上朝和祭祀穿的）用整幅布做的裙子，一定裁去一些。紫羔和黑色礼帽都不穿戴着去吊丧。大年初一，必定着上朝的礼服去朝贺。

10.7　斋戒沐浴的时候，一定有浴衣，用布做的。斋戒时，一定改变食谱；居住也一定搬迁地方，（不与妻妾同房。）

10.8　粮食不嫌舂得精，鱼和肉不嫌切得细。粮食霉烂发臭，鱼和肉腐烂，都不吃。食物颜色难看，不吃。气味难闻，不吃。烹调不当，不吃。不到应该吃的时候，不吃。不按一定方法砍割的肉，不吃。没有一定量的调味的酱醋，不吃。席面上肉虽然多，吃它不超过主食。只有酒不限量，但不喝醉。买来的酒和肉干不吃。吃完了，姜不撤除，但吃得不多。

10.9　参与国家祭祀典礼，不把祭肉留到第二天。其他的祭肉保留不超过三天。如若过了三天，便不吃了。

10.10　吃饭时不交谈，睡觉时不说话。

10.11　即使是糙米饭蔬菜汤，也一定得先祭一祭，祭时必恭恭敬敬，就像斋戒了一般。

10.12　坐席摆的方向不合礼制，不坐。

10.13　行乡饮酒礼后，要等持杖的老人都出去了，自己才出去。

10.14　本地的人们迎神驱鬼，穿着朝服站在东边的台阶上。

10.15　托人给在外国的朋友问好送礼，便向受托者拜两次送行。

10.16　季康子送药给孔子，孔子拜而接受，却说："我对这药的药性不很了解，不敢试服。"

10.17　马棚失了火。孔子从朝廷回来，道："伤了人吗?"不问到马。

10.18　国君赐给熟食，孔子一定摆正座位先尝一尝。国君赐给生肉，一定先煮熟，再给祖宗进供。国君赐给活物，一定养着它。和国君一同吃饭，当他举行饭前祭礼的时候，自己先吃饭，（不吃菜。）

10.19　孔子病了，国君来探问，他便把脸朝东，把朝服盖在身上，拖着大带。

10.20　国君召见，不等车辆驾好马，立即先步行。

10.21　到了周公庙，孔子每件事情都发问。

10.22　朋友死了，没人收敛，孔子便道："丧葬由我来料理。"

10.23　朋友的赠品，即使是车马，只要不是祭肉，孔子接受时也不行礼。

10.24　孔子睡觉不像死尸一样（直躺），平日坐着，也不像接见客人或自己做客人一样，（跪着，屁股放在足跟上。）

10.25　孔子看见穿齐衰孝服的人，即便是最亲密的，也一定改变态度，（表示同情。）看见戴礼帽的人和盲人，即使常相见，也一定有礼貌。
　　在车中遇着运送死人衣物的人，便把身体微微向前一俯，手伏着车前的横木，（表示同情。）遇见背负国家图籍的人，也手伏车前横木。
　　一有丰盛的菜肴，一定神采飞扬，站立起来。
　　遇见疾雷、大风，一定改变态度。

10.26　上车后，一定先端正地站好，拉着扶手带（登车）。在车中，不向内回顾，不很快地说话，不用手指指点点。

10.27　（孔子在山谷中行走，看见几只野鸡。）孔子的脸色刚一动，野鸡便飞向空中，盘旋一阵，又都停在一处。孔子道："这些山梁上的母野鸡啊，得其时呀！得其时呀！"子路向它们拱拱手，它们又振一振翅膀飞去了。

先进篇第十一

11.1　孔子说："先学习礼乐而后做官的是未曾有过爵禄的山野之人，先有了官位而后学习礼乐的是卿大夫的子弟。如果让我选用人才，我主张选用先学习礼乐的人。"

11.2　孔子说："跟着我在陈国、蔡国之间忍饥挨饿的人，都不在我这里了。"

11.3　（孔子的学生各有千秋。）德行好的有颜渊、闵子骞、冉伯牛、仲弓。能说会道的有宰我、子贡。擅长处理政务的有冉有、季路。熟悉古代文献的有子游、子夏。

11.4　孔子说："颜回呀，不是对我有所帮助的人，他对我的话没有不喜欢的。"

11.5　孔子说："孝顺呀，闵子骞！别人对于他爹娘兄弟称赞他的话没有异议。"

圣门四科，选自
《孔子圣迹图》。

11.6 南容经常把"白圭之玷，尚可磨也；斯言之玷，不可为也（白圭上的污点还可以磨掉，说错了话，就无法挽回了）"几句诗挂在嘴上，孔子便把自己的侄女嫁给他。

11.7 季康子问："你的学生中，哪个好学？"孔子答道："有一个叫颜回的好学，不幸短命死了，现在再没有这样的人了。"

11.8 颜渊死了，他父亲颜路请求孔子卖掉车子来替颜渊置办外椁。孔子道："不管有才还是没才，但总是各自的儿子呀！从前我儿子鲤死了，也只有内棺，而无外椁。我不能（卖掉车子）步行来替他买椁。因为我也曾随行于大夫行列之后，是不能步行的。"

11.9 颜渊死了，孔子道："咳！老天爷要我的命呀！老天爷要我的命呀！"

11.10 颜渊死了，孔子哭得很伤心。随从孔子的人说："先生太伤心了！"孔子道："真是太伤心了吗？我不为这个人伤心，又为谁伤心呢！"

11.11 颜渊死了，孔子的学生们想要很丰厚地埋葬他。孔子道："不可以。"学生们仍然很丰厚地埋葬了他。孔子道："颜渊呀，你对待我好像对待父亲呀！我却不能像对待儿子一样对待你呀！这不能怪我呀，是你的那些同学干的呀！"

11.12 子路问怎样服事鬼神。孔子道："人还不能服事，又怎能去服事鬼？"
子路又道："我冒昧地请问死是怎么回事？"孔子道："生的道理还没有弄明白，怎么能够懂得死？"

11.13 闵子骞站在孔子身旁，显得恭敬而正直；子路显得很刚强；冉有、子贡显得温和、愉快。孔子乐了："像仲由呀，怕是不得好死。"

11.14 鲁国翻修金库——长府。闵子骞道："仍像原来的样子如何？为什么一定要翻修呢？"孔子道："这人平日不大开口，一开口却十分中肯。"

11.15 孔子道："仲由弹瑟，为什么到我这里来弹呢？"听了这话，学生们便瞧不起子路。孔子道："由呀，学问已经不错了，只是还不够精深罢了。"

11.16 子贡问孔子："颛孙师（子张）和卜商（子夏）两个人谁强？"孔子道："师

呀，有点过分；商呢，有点赶不上。"子贡道："那么，师强一点么？"孔子道："过分和赶不上一个样。"

11.17　季氏比周公还有钱，而冉求还替他搜括，增加更多的财富。孔子道："冉求不是我们的人，你们学生大张旗鼓地去攻击他，是可以的。"

11.18　高柴愚笨，曾参迟钝，颛孙师偏激，仲由卤莽。

11.19　孔子说："颜回的学问道德差不多了吧，可是常常穷得没办法。端木赐不安本分，囤积投机，猜测行情，却每每猜对了。"

11.20　子张问怎样做才是善人。孔子说："不踩着别人的脚印走，道德文章也难以到家。"

11.21　孔子说："总是推许言论笃实的人，他是真正的君子呢？还是故作深沉的人呢？"

11.22　子路问："听到就干起来吗？"孔子道："父亲兄长还健在，怎么能听到就干起来？"冉有问："听到就干起来吗？"孔子道："听到就干起来。"
公西华道："仲由问听到就干起来吗。您说'父亲兄长还健在，（不能这样做；）'冉求问听到就干起来吗，您却说'听到就干起来。'我给弄糊涂了，大胆地来问问您。"孔子道：冉求平时做事退缩，所以我给他打气；仲由却有两个人的胆量，所以我要给他泼点冷水。"

11.23　孔子在匡被围困了之后，颜渊最后才来。孔子道："我还以为你死了。"颜渊道："您还健在，我怎么敢死呢？"

11.24　季子然问："仲由和冉求可以说是大臣吗？"孔子道："我以为您是问别人，原来问的是由与求呀。我们所说的大臣，应心怀仁义来服事君主，如果这样行不通，就宁愿辞职不干。如今由和求这两个人，可以说是具备相当才能的臣了。"季子然又问："那么，他们会服从上级吗？"孔子道："杀父亲和君主的事，他们也不会服从的。"

11.25　子路叫子羔去做费县县长。孔子道："这是害了别人的儿子！"子路道："那地方有老百姓，有土地和五谷，为什么定要读书才叫做学问呢？"孔子道："所以我讨厌巧舌如簧的人。"

11.26　子路、曾皙、冉有、公西华四人陪孔子坐着。孔子说道："因为我年纪比你们都大，（老了，）没有人用我了。你们平日说：'人家不了解我呀！'如果有人了解你们，（打算请你们出去，）那你们怎么办呢？"

子路不假思索地答道："一千辆兵车的国家，局促地处在几个大国之间，外面有军队侵犯它，国内又常闹灾荒。我去治理，等到三年以后，可以使人人有勇气，而且懂得大道理。"孔子微微一笑。又问："冉求！你怎么样？"答道："方圆六七十里或者五六十里的小国家，我去治理，等到三年以后，可以使人民丰衣足食。至于修明礼乐，那只有等待贤人君子了。"孔子又问："公西赤！你怎么样？"答道："不是说我已经很有能力了，我愿意这样学习：祭祀的工作或者同外国会盟，我穿着礼服，戴着礼帽，做一个小司仪者。"又问："曾点！你怎么样？"他弹瑟正近尾声，铿地一声把瑟放下，站起来答道："我的志向和他们三位所讲的不同。"孔子道："有什么关系呢，正是要各人说出自己的志向呀！"曾皙便道："暮春时节，春天衣服都已穿定了，我和五六位成年人、六七个小孩，在沂水中洗洗澡，在舞雩台上吹吹风，再唱着歌儿回家。"孔子长叹一声说："我同意曾点的主张呀！"子路、冉有、公西华三人都出去了，曾皙后走。曾皙问道："那三位同学的话怎样？"孔子道："也不过各人说说自己的志向罢了。"曾皙又道："先生为什么对仲由微笑呢？"孔子道："治理国家应该讲求礼，可是他的话一点都不谦让，所以笑笑他。""难道

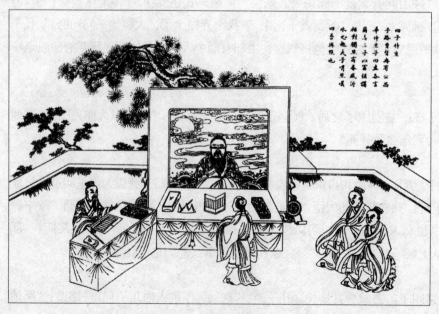

四子侍坐，选自
《孔子圣迹图》。

冉求所讲的就不是国家吗？”孔子道："怎么见得方圆六七十里或五六十里地就不够一个国家呢？""公西赤所讲的不是国家吗？"孔子道："有宗庙，有国际间的盟会，不是国家是什么？（我笑仲由不是说他不能治理国家，而是笑他说话的内容和态度不够谦虚。譬如公西赤，他是个十分懂得礼仪的人，但他只说愿意学着做一个小司仪者。）如果他只做一个小司仪者，又有谁来做大司仪者呢？"

颜渊篇第十二

12.1　颜渊问仁德。孔子道·"抑制自己，使言语行动都回复到传统的礼所允许的范围，就是仁。一旦这样做了，天下的人都会称许你是仁人。实践仁德，全靠自己，难道还靠别人不成？"

颜渊道："请问行动的纲领。"孔子道："不合礼的事不看，不合礼的话不听，不合礼的话不说，不合礼的事不做。"颜渊道："我虽不敏捷，也要实行您这话。"

12.2　仲弓问仁德。孔子道："出门（工作）好像去接待贵宾，役使百姓好像去承担大祀典，（事事严肃认真，小心谨慎。）自己所不喜欢的事物，就不强加于别人。在工作岗位上不对工作有怨言，就是不在工作岗位上也没有怨言。"仲弓道："我虽然不敏捷，也要实行您这话。"

克服传颜，选自
《孔子圣迹图》。

12.3　司马牛问仁德。孔子道："仁人，他的言语迟钝。"司马牛道："言语迟钝，这就叫做仁了吗？"孔子道："做起来不容易，说话能够不迟钝吗？"

12.4　司马牛问怎样才能成为一个君子。孔子道："君子不忧愁，不恐惧。"司马牛道："不忧愁，不恐惧，这样就可以叫做君子了吗？"孔子道："自己问心无愧，那有什么可以忧愁和恐惧的呢？"

司马牛，选自《芥子园画传》。

12.5　司马牛忧愁地说："别人都有兄弟，只有我没有。"子夏道："我听说过：死生听之命运，富贵由天安排。君子只是对待工作严肃认真，不出差错，对待别人辞色恭谨，合乎礼节。普天之下，到处都有兄弟！君子又何必着急没有兄弟呢？"

12.6　子张问怎样做才算是个明白人。孔子道："点滴而来、日积月累的谗言和肌肤所受、急迫切身的诬告在你这里都行不通，那你可以算是看得明白的人了。点滴而来、日积月累的谗言和肌肤所受、急迫切身的诬告在你这里都行不通，那你可以算是看得远的了。"

12.7　子贡问怎样去治理政事。孔子道："充足粮食，充足军备，百姓对政府就有信心了。"子贡道："如果迫不得已，在粮食、军队和人民的信心三者之中一定要去掉一项，先去掉哪一项？"孔子道："去掉军备。"子贡道："如果迫不得已，在粮食和人民的信心两者之中一定要去掉一项，先去掉哪一项？"孔子道："去掉粮食。（没有粮食，不过一死，但）自古以来谁都免不了死亡。如果人民对政府缺乏信心，国家是站不起来的。"

12.8　棘子成道："君子只要有好的本质就行了，要那些文彩（那些仪节、那些形式）干什么？"子贡道："可惜呀，先生这样谈论君子。一言既出，驷马难追。本质和文彩，是同等重要的。假若把虎豹和犬羊两类兽皮拔去有文彩的毛，那这两类皮革就很难区别了。"

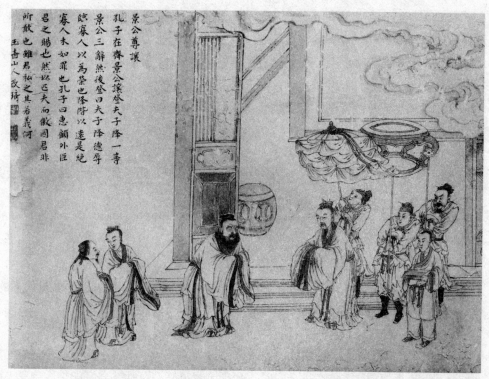

景公尊让，选自《孔子圣迹图》。

12.9　鲁哀公向有若问道："年成不好，国家用度不足，该怎么办？"有若答道："为什么不实行十分抽一的税率呢？"哀公道："十分抽二，我还不够，怎么能十分抽一呢？"答道："如果百姓的用度够，您怎么会不够？如果百姓的用度不够，您又怎么会够？"

12.10　子张问怎样提高品德，辨别迷惑。孔子道："以忠诚信实为主，唯义是从，就可以提高品德。爱一个人，希望他长寿，厌恶起来，恨不得他马上死去。既要他长寿，又要他短命，这便是迷惑。就如诗经中说的'诚不以富，亦祗以异（尽管不是嫌贫爱富那样势力，但也是如同见异思迁、喜新厌旧一样可笑啊）。'"

12.11　齐景公向孔子问政治。孔子答道："君要像个君，臣要像个臣，父亲要像父亲，儿子要像儿子。"景公道："对呀！若真是君不像君，臣不像臣，父不像父，子不像子，虽然有很多粮食，我能吃得上吗？"

12.12　孔子说："根据一方面的言语就可以判决案件的，大概只有仲由吧！"子路从不拖延诺言。

12.13 孔子说:"审理诉讼,我同别人差不多。一定要使诉讼的事件完全消灭才好。"

12.14 子张问政治。孔子道:"在位不要疲倦懈怠,执行政令要忠心。"

12.15 孔子说:"君子广泛地学习文献,再用礼节约束自己,也可以不离经叛道了吧!"

12.16 孔子说:"君子成全别人的好事,不促成别人的坏事。小人却和这相反。"

12.17 季康子向孔子问政治。孔子答道:"政字的意思就是端正。您自己带头端正,谁敢不端正呢?"

12.18 季康子苦于盗贼太多,向孔子求教。孔子答道:"假如您不贪求太多的财货,就是奖励偷抢,他们也不会干。"

12.19 季康子向孔子请教政治,说道:"假若杀掉坏人来亲近好人,怎么样?"孔子答道:"您治理政治,为什么要杀戮?您想把国家搞好,百姓就会好起来。领导人的作风好比风,老百姓的作风好比草。风向哪边吹,草向哪边倒。"

12.20 子张问:"读书人要如何做才可以叫做达?"孔子道:"你所说的达是什么意思?"子张答道:"在朝廷做官时一定有名望,在大夫家工作时一定有名望。"孔子道:"这是闻,不是达。怎样才是达呢?品质正直,遇事讲理,善于观察别人的颜色,从思想上愿意对别人退让。这样,他在朝廷做官必定事事通达,在大夫家也一定事事通达。至于闻,表面上似乎爱好仁德,实际行为却不如此,而自己竟以仁人自居毫不怀疑。这种人,做朝廷的官时一定会骗取名望,在大夫家工作时也一定会骗取名望。"

12.21 樊迟陪同孔子在舞雩台下游玩,他说:"请问怎样提高自己的品德,怎样消除别人对自己不显露的怨恨,怎么辨别出哪种是糊涂事。"孔子道:"问得好!首先付出劳动,然后收获,不是提高品德了吗?批判自己的坏处,不去批判别人的坏处,不就消除无形的怨恨了吗?因为偶然的忿怒,便忘记自己,甚至忘记了爹娘,不是糊涂吗?"

12.22 樊迟问什么是仁,孔子道:"爱人。"又问什么是智,孔子道:"善于了解别人。"樊迟还不理解。孔子道:"提拔正直的人,使他地位在不正直的人之上,能够使不正直的人正直。"樊迟退了出来，找到子夏，说道："刚才我去见老师，请教什么是智，他说：'提拔正直的人，使他地位在不正直的人之上，能够使不正直的人正直。'这是什么意思？"子夏答道："这话的意义多么丰富啊！舜有了天下，在众人之中挑选，提拔了皋陶，坏人就难以得势了。汤有了天下，在众人之中挑选，提拔了伊尹，坏人就难以得势了。"

12.23　子贡问如何对待朋友。孔子道："忠心地劝告他，好好地引导他，他不听从，也就罢了，不要自找侮辱。"

12.24　曾子说："君子用文章学问来聚会朋友，用朋友来帮助我培养仁德。"

子路篇第十三

13.1　子路问政治。孔子道："自己带头，然后让老百姓勤劳地工作。"子路请求再讲一点。孔子又道："永远不要松劲。"

13.2　仲弓当了季氏的管家，向孔子问政治。孔子道："给下属做榜样，原谅别人的小过失，推举贤能的人。"仲弓道："怎样去识别贤能的人并提拔他们呢？"孔子道："推举你所知道的；你所不知道的，别人难道会舍弃他吗？"

子路，选自《芥子园画传》。

13.3　子路对孔子说："卫君等着您去治理国政，您准备首先干什么？"孔子道："那一定是纠正名分上的用词不当吧！"子路道："您的迂腐竟到了如此地步吗！这又何必纠正？"孔子道："你怎么这样粗野！君子对于他所不懂的，大概采取保留态度，（而不会像你这样乱说。）用词不当，言语就不能顺理成章，言语不顺理成章，工作就不能搞好，工作搞不好，国家的礼乐制度也就举办不起来；礼乐制度举办不起来，刑罚也就不会得当；刑罚不得当，百姓就会（无所适从，）连手脚都不晓得摆在哪里好。所以君子用一个词，一定可以说得出用它的道理来；而顺理成章的话也一定行得通。君子对于措词说话要没有一点马虎的地方，才肯罢休。"

13.4　樊迟请求学种庄稼。孔子道："我不如老农夫。"又请求学种蔬菜。孔子道："我不如老菜农。"樊迟出去了。孔子道："樊迟真是小人！在上位者讲礼节，老百姓就没人敢不尊敬；在上位者讲道理，老百姓就没人敢不服从；在上位者讲信誉，老百姓就没人敢不说真话。能做到这样，四面八方的老百姓都会背负着小儿女来投靠，为什么要自己种地呢？"

13.5　孔子说："熟读《诗》三百篇，把政治任务交给他，却不能办好；让他出使外国，又不能独当一面；即使书读得再多，又有什么用处呢？"

13.6　孔子说："当权者自己行得正，不发命令，政令也能贯彻。自己行为不检点，即使三令五申，老百姓也不会听从。"

13.7　孔子说："鲁国和卫国的政治，像兄弟一般，（相差无几。）"

13.8　孔子谈到卫国的公子荆，说："他善于居家过日子，刚有一点，便说：'差不多够了。'增加了一点，又说道：'差不多完备了。'多有一点，便说道：'差不多美伦美奂了。'"

13.9　孔子到卫国，冉有替他驾车子。孔子道："人真多呀！"冉有道："人口已经众多了，又该干什么呢？"孔子说："让他们富起来。"冉有道："已经富裕了，又该干什么呢？"孔子道："教育他们。"

13.10　孔子说："如有用我主持国家政事的，一年也就差不多了，三年便会很有成绩。"

13.11　孔子说："'善人治理国家一百年，也可以克服残暴免除杀戮了。'这话说得真对呀！"

13.12　孔子说："假如有王者兴起，一定需要三十年才能使仁政大行。"

13.13　孔子说:"假若端正了自己,治理国家还有什么困难呢? 连本身都不能端正,又怎能端正别人呢?"

13.14　冉有下朝回来。孔子道:"今天为什么回得晚了呢?"答道:"有政务。"孔子道:"那只是事务罢了。如果有政务,虽然不用我了,我也会知道的。"

13.15　鲁定公问:"一句话兴盛国家,有这事吗?"孔子答道:"说话可不能像这样地简单机械。不过,大家都说:'做君主很难,做臣子不容易。'如果知道做君主的艰难,(事事自然会认真谨慎地去干,)这不就接近一句话便兴盛国家了吗?"定公又道:"一句话丧失国家,有这事吗?"孔子答道:"说话可不能像这样地简单机械。不过,大家都说:'我做君主没有别的快乐,只是我说任何话都没人敢违抗。'如果说的话正确而没人敢违抗,不也好么? 如果说的话不正确也没人敢违抗,这不就接近一句话便丧失国家了吗?"

13.16　叶公问政治。孔子道:"近处的人使他高兴,远方的人使他来投奔。"

13.17　子夏做了莒父的县长,问政治。孔子道:"不要图快,不要顾小利。图快,反而达不到目的,顾小利,大事就办不成功。"

13.18　叶公告诉孔子道:"我那里有个坦白直率的人,他父亲偷了羊,他便告发。"孔子道:"我们那里坦白直率的人和你们的不同:父亲替儿子隐瞒,儿子替父亲隐瞒。直率就在这里面。"

13.19　樊迟问仁。孔子道:"平日容貌态度端正庄严,工作严肃认真,对别人忠心诚意。这几种品德,纵是到了野蛮人的国度,也是不能废弃的。"

13.20　子贡问道:"怎样才可以叫做'士'?"孔子道:"以羞耻之心约束自己的行动,出使各国,不负君主的使命,这就可以叫做'士'了。"子贡道:"请问次一等的。"孔子道:"宗族称赞他孝顺父母,乡里称赞他恭敬兄长。"子贡又道:"请问再次一等的。"孔子道:"言语一定信实,行为一定坚决,这是不问黑白而只管自己贯彻言行的小人呀! 但也可以说是再次一等的'士'了。"子贡道:"现在的执政诸公怎么样?"孔子道:"咳! 这班器识狭小的人算什么东西!"

13.21　孔子说:"得不到言行合乎中庸的人和他相交,那一定要结交激进的人和直筒子脾气的人吧！激进者一意向前，直筒子脾气的人也不肯做坏事。"

13.22　孔子说："南方人有句话说，'人假若没有恒心，连巫医都做不了。'这话说得好呀！"《易·恒卦》的爻辞说："三心二意，翻云覆雨，总有人招致羞耻。"孔子又说："这话的意思是叫无恒心的人不必去占卦罢了。"

13.23　孔子说："君子追求在正确前提下的和谐，却不肯盲从；小人只会盲从，却不肯坚持正确立场。"

13.24　子贡问道："一乡的人都喜欢他，这个人怎么样？"孔子道："还不行。"子贡又道："一乡的人都厌恶他，这个人怎么样？"孔子道："还不行。最好一乡的好人都喜欢他，一乡的坏人都厌恶他。"

13.25　孔子说："在君子手下工作很容易，讨他的欢喜却难。不用正当的方式去讨他的欢喜，他是不会欢喜的；等到他使用人的时候，却衡量各人的才德去分配任务。在小人手下工作很难，讨他的欢喜却容易。用不正当的方式去讨他的欢喜，他会欢喜；等到他使用人的时候，便会百般挑剔，求全责备。"

13.26　孔子说："君子安详舒泰，而不盛气凌人；小人盛气凌人，而不安详舒泰。"

13.27　孔子说："刚强、果断、质朴、说话谨慎，有这四种品德的人近于仁德。"

13.28　子路问道："怎么样才可以叫做'士'了呢？"孔子道："互相批评，和睦相处，就可以叫做'士'了。朋友之间，互相批评；兄弟之间，和睦相处。"

13.29　孔子说："善人教导人民七八年，也能够叫他们作战了。"

13.30　孔子道："用没有被训练过的人民去作战，这等于糟踏生命。"

宪问篇第十四

14.1　原宪问什么叫耻辱。孔子道："国家政治清明，可以做官领薪俸；国家政治黑暗，做官领薪俸，这就是耻辱。"原宪又说："一个人，好胜、自夸、怨恨和贪心都没有表现过，可以说是仁德之人么？"孔子说："可以说是难能可贵了，至于仁德，我不知道。"

14.2　孔子说："作为一个读书人，却贪图安逸，真不配做读书人了。"

14.3　孔子说："政治清明，言语正直，行为正直；政治黑暗，行为正直，言语谦逊。"

14.4　孔子道："有道德的人一定有名言，但有名言的人不一定有道德。仁人一定勇敢，但勇敢的人不一定仁。"

14.5　南宫适向孔子问道："羿擅长射箭，奡擅长水战，都没有得到好死。禹和稷自己下地种田，却得到了天下。（怎样理解这些历史？）"孔子没有答复。南宫适退出去后，孔子道："这个人，好一个君子！这个人，多么尊尚道德！"

14.6　孔子说："君子之中不仁的人是有的吧，小人之中却不会有仁人。"

14.7　孔子说："爱他，能不磨砺他吗？忠于他，能不教诲他吗？"

14.8　孔子说："郑国外交辞令的撰写过程，由裨谌打草稿，世叔提意见，外交官子羽修改，东里的子产做文辞上的加工。"

14.9　有人向孔子问子产是怎样的人物。孔子道："他是宽厚慈惠的人。"又问到子西。孔子道："他呀，他呀！"又问到管仲。孔子道："他是个人才。剥夺了伯氏骈邑三百户的封地，使他只能吃粗粮，却到死也没有怨言。"

子产，选自《历代名臣像解》。

14.10 孔子说："贫穷却没有怨恨，很难；富贵却不骄傲，倒容易做到。"

14.11 孔子说："孟公绰，让他做晋国卿大夫赵氏、魏氏的家臣，是能胜任愉快的，但没有能力做滕、薛这类小国的大夫。"

14.12 子路问怎样才是全人。孔子道："智慧像臧武仲，清心寡欲像孟公绰，勇敢像卞庄子，多才多艺像冉求，再用礼乐来成就他的文采，也可以说是全人了。"等了一会，又道："现在的全人哪里一定要这样？看见利益能想起该不该得，遇到危险肯付出生命，经过长久的穷困日子都不忘记平日的诺言，也可以说是全人了。"

14.13 孔子向公明贾问到公叔文子，说："他老人家不说话，不笑，不取，是真的吗？"公明贾答道："这是传话的人说错了。他老人家到该说话的时候才说话，别人便不讨厌他的话；快乐了才笑，别人便不讨厌他的笑；应该取才取，别人便不讨厌他的取。"孔子道："如此吗？真的如此吗？"

14.14 孔子说："臧武仲（逃到齐国之前，）凭借着他的封地防城请求立其子弟继他为鲁国卿大夫，虽然有人说他不是要挟国君，但我是不相信的。"

14.15 孔子说："晋文公好搞阴谋诡计，不光明正大；齐桓公光明正大，不搞阴谋诡计。"

14.16 子路道："齐桓公杀了公子纠，（公子纠的师傅）召忽因此自杀，（但是他的另一师傅）管仲却活着。"接着又道："管仲怕是不仁吧？"孔子道："齐桓公多次主持诸侯间的盟会，消弭了战祸，这都是管仲的力量。这就是管仲的仁德！这就是管仲的仁德！"

管仲射小白，汉画像石。

14.17　子贡道："管仲该不是仁人吧，桓公杀了公子纠，他不但不能以身殉难，还去辅相他。"孔子道："管仲辅相桓公，称霸诸侯，使天下一切都得以匡正，人民到今天还感受到他的好处。如果没有管仲，我们都会披散着头发，衣襟向左边开着，（沦落为夷狄了。）他难道要像普通老百姓一样守着小节小信，在山沟里自杀，死了还没人知道吗？"

14.18　公叔文子的家臣大夫僎，（由于文子的推荐）和文子一道做了国家的大臣。孔子知道这事，便道："这便可以谥为'文'了。"

14.19　孔子讲到卫灵公的昏乱，康子道："既然这样，为什么不败亡？"孔子道："他有仲叔围接待宾客，祝鮀管理祭祀，王孙贾统率军队，像这样，怎么会败亡？"

14.20　孔子说："那个人大言不惭，他实行就不容易。"

14.21　陈恒杀了齐简公。孔子斋戒沐浴后朝见鲁哀公，报告道："陈恒杀了他的君主，请您出兵讨伐他。"哀公道："你向季孙、仲孙、孟孙三人去报告吧！"孔子（退了出来，）道："因为我曾忝为大夫，不敢不来报告，但是君上却对我说，'给那三人报告吧'！"孔子又去报告三位大臣，不肯出兵。孔子道："因为我曾忝为大夫，不敢不报告。"

14.22　子路问怎样服事人君。孔子道："不要（阳奉阴违地）欺骗他，却可以（当面）触犯他。"

14.23　孔子说："君子通达于仁义，小人通达于财利。"

14.24　孔子说："古代学者是为了提高自己的道德文章做学问，现代学者做学问却是为了装门面给人家看。"

14.25　蘧伯玉派一位使者访问孔子。孔子给他让坐，而后问道："他老人家干些什么？"使者答道："他老人家想减少过错却还没能做到。"使者出去后，孔子道："好一位使者！好一位使者！"

14.26　孔子说："不居于那个职位，便不考虑它的政务。"
曾子说："君子所思虑的不超出自己的职责范围。"

14.27　孔子说："说得多，做得少，君子以为耻。"

14.28　孔子说："君子所行的三件事，我一件也没能做到：仁德的人不忧虑，聪明的人不迷惑，勇敢的人不畏惧。"子贡道："他老人家所刻画的正是他自己呀！"

14.29　子贡讥评别人。孔子对他道："你就够好了吗？我却没有这闲工夫。"

14.30　孔子说："不着急别人不知道我，只着急自己没有能力。"

14.31　孔子说："不预先怀疑别人的欺诈，也不无根据地猜测别人的不老实，却能及早发觉，这样的人是一位贤者吧！"

14.32　微生亩对孔子道："你为什么要这样忙忙碌碌呢？难道是要逞你的口才吗？"孔子道："我不是敢逞口才，而是讨厌那种顽固不化的人。"

14.33　孔子说："称千里马叫做骥，不是称赞它的力气，而是称赞它的品质。"

14.34　有人对孔子说："拿恩惠来回答怨恨，怎么样？"孔子道："那又拿什么来报答恩惠呢？应该拿公平正直来回答怨恨，拿恩惠来报答恩惠。"

14.35　孔子叹道："没有人知道我呀！"子贡道："为什么没有人知道您呢？"孔子道："不怨恨天，不责备人，学习一些平常的知识，却透彻了解很高的道理。知道我的，只有天吧！"

14.36　公伯寮在季孙那里污蔑子路。子服景伯告诉孔子，并且说："他老人家固然已经被公伯寮迷惑了，可是我的力量还能把他（公伯寮）的尸首在街头示众。"孔子道："我的主张将实现吗？全听凭命运呀；我的主张将永不实现吗？也听凭命运呀。公伯寮能奈何我的命运吗？"

14.37　孔子说："有些贤者逃避乱世而隐居，次一等的择地而处，再次一等的避免不好的脸色，再次一等的躲避恶言。"孔子又说："这样的人出现过七位了。"

14.38　子路在石门住了一晚，（第二天清早进城，）司门者道："从哪里来？"子路道：

击磬，汉画像石。

"从孔家来。"司门者道："就是那个知道做不到却偏要去做的人吗？"

14.39　孔子在卫国，一天正敲着磬，有一个挑着草筐子的人恰在门前走过，便说道："这个敲磬是有深意的呀！"等一会又说道："磬声铿铿的，可鄙呀！（它好像在说，没有人知道我呀！）没人知道自己，也就别干了。水深，索性连衣裳走过去；水浅，无妨撩起衣裳走过去。"孔子道："好坚决！这样就没什么难的了。"

14.40　子张道："《尚书》说：'殷高宗守孝，住在凶庐，三年不言语。'这是什么意思？"孔子道："不仅仅高宗，古人都是这样：国君死了，（新君三年不问政事，）所有官员都听命于宰相。"

14.41　孔子说："在上位的人若遇事依礼而行，就容易使百姓听从指挥。"

14.42　子路问怎样才能成为一个君子。孔子道："修养自己来严肃认真地对待工作。"子路道："这样就够了吗？"孔子道："修养自己来使上层人物安乐。"子路道："这样就够了吗？"孔子道："修养自己来使所有老百姓安乐。修养自己来使所有老百姓安乐，尧舜大概还没有完全做到呢！"

14.43　原壤两腿像八字一样张开坐在地上，等着孔子。孔子骂道："你小时候不懂礼节，长大了没什么值得一说的成绩，老了还白吃粮食，真是个害人精。"说完，用拐杖敲了敲他的小腿。

14.44　阙党的一个童子来向孔子传达信息。有人问孔子道："这小孩是肯求上进的人吗？"孔子道："我看见他（大模大样地）坐在位上，又看见他和长辈并肩而行。这不是个肯求上进的人，只是一个想走捷径的人。"

卫灵公篇第十五

15.1　卫灵公问孔子军队如何布阵。孔子答道："礼仪的事情，我曾经听到过；军队的事情，却从没学过。"第二天便离开了卫国。

15.2　孔子在陈国断绝了粮食供应，跟随的人都饿病了，爬不起来。子路拉长了脸来见孔子，说："难道君子也有一筹莫展的时候吗？"孔子道："君子行不通时，仍然坚持着；小人行不通时，便无所不为了。"

15.3　孔子道："赐呀，你以为我是学得多又记得住的人吗？"子贡答道："对啊，难道不是这样的吗？"孔子道："不是的，我有一个基本观念来贯穿它。"

孔子困陈，选自
《孔子圣迹图》。

15.4　孔子对子路说："由！懂得'德'的人真是少之又少啊。"

15.5　孔子说："自己从容安静而使天下太平的大概只有舜吧？他干了什么呢？庄严端正地坐于朝廷罢了。"

15.6　子张问怎样才能到处行得通。孔子道："言语忠诚老实，行为忠厚严肃，纵是到了野蛮人的国度，也行得通。言语欺诈无信，行为刻薄轻浮，即使在本乡本土，能行得通吗？站着的时候，就（仿佛）看见'忠信笃敬'几个字在我们面前；在车箱里，也（仿佛）看见它靠在前面的横木上；（时刻牢记着它，）才能到处行得通。"子张把这些话写在大带上。

15.7　孔子说："好一个刚直不阿的史鱼！政治清明，他像箭一般直，政治黑暗，他也像箭一般直。好一个君子蘧伯玉！政治清明就出来做官，政治黑暗就可把自己的本领收藏起来。"

15.8　孔子说："可以同他谈而不同他谈，这是错过人才；不可同他谈却同他谈，这是浪费言语。聪明人既不错过人才，也不浪费言语。"

15.9　孔子说："志士仁人，不贪生怕死因而损害仁德，只勇于牺牲生命来成全仁德。"

15.10　子贡问如何成就仁德。孔子道："工匠要把事情干好，一定先要完善他的工具。我们住在这个国家，就要敬奉那些大臣中的贤人，结交那些士人中的仁人。"

15.11　颜渊问如何治理国家。孔子道："用夏朝的历法，坐殷朝的车子，戴周朝的礼帽，音乐就用《韶》和《武》。放弃郑国的乐曲，斥退小人。郑国的乐曲淫秽，小人危险。"

15.12　孔子说："一个人没有长远的考虑，一定会有眼前的忧患。"

15.13　孔子说："算了吧，我还从没见过喜欢美德如同喜欢美貌一样的呢！"

15.14　孔子说："臧文仲大概是个做官不管事的人，他明知柳下惠贤良，却不给他官位。"

15.15　孔子说："多责备自己而少责备别人，便不会招致怨恨了。"

15.16　孔子说："（一个人）不想想'怎么办，怎么办'，对这种人，我也不知道该拿他怎么办了。"

15.17　孔子说："一群人整天混在一起，不说一句有道理的话，只喜欢卖弄小聪明，这种人真难造就！"

15.18　孔子说："君子（对于事业），以道义为原则，依礼节实行它，用谦逊的言语说出它，用诚实的态度完成它。这才是真君子呀！"

15.19　孔子说："君子只惭愧自己没有能力，不怨恨别人不知道自己。"

15.20　孔子说："君子深感遗憾的是到死而名字不被人家称述。"

15.21　孔子说："君子要求自己，小人要求别人。"

15.22　孔子说："君子庄矜而不争执，合群而不闹宗派。"

15.23　孔子说："君子不因某人一句话（说得好）便提拔他，也不因某人是坏人而鄙弃他的好话。"

15.24　子贡问道："有没有一句话可以终身奉行呢？"孔子道："大概是'恕'吧！自己所不想要的任何事物，都不要加给别人。"

15.25　孔子说："我对于别人，诋毁了谁，称赞了谁？假如我对他有所称赞，一定是考验过他的。夏、商、周三代的人都是这样做的，所以那时能直道而行。"

15.26　孔子说："我还能看到史书存疑的地方。"（孔子说：）"有马的人（自己不会训练，）先给别人使用，这种精神，今天没有了吧！"

15.27　孔子说："花言巧语足以败坏道德。小事情不忍耐，便会败坏大事情。"

15.28　孔子说："大家厌恶他，一定要去考察；大家喜爱他，也一定要去考察。"

15.29　孔子说："人能够弘扬道德，不是道德来光大人。"

15.30　孔子说："有错误而不改正，这本身就是一个错误！"

15.31　孔子说："我曾经整天不吃，整夜不睡，去想，但却没有益处，不如去学习。"

15.32　孔子说："君子用心力于学术，不用心力于衣食。耕田，也常常饿肚皮；学习，却常得到俸禄。君子只着急得不到道，不着急得不到财。"

15.33　孔子说："聪明才智足以得到它，仁德不足以保持它，就是得到，也一定会丧失。聪明才智足以得到它，仁德足以保持它，不用严肃态度来对待它，百姓也不会认真（地生活和工作）。聪明才智足以得到它，仁德足以保持它，且能用严肃的态度来对待它，假如不用礼来感动它，也不是尽善尽美的。"

15.34　孔子说："君子不可以用小事情来考验他，却可以接受重大任务；小人不可以接受重大任务，却可以用小事情考验他。"

15.35　孔子说："百姓需要仁德，急于需要水火。往水火里去，我看见死了人的，却从没见过因实践仁德而死了的。"

15.36　孔子说："面临着仁德，就是老师，也不同他谦让。"

15.37　孔子说："君子讲大信，却不讲小信。"

15.38　孔子说："对待君上，认真工作，把拿俸禄的事放在后面。"

15.39　孔子说："人人我都教育，没有（贫富、地域等等）区别。"

15.40　孔子说："主张不同，不互相商议。"

15.41　孔子说："言辞，足以达意便行了。"

15.42　师冕来见孔子，走到阶沿，孔子道："这是阶沿了。"走到坐席边，孔子道："这是坐席了。"都坐定了，孔子告诉他说："某人在这里，某人在这里。"师冕辞出后，子张问道："这是同盲人讲话的方式吗？"孔子道："对的，这本来是帮助盲人的方式。"

季氏篇第十六

16.1　季氏准备攻打颛臾。冉有、子路两人谒见孔子，说道："季氏要对颛臾下手了。"

孔子道："冉求！这难道不该责备你吗？颛臾，上代的君王曾经授权它主持东蒙山的祭祀，而且它早就在我们最初被封时的疆域之内，这正是我国安危与共的藩属，为什么要攻打它呢？"

冉有道："季孙要这么干，我们两人本来都是不同意的。"

孔子道："冉求！周任有句话说：'能够贡献自己的力量，再去任职；如果不行，就该辞职。'譬如瞎子遇到危险，不去扶持，将要摔倒，又不去搀扶，那又何必要助手呢？你的话不对。老虎犀牛从笼里逃出来，龟壳美玉毁坏在匣子里，这是谁的责任？"

冉有道："颛臾，城墙牢固而且离季孙的采邑费城很近。如今不去占领它，日子久了，一定会给子孙留下祸害。"

孔子道："冉求！君子讨厌那种不说自己贪心却一定要找些说辞的态度。我听说过：无论诸侯或者大夫，不必着急财富不多，只需着急财富不均；不必着急人民太少，只需着急境内不安。财富平均，便无所谓贫穷；境内安定团结，便不会觉得人少；境内平安，便不会倾危。这样的话，远方的人还不归服，便可修仁义礼乐的政教来招致他们。他们来了，就得使他们安心。如今仲由和冉求两人辅相季孙，远方的人不归服，而不能招致，国家支离破碎，却不能保全；反而想在国境之内大动干戈。我恐怕季孙的忧愁不在颛臾，却在鲁君呀！"

16.2　孔子说："天下太平，制礼作乐以及出兵都由天子决定；天下混乱，制礼作乐以及出兵便由诸侯决定了。由诸侯决定，大约传到十代还能维持的，就很少了；由大夫决定，传到五代还能维持的就很少了；若是由大夫的家臣操纵国家命运，传到三代便很少还能维持。天下太平，国家的最高政治权力就不会由大夫掌握。天下太平，老百姓就不会议论纷纷。"

16.3　孔子说："国家政权离开了鲁君，已经五代了；政权到了大夫手里，已经四代了，所以桓公的三房子孙现在也衰微了。"

16.4　孔子说："有益的朋友有三种，有害的朋友有三种。同正直的人交友，同信实的人交友，同见多识广的人交友，便有益了。同阿谀奉承的人交友，同口蜜腹剑的人交友，同夸夸其谈的人交友，便有害了。"

16.5　孔子说："有益的快乐有三种，有害的快乐有三种。以得到礼乐的调节为乐，以宣扬别人的好处为乐，以交了不少有益的朋友为乐，就有益了。以骄傲为乐，以浪游不归为乐，以饮食荒淫为乐，就有害了。"

16.6　孔子说："陪着君子说话容易犯三种过失：没轮到他说话而说，叫做急躁；该说话了却不说，叫做隐瞒；不看看脸色便贸然开口，叫做瞎子。"

16.7　孔子说："君子有三件事情应该警惕戒备：年轻时，血气未定，便要警戒，莫迷恋女色；到了壮年，血气正旺盛，便要警戒，莫好胜喜斗；等到年老了，血气已经衰弱，便要警戒，莫贪得无厌。"

16.8　孔子说："君子有三怕：怕天命，怕王公大人，怕圣人的言语。小人不懂得天命，因而不怕它；轻视王公大人，轻侮圣人的言语。"

16.9　孔子说："生来就知道的是上等，学习然后知道的次一等；遇到困难，才去学习，是再次一等；遇到困难也不学，老百姓就是这种最下等的了。"

16.10　孔子说："君子有九种考虑：看的时候，考虑是否看明白了；听的时候，考虑是否听清楚了；脸上的表情，考虑是否温和；举止容貌，考虑是否端庄；言语谈吐，考虑是否忠诚老实；工作态度，考虑是否严肃认真；遇到疑问，考虑如何向人请教；要生气了，考虑有什么后患；看见可得的，考虑自己是否该得。"

16.11　孔子说："看见善良，努力追求，好像赶不上似的；遇见邪恶，使劲避开，好像手快挨到沸水了，我见过这样的人，也听过这样的话。避世隐居以求保全他的意志，依义而行以求贯彻他的主张，我听过这样的话，却还没见过这样的人。

16.12　齐景公有马四千匹，死了以后，老百姓没有哪个感戴称颂他，伯夷叔齐两人饿死在首阳山下，老百姓现在还称颂他们，这是什么道理呢？

过庭诗礼,选自
《孔子圣迹图》。

16.13　陈亢向孔子的儿子伯鱼问道:"您在老师那儿,也得着与众不同的传授吗?"答道:"没有。他曾经一个人站在庭中,我恭敬地走过。他问我:'学诗没有?'我答:'没有。'他便说:'不学诗,便不会说话。'我退回便学诗。过了几天,他又一个人站在庭中,我又恭敬地走过。他问道:'学礼没有?'我答:'没有。'他便说:'不学礼,便没法在社会上立足。'我退回便学礼。就听到这两件。"陈亢回去非常高兴地说:"我问一件事,知道了三件事。知道诗,知道礼,又知道君子对儿子与学生一视同仁。"

16.14　国君的妻子,国君称她为夫人,她自称为小童;国内的人称她为君夫人,但对外国人便称她为寡小君;外国人也称她为君夫人。

阳货篇第十七

17.1　阳货想要孔子来拜会他,孔子不去,他便派人送给孔子一头(蒸熟了的)小猪,(想让孔子到他家来道谢。)孔子趁他不在家的时候,去拜谢,结果在归途上遇着了。他对孔子叫道:"来!我要和你说话。"(孔子走了过去。)他又道:"怀有一身本领,却听任国事混乱不堪,这可以叫做仁爱吗?"(孔子不作声。)他又接着说:"不可以!一个人喜欢做官,却屡屡错过机会,这可以叫做聪明吗?"(孔子仍不做声。)他又一次接着说:

拜胙遇途，选自
《孔子圣迹图》。

"不可以！时光一去，就再不回来了呀！"孔子这才说道："好吧，我打算做官了。"

17.2　孔子说："各人的本性都相差不远，只因所受的影响不同，才拉开了距离。"

17.3　孔子说："只有上等的智者和下等的愚人是改变不了的。"

17.4　孔子到了（子游当县长的）武城，听到了弹琴瑟唱诗歌的声音。孔子微微一笑，说道："杀鸡，哪里用得着宰牛的刀？（治理这个小地方，用得着教育吗？）"子游答道："以前我听老师说过，做官的学习了，就会有仁爱之心；老百姓学习了，就容易使唤。（可见教育总是有用的。）"孔子说："同学们！言偃的话是对的。我刚才的话不过是和他开玩笑罢了。"

17.5　公山弗扰盘踞费邑准备造反，叫孔子去，孔子准备去。子路很不高兴，说："没地方去就算了，又何必去公山氏那里呢？"孔子道："那个叫我去的人，难道是白白召我吗？假若有人用我，我将使周文王周武王之道在东方复兴。"

17.6　子张向孔子问仁。孔子道："能够处处实行五种品德，便是仁人了。"子张道："请问哪五种？"孔子道："庄重、宽厚、诚实、勤敏、慈惠。庄重就不致遭受侮辱，宽厚就能得到大众的拥戴，诚实就会得到别人的任用，勤敏工作，效率就会提高，作出大的贡献，慈惠就能够使唤人。"

17.7　佛肸叫孔子去，孔子打算动身。子路道："从前我听老师说过'亲自做坏事的人那里，君子是不去的。'如今佛肸盘踞中牟谋反，您却要去，怎么说得过去呢？"孔子道："对，我有过这话。但是，你不知道吗？最坚固的东西，磨也磨不薄；最白的东西，染也染不黑。我难道是匏瓜吗？哪里只能系在腰间而不让人吃呢？"

17.8　孔子道："仲由呀，你听过有六种品德便会有六种弊病吗？"子路答道："没有。"孔子道："坐下！我告诉你。爱仁德，而不爱学问，它的弊病就是容易受人愚弄；爱玩弄小聪明，而不爱学问，它的弊病就是放荡而无基础；爱诚实，而不爱学问，它的弊病就是（容易被人利用，反而）害了自己；爱直率，而不爱学问，它的弊病就是说话尖刻，刺痛人心；爱勇敢，而不爱学问，它的弊病就是捣乱闯祸；爱刚强，而不爱学问，它的弊病就是胆大妄为。"

17.9　孔子说："同学们，你们中间为什么没有人研究诗？读诗，可以培养想像力，可以提高观察力，可以锻炼合群性，可以学会讽刺方法。近呢，可以运用其中的道理来服事父母；远呢，可以用来服事君上；而且能多多记住鸟兽草木的名称。"

17.10　孔子对伯鱼说："你研究过《周南》和《召南》了吗？人如果不研习《周南》和《召南》，那就如同脸对着墙壁站着呢！"

17.11　孔子说："礼呀礼呀，难道只是指玉帛等等礼物吗？乐呀乐呀，难道只是指钟鼓等等乐器吗？"

17.12　孔子说："脸色严厉，内心怯弱，若用坏人作比喻，怕像个挖洞跳墙的小偷吧！"

17.13　孔子说："不分是非的好好先生是足以败坏道德的小人。"

17.14　孔子说："听到小道消息就四处传播，这是应该革除的作风。"

17.15　孔子说："鄙夫，难道能同他共同服事君上吗？当他没有得到职位的时候，生怕得不到；已经得到了，又怕失去。假如生怕失去，那就什么事也做得出来了。"

17.16　孔子说："古代的人民还有三种（可贵的）毛病，现在呀，或许连这些也没有了。古代的狂人肆意直言，现在的狂人便放荡无羁了；古代矜持的人还有些不能触犯的地方，现在矜持的人却只是一味恼羞成怒、无理取闹罢了；古代的愚人还直率，现在的愚人只是耍耍欺诈手段罢了。"

17.17　孔子说："满口花言巧语，满脸堆起讨好的笑，这种人，是没有多少仁德的。"

17.18　孔子说："我憎恶紫色夺去了大红色的光彩和地位，憎恶郑国的乐曲破坏了典雅的乐曲，憎恶强嘴利舌颠覆国家的人。"

17.19　孔子说："我想不说话了。"子贡道："您假如不说话，那我们传述什么呢？"孔子道："天说了什么呢，四季还是照样运行，百物还是照样生长，天说了什么呢？"

17.20　孺悲来，要会晤孔子，孔子托言有病，拒绝见他。传命的人刚出房门，孔子便取下瑟边弹边唱，故意使孺悲听见。

17.21　宰我问道："父母死了，要守孝三年，为期也太久了。君子三年不去习礼仪，礼仪一定会被废弃；三年不去演奏音乐，音乐一定会失传。陈谷既已吃完，新谷又已登

瑟敬孺悲，选自
《孔子圣迹图》。

场；打火用的燧木又经过了一个轮回，一年，应该是够了。"孔子道："（父母死了，不到三年，）你便吃那白米饭，穿那花缎衣，你心里安不安呢？"宰我道："安。"孔子便抢着说："你觉得安，你就这样做吧！君子守孝，吃美味不晓得甜，听音乐不觉得快乐，住在家里不以为舒适，才不这样做。如今你既然心安理得，就去这样做好了。"宰我退出去后，孔子道："宰予真不仁呀！儿女生下来，三年后才能脱离父母的怀抱。替父母守孝三年，天下都是这样的。宰予难道就没有从他父母那里得到怀抱三年的爱护吗？"

17.22　孔子说："整天吃饱了撑着，什么事也不做，不行的呀！不是有掷采下棋的游戏吗？干干也比闲着好。"

17.23　子路问道："君子尊尚勇敢吗？"孔子道："君子认为义是最值得尊尚的，君子只有勇，没有义，就会捣乱造反；小人只有勇，没有义，就会做土匪强盗。"

17.24　子贡道："君子也有所憎恶的事吗？"孔子道："有憎恶的事；憎恶专讲别人坏话的人，憎恶在下位而诋毁上级的人，憎恶勇敢却不懂礼节的人，憎恶勇于贯彻自己的主张，却顽固不化，一条道走到黑的人。"孔子又道："赐，你也有所憎恶的事吗？"子贡随即答道："我憎恶偷袭别人的成绩来作为自己的聪明的人，憎恶毫不谦虚却自以为勇敢的人，憎恶揭发别人阴私却自以为直率的人。"

17.25　孔子道："只有女子和小人是难得打交道的，亲近了，他便无礼；疏远了，他又怨恨。"

17.26　孔子说："到了四十岁还被人讨厌，他这一生呀就算完了。"

微子篇第十八

18.1　（纣王荒淫残暴，）微子便离开了他，箕子沦为奴隶，比干进谏而被杀。孔子说："殷朝有三位仁人。"

18.2　柳下惠当法官，好几次被撤职。有人对他说："您不可以离开鲁国吗？"他道："正直地工作，到哪里去不多次被撤职？不正直地工作，为什么一定要离开祖国呢？"

18.3　齐景公讲到怎样对待孔子时说："用鲁君对待季氏的规格，那我做不到；我要给他次于季氏而高于孟氏的待遇。"又道："我老了，没什么作为了。"孔子便离开了齐国。

18.4　齐国送了许多歌姬舞女给楚国，季桓子接受了，三天不上朝，孔子就离职走了。

18.5　楚国的狂人接舆一边走过孔子的车子，一边唱着歌："凤凰啊，凤凰啊！为什么美的德行会如此衰微？过去的已不可劝止，未来的还可以追回。算了吧，算了吧！现在的执政者们危乎其危！"孔子下车，想和他谈谈，他却连忙躲开，孔子没和他谈成。

子路问津，明仇英绘。

18.6　长沮、桀溺两人一同耕田，孔子从那里路过，让子路去问渡口。长沮问子路："那位驾车子的是谁？"子路道："是孔丘。"他又道："是鲁国的那位孔丘吗？"子路道："是的。"长沮道："他啊，早晓得渡口在哪儿了。"又去问桀溺。桀溺道："您是谁？"子路道："我是仲由。"桀溺道："您是鲁国孔丘的门徒吗？"答道："是的。"桀溺便道："像洪水一样的坏东西到处都是，你们同谁去改革它呢？你与其跟着（孔丘那种）逃避坏人的人，为什么不跟着（我们这些）逃避整个社会的人呢？"说完，仍旧不停地干农活。子路回来把这些报告给孔子。孔子很失望地说："我们既然不可以同飞禽走兽合群共处，若不同人群打交道，又同什么去打交道呢？如果天下太平，我就不会同你们一道来从事改革了。"

18.7　子路跟随着孔子，掉了队，碰到一个老头儿，用棍子挑着除草用的工具。子路问道："您看见了我的老师吗？"老头儿道："你这人，四肢不劳动，五谷不认识，谁认识你的老师？"说完，便扶着棍子去踩草，子路拱着手恭敬地站着。老头儿便留子路到他家

荷蓧丈人不知何许人

荷蓧丈人，清任熊绘。

住宿，杀鸡、做饭给子路吃，又叫他两个儿子出来相见。第二天，子路赶上了孔子，报告了这件事。孔子道："这是位隐士。"叫子路返回去再看看他。子路到了那里，他却走开了。子路便道："不做官是不对的。长幼间的关系，是不可能废弃的；君臣间的关系，怎么能不管呢？你原想不沾污自身，却不知这样做便违反了君臣间的伦常。君子出来做官，只是为了尽义务。至于我们的政治主张行不通，早就知道了。"

18.8　古今被遗落的贤人有伯夷、叔齐、虞仲、夷逸、朱张、柳下惠、少连。孔子道："不动摇自己意志，不辱没自己身份的，是伯夷、叔齐吧！"又说，"柳下惠、少连降低自己意志，屈辱自己身份了，可是言语合乎法度，行为经过思虑，那也不过如此罢了。"又说："虞仲、夷逸逃世隐居，放肆直言。行为廉洁，被废弃的是他的权术。我就和他们这些人不同，没有什么可以，也没有什么不可以。"

18.9　太师挚到了齐国，亚饭乐师干到了楚国，三饭乐师缭到了蔡国，四饭乐师缺到了秦国，击鼓乐师方叔入居黄河之边，摇小鼓乐师武逃居汉水之滨，少阳师和击磬的襄避居到海边。

18.10　周公对鲁公说道："君子不怠慢他的亲族，不让大臣抱怨没被信用。老臣故人没有严重过失，就不要抛弃他。不要对某一人求全责备！"

18.11　周朝有八个有教养的人：伯达、伯适、仲突、仲忽、叔夜、叔夏、季随、季骗。

子张篇第十九

19.1　子张说："读书人看见危险便肯献出生命，看见有所得便考虑是否该得，祭祀时想到要严肃恭敬，居丧时记着要悲痛哀伤，那也就可以了。"

19.2　子张说："不坚守道德，不忠于信仰，（这种人，）有他也可，无他也可。"

19.3　子夏的学生向子张请教怎样交朋友。子张道："子夏说了些什么？"答道："子夏说，可以交的去结交他，不可以交的拒绝他。"子张道："这不同于我所听到的：君子尊敬贤人，也容纳普通人，鼓励好人，可怜无能的人。我是大好人吗，什么人容不下呢？我是坏人吗，别人将拒绝我，我还如何去拒绝别人呢？"

19.4　子夏说："即便是小技艺，也一定有值得一看的地方；恐怕它影响远大目标，所以君子不去从事。"

19.5　子夏说："每天知道所未知的，每月复习所已能的，就可以说是好学了。"

19.6　子夏说："广泛地学习，坚守自己的志向；恳切地发问，多考虑当前的问题，仁德就在这中间了。

19.7　子夏说："工匠们呆在工棚里完成他们的任务，君子则通过学习来求得那个道。"

19.8　子夏说："小人对于错误一定加以掩饰。"

19.9　子夏说："君子有三变：远望着庄严令人敬畏；走近又显得和蔼

子夏，选自《芥子园画传》。

魏侯　卜商字子夏衞人赠

可亲；听他说话，则严厉不苟。"

19.10　子夏说："君子必须得到信任以后才去动员百姓；否则百姓会以为你在折磨他们。必须得到信任以后才去进谏，否则君上会以为你在毁谤他。"

19.11　子夏说："一个人在大是大非上要站稳立场，小节上放松一点没多大关系。"

19.12　子游道："子夏的学生，叫他们做做打扫、接待客人、应对进退的工作，是可以的；不过这都只是末节。学术的根底他们却缺乏，这怎么可以呢？"

子夏听了这话，便道："咳！言游说错了！君子的学术，哪一项先传授，那一项后讲述呢？学术好比草木，是要区别为各种各类的。君子的学术，如何可以歪曲？（按部就班，循序渐进传授学术而）有始有终的，大概只有圣人吧！"

19.13　子夏说："做官了，有空闲便去学习；学习了，有空闲便去做官。"

19.14　子游说："居丧，真正做到了哀伤也就够了。"

19.15　子游说："我的朋友子张是难能可贵的了，然而还算不上仁。"

19.16　曾子说："子张真够得上是威仪堂堂了，然而却难以携带别人一同进入仁德。"

19.17　曾子说："我听老师说过，平常时候，人的感情不可能自动地得以发挥，如果有，那一定是父母亡故的时候吧！"

19.18　曾子说："我听老师说过：孟庄子的孝，别的都容易做到；而他留用父亲的旧臣，按父亲的既定方针办，则是难以做到的。"

19.19　孟氏任命阳肤做法官，阳肤向曾子求教。曾子道："居上位的人行事不依法度，百姓早就散漫无纪了。你如果能审出罪犯的真情，便应该同情他，切不要自鸣得意！"

19.20　子贡说："商纣的坏，不像现在传说的这么厉害。所以君子憎恶居于下流，一居下流，天下的坏事都归结于他了。"

19.21　子贡说："君子的过失好比日食月食：错的时候，每个人都见得到；改的时候，每个人都仰望着。"

19.22　卫国的公孙朝向子贡问道："孔仲尼的学问是从哪里学来的？"子贡道："周文王周武王的道，并没有失传，散在人间。贤能的人便抓住大处，不贤能的人只抓些末节。无处没有文王武王之道。我的老师何处不学，又为什么要有一定的老师，专门的传授呢？"

19.23　叔孙武叔在朝廷中对官员们说："子贡比他老师仲尼要强些。"子服景伯便把这话告诉子贡。子贡道："好比围墙，我家的围墙只有肩膀那么高，谁都可以探望到房屋的美好。我老师的围墙却有好几丈高，找不到大门走进去，就看不到里面宗庙的雄伟，房舍的多种多样。能够找着大门的人或许不多吧，那么，武叔他老人家这么说，不也是自然的吗？"

子贡，选自《芥子园画传》。

19.24　叔孙武叔毁谤仲尼。子贡道："不要这样做！仲尼是骂不倒的。别人的贤能，好比山丘，还可以越过；仲尼，简直是太阳和月亮，是不可逾越的。一个人若是要自绝于太阳月亮，那对太阳月亮有什么损害呢，只是表示他不自量力罢了。"

19.25　陈子禽对子贡说："您太谦虚了，仲尼难道比您还强吗？"子贡道："有身份的人可以因一句话表现出他的智慧，也可因一句话表现出他的无知，所以说话不可不谨慎。他老人家的不可超越，犹如青天的不可以用梯子爬上去。他老人家如果得国而为诸侯，或者得到采邑而为卿大夫，那正如我们所说的一叫百姓人人能立足于社会，百姓自会人人能立足于社会；一引导百姓，百姓自会前进；一安抚百姓，百姓自会从远方来投靠；一动员百姓，百姓自会同心协力。他老人家，生得光荣，死得可惜，又怎么能够超越得了呢？"

尧曰篇第二十

20.1　尧（让位给舜的时候，）说道："啧啧！你这位舜，上天的大命已经落在你身上了，诚实地保持着那正道吧！如果天下的百姓都困苦贫穷，上天给你的禄位也会永远终止。"舜（让位给禹的时候，）也说了这番话。

（汤）说："我履谨用黑色牡牛作为牺牲，明明白白地告于光明而伟大的天帝：有罪的人（我）不敢擅自去赦免他。您的臣仆（的善恶）我也不隐瞒掩盖，（对此，）您心里是早就明白的。如我本人有罪，就不要牵连天下万方；天下万方有罪，也都归我一人来承担。"

周朝大封诸侯，使善人都富贵起来。"我虽然有至亲，却不如有仁德之人。百姓如果有过错，应该由我来担承。"

检验并审定度量衡，修复已废弃的机关工作，全国的政令就会通行。复兴被灭亡的国家，承续已断绝的后代，提拔被遗落的人才，天下的百姓就都会心悦诚服了。

所重视的有：人民、粮食、丧礼、祭祀。

舜，选自《二十四孝图》。

宽厚就会得到群众的拥护，勤敏就会有功绩，公平就会使百姓高兴。

20.2　子张问孔子道："要怎样才可以治理政事呢？"孔子道："尊尚五美，摒弃四恶，这样就可以从政了。"子张道："什么叫五美？"孔子道："君子为人民谋利益，自己却无所耗费；劳动百姓，百姓却不怨恨；欲仁欲义，而不贪财贪色；安泰矜持却不骄傲；威严而不凶猛。"子张道："为人民谋利益，自己却无所耗费，这是什么意思？"孔子道："把人民引向能得到利益的地方而使他们受惠，这不是为人民谋利益而自己无所耗费吗？选择可以劳动的时间和地点，再去劳动他们，又有谁怨恨呢？自己需要仁德便得到了仁德，还需贪求什么呢？不管人多人少，不管势力大小，君子都不敢怠慢他们，这不就是安泰矜持却不骄傲吗？君子衣冠整齐，目不斜视，庄严地使人望着便生出敬畏之心，这不是威严而不凶猛吗？"子张道："什么是四恶？"孔子道："不加以教育便横加杀戮叫做虐；不加申诫便要成绩叫做暴；起先懈怠，突然限期叫做贼；同是给人以财物，却出手悭吝，叫做小家子气。"

20.3　孔子说："不懂得命运，没有可能作为君子；不懂得礼，没有可能立足于社会，不懂得分辨人家的言语，没有可能认识人。"

孟　子

杨伯峻　杨逢彬　译

前　言

（一）

　　孟子名轲，邹国（故城在今山东邹县）人。约生于周安王十七年（前385），卒于周赧王十一年（前304）前后。关于他的父母，我们知道得很少。西汉韩婴的《韩诗外传》载有他母亲"断织"、"买东家豚肉"及"不敢去妇"等故事，刘向的《列女传》还载有他母亲"三迁"和"去齐"等故事，可见他很得力于母亲的教导。

　　孟子出生时，孔子的孙子子思也已去世若干年了。他曾说："予未得为孔子徒也，予私淑诸人也。"（《离娄下》）《荀子·非十二子篇》把子思、孟轲列为一派，《史记·孟荀列传》说他"受业子思之门人"，是较为合理的。

　　关于孟子的生平，我们从《孟子》原书考察，孟子第一次到齐国正当齐威王之世。他在齐大概不甚得志，连威王所馈兼金百镒都谢绝了（《公孙丑下》）。威王三十年，宋王偃始称王，而且要行仁政（见《滕文公下》），孟子便到了宋国。告戴不胜多荐贤士（《滕文公下》），答戴盈之问（同上），都在这个时期。在孟子看来，宋王偃左右贤人大概不多；既不能使宋王偃为善，孟子也就在接受馈赠七十镒（《公孙丑下》）后离开了。当他留在宋国的时候，滕文公还是太子，因去楚国，道经宋国国都彭城，而两次和孟子相见（《滕文公上》）。不久，孟子回到邹国，和邹穆公的问答（《梁惠王下》）大概在这个时候。或许由于孟

孟子，佚名绘。

子说话过于率直，引起了穆公的不满，便停止了馈赠，因而使得孟子绝粮（见应劭《风俗通·穷通篇》）。滕定公死了，文公"使然友之邹问于孟子"（《滕文公上》）。鲁平公即位，将要使孟子学生乐正克为政（《告子下》），孟子便到了鲁国。可是因为臧仓的破坏，孟子便有"吾之不遇鲁侯，天也"（《梁惠王下》）的慨叹。滕文公嗣位，孟子便去了滕国。文公"问为国"，又使"毕战问井地"（《滕文公上》）。齐人打算修建薛邑城池，文公害怕，又曾请教孟子（《梁惠王下》）。和许行的信徒陈相的辩论（《滕文公上》）也在这个时候。滕国究竟只是个方圆不过五十里的小国。孟子很难有所作为，当梁惠王后元十五年，便来到了梁国，这时，他已年近七十了。和梁惠王的问答（《梁惠王上》）应该都在这一时期。翌年，惠王去世，襄王嗣位，孟子和他一相见，印象就很坏（《梁惠王上》）。这时，齐威王已死，宣王嗣位，孟子便由梁来齐。"加齐之卿相"（《公孙丑上》），"出吊于滕"（《公孙丑下》）都在这几年间。宣王五年，齐国伐燕。两年之后，"诸侯将谋救燕"（《梁惠王下》），孟子劝宣王送回俘虏，归还重器，和燕国臣民商量立君，然后撤兵。可是宣王不听，第二年，燕国和诸侯的军队并力攻齐，齐国大败。齐宣王便说"吾甚惭于孟子"（《公孙丑下》），孟子因此辞职。他一方面非常失望，一方面又因年岁已大，主张又不能实现，只得说道："五百年必有王者兴，其间必有名世者。由周而来七百有馀岁矣，以其数则过矣，以其时考之则可矣。夫天未欲平治天下也！"（《公孙丑下》）孟子这时年已七十余，从此便不再出游，而和"万章之徒序《诗》、《书》，述仲尼之志，作《孟子》七篇"（《史记·孟荀列传》）了。

关于《孟子》的作者，我们认为上面所引的太史公的这段话较为可信。这里，我们可以得到这样的概念：《孟子》一书的撰写，虽然有"万章之徒"参加，但主要作者还是孟子自己，而且是在孟子生前便基本上完成了。关于这一点，魏源在《孟子年表考》中有所体会："又公都子、屋庐子、乐正子、徐子皆不书名，而万章、公孙丑独名，《史记》谓退而与万章之徒作七篇者，其为二人亲承口授而笔之书甚明（咸丘蒙、浩生不害、陈臻等偶见，或亦得预记述之列。）与《论语》成于有子、曾子门人故独称子者，殆同一间，此其可知者。"

太史公只是说"作孟子七篇"；到应劭《风俗通·穷通篇》却说："退而与万章之徒序《诗》、《书》、仲尼之意，作书中外十一篇"；班固《汉书·艺文志》也说"孟子十一篇"。赵岐《孟子章句》便给这十一篇分列真伪，他说："又存《外书》四篇——《性善辨》、《文说》、《孝经》、《为政》——其文不能宏深，不与《内篇》相似，似非《孟子》本真，后世依放而托也。"因为赵岐肯定外书是赝品而不给它作注，以后读《孟子》的人便不读它，于是逐渐亡佚了。

赵岐又说："孟子退自齐、梁，述尧舜之道而著作焉，此大贤拟圣而作者也。"又说："《论语》者，五经之锟鎋，六艺之喉衿也。孟子之书则而象之。"这些话，把《孟子》和

《论语》相比，似乎有些道理，也确实代表了两汉人一般的看法。

《墨子》、《庄子·内篇》、《荀子》都是每篇各有主旨，而篇名也与主旨相应。《孟子》却不然，各章的篇幅虽然比《论语》长，但各章间的联系并没有一定的逻辑关系；积章而成篇，篇名也只是撮取第一句的几个字，并无所取义。这都是和《论语》相同，而和《墨子》、《庄子》、《荀子》相异的。所以赵岐说《孟子》是拟《论语》而作的。

《论语》既是"五经之錧錧，六艺之喉衿"，《孟子》又是"拟圣而作"，那《孟子》也成为经书的传记了。尽管《汉书·艺文志》把《孟子》放在《诸子略》中，视为子书，但汉人心目中却把它看成为辅翼"经书"的"传"。汉文帝将《论语》、《孝经》、《孟子》、《尔雅》各置博士。便叫"传记博士"。王充《论衡·对作篇》说："杨墨之学不乱传义，则《孟子》之传不造。"明明把《孟子》看作传。又如《汉书·刘向传》、《后汉书·梁冀传》、《说文解字》等书所引《孟子》都称"传曰"。可见把《孟子》和《论语》并列，不是赵岐"一人之私言"，而是两汉人的公论。

到五代时，后蜀主孟昶命毋昭裔楷书《易》、《书》、《诗》、《仪礼》、《周礼》、《礼记》、《公羊》、《谷梁》、《左传》、《论语》、《孟子》十一经刻石，宋太宗又加翻刻，这恐怕是《孟子》列入《经书》的开始。到南宋孝宗的时候，朱熹从《礼记》中取出《大学》、《中庸》两篇，与《论语》、《孟子》合编为《四书》，于是《孟子》的地位便更加提高了。到明清两朝，规定科举考试中八股文的题目从《四书》中选取，而且要"代圣人立言"，于是当时任何读书人便不得不把《孟子》读得烂熟了。

（二）

孟子自认为是孔子的忠实信徒，依他自己说："乃所愿，则学孔子也。"因之，他极为推崇孔子，他引用孔门弟子宰我、子贡、有若的话，说："自生民以来，未有盛于孔子也。"（《公孙丑上》）

《孟子》最后一章，即《尽心下》的第三十八章，提出了尧、舜、汤、文王、孔子。这是儒家"道统"的先声。他把这一章安排在全书之末，是有特殊意义的。孟子以接受孔子传统自居，却不明说，只暗示道："由孔子而来至于今，百有馀岁，去圣人之世若此其未远也，近圣人之居若此其甚也。然而无有乎尔，则亦无有乎尔。"

尽管如此，但因时代已相距百年，形势也已发生很大变化，孟子对孔子学说便不能不有所取舍，且有所发展。

首先，孟子和孔子之论"天"稍有不同。"天"的意义，一般有三四种。一是自然之天，一是义理之天，一是主宰之天，一是命运之天。《孟子》讲"天"，除"天子""天下"

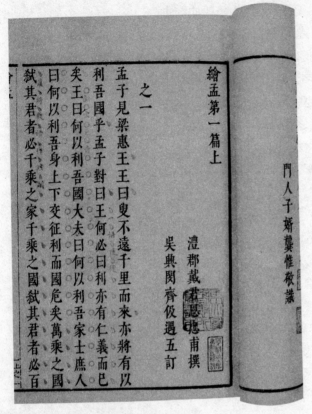

绘孟七卷，明代闵凌刻套印本图录。

等双音词外，连"天时"、"天位""天爵"等在内，不过八十多次。其中有自然之天，却没有主宰之天。在《孟子》中还有一种意义比较艰深的"天"，其实也是义理之天，或者意义更深远些，如"天不言，以行与事示之而已矣"。(《万章上》)实质上，这种"天"，就是民意。孟子说得明白："《太誓》曰：'天视自我民视，天听自我民听。'"《孟子》中所谓"天吏"、"天位"、"天职"、"天禄"、"天爵"，都是这种意义；而这种意义，是在《论语》中所没有的。《论语·尧曰篇》有"天禄"一词，和《孟子》"弗与食天禄也"(《万章下》)意义有所不同。《论语》的"天禄"是指帝位，《孟子》的"天禄"是指应该给予贤者的俸禄，依它们的上下文一加比较，便可看出其中的歧异。

孟子也讲"命"，或者"天命"。他说："天下有道，小德役大德，小贤役大贤；天下无道，小役大，弱役强。斯二者，天也。顺天者存，逆天者亡。"(《离娄上》)然而孟子绝不是宿命论者。他对命运的态度是："莫非命也，顺受其正；是故知命者不立乎岩墙之下。尽其道而死者，正命也；桎梏死者，非正命也。"在孟子看来，无论命运有多么巨大的力量，但我还依我的"仁义"而行，不无故送死。只要"尽"我之"道"，死也是"正命"；如果胡作非为，触犯刑罚而死，便不是"正命"。

孔子重视祭祀，孟子便不大多讲祭祀。《论语》仅一万二千七百字，"祭"字出现十四次；《孟子》有三万五千三百七十余字，为《论语》二点七倍强，"祭"字仅出现九次，"祭祀"出现二次，总共不过十一次，而且都未作主要论题。

第二，孔子讲"仁"，孟子则经常"仁义"并言。孔子重视人的生命，孟子更重视人民生存的权力。孔子因为周武王以伐纣而得天下，便认为武王的乐舞《武》"尽美矣，未尽善也"(《八佾篇》)。孟子却不如此。齐宣王说武王伐纣是"臣弑其君"，孟子却答道："贼仁者谓之贼，贼义者谓之残。残贼之人谓之一夫。闻诛一夫纣矣，未闻弑君也。"孟子不但主张"民为贵,社稷次之,君为轻"(《尽心下》),还主张"贵戚之卿"可以废掉坏君,改立好君。这种思想,是孔子仁的学说的大发展,在先秦诸子中是绝无仅有的。

孟子看待君臣间的相互关系也比孔子有所前进。孔子只说"君使臣以礼,臣事君以忠"(《论语·八佾》),孟子却说:"君之视臣如手足,则臣视君如腹心;君之视臣如犬马,则臣视君如国人;君之视臣如土芥,则臣视君如寇雠。"(《离娄下》)这种思想比后代某些理学家所谓"君要臣死,不得不死"高明而先进不知多少倍!

第三,孟子"道性善"(《滕文公上》),并且说:"人皆有不忍人之心"、"无恻隐之心,非人也;无羞恶之心,非人也;无辞让之心,非人也;无是非之心,非人也"。(《公孙丑上》)他还说:"万物皆备于我"。由于这类话,孟子便被某些人扣上了主观唯心主义的帽子,但这些人并未透彻了解孟子的思想。

我们应该了解,孟子所谓"性善",其实际意义是人人都可为善。用他自己的话说,"乃若其情,则可以为善矣,乃所谓善也。若夫为不善,非才之罪也。"(《告子上》)

最值得注意的,一是孟子承认环境可以改变人的思想意识。他说:"富岁,子弟多赖;凶岁,子弟多暴,非天之降才尔殊也,其所以陷溺其心者然也。"(《告子上》)二是他承认事物各有客观规律,而且应该依照客观规律办事。他说:"天下之言性也,则故而已矣。故者,以利为本。所恶于智者,为其凿也。如智者若禹之行水也,则无恶于智矣。禹之行水也,行其所无事也。如智者亦行其所无事,则智亦大矣。天之高也,星辰之远也,苟求其故,千岁之日至可坐而致也。"(《离娄下》)相传禹懂得水性,所以治水能成功。孟子认为一切都有各自的客观规律,依客观规律办事,便是"行其所无事"而不"凿"。即使天高得无限,星辰远得无涯,只要能推求其"故"(客观规律),就是千年之内的冬至日,也可以在房中推算出来。这种言论,难道是主观唯心主义者说得出来的吗?

判断唯心还是唯物,只有一个标准,即其是以思想意识为第一性的,还是以物质为第一性的。孟子只讲人有恻隐、羞恶、辞让、是非之心,这是仁、义、礼、智的四端。端就是萌芽,也可以说是可能性。说人有某种可能性,并不等于说人有某种思想意识。孟子说"矢人唯恐不伤人,函人唯恐伤人"(《公孙丑上》),这是由于他们职业的缘故,可见不一定人人都是仁人。孟子讲性,还涉及两件事,一曰"食色,性也"(《告子上》),一曰"形色,天性也"(《尽心上》)。求生存和求配偶,不但是人类的本能,也是其他动物的本能。每种动植物,都有各种形体容貌,这都是自然赋予的。因此,孟子的这些话并没有错。

至于"万物皆备于我",说的是自我修养。这一章之上,另有一章,全文如下:"求则得之,舍则失之,是求有益于得也,求在我者也。求之有道,得之有命,是求无益于得也,求在外者也。"由此可见,孟子认定仁义道德是"求则得之"、"在我"的东西,而富贵利达是"得之有命"、"在外"的东西。"万物皆备于我"的"万物",是最大的快乐,是自身本有的仁义道德,既不是主观的虚幻境界,也不是超现实的精神作用。这里谈不上唯心和唯物。

最后，孟子的政治主张，是保守的，有的甚至是倒退的，如要滕文公行井田制（《滕文公上》），事实上是行不通的。

孟子强调"仁义"，而当时的七大雄国——秦、楚、齐、燕、韩、赵、魏（梁）——只讲富国强兵。孟子说："故善战者服上刑，连诸侯者次之，辟草莱、任土地者次之。"不知这几项正是当时形势迫使各大国非这样做不可的。赵国有廉颇、赵奢、李牧，便能抵抗侵略；燕国有乐毅，便能收复全国，并深入齐境；齐国有田单，便全部收复失地。纵不侵犯别国，为了保卫自己，没有善战的大将也是不行的。一部《战国策》，讲的基本上是合纵连横之术。要打仗，便得多多联合同盟国家，哪能不"连诸侯"呢？至于开垦土地，发展农业，更是当时富国的最重要途径。商鞅为秦孝公"为田开阡陌封疆"（《史记·商君列传》），奠定了秦国富强的基础。司马迁评孟轲"则见以为迂远而阔于事情"，一点也没冤枉他。

梁惠王章句上

孟子晋见梁惠王。惠王说："老头儿，您不辞千里长途的辛劳而来，是不是将给我国带来利益呢？"孟子答道："王呀，为什么定要说利呢？只要有仁义就行了。如果王只是说'怎样才有利于我的国家呢'？大夫也说'怎样才有利于我的封地呢'？那一般士子和老百姓也都会说'怎样才有利于我自己呢？'这样，上上下下都互相追逐私利，国家便危险了。在拥有一万辆兵车的国家里，杀掉它的国君的，一定是拥有一千辆兵车的大夫；在拥有一千辆兵车的国家里，一定是拥有一百辆兵车的大夫。在一万辆里头，他就拥有一千辆；在一千辆里头，他就拥有一百辆，这些大夫的产业不能不说是很多的了。但如果他轻公义，重私利，那不把国君的一切都夺去，他是不会满足的。从没有讲'仁'的人遗弃父母的，也没有讲'义'的人怠慢君上的。王只要讲仁义就可以了，为什么一定要说'利'呢？"

孟子晋见梁惠王。王站在池塘边，一边欣赏着鸟兽，一边说道："有德行的人也享受这种快乐吗？"孟子答道："只有有德行的人才能体会到这种快乐，没有德行的人纵然有这一切，也没法享受。怎么这样说呢？我拿周文王和夏桀的史实

周代驹尊，陕西省郿县出土。驹体胸前有铭文94字，记述周王赏赐贵族马驹两匹。周时已经重视战场上战车的作用，所以对拉战车的马十分喜爱，周王常常用马赏赐诸侯。

作例子来说明吧。《诗经·大雅·灵台篇》中写道：'开始筑灵台，经营又经营。大家齐努力，很快就完成。王说不要急，百姓更卖力。王到鹿苑中，母鹿正安逸。母鹿亮又肥，白鸟羽毛洁。王到灵沼上，满池鱼跳跃。'周文王虽然用了百姓的力量来筑高台挖深池，可是百姓高兴这样做，他们管这台叫做'灵台'，管这池叫做'灵沼'，还高兴那里有许多麋鹿和鱼鳖。古时候的圣君贤王因为能与老百姓一同快乐，所以能得到真正的快乐。（夏桀却恰恰相反，百姓诅咒他死，他却自比太阳，说道，太阳什么时候消灭，我才什么时候死

亡。)《汤誓》中便记载着老百姓的怨歌：'太阳呀，你什么时候灭亡呢？我宁肯和你一道去死！'老百姓恨不得与他同归于尽，纵然有高台深池，奇禽异兽，他又怎么能够独自享受呢？"

梁惠王（对孟子）说："我对于国家，可算是操心到家了。河内地方遭了灾，我便把那里的一些百姓迁到河东，还把河东的一些粮食运到河内。河东遭了灾也这样对待。考察邻国的政治，没有一个国家能像我这样替百姓打算的。尽管这样，邻国的百姓并不减少，我的百姓并不增多，这是为什么呢？"孟子答道："王喜欢战争，就请让我用战争来打个比喻吧。战鼓咚咚一响，枪尖刀锋一接触，就扔掉盔甲拖着兵器逃跑。有的一口气跑了一百步停住脚，有的一口气跑了五十步停住脚。那些跑了五十步的战士竟耻笑跑了一百步的战士（说他太胆小），这怎么样？"王说："这不行，他只不过没跑到一百步罢了，但他也逃跑了呀。"

孟子说："王如果懂得这个道理，就不要指望老百姓比邻国多了。如果在农忙时，不去（征兵征工，）妨碍耕作，那粮食便会吃不完了。如果密网不拿到大池去捕鱼，那鱼鳖也就吃不完了。如果砍伐树木有一定的时间，木材也就用不尽了。粮食和鱼鳖吃不完，木材用不尽，这样就使老百姓对生老病死没有什么不满了。老百姓对生老病死没有什么不满，这就是王道的开端呀。在五亩大小的庭院里栽植桑树，五十岁以上的人就能够穿上丝棉袄了。鸡和猪狗的饲养，都能按时按量，七十岁以上的人都可以吃上肉了。一家人百亩

战国时期农耕图，选自元王祯《农书》。

的耕地，不要让他们失去耕种收割的时机，一家几口人就可以吃得饱饱的了。好好地办些学校，反复地用孝顺父母敬爱兄长的大道理教育他们，那么，须发斑白的老人也就用不着背负头顶着重物奔波于道路上了。七十岁以上的人有丝棉袄穿，有肉吃，平民百姓不受冻饿，这样还不能使天下归服的，是绝不会有的事。（可是现在富贵人家的）猪狗吃掉了老百姓的粮食，却不晓得去检查和制止；道路上有饿死的人，也没想到要打开仓库来赈济。老百姓死了，就说'不怪我呀，怪年成不好。'这种说法和拿刀子杀了人，却说'不怪我呀，怪兵器吧'有什么不同呢？王假如不去怪罪年成，（而切切实实地去改革政治，）这样，天下的百姓都会来投奔了。"

梁惠王（对孟子）说："我很高兴得到您的教诲。"孟子答道："杀人用棍子与用刀子，有什么不同吗？"王说："没有什么不同。""用刀子与用政治（杀人），有什么不同吗？"王说："也没有什么不同。"孟子又说："厨房里有肥肥的肉，马栏里有健壮的马，老百姓却面色菜黄，郊野外也横着饿死的尸体，这等于（居上位的人）率领禽兽来吃人。兽类自相残杀，人尚且厌恶它；作为老百姓的父母官来主持政治，还不免率领禽兽来吃人，这又怎么配做老百姓的父母官呢？孔子曾说：'最开始制作木偶土偶用来殉葬的人，该会断子绝孙吧！'这是因为木偶土偶很像人形，却用来殉葬。（用土偶木偶殉葬，尚且不可，）又怎么能让老百姓活活饿死呢？"

梁惠王（对孟子）说："魏国的强大，天下没有比得上的，这您是知道的。但到了我这时候，东边先败在齐国手里，连大儿子都死了；西边又被迫割了七百里土地给秦国；南边又被楚国所羞辱（，被夺去了八个城池）。我觉得这实在是奇耻大辱，希望为死难者报仇雪恨，您说要怎样办才行呢？"孟子答道："只要纵横各一百里的小国就可以行仁政使天下归服，（何况像魏国这样的大国呢？）您如果向百姓施行仁政，减免刑罚，减轻赋税，使百姓能够深耕细作，早除秽草；让年轻人在闲暇时间能讲求孝顺父母、敬爱兄长、为人忠心、诚实守信的德行，并用来在家里侍奉父兄，在朝廷服事上级，这样，就是造些木棒也足以抗击披坚执锐的秦楚大军了。那秦国楚国（却相反），侵占了老百姓的生产时间，使他们不能耕种来养活父母，于是父母受冻挨饿，兄弟妻儿东逃西散。那秦王楚王使他们的百姓陷在痛苦的深渊里，您去讨伐他们，那还有谁来与您为敌呢？老话讲得好：'仁德的人无敌于天下。'您不要疑虑了吧！"

孟子谒见了梁襄王，出来以后，告诉别人说："远远望去，不像个国君的样子；走过去，也看不出一点威严。他开口就问道：'天下要如何安定？'我答道：'天下统一，就会安定。'他又问：'谁能统一天下？'我又答：'不好杀人的国君，就能统一天下。'他又问：'那有谁来跟随他呢？'我又答：'天下的人没有不跟随他的。您熟悉禾苗吗？七八月间天旱，禾苗就枯槁了。这时，一团浓浓的乌云出现，哗啦哗啦地下起大雨来，禾苗又苗壮茂盛地生长起来。这样的话，谁能阻挡得住呢？当今各国的君王，没有一个不好杀人的。如有一位不好杀人的，那么，天下的老百姓都会伸长着脖子来盼望他了。真的这样，百姓的归附他跟随他，就好像水向下奔流一般，汹涌澎湃，谁能阻挡？'"

齐宣王问孟子道："齐桓公、晋文公的事迹，您可以讲给我听吗？"孟子答道："孔子的门徒们没有谈到齐桓公、晋文公的事迹的，所以这些事迹后代也没有流传，我也没听说过。您如果定要我说，就说说'王道'吧！"宣王问道："要有怎样的道德才能够实行王道呢？"孟子说："通过安定百姓的生活去实现王道，便没有人能够阻挡。"宣王说："像我这样的人，可以使百姓的生活安定吗？"孟子说："能够。"宣王说："凭什么晓得我能够呢？"孟子说："我听胡龁说：王坐在殿堂上，有人牵着牛从殿下走过，王看见了，便问：'这牛牵到哪里去？'那人答道：'准备杀它来祭钟。'王便道：'放了它吧！我实在不忍心看到它那哆哆嗦嗦的样子，没一点罪过，却被送往屠宰场！'那人便道：'那么，就不祭钟了吗？'王又道：'怎么可以不祭呢？用只羊来代替吧！'——有这么回事吗？"宣王说："有的。"

宰羊，选自《北京民间风俗百图》。

孟子说："凭这种好心就可以实行王道了。老百姓都以为王是舍不得，我早就知道王是不忍心呀。"宣王说："对呀，确实有这样的百姓。齐国虽狭小，我又何至于舍不得一头牛？我只是不忍心看到它那哆哆嗦嗦的样子，没一点罪过，却被送进屠宰场，才用羊来替换它。"孟子说："百姓说王舍不得，王也不必奇怪。您以小的换取大的，他们怎么会知道王的心意呢？如果说可怜它没一点罪过便被送进屠宰场，那么宰牛和宰羊又有什么不同呢？"宣王笑着说："这到底是一种什么心理呢？我确实不是吝惜钱财才去用羊来代替牛。（您这么一说，）百姓说我舍不得真是理所当然的了。"孟子说："这也没什么关系。这种怜悯心正是仁爱呀。因为王只看见了牛的可怜相，却没有看见那只羊。君子对于飞禽走兽，看见它们活着，便不忍心再看到它们死去；听到它们悲鸣哀号，便不再忍心再吃它们的肉。君子总是离厨房远远的，就是这个道理。"宣王高兴地说："有两句诗说：'别人想的啥，我能猜到它。'您正是这样的。我只是这样做了，再扪心自问（这样做的道理），却想不出个所以然来。经您老这么一说，我的心便豁然明亮了。但我的这种心思合于王道，又是为什么呢？"孟子说："假如有个人向王报告说：'我的臂力能够举起三千斤，却拿不起一根羽毛；我的眼力能把鸟儿秋天生的细毛看得一清二楚，却看不见眼前的一车柴火。'您肯相信这话吗？"宣王说："不。"

孟子马上接着说："如今王的好心好意足以使动物沾光，却不能使老百姓得到好处，这是为什么呢？这样看来，一根羽毛都拿不起，只是不肯出力气的缘故；一车子柴火都看不见，只是不肯用眼睛的缘故，老百姓过不上安定的生活，只是不肯施恩的缘故。所以王的不肯实行王道，只是不肯干，不是不能干。"宣王说："不肯干和不能干在表现上有什么不同呢？"孟子说："把泰山夹在胳膊底下跳过北海，告诉别人说：'这个我办不到。'这是真的不能。替老年人按摩肢体，告诉别人说：'这个我办不到。'这是不肯干，不是不能干。王的不行仁政不是属于把泰山夹在胳膊底下跳过北海一类，而是属于替老年人按摩肢体一类的。

"尊敬我家里的长辈，并推广到尊敬别人家里的长辈；爱护我家里的儿女，并推广到爱护别人家里的儿女。（如果一切政治措施都由这一原则出发，）治理天下就如同在手心转动小球那般容易了。《诗》上说：'先给妻子做榜样，再推广到兄弟，进而推广到封邑和国家，这就是说把这样的好心意扩大到其他方面就行了。所以由近及远地把恩惠推广开去，便足以安定天下；不这样，甚至连自己的妻子都保护不了。古代的圣贤之所以远远地超越一般人，没有别的法子，只是他们善于推行他们的好行为罢了。如今您的好心好意足以使动物沾光，百姓却得不着好处，这是为什么呢？

"称一称，才晓得轻重；量一量，才知道长短。什么东西都如此，人的心更需要这样。王，您考虑一下吧！

"难道说，动员全国军队，让将士冒着危险去和别国结仇构怨，这样做您心里才痛快吗？"

宣王说："不，我为什么非要这样做才快活呢？所以这样做，是追求满足我最大的欲望呀。"孟子说："王的最大欲望是什么呢？我可以听听吗？"宣王笑而不答。孟子便说："为了肥美的食品不够吗？为了轻暖的衣裳不够穿吗？或者是为了鲜艳的色彩不够看吗？为了美妙的音乐不够听吗？为了献媚的宠臣不够您使唤吗？这些，您的臣下都能尽量供给，您难道是为了这些吗？"宣王说："不，我不是为了这些。"孟子说："那么，您的最大欲望可以知道了。您是想要扩张国土，让秦楚等国都来朝纳贡，自己作为天下的盟主，同时安抚四周围的落后民族，不过，以您这样的行为想满足您这样的欲望，就好像爬到树上去捉鱼一样。"宣王说："像这样严重吗？"孟子说："恐怕比这更严重呢。爬上树去捉鱼，虽然捉不到，却没有灾祸。以您这样的行为去满足您这样的欲望。费尽心思去干，（不但达不到目的）还有灾祸在后头。"

宣王说:"(这是什么道理呢?)我可以听听吗?"孟子说:"如果邹国和楚国打仗,您以为谁会打胜呢?"宣王说:"楚国会胜。"孟子说:"这样看来,小国本来就不可与大国为敌,人口少的国家也不可与人口多的国家为敌,弱国不可与强国为敌。现在中国的土地,有九个纵横各一千里那么大,齐国全部土地不过它的九分之一。凭九分之一想叫九分之八归服,这跟邹国与楚国为敌有什么不同呢?(既然这条路根本行不通,那么,)为什么不从根基着手呢?现在王如果能改革政治,施行仁德,便会使天下的士大夫都想到齐国来做官,庄稼汉都想到齐国来种地,行商坐贾都想到齐国来做生意,来往的旅客也都想取道齐国,各国痛恨本国君主的人也都想到您这里来控诉。果然做到这样,又有谁能抵挡得住呢?"宣王说:"我头脑昏乱,对您的理想不能再进一层地体会,希望您老人家辅导我达到目的,明明白白地教导我。我虽不聪明,也不妨试它一试。"

孟子说:"没有固定的产业而有坚定的信念,只有士人才能够做到。至于一般人,如果没有固定的产业,便也没有坚定的信念。没有坚定的信念,就会胡作非为,违法乱纪,什么事都干得出来。等到他犯了法,然后再处以刑罚,这等于陷害。哪有仁爱的人坐了朝廷却做出陷害老百姓的事呢?所以英明的君主规定人们的产业,一定要使他们上足以赡养父母,下足以抚养妻儿;好年成,丰衣足食;坏年成,也不致饿死。然后再把他们引上善良的道路,老百姓也就很容易地听从了。现在呢,规定人民的产业,上不足以赡养父母,下不足以抚养妻儿;好年成,也是艰难困苦;坏年成,只有死路一条。这样,每个人拯救自己还怕来不及,哪有闲工夫学习礼义呢?

"王如果要施行仁政,为什么不从根基着手呢?每家给他五亩土地建立宅院,四周围遍植桑树,五十岁以上的人就可以穿上丝棉袄了。鸡、狗和猪这类畜牲,都有时间去饲养,七十岁以上的人就可以有肉吃了。一家人给他百亩田地,不去耽误他的农时,八口之家就可以不饿肚子了。办好各级学校,反复地用孝顺父母、敬爱兄长的大道理来开导他们,须发斑白的人就不至于要自己头顶背负着物件在路上行走了。老年人都达到穿棉袄、吃肉食的小康水平,一般人都达到温饱水平,这样还不能使天下归服的,那是从来没有的事。"

梁惠王章句下

(齐国的大臣)庄暴来见孟子,说道:"我去朝见王,王告诉我,他爱好音乐,我不知道该怎样回答。"接着又说:"爱好音乐,究竟好不好?"孟子说:"王如果非常爱好音乐,那齐国便会很不错了。"过了些时,孟子谒见齐王,问道:"您曾经告诉庄暴,说您爱好音乐,有这回事吗?"齐王脸红了,不好意思地说:"我并不是爱好古代的严肃音乐,只是爱好流行乐曲罢了。"孟子说："只要您非常爱好音乐，那齐国便会很不错了。无论是现代流行音乐，或者古代严肃音乐都是一样的。"齐王说："这道理我可以听听吗？"孟子说："一个人欣赏音乐快乐，与别人一块欣赏音乐也快乐，哪一种更快乐呢？"齐王说："跟别人一起欣赏快乐。"孟子说："跟少数人欣赏音乐固然快乐，跟多数人欣赏音乐也快乐，究竟哪一种更快乐呢？"齐王说："跟多数人一起欣赏更快乐。"

观乐，汉画像石。

孟子马上说道："请让我为王说说'乐'的道理吧。假使王在这里奏乐，老百姓听到鸣钟击鼓的声音，又听到吹奏箫管的声音，大家都觉得讨厌，皱着眉头互相议论道：'我们国王这样爱好音乐，为什么使我困苦到这步田地呢？父子不能见面，兄弟妻儿东逃西散？'假使王在这里打猎，老百姓听到车马的声音，看到仪仗的华丽，大家都觉得讨厌，皱着眉头议论道：'我们国王这样爱好打猎，为什么使我困苦到这步田地呢？父子不能见面，兄弟妻儿东逃西散？'（为什么老百姓会这样呢？）这没有别的原因，就是因为王只图自己快乐而不与大家一同娱乐的缘故。

"假使王在这里奏乐，老百姓听到鸣钟击鼓的声音，又听到吹奏箫管的声音，全都眉开眼笑地互相告诉：'我们国王大概很健康吧，要不然怎么能够奏乐呢？'假使王在这里打猎，老百姓听到车马的声音，看到仪仗的华丽，全都眉开眼笑地互相告诉：'我们国王大概很健康吧，要不这样，怎么能够打猎呢？'（为什么老百姓会这样呢？）这没有别的原因，只是因为王同百姓一同娱乐罢了。如果王同百姓一同娱乐，就可以使天下归服了。"

齐宣王（问孟子）道："听说周文王有一处狩猎场，纵横各七十里，真有这回事吗？"孟子答道："史书上记载着呢。"宣王说："真有这么大吗？"孟子说："老百姓还嫌小呢。"宣王说："我的狩猎场纵横只有四十里，老百姓还嫌太大了，这又是为什么呢？"孟子说："文王的狩猎场纵横各七十里，割草打柴的去，打鸟捕兽的也去，和老百姓一同使用。老百姓以为太小，不是很自然的吗？（而您恰恰相反。）我刚到边界，就打听齐国最严格的禁令，然后才敢入境。我听说首都郊外有一处狩猎场，纵横各四十里，谁要宰了里头的麋鹿，就和犯了杀人罪一样惩治。那么，对老百姓来说，是在国内布置了一个纵横四十里的

畋猎，汉画像石，陕西清涧。

大陷阱。他们认为太大了，不是应该的吗？"

　　齐宣王问道："和邻国打交道有什么原则和方法吗？"孟子答道："有的。只有仁爱的人才能够以大国的身份服事小国，所以商汤服事葛伯，文王服事昆夷。只有聪明的人才能够以小国的身份服事大国，所以太王服事獯鬻，句践服事夫差。以大国身份服事小国的，是天性快乐的人；以小国身份服事大国的，是谨慎畏惧的人。天性快乐的人足以安定天下，谨慎畏惧的人足以保护自己的国家。《诗》说得好：'害怕上帝有威灵，（因此谨慎又小心，）所以能得到安定。'"宣王说："这话说得真好！不过，我有个小毛病，就是喜爱勇武，（恐怕不能够服事别国。）"孟子答道："那么，王就不是喜爱小勇。有一种人，只会手按着剑柄瞪着眼睛说：'他怎么敢抵挡我呢？'这只是普通人的勇武，只能抵得住一个人。希望王能把它扩大。

　　"《诗》说：'我王赫然一发怒，整肃军阵如猛虎，阻止侵莒的敌人，增添周室的福禄，报答天下的向往。'这便是文王的勇武。文王一发怒便使天下的人民生活安定。《书》说：'天降生了芸芸众民，也替他们降生了君主，也替他们降生了师傅，这些君主和师傅的唯一责任，就是帮助上帝来爱护人民。因此，四方之大，有罪者和无罪者，都由我负责。普天之下，谁敢超越他的本分（胡作非为）？'当时有一个纣王在世上横行霸道，武王便认为这是奇耻大辱。这便是武王的勇。武王也一发怒而使天下的人民生活安定。如今王若是也一怒而安定天下的人民，那么，人民还生怕王不喜爱勇武呢。"

　　齐宣王在他的别墅雪宫里接见孟子。宣王问道："有道德的贤人也有这种快乐吗？"孟子答道："有的，他们要是得不到这种快乐，就会讲国王的坏话的。得不到快乐就讲国王的坏话，固然不对；作为老百姓的统治者有快乐一人独享而不同老百姓一同享受，也是不对的。把老百姓的快乐当做他自己的快乐的，老百姓也会把他的快乐当做自己的快乐；

把老百姓的忧愁当做他自己的忧愁的，老百姓也会把他的忧愁当做自己的忧愁。和天下的人同忧同乐，这样还不能使天下归服于他的，是从来不曾有的事。当年齐景公问晏子道：'我想到转附山和朝儛山去观光，然后沿着海岸南行，一直到琅邪，我该怎么办才能够和过去的圣王贤君的巡游相比拟呢？'晏子答道：'问得好呀！天子到诸侯的国家去叫做巡狩。巡狩，就是巡视各诸侯所守的疆土的意思。诸侯去朝见天子叫做述职。述职就是报告在他职责内的工作的意思。这一切都是工作。春天巡视耕种情况，对贫穷农户加以补助；秋天考察收获情况，对缺粮农户加以补助。夏朝的谚语说："我王不出来游，我便劳作不休；我王不出来走，我的补助哪有？我王四处亮相，给诸侯树立榜样。如今就不同了：国王仪仗还没动，官吏四处筹粮米。饿汉越发没饭吃，苦力累死难休息。大家切齿又骂娘，铤而走险揭竿起。既违天命又害民，挥霍的粮食如水东流。流连荒亡无节制，诸侯愁得皱眉头！"（流连荒亡是什么意思呢？）顺流而下地游玩，乐而忘返叫做流，溯流而上地游玩，乐而忘返叫做连，无厌倦地打猎叫做荒，不知节制地喝酒叫做亡。过去的圣王贤君都没有这种流连荒亡的行为。（视察工作的出巡和只知自己快乐的流连荒亡，）您从事哪一种，您自己选择吧！'景公听了，大为高兴。先在都城内做好准备，然后驻扎郊外，拿出钱粮，救济穷人。景公又把乐官长叫来，对他说：'给我创作一篇君臣同乐的乐曲！'这篇乐曲就是《徵招角招》，歌词说：'畜君有什么不对呢？'畜君，就是喜爱国君的意思。"

齐宣王问道："别人都劝我把明堂毁掉，到底是毁呢，还是不毁？"孟子答道："明堂是什么呢？是有道德而能统一天下的王者的殿堂。您如果要实行王政，就不要把它给毁了。"王说："实行王政的事，我可以听听吗？"答道："从前周文王治理岐地，对农夫的税率是九分抽一；做官的人可以世代承袭俸禄；在关卡和市场只稽查，不征税；湖泊可以任意捕鱼，没有禁令；罪犯只惩罚他本人，不株连家属。老了没妻子的叫鳏夫，老了没丈夫的叫寡妇，没有儿女的老人叫孤独者，死了父亲的儿童叫孤儿。这四种人是世上最穷苦无依的人。周文王实行仁政，一定最先照顾他们。《诗》说得好：'有钱人生活没困难，可怜那些无依无靠的人吧！'"宣王说："这话说得真好！"孟子说："您如果认为这话好，那为什么不实行呢？"

空首布，周春秋时期货币，中国早期金属铸币，1956年山西侯马出土。

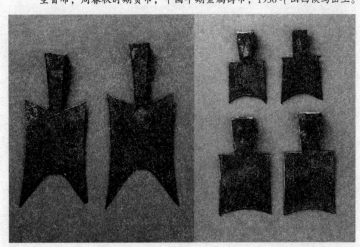

宣王说："我有个小毛病，我喜爱钱财，（实行王政怕有困难。）"孟子说："从前公刘也喜爱钱财，《诗》说：'粮食堆满仓，用来做干粮，还装满橐囊。百姓安居国威扬。箭上弦，弓开张，梭镖大斧都上场，浩浩荡荡向前方。'留在家里的人都有存粮，行军的人都有干粮，这样才能'浩浩荡荡向前方。'王如果喜爱钱财，能跟老百姓一道，对您实行王政有什么困难呢？"王又说："我有个毛病，我喜爱女人，（实行王政怕有困难。）"孟子答道："从前太王也喜爱女人，十分娇宠他的妃子。《诗》说：'古公亶父清早骑着马，沿着漆水西，来到岐山下。视察民众的住宅，姜女始终伴随着他。'这一时代，既没有老处女，也找不到单身汉。王如果喜爱女人，能跟老百姓一道，对您实行王政有什么困难呢？"

孟子对齐宣王说："您有一个臣子把妻儿托付给朋友照顾，自己游楚国去了。等他回来的时候，他的妻儿却在挨饿受冻。对待这样的朋友，该怎么办呢？"王说："和他绝交。"孟子说："司法长官不能约束他的下级，那该怎么办？"王说："撤他的职！"孟子说："国内治理得不好，那该怎么办？"齐王左右张望，把话题扯到别处去了。

孟子谒见齐宣王，说道："我们所说的'故国'，并不是说那个国家有高大的树木的意思，而是有建有功勋的老臣的意思。您现在没有亲信的臣子了。过去所进用的人到今天想不到都罢免了。"王问："我怎样去识别那些没才能的人从而不用他呢？"孟子答道："国君选拔贤人，如不得已要起用新人，就不得不把卑贱者提拔到尊贵者之上，把疏远的人提拔到亲近者之上，对这种事能不慎重吗？因此，左右亲近的人都说某人好，还不行；各位大夫都说某人好，还不行；全国的人都说某人好，然后去调查；发现他真的不错，然后起用他。左右亲近的人都说某人不好，不要听信；各位大夫都说某人不好，也不要听信；全国的人都说某人不好，然后去调查，发现他真的不好，再罢免他。左右亲近的人都说某人该杀，不要听信；各位大夫都说某人该杀，也不要听信；全国的人都说某人该杀，然后去调查；发现他真的该杀，再杀他。所以说，他是全国人杀的。只有这样，才能做百姓的父母。"

齐宣王问道："商汤流放夏桀，周武王讨伐商纣王，有这回事吗？"孟子答道："史书上有这样的记载。"宣王说："做臣子的弑他的君主，这是可以的吗？"孟子说："破坏仁爱的人叫做'贼'，破坏道义的人叫做'残'。残贼俱全的人，我们叫他做'一夫'，我只听说过武王诛杀了一夫殷纣，没有听说过他是以臣弑君的。"

孟子谒见齐宣王，说："建筑一所大房子，就一定要派工师去寻找大木料。工师得到了大木料，王就高兴，认为他能够尽到他的责任。如果木工把木料砍小了，王就会发怒，认为他担负不了他的责任。（可见要学好一门手艺是很难的。）有些人，从小学习一门手艺，长大了便想运用实行。可是王却对他说：'暂时放下你所学的，听从我的话吧！'这又怎么行呢？假如这里有一块没雕琢过的玉石，虽然它非常值钱，也一定要请玉匠来雕琢它。可是一说到治理国家，你却（对政治家）说：'暂时放下你所学的，听从我的话吧！'

这跟您要让玉匠按照你的办法雕琢玉石，又有什么两样呢？"

齐国攻打燕国，大胜。齐宣王问道："有些人劝我不要吞并燕国，也有些人劝我吞并它。（我想：）凭着一个万乘之国去攻打另一个万乘之国，只用五十天便打下来了，光靠人力是做不到的呀，（一定是天意如此。）如果我们不把它吞并，上天会（认为我们违反了他的意旨，因而）降下灾害来。吞并它，怎么样？"孟子答道："如果吞并它，燕国老百姓很高兴，便吞并它。古人有这样做的，周武王便是。如果吞并它，燕国老百姓不高兴，就不要吞并它。古人有这样做的，周文王便是。凭着一个万乘之国去攻打燕国这个万乘之国，燕国的百姓却用筐盛着饭，用壶盛着酒来欢迎您的军队，

商后期玉人，1976年河南安阳殷墟妇好墓出土。

难道会有别的意思吗？只不过想逃开那水深火热的苦日子罢了。如果他们的灾难更深了，那只是统治者由燕转为齐罢了。"

齐国讨伐燕国，占领了它。别的国家在酝酿救助燕国。宣王问道："许多国家正在酝酿要攻打我，要怎样对待呢？"孟子答道："我听说过，有凭着方圆七十里的土地来统一天下的，商汤就是，还没听说过拥有方圆一千里的国土而害怕别国的。《书》说过：'商汤征伐，从葛国开始。'天下的人都很相信他，因此，出征东面，西方国家的百姓便不高兴；出征南面，北方国家的老百姓便不高兴，都说：'为什么把我们放到后面呢？'人们盼望他，就好像久旱以后盼望乌云和虹霓一样。（汤征伐时，）做买卖的依然来来往往，种庄稼的照常埋头耕耘，因为他们知道这支队伍只是来诛杀那暴虐的国君来抚慰那被残害的百姓的，这正像降了一场及时雨呀，因而十分高兴。《书》又说：'盼望我王，他来了，我们才有活命！'如今燕国的君主虐待百姓，您去征伐他，那里的百姓认为您是要把他们从水深火热中拯救出来，因此都提着饭筐和酒壶来欢迎您的军队。而您呢，却杀掉他们的父兄，掳掠他们的子弟，毁坏他们的宗庙祠堂，搬走他们的传世宝器，这怎么可以呢？天下各国本来就害怕齐国强大，如今它的土地又扩大了一倍，而且还暴虐无道，这自然会引起各国兴兵动武。您赶快发出命令，遣回老老小小的俘虏，停止搬运燕国的宝器，再与燕国的人

士商量，择立一位燕王，然后撤军。这样做，要使各国停止兴兵，还是来得及的。"

邹国和鲁国发生了边界纠纷。邹穆公问孟子道："这一次冲突，我的官员牺牲了三十三个，老百姓却没有一个为他们死难的。杀了他们吧，又杀不了那么多；不杀吧，又十分气愤他们瞪着两眼看着长官被杀却不去救。该怎么办好呢？"孟子答道："灾荒年岁，您的百姓，年老的弃尸于山沟荒野之中，年轻力壮的便四处逃荒，这样的将近一千了。而您的谷仓里堆满了粮食，库房里装满了财宝。这种情形，您的官员们谁也不来报告，这就是在上位的人不关心老百姓，并且还残害他们。曾子说过：'提高警惕，提高警惕！你怎样去对待人家，人家将怎样回报你。'现在，您的百姓可得着报复的机会了。您不要责备他们吧！您如果实行仁政，您的百姓自然就会爱护他们的上级，情愿为他们的长官牺牲了。"

滕文公问道："滕国是一个弱小的国家，位于齐、楚两大国中间。是服事齐国呢，还是服事楚国呢？"孟子答道："这个问题不是我的能力所能回答的。如您定要我说，就只有一个主意：把护城河挖深，把城墙筑牢，与百姓来保卫它，宁愿死，也不离去，这样，还是有办法的。"

滕文公问道："齐国人准备加强薛邑的城池，我很害怕，怎么办才好呢？"孟子答道："从前太王住在邠地，狄人来侵犯，他便搬迁到岐山下定居。他并不是主动选取了这个地方，完全是出于不得已。要是一个君主能实行仁政，后代子孙也一定会有成为帝王的。有德的君子创立功业，传于子孙，正是为了能代代相传。至于成不成功，自有天命。您奈何得了齐人吗，只有努力实行仁政罢了。"

滕文公问道："滕是个弱小的国家，尽心竭力地服事大国，仍然难免于祸害，怎么办才好呢？"孟子答道："从前太王住在邠地，狄人来侵犯他。用皮裘和布帛去笼络，不能幸免；用好狗名马去笼络，不能幸免；用珍珠宝玉去笼络，仍然不能幸免。太王便召集邠地德高望重的老年人，向他们宣布：'狄人所要的，乃是我们的土地。我听说过：有德行的人不让本来用以养人的东西成为祸害。你们何必害怕没有君主呢？（狄人不也可以做你们的君主吗？）我要走了（，免得连累你们）。'于是离开邠地，翻过梁山，在岐山之下重新建筑一个城邑定居下来。邠地的老百姓说：'这是一位有仁德的人呀，我们不能失去他。'追随而去的好像赶集的一样多。也有人说：'这是祖宗传下来叫我们世世代代加以保守的基业，不是我本人能擅自做主把它丢弃的，宁愿死，也不离开。'以上两条道路，您可以在其中选择。"

鲁平公准备外出，他所宠幸的小臣臧仓来请示道："平日您外出，一定要告诉管事的人您到哪里去。现在车马都预备好了，管事的人还不知道您要到哪里去，因此我冒昧地来请示。"平公说："我要去拜访孟子。"臧仓说："您轻视了自己的身份而先去拜访一个普通人，究竟是为了什么呢？您以为他是贤德的人吗？礼义应该是由贤者实践的，而孟子办

富豪贵族车骑出行，汉画像石，山东嘉祥宋山。

他母亲的丧事的花费大大超过了他以前办父亲丧事的花费，（这是贤德的人所应有的行为吗？）您不要去看他！"平公说："好吧。"

乐正子入宫见平公，问道："您为什么不去看孟轲呀？"平公说："有人告诉我，'孟子办他母亲丧事的花费大大超过了他以前办父亲丧事的花费'，所以不去看他了。"乐正子说："您所说的'超过'是什么意思呢？是指父丧用士礼，母丧用大夫礼吗？是指父丧用三只鼎摆放祭品，而母丧用五只鼎摆放祭品吗？"平公说："不，我指的是棺椁衣衾的精美。"乐正子说："那便不能叫'超过'，只是前后贫富不同罢了。"

乐正子去见孟子，说道："我跟鲁君说了，他刚要来看您，可是有一个被宠幸的小臣名叫臧仓的阻止了他，所以他不来了。"孟子说："一个人要干件事情，是有一种力量在指使他；就是不干，也有一种力量在阻止他。干与不干，不是单凭人力所能做到的。我不能和鲁侯见面，是由于天命。臧家那个小子，他怎么能使我和鲁侯见不上面呢？"

公孙丑章句上

公孙丑问道："您如果在齐国当权，管仲、晏子的功业可以复兴吗？"孟子说："你真是一个齐国人，就知道管仲、晏子。曾经有人问曾西：'您和子路相比，谁强？'曾西不安地说：'他是我父亲所敬畏的人。'那人又问：'那么，您和管仲相比，谁强？'曾西马上变了脸色，不高兴地说：'你为什么竟把我和管仲相比？管仲得到君上的信赖是那样地专一，掌握国家的权柄是那样地长久，而功绩却那样地卑小。你为什么竟把我和他相比？'"停了一会儿，孟子又说："管仲是曾西不愿相比的人，而你以为我愿意学他吗？"

公孙丑说："管仲辅佐桓公使他称霸天下；晏子辅佐景公使他名扬诸侯。管仲、晏子难道还不值得学习吗？"孟子说："以齐国来统一天下，易如反掌。"公孙丑说："您这样说，我的疑惑便更深了。像文王那样的德行，而且活了将近一百岁，他推行的德政，还没有周遍于天下；武王、周公继承了他的事业，然后才大大地推行了王道，（统一了天下。）

管仲，选自《历代名臣像解》。

晏子，选自《历代名臣像解》。

现在你把统一天下说得那么容易，那么，文王也不值得效法了吗？"孟子说："文王谁又比得上呢？从汤到武丁，贤明的君主有六七起之多，天下的人归服殷朝已经很久了，时间一久便很难变动，武丁使诸侯来朝，把天下治理好，就好像在手掌中运转小球一样。纣王的年代上距武丁并不太久，当时的勋旧世家、善良习俗、先民遗风、仁惠政教还有些存在的，又有微子、微仲、王子比干、箕子、胶鬲——他们都是贤德的人——共同来辅助他，所以经历相当长久的时间才亡了国。当时，没有哪一尺土地不是纣王所有，没有哪一个百姓不归纣王所管，然而文王还是凭着方圆一百里的土地来创立丰功伟业，所以是很困难的。齐国有句俗话：'纵然聪明，还得趁形势；纵有锄头，还得等农时。'以现在的形势要推行王政，就容易了。即便在夏、商、周最兴旺发达的时候，土地也没有超过方圆一千里的，现在齐国却有这么广阔的国土了；鸡鸣狗叫的声音，此起彼伏，处处相闻，一直传到四方边境，齐国有这样众多的人口了。国土不必再开拓了，百姓也不必再增加了，只要实行仁政来统一天下，就没有谁能够阻止得了。而且统一天下的贤明君主不出现的时间，从来没有这样长久过；老百姓被暴虐的政治所折磨，也从来没有这样厉害过。肚子饥饿的人不苛择食物，口舌干枯的人不苛择饮料。孔子说过：'德政的流行，比驿站传达政令还迅速。'现在这个时代，拥有万辆兵车的大国实行仁政，老百姓的高兴，就好像被人倒挂着而被解救了一般。所以，花古人一半的时间和精力，完成相当于他们两倍的伟业，只有当今这个时代。"

公孙丑问道："老师假若做了齐国的卿相，能够实现自己的主张，从此小则可以成霸业，大则可以成王业，那是不足奇怪的。如果遇到这种情况，您是不是（有所恐惧疑惑）而动心呢？"孟子说："不，我从四十岁以后就不再动心了。"公孙丑说："这么看来，老师比孟贲强多了。"孟子说："这个不难，告子能不动心比我还早呢。"

公孙丑说："不动心有方法吗？"孟子说："有。北宫黝的培养勇气：肌肤被刺，毫不颤动；眼睛被戳，眨也不眨。他觉得输给对手一点点，就好像在大庭广众中挨了鞭子抽一样。既不能忍受卑贱的人的侮辱，也不能忍受大国君主的侮辱；他把刺杀大国的君主看成刺杀卑贱的人一样；对各国的君主毫不畏惧，挨了骂，一定回敬。孟施舍的培养勇气又有所不同，他说：'我对待不能战胜的敌人，跟对待足以战胜的敌人一样（无所畏惧）。如果先估量敌人的力量这才前进，先考虑胜败这才交锋，这种人若碰到数量众多的军队一定会害怕。我又怎能做到每战必胜呢？不过能够无所畏惧罢了。'——孟施舍的养勇像曾子，北宫黝的养勇像子夏。这两个人的勇气，我也不知谁强谁弱，（但从培养方法而论，）孟施舍的比较简单易行。从前曾子对子襄说：'你喜欢勇敢吗？我曾经从孔老师那里听到过关于大勇的理论：扪心自问，自己不占理，对方即便是最下贱的人，我不去恐吓他；扪心自问，自己占了理，即便有千军万马，我也勇往直前。'——孟施舍的养勇只是保持一股无所畏惧的盛气，（曾子却以理的曲直为断，）孟施舍自然又不如曾子这一方法的简单易行。"

公孙丑说："我冒昧地问问，老师您的不动心和告子的不动心，我可以领教领教吗？"孟子说："告子曾说：'言语上赢不了，就不要找思想帮忙；思想上赢不了，就不要找意气帮忙。'（我认为：）思想上赢不了，就不找意气帮忙，是对的；言语上赢不了，就不去找思想帮忙，是不对的。因为思想意志是意气感情的统帅，意气感情是充满体内的力量。思想意志到了哪里，意气感情也就充溢于那里。所以我说：'要坚定思想意志，也不要滥用思想感情。'"公孙丑说："您既然说'思想意志到了哪里，意气感情也就充溢于那里'，可是您又说：'要坚定思想意志，也不要滥用意气感情。'这是为什么呢？"孟子说："专心致志于某一方面，意气感情也将随之而去；情感专一于某一方面，思想意志也必然受到影响。比如跌倒与奔跑，这主要是体气与意气的投入，但必然影响到思想，引起心的波动。"

公孙丑问道："请问，老师擅长哪一方面？"孟子说："我能透彻了解别人的话语，还善于培养我的浩然之气。""请问，什么叫做浩然之气呢？"孟子说："一下子很难说清楚。这种气呀，最伟大，最坚强。用正义去培养它，一点也不伤害它，就会充满在天地之间。这种气呀，必须与道和义相配合，缺乏它，就没有力量了。这种气是由正义日积月累而产生的，不是一两次行侠仗义就能取得的。只要做一次问心有愧的事，它就疲软了。所以我说，告子是不懂义的，因为他把它看作心外之物。（其实义是心内固有的。）一定要培养它，但不要有特定的目的；时刻记住它，但也不要违背规律地帮助它生长——不要学那个宋国人的样。宋国有一个担心禾苗生长不快而去把它拔高的人，十分疲倦地回家，对家里人说：'今天累坏了！我帮助禾苗生长了！'他儿子赶快跑去一看，禾苗都枯槁了。其实天下不帮助禾苗生长的人是很少的。以为培养工作没好处而放弃不干的，就是种庄稼不锄草的懒汉；违背规律去帮助它生长的就是拔苗的人。这种助长行为，非但没有益处，反而会伤害它。"

公孙丑问："怎样才算透彻了解别人的话语呢？"孟子答道："说得不全面的话我知道它哪里片面；说得过头的话我知道它哪里有缺陷；不合正道的话我知道它哪里有偏差；躲躲闪闪的话我知道它哪里没道理。这四种话，从思想中产生，必然会在政治上造成危害；如果它由执政的人说出，一定会危害国家的各项事业。如果圣人再出现，也一定赞成我这话的。"公孙丑说："宰我、子贡善于讲话，冉牛、闵子、颜渊善于阐述道德，但是他还说：'我对于辞令，太不擅长。'（而您既透彻了解别人的话语，又善于养浩然之气，言语道德兼而有之，）那么，您已经是位圣人了吗？"孟子说："哎呀！这叫什么话！从前子贡问孔子说：'老师已经是圣人了吗？'孔子说：'圣人，我算不上；我不过学习不知厌倦，教人不嫌疲劳罢了。'子贡便说：'学习不知厌倦，这是智；教人不嫌疲劳，这是仁。既仁且智，老师已经是圣人了。'圣人，孔子都不敢自居，（你却说我是，）这叫什么话呢！"

公孙丑说："从前我曾听说过，子夏、子游、子张都各有孔子的一些长处；冉牛、闵子、颜渊大体近于孔子，却不如他那样博大精深。请问老师，您以他们中的哪一位自居？"孟子说："暂且不谈这个。"公孙丑又问："伯夷和伊尹怎么样？"孟子答道："也不相同。不是他理想的君主，他不去服事；不是他理想的百姓，他不去使唤；天下太平就出来做官，天下昏乱就深居简出，伯夷就是这样的。任何君主都可以去服事，任何百姓都可以去使唤；太平也做官，不太平也做官，伊尹就是这样的。应该做官就做官，应该辞职就辞职，应该继续干就继续干，应该马上走就马上走，孔子就是这样的。他们都是古代的圣人，可惜我都没有做到；至于我所希望的，是学习孔子。"

公孙丑问："伯夷、伊尹与孔子，能等量齐观吗？"孟子答道："不，自有人类以来，没有比得上孔子的。"公孙丑又问："那么，在这三位圣人中，有相同的地方吗？"孟子答道："有。如果得到方圆一百里的土地，而以他们为君王，他们都能够使诸侯来朝觐，都能够统一天下。如果叫他们做一件不合道义的事，杀一个没有错误的人，从而得到天下，他们也都不会干的。这就是他们三人相同的地方。"

公孙丑说："请问，他们不同的地方又在哪里呢？"孟子说："宰我、子贡、有若三人，他们的聪明才智足以了解圣人，（即使）他们再不好，也不致偏袒他们所爱好的人。（但他们都不约而同地称颂孔子。）宰我说：'以我来看老师，比尧、舜都强多了。'子贡说：'看见一国的礼制，就了解它的政治；听到一国的音乐，就知道它的德教。即使从百代以后去评价百代以来的君王，任何一个君王都不能违离孔子之道。自有人类以来，没有人能够比得上他老人家的。'有若说：'难道仅仅人类有高下的不同吗？麒麟对于走兽，凤凰对于飞鸟，太山对于土堆，河海对于小溪，何尝不是同类？圣人对于百姓，亦是同类，但远远超出了他那一类，大大高出了他那一群。自有人类以来，还没有比孔子更伟大的。'"

孟子说："仗着实力然后假借仁义的名义以号召征伐的，可以称霸诸侯，称霸一定要凭借国力的强大；依靠道德来实行仁义的，可以使天下归服，这样做不以强大国家为基础——汤就仅仅用他方圆七十里的土地，文王也就仅仅用他方圆百里的土地（实行了仁政，而使人心归服）。仗着实力来使人服从的，人家不会心悦诚服，只是因为他本身的实力不够的缘故；依靠道德来使人服从的，人家才会心悦诚服，就好像七十多位大弟子的归服孔子一样。《诗》说过：'从东从西，从南从北，无不心悦诚服。'正是这个意思。"

孟子说："（诸侯卿相）如果实行仁政，就会得到荣誉；如果不行仁政，就会招致屈辱。如今这些人，害怕受屈辱，却依然自处于不仁之地；这正好比害怕潮湿，却又自处于低洼之地一样。若真害怕受屈辱，最好是崇尚道德而尊敬士人，让贤人居于高位，让能人担任要职。国家既无内忧外患，趁着这时修明政治法典，即便是强大的邻国也一定畏惧它了。《诗》说：'趁雨没下云没起，桑树根上剥些皮，门儿窗儿都修理。下面的人们，谁敢把我欺！'孔子说：'这诗的作者真懂道理呀！能治理好他的国家，谁敢侮辱他？如今国家没有内忧外患，追求享乐，怠惰游玩，这等于自己寻求祸害。祸害和幸福没有不是自己找来的。《诗》说：'我们永远要与天命相配，自己去追求更多的幸福。'《太甲》也说：'天降的灾祸还可以躲避，自作的罪孽，逃也逃不掉。'正是这个意思。"

孟子说："尊重有道德的人，使用有能力的人，杰出的人物都有官位，那么天下的士子都会高兴，都愿意到这个朝廷来谋取一官半职了；在市场，划出空地来储藏货物，却不征收货物税；如果滞销，依法征购，不让它长久积压，那么天下的商人都会高兴，愿意把货物存放在那市场上了；关卡，只稽查而不征税，那么天下的旅客都会高兴，愿意经过那里的道路了；对耕田的人实行井田制，只助耕公田，不再征税，那么天下的农夫都会高兴，愿意在那里的田野里种庄稼了；人们居住的地方，没有那些额外的雇役钱和地税，那么天下的百姓都会高兴，愿意在那里侨居了。真正能够做到这五项，那么邻近国家的老百姓都会像对待爹娘一样爱戴他了。（如果邻国之君要率领人民来攻打他，便好比）率领儿女去攻打他们的父母，从有人类以来，这种事没有能够成功的，能这样，便会天下无敌。天下无敌的人叫做'天吏'。如此而不能统一天下的，是从来不曾有过的。"

孟子说："人人都有同情心，先王因为有同情心，于是就有同情别人的政治了。凭着同情心来实行同情别人的政治，治理好天下就像手掌运转一个小球一样容易。我之所以说人人都有同情心，道理就在于：现在忽然看见一个小孩子就要掉到井里去了，每个人都会产生惊骇同情的心情。这种心情的产生，不是为了要和这小孩的爹妈攀交情，不是为了要在乡里朋友间博得声誉，也不是讨厌那小孩的哭声才这样的。从这一点来看，一个人如果没有同情之心，便不算是人；如果没有羞耻之心，便不算是人；如果没有推让之心，便不算是人；如果没有是非之心，便不算是人。同情之心是仁的萌芽，羞耻之心是义的萌芽，推让之心是礼的萌芽，是非之心是智的萌芽。人有这四种萌芽，就好比他有手足四肢一般自然。有这四种萌芽却自己认为不行的人，是自暴自弃的人。认为他的君主不行的人，是残害那君主的人。凡是具有这四种萌芽的人，如果晓得把它们扩充起来，那就会像刚点燃的星星之火，（终成燎原之势；）刚涌出的涓涓之流（，终必汇为江河）。真的能够扩充，便足以安定天下；如果不肯扩充，（让它自生自灭，）最终连赡养爹妈都办不到。"

孟子说："造箭的人难道比造甲的人本性要残忍些吗？（如果不是这样，为什么）造箭的人生怕他的箭不能伤害人，而造甲的人却生怕他的甲不能抵御刀箭而伤人呢？做巫的和做木匠的也是这样。（巫惟恐自己的法术不灵，病人不得痊愈；木匠惟恐病人好了，棺材销不出去。）可见一个人选择谋生之术不能不谨慎。孔子说：'与仁共处是好的。自己不选择与仁共处，怎么能说是聪明呢？'仁，是上天赐与的最尊贵的爵位，是人最安逸的住宅。没有人来阻止你，你却不仁，这是不明智的。不仁、不智、无礼、无义，这种人只能做别人的仆役。作为一个仆役而自以为耻，就好比造弓的人以造弓为耻，造箭的人以造箭为耻一样。如果真以为耻，不如好好地去实践仁义。实行仁义的人好比比赛射箭的人一样：射箭的人先必须端正自己的姿势然后才能开弓；如果没有射中，不能埋怨那些胜过自己的人，只是反过来审查自己哪里没做好罢了。"

孟子说："子路，别人把他的错误指点给他，他便高兴。禹听到了善言，就给人敬礼。伟大的舜更是了不得，他对于行善，没有别人和自己的区分，抛弃

伯夷，选自《历代名臣像解》。

自己的不是，接受人家的是，非常快乐地吸取别人的优点来自己行善。从他种庄稼，做瓦器、做渔夫一直到做天子，没有一处优点不是从别人那里吸取来的。吸取别人的优点来自己行善，这就是偕同别人一道行善。所以君子最高的德行就是偕同别人一道行善。"

孟子说："伯夷，不是他理想的君主，不去服事；不是他理想的朋友，不去结交。不站在坏人的朝廷里，不同坏人说话；站在坏人的朝廷里，同坏人说话，就好比穿戴着礼服礼帽坐在稀泥或炭灰之上。把这种厌恶坏人坏事的心情推广开来，他便觉得如果同乡下佬站在一块，那人的帽子没有戴正，便咬牙切齿地离去，好像自己会被弄脏似的。所以当时的各国君主虽然有好言好语来招致他的，但他却不接受。他之所以不接受，就是因为他自己不屑于去接受。柳下惠却不以侍奉坏君为耻，不以自己官职小为卑下；入朝做官，不隐藏自己的才能，但一定要按自己的原则办事；不被起用，也不怨恨；艰难困苦，也不忧愁。所以他说：'你是你，我是我，你纵然赤身露体站在我身边，怎么能玷污我呢？'所以无论什么人他都高兴地相处，而且极其自然，不失常态。牵住他，叫他留住，他就留住。叫他留住就留住，也是因为他用不着离开的缘故。"孟子又说："伯夷太狭隘，柳下惠太油滑。狭隘和油滑，都是君子所不取的。"

公孙丑章句下

孟子说："天时不如地利，地利不如人和。比如有一座小城，它的每一边只有三里长，外郭每边也只有七里。敌人围攻它，却不能取胜。能够围而攻之，一定得到了合乎天时的战机，然而不能取胜，这就说明得天时不如占地利。（又比如，另一守城者，）城墙不是不高，护城河不是不深，兵器甲胄不是不锐利坚固，粮食不是不多；（然而敌人一来，）便弃城而逃，这就说明占地利不如得人和。所以我说，限制人民不必用国家的疆界，保护国家不必靠山川的险阻，威慑天下不必凭兵器的锐利。行仁政的人得到的帮助多，不行仁政的人得到的帮助少。帮助的人少到了顶点，连亲戚都背叛他；帮助的人多到了顶点，普天下都顺从他。拿全天下顺从的力量去攻打连亲戚都背叛的人，那么，仁君圣主要么不用战争手段，若用战争手段，就必然胜利。"

孟子准备去朝见齐王，这时王派了个人来传话："我本应该来看你，但是感冒了，不能吹风。如果你肯来朝，我也将临朝办公，不知道你能让我见上面吗？"孟子答道："很不幸，我也有病，不能上朝。"第二天，孟子要到东郭大夫家去吊丧。公孙丑说："昨天托辞有病谢绝王的召见，今天又去吊丧，大概不可以吧？"孟子说："昨天生了病，今天好了，为什么不去吊丧呢？"

齐王打发人来探病，并且有医生同来。孟仲子对来人说："昨天王有命令来，他得了

古城池，选自
《无款南游道
里图卷》。

小病，不能奉命上朝。今天刚好一点，已经上朝去了，但我不晓得他能走得到不？"接着
孟仲子派了好几个人分别在孟子归家的路上去拦截他，说道："您无论如何不要回去，一
定要赶快上朝廷去。"孟子没有办法，只好躲到景丑家去歇宿。

　　景丑说："在家庭里有父子，在家庭外有君臣，这是人与人之间最重要的关系。父子
之间以慈爱为主，君臣之间以恭敬为主。我只看见王对你很尊敬，却没看见你对王是如何
恭敬的。"孟子说："哎，这算什么话呀！在齐国人中，没有一个拿仁义的道理向王进言
的，他们难道以为仁义不好吗？（不是的。）他们心里是这样想的：'这个王哪里值得和他
谈仁义呢？'他们对王就是这样的。这才是最大的不尊敬呢。我呢，不是尧舜之道，不敢
拿来向王陈述，所以说，在齐国人中间没有谁有我这么恭敬王的。"景丑说："不，我指的
不是这个。礼经上说过，父亲召唤，'唯'一声就起身，不说'诺'；君主召唤，不等车马
驾好就先走。你呢，本来准备朝见王，一听到王召见你，反而不去了。这似乎和礼经上所
说的有点不相合吧。"

　　孟子说："原来你说的是这个呀！曾子说过：'晋国和楚国的财富，我们是赶不上的。
但他凭他的财富，我凭我的仁；他凭他的爵位，我凭我的义，我比他又少了什么呢？'这
些话如果不合道理，曾子难道肯说吗？大概是有些道理的。天下公认为尊贵的东西有三
样：爵位是一个，年龄是一个，道德是一个。在朝廷中，先论爵位；在乡党中，先论年
龄；至于辅助君主统治百姓自然以道德为上。他怎么能凭着爵位来侮慢我的年龄和道德

呢？所以大有作为的君主一定有他不能召唤的臣子；如有什么事要商量，就亲自到臣那儿去。他要尊尚道德，乐行仁政；不这样做，便不足与他一道干事业了。因此，商汤对于伊尹，先向他学习，然后以他为臣，所以不大费力气便统一了天下；桓公对于管仲，也是先向他学习，然后以他为臣，所以不大费力气而称霸于诸侯。当今天下各大国土地大小相当，行为作风也不相上下，谁也不能超过谁，这没有别的缘故，只是因为这些国家的君主喜欢以听从他的话的人为臣，却不喜欢以能够教导他的人为臣。商汤对于伊尹，桓公对于管仲，就不敢召唤。管仲还不可以召唤，何况不屑于做管仲的人呢？"

陈臻问道："过去在齐国，齐王送您上等金一百镒，您不接受；后来在宋国，宋君送您七十镒，您受了；在薛，田家送您五十镒，您也受了。如果过去的不接受是正确的，那今天的接受便错了；如果今天的接受是正确的，那过去的不接受便错了。二者之中，老师一定有一个错误。"孟子说："都是正确的。当在宋国的时候，我准备远行，对远行的人一定要送些盘费，因此他说：'送上一点盘费吧'。我为什么不受？当在薛的时候，我听说路上有危险，须要戒备，因此他说：'听说您须要戒备，送点钱给您买兵器吧。'我为什么不受？至于在齐国，就没有什么理由。没有什么理由却要送我一些钱，这实际上是用金钱收买我。哪里有正人君子能够用金钱来收买的呢？"

孟子到了平陆，对当地长官孔距心说："如果你的战士一天三次掉队，你开除他吗？"答道："用不着三次，（我就开除他了。）"孟子说："那么，你自己掉队的地方也很多了。灾荒年成，你的百姓，年老体弱抛尸露骨于山沟中的，年轻力壮盲流到四方的，几近一千人了。"答道："这种事情不是我的力量所能做到的。"孟子说："比如有人接受别人的牛羊而替人放牧，那一定要替牛羊寻找牧场和草料了。如果找不到牧场和草料，是把牛羊退还原主呢，还是站在那儿看着它们一个个死掉呢？"答道："这就是距心的罪过了。"过了些时，孟子朝见齐王，说："王的地方长官，我认识了五位。明白自己的罪过的，只有孔距心一个人。"于是把前一晌的问答复述了一遍。王说："这个也是我的罪过呢！"

孟子对蚳蛙说："你辞去灵丘县长，却要做治狱官，似乎很有道理，因为可以向王进言。现在，你已上任几个月了，还不能向王进言吗？"蚳蛙向王进谏而不被采纳，因此辞职而去。齐国有人便说："孟子替蚳蛙考虑的主意是不错的；但是他怎样替自己考虑，那我还不知道。"公都子把这话转告孟子。孟子说："我听说过：有固定职位的，不能尽到他的职责，便可以离去；有进言的责任的，如果进谏不被采纳，也可以离去。我既没有固定的职位，也没有进言的责任，那么我的行动，不是宽松得有很大的回旋余地吗？"

孟子在齐国做卿，奉命到滕国去吊丧，齐王还派盖邑的县长王骥做副使同行。王骥同孟子朝夕相处，来回于齐滕两国的旅途，孟子却没和他一起谈过公事。公孙丑说："齐国卿的官位，也不算小了；齐滕间的路程，也不算短了；但来回一趟，却没和王骥谈过一回公事，这是为什么呢？"孟子答道："他既然独断专行，我还说什么呢？"

金棺银椁

孟子从齐国运送母亲的遗体到鲁国埋葬后返回齐国，到了嬴县，停了下来。充虞恭敬地问道："承您看得起我，让我总管棺椁的制造工作。当时大家都很忙，我便不敢请教。今天才来请教：棺木似乎太好了。"孟子答道："上古对于棺椁的尺寸，没有一定的规矩；到了中古，才规定棺厚七寸，椁的厚度与棺相称。从天子一直到老百姓，讲究棺椁，不单单为了美观，而是要这样，才算尽了孝子之心。被法度限制，不能用上等木料，当然不称心；没有财力，买不起上等木料，还是不称心。有用上等木料的地位，又有用上等木料的财力，古人又都这样做了，我为什么单单不这样做呢？而且，只是为了不使死者的遗体挨着泥土，对孝子来说，难道就称心快意了吗？我听说过：在任何情况下，都不应当在父母身上去省钱。"

沈同凭着他与孟子的私交问道："燕国可以讨伐吗？"孟子答道："可以，燕王子哙不可以任意把燕国让给别人；相国子之也不可以随便从子哙那里接受燕国。比如有个士人，你很喜欢他，便不跟王说一声就把你的俸禄官位都送给他；他呢，也没得到王的任命就从你那里接受了俸禄官位，这样可以吗？——子哙子之私相授受的事和这个例子又有什么不同呢？"

齐国讨伐了燕国。有人问孟子道："你曾经劝齐国伐燕国，有这回事吗？"孟子答道："没有，沈同曾凭着私交问我，说'燕国可以讨伐吗？'我答应道：'可以。'他们就这样去打燕国了。他如果再问：'谁可以去讨伐它？'那我便会说：'是天吏，才有资格去讨伐。'比如这里有一个杀人犯，有人问道：'这犯人该杀吗？'那我会说：'该杀。'如果他再问：'谁可以杀他？'那我就会回答：'只有执法官才可以去杀他'。如今却是'燕国第二'去讨伐燕国，我为什么去劝他呢？"

燕国人叛乱，反抗齐国的占领。齐王说："我对于孟子感到非常惭愧。"陈贾说："王不要难过。王自己想想，您和周公比，谁更仁更智呢？"齐王说："哎！这算什么话呀！（我怎敢和周公相比？）"陈贾说："周公让管叔监督殷国遗民，管叔却率领他们叛乱；如果这一点周公早就预料到了，却仍派管叔去监督，那便是他不仁；如果周公未能预见到，那便是他不智。仁和智，连周公都没有完全做到，何况您呢？我请求您让我去见见孟子，以便解释解释。"

　　陈贾来见孟子，问道："周公是怎样的人？"答道："古代的圣人。"陈贾说："他让管叔来监督殷朝遗民，管叔却率领他们叛乱，有这回事吗？"答道："有的。"问道："周公是早晓得他会叛乱，还要派他去的吗？"答道："这是周公没有料到的。"陈贾说："这样说来，圣人也会有过错吗？"孟子答道："周公是弟弟，管叔是哥哥，（难道弟弟会疑心哥哥吗？）周公的这种错误，难道不也是合乎情理的吗？而且，古代的君子，有了错误，随时改正；今天的君子，有了错误，仍将错就错。古代的君子，他的过错，就像日食月食一般，老百姓人人都看得到；当他改正时，人人都抬头望着。今天的君子，又何止是将错就错，他还要编造一番大道理来掩饰。"

　　孟子辞去官职准备回老家，齐王到孟子家中相见，说："过去想见到您而不可能；后来能够同朝共事，我真高兴；现在您又将抛弃我回家乡去，不晓得我们今后还可以相见不？"答道："这个，我只是不敢请求罢了，本来是很希望的。"

　　过了几天，齐王对时子说："我想在临淄城中给孟子一幢房屋，用万钟之粟来养着他的学生，使各位大夫和百姓都有个榜样。你何不替我去向孟子谈谈！"

　　时子便托陈臻把齐王的话转告孟子；陈臻也就把时子的话告诉了孟子。孟子说："那时子哪晓得这事是做不得的呢？假使我想发财，辞去十万钟的俸禄来接受这一万钟的赠予，有这种发财法吗？季孙说过：'奇怪呀子叔疑！自己要做官，别人不用，也就算了，却还要让他的儿子兄弟来做卿大夫。谁不想升官发财，而他却想把升官发财的事都垄断起来。'（什么叫'垄断'呢？）古代做买卖，都是以货易货的，有关部门只是管理管理罢了。却有那么个卑鄙的汉子，一定要找一个高坡登上去，左边望望，右边望望，巴不得把所有买卖的好处由他一口独吞。别人都觉得这家伙卑劣，

周公，选自《历代名臣像解》。

因此征他的税。向商人征税就由此开始了。"

孟子离开齐国，在昼县过夜。有一位想替齐王挽留孟子的人恭敬地坐着同孟子说话，孟子却不愿理睬，伏在靠几上打瞌睡。那人很不高兴地说："为了同您说话，我昨天就整洁身心，想不到您竟打瞌睡，不听我说，以后再也不敢同您相见了。"（说着，起身要走。）孟子说："坐下来！让我明白地告诉你。过去，（鲁缪公是如何对待贤者的呢？）他如果没有人在子思身边，就不能使子思安心；如果泄柳、申详没有人在鲁缪公身边，也就不能使自己安心。你替我这个老人考虑一下，却没想到子思在鲁缪公那里享有多高规格的待遇；（你不去劝齐王改变态度，却用空话留我，）那么，是你对我做得绝呢，还是我对你做得绝？"

孟子离开了齐国，尹士对别人说："不晓得齐王不能够做商汤、周武，那便是孟子的糊涂；晓得他不行，然而还要来，那便是他贪求富贵。老远地跑来，不相融洽而走，在昼县歇了三夜才离开，为什么这样慢腾腾地呢？我很不喜欢这种情形。"

高子便把这话告诉给孟子。孟子说："那尹士哪能了解我呢？大老远地来和齐王见面，是我的希望；不相融洽而走，难道也是我所希望的吗？我只是不得已罢了。我在昼县歇了三晚才离去，但我心里还是以为太快了，我总是希望王或许会改变态度的；王如果改变态度，那一定会召我返回。我出了昼县，王还没有追回我，我才铁定了回乡的念头。即便这样，我难道肯抛弃王吗？王也还可以行仁政；王如果用我，又何止齐国的百姓得到太平，天下的百姓都将得到太平。王或许会改变态度的！我天天盼啊盼啊！我难道非要像这种小家子气的人一样；向王进谏，王不接受，便大发脾气，满脸不高兴；一旦离开，就非得走得筋疲力尽，不到太阳落山不肯落脚吗？"

尹士听了这话后说："我真是个小人。"

孟子离开齐国，在路上，充虞问道："您的脸色看上去不太快活似的。可以前我听您讲过，'君子不抱怨天，不责怪人。'"孟子说："那是一个时候，现在又是一个时候，（情况不同了。从历史上看来，）每过五百年一定有位圣君兴起，这期间还会有命世之才脱颖而出。从周武王以来，到现在已经七百多年了。论年数，已过了五百，论时势，也该是圣君贤臣出来的时候了。上苍大概不想让天下太平了吧；如果要让天下太平，当今这个时代，除了我，又有谁呢！我为什么不快活呢？"

孟子离开齐国。居于休地。公孙丑问道："做官却不受俸禄，合乎古道吗？"孟子说："不，在崇，我见到了齐王，回来便有离开的意思；不想改变，所以不接受俸禄。不久，齐国有战事，不可以申请离开。然而长久地淹留在齐国，并不是我的心愿。"

滕文公章句上

滕文公做太子的时候，要到楚国去，经过宋国，会见了孟子。孟子和他讲人性本是善良的道理，总要提到尧舜。太子从楚国回来，又来见孟子。孟子说："太子怀疑我的话吗？天下的真理就这么一个。成覸对齐景公说：'他是个男子汉，我也是个男子汉，我为什么怕他呢？'颜渊说：'舜是什么样的人，我也是什么样的人，有作为的人也会像他那样。'公明仪说：'文王是我的老师，周公难道会骗我吗？'现在的滕国，取长补短，也还有方圆五十里土地，还可以治理成一个好国家。《书经》说：'那药不叫人晕头胀脑，那种病就好不了的。'"

滕文公去世，太子对他的师傅然友说："过去在宋国，孟子曾和我谈了许多，我一直难以忘怀。现在不幸父亲去世，我想请您到孟子那里问问，然后再办丧事。"然友便到邹国去问孟子。孟子说："好得很啊！父母去世，本来就应该把亲情发泄得淋漓尽致。曾子说：'父母健在时，依礼去奉侍，他们去世了，依礼去埋葬，依礼去祭祀。这可以算是尽到孝心了。'诸侯的礼节，我虽然没有学过；但也听说实行三年的丧礼，穿着粗布缉边的孝服，吃着稀粥，从天子一直到老百姓，夏、商、周三代都是这样的。"

然友回国传达了孟子的话，太子便决定行三年的丧礼。滕国的父老官吏都不愿意，说道："我们的宗国的历代君主没有实行过，我国的列祖列宗也没有实行过，到你这一代却来改变祖先的做法，这是要不得的。而且《志》说过：'丧礼祭礼一律依照祖宗成法。'道理就在于我们是从这一传统继承下来的。"

太子便对然友说："我过去不曾做过学问，只喜欢跑马弄剑。现在，我要实行三年的丧礼，父老们官吏们都对我不满，恐怕这一丧礼不能够使我尽心竭力，您再替我去问问孟子吧！"

于是，然友又到邹国去问孟子。

孟子说："嗯！这种事是求不得别人的。孔子说过，'君主去世，太子把一切政务交给首相，喝着粥，面色墨黑，就临孝子之位便哭，大小官吏没有人敢不悲哀，这是因为太子带头的缘故。'在上位的有什么爱好，在下面的人一定爱好得更加利害。君子的德好像风，小人的德好像草，风向哪边吹，草就向哪边倒。这一件事情完全决定于太子。"

然友回来向太子转达。太子说："对，这应当决定于我。"

于是太子居于丧庐中五月，不曾颁布过任何命令和禁令。官吏们同族们都很赞成，认为知礼。等待举行葬礼的时候，四方人都来观礼，太子表情的悲戚，哭泣的哀痛，使来吊丧的人都非常满意。

滕文公问孟子怎样治理国家。孟子说："老百姓生产和生活的事是拖不得的。《诗》上说：'白天把茅草割，晚上把绳儿搓；赶紧修理房屋，按时播种五谷。'人民有一个基本情况：有固定产业的人才有一定的原则，没有一定产业的人便不会有一定的原则。没有一定的原则的人，就会胡作非为违法乱纪，什么事都做得出来。等到他们犯了罪，然后加以处罚，这等于陷害。哪有仁人坐了朝廷却做得出陷害老百姓的事来呢？所以贤明的君主一定要敬业、节俭、礼遇臣下，尤其是取之于民要依照一定的制度，不能乱摊派，乱收费。阳虎曾经说过：'要想发财就不能仁爱，要想仁爱就不能发财。'

"古代的税收制度：夏代每家五十亩地而行'贡'法，商朝每家七十亩地而行'助'法，周朝每家一百亩地而行'彻'法。这三法的税率都是十分抽一。'彻'是'通'的意思，（即分别不同情况通盘计算出的十分之一的税率；）'助'是借助的意思，（因为要借助人民的劳力来耕种公有土地。）龙子说过：'田税最好的是助法，最不好的是贡法。'贡法是比较若干年的收成得一个常数。（不管灾年和丰年，都必须按这常数来交纳。）丰年，到处洒着谷米，多征收一点也不算暴虐，却并不多收。灾年，收到的秸杆连肥田都不够，却非收足那个常数不可。一国的君主号称是百姓的父母，却让他们一年到头辛辛苦苦，而结果却连他们自己的父母都养不活，还不得不借高利贷来交足税款，终于一家老小抛尸露骨于山沟，这算是哪门子'为民父母'呢？做大官的人都有一定的田租收入，子孙相传，这种办法，滕国早就实行了，（为什么老百姓却不能有一定的田地收入呢？）周朝的一篇诗说：'雨先下到公田，然后再落到私田！'只有助法才有公田有私田。这样看来，就是周朝，也是实行助法的。

"（人民的生活有了着落，）便要兴办'庠'、'序'、'学'、"校"来教育他们。'庠'是教养的意思，'校'是教导的意思，'序'是陈列的意思。（地方学校，）夏代叫'校'，商代叫'序'，周代叫'庠'；至于大学，三代都叫'学'。学习的目的都是为了让人明白人与人相处的大道理。人与人相处的大道理，诸侯、卿、大夫、士都明白了，小小老百姓自然会亲密地团结在一起了。如果有圣王兴起，也一定会来学习效法，这样便做了圣王的老师了。《诗》上又说：'岐周虽然是一个古老的国家，国运却充满着新气象。'这是赞美文王的诗。你努力实行吧，也来使你的国家气象一新！"

滕文公派毕战来向孟子问井田制。孟子说："你的国君准备实行仁政，选中你来问我，你一定要好好干！实行仁政，一定要从划分整理田界开始。田界划分得不正确，井田的大小就不均匀，作为俸禄的田租收入也就不会公平合理，所以暴虐的君王和贪官污吏一定要打乱正确的田间界限。田间界限正确了，人民土地的分配，官吏俸禄的厘定，都可以毫不费力地决定了。滕国土地狭小，但也得有官吏和劳动人民。没有官吏，便没人治理劳动人民；没有劳动人民，也没有人养活官吏。我建议：郊野用九分抽一的助法，城市用十分抽一的贡法。公卿以下的官吏一定有供祭祀的圭田，每家五十亩；如果还有剩余的劳动力，每一劳动力再给二十五亩。无论埋葬或搬家，也不离开本乡本土。一井田中的各家平日出入，互相友爱；防御盗贼，互相帮助；一有疾病，互相照顾，百姓之间便亲爱和睦了。办

稻田，明沈周绘。

法是：每一方里的土地划为一个井田，每一井田划为九百亩，当中一百亩是公田，以外八百亩分给八家作私田。这八家共同来耕种公有田，先把公有田种完毕，再来料理私人的事务，这便是区别官吏和劳动人民的办法。这不过是一个大概，至于怎样去使它完善，那就在于你的国君和你本人了。"

有一位信奉神农氏学说的叫许行的人，从楚国到了滕国，登门谒见滕文公，告诉他说："我这来自远方的人听说您实行仁政，希望得到一处住所，做您的百姓。"文公给了他住房。他的门徒好几十人，都穿着粗麻编成的衣服，以打草鞋织席子为生。

陈良的门徒陈相和他弟弟陈辛背着农具，从宋国到了滕国，也对文公说："听说您实行圣人的政治，那您也是圣人了。我愿意做圣人的百姓。"

陈相见了许行，非常高兴，便完全抛弃了以前信奉的学说而向许行学习。

陈相来看孟子，转述许行的话说："滕君确实是个贤明的君主，尽管这样，但是也还不真懂得道理。贤人要和人民一道耕种，才吃；自己做饭，而且也要替百姓办事。如今滕国有谷仓，有存财物的府库，这都是损害别人来奉养自己，又怎能叫做贤明呢？"孟子说："许子一定要自己种庄稼才吃饭吗？"陈良说："对。""许子一定要自己织布才穿衣吗？""不，许子只穿粗麻编成的衣。""许子戴帽子吗？"答道："戴。""戴什么帽子？"答道："戴白绸帽子。""是自己织的吗？"答道："不，用粟米换来的。""许子为什么不自己织呢？"答道："因为妨碍做农活。""许子也用铁锅瓦罐做饭，用铁器耕田吗？"答道："用。""自己做的吗？"答道："不，用粟米换来的。""农夫用粟米换取锅碗瓢盆和农具，不能说损害了瓦匠铁匠；那瓦匠铁匠用他们的产品来换取粟米，又难道损害了农夫吗？况且许子为什么不亲自干瓦匠活铁匠活，啥东西都藏在家里以备用？为什么许子要一件一件地和各种工匠做买卖？为什么许子这样不怕麻烦？"

伯益，选自《历代名臣像解》。

陈相答道："各种工匠的工作本来就不可能一边耕种一边又能干得了的。"

"难道治理天下就能够一边耕种一边又能干得了吗？（可见必须有分工。）有官吏的工作，有小民的工作。只要是一个人，各种工匠的产品对他就是必不可少的；如果每件东西都要靠自己制造才去用它，那是率领天下的人疲于奔命。所以我说，有的人劳动脑力，有的人劳动体力；脑力劳动者管理人，体力劳动者被人管理；被管理者向别人提供生活消费物资，管理者所必须的生活消费物资仰仗于别人，这是通行天下的共同原则。当尧的时候，天下还不太平，洪水成灾，泛滥天下，草木茂密地生长，鸟兽成群地繁殖，谷物却没有收成，飞鸟禽兽威逼人类，到处都是它们的脚迹。尧一个人为这事忧虑，于是把舜选拔出来总管治理工作。舜命令伯益主持放火工作，益便将山野沼泽的草木尽行焚毁，迫使鸟兽逃跑隐匿。禹又疏浚九河，把济水漯水疏导入海，挖掘汝水汉水，疏通淮水泗水，引导流入长江，中国才可以耕种，人民才有饭吃。在这一时期，禹八年在外，好几次经过自己的家门都不进去，即使想亲自耕种，可能吗？

"后稷教导百姓种庄稼，栽培谷物。谷物成熟了，老百姓便得到了养育。人之所以为人，光是吃得饱、穿得暖，住得安逸，却没有教育，那也和禽兽差不多。圣人又为这事忧虑，便让契做了司徒的官，主管教育。用关于人与人之间关系的大道理来教育人民——父子间有骨肉之亲，君臣间有礼义之道，夫妻间有内外之别，老少间有尊卑之序，朋友间有诚信之德。尧说：'督促他们，纠正他们，帮助他们，使他们各得其所，然后加以提携和教诲。'圣人为百姓考虑这样呕心沥血，还有空闲来耕种吗？

"尧为得不到舜这样的人而忧虑，舜为得不到禹和皋陶这样的人而忧虑。为了自己的田地耕种得不好而忧虑的，那是农夫。把钱财分给别人的行为，叫做惠；教导大家都学好的行为，叫做忠；为天下找到好人才的行为便叫做仁。把天下让给人家比较容易做到，为天下找到好的人才却很难。所以孔子说：'尧作为天子真是伟大！只有天最伟大，也只有

尧能效法天。尧的圣德广阔无边，老
百姓都找不到恰当的词来形容了！舜
真是个好天子！天下坐得稳如泰山，
却不去享受它，占有它！'尧舜的治理
天下，难道不用心思吗？只是不把这
心思用于如何种庄稼罢了。

"我只听说用中国的方式来改变落
后国家的，没有听说过用落后国家的
方式来改变中国的。陈良土生土长在
楚国，却喜欢周公和孔子的学说，北
上中国来学习。北方的读书人，还没
有超过他的，他真是所谓豪杰之士啊！
你们兄弟向他学习了几十年，老师一
死，你们竟背叛了他！从前，孔子死
了，守孝三年之后，门徒们在收拾行
李准备回去前，走进子贡住处作揖告
别，相对而哭，都泣不成声，这才回

尧，选自《乾隆年制历代帝王像真迹》。

去。子贡又回到墓地重新筑屋，独自住了三年，这才回去。过了些时，子夏、子张、子游
认为有若有些像圣人，便想像服事孔子那样服事他，勉强曾子同意。曾子说：'不行，比
如曾经用江汉之水洗涤过，曾经在夏日之下暴晒过，真是白得不能再白了。（谁还能与孔
子相比呢？）'如今许行这南蛮子，说话就像鸟叫，也敢来非议我们祖先圣王之道，而你
俩却违背师道去向他学，那就和曾子的态度恰好相反了。我只听说过鸟儿飞出幽暗的山谷
迁往高大的树木，没有听说离开高大的树木再飞进幽暗的山谷的。《鲁颂》说过，'猛攻戎
狄，痛惩荆楚'。（荆楚这样的国家，）周公还要攻击它，你却向它学，真是越变越坏了。"

陈相说："如果按许子说的办，市场上的物价就能一致。人人没有欺假，即使打发个
小孩子上市场，也没有人会欺骗他。布匹丝绸的长短一样，价钱便一样；麻线丝棉的轻重
一样，价钱便一样；谷米的多少一样，价钱便一样；鞋的大小一样，价钱也一样。"

孟子说："各种物品的质量不一样，这是自然的。（它们的价格，）有的相差一倍五倍，
有的相差十倍百倍，有的相差千倍万倍；你要（不分精粗优劣，）完全使它们一致，只是
扰乱天下罢了。好鞋和坏鞋一样价钱，人们肯干吗？按许子说的办，是率领大家走向虚
伪，哪能够治理国家呢？"

墨家信徒夷之凭着徐辟的关系要求见孟子。孟子说："我本来愿意见他，不过我现在
正病着；病好了，我打算去看他，他不必来！"过了一段时间，又要求见孟子。孟子说：

"我现在可以见他了。但不说直话，真理表现不出。我就说直话吧。我听说夷子是墨家信徒，墨家的办理丧事，以薄为合理，夷子也想用这一套来改革天下，自然认为不这样就不足为贵了；但是他给父母亲的葬礼却安排得很丰厚，那便是拿他所看不起的东西来对待父母亲了。"

徐子把这话转达给夷子。夷子说："儒家的学说认为，古代君王爱护百姓就好像爱护婴儿一般。这话是什么意思呢？我以为便是，人们之间的爱没有亲疏厚薄的区别，只是由双亲开始实行罢了。（这样看来，墨家的兼爱之说和儒家学说并不矛盾，而我厚葬父母，也没有什么说不过去了。）"徐子又把这话告诉了孟子。孟子说："夷子真正以为人们爱他的侄儿和爱他邻居家的婴儿一样的吗？夷子只不过抓住了一点：婴儿在地上爬行，快要跌到井里去了，这自然不是婴儿的罪过。（这时候，无论是谁的孩子，无论谁看见了，都会去救的，夷子以为这就是爱无等次，其实，这是人的恻隐之心。）况且天生万物，只有一个根源，夷子却以为有两个根源，道理就在这里。大概上古曾经有不埋葬父母的人，父母死了，就抬着扔到山沟里。过了些时候，再经过那里，就发现狐狸在撕咬着，苍蝇蚊子在咀吮着那尸体。那个人不禁额头上冒出了汗，斜着眼睛，不敢正视。这一种汗，不是流给别人看的，而是心中的悔恨在面目上的流露。大概后来他回家取了箩筐铲子把尸体埋了。埋葬尸体诚然是对的，那么，孝子仁人埋葬他的父母，自然有他的道理了。"徐子把这话又转达给夷子，夷子十分怅惘地停了一会，说："我懂得了。"

滕文公章句下

陈代说："不去谒见诸侯，似乎太拘泥小节了吧；如今见一次诸侯，大则可以实行仁政，统一天下；小则可以国富民安，称霸中国。而且《志》上说：'弯曲一尺，伸直一寻'，好像应该试一试。"孟子说："从前齐景公田猎，用旌去召唤猎场管理员，管理员不去，景公便准备杀他。——志士坚守志节，不怕死无葬身之地，弃尸山沟；勇士见义勇为，不怕丢掉脑袋。孔子到底看重他哪一点呢？就是看重他不是自己所应接受的召唤之礼，硬是不去。如果我竟不等待诸侯的招致便去，那又是怎样的呢？而且你所说的弯曲一尺，伸直一寻，完全是从利的观点来考虑的。如果唯利是图，那么即使弯曲一寻，伸直一尺，也有小利益，不是也可以干一干吗？从前，赵简子命令王良替他的宠幸小臣奚驾车打猎，整天都没打到一只野兽。奚向简子汇报说：'王良是天底下最没本事的驾车人。'有人把这话告诉了王良。王良说：'希望再来一次。'奚勉强答应了，一个早上就打中十只野兽。奚又汇报说：'王良是天底下最有本事的驾车人。'赵简子便说：'我让他专门给你驾车好了。'把这告诉王良，王良不肯，说道：'我给他按规矩奔驰，整天打不着一只；我给他违背规矩奔驰，一早上就打中了十只。可是《诗》上说："按照规矩而奔驰，箭一放出便中的。"我不习惯替小人来驾车，这差事我不能担任。'驾车者尚且羞于与坏的射手为伍；与他为伍，即使打得的禽兽堆成山，也不肯干。如果我们先委屈我们的理想与主张而追随诸侯，那我们又算是什么人呢？况且你错了，因为自己不正直的人从来不能够使别人正直。（教育别人尚且不够格，又如何能实行仁政，统一天下呢？）"

驾车，汉画像石。

景春说："公孙衍和张仪难道不是真正的大丈夫吗？一发脾气，诸侯个个害怕；安静下来，天下顿时太平。"孟子说："这个怎么能叫做大丈夫呢？你没有学过礼吗？男子行加冠礼时，父亲要加以训导；女子出嫁的时候，母亲要加以训导，把她送到门口，告诫她说：'到了你家里，一定要恭敬，一定要谨慎，不要违背丈夫！'以顺从为最高原则的，是做妇人的道理。（至于男子，）应住在天下最宽广的住宅——仁——里，站在天下最正确的位置——礼——上，走着天下最光明的大道——义；得志时，同老百姓一道走在这条大路上；不得志时，一个人也要走这条路。富贵不能乱我之心，贫贱不能变我之志，威武不能屈我之节，这样才叫做大丈夫。"

周霄问道："古代的君子做官吗？"孟子答道："做官。《传记》上说：'孔子要是三个月没有君主任用他，就焦急不安；离开一个国家，一定要带着见面礼，（以便和别国国君见面）。'公明仪也说，'古代的人三个月没有君主任用，就要去安慰他。'"周霄便说："三个月没找到君主就去安慰他，不是太性急了吗？"孟子答道："士失掉官位，就像诸侯失去国家一样。《礼》说过，'诸侯亲自参加耕种，是为了供给祭品；夫人亲自养蚕缫丝，是为了供给祭服。牛羊不肥壮，祭品不洁净，祭服不具备，不敢用来祭祀。士若没有（供祭祀用的）田地，那也不能祭祀。'牛羊、祭具、祭服不具备，不敢用来祭祀，也就不能举行宴会，这不也应该安慰他吗？"

周霄又问："离开国界一定要带上见面礼，又是什么意思呢？"孟子答道："士的做官，就好像农民的耕田；农民难道因为离开国界便舍弃他的农具吗？"周霄说："魏国也是一个可以做官的国家，我却没听说过找官位是这样迫不及待的。找官位既迫不及待，君子却不轻易做官，又是什么道理呢？"孟子说："男孩一生下来，父母便惟愿他早有妻室；女孩一生下来，父母便惟愿她早有婆家。做父母的，人人都有这样的心情。但是，若是不等爹妈开口，不经过媒人介绍，自己便挖墙洞扒门缝来互相窥望，翻过墙去私奔，那么，爹妈和周围的人都会轻视他。古代的人不是不想做官，但是又讨厌不经由合乎礼义的道路去找官做。不经合乎礼义的道路而奔向仕途的，正和男女挖墙洞扒门缝（翻墙去私奔）一样。"

彭更问道："跟随的车几十辆，跟随的人几百个，从这一国吃到那一国，这不是太过分了吗？"孟子答道："如果不合理，就是一篮子饭也不接受；如果合理，舜甚至接受了尧的天下，也不觉得过分——你以为过分了吗？"彭更说："不是这意思。但读书人不干事，吃白饭，是不可以的。"孟子说："你如果不将各行各业的产品互相流通，用多余的来弥补不够的，就会使农民有多余的米，妇女有多余的布；如果能互通有无，那么木匠车工都能够从你那儿得到吃的。假定这里有个人，在家孝顺父母，出外尊敬长辈，严守着先王的礼法道义，用来培养晚辈学者，却不能从你那儿得到吃的；那么，你为什么尊贵木匠车工而轻视仁义之士呢？"彭更说："木匠车工，他们的动机就是为了谋碗饭吃；君子研究学问，推行仁政，他的初衷也是为了谋碗饭吃吗？"孟子说："你为什么非要追究动机呢？他们对你有功绩，可以给他们吃的，就给他们吃的得了。况且，你给他们吃的，是凭动机呢？还是凭功绩呢？"彭更说："凭动机。"孟子说："比方这里有个泥瓦工，把屋瓦打碎，在新刷的墙壁上乱画，他的动机也是为了弄到吃的，你给他吃的吗？"彭更说："不。"孟子说："那么，你并不是凭动机，而是凭功绩了。"

万章问道："宋是个小国家，如今想推行仁政，齐楚两个国家却因此厌恶，要出兵讨伐它，怎么办呢？"孟子说："汤居住在亳地，与葛国为邻；葛伯放荡得很，竟不祭祀鬼神。汤派人去问：'为什么不祭祀？'答道：'没有牛羊做祭品。'汤便送给他牛羊。葛伯把牛羊吃了，却不用来祭祀。汤又派人去问：'为什么不祭祀？'答道：'没有谷物做祭品。'汤便派亳地的民众去替他们耕种，老弱的人给耕田者去送饭。葛伯却带领他的百姓拦住那些提着酒菜好饭的人进行抢劫，不给的就杀掉。有个小孩去送饭和肉，葛伯竟把他杀了，抢了饭和肉。《书》上说：'葛伯仇视送饭者'，正是这个意思。汤便为了这小孩的被杀去征讨葛伯，天下的人都说：'汤不是为了天下的财富，而是为老百姓报仇雪恨呀。'汤的作战，便是从伐葛开始，出征十一次，战无不胜，天下没人能与他匹敌。向东方出征，西方的人便不高兴；向南方出征，北方的人便不高兴，说道：'为什么把我们这儿排在后边？'老百姓盼望他，就和大旱之年盼望下雨一般。（作战的时候，）做买卖的照常营业，干农活的照样耘田，杀掉那暴虐的君主，抚慰那可怜的百姓，这正像下了一场及时雨啊，老百姓自然非常高兴。《书》上说：'等待我王，王来了我们不再受苦！'又说：'攸国不服，周王便东行讨伐，来安定那些男男女女，他们把黄色黑色的束帛放在筐中，请求介绍和周王相见，以得到荣光，作为大周国的臣民。'这说明了周朝初年东征攸国的情况，官员们把黑色的黄色的束帛装满筐子来迎接官员，老百姓提着饭篮和酒壶来迎接士兵，可见这次出征只是把老百姓从水深火热中拯救出来，而杀掉那残暴的君主罢了。《泰誓》上说：'我们的威武要发扬，攻到邢国的疆土上，杀掉那残暴的君王，把那该死的都砍光，这功绩比汤还辉煌。'不实行王政便罢了，如果实行王政，天下的人都要抬起头来盼望，要拥护他来做君主；齐国楚国纵是强大，又有什么可怕呢？"

孟子对戴不胜说："你想你的君王学好吗？我明白告诉你。这里有位楚国的大臣，希望他儿子会说齐国话，那么，找齐国人来教呢？还是找楚国人来教呢？"答道："找齐国人来教。"孟子说："一个齐国人教他，却有许多楚国人在起哄，即使你每天鞭打他，逼他说齐国话，也不能达到目的；如果把他带到临淄城里的庄街、岳里住上几年，就是每天鞭打他，逼他说楚国话，那也做不到了。你说薛居州是个好人，要他住在王宫里（影响王，使他学好。）如果住在王宫里的人，不论大的小的，贱的贵的，都是好人，那王和谁去干坏事呢？如果住在王宫里的人，不论大的小的，贱的贵的，都不是好人，那王又和谁去干好事呢？一个薛居州能把宋王怎么样呢？"

公孙丑问道："不去谒见诸侯，是什么道理？"孟子说："古代，一个人如果不是诸侯的臣属，就不去谒见。（从前魏文侯去看段干木，）段干木却跳过墙去躲开他。（鲁缪公去看泄柳，）泄柳却关紧大门不加接纳，这些都做得太过分；迫不得已，也就可以相见了。阳货想要孔子来看他，又不愿自己失礼，（径自召唤，便利用了）大夫对士有所赏赐，当时士如果不在家，不能亲自接受并拜谢，便要亲自去大夫家答谢（这一礼节）。阳货探听到孔子外出的时候，给他送去一只蒸小猪；孔子也探听到阳货不在家，才去答谢。在那时候，阳货若是（不耍花招，）先去看孔子，孔

拜谒，汉画像石，四川成都扬子山二号墓出土。

子哪会不去看他？曾子说：'肩膀抬得高高，满脸谄媚的笑，这比大热天在菜地浇粪还吃不消。'子路说：'分明不想和这种人谈话，却勉强应付几句，脸上又显出惭愧的表情，这是我所不赞成的。'从这一点来看，君子如何培养自己的节操，就认识得很清楚了。"

戴盈之说："税率定为十分之一，不准乱设卡乱收费，今年还不能完全做到，想先减轻一些，等到明年，再完全实行，怎么样？"孟子说："现在有个人每天偷邻居一只鸡，有人告诉他说：'这不是正派人的行为。'他便说：'想先减少一些，先每个月偷一只，等到明年，再洗手不干。'——如果晓得这种行为不合道义，就赶快住手得了，为什么要等到明年呢？"

公都子说："别人都说您喜欢辩论，请问，这是为什么？"孟子说："我难道喜欢辩论吗？我这样做是迫不得已呀。自从有人类以来，已经很久了，总是太平一阵子，又混乱一阵子。当唐尧的时候，大水倒流，到处泛滥，大地成为蛇和龙的居所，人们无处安身。低地的人们在树上搭巢，高地的人们便挖相连的洞窟。《尚书》说：'洚水警告我们。'洚水就是洪水。命令禹来治理，禹疏通河道，把水都引向海里，把蛇和龙都赶回草泽中。水在河床中流动，长江、淮河、黄河、汉水便是这样。危险既已消除，害人的野兽也无影无踪，人们才能够在平原上居住。

"尧舜死了以后，圣人之道逐渐衰微，残暴的君主不断出现。他们毁掉民居来挖掘深池，使百姓无处安身；毁坏良田来营造园林，使老百姓不得穿、不得吃。荒谬的学说、残暴的行为随之兴起，园林、深池、草泽多了起来，禽兽也就来了。到商纣的时候，天下又大乱。周公辅佐武王，诛杀了纣王；他又讨伐奄国，经过三年征战，又诛杀了奄君；并把飞廉驱赶到海边，也把他杀了。被灭掉的国家一共五十多个，同时，把老虎、豹子、犀牛、大象赶到了远方，天下的百姓都非常高兴。《尚书》说过：'文王的谋略多么光明！武王的功烈多么伟大！帮助我们，启发我们，使大家都正确而没有缺点。'

"世道又逐渐变坏了，荒谬的学说、残暴的行为又起来了：有臣子杀死君王的，也有儿子杀掉父亲的。孔子对这非常忧虑，于是写了《春秋》这部书。著作历史，（褒扬善的，鞭挞恶的，）这本是天子的职责，（孔子不得已而做了。）所以孔子说：'了解我的，恐怕是通过《春秋》这部书吧！怪罪我的，恐怕也是通过《春秋》这部书吧！'

"（自那以后，）圣王也没再出现，诸侯肆无忌惮，一般士人也胡言乱说，杨朱、墨翟的言论遍及天下。于是所有的主张不是站在杨朱的立场，就是站在墨翟的立场。杨朱派主张一切为自己，这便是目无君上；墨翟派主张爱要一视同仁，这便是目无父母。无视父母和君上，这便成了禽兽。公明仪说过：'厨房里有肥肉，马厩里有肥马；百姓却面色蜡黄，野外躺着饿死者的尸体，这就是率领着禽兽来吃人。'杨朱、墨翟的言论不消除，孔子的学说就没法发扬光大。这便是荒谬的学说蒙蔽了百姓，而挤占了仁义所占有的空间。仁义被排挤到一边，也就等于率领着禽兽来吃人了，人们也将你吃我，我吃你了。我因而深为

孔子著《诗》、《书》，选自《孔子圣迹图》。

忧惧，便出来捍卫古代圣人的学说，反对杨、墨的谬说，驳斥错误的言论，使发表谬论的人不能得逞。种种荒谬的念头，从心里产生，便会危害工作；危害了工作，也就危害了政治。即使圣人再度兴起，也会同意我这番话的。

"从前大禹制伏了洪水，天下才得到太平；周公兼并了夷狄，赶跑了猛兽，百姓才得到安宁；孔子写了《春秋》，叛臣和逆子便有所畏惧。《诗》说：'攻击戎狄，惩罚荆舒，就所向无敌。'像杨、墨这样目无父母君上的人，正是周公所要惩罚的。我也要端正人心，消灭邪说，反对偏颇的行为，排斥荒唐的言论，以继承大禹、周公、孔子三位圣人的事业。我难道喜欢辩论吗？我实在是迫不得已呀。能够以言论来反对杨、墨的，也就是圣人的门徒了。"

匡章说："陈仲子难道不真是一个廉洁的人吗？住在於陵，三天没吃东西，耳朵不能听了，眼睛不能看了。井上有个李子，已被金龟子吃掉了大半；他爬过去，拿来吃，咽了几口，耳朵才能听，眼睛才能看。"孟子说："在齐国人士中间，我一定要把仲子看作大拇哥。但是，他怎能叫做廉洁？要推广他的这种'操守'，那只有把人变成蚯蚓才行。那蚯蚓，吃着地面上的沃土，喝着地底下的黄泉。（廉洁到了极点，但仲子还不能与它相比，为什么呢？）他所住的房屋，是廉洁得像伯夷一样的人所盖的呢？还是贪婪得像盗跖一样的人所盖的呢？他所吃的谷米，是像伯夷一样的人所种的呢？还是像盗跖一样的人所种的呢？这个还是不知道的。"

匡章说："那有什么关系呢？他亲自编草鞋，他妻子绩麻练麻，用这些换来的。"孟子说："仲子是齐国的宗族大家，他哥哥陈代，从盖邑收入的俸禄便有几万石之多。他却认为他哥哥的俸禄是不义之物，不去吃它；认为他哥哥的住宅是不义之产，不去住它。避开哥哥，远离母亲，住在於陵那地方。有一天回到家，恰巧有一个人来送给他哥哥一只活鹅，他便皱着眉头说：'要这种呃呃叫的东西干什么？'过了些时候，他母亲杀了这只鹅，做成菜给他吃。刚好他哥哥从外面回家，便说：'这就是那呃呃叫的东西的肉呀。'他便跑出门去，呕了出来。母亲做的东西不吃，却吃妻子做的；哥哥的房子不住，却住在於陵，这还能算是推广廉洁之义到了顶点吗？像仲子的这种行为，若要加以推广，只有把人变成蚯蚓才行。"

离娄章句上

孟子说："就是有离娄的视力，公输般的手艺，如果不用圆规和曲尺，也不能画好方形和圆形；就是有师旷审音的耳力，如果不用六律，也不能校正五音。就是有尧舜之道，如果不行仁政，也不能治理好天下。现在有些诸侯，虽然有好心肠和好名声，但是老百姓却受不到他的恩惠，他的政治也不能成为后世的样板，这就是因为不去实行前代圣王之道的缘故。所以说，光有好心，不足以治理政治；光有好法，它自己也不能自动运作。（必须两者都有。）《诗》上说：'不出错，不遗忘，都按既定方针办。'依循前代圣王的法度而犯错误的，是从来没有过的事。圣人既已用尽了视力，又用圆规、曲尺、水平仪、绳墨来制造方的、圆的、平的、直的各种器物，各种器物就用之不尽了；圣人既已用尽了听力，又用六律来校正五音，各种音阶也就运用无穷了；圣人既已用尽了脑力，又实行仁政，那么，仁德便衣被天下了。所以说，筑高台一定要依靠山陵，挖深池一定要依赖沼泽；管理政治不依靠前代圣王之道，能说是聪明吗？因此，只有仁人应该处于统治地位。不仁的人而处于统治地位，就会把他的罪恶传播给群众。在上的没有道德规范，在下的没有法律制度，朝廷不相信道义，工匠不相信尺度，官吏触犯义理，百姓触犯刑法，这样的国家还能存在的，真是太侥幸了。所以说，城墙不坚固，军备不充足，不是国家的灾难；田野没开辟，经济不富裕，不是国家的祸害；如果在上的人没有礼义，在下的人没有教育，违法乱纪的人都起来了，离国家灭亡的日子也就没几天了。《诗》上说：'上天正在动，不要喋喋不休！'喋喋不休就是啰嗦重复的意思。事君不义，进退无礼，一说话便诋毁前代圣人之道，这样便是'喋喋不休'。所以说，用仁政来要求君主才叫做'恭'；向君主宣讲仁义，堵塞异端，这才叫'敬'；如果认为君主不能为善，这便是'贼'。"

孟子说："圆规和曲尺是方圆的极致，圣人是为人的极致。要做君主，就要尽君主之道；要做臣子，就要尽臣子之道。这两者都只要效法尧和舜就行了。不像舜服事尧那样服事君上，便是对君主的不恭敬；不像尧治理百姓那样治理百姓，便是对老百姓的残害。孔子说：'治理国家的方法有两种，行仁政和不行仁政罢了。'暴虐百姓太厉害，本身便会被杀，国家会被灭亡；不太厉害，本身也会危险，国力会被削弱，死了的谥号叫做'幽'，叫做'厉'，即使他有孝子贤孙，经历一百代也背着一个坏名声。《诗》说过：'殷商的镜子离它不远，就是前一代的夏朝。'说的正是这个意思。"

孟子说："夏、商、周三代的获得天下是由于仁，它们的失去天下是由于不仁。国家的兴起和衰败，生存和灭亡也是这样。天子如果不仁，便不能保有天下；诸侯如果不仁，便不能保有国家，卿大夫如果不仁，便不能保有他的祖庙；士和百姓如果不仁，便不能保全自己的身体。现在有的人怕死却乐于不仁，这就好比怕醉却偏要喝酒一样。"

孟子说："我爱别人，别人却不亲近我，便反问自己仁爱是否足够；我治理别人，却没治理好，便反问自己知识智慧是否足够；我礼貌待人，叫人家却不理睬，便反问自己恭敬是否到了家。任何事情没有达到预期的效果都要反躬自问。自己确实端正了，天下的人都会归附于他。《诗》说得好：'与天意相配的周朝万岁呀！幸福都得自己寻求。'"

孟子说："有句话大家都喜欢挂在口头，就是'天下国家'。可见天下的基础是国，国的基础是家，而家的基础则是每个人。"

孟子说："从事政治并不难，只要不得罪那些有影响的贤明的卿大夫便行了。因为他们所敬慕的，一国的人都会敬慕；一国人所敬慕的，天下的人都会敬慕，因此德教就可以浩浩荡荡地洋溢于天下。"

孟子说："政治清明的时候，道德高的人统治道德不高的人，非常贤能的人统治不太贤能的人；政治黑暗的时候，便是大的统治小的，强的统治弱的。这两种情况，都取决于天。顺从天的生存，违背天的灭亡。齐景公说过：'既不能命令别人，又不接受别人的命令，只有绝路一条。'因此流着眼泪把女儿嫁到吴国去了。如今小国以大国为师，却以听命于人为耻，这就好比学生以听命于老师为耻一样。如果真以为耻，最好以文王为师。以文王为师，大国只要五年，小国只要七年，就一定可以号令天下了。《诗》说过：'商代的子孙，数目已不到十万。上帝既已授命于武王，他们也只好臣服于周。上国的子孙如今却臣服于周，可见天意没有一定。殷国的臣子也都聪明漂亮，如今只好醉酒于地，助祭于周京。'孔子也说过，'仁德的力量，不取决于人多人少。君主如果爱好仁，就将无敌于天下。'如今一些诸侯一心只想无敌于天下，却又不行仁政，这就好比苦于暑热却不肯洗澡一样。《诗》上说：'谁能不以炎热为苦，却不去沐浴？'"

孟子说："不仁的人难道可以同他商议吗？眼见别人处于危险之中，他却安之若素；别人遭了灾，他趁火打劫，捞他一把；那足以导致别人亡国败家的惨祸，他当做快乐来追求。不仁的人如果还可以同他商议，那怎么会发生亡国败家的惨祸呢？从前有个小孩歌唱道："沧浪的水清啊，可以洗我的帽缨；沧浪的水浊啊，可以洗我的双脚。'孔子说：'同学们听好了！水清就洗帽缨，水浊就洗双脚，这是由水本身决定的。'所以人必先有自取侮辱的行为，别人才侮辱他；家必先有自取毁坏的因素，别人才毁坏它；国必先有自取讨伐的原因，别人才讨伐它。《尚书·太甲篇》说过：'天造作的罪孽还可以逃避；自己造作的罪孽，逃也逃不掉。'正是这个意思。"

孟子说："桀和纣的丧失天下，是由于失去了老百姓；失去了老百姓，是由于失去了民心。获得天下有方法：得到了老百姓，就得到天下了；获得老百姓有方法：赢得了民心，就得到老百姓了；获得民心也有方法：他们所希望的，替他们聚积起来；他们所厌恶的，不要加在他们头上，如此罢了。老百姓的向仁德仁政归附，就如同水的流向下游，兽的奔向旷野一样。所以，为深潭把鱼赶来的是水獭，为森林把鸟雀赶来的是鹞鹰，为商汤、周武把百姓赶来的，就是桀和纣了。当今天下的君主中如果有好施行仁政的，那其他诸侯都会为他把百姓赶来的。即使他不想统一天下，也是办不到的。但是如今这些希望用仁政来统一天下的人，就比如害了七年的痼疾，要用三年的陈艾来医治，平时如果不积蓄，终身都会得不到。如果无意于仁政，那一辈子都将陷于忧患与屈辱之中，一直到死亡。《诗》上说：'那如何能办得好，全都落水淹死了。'正是这个意思。"

孟子说："自己残害自己的人，不能和他谈出有价值的话；自己抛弃自己的人，不能和他做出有价值的事。开口便非议礼义，这便叫做自己残害自己；认为自己不能以仁居心，不能实践道义，这便叫做自己抛弃自己。仁是人类最安适的住宅；义是人类最正确的道路。把最安适的住宅空着不去住，把最正确的道路丢掉不去走，可悲呀！"

孟子说："道在近处却往远求，事情容易却往难处做——只要人人都亲爱自己的父母，尊敬自己的长辈，天下就太平了。"

孟子说："职位低下，又得不到上级的信任，是不能够把百姓治理好的。要得到上级的信任，有一定的方法：（首先要得到朋友的信任，）得不到朋友的信任，也就得不到上级的信任了。要使朋友信任，也有一定的方法：（首先要得到父母的欢心，）侍奉父母而不能叫他们高兴，朋友也就不信任你了。叫父母高兴，也有一定的方法：（首先要诚心诚意，）若是反躬自问，心意不诚，也就不能叫父母高兴了。要使自己诚心诚意，也有一定的方法：（首先要明白什么是善，）不明白什么是善，也就不能使自己诚心诚意了。所以诚是大自然的规律，追求诚是做人的规律。诚心到顶点却不能叫人动心的，是从来不曾有过的事；不诚心，没有能感动别人的。"

孟子说："伯夷避开纣王，住在北海边上，听说文王兴起来了，便说：'何不到西伯那里去呢，我听说他是善于养老的人。'姜太公避开纣王，住在东海边上，听说文王兴起来了，便说：'何不到西伯那里去呢？我听说他是善于养老的人。'这两位老人，是天下最有声望的老人；他们归于西伯，这等于天下的父亲都归于西伯了。天下的父亲都去了，他们的儿子还有哪里可去呢？如果诸侯中间有实行文王的政治的，顶多七年，就一定能掌握天下的政权了。"

孟子说："冉求当了季康子的总管，不能改变他的行为，田赋反而增加了一倍。孔子说：'冉求不是我的学生，同学们大张旗鼓地攻击他都可以。'从这里看来，君主不实行仁政，反而去帮助他搜刮财富的人，都是被孔子所唾弃的；何况替那不仁的君主努力作战的人呢？（这些人）为争夺土地而战，杀得尸横遍野；为争夺城池而战，杀死的人满城，这真可以叫做带领土地来吃人肉，一死不足以赎出他们的罪过。所以战争贩子应该受最重的刑罚，摇唇鼓舌，推销合纵连横战略构想的人该受次一等的刑罚，（为了替君主搜刮财富而让百姓背井离乡去）开垦草莽以尽地利的人该受再次一等的刑罚。"

孟子说："观察一个人，最好是观察他的眼睛。（因为眼睛是心灵的窗口，它）不能掩盖一个人丑恶的灵魂。心正，眼睛就明亮；心不正，眼睛就昏暗。听一个人说话的时候，注意观察他的眼睛，这人的善恶能往哪里躲呢？"

孟子说："恭敬别人的人不会侮辱别人，节俭的人不会掠夺别人。侮辱人掠夺人的诸侯，只怕别人不顺从自己，又如何能恭敬和节俭？恭敬和节俭难道可以靠甜言蜜语和笑容可掬装出来吗？"

淳于髡问："男女之间，不亲手递接东西，这是礼制吗？"孟子答道："是礼制。"淳于髡说："那嫂子掉在水里，用手去拉她吗？"孟子说："嫂子掉在水里，不去拉她，这简直是豺狼。男女之间不亲手递接，这是通常的礼制；嫂子掉在水里，用手去拉她，这是变通的办法。"淳于髡说："现在全天下的人都遭灭顶之灾了，您不去救援，这是为什么？"孟子说："天下的人都在水里，要用'道'去救援；嫂子在水里，用手去救援——你难道要单枪匹马用一双手救援天下的人吗？"

公孙丑问："君子不亲自教育孩子，为什么呢？"孟子答道："由于情势行不通，教育一定要讲正理，用正理讲不通，跟着就容易发怒，一发怒，就反而伤感情了。（孩子会说：）'您用正理教我，可是您的行为却不出于正理。'这样，父子间就互相伤感情了。父子间互伤感情，这可不好。古时候交换小孩来教育，使父子之间不因求好而互相责备。为求好而互相责备，就会变得隔膜，父子之间生疏隔膜可是最不好的。"

孟子说："侍奉谁最重要？侍奉父母最重要。守护什么最重要？守护自己（的良心）最重要。不失去自己的良心又能侍奉父母的，我听说过；失去了良心又能侍奉父母的，我没有听说过。侍奉的事都应该做，但侍奉父母是根本；守护的事都应该做，但守护自己的良心是根本。从前曾子奉养他的父亲曾皙，每餐一定都有酒有肉；撤席时一定要问剩下的给谁。曾皙若问是否还有剩余，一定答道，'还有。'曾皙死了，曾元养曾子，也一定有酒有肉；撤席时便不问剩下的给谁了；曾子若问是否还有剩余，便说，'没有了。'准备下餐再给曾子吃。这个叫作口体之养。至于曾子，才可以叫作顺从亲意之养。侍奉父母能做到像曾子那样，就可以了。"

孟子说："当政的小人不值得去谴责，他们的政治也不值得去非议；只有大人才能够纠正君主的不正确思想。君主仁，没有人不仁；君主义，没有人不义；君主正，没有人不正。一把君主端正了，国家也就安定了。"

孟子说："有意料不到的赞扬，也有过于苛求的诋毁。"

孟子说："说话太随便，这人便不值得责备了。"

孟子说："人的毛病在喜欢做别人的老师。"

乐正子跟随王子敖到了齐国。乐正子去见孟子。孟子说："你也来看我吗？"乐正子答道："老师为什么讲出这样的话呀？"孟子问："你来几天了？"答道："昨天才来。"孟子说："昨天，那我说这样的话，不也是应该的吗？"乐正子说："住所没有找好。"孟子说："你听说过，要住所找好了才来求见长辈吗？"乐正子说："我有罪。"

孟子对乐正子说："你跟着王子敖来，只是吃吃喝喝罢了。我没想到你学习古人的大道，竟是为了吃吃喝喝。"

孟子说："不孝顺父母的事有三种，其中以没有子孙为最大。舜不先禀告父母就娶妻，为的是怕没有子孙，（因为先禀告，他那狠毒的爹瞽瞍就会从中作梗。）虽然他没有禀告，君子却认为他实际上同禀告了一样。"

孟子说："仁的实质就是侍奉父母；义的实质就是顺从兄长；智的实质就是明白这二者的道理并坚持下去；礼的实质是对这二者加以恰如其分的调节与修饰；乐的实质就是以这二者为乐事，快乐于是就发生了；快乐一发生，又如何能止得住呀？止不住，就会不知不觉地手舞足蹈起来了。"

孟子说："天底下的人都很喜欢自己，而且将归附自己，却把这看成草芥一般，只有舜是这样的。不能得到父母的欢心，不可以做人；不能顺从父母的旨意，不能做儿子。舜尽心竭力侍奉父母，结果瞽瞍变得高兴了；瞽瞍高兴了，天下的风俗也就开始变好；瞽瞍高兴了，天下父子间的伦常也由此确定了，这便叫做大孝。"

离娄章句下

孟子说："舜出生在诸冯，迁居到负夏，死在鸣条，那么他是东方民族的人。文王生在岐周，死在毕郢，那么他是西方民族的人。两地相隔一千多里；时代相差一千多年。他们得志时在中国的所作所为，几乎一模一样，古代的圣人和后代的圣人，他们的道路是相同的。"

子产主持郑国的行政，用他的专车帮助别人渡过溱水和洧水。孟子评论道："是个好人，却并不懂得政治。如果十一月修成走人的桥，十二月修成走车的桥，百姓就不会为渡河发愁了。君子只要修平政治，他外出时鸣锣开道都可以，哪能够一个一个地帮人渡河呢？如果从事政治的人一个一个地去讨人欢心，时间也就会太不够用了。"

孟子告诉齐宣王说："君主把臣子当做自己的手脚，那臣子就会把君主当做自己的腹心；君主把臣子当做狗马，那臣子就会把君主当做一般的人；君主把臣子当做泥土草芥，那臣子就会把君主当做仇敌。"

宣王说："礼制规定，已经离职的臣子对过去的君主还得服一定的孝服；君主怎样对待臣子，臣子才会为他服孝呢？"孟子说："忠告他接受，建议他听从；好政策落实到群众。有事情不得不离开，君主一定派人引导他离开国境，又先派人到他要去的地方布置一番。离开好几年还不回来，才收回他的土地和住房。这个叫做三有礼。这样做，臣子就会为他服孝了。现在做臣子的，忠告，他不接受；建议，他不听从。群众也得不到实惠。臣子有什么事不得不离开，那君主还把他绑起来；还到他要去的地方捣乱，叫他走投无路。离开那一天，马上收回他的土地和住房。这个叫仇敌。对仇敌般的旧君，臣子干嘛要服孝呢？"

孟子说："士人并没犯罪，却被杀掉，那么大夫就可以离得远远的！群众并没犯罪，却被杀掉，那么士人就可以卷铺盖走路！"

孟子说："君主如果仁，便没有人不仁；君主如果义，便没有人不义。"

孟子说："不是礼的'礼'，不是义的'义'，有德行的人是不干的。"

孟子说："品质好的人来教养那些品质不好的人，有才能的人来教养那些没才能的人，所以人人都喜欢有好父兄。如果品质好的人不去教养那些品质不好的人，有才能的人不去教养那些没才能的人，那么，所谓好，所谓不好，他们中间的距离也就相近得不能用分寸来计量了。"

孟子说："人要有所不为，才能有所作为。"

孟子说："说人家的坏话，有了后患，又怎么办呢？"

孟子说："仲尼是做事从不做过头的人。"

孟子说："有德行的人，说话不一定句句守信，行为不一定贯彻始终，只要时时刻刻秉持着义便行了。"

孟子说："有德行的人便是能保持天真纯朴的一颗童心的人。"

孟子说："养活父母不算什么大事情，只有给他们送终才算得上是件大事情。"

孟子说："君子依循正确的方法来得到高深的造诣，就是要求他自觉地有所得。自觉地有所得，就能牢固地掌握它而不动摇；牢固地掌握它而不动摇，就能积蓄很深；积蓄很深，便能取之不尽，左右逢源，所以君子要自觉地有所得。"

孟子说："广博地学习，详细地解说，（是为了融会贯通以后，）能回到用浅显的话语表述高深的道理的地步。"

孟子说："拿善来使人服输，没有能够使人服输的；拿善来教养人，这才能使天下的人都归服。天下人不心服而能统一天下的，是从来没有过的事。"

孟子说："说话空洞无物，不解决任何问题，很不好。这种不好的后果，必须由阻碍德才兼备者进入执政层的人来承担。"

徐子说："孔子好几次称赞水，说：'水呀，水呀！'他看中了水的哪一点呢？"孟子说："泉水滚滚向下流，昼夜不息，把坑坑坎坎灌满后，又继续奔流，一直到海洋之中。有本源的都是这样，孔子正看中了这一点。如果没有本源，纵然七八月间大雨滂沱，把大小沟渠都灌满了；但是它的干涸，也就是一会儿的功夫。所以名誉超过实际的，君子引以为耻。"

孟子说："人和禽兽不同的地方只那么一点点，一般百姓丢弃它，君子保存了它。舜懂得事物的道理，了解人类的常情，于是顺着仁义的道路前行，不是把仁义当做工具、手段来使用的啊。"

孟子说："禹不喜欢美酒，却喜欢至理名言。汤秉持中正之道，能破格提拔德才兼备的人。文王总把百姓当做伤员一样，（加以怜爱；）追求真理又好像总看不到它，（从不松懈。）武王不轻侮在朝廷中的近臣，不遗忘散在四方的远臣。周公想要兼学夏、商、周三代的君王，来实践禹、汤、文、武的事业；如果有不合于当日情况的，便抬着头夜以继日地考虑；总算想通的话，便坐着等到天亮（马上付诸实施）。"

孟子说："圣王派人采诗的事终止了，《诗》也就没有了；《诗》没有了，孔子便创作了《春秋》。（各国都有叫做'春秋'的史书，）晋国的又叫《乘》，楚国的又叫《梼杌》，鲁国的只叫《春秋》，都是一个样：记载的事情不过齐桓公、晋文公之类，所用的笔法不过一般史书的笔法。（而孔子的《春秋》就不同，）他说：'《诗》三百篇所寓有的褒善贬恶的大义，我在《春秋》里借用了。'"

孟子说："君子的流风余韵五代以后便断绝了，小人的流风余韵，五代以后也断绝了。我没有能够做孔子的学生，我是私下从别人那里学来的。"

孟子说："可以拿，也可以不拿，拿了便对廉洁有损害；可以给，也可以不给，给了便是滥用了恩惠；可以死，可以不死，死了便是对勇德的亵渎。"

古时候，逢蒙跟羿学射箭，完全学到了羿的本领，便想，天下只有羿比自己强了，因此便把羿给杀了。孟子说："这事羿也有错误。"公明仪说："好像没什么错误吧。"孟子说："错误不大罢了，怎能说一点也没有呢？郑国从前派子濯孺子侵犯卫国，卫国便派庾公之斯来追击他。子濯孺子说：'今天我的病发作了，拿不了弓，我算死定了。'他又问驾车的人道：'追我的是谁呀？'驾车的人答道：'庾公之斯。'他便说：'我可以活命了。'驾车的人说：'庾公之斯是卫国有名的射手，您反说能活命了，这是什么道理呀？'答道：'庾公之斯跟尹公之他学射，尹公之他又跟我学射。那尹公之他可是个正派人，他选取的朋友学生一定也正派。'庾公之斯追上了，问道：'老师何为不拿弓？'子濯孺子说：'今天我的病发作了，拿不了弓。'庾公之斯便说：'我跟尹公之他学射，尹公之他又跟您学射。我不忍心拿您的本领反过来伤害您。但是，今天的事情是国家的公事，我又不敢完全废弃。'便抽出箭，在车轮上敲了几下，去掉箭头，发射四箭然后就回去了。"

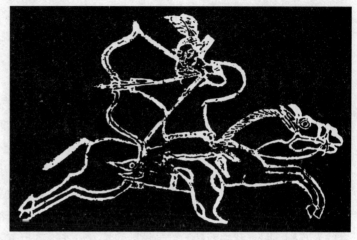

习射，汉画像石。

孟子说："如果西施弄得满身污秽，那别人走过的时候，也会掩着鼻子；纵是面目丑恶的人，如果他斋戒沐浴，也就可以祭祀上帝。"

孟子说："天下的人讨论人性，只要能弄清楚它的来龙去脉便行了。要弄清它的来龙去脉，首先在于顺其自然。我们讨厌聪明，是因为聪明容易让人钻牛角尖。如果聪明像禹疏导河道一样让它顺其自然，就不必讨厌聪明了。禹的治理水患，就是让水的运行像没事一样（，顺着它的本性流向下游，奔腾入海）。如果聪明人也都能像没事一样（顺着大自然的法则而行），那聪明也就不小了。天极高，星辰极远，只要能弄清楚它的来龙去脉，以后一千年的冬至，都可以坐着推算出来。"

公行子死了儿子，右师去吊唁。他一进门，就有人走上前同他说话；（他坐下后，）又有人走近他的座位同他说话。孟子不同他说话，他不高兴，说道："各位大夫都同我说话，只有孟子不同我说话，这是简慢我王驩呀。"孟子听说了，讲道："依礼节，在朝廷中，谈话不能越位，作揖也不能越过石阶。我依礼而行，子敖却以为我简慢了他，这不也奇怪吗？"

孟子说："君子和一般人不同的地方，就在于居心不同。君子心里老惦记着仁，惦记着礼。仁人爱别人，有礼的人尊敬别人。爱别人的人，别人总是爱他；尊敬别人的人，别人总是尊敬他。假如这里有个人，对待我蛮横无礼。那君子一定反躬自问，我一定不够仁，一定不够有礼，不然，这种态度怎么会来呢？反躬自问，我实在仁，实在有礼，那人的蛮横无礼还是原样，君子一定又反躬自问，我一定不够忠心。反躬自问，我实在忠心耿耿，那人的蛮横无礼还是原样，君子就会说：'这不过是个妄人罢了，这样不讲理，那和禽兽有什么区别呢？对于禽兽又有什么好责备的呢？'所以君子有长期的忧虑，却没有突发的痛苦。这样的忧虑是有的：舜是人，我也是人。舜是天下人的榜样，能流芳百世，我却仍然不免是个乡巴佬。这个才是值得忧虑的事。有了忧虑怎么办呢？尽力向舜学习罢了。至于君子的别的痛苦，那是没有的。不是仁爱的事不干，不合礼节的事不做。即使有意外飞来的横祸，君子也不以为痛苦了。"

禹、稷处于政治清明的年代，几次经过自家门口都不进去，孔子认为他们贤明。颜子处于政治昏乱的年代，住在狭窄的巷子里，一篮子饭，一瓜瓢水，别人都忍受不了那苦日子，他却不改变自己乐观向上的生活态度，孔子认为他贤良。孟子说："禹、稷和颜回（处世的态度表面上看去恰恰相反，其实）道理是一样的。禹觉得天下有人遭了水淹，就好像是自己淹了他一样；稷觉得天下有人饿着肚子，就好像是自己饿了他一样，所以他们拯救百姓才这样急迫。禹、稷和颜子如果互相交换地位，也都会那样做的。假若有同住一室的人互相斗殴，我去救他，就是披散着头发，连帽子也不系好去救都可以；如果本乡的邻居家在斗殴，也披着头发帽带也不系好去救，那就是糊涂了；即使把门关着都是可以的。（颜回的行为正好比这样。）"

公都子说："匡章，全国都说他不孝，您却同他来往，还相当敬重他，请问这是为什么？"孟子说："一般人所说的不孝的事有五件：四肢不勤，不赡养父母，一不孝；好下棋喝酒，不赡养父母，二不孝；好钱财，偏爱妻室儿女，不赡养父母，三不孝；放纵耳目的欲望，使父母蒙受羞辱，四不孝；逞勇敢好打架，危及父母，五不孝。章子在这五项之中占了一项吗？章子不过是父子中间以善相责而把关系弄僵了罢了。以善相责，这是朋友相处之道；父子之间以善相责，是最伤感情的事。那章子，难道不想有夫妻母子的团聚吗？就因为得罪了父亲，不能和他亲近，因此把自己的妻室也赶出去；把儿子也赶走了，终身不要他们赡养。他觉得不这样做，那罪过可更大了，这就是章子的为人啊。"

曾子住在武城时，越国军队来侵犯。有人便说："敌寇要来了，何不离开一下呢？"曾子说："（好吧，但是）不要使别人借住在我这里，破坏那些树木。"敌寇退了，曾子便说："把我的墙屋修理修理吧，我要回来了。"敌寇退了，曾子也回来了。他旁边的人说："武城军民对您是这样地忠诚恭敬，敌人来了，便早早地走开，给百姓做了个坏榜样；敌寇退了，马上回来，这恐怕不可以吧？"沈犹行说："这个不是你们所晓得的。从前先生住在我那里，有个名叫负刍的捣乱，跟随先生的七十个人也都早早地走开了。"

子思住在卫国，齐国军队来侵犯。有人说："敌人来了，何不走开呢？"子思说："如果连我也走开了，君主同谁来守城呢？"

孟子说："曾子、子思其实殊途同归。曾子是老师，是前辈；子思是臣子，是小官。曾子、子思如果对换地位，他们也会像对方那样做的。"

储子说："王派人来窥探您，看来真有什么跟一般人不同的地方吗？"孟子说："有什么跟别人不同的地方呢？尧舜也同一般人一样呢。"

齐国有一个人，家里有一妻一妾。那丈夫每次外出，一定吃饱喝足才回家。他妻子问他一同赴宴的都是些什么人，他总是回答不是大款便是大官。他妻子便告诉他的妾说："丈夫外出，总是吃饱喝足才回家，问他一同赴宴的是什么人，总回答不是大款便是大官，但我从来没见过有什么显贵人物到咱家来。我准备偷偷地看看他究竟到什么地方去了。"

第二天大清早起来，她便远远地跟在丈夫后面走；走遍全城，没有一个人站住同她丈夫谈话的。最后一直走到东郊外的墓地，他便走向祭扫坟墓的人那儿，讨些残汤剩菜；不够，又东张西望地走到别人那去讨——这就是他吃饱喝足的办法。

他妻子回家后，便把所看到的告诉他的妾，并且说："丈夫，是我们需要仰仗一辈子的人，现在他却这样……"于是她俩一道在庭中咒骂着，哭泣着，而那丈夫还不知道，高高兴兴地从外边回来，又在妻妾面前吹牛皮，耍威风。

由君子看来，有些人所用的乞求升官发财的方法，能不使他妻妾引为羞耻而共同哭泣的，是很少的！

万章章句上

万章问道："舜到田地里去，向着天一面诉苦，一面哭泣，他为什么要哭诉呢？"孟子答道："由于对父母一方面怨恨，一方面怀恋的原故。"万章说："（曾子说过）'父母喜爱他，虽然高兴，却不因此而懈怠；父母厌恶他，虽然忧愁，却不因此而怨恨。'那么，舜怨恨父母吗？"孟子说："从前长息曾经问过公明高，他说，'舜到田里去，我是已经懂得的了；他向天诉苦哭泣，这样来对待父母，我却还不懂得那是为什么。'公明高说：'这不是你所能懂得的。'公明高的意思，以为孝子的心理是不能像这样地满不在乎的：我尽力耕田，好好地尽我做儿子的职责罢了；父母不喜爱我，叫我有什么办法呢？

舜耕于野，选自《清刻历代画像传》。

舜之二妃娥皇和女英，选自明蒋应镐绘图本。

帝尧打发他的孩子九男二女跟百官一起带着牛羊、粮食等等东西到田野中去为舜服务；天下的士人也有很多到舜那里去，尧也把整个天下让给了舜。舜却只因为没有得着父母的欢心，便好像鳏寡孤独的人找不着依靠一般。天下的士人喜爱他，是谁都愿意的，却不足以消除忧愁；美丽的姑娘，是谁都爱好的，他娶了尧的两个女儿，却不足以消除忧愁；财富，是谁都希望获得的，富而至于占有天下，却不足以消除忧愁；尊贵，是谁都希望获得的，尊贵而至于做了君主，却不足以消除忧愁。大家都喜爱他、美丽的姑娘、财富和尊贵都不足以消除忧愁，只有得到父母的欢心才可以消除忧愁。人在幼小的时候，就怀恋父母；长大成人，有了情欲，懂得喜欢女子，便想念年轻而貌美的人；有了妻子儿女，便依恋妻子儿女；做了官，便讨好君主，得不着君主的欢心，便内心焦急得发热；只有最孝顺的人才终身怀恋父母。到了五十岁的年纪还怀恋父母的，我在伟大的舜身上见到了。"

万章问道："《诗》说过，'娶妻该怎么办？一定要事先报告父母。'相信这句话的，应该没有人赶得上舜。但是，舜却事先不向父母报告，娶了妻子，又是什么道理呢？"孟子答道："报告便娶不成。男女结婚，是人与人之间的大伦常。如果舜事先报告了，那么，这一大伦常在舜身上便被废弃了，结果便将怨恨父母，所以他便不报告了。"万章说："舜不报告父母而娶妻，那我懂得这道理了；尧给舜以妻子，也不向舜的父母说一声，又是什么道理呢？"孟子说："尧也知道，假若事先一加说明，便会嫁娶不成了。"万章问道："舜的父母打发舜去修缮谷仓，等舜上了屋顶，便抽去梯子，他父亲瞽瞍还放火焚烧那谷仓。（幸而舜设法逃下来了。）于是又打发舜去淘井，（他不知道舜从旁边的洞穴）出来了，便用土填塞井眼。舜的兄弟象说：'谋害舜都是我的功劳，牛羊分给父母，仓廪分给父母，干戈归我，琴归我，弤弓归我，两位嫂嫂要她们替我铺床叠被。'象便向舜的住房走去，舜却坐在床边弹琴，象说：'我好想念你呀！'但却显得十分不自在。舜说：'我想念着这些臣下和百姓，你替我管理管理吧！'我弄不清楚，舜是否知道象要杀他。"

孟子答道："为什么不知道呢？象忧愁，他也忧愁；象高兴，他也高兴。"万章说："那么，舜的高兴是假装的吗？"孟子说："不；从前有一个人送条活鱼给郑国的子产，子产使主管池塘的人畜养起来，那人却煮着吃了，回报说：'刚放在池塘，它还要死不活的；一会儿，摇摆着尾巴活动起来了，突然间远远地不知去向。'子产说：'它得到了好地方呀！得到了好地方呀！'那人出来了，说道：'谁说子产聪明，我已经把那条鱼煮着吃了，他还说："得到了好地方呀！得到了好地方呀！"'所以对于君子，可以用合乎人情的方法来欺骗他，不能用违反道理的诡诈欺罔他。象既然假装着敬爱兄长的样子来，舜因此真诚地相信而高兴起来，为什么是假装的呢？"

万章问道："象天天把谋杀舜的事情作为他的工作，等舜做了天子，却仅仅流放他，这是什么道理呢？"孟子答道："其实是封他为诸侯，有人说是流放罢了。"万章说："舜流放共工到幽州，发配驩兜到崇山，驱逐三苗之君到三危，把鲧充军到羽山，这四个人被治了罪，天下便都归服了，就因为讨伐了不仁的人的缘故。象最不仁，却以有庳之国来封他。有庳国的百姓又有什么罪过呢？对别人，就加以惩处；对弟弟，就封以国土，难道仁人的做法竟是这样的吗？"孟子说："仁人对于弟弟，不忍气吞声，也不耿耿于怀，只是亲他爱他罢了。亲他，便想让他贵；爱他，便想让他富。把有庳国土封给他，就是让他又富又贵。本人做了天子，弟弟却是一个老百姓，可以说是亲爱吗？"万章说："我请问，为什么有人说是流放呢？"孟子说："象不能在他国土上为所欲为，天子派遣了官吏来给他治理国家，缴纳贡税，所以有人说是流放。象难道能够暴虐地对待他的百姓吗？（自然不能。）就算这样，舜还是想常常看到象，象也不断地来和舜相见。（古书上说，）'不必等到规定的朝贡的时候，平常也假借政治上的需要来相接待。'就是这个意思。"

咸丘蒙问道："俗话说，'道德最高的人，君主不能拿他当臣子，父亲不能拿他当儿子。'舜（便是这种人，）做了天子，尧便率诸侯向北面去朝他，他父亲瞽瞍也向北面去朝他。舜看见了瞽瞍，容貌局促不安。孔子说道，'在这个时候，天下真岌岌可危呀！'不晓得这话可不可信？"孟子答道："不；这不是君子的言语，而是齐东野人的话。不过是尧老了时，让舜摄政罢了。《尧典》上说过，'过了二十八年，放勋才逝世。群臣好像死了父母一样，服丧三年，老百姓也停止一切音乐。'孔子说过，'天上没有两个太阳，人间没有两个天子。'假若舜真在尧死以前做了天子，同时又率领天下的诸侯为尧服丧三年，这便是同时有两个天子了。"

咸丘蒙说："舜不以尧为臣，我已经领受你的教诲了。《诗》又说过，'普天之下，无不是天子的土地；四面八方，无不是天子的臣民。'舜既做了天子，请问瞽瞍却不是臣民，又是什么道理呢？"孟子说："《北山》这首诗，不是你所说的那意思，而是说作者勤劳国事以致不能够奉养父母。他说，'这些事没有一件不是天子之事呀，为什么独我一人这么辛劳呢？'所以解说诗的人，不要拘于文字而误解词句，也不要拘于词句而误解原意。用自己切身的体会去推测作者的本意，这就对了。假如拘于词句，那《云汉》诗说过，'周朝剩余的百姓，没有一个存留。'相信了这一句话，是周朝没有留一个人了。孝子孝的极点，没有超过尊敬他的双亲的；尊敬双亲的极点，没有超过拿天下来奉养父母的。瞽瞍做了天子的父亲，可说是尊贵到极点了；舜以天下来奉养他，可说是奉养的顶点了。《诗》又说过，'永远地讲究孝道，孝道便是天下的法则。'这正是这个意思。《书》又说过，'舜恭敬小心地来见瞽瞍，态度谨慎恐惧，瞽瞍也因之真正顺理而行了。'这难道是'父亲不能够以他为子'吗？"

万章问道："尧拿天下授予舜，有这么回事吗？"孟子答道："不；天子不能够拿天下授予人。"万章又问："那么，舜得到了天下，是谁授予的呢？"答道："天授予的。"又问道："天授予的，是通过反复叮咛告诉他的吗？"答道："不是，天不说话，拿行动和工作来表示罢了。"问道："拿行动和工作来表示，是怎样的呢？"答道："天子能把人推荐给天，却不能强迫天把天下给与他；（正如）诸侯能把人推荐给天子，却不能强迫天子把诸侯之位给与他；大夫能把人推荐给诸侯，却不能强迫诸侯把大夫之位给与他。从前，尧将舜推荐给天，天接受了；又把舜公开介绍给百姓，百姓也接受了；所以说，天不说话，拿行动和工作来表示罢了。"问道："我大胆地问，把他推荐给天，天接受了；公开介绍给百姓，百姓也接受了，这是怎样的呢？"答道："叫他主持祭祀，所有神明都来享用，这便是天接受了；叫他主持政务，工作井井有条，百姓都满意他，这便是百姓接受了。天授予他，百姓授予他，所以说，天子不能够拿天下授予人。舜辅佐尧二十八年，这不是某一人的意志所能做到的，而是天意。尧逝世了，三年之丧完毕，舜（为着要使尧的儿子能够继承天下，）自己便回避到南河的南边去。可是，天下诸侯朝见天子的，不到尧的儿子那里，却到舜那里；打官司的，也不到尧的儿子那里，却到舜那里；民歌手们，也不歌颂尧的儿子，而歌颂舜，所以说，这是天意。这样，舜才回到首都，坐了朝廷。如果自己居住于尧的宫室，逼迫尧的儿子（让位给自己），这是篡夺，而不是天授了。《太誓》说过，'百姓的眼睛就是天的眼睛，百姓的耳朵就是天的耳朵。'正是这个意思。"

万章问道："有人说，'到禹的时候道德就衰微了，天下不传给贤良，却传给儿子。'这样的话可靠么？"孟子答道："不，不是这样的；天让授予贤良，便授予贤良，天让授予儿子，便授予儿子。从前，舜把禹推荐给天，十七年之后，舜逝世了，三年之丧完毕，禹（为着要让位给舜的儿子，）便回到阳城去。可是，天下百姓跟随禹，就好像尧死了以后他们不跟随尧的儿子却跟随舜一样。禹把益荐给天，七年之后，禹死了，三年之丧完毕，益（又为着让位给禹的儿子，）便回避到箕山之北去。当时朝见天子的人，打官司的人都不去益那里，而去启那里，说道，'他是我们君主的儿子呀。'民歌手也不歌颂益，而歌颂启，说道：'他是我们君主的儿子呀。'尧的儿子丹朱不好，舜的儿子也不好。而且舜辅佐尧，禹辅佐舜，经过的年岁多，为老百姓谋幸福的时间长。（启和益就不同。）启很贤明，能够认真地继承禹的传统。益辅佐禹，经过的年岁少，为百姓谋幸福的时间短。舜、禹、益之间相距时间的长短，以及他们儿子的好坏，都是天意，不是

夏后启，选自明蒋应镐绘本。

人力所能做到的。没有人叫他们这样做，而竟这样做了的，便是天意；没有人叫他来，而竟这样来了的，便是命运。凭一个老百姓的身份而得到天下的，他的德行必然要像舜和禹一样，而且还要有天子推荐他，所以孔子（虽是圣人，因没有天子的推荐，）便不能得到天下。世袭而拥有天下却要被天所废弃的，一定要像夏桀、商纣那样残暴无道，所以益、伊尹、周公（虽是圣人，因为所逢的君主不像桀纣，）便不能得到天下。伊尹辅佐汤行王道于天下，汤死了，太丁未立就死了，外丙在位二年，仲壬在位四年，（太丁的儿子太甲又继承王位。）太甲破坏了汤的法度，伊尹便流放他到桐邑。三年之后，太甲悔过，自己怨恨，自己改悔，就在桐邑，便能够以仁居心，唯义是从；三年之后，完全听从伊尹对自己的教训了，然后又回到亳都做天子。周公的不能得到天下，正好像益在夏朝、伊尹在殷朝一样。孔子说过，'唐尧虞舜以天下让贤，夏商周三代却世世代代传于子孙，道理是一样的。'"

万章问道："有人说，'伊尹使自己做了厨子切肉做菜以便向汤有所干求。'有这么回事吗？"孟子答道："不，不是这样的；伊尹耕作于莘国的郊野，而以尧舜之道为乐。如果不合道义，纵使把天下给他做俸禄，他也不回头看一眼；纵使有四千匹马系在那里，他也不看一眼。如果不合道义，一点也不给与别人，一点也不从别人那儿拿走。汤曾使人拿礼物去聘请他，他却平静地说，'我要汤的聘礼干嘛呢？我何不呆在田野里，就这样以尧舜之道自娱呢？'汤几次使人去聘请他，不久，他便完全改变了态度，说：'我与其呆在田野里，就这样以尧舜之道自娱，又何不使当今的君主做尧舜一样的君主呢？又何不使现

伊尹，选自《历代古人像赞》。

在的百姓做尧舜时代一样的百姓呢？（尧舜的盛世，）我何不使它在我这个时代亲眼见到呢？上天生育人民，就是要让先知先觉者来使后知后觉者有所觉悟。我呢，是百姓中间的先觉者；我就得拿尧舜之道使当代的人民有所觉悟。不是我去唤醒他们，又有谁呢？'伊尹是这样想的：在天下的百姓中，只要有一个男子或一个妇女，没有被尧舜之道的雨露所灌溉，便好像自己把他推进山沟中让他去死一样。他是像这样地把匡扶天下的重担挑在自己肩上，所以一到汤那里，便用讨伐夏桀、拯救百姓的道理来说服汤。我没有听说过，先让自己受委屈，却能够匡正别人的；何况先使自己遭受侮辱，却能够匡正天下的呢？圣人的行为，可能各有不同，有的疏远君主，有的靠拢君主，有的离开朝廷，有的留恋朝廷，归根到底，都得使自己身体干干净净而已。我只听说过伊尹用尧舜之道向汤干求，没有听说过他切肉做菜的事。《伊训》说过，'上天的讨伐，最初是在夏桀宫室里由他自己造成的，我呢，不过从殷都亳邑开始打算罢了。'"

万章问道："有人说，孔子在卫国住在（卫灵公所宠幸的宦官）痈疽家里，在齐国，也住在宦官瘠环家里。真有这一回事吗？"孟子说："不，不是这样的；这是好事之徒造的谣。孔子在卫国，住在颜雠由家中。弥子瑕的妻子和子路的妻子是姊妹。弥子瑕对子路说：'孔子住在我家中，卫国卿相的位置便可以得到。'子路把这话告诉了孔子。孔子道：'一切听从命运。'孔子依礼法而进，依道义而退，所以他当不当官都听从命运。如果他住在痈疽和宦官瘠环家中，这种行为，便是无视礼义和命运了。孔子在鲁国和卫国不得意，又碰上了宋国的司马桓魋预备拦截他并将他杀死，只得化装悄悄地走过宋国。这时候，孔子正处在困难的境地，便住在司城贞子家中，做了陈侯周的臣子。我听说过，观察在朝的臣子，看他所招待的客人；观察外来的臣子，看他所寄居的主人。如果孔子真的以痈疽和宦官瘠环为主人，还怎么能算'孔子'呢？"

万章问道："有人说，'百里奚把自己卖给秦国养牲畜的人，得价五张羊皮，替人家饲养牛，以此来干求秦穆公。'是真的吗？"孟子答道："不，不是这样的；这是好事之徒捏造的。百里奚是虞国人。晋人用垂棘的美玉和屈地所产的良马向虞国借路，来攻打虢国。

当时的虞国的大臣宫之奇谏阻
虞公，劝他不要允许；百里奚
却不去劝阻。他知道虞公是不
可以劝阻的，因而离开虞国，
搬到秦国，这时已经七十岁
了。他竟不知道用饲养牛的方
法来干求秦穆公是一种恶浊行
为，可以说是聪明吗？但是，
他预见到虞公不可以劝阻，便
不去劝阻，谁又能说这不聪明
呢？他又预见到虞公将要被灭
亡，因而早早离开，又不能说
不聪明。当他在秦国被推举出
来的时候，便知道秦穆公是一
位可以帮助而有作为的君主，
因而辅佐他，谁又能说这不聪

百里奚牧牛，选自明陈洪绶绘《博古叶子》。

明呢？为秦国的卿相，使穆公在天下有显赫的名望，而且足以流传于后代，不是贤者，能
够如此吗？卖掉自己来成全君主，乡村中洁身自爱的人尚且不肯，反说贤者肯干吗？"

万章章句下

孟子说："伯夷，眼睛不看丑恶的事物，耳朵不听丑恶的声音。不是他理想的君主，
不去侍奉；不是他理想的百姓，不去使唤。天下太平，就出来做事；天下混乱，就退居田
野。施行暴政的国家，住有暴民的地方，他都不忍心去居住。他想同乡巴佬相处，就好比
穿戴着礼服礼帽坐在泥涂或炭灰之上。当商纣的时候，住在北海海边，等待天下的清平。
所以听到伯夷的风节的人，贪得无厌的人都廉洁起来了，懦弱的人也都有独立不屈的意志
了。伊尹说：'哪个君主，不可以侍奉？哪个百姓，不可以使唤？因此天下太平也出来做
官，天下混乱也出来做官，并且说：'上天生育这些百姓，就是要让先知先觉的人来开导
后知后觉的人。我是这些人之中的先觉者，我将以尧舜之道来开导这些人。'他这样想：
在天下的百姓中，只要有一个男子或一个妇女没有沾溉尧舜之道的雨露，便好像自己把他
推进山沟送死一般——这便是他把天下的重担自己挑起来的态度。

"柳下惠不以侍奉坏君为羞，也不以官小而辞掉。立于朝廷，便不隐藏自己的才能，

柳下惠，汉画像石，山东嘉祥武氏祠。

但一定按他的原则办事。被遗弃，也不怨恨；遭困穷，也不忧愁。同乡巴佬相处，高高兴兴地不忍离开。（他说，）'你是你，我是我，你纵然在我旁边赤身露体，哪能就沾染着我呢？'所以听到柳下惠风节的人，胸襟狭小的人也宽大起来了，刻薄的人也厚道起来了。孔子离开齐国，不等把米淘完，漉干就走；离开鲁国，却说，'我们慢慢走吧，这是离开祖国的态度。'应该马上走就马上走，应该继续干就继续干，应该不做官就不做官，应该做官就做官，这便是孔子。"

孟子又说："伯夷是圣人之中清高的人，伊尹是圣人之中负责的人，柳下惠是圣人之中随和的人，孔子则是圣人之中识时务的人。孔子，可以叫他为集大成者。'集大成'的意思，（譬如奏乐，）就像先敲镈钟，最后用特磬收束，（有始有终的）一样。先敲镈钟，是节奏条理的开始；用特磬收束，是节奏条理的终结。条理的开始在于智，条理的终结在于圣。智好比技巧，圣好比气力。犹如在百步以外射箭，射到，是你的力量；射中，却不是你的力量。"

北宫锜问道："周朝制定的官爵和俸禄的等级制度是怎样的呢？"孟子答道："详细情况已经不能够知道了，因为诸侯厌恶它妨碍自己，都把那些文献毁灭了。但是，我也曾经大略听到些。天子为一级，公一级，侯一级，伯一级，子和男共为一级，一共五级。君为一级，卿一级，大夫一级，上士一级，中士一级，下士一级，共六级。天子直接管理的土地纵横各一千里，公和侯各一百里，伯七十里，子、男各五十里，一共四级。土地不够五十里的国家，不能直接与天子发生关系，而附属于诸侯，叫做附庸。天子的卿所受的封地同于侯，大夫所受的封地同于伯，元士所受的封地同于子、男。公侯大国土地纵横各一百里，君主的俸禄为卿的十倍，卿为大夫的四倍，大夫为上士的二倍，上士为中士的二倍，中士为下士的二倍，下士的俸禄则和老百姓而在公家当差的相同，所得俸禄也足以抵偿他们的耕种的收入了。中等国家土地为方七十里，君主的俸禄为卿的十倍，卿为大夫的三倍，大夫为上士的二倍，上士为中士的二倍，中士为下士的二倍，下士的俸禄则和在公家当差的老百姓相同，所得俸禄也足以抵偿他们的耕种的收入了。农夫所分得的是，一夫一妇分田百亩。百亩田地的施肥耕种，上等的农夫可以养九个人，其次的养活八个人，中等的养活七个人，其次六个人，下等的五个人。老百姓在公家当差的，他们的俸禄也比照这个分等级。"

万章问道："请问交朋友的原则。"孟子答道："交朋友不要倚仗自己年纪大，不要倚仗自己地位高，不要倚仗自己兄弟的富贵。所谓交朋友，正是看中了对方的品德，因此绝不能有所倚仗。孟献子是位具有一百辆车马的大夫，他有五位朋友：乐正裘，牧仲，其余三位，我忘记了。献子同这五位相交，他心目中并不存有自己是大夫的观念。这五位，如果也存在着献子是位大夫的观念，也就不会同他交友了。不单单是有一百辆车马的大夫这样，就是小国的君主也有朋友。费惠公说：'我对子思，则以他为老师；对于颜般，则以他为朋友；至于王顺和长息，那不过是替我工作的人罢了。'不单单小国的君主是这样，就是大国之君也有朋友。晋平公的对于亥唐，亥唐叫他进去，便进去；叫他坐，便坐；叫他吃饭，便吃饭。纵使糙米饭蔬菜汤，不曾不饱，因为不敢不饱。然而晋平公也只是做到这一点罢了。不同他一起共有官位，不同他一起治理政事，不同他一起享受俸禄，这只是一般士人尊敬贤者的态度，不是王公尊敬贤者所应有的态度。舜谒见尧，尧请他这位女婿住在另一处官邸中，也请他吃饭，（舜有时也做东道，）互为客人和主人，这是天子同老百姓交友的范例。以职位卑下的人尊敬高贵的人，叫做尊重贵人；以高贵的人尊敬职位卑下的人，叫做尊敬贤者。尊重贵人和尊敬贤者，道理是相同的。"

万章问道："请问交际的时候，当如何存心？"孟子答道："毕恭毕敬。"万章说："（俗话说，）'一再拒绝人家的礼物，这是不恭敬。'为什么呢？"孟子说："尊贵的人有所赐与，还要去想想：'他取得这种礼物是合于义的呢？还是不合于义的呢？'然后才接受，这是不恭敬的。因

迎宾，汉画像石。

此便不拒绝。"万章说："我说，我不用嘴巴拒绝他的礼物，只是在心里不接受罢了，心里说，'这是他取自百姓的不义之财呀'，因而用别的借口来拒绝，难道不可以吗？"孟子说："他依规矩同我交往，依礼节同我接触，这样，孔子都会接受礼物的。"

万章说："如今有一个在国都郊野拦路抢劫的人，他也依了规矩同我交往，也依礼节向我馈赠，这种赃物，便可以接受了吗？"孟子说："不可以；《康诰》说，'杀人劫物，横蛮不怕死，这种人，是人人切齿痛恨的。'这是不必先去教育他就可以诛杀的。殷商接受了夏朝的这种法律，周朝接受了殷商的这种法律，没有更改。现在抢杀行为更为厉害，怎样能够接受呢？"

万章说："今天这些诸侯，他们的财物取自民间，也和拦路抢劫差不多。假若把交际的礼节搞好，君子也就接受了，请问这又是什么道理呢？"孟子说："你以为若有圣王兴起，对于今天的诸侯，还是一律看待全部诛杀呢？还是先行教育，如再不改悔，然后诛杀呢？而且，不是自己所有，而去取得它，把这种行为说成抢劫，这只是提到原则性高度的话。孔子在鲁国做官的时候，鲁国人争夺猎物，孔子也争夺猎物。争夺猎物都可以，何况接受赐与呢？"

万章说："那么，孔子的做官，不是为着行道吗？"孟子说："为着行道。""既为着行道，为什么又来争夺猎物呢？"孟子说："孔子先用文书规定祭祀所用器物和祭品，不用别处的食物来供祭祀，（所争夺来的猎物原为着祭祀，既不能用来供祭祀，便无所用之，争夺猎物的风气自然可以逐渐衰灭了。）"

万章说："孔子为什么不辞官而走呢？"孟子说："孔子做官，先得试行一下。试行的结果，他的主张可以行得通，而君主却不肯实行下去，这才离开，所以孔子不曾在一个朝廷停留整整三年。孔子有因可以行道而做官，也有因为君主对他的礼遇不错而做官，也有因国君养贤而做官。对于鲁国的季桓子，是因为可以行道而做官；对于卫灵公，是因为礼遇不错而做官；对于卫孝公，是因为国君养贤而做官。"

孟子说："做官不是因为贫穷，但有时候也因为贫穷。娶妻不是为着孝养父母，但有时候也为着孝养父母。因为贫穷而做官的，便该拒绝高官，居于卑位；拒绝厚禄，只受薄俸。拒绝高官，居于卑位；拒绝厚禄，只受薄俸，那居于什么位置才合宜呢？就是去守门打更也行。孔子也曾经做过管理仓库的小吏，他说，'出入的数字都对了。'也曾经做过管理牲畜的小吏，他说，'牛羊都壮实地长大了。'位置低下，而议论朝廷大事，这是罪行；在那君主的朝廷上做官，而自己正义的主张不能实现，这是耻辱。"

万章说："士人不仰仗诸侯生活，这是为什么呢？"孟子说："不敢这样。诸侯丧失了自己的国家，然后仰仗别国诸侯，这是合于礼的；士仰仗诸侯，是不合于礼的。"万章道："君主如果送给他谷米，那接受不呢？"孟子说："接受。""接受又有个什么说法呢？"答道："君主对于流亡者，本来可以周济他。"问道："周济他，就接受；赐与他，就不接受，又有个什么说法呢?"答道:"不敢呀。"问道:"不敢接受,又是为什么呢?"答道:"守门打更的人都有一定的职务,因而接受上面的给养。没有一定的职务,却接受上面的赐与的,这被认为是不恭敬的。"

问道:"君主给他馈赠,他也就接受,不知道经常这样可以吗?"答道:"鲁缪公对于子思,就是屡次问候,屡次送给他肉食,子思很不高兴。最后一次,子思便把来人赶出大门,自己朝北面先磕头后作揖地拒绝了,说道:'今天才知道君主把我当成犬马一样地畜养。'大概从此才不给子思送礼了。喜悦贤人,却不能重用,又不能有礼貌地照顾生活,可以说是喜悦贤人吗?"问道:"国君要在生活上照顾君子,要怎样才能照顾得好呢?"答道:"先称述君主的旨意送给他,他便先作揖后磕头,接受了。然后管理仓库的人经常送来谷米,掌管伙食的人经常送来肉食,这些都不用称述君主的旨意了,(接受者也就可以不再作揖磕头了。)子思以为为着一块肉便使自己一次一次地作揖行礼,这便不是照顾君子生活的方式了。尧对于舜,使自己的九个儿子向他学习,把自己的两个女儿嫁给他,而且各种官吏,以及牛羊、仓库无不具备,来使舜在田野之中得着周到的生活照顾,然后提拔他到很高的职位上,所以说,这是王公尊敬贤者的范例。"

万章问道:"请问士子不去谒见诸侯,这是什么道理呢?"孟子答道:"不曾有过职位的人,住在城市,便叫做市井之臣;住在乡野,便叫做草莽之臣,这都叫做老百姓。老百姓不送见面礼物而为臣属,不敢去谒见诸侯,这是合于礼的。"万章说:"老百姓,召他去服役,便去服役;君主若要接见他,召唤他,却不去谒见,这又为什么呢?"孟子说:

进谒,汉画像石。

"去服役，是应该的；去谒见，是不应该的。而且君主想去同他会晤，为的是什么呢？"万章说："为的是他见闻广博，为的是他品德高洁。"

孟子说："如果为的是他见闻广博，（那便应以他为师。）天子还不能召唤老师，何况诸侯呢？如果为的是他品德高洁，那我也不曾听说过想要同贤人相见却随便召唤的。鲁缪公屡次去访晤子思，说道：'古代具有千辆兵车的国君若同士人交友，是怎样的呢？'子思不高兴，说道：'古代人的话，是说以士人为师吧，难道说是同士人交友吗？'子思的不高兴，难道不是这样的意思吗：'论地位，那你是君主，我是臣下，哪敢同你交朋友呢？论道德，那你是向我学习的人，怎能同我交朋友呢？'千乘之国的国君求同他交朋友都做不到，何况召唤呢？齐景公田猎，用旌来召唤猎场管理员，他不来，准备杀他。有志之士不怕（死无葬身之地，）弃尸山沟；勇敢的人（见义勇为，）不怕丧失脑袋。孔子对这一管理员取他哪一点呢？就是取不是该召他的礼，他硬是不去。"

问道："召唤猎场管理员该用什么呢？"答道："用皮帽子。召唤老百姓用全幅红绸做的曲柄旗，召唤士用有铃铛的旗，召唤大夫才用有羽毛的旗。用召唤大夫的旗帜去召唤猎场管理员，猎场管理员死也不敢去；用召唤士人的旗帜去召唤老百姓，老百姓难道敢去吗？何况用召唤不贤之人的礼节去召唤贤人呢？想同贤人会晤，却不依循规矩礼节，就正好像要请他进来却关闭着大门。义好比是大路，礼好比是大门。只有君子能从这一条大路行走，由这处大门出进。《诗》说，'大路像磨刀石一样平，像箭一样直。这是君子所行走的，小人所效法的。'"万章问道："孔子，有国君之命的召唤，不等车马驾好自己便先行走去，那么，孔子错了吗？"

答道："那是因为孔子正在做官，有职务在身，国君用他担任的官职去召唤他。"

孟子对万章说道："一个乡村的优秀人物才结交那一乡村的优秀人物，全国性的优秀人物才结交全国性的优秀人物，天下性的人物才结交天下性的优秀人物。认为结交天下性的优秀人物还不够，便又追论古代的人物。吟咏他们的诗歌，研究他们的著作，不了解他的为人，可以吗？所以要讨论他那一个时代。这就是追溯历史与古人交朋友。"

齐宣王问关于公卿的事情。孟子说："王所问的是哪一种类的公卿？"王说："公卿还不一样吗？"孟子说："不一样；有和王室同宗族的公卿，有非王族的公卿。"王说："我请问和王室同宗族的公卿。"孟子说："君王若有重大错误，他便加劝阻；反复劝阻了还不听从，就把他废弃，改立别人。"宣王突然变了脸色。孟子说："王不要奇怪。王问我，我不敢不拿老实话答复。"宣王脸色正常了，又请问非王族的公卿。孟子说："君王若有错误，便加劝阻；反复劝阻了还不听从，自己就离职。"

告子章句上

告子说:"人的本性好比杞柳树,义理好比杯盘;把人的本性纳于仁义,正好比用杞柳树来制成杯盘。"孟子说:"您是顺着杞柳树的本性来制成杯盘呢?还是毁伤杞柳树的本性来制成杯盘呢?如果要毁伤杞柳树的本性后才制成杯盘,那不也要毁伤人的本性后才纳之于仁义吗?率领天下的人来祸害仁义的,一定是您的这种学说吧!"

告子说:"人性好比急流水,东方开了缺口便向东流,西方开了缺口便向西流。人性的没有善和不善,正好比水性的不管东流西流。"孟子说:"水诚然没有东流西流的定向,难道也没有向上或者向下的定向吗?人性的善良,正好比水性的向下流。人没有不善良的,水没有不向下流的。当然,拍水使它跳起来,可以高过额角;戽水使它倒流,可以引上高山,这难道是水的本性吗?形势使它这样罢了。人所以能够做坏事,它的本质也正是这样。"

告子说;"天生的资质叫做性。"孟子说:"天生的资质叫做性,好比一切东西的白色叫做白吗?"答道:"是这样。""白羽毛的白如同白雪的白,白雪的白如同白玉的白吗?"答道:"是这样。""那么,狗性如同牛性,牛性如同人性吗?"

告子说:"饮食男女,这是本性。仁是内在的东西,不是外在的东西;义是外在的东西,不是内在的东西。"孟子说:"为什么说仁是内在的东西,义是外在的东西呢?"答道:"因为他年纪大,于是我才尊敬他,这尊敬不是我本有的;正好比那东西是白的,我便认它作白东西,这是由于那东西的白被我认识的缘故,所以说是外在的东西。"孟子说:"白马的白和白人的白或者无所不同,但是不知道对老马的怜悯和对老者的尊敬心,是不是也没有什么不同呢?而且,您说的所谓义,是说老者呢?还是说尊敬老者的人呢?"答道:"是我的弟弟便爱他,是秦国人的弟弟便不爱他,这是因我自己高兴这样做,所以说仁是内在的东西。尊敬楚国的老者,也尊敬我自己的老者,这是因为他们都是老者的缘故。所以说义是外在的东西。"孟子说:"喜欢吃秦国人的烧肉,和喜欢吃自己的烧肉无所不同,各种事物也有这样的情形,那么,难道喜欢吃烧肉的心也是外在的东西吗?(那不和您说的饮食是本性的论点相矛盾了吗?)"

孟季子问公都子:"为什么说义是内在的东西呢?"答道:"恭敬从我的内心发出,所以说是内在的东西。""本乡人比大哥大一岁,那你尊敬谁?"答道:"恭敬哥哥。""那么,先给谁斟酒?"答道:"先给本乡长者斟酒。""你心里恭敬的是大哥,却向本乡长者敬礼,可见义毕竟是外在的东西,不是由内心发出的。"公都子不能对答,便来告诉孟子。孟子说:"(你可以说,)'恭敬叔父呢?还是恭敬弟弟呢?'他会说,'恭敬叔父'。你又说,'弟弟若做了受祭的代理人,那又恭敬谁呢?'他会说,'恭敬弟弟。'你便说,'那为什么又说恭敬叔父呢?'他会说,'这是由于弟弟在那个位子的缘故。'那你也可以说,'那也是由于本乡长者在那个位子的缘故。平常的恭敬在于哥哥，暂时的恭敬在于本地长者。"季子听到了这话，又说："对叔父也是恭敬，对弟弟也是恭敬，毕竟义是外在的，不是由内心出发的。"公都子说："冬天喝热水，夏天喝凉水，那么，难道饮食（便不是由于本性，）也是外在的了吗？"

公都子说："告子说，'本性没有什么善良，也没有什么不善良。'也有人说：'本性可以使它善良，也可以使它不善良；所以周文王、武王在上，百姓便趋向善良；周幽王、厉王在上，百姓便趋向横暴。'也有人说，'有些人本性善良，有些人本性不善良；所以凭着尧这样的圣人为君，却有像这样不好的百姓；凭着瞽瞍这样坏的父亲，却有舜这样好的儿子；凭着纣这样恶的侄儿，而且贵为君主，却有微子启、王子比干这样的仁人。'如今老师说本性善良，那么，他们的说法都错了吗？"

孟子说："从天生的资质看，可以使它善良，这便是我所谓的人性善良。至于有些人不善良，不能归罪于他的资质。同情心，人人都有；羞耻心，人人都有；恭敬心，人人都有；是非心，人人都有。同情心属于仁，羞耻心属于义，恭敬心属于礼，是非心属于智。这仁义礼智，不是由外人给与我的，是我本身就有的，不过不曾探索它罢了。所以说，'一经探求，便会得到；一加放弃，便会失掉。'人与人之间相差一倍、五倍甚至无数倍的，就是不能充分发挥他们人性的本质的缘故。《诗》说，'天生育众民，每一样事物，都有它的规律。百姓把握了那些不变的规律，于是乎喜爱优良的品德。'孔子说：'这篇诗的作者真懂得道呀！有事物，便有它的规律；百姓把握了这些不变的规律，所以喜爱优良的品德。'"

孟子说："丰年，少年子弟多半懒惰；荒年，少年子弟多半强暴，不是天生的资质这样不同，是由于环境使他们心情变坏的缘故。用大麦作比喻吧，播了种，耪了地，如果地土一样，种植的时候一样，便会蓬勃地生长，到了夏至，都会成熟了。即便有所不同，那便是由于地土的肥瘠，雨露的多少，人工的勤惰不同的缘故。所以一切同类之物，无不大体相同，为什么一讲到人类就怀疑了呢？圣人也是我们的同类。龙子曾经说过，'不看清脚样去编草鞋，我准知道编不成筐子。'草鞋的相似，是因为普天之下的人的脚大体相同。口对于味道，有相同的嗜好；易牙早就摸准了这一嗜好。假使口对于味道，人人不同，而且像狗马和我们人类本质上的不相同一样，那么，凭什么天下的人都追随着易牙的口味呢？一讲到口味，天下都期望做到易牙那样，这就说明了天下人味觉大体相同。耳朵也这样。一讲到声音，天下都期望做到师旷那样，这就说明了天下人的听觉大体相同。眼睛也这样。一讲到子都，天下没有人不知道他美丽。不认为子都美丽的，那是没有眼睛的人。所以说，口对于味道，有相同的嗜好；耳对于声音，有相同的听觉；眼睛对于容色，有相同的美感。谈到心，就偏偏没有相同的地方吗？心相同的地方是什么呢？是理，是义。圣人早就懂得了我们内心的相同的理义。所以理义使我心高兴，正和猪狗牛羊肉合乎我的口味一般。"

　　孟子说："牛山的树木曾经是很茂盛的，因为它长在大都市的郊外，老用斧子去砍伐，还能够茂盛吗？当然，它日日夜夜在生长着，雨水露珠在滋润着，不是没有新条嫩芽生长出来，但紧跟着就放羊牧牛，所以变成那样光秃秃了。人们看见那光秃秃的样子，便以为这山不曾有过大树木，这难道是山的本性吗？在某些人身上，难道没有仁义之心吗？他之所以丧失他的良心，也正像斧子的对于树木一般。天天去砍伐它，能够茂盛吗？他在白天黑夜里发出来的善心，他在天刚亮时呼吸到的清明之气，那时节他心里的好恶跟一般人相近的，也有一点点。可是一到第二天白昼，他的所作所为又把它消灭了。反复地消灭，那么，他夜里产生出的善念自然不能存在；夜里产生出的善念不能存在，便和禽兽差不离了。别人看到他简直是禽兽，便以为他不曾有过善良的本质。这难道也是这些人的本性吗？所以，如果得到滋养，没有东西不生长；失掉滋养，没有东西不消亡。孔子说过，'抓住它，就存在；放弃它，就亡失；出出进进没有一定时候，也不知道它何去何从。'这是指人心而说的吧。"

　　孟子说："王的不明智，不足奇怪。纵使有一种最容易生长的植物，晒它一天，冷它十天，没有能够再长的。我和王相见的次数也太少了，我退居在家，把他冷淡得也到了极点了，我对于他善良之心的萌芽能有什么帮助呢？譬如下棋，这只是小技艺，但如果不一心一意，也就学不好。弈秋是全国的下棋圣手。假使让他教导两个人，一个人一心一意，只听弈秋的话。另一个呢，虽然听着，而心里却以为有只天鹅快要飞来，想拿起弓箭去射它。这样，纵使和那人一道学习，成绩一定不如人家。是因为他的才智不如人家吗？不是这样的。"

　　孟子说："鱼是我想得到的，熊掌也是我想得到的；如果两者不能同时得到，便舍弃鱼而要熊掌。生命是我想保有的，义也是我想拥有的；如果两者不能并有，便舍弃生命而要义。生命本是我想保有的，但我希望保有更有超过生命的，所以我不干苟且偷生的事；死亡本是我所厌恶的，但是我所厌恶的更有超过死亡的，所以有的祸害我不躲避。如果人们想拥有的没有超过生命的，那么，一切可以求得生存的手段，哪有不使用的呢？如果人们所厌恶的没有超过死亡的，那么，一切可以避免祸害的事情，哪有不干的呢？（然而，有些人）由此而行，便可以得到生存，却不去做；由此而行，便可以避免祸害，却不去干，这样便可知有比生命更值得拥有的东西，也有比死亡更令人厌恶的东西。这种心不仅仅贤人有，人人都有，不过贤人能够保持它罢了。一筐饭，一碗汤，得着便能活下去，得不着便死亡，吆喝着给他，就是过路的饿人都不会接受；脚踏过再给与他，就是乞丐也不屑于要；（然而有的人对）万钟的俸禄却不问合于礼义与否，欣然接受了。万钟的俸禄对我有什么好处呢？为着住宅的华丽、妻妾的侍奉和我所认识的贫苦人感激我吗？过去宁肯死亡而不接受的，今天却为着住宅的华丽而接受了；过去宁肯死亡而不接受的，今天却为着妻妾的侍奉而接受了；过去宁肯死亡而不接受的，今天却为着我所认识的贫苦人的感激而接受了，这些不是可以罢手的吗？这样便叫丧失了本性。"

孟子说："仁是人的心，义是人的路。放弃了那条正路而不走，丢失了那善良的心而不晓得去找回，真可悲呀！一个人，有鸡和狗走失了，便晓得去找回，有善良的心丧失了，却不晓得去寻求。学问之道没其他的，就是把那丧失了的良心找回来罢了。"

孟子说："现在有个人，他无名指弯曲而不能伸直，虽然不痛苦，也不妨碍做事，如果有人能够使它伸直，就是走向秦国楚国，也不嫌远，为的是无名指不及别人。无名指不及别人，就知道厌恶；心性不及别人，竟不知道厌恶，这个叫做不晓得轻重。"

孟子说："一两把粗的桐树梓树，假若要使它生长起来，都晓得如何去培养。至于本身，却不晓得如何去培养，难道爱自己还不及爱桐树梓树吗？真是太不动用脑筋了。"

孟子说："人对于身体，哪一部分都爱护。都爱护便都保养。没有一尺一寸的皮肤肌肉不爱护，便没有一尺一寸的皮肤肌肉不保养。考察他护养得好或者不好，难道有别的方法吗？只是看他所注重的是身体的哪一部分罢了，身体有重要部分，也有次要部分；有小的部分，也有大的部分。不要因为小的部分损害大的部分，不要因为次要部分损害重要部分，保养小的部分的就是小人，保养大的部分的便是君子。如果有一位园艺师，放弃梧桐梓树，却去培养酸枣荆棘，那就是位很坏的园艺师。如果有人只保养他的一个手指，却丧失了肩头背脊，自己还不明白，那是糊涂虫了。只晓得讲究吃喝（而不晓得培养心志）的人。人家都轻视他；因为他保养了小的部分，丧失了大的部分。如果讲究吃喝的人不影响心志的培养，那么，吃喝的目的又怎么能只是为着口腹的那小部分呢？"

公都子问道："同样是人，有些是君子，有些是小人，什么缘故？"孟子答道："求满足身体重要器官的需要的是君子，求满足身体次要器官的欲望的是小人。"问道："同样是人，有人要求满足重要器官的需要，有人要求满足次要器官的欲望，又是什么缘故？"答道："耳朵眼睛这类器官不会思考，故易为外物所蒙蔽。（因此，耳目不过是一物罢了。）一与外物相接触，便被引向迷途了。心这个器官职在思考，一思考便可求得事物的真谛，不思考便得不到。这个器官是天特意给我们人类的。因此，这是重要器官，要先把它树立起来，那么，次要的器官便不能把这善性夺去了。这样便成了君子了。"

孟子说："有自然的爵位，有人为的爵位。仁义忠信，不疲倦地好善，这是自然的爵位；公卿大夫，这是人为的爵位。古代的人修养他自然的爵位，于是人为的爵位也跟着来了。现在的人修养他自然的爵位，来追求人为的爵位；已经得到了人为的爵位，便放弃他自然的爵位，那就太糊涂了，到头来连人为的爵位也会丧失掉的。"

孟子说："希望尊贵，这是人们的共同心理。但每人自己都有值得尊贵的东西，只是不去思考它罢了。别人所尊贵的，不一定是真正值得尊贵的。赵孟所尊贵的，赵孟同样可以使它下贱。《诗》说，'酒已经醉了，德已经饱了。'这是说仁义之德很富足了，也就不必羡慕别人的肥肉细米了；人人都晓得的好名声在我身上，也就不必羡慕别人的绣花衣裳了。"

孟子说："仁胜过不仁，正像水可以扑灭火一样。如今行仁的人，好像用一杯水来救一车木柴的火焰；火焰不熄灭，便说水不能扑灭火，这些人又和很不仁的人相同了，到头来连他们已行的这点点仁都会消亡的。"

孟子说："五谷是庄稼中的好品种，如果不能成熟，反而不及稊米和稗子。仁，也在于使它成熟罢了。"

孟子说："羿教人射箭，一定拉满弓；学习的人也一定要求努力拉满弓。技艺精湛的木工带徒弟，一定依照规矩，学习的人也一定要依照规矩。"

告子章句下

有一位任国人问屋庐子道："礼和食哪样重要？"答道："礼重要。""娶妻和礼哪样重要？"答道："礼重要。"问道："如果按着礼节去找吃的，便会饿死；不按着礼节去找吃的，便会得着吃的，那一定要按着礼节行事吗？如果按照亲迎礼，便得不到妻子；如果不行亲迎礼，便会得到妻子，那一定要行亲迎礼吗？"屋庐子不能对答，第二天便去邹国，把这话告诉孟子。

孟子说："答复这个有什么困难呢？如果不度量基底部是否一致，而只比较它的顶端，那一寸厚的木块（若放在高处，）可以使它比尖角高楼还高。金子比羽毛重，难道说三钱多重的金子比一大车的羽毛还重吗？拿吃的重要方面和礼的细节相比较，何止说吃更重要？拿婚姻的重要方面和礼的细节相比较，何止说娶妻重要？你这样去答复他吧：'扭折哥哥的胳膊，抢夺他的食物，便得到吃的；不扭，便得不着吃的，那会去扭吗？爬过东邻的墙去搂抱女子，便得到妻室；不去搂抱，便得不着妻室，那会去搂抱吗？'"

曹交问道："人人都可以做尧舜，有这话吗？"孟子答道："有的。"曹交问："我听说文王身高一丈，汤身高九尺，如今我有九尺四寸多高，只会吃饭罢了，要怎样才成呢？"孟子说："这有什么关系呢？只要去做就行了。要是有人，自己以为一只小鸡都提不起来，便是毫无力气的人了；如果说能够举起三千斤，便是很有力气的人了。那么，举得起乌获所能举的重量的，也就是乌获了。一个人怎能以不胜任为忧呢？只是不去做罢了。慢慢地走在长者之后，便叫悌；飞快地走，抢在长者之前，便叫不悌。慢慢地走，难道是人所不能的吗？只是不做罢了。尧舜之道，也不过就是孝和悌而已。你穿尧的衣服，说尧的话，做尧的所作所为，便是尧了。你穿桀的衣服，说桀的话，做桀的所作所为，便是桀了。"曹交说："我准备去谒见邹君，向他借个地方住，情愿留在您门下学习。"孟子说："道就像大路一样，难道难于了解吗？只怕人不去寻求罢了。你回去自己寻求罢，老师多得很呢。"

公孙丑问道："高子说，《小弁》是小人写的诗。是吗？"孟子说："为什么这样说呢？"答道："因为它吐露了幽怨。"孟子说："高老先生的讲诗真是太拘泥了！这里有个人，若是越国人张开弓去射他，事后他可以有说有笑地讲述这事；这没有别的原故，只是因为越国人和他关系疏远。若是他哥哥张开弓去射他，事后他会哭哭啼啼地讲述着这事；这没有别的原故，因为哥哥是亲人。《小弁》的怨恨，正是热爱亲人的缘故。热爱亲人，是仁的表现。高老先生的讲诗实在是太拘泥了！"

公孙丑说："《凯风》为什么不吐诉幽怨呢？"答道："《凯风》这篇诗，是由于母亲的过错小；《小弁》这一篇诗，却是由于父亲的过错大。父母的过错大，却不抱怨，是更疏远父母的表现；父母的过错小，却去抱怨，反而激怒了自己。更把父母疏远是不孝，反而使自己激怒也是不孝。孔子说，'舜是最孝顺的人吧，五十岁还依恋父母。'"

宋轻到楚国去，孟子在石丘碰到了他，孟子问道："先生准备往哪里去？"答道："我听说秦楚两国交兵，我打算去谒见楚王，向他进言，劝他罢兵。如果楚王不高兴我的话，我又打算去谒见秦王。向他进言，劝他罢兵。在两个国王中，我总会有所遇合。"孟子说："我不想问得太详细，只想知道你的大意，你将怎样去进言呢？"答道："我打算说，交兵是不利的。"孟子说："先生的志向是很好的了，可是先生的提法却不行。先生用利来向秦王、楚王进言，秦王、楚王因为喜欢有利，于是停止军事行动，这就将使军队的官兵乐于罢兵，因而喜欢利。做臣属的为求利而服事君主，做儿子的为求利而服事父亲，做弟弟的为求利而服事哥哥，这就会使君臣、父子、兄弟之间都完全失去仁义，为了求利而打交道，这样而国家不灭亡的，是没有的事情。如果先生用仁义来向秦王、楚王进言，秦王、楚王因为喜欢仁义的缘故，而停止军事行动，这就会使军队的官兵乐于罢兵，因而喜欢仁义。做臣属的满怀仁义来服事君主，做儿子的满怀仁义来服事父亲，做弟弟的满怀仁义来服事哥哥，这就会使君臣、父子、兄弟之间都去掉利的观念，满怀仁义来打交道，这样的国家不以德政统一天下的，也是没有的事。为什么一定要说到'利'呢？"

当孟子住在邹国的时候，季任留守任国，代理国政，送礼物来和孟子交友，孟子接受了礼物，并不回报。又当孟子住在平陆的时候，储子做齐国的卿相，也送礼物来和孟子交友，孟子接受了，并不回报。过一段时间，孟子从邹国到任国，拜访了季子；从平陆到齐都，却不去拜访储子。屋庐子高兴地说："我找到了老师的岔子了。"便问道："老师到任国，拜访季子；到齐都，不拜访储子，是因为储子只是卿相吗？"答道："不是；《尚书》说过，享献之礼可贵的是仪节，如果仪节不够，礼物虽多，只能叫做没有享献，因为他的心意并没有用在这上面。这是因为他没有完成那享献的缘故。"屋庐子高兴得很。有人问他。他说："季子不能够亲身去邹国，储子却能够亲身去平陆，（他为什么只送礼而不自己去呢？）"

淳于髡说："重视名誉功业是为了济世救民，轻视名誉功业是为了独善其身。您贵为齐国三卿之一，名誉和功业都还没在君主和臣民之间显示出来。您就要离开，仁人原来是这样的吗？"孟子说："处在卑贱的地位，不拿自己贤人的身份去服事不肖的人的，有伯夷在；五次往汤那里去，又五次往桀那里去的，有伊尹在；不讨厌恶浊的君主，不拒绝卑微职位的，有柳下惠在。三个人的行为不相同，但总方向是一样的。这一样的是什么呢？应该说，就是仁。君子只要仁就行了，为什么一定要相同呢？"淳于髡说："当鲁缪公的时候，公仪子主持国政，泄柳和子思也都立于朝廷，鲁国的削弱却更厉害，贤人对国家的无用像这样的呀！"孟子说："虞国不用百里奚，因而灭亡；秦穆公用了百里奚，因而称霸。不用贤人就会遭致灭亡，即使要求在削地求和的境况下勉强存在，都是办不到的。"淳于髡说："从前王豹住在淇水旁边，河西的人都会唱歌；縣驹住在高唐，齐国西部地方都会唱歌；华周杞梁的妻子痛哭她们的丈夫，因而改变了国家风尚。里面有什么；一定会表现在外面。如果从事某种工作，却见不到功绩的，我不曾看过这样的事。所以今天是没有贤人；如果有贤人，我一定会知道他。"孟子说："孔子做鲁国司寇的官，不被重用，跟随着去祭祀，祭肉也不见送来，于是匆忙地离开。不知道孔子的人以为他是为了祭肉的缘

因膳去鲁，选自《孔子圣迹图》。

故，知道孔子的人晓得他是为鲁国失礼而离开。至于孔子，却是要自己背一点小罪名而走，不想随便离开。君子的作为，一般人本来是不知道的。"

孟子说："五霸，是三王的罪人，现在的诸侯，又是五霸的罪人；现在的大夫，又是现在诸侯的罪人。天子巡行诸侯的国家叫做巡狩，诸侯朝见天子叫做述职。（天子的巡狩，）春天考察耕种情况，补助不足的人；秋天考察收获情况，周济不够的人。一进到某国的疆界，如果土地已经开辟，庄稼长得很好，老人被赡养，贤者被尊贵，出色的人才立于朝廷，那么就有赏赐；赏赐用土地。如果一进到某国的疆界，土地荒废，老人被遗弃，贤者不被任用，搜括钱财的人立于朝廷，那么就有责罚。（诸侯的述职，）一次不朝，就降低爵位；两次不朝，就削减土地；三次不朝，就把军队开去。所以天子的用武力是'讨'，不是'伐'；诸侯则是'伐'，不是'讨'。五霸呢，是挟持一部分诸侯来攻伐另一部分诸侯的人，所以我说，五霸，是三王的罪人。五霸，齐桓公最了不得。在葵丘的一次盟会，捆绑了牺牲，把盟约放在它身上，（因为相信诸侯不敢负约，）便没有歃血。第一条盟约

葵丘会盟，选自明刊本《新镌绣像列国志》。

说：诛责不孝之人，不要废立太子，不要立妾为妻。第二条盟约说，尊贵贤人，养育人才，来表彰有德者。第三条盟约说，恭敬老人，慈爱幼小，不要怠慢贵宾和旅客。第四条盟约说，士人的官职不要世代相传，公家职务不要兼摄，录用士子一定要得当，不要独断专行地杀戮大夫。第五条盟约说，不要到处筑堤，不要禁止邻国来采购粮食，不要有所封赏而不报告（盟主）。最后说，所有参与盟会的人从订立盟约以后，完全恢复旧日的友好。今日的诸侯都违犯了这五条禁令，所以说，今天的诸侯是五霸的罪人。臣下助长君主的恶行，这罪行还小；臣下逢迎君主的恶行，（给他找出理论根据，使他无所忌惮）这罪行可大了。而今天的大夫，都逢迎君主的恶行，所以说，今天的大夫，又是诸侯的罪人。"

鲁国打算叫慎子做将军。孟子说："不先教导百姓便用他们打仗，这叫做祸害老百姓。祸害老百姓的人，在尧舜的时代，

是容不得的。只打一次仗便胜了齐国，因而得到了南阳，这样尚且不可以——"慎子一下子变了脸色，不高兴地说："这是我所不了解的了。"孟子说："我明白地告诉你吧。天子的土地纵横一千里；如果不到一千里，便不够接待诸侯。诸侯的土地纵横一百里；如果不到一百里，便不够来奉守历代相传的礼法制度。周公被封于鲁，是应该纵横一百里的；土地并不是不够，但实际上少于一百里。太公被封于齐，也应该是纵横一百里的；土地并不是不够，但实际上少于一百里，如今鲁国有五个纵横一百里，你以为假如有圣主明王兴起，鲁国的土地在被减少之列呢？还是在被增加之列呢？不用兵力，白白地取自那国来给与这国，仁人尚且不干，何况杀人来求得土地呢？君子的服事君王，只是专心一意地引导他趋向正路，有志于仁罢了。"

孟子说："今天服事君主的人都说，'我能够替君主开拓土地，充实府库。'今天的所谓好臣子正是古代的所谓百姓的戕害者。君主不向往道德，无意于仁，却想使他钱财富足，这等于使夏桀钱财富足。（又说：）'我能够替君主邀结盟国，每战一定胜利。'今天的所谓好臣子正是古代所谓百姓的戕害者。君主不向往道德，无意于仁，却想替他勉强作战，这等于帮助夏桀。顺着现在这条路走下去，也不改变如今的风俗习气，纵使把整个天下给他，他也是一天都坐不稳的。"

白圭说："我想定税率为二十抽一，怎么样？"孟子说："你的方针是貉国的方针。一万户的国家，只有一个人制作瓦器，那可以吗？"答道："不可以，瓦器会不够用的。"孟子说："貉国，各种谷类都不生长，只生长糜子；又没有城墙、房屋、祖庙和祭祀的礼节，也没有各国间的互相往来，致送礼物和飨宴，也没有各种衙署和官吏，所以二十抽一便够了。如今在中国，不要社会间的一切伦常，不要各种官吏，那怎么能行呢？做瓦罎的太少，尚且不能够使一个国家搞好，何况没有官吏呢？想要比尧舜的十分抽一的税率还轻的，是大貉小貉；想要比尧舜的十分抽一的税率还重的，是大桀小桀。"

白圭说："我治理水患比大禹还强。"孟子说："您错了。禹的治理水患，是顺着水的本性疏导的，所以禹使水流注到四海。如今您先生却使水流到邻近的国家去。水逆流而行叫做洚水——洚水就是洪水——是有仁爱之心的人所最厌恶的。先生您错了。"

孟子说："君子不讲诚信，如何能有操守？"

鲁国打算叫乐正子治理国政。孟子说："我听到这消息，高兴得睡不着。"公孙丑说："乐正子很坚强吗？"答道："不。""有智慧，有主意吗？"答道："不。""见多识广吗？"答道："不。""那你为什么高兴得睡不着呢？"答道："他的为人喜欢听取善言。""喜欢听取善言就够了吗？"答道："喜欢听取善言，用这个来治理天下都是能够应付裕余的，何况仅仅治理鲁国呢？假如喜欢听取善言，那四面八方的人都会从千里之外赶来把善言告诉他；假如不喜欢听取善言，那别人会（模仿他的话）说：'呵呵！我早已都晓得了！'呵呵的声音面色就会把别人拒绝于千里之外了。士人在千里之外停止不来，那进谗言而当面奉承的人就会来了。同进谗言而当面奉承的人住在一起，要把国家治理好，做得到吗？"

陈子说："古代的君子要怎样才出来做官？"孟子说："就职的情况有三种，离职的情况也有三种，礼貌地恭敬地来迎接，对他的言论又打算实行，便就职。礼貌虽未衰减，但言论已不实行了，便离开。其次，虽然没有实行他的言论，还是很有礼貌很恭敬地来迎接，也便就职。礼貌衰减，便离开。最下的，早上没饭吃，太阳落山也没饭吃，饿得不能够走出房门，君主知道了，便说，'我上者不能实行他的学说，又不听从他的言论，使他在我国土上饿着肚皮，我引为耻辱。'于是周济他，这也可以接受，免于死亡罢了。"

孟子说："舜从田野之中发达起来，傅说从筑墙的工作中被提拔起来，胶鬲从鱼盐的工作中被提拔起来，管夷吾从狱官的手里被释放而被提拔起来，孙叔敖从海边被提拔起来，百里奚从市场被提拔起来。所以天将把重大任务落到某人身上，一定先要苦恼他的心志，劳动他的筋骨，饥饿他的肠胃，穷困他的身子，他的每一行为总是不能如意，这样，便可以震动他的心意，坚韧他的性情，增加他的能力。一个人常常犯错误才能改正；心意困苦，思虑阻塞，才能有所发奋而创造；表现在面色上，吐发在言语中，才能被人了解。一个国家，国内没有有法度的大臣和足为辅弼的士子，国外没有相与抗衡的邻国和外患的，经常容易被灭亡。这样，就可以知道忧愁患害足以使人生存，安逸快乐足以使人死亡的道理了。"

孟子说："教育也有很多方式，我不屑于去教诲他，这也是一种教诲呢。"

尽心章句上

孟子说："把善良的本心尽量发挥，这就是懂得了人的本性。懂得了人的本性，就懂得天命了。保持了人的本心，培养人的本性，这就是对待天命的方法。短命也好，长寿也好，我都不三心二意，只是培养身心，等待天命，这就是安身立命的方法。"

孟子说："无一不是命运，但顺理而行，所接受的便是正命；所以懂得命运的人不站在有倾倒危险的墙壁之下。尽力行道而死的人所受的是正命，犯罪而死的人所受的不是正命。"

孟子说："（有些东西）探求，便会得到；放弃，便会失掉，这样的探求，有益于收获，因为所探求的正存在于我本身。探求有一定的方式，得到与否却听从命运，这种探求无益于收获，因为所探求的存在于我本身之外。"

孟子说："一切我都具备了。反躬自问，自己是忠诚踏实的，便是最大的快乐。不懈地按推己及人的恕道去做，达到仁德的道路没有比这更直捷的了。"

孟子说："如此做去，却不明白其当然；习惯了却不探求其所以然，一生都在这条大路走着，却不了解这是什么道路的，这是一般的人。"

孟子说："人不可以没有羞耻，不知羞耻的那种羞耻，真是不知羞耻呀！"

孟子说："羞耻对于人关系重大，于机谋巧诈事情的人是没有地方用得着羞耻的。不以赶不上别人为羞耻，怎样能赶上别人呢？"

孟子说："古代的贤君乐于善言善行，因而忘记自己的富贵权势；古代的贤士何尝不是这样？乐于走他自己的道路，因而也忘记了别人的富贵权势，所以王公不对他恭敬尽礼，就不能够多次地和他相见。相见的次数尚且不能够多，何况要他作为臣下呢？"

孟子对宋句践说："你喜欢游说各国的君主吗？我告诉你游说的态度，别人理解我，我也自得其乐；别人不理解我，我也自得其乐。"宋句践说："要怎样才能够自得其乐呢？"答道："崇尚德，喜爱义，就可以自得其乐了。所以，士人穷困时，不失掉义，得意时，不离开道。穷困时不失掉义，所以自得其乐；得意时不离开道，所以白姓个致失望。古代的人，得意，恩泽普施于百姓，不得意，修养个人品德，以此表现于世。穷困便独善其身，得意便兼善天下。"

孟子说："一定要等待文王出来而后奋发的，是一般百姓。至于出色的人才，纵使没有文王，也能奋发起来。"

孟子说："用春秋时晋国六卿中的韩、魏两家大臣的财富来增强他，如果他并不自满，这样的人就远远超出一般人。"

孟子说："在求老百姓安逸的原则下来役使百姓，百姓虽然劳苦，也不怨恨，在求老百姓生存的原则下来杀人，那人虽被杀死，也不会怨恨杀他的人。"

孟子说："霸主的（功业显著，）百姓欢喜快乐，圣王的（功德浩荡，）百姓心情舒畅，杀了他，也不怨恨；给了他，也不认为应该酬谢，天天向好的方面发展，也不知道谁使他这样。圣人经过之处，人们受到感化，驻足之处，所起的作用，更神秘莫测，上与天，下与地同时运转，难道只是小小的补益吗？"

孟子说："仁德的言语赶不上仁德的音乐深入人心，良好的政治赶不上良好的教育深得民心。良好的政治，百姓怕它；良好的教育，百姓爱它。良好的政治得到百姓的财，良好的教育得到百姓的心。"

孟子说："人不待学习便能做到的，这是良能；不待思考便会知道的，这是良知。两三岁的小孩儿没有不爱他父母的，等到他长大，没有不知道恭敬兄长的。亲爱父母是仁，恭敬兄长是义，这没有其他原因，因为这两种品德可以通行于天下。"

孟子说："舜住在深山的时候，和木石为伴，与猪鹿同游，跟深山中一般人不同的地方极少；等到他听到一句好的言语，看到一桩好的行为，（便采用推行，）这种力量，好像江河决了口，汹涌澎湃，谁也阻挡不了。"

孟子说："不做我不愿做的事，不要我不想要的东西。这样就行了。"

孟子说："人之所以有道德、智慧、本领、知识，经常是由于他有灾患。只有孤立之臣、庶孽之子，他们时常提高警惕，考虑患害也深，所以才通达事理。"

孟子说："有侍奉君主的人，那是侍奉某一君主，就一味讨他喜欢的人；有安定国家之臣，那是以安定国家为乐的人；有天民，那是他的道能行于天下时，然后去实行的人；有大人，那是端正了自己，外物便随着端正了的人。"

孟子说："君子有三种乐趣，但是以德服天下并不在其中。父母都健在，兄弟没灾患，是第一种乐趣；抬头无愧于天，低头无愧于人，是第二种乐趣；得到天下优秀人才而对他们进行教育，是第三种乐趣。君子有三种乐趣，但是以德服天下并不在其中。"

孟子说："拥有广大的土地，众多的人民，是君子的希望，但是乐趣不在这儿；居于天下的中央，安定天下的百姓，君子以此为乐，但是本性不在这儿。君子的本性，纵使他的理想通行于天下，也并不因此而增，纵使穷困隐居也不因此而减，这是因为本分已固定了的缘故。君子的本性，仁义礼智根植于他心中，而表现在外的是安逸祥和，它表现在颜面，反映于肩背，延伸到手足四肢，在手足四肢的动作上，不必言语，别人一目了然。"

孟子说："伯夷避开纣王，住在北海海滨，听说文王兴起来了，兴奋地说：'何不归到西伯那里去呢？我听说他是善于养老的人。'姜太公避开纣王，住在东海海边，听说文王兴起来了，兴奋地说：'何不归到西伯那里去呢！我听说他是善于养老的人。'天下有善于养老的人，那仁人便把他作自己的依靠了。五亩地的房屋，在墙下栽培桑树，妇女养蚕缫丝，老年人足以有丝棉穿了。五只母鸡，二只母猪，加以饲养，使它们繁殖，老年人足以有肉吃了。百亩的土地，男子去耕种，八口人的家庭足以吃饱了。所谓西伯善于养老，就在于他制定了土地制度，教育人民栽种畜牧，引导他们的妻子儿女去奉养老人，五十岁，没有丝棉便穿不暖，七十岁，没有肉便吃不饱，穿不暖，吃不饱，叫做挨冻受饿。文王的百姓没有挨冻受饿的老人，就是这个意思。"

孟子说："搞好耕种，减轻税收，可以使百姓富足。按时食用，依礼消费，财物是用不尽的。百姓没有水和火便活不下去，黄昏夜晚敲别人的门房来求水火，没有不给与的，为什么呢？因为水火极多的缘故。圣人治理天下，要使粮食好比水火那么多。粮食同水火那样多了，百姓哪有不仁爱的呢？"

孟子说："孔子上了东山，便觉得鲁国小了；上了泰山，便觉得天下也不大了；所以对于看过海洋的人，别的水便难于吸引他了；对于曾在圣人之门学习过的人，别的议论也就难于吸引他了。看水有方法，一定要看它的壮阔的波澜。太阳月亮都有光辉，一点儿缝隙都一定照到。流水这个东西不把土坎流满，不再向前流；君子的有志于道，没有一定的成就，也就不能通达。"

孟子说："鸡叫便起来，努力行善的人，是舜一类人物；鸡叫便起来，努力求利的人，是盗跖一类人物。要晓得舜和盗跖的分别，没有别的，求利和求善的区别罢了。"

孟子说:"杨子主张为我,拔一根汗毛而有利于天下,都不肯干。墨子主张兼爱,摩秃头顶,走破脚跟,只要对天下有利,一切都干,子莫就主张中道。主张中道便差不多了。但是主张中道如果没有灵活性,便是拘泥于一点。为什么厌恶拘泥一点呢?因为它有损于仁义之道,只是拿起一点而废弃了其余的缘故。"

孟子说:"肚子饿的人觉得什么食物都好吃,干渴的人觉得任何饮料都甘甜。他不能知道饮料食品的正常滋味,是由于受了饥饿干渴损害的缘故。难道仅仅口舌肚皮有饥饿干渴的损害吗?人心也有这种损害。如果人们(能够经常培养心志,)不使它遭受口舌肚皮那样的饥饿干渴,那(自然容易进入圣贤的境界,)不会以赶不上别人为忧虑了。"

孟子说:"柳下惠不因为有大官做便改变他的操守。"

孟子说:"做一件事情譬如掏井,掏到六七丈深还不见泉水,还是一眼废井。"

孟子说:"尧舜的实行仁义,是习于本性,因其自然;商汤和周武王便是亲身体验,努力推行;五霸便是借来运用,以此谋利。但是,借得长久了,总不归还,你又怎能知道他不(弄假成真,)终于变成他自己的呢?"

公孙丑说:"伊尹说过'我不亲近违背义礼的人,因此把太甲放逐到桐邑,百姓大为高兴。太甲变好了,又让他回来(复位),百姓大为高兴。'贤人作为臣属,君王不好,就可以放逐吗?"孟子说:"有伊尹那样的心迹,未尝不可,如果没有伊尹那样的心迹,便是篡夺了。"

公孙丑说:"《诗》说,'不白吃饭呀',可是君子不种庄稼,也来吃饭,为什么呢?"孟子说:"君子居住在一个国家,君王用他,就会平安、富足、尊贵而有名誉;少年子弟信从他,就会孝父母、敬兄长、忠心而守信实。'不白吃饭',还有比这更好的吗?"

王子垫问道:"士做什么事?"孟子答道:"要使自己的志行高尚。"问道:"怎样才算自己的志行高尚?"答道:"行仁和义罢了。杀一个无罪的人,是不仁;不是自己所有,却取了过来,是不义。他住在哪里呢?仁便是;他走在哪里呢?义便是。住在仁的屋宇里,走在义的大路上,便够格做一个大写的人了。"

孟子说:"陈仲子,假定不合理地把齐国交给他,他都不会接受,别人都相信他,(但是)他那种义也只是抛弃一筐饭一碗汤的义。人的罪过没有比不要父兄君臣尊卑还大的,而因为他有小节操,便相信他的大节操,怎样可以呢?"

桃应问道:"舜做天子,皋陶做法官,如果瞽瞍杀了人,那怎么办?"孟子答道:"把他逮捕起来罢了。""那么,舜不阻止吗?"答道:"舜怎么能阻止呢?他去逮捕是有根据的。""那么,舜该怎么办呢?"答道:"舜把抛弃天子之位看成抛弃破鞋一样。偷偷地背着父亲而逃走,沿着海边住下来,一辈子快乐得很,把曾经做过天子的事忘记掉。"

孟子从范邑到齐都,远远地望见了齐王的儿子,长叹一声道:"环境改变气度,奉养改变体质,环境真是重要呀!他难道不也是人的儿子吗?(为什么就显得特别不同了呢？）"又说："王子的住所、车马和衣服多半和别人相同，为什么王子却像那样呢？是因为他的居住环境使他这样的；何况以'仁'为自己住所的人呢？鲁君到宋国去，在宋国的东南城门下呼喊，守门的说：'这不是我的君主呀，为什么他的声音那么像我们的君主呢？'这没有别的缘故，环境相似罢了。"

孟子说："养活他而不爱怜他，等于养猪；爱怜他而不恭敬他，等于畜养狗马。恭敬之心是在致送礼物以前就具备了的。只有恭敬的外表，没有恭敬的实质，君子便不可以被这种虚假的礼仪所拘束。"

孟子说："人的身体容貌是天生的，（这种外表的美要靠内在的美来充实它），只有圣人才能做到（不愧于这一天赋）。"

齐宣王想要缩短守孝的时间。公孙丑说："（父母死了，）守孝一年，不是还比完全不守孝强些吗？"孟子说："这好比有一个人在扭他哥哥的胳膊，你却对他说，暂且慢慢地扭吧。（这算什么呢？）只是教导他以孝父母敬兄长便行了。"王子有死了母亲的，王子的师傅替他请求守孝几个月。公孙丑问道："像这样的事，怎么样？"孟子答道："这个是由于王子想要把三年的丧期守完而办不到，那么（我上次所讲，）纵使多守孝一天也比不守孝好，是对那些没有人禁止他守孝自己却不去守孝的人说的。"

孟子说："君子教育的方式有五种：有像及时雨那样沾溉万物的，有成全品德的，有培养才能的，有解答疑问的，还有以流风余韵为后人所私自学习的。这五种便是君子教育的方式。"

公孙丑说："道是很高很好，几乎像登天一般，似乎高不可攀，为什么不使它变成可以有希望攀求的因而叫别人每天去努力呢？"孟子说："高明的工匠不因为拙劣工人改变或者废弃规矩，羿也不因为拙劣射手变更拉开弓的标准。君子（教导别人正如射手，）张满了弓，却不发箭，作出跃跃欲试的样子。他在正确道路之中站住，有能力的便跟随着来。"

孟子说："天下清明，君子便施行他的'道'；天下黑暗，君子则不惜为'道'而死；没有听说过牺牲'道'来迁就别人的。"

公都子说："滕更在您门下的时候，似乎该在以礼相待之列，可是您却不回答他，为什么呢？"孟子说："倚仗着自己的权势而来发问，倚仗着自己贤能而来发问，倚仗着自己年纪大而来发问，倚仗着自己有功劳而来发问，倚仗着自己是老交情而来发问，都是我所不回答的。（在这五条里面）滕更占了两条。"

孟子说："对于不可以停止的工作却停止了，那没有什么不可以停止的了；对于应厚待的人却去薄待他，那没有谁不可以薄待的了。前进太猛的人，后退也会快。"

孟子说："君子对于万物，爱惜它，却不用仁德对待它；对于百姓，用仁德对待他，却不亲爱他。君子亲爱亲人，因而仁爱百姓；仁爱百姓，因而爱惜万物。"

孟子说："智者没有不该知道的，但是急于当前的重要工作；仁者没有不爱的，但是务必先爱亲人和贤者。尧舜的智慧不能完全知道一切事物，因为他急于知道首要任务；尧舜的仁德不能普遍爱一切人，因为他急于爱亲人和贤者。如果不能够实行三年的丧礼，却对于缌麻三月、小功五月的丧礼仔细讲求，在尊长之前用餐，大口吃饭，大口喝汤，（没有礼貌，）却讲求不要用牙齿啃断干肉，这个叫做不识大体。"

尽心章句下

孟子说："太不仁义了，梁惠王这个人呀！仁人把他对待所喜爱者的恩德推而及于他所不爱的人，不仁者却把他加给所不喜爱者的祸害推而及于他所喜爱的人。"公孙丑问道："这话是什么意思呢？"答道："梁惠王为了争夺土地的缘故，驱使他的百姓去作战，使他们（暴尸郊野，）骨肉糜烂。被打得大败了，预备再战，怕不能得胜，又驱使他所喜爱的子弟去死战，这个便叫做把他加给所不喜爱者的祸害推而及于他所喜爱的人。"

孟子说"春秋时代没有正义战争。那一国的君主比这一国的君主好一点，那是有的。但是征讨的意思是上级讨伐下级，同等级的国家是不能互相征讨的"。

制作车轮的作坊，汉画像石，山东嘉祥洪山村。

孟子说："完全相信《书》，那不如没有《书》。我对于《武成》一篇，所取的不过两三页罢了。仁人在天下没有敌手，凭周武王这极为仁道的人来讨伐商纣这极为不仁的人，怎么会使血流得（那么多，甚至）把捣米用的长木槌都漂流起来了呢？"

孟子说："有人说，'我善于布阵，我善于作战。'其实这是大罪恶。一国的君主如果喜爱仁德，普天之下不会有敌手。（商汤）征讨南方，北方便怨恨；征讨东方，西方便怨恨，说：'为什么晚到我这里来？'周武王讨伐殷商，兵车三百辆，勇士三千人。武王（对殷商的百姓）说：'不要害怕！我是来安定你们的，不是同你们为敌的。'百姓便都把额角触地叩起头来。征的意思是正，各人都希望端正自己，那又何必要战争呢？"

孟子说："木工以及专做车轮或者车箱的人能够把制作的规矩准则传授给别人，却不能够使别人一定具有高明的技巧，（那是要自己去寻求的。）"

孟子说："舜吃干粮啃野菜的时候，似乎准备终身如此；等他做了天子，穿着麻葛单衣，弹着琴，尧的两个女儿侍候着，又好像这些本来是有了的。"

孟子说："我今天才知道杀戮别人亲人的严重性了；杀了别人的父亲，别人也就会杀他的父亲；杀了别人的哥哥，别人也就会杀他的哥哥。那么，（虽然父亲和哥哥）不是被自己杀掉的，但也相差不远了。"

孟子说："古代设立关卡是打算抵御残暴，今天设立关卡却是打算实行残暴。"

孟子说："本人不依道而行，道在妻子儿女身上都行不通；使唤别人不合于道，要去使唤妻子儿女都不可能。"

孟子说："财利富足的人荒年都不受窘困，道德高尚的人乱世都不会迷惑。"

孟子说："好名的人可以把有千辆兵车国家的君位让给别人，但是，若不是他要让的人，就是要他让一筐饭，一碗汤，脸上也会显出不高兴的神色。"

孟子说："不信任仁德贤能的人，那国家就会空虚，没有礼义，上下的关系就会混乱；没有好的政治，国家的用度就会不够。"

孟子说："不仁道却能得着一个国家的，有这样的事；不仁道却能得到天下的，这样的事就不曾有过。"

孟子说："百姓最为重要，土谷之神为次，君主为轻。所以得着百姓的欢心便做天子，得着天子的欢心便做诸侯，得着诸侯的欢心便做大夫。诸侯危害国家，那就改立。牺牲既已肥壮，祭品又已洁净，也依一定时候致祭，但是还遭受旱灾水灾，那就改立土谷之神。"

孟子说："圣人是百代的老师，伯夷和柳下惠便是这样的人，所以听到伯夷风操的人，贪得无厌的人清廉起来了，懦弱的人也有独立不屈的意志了；听到柳下惠风操的人，刻薄的人也厚道起来了，胸襟狭小的人也宽大起来了。他们在百代以前发奋而为，在百代而后，听到的人没有不为之感动奋发的。不是圣人，能够像这样吗？（百代以后还如此，）何况亲自接受熏陶的人呢？"

孟子说："'仁'的意思就是'人'，'仁'和'人'合并起来说，便是'道'。"

孟子说："孔子离开鲁国，说，'我们慢慢走吧，这是离开祖国的态度。'离开齐国，便不等把米淘完，漉干就走——这是离开别国的态度。"

孟子说："孔子被困在陈国、蔡国之间，是由于对两国的君臣没有交往的缘故。"

貉稽说："我被人家说得很坏。"

孟子说："没有关系。士人便厌恶这种多嘴多舌。《诗》说过，'烦恼沉沉压在心，小人当我眼中钉。'孔子可以说是这样的人。又说，'不消灭别人的怨恨，也不失去自己的名声。'这说的是文王。"

孟子说："贤人（教导别人，）必先使自己彻底明白了，然后才去使别人明白；今天的人（教导别人，）自己还模模糊糊，却用这些模模糊糊的东西去使别人明白。"

孟子对高子说道："山坡上的小路，经常去走它就变成了一条路；只要有一个时候不去走它，又会被茅草堵塞了。现在茅草也把你的心堵塞了。"

高子说："禹的音乐比文王的音乐好。"孟子说："这样说有什么根据呢？"答曰："因为禹传下来的钟钮都快断了。"孟子说："这个何足以证明呢？城门下车迹那样深，难道只是几匹马的力量吗？（是由于日子长久车马经过多的缘故。禹的钟钮要断绝了，也是由于日子长久了的关系呢。）"

齐国遭了饥荒，陈臻对孟子说："国内的人都以为老师会再度劝请齐王打开棠地的仓库来赈济灾民，大概不可以再这样做吧。"孟子说："再这样做便成了冯妇了。晋国有个人叫冯妇的，善于和老虎搏斗。后来变好了，（不再打虎了，）士人都拿他做榜样。有次野地里有许多人正追逐老虎。老虎背靠着山角，没有人敢于去追近它。他们望到冯妇了，便快步向前去迎接。冯妇也就将起袖子，伸出胳膊，走下车来。大家都

冯妇，选自《清刻历代画像传》。

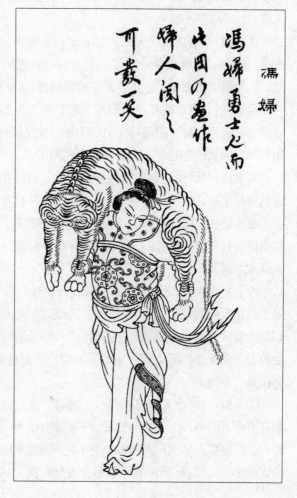

高兴他，可是作为士的那些人却在讥笑他。"

孟子说："口的对于美味，眼的对于美色，耳的对于好听的声音，鼻的对于芬芳的气味，手足四肢的喜欢舒服，这些都是人的天性使然，但是得到与否，却属于命运，所以君子不把它们认为是天性的必然，（因此不去强求。）仁对于父子之间，义对于君臣之间，礼对于宾主之间，智慧的对于贤者，圣人的对于天道，能够实现与否，属于命运，但也是天性的必然，所以君子不把它们认为是该属于命运的，（因而努力去顺从天性，求其实现。）"

浩生不害问道："乐正子是怎样的人？"孟子答道："好人，实在人。""怎么叫好？怎么叫实在？"

答道："那人值得喜欢便叫做'好'；那些好处实际存在于他本身便叫做'实在'；那些好处充满于他本身便叫做'美'；不但充满，而且光辉地表现出来便叫做'大'；既光辉地表现出来了，又能融化贯通，便叫做'圣'；圣德到了神妙不可测度的境界便叫做'神'。乐正子是介于'好'和'实在'两者之中，'美'、'大'、'圣'、'神'四者之下的人物。"

孟子说："逃离墨子一派的，一定归入杨朱这一派来；逃离杨朱一派的，一定回到儒家来。回来，这就接受他算了。今天同杨、墨两家相辩论的人，好像追逐已走失的猪一般，已经送回猪圈里了，还要把它的脚绊住，（生怕它再走掉。）"

孟子说："有征收布帛的赋税，有征收谷米的赋税，还有征发人力的赋税。君子于三者之中，采用一种，那两种便暂时不用。如果同时用两种，百姓便会有饿死的；如果同时用三种，那父子之间便只能离散互不相顾了。"

孟子说："诸侯的宝贝有三样：土地、百姓和政治。以珍珠美玉为宝贝的，祸害一定会到他身上来。"

盆成括在齐国做官，孟子说："盆成括要死了！"盆成括被杀，学生问道："老师怎么知道他会被杀？"答道："他这个人有点小聪明，但是不曾知道君子的大道，那便足以惹来杀身之祸。"

孟子到了滕国，住在上宫。有一双没有织成的草鞋放在窗台上，旅馆中人去取，却不见了。有人便问孟子说："像这样，是跟随你的人把它藏起来了吧！"孟子说："你以为他们是为着偷草鞋而来的吗？"答道："大概不是的。（不过）你老人家开设的课程，（对学生的态度是）去的不追问，来的不拒绝，只要他们怀着学习的心来，便也接受了，（那难免良莠不齐呢。）"

孟子说："每个人都有不忍心干的事，把它延伸到所忍心干的事上，便是仁；每个人都有不肯干的事，把它延伸到所肯干的事上，便是义。（换句话说，）人能够扩充不想害人的心，仁便用不尽了；人能够扩充不挖洞跳墙的心，义便用不尽了；人能够扩充不受鄙视的言行举止，（以至所言所行都不会遭到鄙视，）那随便到哪里都合于义了。（怎样叫做挖洞跳墙呢？譬如）一个士人，不可以同他谈论却去同他谈论，这是用言语来挑逗他，以便自己取利；可以同他谈论却不同他谈论，这是用沉默来挑逗他，以便自己取利，这些都是属于挖洞跳墙这一类型的。"

孟子说："言语浅近而意义深远的，这是'善言'；操守简单，效果却广大的，这是'善道'。君子的言语，讲的虽是常见的事情，可是'道'就在其中；君子的操守，从修养自己开始，（然后去影响别人，）从而使天下太平。有些人的毛病就在于放弃自己的田地，却去替别人耘田——要求别人的很重，自己负担的却很轻。"

孟子说："尧舜的美德是出于本性，汤武则经过修身来恢复本性。动作容貌无不合于礼的，是美德中极高的了。哭死者而悲哀，不是给生者看的。依据道德而行，不致违礼，不是为了谋求官职。言语一定信实，不是为了让人知道我行为端正。君子只是依法度而行，去等待命运罢了。"

孟子说："游说诸侯，就要藐视他，不要把他高高在上的地位放在眼里。殿堂的基础两三丈高，屋檐几尺宽，我如果得志，不这样干。菜肴满桌，姬妾几百，我如果得志，不这样干。饮酒作乐，驰驱畋猎，跟随的车子千把辆，我如果得志，不这样干。他所干的，都是我所不干的；我所干的，都符合古代制度，那我为什么要怕他呢？"

孟子说："修养心性的方法没有比减少物质欲望更好的。他的为人，欲望不多，善性纵使有所丧失，也不会多；他的为人，欲望很多，善性纵使有所保存，也是极少的了。"

曾皙喜欢吃羊枣，曾子因而舍不得吃羊枣。公孙丑问道："炒肉末同羊枣哪一种好吃？"孟子答道："炒肉末呀！"公孙丑又问："那么，曾子为什么吃炒肉末却不吃羊枣？"答道："炒肉末是大家都喜欢吃的，羊枣只是个别人喜欢吃的。就好比父母之名应该避讳，姓却不避讳一样；因为姓是大家相同的，名却是他一个人的。"

万章问道："孔子在陈国说：'何不回去呢！我那些学生们志大而狂放，进取而不忘本。'孔子在陈国，为什么思念鲁国这些狂放的人？"孟子答道："孔子说过，不能结交中行之士，那一定只能结识狂放之人和狷介之士吧。狂放之人进取心强，狷介之士有所不为。孔子难道不想中行之士吗？不能一定得到，所以只想次一点的了。""请问，怎么样的人才能叫做狂放的人？"

贵族豪强家居出行图，汉画像石。

孟子答道："像琴张、曾皙、牧皮这类人就是孔子所说的狂放的人。""为什么说他们是狂放的人呢？"答道："他们志大而好夸夸其谈，总是说，'古人呀！古人呀！'可是一考察他们的行为，却不和言语相吻合。这种狂放的人还得不到的话，便想和不屑于做坏事的人来交友，这又是狷介之士，这又是次一等的。孔子说：'从我家大门经过，却不进到我屋里来，我也并不遗憾的，那只有好好先生吧。好好先生，是戕害道德的贼人。'"问道："怎样的人才可以管他叫好好先生呢？"答道："（好好先生批评狂放之人说，）'为什么这样志气高扬，谈吐夸张呢？实在是言语不能和行为相照应，行为也不能同言语相照应，就只说古人呀，古人呀。'（又批评狷介之士说，）'又为什么这样落落寡合呢'？（又说，）'生在这个世界上，为这个世界做事，只要过得去便行了。'八面玲珑，四面讨好的人就是好好先生。"万章说："全乡的人都说他是老好人，他也到处表现出是一个老好人，孔子竟把他看作戕害道德的贼人。为什么呢？"答道："这种人，要非难他。却又举不出什么大错误来；要讥刺他，却也没什么可讥刺，他只是同流合污，为人好像忠诚老实，行为好像清正廉洁，大家也都喜欢他，他自己也以为正确，但是与尧舜之道完全违背，所以说他是戕害道德的贼人。孔子说过厌恶那种似是而非的东西：厌恶狗尾草，因为怕它把禾苗搞乱了；厌恶不正当的才智，因为怕它把义搞乱了，厌恶巧舌如簧，因为怕它把信实搞乱了；厌恶郑国的淫曲，因为怕它把雅乐搞乱了；厌恶紫色，因为怕它把大红色搞乱了；厌恶好好先生，就因为怕它把道德搞乱了。君子使一切事物回到经常正道便行了。经常正道不被歪曲，老百姓就会兴奋积极；老百姓兴奋积极，就没有邪恶了。"

孟子说："从尧舜到汤，经历了五百多年，像禹、皋陶那些人便是亲自看见尧舜之道而知其道的；像汤，便是只听到尧舜之道而知其道的。从汤到文王，又有五百多年，像伊尹、莱朱那些人，便是亲自看见而知其道的，像文王，便只是听到而知其道的。从文王到孔子，又有五百多年，像太公望、散宜生那些人，便是亲自看见而知其道的；像孔子，便只是听到而知其道的。从孔子一直到今天，有一百多年了，离开圣人的年代像这样的不远，距离圣人的家乡像这样的近，但是没有承继的人，那就是没有承继的人了。"

大 学

钱 玄 等译

大学的道理，在于使人的美德更加显明，在于使民众的生活不断更新，在于使人处于至善的境界。知道要达到至善的境界，就有了坚定的方向；有了坚定的方向之后，就能宁静；宁静之后，就能安心；安心之后，就能思虑；思虑之后，就会有所收获。万物都有本末轻重，万事都有先后始终。知道摆正事物的先后次序，就接近于道了。

古代想要显明美德于天下的人，首先要治理好他的国家。要想治理好国家，先要整治好他的家庭。要想整治好家庭，先要修养他自身的品德。要想修养自身品德，先要端正他的思想。要想端正思想，先要使他的意念真诚。要想使意念真诚，先要获得知识。获得知识的途径在于穷究事物的原理。穷究了事物的原理，才能获得知识。获得了知识意念才能真诚。意念真诚思想才能端正。思想端正自身品德才能得到修养。修养了自身品德，家庭才能得以整治。整治了家庭，国家才能得到治理。治理了国家，才能进而平治天下。上自天子下至庶人，一律都应该以修养自身的品德为根本。根本混乱而末节反而能治理得好，那是不可能的。轻视重要的根本，而重视次要的末节，这在古代圣人那里是没有的。这才叫做知道根本，这才是至上的智慧。

所谓意念真诚，就是不要自欺。要像讨厌臭味，像喜好美色一样出自真心，这样才算是满足了自己的心意。所以君子在一人独处的时候一定要十分小心谨慎。小人在日常生活中干坏事，无所不为，看见君子来了才躲躲藏藏，把他们干的坏事掩盖起来，故意装出善良的样子。其实别人早已看透了你自己，好像看透你的肺肝一样，这样掩盖又有什么益处？这就是所谓内心的真实情况，一定会表现于外。所以君子在独自一人的时候，一定要十分小心谨慎。曾子说："十只眼睛看着你，十只手指着你，这是多么令人畏惧啊！"财富可以装饰房屋，道德可以滋润身体，心胸宽广，身体自然舒坦。所以君子一定要使意念真诚。

《诗》上说："看那弯弯淇水旁，绿竹优美多茂盛。君子多么有文采，如切如磋多认真，如琢如磨真精细。庄重肃穆多威严，显赫盛大多神气。富有文采的君子，人们永远不忘记！""如切如磋"，是说君子讲道论学。"如琢如磨"，是说君子修养品德。"庄严肃穆"，是说君子内心的恭敬戒惧。"显赫盛大"，是说君子的仪表十分威严。"富有文采的君子，人们永远不忘记"，是说明道德茂盛，达到至善境界的人，民众是不会忘记他的。《诗》上说："啊呀！前代圣王，永远难忘！"君子赞美前代圣王能尊重贤人，爱戴亲人。小人也从前代圣王的功德中享受到各自的快乐，获得各自的利益。因此，前代圣王世世代代不会被忘记。

《康诰》说："能够显明美德。"《大甲》说："思念审察天所赋予的光明美德。"《帝典》说："能够显明崇高的道德。"这都是说道德要从自己身上显明出来。汤王的《盘铭》说：

"洗去污垢,成为新人,日日更新,还要更新。"《康诰》上说:"要把殷商遗民改造为周朝的新民。"《诗》上说:"周虽然是殷朝的旧国,但已接受天命,获得新生。"所以君子在使民众改革更新方面,是竭尽全力的。

《诗》上说:"国都一千里,是民众所居之处。"《诗》上又说:"黄鸟声声鸣,止息在山陵。"孔子说:"鸟对于自己的处所还知道选择合适的地方,人怎么可以不如鸟呢?"《诗》上说:"德行深远的文王,光明敬重知所止之处。"作为人君,就应该处于仁的地位;作为人臣,就应该处于敬的地位;作为儿子,就应该处于孝的地位;作为父亲,就应该处于慈的地位;与国人交往,就应该处于信的地位。

孔子说:"审理诉讼案件,我的才能与别人一样。一定要说有什么不同的话,那就是我想最终要使诉讼案件不再发生。使那些隐瞒实情的人不得用花言巧语来狡辩,使民众内心感到敬畏。"这可以说是知道事情的根本了。

所谓修养自身品德首先在于端正思想,是说如果心中怀有愤怒,思想就不得端正;心中怀有恐惧,思想就不得端正;心中怀有爱好,思想就不得端正;心中怀有忧患,思想就不得端正。如果心中所想的不在这里,那么眼睛虽然在看,却视而不见;耳朵虽然在听,

审听诉讼,选自清黎明绘《仿金廷标孝经图》。

却充耳不闻；嘴里虽然在吃，却尝不出滋味。这就是所谓修养自身品德首先要端正思想。

所谓整治家庭先要修养自身，是因为人的看法对自己所亲爱的人会有偏差，对自己所嫌恶的人会有偏差，对自己所敬畏的人会有偏差，对自己所同情的人会有偏差，对自己所怠慢的人也会有偏差。所以，喜爱一个人又能知道他的缺点，厌恶一个人又能知道他的优点，这样的人天下是很少的。所以有谚语说："没有人能知道自己儿子的缺点，没有人会说自己田里的庄稼长得很茂盛。"这就是所谓不修养自身，就不能整治家庭的道理。

所谓治理国家先要整治家庭，是因为家里的人教育不好却能教育好别人，是没有的事。所以君子不出家门就能完成全国的教化。子对父的孝，正是用来事奉君主的；弟对兄的悌，正是用来事奉官长的；父对子的慈爱，也正是君主用来役使民众的。《康诰》上说："爱护民众要像爱护自己的婴儿一样。"只要诚心去追求，即使不能完全达到，也相差不远了。没有听说有谁是先学会了养儿子，然后才出嫁的。国君一家讲究仁，那么整个一国都会兴起仁爱的风气；国君一家讲究礼让，那么整个一国都会兴起仁爱的风气。如果国君一人贪心暴戾，那么整个一国的人都会犯上作乱。国君的关键作用就是如此重要。这就是所谓一句话就能败坏大事，一个人就能安定国家。尧舜用仁爱来引导天下人，民众跟随了他们；桀纣用暴力来引导天下人，民众开始也跟随了他们。如果君主发出的号令跟自己的爱好相反，民众就不会跟随他。

所以君子自己身上具有这种美德，然后才能去要求别人；自己没有这种缺点，然后才能批评别人。藏于心中的东西不能推及别人，却能使别人理解，那是没有的事。所以治国首先在整治家庭。《诗》说："桃花多妖艳，桃叶多茂盛。女儿嫁过去，一家都和顺。"家里人和顺了，然后才可以教诲国人。《诗》上又说："兄弟关系真融洽"。兄弟融洽了，才可以教诲国人。《诗》又说："他的仪态无差错，才能整治四方国家。"国君只有使自己家中的父子兄弟的行为足以成为典范，然后民众才会效法他。这就是所谓治国首先在于整治家庭。

所谓平治天下，首先在于治理国家，是因为国君尊敬老人，民众就会兴起讲究孝道的风气；国君敬重长辈，民众就会兴起讲究悌道的风气；国君体恤孤独的人，民众就不会背离。所以君子有"絜矩之道"的方法。厌恶我的上级这样使唤我，我就不要这样去使唤我的下级；厌恶我的下级这样事奉我，我就不要这样去事奉我的上级；厌恶我前面的人这样对待我，我就不要这样去对待我后面的人；厌恶我后面的人这样对待我，我就不要这样去对待前面的人；厌恶我右边的人这样与我交往，我就不要这样去与我左边的人交往；厌恶我左边的人这样与我交往，我就不要这样去与我右边的人交往。这就叫做"絜矩之道"。

《诗》上说："多么快乐的君子，他是民众的父母。"民众所喜爱的他也喜爱，民众所厌恶的他也厌恶，这样才可以称之为民众的父母。《诗》上说："南山高又高，岩头多险峻。显赫的师尹，民众都看着你。"治理国家的人不可不小心谨慎，一旦偏离正道，就会受到天下人的惩罚。

《诗》上说："殷王没有失去众人的时候，他的道德也可以与上帝相配。我们今天应该借鉴殷朝灭亡的教训，要知道获得天命很不容易。"治国的道理是：得到民众就能得到国家，失去民众就会失去国家。所以君子首先要谨慎于德。有了美德才能赢得人民，有了人民才会有土地，有了土地才会有财富，有了财富才可以使用。德是根本，财是末节。轻本重末，就会与民众发生争夺。所以只顾聚积财富，民众就会离散；把财富分散给民众，民众才会凝聚。对民众说出无理的话，也会得到无礼的回报；用悖逆的手段得来的财富，也会被人以悖逆的手段夺去。《康诰》上说："天命不会永远不变。"施行善道就会得到，不施行善道就要失去。《楚书》上说："楚国没有什么可以当做宝贝，只把善德当做宝贝。"舅犯也说过："流亡在外的人没有什么可以当做宝贝，只把仁爱的品德当做宝贝。"

《秦誓》说："假若有这样一个大臣，老实诚恳，也没有其他才能，只是内心宽和，好像有很大的容量，别人有才能，就好像是他自己有才能一样；别人有美德，他内心真诚地喜爱，而不只是从嘴里说喜爱。这样的人就能容纳他，因为他能保护我的子孙后代黎民百姓，而且对国家也是有利的！如果别人有才能，他就嫉妒嫌恶；别人有美德，他就去压抑，不让他与国君接近。这样的人就不能容纳，因为他不能保护我的子孙后代黎民百姓，对国家也很危险！"仁人还要将他流放，驱逐到蛮夷之邦，不让他与我们同住在中国。这就是所谓只有仁人才懂得爱什么人，恨什么人。

看见贤人却不去推举，推举了又不肯让他居于自己之上，这便是怠慢。看见坏人却不将他摈退，摈退了又不将他疏远，这也是过错。爱好众人所厌恶的，厌恶众人所爱好的，这便是违背人的本性，这样灾难就一定会落到他身上。所以君子治国有条大道理，必须忠诚守信，才能得到它；骄纵奢侈，就会失去它。

聚积财富有一条大道理：从事生产的人多，而享用财富的人少；创造财富迅速，而使用财富缓慢，这样财富就永远充足。有仁德的人分散财富来赢得自身的美名，不仁的人却出卖自己的身体去聚积财富。没有听说国君爱好仁而民众却不爱好义的。也没有听说民众爱好义而事情不能成功的。也没有听说民众不把国家财富当做自己的财富加以爱护的。

孟献子说："家里备有车马的，就不再计较养鸡养猪的小利；有资格伐冰备用的大家，就不再养牛养马以牟利；有采邑的卿大夫家里，就不再收养专门帮他搜刮财富的家臣。与其有这种搜刮财富的家臣，倒宁愿有一个盗贼式的家臣。"这就是说明国家不应该以利为利，而应该以义为利。想要使国家长治久安却只是一心致力于聚积财富，这一定是出自小人的主意。如果国君赞赏这种小人，用小人来治理国家，天灾人祸一定会一齐到来。这时即使有善人出来，也没有办法了。这就是所谓国家不应该以利为利，而应该以义为利。

中 庸

钱 玄 等译

天生下来的叫做"性"，顺着性发展叫做"道"，依照道去修养，叫做"教"。道是不可以一刻离开的，如果可以离开，那就不是道了。所以君子在人所不见之处，特别警惕小心；对人所不闻之事，惶恐畏惧。没有什么比隐蔽的东西更能说明问题，没有什么比细微的小事更能显露本相。所以君子对自己独处时的行为和思想特别谨慎，喜怒哀乐没有表现出来时，叫做"中"，表现出来如果符合规矩，恰到好处，就叫做"和"。中是天下最大的根本，和是天下通行的道理，努力达到中和，天地就各安其所，万物就发育生长了。

孔子说："君子的言行符合中庸，而小人却违反中庸。君子符合中庸，是因为君子的言行时时处在适中的位置上。小人违反中庸，是因为小人的言论没有什么顾忌和害怕。"孔子说："中庸的道德大概是至高无上的了，民众很久以来很少有人能做到了。"孔子说："道不能实行的原因，我知道了：聪明人做得太过分，愚蠢的人却又达不到。道不能被世人所明了的原因，我也知道了：贤人的理解过了头，不肖的人又理解不了。人没有不吃不喝的，但却很少有人品尝出真味。"孔子说："道大概是难以推行了。"

孔子说："舜大概真是大智的人啊！舜乐于向人求教，善于审察浅近的言论，把别人言论中的错误遮掩起来，而把其中好的言论宣扬出来，掌握不同的对立的观点，把其中正确的适宜的意见运用到民众中去。这就是舜之所以为舜的缘故吧！"孔子说："人们都说自己聪明，可是被人赶到网罗陷阱中去，他们还不知道怎样逃避。人们都说自己聪明，可是选择了中庸的道德，却不能坚持实行一个月。"

孔子说："颜回的为人，认定了中庸的道德，得到一点正确的思想，就小心坚持着，放在心上，不让它丢失。"孔子说："天下、国家可以和别人平分共治，爵位俸禄可以辞让掉，闪光的刀刃也敢于踏上去，而要做到中庸却不那么容易。"

子路问什么叫刚强。孔子说："是南方人的刚强呢，还是北方人的刚强呢，或者还是你自己所谓的刚强呢？宽容温柔地教诲别人，不对无道的人进行报复，这是南方人的刚强，君子守着这样一种刚强。日夜与刀枪铠甲相伴，战死也不怨恨，这是北方人的刚强，尚武好斗的人守着这种刚强。君子与人和睦相处，但不迁就流俗，这才是真正的刚强啊！坚守中庸的道德永不偏侈，这才是真正的刚强啊！国家太平，走在正确道路上时，他不改变自己穷困时的操守，这才是真正的刚强啊！国家混乱，离开正道时，他宁愿死去也不改变自己的操守，这才是真正的刚强啊！"

孔子说："故意追求隐僻的生活，行动诡异，这种人后代可能会被人称述，但我不这样做。君子沿着正道前进，半途而废的事，我是不干的。君子依照中庸之道。遁世隐居而不被人知道，也永不后悔，只有圣人才能做到这一点。"君子所说的道，用途广泛却又微妙难察。平常男女虽然愚蠢，但也能略知一二；但到了极其精微之处，即使圣人也有所不知。平常的男女虽然不肖，也能实行道，但到了极其高妙之处，即使是圣人也有所不能。天地那么大，人们对它也还感到有所缺憾。所以君子的道说到大处，天下没有什么东西能容纳它；说到小处，天下没有什么东西能剖析它。《诗》上说："老鹰飞上九天，鱼儿潜入深渊。"就是说的上至于天，下至于地。君子的道，从平常男女那里开始，到了极点，也可以上至于天，下至于地，无所不至。

孔子说："道本来不是远离于人的。有人想要实行道，却远离了人，那样就不可以实行道了。《诗》上说：'砍斧柄呀砍斧柄，样式就在你眼前。'手执斧头来砍削一个斧柄，眼睛一斜就可以看到样子，还能算是远吗？所以君子是用人身上本来就有的道理来治理人，直到他改正为止。忠恕的品德与中庸之道是相差不远的。施加到自己身上而自己不愿意的东西，就不要施加到别人身上去。君子的道有四个方面，我孔丘尚未做到其中之一：要求儿子对我做到的，我先要能对父亲做到，这我还不能；要求属下对我做到的，我先要能对君上做到，这我还不能；要求弟弟对我做到的，我先要能对哥哥做到，这我还不能；要求朋友对我做到的，我先要能对朋友做到，这我还不能。在平常品德的实行，日常言论的谨慎方面，如果有不足之处，不敢不努力上进；如果做的比说的更好，也不敢把话说尽。说话要顾及自己的行为，行为要顾及自己平时的言论。君子能做到这一点，岂不是诚恳笃厚吗？"

君子根据自己现在所处的地位而行动，不羡慕自己本分以外的东西。现在处在富贵的地位，就做富贵者该做的事；现在处在贫贱的地位，就做贫贱者该做的事；现在处在夷狄的地位，就做夷狄该做的事；现在处在患难中，就做患难中该做的事。君子无论到了什么地方，都能自得其乐。身居高位，不会欺凌下面的人；身居下位，也不必巴结上级。端正自己的行为而不有求于别人，这样就无所怨恨。对上不怨恨天命，对下不归咎于人。君子守着平安的境地等待命运的安排，而小人却冒险以寻求幸运。

孔子说："射箭的方法跟君子的修养很相似，没有射中靶子，就回头在自己身上找原因。君子的修养方法，又好比长途跋涉，必须从近处开始；好比攀登高峰，必须从低处开始。《诗》上说：'夫妻和好，如琴瑟和谐；兄弟融洽，和气又欢乐；家庭处处好，儿女乐陶陶。'"孔子说："像这样，父母也就顺心如意了。"

孔子说："鬼神的功德，真是盛大无比啊！虽然看是看不见，听也听不到，但却体现在一切事物上没有遗漏。使天下的人都斋戒沐浴，穿戴整齐来恭敬地祭祀，好像到处都充满流动着鬼神的灵气，仿佛就在人们的头上，就在人们的左右。《诗》上说：'神的来到，不可预料，又岂能怠慢不敬！'神是既隐蔽微妙，又显赫明著，真实而不可遮掩，它就是像这样啊！"

孔子说："舜真是大孝啊！他的品德堪称圣人，他的地位尊为天子，他的财富包括四海之内的一切。宗庙里供奉他，子子孙孙永远祭祀他。所以有大德的人一定会得到地位，得到厚禄，得到名誉，得到长寿，可见天生育万物，也一定是根据万物不同的材质而分别加以培养的。可以栽培的就培植它，颓败倾倒的就埋没它。《诗》上说'善良快乐的君子，美好品德多么辉煌，庶民百官都适宜，接受天赐的福禄，老天保佑他成功，加重他的福禄。'所以有大德的人一定能受到天命。"

孔子说："无忧无患的人概只有文王了。他有王季做父亲，有武王做儿子。父亲创业，儿子继承。武王继承了大王、王季、文王的功业，消灭了殷纣取得了天下，自己得到了显赫于天下的名声。地位尊为天子，财富拥有四海之内的一切。宗庙供奉他，子孙祭祀他。武王晚年接受天命，周公

周武王，选自《乾隆年制历代帝王像真迹》。

最后完成文王、武王的功业，追封太王、王季为王，以天子之礼祭祀列祖列宗。这种礼仪，一直推广到诸侯、大夫以及士、庶人。凡父亲是大夫，儿子是士，父亲死了，就用大夫之礼来安葬，用士之礼来祭祀。凡父亲是士，儿子是大夫，父亲死了，就用士之礼来安葬，用大夫之礼来祭祀。一年的丧期，实行到大夫为止；三年的丧期，实行到天子，对父母的丧服，则无论贵贱，都是一样。"

孔子说："武王、周公可以说是达到孝的极点了吧！所谓孝，就是善于继承先人的遗志，善于完成先人的事业。春秋季节修缮祖庙，陈列先人的祭器，摆设先人的衣裳，供奉时令食品。宗庙的礼节，就是要用来排列昭穆的次序。按照爵位排列次序，是用以区分贵贱等级；安排各项职事，用来辨别才能的高下。旅酬时，尊者酬卑者，是为了使地位卑贱的人也能参加宴饮。宴饮时按年龄排座次，是为了区分长幼的次序。踏上各自的位置，施行一定的礼节，演奏一定的音乐，对尊者表示敬意，对亲人表示爱戴；事奉死者如同事奉活人一样，祭祀亡灵仿佛它就在眼前一样，真是孝到极点了啊！郊社的礼仪，是用来事奉上帝的；宗庙的礼仪，是用来祭祀先祖的。明白了郊社的礼仪和禘尝的意义，那么，治理国家如同放在自己手掌之上，就容易做到了。"

哀公问起为政的道理。孔子说："文王、武王的政策都明白记载在典籍中。如果今天有像文王、武王这样的人，他们的政策就能实行；没有这样的人，他们的政策也就消亡

宴乐图，东汉画像砖，1954年四川成都市郊出土，中国历史博物馆藏。

了。有了这样的人，推行政策就很迅速；就像有了肥沃的土地，栽种的树木就会迅速生长一样。政策，就好像种蒲苇一样，很快生长。所以为政的关键在于获得人才，选取人才要看他自身的品德，修养自身的品德就要遵道，遵道首先要从仁做起。所谓‘仁’就是指人性，尊敬亲人是其中最重要的内容；所谓‘义’，就是指合宜，尊重贤人是其中最重要的内容。尊重亲人有亲疏的等级，尊重贤人也有上下的级别，礼就是从这里产生的。所以君子不可不自我修养，想要自我修养，不可以不事奉双亲；想事奉双亲，不可以不懂得人性；想懂得人性不可不懂得天道。天下通行的伦常道理有五条，用来实践这些伦常道理的品德有三点。君臣关系、父子关系、夫妻关系、兄弟关系、朋友交往，这五条是天下通行的伦常道理。智、仁、勇，这三点是天下通行的品德，是用来推行五种伦常之道的。有的人是生来就知道这些道理，有的人则需经过学习才知道，还有的人是在遇到困惑之后去学习才知道。但等到他们真的知道了，那都是一样的了。有的人是安然自得地去实践这些道理，有的人看到有利才去实践，还有的人是勉强自己去实践。但等到他们获得了成功，那都是一样的了。”

孔子说：“好学的品格近似于智，努力实践的品格近似于仁，知道羞耻的品格近似于勇。知道这三点，就知道怎样修养自身了；知道怎样修养自身，就知道怎样治理别人了；知道怎样治理别人，就知道怎样治理天下国家了。治理天下国家有九项通常的纲领：修养自身、尊重贤人、爱戴亲人、尊敬大臣、体察群臣，爱护百姓、招来百工、怀柔四夷、安抚诸侯。修养自身，道德就确定了；尊重贤人，就不会昏聩；爱戴亲人，父辈和兄弟就不会产生怨恨；尊敬大臣，就不会被人迷惑；体察群臣，士人就会以礼相报；爱护百姓，百姓就会更加努力工作；招来百工，财物用品就会丰富；怀柔四夷，四方的人就会归顺；安抚诸侯，天下的人就会敬畏。斋戒沐浴，正其衣冠，不做不符合礼的事，这是用来修身的方法。远离谗佞小人和美色，鄙视财货，看重品德，这是用来鼓励贤人的方法。提高他们的地位，增加他们的俸禄，表示出与他们相同的喜好和厌恶，这是用来勉励人们爱戴亲人的方法。给大臣安排众多的属官，供他使用，这是用来勉励大臣的方法。给予信任，加重俸禄，这是用来勉励士人的方法。适时使用，减少征税，这是用来勉励百姓的方法。每日每月进行检查考核，按照事功大小发放口粮，这是用来勉励各种工匠的方法。来时迎接，去时欢送，表彰有善行的人，同情能力低的人，这是用来怀柔四夷之人的方法。延续断绝了的世系，恢复灭亡了的小国。整治动乱，扶持危亡，适时举行朝见聘问，加重赏赐，减少贡纳，这是用来安抚诸侯的方法。治理天下国家有九条纲领，而能使它得到推行的只有一个东西，就是'诚'。一切事情，预先有准备才能成功；预先没有准备就要失败。说话之前打定主意，就不会栽跟头；做事之前先打定主意，就不会遇到困难；行动之前先打定主意，就不会产生忧虑；实行道德之前先打定主意，就不会行不通。处在下级的位置上，如果得不到上级的信任，就治理不好民众。想要得到上级的信任是有方法的：如果不取信于朋友，就不能得到上级的信任。想取信于朋友也是有方法的：如果不能孝顺父母，就不可能取信于朋友。想孝顺父母也是有方法的：如果反躬自问，内心不诚，就不能孝顺父母。想使内心真诚也是有方法的：如果不明白什么是善，就不会使内心真诚了。诚，是天所固有的道；想达到诚，则是人所遵循的道。天生的诚，是不必勉强就很适宜，不必思虑就来到心中，自然而然地合于道的要求。这只有圣人才能做到。通过实践达到诚，就是要选择了善道并且坚持不放。广泛地学习，详细地询问，慎重地思考，明确地辨析，坚定地实行。要么不学，一旦去学，不学会就不放弃。要么不问，一旦去问，弄不懂就不放弃。要么不思考，一旦思考，不想个明白就不放弃。要么不辨析，一旦辨析，不辨个清楚就不放弃。要么不实行，一旦实行，实行得不坚实就不放弃。别人一次就能达到的，我用一百次；别人十次能达到的，我用一千次。如果真能照这方法去做，即使是愚蠢的人也会变得聪明，即使是柔弱的人也会变得刚强。由内心真诚而达到明白事理，这就是先天的本性；由明察事理而进入诚的境界，则是后天的教化。真诚就一定会使人明白事理，明白事理也一定会使人真诚。只有具备了天下最高之诚的人，才能充分实现天赋的本性；能充分实现自己的本性，才能充分发挥别人的本性；能充分发挥人的本性，才能充分发挥物的本性；能充分发挥物的本性，就可以帮助天地化育万物，与天地并立为三了。次一等的人，则应该从推究事理的某一方面做起，这样也能达到诚。有了诚就会表现于外，表现于外就会变得显著，显著起来就会发出光明，发出光明就会感动外物，感动外物就会引起变化，引起变化就会产生化育之功。只有达到天下最高的诚，才能产生化育之功。最高的诚道，可以用来预测未来。国家将要兴盛，一定会出现吉祥的征兆。国家将要灭亡，必定会出现灾祸的萌芽。这些都会在占卜中显示出来，在人们的举止行动中体现出来。祸福将要到来时，是好事，预先就能知道；是坏事，预先也能知道。所以说最高的诚就像神一样先知先觉。诚是自己完成的，道是自己运行的。诚是万物的根本，没有诚就没有万物。所以君子以达到诚为贵。诚又并非只是自我完成而已，同时也成就外物。自我完成，就叫做"仁"；成就外物，就叫做"智"。仁、智两者是天性的道德体现，也是内外之道的结合。像这样随时施行都能处处适宜。至高的诚是永不止息的，不止息就能长久，长久就会产生效验，有了效验就能悠久无穷，悠久无穷就会变得广博厚重，广博厚重就会变得高大光明。广博厚重就可以承受万物，高大光明就可以笼罩万物。悠久无穷，就可以完成万物的生长。广博厚重可以与地相配，高大光明可以与天相配，悠久无穷就像天地一样万世长存。如果这样，那么不用自我展现就已经很明显；不必有所动作，就能变化万物；无所作为，就能获得成功。天地之道用一个字就可以全部概括：这就是"诚"。天地真诚不二，生长万物，神奇莫测。天地之道，真是广博、厚重、高大、光明、悠久、无穷啊！且说这个天，看上去只不过这么一点点光亮，但它那无穷无尽的整体，却悬挂着日月星辰，覆盖着天下万物。且说这个地，只不过是一撮一撮的土组成的，但它那厚重的整体，承受着华山却不嫌重，收容了河海却不漏掉一滴水，负载着万物。再说这山，只不过是一块块小石头组成，但在它那广大的整体上，草本生长，禽兽居住，发掘出丰富的宝藏。再说这水，只不过是一瓢一瓢的水组成的，但在它那浩瀚莫测的总体里，却生长着鼋鼍鲛龙鱼鳖，出产了无尽的财富。《诗》上说：'只有天命，美好无比，永不止息。'这大概就是说的天之所以成为天的道理。'宏大光明，文王之德，多么纯净'，这大概就是说明文王之所以被谥为"文"，是因为他的品德真诚纯洁，也像天地一样永不止息。多么伟大啊，圣人的道！它广博无边，化育着万物，它高大无比，与天并齐。多么充足宽裕啊！礼的纲要有三百，礼的细则有三千，等待着真正的贤人来实行。所以说，如果不具备最高的德行，最高的道是不会完成的。所以君子既尊重先天的道德本性，又加强后天的学习求教；既遍游广大宽宏的领域，又深入到精妙细微之处；既达到极其伟大高明的境界，又遵循着中庸平常的道路。温习旧学问，以便进一步探求新知识；加强道德修养，使道德更加深厚，用以崇尚礼仪。所以身居高位不骄横傲慢，身为臣下也不悖乱无礼。国家有道，他说出话来足以使国家兴旺；国家无道，他的沉默足以使自己容身于乱世。《诗》上说：'精明而又智慧，可以保全自身。'大概就是说的这个吧。"

孔子说："愚蠢的人却喜欢刚愎自用，卑贱的人却喜欢独断专行，生活在当今的时代，却要恢复古代的做法，像这样的人，灾难是一定会落到他们身上的。不是天子，就不得讨论礼仪，不得制订法度，不得考订文字。如今天下车轨标准相同，书写文字相同，行为准则相同。即使有天子的地位，如果没有圣人的道德，也不敢随意制礼作乐。同样，即使有圣人的道德，如果没有天子的地位，也不敢随便制礼作乐。"孔子说："我要讲解夏代的礼仪，但现在杞国的情况已经不足以考证出夏礼的原貌了。我要学习殷代的礼仪，现在仅有宋国保存着一些殷礼的情况。我学习周代的礼仪，那正是当今实行着的礼仪，所以我遵从周礼。治理天下有三件重要的事，做好这三件事大概就很少会有过错了。前代的礼仪虽然好，但现在已无法验证；无法验证，就不能使人相信；不能使人相信，民众就不会遵从。不在位的贤人所提倡的礼仪虽然好，但他没有尊贵的地位，所以他订的礼仪也没有权威，没有权威民众也不会遵从，所以君子的道，是以自身的德性为根本，同时要在民众中得到验证，对照三王的礼法也没有差错，树立于天地之间不会产生违背不合之处，对证于鬼神也无可置疑，等到千百年以后的圣人来检验也没有疑惑。对证于鬼神无可置疑，这是知天；让千百年以后的圣人检验没有疑惑，这是知人。所以君子一切举动，都能世世代代让天下人称道；一切行为，都能世世代代让天下人仿效；一切言论都能世世代代作为天下人的法则。远离了它就会感到十分渴望，靠近了它也永远不会厌倦。《诗》上说：'在那里没有嫌恶，在这里没有厌倦，几乎日夜不懈怠，永远保持好声誉。'君子没有不这样做而能早有声誉于天下的。"

仲尼远承尧舜的传统，近取文武的法则，上取法于天时，下因循着地理。好比伟大的天地，没有什么装载不下，没有什么覆盖不了。又好比四季循环运转，日月交替照耀，万物一齐生长发育，互不妨害；各种规律一同运行，互不违背。小德好像条条河水，奔流不息；大德敦厚化育之功，永无穷尽。这就是天地之所以伟大的缘故。

只有天下最伟大的圣人，才能做到聪明智慧，足以君临天下；宽广充裕，温和柔顺，足以容纳一切；奋发坚强，刚毅果断，足以决断天下大事；恭敬庄重，中和公正，足以令人敬畏；文章条理，精细明察，足以辨别是非。他的德行周遍而广阔，深沉而有根本，好像深潭一样。他一出现，民众没有不表示敬意的；他一说话，民众没有不相信的；他一行动，民众没有不喜悦的。所以他的美好名声充满了整个中国，并传播到四方边远民族。凡是车船所能到达的，人力所能通行的，天所覆盖，地所承受，日月所照耀，霜露所坠落的一切地方，凡是一切有生命血气的人，无不尊敬他、亲近他。所以说圣人的德性是与天相配的。

只有天下最高的诚，才能规划天下的大纲领，树立天下的大根本，知道天地的化育，哪里还需要依赖其他事物？其仁爱是多么诚恳，其深沉像渊水一样，其浩荡像天空一样。如果不是本来就聪明智慧，道德通天的人，谁能真正知道呢？

《诗》上说："锦袍穿在内，外面罩单衣。"这就是厌恶华美的纹彩过于显露。所以君子的道，开始时虽然暗淡，却一天天逐渐显示出内在的光辉；小人的道开始时虽然鲜艳，却一天天逐渐失去外表的光彩。君子的道，清淡而不使人厌倦，简朴而内含文采，温和而条理分明。如果知道由远及近的道理，知道风气的形成是从哪里开始的，知道事物总是从微小走向显著，那就可以进入道德修养的门径了。《诗》上说："鱼儿潜伏在水中，也能看得很分明。"所以君子自我反省，不感到内疚，也就无愧于心。君子有常人所不能达到的，大概就是人所不见的内心世界了。《诗》上说："看你独自在屋里，也能光明无愧于心。"

所以君子尚未动作，就已怀着敬意；尚未说话，就已存有诚信。《诗》上说："奏起大乐默无声，此时更无吵和争。"所以君子不必行赏，民众就已经受到鼓励；不必发怒，民众对他的敬畏就已经超过了对刑戮的畏惧。《诗》上说："多么光辉的德行，四方诸侯来效法。"所以君子只要笃实恭敬，天下自然就会太平。《诗》上说："高明道德在心中，不靠声色吓唬人。"孔子说："依靠严厉的声色来教化民众，那是末等的方法。"《诗》上说："德轻如羽毛。"羽毛还是有类可比、可以形容的东西。而"上天之道的运行，没有声音和气味"，这才是至高无上的境界。

周　易

宋祚胤　译

前　言

　　任何一种事物都受环境条件制约，不首先弄清楚《周易》是在什么时候写成的，要读懂它就有困难。传统说法是，伏羲画八卦，周文王把八卦演化为六十四卦，并写出卦辞和爻辞，是《周易》在西周初年成书。关于伏羲画卦，近人多不相信。"文王拘而演《周易》"，也只是司马迁的一家之言，考之于《尚书·周书》，并没有片言只字记载。相反，《大诰》却说"宁王惟卜用"。因此要说由文王写出一部在书的组成形式和语言资料方面都对古代筮书有所沿袭的《周易》就成为不可能，何况《周易》有不少爻辞都绝不能出于文王之手，更是《周易》不作于文王的证明。明夷六王"箕子之明夷"，是武王戴文王木主以观兵于孟津以后的事，文王不能事先知道。夬卦九四"牵羊悔亡"，是微子在武王伐纣灭商以后的事，文王也不能事先知道。履卦六五"武人为于大君"，是厉王末年的"伯和篡位立"（《竹书纪年》），就更不是文王所能知道的了。《周易》既然不是文王作的，传统的《周易》作于西周初年的说法就难以成立了。

　　近年有人提出《周易》写成于西周末年，值得重视，今论证如下。

　　《周易》语言与《尚书·周书》比较，要容易懂得多，不像《周书》那样艰深难读，例如屯卦六二"女子贞不字，十年乃字"，损卦六三"三人行则损一人，一人行则得其友"，归妹上六"女承筐，无实，士刲羊，无血"，都与后来春秋时代书面语言接近，因此与其说成书于西周初年，不如说成书于西周末年。

　　如上指出，"武人为于大君"是记载了厉王时候的事，但只凭这一条断定《周易》作于西周末年，论据还嫌不足。明夷九三有"于南狩"，升卦卦辞有"南征吉"，都是说要向南方楚国用兵，并希望取得胜利，应该是写在"昭王南征而不复"（《左传》僖公二年）。和"穆昔南征军不归"（韩愈诗）之后，其时已接近西周末年。再加上《周易》充满阴阳观念，它的六十四卦都是由阳爻和阴爻组成，但全书却还没有阴阳这两个词，要到宣王大臣虢文公才说"阴阳分布，震雷出滞"（《国语·周语》），因此《周易》成书不可能在宣王时候。上不能到昭王穆王，下不能到宣王，但又记载了有关厉王的大事，因此要说《周易》成书

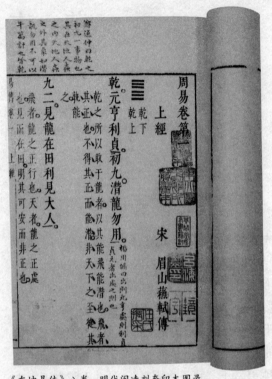

《东坡易传》八卷，明代闵凌刻套印本图录。

于西周末年，该可以讲得过去了。

《周易》是为什么写的？这是一个最值得研究的核心问题。《周易》大量提到王和大人、君子，并着重加以表现。坤卦六三和讼卦六三都有"或从王事"，师卦九二有"王三锡命"，比卦九五有"王用三驱"，随卦上六有"王用亨于西山"，蛊卦上九有"不事王侯"，离卦上九有"王用出征"，家人卦九五有"王假有家"，蹇卦六二有"王臣蹇蹇"，益卦六二有"王用享于帝"，夬卦卦辞有"扬于王庭"，萃卦卦辞有"王假有庙"，井卦九三有"王明，并受其福"，丰卦卦辞有"王假之"，涣卦卦辞有"王假有庙"，九五有"涣王居"，王一共出现十六次。还有大人，在《周易》与王同义。乾卦九二和九五，讼卦卦辞，蹇卦卦辞和上六，萃卦卦辞和巽卦卦辞，都有"利见

大人"，升卦卦辞有"用见大人"，否卦六二有"大人否"，九五有"大人吉"，困卦卦辞有"大人吉"，革卦九五有"大人虎变"，大人一共出现十二次。还有不少"君子"也指王，例如同人卦卦辞"同人于野，亨，利涉大川，利君子贞"，就是说有一个王在集合人众；革卦上六"君子豹变"，豹变犹言虎变，是君子就是大人。还有大君，在《周易》与王同义，出现三次，即师卦上六的"大君有命"，履卦六三的"武人为于大君"，和临卦六五的"大君之宜"。天子出现一次，即大有卦九三的"公用亨于天子"。这些应该可以说明，《周易》是为了西周一个王写的。但到底是哪一个王呢？从"于南狩"和"南征吉"看，不可能是昭王、穆王和他们以前的王，因为西周初年还没有向楚国用兵，而昭王、穆王用兵又都是失败。从"武人为于大君"看，不可能是写共王、懿王、孝王和夷王，因为他们在位时还没有出现这件事。从宣王时龙开始有阴阳这一对词看，《周易》的王不可能是宣王，因为《周易》还没有这一对词。根据这些情况可以断定，《周易》所写的王不能是厉王以前的王，也不能是厉王以后的王，而只能是厉王了。

《周易》为厉王而作，在有些卦也能看出苗头。例如把睽卦九二"遇主于巷"和九四"遇元夫"联系起来，就是说有一个大夫（元夫）在深宫永巷之中碰上了厉王（主），是厉王受到武人囚禁的证明。再例如明夷卦初九"君子于行，三日不食，有攸往，主人有言"，

就是说厉王在被流放到彘的道路中忍饥挨饿，稍有行动，就受到如同于主人的武人责骂。还例如旅卦九四"旅于处；得其资斧"，就是说有一个旅居异乡的人还掌握着齐斧（资斧应作齐斧，即黄钺），也就是还掌握着天子用来指挥天下的黄钺，这就更非常明白地显示出被流放于彘而成为羁旅之人的是厉王了。

《周易》表现出作者希望厉王恢复王位，中兴西周的思想，乾卦九五的"飞龙在天"，坤卦六五的"黄裳元吉"，是集中而鲜明的反映。这是由于对故国西周的热爱而流露出来的爱国思想。至于厉王是昏暗之君，不能寄托什么希望。作者也很知道，一个蛊卦就全是讲厉王有严重错误的。井卦九三"井渫不食，为我心恻，王明，并受其福"（水井淘干净了却不去喝，使我心里难过，王如果英明，我们都会得到好处），也是作者对厉王不能勤于政治的担心和昏聩不明的指责。旅卦初六"旅琐琐，斯其所取灾"（这个羁旅之人渺小得很，这是他遭受灾难的原因），更严厉斥责了厉王不识大体，监谤专利，以致目取放逐的过失。至于西周的终难复兴，丰卦上六"丰其屋，蔀其家，窥其户，阒其无人"（屋子很大，可是房里却像被草席子遮住那样昏暗，从门户中向里面看，静悄悄地没有一个人），已经用比喻形象地指出；而西周将终于顶不住，会迁都到别处去，益卦六四"利用为依迁国"（用来作为依靠迁都的国家得到好处），也明确地给揭示出来了。这些都说明，《周易》作者希望厉王复国中兴，无非是尽他的一片忠君爱国之心罢了。

《周易》作者为了帮助厉王复国中兴，提出了一些理论和方法，先从政治方面看。

一、策略战略：厉王要复国中兴，最要紧的是用武力赶走武人。其时厉王弱小，武人强大，要达到目的，就得以退为进和以后取先，去以柔克刚和以弱胜强，这些就是《周易》作者希望厉王采取的策略和战略，在不少卦都有表现，而以小过卦为最集中突出。小过卦卦辞："可小事，不可大事。飞鸟遗之音，不宜上，宜下，大吉。"这些是说，应该居于小而不居于大，应该肯定下而不肯定上，才会以小胜大，以下克上而大吉。这就是要运用以退为进和以后取先的策略，去取得以柔克刚和以弱胜强的战略效果。

二、两手并用：对武人要讨伐，是武的一手。还要安抚，是文的一手。需卦上六"入于穴"，是说对武人要进行讨伐。比卦六二"比之自内"，是说对武人要加以安抚。需卦在前，比卦在后，显示出应该以武为主，以文为辅，二者要很好地结合起来。

三、宽大政策：讼卦九三"不克讼，归而逋，其邑人三百户无眚"，是说武人与厉王打仗打败了，他领地内的人将不会受到牵连。这是《周易》作者提醒厉王要注意宽大政策，以分化瓦解武人内部。

四、严明赏罚：讼卦上九"或锡之鞶带，终朝三褫之"，是告诉厉王，将领如果有功，就厚予赏赐，如果打败，就严加惩罚，以提高战斗力。

五、求贤相助：这在《周易》大都用男求女做比喻，如咸卦卦辞"取女吉"，家人卦卦辞"利女贞"等。

六、重视人民：同人卦卦辞"同人于野"和上九"同人于郊"，都是说要在广大范围内团结人民，讨伐武人。

七、注意德治：临卦卦辞"至于八月有凶"，是反对残暴政治。周历八月是夏历六月，正是骄阳似火，灼石流金的时候，用来比喻残暴政治是恰当的。上六"敦临"，是说要以宽厚为治，不能虐待人民。把两方面结合起来，就是《周易》作者要厉王在赶走武人以后，必须痛改前非，"为政以德"。

八、进行改革：革卦九五"大人虎变"，是说改革将在厉王主持下进行，并取得很大成绩。鼎卦卦辞"元吉，亨"，是指出改革将使国家大吉，国运亨通。革卦和鼎卦的改革思想，是《周易》作者要厉王得到解脱后用来复兴西周的。

《周易》还有不少哲学思想，也服务于厉王的复国中兴。这些就是孚、中行、道和无为以及循环论。

孚在《周易》出现四十二次，以讲成"唯天下至诚为能化"（《中庸》第二十三章）的诚的为最多，也最重要。一个人只要有这种孚就"勿问元吉"（益卦九五，不用问都大为吉利），或"有孚维心，亨，行有尚"（坎卦卦辞，只要内心有诚，就凡事顺利，所作所为都有很高成就）。这种孚服务于周厉王的复国中兴是明显不过的，而在《周易》作者心目中周厉王有这种孚是必然的，因为他是天子。

《周易考》，明代闵凌刻套印本图录。

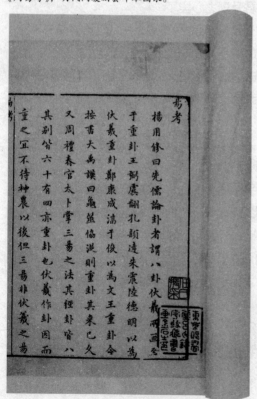

这种孚能使一个人所作所为恰到好处，如益卦六三的"有孚，中行"。中行就是中道，即不偏不倚，无过无不及。具有这种品德的人当然不能遭到放逐，而应该君临天下了。《周易》的中行也是为厉王复国中兴服务的。

《周易》由孚生道，见于随卦九四"有孚在，道以明"。这是说有孚存在，道就彰明，是由孚生道的一种说法，在我国哲学发展史上是首创，并为周厉王政治服务。履卦九二"履道坦坦，幽人贞吉"，是说走上大道的坦途，即使囚犯也会以合于正道而吉利。幽人指被幽禁的人，而厉王当时正好是一个被幽禁的人。他以得到道的帮助而贞吉，也就是得到道的帮助而解脱，从而道也就是帮助周厉王复国中兴的强大武器了。"履道坦坦"的道不是道路的道，是大道的道，因为囚犯走在道路上哪能贞吉，只有得到大道帮助才能贞吉。

《周易》有无为思想。大壮卦九三"小人用壮，君子用罔"，是说小人（武人）以力量欺人，君子（厉王）凭无为取胜（罔，无，指无为），这是以武力与无为对比，来显示无为正确。小过卦九四"往厉，必戒，勿用，永贞"，是说搞过分了会有危险，一定要防止，只有无为，才永远正确。这是用过分与无为对比，来显示无为正确。无为不是不为，而是不凭主观去为，全凭客观去为，无处不尊重实际，就无往而不利，也就是无不为了。《周易》的无为无不为是从与武人作斗争的策略和战略发展来的，因为柔弱取后，接近于无为，刚强得先，接近于无不为，以柔弱取后而刚强得先，就接近于无为而无不为了。无为也是《周易》作者要厉王用来与武人作斗争的武器，因为尊重客观是有助于取得胜利的。

《周易》创立了循环论。泰卦卦辞"小往大来"，是说阴去了阳会来，否卦卦辞"大往小来"，是说阳去了阴会来，合起来看，就是阴和阳在进行循环。这种理论用于一个王朝的盛衰，就是盛了以后会衰，衰了以后还会盛，或盛或衰，循环不停。乾卦用九"见群龙无首"，就是说出现一群龙既没有为首的，也没有尾随的，用来比喻西周王朝的盛和衰将循环不停，"飞龙在天"以后就"亢龙有悔"，"亢龙有悔"以后还会"飞龙在天。"这样，厉王衰了还会盛，西周王朝衰了也还会盛，是《周易》作者所十分盼望的。但是如果按照循环论，那厉王还会衰下去，西周王朝也还会衰下去，这是《周易》作者所不乐意看到的。于是他在把循环论用于厉王或西周王朝的时候，就只从衰到盛，不再从盛到衰。否卦九五"休否，大人吉，其亡？其亡？系于苞桑"，就是说恶劣命运将要终止（休），厉王终归吉利，厉王会失掉江山社稷吗？厉王会失掉江山社稷吗？国命是像拴在一丛桑树上那样牢固的。这些说明了《周易》的循环论只有助于厉王和西周王朝从衰到盛，再不管从盛到衰，也就是只从"亢龙有悔"循环到"飞龙在天"，就凝定而不移。这样《周易》的循环论就成为半截子循环论。不过《周易》毕竟还是创立了循环论，复卦卦辞的"反复其道"是作了明确表达的。

为了正确理解《周易》，必须摒弃两种错误研究方法。

一、爻位说：爻位说是把一个卦的六个爻分成阳位和阴位，初、三、五是阳位，二，四、六是阴位。阳爻居于阳位，阴爻居于阴位，是得位而吉，否则便是失位而凶。《周易》是一部政治哲学书，内容错综复杂，现在却用人为的模式去套，怎么能不窒碍难通呢？例如恒卦九四"田无禽"（打猎没有得到鸟兽），《小象》说："久非其位，安得禽也？"，这是认为阳爻居于阴位就不吉利（九是阳爻，四是阴位）。大壮卦六五"丧羊于易"（由于马虎失掉了羊），《小象》说："'丧羊于易'，位不当也。"这是认为阴爻居于阳位也不吉利（六是阴爻，五是阳位）。但通查《周易》，在绝大多数情况下爻位说都讲不通。既济卦九三"高宗伐鬼方，三年克之，小人勿用"，是说由于用了小人，拖延了胜利时间，不能说阳爻以得位而吉。未济卦六五"贞吉，无悔，君子之光，有孚，吉"，是说君子以正确吉利，没有悔恨，还前途广阔，是由于内心有诚，不能说阴爻以失位而凶。在爻位说基础上附会起来的有相应说，即初爻与四爻相应，二爻与五爻相应，三爻与上爻相应。阳爻与阴爻，阴爻与阳爻相应，是顺应而吉；阳爻与阳爻，阴爻与阴爻相应，是敌应而凶。这些与《周易》也不相合。恒卦（䷟）《象传》："刚柔皆应，恒，恒，亨。"是说初六与九四相应，九二与六五相应，九三与上六相应。相应的或者是阴爻与阳爻，或者是阳爻与阴爻，都以顺应而吉。艮卦（䷳）《象传》"上下敌应，不相与也。"是说初六与六四相应，六二与六五相应，九三与上九相应，相应的或者是阴爻与阴爻，或者是阳爻与阳爻，都以敌应而凶。这些是否合于《周易》实际？恒卦九三"不恒其德，或承之羞，贞吝"，上六"振恒，凶"，都明明是凶不是吉，要说以顺应而吉，没有根据。艮卦初六"艮其趾，无咎"，六四"艮其身，无咎"，都明明是吉不是凶，要说以敌应而凶，也没有根据。《周易》本身证明相应说也是不符合《周易》实际的。在爻位说基础上附会起来的还有得中说。所谓中，是指内外卦的中爻，即内卦的二，外卦的五。以阴爻居于二，就既得中，又得正，以阳爻居于五，也既得中，又得正，都非常吉利。但用《周易》检验，情况却不是这样。同人卦六二"同人于宗，吝"，履卦九五"夹履，贞厉"，都是凶不是吉，得中说也与《周易》实际不合。在爻位说基础上附会起来的还有关系说，即阴爻居于阳爻之下是正确关系，因而吉利；阴爻居于阳爻之上是错误关系，因而凶险。这也是把爻的关系固定下来，用一个死板模式去套的。履卦六三"履虎尾，咥人凶"，并不以居于九四之下而吉。小畜卦六四"有孚，血去，惕出，无咎"，也不以居于九三之上而凶。关系说同样禁不起《周易》本身的检验。此外还有从爻位变化而引起卦的变化的卦变说。例如泰卦（䷊），朱熹《周易本义》"自归妹来，则六往居四，九来居三。"这是说归妹卦（䷵）六三上升成为六四，九四下降成为九三，就变成泰卦。一个卦还可以同时从几个不同的卦变来，则如随卦（䷐），朱熹《周易本义》："以卦变言之，本自困卦九来居初，又自噬嗑九来居五，而自未济来者兼此二变。"这是说困卦（䷜）九二下降成为初九，初六上升成为六二，就变成随卦；噬嗑卦（䷔）上九下降成为九五，六五上升成为上六，也变成随卦；未济卦（䷿）初六上升成为六二，九二下降成为初九，上九下降成为九五，六五上升成为上六，也变成随卦。这些在《周易》都全无根据，对研究《周易》也是一种干扰。

　　二、占筮说：占筮是利用《周易》本身所绝对不存在的以爻的性质变化所引起的卦的变化来预测吉、凶、祸、福。用这种方法研究《周易》最早见于《左传》庄公二十二年周史为陈厉公小儿子推算未来，"遇观之否"，即观卦（䷓）六四变九四，成为否卦（䷋）。周史用变爻六四爻辞"观国之光，利用宾于王"，断定陈厉公小儿子和他的后代将前途远大。《左传》和《国语》常以《周易》为占筮，《易大传》的《系辞传》和《说卦传》更是推波助澜。《周易》是否在搞占筮？从三个方面看，回答都是否定的。

　　首先蒙卦卦辞有"初筮告，再三渎，渎则不告"，比卦卦辞有"原，筮，元永贞，无咎"似乎都可以成为《周易》在搞占筮的证明。但是除了这两个筮字以外，《周易》就再也没有提到筮。而且关于蒙卦的筮字，不少人还认为不是讲筮，而是借来作为决定和砚究的意思。例如程颐《易传》就说："筮谓占决卜度，非谓以筮龟也。"关于比卦的筮字，孔颖达《周易正义》也说："筮，决其意。"即一般地断定一件事情的意义，与占筮也无关。《周易》全书只有这两个筮字，还都不指占筮，如何能认为《周易》是占筮之书呢？

　　其次，《周易》不但不搞占筮，还反对占筮，革卦九五"大人虎变，未占有孚"，是说君王进行改革像老虎那样变得文采斑斓，成绩显著，不占筮也很能相信。说不占筮也很能相信，就说明《周易》是不搞占筮的。（有，古汉语用在形容词或意动词前面可以是程度副词，讲成很。《诗经·国风·谷风》"有洸有溃"，就是很威武，很愤怒。洸，威武，是形容词。溃，愤怒，是意动词。本爻的孚意义是相信，是意动词。）由于《周易》不讲占筮，更不相信占筮，所以后来几个最伟大的学者像老子、孔子、荀子都不认为《周易》搞占筮。老子《道德经》对《周易》有全面的继承，并作出很大发展，但却没有一个字涉及《周易》与占筮的关系。有人与孔子讲起《周易》，孔子就说"不占而已矣"（《论语·子路》）。荀子也说："善为《易》者不占。"（《大略》）这些都可以作为《周易》不搞占筮的证明。

　　再其次，最为重要的是，以《周易》为占筮大都要通过变爻变卦，如同前面所引的"遇观之否"但通查六十四卦，三百八十四爻，再加上乾卦的"用九"和坤卦的"用六"，都找不出任何迹象，足以说明变爻变卦为《周易》所无，只能是后人的外加。《系辞上传》第十章："《易》有太极，是生两仪，两仪生四象，四象生八卦。"是历来公认为《周易》有变爻变卦的权威说法。据说两仪是阴阳，四象是老阴老阳，少阴少阳。老阴叫六，老阳叫九，少阴叫八，少阳叫七，六和九可变，八和七不可变。由于《周易》阴爻叫六，阳爻叫九，于是《周易》也就有了变爻和变卦了。其实这些说法都站不住脚，因为《周易》从来就没有不可变的少阴八和少阳七，又哪里来与之相对待而可变的老阴六和老阳九呢？以九和六为老阴老阳而可变，在逻辑上通不过，是无中生有。从以上分析可以看出，占筮是对《周易》的外加但却风靡两千多年，对人们有一定的误导。

　　最后还要指出，《周易》有经和传之分，六十四卦的卦爻辞是经，《彖传》、《象传》、《文言》、《系辞》、《说卦》、《序卦》和《杂卦》是传，二者有联系，但更有区别，不能混同。传有时合于经义，例如讼卦《彖传》的"上刚下险，险而健，讼"，复卦《彖传》的"复，亨，刚反"等。但不少都与经义不合，例如上面提到的爻位说和占筮说等。不过传虽然大都不能与经义相合，但有时却能正确地加以改造或发展，例如道，《周易》认为出于孚，是唯心主义，《系辞上传》第五章"一阴一阳之谓道"，就作了唯物主义改造了。再例如循环论，《周易》还只是一种事物的循环，《系辞下传》第五章"往者，屈也，来者，信也，屈信相感而利生焉"，就把矛盾纳入循环而加以发展了。

乾

周厉王恢复王位会大为顺利，凭着天道循环的正确得到好处。

按："元亨，利贞"是卦辞，卦辞是一卦纲领。为什么把"贞"译成天道循环的正确？因为对本卦进行概括的"用九，见群龙无首，吉"，是说通观本卦六条阳爻，像出现一群龙，没有带头的，也没有尾随的，像这样循环就吉利。循环能使周厉王从失位到复位，于是这个"贞"就指天道循环的正确。要全面理解《周易》的循环论，得结合泰、否、剥、复等卦看，特别是否卦。

初九　像一条潜伏着的龙，不能随便活动。

按：厉王当时处境恶劣，应养晦待时。我国古代用龙比君王。

九二　像出现一条龙在田野里，天下臣民都由于看见这样的大人得到好处。

按：指厉王处境会慢慢好一些。

九三　周厉王整天不停地努力奋斗，到晚上仍然提高警惕，这样尽管还有危险，却没有坏处。

按：直接指出周厉王为复国而努力不懈。

九四　周厉王有的时候像一条龙在深潭里跳跃，这没有坏处。

按：指周厉王复国到了即将胜利的时候。

九五　周厉王像一条飞着的龙在天空翱翔，天下臣民都以看见这样的大人得到好处。

按：指周厉王复国会成功。

飞龙在天，汉画像石。

上九　飞得过高的龙，会有悔恨。

按：比喻厉王在工作中失误大，以致为国人所唾弃，为武人所取代。本卦正是希望周厉王由"亢龙"而"潜龙"，而"见龙"，而"跃龙"，而"飞龙"的。

把本卦六个阳爻总起来看，像出现一群龙没有带头的，这样就吉利。

按：指出天道循环，从衰到盛，会有助于周厉王复国中兴。

《彖传》说：伟大啊杰出的乾卦，万物依靠它产生，它是统率天的。云流动着，雨降下来了，宇宙间各种东西都发展成形。太阳照射着它们的终始，象征事物变化的六个爻位应时出现，这像随时驾驭六条龙在控制天似的。乾的作用变化无穷，能使万物各自端正属性和寿命，保持极端和谐，凭着正确得到好处。乾凌驾于万物之上，使天下万国都安宁。

按：《彖传》认为乾统率天并产生万物，是以乾为道。《周易》随卦六四"有孚在，道以明"，提出了道，但乾却不能是道。

《象传》说：天的运行是刚健有力的，周厉王凭着向天学习，自己奋发图强，绝不停止。

按：《大象》以乾为天，与《彖传》以乾为道不同，这说明同一卦的《彖传》和《象传》也不作于一人之手，何能同出于孔子？以乾为道或以乾为天，只是以乾为万物之首，没能指出是讲周厉王。

"像潜伏的龙，不能有活动"，是由于阳还在下面。
"像出现一条龙在田野里"，是大人恩德普遍施于人民。
"一天到晚努力不懈"，是大人翻来覆去用道提高自己。
"有时像一条龙在潭里跳跃"，是大人前进没有坏处。
"像一条龙在天上飞翔"，是大人达到最高目的。
"像飞得太高的龙，会有悔恨"，是说凡事过了头不能长久。
"通观六条阳爻"，发现乾卦虽然具备天德却不可以充当为首的。

按：六条爻辞的《象传》基本正确，只有"用九"未能用循环解释，而且错误。

《文言》说："元"是善良中最突出的，"亨"是美好的集中表现，"利"是义的应和（即合于义然后有利），"贞"是作好事情的主干（即依据）。君子体现仁就能做别人尊长，把美好集中起来就能合于礼义，有利于万物就能与义相合，把正确原则坚持下去就能办好事情。君子实践这四种德行，所以说乾卦是讲元、亨、利、贞的。

按：四德说抄自《左传》，不是《周易》原意。屯卦《彖传》把"元亨、利贞"读成"大亨贞"，也是"元亨一逗，利贞一逗"。

初九说："像潜伏着的龙，不能有活动"，是说什么？有人说：这是指具备龙的品德却隐居着的人。他不随一般人轻易改变思想，不追求成名成家，即使脱离人类社会也没有苦闷，不被肯定也没有苦闷。高兴就干，忧虑就走，肯定地不可动摇，这就是潜龙。

按：把潜龙说成避世的隐君子，与初九是说周厉王在恶劣条件下应该养晦待时的含义不合。

九二说："像出现一条龙在田野里，一般人都以能见到这样的大人得到好处"，是说什么？有人说：这是指具备龙的品德，从爻位看又居于中爻的人。他要求自己把一般的话都说得正确，把一般的行动都做得慎重，防止邪恶，保存诚心，对世界上的人做了许多好事却不自我夸张，道德广博，能教化世人。《周易》说："像出现一条龙在田野里，一般人都以能见到这样的大人得到好处"，就是指具备君王品德的人。

按：一部《论语》没有正心诚意的诚，这里说"存其诚"，也是《文言》不作于孔子的证据。

九三说："君子整天努力奋斗，到晚上还提高警惕，即使危险，也没有坏处"，是说什么？有人说：君子应该提高品德，搞好事业，忠贞和信用，是提高品德，写文章反映真实，是对待事业。知道要达到什么水平就力求达到什么水平，这可以与他谈论事情的微妙，知道事情应该终了就予以了结，这可以与他谈论坚持原则。因此像这种人处于尊显地位却不骄傲，处于低下地位也不忧虑，总是努力随时提高警惕，即使危险也没有坏处。

按：把厉王艰苦奋斗说成进德修业，与经义不合。

九四说："龙有时在深潭里跳跃，没有坏处"，是说什么？有人说：龙在深潭里或跳跃向上，或跳跃向下，没有一定，但不是为了邪恶。或跳跃前进，或跳跃后退，没有一定，但不是要脱离群体。这些都是君子提高品德、搞好事业要及时，因此没有坏处。

按：与爻辞写周厉王不断努力奋斗，以求恢复王位，全不相干。

九五说："像飞着的龙在天空翱翔，天下人都以看见这样的大人得到好处"，是说什么？有人说：同一种声音互相应和，同一类气味互相寻求，水向湿处流，火向干处烧，云跟随着龙，风跟随着虎，德才很杰出的人出现了，一切都会被看得清楚明白。把天做根本的亲近天，把地做根本的亲近地，一切事物都各以其类相从。

按：九五是设想厉王恢复了王位，《文言》认为讲"物各从其类"，是风马牛不相及。

上九说："像飞得太高的龙，会有悔恨"，是说什么？有人说：这是说虽然尊贵却没有地位，虽然崇高却没有人民，由于贤人处于卑下地位没有人辅佐，所以一有行动就会有悔恨。

按：这里说的与爻辞是讲周厉王被逐下王位相合。

"像一条潜伏着的龙，不能有活动"，是说地位处于最下面。"像一条龙出现在田野里"，是说暂时在田野里呆着。一天到晚努力不懈，是说要干工作。"像一条龙有时候在深潭里跳跃"，是说自己试一下看是否能行。"像一条飞着的龙在天上翱翔"，是说居于上位治理天下。"像一条飞得太高的龙会有悔恨"，是说这是穷困的灾祸。杰出的乾卦提出"用九"，是说天下太平。

按：把"用九"的"群龙无首"讲成天下将要太平是对的。

"像潜伏着的龙，不能有活动"，是说阳气潜伏或隐藏。"像出现一条龙在田野里"，是大人事业开始有成就。"从早到晚努力不懈"，是大人随着时代前进。"龙有时候在深潭里跳跃"，是大人事业（"乾道"）进入新阶段。"像飞着的龙在天上翱翔"，是大人有很高的品德和高地位。"成为飞得过高的龙会有悔恨"，是大人随着时代发展却过了头。杰出的乾卦提出"用九"，是体现了循环的自然规律。

杰出的乾卦，一开始就顺利。凭着正确得到好处，是它的本性和实情。它一开始就能用美好的利益使天下人得到好处，但不说怎样让别人得到好处，真是伟大啊！伟大啊乾卦，它是刚强，劲健，居中，守正，纯粹而不混杂的。它的六爻运动变化是广泛贯通于一切事物的。这好像随时乘着六条龙去驾御天，从而云流动着，雨降下来，天下一切都好极了。

按："六爻发挥，旁通情也"，是说《周易》有变爻变卦，可以对事物进行占筮，与《周易》实际情况不合。

君子把完成品德修养作为自己的行动，每天都可以表现在实践上。潜讲的是隐藏而没有表现，实践而没有成就，因此君子是不这样做的。

按：认为"潜龙，勿用"讲的是违反君子的成德，与爻辞意义相差太远。

君子通过学习来积累知识，通过询问来辨别知识，以胸怀宽广来包容知识，以存心仁厚来实践知识。《周易》说："像出现一条龙在田野里，天下人都以看见大人得到好处"，是说大人具备了君王的品德。

按：把周厉王开始有作为讲成学问之道，是一种歪曲。

九三是重叠着的阳刚，又不是下乾中爻，向上它不是"飞龙在天"，向下它不是"见龙在田"，由于没有依傍，所以努力随时提高警惕，即使危险也没有坏处。

按：用了一般爻位说和得中说解释《周易》，对于本爻是说周厉王努力复国，更未触及。

九四是重叠着的阳刚，又不是上乾中爻，向上看它不在天，向下看它不在地，向中看它不在人，真是全无依傍，所以行动犹豫不决。行动犹豫不决是有怀疑，从而一切采取慎重态度，所以没有坏处。

按：不但再一次用了一般爻位说和得中说，还对应该讲成有的时候的"或"讲成犹豫不决。至于本爻是讲周厉王在恢复王位前的活动，更全未涉及。

大人啊，他的品德与天地一样，他的明智与日月一样，他工作秩然有序，与春、夏、秋、冬四时前后替代一样，他能事先发现吉凶，与神妙莫测的鬼神一样。他先于天行动，天不违背他，后于天行动，也能遵奉天时。天尚且不违背他，更何况于人？何况于鬼神呢？

按：只尽情歌颂大人，却没有触及"飞龙在天"是比喻周厉王复国中兴，因而无得于爻辞原意。

亢讲的是，只知道前进却不知道后退，只知道存在却不知道消亡，只知道获得却不知道丧失，该只有愚蠢的人才这样吧？懂得前进后退存在消亡却又不失去正确态度的，该只有圣明的人吧？

按：只抽象地讲亢不好，没有联系周厉王实际说。

坤

王后帮助周厉王恢复王位将非常顺利，像凭着母马柔顺的正确得到好处。王后有行动，如果先于厉王就会迷失方向，只有后于厉王才会得到厉王肯定，并有好处。往西南炎热地方会得到阳做朋友，去东北寒冷地方会失去阳做朋友。要安于以阴从阳的正道才是吉利的。

按：概括了厉王王后将帮助厉王复国的卦义。

《象传》说：极端崇高啊杰出的坤，一切东西依靠它生长，是柔顺地承奉着天的。坤以厚重载万物，品德无穷美好，包含弘阔广大，各种东西都依靠它繁荣昌盛。母马是柔顺的，属于地一类，能走极远的路。它以柔顺的正确得到好处，这就是君子的行为。坤如果抢在乾的前面就迷失道路，只有在后面随顺着才正常。往西南会有阳做朋友，与它相伴随而行。往东北会失去阳这个朋友，能终于有好处吗？只有安于正道才吉利，与地的无边辽阔相适应。

按：对王后将有助于厉王基本上看到了。

《象传》说：地的情况是柔顺的，君子凭着这种品德容载万物。

按：厉王王后能"厚德载物"，对厉王复国自然有帮助。

初六　走在霜上面，坚硬的冰块就要到来了。

《象传》说：走在霜上面，是阴开始凝结。顺着这条道路发展，会出现坚硬的冰块。

按：《象传》，只解释词句，未能指出本爻是比喻王后帮助厉王复国将取得很大成绩。

六二　王后品德端直、方正、弘大，虽然不习惯于流放，也没有不吉利的。

《象传》说：六二的行动是端直而且方正。不习惯也没有不利，是地道的广大。

按：本爻赞颂王后品德好，是厉王复国的有力助手，但《象传》未能指出。

六三　具备着美好品德，可以得到使王业中兴的正确结果。尽管有时为厉王事业出力，没有成就，也一定要干到底。

《象传》说："具备着美好的品德，可以得到使王业中兴的正确结果"，是看准了时机行动。"有时为厉王事业出力"，是智慧广大。

按：《象传》大体上只作词句解释。

六四　像结扎着的口袋，不随便说话，既没有坏处，也没有称誉。

《象传》说："像结扎着的口袋，没有坏处"，是谨慎不会坏事。

按：《象传》也未能阐明本爻是说王后帮助厉王在复国即将成功时凡事谨慎小心。

六五　王后穿着黄色下裙，非常吉利。

《象传》说："王后穿着黄色下裙，非常吉利"，是文采存在于服饰之中。

按：本爻与乾卦九五"飞龙在天"对应，是说王后辅佐厉王恢复王位会成功，《象传》未得其义。

上六　龙在野外战斗，淌着黑黄色的血。

《象传》说："龙在野外战斗"，是路子不通。

按：本爻与乾卦上九"亢龙，有悔"对应，是比喻王后也处于穷困，将转向"履霜坚冰至"，以辅佐厉王走向中兴。也用"龙"做比喻，最足以证明是讲厉王王后。《象传》空洞，未得其旨。

通观本卦六条阴爻，都以永远随从乾卦的正确得到好处。

《象传》说：通观本卦六条阴爻都以永远随从乾卦的正确得到好处，由此会有伟大结果。

按：《象传》未能指出"用六"是说坤卦六爻也如同乾卦六爻一样，在进行着循环，并意味着帮助厉王复国定会成功。

《文言》说：坤非常柔顺但动起来却刚强，非常文静但品德却端方。在后面随顺着会得到主人肯定，一切正常，同时还包含万物，化育广大。坤的性质该是柔顺，它顺承着天，按时行动。

按：这段话原则上正确，但没有点明是讲周厉王王后，因而不够透彻。

积累着善良的人家，必然有多余的喜庆。积累着不善良的人家，必然有多余的祸殃。臣下杀死君主，儿子杀死父亲，不是一个早上或一个晚上的原因，它发展的过程是逐渐的，是由于要辨别却不早去辨别。《周易》说："走在霜上面，坚硬的冰块就会到来"，大概是说人做事要小心吧。

按："履霜，坚冰至"是说事物从微小发展到壮大，与乾卦从"潜龙"发展到"飞龙"相同。《文言》说成要防微杜渐，与爻辞意义不合。

端直是正确。方正是合理。君子认真地使内心端直，合理地使行为方正，认真与合理树立了品德就不会差。"端直，方正，弘大，不习惯也没有不好"，是对于自己的行为不怀疑。

按：只抽象讲君子修身立品，不能联系到王后辅佐厉王。

阴虽然有美好品德，但具备这种美好品德去从事王的事业，却不敢把成功归于自己。这是做地的道理，做妻的道理，做臣的道理，"地道"没有成功，只是代替君王取得结果。

按：六三"无成，有终"，是说即使无成就，也会有结果，是厉王王后要支持厉王干到底，不是指具有谦让的美德。

天地变化，草木茂盛；天地闭塞，贤人隐退。《周易》说："结扎着口袋，没有过失，没有称誉"。大概是说要谨慎吧。

按：能抽象说明爻辞意义。

君子有美好的内心并通达道理，处于正确地位并居于重要位置，美善尽在他心中，还畅通于全身，表现于事业，真是美到极点了。

按：只歌颂"君子"品质美好，地位重要，对"黄裳，元吉"是说王后正位中宫，以与"飞龙在天"的厉王复国对应，全未涉及。

阴对阳有怀疑必然产生斗争。由于阴被阳统率着，所以也叫做龙。由于还没有离开它的同类，所以又叫做血。青色和黄色是天地相互错杂的颜色，天是青色，地是黄色。

按：解释辞句还可取，对爻辞意义无所发明。

屯

周厉王恢复王位会很顺利，将凭着以退为进和以后取先的正确策略得到好处。不利于有冒昧前进行为，却利于先建立一个侯国。

按：为恢复王位，先建立一个侯国做根据，正是以退为进和以后取先。

《彖传》说：屯卦是表明震雷和坎水开始接触困难就产生了。震雷在坎险之中运动将大为顺利，并凭着以退为进和以后取先的正确策略得到好处。震雷和坎雨的动荡充满宇宙，是天在创造新世界，应该乘这个时机先建立一个侯国，而不苟且偷安。

按：《彖传》有得于本卦主旨。

《象传》说：坎云压抑着震雷形成屯卦，君子看到这个卦象就应该去规划和安排伟大事业。

按：《象传》也有得于本卦主旨。

初九　徘徊不前进，凭着守着以退为进和以后取先的正确策略得到好处，先去建立一个侯国是有利的。

《象》传说：虽然徘徊，但思想和行动都正确。以王的尊贵下居侯的贱位，会很得到人民的拥护。

按：《象传》能阐明爻辞内容。

婚轿，选自《民间精品剪纸》。

六二　娶亲的人聚集起来了啊，走在路上转来转去啊，骑马的人也徘徊不进啊，这一伙人不是盗贼，是去娶亲的。但女郎却要守住迟一点嫁人的正道暂时不肯许嫁给人，要一个相当长的时间以后才会首肯。

《象传》说："六二"的困难，是由于阴爻凌驾在初九这个阳爻之上。女郎要长时间才许嫁给人，是违反了常理。

按：爻辞是用比喻说周厉王应该去争取武人，与武人搞好关系，但是要耐心。可是《象传》却既用了关系说，又只是作了一些表面解释。

六三　捕捉野鹿没有虞人帮助，只是白白走进树林里去。君王去追逐不如丢开，因为去了只有坏处。

《象传》说：捕捉野鹿没有虞人帮助也去，是由于想追捕鸟兽。君王应该丢开这件事，因为去了会有坏处。

按：本爻用比喻说周厉王与武人争夺王位，要有得力助手。《象传》只作辞句解释。

六四　骑着马徘徊不前是心里有顾虑，由于是与厉王搞好亲戚般关系，去了就吉利，没有不吉利的。

《象传》说：要求与厉王搞好关系而去，是明智的行为。

按：这条《象传》发掘出了爻辞的含义。

六五　把雨水聚集起来，如果聚集得少，就合于正道而吉利；如果聚集得多，就即使合于正道也凶险。

《象传》说：把雨水聚集起来，是施与不广大。

按：本爻是《周易》作者希望武人对厉王减轻压力，《象传》未得其义。

上六　骑着马徘徊，眼睛哭出了血，像滴水一样接连不断。

《象传》说："眼睛哭出了血，像滴水一样接连不断"，这怎样可以长久呢？

按：本爻是《周易》作者希望武人向厉王悔过，《象传》却说即使悔过也不会长久，意义是相反的。

蒙

周厉王恢复王位会顺利。武人说："不是我有求于周厉王这个蒙昧儿童，是蒙昧儿童来求我。第一次来询问还告诉他，再三询问是怠慢我，就不告诉他了。"武人很顽固，但周厉王还将凭着与他搞好关系的正确行动得到好处。

按：卦辞指出武人怠慢、专横，但厉王对复国却充满信心。

《象传》说：山下有一股泉水，泉水被阻止了，无法进入江河，成为一种蒙昧状态。"蒙昧能够顺利"，是由于实践了随时都合于中道的理论。"不是我有求于蒙昧儿童，是蒙昧儿童有求于我"，这是由于思想相通。"初次询问还告诉"，是由于九二以阳刚得中，"再三询问是怠慢，怠慢就不告诉"，是由于受忽视于蒙昧儿童。当儿童处于蒙昧状态就培养正确方向，是使他们成为圣人的工作。

按：对卦象和卦义有理解，但没有讲透，还颇多支离，例如"刚中"等。

《象传》说：山下流出一股泉水，由于受到山的阻止流不出去，便处于蒙昧状态。君子看到这种情况，就联

百子图，清代刺绣。

想到应该行动果敢，品德高尚。

按：包含着要摆脱困境的内容，但不能具体到周厉王。

初六　周厉王要摆脱蒙昧，凭着像囚犯由于脱掉脚镣手铐那样得到好处，此外都不好。

《象传》说："凭着像囚犯得到好处"，是说要端正法制。

按：《象传》只从比喻本身说，没有接触实际内容。

九二　周厉王内部要团结，才能吉利，还要与武人搞好关系，会更吉利，其成果像是生下一个儿子能够持家一样。

《象传》说："生下一个儿子能够持家"，是说男女交接有成果。

按：《象传》全就比喻本身说，没有接触实际内容。

六三　不要另外去娶一个女郎。如果拿出聘金，要去另娶，这个丈夫就会有杀身之祸，没有好处。

《象传》说："不要另外去娶一个女郎"，因为行为不合理。

按：这条爻辞是要周厉王坚定地与武人搞好关系，不要三心二意。《象传》指出另外"取女"不合理是对的，只是也没有涉及实际内容。

六四　困住蒙昧儿童周厉王，这是不好的。

《象传》说：困住蒙昧儿童不好，是由于独自远离实际。

按：以上各爻都就着下坎周厉王说，本爻以下是就着上艮武人说。本爻是告诫武人，困住周厉王不好。《象传》认为独自远离实际，有得于爻辞意义，只是抽象笼统些。

六五　应该让蒙昧儿童周厉王吉利。

《象传》说：蒙昧儿童吉利，是由于柔顺和驯服。

按：本爻是《周易》作者告诫武人应该让周厉王恢复王位，《象传》没有讲对。

上九　要打击蒙昧儿童周厉王么？去侵犯周厉王不利，要为周厉王抵御寇贼才有利。

《象传》说：去抵御寇贼有利，是上下的关系搞好了。

按：《象传》有得于爻辞意义。

需

周厉王由于内心有诚，复国事业会大为顺利，凭着以君王讨伐叛臣的正确而吉利，将以战胜困难得到好处。

按：能概括全卦主要内容。

"需"是等待，是由于有险阻在前面。刚健的下乾不陷入坎险之中，从道理说不会困穷。"等待，有诚，大为顺利，合于正道而吉利"，是说上坎的"九"居于"五"这个"天位"既得正，又得中。"凭着战胜困难得到好处"，是向前进就有功。

按：这条《彖传》先说"刚健而不陷"，是赞美下乾，斥责上坎，又说"位乎天位以正中"，是歌颂上坎，轻视下乾，是一个大矛盾。必须指出，赞美下乾合于卦义，歌颂上坎与卦义相反。

云升上了天，这就是等待。君子看到这种卦象就去饮酒享乐。

按：这条《象传》令人费解。为什么"云上于天"是"需"？为什么要去饮酒享乐？都无法讲清楚。至于与周厉王要用以退为进和以后取先策略去向武人用兵这个全卦基本内容，更毫不相干。

初九　在郊野里等待，要凭着经常等待得到好处，没有坏处。

《象传》说："在郊野里等待"，是不冒着生命危险进军。"要凭着经常等待得到好处，没有坏处"，是没有失去常态。

按：《象传》有得于爻辞意义，能看出是要以退为进和以后取先。

九二　部队在沙滩上等待，为对河敌人发现，因而有所议论，但终将是吉利的。

《象传》说："部队在沙滩上等待"，沙滩是平坦的。即使敌人有议论，但终将以吉利告终。

按：《象传》指出沙滩平坦，意味着在沙滩上可以驻扎等待，也是对以退为进和以后取先的肯定，有得于爻辞意义。

九三　在河边泥泞地里驻扎，把寇贼引过来了。

《象传》说："在河边泥泞地里驻扎"，是敌人就在对面河岸上。尽管由我把寇贼引过来，但认真、谨慎就不会失败。

按：《象传》懂得爻辞是说要把敌人引过来加以歼灭的思想。

六四　武人在极端危险的处境当中等待着厉王讨伐，并将倾巢出动。

《象传》说："武人在极端危险处境中等待着厉王讨伐"，能顺从并且听话吗？

按：《象传》说武人不会顺从、听话，是发挥"出自穴"的内涵。

九五　武人只能在筵席前等待厉王，才合于正道而吉利。

《象传》说："在筵席前等待厉王就合于正道而吉利"，是由于既得中，又得正。"

按：对爻辞是要武人迎降厉王的内容没有看到，反而用了爻位说。

上六　逃进了窟穴，可是却有不请自来的三个客人跟踪追进来，只有好好款待，才会终于吉利。

《象传》说："没有经过邀请的客人来了，只有好好款待，才会终于吉利"，是说本爻虽然所处位置不当，还没有大的失误。

按：由于错误地用了爻位说，对爻辞是要武人俯首投降的含义就全未看到。

讼

武人有了进犯厉王的事实，这会行不通。只有引起警惕，改正错误，才能中途吉利。如果一意孤行，将终于凶险。武人应该去朝见厉王得到好处，冒着大的危险是不会有好处的。

按：告诫武人不能犯上作乱，只能向厉王投降。

《象传》说：战争啊，上面是刚健的乾卦，下面是凶险的坎卦，凶险的坎卦冲击刚健的乾卦，就形成了战争。"战争啊，有了犯上作乱的事实，会行不通，只有引起警惕，改

桥上战争，东汉画像石，苍山县前姚村出土。

正错误，才能中途吉利"，这些是说阳爻九三下降居二得了中位。"终于会凶险"，是说这场战争打不赢。"去朝见大人得到好处"，是把居中得正的上乾九五看得很尊贵。"徒涉过大河不利"，是说将要陷入深潭之中。

按："险而健，讼"，明确战争是下坎挑起的，很正确。"讼不可成"和"入于渊"也指责下坎，都可取。但卦变说和爻位说则都是错误的。

《象传》说：上乾的天与下坎的水各自向着相反方向发展就出现了战争。君子看到这种卦象做事在刚开始的时候就要慎重考虑。

按：未能指出战争是由武人挑起来的，就没有抓住本卦基本内容。

初六　武人部属不追随武人把进犯厉王的事长时期干下去，尽管武人对他们有一些责骂，但终将是吉利的。

《象传》说："武人部属不追随武人把进犯厉王的事长时期干下去"，说明这种战争不可长久进行。即使"武人对他们有一些责骂"，但一般是能辨别是非的。

按：这条《象传》站在厉王立场看问题，很可取。

九二　打不赢这场战争，回去就逃走了，可是他采邑中的许多家人却没有灾祸。

《象传》说："打不赢这场战争"，回去就逃窜了。从下面去攻打上面，祸患的到来会像拾取一样。

按：训释辞句可取，但没有指出"不克讼"的是武人，"其邑人三百户无眚"是周厉王实行宽大政策，不惩办胁从者。

六三　背弃武人的所谓旧恩德，虽然正确，却也危险，但终将吉利。如果跟着武人从事于反对厉王的事，会一事无成。

《象传》说："背弃武人的所谓旧恩德"，要顺从上乾才吉利。

按：这条爻辞是说武人部属会忘掉武人小恩小惠，一心奔向厉王，是《周易》作者要厉王策反，《象传》很有得于爻辞意义。

九四　厉王部下与武人队伍交兵没取得胜利，回去接受厉王指示，改变了原来的错误打法，就以安于作战的正道而吉利了。

《象传》说："回去接受指示，改变原来打法，就以安于作战的正道而吉利"，是不再犯错误了。

按：《象传》基本正确，就是不太具体。

九五　战斗，大吉大利。

《象传》说："战斗，大吉大利"，是本爻既得中又得正。

按：本爻是《周易》作者认为厉王如果与武人进行战斗，必将取得全胜，可是《象传》却用了爻位说加以淆乱。

上九　有时候厉王对有功部属赐给牛皮大带作为奖励，但由于接连犯错误，在极短时间内大带又被几次褫夺。

《象传》说：凭着战斗立功受到命服赏赐，也是不能敬佩的

按：本爻是《周易》作者叫厉王在未来与武人的战斗中要严明赏罚，"以讼受服"，实为可敬，《象传》与爻辞意义相反。

师

出兵讨伐武人是正确的，派老成持重的人当统帅是吉利的，没有坏处。

按：概括了本卦主旨。

《彖传》说：师是大众。贞是正确。能统率大众使天下归于正确的人，可以做君王。下坎九二以阳刚居于中位，与上坤六五相应，通过下坎的险阻达到上坤的顺利，凭着这些就能平定天下，使人民顺从，这是吉利，还有什么坏处？

按：提出"可以王"，有得于经义。但接连出现错误，令人难以信从。至于以"众"训"师"也不妥当，"师"在本卦是出兵。

《象传》说：地里面有水构成师卦。君子看到这个卦象就去保护和养活民众。

按："容民畜众"与本卦的讨伐武人无关。

初六　部队出动要有纪律，纪律不好是危险的。

《象传》说："部队出动要有纪律"，在纪律上有失误是危险的。

按："师出以律"是《周易》作者对厉王的勉励，是用兵取得胜利的保证，是千古名言。《象传》能申明爻辞意义。

九二　"丈人"在部队中当统帅吉利，没有坏处，厉王对他多次颁发嘉奖令。

《象传》说："'丈人'在部队中当统帅吉利"，是得到君王宠信。"君王多次颁发嘉奖

令"，是要使天下各国归顺。

按："承天宠"和"怀万邦"对爻辞意义都有正确发挥。

短兵相接，汉画像石。

六三　部队有的时候用车子拉尸体，可凶险。

《象传》说："部队有的时候用车子拉尸体"，是很没有战功。

按：六三接近上坤，短兵相接，难免不遭杀伤，因此有的时候用车子拉尸体，并不是打了大败仗，不然为什么会"王三锡命"？《象传》的"大无功"与爻辞意义不合。

六四　武人部队向后面撤退，再驻扎下来，这没有坏处。

《象传》说：把部队向后面撤退，再驻扎下来，没有坏处，是由于没有失去以臣对君的正常道理。

按：《象传》能阐明爻辞意义。

六五　打猎有许多鸟兽，捕获了会得到好处，即使别人有议论，也没有坏处。现在派大儿子统兵，接着二儿子用车子拉尸体回来，即使正确也凶险。

《象传》说："大儿子统兵"，是正确行为。"二儿子用车子拉尸体回来"，是用人不当。

按：这条《象传》不正确。抗击厉王不能是正确行为，用车子拉尸体也不能归咎于二儿子。至于爻辞所包含的打猎可以、抗击厉王不行的这些隐微意义，更没有能揭示出来。

上六　君王有命令："无论是开国，或者是承家，小人都不能用。"

《象传》说："君王有命令"，是要正确对待有功劳的人。"德才都差的人不能用"，是因为这些人一定会搞乱国家。

按：《象传》能说明爻辞意义。

比

与武人搞好关系是吉利的。研究情况作出判断以后，必须发扬光大"孚"这个永远正确的品德去亲比武人，才没有坏处。这样犯上作乱的武人将来朝见厉王，后到的便会受到诛戮。

按：揭示出本卦核心是厉王要以"孚"亲比武人，使之来归。

《彖传》说：亲比就吉利。亲比是辅佐，是下坤顺从上坎。说"研究判断，发扬光大永远正确的品德，没有坏处"，是由于阳爻"九"居于"五"这个中间位置。说"不安宁的国家将来朝"，是上下卦五个阴爻都顺应九五这个阳爻。说"后到的人凶险"，是这些人没有出路。

按：《彖传》认为下坤顺从上坎，上坎中爻九五是一卦之主，这些都与卦义相反。说五阴顺应一阳，则是相应说。

《象传》说：地面上有水，是地与水亲比。先王像地与水亲比那样去建立万国，安抚诸侯。

按：《象传》认为是下坤亲比上坎，是下坤为主，上坎为辅，很有可取。《彖传》全非经义，《象传》有得于经义，说明同一个卦的《彖传》和《象传》也不同出于一人。

初六　厉王有诚心去与武人亲比，没有坏处。有诚心像装满一个瓦罐子那样充分，到头来还会有别的好处。

《象传》说：比卦初六，是说还有别的好处。

按：只重复爻辞的"有它吉"，对"孚"是卦辞"元永贞"的具体化没有见及。

六二　厉王从朝廷之内去与武人亲比，是合于正道而吉利的。

《象传》说："从朝廷之内去与武人亲比"，是自己不犯错误。

按：认为厉王亲比武人，只是希望不犯错误，对亲比的重要意义肯定不够。

六三　与不应该亲比的人亲比。

《象传》说："与不应该亲比的人亲比"，不正是一种悲哀吗？

按：与武人亲比是一种策略，是两手中的一手，所以厉王要与不应该亲比的人亲比。《象传》看成悲哀，与爻辞意义相反。

六四　从朝廷之外来与厉王亲比，就合于正道而吉利。

《象传》说：从朝廷之外去与贤者亲比，这是顺从君上。

按：本爻属于上坎，是就着武人说。为了鼓励武人归顺，肯定他们如果从朝廷之外来与厉王亲比，就合于正道而吉利。《象传》与贤者亲比和顺从君上之说，有得于爻辞意义。

九五　武人表面上与厉王亲比，以致厉王多次追求达不到目的。武人要不责备部属，这才吉利。

《象传》说："显比"的吉利，是由于九五得正得中。天子"舍逆取顺"，以致失掉前面禽兽。"对部属不责备"，是上面用人合于中道。

按：本爻是要武人老老实实与厉王亲比，《象传》却用了爻位说。爻辞"失前禽"是比喻达不到目的，《象传》却用"舍逆取顺"解释。"邑人不诫"是要武人不委过部下，说成"上使中"也不对。

上六　与厉王亲比却没有带头的，这就凶险。

《象传》说：亲比却没有带头的，这就不会有结果。

按：《象传》与爻辞意义相合。

小　畜

中兴复国事业会顺利进行，就像浓密云层从西方郊外涌来，暂时不下雨，终归会下起大雨一样。

按：用比喻概括出全卦主旨。

《彖传》说：小畜是六四这个阴爻居于正位，上下卦五个阳爻都顺应着它。由于阴是小，阳是大，这是以小畜大，所以叫小畜。下乾是健，上巽是顺，下乾九二以阳刚得中，志向会实现，于是就亨通了。"密云不雨"，是要再过一段时间。"自我西郊"，是雨还没有下起来。

按：小畜是天畜风，是厉王畜武人，成果将由小变大，《彖传》以上巽六四畜五阳为小畜，适得其反。还说"刚中而志行，乃亨"，则又以下乾畜上巽，自相矛盾。

《象传》说：风在天上吹，叫小畜。君子看到这个卦象就要使自己的文章和品德美好。

按：与卦义全不相干。

初九　从循环的道路回来，有什么坏处？很吉利嘛。

《象传》说："从循环的道路回来"，按道理说是吉利的。

按：只重复一下爻辞，没作出解释。

九二　相牵连着回来，这也吉利。

《象传》说：相牵连着回来，在下乾的正中，这不会使自己受损失。

按：用了得中说。

九三　车子脱掉伏兔，车身和车轴朝相反方向分开，像夫妻有了争吵，各自朝相反方向看。

《象传》说：夫妻各自朝相反方向看，不能搞好家庭关系。

按：只随文生训，没看出本爻是说在前面两爻都吉利的情况下，应该警惕有可能发生不愉快的事情。一定要排除这种可能，使所畜者小较快地转化为所畜者大。

六四　武人归顺厉王要有诚心，应该放弃反对厉王的危险立场，才能小心地脱离危险，没有坏处。

《象传》说："具备诚心，警惕地脱离危险"，这是要与君王同心。

按：能看出本爻是要求武人与厉王同心，使厉王从所畜者小转化为所畜者大，完全正确。

九五　有了诚心还不断加强，是由于相邻的六四帮助。

《象传》说："有了诚心还不断加强"，是不愿意单独富裕。

按：认为武人在厉王感召下还会有助于厉王，对卦义有发挥。

上九　已经下雨了，雨又已经停止了，是大畜达成了却难以持续，但武人还是应该用柔顺之德去承奉厉王。武人像妇人一样尽管暂时正确，终归危险，到了不老实的时候，厉王又会糟糕了。

《象传》说："已经下雨了，又已经停止了"，是说柔顺的品德应该积累去承奉君王。"君子发展下去凶险"，是对事情有怀疑。

按：这条《象传》语意不清，姑且作以上翻译。

履

像老虎尾巴被踩着却不去咬人，这样事情就会顺利。

按：用比喻指出对武人要运用以退为进和以后取先的策略进行反击，突出了本卦中心。

《象传》说：踩，是下兑踩上乾。和悦地与上乾相呼应，因此"踩了老虎尾巴，老虎也不咬人，而且事业还会顺利"。阳爻居上乾中间的阳位，是阳刚之爻得中得正，这就是登上了帝王的位置而没有坏处，前途是光明的。

按：这条《象传》自相矛盾，因为是"柔履刚"，就不能"说而应乎乾"。至于；刚中正，履帝位而不疚"，则是爻位说。

《象传》说：上卦是乾天，下卦是兑泽，构成履卦。君子看到这个卦象就去辨明上下，稳定人民思想。

按：与本卦是讲武人篡夺厉王王位，厉王应该用以退为进和以后取先策略去恢复王位的主旨全不相干。

初九　照平常那样走，发展下去没有坏处。

《象传》说：照平常走那样走，是要单独实现自己的愿望。

老虎噬人，选自《聊斋志异图咏》。

按：爻辞要武人像平常那样安分守己，《象传》却说成要单独实现自己愿望，不能解释爻辞。

九二　走在非常平正通达的大道上（指与大道相合），即使囚犯也会合于正道而吉利。

《象传》说："即使囚犯也会合于正道而吉利"，指内心不被自己搞乱。

按：本爻是《周易》作者要武人以道自勉，谨守臣节，《象传》"中不自乱"，未得其旨。

六三　眼睛瞎了却要能看见，脚瘸了却要能行走，怀着非分之想去踩老虎尾巴，老虎会咬人，这很凶险。武人做了君王，情况正是这样。

《象传》说："眼睛瞎了却要能看见"，殊不知已经没有视力。"脚瘸了却要能行走"，殊不知已经不能行走。有咬人的凶险，是阴爻"六"居于阳位"三"，位置不恰当。"武人做了君王"，是阴爻"六"居于阳位"三"，意志刚强。

按：对"眇能视，跛能履"未能指出是谴责武人怀着非分之想，其余用了爻位说。

九四　厉王受到武人干犯像老虎尾巴被踩着，要小心谨慎，不立即反击，才会终于吉利。

《象传》说："小心谨慎，终于吉利"，是希望意志实现。

按：未能指出爻辞是要周厉王以退为进和以后取先。

九五　如果把踩老虎尾巴的人撕得碎裂，即使正确也危险。

《象传》说："把踩老虎尾巴的人撕得碎裂，即使正确也危险"，是说阳爻"九"居于阳位"五"，位置正好恰当。

按：对爻辞是要厉王暂时容忍再徐图恢复的意思全无理解，却用了爻位说。而且既然是爻位恰当，为什么又有危险，是把爻位说也弄混乱了。

上九　看着有人来踩，研究好的对付办法，得出的结论是要回过头折而向下，才大为吉利。

《象传》说：大为吉利在最上面（指上九爻辞有"元吉"，上九是最上面一爻），是大有喜庆的。

按：只孤立抽象地解释"元吉"，对"其旋元吉"是说要以退为进和以后取先没有理解。

泰

上坤离开原来上卦位置去到下卦，下乾离开原来下卦位置来到上卦，天地恢复了本来样子，否塞变成通泰，于是一切都吉利、亨通了。

按：对本卦主旨是将从否变泰作了明确交代。

《象传》说："泰卦说，小往大来，吉利，亨通"，这是天地相交，万物相通，上下相交，其志相同。本卦内卦是乾阳，外卦是坤阴，内卦是乾卦的刚健，外卦是坤卦的柔顺，内卦乾卦是君子，外卦坤卦是小人，君子正气在上长，小人邪气在消亡。

按：这条《象传》主要立足点是"天地交"，即所谓天气上升，地气下降，从而天地交感，成为通泰。殊不知"小"已经"往"了，"大"却才"来"，彼此碰不上，如何能相交呢？这是把"小"和"大"在进行循环讲错了。

《象传》说：天和地相交，成为通泰。君王看到这种卦象就去调节自然规律，帮助自然演化，并保护人民。

按：《象传》也认为"天地交"是本卦基本点，失误与《彖传》相同。由于基本点弄错了，所有发挥都与卦义无关。

初九　拔起了茅草，由于根相互牵连就牵动了同类，茅草被拨动离开地面向上是吉利的。

《象传》说：拨动茅草离开地面向上吉利，是志趣在外面。

按：本爻是下乾初爻，它升而向上进行循环，影响到九二、九三也升而向上进行循环，有拔茅连茹之象。《象传》"志在外"仿佛得之，但不明确。

九二　包容着初九和九三，一起去徒涉过河，不把两个朋友远远丢开，即使没有收获，也将以行为合于中道，被人看重。

《象传》说：包容宽广，能以中道为人看重，德才是杰出的。

按：爻辞是说九二包容初九和九三一起向上运动，进入循环，用"冯河"做比喻。"亡得，尚于中行"，是极言向上运动，进入循环有重大意义，因为将从否到泰。《象传》说法模糊，把"亡得"的"得"连接"尚于中行"读，也是错误的。

九三　没有平地不变成斜坡，没有去了却不回头，只要艰苦遵循循环的正道就没有坏处。不要担心循环的事实，循环会得到大福。

《象传》说："没有去了却不回头"，是说天和地相交接。

按：本爻用"无平不陂，无往不复"指出事物在循环，用"于食有福"指出循环的好处极大，因为本卦的循环是变否为泰的。《象传》还是在说"天地交"。

六四　像鸟那样翩翩飞翔，折而向下，是自己的自觉行动，不是由于邻人帮助；不因为有了循环事实就停止循环，而是要循环下去。

《象传》说：翩翩飞翔，不要帮助，这些都与事实不合。"不因为有了循环事实停止循环"，这是内心的愿望。

按：说"不戒以孚"，"中心愿也"，有得于爻辞意义。说"翩翩不富，皆失实也"，与爻辞意义相反。

六五　殷帝乙把女儿嫁给周文王很有福气，非常吉利。

《象传》说：有福气非常吉利，是实现了内心的愿望。

按：爻辞是用比喻说，本爻以循环折而向下，进入下卦，好像是女郎嫁到夫家，吉利非常，这是对本爻进行循环的肯定。《象传》的"中以行愿"接触到这些内容。

上六　筑城墙的土回到干涸的护城河是回到原处，不必动员许多人去加以改变。如果从都邑传下命令，要改变这种状况，即使正确也不好。

《象传》说："要把筑城墙的土倾回到干涸的护城河里去"，是命令错乱。

按：《象传》反对"城复于隍"，与爻辞意义相反。

否

对于不应该否的人却让他否，这不利于君子的正道，上乾往下去，下坤向上来。

按：隐约指出了厉王不应该被篡夺，不应该从泰到否。

《象传》说："对于不应该否的人却让他否，这不利于君子的正道，大的去了，小的来了"，于是就天地不相交，万物不相通，上下不相交，天下没有邦。内卦是阴，外卦是阳，内卦是柔顺，外卦是刚强，内卦是小人，外卦是君子，是小人邪气上升，君子正道消亡。

按：这条《象传》的基本点是"天地不交"，即上乾的天气上升，下坤的地气下降，以天和地的不相交导致否塞。殊不知"大往小来"是上乾折而向下，下坤升而向上，进行循环，使卦象从天在上地在下的通泰，变成地在上，天在下的否塞，不是"天地不交"的问题。

《象传》说："天和地不相交通，成为否塞。"君子看到这种卦象就想到要具备节俭的品德去逃避灾难，不接受俸禄的光荣。

按：《象传》也持"天地不交"之说，失误与《象传》相同。"俭德辟难，不可荣以禄"更与卦义是讲当前厉王正从泰到否，还将从否到泰，全不相关。

初六　拔起茅草连着根，从而拔起了它的同类，这合于正道而声利，事情将会是顺利的。

《象传》说：拔起茅草合于正道而吉利，是因为志向在于君王。

按：本卦是说周厉王目前虽然是从泰到否，发展下去还将从否到泰，《象传》对于这一点有所见及，因此说"拔茅"是"志在君"。本爻拔茅连茹是从泰向否转化，其所以还"贞吉，亨"，是立足于否还会转化为泰，所以上九说"先否，后喜"。

六二　本爻向下包容着承奉于下的初六，向上包容着承奉于上的六三，一起升而向上，进行循环，从天在上、地在下的泰，转化成地在上、天在下的否，于是小人吉利，大人否塞。但由于否还将转化为泰，并凝定而不移（参看本卦九五），因此大人终将是顺利的。

《象传》说：大人否塞了还会顺利，是不搞乱群体。

按：能见到大人终将顺利，具有卓识。以"不乱群"为大人还会从否到泰的原因，也有道理。

六二　包含着羞耻。

《象传》说：六三包含着羞耻，是所处的爻位不当。

按：爻位说不能说明问题。六三之所以"包羞"，是因为居于下坤最上，首先进入由泰到否的循环。

九四　有天命保佑，没有坏处，同类的人还会得到好处。

《象传》说："有天命保佑，没有坏处"，是志向实现了。

按：《象传》的"志行"是看到从目前的否即将转化为泰，从而大人意志得行，是正确的。

九五　多么美好的否！由于否将变成泰，所以对于大人是吉利的。在否变为泰以后，难道还会失去？难道还会失去？像拴在一丛桑树根上那样牢固。

《象传》说：大人的吉利，是由于爻位正好恰当。

按：《象传》用爻位说解释本爻，对于本爻说从否变泰以后就不再变，从而凝定于泰而不移的专门为周厉王政治服务的半截子循环论完全没有认识。

上九　把否给毁掉，从而先是否，随后就是喜了。

《象传》说：否到最后就毁掉了，哪能长久呢？

按：《象传》认为否不能长久，只有泰能长久，有得于爻辞意义。

同 人

在广大原野上集合人去打击武人，周厉王中兴复国会顺利，还将以战胜困难得到好处，从而有利于他的正当事业。

按：明确交代了本卦主旨。

《彖传》说：集合人，阴爻六居于下离第二个爻位是得位，在下离中间是得中，这样与上乾九五相呼应，叫做"同人"，"同人"说："在广大原野集合人事业会顺利，还将以战胜困难得到好处。"这是上乾的行为。离的文明加上乾的刚健，六二得正得中加上与九五呼应，都表现了君子的正道。只有君子能够通晓天下人的志愿。

按：以"同人于野，亨，利涉大川"为上乾的行为，即周厉王的行为，这还正确。用爻位说、得中说解释"同人"都不正确，更没有揭示出"同人"的辞义。说"乾行"，是以下乾为主。说"柔得位得中而应乎乾"，又以下离为主，是一个大矛盾。

《象传》说：上乾的天与下离的火形成同人卦。君子看到这个卦象就去分门别类地把事物的相同或相异辨别清楚。

按："类族辨物"与本卦卦义无关。

初九　只在一家之内动员人，成不了大气候，因此没有坏处。

《象传》说：在一家的范围之外去动员人，又能把坏处归于谁呢？

按：爻辞是"同人于门"，《象传》讲成"出门同人"，大失原意。"同人于门"，还无咎。"出门同人"，会有咎。本爻属于下离，"同人"指武人集合人，要进犯周厉王。

六二　在一个宗族之内集合人，加强了犯上作乱力量，这不好。

《象传》说："在一个宗族之内集合人"，是不好的。

按：《象传》只重复爻辞，爻辞有得于卦义。

九三　武人把部队埋伏在深草丛中，还登上高山瞭望，却好多年不敢起来反对厉王。

《象传》说："把部队埋伏在深草丛中，是要与刚健的上乾为敌。多年不敢起来反对厉王"，是因为这样的事不能行。

按：《象传》有得于爻辞意义。

九四　厉王大军登上武人城墙，暂时没能攻下，但终将吉利。

《象传》说：只说"登上城墙"，是从道理上讲还不能攻下。其所以吉利，是碰上困难以后却去研究事物的规律。

按：认为"乘其墉"是"义弗克"，理由没讲清楚。"困而反则"，却有道理。

九五　集合人，先放声大哭，后来才笑，因为开始虽然不理想，后来还能与广大群众结合。

《象传》说：集合人的开始，凭着内心的正直。与广大群众结合，是说将要战胜武人。

按：《象传》能阐明爻辞意义。

上九　在郊外广大原野集合人，没有悔恨。

《象传》说："在郊外广大原野集合人"，是志趣没能实现。

按："同人于野"，"同人于郊"都是厉王能在广大范围内动员人民，因而将能夺取胜利，没有悔恨。《象传》说志趣没能实现，适得其反。

大 有

由于打垮了武人，厉王一切都将大为顺利。

按：指出了"大有"的内涵。

《彖传》说：无所不有，是柔顺的阴爻"六"得到了爻位"五"这个尊贵的位置，并在伟大的中间，上下卦五个阳爻都与它相应，这就叫无所不有。下乾的品德刚健，上离的品德文明，上离顺应着下乾而按时运行，所以一切都很顺利。

按：用爻位说，得中说和相应说解释"大有"，与"大有"的本义无关。

《象传》说：上离的火在下乾的天之上形成大有卦。君子看到这个卦象就去制止罪恶的事情，发扬善良的行为，顺着天意，求得命运美好。

按：《象传》所说与卦义无关。

初九　不要去损害上离厉王，才不是过错，要艰苦保持做臣下的正道，才没有过错。

《象传》说：大有卦的初九一爻，讲的是不要去损害别人。

按：《象传》能做出抽象解释。

九二　用大车子装着东西，这样去，没有坏处。

《象传》说：用大车子装着东西，东西堆积在车子里不会损失。

按：本爻是《周易》作者用比喻要武人把一切献给厉王，《象传》只说到比喻本身，对爻辞原意不理解。

九三　武人中诚心归降的大头目以投降受到周厉王宴享，那些顽抗到底的小人不能有这样待遇。

《象传》说："武人中诚心归降的大头目以投降受到周厉王宴享"，那些顽抗到底的小人不会有好结果。

按：《象传》能说明爻辞。

九四　不是那么盛气凌人，没有坏处。

《象传》说："不是那么盛气凌人，没有坏处"，是明白地辨析问题达到了明智的程度。

按：本爻属于上离，是就厉王说。是《周易》作者要厉王在接受武人投降后不流于骄傲，《象传》对这一点没有认识。

六五　他内心的诚充分，而且威严，这是吉利的。

《象传》说："他内心的诚充分，是有信在激发志气。威严吉利，是轻易而没有准备。

按：《象传》把"厥孚交如威如，吉"拆开讲，已很不恰当，以"信"训"诚"，更无其旨。而"信以发志"，尤其是"易而无备"，都讲得诘曲难通。

上九　由于天来保佑他，就吉利而没有不吉利的。

《象传》说：大有卦上爻吉利，是由于有天来保佑。

按：本爻是说周厉王之所以能降服武人，是由于有天的保佑，表现了《周易》作者头脑中还有天命论。《象传》对爻辞有所说明。

谦

由于精心地运用了以退为进和以后取先的策略，厉王中兴事业将非常顺利，"君子"是会有好结果的。

按：通过谦，君子可以亨通而有好结果，暗示着谦具有以退为进和以后取先的性质，有得于卦义。

《象传》说：谦退能使事业顺利。属于天的规律是向下使万物成长，大地一片光明，属于地的规律是虽然卑下却向上发展，去补天的规律的不足。天的规律是使满盈受到亏损，使谦退得到好处，地的规律是改变满盈现状，使谦退流传，鬼神是损害满盈而降福谦退的，人们是厌恶满盈而爱好谦退的。谦退是尊显光荣的，要说卑下却是不可逾越的，是君子的归宿。

按：只尽情歌颂谦，而无见于谦在本卦的以退为进和以后取先的权术性质，是对本卦并不理解。

《象传》说：地里面有山，是谦退的象征。君子见到这个卦象就去取有余，补不足，权衡事物，公平施与。

按：也是就谦退发挥，没有认识到谦在本卦主要是一种权术。

初六，谦退又谦退的君子，凭着谦退战胜困难，是吉利的。
《象传》说："谦退又谦退的君子"，用卑下来控制自己。

按：也只用谦的一般含义解释，没接触其权术性质。

六二　用谦退宣扬自己，合于正道而吉利。
《象传》说："用谦退宣扬自己，合于正道而吉利"，内心是高兴的。

按：爻辞说"贞吉"，是鼓吹以退为进和以后取先的策略。《象传》看不到这一点，认为是说用谦虚宣扬自己内心会高兴。

九三　因谦退而劳累，君子会有好结果，是吉利的。
《象传》说：因谦退而劳累的君子，所有的人都会服从他。

按：也是就谦退说，无见于其为以退为进和以后取先的实质。

六四　没有不吉利，叫大家都装作谦退的样子。
《象传》说："没有不吉利，叫大家都装作谦退的样子"，这不违背原则。

按："扬谦"之所以"无不利"，是麻痹武人，以便于"侵伐"和"征邑国"。《象传》对"扬谦"作了高度评价是正确的。

六五　不依靠别人帮助就有力量，厉王凭着以退为进和以后取先策略就能击败武人，得到好处，没有任何不好。
《象传》说："凭着侵伐得到好处"，是征讨不服从的国家。

按：《象传》的"征不服"，接触到讨伐武人。

上六　用谦退宣扬自己，凭着这样就可以出兵讨伐武人的都邑和国家，得到好处。

《象传》说："用谦退宣扬自己"，是志向没有能够实现。可以用兵，去征讨都邑和国家。

按："鸣谦"为什么"是志未得"，使人费解，而"可用行师征邑国"，则又只是重复爻辞。

豫

利于先建立一个诸侯国作为恢复王朝的根据，然后派兵去消灭武人。

按："行师"是厉王当务之急，本卦又着重提出。

《象传》说：快乐是由于九四这个阳爻与初六这个阴爻相应，因而志趣能够实现。顺着情理去动，于是就快乐了。快乐是顺着情理动，因此天地也像这样，何况是建立侯国派兵出征呢？天地由于顺着情理动，所以日月没有过失，四时不会发生差错，圣人由于顺着情理动，因而刑罚清明，人民服从。在研究豫卦的时候意义可重大啊！

按：先用相应说，然后就着"顺以动"发挥，与本卦是讲周厉王以突破武人禁锢得到自由从而豫乐的卦义都不相关。

雷从地底下冲出去很有力量，这构成了豫卦。先王看见这个卦就去制作乐曲，尊崇道德，隆重地献于上帝，还请祖考来配合上帝一起享受。

按：与本卦是说厉王将战胜武人，因而豫乐的意义也不相关。

初六　以快乐自鸣得意，必有凶险。

《象传》说：初六讲以快乐自鸣得意，是志意穷极，必有凶险。

按：本爻属于下坤，是就武人说。《象传》认为武人在遭受厉王"侵伐"和"征邑国"后应该有所收敛，但反而以快乐自鸣得意，是志意穷极，必有凶险，这些都很有得于卦义。

六二　武人要像被石块夹住那样老老实实，不乱说乱动，在不太长的时间内，就会以合于正道而吉利，是因为既得中，又得正。

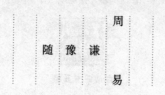

按：爻位说不能说明问题。

六三　武人如果不老老实实，还傲慢放肆，就会有悔恨；如果再迟迟不改正，更会有悔恨。

《象传》说：以豫乐而张大眼睛，傲慢自得，以致有悔恨，是本爻所处的地位不恰当。

按：又用了爻位说。

九四　从快乐中大有收获，不要怀疑朋友会聚集拢来很快地帮助你。

《象传》说："从快乐中大有收获"，是志趣在很大程度上实现了。

按：本爻属于上震，是讲周厉王能使武人听命，并欢迎他们来归。《象传》"志大行"得其仿佛。

六五　周厉王即使为了维护王权受挫折，经常也不会死去。

《象传》说："六五以正致疾，是以阴爻居于阳爻上面。"其所以经常不会死，是由于得中才没有死亡。

按：《象传》分别用了关系说和得中说。

上六　快乐不让别人看出来，即使成就有变化，也没有坏处。

《象传》说：尽管快乐不让人看出来，但居于上位，又如何能长久呢？

按：爻辞说善于自我控制，没有坏处，《象传》说这样不能长久，完全相反。

随

要中兴事业大为亨通，只有运用正确策略才能得到好处，没有坏处。

按：正确策略指以退为进和以后取先，也就是初九的"官有谕"。

《象传》说：随卦是震卦的阳刚来居于阴柔的兑卦下面，震卦运动，兑卦以和悦随从，这就是随卦。随卦凭着正确大为亨通，没有过失，天下人都顺着这种时机，顺着这种时机的意义很重大啊。

按：从爻辞"随有求"，得"和"随有获，贞凶看，本卦的"随"都是追求，《象传》讲成随从或随顺，不正确，因而无得于卦义。再则"刚来而下柔"，是下震服从上兑，"动而说"，是下震支配上兑，这里也存在着矛盾。

《象传》说：湖泊中有雷潜伏着，这构成了随卦。君子看到这个卦象，到傍晚时候就回到家里休息。

按："泽中有雷"为什么是"随"，没有说明。"君子以向晦入宴息"也许是从雷伏处泽中所得到的启发，但与周厉王要追求自由的卦义全不相干。

初九　功能要有变化，才合于正道而吉利，出去以后一切都会有成就。

《象传》说："功能要有变化"，才合于正道而吉利。"出去以后一切都会有成就"，是没有过失。

按：本爻指出下震周厉王要从阳刚变为阴柔，从取先变为取后，才会一切顺利。《象传》基本正确。

六二　是拴住小孩，失去大人吗？

《象传》说："拴住小孩"，是不能大人和小孩同时得到，所得到的只能是小孩。

按：爻辞用了反诘句，似乎内容不能肯定，但从六三"系丈夫，失小子"看，应该是指拴住大人，失去小孩，《象传》与爻辞意义相反。

六三　是拴住大人，失去小孩。只要追逐着去求就会得到，凭着合于以退为进和以后取先的正确策略得到好处。

《象传》说："拴住大人"目的是要丢掉小孩。

按：有得于爻辞得大失小之义。

九四　追逐着有了收获，即使正确也凶险。要有孚存在于内心，大道才会彰明，这还有什么坏处？

《象传》说："追逐而有收获"，从道理看是凶险的。"有孚存在于道路上"，会使成功显得明确。

按：《象传》用"贞凶"断定"随有获"，正确，因为"随有获"的是武人，本爻属于上兑，是就着武人说。至于"有孚在道，以明何咎"，则断句错误，理解别扭，今译不能从。

九五　武人有归顺诚心的，被厉王表扬，这就吉利。

《象传》说："有诚心被表扬，就吉利"，是本爻既得正，又得中。

按：爻位说模糊了本爻内容。

上六　周厉王把武人首领抓住捆起来，又随着捆了几转，于是大功告成，到歧山去祭祀神灵。

《象传》说："抓住捆起来"，是处于上位而穷困。

按：《象传》认为本爻以处于上位而穷困，也是爻位说。

蛊

厉王中兴复国事业会大为顺利，凭着战胜困难得到好处，这符合"七日来复"的自然规律。

按：再一次把循环论用于厉王复国。

《象传》说：蛊卦，是阳刚的艮卦在上面，阴柔的巽卦在下面，柔顺而静止，就是蛊卦。蛊卦是能使事业大为顺利而天下得到治理的。"凭着战胜困难得到好处"，是向前会有收获。"先甲三日，后甲三日"是结束了又开始，这是自然规律。

按：用卦德说明卦的构成，没有涉及卦义。说循环是自然规律，隐约指出周厉王复周将会成功。

《象传》说：艮山下面有风吹来，形成蛊卦。君子看到这个卦象就去教育人民，培养他们德行。

按：认为本卦的"蛊"针对人民，是弄错了方向。

初六　去掉父亲的错误，有好儿子，父亲没有坏处。即使暂时有危险，也终归吉利。

《象传》说："去掉父亲的错误"，意思是要继承父亲的事业。

按：本爻用比喻说明刚直不阿的大臣力图去掉厉王的错误。《象传》"意承考"只就比喻本身说。

九二　去掉母亲的错误，不可以算是正确。

《象传》说："去掉母亲的错误"，是合于"中道"的。

按：爻辞说去掉母亲的错误不可以算是正确，《象传》说去掉母亲的错误合于"中道"，恰好相反，而且用了得中说。

九三　去掉父亲的错误，会小有悔恨，但没有大坏处。

《象传》说："去掉父亲的错误"，终归没有坏处。

按：爻辞说"无大咎"，《象传》说"终无咎"，是大同小异。

六四　父亲发展了自己错误，往后会遭到不幸。

《象传》说："发展了父亲的错误"，往后不会得到什么。

按：本爻属于上艮，是就父说，是就厉王说，从而"裕父之蛊"就是父自裕其蛊。《象传》与爻辞意义不合。

六五　父亲把自己错误去掉了，会以此受到称誉。

《象传》说："去掉父亲错误而得到称誉，是用良好品德继承父亲。

按：本爻"干父之蛊"句式与"裕父之蛊相同"，是父亲自己去掉错误，不是儿子去掉父亲错误。《象传》"干父用誉，承以德也"认为是儿子去掉父亲错误，不正确。

上九　不去从事王侯的工作，还认为这种事是高尚的。

《象传》说："不去从事王侯的工作，是志趣可以作为法则。"

按：爻辞批评"不事王侯"，《象传》肯定"不事王侯"，《象传》与爻辞完全相反。后人几乎都把本爻看成是赞扬隐者。其实本卦讲"干蛊"，何至于去赞扬隐者？《周易》作者是把"不事王侯"看成一种"蛊"，希望厉王复位以后一定要把王侯分内之事做好，不能再不过问国家大事。

临

中兴事业将大为顺利，凭着德治的正确得到好处。如果像夏日炎炎似火烧那样施行暴政就会有凶险。

按：本卦强调对人民应该进行德治，是对厉王搞得人民道路以目的强烈反对。

《象传》说：临卦，是下兑的两个阳爻在逐步向上长，态度和悦而合理，九二这个阳爻居于下兑中间与上坤六五这个阴爻呼应，凭着正确治理使事业大为亨通，是自然规律。"到了八月有凶"，是暴政的消亡不会长久。

按："刚浸而长"和"刚中而应"都不可信，反对暴政可取。

《象传》说：湖泊上有一片广大土地，构成临卦。君子看到这个卦象就想到对人民进行教育的思想是永恒的，对人民加以包容和保护也是永恒的。

按：《象传》强调德治，能阐明卦义。

初九　广大人民感觉到厉王在治理他们，这合于正道而吉利。

《象传》说："感觉到厉王在治理，合于正道而吉利"，说明人民的思想和行为都正确。

按：能发挥爻辞意义。

九二　人民感觉到厉王在治理他们，这就吉利，没有不吉利的。

《象传》说："人民感觉到厉王在治理他们，这就吉利，没有不吉利的"，是说不顺从上面的命令。

按：人民欢迎厉王治理，《象传》却说是不顺从上面命令，恰好相反。

六三　只一味赞美厉王的治理好，这没有好处。到了已经替厉王的治理担忧，才没有坏处。

《象传》说："只一味赞美治理好"，是六这个阴爻居于三这个阳位而位置不当。"已经替治理担忧"，就坏不到哪里去。

按：爻位说不能信从。"咎不长"不等于"无咎"。

六四　周厉王亲自到朝堂上去受理政事，没有坏处。

《象传》说："亲自到朝堂上去受理政事，没有坏处。"是六这个阴爻居于阴位四，位置恰当。

按：爻位说不能说明问题。从本爻到上六，都是对周厉王临民的歌颂，但《象传》并不理解。

六五　运用智慧去治理人民，是天子应该做的事，这样就吉利。

《象传》说："天子应该做的事"，是指阴爻居于上坤中间。

按：得中说不能说《易》。

上六　对人民进行德治，就吉利，没有坏处。

《象传》说"德治的吉利，是本爻在思想上注意着内卦下兑的两个阳爻初九和九二。

按：变态的相应说也不能说《易》。

观

在宗庙帮助祭祀先洗干净手，可奉上祭神食品还不奉上，表现为很有诚心和严肃认真的样子。

按：这条卦辞是用比喻说明，大臣帮助周厉王观察问题是慎之又慎，严肃认真的。

《象传》说：伟大的观卦在上面，它的性质是顺而又顺，六二和九五都以居中得正观察天下。观卦卦辞"盥而不荐，有孚颙若"，是说下面的人看到这条卦辞会受到深刻教育。看到天的神秘规律从而春、夏、秋、冬四时的次序不会发生差错，圣人用神秘规律建立教化，天下人都会服从。

按：既用爻位说和得中说，又把用来比喻大臣帮助厉王必须严肃认真观察问题的卦辞看成是下面的人会受到深刻教育，更不知如何扯到"神道设教"，这条《象传》无一而可。

《象传》说：风吹在地面上构成观卦，先王看到这个卦象就去巡视各国，了解民情，建立教化。

按：本卦绝无如《象传》所说的这些内容。

初六　像儿童那样观察问题，狭隘，肤浅，片面，对小人说还没有坏处，对君子说就不好了。

《象传》说：初六讲的"童观"，是小人观察问题的那一套。

按：本爻属于下坤，是就周厉王说。《周易》作者希望厉王观察问题能得其大者，远者，应是君子之观，不能是童蒙之观。《象传》以"童观"为"小人道"是正确的。

六二　像从缝隙中观察，视野狭小，只有利于妇女的正道。

《象传》说：象从缝隙中观察，只合于妇女的正道，是可丑的事。

按：《象传》否定窥观，与爻辞一致。

六三　观察我这一辈子，为了前进就得后退。

《象传》说："观察我这一辈子，为了前进就得后退"，这不会犯原则错误。

按：《象传》肯定了爻辞的"观我生，进退"。《周易》作者把周厉王观察问题引到以退为进和以后取先这一重大策略上来。

六四　能观察国家大事，以在王那里做宾客得到好处。

《象传》说："能观察国家大事"，成为厉王的宾客。

按：本爻属于上巽，指帮助厉王观察问题的大臣。《象传》"尚宾"是对"利用宾于王"的正确解释。

九五　观察我这一辈子，作为一个帮助厉王观察问题的君子，没有坏处。

《象传》："观察我这一辈子"，是在观察人民。

按：本爻是帮助厉王观察问题的大臣的自白，《象传》以"观我生"为"观民"，不正确。

上九　观察周厉王这一辈子，作为一个君子没有坏处。

《象传》说："观察他这一辈子"，思想不能平定。

按：本爻是帮助厉王观察问题的大臣对厉王的评价，"君子无咎"是对厉王的肯定。《象传》"志未平"不知所指。

噬　嗑

中兴事业会顺利，以治狱得到好处。

按：《周易》讲治狱的仅此一卦，表现了作者希望厉王在平定武人以后，严肃法纪，搞好善后工作。

《象传》说：口里有东西在咀嚼叫噬嗑。噬嗑有亨通的道理，下震的刚和上离的柔是分开的，下震运动，上离光明，下震的雷和上离的电合起来很灿烂辉煌，六二居下震中间，向上运动成为六五，虽然不当位，却会以治狱得到好处。

按：解释噬嗑还说得过去，但也没讲清楚为什么用来比喻治狱。最可议的是用了爻位说和卦变说作为本卦是讲治狱的理论根据。

《象传》说：震下离上构成噬嗑卦。先王看到这个卦象就去修明赏罚，严格刑法。

按："雷电噬嗑"或应作"电雷噬嗑"，因为《象传》表明卦象的通例都是上卦卦名在前，下卦卦名在后。这条《象传》指出了本卦的重要内容。

初九　在鞋子上面套上木枷，遮住脚趾，没有坏处。

《象传》说:"在鞋子上面套上木枷,遮住脚趾",不能行走。

按:在鞋子上面套上木枷,遮住脚趾,没有坏处,只能指缓缓而行,不是不能行走,《象传》与爻辞意义不合。爻辞用"屦校灭趾,无咎"说明治狱应该宽缓,不能刻深,要猛而济之以宽,是以退为进和以后取先策略在治狱时的体现。

六二 吃肉遮住了鼻子,没有坏处。

《象传》说:"吃肉遮住了鼻子",是凌驾于阳爻上面。

按:"噬肤灭鼻"是指肉吃得多,堆在面前简直要遮住鼻子,比喻治狱办的案子多。其所以"无咎",是由于猛而济之以宽。关系说不能说明问题。

六三 吃干肉碰上了毒,是小问题,没有坏处。

《象传》说:"碰上毒",是阴爻居阳位,位置不当。

按:"噬腊肉遇毒"是比喻治狱碰上严重问题,但由于宽缓不刻深,因此只有小问题,没有坏处。《象传》用了爻位说。

九四 吃带着骨头的干肉,碰上里面有黄铜箭头,要艰苦坚持正道才有好处,还会吉利。

《象传》说:"要艰苦坚持正道才有好处,还会吉利",是没有抓住大问题。

按:本爻是治狱碰上问题越来越严重,但只要艰苦坚持猛而济之以宽的正道,仍然吉利。这是抓住了治狱的重大原则,《象传》说没抓住大问题,适得其反。

六五 吃干肉,碰上许多黄铜颗粒,尽管正确,却也危险,但终归没有坏处。

《象传》说:"尽管正确,却也危险,但终归没有坏处",是由于处理得当。

按:治狱难处越来越大,其所以终归没有坏处,仍然是由于坚持了猛而济之以宽的原则。《象传》"得当"之说与爻辞意义相合。

上九 戴着木枷遮住耳朵,这是凶险的。

《象传》说:"戴着木枷遮住耳朵",使听觉不清楚。

按:"何校灭耳"是刑罚严酷,比喻治狱不宽缓。以上五爻都说治狱要宽大,本爻则说治狱不能严酷,正反两面结合,使本卦宽猛相济的中心思想更加突出。《象传》的"聪不明"是沾滞于比喻本身。

贲

事业会顺利，发展下去还将有些小的好处。

按：概括了佞臣惑乱却不能得逞的一卦重点。

《彖传》说：文饰，有亨通的可能。泰卦上六的柔向下来取代下乾九二，成为六二，以文饰下乾这个刚卦，所以亨通。分出泰卦九二的刚向上去取代上六，成为上九，以文饰上坤这个柔卦，所以发展下去小有好处。上艮的刚和下离的柔交错在一起，这是天文。下离的文明遇着上艮的静止，这是人文。观看天文去察觉时代变化，观看人文去教化天下。

按：这条《彖传》主要用了卦变说，又机械地把所谓卦德（性质）与天文人文相比附，以至于可以察时变而化成天下，都与卦义全不相干。

《象传》说：艮山下面有离火，这构成了包含文饰意义的贲卦。君子看到这个卦象就去处理好一般政事，但不敢治狱。

按：与本卦是说有佞臣惑乱厉王毫不相干。

初九　把脚趾打扮得漂漂亮亮，丢掉车子去步行。

《象传》说："丢掉车子去步行"，是从道理上说不应该坐车。

按："贲其趾"是佞臣把自己打扮一番，以便对厉王进行惑乱。"舍车而徒"是佞臣为了表现自己漂亮，以便更好对厉王进行惑乱。《象传》的"义弗乘"与爻辞意义相反。

六二　把胡须修饰一番。

《象传》说：把胡须修饰一番，是"与上兴也"。

按：本爻仍然是讲佞臣在乔装打扮，以便惑乱周厉王。《象传》的"与上兴也"语意不清楚。

九三　修饰啊！用水洗干净啊，这才永远合于正道而吉利。

《象传》说："永远合于正道的吉利"，是没有人超过。

按：本爻是《周易》作者对佞臣所发出的禁戒，要他们虽然已经乔装打扮（"贲如"），却必须完全扫除，像用水洗干净一样（"濡如"）。佞臣的惑乱是必须制止的。《象传》的"终莫之陵"是说佞臣如果能去掉文饰，也会形象高大，还讲得过去。

六四　先打扮得花花绿绿啊，但必须洗成一片纯白啊，像白马那样一片纯白啊，这样才不是来为寇贼，而是来结为婚姻。

《象传》说：六四，既当位，又可疑。"不是来为寇贼，而是来结为婚姻"，会终于没有过错。

按：本爻属于上艮，是讲周厉王要佞臣对他不再惑乱。"当位疑"无法解释，"终无尤"等于没有讲，《象传》对本爻是不得其解的。

六五　对山坡上的园子进行文饰，但只用了很少的几束帛，这样也不好，但终于吉利。

《象传》说：六五的吉利，是由于有喜庆的事。

按：本爻用比喻说明，佞臣对周厉王进行惑乱，少而不多，这样也不好，但终于吉利。《象传》的"有喜"只是对爻辞的"吉"作了抽象解释。

上九　把文饰洗成一片素白，才没有坏处。

《象传》说："把文饰洗成一片素白，才没有坏处"，是说君王会如意称心。

按：本爻是周厉王要制止佞臣惑乱，《象传》看到了这一点。

剥

有所前进就不好。

按：这条卦辞是说下坤冲击上艮不好，比喻武人进犯周厉王不会有好下场。

《象传》说：剥是打击，是下坤的柔要改变上艮的刚的性质。"有所前进就不利"，是由于小人在成长。一定要顺着道理停止下来，不去胡作非为，才算是看准了本卦卦象。君子重视事物的消灭，生长，满盈，空虚，因为这是自然规律。

按：这条《象传》对卦义有认识，知道本卦是下坤冲击上艮，而下坤冲击上艮是不好的。

《象传》说：山附着在地面上构成剥卦。君王看到这个卦象就去厚待人民，安定国家。

按："山附于地"应稳妥平安，是上艮下坤，相得益彰，与《象传》认定下坤与上艮矛盾尖锐相反。从卦名和卦爻辞看，《象传》是正确的，《象传》是错误的。这也证明即使是同一个卦的《易大传》也不出于一人之手。

初六　用脚去踢车床，不合于正道，是凶险的。

《象传》说："用脚去踢车床"，是从下面去消灭上面。

按：本爻是用比喻说武人向厉王进攻，《象传》的"灭下"有得于爻辞意义。

六二　用膝头去撞击车床，不合于正道，是凶险的。

《象传》说："用膝头去撞击车床"，是由于没有人帮助。

按：由于没有人帮助，才一个人狠狠地用膝头去撞击，《象传》有得于爻辞意义。

六三　去进行撞击，能没有坏处吗？

《象传》说："进行撞击，没有坏处"，是失去上下相处的原则。

按：本爻是反诘句，意思是武人犯上，必然有咎，不能无咎。《象传》的"失上下"对这些都认识到了。

六四　用身体去撞击车床，是凶险的。

《象传》说："用身体去撞击车床"，与灾难是切近的。

按：本爻属于上艮，是就周厉王说的。"剥床以肤，凶"，是说周厉王如果自己去动摇王位，就会有凶险。《象传》的"切近灾"是正确解释。

六五　带着宫人去接受厉王宠幸，像一群鱼连贯而行，没有不利的。

《象传》说："带着宫人去接受宠幸"，终归没有错误。

按：本爻是明显地维护周厉王，前人五阴剥一阳之说不攻自破。《象传》的"终无尤"能说出本爻内容。

上九　像一个大果子不被吃掉，君子得到车子，小人毁掉草房子。

《象传》说："君子得到车子"，是老百姓要乘坐的。"小人毁掉草房子"，是终归不会有用的。

按：尽管受到下坤三阴冲击，但上九孤阳仍巍然独存，而武人则心劳日拙，于是就"君子得舆，小人剥庐"了。《象传》"民所载也"不妥，因为是君子的舆。"终不可用"还说得过去，因为武人是没有前途的。

复

恢复王位将是顺利的。王位的恢复像孤阳的出于剥卦入于本卦，没有毛病，像朋友的相互聚会，没有坏处，像在循环道路上反复运行，只要不多的时间就能回到原处，前途是美好的。

按：对周厉王复国充满信心，可与乾卦"见群龙无首，吉"合看。

《象传》说：回来是顺利的，阳爻从剥卦的上回到本卦的初。循环运动是合理的，因此阳爻出于剥卦入于本卦没有毛病，像朋友的来没有坏处，反来复去在循环道路上运行，每一次循环经历七个爻位，这些都合乎自然规律。"前途是美好的"，是阳爻在向前运行。从本卦该看出大自然的倾向吧？

按：这条《象传》很有得于卦义，特别是"复其见天地之心"，是对周厉王复国的高度肯定。

《象传》说：雷隐藏在地下面构成复卦。先王看到这个卦象就在冬至那一天关闭城门，君王也不去巡视各邦。

按：这条《象传》充满迷信，与卦义全不相干。本卦《象传》正确，深刻而科学，《象传》错误，肤浅而迷信，成为鲜明对比，这也是《易大传》不作于一人的有力佐证之一。

初九　出去不远就回来了，不会有灾祸和悔恨，更没有坏处。

《象传》说：出去不远就回来了，是由于能够修身。

按：本爻是说孤阳从这里循环，后经各个爻位，又回到这里，用来比喻周厉王目前尽管被流放，但不久还会回来为王。《象传》"不远之复，以修身也"，说流放不久就回来是由于能够修身，与爻辞的肯定厉王是一致的。

六二　美好的复，是吉利的。

《象传》说：美好的复之所以吉利，是由于愿意处在仁者的下面。

按：复是周厉王向着恢复王位前进，因此是美好而且吉利的。《象传》的"下仁"，与此无关。

六三　接连不断地复，会有危险吗？回答是没有坏处。

《象传》说：接连不断地复会有危险吗？从道理上看是没有坏处的。

按："频复"是不断向复国道路前进，当时武人强大，似乎有危险，但其实绝对没有坏处。《象传》有得于爻辞意义。

六四　完全合理，孤阳单个儿在复。

《象传》说："完全合理，孤阳单个儿在复"，是由于合乎道理。

按：本爻以孤阳独复为合于不偏不倚的真理，是对复的最高肯定，也就是对厉王复国的无比赞美。《象传》的"从道"讲对了。

六五　重视复，没有悔恨。

《象传》说："重视复，没有悔恨"，是自己在内心研究问题。

按：在赞美"独复"之后继之以"敦复"，是对复进一步加以赞美。《象传》能发挥爻辞内容。

上六　如果不继续复下去，就会有灾祸，在这种情况下出兵打仗一定会有大的失败，使国君遭到凶险，以至于长期不能出征。

《象传》说：不继续复的凶险，是由于违反了做君的道理。

按：本爻极言不继续复的危险，以衬托复的势在必行。《象传》的"反君道"能指出如果"迷复"，就对周厉王不利。

无　妄

周厉王中兴复国事业会十分顺利，凭着有孚的正确得到好处。如果不正确而与孚相反就会有灾祸，不利于复国。

按：《周易》作者一心只想周厉王有孚，作为复国的伟大力量，所以用无妄卦接上复卦。

《彖传》说：无妄卦是阳爻九从讼卦的二来到本卦的初，是从外到内，并成为内震的主爻，无妄卦是运动而健行的，其上乾九五以刚居中，与下震六二相应，这样事业会凭着正确大为顺利，也是天的意志。如果不合于正道就有灾祸，不利于事业向前发展。"无妄"会离开，是到哪里去呢？天命不保佑无妄，无妄离开算了吧？

按：用了卦变说、得中说和相应说，还认为天命不保佑无妄，无妄将不存在于人世，这些都是不正确的。

《象传》说：天的下面有雷在运行，象征着把无妄赋予所有的物。先王看见这个卦象就用美好思想对待时代，抚育万物。

按：这条《象传》很能发掘卦义，与《象传》全为谬说大不相同，可见同属于一个卦的《易大传》也不出于一人之手。

初九　有诚的人，到哪里去都吉利。

《象传》说：有诚的人出去，会达到目的。

按：《象传》与爻辞意义相合。

烧畲开荒，清人绘。

六二　不耕种就要有收获，不开荒就要有熟地，难道真有这种好事情吗？

《象传》说："不通过耕种的收获"，是不能致富的。

按：本爻力求虚妄，言虚妄不会有任何好结果，借以突出无妄的可贵。《象传》虚妄不能致富之说，与爻辞意义相合。

六三　有孚或有诚的人的灾祸是：有一个人拴着一头牛，被过路人牵走了，却成为某一个城里人的灾祸。

《象传》说：过路的人牵走了牛，却成为某一个城里人的灾祸。

按：本爻是说无妄的人不会有灾祸。要说有灾祸，也是别人的事，与无妄的人是全无关系的。《象传》只重复一下部分爻辞，没有加以解释。

九四　无妄的人可以合于正道，没有坏处。

《象传》说："可以合于正道，没有坏处"，是无妄或有孚有诚的人本来就如此的。

按：这条《象传》讲得好。

九五　没有任何虚妄的人生了病，不吃药也会好。

《象传》说：对于无妄的人下药，是不可以轻易尝试的。

按：《象传》言外之意，是无妄的人即使有病，不服药也会好，与爻辞意义相合。

上九　无妄的人将会有灾祸吗？没有任何好处吗？

《象传》说：没有任何虚妄的人的行动，是穷困的灾祸。

按：本爻连用两个反诘句，说明无妄的人不会有灾祸，只会有好处，是把无妄在最大程度上突出起来。《象传》先把应该讲成将会有的行动说成行动，又把"穷之灾"归于无妄的行动，都与爻辞意义相反。

大　畜

要凭着为厉王服务的正确行动得到好处，是食禄于朝，而不是享用于家就吉利，这样才有利于度过困难。

按：卦辞是要武人老实听话，以免有灭顶之灾。

《象传》说：大畜卦的下乾是刚健，笃实，辉光，并且一天天在提高品德。大畜卦的上艮是以刚强居于上。好像贤人受到尊重，还能控制下乾的刚健，因而是伟大正确的。"不在家里吃饭就吉利"。这是说明要供养贤人。"战胜困难就有利"，这是合于天道的。

按：这条《象传》虽然肯定了下乾周厉王，但更歌颂了上艮武人对周厉王的控制，是违反卦义的。至于以"不家食吉"为"养贤"，也不切合要武人老实供职于朝廷的意思，而以"利涉大川"为合于天道，也没有指出武人只有忠顺才能免灭顶之灾。

《象传》说：天藏在山中，构成大畜卦。君子看到这个卦象就要多多记住前人的格言和卓越的行为，来培养并提高他的品德。

按：大畜是天包容山，是山在天中，不是"天在山中"，《象传》与卦义相反。至于认为本卦是说"君子以多识前言运行，以畜其德"，与本卦是说周厉王应该控制武人，武人应该接受周厉王控制，也完全无关。

初九　控制武人是一件有危险的事，不能一往直前，而利于有停顿，有节制。

《象传》说："有危险，利于有停顿"，是要不犯灾祸。

按：《周易》作者一贯认为对待武人必须以退为进，以后取先，这条爻辞正是这种意思。《象传》"不犯灾"之说正确,但只看到消极的一面,没看到要这样才能制服武人的积极一面。

九二　车子脱掉了从车轴去勾住车箱的木勾子,车子会翻掉。

《象传》说:"车子脱掉了从车轴去勾住车箱的木勾子",是由于本爻居于下乾中间没有过失。

按:本爻极言控制武人有危险,像大车没有驾驭好会翻掉,因此必须以退为进,以后取先,进一步强调初九的思想。《象传》用了得中说。

九三　用好马驾着车子去追击,以艰苦保持正道取得胜利,一定要整顿好车队的护卫队,这样去追击才会有利。

《象传》说:"发展下去有好处",是由于与上九志同道合。

按:本爻是说要有强大力量,控制武人才有可能,可见以退为进和以后取先要有充足力量为后盾,不能徒托空言。《象传》用了相应说。

六四　要像小牛的角稚嫩不伤人,才大为吉利。

《象传》说:六四说大吉,是由于有喜庆的事。

按:本爻属于上艮,是就着武人说。要武人像小牛的角稚嫩不伤人,是指武人在接受厉王控制后不再狂暴横行。《象传》的"有喜"抽象地与爻辞意义相合。

六五　要像被阉割公猪的牙齿不咬人,这才吉利。

车骑出行,汉画像石。

《象传》说：六五说吉利，是由于有喜庆的事。

按：本爻进一步指出，武人在接受厉王控制后会变得温顺起来，不再伤害人。"有庆"就是"有喜"。

上九　为什么天空这么辽阔，一派兴旺发达气象。

《象传》说："为什么天空这么辽阔"，是说原则在很大程度上得到实行。

按：本爻是武人在接受厉王控制以后，对厉王政绩交口赞誉，天指下乾，就是厉王。《象传》"道大行"说得过去。

颐

其所以合于正道而吉利，是看到一个人腮帮子在动，口里食物是自己找来的。

按：提出"自求口实"，要厉王自力更生，恢复王位，是全卦中心。

《象传》说："腮帮子动起来，合于正道而吉利"，是用正道养活自己就吉利。"看腮帮子动"，是看他养的情况。"自己去找食物"，是看他自己养活自己。天地养活万物，圣人养活贤人和万民，养的意义是重大的。

按：只拘泥于字面，并讲得很琐碎，说明对卦义不得其解。本卦主旨是周厉王复国应该力求于己，不求于人，《象传》对此完全没有认识，只抓住一个"养"字做文章，与卦义全不相干。

《象传》说：艮山下面有震雷，构成了颐卦。君子看到这个卦象就要谨慎言语，节制饮食。

按：从颐说，"节饮食"可以讲，与"慎言语"有什么相干？而且对于"自求口实"之为比喻厉王复国应该依靠自己力量全未涉及。

初九　丢掉你自己美味的乌龟肉不吃，却来看着我因咀嚼食物而隆起的腮帮子，这样舍己从人是凶险的。

《象传》说："看着我隆起的腮帮子"，是不可取的。

按：本爻是说把自己力量弃置不顾，却去寄希望于别人，与"自求口实"相反，是从反面突出正面，以见周厉王要复国除开自力更生是不行的。《象传》"不足贵"对不自力更生作了批评，与爻辞相合。

六二　颠倒和违反了求食的常道，以致到山坡上去寻求食物，这样下去是凶险的。

《象传》说："六二这一爻之所以发展下去有凶险，是因为所作所为失去了原则。

按：丘是山坡，指上艮，也就是武人。复国不自力更生，反而寄希望于武人，是更大的错误，所以用"颠颐拂经"予以批评。《象传》认为这是失去原则，与爻辞相合。

六三　违反自力更生寻求食物的常道，即使正确也凶险，永远不能这么办，因为是没有好处的。

《象传》说："之所以永远不能这么办"，是由于与原则完全违反。

按：本爻再一次指出违反自力更生原则去复国的严重后果，叫周厉王再不寄希望于别人，特别是对武人不能有幻想。《象传》用"道大悖"说明不自力更生是正确的。

六四　颠倒求食的常道就吉利。而求食即使像老虎看得那么聚精会神，而且欲望无穷，也没有坏处。

《象传》说：颠倒求食的常道之所以吉利，是由于上面教育的广泛。

按：本爻属于上艮，是就武人说。武人求食常道是侵夺厉王，因此要颠倒过来才吉利。"虎视眈眈，其欲逐逐，无咎"。是说除了厉王，对别人都可施以凶残，这种看法是错误的。《象传》认为武人之所以能"颠颐"，是上面教育的结果，可以自成一义。

六五　违反求食常道，合于正道而吉利，但还不能克服大困难。

《象传》说：其所以合于正道而吉利，是由于驯顺地服从着上面。

按：本爻再一次提出武人必须"拂经"。即一反掠夺厉王的一贯行为，是对六四内容的加强。其所以"不可涉大川"，是由于初入正途，还不能战胜艰巨。《象传》的"顺以从上"讲得很好，因为正是本爻对武人的要求。

上九　顺着臣下求食的常道，即使有危险，也会终于吉利，而且还可以战胜困难，得到好处。

《象传》说："顺着臣下求食的常道，即使有危险，也会终于吉利"，是说大有喜庆的事。

按：本爻继续从武人说，是要求武人恪守臣节，以"利涉大川"。《象传》的"大有庆"是说武人就范以后，一切都会好起来，是有道理的。

大 过

屋梁被压弯，发展下去有好处，中兴事业会顺利达成。

按：既然已经"栋桡"，为什么还"利有攸往，亨"呢？这要结合爻辞考察。初六"藉用白茅，无咎"。是说西周王朝有良好基础，九四"栋隆，吉"，是说西周王朝终将繁荣昌盛，于是尽管暂时栋桡，终必"利有攸往，亨"了。

《彖传》说："大过"，是号称为"大"的阳爻多了。"栋桡"，是号称为"弱"的阴爻一居于本，一居于末。阳爻太多而得中，下巽逊顺而上兑悦乐，动起来，发展下去有好处，事业会顺利，"大过"的意义是重大的。

按：分析卦义，应掌握内外卦的矛盾冲突。这条《彖传》的"大者过"和"本末弱"都把内外卦杂糅起来，还用了得中说，因而不可取。至于"巽而说"，"乃亨"，虽然能就着内外卦性质讲，但空洞抽象，不得要领。

《象传》说：大湖泊淹没了木头，这太过分了。君子看到这个卦象就要独立于人世而不惧怕，甚至遁逃于人世之外也没有苦闷。

按：《象传》认为本卦是歌颂隐君子，离开《周易》作者希望周厉王能从武人压迫下解脱出来的本义太远了。

初六　祭祀的铺垫用了白茅草，没有坏处。

《象传》说："祭祀的铺垫用了白茅草"，是说柔软的东西铺在下面。

按："藉用白茅"比喻西周王朝基础好，武人要取代厉王并不容易，因而"无咎"。《象传》"柔在下"，没有触及比喻意义。

九二　枯槁的杨树长出了柔嫩叶子，年老的丈夫得到了年轻妻子，这没有不好的。

《象传》说：年老的丈夫和年轻的妻子，是错误地相结合。

按："枯杨生稊"是已濒临衰老的东西又生机勃勃，比喻西周王朝虽然传世已久，但仍然有生命力。"老夫得其女妻"比喻西周王朝会有美好前景，武人要取代周厉王是不可能的。《象传》认为"老夫女妻"是"过以相与"，与爻辞意义相反。

九三　屋梁会弯曲吗？有凶险吗？

《象传》说：屋梁弯曲的凶险，是由于不可以有一根作为辅助的木头支撑着。

按：前两爻都极言西周王朝和周厉王必然吉利，有美好前途，本爻不能截然相反，因此是反诘句，从反面加强正面，以言必无栋桡之凶，可以与九四的"栋隆，吉"相联系。《象传》"不可以有辅"，是肯定"栋桡，凶"，与爻辞意义相反。

九四　把屋梁升高就吉利，有别的搞法都不好。

《象传》说：屋梁升高之所以吉利，是由于不变直为曲去俯就下面。

按：本爻属于上兑，是就武人说。"栋隆"是把屋梁升高，比喻武人扶助厉王，于是就吉。如果仍然迫害厉王，就会吝。《象传》"不桡乎下"是"栋隆"的正确说明。

九五　枯槁的杨树生出了花朵，年老的妇人得到年轻的丈夫，既没有坏处，也没有称誉。

《象传》说："枯槁的杨树生出了花朵"，如何可以长久？"年老的妇人配上年轻的丈夫"，这也可丑。

按：本爻承上爻而来。上爻写武人应该有助于厉王，本爻写如果有助于厉王就会有好的报答。《象传》只看到枯杨生华不可久，没看到也是繁荣昌盛，只看到老妇士夫可丑，没看到也是幸福欢乐。爻辞以肯定为主，《象传》以否定为主。

上六　过河因徒涉被水淹没，凶险；如果改弦易辙，就没有坏处。

《象传》说：过河因徒涉遭到凶险，不可以认为是坏处。

按：本爻是《周易》作者警告武人，如果继续迫害厉王，就会像徒涉过河而灭顶；只有幡然改图，使厉王有"栋隆"之"吉"，才能"无咎"。《象传》说不能认为过河因徒涉灭顶是坏处，是违反常理的。

坎

只要有诚存在于内心，中兴事业就会顺利，所作所为都会有很高成就。

按：孚的作用在这里从政治上得到充分表现。

《象传》说：习坎是重重叠叠的险。水在流动却不满盈，通过险阻却不失去信用。心啊，事业顺利啊，是由于阳刚之爻居于上下卦的中间。"所作所为有很高成就"，是发展下去有成绩。天险是不可攀登的。地险是山川丘陵。王公设立险阻来防守他们的国家。险的作用是很大的。

按：以"习坎"为"重险"，以"行有尚"为"往有功"，都正确。但只大做险字的文章，还不能指出本卦是要周厉王以内心的孚去化除重重险阻。

《象传》说：水再至，构成了"习坎"卦。君子看到这个卦象就要经常保持美好德行，学习教诲人的事。

按：《象传》是说碰上危险要进德修业，可自成一义。

初六　重重叠叠的坑，跌进了一个坑又跌进了一个坑，是凶险的。

《象传》说：重重叠叠的坑，不断跌进坑，是由于没有看清道路遇到凶险。

按：本爻是用比喻说周厉王不断遭到危险，要用孚才能化除。《象传》没有接触到这些。

九二　坑里有危险，但进行追求还是会小有所得。

《象传》说："追求会小有所得"，是由于没有越出中爻的位置。

按：其所以碰上坑坎还会小有所得，是孚在起作用。《象传》用了得中说。

六三　来到坑边，坑危险而且重叠。跌进了一个坑再跌进一个坑，但这样是不会的。

《象传》说：来到一些坑边，终于没有功绩。

按：不至"入于坎窞"，是有孚在起作用。《象传》说"终无功"，是对孚的作用不了解。

六四　一壶酒，两碗饭，用瓦器盛着，从窗户挤着送进去，终于没有坏处。

《象传》说："一壶酒，两碗饭"，是阳刚和阴柔相连接。

按：本爻是写向地牢里送饭，牖是地牢的窗口。酒饭非常简单，但送进去却不容易，情况实为狼狈。用来比喻周厉王在武人迫害下困难重重，也是陷入坎险的一种象征。其所以终于无咎，仍然是由于有孚。《象传》"刚柔际"是说本爻六四的阴柔与九五的阳刚连接，是关系说。

九五　坑难道还没有填满吗？小山坡是已经挖平了，这没有坏处。

《象传》说："坑没有填满"，是由于阳爻虽然居于中间，但还没有弘大。

按：本爻是反诘句，用反诘加强正面，意思是小山坡的土石已经取完，坑已经填满，危险已经化除，真是"有孚维心，亨，行有尚"。《象传》把反诘看成直陈，还用了得中说。

上六 用绳索捆绑着，投进监狱里，长期不能解脱，是凶险的。

《象传》说：上六在原则上有失误，凶险是长期的。

按：本爻极言凶险之甚，但都将为"孚"所消解。《象传》只看到爻辞文字表面，不理解精神实质。

离

守着柔退的正道就有利，中兴事业将顺利进行，养着母牛是吉利的。

按："畜牝牛，吉"，比喻柔退无往而不胜，是《周易》要厉王用以退为进和以后取先的策略战胜武人的概括。

《彖传》说：离是依附。日月依附着天空，百谷草木依附着土地，下离和上离两重光明依附着中正，就能教化天下。柔顺依符着中正，所以亨通，因此养母牛是吉利的。

按：把本卦的离按照某一种训释讲成依附，不正确，应该看到卦象以阴爻为主，是突出柔顺。以离为明说得过去，但"柔丽乎中正"却是得中说。

《象传》说：光明两次出现，成为离卦。根据卦象启示，天子要用正确措施去安定天下。

按：只看到离是光明，没看到离是柔顺，没有抓住本卦重点。《象传》一般说"君子"，这里却说"大人"，可见"君子"就是"大人"，而"大人"就是周厉王。

初九 走起路来很莽撞，要认真改正，才没有坏处。

《象传》说：对于走路莽撞要认真改正，是为了避免犯错误。

按：本爻以"履错然"比喻刚猛而不柔退，取先而不取后，所以必须认真改正。《象传》"辟咎"之说，有得于爻辞含义。

六二 掌握了柔退原则，大吉大利。

《象传》说："掌握了柔退原则，大吉大利"，是由于本爻居于下离中间。

按：得中说不能说《易》。

九三 碰上太阳偏西，不敲打着陶土乐器唱歌，那些年纪很大的老人就会叹气，这是凶险的。

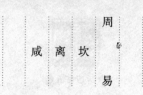

《象传》说："碰上太阳偏西"，这怎样可以长久？

按：本爻以碰上太阳偏西，阴盛阳衰，比喻武人强大，厉王衰微，"大耋"也比喻周厉王。唱歌而鼓缶相应，则声和乐而悠扬，以突出柔退，去以柔克刚，以弱胜强。《象传》说阴盛阳衰不会长久，也看到这些内容。

九四　突然杀来啊，烧房子啊，杀死人啊，丢弃尸体啊。

《象传》说："突然杀来啊"，是说没有容身之地。

按：上爻"日昃之离"已经不吉利，本爻更是凶险之甚。联系"鼓缶而歌"能免除不祥，再联系六五"出涕沱若，戚嗟若"能化凶为吉，那么本爻由于畜牝牛"吉"也终将转化，凭藉运用柔退策略，厉王是能摆脱伤亡惨重的狼狈处境的。《象传》说没有容身之地，是只看到目前情况，没看到情况会向好的方面转化。

六五　流着眼泪像下大雨啊，悲痛地叹着气啊！但终将是吉利的。

《象传》说：六五的吉利，是由于居于王公位置，在上离中间。

按：本爻明白指出凶会转化为吉，以突出厉王用柔退策略终将战胜武人，摆脱困境，走向胜利。《象传》用了得中说。

上九　周厉王凭着柔退策略出征武人，极为可喜地杀掉了首恶，还俘获了那些同类的人，这没有坏处。

《象传》说："王去出征"，是为了把国家引上正轨。

按：本爻是说厉王将用柔退策略击败武人，并诛其首恶，获其同党，卦义于是得到醒豁表达。《象传》与爻辞意义相合。

咸

中兴事业会顺利达成，凭着寻求贤臣的正确行动得到好处，有了贤臣帮助是吉利的。

按：《周易》讲周厉王寻求贤臣的还有家人、渐、归妹等卦，说明《周易》作者是认识到像厉王这样的昏庸之君，没有贤臣帮助是不行的。

《象传》说：咸是感动。兑以阴柔居于上卦，艮以阳刚居于下卦，于是阴阳二气以感应而相互结合。艮为止，兑为悦，是"止而悦"。艮为男，兑为女，是"男下女"。这样事业才会顺利，凭着求女的正确得到好处，以有贤臣帮助而一切吉利，天地相互交感而万物产生，圣人感动人心而天下太平，看了这些交感或感动的情况，天地万物的情况都可以看到了。

按：《象传》无得于卦义，但一些枝节解说却正确，例如以兑为柔，以艮为刚，以艮为男，以兑为女，以艮为止，以兑为悦等。

《象传》说：山上有一个湖泊构成咸卦。君子看到这个卦象就想到要以谦虚待人。

按：用谦虚待人触及寻求贤臣的卦义。

初六，动了脚大拇指。

《象传》说："动了脚大拇指"，是想要到外面去。

按：爻辞对"咸其拇"未置可否，但联系六二"咸其腓，凶"和九三"咸其股，执其随，往吝"看，其为"凶"或"吝"不待言。其所以这样，是由于求贤而出以躁进，不是出以柔退。咸其拇是躁进的开始，《象传》"志在外"不能加以说明。

六二　动了小腿，凶险。只有不动，才会吉利。

《象传》说：虽然动起来凶险，但停下来却吉利，顺着道理做不会有害处。

按：本爻明确指出，用躁动态度求贤就凶，用柔退态度求贤才吉。《象传》的"顺不害"是反对"咸其腓，凶"，肯定"居，吉"，有得于卦义。

九三　动了大腿，牵动了腰部，这样发展下去不好。

《象传》说："动了大腿"，是动个不停。一心只想跟随别人，是所具备的水平低下。

按：爻辞进一步指出用躁动态度求贤不好，必须出以柔退。《象传》的"不处"只从文字上说明"咸其股"，至于以"随"为志在随人，所执早下，则是错误的。

九四　贤臣要有归于周厉王的正确态度才吉利，悔恨也就没有了。贤臣要不停地归于周厉王，像朋友归于贤主人一样。

《象传》说："以态度正确而吉利，悔恨就没有了"，是不感到有害处。不停地往来"，是没有广大。

按：本爻属于上艮，渲染贤臣归于周厉王，像流水滔滔不绝，以见厉王用柔退态度求贤的成功。《象传》"未感害"和"未光大"都不能加以说明。

九五　动了脊背上的肉，没有悔恨。

《象传》说："动了脊背上的肉"，说明志向渺小。

按：脊背上面的肉一般不能动，现在却动起来，是比喻贤臣下了最大决心，要投奔周厉王，以更有力地反衬厉王用柔退态度求贤的成功。这应该是贤臣的志向弘大。《象传》却说是志向渺小，是适得其反的。

上六　动了面颊和舌头。

《象传》说：动了面颊和舌头，是滔滔不绝地在说。

按："咸其辅颊舌"指贤臣归于周厉王后向王提供有价值的意见，是本卦写厉王以柔退求贤的高潮。《象传》的"滕滕说"有逞其辩说的意思，与爻辞含义不合。

恒

大臣要柔顺地事奉君王，才会亨通，没有过失，还将凭着以柔顺事君的正道得到好处，做什么都顺利。

按：本卦主要讲大臣应该用柔顺之道事君，卦辞是就着大臣说的。

《象传》说：恒的意义是永久。卦象是阳刚的震雷在上，阴柔的巽风在下，雷与风相联系，巽顺而震动，阳刚的爻与阴柔的爻都相互呼应，这些构成了恒卦。恒卦卦辞说，"亨通，没有坏处，凭着正确得到好处，是长久保持恒久之道的结果。天地的情况是恒久而不停止的。"发展下去有好处"，是才完结又开始，不断循环。日月高高地在天上能永远照耀大地，春、夏、秋、冬四时不断变化能永远使万物成长，只要观察研究恒久之道，对天地万物的情况都可以清楚了。

按：这条《象传》用"久"解释"恒"，围绕"久"字大做文章，实无得于卦义。本卦是说臣下要以柔顺事君为常道，恒是常，不是久。至于以"刚上而柔下，雷风相与，巽而动，刚柔皆应"为恒，也颇多可议。这不但是"刚柔皆应"为相应说，决不可取，而且"刚上而柔下"云云，与"恒"又有什么关系呢？说"久于其道"不行，因为还是以"恒"为"久"。说"天地之道恒久而不已"，也不行，因为仍然是以"恒"为"久"。

《象传》说：上震的雷和下巽的风构成恒卦。君子看到这个卦象就去建立不可改变的原则。

按："不易方"是一种抽象提法，没有具体到臣下要以柔顺事君才不算是"不易方"。

初六　如果损害了以柔顺事君的常道，即使正确也凶险，没有任何好处。

《象传》说：损害恒常之道之所以凶险，是因为开始追求刻深。

按：《象传》未能解释恒为以柔顺事君之常道，无得于卦义。

九二　悔恨没有了。

《象传》说：九二之所以悔恨没有了，是因为长久居于下巽的中间。

按：本爻"悔亡"是就不"浚"恒说，即就不损害以柔顺事君的常运说。《象传》用了得中说。

九三　不经常保持以柔顺事君的品德，有时候会蒙受耻辱，即使正确也不好。

《象传》说："不经常保持那种品德"，就无所容于天地之间。

按：本爻是指出"浚恒"的坏处。《象传》对本爻内容有认识。

九四　打猎没有得到鸟兽。

《象传》说：很久都不是居于应该居的位置，如何能得到鸟兽呢?

按：本爻用"田无禽"比喻厉王处境艰难，一无所有，上震是象征厉王的。在这种情况下，武人以柔顺相事，更显得十分重要，本卦是要求武人以柔顺事奉厉王的。《象传》用了爻位说。

六五　恒常的品德是柔顺，对妇人吉利，对男子凶险。

《象传》说：妇人以柔顺的正确而吉利，是因为要跟男人过一辈子。男人必须用正确原则处理事情，如果什么事都顺从妇人，那就凶险了。

按：本爻指出武人应该以柔顺事君，而厉王则必须乾纲独断，可见《周易》并不一味强调阴柔，《老子》把《周易》作了片面的发展。《象传》只沾滞于"妇人"和"夫子"，看不到比喻意义。

上六　动摇了柔退的恒常之道，那就凶险。

《象传》说：在本卦的最上面动摇了恒常之道，不会有一点好处。

按：本爻是说厉王如果动摇了以柔退驾驭武人的恒常之道也凶险，应该是乾纲独断与柔退结合。《象传》对"振恒"没有解释，"在上"指本爻居于本卦最上面，是爻位说。

遯

处境会顺利，凭着停止遁逃的正确得到小的好处。

按：遁逃决不会"亨"，"小利贞"是指停止遁逃说。

《彖传》说："遯亨"是说遁逃会顺利，是由于阳爻九居于阳位五，还与六二呼应，是顺应着时机发展。"小利贞"，是指下面两个阴爻在逐渐成长。遁卦的意义是重大的。

按：说"遯而亨"，已经与卦义相反，用爻位说和相应说作为理由，更是错误。"小"在《周易》能指阴爻，如泰、否两卦的"小"，但那是与"大"相对待说。如果不对待，就是大小的小，好像大过也只是大 样。说阴爻逐渐成长，是卦变说。

《象传》说：乾卦天下面有一个艮卦山，构成遁卦。君子看到这个卦象就想到要远远离开小人，虽不凶恶，却很严厉。

按：《象传》斥责小人，虽不能指明是武人，但武人却是小人，因此对卦义是有些领会的。

初六 遁逃在最后面也有危险，最好是不遁逃。

《象传》说：遁逃在最后面危险，不遁逃还有什么灾难？

按：从下艮和上乾的关系看，下艮如果要离开上乾，最先是九三，可以叫头，最后是初六，可以叫尾。遁逃在最后尚且有危险，那么遁逃在中间特别是在前面的危险就更大了。这是警告武人不能遁逃，安下心来为厉王服务。《象传》能阐明爻辞。

六二 好像用黄牛皮带子捆绑住，不能解脱。

《象传》说：好像用黄牛皮带子捆绑住，是坚定了不遁逃的思想。

按：本爻属于下艮，仍然是在就着武人说。爻辞是用比喻说武人坚定了不遁逃的思想，愿意留下来为厉王服务。《象传》的"固志"能说明问题。

九三 停止遁逃，尽管有坏处而且危险，但能养着一些奴隶，还是吉利的。

《象传》说：停止遁逃的危险，好像生了病感到疲乏。"养着一些奴隶还是吉利"，是说不能在大事上有成就。

按：从"执之用黄牛之革"的坚决不遁逃到"系遁"的停止遁逃，是武人逐步向好处转变。《象传》说"系遁"不好，与爻辞意义相反。

九四　君子喜爱遁逃者，君子吉利，小人不吉利。

《象传》说：君子喜爱遁逃者，小人不吉利。

按：本爻属于上乾，是就着厉王说，上乾三个爻都表明厉王对于武人的态度。本爻是说厉王对于想要遁逃的武人应该加以安慰，使之不遁逃。《象传》没有能够指出这一点。

九五：君子赞美遁逃者，这合于正道而吉利。

《象传》说："赞美遁逃者合于正道而吉利"，是要端正遁逃者的思想，使他们不遁逃。

按："嘉遁"是对于想要遁逃的武人进一步安抚，《象传》未能明确指出。

上九　使遁逃者宽裕自得，没有什么不好。

《象传》说："使遁逃者宽裕自得，没有什么不好"，是对遁逃者没有怀疑。

按：本爻是说周厉王对武人应该再放宽松一些，《象传》对这一点有认识。

大　壮

厉王要凭着正确条件才能挫败武人，得到好处。

按：本卦是说要挫败武人，全凭"有孚"和"用罔"，因此"贞"指"有孚"和"用罔"说。

《彖传》说：大壮，大的东西强壮。乾刚而震动，所以强壮。大壮凭正确得到好处，是指大的东西正确。从正确和壮大可以看出天地情况。

按："大壮"是"太强壮"，不是大的东西强壮。"大壮"指上震，不是下乾的刚加上上震的动。总起来看，本卦是说武人大壮不好，《彖传》却孤立抽象地说大壮好。《彖传》与卦义是不一致的。

《象传》说：雷在天上轰鸣，构成大壮卦。君子看到这个卦象就想到不合礼的事不能干。

按：认为震雷居于乾天之上为大壮，大壮是就上震说，这与本卦实际相合。从"雷在天上，大壮"引出"君子以非礼弗履"，是说上震凌驾下乾，太过分而非礼，也与卦义相合。本卦《象传》远较《彖传》正确，不能同出于一人。

初九　足趾强壮有力，大步前进有凶险。只有有孚，才能解决问题。

《象传》说："足趾强壮有力"，是孚没有了。

按：本爻是说要制服武人不能孟浪冒昧，要发挥"行有尚"的孚的作用。《象传》认为孟浪冒昧无孚可言，也是主张发挥孚的作用的。

九二　由于正确，所以吉利。

《象传》说：九二以正确而吉利，是因为位置在下乾中间。

按：本爻为初九和九三枢纽，能集中体现其内容。初九以"有孚"而无不利，九三以"用罔"而无不为。本爻兼有"有孚"和"用罔"的作用，所以正确吉利。《象传》的"以中也"是得中说。

九三　小人用强暴欺人，君子凭无为取胜。小人即使用意正确也危险，将像公羊被关在羊圈里，还用角去撞篱笆，结果会损坏它的角。

《象传》说：小人用强暴，君子凭无为。

按：本爻指制服武人应该尊重客观实际，也就是要从客观实际出发，这样将会得到好结果。《象传》只重复爻辞。

九四：以合于正道而吉利，悔恨就没有了。好像公羊撞篱笆，篱笆破了角却没有坏，又好像车箱下面勾住车轴的木勾子那样坚实。

《象传》说："篱笆破了角却没有坏"，是说还可以前进。

长角公羊，汉画像石。

按：本爻属于上震，是就武人说。通过比喻，指出即使犯点错误也不要紧（"藩决不羸"）甚至日子还会更好过（"壮于大舆之輹"），以鼓励武人迅速来归。《象传》"尚往"是说武人还可以归于周厉王，与爻辞意义相合。

六五　由于马虎失掉了羊，但没有悔恨。

《象传》说："由于马虎失掉了羊"，是因为本爻所处爻位不恰当。

按：本爻用比喻指出，武人如果由于周厉王"有孚"和"用罔"而老实听话，即使出点问题也不会有悔恨，是对武人的进一步安抚。《象传》用了爻位说。

上六　像公羊用角撞篱笆，不能后退，不能前进，没有好处。要艰苦克制才吉利。

《象传》说："不能后退，不能前进"，这不吉祥。"要艰苦克制才吉利"，这样碰上困难才不会长久。

按：以上两爻都是劝武人归附周厉王。本爻是向武人提出警告，如果仍然捣乱破坏，势必如羝羊触藩，进退失据。《象传》大体上正确。

晋

值得赞美的侯由于受到周厉王教育大有提高，一天之内为周厉王多次接见。

按："锡马蕃庶"，是比喻武人接受周厉王柔退的教育而大有提高，卦辞就着武人说，但加以突出的却是周厉王。

晋是向上面前进。上离光明出现在下坤地面上，下坤的柔顺依附着上离伟大的光明。观卦六四向上运动与九五交换位置，因此"值得赞美的侯凭着天子所教导的柔顺大有提高，一天之内受到天子多次接见"。

按：以"晋"为"进"，不错，说"明出地上，顺而丽乎大明"，也不错，但都不能指出所要阐明的卦义是什么。再加上运用了一个卦变说，就得出了"康侯用锡马蕃庶，昼日三接"的结论，令人难解。

《象传》说：上离光明升出下坤地面，成为晋卦。君子看到这个卦象就去提高自己的美好品德。

按：《象传》认为本卦主要是讲上离，因此就着明字做文章，不知本卦着重讲的是下坤要以柔顺事奉上离，武人要以柔顺事奉厉王。《象传》是把本卦重点看错了的。

初六　躁进啊，变成柔退啊，才正确而吉利，即使没有孚（诚）也将从容自得，没有坏处。

《象传》说："从躁进变成柔退"，是独行正道。"从容自得而没有坏处"，是没有接受王命。

按：本爻叫武人以柔顺事奉周厉王，是卦辞"康侯用锡马蕃庶"的体现。《象传》认为从躁进变成柔退是独行正道，有得于卦义。"裕无咎"是柔退而"独行正"所得到的好处，《象传》说成"未受命"是不对的。

六二 躁进啊，令人发愁啊，这合于正道而吉利，还将从天子祖母那里接受大福。

《象传》说："接受大福"，是由于既得中，又得正。

按：说躁进令人发愁，是要变为柔退。这样就将从天子祖母那里得到大福，是对柔退的高度肯定。本爻进一步申说了卦辞的"康侯用锡马蕃庶"，更好地突出了武人必须以柔顺事奉厉王的主旨。《象传》用了爻位说。

六三 大家都信任周厉王，悔恨就没有了。

《象传》说：大家都有信任的思想，上面的目的就达到了。

按：本爻是前面两爻强调要以柔顺事奉周厉王的必然结果，是从以柔顺事奉周厉王发展到信任周厉王。这是《周易》作者的愿望。《象传》"上行"之说有得于爻辞意义。

九四 躁进啊就会像五技鼠那样一无可取，即使正确也危险。

《象传》说：五技鼠正确也危险，是由于所处的位置不恰当。

按：本爻属于上离，是就周厉王说。晋仍然讲成躁进，但却是指不以柔退之道驾驭武人，周厉王对武人是必须以退为进，以后取先的。以躁进驾驭武人将一无是处，是从反面对取后而不取先的衬托。《象传》用了爻位说。

六五 悔恨没有了，无论是损失或者收获都不用忧虑，发展下去会吉利，没有不吉利的。

《象传》说："无论是损失或者收获都不用忧虑"，是由于发展下去有好处。

按：本爻指出周厉王用柔退驾驭武人好处很多，即使有点损失，也不用忧虑。《象传》的"往有庆"是说明"往吉，无不利"的。

上九 把角伸出触人，派兵攻打别人城邑，这些都危险，能够吉利？没有坏处？看来即使正确也是不好的。

《象传》说："派兵攻打别人城邑"，是接人待物的原则还不弘大。

按："晋其角，维用伐邑"，是用比喻指出，周厉王对待武人如果不取后而取先，不柔退而躁动，肯定有危险，是从反面衬托出用柔退对待武人的重要。《象传》对这些有认识。

明 夷

要艰苦守住为君的正道才有利。

按：这是《周易》作者向厉王指出，只有这样，才有复国中兴的可能。

《彖传》说：光明进入地里面，是光明受到损害。内部保持着文明品德，外面表现为柔顺态度，去遭受大灾难。周文王有这种情况。以艰苦保持正道得到好处，把光明品德隐蔽起来，在朝廷内遭到灾难，但能够端正思想，箕子有这种情况。

按：能够从辞句上解释卦名。本卦坤上离下是厚地损害光明，不是"内文明而外柔顺"，更不能扯到文王。箕子确实"内难而能正其志"，但箕子是臣，厉王是君，不能用臣比拟君。

《象传》说：光明进入地里面，是光明受到损害。君子看到这个卦象，治理人民就要从黑暗转向光明。

按：从辞句上解释卦象也正确。如果说周厉王会从黑暗转向光明，这就更正确。现在说治理人民要从黑暗转向光明，就与卦义无关。

初九　光明的品德受到损害，像一个正在飞的鸟儿却垂下了翅膀。"君子"正在路途中行走，已经有很多天没吃上饭。只要一向别处去，"主人"就会骂起来。

《象传》说："君子正在路途中行走"，按道理是不吃饭的。

按：本爻写厉王在流放于彘的路途中的狼狈情况，生动而具体。《象传》对此全不理解，还说"君子"在路途中不吃饭应该，真不知从何说起？

六二　光明的品德受到损害，还伤了左边的大腿，但只要援救的人得力，还是吉利的。

《象传》说：六二的吉利，是由于顺乎情势，合于道理。

按：本爻具体写了厉王身体受伤的情况，并指出只要援救得力，厉王就能不遭放逐，《周易》作者对厉王的复国是有信心的。《象传》的"顺以则"，肯定了厉王得救是好事，与爻辞意义相合。

九三　尽管光明品德受到损害，但一旦解脱，就能南征楚国，俘获楚王，只是不能以刚猛之道用兵，才完全正确。

《象传》说：有了南征思想，就会大有收获。

按：《周易》作者不但希望厉王复国，还祝愿他立功，表现出对西周王朝的忠心耿耿。厉王难有作为，作者也知道，井卦九三说"王明，并受其福"，就是王不明，难受其福。《象传》肯定"南狩之志"为"大得"，与爻辞意义相合。

六四　用刀子刺进左边腹部，取出光明品德受到损害的人的心，走出了大门。

《象传》说："用刀子刺进左边腹部"，得到了心。

按：本爻属于上坤，是就武人说。"入于左腹，获明夷之心，于出门庭"，是说武人对厉王进行了残酷迫害，还昂然而志得意满，这些都是对武人的鞭挞。《象传》只重复一下爻辞。

六五　箕子的光明品德受到损害，要立场正确，才有好处。

《象传》说：箕子的正确，说明光明品德不能没有。

按：用箕子被排除在贵族之外，指武人中也有由于要援救厉王而受到迫害的好人，即六二"用拯马壮"的壮马。《象传》只执着于箕子说，不能得爻辞隐微曲折的含义。

上六　不能走向光明，反而进入黑暗，开始好像登上了天堂，后来却坠入了地底。

《象传》说："开始好像登上了天堂"，光辉照耀着天下所有的国家。"后来坠入了地底"，是由于失去原则。

按：本爻是说武人不能有光明前途，面对的是一片黑暗。《象传》能发挥爻辞意义。

家　人

"家人"以有贤内助正确帮助得到好处。

按：卦辞就着"家人"说，可见"家人"（家长，厉王）是本卦主要陈述对象，不是"利女贞"的"女"。

《象传》说：就一家人来说，女的应该在家内搞好工作，男的应该在家外搞好工作，这是天地间的大原则。一家人有严厉的家长，是说父母。做父亲的要像父亲，做儿子的要像儿子，做哥哥的要像哥哥，做弟弟的要像弟弟，做丈夫的要像丈夫，做妻子的要像妻子，这样家里就会搞好，搞好一家天下也就搞好了。

按：讲究男女内外有别，由父母率领全家，家齐而后国治，国治而后天下平，全是儒家思想，与卦义是说周厉王要得贤臣帮助没有关系。

《象传》说：风从火出来，构成了家人卦。君子看到这个卦象就要说话有内容，做事有恒心。

按：解释卦名错误，阐述卦义也错误。

初九　把伟大的家庭治理好，悔恨就没有了。

《象传》说："把伟大的家庭治理好"，是思想没有改变。

按：用"妇子"治家，比喻用贤臣治国，由于成绩大，所以"悔亡"。《象传》"志未变"应该是说贤臣帮助周厉王治理好国家的志向没有改变，与爻辞意义相合。

六二　即使没有什么成就，只要能在家里搞好膳食，就合于正道而吉利。

《象传》说：六二的吉利，是由于非常柔顺。

按：本爻用"在中馈"的持家，比喻贤臣帮助厉王治国，只要把国治好，就一切都好。《象传》肯定妇子柔顺，就是肯定贤臣柔顺，对于爻辞"在中馈，贞吉"有发挥。

九三　家长严厉，会有悔恨，也有危险，但总是吉利。妇子不严肃，终归不好。

《象传》说："家长严厉，没有过失。""妇子不严肃"，丧失治家原则。

按：本爻是说厉王治国如果太严，也有危险，但由于振奋乾纲，还是吉利。朝臣如果玩忽职守，到头来就有过失。二者对比，重点在后，因为本爻属于下离，是就朝臣说。《象传》能对爻辞作出说明。

六四　妇子能使家庭富裕，大大吉利。

《象传》说："妇子能使家庭富裕，大大吉利"，是顺从家长，站在治家的岗位上。

按：本爻属于上巽，是就厉王说。爻辞是厉王对贤臣帮助治国有成绩的肯定。《象传》指出贤臣有成绩是顺从厉王，是正确的。

九五　厉王由于有贤臣帮助回到朝廷，不用忧虑，一切都会吉利。

《象传》说："王由于有贤臣帮助回到朝廷"，他们会互相喜爱。

按：本爻明白提出王，并回到朝廷，是贤臣对厉王尽力辅佐的结果。《象传》能说明爻辞。

上九　有了诚，很威严，终归吉利。

《象传》说：威严吉利，是说严格要求自己。

按：本卦写贤臣有助于厉王，但仍然以周厉王有孚起决定作用，孚在《周易》的威力无穷。《象传》认为"威如之吉"，要反求诸己，对爻辞突出有孚的作用没有说明。

睽

只有做点小事才吉利。

按：卦辞明确指出，周厉王当时处境不理想，但还可以有所作为。

《象传》说：本卦的矛盾表现为下离的火向上烧，上兑的水相下注，又像离和兑这两个女即同住在一起，但思想上却不愿意走在一起。下兑的和悦依附着上离的光明，下离六二这个阴爻前进向上运动，阴爻六五居于上离中间，与下兑九二阳爻相呼应，因此"做小事情吉利"。天和地矛盾可是作用相同，男和女矛盾可是思想相通，万物矛盾重重，可是也都有共同点，矛盾的意义是巨大的。

按："火动而上，泽动而下，二女同居，其志不同行"，表现为矛盾，用来解释卦名"睽"是可以的。特别是能从"天地睽而其事同"，"男女睽而其志通"，"万物睽而其事类"，说明矛盾还有其统一，更为可取。至于用卦变说、得中说、相应说、解释卦辞"小事吉"，则完全错误。

《象传》说：上卦是离火，下卦是兑泽，构成睽卦。君子看到这个卦象就要从相同看出不同。

按：本卦主要是讲矛盾，讲不同，但又有其统一和相同。《象传》从相异看出相同，从矛盾看出统一，与卦义一致。《象传》从相同看出相异，从统一看出矛盾，与卦义相反。这也说明本卦《彖传》和《象传》不能出于一人之手。

初九　悔恨没有了，失掉了马，不去寻找自己会回来；碰上凶恶的人，没有坏处。

《象传》说："碰上凶恶的人"，会躲开灾祸。

按：本爻指出贤臣辅佐厉王，将先不顺利，后来顺利。"悔亡"是判断，接着用"丧马，勿逐自复"和"见恶人，无咎"两件具体事例证实。《象传》"见恶人，以辟咎也"，与常理相反，因为"见恶人"会逢咎，怎么能避咎呢？

九二　在"永巷"中碰上厉王，没有坏处。

《象传》说："在永巷中碰上主人"，说明还没有失去营救的途径。

按："遇主于巷"是贤臣在厉王遭到囚禁的地方见到厉王，是厉王为武人囚禁的证明。与明夷初九的"君子于行，三日不食"和旅卦九三"旅焚其次，丧其童仆"联系起来，厉王受到武人摧残的情况就大体上看到了。厉王既然为贤臣发现，营救就有可能，这当然没有坏处，《象传》发挥了爻辞。

六三　看见车子向后拉，那头牛却往前拖，拉车的人很狼狈，好像受了黥刑和劓刑，但没有好开头，却有好结果。

《象传》说："见舆曳"，是本爻所处爻位不恰当。"无初有终"，是本爻以阴柔碰上九四阳刚。

按：本爻用比喻指出，贤臣援救厉王矛盾很大，受到打击很重，但没有好开头，却有好结果，以见厉王终于会被援救出来。《象传》用了爻位说和关系说。

九四　周厉王在睽违孤独之中，碰上一个大夫。互相信任，这样即使有危险，有贤臣指点，目的就能达到，没有问题。

按：本爻与九二"遇主于巷，无咎"相呼应。因为遇主于巷，是贤臣遇周厉王于巷，《小象》对爻辞的解释是正确的。

六五　悔恨没有了，厉王到宗庙，吃着用于祭祀的肉，这样下去有什么坏处？

《象传》说："到宗庙吃祭祀肉"，这样下去有好处。

按：本爻设想周厉王在贤臣援救下将能到太庙主持祭祀，恢复王位而中兴。《象传》用"往有庆"阐明"厥宗噬肤"是正确的。

上九　在睽违孤独之中，神情恍惚，好像看见猪背上沾满了泥，又好像看见装来一车鬼。先拉开木弓想用箭射，后来放下木弓不射了，原来这些奇形怪状像鬼的人不是来劫掠的，是来求亲的。发展下去会像旱苗得雨那样吉利。

《象传》说：遇雨吉利，一切疑虑都没有了。

按：本爻追记厉王在囚禁中精神恍惚，竟然把来救助的贤臣看成鬼怪，但终于弄清情况，还希望自己能像旱苗得雨那样吉利。

《象传》说厉王如果能像旱苗得雨，一切疑虑都会消亡，对爻辞有领会。

蹇

利于流往平坦的西南方，不利于流往险峻的东北方。天下人都将以能看到解脱了的周厉王得到好处，这是合于正道而吉利的。

按：卦辞用水的流向做比喻，祝愿厉王摆脱困难，进入坦途。"利见大人"说明《周易》作者对于厉王的必然解脱，信心是很足的。

《彖传》说：蹇是困难，是危险在前面。看见险阻就能停下来，是够聪明的！说蹇卦"利于向西南发展"是小过九四变成九五，居于上坎当中。说"蹇卦"不利于向东北发展"，是路子走不下去。"以见到大人为有利"，是发展卜去有好处。本卦二、三、四、五爻各当其位，得正而吉，凭这些就能把国家治理好。蹇卦的作用是大的。

按：以"难"训"蹇"正确。"见险而能止"与卦义相反。其余或用爻位说，卦爻说和得中说，都是错误的。

《象传》说：下卦是艮山，上卦是坎水，构成蹇卦。君子看到这个卦象就回过头来检查自己，提高品德。

按：这与孟子所说的横逆之来则反求诸己相合，但不是本卦要讲的内容。

初六　如果背离厉王，就会有困难，只有回来为厉王服务，才能有称誉。

《象传》说："去有困难，来有称誉"，应该等待时机。

按：本爻指出，武人只有老老实实为周厉王服务，不能背离。《象传》与爻辞意义不合。

六二　武人困难很大，却不是自己的缘故。

《象传》说："王臣困难很大"，但终于没有过失。

按：叫武人做"王臣"，有安抚武人的意思。说武人困难很大，指取代厉王，势成骑虎。说不是自己的缘放，是以开脱来安抚武人。本卦着重要厉王安抚武人，化困难为顺利，因之初六有"来誉"，九三有"未反"。《象传》也为王臣开脱，与爻辞意义相合。

九三　如果背离厉王，就有困难，只有回来服务于厉王。

《象传》说："背离有困难，只有回来"，这是说内心喜欢回来。

按：本爻进一步规劝武人不要背离厉王，要好好为厉王服务。《象传》"内喜之"是对"王臣"服务厉王的肯定，与爻辞相合。

六四　如果迳行离开，不去安抚武人，就会有困难，只有回来与武人联系，做好他们的工作。

《象传》说："离开会有困难，只有回来联系他们"，说明当位是实际情况。

按：本爻属于上坎，是就厉王说，因为"往蹇"的意义与初六和九三的"往蹇"不同，那两处是说武人背离厉王会有困难，这里是说厉王远离武人，不加以安抚，会有困难。《象传》用了爻位说。

九五　在碰上大困难的时候，朋友会来帮助。

《象传》说："在碰上大困难的时候，朋友会来帮助"，是由于本爻以阳爻居于阳位，是当位的。

按：本爻说明厉王安抚武人将有收获，能争取到武人的帮助。《象传》用了爻位说。

上六　离开会有困难，只有回来安抚，才大为吉利。天下人都将以见到大人得到好处。

《象传》说："离开会有困难，只有回来才大为吉利"，是想与内卦九三呼应。"以看见大人得到好处"，是由于追随着九三这个贵人。

按：本爻是强调厉王安抚武人会有很大好处，"大人"指厉王。《象传》全用相应说。

解

利于到西南平坦的地方去。即使没有去的地方，回来也吉利。如果有了去的地方，更会很早就吉利。

按：卦辞指出周厉王将无往而不吉利，是得到解脱的有力说明。

《彖传》说：解卦卦象是坎险和震动相结合，震雷以运动离开坎水的险阻，这就是解脱。解卦"利于向西南方向发展"，去了会得到群众。"回来也吉利"，是由于九二在下坎当中。"有去的地方"，很早会吉利"，是指去了有成就。天地解脱，雷雨产生，一切果实的甲壳都会裂开，表现为一派生机。解卦的意义是重大的。

按：解释卦象卦名都正确，说解脱会出现生机，也正确。只是又用了得中说。

《象传》说：雷雨产生，形成解卦。君子看到这种卦象就要免除对人民的惩罚并宽恕人民的罪过。

按：《象传》认为本卦是讲治狱要宽大，与卦义无关。

初六　没有坏处。

《象传》说：刚与柔相交接，从道理说没有坏处。

按：本爻属于下坎，是说武人。其所以无咎，是设想武人接受安抚，归服于周厉王。《象传》说刚柔交接，没有坏处，一般讲未尝不可，但这里却是关系说。

九二　打猎得到很多狐狸，从狐狸身上得到黄铜箭头，这合于正道而吉利。

《象传》说：九二合于正道而吉利，是由于得中。

按：本爻用比喻说明，武人接受厉王安抚，会有很多收获，是对来归的武人进行鼓励。还从正面肯定，说他们合于正道而吉利。《象传》用了得中说。

六三　背着东西还去坐车，会招来别人谴责，即使正确也不好。

《象传》："背着东西还会去坐车"，是可丑的事。是由自己招来别人谴责，又能怪哪个呢?

按：本爻用比喻说明，武人如果不安心卑贱（"负"），却要去争取高贵（"乘"），也就是不安守臣节，却要去觊觎厉王尊位，就会群起而攻之。这是要武人诚心归服。《象传》可取，就是没有涉及比喻意义。

九四　把你脚大拇指上系的绳子解脱，朋友来了会相信你。

《象传》："把你脚大拇指上系的绳子解脱"，是由于本爻所处的位置不恰当。

按：本爻属于上震，是就周厉王说。爻辞用比喻指出周厉王必须摆脱武人控制，取得臣民拥戴，以进一步得到解脱。《象传》"未当位"是爻位说。

六五　周厉王有解脱的一天，将为一般人所信服。

《象传》说：君子有解脱的一天，一般人都会退避。

按：爻辞强调周厉王终将有解脱的一天，表现了《周易》作者的愿望。《象传》认为"君子"解脱后一般人会退避，与爻辞意义不合。

上六　公在高高的城墙上射那凶残的隼，得到了它，没有不利的。

《象传》说："公射凶残的隼"，是除去乱臣贼子。

按：本爻是说对那些凶顽不化的武人必须沉重打击。《象传》与爻辞意义相合。

损

有了诚，就大为吉利，没有坏处，可以合于正道，发展下去，还有好处。用什么祭祀？有两碟子食物就可以了。

按：卦辞指出去掉骄气与多欲必须有诚心，不能自欺欺人。"曷之用？二簋可用享"，是说用减省抑损之道可以祭祀鬼神，是用比喻指出减省抑损的重要，厉王必须以此自待，才能更上一层楼。

《彖传》说：抑损下面，增益上面，原则是给上面以好处。损卦是讲"有诚心就大为吉利，没有坏处，可以合于正道，发展下去还有好处，用什么去祭祀？用两碟祭品就可以了"。用两碟祭品应该在必要的时候，抑损阳刚增益阴柔有一定的时候。或损抑，或增益，或满盈，或空虚，是随着时间一起发展的。

按：说"损下益上"，与卦义相反。对卦辞没有解释，只照抄原文。用"损刚益柔"阐明"损下益上"，也是错误，因为下震上艮都是刚。"损、益、盈、虚，与时偕行"，讲得有道理，但与卦义无关。

《象传》说：艮山下面有泽水，形成损卦。君子看到这个卦象就要制止忿怒，去掉嗜欲。

按：本卦是要周厉王放下包袱，轻装前进，达到中兴。《象传》没有触及这些问题。

初九　放下事情不做，急急忙忙去，没有坏处，因为是考虑要去掉周厉王的骄矜之气。

《象传》说："放下事情不做，急急忙忙去"，还能与志向相合。

按：本爻是就着能直言极谏的贤臣说，是下兑在抑损上艮，是贤臣要去谏正周厉王。《象传》没有讲清楚。

九二　凭着谏正厉王得到好处，发展下去有危险，如果不是抑损而是增益的话。

《象传》说：九二以正确得到好处，因为是以居中作为志愿。

按：本爻先提出，如果谏正厉王，就会有好处；再指出，如果不谏正厉王，就会有危险：以进一步强调必须谏正厉王。本爻重点是"征凶，弗损益之"，《象传》没有涉及，却用了得中说。

六三 三个人走就会失去一个人，一个人走会得到朋友。

《象传》说：一个人可以行走，三个人就会有怀疑。

按：本爻用比喻指出，嗜欲多会受到损失，只有抑损，才有好处，说明对厉王必须严加抑损，才能使之大有作为，走向中兴。《象传》肯定"一人行"，否定"三人行"，与爻辞意义相合。

六四 去掉疾病，使自己很快好起来，没有坏处。

《象传》说："去掉疾病"，也是可喜的事情。

按：本爻属于上艮，是就厉王说。是厉王自己也想认真改正错误，对贤臣进谏积极响应。《象传》用"可喜"解释"损其疾"是对改正错误的肯定，与爻辞意义相合。

六五 有人把价值十朋的大乌龟壳赠给我，不能推辞，大为吉利。

《象传》说：六五的大为吉利，是由于有上帝保佑。

按：本爻是厉王对进谏贤臣的巨大帮助表示感谢，愿意改正错误。《象传》把厉王改正错误的"元吉"归功于上帝的保佑，是不正确的。

上九 如果不是抑损，而是增益，要没有坏处，可以合于正道，发展下去还有好处，都只是一句空话。

《象传》说："不是抑损，而是增益"，会在很大程度上达到目的。

按：本爻突出了抑损的好处，增益的坏处，于是只能抑损，不能增益，把卦义表达得很充分。《象传》肯定增益，斥去抑损，是适得其反。

益

发展下去有好处，碰上巨大困难能克服。

按：卦辞就周厉王进行概括，也是就下震进行概括。在上巽贤臣帮助下，周厉王去干大事情有利（初九"利用为大作"），即中兴复国有利，因而"利有攸往"。即使碰上什么凶事也不要紧（六三"益之用凶事，无咎"），即能排除武人干扰，因而"利涉大川"。

《象传》说：益卦是抑损上面，增益下面，人民的喜悦说不完。从上面屈居在下级下面，他的为政之道得到大发扬。"发展下去有好处"，是六二和九五居中得正，意味着有喜庆的事。"碰上巨大困难能克服"，是上巽的作用在实现。益卦下震为动，上巽为顺，动而顺理，时刻前进，达到无穷无尽。这些是天之所施，地之所生，好处没有法子讲。总而言之，增益是随着时间一起发展的。

按："损上益下，民说无疆"，具有民本思想，但与本卦内容无关。"自上下下"是谦虚美德。值得肯定，但与本卦联系不上。"中正有庆"是得中说和得正说。"木道乃行"是以巽为木，与本卦以巽为风不合。"益动而巽，日进无疆"，能抽象说明卦义。但不能实指，从而"天施地生，其益无方"也就落了空。由于多与卦义不合，或空语无事实，于是"凡益之道，与时偕行"的结语也就没有什么意义。这条《象传》与卦义的距离是比较大的。

《象传》说：上巽的风和下震的雷构成益卦。君子见到这个卦象看到好的就学习，有了过错就改正。

按："见善则迁，有过则改"，与希望贤臣帮助厉王复国中兴全无关系。

初九　凭着贤臣帮助去干大事业，大为吉利，没有坏处。

《象传》说："大为吉利，没有坏处"，是下面不努力干。

按：本爻是全卦的总提示，以下各爻都围绕着它展开。爻辞是说贤臣会认真帮助周厉王，《象传》却说下面不努力干，恰好相反。

六二　有人用价值十串贝壳的大宝龟来帮助，不能推辞，这永远合于正道而吉利。周厉王凭着这种帮助去向上帝进行祭祀，也是吉利的。

《象传》说："有人来帮助"，是从外面来的。

按：本爻突出贤臣帮助的巨大好处，"享于帝"说明周厉王肯定能恢复王位，才能主持神圣的祭祀，"王"给明白点出来了。帮助当然是"自外来"，《象传》的话等于没有讲。

六三　即使把凶险的事加于他，也不会有坏处。他内心有诚，凡事正确，还用瑞玉为信物叫贤臣来帮助。

《象传》说：把凶险的事相加，是本来就有凶险的事。

按：本爻是说周厉王即使碰上"凶事"也不要紧，"大作"必然会完成。何况还内心有诚，合于中道，并邀请贤臣帮助呢，《象传》把爻辞的虽用凶事相加而无咎，说成本来就有凶事，是不正确的。

六四　周厉王告诉贤臣跟随他，要把贤臣的国家作为依靠迁都的国家，以得到好处。

《象传》说："告诉贤臣跟随着"，是要提高贤臣思想。

按：本爻就上巽所象征的贤臣说。《周易》作者对于西周行将迁都已经预见到，可见寄希望于周厉王也无非是出于热爱国家的思想。《象传》的"益志"与"利用为依迁国"无关。

九五 上天把它所具有的诚加惠于我的心，不用问都大为吉利，上天是把它的诚来提高我的品德的。

《象传》说："上天用诚加惠于我的心"，不用问都好得很。"上天用诚来提高我的品德"，会凡事如意。

按：本爻是说贤臣由于对厉王十分忠顺，也为上天垂爱，惠之以诚，使之更好地服务于厉王。《象传》与爻辞一致。

上九 没有人帮助周厉王，有些人还要打击周厉王，这是居心不善，必然凶险。

《象传》说："没有人帮助他"，是"偏辞"。"有些人打击他"，是从外面来的。

按：本爻是说对周厉王只能帮助，不能打击，是对"益"进一步强调。《象传》的"偏辞"不知所指，"或击之"当然是"自外来"的。

夬

周厉王在朝廷上公开宣告，要用诚号召，因为情况很危险。还从京城宣告，不利于用兵，这样下去才有利。

按：卦辞指出，要去掉武人压抑，首先靠孚的作用，其次是用柔不用刚。概括出全卦主旨。

夬的意义是冲开，是阳爻在冲击阴爻。本卦是刚健而和悦，虽然冲决，却又很和乐。"在朝廷上公开宣告"，是因为一个阴爻凌驾于五个阳爻之上。"情况很危险，用诚号召"，是因为危险在加大。"从京城宣告，不利于用兵"，是因为所崇尚的武力会导致穷困。"发展下去有好处"，是阳爻向上冲击有好结果。

按：这条《象传》只有用"决"解释"夬"正确。

《象传》说：兑泽上于乾天，构成夬卦。君子看见这个卦象就要把俸禄给予下面，忌讳以德自居。

按：这条《象传》与卦义全无关系。

初九　脚强壮有力，去了不能胜利，反而成为灾祸。

《象传》说：不能胜利却去了，这就是灾祸。

按：本爻属于下乾，是就周厉王说。说脚强壮有力，是比喻刚强得先，不柔弱取后，与卦辞提出的"孚号有厉"和"不利即戎"的思想不合，所以《周易》作者认为将"往不胜，为咎"。《象传》"不胜而往，咎也"，是避开本爻主要内容"壮于前趾"不提，只对"往不胜，为咎"加以重复。

九二　只要警惕地号召，即使傍晚或黑夜有敌人进犯，都不必担忧。

《象传》说："有敌人进犯""不必忧虑"，是合于中道的。

按：本爻着重讲要"惕号"，即警惕地以诚向武人号召，来分化瓦解他们。《象传》用了得中说。

九三　绷紧了面孔，有凶险。厉王要去掉那些必须去掉的对象，会像一个人走路碰上下雨弄湿衣服，将很不高兴，但没有坏处。

《象传》说：君子要去掉他所要去掉的对象，终于没有坏处。

按：本爻进一步指出，不能用刚强，只能用柔弱。如果用刚强，将会像一个人踽踽独行，碰上下雨，弄湿衣服，是提醒周厉王要制服武人，还得运用以柔克刚的正确策略，以申说卦辞"孚号有厉"和"不利即戎，利有攸往"。《象传》只节取爻辞部分文字，还没有加以解释。

九四　屁股上没有肉，走路歪歪斜斜。要投降才没有悔恨，不要听了这种话却不相信。

《象传》说："行走困难"，是本爻所处位置不恰当。听了话不相信，是听觉不好。

按：本爻属于上兑，是就武人说。爻辞用比喻指出，武人受到沉重打击，丧失活动能力，只有向厉王投降，才没有悔恨。《象传》用爻位说已属不当，而用听觉不好解释"闻言不信"，也不正确。

九五　柔脆的小草要冲开压在它上面的东西，只有合于中道才不会有坏处。

《象传》说："要合于中道才没有坏处"，是说中道还没有光大发扬。

按："苋陆"柔脆，比喻武人。"夬夬"与九三"夬夬"相同，都是说要冲开必须冲开的东西，但九三是指武人，本爻是指周厉王。"中行无咎"是说武人冲击厉王不合于中行而有咎。《象传》的"中未光"仿佛得之。

上六　没有去号召投降周厉王，终将有凶险。

《象传》说："没有人号召的凶险，是终归不会长久的。

按：本爻指出为首的武人如果不去号召部属，与他一起牵羊投降，结果会受到致命打击。爻辞说"无号终有凶"，《象传》说"凶不可长"，是互相矛盾的。

姤

女人太强壮了，不能娶来做妻子。

按：根据前人考定，姤应作遘，意为碰上。从卦象上看，下巽为风，上乾为天。天受到风吹，比喻周厉王碰上武人冲击，这就是"遘"。《周易》作者见武人仍然强大，要周厉王暂时避开，这就是卦辞的"女壮，勿用取女。"这是以退为进，以后取先，以逐步制服武人，是夬卦思想的继续。

《象传》说：姤是碰上，是一个柔碰上五个刚。"不要娶那个女人"，是不能与她长久相处。天与地遇合，各种物都明显地成长。阳爻得中得正，天下一切都大为顺利。姤卦的意义是重大的。

按：这条《象传》只有用"不可与长"解释"勿用取女"讲得过去。其余"柔遇刚"是混淆内外卦，"刚遇中正"：是爻位说，"天地相遇"：从卦象找不出根据。

《象传》说：天下面有风，构成姤卦。国王看见这个卦象就发布命令，告诉全国。

按："后以施命告四方"，从卦辞到六条爻辞都找不出根据，证明《象传》与卦义不合。

初六　像拴在金属止车工具上不动，才合于正道而吉利。如果前进就会碰上凶险，要像一头瘦弱母猪那样确实徘徊不前进才好。

《象传》说："像拴在金属止车工具上不动"，是具备柔道的初六被牵住了。

按：本爻不前进，意味要武人不进犯周厉王。《象传》的"柔道牵"，指本爻要像被金棍牵住不动，是讲对了。

九二　厨房里有鱼，没有坏处，但是不利于客人。

《象传》说："厨房里有鱼"，从道理上说不能用来招待客人。

按：诸侯或大夫武库里有兵器，在当时是一般情况，所以"无咎"。但本爻实际上是说武人家底不薄，对厉王有威胁，从而就"不利宾"了。以厉王为宾，是主于武人说。突出"不利宾"，是要武人不干犯周厉王。爻辞说："不利宾"，《象传》却说"义不及宾"，是相互矛盾的。

九三　屁股上没有肉，走起路来歪歪斜斜，有危险；但是没有大坏处。

《象传》说："走起路来歪歪斜斜"，是对行走没有加以牵制，仍然在行走。

按："其行且次"是用比喻说武人仍然在进犯，因而有危险。但由于行动有困难，就没有大坏处。本爻还是要武人不干犯厉王。《象传》只就比喻本身说。

九四　厨房里没有鱼，要起来对付客人就凶险。

《象传》说：没有鱼的凶险，是由于远远离开人民。

按：本爻属于上乾，是就周厉王说。"包无鱼"比喻武库空虚，要对付武人有凶险。言外之意，是要厉王蓄积力量，击败武人。《象传》"远民"说得好，因为脱离人民是无往而不凶的。

九五　用坚硬的杞柳包裹柔脆的瓜，即使有美好用心，瓜也会损坏，像从天上狠狠地摔下来一样。

《象传》说：九五美好，是由于居中得正。"从天上狠狠地摔下来"是"志不舍命"。

按：本爻是《周易》作者告诉周厉王，对付武人不能失之刚强，必须运用柔退，否则会受到严重损失，是柔弱胜刚强的一贯思想。《象传》用得中得正说已经错误，而"志不舍命"更不知所云。

上九　姤碰上野兽的角，不好，但是没有坏处。

《象传》说："碰上野兽的角"，是本爻以阳爻居于最上面那个阴位而穷困。

按：本爻用比喻指出，周厉王有时会受到武人打击，但由于以退为进，以后取先，终将挫败武人，取得胜利，因此"无咎"。《象传》的"上穷吝"是爻位说。

萃

周厉王到太庙主持祭祀，天下人都以见到这样的大人得到好处。中兴复国事业顺利了，凭着斗争策略正确得到好处，用牛祭祀是吉利的，发展下去是很好的。

按：卦辞设想周厉王已经取得决定性胜利，到太庙祭祀祖宗，告以成功，西周王业将亿万斯年，是《周易》作者最美好的设想。

《象传》说：萃是聚集。下坤柔顺，上兑和悦，九五以阳刚居中，与六二相应，所以聚集。"王到太庙去"，表示孝顺地进行祭祀。以"见到大人得到好处，而且亨通"，是由于以正确途径聚集。"用牛祭祀吉利，发展下去有好处"，是顺从天命。看到这种聚集的情况，天地万物的实际情况就可以看到了。

按：解释卦名正确。"顺以说，刚中而应"，不是聚集的理由。以"王假有庙"为单纯"致孝享"，没有看出是在欢呼厉王复位的巨大胜利。以"利见大人，亨"为"聚以正"，实为空泛。"用大牲吉，利有攸往"，看不出是"顺天命"。这样一来，"观其所聚，而天地万物之情可见矣"的结论就是站不住脚的。

《象传》说：湖泊上升在地面上，构成萃卦。君子看到这个卦象就去修理兵器，防备料想不到的事情。

按："除戎器，戒不虞"与卦义无关，因为整个卦都没有提起这些事。

初六　即使有诚心事奉厉王，但不能到头，坏事就会集中。如果向厉王号呼请求原谅，厉王会与他一度握手欢笑，发展下去没有坏处。

《象传》说："坏事集中"，是由于思想混乱。

按：本爻属于下坤，是就武人说。《周易》作者向武人指出，如果不能坚决以诚心服从周厉王到底，就会受到严厉处置，而厉王则始终是宽大的。《象传》认为其所以"乃乱乃萃"，是由于思想出现反复，有道理。

六二　永远吉利，没有坏处，有了诚心，尽管薄祭也好。

《象传》说："永远吉利，没有坏处"，是由于思想没有改变。

按：本爻仍然是《周易》作者告诉武人，事奉厉王要一本于诚，尽管对厉王的贡品菲薄一些，也永远吉利，是对以诚事奉厉王的强调。《象传》"中未变"是说思想没有变，与爻辞要求武人永远忠顺是一致的。

六三　如果聚集在厉王身边只是叹气，就没有好处，但发展下去却没有坏处，只有小不好。

《象传》说："发展下去没有坏处"，是由于对上面服从。

按：如果虽然投降了厉王，但心情不舒畅，这仍然不好。由于毕竟投降了，所以也没有坏处，只有小不好。本爻是要武人从思想上解决投降厉王的问题，《象传》的"上巽"是有见于此的。

九四　大为吉利，没有坏处。

《象传》说："大为吉利，没有坏处"，是本爻所处的位置不恰当。

按：本爻属于上兑，是就周厉王说。下坤武人一再表示应该有归顺于周厉王的诚心，九五"萃有位"又说厉王将登上王位，可见形势很好，于是《周易》作者用"大吉，无咎"祝贺。《象传》用了爻位说。"大吉，无咎"是非常好，而爻位说却断之以"位不当"，可见爻位说是不符合《周易》实际的。

九五　厉王登上王位，没有坏处。即使不是事实，只要发扬光大永远正确的品德，悔恨也就没有了。

《象传》说："登上大位"，是思想不开展。

按：本爻希望厉王恢复王位，即使暂时不行。但只要把孚发扬光大，能复位也是肯定的。"萃有位"是最大的志得意满，《象传》说成思想不开展，适得其反。

上六　叹气啊，流眼泪啊，流鼻涕啊，但没有坏处。

《象传》说："叹气，流眼泪鼻涕"，是没有安然居于上位。

按：本爻是说即使情况十分不妙，厉王狼狈不堪，也没有坏处，因为中兴复国是肯定的，表现了《周易》作者对厉王有充分信心。《象传》的"未安上"不失为情况狼狈的一种说明。

升

中兴事业将大为顺利，天下人都以见到这样的大人得到好处。不用忧虑，向南方荆楚用兵是吉利的。

按："利见大人"和"南征吉"，特别是"南征吉"，充分说明了升的势头是不可阻挡的。

《象传》说：解卦六三这个柔爻按时上升，成为下巽上坤，九二与六五相应，因此大为亨通。"见到大人，不用担忧"，这是有了喜庆。"向南方用兵吉利"，这是志向得到实行。

按：卦变说和相应说不能是"元亨"的理由，下巽而上坤，也不能说明"元亨"。以"见大人"为"有庆"，失之空洞。以"南征吉"为"志行"，也徒托空言。

《象传》说：地里面长出树木，构成升卦。君子见到这个卦象就要努力提高道德，从微小积累，以至发展到高大。

按：这条《象传》有得于卦义。

《象传》说："肯定上升，大为吉利"，是与上面志趣相合。

按：本爻指出，埋在地里的种子会发芽，成长，不断上升，将大为吉利，是就本卦之为"升"而概括言之，为全卦纲领。《象传》用了关系说。

九二　只要有诚，就是用薄祭也会得到好处，没有坏处。

《象传》说．九二的诚，会有喜庆。

按：本爻是《周易》作者要厉王有诚，这样即使对天地鬼神致以薄祭，也不会影响中兴大业的完成。《象传》的"有喜"讲对了。

九三　树木上长，超过了山坡上的城邑。

《象传》说："树木上长，超过了山坡上的城邑"，这没有可以怀疑的。

按：本爻用比喻说明，厉王成就喜人，表现了《周易》作者的迫切愿望。《象传》认为"升虚邑"无可怀疑，能申明爻辞。

六四　周厉王在岐山举行祭祀，吉利，没有坏处。

《象传》说："王在岐山举行祭祀"，是顺利的事。

按：文王、武王都曾经以其成功告于岐山之神，本爻是把厉王与文王、武王相提并论，以歌颂他即将复国的出色成就。《象传》的"顺事"与爻辞意义相合。

六五　凭着正确而吉利，又上升了一个台阶。

《象传》说："凭着正确而吉利，又上升了一个台阶"，是大大满足了愿望。

按：本爻祝愿周厉王不断前进，迅速完成中兴大业。《象传》"大得志"能发挥爻辞。

上六　在不知不觉中上升，凭着不间断的正确（一贯正确）得到好处。

《象传》说：不知不觉升到了上面，可以消除不富有。

本爻肯定厉王中兴复国为一贯正确，充分体现了《周易》作者的思想感情。《象传》的"消不富"指摆脱贫困，脱离倒霉环境，对爻辞有领会。

困

中兴复国会顺利，是由于事业的正义性，周厉王这个大人会吉利，没有坏处。这些话你们听了不相信吗？

按：卦辞用"大人吉"明确表示是就着周厉王说，从而困就主要是说周厉王，并指出厉王虽然暂时受困，终久必然亨通，点明了本卦主旨。

《彖传》说：困难，是由于上兑的柔掩盖了下坎的刚。凶险却又和悦，处境困难却又不丧失达到顺利的途径，该只有君子能这样吧？正确的大人吉利，是由于阳爻处于上下卦的正当中。"有话不能使人相信"，是重视口说会穷困。

按：说"刚掩"是意识到周厉王为武人所困扰。说"险以说，困而不失其所亨，其惟君子"，是意识到周厉王将从困到亨。这些都正确。"贞大人吉"断句错误，又用了得中说解释。"有言不信"是反诘句，却被看成直陈句。

《象传》说：湖泊里没有水，构成了困卦。君子见到这个卦象就要用舍弃生命去达成志愿。

按：本卦没有用舍弃生命去达成志愿的内容，因而是不合卦义的。

初六　屁股跌在树桩子上，还跌进黑暗的深谷里，以致多年看不见天日。

《象传》说："跌进了黑暗的深谷"，黑暗而不光明。

按：本爻属于下坎，是就武人说。爻辞用比喻指出，武人背叛周厉王会跌大跤子，并将一蹶不振，困苦之至，是武人以背叛周厉王而自困，与水离开泽而自困相同。《象传》用"幽不明"解释"入于幽谷"，是同义反复。

九二　武人醉饱过度，厉王恰好来对他们进行安抚。武人如果接受安抚，就能参与祭祀，得到好处；如果别有行动，就有凶险；但终将痛改前非，所以没有坏处。

《象传》"醉饱过度"，是居于中爻有喜庆。

按：本爻表现了武人放恣，厉王则对他们进行安抚。武人只有接受安抚，才能摆脱困境。《象传》用了得中说。

六三　被困在乱石堆里，撑拒在蒺藜丛中，回到家里，看不见妻子，很凶险。

《象传》说："撑拒在蒺藜丛中"，是阴爻凌驾阳爻。"回到家里，看不见妻子"，是不吉祥。

按：本爻先用比喻指出，武人如果仍然不悔改，处境会十分险恶。接着讲实际情况，回家看不见妻子。这些都是对武人的严厉警告，希望他们迷途知返。《象传》用了关系说。

九四　缓慢地走来，为武人所困扰，情况不妙，但却有好结果。

《象传》说："慢慢地走来"，是注意力集中在下面。虽然所处爻位不恰当，但还是有与之联系的。

按：本爻是讲厉王受到武人困扰，但中兴大业终归会成功。《象传》用了一次爻位说，两次相应说，使人对爻辞不得其解。

九五　周厉王受到武人打击，好像受到割鼻子和取膝盖的酷刑，并长期为武人所困扰。要慢慢地才能复位中兴，以进入太庙主持祭祀得到好处。

《象传》说："如同受劓刖之刑"，是目的不能达到。"慢慢会很高兴"，是由于居中得正。"到太庙主持祭祀得到好处"，是享了福。

按：本爻指出厉王虽然受到武人残酷打击，但终必摆脱困境，复位中兴。"劓刖"宁止是"志未得"？"利用祭祀"当然是"受福"，对"乃徐有说"又用了爻位说解释。

上六　被葛藤缠住，被小木桩围住，一动就有悔恨，而且有很大悔恨，但发展下去却是吉利的。

《象传》说："被葛藤缠住"，是处境不好。"一动就有悔恨，而且有很大悔恨"，是吉利的行动。

按：本爻用比喻写出周厉王受困于武人，可谓狼狈之至。但发展下去终会吉利，中兴大业定会达成，以作为本卦的结语。《象传》用"未当"说明"困于葛藟"，是把严重情况讲得太轻，用"吉行"说明"动悔有悔"，是把坏事讲成好事。

井

城邑改变了，井却不改变，没有丧失，没有收获，时间往来不停，井还是井。快要走到井边，还没有把系着汲水瓶子的绳子放进井里去，就打破了汲水瓶子，这是凶险的。

按：本卦事实上是对武人进行严厉警告，要他们放弃篡夺妄想，把政权交还周厉王。

《象传》说：鼓动着水使水向上冒，就成为井。井水养活万民，没有穷尽。"城邑改变，井水不改变"，是九二和九五各以阳爻得中。"快到井边，没把汲绳放进井里去"，是没有成就。"打破了汲水瓶子",因此凶险。

按:解释卦名正确,但未触及比喻意义,还用了得中说。对"汔至,亦未繘井,羸其瓶"也只作了文字解释。

《象传》说:木上有水,构成井卦。君子见到这个卦象就要去慰劳人民,劝他们互相帮助。

按:说木上有水为井,实不可通。巽偶尔象征木,但多半象征风,应该像《彖传》所说"巽乎水而上水,井"。这也证明本卦《象传》和《象卦》不出于一人。"劳民劝相"与卦义无关。

初六　井里填满泥土不能饮用,废旧的井里没有禽兽。

《象传》说:"井里填满泥土不能饮用",是由于处境低下。"废旧的井里没有禽兽",是由于在当时井已舍弃不用。

按:本爻用比喻指出西周王朝荒凉破败,没有生机,是武人破坏的结果,应该加以整治,进行恢复。《象传》的"下也"和"时舍也",都无得于爻辞意义。

九二　到井里有水的地方去射小鱼,反而打破了装水的瓦罐子。

《象传》说:"到井里有水的地方去射小鱼"是射不中的。

按:本爻用比喻指出,武人对厉王用兵,适足以造成对自己的损失。是要武人放下屠刀,改恶从善。《象传》的"无与"只说"井谷射鲋"不会有收获,没涉及还将有严重损失("瓮敝漏")的这个更深一层的内容。

九三　如果井里淘干净了却不饮用,将使我心里难受。井水可以汲上来了(比喻国事可以大有作为),厉王如果英明,我们都会得到好处。

《象传》说:"如果井里淘干净了却不饮用",将要难过。要求王英明,是希望得到好处。

按:本爻用比喻指出,西周王朝终将从乱到治,厉王会有所作为。但"王明,并受其福",却是说厉王昏聩,不能造福人民。《周易》作者为厉王献计献策,写了一部《周易》,主要是出于要维护西周王朝的爱国思想,决不是对厉王有偏爱,相反,这里对厉王还指责其昏庸。《象传》说得过去,只是没有讲透。

六四　把井壁用砖砌好,没有坏处。

《象传》说:"把井壁用砖砌好,没有坏处",是说在修井。

按：本爻用比喻指出，西周王朝经过整顿，将摆脱困境，得到发展。《象传》只就辞句解释，未触及比喻意义。

九五　井里的水很清亮，寒冷的泉水可以喝。

《象传》说：寒冷的泉水可以喝，是由于本爻既得中，又得正。

按：本爻用比喻指出，西周王朝将政治清明，让人民得到好处。《象传》用了爻位说。

上六　到了傍晚，把井绳从井里收上来，不用盖上幕布。因为有诚，一切都会大为吉利。

《象传》说：大吉在上爻，是伟大的成功。

按：本爻用比喻指出，在可能招来不利的情况下，西周王朝也将平安度过。最后明确指出，由于周厉王有"孚"，一切都会大为吉利，把"孚"作了又一次突出。《象传》的以"在上"而"大成"，是用了爻位说。

革

改革要经过一段时间才会为人相信。改革能使中兴事业大大顺利，凭着正确得到好处，从而悔恨也就没有了。

按：卦辞就着周厉王说，大力歌颂了改革的好处。

《象传》说：水与火相互熄灭，两个女郎同住在一起，思想不协调，这些都会发生变革。"过一段时间才能相信"，是变革得到人们肯定。文明而且和悦，大为亨通凭着正道，从而变革恰当，悔恨就没有了。天地以改革而四时出现，汤武以改革而顺乎天、应乎人。改革的意义是十分重大的。

按：这条《象传》把革看成解决矛盾，并加以歌颂，是一种可贵的思想。

《象传》说：湖泊下面有火燃烧，构成革卦。君子看到这个卦象就去修治历法、明确四时。

按："治历、明时"可以是革的内容，但决不是本卦革的内容。本卦"大人虎变"，"君子豹变"，都是讲厉王在政治上应该进行重大改革的。

初九　用黄牛皮带子紧紧捆着。

《象传》说：用黄牛皮带子紧紧捆着，不可以有作为。

按：本爻用比喻指出改革必须抓紧，才能大有作为，《象传》适得其反。

六二　准备一段时间才改革，发展下去会吉利，没有坏处。

《象传》说：准备一段时间才改革，干起来会有好成绩。

按：本爻申明卦辞，指出改革不能孟浪从事，必须稳步前进。《象传》与爻辞意义相合。

九三　发展下去凶险，即使正确也危险。只有按改革计划取得很多成就，人们才会很相信。

《象传》说：按改革计划取得很多成就，又还有什么说的呢？

按：本爻指出不改革有危险，还指出改革要很有成就才能得到人民相信。是分别从反面和正面强调改革的必要性和重要性。《象传》认为改革成绩大就无话可说，与爻辞相合。

九四　悔恨没有了，还很为人们相信，改革是吉利的。

《象传》说：改革吉利，是由于信志。

按：再一次强调改革要很为人们相信。是突出取信于民。联系临卦卦辞"至于八月有凶"是反对暴政和上六"敦临"是主张君王要以忠厚治民看，《周易》作者对民是重视的。《象传》的"信志"，语意不清楚。

九五　厉王从事改革像老虎变得毛色斑斓，没有通过占筮也很为人们相信。

《象传》说："君王从事改革像老虎变化"，它的文采是显著的。

按：明确提出"大人虎变"，是希望厉王进行改革取得巨大成绩。"未占有孚"值得高度重视，"未占"是没有通过占筮，"有孚"在本卦无例外是很为人们相信，这是《周易》作者不相信占筮的本证，说他以《周易》为占筮，是最大的诬蔑。《象传》的"文炳"说得好。

上六　周厉王进行改革像豹子变化。坏人只是表面搞改革，发展下去凶险，要守住正道，真搞改革才吉利。

《象传》说："君王进行改革像豹子变化"，它的文采是华美的。"坏人表面搞改革"，是随顺着君王。

按：再用"豹变"祝愿厉王改革有成绩，并用"小人革面"反衬，使之越发突出。《象传》的"顺以从君"，揭穿了"小人"的卑鄙心理。

鼎

改革大吉，亨通。

按：因为是紧接革卦，进行说明，所以卦辞"元吉，亨"是针对改革成功讲的。

《彖传》说：鼎是一种物象。把木柴放进火里去，为的是烹饪。圣人用烹饪祭祀上帝。用美好的筵席供养圣贤。巽有离在上，离为明，这象征着人的耳目聪明；巽卦六四这个柔爻向上去；在成为六五以后就居中与九二相呼应；因此大为亨通。

按：这条《彖传》除了"鼎，象也，以木巽火，亨饪也"还说得过去外，其余都与卦义相去很远。

《象传》说：木上面烧起火，构成鼎卦。君子看到这个卦象就要摆正自己位置，完成上级命令。

按：《象传》的"正位凝命"与卦义无关。

初六　把鼎的脚颠倒过来，有利于倒出腐败食物。得了一个侍妾和她的儿子。这些都没有坏处。

《象传》说："把鼎的脚颠倒过来"，这没有违背什么。"要清除坏东西才好"，是为了跟从贵人。

按："鼎颠趾，利出否"，是"革去故"。"得妾以其子"，是"鼎取新"。本卦与革卦联系紧密，同时也说明改革成绩大。"鼎颠趾，利出否"是一件事，《象传》拆开解释不正确。

九二　鼎里面有吃的东西，我的仇人有病，不能来接近我把食物抢走，这就吉利。

《象传》说："鼎里面有吃的东西"，为了守住，到哪里去都要谨慎。"我的仇人有病"，不能来夺走食物，所以终于没有坏处。

按：本爻是说改革不断取得成就，像鼎中经常装着食物，而"我仇有疾，不我能即"，则明确指出胜利果实不能为武人抢走。《象传》与爻辞意义相合。

九三　鼎的耳朵脱掉了，鼎的活动停止了，鼎里煮的野鸡肉由于鼎无法移动被烧焦不能吃。这时候恰好下了雨把火灭掉才减轻损失，终于吉利。

《象传》说："鼎的耳朵脱掉"，失去了应有的作用。

按：本爻用比喻指出，改革可能出现挫折，成绩可能难于取得，但终将排除障碍，达到胜利。《象传》认为改革也可能难于取得应有成绩，正确释了爻辞的前一部分；但对于更重要的一部分，即改革终将取得胜利，却没有涉及。

九四　鼎折断了脚，把公的稀粥倾掉了，那种样子是湿漉漉、水汪汪的，可凶险。

《象传》说："把公的稀饭倾掉了"，真该怎么办呢？

按：本爻用比喻指出，改革可能遭遇失败。成绩也可能丧失，以警觉厉王，要他认真对待。联系九三"方雨亏悔"以及全卦都沉浸在一片胜利气氛中看，《周易》作者认为改革是不会失败的。《象传》的"信如何也"意思是要认真对待改革，有得于卦义。

六五　鼎是用黄铜做的耳朵，用黄铜做的扛鼎或移动鼎的棍子，将以正确得到好处。

《象传》说："鼎是用黄铜做的耳朵"，居中而充实。

按：黄色在当时是最尊贵的颜色，只能为王或王后所用（坤卦六五："黄裳，元吉"）。本爻用鼎耳和鼎铉都是黄铜制成，说明这种鼎是天子之器，暗示顺利的改革是由厉王在进行。《象传》用了得中说。

上九　鼎是玉做的贯耳器具，大为吉利，没有不利的。

《象传》说：玉铉在最上面一爻，于是刚和柔得到调节。

按：玉铉也表示最贵重，与金铉相同。本爻进一步强调六五的内容，即改革为厉王所进行，从而"大吉，无不利"，《周易》作者对厉王是充满信心的。《象传》用了关系说。

震

中兴事业会顺利达成。霹雳震响起来武人战战兢兢，周厉王却谈笑自若。霹雳吓坏了百里以内的敌人，周厉王却镇定地没有倾出勺子里祭神的香酒。

按：卦辞形象地指出周厉王声威极盛，从容自得，而武人却战栗惊恐，害怕异常，这些都是《周易》作者的设想。

《象传》说：震卦是讲中兴事业会亨通的。"霹雳响起来很可怕"，但恐惧会得到好处。"谈笑咿哑自若"，是君王自有原则。"霹雳惊动百里以内"，是使远近的人都害怕。"不倾出勺子里的香酒"，出去可以守住宗庙社稷，做祭祀的主人。

按：这条《象传》说得过去。

《象传》说：下卦震雷与上卦震雷相重，构成震卦。君子看到这个卦象就恐惧害怕，认真修身，省察过错。

按：本卦是极言周厉王在经过改革后声威很盛，武人畏服，《象传》与此不合。

初九　霹雳响震起来，武人战战兢兢，周厉王却谈笑自若，这是吉利的。

《象传》说："霹雳响震起来很可怕"，但恐惧会得到好处。"谈笑咿哑自若"，是君王自有道理。

按：爻辞重复卦辞前两句而断之以"吉"，使抑制武人的意思更明显。《象传》只是《象传》前四句的重复。

六二　霹雳来得很猛烈，可能会有损失，但只要登上高山，不用寻找，到时候损失自然会弄回来。

《象传》说："霹雳来得很猛烈"，是柔爻凌驾于刚爻之上。

按：本爻是说厉王横扫武人，难免不遭受损失，但根据自然规律而高瞻远瞩，损失仍然会夺回来，这是要厉王在进行复国斗争时，不必有任何顾虑。《象传》用了关系说。

六三　霹雳响震起来使武人畏惧不安，但仍然响震下去，不会有任何损失。

《象传》说："巨雷响震使人害怕"，是本爻所处位置不恰当。

按：本爻是要厉王继续扫荡武人，不必担心有损失。《象传》既不知道"苏苏"是指武人，又用了爻位说。

九四　霹雳坠入泥土之中。

《象传》说："霹雳坠入泥土之中"，是威力还不大。

按：本爻说霹雳向下轰击，其势威猛，甚至入地很深，是比喻厉王将对武人犁庭扫穴，加以歼灭。《象传》的"未光"与之相反。

六五　霹雳往来迅猛，没有损失，不过还有些事情要做。

《象传》说："霹雳往来迅猛"，是危险行为。事情发生在正当中，完全没有损失

按：本爻比喻厉王仍在扫除武人残余，并将处理善后。"震往来厉"是说厉王在歼灭武人时威风凛凛，《象传》却说是危险行为。"有事"是说厉王将处理善后。《象传》却用了得中说。

上六　霹雳使武人颤抖，惊惧四顾，发展下去凶险。霹雳不打在厉王本人身上，却击

中武人，这样没有坏处，尽管武人还有怪话讲。

《象传》说："霹雳使人颤抖"，是由于本爻没有得中。虽然凶险，却没有坏处，只是害怕邻居戒备。

按：本爻说明周厉王打击准确，使武人害怕，武人讲怪话也无用。《象传》把说厉王和讲武人的话杂糅在一起，还用了得中说。

艮

停止了背部活动就全身都不能活动，走在院子里看不见一个人，这些都没有坏处。

按：卦辞用两个比喻表现静止，然后断之以"无咎"，以突出静止的积极意义。

《彖传》说：艮的意义是停止或静止。该什么时候止就止，该什么时候动就动，动和静都不失其时，前途才会光明。停止背部活动，是停止应该活动的地方。上下卦阴爻和阴爻，阳爻和阳爻相应，都是敌应，不能发生关系，因此全身不能活动，走在院子里也看不见人，但却是没有坏处的。

按：以"止"训"艮"，正确。但卦义只是止，与动一起谈，已经不恰当。而且已经"敌应"，却断之以"无咎"，也是不对的。

《象传》说：山重山，构成艮卦。君子看见这个卦象就把思考停止在应该思考的问题上。

按：《象传》说"思不出其位"，也是以"止"训"艮"，但与本卦是讲周厉王已经取得胜利就必须紧紧抓住，不能失去的卦义不合。

初六　停止脚趾活动，不但没有坏处，还将以静止的永远正确得到好处。

《象传》说："停止脚趾活动"，是没有失去正常状态。

按：本爻是下艮初爻，所以用"趾"作比喻。停止脚趾活动，是一开始就静止，下面将循此发展，把"止"的重大意义发挥出来。《象传》用"未失正"说明本爻，大体上可以，但没有讲出所以然，还不能说对卦义有正确理解。

六二　停止小腿的活动，却不帮助相随的大腿也停止活动，他心里不畅快。

《象传》说："不帮助相随的大腿停止活动"，是"未退听"。

按：从"艮其趾"到"艮其腓"，是静止在继续。由于静止应该是长期的，必须使大腿也静止，因此"不拯其随"就"其心不快"。《象传》"未退听"不知所指。

九三　停止腰部活动，腰部两边的肉像要裂开似的，又像恶臭气体在熏灼心。

《象传》说："停止腰部活动"，危险在熏灼心。

按：本爻指出静止也可能有危险，但必须克服，以进一步体现静止的重要。《象传》照抄爻辞部分文字，而易"厉"（恶臭气体）为"危"（危险），更不妥当。

六四　停止胸部活动，没有坏处。

《象传》说："停止胸部活动"，就是停止胸部活动。

按：从"艮其限"到"艮其身"，从停止腰部活动到停止胸部活动，是静止到了更高的水平，比喻西周王业不能动摇。《象传》用"止诸躬"对译"艮其身"，未作解释，说明对于爻辞意义无知。

六五　停止嘴巴活动，说话有顺序，悔恨就没有了。

《象传》说："停止嘴巴活动"，是由于既得中，又得正。

按：停止嘴巴活动指不乱说话，不乱说话也是不活动，所以也纳入静止范围。本爻是《周易》作者要周厉王谨于言论，以免为武人所乘。《象传》用爻位说已不恰当，而在用爻位说时又有错误，诚不知其可。

上九　坚决静止，一切吉利。

《象传》说："坚决静止的吉利，是以美好告终。

按：本爻是全卦的结束语，所以用坚决静止概括，并特别突出静止的吉利，以祝愿西周王朝永远繁荣昌盛。《象传》的"厚终"与爻辞意义相合。

渐

女子出嫁会吉利，以辅佐丈夫的正确行为得到好处。

按：用女子出嫁辅佐丈夫，比喻贤臣辅佐周厉王，是全卦纲领。

《象传》说：渐是缓慢前进，渐卦是说女子嫁出去会吉利。本卦从涣卦或旅卦变来，涣卦九二上升成为九三，旅卦九四上升成为九五，都各当其位，这样发展下去会吉利。前进当位就是前进得正，这样可以治理好国家。而九五是既得位，又得中的。下艮静止，上巽柔顺，这样动起来就没有穷尽了。

按：除以"渐进"解释"渐"还说得过去以外，其余用卦变说以及由卦变说所派生的爻位说，都是错误。而且"止而巽"应该是静止而柔顺，即永远静止，说成"动不穷"也讲反了。

《象传》说：山上有树木，构成渐卦。君子看见这个卦象就要积累美好品德去改善风俗。

按："山上有木"为什么构成渐卦，不能作出说明。要是说山上有风，那么清风徐来，还会有一点渐的意味。《象传》对于怎样取象成卦是欠考虑的。巽不是经常象征风吗？"居贤德善俗"与本卦周厉王与贤臣互相追求无关。

初六　雄鸿缓慢地飞到岸边。周厉王有危险，武人对他寻求贤臣有责怪的话，但终于没有坏处。

《象传》说：小子危险，但从道理上看没有坏处。

按：本爻比喻周厉王开始寻求贤臣，好像雄鸿从水里才飞到岸边。寻求贤臣会有武人干涉，因此《周易》作者用"无咎"鼓励周厉王大胆干下去。《象传》不知道"小子"指周厉王，"义无咎"流于空洞。

六二　雄鸿缓慢地飞到水边高地，像喝酒吃饭那么快乐，是吉利的。

《象传》说："像喝酒吃饭那么快乐"，是不白吃闲饭。

按：本爻比喻厉王寻求贤臣有进展，从而兴高采烈。《象传》"不素饱"不能说明这一点。

九三　雄鸿慢慢地飞到了陆地上，遭遇可不好，像丈夫出门不能回家，又像妇人怀孕不能生育，情况是凶险的。但抗击敌寇会得到好处。

《象传》说："丈夫出门不能回家"，是碰上一群坏人。"妇人怀孕不能生育"，是在生活道路上犯了错误。"以抗击敌寇得到好处"，是顺乎情理保护自己。

按：本爻用比喻说明厉王求贤即将成功，可能受到武人破坏，但予以反击，情况会转好。《象传》对这些没有什么认识。

六四　雌鸿从空中慢慢地落在树上，可能踩着方形树枝，没有坏处。

《象传》说："可能踩着方形树枝"，很顺利。

按：本爻属于上巽，是就雌鸿说，就贤臣说。是用比喻指出贤臣也在行动，并将与厉

王遇合。《象传》"顺以巽"讲出了贤臣将很顺利地归于厉王，与爻辞意义相合。

九五　雌鸿从树上慢慢地飞到了山坡上，可碰上了困难，像妇人多年不怀孕，但终于不能困扰它，还是吉利的。

《象传》说："终于不能困扰它，还是吉利"，是能够达到愿望。

按：本爻用比喻指出，贤臣投奔厉王也有干扰，但"终莫之胜"，而诚如《象传》所说，是能够达到愿望的。

上九　雌鸿从坡上慢慢飞到高而平的地方，它的羽毛可以做仪仗队的装饰品，这是吉利的。

《象传》说："羽毛可以做仪仗队的装饰品"，是不能搞乱。

按：本爻用比喻指出贤臣与厉王遇合，并得到重用的设想。《象传》的"不可乱"如果是说庸妄的人不能与贤臣杂然共进，就是正确的。

归　妹

再下去有危险，没有好处。

按：这条卦辞是对周厉王求贤臣时却被佞臣抢了先着的一个概括，并坚决希望不出现这种情况。

《彖传》说：嫁女是宇宙间的大事情。天与地不相交万物就不能出现。嫁女是人的终了和开始（指童年终了，成年开始）。和悦地动，是嫁出去的女郎。"再下去有危险"，是九二、六三、九四、六五所处的爻位不恰当。"没有好处"，是柔爻六三在九二刚爻之上，柔爻六五在刚爻九四之上。

按：这条《彖传》只说"归妹"，没有触及比喻意义，还用了爻位说、关系说。

《象传》说：湖泊上面有雷在轰鸣，构成归妹卦。君子看到这个卦象就要对择配偶谨慎从事，以永其终，还要认真研究，以知其弊。

按：对泽上有雷为什么构成归妹卦未作说明，"永终知敝"也只是停留在归妹本身，未涉及比喻意义。

初九　嫁女把妹妹嫁出去了，像这样要跛子能走路，发展下去才吉利。

《象传》说："嫁女把妹妹嫁出去了"，是照着常规办事。要像跛子能走路才吉利，是承接着"归妹以娣"说。

按：本爻指出"归妹以娣"不好，说要像跛子能走路才吉利，那就是不吉利。用来说明佞臣幸进，贤臣不得入，就很不好。《象传》说嫁女嫁妹妹是常规，与古代习惯和卦义都相反，说"跛能履吉"是承接"归妹以娣"说则讲对了，但又与以上说法矛盾。

九二　嫁女把妹妹嫁出去了，像这样要瞎子能看见，才会凭着囚犯所谓的正确得到好处。

《象传》说："凭着囚犯的所谓正确得到好处"，是没有改变一般的道理。

按："眇能视"前面以承接初九省去"归妹以娣"。本爻内容与初九相同，是把不能"归妹以娣"进一步强调，以见厉王求贤决不能让佞臣占先。瞎子不能看见东西，囚犯也不能凭着他们所谓的正确得到好处，说明"归妹以娣"绝对不行。《象传》认为囚犯能凭着他们所谓的正确得到好处，与爻辞意义相反。

六三　嫁女应该把姐姐嫁出去，反而把妹妹嫁出去了。

《象传》说："嫁女把姐姐嫁出去"，是不恰当的。

按：本爻明确指出，嫁的应该是姐姐，不应该是妹妹，以说明只能寻求贤臣，不能登进佞臣，是全卦的总结。爻辞明明说归妹要以须，《象传》却说"未当"，是与爻辞意义不相符合的一个比较突出的例子。

九四　嫁女错过了日期，迟一点嫁总还是有时候的。

《象传》说：有推迟日期的思想，是由于要有所等待才成行。

按：本爻是用周厉王口吻进行推断，表现出对于得到贤臣有信心，或早或晚，只是一个时间问题，并用以强调六三的归妹必须以须，不能以娣。《象传》把本来是厉王的推断，说成是贤臣的思想，把本爻是就什么人立言搞错了。

六五　殷帝乙嫁女，姐姐的衣袖不及妹妹的衣袖好，要快到一个月的十五日，才会吉利。

《象传》说：殷帝乙嫁女，姐姐的衣袖不及妹妹的衣袖好。本爻爻位在上震中间，是高贵的行为。

按：本爻用比喻说明，在一定时期内，佞臣可能会占先，贤臣可能会落后，但时机成熟，贤臣还将以得到重用而吉利，表现了《周易》作者的愿望。《象传》或照抄爻辞，或用了得中说。

上六　女的头上顶着筐，里面却空无所有，男的在宰杀羊，却不见流出血来，都没有好处。

《象传》说：上六说"无实"，是顶着空筐。

按：本爻用比喻指出，周厉王寻求贤臣，到头来将是一场空，是如实反映了当时现实，也表现了《周易》作者的悲观情绪。《周易》作者虽然一心盼望厉王中兴，但同时深知厉王为人，并不敢寄予过多希望。《象传》只对部分爻辞作文字解释。

丰

周厉王来到贤臣当中，不用担忧，到了时机成熟贤臣就会为厉王所用。

按：卦辞只着重讲贤臣将为厉王所用，至于事情终必无成，则略去不谈。

《彖传》说：丰的意义是巨大。有着光辉品德去处理政务，所以能建立巨大功业。"王来到贤臣当中"，是尊重大人物。"不用担忧，以太阳当中为相宜"，是说在这个时候太阳最便于普照天下。太阳正中就会偏西，月亮满盈就会亏损，天地的充实和空虚，随着时间变化而或消亡（指"虚"），或生长（指"盈"），又何况是人呢？何况是鬼神呢？

按：解释卦名正确。以"尚大"与"宜日中"说得到贤臣会取得巨大成绩也正确。但反复讲消息盈虚却与卦义无关。

《象传》说：雷和电都来到了，构成了本卦。君子看到这个卦象就要很好地断决狱讼，使用刑罚。

按：《象传》认为本卦讲"折狱致刑"，是与噬嗑类比，因为两个卦都由震与离合成。其实或震下离上而为噬嗑，或离下震上而为丰，卦象不同，所反映的情况也不同，噬嗑诚然是讲治狱，而本卦却是讲周厉王将得贤臣以为治的。《象传》无得于卦义。

初九　贤臣将碰上能相互配合的君主周厉王，即使迟一点时间也不要紧，往下去情况将是美好的。

《象传》说：爻辞"虽旬无咎"，是说过了一旬就有灾难。

按：本爻含义明确，贤臣想得到周厉王任用的思想跃然于纸上。"虽旬无咎"是说君王遇合即使迟一点时间也不要紧，《象传》说成过一段时间有灾难，与爻辞意义是相反的。

六二　把覆盖在屋顶上的小草席子加大，屋里一片漆黑，到中午能看见北斗星。这样下去会得精神病，要有诚才能去掉。

《象传》说："有孚发若"，是说要用信启发思想。

按：本爻是用比喻指出当时环境黑暗，贤臣要与周厉王遇合困难重重，要一本于诚，才能突破困难。"有孚发若"是说只有诚才能解决问题，《象传》却说成要用信启发思想，与爻辞不一致。

九三　把幕布加大，屋里越发漆黑，到中午还能看见小星星。在摸索中折断右臂，但终于没有坏处。

《象传》说："把幕布加大"，是不能成大事。"折断右臂"，是终于不可用。

按：本爻用比喻进一步指出，环境恶劣，贤臣与周厉王遇合困难更大，甚至会遭受损失，但前途还是乐观的。《象传》用"不可大事"讲"丰其沛"，很勉强。用"终不可用"讲"折其右肱"，不行，因为暂时有困难与永远不可用并不相同。

九四　把覆盖在屋顶上的小草席子加大，屋里一片漆黑，到中午还能看见北斗星。在这种情况下碰上平易近人的君主周厉王，是吉利的。

《象传》说："把覆盖在屋顶上的小草席子加大"，是本爻所处地位不恰当。"中午看见北斗星"，是屋里黑暗不光明。"碰上平易近人的君主"，是吉利的事。

按：本爻再一次强调，环境尽管恶劣，贤臣终将与周厉王遇合。《象传》或用爻位说，或就事论事，都与爻辞意义不合。

六五　取得美好政绩，有值得庆贺和赞扬的，这就吉利。

《象传》说：爻辞六五的吉利，是有喜庆的事。

按：本爻是说周厉王得到贤臣帮助，治国有方，政绩斐然，是《周易》作者设想的高峰。《象传》只重复爻辞的部分文字。

上六：屋很大，室内漆黑，从门户里看，静悄悄地没有人，以后很多年也将看不见人，这是凶险的。

《象传》说："屋很大"，好像在天边飞翔，"从门户里看，静悄悄地没有人"，是自己藏起来了。

按：井卦九三慨叹"王明，并受其福"，是对厉王的昏庸知之甚深，这里用荒凉，寂寞刻画大屋，是对西周王朝终难复兴知之甚明。作老之所以还念念不忘周厉王和西周王朝，无非是基于爱国思想。《象传》都与爻辞意义不合。

旅

中兴事业仍然有一线胜利希望，因流放而寄居于彘的周厉王将凭着他的正确而吉利。

按：周厉王到了这种地步，还说他会有一线胜利希望，并将以正确而吉利，表现出《周易》作者希望周厉王中兴复国的执着心情。

《彖传》说：羁旅之人有一线胜利希望，是由于阴爻在外卦得中并顺从着阳爻，还由于停止下来依附着光明，因此将"小有亨通"，还将"凭着羁旅之人的正确而吉利"。旅卦的意义是巨大的。

按：爻位说和关系说都不能用来说明《周易》。

《象传》说：艮山上面有离火，构成旅卦。君子看到这个卦象对于使用刑罚就要明察谨慎，不能拖延要办的案子。

按：《象传》对于本卦是写周厉王流放于彘无所知，所讲的与卦义都不相干。

初六 成为羁旅之人的周厉王渺小不识大体，这就是他招来放逐灾祸的原因。

《象传》说："羁旅之人不识大体"，志意穷困，自取灾祸。

按：本爻开门见山，予周厉王以中肯的批评，《周易》作者深知周厉王为人，对他并没有偏爱。《象传》的"志穷灾"说得过去。

六二 成为羁旅之人的周厉王到了在彘所居住的地方，还收藏着黄钺，得到臣民的正确对待。

《象传》说："得到臣民正确对待"，终于没有悔恨。

按：本爻是本卦的"旅"指周厉王的本证，足以证明《周易》是为厉王复国中兴而作。《象传》大体上说得过去。

九三 成为羁旅之人的周厉王被烧掉了他在彘所居住的地方，失去了臣民的正确对待，情况危险。

《象传》说："羁旅之人被烧掉住的地方"，已经值得悲伤。凭着羁旅之人的身份对待属下，从道理说会失去臣民的拥护。

按：本爻应当是写实，住处被火焚烧，可能是武人弄的鬼。臣民从拥戴到不拥戴，更可能是武人作祟。《象传》没有发掘出"旅焚其次"的原因，而且"以旅与下"，为什么就得不到拥戴呢？

九四　成为羁旅之人的周厉王找到了住处，又得到了齐斧，但是我心里却不愉快。

《象传》说："羁旅之人找到了住处"，是阳爻九没有得到阳位五，却得到阴位四。"得到了齐斧"，心里不愉快。

按：周厉王既找到了新住处，又重新得到了齐斧，《周易》作者应该愉快。其所以不愉快，是由于齐斧虽失而复得，但周厉王却仍在放逐之中，无法用来"整齐天下"，这就引起作者的惆怅了。《象传》用了爻位说，对"我心不快"也没有讲出所以然。

六五　射野鸡，尽管一枝箭失掉了，但终于凭这一点得到人的称赞和天的保佑。

《象传》说："终于凭这一点得到人的称赞和天的保佑"，是向上达到了很高的程度。

按：本爻用比喻指出，周厉王终将歼灭武人，尽管小有损失，但收获却是很大的，可以与解卦上六"公用射隼于高墉之上，获之，无不利"合看。《象传》"上逮"指取得很大成绩，与爻辞意义相合。

上九　鸟烧掉了巢，作为羁旅之人的周厉王先还嬉笑，后来才放声大哭，由于马虎大意遭到重大损失，处境是凶险的。

《象传》说：阳爻在旅卦居于上位，从道理看会被焚烧。"由于马虎大意遭到重大损失"，自己却终于不知道。

按：本爻反映了周厉王再一次被武人烧掉房子，被责以轻心率意。《象传》先用爻位说，但接着指出遭受重大损失而自己却不知道，倒是能说明爻辞"丧牛于易"的"易"字的。

巽

武人如果能归顺服从于周厉王，就会小有亨通，发展下去还会有好处，更将以朝见周厉王得到赏赐。

按：这些设想都是《周易》作者为周厉王招徕武人，是在开展"射雉"打击以后又进行怀柔。

《象传》说：本卦是把巽卦两个经卦重叠起来，用巽卦意义是顺伏说明对于命令要服从。象征大人的阳爻九五进入既得中又得正的位置使意志施行，初六和六四两个阴爻分别随顺着九二和九五两个阳爻，就"会小有亨通，发展下去还有好处，并将以朝见大人得到赏赐"。

按："重巽以申命"能说明本卦，但所根据的却是爻位说和关系说。

《象传》说：两个象征风的巽卦基本卦相互跟随，成为巽卦。君子看到这个卦象就想到要服从命令和推行政事。

按：这条《象传》与《彖传》内容大体相同，"申命行事"指上级有作为，下级要服从照办，也有得于本卦顺伏的主旨。

初六　冒进了就还得后退，这样才会以武人的正道得到好处。

《象传》说："或进或退"，是思想上有疑虑。"以武人正道得到好处"，是思想上向往天下太平。

按：本爻是《周易》作者告诫武人，虽然已经进而窃据王位，还得退下来谨守臣节。《象传》用"志疑"解释"进退"，"进退"就成为或进或退，与爻辞意义不合。用"志治"解释"利武人之贞"，还有得于爻辞意义。

九二　武人害怕得蜷伏在床下，请史和巫多次去向厉王求情，这样才吉利，没有坏处。

《象传》说：多次求情吉利，是由于本爻居于下巽中间。

按：本爻是《周易》作者的设想，希望武人主动向厉王投降，说得很形象，有趣味。《象传》用了得中说。

九三　如果以归顺服从于周厉王而皱着额头，就有坏处。

《象传》说：为了归顺服从于周厉王而皱着额头的坏处，是心情不舒畅。

按：本爻是《周易》作者严厉警告武人，要他们心安理得地臣服于周厉王，不能再有二心。《象传》的"志穷"能解说"频巽"。

六四　悔恨没有了，还有很大收获，像打猎得到多种鸟兽。

《象传》说："打猎得到多种鸟兽"，是有成就的。

按：本爻与上爻相对，由"频巽"转为"悔亡"，是要武人诚心诚意归顺服从于周厉王，不再三心二意，这样收获将会很多，是对武人的一种鼓励。《象传》的"有功"能说明问题。

九五　武人如果归顺服从于周厉王，就合于正道而吉利，没有悔恨，没有不好，尽管以前篡夺是没有好开头，现在顺伏却是有了好结果。这合于"七日来复"的结束不好过去，开展美好未来的自然规律，是吉利的。

《象传》说：九五这一爻的吉利，是由于既得正又得中。

按：本爻紧接上爻加以申说，是进一步鼓励武人归顺服从于周厉王。《象传》用了爻位说。

上九　武人害怕得蜷伏在床下面，把窃去的天子权力奉还周厉王，这样很正确，难道还有凶险？

《象传》说：蜷伏在床下面，是受到上面压制。"失去了资斧"，正是凶险的。

按：本爻指出武人如果交出所窃去的天子权力，就正确而没有凶险，是进一步鼓励武人归顺服从于周厉王。"贞凶"是反诘句，即难道这样正确还有凶险？《象传》的"上穷"是站在武人立场，而"正乎凶"则是爻辞的反面。

兑

中兴事业将顺利达成，周厉王与武人都以一本于孚的正道相互怡悦得到好处。

按：卦辞以"亨，利贞"对厉王与武人相互怡悦作了高度肯定。

《象传》说：兑的意义是和悦，它的卦象是阳爻九二和九五分别居于下兑和上兑的中间，阴爻六三和上六分别在下兑和上兑的外面。凭着正确道理得到好处的和悦，是顺应着天道和人心的。用和悦态度使人民抢在前面干工作，人民会忘记他们的劳累。用和悦态度使人民冒着困难工作，人民会忘记他们的死去。和悦的意义重大，人民可受到鼓舞啊！

按：解释卦义正确。用爻位说不恰当。总的来说是没有触及本卦内容，但对于如何叫人民努力并大胆工作，却说出了重要意见。

《象传》说：连接着的两个泽，构成兑卦。君子看到这个卦象就要促进朋友之间的相互研究和学习。

按：高亨对"朋友讲习"的解释得《象传》原意，从而看出《象传》无得于卦义。

初九　恰到好处的相互怡悦，是吉利的。

《象传》说：恰到好处相互怡悦的吉利，是对于相互怡悦没有怀疑。

按：本爻说明相互怡悦要处理得当，过与不及，都得不到应有的效果。《象传》用"行未疑"解释"和兑之吉"，欠确切，因为不怀疑相互怡悦不等于恰到好处的相互怡悦。

九二　要一本于诚去相互怡悦，才会吉利，没有悔恨。

《象传》说：一本于诚相互怡悦的吉利，是由于具有诚信的思想。

按：本爻是《周易》作者要周厉王与武人交往必须从诚出发。《象传》用要具有诚信思想说明，讲得过去。

六三　走过来就相互怡悦，凶险。

《象传》说：走过来相互怡悦的凶险，是由于本爻所处的爻位不恰当。

按：所谓走过来就相互怡悦，是指既不是发而中节，又不是一本于诚，只是为了取悦对方。本爻是《周易》作者对周厉王和武人的告诫，要他们不能这样。程颐《易传》："就以求悦，所以凶也。"讲得正确。《象传》用了爻位说。

九四　尽管考虑如何相互怡悦还没有定下来，却已经像大病痊愈了。

《象传》说：九四的喜悦，是有值得庆贺的事。

按：本爻极言相互怡悦，意义重大，是《周易》作者要周厉王和武人，特别是周厉王，一定要同对方把关系搞好，以复国中兴。《象传》用"庆"解释"喜"，是同义重复，不知道"有喜"是病愈，是比喻重大问题得到解决。

九五　诚被损害，就有危险。

《象传》说："诚被损害"，是本爻所处的爻位正确恰当。

按：本爻应该与九二"孚兑，吉，悔亡"合看。相互怡悦而有孚，就吉利而悔亡。反之，如果孚被损害，就有危险。这些都是强调孚在相互怡悦中的作用。本爻还可以与随卦九五"孚于嘉，吉"合看，因为是分别从正反两个方面突出孚的重大作用。《象传》"位正当"，从爻位说看是好，不是坏，而"孚于剥"却是坏。用"位正当"说明"孚于剥"，是适得其反，反爻位说也用错了。

上六　要永远相互怡悦下去，和好下去。

《象传》说：上六的永远和好下去，是事业还不够大。

按：本爻是《周易》作者希望周厉王永远与武人搞好关系，以发扬光大西周王业，《象传》适得其反。

涣

中兴事业将顺利达成，周厉王在恢复王位以后将到太庙祭祀祖先，从而克服巨大困难，凭着正确行动得到好处。

按：周厉王能够到太庙去祭祖，说明王位已经恢复，这是《周易》作者的设想。还要"涉大川"，是叫周厉王在胜利后不能掉以轻心。

《彖传》说：涣卦有亨通的可能，原因是渐卦的刚爻九从三来到二，从而艮变为坎。坎为险，但刚爻却不为险所困穷，还由于柔爻六居于阴位四而得位，并向上顺从九五，与九五同进退。"王到了太庙"，是王到了太庙之中。以渡过大河得到利益，是坐船有好处。

按：用卦变说、爻位说、关系说解释"涣，亨"，全无是处。用"在中"说明"王假有庙"，等于没有说。"利涉大川"可以是"乘木有功"，但与卦义并无联系。

《象传》说：风在水面上吹拂着，构成涣卦。君子看到这个卦象就要向上帝进行祭祀，并建立上帝的庙。

按：只缘于卦辞有"王假有庙"，就附会出这些说法，而且"亨于帝，立庙"也与卦义无关。

初六　去拯救厉王的力量很强大，因而吉利。

《象传》说：初六的吉利，是由于以阴爻顺从阳爻。

按：本爻是用比喻说，受到厉王感召，武人将救助厉王于危难之中，像强壮有力的马，能负重致远，使厉王摆脱囚禁，重登王位，因而吉利。这是从武人拯救厉王说，作为一卦的先导。明夷六二有"用拯马壮，吉"，是说将有如箕子这样的贤臣拯救厉王，这里与之相同。《象传》用了关系说。

九二　冲走了他那用来在死后抬尸体的床，悔恨就没有了。

《象传》说："冲走了他那用来在死后抬尸体的床"，算是达成了愿望。

按：冲走在死后用来抬尸体的床，是祝愿周厉王健康长寿，久居王位，表现了归顺于厉王的武人对厉王高度关心。《象传》的"得愿"是得其所愿，即达成愿望，只有"涣奔其机"才能达到祝厉王长寿的愿望，是约略地有窥于爻辞含义的。

六三　水冲洗着他的身体，没有悔恨。

《象传》说："水冲洗着他的身体"，是志意在外。

按：本爻是用比喻说，武人中那些诚心归顺的人在帮助厉王克服缺点，改正错误，以便与民更始，从而无悔。《象传》用了相应说。

六四　冲干净了许多人的身体，这大为吉利。冲干净了高大山坡，这不是一般人想得到的。

《象传》说："冲干净了许多人身体，大为吉利"，这表现了冲洗范围广大。

按：本爻以"涣其群"和"涣有丘"对比，来突出帮助厉王克服缺点、改正错误的重大意义，是六三"涣其躬"的加强，也是《周易》作者确实认为周厉王有缺点和错误的证明。《象传》只说明"涣其群"，未涉及"涣有丘"，是没有抓住重点。

九五　水呼拉轰隆地象人在大声号叫，把厉王住居的地方冲得干干净净，没有坏处。

《象传》说："冲干净王的住处，没有坏处"，是由于本爻既得中，又得位。

按：本爻是上一爻"涣有丘"的具体化，因为明确地说"涣王居"，是用比喻说厉王得到武人帮助，清洗了王宫的小人，革除了王宫的弊端。《象传》用了爻位说。

上九　冲掉那些血，而且冲得远远的，没有坏处。

《象传》说："冲掉那些血"，以远远离开祸害。

按：血是杀伐的产物，现在要把它冲洗掉，还要冲得远远的，这是用比喻说明要根绝战祸，永保太平，是《周易》作者设想武人为厉王所用以后的美好前景。《象传》说"涣其血"是远离祸害，有可取。

节

由于武人受到控制，中兴事业会顺利达成。武人如果认为受到厉王控制是痛苦，那就不合于正道。

按：卦辞是规劝武人接受周厉王控制，安心在朝廷供职，对西周王业作出更大贡献。

《象传》说：节卦之所以有亨通的可能，是由于上坎的刚和下兑的柔分开，而且上坎九五和下兑九二都分别居于坎和兑的中间。"认为受到节制是痛苦，不合于正道"，是为人处世的道理都没有了。本卦是用和悦的态度，通过险阻，上坎各爻都各当其位而受到节制，而且九五还既得中，又得正，以达到亨通的。天地由于受到节制而成为春、夏、秋、冬，制定法度对社会进行节制，既不伤财，也不害民。

按：这条《象传》大部分是爻位说，夹杂着关系说，因而所发的议论都没有正确根据。

《象传》说："湖泊中容纳着水，构成节卦。"君子看到这个卦象就要去建立制度，研究人们的品德和行为。

按："制数度，议德行"，体现了节制，有得于卦义。

初九　不走出房门和厅堂，没有坏处。

《象传》说："不走出房门和厅堂"，就知道事情顺利不顺利。

按：本爻属于下兑，属于容水之泽，是就周厉王说。"不出户庭"，前人讲成"缜密出"（《系辞上传》第八章）或"缜密不失"（王弼注），都是要严格保密，因此本爻是说周厉王控制武人必须不动声色，而行之于不知不觉，才能成功。《象传》的意思是"秀才不出门，能知天下事"，与爻辞意义不合。

九二　只是不走出大门和院子，这就凶险。

《象传》说："不走出大门和院子，凶险"，是失去时机的恰到好处。

按：只是不走出大门和院子，是已经在较大范围内活动，从而保密不够。本爻是用比喻指出，周厉王控制武人如果为武人察觉，就会引起反感，遭到反对，是从反面说要严格保密。《象传》没有涉及这些。

六三　周厉王如果不控制武人啊，就会唉声叹气啊。由于对武人进行了控制，于是就没有坏处。

《象传》说："由于不控制而叹气"，又能怪谁呢？

按：本爻还是就周厉王讲，是承接上面两爻而来，明确交代不严格控制武人，会后患无穷。《象传》指出"不节之嗟"，是咎由自取。有得于爻辞意义。

六四　安于受控制，就会顺利。

《象传》说："安于受控制的顺利"，是由于本爻以柔爻服从上面九五这个刚爻。

按：本爻属于上坎，是被容纳于泽的水，比喻受控制于周厉王的武人。"安节，亨"是《周易》作者对武人的告诫和勉励，要他们安于接受周厉王控制。《象传》用了关系说。

九五　认为受控制快乐，这就吉利，发展下去还会有很多好处。

《象传》说："以受控制为乐的吉利"，是由于所居爻位在上坎的正当中。

按：本爻是《周易》作者对武人的鼓励，要他们以接受周厉王控制为乐，主动靠拢周厉王。"往有尚"与坎卦卦辞"行有尚"意义相同。《象传》用了得中说。

上六　以受控制为苦，即使正确也凶险；以终于接受控制，悔恨就没有了。

《象传》说："以受控制为苦，即使正确也凶险"，是原则没有了。

按：以上两爻从正面指出武人接受周厉王控制的必要，本爻从反面指出不接受周厉王控制的坏处，正反两方面结合，把话讲得很充分。还归结为终于接受控制，基本思想就更为突出。《象传》的"其道穷也"与爻辞意义相合。

中　孚

内心有诚能使豚鱼吉利，还能以克服巨大困难得到好处，更能以处处正确而吉利。

按：这条卦辞对孚作了无以复加的歌颂，提到前所未有的高度，等于把全书中训为诚的孚作了一个总结。

《象传》说：中孚卦是两个柔爻在内、四个刚爻分别居于下兑和上巽，卦的性质和悦而谦逊，于是孚就能化及邦国了。"豚鱼吉"，是诚信达到了豚鱼。"以徒涉过大河得到好处"，是由于乘坐着空虚的木舟。内心有诚而且凭着正确得到好处，这就与上天相呼应了。

按：这条《象传》主要错误是用了关系说和得中说，而"乘木舟虚"也不能阐明。利涉大川"是讲孚能解决巨大困难，以"中孚"，"应乎天"，更没有提出任何根据。只有用"信及豚鱼"讲"豚鱼吉"勉强可以，但还是以信训孚，不是以诚训孚。

《象传》说：湖泊上面有风在吹拂，构成中孚卦。君子看到这个卦象就要研究怎样办案子和从宽处理死囚。

按："议狱缓死"是当时德政，《象传》认为有诚信的君主才能做到，可成为卦义之一。

初九　要安于接受孚的感化才吉利，有别的考虑就不好。

《象传》说：初九说要安于接受孚的感化才吉利，是指乐意接受孚的感化的思想没有改变。

按：本爻属于下兑，是为风所吹拂的湖泊，象征为孚所感化的人或有生命的物，用安于接受感化才吉利来突出孚的作用。《象传》说接受孚感化的思想没有改变，有得于爻辞意义。

九二　叫着的白鹤栖息在树荫里，那些小白鹤都跟着它叫。我有一杯美酒，与你一起喝干。

《象传》说："那些小白鹤跟着叫"，是出于内心的意愿。

按：本爻用白鹤的相互和鸣，人们的开怀畅饮，说明受到孚的感化，无往而不快乐。《象传》"中心愿"说明接受孚的感化出自内心，是正确的。

六三　俘虏了敌人：有的人还能鼓起勇气，有的人却已经疲倦不堪，有的人在悲哀哭泣，有的人在高兴歌唱。

《象传》说："有的人能鼓起勇气，有的人疲倦不堪"，是由于所处的爻位不恰当。

按：俘虏敌人是大好事，说明为孚所感化的人作用大。尽管有"或鼓，或罢，或泣，或歌"的区别，但其为"得敌"却是一致的。《象传》用了爻位说已经不恰当，而把完全相反的"鼓"和"罢"都说成"位不当"，更是不对的

六四　一个月快要接近十五，马匹丢掉了，但是没有坏处。

《象传》说："马匹丢掉了"，是"绝类上"。

按：本爻属于上巽，是就着孚讲。"月几望"是阴气盛，"马匹亡"是损失多，都"无咎"，说明孚的作用很大，与坎卦卦辞"有孚维心，亨，行有尚"和井卦上六"有孚，元吉"相同。《象传》的"绝类上"无法索解，是《易大传》语言期艾的一个突出的例子。有人勉强解释，是曲为之说。

九五　有诚很充分，没有坏处。

《象传》说："有诚很充分"，是由于本爻既得正，又得中。

按：本爻明确指出上巽是有孚的实体，孚极为充实，所以没有坏处。《象传》用了爻位说。

上九　鸡飞上了天，即使正确也凶险。

《象传》说："鸡飞上了天"，这怎么可以长久呢?

按：鸡飞上天是虚妄，是孚的反面。本爻以批判虚妄衬托孚，使孚越发突出。《象传》指责虚妄不能长久，与爻辞相合。

小 过

中兴复国事业会顺利，凭着战略和策略的正确得到好处。肯定小事情，不肯定大事情。好像飞着的鸟在叫，宜于在低处叫，不宜于在高处叫。这样就大为吉利。

按：卦辞指出，要以取小而得大，以取低而得高，这正是以退为进，以后取先，以柔克刚，以弱胜强的体现。

《象传》说：小过是小者超过而亨通。凭着合于正道得到好处而超过，是随顺着时机发展的。柔爻居于上下卦中间，因此小事情吉利。刚爻失去应有位置又不居于上下卦中间，因此干起大事情来就不顺利。说"飞鸟遗之音，不宜上，宜下，大吉"，是由于六五在九五之上，以柔乘刚而逆于上，六二在九三之下，以柔承刚而顺于下的缘故。

按：以小过为小者超过，不是小有超过，就没有抓住本卦实质。其余或用爻位说，或用得中说，或用关系说，都是错误的。

《象传》说：山上面有雷在轰鸣，构成小过卦。君子看到这个卦象就要行为更恭敬一些，居丧更悲哀一些，用钱更节俭一些。

按：对"山土有雷"为什么是小过来作说明，所谓"行过乎恭，丧过乎哀，用过乎俭"，都应该是大过，不是小过。

初六　飞着的鸟就凶险。

《象传》说："飞着的鸟就凶险"，是无可奈何。

按：飞翔是刚强得先，不是柔弱取后，违反了卦辞的"宜下，不宜上"，与整个战略思想和策略思想相反，所以凶险。爻辞指责"飞鸟以凶"，《象传》认为无可奈何，是不一致的。

六二　去访问祖父，却碰上祖母；没遇着君，却碰上臣：这些都没有坏处。

《象传》说："见不着君"，臣也不可去访问。

按：本爻表明，不刚强而柔弱，不取先而取后，就没有坏处。意思是否定刚强，肯定柔弱，否定取先，肯定取后，祖和君，意味刚强得先，妣和臣，意味柔弱居后。《象传》说："不及其君"则"臣不可过"，是虽不得先，也不居后，与爻辞相左。

九三　不努力防止刚强取先，从而有人来杀害他，这就凶险。

《象传》说："从而有人来杀害他"，凶到了什么样子！

按：从本卦内容看，要努力防止的不是柔弱居后，而是刚强取先。本爻明确指出刚强取先凶险，意外之意就是要柔弱居后，才会吉利。两个之字，第一个指代刚强取先，第二个指代不努力防止刚强取先的人。《象传》只是对爻辞作了部分文字的重复。

九四　没有坏处，只要不努力追求刚强取先。刚强取先发展下去有危险，一定要防止。只有无为，才永远正确。

《象传》说："不努力追求刚强取先"，是所处的爻位不恰当。"发展下去有危险，一定要防止"，是说危险终于不会长久。

按："过"仍然训为努力，"之"仍然指代刚强取先，"遇"训追求。本爻继续反对刚强取先，提倡柔弱居后，还发展到无为，与大壮九三"君子用罔"相呼应，都说明《周易》重视无为。《象传》反对爻辞的不应该努力追求刚强得先，已经错误，而且还用了爻位说。用"终不可长"说明"往厉，必戒"，也是重复爻辞。

六五　密布着的云层还没有下雨，但已经从我西方郊外拥来，尊贵的"公"在这个时候把那藏在洞穴深处的野兽猎取到手了。

《象传》说："密布着的云层还没有下雨"，是云层太高了。

按："密云不雨"是行将大雨滂沱，暗示柔弱居后行将取得胜利，所以用"公弋取彼在穴"比喻用厉王中兴事业即将成功。《象传》说密云太高，所以不雨，是对爻辞意义不理解。

上六　不柔弱取后，却刚强得先，就会像飞鸟投入罗网，遭到凶险，这叫做灾祸。

《象传》说："不柔弱取后，却刚强得先"，这太突出了。

按：本爻再一次反对刚强得先，肯定柔弱居后，突出了中心思想。《象传》认为本爻反对过于突出，与爻辞意义相合。

既　济

中兴事业会成功，但凭着正确的战略策略却只能得到小的好处，而且还是开始吉利，最后糟糕。

按：《周易》开始提出循环论，按照这种理论，事物都不断向反面转化，既济必然转化成为未济，从而"小利贞，初吉，终乱"了。不过必须着重指出，循环论使既济成为未济，还将使未济成为既济，并凝定于既济而不移。从这一点看，既济不但是《周易》全书中心，也是全书结尾，虽然六十四卦最后一卦是未济，但却是要归于既济的。

《彖传》说：既济亨通，是小的事业亨通。凭着正确得到好处，是由于阳爻阴爻都各得其位。开始吉利，是由于阴爻居于下离中间。终止就混乱，说明处世之道穷困。

按：爻位说和得中说不能阐明卦义。"小亨"是小有亨通，即虽然亨通，却小而不大，不能是"小者亨"。"终乱"是到后来就糟糕，不能是"终止则乱"。这条《彖传》很成问题。

《象传》说：坎水在离火上面，形成既济卦。君子看到这个卦象就想到有祸患并要加以豫（预）防。

按："君子以思患而豫防之。"是就着卦辞的"终乱"说。但"乱"还会转化为"吉"，并凝定于"吉"而不移，这一点《象传》作者就不知道了。

初九，把车轮向后面拉，车尾被水沾湿，但没有坏处。
《象传》说："把车轮向后面拉"，从道理上看没有坏处。

按：车轮本来应该向前，现在却使之后退，车轮本来应该完好，现在却使之沾湿，情况颠倒错乱，说明还在未济。由于未济将转化为既济，所以"无咎"。《象传》的"义无咎"没有讲出所以然。

六二　妇人失掉了她的首饰，不要去寻找，七天就会得到。
《象传》说："七日就会得到"，是由于本爻居于下离中间。

按："妇丧其茀"是未济，"七日得"是既济，这说明未济必将变成既济。《象传》用了得中说。

九三　殷高宗征伐鬼方，用了三年时间才打赢，小人不能任用。
《象传》说："用了三年时间才打赢"，非常疲乏。

按：克鬼方是既济，由于任用小人，以致花了很长时间，是既济包含未济，这以后就开始向未济转化。《象传》的"惫也"没有对这些加以说明。

六四　有一件穿着的棉衣被水弄湿了，整天小心冀翼的。
《象传》说："整天小心翼翼"，是有所怀疑。

按：本爻用比喻说明，既济向未济进一步转化，因为冬天弄湿棉衣，其狼狈是可以想见的。《象传》没有说明这些。

九五　东方邻国殷纣王杀牛祭祀，不及西方邻国周文王用饭菜祭祀，真得到的好处多。

《象传》说：东方邻国殷纣王杀牛祭祀，不及西方邻国周文王的薄祭好。真得到好处，是吉祥大量降临。

按：纣是君，用厚祭。文王是臣，用薄祭。君的厚祭不如臣的薄祭，表明既济更进一步向未济转化。《象传》只就辞句解释。

上六　水沾湿了车头，很危险。

《象传》说："水沾湿了车头，很危险。"这怎么可以长久呢?

按：本爻用比喻说明既济已经转化为未济，加一个"厉"字，更加清楚。王弼注："处既济之极，既济道穷，则之于未济。"说得很正确。《象传》的"何可久"没有接触实际问题。

未　济

中兴事业将要成功，但目前还像小狐狸在渡河快要渡过的时候沾湿了尾巴，没有好处。

按："小狐汔济，濡其尾，无攸利"是未济，但断之以"亨"，却是既济。这说明未济还会向既济转化，概括了全卦主旨。

《象传》说："虽然没有成功，却还能够亨通"，是由于阴爻六五居于上离的正当中。"小狐狸快要渡过河"，是由于阴爻六五没有越出上离的正当中。"弄湿了尾巴，没有好处"，是不能继续渡河，达到终点。本卦的各个爻所处的位置虽然都不恰当，但却是刚与柔相应的。

按：或用得中说，或用爻位说，或用相应说，无一而可。而"濡其尾，无攸利，不续终也"，也是就事论事，没有接触未济向既济转化的问题。

《象传》说：离火在坎水上面，形成未济卦。君子看到这个卦象就要审慎地去分辨一切事物，并自居于恰当地位。

按：与本卦是从未济转化成为既济的主旨无关。

初六，弄湿了尾巴，不好。

《象传》说："弄湿了尾巴"，是不知道什么是正确。

按：本爻是紧接着卦辞说，仍然是在讲未济。程颐《易传》"濡其尾，言不能济也"。《象传》用不知道什么是正确说明"濡其尾"，未能触及将由未济转化成为既济的问题。

九二　把车轮向后面拉，因包含着正道而吉利。

《象传》说：九二这一爻包含着正道而吉利，是由于在下坎正当中而履行正道。

按："曳其轮"还是未济，但车子终归要前进，是未济包含着既济，所以吉利。《象传》"中以行正"，朱熹《周易本义》："九居二，本非正，以中故得正也。"指出《象传》是用了得中说。

六三　事情没有成功，发展下去凶险；但又将以克服重大困难得到好处。

《象传》说："事情没有成功，发展下去凶险"，是由于本爻所处的位置不恰当。

按：本爻明白指出未济，还指出情况可能比未济更坏。其所以仍然"利涉大川"，是因为未济要向既济转化，而且越是未济，向既济转化就越快。《象传》用了爻位说。

九四，因归于既济就合于正道而吉利，未济的悔恨就没有了。大将赫然震怒征伐鬼方，三年把它打败，从大国殷得到赏赐。

《象传》说："合于既济的正道而吉利，悔恨就没有了"，是说目的达到了。

按：本爻明白指出，未济已经转化成为既济。对于这一重要内容，《象传》说是"志行"，不确切。

六五　以合于既济的正道而吉利，没有悔恨，周厉王是伟大的。周厉王有孚，能变未济为既济而吉利。

《象传》说："君子伟大"，他的光辉（影响）是好的。

按：九四已经从未济转化为既济，本爻承之以"贞吉"，是凝定于既济，不再转化为未济，而以周厉王当之，《周易》作者是迫切希望周厉王"贞吉，无悔"的。《象传》的"其晖吉"，不确切。

上九　周厉王有孚，即使喝酒，也没有坏处。水沾湿了脑袋，如果有孚，怎么会有这种失误？

《象传》说："喝酒，水沾湿脑袋"，都是不知道自己控制自己。

按：本爻的"有孚，于饮酒"，是说上爻的君子。君子有孚，饮酒就无咎，是既济不再转为未济，而凝定于既济的。"濡其首"是未济，君子只要有孚，就不会"濡其首"，也是既济不再转为未济，而凝定于既济的。六五和上九两爻都表示了既济的凝定，最能反映出《周易》循环论的不彻底，和希望周厉王永远吉利，西周王朝万古千秋。《象传》的"不知节"也只是从表面现象说。

系辞上传

天尊显，地卑下，乾和坤的位置就定下来了。地卑天高的情况在明摆着，贵和贱就可以区分开了。天运动，地静止，有一定的规律，于是天刚强，地柔和，就是肯定的了。人以同类相聚，物以异群相分，于是吉和凶就产生了。在天上形成天象，在地面形成地形，于是千变万化的情况也就表现出来了。

按：这一节把乾坤说成天地，乾坤在《周易》各卦确实也可以象征天地。但从乾卦用龙比喻周厉王，坤卦用牝马比喻周厉王王后看，乾坤本来是讲周厉王和厉王王后的。由于王的地位象天，坤的地位象地，于是乾坤也就孳生出天或地的意义了。

因此乾和坤相互矛盾，八经卦也相互矛盾。还用雷霆去鼓动，用风雨去润泽。岁月流行，寒暑相间。乾的本质是产生男，坤的本质是产生女。乾掌握着生成人类的第一步，坤干着长养万物的工作。

按：这一节主要讲乾坤产生人类，也产生万物。能指出人类以及万物都是由乾坤和八卦的矛盾冲突产生，这就有了朴素唯物辩证法因素。不过《周易》的乾坤卦本来是指厉王和厉王王后，由之产生的六十二卦也只是一系列政治事件，因此本节还是《系辞》作者的思想，不是《周易》作者的思想。

乾以平易作为智慧，坤以简单作为功能。平易就容易理解、简单就容易遵从。容易理解就会有亲切之感，容易遵从就会有功业出现。有亲切之感就可以维持关系于长久，有功业出现就可以不断扩大其事业。可以维持关系于长久是贤人的德行，可以不断扩大其事业是贤人的业绩。掌握了平易和简单的乾坤之理对于天下的真理就掌握了，掌握了天下的真理就一切在真理当中得到安排了。

按：这一节讲乾坤具有至高无上的智慧和功能，是真理的体现。《系辞》作者要人们掌握乾坤，也就是去掌握宇宙真理。这些都是《系辞》作者的思想，为《周易》乾坤两卦所无。

以上第一章，本章以乾坤为天地，由之产生人类和万物，还号召人们去研究和掌握宇宙真理。这些虽然都不是《周易》乾坤两卦原有的内容，但却是把乾坤两卦作了改造和发展。

古代圣人画出八卦并且观察卦象，还写上一些话来说明什么是吉，什么是凶，从阳爻阴爻相互推移所出现的爻的变化就产生了卦的变化。

按：这一节是讲以变爻变卦为占筮去明辨凶吉。变爻变卦为《周易》所无，是后人利用《周易》为占筮而搞的外加，最早见于《左传》庄公二十二年的"遇观之否"，即观卦（☶）六四变九四，成了否卦（☷）。周史取变爻爻辞即观卦六四爻辞"观国之光，利用宾于王"，来向陈厉公说他的小儿子的后代一定会大有前途。这完全是臆造，是迷信；是对《周易》的歪曲。通观《易大传》，大讲变爻交卦的是《系辞》上下传，《说卦传》也是为占筮而作的。至于《彖传》、《象传》、《文言》、《序卦》、《杂卦》则没有涉及占筮，可见《易大传》作者不是一人，其中有相信占筮的，但大部分不相信，可惜不相信派对后世竟然不起作用，占筮说遂流毒于无穷。

因此或吉利或凶险，表现为或有所失或有所得的卦象。或不幸或困难，表现为或忧虑或惊恐的卦象。变化不定，表现为或进或退的卦象。阳刚阴柔，表现为或如白昼或如黑夜的卦象。在一卦当中六个爻的变动包含着天、地、人的根本情况。

按：这一节说不同的情况从不同的卦象反映出来，从一卦当中六个爻的变化可以看出宇宙间的一切，是把变爻变卦的结果落到实处，是对占筮的进一步宣扬，对《周易》的进一步歪曲。

因此君子平常严格遵守的是《周易》的卦象，所高高兴兴研究的是爻辞。因此君子平常就观察卦象研究爻辞，有行动就观察变爻变卦去研究占筮的结果，因此"天老爷保佑他们，就吉利而没有不吉利的"。

按：这一节重点是"动则观其变而玩其占"，以争取"自天佑之，吉无不利"，是对占筮更加努力的宣扬。

以上第二章。本章以《周易》本来没有的变爻变卦去沦《周易》于占筮，全是歪曲和诬蔑。

卦辞是讲卦象的。爻辞是讲变化的。吉凶是讲或失或得的。不幸和困难是讲有小毛病的。没有坏处是讲善于弥补过失的。

按：这一节先解释卦辞和爻辞。说卦辞是就一卦进行概括，正确。说爻辞变化不定，不正确，因为把爻看成阴阳可以互相变化，在《周易》没有根据，是在贯彻变爻和变卦的谬说。"吉凶者"以下三句是通过以变爻为占筮所得出的结果，是对占筮的落实。

因此排列出爻的或贵或贱在于爻位的具体情况，定出卦的或小或大在于卦的具体情况，辨明事情的或吉或凶在于变爻爻辞，为不幸和困难担忧在于注意小事情，行动起来投有过失在于能够悔改。因此卦是有小大的，爻辞是有凶险或平易的；爻辞是要各指出它所要指出的内容的。

按：这一节讲到爻的位次，卦的大小，但重点是"辨吉凶者存乎辞"，要人们注意变爻爻辞，以《周易》为占筮，是对上一节的申说。

以上第三章。本章进一步宣扬以变爻变卦为占筮，是对第二章的加强。

《周易》所讲明的道理与天地所表现的情况相同，所以能够包括大地间的一切。与作《周易》的人抬起头去观察天上面的情况，低着头去观察地面上的情况，所以能够了解宇宙间或隐蔽或明显的事物。他考察事物的开始，寻求事物的结果，所以懂得死和生的原因。他知道精粹的气成为物体，游动的灵魂只是一种变态，所以对于鬼神的情状也弄清楚了。他的胸怀与天地相类似，所以不会违背天地。他的智慧高，能遍知万物，原则强，能兼济天下，所以不犯错误。他广泛有所作为而不流于邪辟，既乐天，又知命，所以不忧愁。他安于所居的地方，还非常仁厚，所以能泛爱一切的人。

按：这一节尽情歌颂了精于《易》道的人，乍一看来，似乎是虚夸，但根据却是《易》与天地准，故能弥纶天地之道。把这两句话结合第五章"一阴一阳之谓道"看，本节就不无道理了。阴阳是宇宙间两种基本功能，具备物质性。《易》道能统率阴阳，就是《易》道能包括宇宙一切，从而精于《易》道的人就既能看透宇宙奥秘，又能兼济天下了。不过这些理论都为《周易》古经所无，是《系辞》作者的科学发展。

《易》道，包括天地的变化而恰到好处，普通生成万物而无所遗漏，贯通阴阳而具有高度智慧，所以神妙的《易》道没有一定的范围，也不拘于不变的模式。

按：这一节把朴素辩证唯物主义的《易》道作了高度概括。

以上第四章。本章说明了朴素辩证唯物主义《易》道的基本情况，为《周易》古经所无，但有论有据，不是虚夸。

一种阴和一种阳的矛盾统一叫做道。随顺着道而发展就美好，使道成为道的是事物的必然性。仁厚的人见了道叫它做仁，聪明人见了道叫它做智，一般人每天都在运用道却不知道是在运用道，因此体现着阴阳矛盾统一并概括着宇宙真理的"君子之道"就很少看到了。

按：这一节对由《周易》提出的道作了朴素辩证唯物主义的改造，但认为仁者、知者和百姓都不了解道，却又把道神秘化了。

道显示出它的仁厚，隐藏着它的作用，产生万物却不与圣人同忧虑（道生万物，全是自然，与圣人有心于天下而忧虑天下不同，道在圣人之上）。道具备盛德，完成大业，真是非常了不起啊！无所不有叫做大业，随时发展叫做盛德，生生不已叫做《易》道。生出各种物象的叫乾，使各种物象表现为一定形态的叫坤。穷尽数字筮知未来叫占，通晓事物变化叫事，阴阳变化不可测度叫神。

按：这一节主要讲道的伟大作用，即规律的伟大作用，不是人世的圣人所能比拟，这些都可取。但拦入了占筮说，则是精华与糟粕杂陈。

以上第五章。本章体现了《系辞》在哲学上的杰出成就，以朴素辩证唯物主义的道而卓然有以自异于《易》、《老》，是很值得肯定的。

《易》道是广大的，从远处来说它畅通无阻，从近处来说它精审正确，从天地之间来说它就包罗万象了。

按：这一节歌颂《易》道广大，精审正确，是《系辞》就其所提出的朴素辩证唯物主义的《易》道而言。

乾啊，它静止的时候专一，运动的时候直达，因此大就产生了。坤啊，它静止的时候闭拢，运动的时候张开，因此广就产生了。《易》道以它的广大配合天地，以它的变通配合四时，以它阴阳的含义配合日月，以它易简的美善配合至德。

按：这一节讲朴素辩证唯物主义的《易》道广大无边，能配合一切美好事物，是上一节的深化。

以上第六章。本章言朴素辩证唯物主义的《易》道，无往不在，无所不包，真理是融贯在一切事物当中的。

孔子说："《易》道该是最了不起吧？《易》道是圣人用来提高品德和扩大事业的。圣人智慧崇高，礼节谦卑，崇高效法天，谦卑效法地，天地设立它的上下之位，《易》道就运行在它的中间了。《易》道能成就人的本性，能保存人所应该保存的美德，从而成为进入道义的大门。

按：这一章还是在歌颂朴素辩证唯物主义的《易》道，但重点却落在"崇德"和"广业"上，是以《易》道言人事的。

以上第七章。本章言人事以《易》道而醇美，与《周易》专讲厉王复国不同。

圣人有能力认清楚天下复杂的事物，并表明它们的形态，说明它们的物性之所宜，因此把画出来的卦叫做象。圣人有能力认清楚天下复杂事物的运动，并观察它们的内在联系，来指导重要行动，还加上一些话来断定它们的吉或凶，因此把画出来的卦画叫做爻。圣人写作《周易》是说明天下最复杂的事物不可厌恶，是说明天下最变动的事物不可搞乱。圣人对宇宙万物是通过研究然后说，通过研究然后动，用研究来完成宇宙万物变化的阐述的。

按：这一节以卦爻象征最复杂常运动的事物，有朴素辩证唯物主义因素，并用来服务于社会政治。以下分别举出七条爻辞印证，但多与原意不合。

"叫着的白鹤在树荫里，它的一群小白鹤跟随着它叫。我有好酒，我和你把它喝干。"孔子说："君子住在他的房子里，讲出来的话好，千里以外的人都会响应，何况那些近处的人呢？讲出来的话不好，千里以外的人都会反对，何况那些近处的人呢？话从口里说出来，进入别人耳朵，行动从本身表现出来，远处的人也会看见。讲话和行动是君子的重要行为，它的表现是光荣和耻辱的主要根据。讲话和行动是君子用来感动天地的，可以不慎重吗？

按：这一节引中孚九二爻辞进行解释。"鸣鹤在阴，其子和之。我有好爵，吾与尔靡之。"是用白鹤的相互和鸣，人们的欢然畅饮，说明受到孚的感化，无往而不快乐。但这里却说成人要力求其言行正确，并避免错误，与原意不一致。

"集合人，先号咷大哭，然后哈哈大笑。"孔子说："君子的原则，不论是出去活动或者呆着不动，也不论是默默不言或者发表意见，都只要是两个人一条心，就会像锋利的刀能截断黄铜，而且同心的人所说出来的话，它的气味像兰草一样芳香。"

按：这一节引同人九五爻辞进行解释。这条爻辞是说周厉王将要集合人众，打击武人，这里用"同心"讲"同人"，与原意不合。

"初六，把白色茅草垫在祭品下面，没有坏处。"孔子说："只要安放在地面上就可以了，现在还用白色茅草垫在下面，有什么坏处，是慎重到极点了。白茅作为一种东西来说是不算什么，但作用却可以重大，把这种原则发展下去，该没有什么过失了。"

按：这一节引大过初六爻辞进行解释。白茅比喻国家有良好基础，用来表示周厉王复国有可靠依据。这里说用白茅垫祭品是"慎之至"，并要把"慎"加以发展，不是爻辞原意。

"以谦虚而劳累，这样的君子有好结果，是吉利的。"孔子说："劳累了却不自我吹嘘，有功劳都不自以为德行好，是厚道到了极点，是讲有功德却愿意居于人之下的。德行而求其美好，礼节而求其恭敬，谦虚啊，是以极端恭敬来保存地位的。"

按：这一节引谦卦九三爻辞进行解释。谦卦的谦历来多讲成谦虚，也就是本于这里的"劳而不伐，有功而不德"，和"语以其功下人者也"。其实从六五爻辞"利用侵伐，无不利"，和上六爻辞"利用行师，征邑国"看，本卦的谦分明是一种用以退为进和以后取先的手段，去达到伐人邑，灭人国的目的，与谦虚相去很远，甚至背道而驰。因此这里借孔子之口对谦卦九三爻辞所作的解释也是说不过去的。

"飞得太高的龙会有悔恨。"孔子说："这是由于虽然尊贵却没有地位，虽然高贵却没有人民，贤臣又屈居于下位而没有辅佐，所以一有行动就有悔恨。"

按：这一节引乾卦上九爻辞进行解释，所言与乾卦《文言》相同。这种解释有得于爻辞原意。

"像一个人一样，不走出内户和厅堂，深深地藏起来，这没有坏处。"孔子说："祸乱之所以发生，是讲话不慎重引起的。君不能保守机密就会失去臣的支持，臣不能保守机密就会有杀身的危险，机密事不能保守机密就会酿成灾祸，因此君子是谨慎严密不乱说话的。"

按：这一节引节卦初九爻辞进行解释。节卦讲周厉王对武人应该加以节制，这就要保密。"不出户庭"讲的就是这个意思。所引"子曰"，大体近是。

孔子说："写作《周易》的人该懂得盗贼吧？《周易》说：'背着东西去乘车，会招来盗贼的劫夺。因为背东西是小人的事情，所乘坐的车子是君子的器具，小人去乘坐君子的器具，盗贼就会想到要对他进行劫夺了。上面马虎，下面残暴，盗贼就会想到要对他们进行攻打了。把东西随便收藏着等于教诲盗贼夺取，把模样弄得很漂亮等于教诲人们淫乱。'"《周易》说："背着东西去乘车，会招来盗贼的劫夺。"这确实会引来盗贼啊。

按：这一节引解卦六三爻辞进行解释。"负且乘，致寇至"，是比喻人如果非分地自我炫耀，就会有极坏的后果，这抽象地有得于卦义，但仍未具体到是指责武人不安分守己将受到惩罚的这一内容。

以上第八章。本章先把《周易》卦象爻象与人事联系，再引七条爻辞为证，并且用孔子的话加以解释。所引孔子的解释多不太切贴，但不能据此说孔子不懂《周易》，因为是附会于孔子的。

天数是一，地数是二，天数是三，地数是四，天数是五，地数是六，天数是七，地数是八，天数是九，地数是十。

按：这一节本来在第十章《易》有圣人之道四焉"前面，是错简，张载《横渠易说》、程颐《易传》、朱熹《周易本义》都认为应该调到这里来。本章讲筮法，这一节是从筮法的开始讲起，调到这里来是对的。这里先排出十个数，分为五奇五偶，凡奇数都代表天，凡偶数都代表地，以附会筮法是天地之间的神奇事物。

天数一共有五个（一、三、五、七、九），地数一共有五个（二、四、六、八、十），天数地数累计相加各有它的和，天数的和是二十五，地数的和是三十，天数地数的总和是五十五。这五十五根蓍草就是用来完成变化和驱使鬼神的。

按：这一节本来在"大衍之数五十"一节之后，朱熹《周易本义》认为应该移到这里来，才合于筮法要求。从"天数五、地数五"紧接着上一段看，朱氏的说法正确，据以改正。占筮者认为五十五是天数地数的总和，是"大衍之数"，是用来进行伟大演算的数字（伟大演算指占筮）。有了这个数字就可以完成占筮的变化并驱使鬼神为自己服务。"行鬼神"明显表现出占筮的迷信性质。

供伟大运算的数字是五十五个，但用于运算时只取四十九个。把四十九根蓍草分成两部分，一部分放在上面，一部分放在下面，这是象征天地；再取一根蓍草挂在上下两部分蓍草的中间，这一根蓍草和原来上下两部分蓍草加在一起象征天地人；再把上下两部分蓍草以四为一组来数，这象征一年之中有春、夏、秋、冬四时；数了以后把剩余下来的蓍草夹在手指中间用来象征闰月，五年有两次闰月，所以再一次"归奇于扐"以后就把构成卦的工作停止下来。

按：这一节讲如何构成一个卦的方法和步骤，包括"分二"、"挂一"、"揲四"和"归奇于扐"四个环节，这就是再下一节所说的"四营而成易"。这样每三变才能画一爻，一卦有六个爻，这就是再下一节所说的"十有八变而成卦"。这些都是迷信搞法，在《周易》找不出任何根据，是绝对不能相信的。

构成乾卦的蓍草根数是二百一十六，构成坤卦的蓍草根数是一百四十四，一共三百六十根蓍草，合得上一年的天数。上下经六十四卦的蓍草根数是一万一千五百二十，合得上万物的数目。

按：这一节是说乾坤两卦与其余六十二卦都是由蓍草的排列组合而成，这些在《周易》全无根据，是后来以《周易》为迷信的人所附会，决不可信。

因此经过四次营运就成了易卦的一个爻，再经过一十八次变化就成了一个卦。八卦是基础，是小成，要在这个基础上引申发展，触类旁通，构成六十四卦，才算大成，才算把天下神妙的事情都做完了。《易》道显示出神的道德和行为，因此通过《易》卦就可以与

伏羲八卦方
位与六十四
卦方位

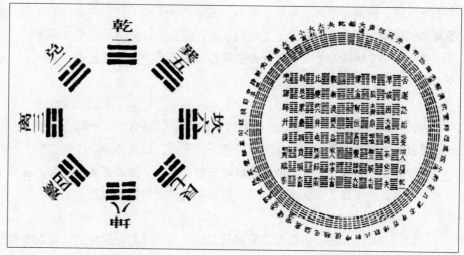

神应对往来，甚至可以对神进行帮助了。孔子说："了解变化之道的人，该了解神在做什么吧？"

按：这一节讲通过蓍草的排列组合，得出八卦和六十四卦，就妙不可言，出神入化，全是对占筮迷信的歌颂。《论语·子路》孔子说"不占而已矣"，是不主张占筮，这里说孔子要通过变爻变卦去"知神之所为"，是不能相信的。

以上第九章。本章大谈筮法，全是迷信，但过去甚至今天都有人相信，应该到觉醒的时候了。

《周易》体现圣人的重要行动有四个方面：研究语言的圣人重视它的文辞，注意活动的圣人重视它的变化，留心制造器物的圣人重视它的图像；进行卜筮的圣人重视它的占卜。

按：这一节不把《周易》的作用完全限定在占卜，认为占卜只是《周易》作用的一种，似乎比较客观。但《周易》并没有占卜作用，因而这种提法仍然不妥。至于下文全就以《周易》为占卜进行论述，就更不妥当了。

因此君子要有所作为，要有所行动，用话去询问《易》卦，《易》卦接受询问，如响应声，不存在什么遥远、邻近、幽隐。深邃的问题，都会知道即将出现的事物是什么情况。不是天下最精妙的东西，该有谁还能达到这个水平呢？

按：这一节把占筮说得神乎其神。

《周易》各个卦的爻或三或五在变，出现了错综复杂的数字。弄通了爻画或三或五在变的所以然，就能断定天下疑难的事情。完全明确了爻的数目在变化的原因，就能认清天下复杂的现象。不是天下最善于变化的东西，该有谁还能达到这个水平呢？

按：这一节讲通过变爻变卦进行占筮的作用无穷，是对占筮进一步神化，殊不知变爻变卦在《周易》是并不存在的。

《易》卦看起来是没有思想，没有行动的，它们静悄悄地一动也不动，可是为占筮者所感动就能通晓天下事物。不是天下最神奇的东西，该有谁还能达到这个水平呢？

按：这一节讲《易》卦之所以能通晓一切，是由于为占筮者所感动，在突出《易》卦作用的同时，也突出了占筮者的作用，是对人们进行占筮的鼓励。

《周易》，是圣人用来穷极深隐研究几微的。由于《易》道深隐，所以能贯通天下人的思想。由于《易》道几微，所以能断定天下人的事情。由于《易》道神奇，所以能不疾速而疾速，不行动而达到。孔子说"《周易》体现圣人的重要行动有四个方面"，就是讲这些。

按：本章全就占筮立言，本节仍然用"《易》有圣人之道四焉"作结语是不恰当的。至于讲是孔子说的，更全是附会，如前所指出，孔子是不主张搞占筮的。

以上第十章。本章以"至精""至交""至神"对以《周易》为占筮作了尽情歌颂，是对《周易》的最大歪曲。

孔子说："《周易》是干什么的？《周易》指导人们揭开事物隐秘，完成工作任务，能包括天下一切，像这样也就算差不多了。"因此圣人用《周易》来沟通天下人的思想，来完成天下人的事业，来断定天下人的疑惑。因此蓍草的形体是圆的，而性质却神，八卦的形体是方的，而性质却智（蓍与卦能预知未来，所以神智），至于六爻的作用则是把变化告诉人们的。圣人用《周易》指导思想，把占筮结果藏在隐秘地方，作为未来的指导。圣人通过以《周易》为占筮，就能神奇地知道未来，聪明地记住以往，有谁能达到这个水平，该是古代的聪明通达，神武而不残暴的圣人吧！"

按：这一节对以《周易》为占筮更作了淋漓尽致的歌颂，流毒于无穷。用孔子的话开头是附会。

因此通过以《周易》为占筮，就能把天的一切弄明白，把民的情况弄清楚，圣人是取蓍草这种神奇的东西，叫民摆在行动之前的（指每次行动之前必须占筮）。圣人是用占筮严格要求自己，使自己的品德神而明之的。

按：这一节讲占筮不仅能"知来""藏往"，还能"神明其德"，把占筮从事务领域提高到道德领域，是作了更多的夸张的。

因此关上门户叫做坤卦，打开门户叫做乾卦，一关上一打开叫做变化，这样往来不停叫做通达。卦体出现了就叫做形象，成形了就叫做器物，掌握起来加以运用叫做法则。人利用占筮，或这样或那样，不拘一格，使民都能运用就叫做神妙。

按：这一节把乾坤阴阳的矛盾变化与占筮相联系，使迷信披上科学外衣，以便能更加迷惑人。"阖""辟"指矛盾交化，至于"阖户"、"辟户"，则是为了把话讲得形象些。

因此《周易》有太极，太极产生出阴阳，阴阳产生出老阴，老阳，少阴、少阳，老阴、老阳，少阴、少阳产生出乾、坤、坎、离、震、巽、艮、兑等八个卦，通过占筮，从八个卦可以决定吉凶，从吉凶的矛盾变化中能产生出伟大的事业。因此具备法则的形象没有超过天地的，讲变化交通没有超过春、夏、秋、冬的，悬挂形象显示光明没有超过日月的，讲崇高没有超过富贵的。准备东西发挥作用，建立功业制成器物，使天下人得到好处，没有超过圣人的。探求天下复杂隐蔽的事物，摸索天下深奥幽远的道理，来决定天下人的吉凶，促成天下人的奋力前进，没有超过著龟的。

按："太极"和"两仪"之说，有朴素辩证唯物因素，而"四象"则真伪并存。从"法象莫大乎天地"到"立功成器，以为天下利"，是极力歌颂人世的伟大事物，但归结为以占筮最神奇，于是占筮就更加突出了。

因此天产生出神奇的东西，圣人用于占筮来作为判断事物的准则。天地有变化，圣人用卦象仿效着它的变化。天出现一些情况，表现出吉凶，圣人仿效着作六十四卦，也有吉有凶。黄河浮现出龙马所背的图，洛水浮现出神龟背上的书，圣人也以之为准则，从而画出八卦，写出《尚书》。《周易》有老阴、老阳，少阴、少阳四象，是用来显示情况的。在各个卦各个爻都写上几句话，是用来告诉道理的。把吉凶定下来，是用来进行判断的。

按：这一节讲以著龟为占筮，并扯上传说中的河图洛书。

以上第十一章。本章仍然大讲占筮，并附会出所谓"四象"，作为变爻变卦根据，实际上是不可变的少阴八和少阳七并不存在，就不能说还有老阴六和老阴九，而且能够变化。

《周易》说："由天来帮助他，就吉利，没有不吉利的。"孔子说："佑是帮助。天所帮助的是顺理而行的人，人所帮助的是讲求信用的人。既履行信用，又想要顺理而行，并且尊重贤者，因此，由上天来帮助他，就吉利，没有不吉利的。"

按：这一节借孔子对大有卦上九爻辞进行解释，提倡顺理而行和讲求信用，是正确的。

孔子说："写的文字不能完全表达要讲的话，讲的话不能完全表达思想。"那么圣人的思想难道就不可以认识了吗？孔子说："圣人设立卦象把思想和一切情况都加以表现，并用一些话把所要讲的话讲清楚，还从卦象的变化和沟通当中尽量取得好处，从而鼓舞欢呼来尽量歌颂《易》的神妙。"

按：这一节讲《周易》卦象能表现宇宙的一切，从变爻变卦的占筮中能得到一切好处，还是对占筮的歌颂。

乾和坤该是《周易》的内涵吧？乾和坤相并成列，《易》道就贯穿在它们当中了。乾和坤如果毁灭了就无法看到《易》道，《易》道无法看到那么乾和坤就可能毁灭了。

按：这一节讲《易》道以乾坤阴阳为基础，《易》道是乾坤阴阳的矛盾统一，与第五章"一阴一阳之谓道"的提法一致，体现了朴素唯物辩证法。

因此存在于形体以上的叫做道，表现为有形体的叫做器。对有形体的事物加以变化改造叫做变，对变化改造了的事物加以推行叫做通，把变通了的事物拿来用于天下的人叫做事业。

按：这一节提出了有形而上的道和形而下的器，由于提法正确，一直为后人沿用。其余三句是说只有掌握了形而下之器同时也有得于形而上之道的圣人才能达到的水平，是对前面两句话的发挥。

因此卦象，是圣人有能力认识清楚天下复杂的事物，并且表明它们的形态，象征地说明它们的物性之所宜，因此叫做卦象。圣人有能力认识清楚天下的运动，并且能看出它们的内在联系，来指导重要行动，还加上几句话断定吉凶，因此叫做爻。包罗天下复杂事物的在于卦，能发动天下人的在于卦爻辞，把天下事物消化并加以控制的在于爻的变化，能推动实行在于精通《易》理，能心领神会在于一定的人，默默地完成了对于《易》道的理解，不说话也能使别人相信，在于有高尚的德行。

按：这一节讲卦爻对于人的指导作用，多虚夸之辞。

以上第十二章。本章以乾坤阴阳为《易》道内涵，有朴素辩证唯物因素，但言多虚夸，并时时在鼓吹占筮作用。

系辞下传

八卦排成行列，并加以重叠，于是卦象和爻象都包括在各个卦的当中了。阳刚之爻和阴柔之爻相互推移，并写几句话加以说明，于是变动就体现在各个卦的当中了。吉凶悔吝产生于卦和爻的变动。阳刚之爻和阴柔之爻是所要建立的根本，爻的变化则应顺应着占筮时的要求。人事的或吉或凶要由卦象和爻象所表现出来的正确与否决定。天地之道是以正确昭示于人。日月之道是以正确产生光明。天下事物的变动是以正确达成一致。

　　按：这一节讲人事的吉凶悔吝由变爻变卦决定，是鼓吹占筮的重要。

　　乾卦刚劲地示人以平易，坤卦柔顺地示人以简约。爻象表现这些，卦象也表现这些，爻象和卦象在一卦之内变动，吉和凶就在外面表现出来。人们所建立的功业由变爻变卦表现，圣人的实际情况由卦辞和爻辞表现。

　　按：这一节讲《周易》以乾卦和坤卦为主，各卦围绕着它们展开，占筮时应该重视这一点。

　　天地的伟大德行在于生长一切。圣人的伟大宝物在于拥有权位。凭什么守住权位，只有凭仁厚。凭什么把人聚集起来，只凭财物。管理财物，端正法律，禁止人民干坏事就是义。

　　按：这一节讲掌握了占筮的人可以为政于天下，是把占筮吹嘘到了一个新的高度。

　　以上第一章。本章讲了以乾坤两卦为中心的卦爻变化，并认为掌握占筮者可以做天下君王，把占筮提高到无以复加。

　　古代包牺氏在做天下君王的时候，抬起头往天上看天象，低着头从地面看地理，观察鸟兽身上的花纹和地上所宜于生长的东西，近从本身取象，远从外物取象，于是开始画出八卦，用来探索宇宙真理，概括万物情况。

　　按：这一节说八卦为包牺所画，自不足信，但说八卦产生于对客观事物的观察和概括，却体现了朴素唯物论的反映论。

　　把绳子结起来做成网，去打猎去捕鱼，这大概是取象于离卦。

　　按：这一节与以下十一节都是讲观象制器的。器物是历史产物，不能是看到某一个卦象受到启示后制出，更何况这十二节所提到的器物（有些不是器物，是某种事件）基本上都应该出现在卦象之前呢？这也是一种历史唯心主义，并为《周易》所无。不过每一节都用了"盖"字，也还是游移不定的。

　　包牺氏死了，神农氏起来做天下君王，把木头削成锄头，把木头弄弯作为犁头上的木把，用耕种的好处来教导天下人，大概是取象于益卦。

按：这一节也是历史唯心主义。

在正午做生意，招来天下的人，聚集天下的货物，做完买卖就回去，每一个人都满足了要求，这大概是取象于噬嗑卦。

按：这一节讲"日中为市"，不是制器，算是例外。以噬嗑卦象为日下有人在动，并讲成"日中为市"，都是附会。

神农氏死了，黄帝和尧舜起来做君王，研究器物的变化，不断更新，使人民不感到厌倦，还把器物做得特别好，以至出神入化，使人民感到用起来很适宜。这就是《周易》所主张的困穷了就会变化，变化了就会畅通，畅通了就会长久。因此"由上天保佑他们，很吉利，没有不吉利的"。

按：这一节不主于一器，不主于一卦，是讲观象制器要不断更新，体现了朴素唯物辩证法。

黄帝和尧舜都拖着衣裳使天下太平，衣裳大概是取象于乾坤的。

按：这一节出于附会，非常明显，因为衣裳与天地实在相去太远了。

挖空了一根树木做船，削尖了一些树枝做桨，船和桨的好处是渡过本来通不过的水域，达到远方，使天下人得到利益，这大概是取象于涣卦。

按：《周易》写成于西周末年，根据旧说也只是西周初年，要说到这个时候才取象于涣卦而有舟楫，是绝对不符合实际的。

驾着牛马，拉着重东西达到远方，使天下人得到好处，这大概是取象于随卦。

按：这一节说用牛马驾车取象于随卦。把兑说成牛马，把震说成车声，从而使随卦成为用牛马拉车之象，完全是以意为之。

关上几层门还敲着梆子巡更，来防备盗贼，这大概是取象于随卦。

按：这一节讲关门巡夜是取象于随卦。把巨雷响震于地上说成"击柝"，更辗转说成"以防盗贼"，是比附太多。

斩断木头做成杵，掘开地面作为臼，杵和臼的作用让万民得到好处，这大概是取象于小过卦。

按：这一节把雷响于山顶上，说成杵动于地面上，也是因缘附会之辞。

杵、臼，选自
《三才图会》。

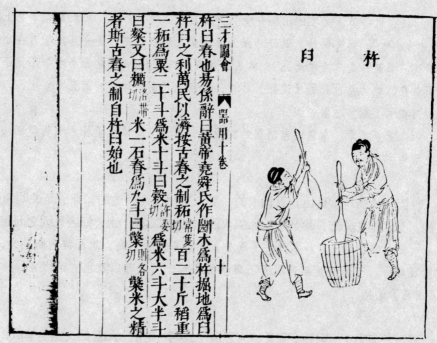

把弓弦加在木条上做成弓，把树枝削尖做成箭，弓和箭的锋利能威慑天下的人，这大概是取象于睽卦。

按：这一节说弓箭的出现是受到睽卦启示，实难讲通，因此前人也就只能曲为之说，更显示出所谓观象制器的穿凿附会。

上古时候人们住在洞里呆在野外，后代圣人造成房屋改变了这种情况，房屋有屋梁屋檐，能防御风雨，这大概是取象于大壮卦。

按：这一节讲房屋的出现是圣人受到大壮卦的启示。大壮卦是雷响于天上，由之引出风雨，从而造出房屋，也是辗转附会。

古时候把要埋葬的人用柴草厚厚地包起来，埋葬在野外，不垒土做坟，不种植树木，服丧日期没有一定的天数。后代圣人用内棺外椁改变了这种葬法，这大概是取象于大过卦。

按：这一节讲棺椁是受到大过卦的启示，以泽为坑洼，也是抽换概念的说法。

上古时候用把绳子打结来记事，后代圣人用文字改变这种情况，去治理百官，考察万民，这大概是取象于夬卦。

按：这一节讲文字的出现是受到夬卦启示。夬，卦名，卦象是乾下兑上。前引虞翻注"兑为小木"，而《说卦》说乾可以为金，金又可以为刀，是夬卦象征刀在小木上刻字，所以说"书契"是"盖取诸夬"。其实这些解释都是附会，"兑为小木"不见于《周易》各卦所取象，乾为金也只是《说卦》之言，更何况还引申为刀？而且木在上，刀在下，也不能是刀在木上刻字之象。

以上第二章。本章讲包牺画卦和观象制器，有些体现了朴素唯物辩证法，但大都是历史唯心主义。

因此《周易》是由卦象构成的。卦象是用图像表达的。卦辞是说明每一个卦的内容的。爻象是表现天下事物的变动的，于是吉凶因之而产生，悔吝也因之而显著了。

按：以上第三章。本章讲《周易》用卦象反映问题，用卦辞判断卦义，都与《周易》情况相合。至于说爻象表现天下事物的变动，从中可以看出吉凶悔吝，则是讲占筮，与《周易》无关。

阳卦多阴爻，阴卦多阳爻，原因是什么呢？是由于阳卦的爻画是单数，阴卦的爻画是偶数。

按：这一节把《周易》的六个经卦分成阳卦和阴卦（乾为阳卦，坤为阴卦，不言而喻），对于分析《周易》卦象很重要，因为从中可以看出所象征事物的性质，至于"阳卦奇"，由于其爻画是五画，即一阳爻一画，二阴爻四画，从而"阳卦多阴"。"阴卦耦"，由于其爻画是四画，即一阴爻二画，二阳爻二画，从而"阴卦多阳"。

阳卦和阴卦的情况怎么样呢？阳卦一个阳爻为君，两个阴爻为民，是君子的情况。阴卦两个阳爻为君，一个阴爻为民，是小人的情况。

按：这一节分析阳卦和阴卦的主爻和辅爻，正确和错误互见。

以上第四章。本章提出《周易》的经卦有阴阳之分，其爻画有主辅之别（乾坤两经卦以中爻为主爻，上下两爻为辅爻），对于分析《周易》卦象有重要意义。

《周易》咸卦九四说："不停顿地往来，朋友都要跟随着你啊。"孔子说："天下有什么非思虑不可的？天下人同时到达一个地方可以走不同的道路，取得同样成果可以通过不同的思考，天下人有什么非思虑不可的？"

按：这一节指出一切都有其发展规律，不必强求，具有顺应自然的合理思想。

太阳去了就月亮来，月亮去了就太阳来，太阳和月亮相互推移光明就产生了。寒冷去了就炎热来，炎热去了就寒冷来，寒冷和炎热相互推移一年就完成了。去是屈抑，来是伸张，屈抑和伸张相互交感利益就产生了。

按：这一节讲从循环着的矛盾中不断出现新事物，如"明"，如"岁"，如"利"，而以"利"为概括。《周易》已经提出循环论，是前无古人的发现，如复卦卦辞的"反复其道"等。但只是单纯循环，还不能是循环过程即是矛盾不断发展的过程。老子把矛盾纳入于循环之中，如《老子》第五十八章的"祸兮福之所倚，福兮祸之所伏，孰知其极"，但"其无正？正复为奇，善复为妖"，以正、奇、善、妖的转化不定，亦正而亦奇，亦善而亦妖，使矛盾呈现着消解的趋势。庄子在这种基础上把循环中的矛盾彻底消解，《齐物论》"果且有彼是乎哉？果且无彼是乎哉？彼是莫得其偶，谓之道枢"，就全无矛盾而归于相对主义了。老庄把矛盾纳入循环，是一大贡献，但又通过消解矛盾，把循环也给取消了。《系辞》这一节讲循环着的矛盾能不断产生新事物，是一种朴素唯物辩证法，把为《周易》所首创的循环论引向了科学道路，贡献是很大的。

尺蠖虫的弯曲，是为了伸开。龙和蛇的冬眠，是为了保存自己。精研义理到达神妙，是为了得到运用。使工作有利身体安康，是为了提高品德。除了这些以外，就不可能知道什么。要穷极神奇懂得造化，才是德的最高水平。

按：这一节是对《周易》的以退为进和以后取先进行了有力的论证。

《周易》说："被困在乱石堆里，撑拒在蒺藜丛中，走进家里，看不见妻子，这是凶险的。"孔子说："不是应该受到困厄的时候却受到困厄，名声必然受到污辱。不是应该撑拒的地方却去撑拒，本人必然会有危险。已经受到污辱而且还有危险，是死亡的日子将要到了，妻子难道还可能见到吗？"

按：这一节引困卦九三并借孔子之口加以解释，与卦义相合。

《周易》说："公在高高的城墙上射隼鸟，得到了，没有不利的。"孔子说："隼是鸟类。弓箭是器物。射隼鸟的是人。君子把器物藏在身上，等待着时机行动，有什么不利的？行动不停止，因此出去就有收获，这是说有一系列本领去行动的人。"

按：这一节引解卦上六并借孔子之口加以解释。本爻本来是说对武人中那些凶残不化的人应该狠狠打击，但《系辞》却说成有本领的君子将无往不利，与原意不合。

孔子说："小人不认为不仁可耻，不认为不义可怕，不见利益不努力，不见威严不害怕。如果在小问题上害怕又在大问题上警惕，这就是小人的福气。《周易》说：'鞋子上面套上木枷遮住脚趾，没有坏处。'讲的就是这些。"

按：这一节借孔子引噬嗑初九加以解释。噬嗑是《周易》作者告诉周厉王应该以宽缓治理刑狱的卦。本爻是说治狱不能急迫，必须宽缓，好像脚上套上木枷，遮住脚趾，只有安步徐行，才能无咎。这是以柔退治狱的思想，可是《系辞》却认为是"小惩而大戒"，是不合卦义的。

"好处不积累不能成就名誉，坏处不积累不能消灭自身。小人认为小的好处无益就不去做，认为小的坏处无害就不去管，因此罪恶积累到多得无法掩盖，大得无法解脱。《周易》说：'颈子套上木枷遮住耳朵，这是凶险的。'"

按：这一节引噬嗑上九加以解释。本爻是说治狱太严峻不好，好像把犯人颈子套上木枷以至遮住耳朵，是太过分了。意思是应该用宽缓态度治狱。《系辞》虽然不能有得于卦义，但所论却极为卓越。

孔子说："目前处于危险当中的人，是曾经安于其位的人。目前处于灭亡当中的国家，是曾经保持着存在的国家。目前经历着动乱的社会，是曾经有过太平日子的社会。因此君子处于平安却不忘记危险，保持存在却不忘记灭亡，处于太平却不忘记动乱，于是本人平安，国家也可以保存。《周易》说：'难道会灭亡吗？难道会灭亡吗？像拴在一丛桑树上面那样牢靠'。"

按：这一节借孔子之口引否卦九五加以解释，指出安危、存亡、治乱可以转化，在一定条件下也可以不转化，有朴素辩证法思想。

孔子说："品德差却地位高，智慧小却谋虑大，力量少却负担重，很少不陷入危险的。《周易》说：'鼎断了脚，把贵人稀饭倾了，样子又沾又湿，够凶险了。'是说这只鼎不能完成它的任务。"

按：这一节借孔子之口引鼎卦九四加以解释。爻辞是用比喻指出，周厉王在改革中如果不小心谨慎，就会发生危险。并不是什么"德薄而位尊，知小而谋大，力少而任重"的问题，《系辞》所言，不符合爻辞原意。

孔子说："知道事物将要出现的苗头，该是神人吧？君子与上面的人相交不奉承，与下面的人相交不轻慢，该是知道事物将要出现的苗头吧？苗头是动得很微小的，是吉凶首先表现出来的。《周易》说：'泥土被石块夹住，服服帖帖，还不要一天，就合于正道而吉利。'像泥土被石块夹住，其服服帖帖，哪里要一整天？这是肯定可以知道的。君子懂得微小，也懂得彰明，懂得柔弱，也懂得刚强，是许多人所仰望的。"

按：这一节借孔子之口引豫卦六二加以解释。爻辞是说武人对周厉王要像泥土被石块夹住那样服服帖帖，这样不到一个整天（意思是在极短时间内）就会一切都好起来。《系辞》只抓住"不终日"做文章，并把"见几而作"说成要"不俟终日"，这与爻辞原意相去太远。不过对于"几"的论述却颇为中肯，如说"几者，动之微，吉凶之先见者也"，就既准确，又明白。特别是要"知微知彰，知柔知刚"，以辩证看问题去掌握"动之微"，其意义更是深刻的。

孔子说："姓颜的那个人大概差不多吧？有缺点错误没有不知道，知道以后就不再犯。《周易》说：'不远就回头，没有大悔恨，还非常吉利。'"

按：这一节借孔子之口引复卦初九来赞扬颜回。爻辞是讲周厉王受到打击不久就会回来恢复王位，《系辞》却说成要迁善改过，未得其本义。

天地之间阴阳二气交感，万物就产生了。男和女交合，万物就出现了。《周易》说："三个人走就损失一个人，一个人走就得到朋友。"这是说要专一。

按：这一节涉及阴阳二气交感产生万物，有朴素唯物主义因素。但语言杂乱，难以理解。例如"男女构精"本来应该是生人，却讲成"万物化生"。损卦六三爻辞本来是说益了就会损，损了就会益，却讲成要专一。

孔子说："君子站稳脚跟才动，心平气和才讲，有了交情才请求。君子做到这三点，所以安全。如果处于危险还去动，人们不会赞同。提心吊胆还去讲，人们不会理睬。没有交情还去请求，人们不会答应。没有人答应他，那么伤害他的人就来了。《周易》说：'没有人帮助，却有人打击，这种人居心不善，是凶险的。'"

按：这一节引益卦上九，并借孔子之口加以解释。爻辞是要贤臣帮助周厉王，不能打击周厉王，如果不帮助而打击，就是居心不善。《系辞》所言去经义太远。

以上第五章。本章多借孔子引《周易》爻辞加以解释，大都不合卦义，有的部分甚至语言杂乱无章。但所论不乏精彩，特别是用朴素唯物辩证法改造了《易》、《老》、《庄》的循环论。

孔子说："乾卦和坤卦该是《周易》的门户吧？乾卦所表现的是阳刚事物，坤卦所表现的是阴柔事物。阴和阳统一形成或刚或柔事物，能表示天地间复杂情况，并显示其神妙高明品德。《周易》的用辞，反映了复杂内容，但并不杂乱，考察一下它的内容，该是衰败时代的思想吧？"

按：这一节借孔子来讲乾坤、阴阳、刚柔为《周易》门户，是抓住了《周易》要害。但《周易》本来只涉及与周厉王复国有关的问题，要说它"体天地之撰"，"通神明之德"，就是一种虚夸。在这个基础上，后人不断推波助澜，以致把《周易》说得神乎其神，使它完全改变了本来面目。至于说《周易》有"衰世之意"，倒是有些搔着痒处，但也落不了实。

"《周易》明确已往，洞察未来，能显示细微，阐明幽隐。打开《周易》可以看到对名词和事物有正确的辨别和判断，而且很完备。《周易》所讲的事情小，但所包含的意义大，它内容深远，文辞华美，所论曲折而又中肯，所陈直遂而又隐约。就着人们有疑惑去帮助他们，并说明或失或得的缘故。"

按：这一节仍然是借孔子说《周易》卦爻辞的特点和作用，语涉虚夸，还赞美占筮。

以上第六章。本章分析《周易》有中肯处，但颇多虚夸，并赞美占筮，是其不足。

《周易》的出现，该是在殷周之际的中古时期吧？写作《周易》的人该是有担心和害怕吧？

按：认为《周易》作于殷周之际，不可信，参看本书前言。认为"作《易》者其有忧患"，有窥于《周易》作者思想，作者是为厉王复国忧心忡忡的。由于有忧患，就得修德，以下三节分别就修德讲。

因此履是德的基础，谦是德的关键，复是德的根本，恒是德的巩固，损是德的修补，益是德的提高，困是德的辨别，井是德的依据，巽是德的节制。

按：这一节取履、复、恒、损、益、困、井、巽九卦说明修德，但不少与《周易》原意不合。

履卦是和顺达到极点，谦卦是尊贵伟大的品德，复卦是事物还细微就能辨别，恒卦是虽然处于邪正相杂也能长守正道而不厌，损卦体现了先难后易，益卦是要人们长时期有助于人，毫无虚假，困卦是虽然穷困，却能通达，井卦是停止在一个地方不动，巽卦是虽然明白，却不显露。

按：这一节对以上所引九卦作进一步解释，对卦义有的相合，有的不相合。

履能使行为和顺，谦能规定礼，复能了解自己，恒能使品德专一，损能远离灾害，益能得到好处，困能减少怨恨，井能辨别义理，巽能运用权术。

按：这一节对以上所引九卦再作发挥，于卦义也有合有不合。

以上第七章：本章看出作《易》者有忧患，对《易》是为周厉王复国而作的基本倾向有识。由于有忧患就要修德，因此用九个卦说明修德，其中有的合于卦义，有的不合于卦义。

《周易》作为一种书来说不可以远离身边，它所体现的道理在于经常变动，它的爻运动不停，周遍流转于六个空着的爻位。爻的变化或者在上卦，或者在下卦，没有一定，或者阳爻变阴爻或者阴爻变阳爻，不可以设下固定法则，只是趋向于变罢了。

按：这一节讲变爻变卦，为下一节讲占筮作准备。

变爻出于本卦入于之卦有一定的规律，观察本卦联系之卦从变爻变卦中受到启示，能知所惕惧，还知道忧患与一些事情。虽然没有师氏和保氏的教诲，也如同面临父母的训示。一开始研究《周易》卦爻辞而体会其义理，都有一定的规律。如果不是有贤明的人，《易》道是不会凭空实行的。

按：这一节讲以《周易》为占筮要有贤人，是美化占筮。

以上第八章。本章把通过变爻变卦所进行的占筮讲得很严肃，很神圣，全是虚夸之辞。

《周易》作为一本书，它推原事物的开始，探求事物的终了，形成一个整体，在一卦之中，六爻相互错杂，所说的都是一定时间内的事物。对于一个卦，如果只看初爻，难以知道全卦，要看了上爻，才容易知道全卦，因为既有本，也有末，表现了一件事的全过程。初爻只能拟议事物的开始，要到上爻才能决定事物的终了。至于错杂其事物，具列其德性，辨别其是非，没有中间四爻就不完备。唉，用《周易》去探求人事的存亡吉凶，那么坐着不动就可以知道了。聪明的人只要看卦辞，要思考的已经超一半了。

按：这一节讲卦象和爻象是研究《周易》的根据，更是以《周易》为占筮的根据，重点落在占筮上。

第二爻和第四爻同在偶次但位置不同，因而情况也不同，第二爻以得中多称誉，第四爻以在初多恐惧，更由于接近君王。柔顺作为一种原则，不利于建立远大事业，但终归没有坏处，因为它的作用是柔顺和适中。第三爻和第五爻同在奇次但位置不同，第三爻以在下卦之上多凶险，第五爻以在上卦之中多成就，这其间还有贵贱的差别（三为贱，五为贵）。该是阴柔就危险，该是阳刚就很好吧？

按：这一节用爻位说分析一个卦中间四个爻的情况，《系辞》只在这里用了爻位说。如前面所指出，爻位说是把生动活泼千变万化的情况纳入于僵死的框架之中，是对《周易》的极大歪曲，绝不可信。

以上第九章，本章以《周易》的卦象爻象为占筮根据，还突出了机械的爻位说，与《彖传》、《象传》应和。而斥阴柔，贵阳刚，也与《周易》策略思想不合。

《周易》作为一本书，广阔和伟大都具备了，里面有关于天的道理，有关于人的道理，有关于地的道理，把天、地、人统摄起来各用两个爻表示，所以一共要六个爻。这六个爻不是别的，就是讲的天、地、人的道理。

按：这一节讲《周易》无所不包，全为虚夸之辞，后人在这个基础上把《周易》进一步神秘化。其实《周易》只是为周厉王复国而作，并没有这样神妙。

道理有变动，所以叫做爻。爻有类别，所以叫做物。物相错杂，所以叫做文，文不恰当，所以吉凶就产生了。

按：这一节讲爻的变动是缘于天、地、人三才之道的变动。姑无论无所谓变爻，即使有变爻，又何能像征三才的变动？也全是虚夸之辞。爻有类别指爻分阴爻阳爻，以阴阳爻都表示一定事物，所以也叫做物。"文不当"而"吉凶生'，是就占筮说。

以上第十章。本章对《易》加以虚夸，并鼓吹占筮。但"物相杂，故曰文"，却有美学上的价值。

《周易》的出现，应该是在殷朝末代，或周朝具备美盛德业的时候吧？应该与文王和纣王的事情相关吧？

按：这一节推断写作《周易》的时代，与上文"《易》之兴也，其于中古乎"基本一致，但更加具体。这一说法历来多为人所尊奉，但用《周易》进行考察，却大成问题，请参看本书《前言》。

因此它的话表现为栗栗危惧，知道危惧就会转为平安、掉以轻心必然倾覆。《周易》的内容很广阔，一切事物都不能在外。它以栗栗危惧贯穿终始，但终于没确问题。这些就叫做《周易》的规律。

按：这一节是讲《周易》为文王所作，因为受纣王迫害，所以"惧以终始"。其不可信，请参看本书《前言》。

以上第十一章。本章认为《周易》为文王所作，不可信，但"惧以终始，其要无咎"，却概括了《周易》基本内容，与作者关心厉王情况相合。

乾卦是天下最刚健的，性质经常是简易却懂得艰险。坤卦是天下最柔顺的，性质经常是简易却懂得险阻。乾卦和坤卦能让人心里欢悦，能在思想上考虑，还能决定天下的吉凶，促成天下人奋勉前进。

按：这一节讲乾卦和坤卦的巨大作用。说乾卦刚健，坤卦柔顺是正确的，但不知道这两卦是《周易》为厉王复国所提出来的纲领，而且"定天下之吉凶"还流于占筮。

因此《周易》以变化而有作为，好事情不断出现。取象于事就知道制造器物，以事为占筮就知道未来情况。天地设上下尊卑之位，圣人成就修齐治平之能。《周易》无论是谋于人（讲人事），谋于鬼（讲占筮），一般人都能掌握。八卦是用卦象告诉人们情况的，爻辞卦辞是就着事情说的。一卦之内阳爻阴爻交错在一起，吉凶就可以看到了。卦爻的变化是要趋利避害，或吉或凶随情况转移。因此人们以喜爱或憎恨的感情相攻击吉凶就出现了，以亲疏或远近的关系相争取悔吝就出现了，以真实或虚伪的行为相感触利害就出现了。从《周易》实际情况看，两个爻在一起如果不和谐就凶险，有时甚至进行戕害，从而既悔且吝。将要背叛的人他的话表现出惭愧，内心有疑虑的人他的话表现出枝蔓，好人的话少，浮躁的人话多，把好事讲成坏事的人他的话游移不定，丧失操守的人他的话屈而不伸。

按：这一节杂论《周易》的作用，仍以占筮为主。

以上第十二章。本章以乾卦坤卦为《周易》纲领，但不知道是为周厉王复国的纲领，还多从占筮立说。

说卦传

以前圣人在写作《周易》的时候，由于有神人在幽冥中帮助生出了蓍草，以三为天数，以二为地数，得出了卦爻的数目。观察阴阳的变化建立了卦，发挥刚柔的性质产生了爻，八卦温和顺从于道德并为义所控制，穷尽事物的道理和人的本性去达到与天命的统一。

以上第一章。按：本章对《周易》的写作加以神化和虚夸。所谓"参天两地而倚数"，请参看《系辞》上传第九章的揲蓍求卦之说。但认为卦爻表现了阴阳刚柔的变化发展却有可取。

以前圣人在写作《周易》的时候，要把《周易》写得顺应着自然规律。建立天的规律的是阴和阳，建立地的规律的是柔和刚，建立人的规律的是仁和义，每一卦包括天地人，而且是两次，因此《周易》要六画才成为一卦。爻既然分阴分阳，又接着用柔用刚，因此《周易》要六个爻位才成为一卦。

以上第二章。按：本章讲古代哲人取法于天地人的规律写成《周易》，爻画可以象征天地人，语涉虚夸；但认为《周易》能反映客观世界这一点却是正确的。

天和地定出上下位置，山和泽彼此沟通声气，雷和风相互逼迫，水和火相互激射。八卦是相互交错的。

以上第三章。按：本章讲八卦的矛盾和统一。天和地，山和泽，雷和风，水和火，都各自成为一对矛盾，这从卦象也可以看得出来，例如乾（☰）和坤（☷）是三阳和三阴的矛盾，山（☶）和泽（☱）是一阳一阴和二阴二阳的矛盾，雷（☳）和风（☴）是二阴二阳和一阳一阴的矛盾，水（☵）和火（☲）是一阴一阳、一阳一阴和一阴一阳的矛盾。八卦相互交错各以有对方而存在，因而矛盾又是统一的。本章体现了朴素唯物辨证法。

计算过去要顺着数，预知未来要倒着数（《周易》是预知未来的），因此《周易》是要倒着数的。

按：这几句高亨《周易大传今注》考定为错简，本来应该在前文"故《易》六位而成章"下面，并作了如下解释。"易卦六爻，其顺序如自上而下数之，是顺数也，今自下而上数之，是逆数也。六爻何为逆数哉？因用易卦以占知来事也。人之数远者皆自远而近，如云'夏、商、周、秦、汉'是也。自远而近，是顺数也，故曰'数往者顺'。人之知来者皆自近而远，如云'今后一年、二年、三年、四年'是也。自近而远，是逆数也，故曰'知来者逆'。用《易经》占事，在于知来，所以六爻逆数。"高氏解释合于这几句话的原意，《说卦》是从占筮讲的，但《说卦》所言并不符合《周易》实际，《周易》各卦以下卦为内，以上卦为外，自内而外，所以从下往上数，与占筮是不相干的

雷（震）能振奋鼓动万物，风（巽）能散布流通万物。雨（坎）能滋润万物，日（离）能晒干万物。艮（山）能留住万物，兑（泽）能欣悦万物。乾（天）能君临万物，坤（地）能储藏万物。

以上第四章。按：本章承接上一章，又将八卦两两对举，说明其作用不同。前四句用物名，后四句用卦名。孔颖达《周易正义》："上四举象，下四举卦者，王肃云：'互相备也。'明雷风与震巽同用，乾坤与天地同功也。"

天帝在震产生万物，万物发展到巽就整齐了，发展到离就彼此相见了，发展到坤就各自取得帮助了，发展到兑都喜悦了，发展到乾都在阴阳搏斗之中了，发展到坎都疲劳了，发展到艮都成长了。

按：这一节提出万物为天帝所生，是一种迷信的观点。从震到艮，分别表示从春到冬的八个阶段，是以八卦配四时。本节是纲要，下一节要逐步申说，使人得到确切具体的理解。

万物到正春四十五日阶段都生出来了。震是东方的卦，万物到春末夏初四十五日阶段

都长整齐了。巽是东南方的卦。齐是万物长得整齐。离是光明，属于正夏四十五日阶段，这时候万物盛长，彼此相见。离是南方的卦。圣人面朝南治理天下，就是对离卦意义有所吸取。坤象征地，万物都从土地中得到营养，所以说"从坤得到帮助"。兑是正秋四十五日阶段，这时候万物都以长成而喜悦，所以说"到了兑就喜悦了"。"到了乾就阴阳搏斗"，乾是西北方的卦，并属于秋末冬初这四十五日阶段，这时候阴和阳是相互搏斗的。坎象征水，是正北方的卦，并属于正冬四十五日阶段，这时候万物都已经疲劳，因而坎为劳卦，是万物归藏的地方，所以说"到了坎一切都疲劳了"。艮是东北方的卦，属于冬末春初四十五日阶段，这时候万物既完成了终结，又完成了开始，所以说"到了艮就完成了"。

按：这一节就上一节所提出的纲领作出具体解释。

以上第五章。本章全是筮人为了推行其占筮之术所附会出来的无稽之谈，与《周易》没有半点相干，后世江湖术士加以发展，流毒于无穷。

神是从比万物都更加神妙说的。鼓动万物没有比雷更迅猛的，倒伏万物没有比风更疾速的，干燥万物没有比火更炎热的，欣悦万物没有比泽更和悦的，滋润万物没有比水更湿润的，最终成就万物又重新萌生万物没有比艮更美盛的。所以水火是相互联系的，雷风是不相违背的，山泽是彼此通气的，这样以后才能在变化之中使万物都产生出来。

以上第六章。本章讲了除乾坤两卦以外六个卦的物质性，认为万物都是从矛盾斗争的联系一产生，有朴素辩证唯物因素。

乾卦是刚健的，坤卦是柔顺的。震卦是震动万物的，巽卦是进入万物的。坎卦意味陷没，离卦意味附丽。艮卦表示静止，兑卦表示和悦。

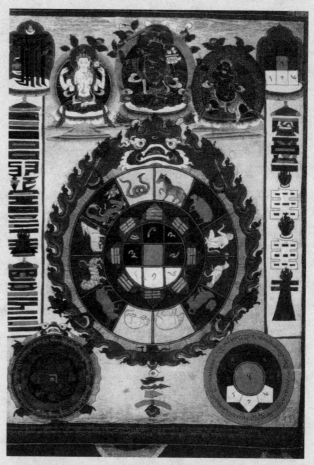

八卦与十二生肖，清代唐卡。

以上第七章。本章所指出八经卦的性质或情况，求之六十四卦而皆合，为历来治《易》者所尊奉。

乾卦象征马，坤卦象征牛，震卦象征龙，巽卦象征鸡，坎卦象征猪，离卦象征野鸡，艮卦象征狗，兑卦象征羊。

以上第八章。本章讲八卦还可以象征如所指出的八种动物，应是筮人的附会。

乾卦象征脑袋，坤卦象征肚子，震卦象征脚，巽卦象征大腿，坎卦象征耳朵，离卦象征眼睛，艮卦象征手，兑卦象征口。

以上第九章。本章讲八卦还可以象征人的八种器官，求之六十四卦无一相合，也应是筮人的附会。

乾是天，所以叫父亲。坤是地，所以叫母亲。震卦求之于第一爻是个阳爻，算是"得男"，由于第一爻是阳爻，所以叫"长男"。巽卦求之于第一爻是个阴爻，算是"得女"，由于第一爻是阴爻，所以叫"长女"。坎卦求之于第二爻是个阳爻，算是"得男"，由于第二爻是阳爻，所以叫"中男"。离卦求之于第二爻是个阴爻，算是"得女"，由于第二爻是阴爻，所以叫"中女"。艮卦求之于第三爻是个阳爻，算是"得男"，由于第三爻是阳爻，所以叫"少男"。兑卦求之于第三爻是个阴爻，算是"得女"，由于第三爻是阴爻，所以叫"少女"。

以上第十章。本章历来被认为是表示所谓"乾坤六子"，即由乾、坤两个卦产生出震、巽、坎、离、艮、兑六个卦。《说卦传》只讲什么是"六子"，没讲怎么样产生出"六子"。按道理说，既然乾是父，坤是母，"六子"是"父"和"母"的"六子"，那么"六子"就应该从乾坤衍化而出。今按：乾卦（☰）变第一爻为巽卦（☴），变第二爻为离卦（☲），变第三爻为兑卦（☱）；坤卦（☷）变第一爻为震卦（☳），变第二爻为坎卦（☵），变第三爻为艮卦（☶）。是"六子"都由乾坤以变爻而变卦所产生。如所周知，《周易》绝对没有变爻变卦，因此"乾坤六子"就不是《周易》固有的内容，是《说卦传》以违反《周易》而外加于《周易》的。取《周易》有关所谓"乾坤六子"的卦进行考察，也多不相合。例如家人卦（䷤），《象传》说是"女正位乎内，男正位乎外"，从"乾坤六子"看，下离为中女，上巽为长女，全为女而无男，又如何能成为以男人为家长的"家人"卦呢？

乾是天，是圆，是君，是父，是玉，是金，是寒，是冰，是太阳，是好马，是老马，是瘦马，是花马，是木果。

按：这一节列举乾的卦象，有的对，例如"为天"，"为君"，为"大赤"。但其余都不对，因为在分析六十四卦卦象时都用不上，是筮人以《周易》为占筮的信口雌黄。朱熹《周易本义》："此章广八卦之象，其间多无可晓者，求之于经，亦不尽合也。"朱熹最相信以《周易》为占筮，对本章所举卦象有许多还感到茫然，足征有不少卦象是无稽的。

坤是地，是母亲，是布帛，是锅子，是吝啬，是平均，是子牛和母牛，是大车子，是文采，是群众，是手柄，对于地来说是黑色。

按：这一节列举坤的卦象只有"为地，为母"还合适，其余求之于六十四卦，无一而合。

震是雷，是龙，是青黄色，是花朵，是大路，是大儿子，是有力地动，是又青又嫩的竹子，是蒹葭。作为马来说是会叫的，是左后脚白色的，是跳起脚来的，是白额头的。作为庄稼来说是种子顶着甲壳生的。归根到底是强健，是茂盛鲜明。

按：这一节说震的卦象，只有"为雷"正确，其余全是附会。但还有人挖空心思要把这些附会讲圆通，是泥古太过。例如"为大途"，有人说"大路为人与车马行动之道，故震为大途"，理由是："震，动也。"震可以是动，车马也可以动于大路上，但震如何能是大路呢？

巽是木，是风，是大女儿，是引绳取直，是工，是长，是高，是或进或退，是没有结果，是一种气味。对于人来说是少头发，是宽额头，是白眼球多，是接近利益为市场上的三倍。归根到底是躁动的卦。

按：这一节列举巽的卦象，只有"为木，为风"正确，其余全是附会。有人说："巽为木，匠人制木为器或断木盖屋，引绳为准以取直，故巽为绳直。"这是以木为绳直，是抽换概念。至于什么"寡发"、"广颡"、"多白眼"和"近利市三倍"，更不知所云。

坎是水，是沟河，是隐藏，是矫揉，是弓和轮。对于人来说，是增加忧虑、是心病，是耳病，是血卦，是红色。对于马来说，是好的背脊，是亟心，是下首，是薄蹄，是拖曳。对于车子来说，是多毛病，是通达，是月亮，是盗贼。对于树木来说，是坚多心。

按：这一节列举坎的卦象，只有"为水，为沟渎"正确，其余都不知所云，要勉强解释，就是穿凿。例如"为矫揉"，孔颖达《周易五义》："使曲者直为矫，使直者曲为揉。水之流也可直可曲，矫木揉木，亦必须以水浸湿，故坎为矫揉。"这是水有似于矫揉，或可以用于矫揉，何得便为矫揉？再例如"为弓轮"，有人说："上句曰'坎为矫揉'，弓轮皆矫揉而成之物。故坎为弓轮。"这也是把有待于矫揉者说成矫揉者。再例如"其于人也，为加忧，为心病"，有人说："上文曰'坎，陷也'。陷，险也，人在险难则增加忧虑，增加忧虑则成心病，故坎'为加忧，为心病'。"这也是辗转附会，以成其穿凿之说。再例如"为耳病"，有人说"坎为水，又为耳，耳中有水，则成耳病。"坎为耳，已经是占签者信口开河，说成以有水成耳病，更是节外生枝。其余多条，无不荒谬，不再举。

离是火，是太阳，是电光，是中女，是铠甲和头盔，是戈这一类武器。对于人来说，是大肚子，是干燥的卦，是甲鱼，是螃蟹，是田螺，是蚌壳，是乌龟。对于树木来说，是枝桠上部枯槁。

按：这一节列举离的卦象，只有"为火，为日，为电"正确，其余都成问题。"为中女"与震的"为长子"，巽的"为长女"，以及下面兑的"为少女"都源于以交爻交卦而出现的乾坤六子说，自不足信。"其于人也，为大腹"，有人认为离卦中间一爻是阴，是柔，好像是腹，但如何知道是"大腹"呢？其于木也为"科上槁"，有人说："科借为棵，木干也。棵上槁，木之上部枯槁也。离是两阳爻在外，一阴爻在内，即外刚而内柔。木干外刚而内柔，则外实而内空，俗谓之空心木。空心木之上部枝叶必枯，故离为木之科上槁。"此说可议之处甚多：一、何以能肯定"科借为棵"？二、木干外刚内柔，何以即外实内空？三、何以知"空心木之上部枝叶必枯"？以穿凿为说，全无是处，以此为离的卦象，当然不能信从。

艮是山，是小路，是小石头，是门楼，是木本和草本植物果实，是太监，是指头，是狗，是老鼠，是黑嘴巴野兽之类。对于树木来说是坚硬多节的。

按：这一节列举艮的卦象，只有"为山"正确，其余概属附会。例如"为黔喙之属"，有人说："艮为山，此类居于山中，故艮为黔喙之属。不能以居于山中者即为山，因此这个卦象不能成立。再例如"其于木也为坚多节"，有人说："艮为山，山体坚刚，山势一起一伏，以山比木，则是坚而多节，故艮为本之坚多节。"这也只是木的性质和状态有似于山，不能便为山，因此这个卦象也不能成立。

兑是湖泊，是年轻的女子，是女巫。是多口多舌，是冲毁折断，是傍着岸冲开。对于地来说是坚硬贫瘠。是小妻，是羊。

按：这一节列举兑的卦象，只有"为泽"正确，其余都不可取。例如"为巫"，有人说："兑为女，为口，女巫恃口取食，故兑为巫。"兑为少女，已不可信，"恃口取食"，又岂止是巫而已？因此这一卦象不能成立。再例如"为毁折，为附决"，有人说："兑为泽，泽水振荡，冲毁冲断其岸边，故兑为毁折。亦或在附岸之处溃决而流出。故兑又为附决。"从所分析的话看，"毁折"、"附决"都不必是兑的属性，要说有这些属性，勿宁坎比较恰当，因此这两种卦象也不能成立。

以上第十一章。本章列举八卦卦象，在《周易》六十四卦卦象有征而可信的只有八个，即乾天，坤地，震雷，巽风，坎水，离火，艮山，兑泽，此外大都出于附会，不能强为之辞。

序卦传

有了天地然后万物才产生。充满天地之间的只有万物，所以用屯卦承接着象征天地的乾坤卦，屯是充满的意思。屯卦又表示万物开始产生，万物在开始产生的时候一定蒙昧幼稚，所以用蒙卦承接着，蒙是蒙昧幼稚的意思。蒙是蒙昧，是物的幼稚，物在幼稚的时候不可以不喂养，所以用需卦承接着，需卦是讲饮食情况的。饮食必然会有争讼，所以用讼卦承接着。争讼必然会有许多人起来。所以用师卦承接着，师是许多人，人多了必然有联系，所以用比卦承接着，比是联系的意思。人们有联系必然有积蓄，所以用小畜卦承接着。有了东西积蓄然后才有礼让，所以用履卦承接着。能够礼让就会通泰，然后归于安定，所以用泰卦承接着，泰是通畅的意思。事物不可以永远通畅下去，所以用否卦承接着。事物不可以永远否塞下去，所以用同人卦承接着。与人和同（搞好关系）的人别人一定会归向他，所以用大有卦承接着。有大收获的人不可以骄盈自满，所以用谦卦承接着。有大收获又能谦虚必然快乐，所以用豫卦承接着。快乐一定有人跟随，所以用随卦承接着。以喜悦心情跟随别人的人一定有事情，所以用蛊卦承接着，蛊是事情的意思。有事情然后可以壮大，所以用临卦承接着，临是壮大的意思。东西大了然后可以观察，所以用观卦承接着。可以观察然后有所遇合，所以用噬嗑卦承接着，嗑是遇合的意思。事物不可以随便不讲原则相合，所以用贲卦承接着，贲是修饰之使合于原则的意思。尽量修饰然后亨通就会归于穷尽，所以用剥卦承接着，剥是剥落的意思。事物不可以终归于穷尽，剥落穷于上就会返于下，所以用复卦承接着。能回复到正道就不会虚妄，所以用无妄卦承接着。有没有虚妄的境界然后可以畜外物，所以用大畜卦承接着。外物被畜了然后可以养，所以用颐卦承接着，颐是养的意思。不养就不可动，所以用大过卦承接着。物不可以总是过分，所以用坎卦承接着，坎是陷落的意思。陷落必须要有所依附，所以用离卦承接着，离是依附的意思。

以上第一章，解释上经三十卦之所以按照目前这种顺序排列的理由，值得商榷的很多，现在略加分疏于下。

用"有天地然后万物生焉"说明乾卦象征天，坤卦象征地。其实从乾卦看，只是六龙在循环，说明周厉王要起衰为盛；从坤卦看，只是"黄裳，元吉"，说明厉王王后要重新正位中宫。这些都是乾卦和坤卦的根本内容。至于《周易》也以乾卦为天，坤为地，而分见于六十二卦的卦象之中，但毕竟不是本义，是引申义，是《周易》作者把周厉王夫妇看得如同于天地的。由于先列乾坤以作为周厉王必然会复国的纲领，不是说天地产生万物，因而"盈天地之间者唯万物，故受之以屯，屯者，盈也"，这些话都失去了根据。"屯"应如《说文》训为"难"，指厉王复国艰难。但由于"利建侯"（屯卦卦辞和初九爻辞），不惜从头干起，以便从微到显，从小到大，表现了"潜龙勿用"（乾卦初九爻辞）的暂时受到压抑和"履霜坚冰至"（坤卦初六爻辞，至于本爻的解释，请参看坤卦今注今译）的必然有其美好前途的统一。由于"屯者，物之始生也"没有根据，从而"物生必蒙，故受之以蒙，蒙者，蒙也"也都站不住脚，因为蒙卦根本不是讲"物生必蒙"的。正确的看法应该是，蒙卦与屯卦一样，都是对乾卦"潜龙勿用"和坤卦履霜坚冰至的发挥，只不过所用的比喻不同，屯卦（☳）是雷被压在水底，要冲出去，蒙卦（☶）是水被阻于大山，要流出去。由于蒙卦不是讲"物之稚"，就不存在"物稚不可不养"，而以"需"为养。从需卦卦象（☵）看，是水在天上，象征武人对厉王的压抑，而作为厉王象征的天则要逐渐突破压抑，以步步为营的策略去击败武人，最后犁庭扫穴，予以全歼（需卦上六"入于穴"）。因此内卦乾三爻每爻都有一个"需"字，意味不是孟浪冒进，而是徘徊等待，以退为进，以后取先。"需"应如《象传》训为"须"，或如孔颖达《周易正义》训为"待"，而决不是什么"饮食之道"的。由于"需"不是"饮食之道"，"饮食必有讼，故受之以讼"就无从谈起，而且饮食何以一定必有讼呢？讼卦卦象是☰，是水在冲击天空，比喻武人在向周厉王进犯，必须击退，与需卦上六爻辞"入其穴"的思想是一脉相承的。"讼必有众起，故受之以师，师者，众也。"这是把师看成众人，但在《周易》其义为师旅，从初六"师出以律"，九二"在师中吉"，九三"长子帅师"等都可以看得出来，《序卦传》把师的意义是弄错了的。从卦象☷看，下坎象征水，上坤象征地，是水被压抑在地底下，要冲开地面流出去。这表明周厉王对于武人的压抑要予以突破，就提出了用兵讨伐的主张，是把讼卦只对武人进行反击的思想是发展得更为积极主动的。"众必有所比，故受之以比，比者，比也。"这里把比看成亲比或联系，并不错；问题是说成众人自己在此，这就不正确。从六二的"比之自内"看，是厉王在亲比武人，从六四的"外比之"看，是武人与厉王亲比。而武人与厉王亲比，又缘于厉王亲比武人，事情是从厉王对武人进行怀柔开始的。讼卦和师卦都强调要用武力对付武人，本卦则突出安抚，体现了《周易》作者要厉王运用两手的策略，而且先讨伐，后怀柔，也是较为可行的。"比必有所畜，故受之以小畜。""小畜"是所畜者还小而不大，孔颖达《周易正义》："所畜狭小，故名小畜。"从卦象（☴）看，下乾象征天，上巽象征风，这诚如《象传》所说是"风行天上"，是天在畜风。有了风就会起云，所以卦辞说"密云不雨"。起了云就会下雨，所以上九说"既雨既处"。这些都体现了事物从微小发展到壮大的过程。因此"小畜"并不是始终所畜者小，而是从所畜者小演化到所畜者大。这说明周厉王的怀柔在开始收获还小，经过一系列工作，就会有很大成绩，本卦与比卦的联系是紧密的。"物畜然后有礼，故受之以履。"这是把履讲成礼。按之本卦，所有履字无不指践履，即踩着，就如"素履"，也是说像平素那样践履，再如"夬履"，也是说撕碎践履者，履都不能训为礼，《序卦传》对履的意义是弄错了的。因此，用"物畜然后有礼"做小畜和履卦的联系也是错误的。正确的说法应该是：小畜已经从所畜者小发展到所畜者大，为了巩固并扩大这一成果，就还得对武人进行怀柔。履卦处处以退为进，以后取先，例如卦辞"履虎尾，不咥人，亨"，就是说即使武人进犯，也暂时不反击，前途就会美好。再例如上九"视履考祥，其旋元吉"，也是说即使武人进犯，也暂时避开不管，就大为吉利。这些都是巩固并扩大小畜成果，因此履卦和小畜卦的联系也是紧密的。"履而泰然后安"，如果按照《序卦传》理解，是凡事都要合礼才好，这当然不正确，因为履不能训礼。要是说用柔退之道去取得通泰和安定，这就对了。《序卦传》对履卦如何过渡到泰卦是没有弄清楚的。"物不可以终通，故受之以否"，这句话从道理上看正确，因为合于朴素辩证法。但从《周易》具体情况看，泰的转化为否却不是由于"物不可以终通"，而是由于循环，如泰卦九三所言："无平不陂，无往不复。"这样，自泰而否以后，还将自否而泰，而且"其亡？其亡？系于苞桑"（否卦九五爻辞），而永恒地泰下去。这些就是泰否两卦的内容。"物不可以终否，故受之以同人。"这是说必须争取众人帮助，才有突破否的可能，"同人"是集合人。本卦是说周厉王要动员广大人众去击败武人，才不至于"终否"。"与人同者物必归焉，故受之以大有。""物必归"是说众人将归于周厉王，"同人"的结果会无所不有，这种思想是正确的。"有大者不可以盈，故受之以谦。"这句话孤立地看，完全正确，问题是不符合《周易》实际。谦卦六五"利用侵伐，无不利"，上六"利用行师，征邑国"，可见谦在本卦并不是谦虚或谦逊而是以退为进以后取先，是消灭武人的一种策略，《序卦传》是未得《周易》原意的。"有大而能谦，必豫。"孤立地看，似乎也不错，问题还在于《周易》并不是讲"有大而能谦，必豫"，而是讲有大而能运用策略，必豫，因此这一条与《周易》也是有参差的。"豫必有随，故受之以随。"豫是快乐，随是追求，《序卦传》是说有了快乐，必有追求，以作为豫卦和随卦的联系。随卦卦象是☳☵，是雷被压抑在水底，要突破压抑，冲了出去，这就是雷所要追求的目的。但是这种追求是由于被压抑，不是由于快乐，因此《序卦传》是任意牵合以为说的。"以喜随人者必有事，故受之以蛊，蛊者，事也。""以喜随人"就是"豫必有随"，"豫必有随"既然不是《周易》原意，"以喜随人"自然也与《周易》无关，像这样来作为《周易》问题的提出已经不行；而且说"以喜随人者必有事"。更非常勉强，因为其间并没有必然的逻辑联系。而以事训蛊，也与《周易》不合，《周易》是把蛊看成失误的。"有事而后可大，故受之以临，临者，大也。""有事而后可大"，是一种理由不充分的提法，因为有事不一定可大，还要有别的条件。"临"有"大"义，但从本卦卦象看，下兑为泽，上坤为地，是一大片土地面临着一个湖泊，以高临下，加以引申，就指执政者对人民进行治理。高亨《周易古经今注》："本卦临字皆指临民而言。"李镜池《周易通义》："临有治义。"都讲得好。蛊卦讲骨鲠之臣能去掉厉王失误，本卦讲厉王能够治理人民，因此，用临卦上承蛊卦是有道理的，但《序卦传》都讲错了。"物大然后可观，故受之以观。"如上所论，"临"不能训"大"，从而《序卦传》的提法就没有根据。观指从政治上进行观察，上承临卦的治理人民，联系紧密。"可观而后有所合，故受之以噬嗑，嗑者，合也。""可观而后有所合"，含义不明。噬嗑是一个讲治狱的卦，《周易》作者认为要安定社会，还有赖于法治，于是提出本卦与观卦一起作为临卦的辅翼，《序卦传》对这些是不了解的。"物不可以苟合而已，故受之以贲，贲者，饰也。"这是接着"嗑者，合也"说。合是闭上口，从闭上口扯到事物不可以随便或任意结合，是把毫不相关的行为牵合在一起。说荒谬还要加以文饰，更是叫人难解。其实把与蛊卦"干蛊"（去掉失误）正好相反的讲文饰的贲卦列在刑狱专卦噬嗑之后，是显示文饰应该在惩治之列，于是贲卦就接上噬嗑卦了。"致饰然后亨则尽矣，故受之以剥，剥者，剥也。"说要尽力文饰（"致饰"）然后就会亨通，是对文饰加以肯定，已经不妥当。说这样就会"尽"，从《序卦传》思路看，应是归于尽善尽美，更是令人难以思议。"物不可以终尽，剥穷上反下，故受之以复。"穷于上而返于下，是循环的表现。剥卦（▤）上九以循环成为初九，于是剥卦变成复卦（▤），这就是"穷上反下"而"受之以复"，《序卦传》对于剥卦如何转为复卦，认识是正确的。"复则不妄矣，故受之以无妄。"不妄或无妄都是真实不虚妄，体现于人的主观精神就是孚。坎卦卦辞"有孚维心，亨，行有尚"、是一个人只要有孚就无往不利。复是从穷于上位而剥落，又返于下位而复升，是否极泰来，与有孚的情况相似，所以就接上无妄卦了。"有无妄然后可畜，故受之以大畜。"一个人只要有孚，只要无妄，就什么问题都能解决，什么东西都能控制，这就是大畜，即广泛地掌握一切。这条《序卦传》是符合《周易》原意的。"物畜然后可养，故受之以颐，颐者，养也。"就周厉王说，大畜首先是控制武人，因为这是最大的事。武人受到控制，就必须安排他们出路，这就是"物畜"以后要"受之以颐"了。这条《序卦传》也是有道理的。"不养则不可动，故受之以大过。"这两句话语意含混，难以索解。"不养"为什么就"不可动"？又为什么还要"受之以大过"？而"大过"又何所指呢？从下文"物不可以终过"看，"大过"应是大的过失，但为什么既"不养"，又"不可动"，就会有大的过失呢？从颐卦到大过卦，《序卦传》是没有弄清楚的。"物不可以终过，故受之以坎，坎者，陷也。""物不可以终过"，应是说物不可以终于陷在过失之中，这样应该平安无事，但为什么又"受之以坎"，到头来却陷在过失之中呢？这条《序卦传》是自相矛盾的。"陷必有所丽，故受之以离，离者，丽也。"丽指附丽或依傍。陷不一定有所丽，因此用这句话作"受之以离"的前提就不行。而且离固然可以训丽，但考之于整个离卦，却没有一处以丽训离，从而"离者，丽也"就说不过去了。坎卦和离卦相次，坎是险，具体说就是周厉王处于危险之中，但只要"有孚维心"，（卦辞），就能化险为夷。不过如果能再辅之以柔弱胜刚强的策略而"畜牝牛"(卦辞。王弼注:"离卦之体以柔顺为主"。),会更加吉利,于是离卦就接上坎卦了。

有了天和地然后世界上才有一切的物,有了一切的物然后才有男人和女人,有了男人和女人然后才有丈夫和妻子,有了丈夫和妻子然后才有父亲和儿子,有了父亲和儿子然后才有君主和臣下,有了君主和臣下然后才有上和下的区别,有了上和下的区别然后礼义才有安排。丈夫和妻子的结合是不可不长久的,所以用恒卦承接着,恒是长久的意思。任何东西都不可以长久停留在一个地方,所以用遁卦承接着,遁是退下来的意思。任何东西都不可以老是在退,所以用大壮卦承接着。任何东西都不可以老是在壮,所以用晋卦承接着,晋是前进的意思。前进必然会受到伤害,所以用明夷卦承接着,夷是伤害的意思。在外面受到伤害的人必然要回到他的家里,所以用家人卦承接着。家道困穷必然会颠倒错乱,所以用睽卦承接着,睽是违背的意思。颠倒错乱必然有困难,所以用蹇卦承接着,蹇是困难的意思。任何东西都不可以老是困难,所以用解卦承接着,解是缓解的意思。缓解必然会有损失,所以用损卦承接着。损失不停止必然会增加,所以用益卦承接着。增加不停止必然会破裂,所以用夬卦承接着,夬夫是破裂的意思。破裂必然会有遭遇,所以用姤卦承接着,姤是遭遇的意思。任何东西相遭遇就会聚集在一起,所以用萃卦承接着,萃是聚集的意思。聚集着向上叫做升,所以用升卦承接着。上升不停止必然会有困难,所以用困卦承接着。困在上面的必然回到下面,所以用井卦承接着。井的情况不可以不变革,所以用革卦承接着。变革事物的没有比鼎更好,所以用鼎卦承接着。主持鼎器的人没有比大儿子更好,所以用震卦承接着,震是动的意思。任何东西不可以老是在动,要停止下来,所以用艮卦承接着,艮是停止的意思。任何东西不可以老是在静止,所以用渐卦承接着,渐是前进的意思。前进必然会有归宿,所以用归妹卦承接着。得到归宿地方的必然盛大,所以用丰卦承接着,丰是盛大的意思。穷极盛大的人必然会失去住的地方,所以用旅卦承接着。当旅客却没有容身之地,所以用巽卦承接着,巽是进去的意思。进去以后就高兴,所以用兑卦承接着,兑是高兴的意思。高兴就会散失,所以用涣卦承接着,涣是离散的意思。任何东西都不会永远离散,所以用节卦承接着。有节制然后可以相信,所以用中孚卦承接着。有信用的人一定会去做,所以用小过卦承接着。有超过外物本领的人必然成功,所以用既济卦承接着。任何东西都不会穷尽,所以用未济卦承接着作为终结。

以上第二章,解释下经三十四卦之所以按照目前这种顺序排列的理由,值得商榷的也很多,现在也略加分疏于下。

咸卦卦辞"取女吉",是用男子娶妻为配,来比喻周厉王求贤自辅,不能停留在字面上,如《序卦传》之所言,是"有男女然后有夫妇"。"夫妇之道不可不久也,故受之以恒,恒者,久也。"咸卦既然是借夫妇讲君臣,那么恒卦所讲的长久不能改变的常道自然也就是君臣之道，而不是"夫妇之道"了。"物不可以久居其所，故受之以遁，遁者，退也。"既然君臣之道是不能改变的常道，接着说"物不可以久居其所"就不正确。实际上遁卦是讲武人不能自外生成，如卦象䷠所显示，是下艮的山不能脱离上乾的天的控制，而一定要恪守君臣常道的。"物不可以终遁，故受之以大壮。"大壮卦象是䷡，是雷响震于天上，比喻武人凌驾于厉王之上，反映了与遁卦相反的另外一种情况，是《周易》作者所不愿意看到的。要是说这是遁卦向好的方面转化，如《序卦传》之所言，就适得其反了。"物不可以终壮，故受之以晋，晋者，进也。"晋卦卦象是䷢，是太阳照耀大地，比喻厉王会依旧为君，与大壮卦所比喻的武人跋扈横行，恰好相反。用本卦接着大壮卦，是讽喻武人还应该做忠顺之臣，《序卦传》是得其仿佛的。"进必有所伤，故受之以明夷，夷者，伤也。"进必有所伤"不一定合于实际，不能成为明夷卦接着晋卦的理由。明夷卦卦象是䷣，是太阳被压抑在地底下，与晋卦卦象相反。是《周易》作者在希望厉王仍然为君之后，又想到现实情况还是厉王受到武人压抑，初九爻辞"君子于行，三日不食"，正是指厉王在流放于彘的道途中忍饥挨饿，境遇十分凄苦的情况。"伤于外者必反于家，故受之以家人。""伤于外者"不一定就要"反于家"，而且家和家人也不是一回事。本卦九三"家人嗃嗃，悔，厉，吉，妇子嘻嘻，终吝"，把家人和妇子对举，说明家人指家长，不指家，《序卦传》在这里是讲错了的。"家道穷必乖，故受之以睽，睽者，乖也。"家人卦是用家长和妇子的关系，比喻君子和臣下的关系，说"家道穷必乖"，是不懂得家人卦的内涵。睽卦实际上是指周厉王与大臣之间断绝联系，九二"遇主于巷"，是大臣只能在囚禁厉王的永巷之中见到厉王，九四"睽孤，遇元夫（大夫）"，是厉王见到大臣也只能是在睽违孤独之际，本卦是写了家人卦所肯定的厉王必须大振乾纲的反面的。"乖必有难，故受之以蹇，蹇者，难也。"睽卦写周厉王与大臣相见很困难，就像溪水流经山坡之上，要畅流诚为不易，如本卦卦象（䷦）所显示。说"乖必有难，故受之以蹇"，是能说明蹇卦与睽卦的关系的。"物不可以终难，故受之以解，解者，缓也。"周厉王受困于武人，《周易》作者认为会得到解脱，解卦六五"君子维有解"，正说明这一点。对于用解卦承接蹇卦的意图，《序卦传》是有正确理解的。"缓必有所失，故受之以损。"以紧张情况得到缓和而骄傲，就会有损失。《序卦传》无条件地说"缓必有所失"，不正确，从而也不能成为一定要"受之以损"的原因。"损而不已必益，故受之以益。""损而不已"也不会无条件地"必益"，也不能成为损卦必然要用益卦承接的理由。损卦写贤臣帮助周厉王去掉在得到解脱后所产生的骄盈之气，初九的"酌损之"，六四的"损其疾"，都是讲这一点。这样一来，周厉王就会以柔弱居后而刚强得先，大得贤臣的助益了。"益而不已必诀，故受之以夬，夬者，决也。""益而不已必诀"，其提法的错误与"缓必有所失"相同，也不能成为益卦必然要用夬卦承接的理由。夬是冲开或去掉。夬卦卦象是䷪，泽在天上，比喻武人还在压抑周厉王。损卦和益卦既已表明有贤臣在帮助周厉王抑损骄矜之气，从而大得贤臣助益，为什么又转为夬呢？原来损益两卦都是作者的设想，到夬卦才又回到现实。"决必有所遇，故受之以姤，姤者，遇也。""决必有所遇"是说夬卦下乾要掀开上兑压抑，会遇到上兑阻挠。这时候象征周厉王的下乾就应该用柔退之道，去战胜象征武人的上兑，以寻求出路。于是就用巽在下乾在上的姤卦承接着，同时象征周厉王的下巽还"女壮，勿用取女"（卦辞），用柔退之道去与象征武人的上乾周旋了。"物相遇而后聚，故受之以萃，萃者，聚也。"夬卦和姤卦都指出周厉王应该用柔退之道去制服武人，本卦卦象是泽水聚集在地面上䷬，比喻周厉王已经安于其位，显示出夬卦，特别是姤卦的柔退策略已经取得了可喜成果，所以就用萃卦承接姤卦，而不能如《序卦传》之所言。"聚而上者谓之升，故受之以升。"升是上升。从象（䷭）看，下巽的木不断从地里上升，比喻周厉王自强不息，国势将繁荣昌盛。萃卦已经设想周厉王制服武人，于是木卦就蓬勃发展，决不是什么"聚而上者谓之升的。""升而不已必困，故受之以困。""升而不已"不见得"必困"，《序卦传》在这里又作了一次绝对化的提法。升卦是《周易》作者的设想，而当时的现实则是周厉王困于武人，作者写本卦是又回到现实来了。"困乎上者必反下，故受之以井。"困卦虽然写周厉王受困于武人，但终于"大人吉，无咎"（卦辞），而武人则"困于石，据于蒺藜"（六三），将"动悔，有悔"（上六）。因此周厉王只困于一时，而武人却终不能得逞。井卦"改邑不改井"，是用比喻说明西周王朝会永远存在，与困卦说周厉王到头来还会"无咎"一致，于是井卦接着困卦，而决不是什么"困乎上者必反下"的。"井道不可不革，故受之以革。""井道不可不革"，应是指井要修理，如六四的"井甃，无咎"，以便如九五的"井冽，寒泉食"。这些都是用比喻指出西周王朝应改革政治，以造福于广大臣民。这样接上一个专讲周厉王必须改革政治的革卦就顺理成章了。"革物者莫若鼎，故受之以鼎。"鼎是煮食物的器具，能变生为熟，用来比喻改革的重要手段，于是就接着革卦了。"主器者莫若长子，故受之以震。"以震为长子，是沿袭说卦乾坤六子的错误，因而不能认为震是掌握鼎器的长子，说它可以承接鼎卦。在革卦和鼎卦，《周易》作者设想周厉王进行了一系列的政治改革，取得了可喜的成果，如革卦九五的"大人虎变"，鼎卦初六的"得妾以其子"等。这样一来周厉王就会声威赫赫，如巨雷行天，所以革卦鼎卦之合就是震卦了。"震者，动也。物不可以终动，止之，故受之以艮，艮者，止也。"震是周厉王的声威使武人战栗恐惧，不是动。艮有静止不动之义，震而继之以艮，是《周易》作者希望周厉王保住声威，永远慑服武人。"物不可以终止，故受之以渐，渐者，进也。"通观渐卦，是借雄鸿追求雌鸿，比喻周厉王要求得贤臣帮助自己。艮卦希望周厉王保住声威，渐卦写周厉王要有贤臣做辅弼，为什么要用渐卦接艮卦，《序卦传》是不得其解的。"进必有所归，故受之以归妹。""归"是到一个地方，"归妹"是嫁出女儿，二者不相干，《序卦传》牵合在一起是不对的。渐卦写周厉王将得贤臣以为治，归妹卦"归妹以须，反归以娣"（六三），则写坏人登进，贤臣却不得入，来说明求贤臣必须慎重，以作为渐卦内容的补充。"得其所归者必大，故受之以丰，丰者，大也。"用"得其所归"来联系"归妹"已嫌勉强，而且"得其所归"不见得就"必大"，这条《序卦传》是混乱的。本卦卦象（☲☳）是离下震上，离为火，震为雷，是雷响震于天宇之上而电火随之，比喻周厉王得贤臣帮助就能扬眉吐气。渐卦归妹卦都讲求贤臣，本卦则是讲得到贤臣以后所取得的成效。"穷大者必失其居，故受之以旅。"穷极盛大的人不一定"必失其居"，不能以此作为"故受之旅"的前提。旅卦写周厉王被流放于彘，与丰卦最后写西周王朝将破败荒凉是联系得上的。"旅而无所容，故受之以巽，巽者，入也。"旅人无处容身，就不会有什么地方可以入，这条《序卦传》的理由是欠缺的。巽在《象传》训为顺，在《杂卦传》训为伏，应讲成顺伏。是什么人顺伏于什么人？从本卦初六"进退，利武人之贞"看，显然是说已经篡夺了王位的武人，一定要在前进了以后立刻后退，交出王权，才有利于做武人的正道，这是《周易》作者对武人的严厉警告。旅卦六五"射雉一矢亡，终以誉命"，是设想周厉王总有一天会荡平武人，那么本卦接着设想武人会向周厉王投降就可以理解了。"入而后说之，故受之以兑，兑者，说也"，说借为悦。巽不能训入，"入而后说之"便无从谈起，《序卦传》这一条也成为问题。巽卦写武人将顺伏于周厉王，周厉王一定会有以安抚而怀柔之，于是相互怡悦就成为可能了。"说而后散之，故受之以涣，涣者，离也。"周厉王与武人既然相互怡悦，何至于彼此离散，以此知《序卦传》不可取。涣：《说文》："水流散也。"卦象（☵☴）是坎下巽上，坎为水，巽为风，是风吹水流散，比喻周厉王感化武人，使武人顺从。这一卦是承接着兑卦的相互怡悦讲的。"物不可以终畜，故受之以节。"节有节制或控制的意义。从卦象（☱☵）看，下兑象征泽，上坎象征水，是水被容纳在泽中，受到泽的制约。涣卦设想武人为周厉王作出很大贡献，如九五的"涣王居"等。这样一来，武人又可能居功骄傲，对他们适当加以制约，就很有必要，《序卦传》对这些是没有讲清楚的。"节而信之，故受之以中孚。"孚在《周易》有极其重要的地位，井卦上六"有孚，元吉"，已经概括了孚对人事的巨大作用；本卦卦辞"豚鱼吉"，更说明孚能化及异类，《序卦传》仅目之为信，是未得其义的。"有其信者必行之，故受之以小过。"《序卦传》这一条问题很多。首先，有孚不能说成"有其信"，从而无所谓"有其信者必行之"。其次，小过不是小有过失，因而不会由于"行之"而有"小过"。小过卦象（☶☳）是雷仅逾于山，远未至于天。是所过者小而不大，少而不多，是柔弱，不是刚强。在《周易》作者看来，只有柔弱取后，才能刚强得先。这是他根据周厉王实际情况为周厉王在政治和军事上定下的一条不可动摇的原则，本卦是加以总结的。"有过物者必济，故受之以既济。"既济是已经成功的意思。在《周易》作者看来，周厉王将以有孚而无不利，又还将以善于运用柔弱胜刚强的策略取得向武人斗争的胜利，他恢复王位和中兴西周就是必然，而不是什么"有过物者必济"。"物不可穷也，故受之以未济终焉。"《周易》在全书之末而殿以未济，目的是说未济要转化成为既济。这就是否极必泰，剥极必复，损极必益。作者写作

《周易》，目的全在于此，所以作为全书结尾。卦辞的"亨"，六三的"利涉大川"，六五的"贞吉，无悔"，都说明未济会转化成为既济。因此未济不能如《序卦传》所说，是讲"物不可穷"的。

杂卦传

　　乾卦刚健，坤卦阴柔。比卦快乐，师卦忧愁。临卦和观卦的意义，或者是给与，或者是请求。屯卦是万物开始出现，各不丧失其位置，蒙卦是万物杂处而显著。震卦是奋起。艮卦是静止。损卦和益卦是盛大和哀微的开始。人畜卦是讲时机。无妄卦是讲火祸。萃卦是聚集，升卦是不来。谦卦是轻浮，豫卦是懈怠。噬嗑是吃东西。贲卦是没有颜色。兑卦是看见，巽卦是逊伏。随卦是无缘无故。蛊卦是整顿治理。剥卦是烂掉。复卦是回去。晋卦是白天。明夷卦是诛杀。井卦是水通于地上，困卦是彼此相逢。咸卦是迅速。恒卦是永久。涣卦是离散。节卦是制上。解卦是缓和。蹇卦是困难。睽卦是讲外面，家人卦是讲家里。否卦和泰卦将变得各自与它的同类相反。大壮卦是停止。遁卦是后退。大有卦讲得到众人支持。同人卦讲与众人亲近。革卦是去掉旧的。鼎卦是取得新的。小过卦是讲小有过失。中孚卦是讲要有信用。丰卦是讲多事。旅卦是讲亲近的人少。离卦是火向上升。坎卦是水向下降。小畜卦是讲少。履卦是讲不停止。需卦是不前进。讼卦是不相亲。大过卦是讲颠倒。姤卦是讲碰上，是阴柔碰上阳刚。渐卦是女子出嫁要等待男子亲迎才走。颐卦是培养正气。既济卦是已经成功。归妹卦是女郎的终了。未济卦是男子的穷困。夬卦是冲开，是阳刚冲开阴柔，是君子之道不断上升，小人之道不断下降。

　　以下对《杂卦传》略加分析。

　　"乾刚坤柔"基本正确。严格说，乾以六龙为君，坤以黄裳为后，具体指周厉王和他的王后，凡天地、阴阳、刚柔等义都是后起的。"比乐师忧。"比卦写周厉王将接近武人，予以怀柔，没有快乐的意思。师卦写周厉王将讨伐武人，予以打击，没有忧愁的意思。"临观之义，或与或求。"临卦是想象中周厉王治民有功，不能说是给予。观卦是想象中周厉王用国宾之礼对待贤臣，不能说是请求。"屯见而不失其居。"屯卦是巨雷要冲开水面，到空中去自在飞腾，不是万物开始出现，各不丧失其位置。"蒙杂而著。"蒙卦是泉水要从山下流出去，不是万物杂处而显著。"震，起也。"震卦是巨雷拔地冲天而上，诚然是起。"艮，止也。"艮卦象征山，诚然是止。"损益，盛衰之始也。"从循环论看，损卦能够转为益卦，可以说是盛之始，益卦能够变成损卦，可以说是衰之始。"大畜，时也。"大畜卦是所畜者大，不是讲时机。"无妄，灾也。"无妄卦是讲有孚或有诚的人能够支配一切，说成是灾，适得其反。"萃聚而升不来也。"萃训为聚，正确，但没有触及萃卦是告诫武人应做周厉王忠顺之臣的内容。升卦是用大树从地里长出来，比喻周厉王的事业必定繁荣昌盛，不能讲成"不来"。"谦轻而豫怠也。"谦卦是告诉周厉王要用以退为进和以后取先的手段去荡平武人，不能说是轻。豫卦"利建侯行师"（卦辞），是预祝周厉王出兵打击武人将会胜利，应该是快乐，不是懈怠。"噬嗑，食也。"噬嗑卦用咬碎食物比喻治理刑狱，只训"食"，是停留在字面上。"贲，无色也。"贲是杂色，说贲卦讲无色是错误的。"兑见而巽伏也。"兑卦是讲周厉王与武人应该和乐相处，不是看见。认为巽卦是肯定逊伏（指武人对周厉王逊伏）则是正确的。"随，无故也。"《广雅·释诂》："随，逐也。"义为追求，训为"无故"，远离本旨。"蛊则饬也。"蛊是错误应该去掉，说成要整顿治理是可以的。"剥，烂也。"剥的意义是打击，不是破烂。要说由于打击而破烂，那就说得远一些。"复，反也。"复卦卦辞"反复其道，七日来复"，是说剥卦上九回到复卦初九，以反训复是正确的。"晋，昼也。"晋卦卦象（䷢）是日出于地上，是大白天，可以训昼。但实际上是说周厉王高出群众，应受到尊奉。"明夷，诛也。"明夷卦象（䷣）是日入于地中，受到损害，可以训诛。但实际意义是周厉王遭受流放，颠沛流离，却未能指出。"井通而困相遇也。"通应指井水通于地面，可供汲用，未触及以井的不变比喻西周王业能永恒存在。困的卦象（䷮）是泽中无水，泽与水交困，是相违，不是相遇，《杂卦传》适得其反。"咸，速也。"从卦辞"取女吉"看，应是借男女结合指君臣相得，为周厉王求贤臣之卦，无速之义。"恒，久也。"以久训恒，很正确，但未能指出周厉王要独奋乾纲，制服武人，才是恒久不变之道。"涣，离也。"《说文》："涣，水流散也。"因而可以训离。但未能指出厉王将感化武人，如风之行于上，爽然四解。"节，止也。"节可训节制、制止，谓为止，亦可。但周厉王行将控制武人的含义，却未涉及。"解，缓也。"孔颖达《周易正义》："解者，险难解释，物情舒缓，故为解也。"甚得解卦之义，足以证成《杂卦传》之说。"蹇，难也。"蹇卦卦象（䷦）是水在山上流，甚为艰难，训难是正确的。"睽，外也。"睽卦卦象（䷥）是火在泽上，水与火相乖违，用以比喻周厉王难见贤臣，不能讲成外。"家人，内也。"家人卦卦象（䷤）是风在火上，风吹火旺盛，用以比喻周厉王得到贤臣帮助，不能讲成内。"否泰反其类也。"反其类"是否变为泰，泰变为否，变得各自与它的同类相反，《杂卦传》甚得《周易》之义。"大壮则止。"大壮卦卦象（䷡）是雷在天上飞腾，没有止的意思。遁则退也。遁是遁逃。卦象（䷠）是山在天之下，想遁逃而不可能，用以比喻武人难以摆脱周厉王控制，训为退，不行。"大有，众也。"大有是所有者多。卦象（䷍）是日在天上，照临四海，用以比喻周厉王高居王位，得臣民拥护，训为众是可以的。"同人，亲也。"同人是集合人，团结人，说明周厉王要击败武人，必须争取支持，因此可以训为亲。"革，去故也。"革卦都讲改革，训为"去故"，实为允洽。"鼎，取新也。"鼎卦讲煮熟食物，训为"取新"，诚为妥帖。"小过，过也。"这是以小过之过为过失，其实小过是小有超过。卦辞"可小事，不可大事"足以说明，不是小有过失。"中孚，信也。"孚之义不仅为信，主要应为诚，不然如何能使"豚鱼吉"？"丰，多故也。"丰卦写周厉王与贤臣相得，如水乳交融，不能是"多故"。"亲寡，旅也。"应作"旅，亲寡也"。旅卦写周厉王流放于彘，还拥有用来指持天下的"齐斧"（黄钺），只说亲人少，未得其义。"离上而坎下也。"其意指火动向上，水渗向下，非离、坎两卦之义。"小畜，寡也。"小畜是蓄积者少，可称为寡。"履，不处也。"履是践履，可叫不处。对这两卦都只训释卦名，未指出小畜是终必所畜者大，履是周厉王终必以柔弱胜刚强。"需，不进也"，需是须待，有不进之义。但徘徊不进，正是为了长驱直入，以"入于穴"（上六），《杂卦传》对需卦的理解欠深刻。"讼，不亲也。"讼是争讼，指周厉王同武人斗争，"不亲"说得太轻。"大过，颠也。"大过与小过相对，小过是稍有超过，大过是太过分。卦象（䷛）是巽下泽上，巽为木，兑为泽，是泽灭木，所以是太过，用以比喻武人对周厉工施加极大压力，《杂卦传》说成颠倒是不正确的。"姤，遇也，弱遇刚也。"本卦卦象（䷫）是巽下乾上，巽为风，乾为天，天受到风吹，比喻周厉王受到武人冲击，因此以遇训姤正确。而且巽柔乾刚，说柔遇刚也正确。"渐，女归待男行也。"本卦卦辞"女归吉"，是用女子出嫁作比喻。"女归待男行"，是说女子出嫁待男子亲迎而后行。但这只接触表面现象，本卦是设想周厉王要借助于贤臣为治的。"颐，养正也。"卦象（䷚）是震下艮上，震为雷，艮为山，是雷要破山而出，比喻周厉王要突破武人压抑。从卦辞"自求口实"看，《周易》作者是要周厉王自力更生，而不是什么"养正"的问题，"既济，定也。"《吕氏春秋》高诱注："定犹成也。"既济是事情已经成功，说"定"可以，但还不能指出既济是指周厉王一切都会成功。"归妹，女之终也。"从表面上看，讲得正确，但还不能指出本卦是讲周厉王担心求贤臣可能被坏人占了先着，像六三所说的"归妹以须，反归以娣"。"未济，男之穷也。"这一解释与《序卦传》"物不可穷"相反。其实既不是"物不可穷"，也不是"男之穷"，而是未济必然会转化成为既济。"夬，刚决柔也，君子道长，小人道忧也。"夬有冲开的意思。本卦卦象（䷪）是泽覆盖在天上，比喻武人压迫周厉王，必须击破。乾为刚，兑为柔，周厉王为君子，武人为小人。这条《杂卦传》是正确的。

尚　书

周秉钧　译

前　言

　　《尚书》是我国最早的政事史料汇编。基本内容是虞、夏、商、周君王的文告和君臣的谈话记录，反映了上古华夏文化的各个不同侧面，是学习和研究我国上古史和古代文化的重要文献。

　　《尚书》最早只叫做《书》，汉代称《尚书》，意为"上古之书"。后来，儒家把《尚书》尊奉为经，所以又称《书经》。

　　学习《尚书》，先要了解它的各种版本和传授情况。

《尚书》之《虞书·尧典》，明代闵凌刻套印本图录。

　　《尚书》大约在先秦就有定本，《论语·述而篇》说："子所雅言，《诗》、《书》，执礼，皆雅言也。"可知早在春秋时代孔子就把《尚书》作为儒家讲习的主要课本。《庄子·天下篇》也说："《诗》、《书》、《礼》、《乐》者，邹鲁之士，缙绅先生，多能明之。"证明先秦的一些知识分子读过《尚书》。政事史料的篇目本来很多。汉代的《纬书》说有3240篇，《汉书·艺文志》记载孔子删为一百篇。这个百篇本就是《书》的最早选本。

　　到了汉代，《尚书》的选本主要有两个，一个是今文本，一个是古文本。

　　今文本《尚书》由伏胜传授。伏胜，史籍多称为"伏生"，"生"是古代对有

伏生向晁错授《尚书》，明崔子忠绘。

学问人的尊称。《史记·儒林传》说："秦时焚书，伏生壁藏之。其后兵大起，流亡。汉定，伏生求其书，亡数十篇，独得二十九篇，即以教于齐鲁之间。"伏生曾经担任秦的博士，他的《尚书》是秦王朝的官方定本。伏生讲授时是采用当时通行的隶书写的，所以叫今文《尚书》。又因为这个隶书写定本是伏生传授的，也称"伏生本"。

汉代《尚书》的另一个本子是古文本《尚书》。《汉书·艺文志》记载，汉武帝末年，分封在孔子家乡的鲁恭王刘余在拆除孔子住宅时，发现了一部《尚书》，共有四十五篇。因为这部《尚书》是用先秦古文字写的，所以叫做古文《尚书》，又因为这个本子是在孔子住宅的墙壁中发现的，也叫做孔壁本，或壁中本。当时，孔子的十一世孙孔安国对这部古文《尚书》进行研究，他发现四十五篇中有二十九篇和"伏生本"基本相同，另外多出了十六篇。孔安国用隶古字写定，送到官府。孔安国又作了传，碰到巫蛊事件，不得奏上，只是私自传授，在民间流传。

西汉传授伏生今文《尚书》的主要是欧阳高、夏侯胜和夏侯建三家。《汉书·艺文志》记载汉成帝河平三年（前26），刘向曾用皇室书库所藏的古文《尚书》对照欧阳，大、小夏侯三家经文，仅仅有七百多字不相同，脱了六七十个字。可见，两个版本的差异并不算大。

今文《尚书》在汉代始终立于学官，因而今文《尚书》一直是官方规定的标准读本。古文《尚书》只在民间传习，虽在西汉末年经刘歆力争立于学官，但东汉初年又被取消了。后来，经杜林、贾逵、马融、郑玄等著名学者的提倡，逐渐在学术界取得了优势。到了魏文帝曹丕时，古文《尚书》又重新得到国家承认成为官学。西晋"永嘉之乱"，今文《尚书》失传，剩下就只有古文《尚书》了。南北朝时，古文《尚书》仍然盛行，到了隋唐，又竟被伪古文《尚书》取而代之了。

东晋元帝司马睿执政时，豫章内史梅赜（或作梅颐）向朝廷献了一部《孔传古文尚书》，分四十六卷，计五十八篇，除《舜典》一篇外，每篇都有孔安国的"传"，书前还有孔安国写的《尚书序》。汉代传下来的百篇书序，也根据时间先后分别插在各篇篇首或篇末。据梅赜说，《孔传古文尚书》是魏末晋初的学者郑冲传下来的。郑冲怎样得到的，梅赜没有说明。由于传授无稽，后代学者又考定为伪书，这个本子就叫做伪古文《尚书》本。

《孔传古文尚书》出现不久就立于学官，从东晋到隋唐，大多数学者坚信这就是真正的孔壁古文《尚书》和汉代孔安国作的"传"，陈朝的大学者陆德明的《经典释文》替它作"音义"，隋朝的重要学者刘炫和刘焯替它作"疏"，在学术界渐占优势。唐初制定《五经正义》，又采用了《孔传古文尚书》为底本作《尚书正义》，为官方定本，公开颁行。后来，宋人又把它编入《十三经注疏》，一直传到今天。因此，伪古文《尚书》本就成为《尚书》的最后定本了。

我们今天看到的本子就是梅赜所献的伪古文《尚书》本，从宋代的吴棫开始，历代学者对它的真伪进行研究，发现它真伪杂糅。一致认为：大禹谟、五子之歌、胤征、仲虺之诰、汤诰、伊训、太甲上，太甲中、太甲下、咸有一德、说命上、说命中、说命下、泰誓上、泰誓中、泰誓下、武成、旅獒、微子之命、蔡仲之命、周官、君陈、毕命、君牙、冏命，这二十五篇都是伪的，另外，孔安国的《尚书序》和《孔传》也是伪造的。这些真伪杂糅的情况，我们要特别注意。

《尚书》记载了虞、夏、商、周的重要历史人物、历史传说和历史事件，比如尧舜禅让、鲧禹治水、商汤伐桀、盘庚迁殷、武王伐纣、营洛治洛、周公摄政、平王东迁等等，为《左传》、《史记》等史书的写作提供了珍贵的原始资料。司马迁写作《史记》曾大量引用。《史记》的《五帝本纪》、《夏本纪》、《殷本纪》、《周本纪》以及《鲁周公世家》和《宋微子世家》等篇目，就全文引用了《尚书》的《尧典》、《皋陶谟》、《西伯戡黎》、《洪范》、《金縢》、《微子》等十一个篇目。可见，《尚书》有极高的史料价值。

《尚书》各篇内容丰富，涉及了虞、夏、商、周的天文、地理、官制、礼仪、教育、刑法、典章制度等范围广泛的领域，反映了古代社会政治制度、宗法思想、伦理道德、哲学观点逐步形成的历史过程。我们学习和研究古代文化不可不阅读《尚书》。

《尚书》保存了许多古词古义。例如：在，训"观察"，又训"终"；於，训"代"，又训为叹词；格，训"度量"，又训为"来"；时，训"是"，又训"善"；作，训"始"，又训"立"；矧，训"况"，又训"又"；若，训"善"，又训"如此"；"越"和"惟"，都是发语词，又都是连词，等等。《尚书》二十八篇还反映许多古代语法特点。它很少使用句末语气词。例如，《西伯戡黎》"我生不有命在天"句是个反问句，却没有表示反问的句末语气词，《史记·殷本纪》引作"我生不有命在天乎"，加了一个"乎"。它的主动句和被动句在形式上没有什么区别。例如，《禹贡》的"禹锡玄圭"句，《史记·五帝本纪》作"于是帝锡禹玄圭"，原来是个被动句。《尚书》二十八篇中"者"字结构还没出现。例如：

《尧典》的"下民其咨，有能俾乂"，《史记·五帝本纪》作"下民其忧，有能使治者"。上述这些语言特点，都是研究上古汉语的重要语言材料。

我们现在学习《尚书》，初学者可以采用今注今译的读本。对于研究者说来，除了采用今注今译的读本，还要根据不同的要求选读历代《尚书》研究的重要著作。《尚书正义》就是最重要的一部。它选用《孔传古文尚书》作为底本。"注"虽然不是汉代孔安国写的，但作为魏晋人的传注仍有很重要的学术价值。唐代孔颖达的"正义"，主要根据刘炫、刘焯等人的旧疏，旁及南北朝后期以来诸家注疏，斟酌取舍，增简削繁，是魏晋以后唐以前《尚书》注解的总汇。这类著作还有宋代《尚书》注释的代表作蔡沈的《书集传》，清代《尚书》注释的集大成者孙星衍的《尚书今古文注疏》，近人曾运乾先生的《尚书正读》等。此外，清人阎若璩的《古文尚书疏证》，王先谦的《尚书孔传参证》等都是应该参考的。至于想了解《尚书》有关专门问题，可以阅读陈梦家的《尚书通论》、蒋善国的《尚书综述》等。

译注工作像接力赛跑一样，依靠接力者的继续努力。要使这部书能够比较完善，就只有依靠并世和将来的学者了。

周秉钧写于岳麓山

1992 年 3 月

虞 书

尧 典

　　查考往事。帝尧名叫放勋。他敬事节俭，明照四方，善治天地，道德纯备，温和宽容。他忠实不懈，又能让贤，光辉普照四方，至于天地。他能发扬大德，使家族亲密和睦。家族和睦以后，又辨明其他各族的政事。众族的政事辨明了，又协调万邦诸侯，天下众民也相递变化而友好和睦起来。

　　（他）于是命令羲氏与和氏，敬慎地遵循天数，推算日月星辰运行的规律，制定出历法，敬慎地把天时节令告诉人们。分别命令羲仲，住在东方的旸谷，恭敬地迎接日出，辨别测定太阳东升的时刻。昼夜长短相等，南方朱雀七宿黄昏时出现在天的正南方，依据这些确定仲春时节。这时，人们分散在田野，鸟兽开始生育繁殖。又命令羲叔，住在南方的交趾，辨别测定太阳往南运行的情况，恭敬地迎接太阳向南回来。白昼时间最长，火星黄昏时出现在南方，依据这些确定仲夏时节。这时，人们住在高处，鸟兽的羽毛稀疏。又命令和仲，住在西方的昧谷，恭敬地送别落日，辨别测定太阳西落的时刻。昼夜长短相等，虚星黄昏时出现在天的正南方，依据这些确定仲秋时节。这时，人们又回到平地上居住，鸟兽换生新毛。又命令和叔，住在北方的幽都，辨别观察太阳往北运行的情况。白昼时间最短，昂星黄昏时出现在正南方，依据这些确定仲冬时节。这

尧，佚名绘，台北故宫博物院藏。即帝尧，名放勋，帝喾子，帝挚弟。帝挚初封尧于陶，后改封于唐，故号陶唐氏、唐侯，又称伊祁氏或伊耆氏，史称唐尧。传说中古帝王，原始社会部落联盟首领。

时，人们住在室内，鸟兽长出了柔软的细毛。尧说："啊！你们羲氏与和氏啊，一周年是三百六十六天，要用加闰月的办法确定春夏秋冬四季而成一岁。由此规定百官的事务，许多事务都会兴办起来。"

尧帝说："善治四时之职的是谁啊？我要提升任用他。"

放齐说："您的儿子丹朱很开明。"

尧帝说："唉！他说话虚妄，又好争辩，可以吗？"

尧帝说："善于处理我们政务的是谁呢？"

驩兜说："啊！共工防救水灾已具有成效啊。"

尧帝说："唉！他善言而赏邪僻，貌似恭谨，而怀疑上天。"

尧帝说："啊！四方诸侯之长，滔滔的洪水普遍危害人们，水势奔腾包围了山岭，淹没了丘陵，浩浩荡荡，弥漫接天。臣民百姓都在叹息，有能使洪水得到治理的吗？"

人们都说："啊！鲧吧。"

尧帝说："唉！错了啊！他不服从命令，危害族人。"

四方诸侯之长说："起用吧！试试可以，就用他。"

尧帝说："去吧，鲧！要谨慎啊！"过了九年，成效不好。

尧帝说："啊！四方诸侯之长！我在位七十年，你们能用我之命，升任我的帝位吧！"

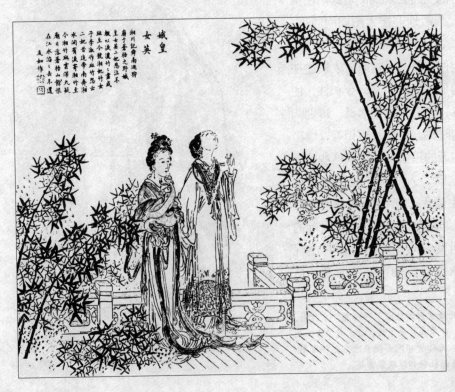

尧之二女，娥皇与女英，选自《吴友如画宝》。

四方诸侯之长说："我们德行鄙陋，不配升任帝位。"

尧帝说："可以明察贵戚，也可以推举地位低微的人。"

众人提议说："在下面有一个穷困的人，名叫虞舜。"

尧帝说："是的，我也听说过，这个人怎么样呢？"

四方诸侯之长回答说："他是乐官瞽叟的儿子。他的父亲心术不正，后母说话不诚，弟弟象傲慢不友好，而舜能同他们和谐相处。因他的孝心美厚，治理国务不至于坏吧！"

尧帝说："我试试吧！把我的两个女儿嫁给舜，从这两个女儿那里观察舜的治家之法。"于是命令两个女儿下到妫水湾，嫁给虞舜。

尧帝说："敬慎地处理政务吧！"

舜　典

查考往事。舜帝名叫重华，与尧帝合志。他有深远的智慧，而又文明、温恭、诚实。他的潜德上传被朝廷知道后，尧帝于是授给了官位。

舜慎重地赞美父义、母慈，兄友、弟恭，子孝五种常法，人们都能顺从。舜总理百官，百官都能承顺。舜在明堂四门迎接四方宾客，四方宾客都肃然起敬。舜担任守山林的官，在暴风雷雨的恶劣天气也不迷误。

尧帝说："来吧！舜啊。我同你谋划政事，又考察你的言论，你提的建议用了可以成功，已经三年了，你登上帝位吧！"舜要让给有德的人，不肯继承。

正月的一个吉日，舜在尧的太庙接受了禅让的册命。他观察了北斗七星，列出了七项政事。于是向天帝报告继承帝位的事，又祭祀了天地四时，祭祀山川和群神。又聚敛了诸侯的五种圭玉，选择吉月吉日，接受四方诸侯君长的朝见，把圭玉颁发给各位君长。

这年二月，舜到东方巡视，到达泰山，举行了柴祭。对于其他山川，都按地位尊卑依次举行了祭祀，然后，接受了东方诸侯君长的朝见。协

舜，佚名绘，台北故宫博物院藏。即帝舜，名重华，号有虞，史称虞舜。传说中古帝王，原始社会部落联盟首领。

调春夏秋冬四时的月份，确定天数，统一音律、度、量、衡。制定了公侯伯子男朝聘的礼节和五种瑞玉、三种不同颜色的丝绸、二生一死的礼物制度。而五种瑞玉，朝见完毕后，仍然还给诸侯。五月，舜到南方巡视，到达南岳，所行的礼节同在泰山时一样。八月，舜到西方巡视，到达西岳，所行的礼节同当初一样。十一月，舜到北方巡视，到达北岳，所行的礼节同在西岳一样。回来后，到尧的太庙祭祀，用一头牛作祭品。

以后，每五年巡视一次，诸侯在四岳朝见。普遍地使他们报告政务，然后考察他们的政绩，赏赐车马衣物作为酬劳。

舜划定十二州的疆界，在十二州的名山上封土为坛举行祭祀，又疏通了河道。

舜又在器物上刻画五种常用的刑罚。用流放的办法宽恕犯了五刑的罪人，用鞭打作为官的刑罚，用木条打作为学校的刑罚，用铜作为赎罪的刑罚。因过失犯罪，就赦免他；有所依仗终不悔改，就要施加刑罚。舜告诫说："谨慎啊，谨慎啊，刑罚要慎重啊！"

于是把共工流放到幽州，把驩兜流放到崇山，把三苗驱逐到三危，把鲧流放到羽山。这四个人处罚了，天下的人都心悦诚服。

舜辅助尧帝二十八年后，尧帝逝世了。群臣好像死了父母一样地悲痛，三年间，全国上下停止了乐音。明年正月的一个吉日，舜到了尧的太庙，与四方诸侯君长谋划政事，打开明堂四门宣布政教，使四方见得明白，听得通彻。

"啊，十二州的君长！"舜帝说："生产民食要依时！安抚远方，爱护近邻，亲厚有德，信任善良，而又拒绝邪佞的人，这样，边远的外族都会服从。"

舜帝说："啊！四方诸侯的君长！有谁能奋发努力、发扬光大尧帝的事业，使居百揆之官辅佐政事呢？"

都说："伯禹现在做司空。"

舜帝说："好啊！禹，你曾经平定水土，还要努力做好百揆这件事啊！"禹跪拜叩头，让给稷、契和皋陶。

舜帝说："好啦，还是你去吧！"

舜帝说："稷，人们忍饥挨饿，你主持农业，教人们播种各种谷物吧！"

舜帝说："契，百姓不亲，父母兄弟子女不和顺。你做司徒吧，谨慎地施行五常教育，要注意宽厚。"

舜帝说："皋陶，外族侵扰我们中国，抢劫杀人，造成外患内乱。你做狱官之长吧，五刑各有使用的方法，五种用法分别在野外、市、朝三处执行。五种流放各有处所，分别住在三个远近不同的地方。要明察案情，能够公允！"

舜帝说："谁能当好掌管我们百工的官？"

都说："垂啊！"

舜帝说："好啊！垂，你掌管百工的官吧！"垂跪拜叩头，让给殳斨和伯与。

舜帝说："好啦，去吧！你们一起去吧！"

舜帝说："谁掌管我们的山丘草泽的草木鸟兽呢？"

都说："益啊！"

舜帝说："好啦，啊！益，你担任我的虞官吧。"益跪拜叩头，让给朱虎和熊罴。

舜帝说："好啦，去吧！你们一起去吧！"

舜帝说："啊！四方诸侯的君长，有谁能主持我们祭祀天神、地祇、人鬼的三礼呢？"

都说："伯夷！"

舜帝说："好啦，啊！伯夷，你做掌管祭祀的礼官吧，要早夜恭敬行事，又要正直、清明。"伯夷跪拜叩头，让给夔和龙。

舜帝说："好啦，去吧！要敬慎啊！"

舜帝说："夔！任命你主持乐官，教导年轻人，使他们正直而温和，宽大而坚栗，刚毅而不粗暴，简约而不傲慢。诗是表达思想感情的，歌是唱出来的语言，五声要根据所唱而选定，六律要和谐五声。八类乐器的声音能够调和，不使它们乱了次序，那么神和人都会因此而和谐了。"

夔说："啊！我愿意敲击着石磬，使扮演各种兽类的舞队依着音乐舞蹈起来。"

舜帝说："龙！我厌恶谗毁的言论和危害的行为，会使我的民众震惊。我任命你做纳言的官，早晚传达我的命令，转告下面的意见，应当真实！"

舜帝说："啊！你们二十二人，要敬慎啊！要好好领导天下大事啊！"

舜帝三年考察一次政绩，考察三次后，罢免昏庸的官员，提拔贤明的官员，于是，许多工作都兴办起来了。

又分别对三苗之族作了安置。

舜三十岁时被征召，施政二十年，在帝位五十年，在巡狩南方时才逝世。

大禹谟

稽考古事。大禹名叫文命，他对四海进行治理之后，又敬慎地辅助帝舜。他说："君主能够知道做君主的艰难，臣下能够知道做臣下不容易，政事就能治理，众民就能勉力于德行了。"

舜帝说："对！真像这样，善言无所隐匿，朝廷之外没有被遗弃的贤人，万国之民就都安宁了。政事同众人研究，舍弃私见以依从众人，不虐待无告的人，不放弃困穷的事，只有尧帝能够这样。"

伯益说："啊！尧德广远，这样圣明，这样神妙，这样英武，这样华美：于是上天顾

禹

克勤于邦　烝民乃粒
庶数在兹　厥中允执
恶酒好言　九功由立
不伐不矜　振古莫及

禹，宋马麟绘，台北故宫博物院藏。姒姓，名文命，传说中古代部落联盟领袖。

念，使他尽有四海之内，而做天下的君主。"

禹说："顺从善就吉，顺从恶就凶，就像影和响顺从形体和声音一样。"

伯益说："啊！要戒慎呀！警戒不要失误，不要放弃法度，不要优游于逸豫，不要放恣于安乐。任用贤人不要怀疑，罢去邪人不要犹豫。可疑之谋不要实行，各种思虑应当广阔。不要违背治道来取得百姓的称赞，不要违背百姓来顺从自己的私心。对这些不要懈怠，不要荒忽，四方各民族的首领就会来朝见天子了。"

禹说："啊！帝要深念呀！帝德应当使政治美好，政治在于养民。水、火、金、木、土、谷六种生活资料应当治理，正德、利用、厚生三件大事应当宣扬，这九件事应当理顺，九事理顺了应当歌颂。要用休庆规劝臣民，用威罚监督臣民，用九歌勉励臣民，使政事不会败坏。"

舜帝说："对！水土平治，万物成长，六府和三事真实办好了，是万世永利的事业，这是您的功勋。"

舜帝说："您来呀，禹！我居帝位，三十三年了，年岁老耄被勤劳的事务所苦。您当努力不怠，总统我的众民。"

禹说："我的德不能胜任，人民不会依归。皋陶勤勉树立德政，德惠能下施于民，众民怀念他。帝当思念他呀！念德的在于皋陶，悦德的在于皋陶，宣扬德的在于皋陶，诚心推行德的也在于皋陶。帝要深念他的功绩呀！"

舜帝说："皋陶！这些臣民没有人干犯我的政事，因为您做士官，能明五刑以辅助五常之教，合于我们的治道。施刑期待达到无刑的地步，人民都能合于中道。这是您的功劳，做得真好呀！"

皋陶说："帝德没有失误。用简约治民，用宽缓御众；刑罚不及于子孙，奖赏扩大到后代；宽宥过失不论罪多大，处罚故意犯罪不问罪多小；罪可疑时就从轻，功可疑时就从重；与其杀掉无罪的人，宁肯自己陷于不常的罪。帝爱生命的美意，合于民心，因此人民就不冒犯官吏。"

舜帝说："使我依从人民的愿望来治理，四方人民像风一样鼓动，是您的美德。"

舜帝说："来，禹！洪水警戒我们的时候，实现政教的信诺，完成治水的工作，只有你贤；能勤劳于国，能节俭于家，不自满自大，只有你贤。你不自以为贤，所以天下没有人与你争能；你不夸功，所以天下没有人与你争功。我赞美你的德行，嘉许你的大功。上天的大命落到你的身上了，你终当升为大君。人心危险，道心精微，要精研要专一，又要诚实保持着中道。无信验的话不要听，独断的谋划不要用。可爱的不是君主吗？可畏的不是人民吗？众人除非大君，他们拥护什么？君主除非众人，没有跟他守国的人。要恭敬啊！慎重对待你的大位，敬行人民可愿的事。如果四海人民困穷，天的福命就将永远终止了。虽然口能说好说坏，但是我的话不再改变了。"

禹说："请逐个卜问有功的大臣，然后听从吉卜吧！"

舜帝说："禹！官占的办法，先定志向，而后告于大龟。我的志向先已定了，询问商量的意见都相同，鬼神依顺，龟筮也协合、依从，况且卜筮的办法不须重复出现吉兆。"

禹跪拜叩首，再辞。

舜帝说："不要这样！只有你适合啊！"

正月初一早晨，禹在尧庙接受舜帝的任命，像舜帝受命之时那样统率着百官。

舜帝说："嗟，禹！这些苗民不依教命，你前去征讨他们！"

禹于是会合诸侯，告戒众人说："众位军士，都听从我的命令！蠢动的苗民，昏迷不敬。侮慢常法，妄自尊大，违反正道，败坏常德。贤人在野，小人在位。人民抛弃他们不予保护，上天也降罪于他。所以我率领你们众士，奉行帝舜的命令，讨伐苗民之罪。你们应当同心同力，就能有功。"

经过三十天，苗民还是不服。伯益会见了禹，说："施德可以感动上天，远人没有不来的。盈满招损，谦虚受益，这是自然规律。舜帝先前到历山去耕田的时候，天天向上天号泣，向父母号泣，自己负罪引咎。恭敬行事去见瞽瞍，诚惶诚恐庄敬战兢。瞽瞍也信任顺从了他。至诚感通了神明，何况这些苗民呢？"

大禹治水，东汉画像石，山东嘉祥武梁祠。

禹拜谢伯益的嘉言，说："对！"

还师回去后，舜帝于是大施文教，又在两阶之间拿着干盾和羽翳跳着文舞。经过七十天，苗民不讨自来了。

皋陶谟

查考往事。皋陶说："诚实地履行其德行，就会决策英明，群臣同心协力。"

禹曰："是啊！怎样履行呢？"

皋陶说："啊！要谨慎其身，自身的修养要坚持不懈。使近亲敦厚顺从，使贤人勉力辅佐，由近及远，在于从这里做起。"

禹听了这番精当的言论，拜谢说："对呀！"

皋陶，选自《历代名臣像解》。

皋陶说："啊！还在于理解臣下，安定民心。"

禹说："唉！都像这样，连尧帝都会认为困难了。理解臣下就显得明智，能够任人。安定民心就受人爱戴，百姓都会怀念他。能做到明智和受人爱戴，怎么会担心驩兜？怎么会流放三苗？怎么会畏惧巧言、善色、奸佞的人呢？"

皋陶说："啊！检验人的行为有九种美德。检验了言论，如果那个人有德，就告诉他说，可开始做点工作。"

禹问："什么是九德呢？"

皋陶说："宽宏而又坚栗，柔顺而又卓立，谨厚而又严恭，多才而又敬慎，驯服而又刚毅，正直而又温和，简易而又方正，刚正而又笃实，坚强而又良善。要表彰那些具有九德的好人啊！

"天天表现出三德，早晚认真努力于家的人，天天庄严地重视六德，辅助政事于国的人，一同接受，普遍任用。具有九德的人都担任官职，那么在职的官员就都是才德出众的人了。各位官员互相效法，他们都想处理好政务，而且顺从君王，这样，各种工作都会办成。

　　"治理国家的人不要贪图安逸和私欲，要兢兢业业，因为情况天天变化万端。不要虚设百官，上天命定的工作，人应当代替完成。上天规定了人与人之间的常法，要告诫人们用父义、母慈、兄友、弟恭、子孝的办法，把这五者敦厚起来啊！上天规定了人的尊卑等级，推行天子、诸侯、卿大夫、士和庶人这五种礼制，要经常啊！君臣之间要同敬、同恭，和善相处啊！上天任命有德的人，要用天子、诸侯、卿、大夫、士五等礼服表彰这五者啊！上天惩罚有罪的人，要用墨、劓、剕、宫、大辟五种刑罚处治五者啊！政务要努力啊！要努力啊！

　　"上天的视听依从臣民的视听。上天的赏罚依从臣民的赏罚。天意和民意是相通的，要谨慎啊，有国土的君王！"

　　皋陶问："我的话可以实行吗？"

　　禹说："当然！你的话可以实行并且可以成功。"

　　皋陶说："我没有别的考虑，只想赞助赞助帝德啊！"

夏　书

益　稷

　　舜帝说："来吧，禹！你也发表高见吧。"禹拜谢说："啊！君王，我说什么呢？我只想每天努力工作罢了。"皋陶说："啊！究竟怎么样呢？"禹说："大水弥漫接天，浩浩荡荡地包围了山顶，漫没了丘陵，老百姓沉没陷落在洪水里。我乘坐四种运载工具，沿着山路砍削树木作为路标，同伯益一起把新杀的鸟兽肉送给百姓们。我疏通了九州的河流，使它们流到四海，挖深疏通了田间的大水沟，使它们流进大河。同后稷一起播种粮食，把百谷、鸟兽肉送给老百姓。让他们调剂馀缺，迁徙居积的货物。于是，百姓们就安定下来了，各个诸侯国开始得到了治理。"

　　皋陶说："好啊！这是你的高见啊。"

　　禹说："啊！舜帝。你要诚实地对待你的在位的大臣。"舜帝说："是啊！"

　　禹说："要安静你的心意，考虑天下的安危。用正直的人做辅佐，只要你行动，天下就会大力响应。依靠有德的人指导接受上帝的命令，上天就会再三用休美赐予你。"

　　舜帝说："唉！靠大臣啊四邻啊！靠四邻啊大臣啊！"

　　禹说："对呀！"

　　舜帝说："大臣作我的股肱耳目。我想帮助百姓，你辅佐我。我想用力治理好四方，你帮助我。我想显示古人衣服上的图像，用日、月、星辰、山、龙、雉六种图形绘在上衣上；用虎、水草、火、白米、黑白相间的斧形花纹、黑青相间的'己'字花纹绣在下裳上，用五种颜料明显地做成五种色彩，制成礼服，你要做好。我要听六种乐律、五种声音、八类乐器的演奏，从声音的哀乐考察治乱，取舍各方的意见，你要听清，我有过失，你就辅助我。你不要当面顺从，背后又去议论。要敬重左右辅弼的近臣！至于一些愚蠢而又喜欢逸毁、谄媚的人，如果不能明察做臣的道理，要用射侯之礼明确地教训他们，用鞭打警戒他们，用刑书记录他们的罪过，要让他们共同上进！任用官吏要根据他所进纳的言论，好的就称颂宣扬，正确的就进献上去以便采用，否则就要惩罚他们。"

　　禹说："好啊！舜帝，普天之下，至于海内的众民，各国的众贤，都是您的臣子，您要善于举用他们。依据言论广泛地接纳他们，依据工作明确地考察他们，用车马衣服酬劳他们。这样，谁敢不让贤，谁敢不恭敬地接受您的命令？帝不善加分别，好的坏的混同不分，虽然天天进用人，也会劳而无功。

　　"没有像丹朱那样傲慢的，只喜欢懒惰逸乐，只作戏谑，不论白天晚上都不停止。洪水已经退了，他还要乘船游玩，又成群地在家里淫乱，因此不能继承尧的帝位。我为他的这些行为感到悲伤。我娶了涂山氏的女儿，结婚四天就治水去了。后来，启生下来呱呱地啼哭，我顾不上慈爱他，只忙于考虑治理水土的事。我重新划定了五种服役地带，一直到五千里远的地方。每一个州征集三万人，从九州到四海边境，每五个诸侯国设立一个长，各诸侯长领导治水工作。只有三苗顽抗，不肯接受工作任务，舜帝您要为这事忧虑啊！"

舜帝说："宣扬我们的德教，依时布置工役，三苗应该会顺从。皋陶正敬重那些顺从的，对违抗的，正示以刑杀的图像警戒他们，三苗的事应当会办好。"

夔说："敲起玉磬，打起搏拊，弹起琴瑟，唱起歌来吧！"先祖、先父的灵魂降临了，我们舜帝的宾客就位了，各个诸侯国君登上了庙堂互相揖让。庙堂下吹起管乐，打着小鼓，合乐敲着祝，止乐敲着敔，笙和大钟交替演奏。扮演飞禽走兽的舞队踏着节奏跳舞，韶乐演奏了九次以后，扮演凤凰的舞队出来表演了。"

夔说："唉！我轻敲重击着石磬，扮演百兽的舞队都跳起舞来，各位官长也合着乐曲一同跳起来吧！"

舜帝因此作歌。说："勤劳天命，这样子就差不多了。"于是唱道："大臣欢悦啊，君王奋发啊，百事发达啊！"

皋陶跪拜叩头继续说："要念念不忘啊！统率起兴办的事业，慎守你的法度，要认真啊！经常考察你的成就，要认真啊！"于是继续作歌说："君王英明啊！大臣贤良啊！诸事安康啊！"又继续作歌说："君王琐碎啊！大臣懈怠啊！诸事荒废啊！"

舜帝拜谢说："对啊！我们去认真干吧！"

禹 贡

禹分别土地的疆界，行走高山砍削树木作为路标，以高山大河奠定界域。

冀州：从壶口开始施工以后，就治理梁山和它的支脉。太原治理好了以后，又治理到太岳山的南面。覃怀一带的治理取得了成效，又到了横流入河的漳水。那里的土是白壤，那里的赋税是第一等，也夹杂着第二等，那里的田地是第五等。恒水、卫水已经顺着河道而流，大陆泽也已治理了。岛夷用皮服来进贡，先接近右边的碣石山，再进入黄河。

济水与黄河之间是兖州：黄河下游的九条支流疏通了，雷夏也已经成了湖泽，滩水和沮水会合流进了雷夏泽。栽种桑树的地方都已经养蚕，于是人们从山丘上搬下来住在平地上。那里的土质又黑又肥，那里的草是茂盛的，那里的树是修长的。那里的田地是第六等，赋税是第九等，耕作了十三年才与其他八个州相同。那里的贡物是漆和丝，还有那竹筐装着的彩绸。进贡的船只行于济水、漯水到达黄河。

渤海和泰山之间是青州：嵎夷治理好以后，潍水和淄水也已经疏通了。那里的土又白又肥，海边有一片广大的盐碱地。那里的田是第三等，赋税是第四等。那里进贡的物品是盐和细葛布，海产品多种多样。还有泰山谷的丝、大麻、锡、松和奇特的石头。莱夷一带可以放牧。进贡的物品是那筐装的柞蚕丝。进贡的船只行于汶水达到济水。

黄海、泰山及淮河之间是徐州：淮河、沂水治理好以后，蒙山、羽山一带已经可以种植了，大野泽已经停聚着深水，东原地方也获得治理。那里的土是红色的，又黏又肥，草木不断滋长而丛生。那里的田是第二等，赋税是第五等。那里的贡品是五色土，羽山山谷的大山鸡，峄山南面的特产桐木，泗水边上的可以做磬的石头，淮夷之地的蚌珠和鱼。还有那筐子装着的黑色的绸和白色的绢。进贡的船只行于淮河、泗水，到达与济水相通的荷泽。

淮河与黄海之间是扬州：彭蠡泽已经汇集了深水，南方各岛可以安居。三条江水已经流入大海，震泽也获得了安定。小竹和大竹已经遍布各地，那里的草很茂盛，那里的树很高大。那里的土是潮湿的泥。那里的田是第九等，那里的赋是第七等，杂出第六等。那里的贡品是金、银、铜、美玉、美石、小竹、大竹、象牙、犀皮、鸟的羽毛、旄牛尾和木材。东南沿海各岛的人穿着草编的衣服。这一带把那筐装的贝锦，那包裹的橘柚作为贡品。进贡的船只沿着长江、黄海到达淮河、泗水。

荆山与衡山的南面是荆州：长江、汉水像诸侯朝见天子一样奔向海洋，洞庭湖的水系大定了。沱水、潜水疏通以后，云梦泽一带可以耕作了。那里的土是潮湿的泥，那里的田是第八等，那里的赋是第三等。那里的贡物是羽毛、旄牛尾、象牙、犀皮和金、银、铜，椿树、柘树、桧树、柏树，粗磨石、细磨石、造箭镞的石头、丹砂和美竹、楛木。三个诸侯国进贡他们的名产，包裹好了的杨梅、菁茅，装在筐子里的彩色丝绸和一串串的珍珠。九江进贡大龟。这些贡品经长江、沱水、潜水、汉水，到达汉水上游，改走陆路到洛水，再到南河。

荆山、黄河之间是豫州：伊水、瀍水和涧水都已流入洛水，又流入黄河，荥波泽已经停聚了大量的积水。疏通了菏泽，并在孟猪泽筑起了堤防。那里的土是柔软的壤土，低地的土是肥沃的黑色硬土。那里的田是第四等，那里的赋税是第二等，杂出第一等。那里的贡物是漆、麻、细葛、纻麻，那筐装的绸和细绵，又进贡治玉磬的石头。进贡的船只行于洛水到达黄河。

华山南部到怒江之间是梁州：岷山、嶓冢山治理以后，沱水、潜水也已经疏通了。峨嵋山、蒙山治理后，和夷一带也取得了治理的功效。那里的土是疏松的黑土，那里的田是第七等，那里的赋税是第八等，还杂出第七等和第九等。那里的贡物是美玉、铁、银、刚铁、作箭镞的石头、磬、熊、马熊、狐狸、野猫。织皮和西倾山的贡物沿着桓水而来。进贡的船只行于潜水，然后离船上岸陆行，再进入沔水，进到渭水，最后横渡渭水到达黄河。

　　黑水到西河之间是雍州：弱水疏通已向西流，泾河流入渭河之湾，漆沮水已经会合洛水流入黄河，沣水也向北流同渭河会合。荆山、岐山治理以后，终南山、惇物山一直到鸟鼠山都得到了治理。原隰的治理取得了成绩，至于猪野泽也得到了治理。三危山已经可以居住，三苗就安定了。那里的土是黄色的，那里的田是第一等，那里的赋税是第六等。那里的贡物是美玉、美石和珠宝。进贡的船只从积石山附近的黄河，行到龙门、西河，与从渭河逆流而上的船只会合在渭河以北。织皮的人民定居在昆仑、析支、渠搜三座山下，西戎各族就安定顺从了。

　　开通了岍山和岐山的道路，到达荆山，越过黄河。又开通壶口山、雷首山，到达太岳山。又开通柱山、析城山，到达王屋山。又开通太行山、恒山，到达碣石山，从这里进入渤海。

　　开通西倾山、朱圉山、鸟鼠山，到达太华山。又开通熊耳山、外方山、桐柏山，到达陪尾山。

　　开通嶓冢山到达荆山。开通内方山到达大别山。开通岷山的南面到达衡山，过洞庭湖到达庐山。

　　疏通弱水到合黎山，下游流到沙漠。

　　疏通黑水到三危山，流入南海。

　　疏导黄河，从积石山开始，到达龙门山；再向南到达华山的北面；再向东到达柱山；又向东到达孟津；又向东经过洛水与黄河会合的地方，到达大伾山；然后向北经过降水，到达大陆泽；又向北，分成九条支流，再会合成一条逆河，流进大海。

　　从嶓冢山开始疏导漾水，向东流成为汉水；又向东流，成为沧浪水；经过三澨水，到达大别山，向南流进长江。向东，来汇的水叫彭蠡泽；向东，称为北江，流进大海。

　　从岷山开始疏导长江，向东另外分出一条支流称为沱江；又向东到达澧水；经过洞庭湖，到达东陵；再向东斜行向北，与淮河会合；向东称为中江，流进大海。

　　疏导沇水，向东流就称为济水，流入黄河，河水溢出成为荥泽；又从定陶的北面向东流，再向东到达菏泽县；又向东北，与汶水会合；再向北，转向东，流进大海。

　　从桐柏山开始疏导淮河，向东与泗水、沂水会合，向东流进大海。

　　从鸟鼠同穴山开始疏导渭水，向东与沣水会合，又向东与泾水会合；又向东经过漆沮水，流入黄河。

　　从熊耳山开始疏导洛水，向东北，与涧水、瀍水会合；又向东，与伊水会合；又向东北，流入黄河。

　　九州由此统一了：四方的土地都已经可以居住了，九条山脉都伐木修路可以通行了，九条河流都疏通了水源，九个湖泽都修筑了堤防，四海之内进贡的道路都畅通无阻了。水火金木土谷六府都治理得很好，各处的土地都要征收赋税，并且规定慎重征取财物赋税，都要根据土地的上中下三等来确定它。中央之国赏赐土地和姓氏给诸侯，敬重以德行为先，又不违抗我的措施的贤人。

国都以外五百里叫做甸服。离国都最近的一百里缴纳连秆的禾；二百里的，缴纳禾穗；三百里的，缴纳带稃的谷；四百里的，缴纳粗米；五百里的缴纳精米。

甸服以外五百里是侯服。离甸服最近的一百里替天子服差役；二百里的，担任国家的差役；三百里的，担任侦察工作。

侯服以外五百里是绥服。三百里的，考虑推行天子的政教；二百里的，奋扬武威保卫天子。

绥服以外五百里是要服。三百里的，约定和平相处；二百里的，约定遵守条约。

要服以外五百里是荒服。三百里的，维持隶属关系；二百里的，进贡与否流动不定。东方进至大海，西方到达沙漠，北方、南方同声教都到达外族居住的地方。

于是禹被赐给玄色的美玉，表示大功告成了。

甘 誓

将在甘地进行大战，夏王启就召见了六军的将领。王说："啊！六军的将士们，我告诫你们：有扈氏轻慢洪范大法，废弃正德、利用、厚生三大政事，因此，上天要断绝他的国运。现在我只有奉行上天对他的惩罚。

"车左的兵士不善于射箭，你们就是不奉行我的命令；车右的兵士不善于用戈矛刺杀，你们也是不奉行我的命令；驾车的兵士违反驭马的规则，你们也是不奉行我的命令。服从命令的，我会在先祖的神位面前赏赐你们；不服从命令的，我会在社神的神位面前惩罚你们，我就会把你们降为奴隶，或者杀掉你们。"

战车，战国铜器纹饰，美国弗利尔美术馆藏。

五子之歌

太康处在尊位而不理事，又喜好安乐，丧失君德，众民都怀着二心；竟至盘乐游猎没有节制，到洛水的南面打猎，百天还不回来。有穷国的君主羿，因人民不能忍受，在河北抵御太康，不让他回国。太康的弟弟五人，侍奉他们的母亲以跟随太康，在洛水湾等待他。这时五人都埋怨太康，因此叙述大禹的教导而写了歌诗。

其中一首说："伟大的祖先曾有明训，人民可以亲近而不可看轻；人民是国家的根本，根本牢固，国家就安宁。我看天下的人，愚夫愚妇都能对我取胜。一人多次失误，民怨难道要等它显明？应当考虑它还未形成。我治理兆民，恐惧得像用坏索子驾着六匹马；做君主的人，怎么能不敬不怕？"

其中第二首说："禹王的教诲是这样：在内迷恋女色，在外游猎翱翔；喜欢喝酒和爱听音乐，高高建筑大殿又雕饰宫墙。这些事只要有一桩，就没有人不灭亡。"

其中第三首说："那陶唐氏的尧皇帝，曾经据有冀州这地方。现在废弃他的治道，紊乱他的政纲，就是自己导致灭亡！"

其中第四首说："我的辉煌的祖父，是万国的大君。有典章有法度，传给他的子孙。征赋和计量平均，王家府库丰殷，现在废弃他的传统，就断绝祭祀又危及宗亲！"

其中第五首说："唉！哪里可以回归？我的心情伤悲！万姓都仇恨我们，我们将依靠谁？我的心思郁闷，我的颜面惭愧。不愿慎行祖德，即使改悔又岂可挽回？"

胤　征

夏帝仲康开始治理四海，胤侯受命掌管夏王的六师。羲和放弃他的职守，在他的私邑嗜酒荒乱。胤侯接受王命，去征伐羲和。

胤侯告诫军众说："啊！我的众位官长。圣人有谟有训，明白有验，可以定国安邦：先王能谨慎对待上天的警戒，大臣能遵守常法，百官修治职事辅佐君主，君主就明而又明。每年孟春之月，宣令官员用木铎在路上宣布教令，官长互相规劝，百工依据他们从事的技艺进行谏说。他们有不奉行的，国家将有常刑。

"这个羲和颠倒他的行为，沉醉在酒中，背离职位，开始搞乱了日月星辰的运行历程，远远放弃他所司的事。前些时候季秋月的朔日，日月不会合于房，出现日食。乐官进鼓而击，啬夫奔驰取币以礼敬神明，众人跑着供役。羲和主管其官却不知道这件事，对天象昏迷无知，因此触犯了先王的诛罚。先王的《政典》说：历法出现先于天时的事，杀掉无赦，出现后于天时的事，杀掉无赦。

"现在我率领你们众长，奉行上天的惩罚。你等众士要对王室同心协力，辅助我认真奉行天子的庄严命令！火烧昆山，玉和石同样被焚烧；天王的官吏如有过恶行为，害处将比猛火更甚。消灭那个为恶的大首领，胁从的人不要惩治；旧时染有污秽习俗的人，都允许更新。

"啊！严明胜过慈爱，就真能成功；慈爱胜过严明，就真会无功。你等众士要努力要戒慎呀！"

商 书

汤 誓

王说:"来吧!你们众位,都听我说。不是我小子敢行作乱!因为夏国犯下许多罪行,天帝命令我去讨伐它。现在你们众人,你们说:'我们的君王不怜悯我们众人,荒废我们的农事,为什么要征伐夏国呢?'我虽然理解你们的话,但是夏氏有罪,我畏惧上帝,不敢不去征伐啊!现在你们会问:'夏的罪行究竟怎么样呢?'夏王耗尽民力,剥削夏国的人民。民众怠慢不恭,同他很不和协,他们说:'这个太阳什么时候消失呢?我们愿意同你一起灭亡。'夏的品德这样坏,现在我一定要去讨伐他。

"你们要辅佐我,实行天帝对夏的惩罚,我将重重地赏赐你们!你们不要不相信,我不会说假话。如果你们不听从誓言,我就会把你们降成奴隶,或者杀死你们,不会有所赦免。"

仲虺之诰

成汤放逐夏桀使他住在南巢,于是有些惭愧。他说:"我怕后世拿我作为话柄。"仲虺于是向汤作了解释。

仲虺说:"啊!上天生养人民,人人都有情欲,没有君主,人民就会乱,因此上天又生出聪明的人来治理他们。夏桀行为昏乱,人民陷于泥涂火炭一样的困境;上天于是赋予勇敢和智慧给大王,使您做万国的表率,继承大禹长久的事业。您现在要遵循大禹的常法,顺从上天的大命!

"夏王桀有罪,假托上天的意旨,在下施行他的教命。上天因此认为他不善,要我商家承受

成汤,佚名绘,台北故宫博物院藏。即帝汤,子姓,原名履,又称天乙、汤,卜辞称太乙、高祖乙、唐,灭夏后,称成汤。商朝创立者。殷先公主癸子,继之而立,建都于亳。

王命,使他的众庶觉悟。简慢贤明依从权势的,这种人徒众很多。从前我商家立国于夏世,像苗中有莠草,像粟中有秕谷一样。上下战栗恐惧,无不害怕陷入非罪;何况我商家的德和言都可听闻呢?

"大王不近声色,不聚货财;德盛的人用官职劝勉他,功大的人用奖赏劝勉他;用人之言像自己说的一样,改正过错毫不吝惜;能宽能仁,昭信于万民。从前葛伯跟馈食的人为仇,我们的征伐从葛国开始。大王东征则西夷怨恨,南征则北狄怨恨。他们说:怎么独独把我们摆在后面?我军过往的人民,室家互相庆贺。他们说:等待我们的君主,君主来临,我们就会复活了!天下人民爱戴我们商家,已经很久了啊!

"佑助贤德的诸侯,显扬忠良的诸侯;兼并懦弱的,讨伐昏暗的,夺取荒乱的,轻慢走向灭亡的。推求灭亡的道理,以巩固自己的生存,国家就将昌盛。

"德行日新不懈,天下万国就会怀念;志气自满自大,亲近的九族也会离散。大王要努力显扬大德,对人民建立中道,用义裁决事务,用礼制约思想,把宽裕之道传给后人。我听说能够自己求得老师的人就会为王,以为别人不及自己的人就会灭亡。爱好问,知识就充裕;只凭自己,闻见就狭小。

"啊!慎终要像它的开始。扶植有礼之邦,灭亡昏暴之国;敬重上天这种规律,就可以长久保持天命了。"

夏桀,汉画像石,山东嘉祥武氏祠。

汤 诰

汤王在战胜夏桀后回来,到了亳邑,大告万方诸侯。

汤王说:"啊,你们万方众长,明白听从我的教导。伟大的上帝,降善于下界人民。顺从人民的常性,能使他们安于教导的就是君主。夏王灭弃道德滥用威刑,向你们万方百姓施行虐政。你们万方百姓遭受他的残害,痛苦不堪,普遍向上下神祇申诉无罪。天道福佑善人惩罚坏人,降灾于夏国,以显露他的罪过。所以我小子奉行天命明法,不敢宽宥。

敢用黑色牡牛，敢向天神后土祷告，请求惩治夏桀。就邀请了大圣伊尹与我共同努力，为你们众长请求保全生命。

"上天保佑天下人民，罪人夏桀被废黜了。天道不差，灿然像草木的滋生繁荣，兆民真的乐于生活了。上天使我和睦安定你们的国家，这回伐桀我不知道得罪了天地没有，惊恐畏惧，像要落到深渊里一样。凡我建立的诸侯，不要施行非法，不要追求安乐；要各自遵守常法，以接受上天的福禄。你们有善行，我不敢掩盖；罪过在我自身，我不敢自己宽恕，因为这些在上帝心里都明明白白。你们万方有过失，原因都在于我；我有过失，不会连及你们万方诸侯。

"啊！但愿能够这样诚信不疑，也就会获得好的结局。"

伊 训

太甲元年十二月乙丑日，伊尹祭祀先王，侍奉嗣王恭敬地拜见他的祖先。侯服甸服的诸侯都在祭祀行列，百官率领自己的官员，听从太宰伊尹的命令。伊尹于是明白说明大功之祖成汤的盛德，来教导太甲。

伊尹说："啊！从前夏代的先君，当他勉力施行德政的时候，没有发生天灾，山川的鬼神也没有不安宁的，连同鸟兽鱼鳖各种动物的生长都很顺遂。到了他的子孙不遵循先人的德政，上天降下灾祸，借助于我汤王的手。上天有命，先从夏桀讨伐；我就从亳都执行。我商王宣明德威，用宽和代替暴虐，所以天下兆民相信我、怀念我。现在我王嗣行成汤的美德，不可不考虑开头！行

伊尹，选自《历代名臣像解》。又称阿衡，一说名挚。商初大臣。本为有莘氏媵臣，后归助汤，助商灭夏，掌国政。历成汤、帝外丙、帝中壬诸朝，卒于帝太甲子沃丁时。

爱于亲人，行敬于长上，从家和国开始，最终推广到天下。

"啊！先王努力讲求做人的纲纪，听从谏言而不违反，顺从前贤的话；处在上位能够明察，为臣下能够尽忠；结交人不求全责备，检点自己好像来不及一样。因此达到拥有万国，这是很难的呀！

"又普求贤智，使他们辅助你们后嗣。制订《官刑》来警戒百官。《官刑》上说：敢有经常在宫中舞蹈、在房中饮酒酣歌的，这叫做巫风。敢有贪求财货女色、经常游乐田猎的，这叫做淫风。敢有轻视圣人教训、拒绝忠直谏戒、疏远年老有德、亲近顽愚童稚的，这叫做乱风。这些三风十过，卿士身上有一种，他的家一定会丧失；国君身上有一种，他的国一定会灭亡。臣下不匡正君主，其刑罚就是墨刑。这些要详细教导到下士。

"啊！嗣王当以这些教导警戒自身，念念不忘呀！圣谟美好，嘉训很明啊！上帝的眷顾不常在一家，作善事的，就赐给他百福；作不善的，就赐给他百殃。你修德不论多小，天下的人都会感到庆幸；你行不善，不论多大，也会丧失国家。"

太甲上

嗣王太甲对伊尹不顺从，伊尹作书给王说："先王成汤顾念天的明命是正确的，因此供奉上下神祇、宗庙社稷无不恭敬严肃。上天看到汤的善政，因此降下重大使命，使他抚安天下。我伊尹亲身能辅助君主安定人民，所以嗣王就承受了先王的基业。我伊尹亲身先见到西方夏邑的君主，用忠信取得成就，辅相大臣也取得成就；他们的后继王不能取得成就，辅相大臣也没有成就。嗣王要警戒呀！应当敬重你做君主的法则，做君主而不尽君道，将会羞辱自己的祖先。"

王像往常一样不念不闻。伊尹就说："先王在天将明未明的时刻，就思考国事，坐着等待天明。又遍求俊彦的臣子，开导后人。您不要忘记先祖的教导以自取灭亡。要慎行俭约的美德，怀着长久的计谋。好像虞人张开了弓，还要去察看箭尾与瞄准器才发射一样；您要重视自己的目的，遵行你的祖先的措施！这样我就高兴了，千秋万世您将会得到美好的声誉。"

太甲未能改变。伊尹对群臣说："嗣王这样就是不义。习惯将同生性相结合，我不能轻视不顺教导的人。要在桐营造宫室，使他亲近先王的教训，莫让他终身迷误。"

嗣王去桐宫，处在忧伤的环境，能够成就诚信的美德。

太甲中

三年十二月朔日，伊尹戴着礼帽穿着礼服迎接嗣王太甲回到亳都。作书告王说："人民没有君主，不能互相匡正而生活；君主没有人民，无法治理四方。上天顾念帮助商家，使嗣王能成就君德，实在是商家万代无疆之美啊！"

嗣王拜跪叩头说："我小子不明于德行，自己招致不善。多欲就败坏法度，放纵就败坏礼制，因此给自身召来了罪过。上天造成的灾祸，还可回避；自己造成的灾祸，不可逃脱。以前我违背师保的教训，能谋求于开初；还望依靠您的匡救的恩德，谋求我的好结局。"

伊尹跪拜叩头，说："修治自身，又用诚信的美德和谐臣下，就是明君。先王成汤慈爱穷困的人民，人民服从他的教导，没有不喜悦的。连他的友邦和邻国，也这样说：等待我们的君主吧，我们的君主来了，就没有祸患了。大王要勉力增进你的德行，效法你的烈祖，不可有顷刻的安乐懈怠。事奉先人，当思孝顺；接待臣下，当思恭敬。观察远方要眼明，顺从有德要耳聪。能够这样，我享受王的幸福就会没有止境。"

太甲下

伊尹向王反复告诫说："呀！上天没有经常的亲人，能敬天的天就亲近；人民没有经常归附的君主，他们归附仁爱的君主；鬼神没有经常的享食，享食于能诚信的人。处在天子的位置很不容易呀！

"用有德的人就治，不用有德的人就乱。与治者办法相同，没有不兴盛的；与乱者办法相同，没有不灭亡的。终和始都慎择自己的同事，就是英明的君主。

"先王因此勉力敬修自己的德行，所以能够匹配上帝。现在我王继续享有好的基业，希望看到这一点呀！

"如果升高，一定要从下面开始；如果行远，一定要从近处开始。不要轻视人民的事务，要想到它的难处；不要苟安君位，要想到它的危险。慎终要从开头做起啊！

"有些话不顺你的心意，一定要从道义来考求；有些话顺从你的心意，一定要从不道义来考求。

"啊呀！不思考，怎么收获？不做事，怎么成功？天子大善，天下因此而得正。君主不要使用巧辩扰乱旧政，臣下不要凭仗骄宠和利禄而安居成功。这样，国家将永久保持在美好之中。"

咸有一德

伊尹已经把政权归还给太甲，将要告老回到他的私邑，于是陈述修德的事，告诫太甲。

伊尹说："唉！上天难信，天命无常。经常修德，可以保持君位；修德不能经常，九州因此就会失掉。夏桀不能经常修德，怠慢神明，虐待人民。皇天不安，观察万方，开导佑助天命的人，眷念寻求纯德的君，使他作为百神之主。只有我伊尹自己和成汤都有纯一之德，能合天心，接受上天的明教，因此拥有九州的民众，于是革除了夏王的虐政。这不是上天偏爱我们商家，而是上天佑助纯德的人；不是商家求请于民，而是人民归向纯德的人。德纯一，行动起来无不吉利；德不纯一，行动起来无不凶险。吉和凶不出差错，虽然在人；上天降灾降福，却在于德啊！

"现在嗣王新受天命，要更新自己的德行；始终如一而不间断，这样就会日新。任命官吏当用贤才，任用左右大臣当用忠良。大臣协助君上施行德政，协助下属治理人民；对他们要重视，要慎重，当和谐，当专一。德没有不变之法，要以主善为法；善没有不变的准则，要协合于能一。要使万姓都说：重要呀！君王的话。又说：纯一野！君王的心。这样，就能安享先王的福禄，长久安定众民的生活。

"啊呀！供奉七世祖先的宗庙，可以看到功德；万夫的首长，可以看到行政才能。君主没有人民就无人任用，人民没有君主就无处尽力。不可自大而小视人，平民百姓如果不得各尽其力；人君就没有人跟他建立功业。"

盘庚上

盘庚将把都城迁到殷。臣民不愿往那个处所，相率呼吁一些贵戚大臣出来，向他们陈述意见。臣民说："我们的君王迁来，既已改居在这里，是看重我们臣民，不使我们受到伤害。现在我们不能互相救助，以求生存，用龟卜稽考一下，将怎么样呢？先王有事，敬慎地遵从天命。这里还不能长久安宁吗？不能长久住在一个地方，到现在已经五个国都了！现在不继承先王敬慎天命的传统，就不知道老天将断绝我们的命运，更何况说能继承先王的事业呢？好像倒伏的树又长出了新枝、被砍伐的残余又发出嫩芽一样，老天将使我们的国运在这个新都奄邑延续下去，继续复兴先王的大业，安定天下。"

盘庚开导臣民，又教导在位的大臣遵守旧制、正视法度。他说："不要有人敢于凭借小民的谏诫，反对迁都！"于是，王命令众人，都来到朝廷。

王这样说："来吧，你们各位，我要告诉你们，开导你们。可克制你们的私心，不要傲上求安。从前我们的先王，也只是谋求任用旧臣共同管理政事。施行先王的教令，他们不隐瞒教令的旨意，先王因此敬重他们。他们没有错误的言论，百姓们因此也大变了。现在你们拒绝我的好意，自以为是，起来申说危害虚浮的言论，我不知道你们争辩的意图。

"并不是我自己放弃了任用旧人的美德，而是你们包藏好意而不施给我。我对当前形势像看火一样地清楚，我如果又不善于谋划和行动，那就错了。好像把网结在纲上，才能有条理而不紊乱；好像农民从事田间劳动，努力耕种，才会大有收成。你们能克制私心，把实际的好处施给百姓，以至于亲戚朋友，于是才敢扬言你们有积德，如果你们不怕远近会出现大灾害，像懒惰的农民一样自求安逸，不努力操劳，不从事田间劳动，就会没有黍稷。

"你们不向老百姓宣布我的善言，这是你们白生祸害，即将发生灾祸邪恶，而自己害自己。假若已经引导人们做了坏事，而又承受那些痛苦，你们悔恨自己又怎么来得及？看看这些小人吧，他们尚且顾及规劝的话，顾及发出错误言论，何况我掌握着你们或短或长的生命呢？你们为什么不告诉我，却用些无稽之谈互相鼓动，恐吓煽动民众呢？好像大火在原野上燃烧一样，不能面向，不能接近，还能够扑灭吗？这都是你们众人自己做了不好的事，不是我有过错。

"迟任说过：'人要寻求旧的，器物不要寻求旧的，要新。'过去我们的先王同你们的祖辈父辈共同勤劳，共享安乐，我怎么敢对你们施行不恰当的刑罚呢？世世代代都会说到你们的功劳，我不会掩盖你们的好处。现在我要祭祀我们的先王，你们的祖先也将跟着享受祭祀。赐福降灾，我也不敢动用不恰当的赏赐或惩罚。

"我在患难的时候告诉你们，要像射箭有箭靶一样，你们不能偏离我。你们不要轻视成年人，也不要看不起年幼的人。你们各人领导着自己的封地，要努力使出你们的力量，听从我一人的所作所谋。没有远和近的分别，我用刑罚惩处那些坏的，用赏赐表彰那些好的。国家治理得好，是你们众人的功劳；国家治理得不好，是我有过有罪。

"你们众人，要思考我告诫的话：从今以后，各人履行你们的职务，摆正你们的职位，闭上你们的口，不许乱说。否则，惩罚到你们身上，后悔也不可能啊！"

盘庚中

盘庚做了君主以后，计划渡过黄河带领臣民迁移。于是，集合了那些不服从的臣民，用至诚普告他们。那些臣民都来了，还没有靠近王庭。盘庚于是登上高处，招呼他们靠前一些。

盘庚说："你们要听清楚我的话，不要忽视我的命令！啊！从前我们的先王，没有谁不想顺承和安定人民。君王清楚大臣也明白，因此没有被天灾所惩罚。从前上天盛降大灾，先王不安于自己所作的都邑，考察臣民的利益而迁徙。你们为什么不想想我们先王的这些传闻呢？我顺从你们喜欢安乐和稳定的心愿，反对你们有灾难而陷入刑罚。我若呼吁你们安居在这个新都，也是关心你们的祸灾，并且永遵先王的意愿吗？

"现在我打算率领你们迁移，使国家安定。你们不忧虑我内心的困苦，你们的心竟然都很不和顺，很想用些不正确的话来动摇我。你们自己搞得走投无路，自寻烦恼，譬如坐在船上，你们不渡过去，这将会坏事。你们诚心不合作，那就只有一起沉下去。不能前进，只是自己怨怒，又有什么好处呢？你们不作长久打算，不想想灾害，你们普遍安于忧患。这样下去，将会有今天而没有明天了，你们怎么能生活在这个地面上呢？

"现在我命令你们同心同德，不要传播谣言来败坏自己，恐怕有人会使你们的身子不正，使你们心地歪邪。我向上天劝说延续你们的生命，我哪里是要虐待你们啊，我是要帮助你们、养育你们众人。

"我想到我们神圣的先王曾经烦劳你们祖先，我不能使你们前进以安定你们，而耽误政事，长久居住在这里，先王就会重重地降下罪疾，问道：'为什么虐待我的臣民？'你们万民如果不去谋生，不和我同心同德，先王也会对你们降下罪责，问道：'为什么不同我的幼孙亲近友好？'因此，有了过错，上天就将惩罚你们，你们不能长久。

"从前我们的先王已经烦劳你们的祖先和父辈，你们都作为我养育的臣民，你们内心却又怀着恶念！我们的先王将会告诉你们的祖先和父辈，你们的祖先和父辈就会断然抛弃你们，不会挽救你们的死亡。现在我有乱事的大臣，聚集财物。你们的祖先和父辈于是就会告诉我们的先王说：'对我们的子孙用大刑吧！'于是，先王就会重重地降下刑罚。

"啊！现在我告诉你们：不要轻举妄动！要永远警惕大的忧患，不要互相疏远！你们应当考虑顺从我，各人心里都要和和善善。假如有人不善良，不走正道，违法不恭，欺诈奸邪，胡作非为，我就要断绝消灭他们，不留他们的后代，不让他们在这个新国都里延续种族。

"去吧，去谋生吧！现在我将率领你们迁徙，永久建立你们的家园。"

盘庚下

盘庚迁都以后，定好住的地方，才决定宗庙朝廷的位置，然后告诫众人。

盘庚说："不要戏乐、懒惰，努力传达我的教命吧！现在我将披肝沥胆把我的意思告诉你们各位官员。我不会惩罚你们众人，你们也不要共同发怒，联合起来，毁谤我一个人。

"从前我们的先王想光大前人的功业，迁往山地。因此减少了洪水给我们的灾祸，在我国获得了好效果。现在我们的臣民由于洪水动荡奔腾而流离失所，没有固定的住处，你们反而问我为什么要惊动众人而迁徙！现在上帝要兴复我们高祖的美德，光大我们的国家。我急切、笃实、恭谨，奉命延续你们的生命，率领你们长远居住在新都。所以我这个年轻人，不是废弃你们的谋划，是要善于遵行上帝的考虑；不是敢于违背卜兆，是要发扬光大上帝这一美好的指示。

"啊！各位诸侯、各位官长以及全体官员，你们都要考虑考虑啊！我将要尽力考察你们惦念尊重我们民众的情况。我不会任用贪财的人，只任用经营民生的人。对于那些能养育民众并能谋求他们安居的人，我将依次敬重他们。现在我已经把我心里的好恶告诉你们了，不要有不敬慎的！不要聚敛财宝，要经营民生以自立功勋！应当把恩惠施给民众，永远能够与我同心！"

说命上

高宗居父丧，信任冢宰默默不言，已经三年。免丧以后，他还是不论政事。群臣都向王进谏说："啊！通晓事理的叫做明哲，明哲的人实可制作法则。天子统治万邦。百官承受法式。王的话就是教命，王不说，臣下就无从接受教命。"

王因作书告谕群臣说："要我做四方的表率，我惟恐德行不好，所以不发言。我恭敬沉默思考治国的办法，梦见上帝赐给我贤良的辅佐，他将代替我发言。"于是详细画出了他的形象，使人拿着图像到天下普遍寻找。傅说在傅岩之野筑土，同图像相似。于是立他为相，王把他设置在左右。

王命令他说："请早晚进谏，以帮助我修德吧！比如铁器，要用你作磨石；比如渡大河，要用你作船和桨；比如年岁大旱，要用你作霖雨。敞开你的心泉来灌溉我的心

傅说，选自《历代名臣像解》。说一作兑，商朝贤臣。

吧！比如药物不猛烈，疾病就不会好，比如赤脚而不看路，脚因此会受伤。希望你和你的同僚，无不同心来匡正你的君主，使我依从先王，追随成汤，来安定天下的人民。

"啊！重视我的这个命令，要考虑取得成功！"

傅说向王答复说："木依从绳墨砍削就会正直，君主依从谏言行事就会圣明。君主能够圣明受谏，臣下不待教命犹将承意进谏谁敢不恭敬顺从我王的美好教导呢？"

说命中

傅说接受王命总理百官，于是向王进言说："啊！古代明王承顺天道，建立邦国，设置都城，树立侯王君公，又以大夫众长辅佐他们，这不是为了逸乐，而是用来治理人民。上天聪明公正，圣主效法它，臣下敬顺它，人民就顺从治理了。号令轻出会引起羞辱；甲胄轻用会引起战争；衣裳放在箱子里不用来奖励，会损害自己；干戈藏在府库里不用来讨伐，会伤害自身。王应该警戒这些！这些真能明白，政治就无不美好了。

"治和乱在于众官。官职不可授予亲近，当授予那些能者；爵位不可赐给坏人，当赐给那些贤人。考虑妥善而后行动，行动当适合它的时机。夸自己美好，就会失掉其美好；夸自己能干，就会失去其事功。做事情，就要有准备，有准备才没有后患，不要开宠幸的途径而受侮辱；不要以改过为耻而形成大非。这样思考所担任的事，政事就不会杂乱。

"轻慢对待祭祀，这叫不敬。礼神烦琐就会乱，这样，事奉鬼神就难了。"

王说："好呀！傅说。你的话应当实行。你如果不善于进言，我就不能勉力去做了。"

傅说跪拜叩头，说道："不是知道它艰难，而是实行它艰难。王诚心不以实行为难，就真合于先王的盛德；我傅说如果不说，就有罪过了。"

说命下

王说："来呀！你傅说。我旧时候向甘盘学习过，不久就出巡到荒野，人居于河洲，又从河洲回到亳都，到后来学习没有显著进展。你当顺从我想学的志愿，比如作甜酒，你就做曲蘖；比如作羹汤，你就做盐和梅。你要多方指正我，不要抛弃我；我当能够履行你的教导。"

傅说说："王！人们要求增多知识，这是想建立事业。要学习古训，才会有得；建立事业不效法古训，而能长治久安的，这不是我傅说所知道的。学习要心志谦逊，务必时刻努力，所学才能增长。相信和记住这些，治道在自己身上将积累增多。教人是学习的一半，思念终和始常在于学习，道德的增长就会不知不觉了。借鉴先王的成法，将永久没有失误，我傅说因此能够敬承你的意旨，广求贤俊，把他们安排在各种职位上。"

王说："啊！傅说。天下的人都敬仰我的德行，是你的教化所致。手足完备就是成人，良臣具备就是圣君。从前先正伊尹使我的先王兴起，他这样说：我不能使我的君王做尧舜，我心惭愧耻辱，好比在闹市受到鞭打一样。一人不得其所，他就说：这是我的罪过。他辅助我的烈祖成汤受到皇天赞美。你要勉力扶持我，不要让伊尹专美于我商家！君主得不到贤人就不会治理，贤人得不到君主就不会被录用。你要能让你的君主继承先王，长久安定人民。"

傅说跪拜叩头，说："请让我报答宣扬天子的美好教导！"

高宗肜日

又祭高宗的那一天，有一只野鸡在鼎耳上鸣叫。祖己说："要先宽解君王的心，然后纠正他祭祀的事。"于是开导祖庚。

祖己说："上天监视下民，赞美他们合宜行事。上天赐给人的年寿有长有短，并不是上天使人夭折，而是有些人自己断绝自己的性命。有些人有不好的品德，有不顺从天意的罪过。上天已经发出命令纠正他们的品德，您说："要怎么样呢？"

"啊！先王继承帝位被百姓敬重，无非都是老天的后代，常祭的时候，近亲中的祭品不要过于丰厚啦！"

西伯戡黎

周文王打败了黎国以后，祖伊恐慌，跑来告诉纣王。

祖伊说："天子，天意恐怕要终止我们殷商的国运了！贤人和神龟都不能觉察出吉兆。不是先王不扶助我们后人，而

姬昌，选自《历代古人像赞》。即周文王，季历子。受商封为西伯，周人追尊为文王，岐山周原（今属山西）人，商末周初周族领袖，灭商建周奠基者。

是大王淫荡嬉戏自绝于天。所以上天将抛弃我们，不让我们得到糟糠之食。大王不揣度天性，不遵循法律。如今百姓没有谁不希望大王灭亡，他们说：'老天为什么不降威罚呢？'天命不再归向我们了，现在大王将要怎么办呢？"

纣王说："啊哈！我的一生不有福命在天吗？"

祖伊反驳说："唉！您的过失很多，又懒惰懈怠，高高在上，难道还能向上天祈求福命吗？殷商行将灭亡，要指示它的政事，不可不为您的国家努力啊！"

微　子

微子这样说："父师、少师！殷商恐怕不能治理好天下了。我们的先祖成汤制定了常法在先，而纣王沉醉在酒中，因淫乱而败坏成汤的美德在后。殷商的大小臣民无不喜爱抢夺偷盗、犯法作乱，官员们都违反法度。凡是有罪的人，竟不用常法，小百姓一齐起来，同我们结成仇敌。现在殷商恐怕要灭亡了，就好像要渡过大河，几乎找不到渡口和河岸。殷商法度丧亡，竟到了这个地步！"

微子说："父师、少师，我将被废弃而出亡在外呢？还是住在家中安然避居荒野呢？现在你们不指点我，我殷商就会灭亡，怎么办啊？"

父师这样说："王子！老天重降大灾空虚了我们殷商，而君臣都喜沉醉在酒中，却不惧怕老天的威力，违背年高德劭的旧时大臣。现在，臣民竟然偷盗祭祀天地神灵的牺牲和祭器，把它们藏起来，或是饲养，或是吃掉，都没有罪。再向下看看殷民，他们用杀戮和重刑横征暴敛，招致民怨也不放宽。罪人聚合在一起，众多

微子，选自《历代名臣像解》。

的受害者无处申诉。

"殷商现在或许会有灾祸呢，我们起来承受灾难；殷商或许会灭亡呢，我不做敌人的奴隶。我劝告王子出去，我早就说过，箕子和王子不出去，我们殷商就会灭亡。自己拿定主意吧！人人各自去对先王作出贡献，我不再顾虑了，将要出走。"

周　书

泰誓上

周武王十三年春天，诸侯大会于孟津。

武王说："啊！我的友邦大君和我的治事大臣、众士们，请清楚地听取我的誓言。天地是万物的父母，人是万物中的灵秀。真聪明的人就做大君，大君做人民的父母。现在商王纣不尊敬上天，降祸灾给下民。他嗜酒贪色，敢于施行暴虐，用灭族的严刑惩罚人，凭世袭的方法任用人。宫室呀，台榭呀，陂池呀，奢侈的衣服呀，他用这些东西来残害你们万姓人民。他烧杀忠良，解剖孕妇。皇天动了怒，命令我的文考文王严肃进行上天的惩罚，可惜大功没有完成，从前我小子姬发和你们友邦大君到商邦考察政治，商纣没有悔改的心，他竟然傲慢不恭，不祭祀上帝神祇，遗弃他的祖先宗庙而不祭祀。牺牲和粢盛等祭物，也被凶恶盗窃的人吃尽了。他却说：'我有人民有天命！'不改变他侮慢的心意。

"上天帮助下民，为人民建立君主和师长，应当能够辅助上帝，爱护和安定天下。对待有罪和无罪的人，我怎么敢违反上天的意志呢？力量相同就衡量德，德相同就衡量义。商纣有臣亿万，是亿万条心；我有臣子三千，只是一条心。商纣的罪恶，像穿物的串子已经穿满了，上天命令我讨伐他；我如果不顺从上天，我的罪恶就会跟商纣相等。

"我小子早夜敬慎忧惧。在文考庙接受了伐商的命令，我又祭告上帝，祭祀大社，于是率领你们众位，进行上天的惩罚。上天怜悯人民，人民的愿望，上天一定会依从的。你们辅助我吧！要使四海之内永远清明。这个时机啊，不可失去呀！"

姬发，佚名绘，台北故宫博物院院藏。即周武王，西伯姬昌太子，西周建立者。继承父文王灭商遗志，会盟诸侯于孟津，战败商纣于牧野，灭商定都于镐（今陕西西安西南），号称"宗周"。

泰誓中

一月二十八日戊午，周武王驻兵在黄河之北，诸侯率领他们的军队都会合了。武王于是巡视军队并且告诫他们。

武王说："啊！西方各位诸侯，请都听我的话。我听说好人做好事，整天地做还是时间不够；坏人做坏事，也是整天地做还是时间不够。现在商王纣，力行不合法度的事，放弃年老的大臣，亲近有罪的人，过度嗜酒，放肆暴虐。臣下也受到他的影响，各结朋党，互为仇敌；挟持权柄，互相诛杀。无罪的人呼天告冤，秽恶的行为公开传闻。

"上天惠爱人民，君主尊奉上天。夏桀不能顺从天意，流毒于天下。上天于是佑助和命令成汤，使他降下废黜夏桀的命令。纣的罪恶超过了夏桀，他伤害善良的大臣，杀戮谏争的辅佐，说自己有天命，说敬天不值得实行，说祭祀没有益处，说暴虐没有害处。他的鉴戒并不远，就在夏桀身上。上天该使我治理人民，我的梦符合我的卜兆，吉庆重叠出现，讨伐商国一定会胜利。商纣有亿兆平民，都离心离德；我有拨乱的大臣十人，都同心同德。纣虽有至亲的臣子，比不上我周家的仁人。

"上天的看法，出自我们人民的看法，上天的听闻，出自我们人民的听闻。老百姓对我有所责难，今天我一定要前往讨伐。

"我们的武力要发扬，要攻到商国的疆土上，捉到那些豺狼；我们的讨伐要进行，这比成汤的事业还辉煌！

"努力吧！将士们。不可出现不威武的情况，宁愿你们保持没有对手的思想。百姓危惧不安，他们向我们叩头就像山崩一样呀！啊！你们一心一德建功立业，就能够长久安定人民。"

泰誓下

时间是戊午的明天，周武王大规模巡视六军，明告众将士。

王说："啊！我们西方的将士。上天有明显的常理，它的法则应当显扬。现在商王纣轻慢五常，荒废怠惰无所敬畏，自己弃绝于上天，结怨于人民。斫掉冬天清晨涉水者的脚胫，剖开贤人的心，作威作恶，杀戮无罪的人，毒害天下。崇信奸邪的人，逐退师保大臣，废除常法，囚禁和奴役正士。祭天祭社的大礼不举行，宗庙也不享祀。造作奇技荒淫新巧的事物来取悦妇人。上帝不依，断然降下这种丧亡的诛罚。你们要努力帮助我，奉行上天的惩罚！

"古人有言说：'抚爱我的就是君主，虐待我的就是仇敌。'独夫商纣大行威虐，是你们的大仇。建立美德务求滋长，去掉邪恶务求除根，所以我小子率领你们众将士去歼灭你们的仇人。你们众将士要用果敢坚毅的精神来成就你们的君主！功劳多的将有重赏，不用命的将有明显的惩罚。

"啊！我文考文王的明德，像日月的照临一样，光被于四方，彰明在西土，因此我们周国广泛亲近了众方诸侯。这次如果我战胜了纣，不是我勇武，是因为我的文考没有过失；如果纣战胜了我，不是我的文考有过失，是因为我这小子不好。"

牧 誓

在甲子日的黎明时刻，周武王率领军队来到商国都城郊外的牧野，于是誓师。武王左手拿着黄色大斧，右手拿着白色旄牛尾指挥，说："远劳了，西方的人们！"武王说："啊！我们友邦的国君和办事的大臣，司徒、司马、司空，亚旅、师氏，千夫长、百夫长，以及庸、蜀、羌、髳、微、卢、彭、濮的人们，举起你们的戈，排列好你们的盾，竖起你

商周牧野之战作战经过示意图。前 1027 年正月，周武王趁商朝统治集团众叛亲离，亲率兵车三百乘，虎贲三千人，甲士四万五千人，联合各方国部落的军队，大兴伐纣。二十八日由孟津东进，从汜水渡过黄河，取道北上，进据牧野。纣王武装奴隶与战俘迎战，但商军临阵倒戈，兵败如山倒，纣王退回朝歌，在鹿台自焚，殷商灭亡。

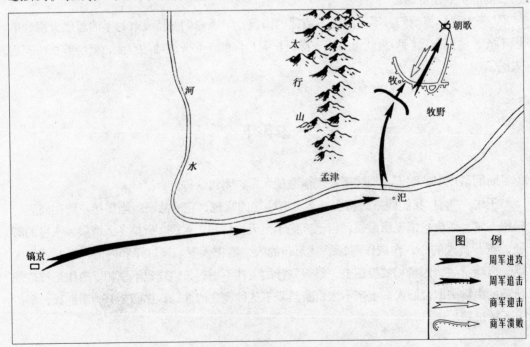

们的矛，我要宣誓了。"

武王说："古人有话说：'母鸡没有早晨啼叫的；如果母鸡在早晨啼叫，这个人家就会衰落。'现在商王纣只是听信妇人的话，轻视对祖宗的祭祀不问，轻视并遗弃他的同祖的兄弟不用。竟然只对四方重罪逃亡的人，就推崇，就尊敬，就信任，就使用，用他们做大夫、卿士的官。使他们残暴老百姓，在商国作乱。现在，我姬发奉行老天的惩罚。今天的战事，行军时，不超过六步、七步，就要停下来整齐一下。将士们，要努力啊！刺击时，不超过四次、五次、六次、七次，就要停下来整齐一下。努力吧，将士们！希望你们威武雄壮，像虎、貔、熊、罴一样，前往商都的郊外。不要禁止能够跑来投降的人，以便帮助我们周国。努力吧。将士们！你们如果不努力，对你们自身就会有惩罚！"

武　成

一月壬辰日，月亮大部分无光。到明天癸巳日，武王早晨从周京出发，前往征伐殷国。四月间，月亮开始放出光辉，武王从商国归来，到了丰邑。于是停止武备，施行文教，把战马放归华山的南面，把牛放回桃林的旷野，向天下表示不用它们。

四月丁未日，武王在周庙举行祭祀，建国于甸服、侯服、卫服的诸侯都忙于奔走，陈设木豆，竹笾等祭器。到第三天庚戌日，举行柴祭来祭天，举行望祭来祭山川，大力宣告伐商武功的成就。

月亮已经生出光辉的时候，众国诸侯和百官都到了周京接受王命。

武王这样说："啊！众位君侯。我的先王建立国家开辟疆土，公刘能修前人的功业。到了太王，开始经营王事。王季勤劳王家。我文考文王能够成就其功

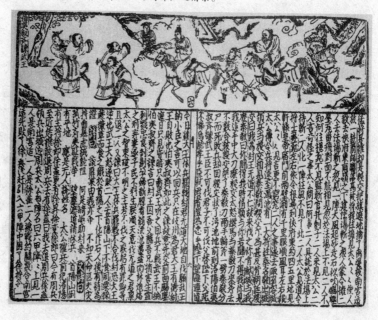

武王伐纣，选自《武王伐纣平话》，元刻本，中国国家图书馆藏。图为武王出师伐纣，伯夷、叔齐兄弟二人叩马谏阻之情景。

勋，大受天命，安抚四方和中夏。大国畏惧他的威力，小国怀念他的恩德。诸侯归附九年而卒，大业没有完成。我小子将继承他的意愿。我把商纣的罪恶，曾经向皇天后土以及所经过的名山大川禀告说：'有道的曾孙周王姬发，对商国将有大事。现在商王纣残暴无道，弃绝天下百物，虐待众民。他是天下逃亡罪人的主人和他们聚集的渊薮。我小子得到了仁人志士以后，冒昧地敬承上帝的意旨，以制止乱谋。华夏各族和蛮貊的人民，无不遵从。我奉了上天的美命，所以我向东征讨，安定那里的士女。那里的士女，用竹筐装着他们的黑色黄色的丝绸，求见我周王。他们被上天的休美震动了，因而归附了我大国周啊！你等神明庶几能够帮助我，来救助亿万老百姓，不要发生神明羞恶的事！'

"到了戊午日，军队渡过孟津。癸亥日，在商郊布好军阵，等待上天的美命。甲子日清早，商纣率领他如林的军队，来到牧野会战。他的军队对我军没有抵抗，前面的士卒反戈向后面攻击，因而大败，血流之多简直可以漂起木杵。一举讨伐殷商，而天下大安了。我于是反掉商王的恶政，政策由旧。解除箕子的囚禁，修治比干的坟墓，致敬于商容的里门。散发鹿台的财货，发放巨桥的粟，向四海施行大赏，天下万民都心悦诚服。"

武王设立爵位为五等，区分封地为三等。建立官长依据贤良，安置众吏依据才能。注重人民的五常之教和民食、丧葬、祭祀。重视诚信，讲明道义；崇重有德的，报答有功的。于是武王垂衣拱手而天下安治了。

洪 范

周文王十三年，武王询问箕子。武王就说道："啊！箕子，上帝庇荫安定下民，使他们和睦相处，我不知道那治国常道的制定方法。"

箕子就回答说："我听说从前，鲧堵塞洪水，胡乱处理了水、火、木、金、土五种用物。上帝震怒，不赐给鲧九种大法，治国的常道因此败坏了。后来，鲧被流放死了，禹于是继承兴起。上帝就把九种大法赐给了禹，治国的常道因此定了下来。

"第一是五行。第二是认真做好五事。第三是努力施行八种政务。第四是合用五种记时方法。第五是建事依据皇极。第六是治理使用三德。第七是尊用以卜考疑的方法。第八是审察政事利用各种征兆。第九是凭五福鼓励臣民，凭六极警戒臣民。

"一、五行：一是水，二是火，三是木，四是金，五是土。水向下润湿，火向上燃烧，木可以弯曲、仲直。金属可以顺从人意改变形状，土壤可以种植百谷。向下润湿的水产生咸味，向上燃烧的火产生苦味，可曲可直的木产生酸味，顺从人意而改变形状的金属产生辛味，种植的百谷产生甜味。

"二、五事：一是容仪，二是言论，三是观察，四是听闻，五是思考。容仪要恭敬，言论要正当，观察要明白，听闻要广远，思考要通达。容仪恭敬就能严肃，言论正当就能治理，观察明白就能昭晰，听闻广远就能善谋，思考通达就能圣明。

"三、八种政务：一是管理民食，二是管理财货，三是管理祭祀，四是管理居民，五是管理教育，六是治理盗贼，七是管理朝觐，八是管理军事。

"四、五种记时方法：一是年，二是月，三是日，四是星辰的出现情况，五是日月运行所经历的周天度数。

"五、君王的中道：君王建立政事要有中道。采取这五福以为教导，用来普遍施给臣民，这样，庶民就会尊重您的中道。贡献您保持中道的方法：凡是庶民没有邪党，臣下没有私相比附的行为，只有君王执行中道。凡是臣下有计谋有作为有操守的，您就审察他们。行为不合法则，但没有陷入罪恶的人，您就成就他们；您和颜悦色地说："我任用美德。"然后，您就赐给爵禄给他们，于是，臣民就会思念君王的中道了。不虐待鳏寡而又

箕子，选自《历代名臣像解》。

不畏显贵的人，和臣下有才能有作为的人，让他献出他的才能，国家就会繁荣昌盛。凡那些百官之长，既然富有经常的俸禄，您不能使他们对国家有好处，于是臣民就要责怪您了。对于那些没有好德行的人，您即使赐给他们爵禄，将会使您受到危害。不要不平，不要不正，要遵守王令；不要作私好，要遵守王道；不要作威恶，要遵行正路。不要行偏，不要结党，王道坦荡；不要结党，不要行偏，王道平平；不要违反，不要倾侧，王道正直。团结那些中道之臣，归附那个中道之君。君王，对于皇极所保之言，要宣扬教导，天帝就顺心了。凡是庶民，对于皇极所陈之言，要遵守实行，用来接近天子的光辉。天子做臣民的父母，因此成为天下的君王。

"六、三种治德：一是正直，二是刚克，三是柔克。和平安顺的人，就用正直对待；强不可亲的人，就用刚克制；和顺可亲的人，就用柔克制。乱臣贼子，就用刚克制，显贵大臣，就用柔克制。只有君王才能作福，只有君王才能作威，只有君王才能享用美物。臣子不许有作福、作威、美食的情况。假若臣子有作福、作威，美食的情况，就会害及您的

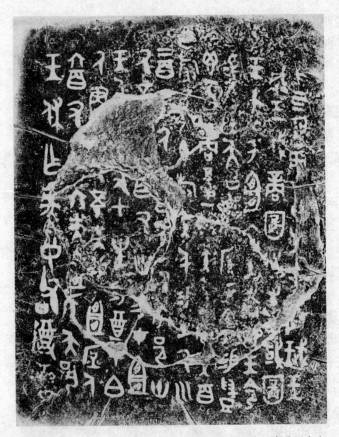

商代记日食卜骨，河南安阳市出土。卜辞内容为预卜日食是否会发生，及卜辞记载。

家，乱及您的国。百官将因此倾侧不正，百姓也将因此发生差错和疑惑。

"七、用卜决疑：选择建立掌管卜筮的官员，教导他们卜筮的方法。龟兆有的叫做雨，有的叫做霁，有的叫做蒙，有的叫做驿，有的叫做克；卦象有的叫做贞，有的叫做悔，共计有七种。龟兆用前五种，占筮用后两种，根据这些推演变化，决定吉凶。设立这种官员进行卜筮。三个人占卜，就听从两个人的说法。你若有重大的疑难，你自己要考虑，再与卿士商量，再与庶民商量，再与卜筮官员商量。你赞同，龟卜赞同，著筮赞同，卿士赞同，庶民赞同，这叫大同。这样，自身会康强，子孙会昌盛，很吉利。你赞同，龟卜赞同，著筮赞同，而卿士反对，庶民反

对，也吉利。卿士赞同，龟卜赞同，著筮赞同，你反对，庶民反对，也吉利。庶民赞同，龟卜赞同，著筮赞同，你反对，卿士反对，也吉利。你赞同，龟卜赞同，著筮反对，卿士反对，庶民反对，在国内行事就吉利，在国外行事就不吉利。龟卜、著筮都与人意相违，不做事就吉利，做事就凶险。

"八，一些征兆：一叫雨，一叫晴，一叫暖，一叫寒，一叫风。一年中这五种天气齐备，各根据时序发生，百草就茂盛。一种天气过多就不好；一种天气过少，也不好。君王行为美好的征兆：一叫肃敬，就像及时降雨的喜人；一叫修治，就像及时晴朗的喜人；一叫明智，就像及时温暖的喜人；一叫善谋，就像及时寒冷的喜人；一叫通圣，就像及时刮风的喜人。君王行为坏的征兆：一叫狂妄，就像久雨的愁人；一叫不信，就像久晴的愁人；一叫逸豫，就像久暖的愁人；一叫严急，就像久寒的愁人；一叫昏昧，就像久风的愁人。君王视察的职责，就像一年包括四时；卿士就像月，统属于岁；众尹就像日，统属于月。假若岁、月、日、时的关系没有改变，百谷就因此成熟，政治就因此清明，杰出的人

才因此显扬，国家因此太平安宁。假若日、月、岁、时的关系全都改变，百谷就因此不能成熟。政治就因此昏暗不明，杰出的人才因此不能重用，国家因此不得安定。百姓好比星星，有的星喜欢风，有的星喜欢雨。太阳和月亮的运行，就有冬天和夏天以成岁功。月亮顺从星星，就要用风和雨润泽人民。

"九、五种幸福：一是长寿，二是富，三是健康安宁，四是遵行美德，五是高寿善终。六种不幸的事：一是早死，二是疾病，三是忧愁，四是贫穷，五是邪恶，六是不壮毅。"

旅　獒

武王胜商以后，便向众多的民族国家开通了道路。西方旅国来贡献那里的大犬，太保召公于是写了《旅獒》，用来劝谏武王。

召公说："啊！圣明的王敬重德行，所以四周的民族都来归顺。不论远近，都贡献些各方的物产，只是些可供衣食器用的东西。明王于是昭示这些贡品给异姓的国家，使他们不要荒废职事；分赐宝玉给同姓的国家，用这些东西展示亲爱之情。人们并不轻视那些物品，只以德意看待那些物品。

"德盛的人不轻易侮慢。轻易侮慢官员，就不可以使人尽心；轻易侮慢百姓，就不可以使人尽力。不被歌舞女色所役使，百事的处理就会适当。戏弄人就丧德，戏弄物就丧志。意志要依道来安宁；言论要依道来接物。不做无益的事来妨害有益的事，事就能成；不重视珍奇物品，百姓的用物就能充足。犬马不是土生土长的不养，珍禽奇兽不收养于国。不宝爱远方的物品，远人就会来；所重的是贤才，近人就安了。

"啊！早晚不可有不勤德的时候。不注重细行，终究会损害大德，比如筑九仞高的土山，工作未完只在于一筐土。真能实行这些诚言，则人民就安其居，而周家就可以世代为王了。"

金　縢

周战胜商后的第二年，武王生了重病，身体不安。太公、召公说："我们为王恭敬地卜问吉凶吧！"周公说："不可以向我们先王祷告吗？"周公就把自身作为抵押，清除一块土地，在上面筑起三座祭坛。又在三坛的南方筑起一座台子，周公面向北方站在台上，放着玉，拿着圭，就向太王、王季、文王祷告。

史官就写了策书，祝告说："你们的长孙姬发，遇到险恶的病。假若你们三位先王这

周公摄政辅成王，汉画像石，山东嘉祥武氏祠。

时在天上有助祭的职责，就用我姬旦代替他的身子吧！我柔顺巧能，多才多艺，能奉事鬼神。你们的长孙不如我多才多艺，不能奉事鬼神。而且他在天帝那里接受了任命，普遍取得了四方，因此能够在人间安定你们的子孙。天下的老百姓也无不敬畏他。唉！不要丧失上帝降给的宝贵使命，我们的先王也就永远有所归依。现在，我来听命于大龟，你们允许我，我就拿着璧和圭归向你们，等待你们的命令；你们不允许我，我就收藏璧和圭，不敢再请了。"

于是卜问三龟，都重复出现吉兆。打开竹简看书，竟然都是吉利。周公说："根据兆形，王会没有危险。我新向三位先王祷告，只图国运长远；现在期待的，是先王能够俯念我谋国长远的诚心。"周公回去，把册书放进金属束着的匣子中。第二天，周武王的病就好了。

武王死后，管叔和他的几个弟弟就在国内散布谣言。说："周公将会对成王不利。"周公就告诉太公、召公说："我不摄政，我将无辞告我先王。"周公留在东方两年，罪人就捕获了。后来，周公写了一首诗送给成王，叫它为《鸱鸮》。成王只是不敢责备周公。

秋天，百谷成熟，还没有收获，天空出现雷电与大风。庄稼都倒伏了，大树都被拔起，国人非常恐慌。周成王和大夫们都戴上礼帽，打开金属束着的匣子，于是得到了周公以自身为质请代武王的祝辞。太公、召公和成王就询问众史官以及众多办事官员。他们回答说："确实的。唉！周公告诫我们不能说出来。"

成王拿着册书哭泣，说："不要等待卜了！过去，周公勤劳王室，我这年轻人来不及了解。现在上天动怒来表彰周公的功德，我小子要亲自去迎接，我们国家的礼制也应该这样。"成王走出郊外。天就下着雨，风向也反转了，倒伏的庄稼又全部伸起来。太公、召公命令国人，凡大树所压的庄稼，要全部扶起来，又培好根。这一年却大丰收了。

大　诰

王这样说:"哟!遍告你们众国君主和你们的办事大臣。不幸啊!上帝给我们国家降下灾祸,不稍间断。我这个幼稚的人继承了远大悠久的王业。没有遇到明哲的人,指导老百姓安定下来,何况说会有能度知天命的人呢?

"唉!我小子像渡过深渊,我应当前往寻求我渡过去的办法。大宝龟帮助前人接受天命,至今不能忘记它的大功。在上天降下灾难的时刻我不敢把它闭藏着,用文王留给我们的大宝龟,卜问天命。我向大龟祷告说:'在西方有大灾难,西方人也不安静,现在也蠢动了。殷商的小主竟敢组织他的残余力量。天帝降下灾祸,他们知道我们国家有困难,民不安静。他们说:我们要复国!反而图谋我们周国,现在他们动起来飞起来了。这些天有十位贤者来帮助我,我要和他们前往完成文王、武王所谋求的功业。我们将有战事,会吉利吗!'我的卜兆全都吉利。

"所以我告诉我的友邦国君和各位大臣说:'我现在得到了吉卜,打算和你们众国去讨伐殷商那些叛乱的罪人。'你们各位国君和各位大臣没有不反对说:'困难很大,老百姓不安宁,也有在王室和邦君室的人。我们这些小子考虑,不可征讨吧!大王为什么不违背龟卜呢?'

"现在我深深地考虑着艰难,我说:'唉!确实惊扰了苦难的人民,真痛心啊!我受天命的役使,天帝把艰难的事重托给我,我不暇只为自身忧虑。你们众位邦君与各位大臣应该安慰我说:'不要被忧患吓倒,不可不完成您文王的大业!'

"唉!我小子不敢废弃天命。天帝嘉惠文王,振兴我们小小的周国,当年文王只使用龟卜,能够承受这天命。现在天帝要帮助老百姓,何况也是使用龟卜呢?啊!天命可畏,请辅助我们伟大的事业吧!"

王说:"你们是老臣,你们多能远知往事,你们知道文王是如何勤劳的啊!天帝慎重地告诉我们成功的办法,我不敢不快速完成文王的大业。现在我劝导我们友邦的君主:天帝用诚信的话帮助我们,要成全我们的百姓,我们为什么不对前文王的大业谋求完成呢?天帝也想勤劳我们老百姓,好像有疾病,我们怎敢不对前文王所受的好好攘除呢?"

王说:"像往日讨伐纣王一样,我将要前往,我想说些艰难日子里的想法。好像父亲建屋,已经确定了办法,他的儿子却不愿意打地基,又愿意盖屋吗?他的父亲新开垦了田地,他的儿子却不愿意播种,又愿意收获吗?这样,他的父亲考虑以后,难道愿意说,我们有后人不会废弃我的基业吗?所以我怎敢不在我自己身上完成文王伟大的使命呢?又好比兄长死了,却有人群起攻击他的儿子,为民长上的难道能够相劝不救吗?"

王说:"啊!努力吧,你们诸位邦君和各位官员。使国家清明要用明智的人,现在也有十个人引导我们知道天命和天帝辅助诚信的道理,你们不能轻视这些!何况现在天帝已经给周国降下了定命呢？那些发动叛乱的大罪人，勾结邻国，同室操戈，你们也不知天命不可改变吗？

"我长时间考虑着：天帝要灭亡殷国，好像农夫一样，我怎敢不完成我的田亩工作呢？天帝也想嘉惠我们先辈文王，我们怎能放弃吉卜呢？怎敢不前去重新巡视文王美好的疆土呢？更何况今天的占卜都是吉兆呢？所以我要率领你们东征，天命不可不信，卜兆的指示应当遵从呀！"

微子之命

成王这样说："哟！殷王的长子。稽考古代，尊崇盛德、效法先贤的人，继承先王的传统，施行他的礼制文物，做王家的贵宾，跟王家同样美好，世代绵长，无穷无尽。

"啊呀！你的祖先成汤，能够肃敬、圣明、广大、深远，被皇天顾念佑助，承受了天命。他用宽和的办法安治臣民，除掉邪恶暴虐之徒。功绩施展于当时，德泽流传于后裔。

"你履行成汤的治道，老早有美名。谨慎能孝，恭敬神和人。我赞美你的美德，以为淳厚而不可忘。上帝对这种美德很欣喜。下民对你敬爱和睦，因此立你为上公，治理这块东夏地区。

"要敬重呀！前去发布你的政令。真诚对待你的上公职位与使命，遵循常法，以保卫周王室。宏扬你烈祖的治道，规范你的人民，长久安居上公之位，辅助我一人。这样，你的世世子孙会享受你的功德，万邦诸侯会以你为榜样，服从我周王室而不厌倦。

"啊！前去吧，要好好地干！不要废弃我的诰命。"

康 诰

三月间月光初生，周公开始计划在东方的洛水旁边建造一个新的大城市，四方的臣民都同心来会。侯甸男的邦君、采卫的百官、殷商的遗民都来会见，为周王室服务。周公普遍慰劳他们，于是代替成王大诰治殷的方法。

王这样说："诸侯之长，我的弟弟，年轻的封啊！你的伟大光明的父亲文王，能够崇尚德教，慎用刑罚；不敢欺侮无依无靠的人，任用当用的人，尊敬当敬的人，威慑应当威慑的人，用这些显示于人民，因而开始造就了我们小夏，和我们的几个友邦共同治理我们西方。文王这种重大努力，被上帝知道了，上帝很高兴，就降大命给文王。灭亡大国殷，接受上帝的大命和殷国殷民，继承文王的基业，是长兄武王努力所致，所以你这年轻人才封在这东土。"

王说："啊！封，你要考虑啊！现在殷民将观察你恭敬追随文王，努力听取殷人的好意见。你去殷地，要遍求殷代圣明先王用来保养百姓的方法，你还要深长思考殷商长者安定民心的明智教导。还要另求遗闻于古时圣明帝王以安保百姓。要比天还宏大，用和顺的美德指导自己，不停地去完成王命！"

王说："啊！年轻的封，治理国家像病痛在你的身上，要认真啊！天道辅助诚信的人，民情大致可以看出，百姓难于安定。你去殷地要尽你的心意，不要苟安贪图逸乐，才会治理好百姓。我听说：'民怨不在于大，也不在于小。要使不顺从的顺从，不努力的努力。'啊！你是个年轻人，你的职责就是宽大对待王家所接受保护的殷民，也是辅佐王家确定天命，革新殷民。"

王说："啊！封，要认真通晓那些刑罚。人有小罪，不是过失，而是经常；自作不法，因此这样，即使他的罪行小，却不可不杀。若有大罪，不是经常，而是过失；偶然这样，他已经说尽了他的罪过，这个人就不可杀。"

王说："啊！封。能够顺从这样去做，就都会明晓上意而心悦诚服；人民就会互相告诫，努力和顺相处。好像自己有病一样，看待臣民犯罪，臣民就会完全抛弃咎恶；好像保护小孩一样，保护臣民，臣民就会康乐安定。

"不是你姬封刑人杀人，没有人敢刑人杀人；不是你姬封有令要割鼻断耳，没有人敢施行割鼻断耳的刑罚。"

王说："判断案件，你要宣布这些法则管理狱官，这样，殷人的刑罚就会有条理。"王又说："囚禁的犯人，必须考虑五六天，至于十天，才判决他们。"

王说："你宣布这些法律进行惩罚。判断案件，要依据殷人的常法，采用适宜的刑杀条律，不要顺从你的心意。假如完全顺从你的意志断案才叫承顺，应当说不会有承顺的事。唉！你是年轻人，不可顺从你姬封的心意。我的心意，请你理解。

"老百姓凡因这些行为犯罪：偷窃、抢夺、内外作乱、杀远人取财货，强横不怕死。这些罪行没有人不怨恨。"

王说："封啊，首恶招人大怨，也有些是不孝顺不友爱的。儿子不认真治理他父亲的事，大伤他父亲的心；父亲不能爱怜他的儿子，反而厌恶儿子；弟弟不顾天伦，不尊敬他的哥哥；哥哥也不顾念小弟弟的痛苦，对小弟弟极不友爱。父子兄弟之间竟然到了这种地步，不由行政人员去惩罚他们，上帝赋予老百姓的常法就会大混乱。我说，就要赶快使用文王制定的刑罚，惩罚这些人，不要赦免。

"不遵守国家大法的，也有诸侯国的庶子、训人和正人、小臣、诸节等官员。竟然另外发布政令，告谕百姓，大大称誉不考虑不执行国家法令的人，危害国君；这就助长了恶人，我怨恨他们。唉！你就要迅速根据这些条例捕杀他们。

"又诸侯不能教育好他们的家人和内外官员，作威肆虐，完全放弃王命；这些人就不可用德惠去治理。

"你也不要不能崇重法令。前往教导臣民，要思念文王的赏善罚恶；前往教导臣民说：'我们只求继承文王。'那么，我就高兴了。"

王说："封啊，老百姓受到教化才会善良安定，我们时时要思念着殷代圣明先王的德政，用来安治殷民，作为法则。并且现在的殷民不加教导，就不会善良；不加教导。就没有善政保存殷国。"

王说："封啊，我们不可不看清这些，我要告诉你施行德政的意见和招致责罚的道理。现在老百姓不安静，没有安定他们的心，教导屡屡，仍然不曾和同，上天将要责罚我们，我们不可怨恨。他们的罪过不在于大，也不在于多，何况还被上天明显地听到呢？"

王说："唉！封，要谨慎啊！不要制造怨恨，不要使用不好的计谋，不要采取不合法的措施，以蔽塞你的诚心。于是努力施行德政，以安定殷民的心，顾念他们的善德，宽缓他们的徭役，丰足他们的衣食；人民安宁了，上天就不会责备和抛弃你了。"

王说："啊，努力吧！你这年轻的姬封。天命不只帮助一家，你要记住啊！不要抛弃我的教导。要明确你的职责和使命，敬慎对待你的听闻，用来安治老百姓。"

王这样说："去吧！姬封啊，不要放弃警惕，经常听取我的教导，你就可以和殷民世世代代享有殷国。"

酒 诰

王这样说："要在卫国宣布一项重大教命。当初，穆考文王在西方创立国家。他早晚告诫各国诸侯、各位卿士和各级官员说：'祭祀时才饮酒。'上帝降下福命，劝勉我们臣民，只在大祭时才饮酒。上帝降下惩罚，我们臣民所以大乱失德，也没有不是以酗酒为辞的；大小国家所以灭亡，也没有不是以酗酒为罪的。

"文王还告诫在王朝担任大小官职的子孙，不要经常饮酒。告诫在诸侯国任职的子孙，只在祭祀时饮酒，要用德扶持，不要喝醉了。还告诫我们的臣民要教导子孙珍惜粮食，使他们的思想善良。我们要听清祖考的常训，发扬大大小小的美德！

"殷民要专心住在卫国，用你们的手足，专心种植黍稷，勤劳奉事你们的父兄。农事完毕以后，勉力牵牛赶车，到外地去从事贸易，孝顺赡养父母；父母高兴，自己办了丰盛的膳食，可以饮酒。

"各级官员们，要经常听从我的教导！你们大都能进献酒食给老人和君主，你们就能醉饱。我想，你们能够长久地观察自己，行动符合中正的美德，你们还能够参加国君举行

宴饮，选自
《清史图典》。

　　的祭祀。你们如果自己限制行乐饮酒，这样就能长期成为王家的治事官员。这就是上帝所赞赏的大德，在王家将永远不会失去禄位。"

　　王说："封啊，我们西土辅助诸侯和官员，常常能够遵从文王的教导，不多饮酒，所以我们到今天，能够接受治殷的使命。"

　　王说："封啊，我听到有人说：'过去，殷的先人明王畏惧天命和百姓，施行德政，保持恭敬。从成汤延续到帝乙，明君贤相都考虑着治理国事。他们的辅臣很敬慎，不敢自己安闲逸乐，何况敢聚众饮酒呢？在外地的侯、甸、男、卫的诸侯，在朝中的各级官员、宗室贵族以及退住在家的官员，没有人敢酣乐在酒中。不但不敢，他们也没有闲暇，他们只想助成王德显扬，助成长官重视法令。'

　　"我听到也有人说：'在近世的商纣王，好酒，以为有命在天，不明白臣民的痛苦，安于怨恨而不改。他大作淫乱，游乐在非法的活动之中，因宴乐而丧失了威仪，臣民没有不悲痛伤心的。他只想放纵于酒，不想自己制止其淫乐。他心地狠恶，不能以死来畏惧他。他在商都作恶，对于殷国的灭亡，没有忧虑过。没有明德芳香的祭祀升闻于上天；只有臣民的怨气、只有群臣私自饮酒的腥气升闻于上。所以，上帝对殷邦降下了灾祸，不喜欢殷国，就是淫乐的缘故。上帝并不暴虐，是殷民自己招来了罪罚。'"

　　王说："封啊，我不想如此多告了。古人有话说：'人不要只从水中察看，应当从民情上察看。'现在殷商已丧失了他的福命，我们难道可以不特地省察这个事实！我想告诉你要慎重告诫殷国的贤臣，侯、甸、男、卫的诸侯，又朝中记事记言的史官，贤良的大臣和许多尊贵的官员，还有你的治事官员，管理游宴休息和祭祀的近臣，还有你的三卿，讨伐

酿酒，汉画像砖，四川新都。

叛乱的圻父，顺保百姓的农父，制定法度的宏父，向他们说：'你们要强行断绝饮酒！'

"假若有人报告说：'有人群聚饮酒。'你不要放纵他们，要全部逮捕起来送到周京，我将杀掉他们。又殷商的辅臣百官酣乐在酒中，不用杀他们，暂且先教育他们。有这样明显的劝戒，若还有人不遵从我的教令，我不会怜惜，不会赦免，处治这类人，要与杀戮相同。"

王说："封啊，你要经常听从我的告诫，不要使你的官员酣乐在酒中。"

梓　材

王说："封啊，从殷的庶民和它的臣子到卿大夫，从它的臣子到诸侯和国君，你要顺从常典。

"告诉我们的各位官长、司徒、司马、司空、大夫和众士说：'我们要不滥杀无罪的人。'也要各邦君长以敬劳为先，努力去帮助他们施行敬劳的事吧！

"往日，内外作乱的罪犯、杀人的罪犯、虏人的罪犯，要宽宥；往日，泄露国君大事的罪犯、残坏人体的罪犯，也要宽宥。

"王者建立诸侯，大率是为人民。他说：'不要残害他们，不要暴虐他们，至于鳏夫寡妇，至于孕妇，要同样教导和宽容。'王者教导诸侯和诸侯国的官员，他的诰命是用什么呢？就是'长养百姓，'长安百姓'。自古君王都像这样监督，不要有所偏差！

"我想：好像作田，既已勤劳地开垦、播种，就应当考虑整治土地，修筑田界和开挖水沟，好比造房屋，既已勤劳地筑起了墙壁，就应当考虑完成涂泥和盖屋的工作。好比制作梓木器具，既已勤劳地剥皮砍削，就应当考虑完成彩饰的工作。

"现在我们王家考虑：先王既已努力施行明德，来作洛邑，众国都来进贡任役，兄弟邦国也都来了。也是已经施行了明德，诸侯因此常安，众国才来进贡。

"上天既已把中国的臣民和疆土都付给先王，今王也只有施行德政，来和悦、教导殷商那些迷惑的人民，用来完成先王所受的使命。唉！像这样治理殷民，我想你将传到万年，同王的子子孙孙永远保有殷民。"

召　诰

二月十六日以后，到第六天乙未，成王早晨从镐京步行，到了丰邑。

太保召公在周公之前，到洛地视察可居的地址。到了下三月丙午，新月初现光辉。到了第三天戊申，太保早晨到达了洛地，卜问所选的地址。太保已经得了吉兆，就规划起来。到第三天庚戌，太保便率领众多殷民，在洛水与黄河汇合的地方划定邑居的位置。到第五天甲寅，位置确定了。

到了明日乙卯，周公早晨到达洛地，就全面视察新邑的区域。到第三天丁巳，在南郊用牲祭祀上帝，用了两头牛。到明日戊午，又在新邑举行祭地的典礼，用了一头牛、一头羊和一头猪。到第七天甲子，周公就在早晨用诰书命令殷民以及侯、甸、男各国诸侯分配任务。已经命令了殷民之后，殷民就大举动工。

太保于是同众国君长出来取了币帛，再入内进献给周公。太保说："跪拜叩头报告我王，请顺从周公的意见告诫殷民和任用殷商的旧臣。

"啊！皇天上帝改变了天下的元首，结束了大国殷的福命。大王接受了天命，美好无穷无尽，忧患也无穷无尽。啊！怎么能够不敬慎啊！

"上帝早已要结束大国殷的福命，这个殷国许多圣明的先王都在天上，因此殷商后来的君王和臣民，才能够享受着天命。到了纣王的末年，明智的人隐藏了，害民的人在位。人们只知护着、抱着、牵着、扶着他们的妻子儿女、悲哀地呼告上天，诅咒纣王灭亡，企图脱离困境。啊！上帝也哀怜四方的老百姓，它眷顾的福命因此改变了。大王要赶快认真施行德政呀！

"观察古时候的先民夏族，上帝教导顺从慈保，努力考求天意，现在已经丧失了王命。现在观察殷商，上帝教导顺从嘉保，努力考求天意，现在也已经丧失了王命。当今你这年轻人继承了王位，没有多馀的老成人，考求我们古代先王的德政，何况说有能从天意考求的人呢？

"啊！王虽然年轻，却是元首啊！要特别能够和悦老百姓。现在可喜的是：王不敢迟缓来到洛邑，由于顾畏殷民的艰难险阻；王来卜问上帝，打算亲自在洛邑治理他们。

"姬旦对我说：'要营建洛邑，要从这里匹配皇天，谨慎祭祀天地，要从这个中心地方统治天下；王已经有定命治理殷民了。'现在可喜的是：王重视使用殷商治事官员，使他们亲近我们周王朝的治事官员，他们和睦的感情就会一天天地增长。

"王重视造作邑居，不可以不重视行德。

"我们不可不鉴戒夏代，也不可不鉴戒殷代。我不敢知道，夏接受天命有长久时间；我也不敢知道，夏的国运不会延长。我只知道他们不重视行德，才过早失去了他们的福命。

"我不敢知道，殷接受天命有长久时间；我也不敢知道，殷的国运不会延长。我只知道他们不重视行德。才过早失去了他们的福命。现今大王继承了治理天下的大命，我们也该思考这两个国家的命运，继承他们的功业。

"王是初理政事。啊！好像教养小孩一样，没有不在他初受教养时，就亲自传给他明哲的教导的。现今上帝该给予明哲，给予吉祥，给予永年；因为上帝知道我王初理国事时，住到了新邑。现在王该快些重视行德！王该用德政，向上帝祈求长久的福命。

"愿王不要让老百姓肆行非法的事，也不要用杀戮，用此治理老百姓，才会有功绩。愿王立于德臣之首，让老百姓效法施行于天下，发扬王的美德。君臣上下勤劳忧虑，也许可以说，我们接受的大命会像夏代那样久远，应当不止殷代那样久远，愿君王和臣民共同接受上帝的永久大命。"

召公跪拜叩头说："我这小臣率领殷的臣民以及友好的臣民，会安然接受王的威命和明德。王终会有好命，王也会光显的。我不敢慰劳王，只想恭敬奉上币帛，以供王去好好祈求上帝的永久福命。"

洛 诰

周公跪拜叩头说："我告诉您治理洛邑的办法。王似乎不敢参预上帝先前告诉的安定天下的指示，我就继太保之后，全面视察了洛邑，就商定了鼓舞老百姓的治理洛邑的办法。

"我在乙卯这天，早晨到了洛邑。我先占卜了黄河北方的黎水地区，我又占卜了涧水以东、瀍水以西地区，仅有洛地吉利。我又占卜了瀍水以东地区，也仅有洛地吉利。于是请您来商量，且献上卜兆。"

成王跪拜叩头，回答说："公不敢不敬重上帝赐给的福庆，亲自勘察地址，将营建与镐京相配的新邑，很好啊！公既已选定地址，使我来，我来了，又让我看了卜兆，我为卜兆并吉而高兴。让我们二人共同承当这一吉祥。愿公与我永远敬重上帝的福庆！跪拜叩头接受我公的教诲。"

周公说："王啊，开始举行殷礼接见诸侯，在新邑举行祭祀，都已安排得有条不紊了。我率领百官，使他们在镐京听取王的意见，我想道：'您或许将有祭祀的事。'现在王命令道：'记下功绩，宗人率领功臣举行大祀。'王又有命令道：'你接受先王遗命，督导辅助，你全面查阅记功的书，然后你要悉心亲自指导这件事。'

姬旦，佚名绘，台北故宫博物院藏。因采邑在周（今陕西岐山北），故称周公，武王同母弟，西周大臣，政治家。佐周武王灭商，成王年幼继位，代他摄政当国，后还政于成王。

"孺子要振奋，孺子要振奋，要到洛邑去！不要像火刚开始燃烧时那样气势微弱，那燃烧的馀火，不可让它熄灭。您要像我一样顺从常法，汲汲主持政事，率领在镐京的官员到洛邑去。使他们去就官职，勉力建立功勋，重视大事，完成大业。您就会永远获得美誉。"

周公说："唉！您是个年轻人，该考虑完成先王未竟的功业。您应该认真考察诸侯的享礼，也要考察其中也有不享的。享礼注重礼节，假如礼节赶不上礼物，应该叫做不享。因为诸侯对享礼不用心，臣民就会认为不要享了。这样，政事将会错乱怠慢。我急想您来颁布政务，我不代听了。

"我教给您辅导百姓的法则，您假如不努力办这些事，您的善政就不会推广啊！全像我一样监督诠叙您的官长，他们就不敢废弃您的命令了。您到新邑去，要认真啊！现在我们要奋发努力啊！去教导好我们的臣民，远方的人因此也就归附了。"

王这样说："公努力保佑我这年轻人。公发扬伟大光显的功德，使我继承文王、武王的事业，奉答上帝的教诲，使四方百姓和悦，居在洛邑；隆重举行大礼，办理大祭，都有条不紊。公的功德光照天地，勤劳施于四方，普遍推行美好的政事，虽遭横逆的事而不迷乱。文武百官努力实行您的教化，我这年轻人就早夜慎重进行祭祀好了。"

王说："公善于辅导，我真的无不顺从。"

王说："公啊！我这年轻人就要回去，在镐京就位了，请公继续治洛。四方经过教导治理，还没有安定，宗礼也没有完成，公善于教导扶持，要继续监督我们的各级官员，安定文王、武王所接受的殷民，做我的辅佐大臣。

王说："公留下吧！我要往镐京去了。公要妥善迅速进行敬重和睦殷民的工作，公不要以为困难呀！我当不懈地学习政事，公要不停地示范，四方诸侯将会世世来享了。"

周公跪拜叩头说："王命令我到洛邑来，继续保护您的先祖文王所受的殷民，宣扬您光明有功的父亲武王的宏大，我奉行命令。王来视察洛邑的时候，谋求使殷商贤良的臣民都敦厚守法，制定治理四方的新法，作周法的先导。我曾经说过：'该从这九州的中心进行治理，万国都会喜欢，王也会有功绩。我姬旦率领众位卿大夫和治事官员，经营先王的成业，集合众人，作修建洛邑的先导。'实现我告诉您的这一办法，就能发扬光大先祖文王的美德。

"您派遣使者来洛邑慰劳殷人，又送来两卣黍香酒问候我。使者传达王命说：'明洁地举行祭祀，要跪拜叩头庆幸地献给文王和武王。'我不敢过夜，就向文王和武王祭礼了。我祈祷说：'愿我很顺遂，不要遇到罪疾，万年饱受您的德泽，殷事能够长久成功。''愿王使殷民能够顺从万年，将长久看到王的安民的德惠。"

戊辰这天，成王在洛邑举行冬祭，向先王报告岁事，用一头红色的牛祭文王，也用一头红色的牛祭武王。成王命令作册官名字叫逸的宣读册文，报告文王、武王，周公将继续住在洛邑。助祭诸侯在杀牲祭祀先王的时候都来到了，成王进入太室，酌酒献神。成王命令周公继续治理洛邑，作册官名字叫逸的告谕天下，在十二月。周公留居洛邑担任文王、武王所受的大命，在成王七年。

多 士

周成王七年三月，周公初往新都洛邑，用成王的命令告诫殷商的旧臣。

王这样说："你们殷商的众臣们！纣王不敬重上天，把灾祸大降给殷国。我们周国佑助天命，奉行上天的明威，执行王者的诛罚，宣告殷的国命被上天终绝了。现在，你们众位官员啊！不是我们小小的周国敢于取代殷命。是上天不把大命给予那信诬怙恶的人，而辅助我们，我们岂敢擅求王位呢？正因为上天不把大命给予信诬怙恶的人，我们下民的所作所为，应当敬畏天命。

"我听说：'上帝制止游乐。'夏桀不节制游乐，上帝就降下教令，劝导夏桀，他不能听取上帝的教导，大肆游乐，而又怠慢不敬。因此，上帝也不念不问，而考虑废止夏的大命，降下大罚；上帝于是命令你们的先祖成汤代替夏桀。命令杰出的人才治理四方。

　　"从成汤到帝乙，没有人不力行德政，慎行祭祀。也因为上天树立了安治殷国的贤人，殷的先王也没有人敢于违背天意，所以没有人不配合上天的恩泽。当今后继的纣王，很不明白上天的意旨，何况说他又能听从、考虑先王勤劳家国的训导呢？他大肆淫游泆乐，不顾天意和民困，因此，上帝不保佑了，降下这样的大灾祸。

　　"上帝不把大命给予不勉行德政的人，凡是四方小国大国的灭亡，无人不是怠慢了上帝的责罚。"

　　王这样说："你们殷国的众臣，现在只有我们周王善于奉行上帝的使命，上帝有命令说：'夺取殷国，并报告上天。'我们讨伐殷商，不把别人作为敌人，只把你们王家作为我的敌人。我怎么会料想到你们众官员太不守法，我并没有动你们，动乱来自你们的封邑。我也考虑到天意仅仅在于夺取殷国，于是在殷乱大定之后，便不治你们的罪。"

　　王说："啊！告诉你们众官员，我因此将把你们迁居西方，并不是我执德不安定，这是天命。不可违背天命，我不敢迟缓，你们不要怨恨我。

　　"你们知道，殷人的祖先有书册有典籍，记载着殷国革了夏国的命。现在你们又说：'当年夏的官员被选在殷的王庭，在百官之中都有职事。'我只接受、使用有德的人。现在我从大邑商招来你们，我是宽大和爱惜你们。这不是我的差错，这是天命。"

　　王说："殷的众臣，从前我从奄地来，对你们管、蔡、商、奄四国臣民特地下达过命令。我然后明行上天的惩罚，把你们从远方迁徙到这里，近来你们服务和臣属我们周族很恭顺。"

　　王说："告诉你们殷商的众臣，现在我不杀害你们，我想重申这个命令。现在我在这洛地建成了一座大城市，我是考虑四方诸侯没有地方朝贡，也是考虑你们服务奔走臣属我们很恭顺的缘故。

　　"你们还可以保有你们的土地，你们还会安宁下来。你们能够敬慎，上天将会对你们赐给怜爱；你们假如不能敬慎，你们不但不能保有你们的土地，我也将会把老天的惩罚加到你们身上。

　　"现在你们应当好好地住在你们的城里，继续做你们的事业。你们在洛邑会有安乐会有丰年的。从你们迁来洛邑开始，你们的子孙也将兴旺发达。"

　　王说："顺从我！顺从我！才能够谈到你们长久安居下来。"

无　逸

　　周公说："啊！君子在位，可不要安逸享乐。先了解耕种收获的艰难，然后处在逸乐的境地，就会知道老百姓的痛苦。看那些老百姓，他们的父母勤劳地耕种收获，他们的儿子却不知道耕种收获的艰难，便安逸，便不恭。已经久了，于是就轻视侮慢他们的父母说：'老人们没有知识。'"

周公说："啊！我听说：过去殷王中宗，庄正敬畏，以天命制约自己，治理百姓，敬慎恐惧，不敢荒废、安逸。所以中宗在位七十五年。

"在高宗，这个人长期在外服役，惠爱老百姓。等到他即位，便又听信冢宰沉默不言，三年不轻易说话。因为他不轻易说话，有时说出来就能使人和悦。他不敢荒废、安逸，善于安定殷国。从老百姓到群臣，没有怨恨他的。所以高宗在位五十九年。

"在祖甲，他以为代兄称王不合情理。逃亡民间，做过很久的平民百姓。等到他即位后，就知道老百姓的痛苦，能够安定和爱护众民，对于鳏寡无依的人也不敢轻慢。所以祖甲在位三十三年。

"从这以后，在位的殷王生来就安闲逸乐，生来就安闲逸乐，不知耕种收获的艰难，不知老百姓的劳苦，只是追求过度的逸乐。从这以后，在位的殷王也没有能够长寿的。有的十年，有的七、八年，有的五、六年，有的三、四年。"

周公说："啊！只有我们周家的太王、王季能够谦让敬畏。文王做卑下的工作，从事过开通道路、耕种田地的劳役。他和蔼、仁慈、善良、恭敬，使百姓和睦、安定，爱护亲善孤苦无依的人。从早晨到中午，到下午，他没有闲暇吃饭，要使万民生活和谐。文王不敢乐于嬉游、田猎，不敢使众国只是进献赋税，供他享乐。文王中年受命为君，在位五十年。"

周公说："啊！从今以后的继位君王，就不可沉迷在观赏、安逸、嬉游和田猎之中，不可只是使老百姓进献赋税供他享乐。不要自我宽解说：'今天快乐快乐。'这样子，就不是老百姓所顺从的，也不是上天所嘉许的，这样的人就有罪过了。不要像商纣王那样迷惑昏乱，把酗酒作为酒德啊！"

周公说："啊！我听说：'古时的人还能互相劝导，互相爱护，互相教诲，所以老百姓没有互相欺骗、互相诈惑的。'不依照这样，官员就会顺从自己的意愿，就会变乱先王的正法，以至于大大小小的法令。老百姓于是就内心怨恨，就口头诅咒了。"

周公说："啊！从殷王中宗、到高宗、到祖甲、到我们的周文王，这四位君王领导很明智。有人告诉他们说：'老百姓在怨恨你咒骂你。'他们就更加敬慎自己的行为；有人举出他们的过错，他们就说：'我的过错确实像这样。'不但不敢怀怒。不依照这样，人们就会互相欺骗、互相诈惑。有人说老百姓在怨恨你咒骂你，你就会相信，就会像这样：不多考虑国家的法度，不放宽自己的心怀，乱罚没有罪过的人，乱杀没有罪过的人。民怨汇合，就会集中到你的身上啊！"周公说："啊！继王要鉴戒这些啊！"

君奭

周公这样说:"君奭!商纣王不敬重上天,给殷国降下了大祸,殷国已经丧失了福命,我们周国已经接受了。我不敢认为王业开始的时候,会长期保持休美。顺从上天,任用诚信的人为辅佐,我也不敢认为王业的结局会出现不吉祥。

"啊!您曾经说过:'依靠我们自己,我们不敢安于上帝的福命,不去永远顾念上天的威严和我们的人民;没有过错和违失,只在人。考察我们的后代子孙,很不能够恭顺上天和下民,把前人的光辉限制在我们国家之内,不知道天命难得,上帝难信,这就会失去天命,不能长久。继承前人,奉行明德,就在今天。'

"您的看法,我小子姬旦不能有什么改正,我想把前人的光美传给我们的后代。您还说过:'上天不可信赖。'我只想把文王的美德加以推广,上天将不会废弃文王所接受的福命。"

周公说:"君奭!我听说从前成汤既已接受天命,当时就有这个伊尹得到上天的嘉许。在太甲,当时就有这个保衡。在太戊,当时就有这个伊陟和臣扈,得到上天的嘉许,又有巫咸治理王国。在祖乙,当时就有这个巫贤。在武丁,当时就有这个甘盘。

"这些有道的人,安定治理殷国,所以殷人的制度,君王死后,他们的神灵都配天称帝,经历了许多年代。上天赐给贤良,于是,殷商异姓和同姓的官员们,确实没有人不保持美德,知道谨慎,君王的小臣和诸侯的官员,也都奔走效劳。这些官员推举贤德,辅助他们的君王,所以君王对四方施政,如同卜筮一样,没有人不相信。"

周公说:"君奭!上天赐给中正和平的官员,安治殷国,于是殷王世世继承着,上天也不降给惩罚。现在您深长地考虑这些,就掌握了一定不移之命,将治好我们这个新建立的国家。"

召公,佚名绘。

周公说:"君奭!过去上帝为什么一再嘉勉文王的品德,降下大命在他身上呢?因为文王常常能够治理、和谐我们中国,也因为有这个虢叔,有这个闳夭,有这个散宜生,有这个泰颠,有这个南宫括。

"有人说:这些贤臣不能奔走效劳,努力施行常教,文王也就没有恩德降给国人了。也因为这些贤臣保持美德,了解上天的威严,因为这些人辅助文王治道光显,进而被上帝知道了,因此,文王才承受了殷国的大命啊。

"武王的时候,文王的贤臣只有四人还活着。后来,他们和武王奉行上天的惩罚,消灭了他们的敌人。也因为这四人辅助武王很努力,于是天下普遍赞美武王的恩德。

"现在我小子姬旦好像游于大河,我和您一起前往谋求渡过。我恫昧少知却居大位,您不督责,纠正我,就没有人勉力指出我的不够了。您这年高有德的人不指示治国的法则,就连凤凰的鸣声都会听不到,何况说将又能被上天嘉许呢?"

周公说:"啊!您现在应该看到这一点!我们接受的大命,有无限的喜庆,也有无穷的艰难。请求您,急于教导我,不要使后人迷惑呀!"

周公说:"武王表明他的心意,详尽地告诉了您,要做老百姓的表率。武王说:您努力辅助成王,在于诚心承受这个大命,继承文王的功德,还会有无穷的忧患啊!"

周公说:"君奭!请求您,我所深信的太保奭。希望您能警惕地和我一起看到殷国丧亡的大祸,长久使我们不忘上天的惩罚。我不但这样告请,我还想道:'除了我们二人,您有志同道合的人吗?'您会说:'在于我们这两个人。'上天赐予的休美越来越多,仅仅是我们两人不能胜任了。希望您能够敬重贤德,提拔杰出的人才,终归帮助我们后人去承受它。

"啊!真的不是这两个人,我们还能达到今天的休美境地吗?我们共同来成就文王的功业吧!不懈怠地加倍努力,要使那海边日出的地方,没有人不顺从我们。"

周公说:"君奭啊!我不这样多多劝告了,我们要忧虑天命和民心。"

周公说:"啊!君奭!您知道老百姓的行为,没有不善始的,要善其终啊!我们要依照这些,前往敬慎地施行治理啊!"

蔡仲之命

周公位居大宰、统帅百官的时候,几个弟弟对他散布流言。周公于是在商地,杀了管叔;囚禁了蔡叔,用车七辆把他送到郭邻;把霍叔降为庶人,三年不许录用。蔡仲能够经常重视德行,周公任用他为卿士。蔡叔死后,周公便告诉成王封蔡仲于蔡国。

成王这样说:"年轻的姬胡!你遵循祖德改变你父亲的行为,能够谨守臣子之道,所以我任命你到东土去做诸侯。你前往你的封地，要警慎呀！你当掩盖前人的罪过，思忠思孝。你要使自身迈步前进，能够勤劳不怠，用以留下模范给你的后代。你要遵循你祖父文王的常训，不要像你的父亲那样违背天命！

"皇天无亲无疏，只辅助有德的人；民心没有常主，只是怀念仁爱之主。做善事虽然各不相同，都会达到安治；做恶事虽然各不相同，都会走向动乱。你要警戒呀！

"谨慎对待事物的开初，也要考虑它的终局，终局因此不会困窘；不考虑它的终局，终将困穷。勉力做你所行的事，和睦你的四邻，以保卫周王室，以和谐兄弟之邦，而使百姓安居成业。要循用中道，不要自作聪明扰乱旧章。要审慎你的视听，不要因片面之言改变法度。这样，我就会赞美你。"

成王说："啊！年轻的姬胡。你去吧！不要废弃我的教导！"

多　方

五月丁亥这天，成王从奄地回来，到了宗周。

周公说："成王这样说：告诉你们四国、各国诸侯以及你们众诸侯国治民的长官。我给你们大下教令，你们不可昏昏不闻。夏桀夸大天命，不常重视祭祀，上帝就对夏国降下了严正的命令。夏桀大肆逸乐，不肯恤问人民，竟然大行淫乱，不能一天力行上帝的教导，这些是你们所听说过的。夏桀夸大天命，不能明白老百姓归附的道理，就大肆杀戮，大乱夏国。夏桀因习于让妇人治理政事，不能很好地顺从民众，无时不贪取财物，大害于人民。也由于夏民贪婪、忿戾的风气一天天盛行，残害了夏国。上天于是寻求人民之主，就大下光明美好的使命给成汤，命令成汤消灭夏国。

"上天不赐给众位诸侯，就是因为那时各国首长不能常常劝导人民，夏国的官员太不懂得保护和劝导人民，竟然都对人民施行暴虐，至于各种工作都不能开展；就是因为成汤能由你们各国邦君的选择，代替夏桀做了君主。

"他慎施教令，是劝勉；他惩罚罪人，也是劝勉；从成汤到帝乙，没有人不宣明德教，慎施刑罚，也能够用来劝勉；他们监禁、杀死重大罪犯，也能够用来劝勉；他们释放无罪的人，也能够用来劝勉。

"现在到了你们的君王，不能够和你们各国邦君享受上天的大命，很可悲啊！"

王这样说："告诉你们各位邦君，不是上天要舍弃夏国，也不是上天要舍弃殷国。就因为你们夏、殷的君王和你们各国诸侯大肆淫佚。夸大天命，安逸而又懈怠，就因为夏桀谋划政事，不在于劝勉，于是上天降下了这亡国大祸，诸侯成汤代替了他；就因为你们殷商的后王安于他们的逸乐生活，谋划政事不美好，于是上天降下这亡国大祸。

"圣人不思考就会变成狂人，狂人能够思考就能变成圣人。上帝用五年时间等待夏的子孙，让他们继续做万民之君主，没有人能够思考和听从天意。上帝又寻求你们众诸侯国，大降灾异，启发你们众国顾念天意，你们众国也没有人能顾念它。只有我们周王善于顺从民众，能用明德，善待神、天。上帝就改用休祥指导我们，表明授予伟大的使命，治理众国诸侯。

"现在我怎么敢重复告诫而已，我当特别发布给你们四国臣民的教令。你们为什么不劝导各国臣民？你们为什么不帮助善良，助我周王共享天命呢？现在你们还住在你们的住处，整治你们的田地，你们为什么不顺从周王宣扬上帝的大命呢？

"你们竟然屡次教导还不安定，你们内心不顺。你们竟然不考虑天命，你们竟然完全抛弃天命，你们竟然自作不法，图谋攻击长官。我因此教导过你们，我因此讨伐你们，囚禁你们，至于再，至于三。假如还有人不用我发布给你们的命令，那么我就要重重惩罚他们！这不是我们周国执行德教不安静，只是你们自己招致了罪过！"

王说："告诉你们各国官员和殷国的官员，到现在你们奔走效劳臣服我侯国已经五年了，所有的徭役赋税和大大小小的政事，你们没有不能遵守法规的。

"自己造成了不和睦，你们也应该和睦起来！你们的家庭不和睦，你们也应该和睦起来！你们的城邑能够清明，你们算是能够勤于你们的职事。你们或许不被坏人教唆，也就可以好好地处在你们的位置上，能够留在你们的城邑里谋求美好的生活。

"你们如果用这个洛邑，还长久尽力耕作你们的田地，上天会怜悯你们。我们周国会大好地赏赐你们，把你们引进选拔到朝廷来；努力做好你们的职事，又将让你们担任重要官职。"

王说："啊！官员们，如果你们不能努力信从我的教命，你们也就不能享有禄位，老百姓也将认为你们不能享有禄位。你们如果放荡邪恶，大弃王命，那就是你们众国试探上天的威严，我就要施行上天的惩罚，使你们离开你们的土地。"

王说："我不想重复地说了，我只是认真地把天命告诉你们。"

王又说："好好地谋划你们的开始吧！若不能恭敬与和睦，那么你们就不要怨我了。"

立 政

周公这样说："跪拜叩头，报告继承天子的王。"周公率群臣共同劝诚成王与王左右常伯、常任、准人、缀衣和虎贲。

周公说："啊！美好的时候就知道忧虑的人，很少啊！古代的人只有夏禹，他的卿大夫很强，夏王还呼吁他们长久地尊重上帝的教导，使他们知道诚实地相信九德的准则。夏的大臣于是敢于告诉他们的君王道：'跪拜叩头了，君王啊！'夏臣说：'考察你的常任、常伯、准人，这样，才称得上君王啊！以貌取人，不依循德行，假若这样考察人，这就三宅没有贤人了。'

"夏桀登上帝位，他不用往日任用官员的法则，于是只用些暴虐的人，终于无后。

"到了成汤登上帝位，大受上帝的明命，他选用事、牧、准三宅的官，都能就三宅的职位，选用三宅的属官，也能就其属官之位。他敬念上帝选用官员的大法，能够任用各级官员，他在商都，用这些官员和协都城的臣民，他在天下四方，用这种大法显扬他的圣德。

"啊！在商王纣登上帝位，强行把罪人和暴虐的人聚集在他的国家里；竟然用众多亲幸和失德的人，共同治理他的政事。上帝重重地惩罚他，就使我们周王代替商纣王接受上天的大命，安抚治理天下万民。

"到了文王、武王，他们能够知道三宅的思想，还能清楚地看到三宅部属的思想，用敬奉上帝的诚心，为老百姓建立官长。设立的官职是：任人、准夫、牧作为三事；有虎贲、缀衣、趣马、小尹、左右携仆以及百司庶府；有大小邦国的君主、艺人，外臣百官；有太史、尹伯；他们都是祥善的人。诸侯国的官员有司徒、司马、司空、亚旅；设立夷、微、卢各国的君主；还设立了商和夏的旧都管理官员。

"文王因能够知道三宅的思想，就能设立这些常事、司牧官员，而且能够是俊彦有德的。文王不兼管各种教令。各种狱讼案件和各种敕戒，用和不用只顺从主管官员和牧民的人；对于各种狱讼案件和各种敕戒，文王不敢过问这些。到了武王，完成了文王的事业，不敢放弃文王的善德，谋求顺从文王宽容的美德，因此，文王和武王共同接受了这伟大的王业。

"啊！您现在已是君王了。从今以后，我们要设立官员，设立事、准人、牧夫，我们要能明白了解他们的优点，才能让他们治理政事。管理我们所接受的人民，平治我们各种狱讼和各种敕戒的事务，这些事务我们不可代替。虽然一话一言，我们终要谋于贤德的人，来治理我们的老百姓。

"啊！我姬旦把前人的美言全都告诉君王了。从今以后，继承的贤子贤孙，可不要在各种狱讼和各种敕戒上耽误，这些事只让主管官员去治理。

"从古时的商代先王到我们的周文王设立官员，设立事、牧夫、准人，就是能够考察他们，能够扶持他们，这样才让他们治理，国事就没有失误。假如设立官员，任用贪利奸佞的人，不依循于德行，于是君王终世都会没有光彩。从今以后设立官员，可不要任用贪利奸佞的小人，要任用善良贤能的人，用来努力治理我们的国家。

"现在，贤明的子孙，您已做君王了！可不要在各种狱讼案件上耽误，只让主管官员和牧夫去治理。您要能够治理好军队，步着大禹的足迹，遍行天下，直至海外，没有人不服从。以此显扬文王的光辉，继续武王的大业。啊！从今以后，继位君王设立官员，要能够任用常人。"

周公这样说："太史！司寇苏公规定要认真地处理狱讼案件，使我们的王国长治久安。现在规定更要敬慎，依据常例，使用中罚。"

周 官

周成王安抚万国，巡视侯服、甸服等诸侯，四方征讨不来朝见的诸侯，以安定天下的老百姓。六服的诸侯，无人不奉承他的德教。成王回到王都丰邑，又督导整顿治事的官员。

成王说："顺从往日的大法。要在未乱的时候制定政教，在未危的时候安定国家。尧舜稽考古代制度，建立官职一百。内有百揆和四岳，外有州牧和侯伯。各种政策适合。天下万国都安宁。夏代和商代，官数增加一倍，也能用来治理。明王设立官员，不考虑他的官员之多，而考虑要得到贤人。现在我小子恭勤施行德政，起早睡晚只怕来不及。仰思顺从前代，指导我们的官制。

周成王，选自《三才图会》。

王成周

"设立太师、太傅、太保，这是三公。他们讲明治道，治理国家，调和阴阳。三公的官不必齐备，要考虑适当的人。

"设立少师、少傅、少保，叫做三孤。他们协助三公弘扬教化，敬明天地的事，辅助我一人。

"冢宰主管国家的治理，统帅百官，调剂四海。司徒主管国家的教育，传布五常的教训，使万民和顺。宗伯主管国家的典礼，治理神和人的感通，调和上下尊卑的关系。司马主管国家的军政，统率六师，平服邦国。司寇主管国家的法禁，治理奸恶的人，刑杀暴乱之徒。司空主管国家的土地，安置士农工商，依时发展地利。六卿分管职事，各自统率他的属官，以倡导九州之牧，大力安定兆民。

"六年，五服诸侯来朝见一次。又隔六年，王便依时巡视，到四岳校正制度。诸侯各在所属的方岳来朝见，王对诸侯普遍讲明升降赏罚。"

成王说："啊！凡我的各级官长，要认真对待你们所管理的工作，慎重对待你们发布的命令。命令发出了就要实行，不要违抗。用公正消除私情，人民将会信任归服。先学古代治法再入仕途。议论政事依据法制，政事就不会错误。你们要用周家常法作为法则，不要以巧言干扰你的官员。蓄疑不决，必定败坏计谋，怠惰忽略，必定废弃政事。不学习好像向墙站着，临事就会烦乱。

"告诉你们各位卿士：功高由于有志，业大由于勤劳。能够果敢决断，就没有后来的艰难。居官不当骄傲，享禄不当奢侈，恭和俭是美德啊！不要行使诈伪，行德就心逸而日美，作伪就心劳而日拙。处于尊宠要想到危辱，无事不当敬畏，不知敬畏，就会进入可畏的境地。推举贤明而让能者，众官就会和谐；众官不和，政事就杂乱了。推举能者在其官位，是你们的贤能；所举不是那种人，是你们不能胜任。"

成王这样说："君陈！你有孝顺恭敬的美德。因为你孝顺父母，又友爱兄弟，就能够移来从政了。我命令你治理东郊成周，你要敬慎呀！从前周公做万民的师保，人民怀念他的美德。你前往，要慎重对待你的职务！现在遵循周公的常道，勉力宣扬周公的教导，人民就会安定。

"我听说：至治之世的馨香，感动神明；黍稷的香气，不是远闻的香气，明德才是远闻的香气。你要履行这一周公的教训，日日孜孜不倦，不要安逸享乐！凡人未见到圣道，好像不能见到一样，盼望见到；已经见到圣道，又不能遵行圣人的教导；你要戒惧呀！你是风，百姓是草，草随风而动啊！谋划殷民的政事，无有不难的；有废除，有兴办，要反复同众人商讨，大家议论相同，才能施行。你有好谋好言，就要进入宫内告诉你的君主，你于是在外面顺从君主，并且说：'这样的好谋，这样的好言，是我们君主的美德。'啊！臣下都像这样，就良好啊！"

成王说："君陈！你当宏扬周公的大训！不要倚势造作威恶，不要倚法侵害人民。要宽大而有法制，从容而又和谐。殷民有陷入刑法的，我说处罚，你不要处罚；我说赦免，你也不要赦免；要考虑刑法的适中。有人不顺从你的政事，不接受你的教训，处罚可以制止别人犯法，才处罚。惯于奸宄犯法，破坏常法，败坏风俗，这三项中的小罪，也不宽宥。你不要忿恨愚钝无知的人，不要对一人求全责备。一定要有所忍耐，那才能有成；有所宽容，德才算是大。鉴别善良的，也鉴别有不善良的；进用那些贤良的人，来勉励那些有所不良的人。

"民性敦厚，又依外物而有改移；往往违背上级的教命，顺从上级的喜好。你能够敬重常法和省察自己的德行，这些人就不会不变。真的升到大顺的境地，我将享受大福，你的美名，终将永远被人赞扬。"

顾 命

四月，月亮新现光明，成王生了病。甲子这天，成王洗了头发洗了脸，太仆给王戴上王冠，披上朝服，王靠着玉几。于是会见朝臣，成王召见太保夷、芮伯、彤伯、毕公、卫侯、毛公、师氏、虎臣、百官的首长以及办事官员。

王说："啊！我的病大进，有危险，病倒的日子到了。已经是临终时刻，恐怕不能郑重地讲后嗣的事了，现在，我详细地训告你们。过去，我们的先君文王、武王，放出日月般的光辉，制定所施，发布教令，臣民都努力奉行，不敢违背，因而能够讨伐殷商，成就我周国的大命。

"后来，幼稚的我，认真奉行天威，继续遵守文王、武王的伟大教导，不敢昏乱变更。如今上天降下重病，几乎不能起床不能说话了。你们要勉力接受我的话，认真保护我的大儿子姬钊大渡艰难，要柔服远方，亲善近邻，安定、教导大小各国。要想到众人必用礼法自治，你们不可使姬钊冒犯以陷于非法啊！"

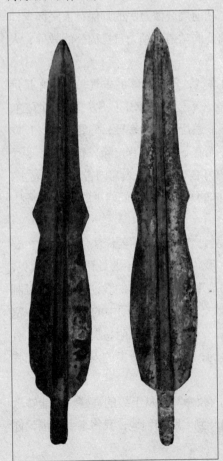

周代曲刃铜剑，内蒙古宁城县小黑石沟出土。

群臣已经接受教命，就退回来，拿出成王的朝服放在王庭。到了第二天乙丑日，成王逝世了。

太保命令仲桓和南宫毛跟从齐侯吕伋，二人分别拿着干戈，率领一百名勇士，到南门外迎接太子钊。请太子钊进入侧室，做忧居的主人。丁卯这天，命令作册制定丧礼。到了第七天癸酉，召公命令官员布置各种器物。

狄人陈设斧纹屏风和先王的礼服。门窗间朝南的位置，铺设着双层竹席，饰着黑白相间的丝织花边，陈设彩玉，用无饰的几案。在西墙朝东的位置，铺设双层细竹篾席，饰着彩色的花边，陈设花贝壳，用无饰的几案。在东墙朝西的位置，铺设双层莞席，饰着绘有云气的花边，陈设雕刻的玉器，用无饰的几案。在堂的西边夹室朝南的位置，铺设双层青竹篾席，饰着黑丝绳连缀的花边，陈设漆器，用无饰的几案。

越玉五种、宝刀、赤刀、大训、大璧、琬、琰，陈列在西墙向东的席前。大玉、夷玉、天球、河图，陈列在东墙向西的席前。胤制作的舞衣、大贝壳、大军鼓，陈列在西房。兑制作的戈、和制作的弓、垂制作的竹矢，陈列在东房。

王的玉车放置在西阶前，金车放置在东阶前，象车放在门左侧堂屋的前面，木车放在门右侧堂屋的前面。

二人戴着赤黑色的礼帽，执三角矛，站在祖庙门里边。四人戴着青黑色的礼帽，执着戈，戈刃向前，夹着台阶对面站在台阶两旁。一人戴着礼帽，拿着大斧，站立在东堂的前面。一人戴着礼帽，拿着大斧，站立在西堂的前面。一人戴着礼帽，拿着三锋矛，站立在东堂外边。一人戴着礼帽，拿着三锋矛，站立在西堂外边。还有一人戴着礼帽，拿着矛，站立在北堂北面的台阶上。

王戴着麻制的礼帽，穿着绣有斧形花纹的礼服，从西阶上来。卿士和众诸侯戴着麻制的礼帽，穿着黑色礼服，进入中庭各就各位。太保、太史、太宗都戴着麻制的礼帽，穿着红色礼服。太保捧着大圭，太宗捧着酒杯和瓒，从东阶上来。太史拿着策书，从西阶走上来，进献策书给康王。太史说："大王靠着玉几，宣布他临终的教命，命令您继承文王、武王的大训，治理领导周国，遵守大法，协和天下，以宣扬文王、武王的光明教训。"王再拜，然后起来，回答说："我这个微末的小子，怎么能协和治理天下以敬畏天威啊？"

王接受了酒杯和瓒。王前进三次，祭酒三次，奠酒三次。太宗说："请喝酒！"王喝酒后，太保接过酒杯，走下堂，洗手，又登上堂，用另外一种酒杯自斟自饮作答，然后把酒杯交给宗人，对王下拜。王也回拜。太保又从宗人那里接过酒杯，祭酒，尝酒，奠酒，然后把酒杯交给宗人，又拜。王又回拜。太保走下堂，行礼结束。诸侯卿士们都走出祖庙门，等候康王视朝。

周康王姬钊，选自《三才图会》。

康王之诰

王走出祖庙，来到应门内。太保召公率领西方的诸侯进入应门左侧，毕公率领东方的诸侯进入应门的右侧，他们都穿着绣有花纹的礼服和黄朱色的韨。赞礼的官员传呼进献命圭和贡物，诸侯走上前，说："一二个王室的护卫向王奉献土产。"诸侯都再拜叩头。王依礼辞谢，然后升位答拜。

太保召公和芮伯同走向前，互相作揖

后，同向王再拜叩头。他们说："恭敬地禀告天子，伟大的天帝更改了大国殷的命运，我们周国的文王、武王大受福祥，能够安定西方。新逝世的成王，赏罚完全合宜，能够成就文、武的功业，因此把幸福普遍地留给我们后人。现在王要敬慎啊！要加强王朝的六军，不要败坏我们高祖的大命！"

王这样说："侯、甸、男、卫的各位诸侯！现在我姬钊答复你们的教导。先君文王、武王很公平，仁厚而不滥施刑罚，致力实行中信，因而光辉普照天下。还有像熊罴一样勇武的将士，忠贞不渝的大臣，安定治理我们的国家，因此，才被上帝加以任命。

"上天顺从先王的治理之道，把天下交给先王。先王于是命令分封诸侯，树立蕃卫，眷顾我们后代子孙。现在，我们几位伯父希望你们互相爱护顾念，继续如你们的祖先臣服于先王。虽然你们身在朝廷之外，你们的心不可不在王室，要辅助我得到吉祥，不要把羞辱留给我！"

众位大臣都听完了命令，互相作揖，快步走出。康王脱去吉服，返回居丧的侧室，穿上丧服。

毕 命

康王十二年六月庚午日，月亮新放光明。到第三天壬申日，康王早晨从镐京行到丰邑，把成周的民众，命令给太师毕公使他安治东郊。

康王这样说："啊！父师。文王武王行大德于天下，因此能够承受殷的王命，代理殷王。周公辅助先王安定国家，告诫殷商顽民，迁徙到洛邑，使他们接近王室，用此改变他们的礼教。自从迁徙以来，已经过了三纪。人世变化，风俗转移，今四方没有忧患，我因此感到安宁。治道有起有落，政教也随着风俗改革，若不善用贤能，人民将无所劝勉仰慕。我公盛德，不但能勤小事，而且辅助过四代，严正地率领下属，臣下没有人不敬重师训。你的美好功绩被先王所重视，我小子只是垂衣拱手仰仗成功罢了。"

康王说："啊！父师。现在我把周公的重任敬托给公，我公前往吧！我公当识别善和恶，标志善人所居之里，表彰善良，疾恨邪恶，树立好的风气。有不遵循教训和常法的，就变更他的井居田界，使他能够畏惧和敬慕。又要重新画出郊圻的境界，认真加固封疆守备，以安定四海。为政贵在有常，言辞崇尚体实简要，不宜好异。商地旧俗喜好奢靡，以巧辩为贤，馀风至今没有断绝，我公要考虑呀！

"我听说：'世代享有禄位的人家，很少能够遵守礼法。'他们以放荡之心，轻蔑德义，实在是悖乱天道。腐败的风俗崇尚奢侈华丽，万世相同。如今殷商众士，处在宠位已经很久，凭仗强大，忽视德义，穿着华美过人。他们骄恣矜夸，将会以恶自终。虽然收敛了放恣之心，但防闲他们还是难事。资财富足而能顺从，可以长久。行德行义，这就大顺了；若不用古训教导，到何时才会顺从呢？"

康王说："啊！父师。我国的安危，就在于这些殷商众士。不刚不柔，那样的教化就真好。开初，周公能够谨慎对待；中间，君陈能够使他们和谐；最后，我公当能够成功。三君合心，共同致力于教导，教导普遍了，政事治理了，就能润泽到生民。四方各族被发左衽的人民，都会受到福利，我小子也会长受大福。我公要以这个成周，建立无穷的基业，也会有无穷的美名。后世子孙顺从我公的成法，天下就安定了。啊！不要说不能，当尽自己的心；不要说百姓少，当慎行政事。认真治理好先王的大业，使它比前人的政绩更美好吧！"

君　牙

穆王这样说："啊！君牙。你的祖父和你的父亲，世世淳厚忠正；服劳于王家，很有成绩，记录在画有日月的旗子上。我小子继守文、武、成、康的遗业，也想先王的臣子能够辅助我治理四方。我心里的忧虑危惧，就像踩着虎尾和走着春天的冰。

"现在我命令你辅助我，做我的心腹重臣。要继续你旧日的行事，不要累及你的祖考！普遍传布五常的教育，用为和谐人民的准则。你自身能正，人民不敢不正；民心没有标准，只考虑你的标准。夏天大热大雨，小民只是怨恨嗟叹；冬天大寒，小民也只是怨恨嗟叹。是艰难呀！你要想到他们的艰难，因而谋求那些治理的办法，人民才会安宁。啊！光明呀！我们文王的谋略；相承呀！我们武王的功业。它可以启示佑助我们后人，使我们都依从正道而无邪缺。你当不懈地宣扬你的五教，以此恭顺于先王。你当报答颂扬文王、武王光明的教导，追求并美于前人。"

穆王这样说："君牙！你当奉行先正的旧典善法，人民治乱的关键，就在这里。你当遵循你祖父的行为，赞助你君主的治道。"

囧　命

穆王这样说："伯囧！我不优于道德。继承先人处在大君的位置，戒惧会有危险，甚至半夜起来，想法子避免过失。

"从前在文王、武王的时候，他们聪明、通达、圣明，小臣大臣都怀着忠良之心。他们的侍御近臣，没有人不是正人，用他们早晚侍奉辅佐他们的君主，所以君主出入起居，没有不敬慎的事；发号施令，也没有不好的。百姓敬重顺从君主的命令，天下万国也都喜欢。

"我没有好的德行，实在要依赖左右前后的官员，匡正我的不到之处。纠正过失和错误，端正我不正确的思想，使我能够继承先王的功业。

"今天我任命你做太仆长，领导群仆、侍御的臣子。你要勉励你的君主增修德行，共同医治我不够的地方。你要慎重选择你的部属，不要任用巧言令色、阿谀不端的人，要都是贤良正士。仆侍近臣都正，他们的君主才能正；仆侍近臣谄媚，他们的君主就会自以为圣明。君主有德，由于臣下，君主失德，也由于臣下。你不要亲近小人，充当我的视听之官，不要引导君上违背先王之法。不是贤人最善，只是货财最善，像这样，就会败坏我们的官职，就是你大不能敬重你的君主；我将惩罚你。"

穆王说："啊！要认真呀！要长久用常法辅助你的君主。"

吕　刑

吕侯被命为卿时，穆王在位很久，年纪老了，还是大力谋求制定刑法，来禁戒天下。

王说："古代有遗训，蚩尤开始作乱，扩大到平民百姓。无不寇掠贼害，冒没不正，内外作乱，争夺窃盗，诈骗强取。苗民不遵守政令，而用刑罚来制服，制定了五种酷刑以为常法。杀害无罪的人，开始放肆使用劓、刖、椓、黥等刑罚。于是，施行杀戮，抛弃法制，不减免无罪的人。

"苗民互相欺诈，纷纷乱乱，没有中和信，以致背叛誓约。受了虐刑的和一些被侮辱的都向上帝申告自己无罪。上帝考察苗民，没有芬芳的德政，刑法所发散的只有腥气。颛顼皇帝哀怜众多被害的人没有罪过，就用威罚处置暴虐的人，制止和消灭行虐的苗民，使他们没有世嗣留在下国。又命令重和黎，禁止地民和天神相互感通，使他们不能升降来往。高辛、尧、舜相继在下，都显用贤德的人扶持常道，于是孤苦之人没有壅蔽之苦了。

"尧皇帝明知下民和孤寡有对苗民的怨言。又明知贤人所惩罚的，人都畏服，贤人所尊重的，人都尊重。于是命令三位大臣慎重为民治事。伯夷颁布法典，用刑律制服人民；大禹平治水土，主管名山大川；后稷下去指导播种，努力种植好谷。三后成功了，就富厚了老百姓。士师又用公正的刑罚制御百官，教导臣民敬重德行。

"尧皇帝恭敬在上，三位大臣努力在下，光照四方，没有人不勤行德政，所以能勉力于刑罚的公平，遵循它治理老百姓以扶持常道。主管刑罚的官，不是终于作威，而是终于仁厚。又敬、又戒，自身没有坏的言论。他们肩负上天仁爱的美德，自己造就了好命，所以配天在下享有禄位。"

　　王说："啊！四方的诸侯们，不是你们做上天的治民官吗？现在，你们要重视什么
呢？难道不是这伯夷施行刑罚的方法吗？现在你们要惩戒什么呢？就是这苗民不详察狱事
的施行，不选择善良的人，监察五刑的公正；就是这苗民任用虚张威势、掠夺财物的人，
裁决五刑，乱罚无罪，上帝不加赦免，降灾给苗民，苗民对上帝的惩罚无话可说，于是断
绝了他们的后嗣。"

　　王说："啊！你们要记住这个教训啊！伯父、伯兄、仲叔、季弟以及年幼的子孙们，
都听从我的话，或许会享有好命。如今你们没有人不喜慰说勤劳了，你们没有谁制止自己
不勤劳。上帝治理下民，暂时任用我们，不成与成，完全在人。你们可要恭敬地接受天
命，来辅助我！虽然遇到可怕的事，不要害怕；虽然可以休息，也不要休息。希望慎用五
刑，养成这三种德行。一人办了好事，万民都受益，国家的安宁就会长久了。"

　　王说："啊！来吧！诸侯国君和各位大臣，我告诉你们要善用刑法。如今你们安定百
姓，要选择什么呢，不是吉人吗？要敬慎什么呢，不正是刑罚吗？要考虑什么呢，不就是
判断适宜吗？

　　"原告和被告都来齐了，法官就审查五刑的讼辞；如果讼辞核实可信，就用五刑来处
理。如果用五刑处理不能核实，就用五罚来处理；如果用五罚处理也不可从，就用五过来
处理。五过的弊端：是法官畏权势，是报恩怨，是谄媚内亲，是索取贿赂，是受人请求。
发现上述弊端，他们的罪就与罪犯相同，你们必须详细察实啊！

　　"根据五刑定罪的疑案有赦免的，根据五罚定罪的疑案有赦免的，要详细察实啊！要
从众人中核实验证，审理案件也要有共同办案的人。没有核实不能治罪，应当共同敬畏上
天的威严。

　　"判处墨刑感到可疑，可以从轻处治，罚金一百锾，要核实其罪行。判处劓刑感到可
疑，可以从轻处治，罚金二百锾，要核实其罪行。判处剕刑感到可疑，可以从轻处治，罚
金五百锾，要核实其罪行。判处宫刑感到可疑，可以从轻处治，罚金六百锾，要核实其
罪行。判处死刑感到可疑，可以从轻处治，罚金一千锾，要核实其罪行。墨罚的条目有
一千，劓罚的条目有一千，剕罚的条目有五百，宫罚的条目有三百，死罪的刑罚，其条目
有二百。五种刑罚的条目共有三千。

　　"要上下比较其罪行，不要错乱供辞，不要采取已经废除的法律，应当明察，应当依
法，要核实啊！上刑宜于减轻，就下一等处治，下刑宜于加重，就上一等处治。各种刑罚
的轻重有些灵活性。刑罚时轻时重，相同或不相同，都有它的道理和要求。

　　"刑罚不是置人死地，但受刑罚的人感到比重病还痛苦。不是巧辩的人审理案件，而
是善良的人审理案件，就没有不公正合理的。从矛盾处考察真情，不服从的犯人也会服
从。怀着哀怜的心情判决诉讼案件，明白地检查刑书，互相斟酌，都要谋求公正。当刑当
罚，要详细察实啊！要做到案件判定了，人们信服；改变判决，人们也信服。刑罚贵在慎

重，又可合并两种罪行，只罚一种。"

王说："啊，敬慎啊！诸侯国君以及同姓官员们，对我的话要多多戒惧。我重视刑罚，有德于老百姓的也是刑罚。如今上天扶助老百姓，你们在下面作天之配，应当明察一面之辞，老百姓的治理，无不在于公正地审理双方的诉讼词，不要对诉讼双方的诉词贪图私利啊！狱讼接受贿赂不是好事，那是获罪的事，我将以众罪论处这些人。永远可畏的是上天的惩罚，不是天道不公平，只是人们自己终结天命。上天的惩罚不加到他们身上，在天下众民就不会有美好的政治了。"

王说："啊！子孙们，从今以后，你们明察什么呢？难道不是行德吗？对于老百姓案情的判决，要明察啊！治理老百姓要运用刑罚，使无穷无尽的讼辞合于五刑，都能公正适当，就有福庆。你们接受治理王家的好百姓，可要明察这种祥刑啊！"

文侯之命

王这样说："族父义和啊！伟大光明的文王和武王，能够慎重行德，德辉升到上天，名声传播在下土，于是上帝降下那福命给文王、武王。也因为先前的公卿大夫能够辅佐、指导、服事他们的君主，对于君主的大小谋略无不遵从，所以先祖能够安然在位。

"啊！不幸我这年轻人继承王位，遭到了上天的大责罚。没有福利德泽施给老百姓，侵犯我国家的人很多。现在我的治事大臣，没有老成人长期在职，我诚不能胜任。我意谓：'祖辈和父辈的诸侯国君，会忧念我。'啊哈！您果然促成我长安在王位了。

"族父义和啊！您能够光耀您的显祖唐叔，您努力制御文武百官，因会合诸侯延续了您的君主，追好于文王和武王。您很好，在困难的时候保卫了我，像您这样，我很赞美！"

王说："族父义和啊！要回去治理您的臣民，安定您的国家。现在我赐给您黑黍香酒一卣；红色的弓一张，红色的箭一百支；黑色的弓一张，黑色的箭一百支；四匹马。

"您回去吧！安抚远方，亲善近邻，爱护安定老百姓，不要荒废政事，贪图安逸。大力安定您的国家，以成就您显著的德行。"

费　誓

公说："喂！大家不要喧哗，听取我的命令。现今淮夷、徐戎同时起来作乱。好好缝缀你们的军服头盔，系连你们的盾牌，不许不好！准备你们的弓箭，锻炼你们的戈矛，磨利你们的锋刃，不许不好！

　　"现在要大放圈中的牛马，掩盖你们捕兽的工具，填塞你们捕兽的陷阱，不许伤害牛马！伤害了牛马，你们就要受到常刑！

　　"牛马走失了，男女奴仆逃跑了，不许离开队伍去追赶！得到了的，要恭敬送还原主，我会赏赐你们。如果你们离开队伍去追赶，或者不归还原主，你们就要受到常刑！不许抢夺掠取，跨过围墙，偷窃马牛，骗取别人的男女奴仆，这样，你们都要受到常刑！

　　"甲戌这天，我们征伐徐戎。准备你们的干粮，不许不到；不到，你们就要受到死刑！我们鲁国三郊三遂的人，要准备你们的筑墙工具。甲戌这天，我们要修筑营垒，不许不供给·如果不供给，你们将受到终身不释放的刑罚，只是不杀头。我们鲁国三郊三遂的人，要准备你们的生草料和干草料，不许不够；如果不够，你们就要受到死州！"

秦　誓

　　穆公说："啊！我的官员们，听着，不要喧哗！我有重要的话告诉你们。

　　"古人有话说：'人只顺从自己，就会多出差错。'责备别人不是难事，受到别人责备，听从它如流水一样地顺畅，这就困难啊！我心里的忧虑，在于时间过去，就不回来啊！

　　"往日的谋臣，我却说'未能顺从我的意志'；现在的谋臣，我将要以他们为亲人。虽说这样，还是要请教黄发老人，才没有失误。

　　"白发苍苍的良士，体力已经衰了，我还亲近他们。强壮勇猛的武士，射箭和驾车都不错，我还不大喜爱。只是那些浅薄善辩的人，使君子容易疑惑，我大多亲近他们！

　　"我暗暗思量着，如果有一个官员，诚实专一而没有别的技能，他的胸怀宽广而能容人。别人有能力，好像自己的一样。别人美好明哲，他的心里喜欢他，又超过了他口头的称道。这样能够容人，用来保护我的子孙众民，也当有利啊！

　　"别人有能力就妒忌，就厌恶。别人美好明哲，却阻挠使他不顺利。这样不能宽容人，用来不能保护我的子孙众民，也很危险啊！

　　"国家的危险不安，由于一人，国家的繁荣安定，也还是一人的善良啊！"